Wolfgang Schrage · Der erste Brief an die Korinther

EKK
Evangelisch-Katholischer Kommentar zum Neuen Testament

Begründet von
Eduard Schweizer und Rudolf Schnackenburg

Band VII/3
Wolfgang Schrage
Der erste Brief an die Korinther
1Kor 11,17-14,40

Benziger Verlag
Neukirchener Verlag

Wolfgang Schrage

Der erste Brief an die Korinther

3. Teilband
1Kor 11,17-14,40

Benziger Verlag
Neukirchener Verlag

Die Deutsche Bibliothek – CIP-Einheitsaufnahme

EKK: evangelisch-katholischer Kommentar zum Neuen Testament / hrsg. von Norbert Brox . . . In Verbindung mit Josef Blank . . . – Zürich; Düsseldorf: Benziger; Neukirchen-Vluyn: Neukirchener Verl.
Früher hrsg. von Josef Blank und begr. von Eduard Schweizer und Rudolf Schnackenburg. – Teilw. in Verbindung mit Otto Böcher . . .
Bd. VII. Schrage, Wolfgang: Der erste Brief an die Korinther.
Teilbd. 3. 1 Kor 11,17-14,40. – 1999

Schrage, Wolfgang:
Der erste Brief an die Korinther / Wolfgang Schrage. – Zürich; D'dorf: Benziger; Neukirchen-Vluyn: Neukirchener Verl.
(EKK; Bd. VII)
Teilbd. 3. 1 Kor 11,17-14,40. – 1999
ISBN 3-7887-1679-7 (Neukirchener)
ISBN 3-545-23131-3 (Benziger)

Umschlaggestaltung: Atelier Blumenstein + Plancherel, Zürich
Gesamtherstellung: Breklumer Druckerei Manfred Siegel KG
Printed in Germany
ISBN 3-545-23131-3 (Benziger Verlag)
ISBN 3-7887-1679-7 (Neukirchener Verlag)

Vorwort

An Anlage und Zielsetzung hat sich auch in diesem 3. Teil der Auslegung nichts geändert, doch bedarf es einer Erklärung dafür, daß der ursprünglich auf zwei bis drei Teile angelegte Kommentar leider noch einen 4. Band erfordert. Der Hauptgrund für diese mir selbst außerordentlich beschwerliche und Lesern wie Käufern kaum noch zumutbare Erweiterung des Umfangs ist die immense Wirkung der in diesem Teilband ausgelegten Texte, die mir am Anfang der Kommentierung nicht deutlich genug vor Augen gestanden hat. Es hat sich nämlich erst im Laufe der Arbeit herausgestellt, daß abgesehen von Kap. 7 und 15 die in Kap. 11 (Herrenmahl), 12 (Charismen), 13 (Liebe) und 14 (Gottesdienst) behandelten Texte das weitaus größte Echo ausgelöst haben, die auslegungs- und wirkungsgeschichtlichen Abschnitte also entsprechend erheblich mehr Raum beanspruchen, als ich das vorher eingeschätzt hatte. So mußte der ursprüngliche Plan leider revidiert werden, sollte nicht im Vergleich zu den früheren Bänden eine ungerechtfertigte Disproportionalität entstehen. Nur kirchen- und theologiegeschichtlich herausragende Werke anzuführen und auf die Einbeziehung auch von Predigten und Meditationen, Kirchenordnungen und Katechismen, Gedichten und Liedern u.ä. zu verzichten, wäre aber ganz inadäquat. Aus Raumgründen habe ich mich ohnehin schon nicht ganz zunftgemäß darauf beschränkt, meist nur die jeweiligen WA- bzw. CR-Bände anzugeben, statt die einzelnen Schriften Luthers und anderer Reformatoren oder gar deren spezielle Frontstellung zu nennen; auch bei Thomas habe ich mich einfach auf die zweisprachige Ausgabe seiner Summa ohne die sonst üblichen Angaben bezogen.
An Veränderungen gegenüber EKK VII/1-2 sind zu nennen: Der Kommentar von Ch. Wolff wird jetzt nach der neuen Auflage zitiert und die Verfasserin der Monographie »Paul and Perseverance« unter J.M. Gundry Volf und nicht wie fälschlich in Bd. 2 unter J.M.G. Volf.
Auch dieses Mal habe ich vielfachen Dank abzustatten. Zunächst der Deutschen Forschungsgemeinschaft, die mir nach meiner Emeritierung für die Suche und Überprüfung der Belege in der Auslegungs- und Wirkungsgeschichte zwei studentische Hilfskräfte bewilligt hat. Dieser Aufgabe haben sich dankenswerter Weise Antje Brunotte, Karin-Bettina Encke, Guido Hinz, Thomas Ranger-Schiffers, Imke Störmer, Marcus Tesch und Anna Wienhard unterzogen, wobei Guido Hinz zusätzlich das Verdienst zukommt, mir die Arbeit am Computer sehr erleichtert und bei allen auftauchenden Problemen mir mit fachkundigem Rat geholfen zu haben. Teile des Manuskripts sind von

meiner früheren Sekretärin, Frau Gisela Blömeke, geschrieben worden, wofür ich ihr ebenso herzlich danke wie Herrn Kollegen Wilhelm Pratscher, der ihr die dazu nötige Zeit großzügigerweise eingeräumt hat. Herrn Dr. Volker Hampel vom Neukirchener Verlag danke ich wie schon beim vorhergehenden Band sehr für die vorbildliche Betreuung und sorgfältige Lektorierung. Besonderen Dank schulde ich endlich den beiden Kollegen Gerhard Dautzenberg und Ulrich Luz, die das Manuskript gelesen und mit Änderungs- und Kürzungsvorschlägen versehen haben. Insbesondere Ulrich Luz hat ausführlich selbst zu Detailfragen Stellung genommen und durch seine kritischen Rückfragen ein erneutes Überdenken angestoßen und für größere Klarheit und Stimmigkeit gesorgt.

Bad Honnef, im Januar 1998 Wolfgang Schrage

Inhalt

Literatur-Ergänzungen

1. Kommentare

Bruno, In Epistola I ad Corinthios, PL 153, 123-218

M. Aurelius Cassiodor, Epistola prima ad Corinthios,PL 70, 1331-1340

Kistemaker, S.J., Exposition of the First Epistle to the Corinthians, Grand Rapids 1993 (NTC)

Kremer, J., Der Erste Brief an die Korinther, 1997 (RNT)

Ortkemper, F.-J., 1. Korintherbrief, 1993 (SKK.NT 7)

Snyder, G.F., First Corinthians. A Faith Community Commentary, Macon/GA 1992

Wolff, Ch., Der erste Brief des Paulus an die Korinther, 1996 (ThHK 7)

2. Übrige Literatur

Arzt, P., Bedrohtes Christsein. Zu Eigenart und Funktion eschatologisch bedrohlicher Propositionen in den echten Paulusbriefen, 1992 (BET 26)

Barrett. C.K., Church, Ministry and Sacraments in the New Testament, Exeter 1985

Bendemann, R. v., Heinrich Schlier. Eine kritische Analyse seiner Interpretation paulinischer Theologie, 1995 (BEvTh 115)

Bieringer, R. (Hg.), The Corinthian Correspondence, 1996 (BEThL 125)

Chow, J.K., Patronage and Power. A Study of Social Networks in Corinth, 1992 (JSNT S. 75)

Cullmann, O., Die Tradition als exegetisches, historisches und theologisches Problem, Zürich 1954

– Das Gebet im Neuen Testament, Tübingen 1994

Frede, H.J., Ein neuer Paulustext und Kommentar, Bd. 2, Freiburg u.a. 1974

Gillespie, Th.W., The First Theologians. A Study in Early Christian Prophecy, Grand Rapids / Michigan 1994

Gnilka, J., Paulus von Tarsus. Apostel und Zeuge, 1996 (HThK.S 6)

Heininger, B., Paulus als Visionär. Eine religionsgeschichtliche Studie, Freiburg u.a. 1996 (Herders Biblische Studien 9)

Hill, D., New Testament Prophecy, London 1979

Holl, K., Der Kirchenbegriff des Paulus in seinem Verhältnis zu dem der Urgemeinde, in: ders., Gesammelte Aufsätze II, Tübingen 1928, 44-67

Horrell, D.G., The Social Ethos of the Corinthian Correspondence, Edinburg 1996

Lambrecht, J., Pauline Studies, 1994 (BEThL 115)

Lindemann, A., Die Schrift als Tradition. Beobachtungen zu den biblischen Zitaten im Ersten Korintherbrief, in: FS J. Ernst, Paderborn u.a. 1996, 199-225

Linton, O., Das Problem der Urkirche in der neuen Forschung. Eine kritische Darstellung, Uppsala 1932

Lohse, E., Paulus. Eine Biographie, München 1996

Lorenzi, L. de, Charisma und Agape (1Ko 12-14), 1983 (Monographische Reihe von »Benedictina«, Biblisch-ökumenische Abt. 7)

Martin, D.B., The Corinthian Body, New Haven / London 1995

Nichtweiß, B., Erik Peterson. Neue Sicht auf Leben und Werk, Freiburg u.a., ²1994

Niebuhr, K.-W., Identität und Interaktion. Zur Situation paulinischer Gemeinden im Ausstrahlungsfeld des Diasporajudentums, in: J. Mehlhausen (Hg.), Pluralismus und Identität, 1995 (VWGTh 8), 339-359

Nielen, J.M., Gebet und Gottesdienst im Neuen Testament, Freiburg u.a. ²1963

Park, H.-W., Die Kirche als »Leib Christi« bei Paulus, Gießen/Basel 1992

Pobee, J.S., Persecution and Martyrdom in the Theology of Paul, 1985 (JSNT.S 6)

Radl, W., Ankunft des Herrn. Zur Bedeutung und Funktion der Parusieaussagen bei Paulus, 1981 (BET 15)

Reinmuth, E., Narratio und argumentatio – zur Auslegung der Jesus-Christus-Geschichte im Ersten Korintherbrief, ZThK 92 (1995) 13-27

Rendtorff, T. (Hg.), Charisma und Institution, Gütersloh 1985

Roloff, J., Die Kirche im Neuen Testament, 1993 (GNT 10)

Schäfer, K., Gemeinde als »Bruderschaft«. Ein Beitrag zum Kirchenverständnis des Paulus, 1989 (EHS.T 333)

Schmeller, Th., Hierarchie und Egalität. Eine sozialgeschichtliche Untersuchung paulinischer Gemeinden und griechisch-römischer Vereine, 1995 (SBS 162)

Schmithals, W., Das kirchliche Apostelamt. Eine historische Untersuchung, 1961 (FRLANT 79)

Stanley, Ch.D., Paul and the Language of Scripture, 1992 (MSSNTS 69)

Strecker, Ch., Transformation, Liminalität und Communitas bei Paulus. Kulturanthropologische Zugänge zur paulinischen Theologie, Diss. Neuendettelsau 1996

Stuhlmann, R., Das eschatologische Maß im Neuen Testament, 1983 (FRLANT 132)

Vollenweider, S., Viele Welten und ein Geist. Überlegungen zum theologischen Umgang mit dem neuzeitlichen Pluralismus im Blick auf den 1. Korintherbrief, in: J. Mehlhausen (Hg.), Pluralismus und Identität, 1995 (VWGTh 8), 360-378

– Der Geist Gottes als Selbst des Glaubenden. Überlegungen zu einem ontologischen Problem in der paulinischen Anthropologie, ZThK 93 (1996) 163-192

Wettstein, J.J., Neuer Wettstein. Texte zum Neuen Testament aus Griechentum und Hellenismus, Band II: Texte zur Briefliteratur und zur Johannesapokalypse, Teilband 1, hg. v. G. Strecker u.a., Berlin / New York 1996

Witherington, B. III, Conflict and Community in Corinth. A Socio-Rhetorical Commentary on 1 and 2 Corinthians, Grand Rapids 1995

3. Zur Auslegungs- und Wirkungsgeschichte

Albertus Magnus, Ausgewählte Texte, hg. v. A. Fries, Darmstadt 1981

Althaus, P., Die Theologie Martin Luthers, Gütersloh ²1963

Arnd(t), J., Sechs Bücher vom wahren Christentum (Nachdruck Stuttgart 1919)

Bauer, J. B., Studien zu Bibeltext und Väterexegese, 1997 (SBAB 23)

Bayer, O., Theologie, Gütersloh 1994

Boff, L., Die Kirche als Sakrament im Horizont der Welterfahrung, Paderborn 1972
Brenz, J., Das Evangelium von der Passion und Auferstehung Jesu Christi, hg. v. E. Bizer, Stuttgart 1955
Brunner, E., Dogmatik I-III, Zürich ²1953-64
– Das Mißverständnis der Kirche, Zürich 1951
Calixt, G., Werke in Auswahl, Bd. 1-4, hg. v. I. Mager, Göttingen 1970-84
Calvin, J., Calvin-Studienausgabe, hg. v. E. Busch u.a., Neukirchen-Vluyn 1994ff
Cyrill, Cyrilli Hierosolymarum archiepiscopi opera quae supersunt omnia, hg. v. W. C. Reischl / J. Rupp, I.II, Hildesheim 1967
Chemnitz, M., Enchiridion de Praecipvis Doctrinae Coelestis Capitibus, Leipzig 1600
Dokumente wachsender Übereinstimmung. Sämtliche Berichte und Konsenstexte interkonfessioneller Gespräche auf Weltebene, Bd. II (1982-1990), hg. v. H. Meyer u.a., Paderborn u.a. 1992
Eck, J., Enchiridion locorum communicum adversus lutherum et alios hostes ecclesia (1525-1543), hg. v. J. Fraentzel, Münster 1979
Erasmus v. Rotterdam, Enchiridion, übertragen und hg. v. W. Welzig, Graz/Köln 1961
Glassius, S., Philologiae sacrae I-V, Jena ²1636-45
Heppe, H., Dogmatik der evangelisch-reformirten Kirche, Elberfeld 1861
Kleinknecht, H., Luthers Galaterbrief-Auslegung von 1531, Göttingen 1980
Lehrverurteilungen im Gespräch. Die ersten offiziellen Stellungnahmen aus den evangelischen Kirchen in Deutschland, Göttingen 1993
Marquardt, F.-W., Was dürfen wir hoffen, wenn wir hoffen dürften? Eine Eschatologie, Bd. 1, Gütersloh 1993
Niehl, F.W., Moderne Literatur und Texte der Bibel, Göttingen 1974
Nikolaus v. Cues, Nicolai de Cusa Opera Omnia, hg. v. J. Koch u.a., Hamburg
Oberlin, F.J., Vollständige Lebensgeschichte in gesammelten Schriften, hg. v. Hilpert, Stuttgart 1843
Sauter, G., In der Freiheit des Geistes. Theologische Studien, Göttingen 1988
Schütte, H., Kirche im ökumenischen Verständnis. Kirche des dreieinigen Gottes, Paderborn 1991
– Amt, Ordination und Sukzession im Verständnis evangelischer und katholischer Exegeten und Dogmatiker der Gegenwart sowie in Dokumenten ökumenischer Gespräche, Düsseldorf 1974
– Glaube im ökumenischen Verständnis: Grundlage christlicher Einheit, Paderborn/Frankfurt ²1993
Thomasius, G., Christi Person und Werk. Darstellung der evangelisch-lutherischen Dogmatik, 1. und 2. Teil, Erlangen ²1856/²57
Viṉon, H., Spuren des Wortes. Biblische Stoffe in der Literatur. Materialien für Predigt, Religionsunterricht und Erwachsenenbildung, Bd. 2, Stuttgart 1989
Vogel, H., Gesammelte Werke, Bd. 1 und 2, Stuttgart 1982
Voigt, G., Gemeinsam glauben, hoffen, lieben. Paulus an die Korinther I, Göttingen 1989
Welker, M., Gottes Geist. Theologie des Heiligen Geistes, Neukirchen-Vluyn ²1993
Werbick, J., Kirche. Ein ekklesiologischer Entwurf für Studium und Praxis, Freiburg u.a. 1994
Williams, G.H., The Radical Reformation, London 1962
Wyclif, I., Opus Evangelicum I-II, hg. v. I. Loserth, London 1895
– Polemical Works in Latin, hg. v. R. Buddensieg, London 1883

- Sermones I-IV, hg. v. I. Loserth, London 1888
- Tractatus de Civili Dominio, hg. v. R.L. Poole, London 1885
- De Veritate Sacrae Scripturae I-III, hg. v. R. Buddensieg, London 1905

2 *Die rechte Feier des Herrenmahls 11,17-34*

Literatur: Backhaus, K., Der Neue Bund und das Werden der Kirche. Die Diatheke-Deutung des Hebräerbriefes im Rahmen der frühchristlichen Theologiegeschichte, 1996 (NTA 29), 291-297; *Barrett, C.K.*, Church, Ministry and Sacraments in the New Testament, Exeter 1985; *Bartels, K.-H.*, Dies tut zu meinem Gedächtnis. Zur Auslegung von 1. Kor. 11,24.25, Diss. Mainz 1959; *Barth*, Mahl; *Bartsch* (Lit. zu 8,1-11,1); *Baumbach, G.*, Zum gegenwärtigen Stand der Interpretation neutestamentlicher Abendmahlstexte, ZdZ 36 (1982) 169-175; *Baumgartner, E.*, Eucharistie und Agape im Urchristentum, Solothurn 1909; *Betz, J.*, Die Eucharistie in der Zeit der griechischen Väter, Bd. I 1, Freiburg u.a. 1955 und Bd. II 1, Freiburg u.a. 1961, besonders 102-129; *ders.*, Eucharistie in der Schrift und Patristik, 1979 (HDG IV 4a); *Betz, O.*, Das Mahl des Herrn bei Paulus, in: *ders.*, Jesus. Der Herr der Kirche. Aufsätze zur biblischen Theologie II, Tübingen 1990, 217-251; *Boccaccini, G.*, Il valore memoriale dell'atto eucaristico alla luce della tradizione giudaica, VM 38 (1984) 107-117; *Böcher, O.*, »Das thut zu meinem Gedächtnisse«. Magisches und rationalistisches Sakramentsverständnis im Lichte des Neuen Testaments, in: Vielfalt in der Einheit, hg. v. R. Ziegert, Speyer 1993, 149-161; *Bornkamm, G.*, Herrenmahl und Kirche bei Paulus, in: *ders.*, Studien 138-176; *Bourke, M.M.*, The Eucharist and Wisdom in First Corinthians, SPCIC 1 (1961) 367-381 (AnBib 17/18); *Brawley, R.L.*, Anamnesis and Absence in the Lord's Supper, BTB 20 (1990) 139-146; *Campbell, R.A.*, Does Paul Acquiesce in Divisions at the Lord's Supper?, NT 33 (1991) 61-70; *Cancik-Lindemaier, H.*, Eucharistie, Handbuch religionswissenschaftlicher Grundbegriffe II, 347-356; *van Cangh, J.-M.*, Peut-on reconstituer le texte primitif de la Cène? (1Co 11,23-26 par. Mc14,22-26), in: Bieringer, Correspondence 623-637; *Chenderlin, F.*, »Do this as My Memorial«. The Semantic and Conceptual Background and Value of Ἀνάμνησις in 1 Corinthians 11:24-25, 1982 (AnBib 99); *Cremer, F.G.*, Der »Heilstod« Jesu im paulinischen Verständnis von Taufe und Eucharistie, BZ 14 (1970) 227-239; *Cullmann, O.*, Die Bedeutung des Abendmahls im Urchristentum, in: *ders.*, Vorträge und Aufsätze 1925-1962, Tübingen/Zürich 505-523; *Delling, G.*, Artikel Abendmahl II, TRE I 47-58; *Dix, D.G.*, The Shape of the Liturgy, Glasgow [4]1949; *Dupont, J.*, L'Eglise à l'épreuve de ses divisions (1 Co 11,18-19) in: de Lorenzi, Paul 687-696; *Ellis, W.*, On the Text of the Account of the Lord's Supper in I Corinthians XI.23-32 with some Further Comment, ABR 12 (1964) 43-51; *Engberg-Pedersen, T.*, Proclaiming the Lord's Death: 1Corinthians 11:17-34 and the Forms of Paul's Theological Argument, SBL Seminar Papers 127 (1991) 592-617; *Feld, H.*, Das Verständnis des Abendmahls, 1976 (EdF 50); *Fiedler, P.*, Probleme der Abendmahlsforschung, ALW 24 (1982) 190-223; *Finlayson, S.K.*, I Corinthians XI.25, ET 71 (1959/60) 243; *Flusser, D.*, Die Sakramente und das Judentum, Jud. 39 (1983) 3-18; *Gaventa, R.B.*, »You Proclaim The Lord's Death«: 1 Corinthians 11:26 and Paul's Understanding of Worship, RExp 80 (1983) 377-387; *Gräßer*, Bund 115-127; *Guénel, V.* (Hg.), Le corps et le Corps du Christ dans la première épître aux Corinthiens, 1983 (LeDiv 114); *Günther, H.*, Das Zeugnis vom Abendmahl im Neuen Testament, Lutherische Theologie und Kirche 2 (1985) 41-64; *Gundry Volf*, Paul 99-112; *Hänggi, A. / Pahl, I.*, Prex Eucharistica, 1968 (SpicFri 12); *Hagemeyer, O.*, »Tut dies zu meinem Gedächtnis!« (1 Kor 11,24f; Lk 22,19), in: FS J. Betz, Düsseldorf 1984, 101-117; *Hahn, F.*, Abendmahl, PThH [2]1975, 32-64; *ders.*, Herrengedächtnis und Herrenmahl bei Paulus, in: *ders.*, Beiträge 303-314; *ders.*, Die alttestamentlichen

Motive in der urchristlichen Abendmahlsüberlieferung, EvTh 27 (1967) 337-374; *ders.*, Zum Stand der Erforschung des urchristlichen Herrenmahls, in: *ders.*, Beiträge 242-252; *Hamm, F.*, Die liturgischen Einsetzungsberichte im Sinn vergleichender Liturgiewissenschaft untersucht, Münster 1928; *Henrici, P.*, »Tut dies zu meinem Gedächtnis«. Das Opfer Christi und das Opfer der Gläubigen, IKaZ 14 (1985) 226-235; *Higgins, A.J.B.*, The Lord's Supper in the New Testament, 1952 (SBT 6); *Hofius, O.*, Herrenmahl und Herrenmahlsparadosis. Erwägungen zu 1Kor 11,23b-25; in: *ders.*, Paulusstudien 203-240; *Horrell, D.*, The Lord's Supper at Corinth and in the Church Today, Theol. 98 (1995) 196-202; *ders.*, Ethos 150-155; *Jeremias, J.*, Die Abendmahlsworte Jesu, Göttingen [3]1960; *Johnson, P.F.*, A Suggested Understanding of the Eucharistic Words, StEv 7 (1982) 265-270; *Käsemann, E.*, Das Abendmahl im Neuen Testament, in: Abendmahlsgemeinschaft, 1937 (BhEvTh 3) 60-93; *ders.*, Anliegen und Eigenart der paulinischen Abendmahlslehre, in: *ders.*, Versuche I, 11-34; *Kamp, C.H.*, With Due Honor to the Lord's Body. An Exegetical Study on I Cor. 11:29, RefR(H) 10 (1956/57) 38-42; *Karrer, M.*, Der Kelch des neuen Bundes. Erwägungen zum Verständnis des Herrenmahls nach 1Kor 11,23b-25, BZ 34 (1990) 198-221; *Keller, E.*, Eucharistie und Parusie. Liturgie- und theologiegeschichtliche Untersuchungen zur eschatologischen Dimension der Eucharistie anhand ausgewählter Zeugnisse aus frühchristlicher und patristischer Zeit, Freiburg (Schweiz) 1989; *Klappert, B.*, Art. Herrenmahl, ThBL I 667-678; *Klauck*, Herrenmahl 285-332; *ders.*, Der Gottesdienst in der Gemeinde von Korinth, in: *ders.*, Gemeinde – Amt – Sakrament, Würzburg 1989, 46-58; *ders.*, Präsenz im Herrenmahl: 1Kor 11,23-26 im Kontext hellenistischer Religionsgeschichte, in: ebd. 313-330; *Klein, H.*, Zur Geschichte des Abendmahlsverständnisses im Neuen Testament, in: FS A. Klein, 1980 (BKB 2) 27-39; *Klinghardt*, Gemeinschaftsmahl 269-371; *Knoch, O.*, »Tut das zu meinem Gedächtnis!« (Lk 22,20; 1Kor 11,24f). Die Feier der Eucharistie in den urchristlichen Gemeinden, in: FS J.G. Plöger, Stuttgart 1983, 31-42; *Kollmann*, Ursprung 38-70; *Kremer, J.*, »Herrenspeise« – nicht »Herrenmahl«. Zur Bedeutung von κυριακὸν δεῖπνον φαγεῖν (1 Kor 11,20), in: FS J. Ernst, Paderborn 1996, 227-242; *Lampe, P.*, Das korinthische Herrenmahl im Schnittpunkt hellenistisch-römischer Mahlpraxis und paulinischer Theologia Crucis (1Kor 11,17-34), ZNW 82 (1991) 183-213; *ders.*, The Eucharist. Identifying with Christ on the Cross, Interp. 48 (1994) 36-49; *Lang, F.*, Abendmahl und Bundesgedanke im Neuen Testament, EvTh 35 (1975) 524-538; *Laurance, J.D.*, The Eucharist as the Imitation of Christ, TS 47 (1986) 286-296; *Léon-Dufour, X.*, Abendmahl und Abschiedsrede im NT, Stuttgart 1983; *ders.*, »Prenez! Ceci est mon corps pour vous«, NRTh 104 (1982) 223-240; *Lessig, H.*, Die Abendmahlsprobleme im Lichte der neutestamentlichen Forschung seit 1900, Diss. Bonn 1953; *Lietzmann, H.*, Messe und Herrenmahl. Eine Studie zur Geschichte der Liturgie, 1926 (AKG 8); *Luz, U.*, Der alte und der neue Bund bei Paulus und im Hebräerbrief, EvTh 27 (1967) 318-336; *Maccoby, H.*, Paul and the Eucharist, NTS 37 (1991) 247-267; *Magne, J.-M.*, Les paroles sur la coupe, in: FS J. Coppens, 1982 (BEThL 59), 485-490; *ders.*, Les récits de la cène et la date de la passion, EL 105 (1991) 185-236; *Marshall, I.H.*, Last Supper and Lord's Supper, Exeter 1980; *Marxsen, W.*, Der Ursprung des Abendmahls, EvTh 12 (1952/53) 293-303; *ders.*, Das Abendmahl als christologisches Problem, Gütersloh [3]1966; *Mayer, B.*, »Tut dies zu meinem Gedächtnis!« – Das Herrenmahl unter dem Anspruch des Abendmahls (1 Kor 11,17-34), in: FS J.G. Plöger, Stuttgart 1983, 189-199; *Meding, W. v.*, 1. Kor. 11,26: Vom geschichtlichen Grund des Abendmahls, EvTh 35 (1975) 544-552; *Meeks*, Urchristentum 159-164; *Merklein, H.*, Erwägungen zur Überlieferungsgeschichte der neutestamentlichen Abendmahlstraditionen, in: *ders.*, Studien 157-180; *Millard, A.R.*, Covenant and Communion in First Corinthians, in: FS F.F. Bruce, Grand Rapids 1970, 242-248; *Minear, P.S.*, Paul's Teaching on the Eucharist in First Corinthians, Worship 44 (1970) 83-92; *van der Minde, J.H.*, Schrift und Tradition bei Paulus, 1976 (PaThSt 3), 157-173; *Moloney, F.J.*, A Body Broken for a Broken People. Eucharist in the New Testament, Melbourne 1990; *Murphy-O'Connor, J.*, Eucharist and Community in First Corinthians, Worship 51 (1977) 56-69; *Neuenzeit, P.*, Das Herrenmahl, 1960 (StANT 1); *Nicholson, G.C.*, Houses for Hospitality: 1 Cor 11:17-34, Colloquium 19 (1986) 1-6; *Passakos, D.C.*, Eucharist in First Corinthians: A Sociological Study, RB 104 (1997) 192-210; *Patsch, H.*, Abendmahl und historischer Jesus, Stuttgart 1972; *Paulsen, H.*, Schisma und Häresie. Untersuchungen zu 1Kor 11,18.19, ZThK 79 (1982) 180-211; *Pesch, R.*, Das Abendmahl und Jesu Todesverständnis, 1978 (QD 80), 34-69; *Porter, C.L.*, An Interpretation of Paul's Lord's Supper Texts: 1Corinthians 10:14-22 and 11:17-34, Encounter 50 (1989) 29-45; *Pritchard, N.M.*, Profession of Faith and Admission to Communion in the Light of 1 Corinthians 11 and other Passages, SJTh 33 (1980) 55-70; *Reicke, B.*, Diakonie, Festfreude und Zelos in Verbindung mit der altchristlichen Agapenfeier, 1951 (UUÅ 5); *Rietschel, E.*, Der Sinn des Abendmahls nach Paulus, EvTh 18 (1958) 269-284; *Roloff, J.*, Neues Testament (Neukirchener Arbeitsbücher), Neukirchen-Vluyn 1977, 211-227; *ders.*, Heil als Gemeinschaft. Kommunikative Faktoren im urchristlichen Herrenmahl, in: *ders.*, Exegetische Verantwortung in der Kirche. Aufsätze, Göttingen 1990, 171-200; *Roth, R.P.*, Paradosis and Apokalupsis in I Corinthians 11:23, LuthQ 12 (1960) 64-67; *Rubenstein, R.L.*, My Brother Paul, New York u.a. 1972, 87-113; *Ruckstuhl, E.*, Neue und alte Überlegungen zu den Abendmahlsworten Jesu, in: *ders.*, Jesus im Horizont der Evangelien, Stuttgart 1988, 69-99; *Schäfer*, Gemeinde 422-434; *Schenk, W.*, Die Einheit von Wortverkündigung und Herrenmahl in den urchristlichen Gemeindeversammlungen. Theologische Versuche II, Berlin 1970, 65-92; *Schmeller*, Hierarchie 66-73; *Schmithals*, Gnosis 237-243; *Schneider, S.*, Glaubensmängel in Korinth. Eine neue Deutung der »Schwachen, Kranken, Schlafenden« in 1Kor 11,30, Filologia Neotestamentaria 9 (1996) 3-19; *Schori, K.*, Das Problem der Tradition. Eine fundamentaltheologische Untersuchung, Stuttgart 1992, 180-231; *Schürmann, H.*, Der Einsetzungsbericht Lk 22,19-20, 1955 (NTA 20,4); *ders.*, Die Gestalt der urchristlichen Eucharistiefeier, MThZ 6 (1955) 107-131; *ders.*, Das apostolische Interesse am eucharistischen Kelch, MThZ 4 (1953) 223-231; *Schüssler Fiorenza, E.*, Tablesharing and the Celebration of the Eucharist, Conc (GB) 152 (1982) 3-12; *Schweizer, E.*, Das Herrenmahl im Neuen Testament. Ein Forschungsbericht, in: *ders.*, Neotestamentica. Deutsche und englische Aufsätze 1951-1963, Zürich/Stuttgart 1976, 344-370; *Smith, B.D.*, The More Original Form of the Words of Institution, ZNW 83 (1992) 166-186; *Smith, D.E.*, Meals and Morality in Paul and his World, SBL Seminar Papers 117 (1981) 319-339; *Smith, D.E. / Taussig, H.E.*, Many Tables. The Eucharist in the New Testament and Liturgy Today, London 1990; *v. Soden*, Sakrament; *Söding, Th.*, Das Mahl des Herrn. Zur Gestalt und Theologie der ältesten nachösterlichen Tradition, in: FS Th. Schneider, Mainz 1995, 134-163; *Stuhlmacher, P.*, Das neutestamentliche Zeugnis vom Herrenmahl, ZThK 84 (1987) 1-35; *Suggit, J.N.*, The Eucharist as Eschatological Proclamation, according to St. Paul, Neotestamentica 21 (1987) 11-24; *Theißen, G.*, Soziale Integration und sakramentales Handeln. Eine Analyse von 1 Cor. XI 17-34, in: *ders.*, Studien 290-317; *Thurian, M.*, Eucharistie. Einheit am Tisch des Herrn?, Mainz/Stuttgart 1963; *Traets* (Lit. zu 10,14ff); *Wagner, V.*, Der Bedeutungswandel von

ברית חדשה bei der Ausgestaltung der Abendmahlsworte, EvTh 35 (1975) 538-544; *Wilkens, H.,* Die Anfänge des Herrenmahls, JLH 28 (1984) 55-65; *Winter, B.W.,* The Lord's Supper at Corinth: An Alternative Reconstruction, RTR 37 (1978) 73-82; *Witherington, B.,* Conflict 241-252.

17 **Das aber kann ich bei meinen Anordnungen nicht loben, daß eure Zusammenkünfte nicht zum Besseren, sondern zum Schlimmeren führen.** 18 **Denn erstens höre ich, daß es Spaltungen gibt, wenn ihr in der Gemeinde zusammenkommt, und zum Teil glaube ich das auch.** 19 **Denn es muß ja wohl Parteiungen unter euch geben, damit die Erprobten unter euch offenbar werden.** 20 **Wenn ihr nun (so) zur Versammlung zusammenkommt, ist das (gar) nicht das Herrenmahl-Essen.** 21 **Denn jeder nimmt beim Essen sein eigenes Mahl vorweg (oder: hervor), und der eine hungert, der andere dagegen ist betrunken.** 22 **Habt ihr denn keine Häuser zum Essen und Trinken? Oder verachtet ihr die Gemeinde Gottes und beschämt die, die nichts haben? Was soll ich euch (dazu) sagen? Soll ich euch loben? (Nein,) darin lobe ich euch nicht.** 23 **Denn ich habe vom Herrn empfangen, was ich auch euch überliefert habe: Der Herr Jesus, in der Nacht, in der er ausgeliefert wurde,** 24 **nahm das Brot, dankte, brach es und sprach: Das ist mein Leib, der für euch (hingegeben wurde). Dies tut zu meinem Gedächtnis.** 25 **Ebenso auch den Becher nach dem Mahl und sagte: Dieser Becher ist der neue Bund in meinem Blut. Dies tut, sooft ihr (daraus) trinkt, zu meinem Gedächtnis.** 26 **Denn sooft ihr dieses Brot eßt und (aus diesem) Becher trinkt, verkündigt ihr den Tod des Herrn, bis er kommt.** 27 **Wer daher unwürdig das Brot ißt oder den Becher des Herrn trinkt, wird schuldig am Leib und Blut des Herrn.** 28 **Der Mensch prüfe sich aber selbst und esse (dann) vom Brot und trinke aus dem Becher.** 29 **Denn wer ißt und trinkt, der ißt und trinkt sich das Gericht, wenn er den Leib nicht unterscheidet.** 30 **Deshalb sind unter euch viele Kranke und Schwache, und manche sind entschlafen.** 31 **Würden wir uns selbst prüfen, würden wir nicht gerichtet.** 32 **Werden wir aber vom Herrn gerichtet, so werden wir gezüchtigt, damit wir nicht mit der Welt verurteilt werden.** 33 **Also, meine Brüder, wenn ihr zum Essen zusammenkommt, wartet aufeinander (oder: nehmt einander auf).** 34 **Wenn jemand (bloß) Hunger hat, soll er zu Hause essen, damit ihr nicht zum Gericht zusammenkommt. Das übrige aber werde ich anordnen, sobald ich komme.**

Analyse Wie schon der Schlußsatz zu erkennen gibt, bietet Paulus wie in 10,3f.16ff auch hier keine vollständige Entfaltung seiner Lehre und Praxis vom Herrenmahl. Vielmehr versucht er unter Rückgriff auf eine ihm überkommene Paradosis als Kriterium (V 23-25), in Korinth eingerissene Mißstände bei der Herrenmahlfeier, die aus einer irrigen schwärmerischen, sakramentalistischen und individualistischen Mahlauffassung resultieren, zu korrigieren. Zwar enthält diese Tradition die das Herrenmahl konstituierenden Elemente, gleichwohl ist mit gutem Grund immer wieder davor gewarnt worden, unseren Abschnitt als Summe des paulinischen Abendmahlsverständnisses aufzufassen (vgl. schon 10,3f.16f)[346]. Nicht das Herrenmahl als solches ist hier das Thema, sondern dessen ekklesiologische und gemeindeethische Konsequenzen.

Traditionsgeschichte: Es kann hier auch nicht ansatzweise darum gehen, die gesamte Entwicklung der urchristlichen Abendmahlsüberlieferung zu erklären und ihren Ursprüngen und Verästelungen nachzugehen[347]. Aber selbst die notwendige Beschränkung auf die von Paulus in V 23-25 rezipierte Tradition ist nicht möglich ohne einen vergleichenden Seitenblick auf die synoptischen Abendmahlstexte. Dieser Vergleich geschieht nicht in der Erwartung, auf eine Urgestalt oder gar die *ipsissima vox* Jesu zu stoßen, von der alle anderen Formen abgeleitet werden könnten. Er soll vielmehr allein die jeweils ursprünglichere Tradition der beiden Hauptstränge der Abendmahlsüberlieferung (Markus/Matthäus bzw. Lukas/Paulus) zu eruieren versuchen, wobei oft nicht mehr als Wahrscheinlichkeitsurteile zu erreichen sind. Die wenigen Unterschiede zwischen Paulus und Lukas, die unabhängig voneinander auf dieselbe Tradition zurückgreifen, werden auch in der Einzelexegese zur Sprache gebracht. Daß Paulus den mit Lukas fast wörtlich übereinstimmenden Text tatsächlich aus der Tradition übernimmt, erklärt er selbst ausdrücklich und wird zugleich durch singuläre oder auch sonst der Tradition entnommene Theologumena und Hapaxlegomena erwiesen[348]. Ob die paulinische/lukanische Tradition aus Antiochien[349] oder gar Jerusalem bzw. dem palästinischen Christentum[350] stammt, kann hier ebenso offenbleiben wie die ursprüngliche Intention der Paradosis[351].

[346] Vgl. z.B. Schmiedel 164 (»*keine Lehre über das* Herrnmahl, geschweige eine erschöpfende« [kursiv im Original gesperrt]); Lessig* 345; Neuenzeit* 17; Feld* 57f; Léon-Dufour* (Abendmahl) 276; zuletzt Lampe* (Eucharist) 36; Porter* 34; früher schon Oekolampad: *narrationem duntaxat esse dixit, non doctrinam, quam nos imitari oporteat* (QFRG 10, 324).

[347] Auch die Frage der religionsgeschichtlichen Analogien von Kultmahlzeiten kann hier bis auf die 1Kor 11 direkt berührenden Verbindungslinien (vgl. z.B. unten S. 25f) nicht diskutiert werden. Vgl. weiter die Diskussion der diversen Analogien bei Jeremias* 20-35; Klauck* (Herrenmahl) 8- 233 und (Präsenz) 313-325; Kollmann* 20-33; Klinghardt 29-267; Patsch* 17-34, zum Passamahl vgl. 34-36; doch fehlt bei Paulus jeder Hinweis auf die Passatypologie (vgl. unten Anm. 474); anders aber z.B. O. Betz* passim; andere Beispiele unten Anm. 363.495.526.

[348] Ὑπέρ als soteriologisches Interpretament, absolutes παραδιδόναι und εὐχαριστεῖν, objektloses κλᾶν, ἀνάμνησις, δειπνεῖν u.a.; vgl. Jeremias* 98f; Neuenzeit* 86; Conzelmann 239 Anm. 41 u.a. Ob Paulus Wort für Wort zitiert oder sich auch die Freiheit zu vereinzelten Modifikationen nimmt, was ihm prinzipiell durchaus zuzutrauen ist (vgl. 7,10f; 10,16f), wird überwiegend im ersteren Sinn beantwortet (vgl. Neuenzeit* 85f.92 und die Lit. bei Patsch* 258 Anm. 68).

[349] So z.B. Jeremias* 97; Bornkamm* 147; Stuhlmacher* 19, wofür u.a. die Übereinstimmung mit Lukas sprechen soll (Knoch* 37). Ellis* 43 favorisiert Damaskus (vgl. auch Roloff, Apostolat 86).

[350] So z.B. Pesch* 59; Ruckstuhl* 76 Anm. 10; Roloff* (Testament) 214; Söding* 146.

[351] Vgl. weiter unten Anm. 545. Meist wird von Kultätiologie gesprochen; vgl. z.B. Neuenzeit* 96-100; Hahn* (Motive) 339; Klauck* (Präsenz) 319f und die bei Hofius*

Zunächst kurz die Gemeinsamkeiten, die alle Texte im selben Wortlaut bieten: a) ἄρτον, und zwar ohne Artikel, b) ἔκλασεν, c) τοῦτό ἐστιν τὸ σῶμά μου bzw. bei Paulus vorangestelltes μου, d) ποτήριον, bei Paulus/Lukas mit Artikel, e) die Erwähnung von αἷμα und διαθήκη. Die Übereinstimmung im Brotwort ist also am größten.
Beim Vergleich von Markus und Paulus/Lukas besteht eine gewisse Übereinstimmung darin, daß trotz des höheren literarischen Alters 1Kor 11,23-25 gegenüber Mk 14,22-24 in manchen Zügen schon ein traditionsgeschichtlich fortgeschritteneres Stadium der Überlieferung repräsentiert[352]. Allerdings divergieren die Meinungen über das Ausmaß der Glättungen und Gräzisierungen nicht zufällig, weshalb eindeutige Entscheidungen z.T. nicht getroffen werden können. So wird das ungriechisch absolut gebrauchte εὐλογήσας in Mk 14,22 (im Sinne von segnen und nicht von rühmen bzw. preisen) für ursprünglicher gehalten als εὐχαριστήσας in 1Kor 11,24[353]. An anderen Stellen läßt sich zuversichtlicher urteilen. Während das Mk 14,22 gebotene ἔδωκεναὐτοῖς den kultätiologischen Charakter gegenüber den erzählerischen Momenten noch weniger deutlich hervortreten läßt, dient die paulinische Tradition offenbar stärker liturgischen Interessen[354]. Das wird durch das bei Markus zusätzlich bezeugte ἔπιον ἐξ αὐτοῦ πάντες und ἔδωκεν αὐτοῖς in 14,23 bestätigt. Auch das ὑπὲρ ὑμῶν in 1Kor 11,24/Lk 22,20 hat vermutlich weniger Anspruch auf Ursprünglichkeit als das markinische ὑπὲρ πολλῶν (Mk 14,24), denn durch die 2. Pers. (»für euch«) kommt der Charakter der Zueignung stärker heraus, und πολλῶν ist semitisierend inklusiv zu verstehen[355]. Umstritte-

203 Anm. 1 genannten Autoren; anders z.B. Feld* 22f, der im Anschluß an W. Schenk (Der Passionsbericht nach Markus, Gütersloh 1974, 191) »ein katechetisch-lehrhaftes Gepräge« für wahrscheinlich hält; vgl. aber auch Klinghardt* 304f.

352 Vgl. Jeremias* 181-183 sowie die Diskussion bei Patsch* 73-87; Feld* 31- 39; Merklein* 163f; van Cangh* 629-632. Anders z.B. Schürmann, Einsetzungsbericht 82-132; Neuenzeit* 103. Meist wird freilich mit Recht hinzugefügt, daß jede Form ältere Elemente enthält und nirgendwo ein »Urbericht« zu fassen ist (vgl. z.B. Bornkamm* 154). Für ein höheres Alter der paulinisch-lukanischen Tradition vgl. die bei Feld* 32 genannten Autoren. Maccoby* 249 läßt ganz abwegig sogar alle Evangelientexte von Paulus abhängig sein.

353 Vgl. Jeremias* 167 und 1Kor 10,16, wo ebenfalls von εὐλογεῖν und nicht εὐχαριστεῖν die Rede ist. Patsch* 71 macht im Anschluß an andere aber darauf aufmerksam, daß auch εὐχαριστεῖν »ohne Objekt bzw. Bezugsnebensatz als Semitismus zu beurteilen« ist, so daß er mit einer Übersetzungsvariante rechnet (vgl. auch 261 Anm. 123). Im übrigen ist das Vorliegen und Auswerten der Semitismen von Jeremias* 165-179 stark überschätzt worden; vgl. Rietschel* 281-283; H. Schürmann, Die Semitismen im Einsetzungsbericht bei Markus und bei Lukas, ZKTh 73 (1951) 72-77; J. Betz* (1955) 16f; Maccoby* 265-267 u.a.

354 Vgl. z.B. Lessig* 347; Pesch* 34-38, der den historischen Charakter des markinischen Berichtes allerdings erheblich übertreibt und 1Kor 11,23b-25 aus dem »erzählenden Bericht« Mk 14,22-25 ableiten will; vgl. die Kritik bei Klauck* (Herrenmahl) 297 Anm. 69 und die dort genannte Literatur sowie Ruckstuhl* 77f u.ö und oben Anm. 351.

355 So Jeremias* 165.171-174 und ders., ThWNT VI 536-545; Patsch* 75 und die meisten. Auch Paulus selbst kennt freilich diesen Gebrauch; vgl. Röm 5,15 mit 2Kor 5,14 und weiter Jeremias, ThWNT V 713 Anm. 483 und VI 544. Immerhin ist nicht ganz auszuschließen, daß durch πολλῶν eine Angleichung an Jes 53,12 erreicht werden sollte; vgl. die Diskussion bei Feld* 35 und außerdem O. Hofius, Τὸ σῶμα τὸ ὑπὲρ ὑμῶν 1Kor 11,24,

ner ist die Frage, ob die ὑπέϱ-Wendung ursprünglich beim Brotwort wie bei Paulus/Lukas oder aber beim Becherwort wie bei Markus gestanden hat. Meist wird angenommen, daß das bei Markus durch das Sühne- bzw. Stellvertretungsmotiv und den Bundesgedanken überladene Becherwort in der paulinisch/lukanischen Überlieferung zugunsten des Brotwortes entlastet worden ist, also erst sekundär zum Brotwort gerückt ist[356]. Eine Weiterbildung ist sicher auch der doppelte Wiederholungsbefehl in 1Kor 11[357], der eindeutig voraussetzt, daß die Gemeinde das Mahl als Wiederholung und Anamnese des letzten Mahles Jesu feiert[358]. Ob endlich die Charakterisierung des Bundes als καινή (1Kor 11,25 / Lk 22,20) primär oder sekundär ist, läßt sich nicht eindeutig entscheiden[359].

Unbeschadet dieser teilweisen Priorität des Markustextes bietet auch 1Kor 11 / Lk 22 in einigen Punkten die traditionsgeschichtlich ursprünglichere Form: So sind hier beide Deuteworte noch nicht parallel gebaut, weshalb σῶμα – αἷμα bei Markus als sekundär gegenüber σῶμα – διαθήκη in 1Kor 11 / Lk 22 zu gelten haben. Man kann sich nicht vorstellen, was eine so eindrückliche Parallelität (»das ist mein Leib – das ist mein Blut«) wieder zugunsten ei-

ZNW 80 (1989) 80-88, hier 87f, der im übrigen zeigt, daß die paulinische Fassung ins Hebräische und Aramäische rückübersetzbar ist und gegenüber der Markusfassung ursprünglich sein kann.

356 Vgl. Schürmann* (Einsetzungsbericht) 115-123; weiter Klauck* (Herrenmahl) 307f; Hahn* (Motive) 341; Kollmann* 181. Manche Autoren wie Neuenzeit* 110; Ruckstuhl* 93 und Merklein* 166 rechnen aber damit, daß die Verbindung des Sühnegedankens mit dem Brotwort traditionsgeschichtlich älter ist, wofür vor allem sprechen soll, daß das das Mahl eröffnende Brotwort »ohne deutendes Interpretament für die Jünger unverständlich gewesen sein müßte«, zumal das Becherwort durch eine Mahlzeit davon getrennt war; ebs. Roloff, Kirche 54, der dann aber doch mit Recht die Schwierigkeit ausschlaggebend sein läßt, was denn zur Überfrachtung des Becherwortes und zur Zerstörung der Balance zwischen beiden Deuteworten geführt haben soll; noch anders Söding* 138f. Vgl. das Für und Wider bei Delling* 51f; Patsch* 74-78; Feld* 36f; Léon-Dufour* (Abendmahl) 157 (die Frage lasse sich nicht entscheiden).

357 Vgl. Weiß 286; Jeremias* 161.229; Patsch* 79; anders Dix* 65-68; Neuenzeit* 111-114; O. Betz* 229; B.D. Smith* 184f u.a.; Lukas, der den Wiederholungsbefehl nur beim Brotwort bietet, bestätigt den Zuwachsprozeß in der Anamneseformel, denn vermutlich steht wegen der auch hier vorauszusetzenden Parallelisierungstendenz der einfache Wiederholungsbefehl am Anfang (vgl. Schürmann* [Einsetzungsbericht] 69-73; nach Neuenzeit* 113 will Lukas dagegen einen der beiden Wiederholungsbefehle »einsparen«, weil er angeblich erst beim zweiten auf die Verdoppelung stößt; anders v.d. Minde* 162f.

358 Natürlich ist auch bei Markus ohne ausdrücklichen Wiederholungsbefehl eine das Herrenmahl feiernde Gemeinde vorausgesetzt; vgl. Jeremias* 100-131; Hahn* (Motive) 339; Merklein* 168f.

359 Man könnte zwar versucht sein, καινή für einen paulinischen Zusatz zu halten (vgl. 2Kor 3,6 und Käsemann* [Anliegen] 30f). Da Lukas es aber unabhängig von Paulus ebenso bietet, scheidet diese Möglichkeit aus. Andererseits aber ist das fast wörtliche Zitat von Ex 24,8 LXX in Mk 14,24 kaum usprünglich; vgl. Behm, ThWNT II 136: sekundäre Angleichung an Ex 24,8 (vgl. auch Klauck* [Herrenmahl] 311f). Für ein traditionsgeschichtlich älteres Stadium von καινή (allerdings mit der keineswegs sicheren Bezugnahme auf Jer 31,31) auch Neuenzeit* 119; Hahn* (Stand) 248f; Merklein* 164.176; Gräßer* 117f; B.D. Smith* 180f; vgl. die Diskussion bei Patsch* 84-87; Feld* 37f und Wolff 268f, die selbst für den sekundären Charakter von καινή eintreten; anders Backhaus* 294: Die lk-pl Version habe es »interpretierend eingesetzt« und nähere sich einem »›heilsgeschichtlichen‹ Denken«; Söding* 141f sieht die Verbindung Bund/Blut nur über Ex 24,8 (LXX τὸ αἷμα τῆς

ner Disparität rückgängig gemacht haben sollte[360], zumal der markinische Text schon ein größeres sakramentales Interesse an den Elementen verrät und die verabscheuungswürdige Vorstellung des Trinkens von Blut im Raum des Judentums ganz unvorstellbar ist[361]. Diese Asymmetrie problematisiert alle Interpretationen, die selbst in 1Kor 11 geradezu selbstverständlich von einer Analogie beider Deuteworte[362] und der Korrelation von σῶμα und αἷμα ausgehen, weil Leib und Blut angeblich ein anthropologisches und kultisches Begriffspaar bilden. Außerdem verrät der paulinische/lukanische Abendmahlstext auch darin ältere Überlieferung, daß hier das μετὰ τὸ δειπνῆσαι erhalten geblieben ist (V 25), Brotkommunion und Weinkommunion also mindestens ursprünglich durch eine Sättigungsmahlzeit getrennt waren[363].

Korinthische Abendmahlspraxis: Grundlegende Voraussetzung für die rechte Einschätzung sowohl der korinthischen Abendmahlspraxis als auch der paulinischen Stellungnahme ist die Tatsache, daß das Herrenmahl konstitutiv zwei Akte umfaßt: die gemeinsame Sättigungsmahlzeit, also die sog. Agape[364], und die sakramentale Feier, also die Eucharistie[365]. Die Frage nach dem Verhältnis dieser beiden Akte und damit nach dem Ablauf der Mahlfeier in Korinth wird allerdings nicht zufällig sehr verschieden beantwortet.

διαθήκης) vorbereitet (auch Sach 9,11 beziehe sich darauf), und auch Klein* 36 hält die Rede vom «neuen Bund« nur als Abwandlung der von Ex 24,8 her erfolgenden Deutung als »Bundesblut« für möglich, da in Jer 31 nicht vom Blut die Rede ist.

360 Vgl. Behm, ThWNT III 730ff; Schweizer* 348-350; Schürmann* (Einsetzungsbericht) 83-89; Neuenzeit* 115.119; Bornkamm* 161; Marxsen* (Abendmahl) 8f; Merklein* 165f; Wilkens* 55f; Suggit* 17; Lampe* (Herrenmahl) 207; Magne* (Récits) 189. Anders Jeremias* 192f.213; Klappert, TBLNT I 670f mit Hinweis darauf, daß das Vergießen des Blutes den gewaltsamen Tod kennzeichnet (vgl. z.B. Gen 9,6; 37,22; Mt 23,30.35f par; Phil 2,17); aber ἐκχυννόμενον ist sekundär und bezeichnet in Verbindung mit αἷμα auch das Ausgießen am Altar (Ex 29,12; Lev 4,7.18 u.ö.). Richtig z.B. Günther* 50: Das Becherwort biete nicht »Dies ist mein Leben, das mir genommen wird (oder ähnlich)«.

361 Vgl. Gen 9,4 und auch Apg 15,20.29; vgl. dazu Fiedler* 199-201; B.D. Smith* 181. Eine andere Sicht wird ausgerechnet auch von jüdischer Seite vertreten; so rechnet Rubinstein* 103 mit bewußter Tabuverletzung; aber auch nach O. Betz* 220 soll solch »Anstoß erregender Gedanke« nur Jesus selbst zuzutrauen sein.

362 Diese traditionelle Bezeichnung (vgl. z.B. Berger, Formgeschichte 235) wird hier trotz ihrer Unzulänglichkeit (vgl. Bornkamm* 156: Hier werde nicht »gedeutet«, sondern »in direkter Prädikation ein Dargereichtes bezeichnet«; Hofius* 205, der statt dessen für »Gabeworte« plädiert) festgehalten, ohne daß damit wie bei O. Betz* 241 eine Analogie zu den Deuteworten der Passaliturgie vorausgesetzt wird. J. Betz* (1979) 12 hält eher die Kategorie »Segens- oder Bestimmungsworte« für angemessen, Schlink »Spendeworte« (Dogmatik 492).

363 Vgl. Bornkamm* 143f.154; Neuenzeit* 70-76. Das ist neuerdings wieder bestritten worden, so etwa von Schmithals* 238; Patsch* 72; Feld* 38: Μετὰ τὸ δειπνῆσαι sei attributiv auf ποτήριον zu beziehen und charakterisiere den 3. Becher beim Passamahl. Aber die Wendung ist eindeutig adverbial mit ἔλαβεν und ὡσαυτῶς zu verbinden, weil sonst der Artikel wiederholt werden müßte; vgl. Hofius* 208-211; Engberg-Pedersen* 596; B.D. Smith* 176 Anm. 43; Klinghardt* 287f; ähnlich schon Robertson/Plummer 246. Vgl. zu δειπνῆσαι weiter zu V 25.

364 Der Name selbst erscheint bei Paulus nicht; vgl. Jud 12; IgnSmyrn 8,2; Clemens Alexandrinus, Paed. 2,1,4 (GCS 12, 156) und Strom. 3,10,1 (GCS 15, 200); Tertullian, Ap. 39,16 (CChr 1, 152): *dilectio.*

365 Zu εὐχαριστία vgl. EKK VII 2, 458 Anm. 470.

Es gibt mehrere Möglichkeiten, von denen aber nur zwei ernsthaft zu erwägen sind, denn die Annahme der Reihenfolge Eucharistie – Agape[366] dürfte primär der asketischen Tendenz zuzuschreiben sein, keine Speise vor dem Abendmahl einzunehmen. Die meisten plädieren heute für die Reihenfolge Agape – Eucharistie[367]. Als Argumente für diese These, nach der das Sättigungsmahl in Korinth *vor* dem Kultmahl eingenommen worden ist, werden angeführt: 1. προλαμβάνειν, d.h. die Begüterten sollen das δεῖπνον *vorwegnehmen* (V 21); 2. ἐκδέχεσθαι im Sinne von warten auf das Eintreffen aller zum Mahl (V 33); 3. das ἐσθιόντων αὐτῶν in Mk 14,22, worauf die Eucharistie gefolgt sei[368]; 4. Paulus würde bei Nichtpartizipation am Herrenmahl, falls die später Kommenden die am Anfang stehende Brotkommunion verpassen würden, erheblich schroffer reagieren; 5. der schon in Kap. 10 zu beobachtende Sakramentalismus der Korinther könnte sich darin zeigen, daß sie das Sättigungsmahl nicht mehr ernst genug nehmen, sondern zugunsten des am Ende stehenden Kultmahles relativieren[369]; 6. gäbe die hier reklamierte Reihenfolge auch soziologisch durchaus Sinn, wenn nämlich begüterte Gemeindeglieder das Sättigungsmahl ohne zu spät kommende ärmere und minderbemittelte vorwegnehmen (vgl. zu V. 21).

Die angeführten Argumente sind aber großenteils ambivalent: ad 1 und 2: Προλαμβάνειν wie ἐκδέχεσθαι sind zwar im genannten Sinne kaum zu beanstanden, aber nicht unumstritten (vgl. unten); ad 3: Mk 14,22 ist markinische Redaktion zur Rahmung und steht außerdem im Präs.[370], ist also nicht Indiz einer bestimmten Mahlpraxis; ad 4: Dieses Argument ist nicht zu wider-

366 So z.B. Chrysostomus 223f (μετὰ τὴν τῶν μυστηρίων κοινωνίαν ἐπὶ κοινὴν πάντες ᾔεσανεὐωχίαν); Oecumenius 801 u.a.; in neuerer Zeit etwa Heinrici 337: Dadurch sei »die Weihe des ganzen und die Theilnahme aller« gesichert (vgl. auch v. Mosheim 514 u.a.).

367 Bornkamm* 143f.155; Patsch* 65; Klauck* (Herrenmahl) 295 und (Präsenz) 321; J. Betz* (1961) 104; Neuenzeit* 29f.71f; Wolff 257 u.a.; vgl. im übrigen schon Eucherius, Instruct. 1 (PL 50, 805), nach dem die Mahlzeiten vor der nächtlichen Eucharistiefeier gehalten werden (*ante Dominicam oblationem, quam post coenam noctibus inferebant*); zitiert bei Baumgartner* 96f; vgl. später Cornelius a Lapide 299 (*agape enim haec, tempore Pauli fiebat, non post, sed ante sacram synaxin*) und auch Semler 284; Rückert 307.

368 Bornkamm* 144.155; Klauck* (Herrenmahl) 295; Wolff 257.

369 Vgl. zum korinthischen Sakramentalismus EKK VII 2, 385f mit Lit.; daran ist von 10,1ff her auch gegen Klinghardt* 292 Anm. 50 und Hofius* 240 Anm. 223, der Paulus den Korinthern eine Profanierung des Sakramentes vorwerfen läßt, festzuhalten; allerdings ist auch Heinrici 336 schon der Meinung, die Feier habe in Korinth den »Charakter von Schmausereien angenommen, in denen die religiöse Bedeutung ganz zurückgetreten war«; vgl. auch Weiß 285.292; Dix* 97 (»the secular and social aspects of the communal supper had largely obscured for them its religious and sacramental elements«); Lietzmann* (Messe) 254; Schmithals* 242. Gewiß kann man von Profanierung sprechen, aber eben in Form der Überschätzung des Sakramentalen und den daraus resultierenden sozialen Verlotterungen; vgl. auch Lampe* (Herrenmahl) 199; Schäfer* 427.431. Auch nach Ignatius (Smyrn. 6,2) kümmern sich die Gnostiker nicht um einen Hungernden oder Dürstenden (Goppelt, ThWNT VI 20f Anm. 65).

370 Vgl. Lampe* (Herrenmahl) 184 Anm. 4. Eher ließe sich auf Lk 22,20 verweisen; Schürmann* (Gestalt) 117f Anm. 6 hält es z.B. für unwahrscheinlich, daß z.Zt. des Lukas das Gemeindemahl noch von der doppelgestaltigen Eucharistie umrahmt gewesen sei (vgl. die Umstellung von ὡσαύτως und καί und dazu Patsch* 72).

legen; ad 5: Die Verachtung der Leiblichkeit, die das Sättigungsmahl zu einer quantité négliable werden läßt, ließe sich auch bei anderer Abfolge festhalten; dieser Hinweis hängt eng mit der Entscheidung zu 1 und 2 zusammen; ad 6: Auch dagegen ist wenig einzuwenden. – Die eigentliche Schwierigkeit bei solcher Reihenfolge aber ist das dabei vorausgesetzte Abweichen von der Paradosis, die aus μετὰ τὸ δειπνῆσαι nur eine stehengebliebene altertümliche liturgische Formel werden läßt[371]. Der Hinweis auf ἕκαστος (V 21) ist dagegen nicht durchschlagend (vgl. z.St.). Die Möglichkeit dieser ersten Rekonstruktion des Ablaufs der korinthischen Mahlfeier bleibt m.E. gleichwohl gegeben. Wesentlich naheliegender ist aber die Abfolge Brotkommunion – Agape – Weinkommunion. Für diese Lösung spricht vor allem das Ernstnehmen von μετὰ τὸ δειπνῆσαι (V 25) und die Tatsache, daß eine integrale Mahlfeier eher der antiken Mahlpraxis entspricht[372]. Ihr Problem aber ist das Verständnis von προλαμβάνειν, das dabei im äußerst seltenen Sinn von »hervornehmen« bzw. »einnehmen« gefaßt werden muß (vgl. z.St.), so daß τὸ ἴδιον δεῖπνον προλαμβάνειν ἐν τῷ φαγεῖν (V 21) sich auf das Sättigungsmahl *während* der Mahlfeier bezieht. Hat προλαμβάνειν aber den üblichen zeitlichen Sinn, kann sich ἐν τῷ φαγεῖν trotz der Schwierigkeit, daß im vorhergehenden V 20 κυριακὸν δεῖπνον φαγεῖν die gesamte Mahlfeier meint (vgl. unten Anm. 417), nur auf ein Essen *vor*, nicht während der Eucharistie beziehen[373], weil Paulus sonst bei der dann zugleich vorauszusetzenden Vorwegnahme der Brotkommunion gewiß viel energischer protestieren würde. Hält man sowohl am temporalen Sinn von προλαμβάνειν als auch am Verständnis von δειπνῆσαι in V 25 als gemeinsamem Sättigungsmahl fest, ist möglicherweise folgende Reihenfolge anzunehmen: vorweggenommenes Privatmahl – Brotkommunion – Agape – Weinkommunion. Für solche Aufeinanderfolge zweier Sättigungsmähler scheinen allerdings Analogien zu fehlen, denn die zur

371 So z.B. Bornkamm* 155; Marshall* 111. Dagegen ist von Theißen* 298f; Hofius* 215; Kollmann* 42; Lampe* (Eucharist) 37; Schmeller* 68 u.a. eingewandt worden, daß Paulus kaum stillschweigend eine andere Praxis voraussetzen kann, ohne eine noch größere Verwirrung zu stiften. Ganz zwingend ist dieses Argument angesichts der Zählebigkeit liturgischer Formeln bei sich wandelnder Praxis freilich nicht, wie unsere eigenen Agenden erweisen, aber auch das wenig ausgebildete Interesse des Apostels an korrekten gottesdienstlichen Abläufen oder gar Formularen zu erkennen gibt; nicht auszuschließen ist auch, daß die Korinther von sich aus von der üblichen Reihenfolge abgewichen sind, Paulus das aber mit Rückgriff auf die Paradosis korrigieren will.

372 Vgl. Klinghardt* 322f u.ö.; anders Klauck* (Präsenz) 321f; Witherington* 242 Anm. 4.

373 Nach Theißen* 294f.298 konnte deshalb ein ἴδιον δεῖπνον neben dem Gemeinschaftsessen stattfinden, weil der Beginn des Herrenmahls nicht geregelt war und bis zu dessen Beginn (sc. den Einsetzungsworten) die mitgebrachten Speisen privates Eigentum blieben (vgl. auch unten Anm. 437f). Daß es keinen offiziellen Beginn gab, ist sicher richtig und könnte z.T. auch das προλαμβάνειν erklären; auffallend ist auch, daß Paulus das Zuspätkommen nicht tadelt (vgl. dagegen Plutarch, Symp. 8,6,725F-726A, wo dies als Verstoß gegen die Sitte gilt und zu spät Kommende als κωλυσίδειπνοι [»Mahlverhinderer«] abqualifiziert werden). Daß den Einsetzungsworten die Funktion zukomme, die Gaben dem Privatgebrauch zu entziehen, bleibt dagegen hypothetisch; vgl. auch unten Anm. 545 und Schmeller* 69f u.a.

Erklärung vorgeschlagene Parallelisierung des Voressens mit dem Hauptgericht und der Agape mit dem Nachtisch[374] bleibt problematisch[375]. Gleichwohl legt der Text die Annahme nahe, daß die bessergestellten Korinther bei ihrem Eintreffen mit dem Verzehr ihrer eigenen mitgebrachten Portionen begannen und den später Kommenden für die Agape nur Reste übrigließen. Eine ungenierte Völlerei der Wohlhabenden in unmittelbarer Konfrontation mit den »Hungernden« während des von den sakramentalen Handlungen umrahmten δειπνῆσαι wird es wohl selbst in Korinth nicht gegeben haben (vgl. Anm. 427). Möglich ist, daß auch eine dem sozialen Status entsprechende räumliche Trennung stattfand und die zuerst kommenden Begüterten ihr Privatmahl bzw. – falls doch eine andere Reihenfolge vorauszusetzen ist – das gemeinsame Sättigungsmahl im *triclinum*, dem Speiseraum, verzehrten, die später kommenden Armen dagegen, schon aus Raumgründen, in das *atrium* oder *peristylium* verwiesen wurden (vgl. Anm. 387).

Eine andere traditionsgeschichtliche Frage ist die Herkunft von V 19. Ob Paulus hier auf ein apokryphes *Herrenwort* zurückgreift, das sich auch in altkirchlichen Texten erhalten hat und dort ausdrücklich als Herrenwort deklariert wird[376], ist umstritten[377]. Jedenfalls versteht er es selbst nicht wie in 7,10 und 9,14 als Herrenwort. Er wird vielmehr an eine apokalyptische Tradition anknüpfen[378].

Gliederung: Der neue Abschnitt beginnt mit dem vorausblickenden τοῦτο παραγγέλλων, das auf das Präd. ἐπαινῶ zu beziehen ist (zu anderen Lesarten vgl. z.St.); davon hängt ein präs. ὅτι-Satz in der 2. Pers. Plur. ab, der eine doppelte, durch ἀλλά ge-

374 Das ἴδιον δεῖπνον soll nach Lampe* (Herrenmahl) 192-203 dem antiken ἔρανος und seine Vorwegnahme den *mensae primae* vor den *mensae secundae* (die kultische Mahlzeit wird dann in Analogie zu den *mensae secundae* verstanden) entsprechen.

375 Vgl. Klinghardt* 282-286. Schmeller* 70f fügt hinzu, daß die ärmeren Christen ja nicht gerade zwischen *primae* und *secundae mensae* eingetroffen sein werden und bei den »Zweittischen« andere Speisen aufgetischt wurden.

376 Vgl. ἔσονται σχίσματα καὶ αἱρέσεις (Justin, Dial. 35,3); ähnlich Didask 23,6,5 und PsClem, Hom. 16,21,4: ἔσονται γάρ, ὡς ὁ κύριος εἶπεν, ›ψευδαπόστολοι, ψευδεῖς προφῆται, αἱρέσεις, φιλαρχίαι‹ (GCS 242, 228). Vgl. dazu weiter A. Resch, Agrapha. Aussercanonische Schriftfragmente, 21906 (TU 15,3.4) 100f.359; J. Jeremias, Unbekannte Jesusworte, Gütersloh 31963 (unter Mitwirkung von O. Hofius) 74f; A. le Boulluec, Remarques à propos du problème de I Cor. 11,19 et du »logion« de Justin Dialogue 35, StPatr 12 (1975) 328-333; Paulsen* 184-191.

377 Weiß 280 z.B. neigt zur Zustimmung: So erkläre sich gut das καί in V 19a; ähnlich schon Heinrici 340, nach dem das καί »ein neues Moment« einführen soll. Das καί kann aber auch im Sinne von »wohl auch« und also nicht steigernd als »sogar« verstanden werden. Das καί in V 19b, schon textkritisch schwierig (vgl. Zuntz, Text 211f, der es für ursprünglich hält und emphatisch versteht: »so that [thereby] the *really* valuable men may stand out«), dürfte so zu verstehen sein, daß es zugleich einen zusätzlichen Zweck nennt (vgl. Paulsen* 184 Anm. 16).

378 Vgl. außer den oben Anm. 376 genannten späteren Belegen (auch bei Justin steht das Wort im eschatologischen Zusammenhang) Mt 10,34ff im Anschluß an Mi 7,6; TestJud 22,1; 2Petr 2,1. Schlier, ThWNT I 182 (»ein eschatologisch- dogmatischer Satz«); Dahl, Volk 224; Munck, Paulus 128; Bornkamm* 141; Wolff 260; Paulsen* 193 sowie vor allem 199-207.

trennte Zielbestimmung mit εἰς und oppositionellen Komparativen enthält. V 18 setzt zwar begründend (γάρ) mit πρῶτον μέν ein, doch findet das keine Fortführung; vor dem regierenden perf. Präs. (vgl. unten Anm. 388) ἀκούω steht ein *gen. absolutus* mit dem hier in Kap. 12-14 erstmalig auftauchenden συνέρχεσθαι + ὑμῶν und einer Lokalbestimmung, danach ein davon abhängiger *a.c.i.*, woran sich ein weiteres Verb der 1. Pers. Sing. im Präs. anschließt, das durch μέρος τι eingeschränkt wird. V 19 ist eine Begründung (γάρ) mit unpersönlichem δεῖ, dem wieder ein *a.c.i.* folgt, wobei im Akk. jetzt αἱρεσεις statt wie in V 18 σχίσματα gebraucht und wie in V 18 ἐν ὑμῖν hinzutritt, das auch im folgenden ἵνα-Satz wiederholt wird, der den Zweck der Spaltungen im φανεροὶ γίνεσθαι der Bewährten sieht. V 20 wiederholt den *gen. absolutus* von V 18 mit dem zum Hauptthema zurückkehrenden οὖν (vgl. z.St.) + zusätzlichem ἐπὶ τὸ αὐτό und qualifiziert das korinthische Herrenmahl-Essen (φαγεῖν und das nur hier vorkommende κυριακὸν δεῖπνον) mit οὐκ ἔστιν im Sinne von »es ist nicht möglich« (vgl. z.St.). V 21 begründet das (γάρ) zunächst in einem präs. Hauptsatz mit ἕκαστος als Subj., einem Akk.-Obj. und dem aus V 20 übernommenen substantivierten Inf. Aor. φαγεῖν, dessen Konsequenzen in einem Doppelsatz mit ὃς μέν ... ὃς δέ und scharf kontrastierenden präs. Verben benannt werden. V 22a stellt mit μὴ ... οὐ eine eine bejahende Antwort voraussetzende rhetorische Frage (vgl. Bl-Debr-Rehkopf § 427,2) in der 2. Pers. Plur. und zwei finalen substantivierten Inf. im Präs. der im folgenden oft wiederholten beiden Verben ἐσθίειν und πίνειν. V 22b fügt mit ἤ eine Doppelfrage in der 2. Pers. Plur. an, wobei die erste als Obj. τῆς ἐκκλησίας hat, die zweite τοὺς μὴ ἔχοντας. In V 22c.d folgen zwei weitere kurze Fragen, nun in der 1. Pers. Sing., die erste im Aor. Konj., die zweite im Futur, worauf V 22e ebenfalls in der 1. Pers. Sing. die negative Antwort im Präs. gibt, die dasselbe Verb ἐπαινεῖν benutzt wie V 22d. V23 begründet mit γάρ V 22e, beginnt mit einem emphatisch vorangestellten ἐγώ als Subj., dem ein aktiver Aor. von παραλαμβάνειν und eine Urheberbestimmung mit ἀπό folgt; in V 23b wird, eingeleitet mit ὃ καί, die dazu übliche Entsprechung mit παραδιδόναι benannt, wieder in der 1. Pers. Sing. des Aor., doch dieses Mal mit einem Dativobj. der 2. Pers. Plur. Mit ὅτι-recitativum wird dann der Inhalt der Tradition eingeleitet: Zunächst das Subj. ὁ κύριος Ἰησοῦς, dann eine Zeitbestimmung, die in einem Relativsatz mit dem Relativum ᾗ ohne Wiederholung der Präposition aufgegriffen und durch ein beschreibendes Imperf. im Pass., wieder von παραδιδόναι, aber in anderem Sinne als in V 23b, fortgeführt wird, dann das Präd. des Hauptsatzes im Aor. (ἔλαβεν) mit einem Akk.-Obj. V 24 fährt in der 3. Pers. Sing. fort, und zwar mit doppeltem καί und zweifachem aktivischen Aor., wobei der erste durch das aor. Part. εὐχαριστήσας näher bestimmt wird; auf das zuletzt stehende εἶπεν folgt in V 24b ohne ὅτι-recitativum in direkter Rede das 1. »Deutewort« mit vorangestelltem pronominalen Subj. τοῦτο (über dessen Beziehung vgl. z.St.), einem zum folgenden Prädikatsnomen τὸ σῶμα gehörenden Possessivpronomen der 1. Pers. Sing., dem Präd. ἐστίν und nachstehender ὑπέρ-Formel mit wiederholtem Artikel. In V 24c steht der 1. Wiederholungsbefehl mit voranstehendem τοῦτο, dem iterativen Imp. Präs. Plur. von ποιεῖν und der Zweckbestimmung εἰς ἀνάμνησιν mit dem Possessivadjektiv ἐμήν. V 25 beginnt mit einem nicht eindeutigen ὡσαύτως, das aus V 23f zu ergänzen ist, dem artikulierten ποτήριον und einer Zeitangabe mit μετά und substantiviertem Inf. δειπνῆσαι. Statt mit εἶπεν wird dann das 2. »Deutewort« mit dem isoliert stehenden Part. λέγων eingeleitet: Statt des pronominalen τοῦτο steht als Subj. τοῦτο τὸ ποτήριον, dem das Prädikatsnomen ἡ διαθήκη mit Adjektiv καινή und das Präd. ἐστίν folgt, woran sich dann noch die instrumentale Bestimmung ἐν τῷ ἐμῷ αἵματι nem mit ὁσάκις ἐάν eingeleiteten Eventualis eingeschränkt. V 26 nimmt das ὁσάκις ἐάν in der Protasis auf und erweitert das Trinken, nun mit dem Obj. ποτήριον, um das Essen des nun durch ein Demonstrativum τοῦτον bestimmten Obj. ἄρτον, während die Apodosis den präs. Ind. Plur. καταγγέλλετε mit dem Akk.-Obj. τὸν θάνατον bietet, der durch τοῦ κυρίου bestimmt wird und das Subjekt des abschließenden kurzen Satzes mit ἄχρι οὗ bildet. V 27 zieht die Konsequenz (ὥστε) in einem konditionalen Relativsatz mit ὃς ἄν und zwei durch ἤ getrennten Konj. der ab V 22 und zuletzt in V 26a gebrauchten Verben mit je einem Akk.-Obj. (entsprechend V 26), der im zweiten Fall durch τοῦ κυρίου bestimmt wird, sowie dem Adverb ἀναξίως. Im Nachsatz steht das *futurum intensivum* ἔσται mit ἔνοχος und zwei durch καί getrennte Gen., die σῶμα und αἷμα aus V 24 bzw. 25 aufnehmen, beim zweiten Mal wieder durch τοῦ κυρίου erweitert. V 28 fordert in einem Imp. der 3. Pers. Sing. mit ἄνθρωπος als Subj. ein δοκιμάζειν ἑαυτόν und führt, eingeleitet durch καὶ οὕτως, zwei weitere Imp. der beiden ab V 22 verwendeten Hauptverben an, im Unterschied zu V 27a jetzt aber beide Male mit ἐκ (vgl. Bl-Debr-Rehkopf § 168 Anm. 5 und 6) und den Genitivformen der beiden Akkusative von V. 27a. V 29 führt begründend (γάρ) die Gerichtsthematik durch ein erstmalig verwendetes Wort vom Stamme κριν– ein, der im folgenden in verschiedener Weise paronomastisch variiert wird (vgl. Bl-Debr-Rehkopf § 488 Anm. 4): Zuerst erscheinen im Part. Präs. des Sing. als Subj. die beiden seit V 22 im Vordergrund stehenden Verben und werden im präs. Prädikat mit Akk.-Obj. κρίμα und *dat. incommodi* ἑαυτῷ wiederholt, wobei am Schluß die Bedingung im Part. Präs. (μὴ διακρίνων) hinzugefügt wird, auffallenderweise jetzt aber nur τὸ σῶμα als Obj. genannt wird. V 30 nennt mit διὰ τοῦτο in einem kopulalosen Satz zwei verwandte Adjektive mit πολλοί und ἐν ὑμῖν, woran sich mit καί noch ein kurzer Satz im Präs. von κοιμᾶσθαι mit ἱκανοί als Subj. anschließt. V 31 und 32 sind zum ersten Mal in dieser Perikope in der kommunikativen 1. Per. Plur. formuliert. V 32 greift dabei in einem Irrealis (εἰ und ἄν im Nachsatz) wieder auf zwei Verben des Stammes κριν– zurück, in der Protasis das Imperf. Akt. auf das von διακρίνειν mit Obj. ἑαυτούς, in der negierten Apodosis das Imperf. Pass. auf das von κρίνειν. V 32 nimmt das letzte Wort in einem Part. Pass. auf und interpretiert es im Pass. und mit ὑπό + Gen. zur Bezeichnung des Urhebers als ein παιδεύεσθαι, dessen Zweck im anschließenden negierten ἵνα-Satz im Aor. Konj. Pass. von κατακρίνειν genannt wird. In V 33 beginnt mit ὥστε und neuerlicher Anrede unter Rückgriff auf vorhergehende Stichworte (vgl. z.St.) die Schlußmahnung, zunächst im Part. Präs. von συνέρχεσθαι, das durch εἰς und den substantivierten Inf. φαγεῖν näher bestimmt wird, dann in Opposition zu V 21 der plur. Imp. ἐκδέχεσθε mit ἀλλήλους als Obj. V 34a ist ein Realis der 3. Pers. Sing. mit unbestimmten τις und präs. Präd. in der Protasis, dem in der Apodosis von V 34b eine Lokalbestimmung und ein Imp. Sing. folgt; davon abhängig ist der ἵνα-Satz in V34c, der im Rückgriff auf κρίμα (V 29) mit εἰς und das in V 33 gebrauchte συνέρχεσθαι in der 2. Pers. Plur. des Konj. Aor. formuliert ist. Der Schlußsatz in V 34d ist wie der Anfang in V 17f (und V 23) wieder in der 1. Pers. Sing. gehalten, und zwar im Futur von διατάσσομαι mit Obj. τὰ λοιπά, wird aber von einem kurzen Satz ebenfalls in der 1. Pers. Sing. des Konj. Aor. mit ὡς ἄν = ὅταν unterbrochen.

Erklärung 17 Im Unterschied zu V 2 kann Paulus bei der nun zu besprechenden Frage das Verhalten der Gemeinde nicht loben, wie V 22 bestätigt[379]. Der Text ist vielfältig modifiziert worden[380], doch vom Gewicht der Handschriften wie von der Sache her dürfte ἐπαινῶ wie in V 2 der Hauptbegriff sein[381]. Τοῦτο παραγγέλλων ist dabei wie τοῦτο in 7,29 nicht zurückzubeziehen[382], sondern blickt auf das Folgende[383], worin die Adressaten kein Lob verdienen, sondern es mit einer apostolischen Anordnung zu tun haben (vgl. διατάξομαι V 34). Ein Lob seitens des Apostels aber ist hier darum ausgeschlossen, weil es beim Zusammenkommen der Gemeinde nicht besser, sondern schlechter mit ihr wird, also nicht Förderung, sondern Schädigung der Gemeinde das Ergebnis ist[384]. Συνέρχεσθαι[385] ist ein sich ausbildender *terminus technicus* für die gottesdienstliche Versammlung, wobei es sich von Haus aus um einen profanen Ausdruck handelt, der weder in Analogie noch im Kontrast zu kultischen Versammlungen steht[386]. Hier in V 17 wird aber anders als in V 33 das Zu-

379 Zum Unterschied zu anderen Aussagen wie 4,14.21; 6,5; 15,34 u.a. vgl. Engberg-Pedersen* 593f.

380 Παραγγέλλων οὐκ ἐπαινῶ bezeugen ℵ D2 F G Ψ 1881 𝔐 a d; dagegen bieten A C 6 33 104 326 365 1175 1739 pc f vg die umgekehrte Reihenfolge von Part. und 1. Pers. Sing. (παραγγέλλω οὐκ ἐπαινῶν). Andere Korrekturen in zwei Partizipien (B) oder zwei finite Formen (D* 81 b) erhöhen die Schwankung.

381 Vgl. aber A. Fridrichsen, Non laudo. Note sur ICor 11,17.22, in: FS J. Pedersen, Stockholm 1944/47, 28-32, der für die Ursprünglichkeit der Lesart παραγγέλλω οὐκ ἐπαινῶν eintritt: »Ich ordne das folgende an, indem ich mißbillige, daß . . .«; ebenso Kümmel 185; anders mit Recht Lietzmann 55; Conzelmann 234 Anm. 1 u.a.

382 So aber de Wette 105 und Meyer 309: »*Dieses aber* (was ich bislang von der Verhüllung der Frauen geschrieben habe) *verordne ich, indem ich nicht lobe*«; vgl. dazu Heinrici 338 und die nächste Anmerkung; Barrett 260 würde im anderen Falle τάδε erwarten.

383 So Bengel 420; Rückert 304; Heinrici 338 erklärt gegenüber Meyer 310, nach dem »τοῦτοπαραγγ. viel zu früh« kommen soll (auch nach Weiß 278 soll es »ziemlich lange« dauern, »bis ein Gebot kommt«): Auch wenn die Vorschriften erst nach Darlegung der Mißstände gegeben werden, liege »nichts Verwirrendes darin, dass der Ap. gleich im Anfang bemerkbar macht, jetzt handele es sich eben um solche Vorschriften«; vgl. weiter Schmiedel 159; Kümmel 185, der darauf hinweist, daß οὐκ ἐπαινῶ »häufig belegte Bezeichnung für ›tadeln‹« ist (vgl. Bl-Debr-Rehkopf § 434 Anm. 2 und zur Litotes § 495 Anm. 9 und Lausberg, Handbuch I 304f; zur *minutio* 145f); Fee 536 Anm. 23.

384 Oepke, ThWNT II 427: V 17 kritisiere »weniger die Absicht als den tatsächlichen Erfolg«. Zu κρεῖσσον vgl. zu 7,9, doch im Unterschied zu Kap. 7 und auch Kap. 8-10 gibt es hier keine zwei Möglichkeiten, eine gute und eine bessere (vgl. Fisher 180). Nach Weiß 278 ist es gleich εἰς τὸ συμφέρον bzw. σύμφορον (7,35). Semler 281 erklärt: *Etiam sacrae coenae vsus non per se facit, vt christiani proficiant* εἰς το κρεῖττον. Theophylakt 701 und Billroth 152 beziehen das κρεῖσσον auf die Zusammenkünfte selbst, die nicht besser, sondern schlechter werden.

385 Zu συνέρχεσθαι ἐπὶ τὸ αὐτό in V 20 vgl. unten Anm. 416, zum Verhältnis zu 14,26 vgl. dort.

386 Vgl. Schneider, ThWNT II 682; Neuenzeit* 27; Schenk* 73f; Fee 536 (»semitechnical term«); nach Käsemann* (Anliegen) 21 ist συνέρχεσθαι »fester Terminus für den offiziellen Zusammentritt des antiken Demos« und auf das Zusammenkommen der Gemeinde übertragen worden; ebenso Klauck* (Herrenmahl) 287; Mitchell, Paul 154f, die darin zudem eine Opposition zu den σχίσματα erkennen will; vgl. aber auch Mk 3,20; 14,53; Apg 19,32; 28,17 u.ö. Auch die LXX kennt den Term (Jos 9,2 sogar mit ἐπὶ τὸ αὐτό; vgl. auch Ex 32,26 u.ö.) im profanen, und zwar überwiegend im kriegerischen Sinn, Philo für die Zusammenkünfte der Therapeuten (VitCont 30.66) und Essener (Hyp 7,13), Euseb (Praep. Ev. 8,7,13 [GCS 43.1, 431f]) auch für den Synagogengottesdienst (vgl. dazu und zu Belegen mit συνάγεσθαι Dautzen-

sammenkommen nicht näher als ein solches zum Mahl bestimmt oder wie in 14,26 als ein solches zum »Wortgottesdienst« (vgl. zu 14,26). Zu beachten bleibt, daß die korinthische Gemeinde trotz aller Spannungen noch immer beim Herrenmahl zusammenkommt, also nicht in verschiedene *ecclesiolae* zerfallen ist, was durch V 18.20.33f bestätigt wird. Vermutlich geschieht das συνέρχεσθαι in einem geräumigen Haus eines der Begüterten[387].

18 V 18 konkretisiert den Grund, warum Paulus in Korinth ein ἧσσον und kein κρεῖσσον vorliegen sieht und auf die Herrenmahlfeier eingehen muß. Er hat von Spaltungen und Cliquenbildung (vgl. zu V 19) beim Zusammenkommen der Gemeinde erfahren. Ἀκούω ist vermutlich perfektisches Präsens im Sinne von »ich habe gehört«[388]. Die mündliche Quelle, auf die die Information des Paulus zurückgeht, ist nicht genauer zu bestimmen, wird aber wohl mit den Informanten von 1,11 identisch sein[389]. Paulus will zwar nicht allem Gehörten Glauben schenken[390], aber selbst bei aller Vorsicht wegen möglicher Übertreibungen kann er nicht umhin, einen Teil davon für wahr zu halten[391].

berg, Prophetie 275); Hofius* 206 Anm. 15 verweist zudem auf 1QSa 2,17.22. Jedenfalls ist συνέρχεσθαι nicht auf gottesdienstliche Versammlungen festgelegt (vgl. auch die Lesart in 7,5).

387 Zurückhaltend Weiß 280: »Wo der Versammlungsort ist, etwa im Hause eines begüterten Gemeindegliedes wie Gaius, Röm 16,23 ... oder in einem gemieteten Lokal, wissen wir nicht«; Weiß verweist wie andere auch auf die σχολή Apg 19,9. Zur Raumgröße vgl. die Bemerkungen bei Murphy-O'Connor, Corinth 153-161 und Fee 533f mit Anm. 11: Ein durchschnittliches *triclinum* bot Raum für 9-12 Gäste, so daß sich die meisten im Atrium oder im Peristylium aufgehalten haben werden, das etwa für 30- 50 Personen Platz hatte (vgl. auch Klauck* [Gottesdienst] 46; Klinghardt* 325f). Für zu spät Kommende war auch das ein Nachteil (vgl. Lampe* [Herrenmahl] 197.201, mit Verweis auf Martial 12,68,1f; 9,100,2; 4,40,1; 3,38,11: Sozial niedriger Stehende wurden »im Atrium empfangen und abgefertigt«); schon Heinrici, Sendschreiben 343 rechnet mit der Bildung gesonderter Tischgemeinschaften. Zur Bedeutung einer dem *status* entsprechenden Plazierung beim Mahl vgl. Smith/Taussig* 24f, die auf Plutarch, Quaest. Conv. 1,615D, aber auch auf Lk 14,7-11 und Joh 12,2 hinweisen, 33 auch auf 1QSa 2,11- 22; vgl. auch Berger/Colpe, Textbuch 246f; Mitchell, Paul 264 Anm. 435; Klinghardt* 80-83.

388 Bauer/Aland 63; Bl-Debr-Rehkopf § 322 Anm. 1. Nach Weiß 279 kann ἀκούω auch »streng präsentisch sein: ›Soeben höre ich‹«, zur Not aber auch »das Ergebnis eines ἀκηκοέναι«. Jedenfalls wird man das Präsens nicht durativ fassen wie etwa Robertson/Plummer 239 (»I continually hear«) und Fisher 181 (»I keep on hearing again and again«).

389 Anders Weiß 278: Wegen der vorauszusetzenden Identität der σχίσματα von Kap. 1-4 und 11 könne ἀκούω nicht mit ἐδηλώθη μοι identisch sein. Senft 146 denkt auch hier (vgl. EKK VII 1, 141f zu 1,11) an die korinthische Delegation, deren Namen nicht genannt seien, um sie nicht in falschen Verdacht zu bringen; vgl. auch Klauck* (Herrenmahl) 288.

390 Nach Heinrici 339f soll das eine »feine Aeusserung seiner noch besseren Meinung von den Lesern (Meyer [312]), vielleicht auch Ausdruck seiner Vorsicht, schwerlich jedoch Bemerkung der möglichen Unsicherheit seiner Quelle« sein; Holsten, Evagelium 355 findet Rücksicht auf die Gemeinde, »um einem vorwurf derselben die spitze abzubrechen«; Robertson/Plummer 239 verweisen auf 13,7. Nach Chrysostomus 225 will Paulus den Korinthern mit μέρος τι πιστεύω einen Weg zur Besserung eröffnen, nach Theißen* 310 sich vorsichtig von seinen Informanten distanzieren; Neuenzeit* 26 findet »einen leicht ironischen Akzent« (ebs. Schäfer* 423f); vgl. vor allem den Hinweis von Mitchell, Paul 152f auf eine ähnliche *dissimulatio* (vgl. dazu Lausberg, Handbuch I 446f) bei Aelius Aristides, Or. 24,3 u.a.

391 Ganz anders Winter* 80 Anm. 16, der μέρος τι als Nomen im Sinne einer Partei wie Apg 23,6 übersetzen will; vgl. dagegen die Belege für μέρος τι im Sinne von »zum Teil« bei Bauer/Aland 1025.

Dem πρῶτον μέν folgt kein δεύτερον δέ. Man hat dieses »Zweite« allerdings in V 20 finden wollen[392], in τὰ λοιπά[393] oder in 12,1[394]. Das letztere ist nicht auszuschließen, wenn Paulus bereits die dortige Thematik vorgeschwebt hat, doch ist es am einfachsten, mit einem Anakoluth zu rechnen[395] oder πρῶτον im Sinne der Vorrangigkeit mit »gleich von vornherein« oder »vor allem« zu umschreiben[396], wie das schon früher angenommen worden ist[397]. Ἐν ἐκκλησίᾳ heißt »in einer Gemeindeversammlung«, die durch das συνέρχεσθαι zustande kommt[398], bezeichnet also weder lokal den Versammlungsort[399] noch adverbial das Zusammenkommen als »ein gemeindliches«[400]. Ἐν ὑμῖν steht auch hier im Sinne von »in eurer Mitte«[401]. Die σχίσματα dokumentieren sich also offensichtlich innerhalb der Herrenmahlfeier der Gemeinde. Mit denen von Kap. 1-4 haben sie nichts zu tun, allenfalls sind sie deren Konsequenzen im Gemeindegottesdienst[402]. Es geht also jetzt nicht um die durch das hypertrophierte Weisheitsstreben der Korinther veranlaßten Parteiungen und Cliquenbildungen, sondern um Spannungen, die durch sozial-ökonomische Unterschiede zwischen reichen und armen Gemeindegliedern (V 20.22) ausgelöst werden und die gemeinsame Feier gefährden[403].

19 Paulus scheint im Auftreten dieser nun αἱρέσεις genannten Spaltungen – nicht in den Standes- und Vermögensunterschieden als solchen, sondern in den daraus resultierenden Differenzen und Gruppierungen in der Gemeinde – geradezu eine apokalyptische Notwendigkeit zu erkennen, die inmitten der endzeitlichen Verwirrung zur Bewährung der Gemeinde und Scheidung der

[392] So Rückert 305; Olshausen 670f; de Wette 105; Lietzmann 55; neuerdings Schmithals* 237f und Hahn* (Herrengedächtnis) 306: Zuerst tadele Paulus die Spaltungen überhaupt, dann den Mißbrauch des Abendmahls. Dagegen ist mit Recht eingewandt worden, daß V 22 (ἐν τούτῳ οὐκ ἐπαινῶ) sich auf V 17 bezieht, also nur *eine* Rüge vorliegt; so Meyer 310; ebs. Heinrici 339; Weiß 278f, der hinzufügt, daß die Behandlung der σχίσματα in V 18 »etwas gar zu kurz ist« und V 20 mit οὖν das συνερχομένων ὑμῶν aus V 18 wieder aufgenommen wird.

[393] So Grosheide 265; Murphy-O'Connor* 65 (»other unsatisfactory features of the Corinthian assemblies«).

[394] So Neander 181; Meyer 311; Schmiedel 159; Bachmann 362; Heinrici 339.

[395] So Fee 536f Anm. 26.

[396] So Bl-Debr-Rehkopf § 447 Anm. 14 und Bauer/Aland 1454 (mit Verweis auf Röm 1,8; 3,2).

[397] Vgl. schon Theodor v. Mopsuestia 188 (ἀντὶ τοῦ πρὸ πάντων) und Herveus 930 (*id est maximum omnium malorum*).

[398] So Meyer 311; Heinrici 339 u.a.

[399] So z.B. Grotius 807 (*in ea domo in qua conventus habentur*); vgl. auch Semler 286 (*videtur hic locum designare*); v. Mosheim 514.

[400] So v. Hofmann 241. Holsten, Evangelium 355 versteht ἐν ἐκκλησίᾳ als Qualitätsbestimmung (»als Gemeinde«). Da auch das Subjekt des συνέρχεσθαι die ἐκκλησία ist, sollen nach Weiß 279 hier »die beiden Seiten des Begriffs« hervortreten: »streng genommen ist ἐκκλ. nur da, wo eine Anzahl Menschen örtlich vereinigt sind; aber sie bleiben auch nach dem Auseinandergehen ἐκκλ., weil sie noch immer vor dem Angesicht Gottes vereinigt gedacht werden«; vgl. auch Wolff 259f und Fee 536.

[401] Delling, ThWNT VIII 501 Anm. 63.

[402] So z.B. Mitchell, Paul 151f.

[403] Vgl. unten Anm. 411. Σχίσματα beim συμπόσιον werden auch in der Satzung einer Genossenschaft von Verehrern des Zeus Hypsistos streng verboten (vgl. Bauer/Aland 1590; Maurer, ThWNT VII 963f; Klauck* (Herrenmahl) 289; D.E. Smith* 323).

Geister dient. Jedenfalls bringt er mit δεῖ nicht eine allgemeine Wahrheit zum Ausdruck[404], sondern eine der Erprobung und Klärung dienende eschatologische Notwendigkeit[405]. Das impliziert keine dann im Unterschied zu Kap. 1-4 problematische positive Charakterisierung der Spaltungen, sondern signalisiert eine radikale Gefährdung. Wenig wahrscheinlich ist, daß Paulus scharf zwischen σχίσματα (V 18)[406] und αἱρέσεις (V 19)[407] differenziert (vgl. γάρ)[408], selbst wenn wegen des καί eine gewisse Steigerung anzunehmen ist. Wahrscheinlich charakterisiert Paulus selbst die korinthische Situation wie in 1,10 mit σχίσματα und bewertet sie mit seiner Tradition als αἱρέσεις, doch können wie bei Justin auch *beide* Begriffe zur Tradition gehören[409]. Allerdings ist es schwerlich möglich, die σχίσματα auf die Gegenwart, die αἱρέσεις aber auf die Zukunft zu beziehen[410]. Dagegen spricht deutlich das ἐν ὑμῖν, das in V 19a ebenso wie V 19b auf die korinthische Gemeinde verweist. Es geht also beide Male um die in V 21 monierten sozialen Mißstände bei der Mahlfeier[411],

404 So mit Recht Paulsen* 192f gegenüber Weiß 280 (»Erst im Streit zeigt sich die Klarheit und Energie und Zuverlässigkeit des Charakters«); Paulsen kritisiert wie Barrett 262 auch die Annahme von Ironie (so Schmiedel 159; Bousset 130; Neuenzeit* 27; vgl. auch Lietzmann 56: »entweder resigniert oder ironisch«), denn dafür nimmt Paulus die Sache im folgenden in der Tat zu ernst.

405 Vgl. zu diesem δεῖ, das nicht menschliche Einsichten zum Ausdruck bringt (so z.B. v. Hofmann 242: »Es entstammt der Einsicht des Apostels in den innern Zustand der Gemeinde«), weiter zu 15,25 und ferner 15,53; 2Kor 5,10. Richtig Kümmel 185; Dupont* 691; Meeks* 195 u.a.

406 Vgl. dazu EKK VII 1, 138f.

407 Der Begriff kennzeichnet meist Philosophenschulen oder -richtungen (Epiktet, Diss. 2,19,20; Philo, Plant 151) oder Religionsparteien (Apg 5,17; 15,5; 26,5 u.ö.); vgl. weitere Belege bei Bauer/Aland 44 und Schlier, ThWNT I 180f. Negative Konnotationen im Sinne von einheitsgefährdenden Parteiungen oder Spaltungen wie in Gal 5,20 (parallel zu διχοστασίαι) fehlen dem Begriff offenbar vor Paulus noch.

408 So mit Recht Bengel 420; v. Mosheim 515; Schmiedel 159; Robertson/Plummer 240; Conzelmann 235f Anm. 13; Fee 538 Anm. 34. Nach Schlier, ThWNT I 182 dagegen sollen αἱρέσεις »das Fundament der Kirche berühren« und gegenüber σχίσματα »eine deutliche Steigerung« sein (ähnlich schon Rückert 306; v. Hofmann 242; Olshausen 671 und im Anschluß an Schlier auch Neuenzeit* 27 und Klauck* [Herrenmahl] 289); implizit liege die Unterscheidung von Irenaeus, Haer. 4,26,2 und 33,7 vor, also die zwischen *haeretici et malae sententiae* und denen, *qui scindunt et separant unitatem ecclesiae* (Schlier, a.a.O. 182 Anm. 12; vgl. die Kritik von J. Barr, Bibelexegese und moderne Semantik, München 1965, 226-229). Vorsichtiger Maurer, ThWNT VII 965, der zwar σχίσματα ebenfalls »als weithin persönliche Rivalität und αἱρέσεις als grundlegende Irrlehre« faßt, aber doch nicht im Sinne der späteren kirchlichen Termini scharf voneinander abgrenzt.

409 Vgl. Paulsen* 194f. Der Vorschlag von Porter* 35, αἱρέσεις im Sinn von »choices« oder »options« zu fassen, von der Wortbedeutung her durchaus möglich (vgl. die Belege für »Wahl« in der LXX bei Schlier, ThWNT I 180), ignoriert diese Tradition ebenso wie die pejorative Bedeutung von αἵρεσις in Gal 5,20. Ähnliches gilt gegenüber Campbell* 65, der im Sinne von »the distinctions in seating arrangements and menu« interpretiert und δόκιμοι als soziale Elite, »the way the upper-class Corinthians described themselves« (69); vgl. die Kritik von Horrell* (Ethos) 150f.

410 So aber Paulsen* 198; Gutjahr 304f zitiert Ambrosiaster 125 (vgl. unten Anm. 639); Munck, Paulus 129f.

411 Vgl. schon Chrysostomus 226; Theophylakt 701 (αἱρέσεις ... περὶ τῶν τραπεζῶν); Oecumenius 801; Rückert 305; Findlay 879 (»Of all imaginable schisms the most shocking: hunger and intoxication side by side, at what is supposed to be the Table of the Lord!«); Bornkamm* 141; Wolff 259, der auf das Fehlen des Artikels, und Fee 537, der auf das von ἔριδες (1,11) und auf das der Namen (1,12) aufmerksam macht; vgl. weiter EKK VII 1, 65f. Allenfalls könnte nach der

nicht um Häresien oder Schismen, wie das in späterer Zeit oft angenommen wird. Paulus versucht auch diesen Spaltungen noch einen Sinn abzugewinnen, den er im ἵνα-Satz expliziert: Sie sind als eschatologische Bewährungsproben zu verstehen, in denen die Bewährten (οἱ δόκιμοι) offenbar werden sollen[412], d.h. die, die sich selbst prüfen (δοκιμάζειν V 28) und sich als wahre Christen an den σχίσματα nicht beteiligen[413]. Das Offenbarwerden bezieht sich vermutlich wie in 14,25 auf die Gegenwart und nicht wie in 3,13 auf die Zukunft[414], doch ist eine scharfe Alternative unangebracht.

20 V 20 nimmt die Wendung von V 18a (συνερχομένων ὑμῶν) noch einmal auf und lenkt mit οὖν zum Hauptthema zurück[415], doch statt ἐν ἐκκλησίᾳ heißt es nun ἐπὶ τὸ αὐτό, das wohl nicht den Zweck, sondern den Ort oder die Gemeindeversammlung angibt[416]. Was dort stattfindet, ist kein Herrenmahl[417]. Οὐκ ἔστιν enthält kein finales Moment im Sinne von »es geschieht nicht, um« (natürlich wollen auch die Korinther ein Herrenmahl feiern!), sondern eine faktische Feststellung und eine Wertung im Sinne der objektiven U-

»sozialen Zerklüftung« der Sinn in V 19 allgemeiner werden (vgl. 12,25 und Schäfer* 432). Anders z.B. Theodoret 313; Calvin 414; Weiß 278; Lietzmann 55f; Fisher 181f (αἱρέσεις soll sich auf jene Gruppen beziehen, »which held doctrinal opinions concerning the Lord's Supper contrary to the tradition handed down from Jesus«). Wenig wahrscheinlich ist auch, daß Paulus die Gefahr der αἱρέσεις zu minimalisieren suche und auf eine jüdische αἵρεσις (vgl. Apg 5,17; 15,5 u.ö.) anspiele, wie Boulluec, a.a.O. (Anm. 376) 329 vermutet.

412 Zu ἵνα vgl. Chrysostomus 226: Οὐ πανταχοῦ αἰτιολογίας ἐστίν, ἀλλὰ πολλαχοῦ καὶ τῆςτῶν πραγμάτων ἐκβάσεως mit Verweis auf Joh 9,39 und Röm 5,20.

413 Gemeint sind nicht die Unparteilichen (so aber de Wette 106) noch erst recht »those taking positions of rank at the communal meal« (so aber D.E. Smith* 328, nach dem das jedoch ironisch verstanden sein soll); vgl. Barrett 262: im letzten »because of God's choice and approval, but they are also marked out as true Christians by their behaviour«. Entscheidend ist der Kontext (vgl. z.B. Moffat 160: »those free from selfishness and irreverence«) und der Bezug auf das δοκιμάζειν in V 28 (vgl. Fee 538f). Vgl. zu δόκιμοι Röm 14,18; 16,10; 2Kor 10,18; 13,7 und das Antonym ἀδόκιμος in 9,27. Zur ursprünglichen Bedeutung von δόκιμος im Sinne der Qualität und Echtheit von Metallen u.ä. vgl. Grundmann, ThWNT II 258.

414 Richtig Fee 538f; anders Bultmann/Lührmann, ThWNT IX 3.

415 Vgl. Bl-Debr-Rehkopf § 451,1 mit Anm. 2.

416 Vgl. Bauer/Aland 248 (»an demselben Ort, zusammen«); Bl-Debr-Rehkopf § 233 Anm. 2 (»zusammen«, »beisammen«); Klauck* (Gottesdienst) 15, Kremer 237 u.a. halten auch »zu diesem Zweck« für möglich. Vgl. weiter 14,23; Lk 17,35; Apg 1,15; 2,1.47 und vor allem E. Ferguson, »When You Come Together«: Epi To Auto in Early Christian Literature, RestQ 16 (1973) 202-208, bes. 207 (»referring to the assembly of the church«). Robertson/Plummer 240 betonen den Kontrast »between the external union and the internal dissention«; vgl. auch Mitchell, Paul 154: Der Doppelausdruck solle die Ironie herausstreichen: »When they come together ›in the same place‹ they are not ›together‹ (i .e., united)«; eindeutig im lokalen Sinne Heinrici 341; Weiß 280; Wolff 261 Anm. 103; Fee 539.

417 Κυριακὸν δεῖπνον φαγεῖν ist nach Schürmann* (Gestalt) 121 »das ganze komplexe Mahlgeschehen« (ähnlich Hofius* 223), nicht nur das Essen des Brotes und das Trinken des Bechers des Herrn (V 27) der Eucharistie (so Ambrosiaster 125f; Petrus Lombardus 1638 u.a.) und ebensowenig allein die Agape; ebs. schon Grotius 807 (*totum illud convivium*); v. Mosheim 516; Rückert 307f; Olshausen 672; Robertson/Plummer 240 u.a. Φαγεῖν schließt synekdochisch das Trinken mit ein (vgl. V 21b); vgl. auch Neuenzeit* 31 und unten Anm. 422.

möglichkeit[418]: Das Herrenmahl, wie es in Korinth gefeiert wird, verdient diesen Namen nicht, ist nicht das, was es sein soll[419]. Wo man »am Tisch des Herrn« zusammenkommt (10,21), ist man dem Herrn zu eigen und bewirtet sich nicht selbst. Da feiert man *sein* Mahl zusammen mit anderen. Κυριακός, das sonst ausschließlich in Inschriften und Papyri belegt ist und im Neuen Testament nur noch in Verbindung mit ἡμέρα (Offb 1,10) begegnet[420], ist hier Antonym zu ἴδιος und bezeichnet das Mahl als ein solches, das als dem Herrn gehörig keiner der Mahlteilnehmer als Privatmahl für sich reklamieren kann[421], wenn anders es denn tatsächlich das »Mahl des *Herrn*« ist[422]. Es gibt aber keine wahre *communio* am Tisch des Herrn ohne *communio* mit dessen anderen Tischgenossen.

21 Daß es sich in Korinth um keine wirkliche Herrenmahlfeier mehr handelt, wird im folgenden mit dem Verhalten der Korinther (V 21f) und der Abendmahlsparadosis (V 23-26) begründet. Aus dem κυριακὸν δεῖπνον, in dem der Kyrios selbst Geber und Gabe ist, ist ein ἴδιον δεῖπνον geworden. Offenbar sieht man in Korinth die zum Essen mitgebrachten Lebensmittel, ob sie nun in unterschiedlicher Qualität und Quantität von allen mitgebracht (vgl. unten S. 25f) oder – wahrscheinlicher – von den Wohlhabenderen bereitge-

[418] Nach Weiß 280 soll dann freilich ein τοῦτο unentbehrlich sein, nach de Wette 107 ist diese Ergänzung aber »natürlich«; vgl. schon Chrysostomus 227; Beza 142 (*hoc non est*); Bachmann 364; Robertson/Plummer 240 (»A supper they may eat, but it is not the Lord's«); Neuenzeit* 29; Murphy-O'Connor* 65; Hofius* 206 Anm. 17.

[419] Vgl. Heinrici 341; de Wette 107 verweist auf Jud 7,19 (οὐκ ἦν διαφυγεῖν: Es war nicht zu entfliehen) und Sir 39,21 (οὐκ ἔστιν εἰπεῖν: Man darf nicht sagen). Nicht auszuschließen ist aber auch, daß ἔστιν mit folgendem Inf. den Sinn hat »es ist unmöglich«; so Weiß 280; Schmiedel 159 (im συνέρχεσθαι als solchem könne niemand ein Herrenmahl-Essen erblicken); Bauer/Aland 451 mit Belegen, u.a. Hebr 9,5.

[420] Das darf man natürlich nicht wie Theodor v. Mopsuestia 188 kombinieren und erklären, κυριακόν nenne Paulus das Mahl sowohl wegen der Zeit als auch wegen des Ortes. Vgl. weiter zur Eigentumsbedeutung von κυριακός Foerster, ThWNT III 1095 und Theißen* 294. Die Umschreibung »dem Herrn geweihtes Mahl« reicht darum nicht aus; es ist ein Mahl, das dem Herrn gehört und durch ihn bestimmt wird; vgl. im übrigen zum Rechtssverhältnis auch Nichtweiß, Peterson 419 Anm. 243 und 748 Anm. 224. Zur Kritik an Deißmanns These von der Übernahme aus dem Kaiserkult vgl. Weiß 281 Anm. 1. Daran ändern auch die neuen Belege bei Spicq, Notes I 446-448 nichts. Geht man gleichwohl davon aus, wird man »die herrscherliche Stellung Christi« damit angesprochen finden (so Klauck* [Gottesdienst] 47, der aber hinzufügt, daß »im Vergleich mit den heidnischen Kultmählern . . . seine pneumatische Gegenwart im Vordergrund« stehe).

[421] Vgl. z.B. Zwingli 169: *Domini coena exigit* (verlangt), *ut dives pauperem exspectet, nec sit dominus sui cibi.*

[422] Kremer 238 und ders.* passim plädiert für die Übersetzung des polysemen δεῖπνον mit »Herren*speise*«, wofür in der Tat viele Belege sprechen (vgl. Dan 1,8.15f). Das ist nicht auszuschließen, aber »Mahl« hat auch im Deutschen die Doppelbedeutung von Mahlzeit und Speise so wie auch z.B. »Passa« die Feier (Mk 14,1 u.ö.) und das Passalamm (Mk 14,12 u.ö.) bezeichnen kann (231) und δεῖπνον z.B. auch in Lk 14,24 nicht einseitig festzulegen ist (232). Meint προλαμβάνειν »vorwegnehmen« (vgl. unten), ergibt sich aus dem Oppositum ἴδιον δεῖπνον in V 21, daß die Bedeutung Mahl im Vordergrund steht, zumal der Vorwurf des Apostels sich nicht gegen die Vernachlässigung der eucharistischen Speise richtet, sondern gegen die soziale Rücksichtslosigkeit beim Sättigungsmahl. Nur wegen der sozialen Mißstände ist es ja kein κυριακὸν δεῖπνον. Vgl. auch oben Anm. 417.

stellt wurden, als ἴδιον an[423], sozusagen als Privateigentum. Vermutlich steht es so, daß die Begüterten schon vor dem Erscheinen der anderen ihre mitgebrachten und erleseneren Speisen verzehrten oder für die gemeinsame Mahlzeit nur Reste davon übrig ließen. Da das Herrenmahl offenbar am Abend gefeiert wurde[424], könnte es so stehen, daß die Ärmeren und Minderbemittelten, etwa Sklaven, Lohnarbeiter und andere aus niedrigen sozialen Schichten, wegen ihrer häuslichen oder beruflichen Verpflichtungen nicht immer rechtzeitig zum Herrenmahl erscheinen konnten. Darauf haben die sozial Bessergestellten offensichtlich keine Rücksicht genommen, sondern das φαγεῖν vor der Mahlfeier vorweggenommen[425], vielleicht mit der Begründung, das Zentrale und Konstitutive am Mahl, nämlich der Genuß der sakramentalen Gaben, würde den anderen ja nicht vorenthalten[426]. Beläßt man προλαμβάνειν seinen zeitlichen Sinn und geht von der Reihenfolge der Paradosis aus (Brotkommunion – Sättigungsmahl – Weinkommunion), bezieht sich ἐν τῷ φαγεῖν auf ein Essen *vor* Beginn der eigentlichen Mahlfeier, nicht auf das Sättigungsmahl *während* derselben[427].

Anders stünde die Sache, hätte προλαμβάνειν die Bedeutung »einnehmen bzw. hervornehmen«. Die zeitliche Bedeutung ist aber die übliche[428], wenngleich möglicherweise nicht ausschließliche[429]. Für die These, daß hier gar nicht zu spät kommende är-

423 Vgl. den Beleg beim Lagynophorienfest (ἐξ ἰδίας ἕκαστος λαγύνου [Flasche] παρ' αὑτῶν φέροντες πίνουσιν) bei Bauer/Aland 751 und die von Stiftungen ἐκ τῶν ἰδίων (CIJ 548.766) bei Theißen* 294-296 und Klauck* (Herrenmahl) 292 Anm. 38, der auch auf JosAs 7,1 (τράπεζακατ' ἰδίαν) verweist.

424 Vgl. schon »in der Nacht« (V 23b) und δεῖπνον; Apg 20,7 u.a.; vgl. die Literatur bei Klauck* (Herrenmahl) 292 Anm. 36. Schmiedel 161 erwähnt auch »die späteren Vorwürfe der Θυέστεια δεῖπνα und Οἰδιπόδειοι μίξεις, bei denen die Lichter ausgelöscht worden seien« (Justin, Ap. 1,26; 2,12; Euseb, Hist. Eccl. 5,1,14).

425 Vgl. Rückert 309; Schmiedel 162; Lietzmann 56; Weiß 281; Behm, ThWNT II 692; Neuenzeit* 29f; Léon-Dufour* (Abendmahl) 280; Bornkamm* 142.144 und zuletzt Lampe* (Herrenmahl) 197.

426 Bornkamm* 144; vgl. auch oben Anm. 369. Moffat 160 fragt sogar: »Did they hurry on in order to enjoy some indulgence in exciting phases of ›speaking with tongues‹?«.

427 Klauck* (Herrenmahl) 292 vermutet nicht ohne Grund, daß Paulus »ein Prassen in unmittelbarer Gegenwart des hungernden Bruders« selbst den Korinthern nicht zutrauen wird. Vgl. Schmiedel 159: Der eine ist hungrig, der andere betrunken, »wenn die eigentliche Feier beginnt«; vgl. Lampe* (Herrenmahl) 193: Das ἴδιον δεῖπνον kann nicht gut *während* des Herrenmahls *vorweg*genommen werden. Klinghardt* 291 Anm. 48 weist gegenüber Klauck auf die Belege für quantitativ und qualitativ unterschiedliche Portionen bei Gemeinschaftsmählern hin (vgl. schon Theißen* 300-305), doch zwischen unterschiedlichen Portionen einerseits und Prasserei vs. Hunger andererseits bestehen durchaus Unterschiede, und zweifellos müßten die Hungerleider ihre Inferiorität bei verschiedener Portionierung während der Mahlfeier noch erheblich stärker empfunden haben.

428 Vgl. schon Theophylakt 704 (οὐκ ἀναμένει τοὺς πένητας, ἀλλ' ἰδίᾳ ἐσθίει καθ' ἑαυτόν) und Severian 262 (οὐκ ἀνέμενον τοὺς ἄλλους). Vgl. weiter Pape, Handwörterbuch II 732 und Liddell/Scott, Lexicon 1488.

429 Lediglich eine Epidaurus-Inschrift könnte die andere Bedeutung bezeugen (anders aber selbst hier Liddell/Scott ebd.), die für unsere Stelle auch Bauer/Aland 1418, Conzelmann 237 Anm. 22, Hofius* 218; Winter* 74-77; Fee 568 und Klinghardt* 289f annehmen. In der Tat lassen sich die drei Belege dieser Inschrift durchaus so interpretieren: τυρὸν (Käse) καὶ ἄρτον προλαβεῖν bzw. κιτρίου προλαμβάνειν τὰ ἄκρα (Zitronen-

mere Gemeindeglieder im Blick seien, sondern jeder seine eigene mitgebrachte Portion verzehrte und also beim Sättigungsmahl während der Eucharistie kein Teilen der mitgebrachten Vorräte stattfand, so daß die Armen auf ihre eigenen kärglichen Rationen angewiesen blieben, wird auch ἕκαστος angeführt[430]. Ἕκαστος wird aber auch hier nicht gepreßt werden dürfen, sondern jeden meinen, der dazu in der Lage ist, also über die nötige Zeit und die entsprechenden finanziellen Mittel verfügt[431]. 1,12; 7,2 und 14,26 sind Beispiel genug dafür, daß man ἕκαστος nicht auf die Goldwaage legen darf (vor allem ist auch V 22 allein an die Bessergestellten adressiert). Jedenfalls findet also keine *gemeinsame* Mahlzeit statt, ob nun vor oder, m.E. weniger wahrscheinlich, während der eigentlichen Mahlfeier. Dagegen wird auch außerhalb des Neuen Testamentes protestiert.

Immer wieder ist auf Xenophon, Mem. 3,14,1 verwiesen worden[432], wo Sokrates wie Paulus darauf zielt, daß beim δεῖπνον alle gleichen Anteil bekommen. Bei Musonius 101,9 gilt der Tadel ebenfalls dem μὴ νέμων (verteilen) τὰ ἴσα τοῖς συνεσθίουσιν[433]. Bei Plinius, Ep. 2,6,3 heißt es *eadem omnibus pono,* was allerdings so konkretisiert wird: *Liberti mei non idem quod ego bibunt, sed idem ego quod liberti.* So begegnen denn auch mancherlei Klagen über Zurücksetzung der Niedriggestellten beim Mahl bei

schalen) bzw. γάλα μετὰ μέλιτος προλαβεῖν (Ditt. Syll.3, Nr. 1170, Z. 7.9.16). Das würde für Paulus um so besser passen, wenn man mit Winter* 76f (im Anschluß an Moulton/Milligan) sogar mit *verschlingen* übersetzen dürfte, »to convey the idea of the selfish eating of their own food« (77). Andere rechnen aber bei der Inschrift mit abgeschliffenem Sprachgebrauch (Klauck* [Herrenmahl] 292 Anm. 39 im Anschluß an den Herausgeber), mit einer Verschreibung des Steinmetzes (vgl. Lampe* [Herrenmahl] 193) oder vermuten einen medizinischen Ausdruck (vgl. die Lit. bei Theißen* 300 Anm. 1); vgl. weiter Lampe* (Herrenmahl) 191 Anm. 28.

430 So Hofius* 218f; vgl. auch Schmiedel 162 und Meyer 313f. Weiß 282 Anm. 2 verweist auf die Lex der cultores Dianae et Antinoi in Lanuvium (CI XIV 2112), wonach von den Mitgliedern jedes Jahr vier Leute zu den sechs jährlichen *cenae* pro Mann eine Anaphora guten Wein, ein Brot, vier Sardellen, Liegepolster, warmes Wasser und Bedienung bieten mußten. Weitere Belege bei Klauck* 293 und Klinghardt* 132-139 (vgl. auch 30-33). Schon Heinrici 336 und Findlay 879 machen darauf aufmerksam, daß das Mahl anders als bei verschiedenen Kultvereinen jedenfalls nicht aus einer gemeinsamen Kasse bestritten wird (ebs. Weiß 282).

431 Vgl. de Wette 107: »*jeder,* näml. der es kann, der etwas mitgebracht hat«; vgl. auch Weiß 281 (»ἕκαστος ist natürlich etwas zu viel gesagt«); schon Grotius 807 beschränkte es auf die Wohlhabenden; ähnlich v. Mosheim 516. Vgl. auch Klauck* (Herrenmahl) 293; Theißen* 294; Schmeller* 67 (»nur auf die bessergestellten Adressaten zu beziehen«) und Fee 541 Anm. 15: »When Paul wishes to emphasize ›every single person‹ he uses the εἷς ἕκαστος« mit Hinweis auf 1Thess 2,11; 2Thess 1,3; 1Kor 12,18; Eph 4,7. Klinghardt* 289 (im Anschluß an Hofius* 217) will bei solchem Verständnis aber im folgenden V 21b »eine unerträgliche Inkongruenz« finden, was aber übertrieben ist: Das Voressen der Reicheren führt eben bei der Agape zu Hunger auf der einen und Trunkenheit auf der anderen Seite.

432 Vgl. z.B. Bengel 420; Wettstein 148; Neander 182; Meyer 313; Lampe* (Herrenmahl) 196; Klinghardt* 138.299f.

433 Lietzmann 56. Theißen* 295f verweist auf Plutarch, Quaest. Conv. 2,644C (wonach das ἴδιον beim Mahl das κοινόν zerstört). Vgl. auch die Fortsetzung des oben Anm. 423 zitierten Textes bei Bauer/Aland 751: ἀνάγκη γὰρ τὴν σύνοδον γίνεσθαι παμμιγοῦς (aus allen gemischt) ὄχλου. Vgl. auch den späten Beleg aus Joh. Malalas (PG 97, 288), wonach jeder Speise und Trank mitbringt und zum Gemeinsamen beiträgt (Neuer Wettstein 351).

Lucian[434], bei Martial 3,60 und Juvenal, Sat. 5[435]. Während Paulus selbst eher der Linie des Sokrates folgt, praktiziert man in Korinth das, was offenbar ebenfalls sozial eingespielte Sitte war[436]. Ob die Bessergestellten nicht nur vorher begannen, sondern sich auch qualitativ und quantitativ das Ihrige reservierten und über Brot und Wein hinaus noch Zukost aßen[437], ist zwar nicht ganz sicher[438], liegt aber bei zeitlichem προλαμβάνειν sehr nahe, auch von δειπνῆσαι her (vgl. Anm. 494).

Paulus jedenfalls will, daß die Bessergestellten ihre Vorräte teilen und auch die Unterbemittelten während des Sättigungsmahls mitversorgen, damit es zu wahrer Gemeinschaft kommt, ob die Ärmeren nun überhaupt nichts beisteuerten oder kümmerliche Rationen mitbrachten[439]. Das Ergebnis in Korinth aber ist, daß der eine beim Mahl »hungert«, der andere aber »betrunken ist«. Dieser scharfe Kontrast ist zwar zugespitzt und ungenau, das Gemeinte aber klar[440]. Die paulinische Kritik richtet sich nicht gegen das Übermaß an Essen und Trinken als solches, sondern gegen die fehlende κοινωνία in Form der Lieb- und Rücksichtslosigkeit gegenüber den Habenichtsen[441]. Ob sich φαγεῖν nun auf die Speise vor oder während der Mahlfeier bezieht, jedenfalls dringt Paulus auf keine Trennung von Sakrament und Sättigungsmahl, son-

434 Merc. Cond. 26; vgl. Klauck* (Herrenmahl) 294; Sat. 32 rügt den Egoismus der Reichen, daß die Armen während der Kronien (= dem Erntegott Kronos gewidmetes Erntefest) nicht von demselben Wein bekommen sollen und keine ἰσοτιμία erfahren (Neuer Wettstein 349f).

435 Zu den letzteren vgl. Witherington* 242 und Fee 542 Anm. 55 und 544, nach dem Paulus sich der Sicht »von oben« anschließt, daß die Reichen dasselbe essen sollen wie die Armen und nicht umgekehrt.

436 Vgl. Passakos* 198, nach dem die Reicheren im Mahl eine Gelegenheit gesehen haben, »to project the social inequalities and divisions – a legitimate practice for an ordinary Graeco-Roman meal – in the community«; Lampe* (Herrenmahl) 198.201 (»Bei Gastmahl und Symposion der Umwelt tafelten in aller Regel sozial gleichgestelle φίλοι« aus der Oberschicht miteinander). Zum üblichen Sichzusammenfinden homogener sozialer Gruppen vgl. auch Theißen* 293-297, zur Gefährdung der Homogenität bei Vereinssymposien aber auch Klinghardt* 90-97, der die These, daß hellenistische Vereine hinsichtlich der sozialen Schichtzugehörigkeit, des Sozialprestiges und der wirtschaftlichen Stellung ihrer Mitglieder homogen waren, erheblich einschränkt: in Gelageordnung, Symposioarchie und Mahlproportionen sei die Homogenität »ein in der Wirklichkeit wohl kaum einmal erreichtes Ideal« (97).

437 So Theißen* 300-307 (vgl. aber auch unten Anm. 494); Horrell* (Lord) 197f; Lampe* (Herrenmahl) 192f und ders.* (Eucharist) 39 u.a.

438 Nicholson* 2 z.B. wendet dagegen ein, daß die Unterscheidung in V 21 »appears to be absolute and not relative: It was not bigger and better meals versus smaller inferior meals, but rather meals versus no meals«; vgl. auch D.E. Smith* 328f; Kollmann* 42. Man wird jedoch eine gewisse rhetorische Überzeichnung bei Paulus nicht ausschließen können. Vgl. auch Anm. 440.

439 Vgl. zu ἕκαστος oben Anm. 430f.

440 Manche schwächen μεθύει ab; vgl. Heinrici 341 (nicht »*ist trunken*«, sondern »*trinkt sich voll*«) und schon Grotius 808 (*Plus satis bibit*) u.a., doch μεθύω heißt normalerweise betrunken sein und sich betrinken. Preisker, ThWNT IV 553 umschreibt darum richtig, daß die Reichen »im Überfluß schwelgen und sich am Wein berauschen«, auch wenn er einen Gegensatz zum Dionysoskult einträgt. Vgl. schon Theophylakt 704 (Ἐμφατικῶς δὲ τὸ ›Μεθύει‹ εἶπε) und auch Mt 24,49; Joh 2,10; Apg 2,15.

441 Vgl. Weiß 282; Neuenzeit* 30; Fee 542f. Nach v. Mosheim 518 macht weder Hunger noch Übersättigung zur rechten Feier geschickt.

dern will beides in Verbindung halten[442], wenn auch keineswegs identifizieren.

22 Auffällig ist allerdings, daß die beiden rhetorischen an die Adresse der Hausbesitzer und »Habenden« gerichteten Fragen in V 22 es offenbar nahelegen (vgl. auch V 34), den Hunger zu Hause zu stillen, was ja nicht nur eine heimliche unsoziale Verhaltensweise begünstigen könnte, sondern den karitativ-sozialen Gesichtspunkt bei der Mahlfeier überhaupt zu ignorieren scheint. Wer nur essen und trinken will, und das noch angesichts hungernder Mitchristen, der ist beim Herrenmahl fehl am Platz. Aber ist das eine »Aufforderung, Sättigung und Gemeindemahl zu trennen«, und soll die »Gemeindefeier« tatsächlich zur »reinen Sakramentsfeier« werden?[443] Das ist, zumal gerade das Essen und Trinken gemeinschaftsfördernde oder -zerstörende Wirkung haben (V 28.33), offenbar nicht der Fall. Sind die gottesdienstlichen Zusammenkünfte primär auch nicht zur Sättigung da und ist das Herrenmahl nicht einfach mit einer Quäkerspeisung, Armenversorgung o.ä. zu identifizieren, so ist doch schon hier das πεινᾷ (V 34) mitzuhören, d.h. Paulus nennt als Grund für das empfohlene häusliche Essen den Hunger[444]. Wenn man es vor Hunger nicht aushalten kann, soll man ihn zu Hause stillen. Mit einem Rat zur völli-

[442] So mit Recht Schmiedel 162; Weiß 282; Meeks* 322 (»Ritual der Solidarität«); Lampe* (Herrenmahl) 204; Wolff 262; Ortkemper 106.111; anders aber z.B. Conzelmann 237.238 Anm. 26, nach dem Paulus nicht verlangen soll, daß die ärmeren Brüder mitversorgt werden; der Akzent ruhe vielmehr darauf, daß in Korinth der einzelne sein ἴδιον δεῖπνον feiere, also die Gemeinschaft aufgehoben sei. Aber diese Privatisierung hat eben soziale Konsequenzen, und Paulus will beidem widerstehen.

[443] So Conzelmann 238 und Anm. 26. Schon Heinrici 337 fragt, ob Paulus »an die Stelle der religiösen Schmauserei das Abendmahl setzen will«, betont aber ebd., daß Paulus die Agape nicht wie die spätere Kirche verbiete, sondern die Sache auf sich beruhen lasse. Noch weiter als Conzelmann geht Schmithals* 238, für den eine sättigende Mahlzeit eine »Profanierung der heiligen Handlung« darstellt, die Paulus nicht dulde; vgl. auch Schori* 186: »Genießt euren Reichtum oder eure soziale Besserstellung zu Hause und stellt ihn nicht in der Gemeinde zur Schau«; 196: Paulus sei »kein Moralist« und mache darum »nicht die unterschiedlichen Gewohnheiten der Menschen zum Gegenstand seiner Diskussion«. Dies dürfte jedoch ein groteskes Mißverständnis seiner Ethik sein.

[444] Nach Bornkamm* 145 besagen V 22 und 34 denn auch nicht mehr als dies: »Gebt dem knurrenden Magen, was er braucht, zu Hause, damit sich nicht solche peinlichen Dinge, wie sie bei euch passiert sind, wiederholen. Eine grundsätzliche und definitive Trennung von gemeinsamer Mahlzeit und sakramentaler Feier hat Paulus aber keineswegs im Sinn«; vgl. auch Neuenzeit* 31; Wolff 262; Roloff, Testament 220f; Lampe* (Eucharist) 42; Kremer 239. Man wird nicht einmal sagen dürfen, daß beides nur »in äußerem Zusammenhang« steht, »dem Wesen nach« aber voneinander geschieden sei (so aber Behm, ThWNT III 739). Der, der selbst den hungernden Feind zu speisen gebietet (Röm 12,20), kann nicht gut achtlos am Hunger der christlichen Mahlgenossen vorbeigehen und das Essen als reine Angelegenheit der Privathäuser erklären. Vgl. auch Schüssler Fiorenza* 10f, die V 22a wie Findlay 879 und Fisher 183 als ironische Frage versteht (vgl. aber V 34), jedenfalls aber zu Recht erklärt: »It is not acceptable to reduce the eucharistic table-community to the ritualistic exchange of bread and wine, which are no longer understood as nourishing food and drink, but as cultic symbols« (11); vgl. auch Passakos* 205, nach dem Paulus hier nicht eines »›liturgical escapism‹ from everyday social problems« bezichtigt werden darf. Noch anders Nicholson* 5, der εἴ τις πεινᾷ nicht auf die Reichen, die zu Hause ihren Hunger stillen, sondern auf die Habenichtse bezieht, die nach V 22 »im Haus« essen und trinken sollen.

gen Trennung von Agape und Eucharistie würde Paulus die Korinther zudem nur in ihrer individualistischen und sakramentalistischen Ansicht bestärken, daß die Eucharistie sosehr die Hauptsache ist, daß »profane« Mahlzeiten mit ihren materiellen und leiblichen Bezügen durchaus als ἴδιον δεῖπνον zum ganz irrelevanten eigenen Genuß freigegeben sind und nach eigenem Gusto gehalten werden können[445]. Paulus beharrt dagegen darauf, daß man nicht »eine hochheilige Sakramentsfeier« halten kann, »wenn man zuvor seine Bruderpflicht so skandalös verletzt hat«[446]. Es geht zwar in der Tat nicht einfach um Sättigung oder Diakonie, sondern um »die Wiederbelebung des Gemeinschaftsbezugs beim Herrenmahl«[447], aber dieser Gemeinschaftsbezug hat zumal in einer aus unterschiedlichen Schichten zusammengesetzten Gemeinde immer auch leibliche und soziale Dimensionen, die nicht gedanken- und lieblos übersehen werden und zur sozialen Desintegration führen dürfen[448]. Die Verachtung der »Gemeinde Gottes«[449] und die Beschämung[450] ihrer Habenichtse geschieht eben dadurch, daß die mitgebrachten Gaben nicht mit den finanziell und sozial Schwachen geteilt und gemeinschaftlich verzehrt werden. Dann aber müssen sich alle diejenigen in ihrer Abhängigkeit und Inferiorität bloßgestellt und beschämt fühlen, die leer ausgehen, weil sie selbst nichts haben[451]. Am Schluß greift Paulus auf den Anfang zurück: Τί εἴπω ὑμῖν deutet seine Ratlosigkeit an. Soll er Lob erteilen? »In diesem Punkte« kann er sie nicht loben, was er mit der folgenden Überlieferung zu begründen versucht.

23 V 23-25 zitiert Paulus dann die Abendmahlsparadosis, die die Korinther bereits kennen, deren Wiederholung Paulus aber dem Abusus der Herrenmahl-

445 Ob dabei auch die Gründe eine Rolle gespielt haben, die Bornkamm* 144 aufführt, läßt sich freilich nur vermuten, also »die sehr menschliche Neigung zu einer Geselligkeit des Unter-sich-Seins; die Abneigung gegen die Peinlichkeiten, wenn Reiche und Arme, Freie und Sklaven leibhaftig an einem Tisch sitzen . . .; die Sorge, daß einem die ›Stimmung‹ verdorben werden kann für den Empfang des Sakraments durch solches peinliche Auf-den-Leib-Rücken der Armen«. Vgl. auch Klauck* (Herrenmahl) 296; Wolff 261f und Moffat 159 (»Like drew to like. One set preferred to sit with members of its own social rank«); vgl. auch oben Anm. 387.

446 Bornkamm* 145.

447 So Neuenzeit* 74.

448 Zum Recht der These Theißens* 288, bei Paulus liege »ein Kompromiß« im Sinne des »Liebespatriarchalismus« vor, vgl. Horrell* (Ethos) 154; Schmeller* 69 und Passakos* 205.

449 Vgl. 1,2; 10,32; 15,9. Bengel 420 fügt hinzu: *Cujus melior pars; pauperes.*

450 Vgl. die Lit. zu 11,14f und die Belege bei Billerbeck III 444 für Rücksichtnahme auf die Gefühle der Armen. Umgekehrt ist die soziale Deklassierung in den oben Anm. 434f genannten Belegen deutlich. Coccejus 298 erklärt, die *convivia* seien nicht einfach dazu da, die Armen zu speisen, *sed multo magis ut honorarentur, una cum divitibus accumbentes.*

451 Robertson/Plummer 242 halten die Interpretation von τοὺς μὴ ἔχοντες im Sinne von »those who have not houses for meals« für unwahrscheinlich, Barrett 263 für möglich, Winter* 81 für »very possible« (ähnlich Lampe* [Eucharist] 39; anders aber ders. [Herrenmahl] 194 Anm. 34); richtig auch Schmeller* 67. Μὴ ἔχοντες sind einfach die ohne Habe, die Armen (vgl. 1Esr 9,51.54; 2Esr 18,10 [hier im Zusammenhang des Bundesmahles]; Mt 25,29; Lk 19,26 und die Belege bei Liddell/Scott, Lexicon 749 AI). Der Artikel ist generisch gemeint.

feier als Korrektiv und Norm gegenüberstellen will[452]. Worin der Sinn der Zitierung genauer besteht, ist nicht ganz leicht herauszufinden und umstritten[453]. Am ehesten soll der Rückgriff auf die Tradition wie in 10,16f dazu dienen, die Korinther an die soteriologischen Inhalte und die sich daraus ergebenden gemeinschaftsfördernden Konsequenzen (vgl. zu V 26) für eine rechte Mahlfeier zu erinnern[454]. Das γάϱ begründet direkt das οὐκ ἐπαινῶ von V 21a, wobei hier noch unausgesprochen bleibt, daß die korinthische Praxis der im folgenden zitierten Stiftung des Kyrios nicht entspricht. Der Anfang des Verses hat der Auslegung im Blick auf die Art und Form des παϱαλαμβάνειν gewisse Schwierigkeiten bereitet. Denn einerseits erklärt Paulus, er habe die Überlieferung »vom Herrn« empfangen, andererseits ist ebenso eindeutig, daß er hier auf eine geformte Tradition zurückgreift. Da Paulus durch die Traditionsterminologie auch selbst deutlich zu erkennen gibt, daß er eine Überlieferung zitiert, die zudem fast wörtlich mit Lukas übereinstimmt, läßt sich ἀπὸ τοῦ κυϱίου unmöglich so interpretieren, als ob Paulus hier auf eine unmittelbare Offenbarung des Erhöhten rekurrierte, die ohne Vermittlung von Tradition direkt auf den Kyrios zurückginge[455]. Παϱαλαμβάνειν und παϱαδιδόναι weisen unmißverständlich auf eine Traditionskette. Meist wird trotz

452 Weiß, Urchristentum 509f z.B. stellt die Frage, »inwiefern die Berufung auf die Herrenworte und die Erklärung des Sinnes der Feier dazu dienen soll, die korinthische Unsitte zu bekämpfen« (vgl. Bornkamm* 146), und im Kommentar 283 gibt er die Antwort, Paulus wolle der Gemeinde »den Sinn des Ganzen vor die Seele führen«. Meist begnügt man sich wie Semler 288 mit der Auskunft: *vt corrigat istam prauitatem* (Verkehrtheit), die das Mahl bei den Korinthern korrumpiert hat. Schlatters Antwort (320), daß der Text »die gültige Norm für alle Gedanken, Begehrungen und Handlungen der Kirche« bei ihrer Mahlfeier sei, bleibt ebenfalls zu allgemein.

453 Chrysostomus 229 sieht den Sinn der Zitierung darin, daß der Herr seinen Leib für alle in gleicher Weise hingab, die Korinther das aber nicht einmal mit gewöhnlichem Brot tun; vgl. auch Oecumenius 805. Nach Klinghardt* 304 soll »die eigentliche Begründung für den Tadel 11,22« in V 26 stecken, während V 23-25 »lediglich die Voraussetzung« abgebe und »ein Hilfsargument« sei, was abgesehen von der unbestrittenen Bedeutung des Todes Jesu (vgl. auch Klauck* [Herrenmahl] 304 und Mitchell, Paul 265, die allerdings zugleich den bei Paulus hier nicht erwähnten *einen* Leib und *einen* Becher akzentuiert) kaum genügt (vgl. auch unten Anm. 489). Für Schmithals* 345 ist die Zitation der Kultformel sogar ein willkommener Beleg dafür, daß Paulus gegen eine Profanierung der kultischen Mahlzeit angehen soll, nicht aber gegen andere Mißstände.

454 Vgl. z.B. Roloff* (Heil) 193f; J. Betz* (1961) 106 (Es gehe um den angemessenen Sakramentsempfang im Blick auf die Realpräsenz und den ὑπέϱ-Charakter, der das christliche Füreinander einschließe) und Schäfer* 429, der im Anschluß an Bornkamm* 162 ebenfalls betont, daß die erlösende Kraft des ὑπὲϱ ὑμῶν das neue Leben einschließt; vgl. auch zu σῶμα und διαθήκη.

455 Nach Lietzmann 57 z.B. soll Paulus die Worte in der Damaskus-Offenbarung empfangen haben; vgl. auch ders.* 255; Bousset 131 (»etwa in einer Vision«); vgl. schon Baumgarten 403; Olshausen 674 (»eine authentische Erklårung des Auferstandenen selbst«; im Original gesperrt); Godet II 90 (»auf dem Weg unmittelbarer Offenbarung«); Cullmann* 517 (»in einer Sonderoffenbarung enthüllt«); Maccoby* 247; früher schon Thomas 355; Cajetan 72v (*a domino, non ab Apostolis aliis*); Beza 142 (*extraordinaria revelatio*); Spener, Schriften III 1.1, 424 u.a.; vgl. dagegen Jeremias* 95 (mit der aber ebensowenig einleuchtenden These, daß nach Paulus »die Traditionskette auf die Worte Jesu selbst ohne Unterbrechung« zurückgehen soll) und die meisten wie z.B. O. Cullmann, Die Tradition als exegetisches, historisches und theologisches Problem, Zürich 1954, 9-20; Schweizer* 357f.

der zeitlich späteren Parallelbelege auf den vermutlich jüdischen Charakter der Termini (קבל und מסר) verwiesen[456] (vgl. auch das καί[457]). Daß Paulus keine Überlieferungsträger nennt, ist ebensowenig ein Indiz für direkten Offenbarungsempfang wie das nachdrücklich vorangestellte ἐγώ. Dieses ἐγώ soll vielmehr entweder das eigene Festhalten an der Überlieferung gegenüber der korinthischen Praxis und den Einklang seiner Lehre mit der der Tradition betonen[458] oder – wahrscheinlicher – die Gültigkeit der Tradition durch die apostolische Autorität verstärken[459]. Viel bemüht worden ist der Unterschied der Präpositionen, da Paulus sonst bei Traditionsvermittlung παρά und nicht wie hier ἀπό gebraucht (vgl. Gal 1,12; 1Thess 2,13; 4,1)[460], doch wird darauf kaum alles abzustellen sein, da ἀπό ebenso direkte wie indirekte Übermittlung bezeichnen kann[461]. Entscheidend ist hier allein der Ursprung. So sehr der Akzent auf der Stiftung durch den Herrn und nicht auf der menschlichen Tradition ruht, ist die Alternative »Tradition von Menschen« versus »Offenbarung des Erhöhten« dabei offenbar verfehlt, weil eben die Überlieferung als Wort des Kyrios verstanden ist. Gerade hinter dem, was Paulus als Paradosis übernommen hat und gegenüber den Korinthern erneut geltend macht, steht

[456] Vgl. z.B. mAv 1,1 (Billerbeck III 444), aber auch Mk 7,3f.13; so schon Weiß 283; Schlatter 320; vgl. weiter Jeremias* 95; Neuenzeit* 77f.84; griechische Analogien aus der Schultradition und den Mysterien sowie der Gnosis bei Conzelmann 238 Anm. 28-30 und Klauck* (Herrenmahl) 300-302; ders.* (Präsenz) 317f; vgl. weiter Delling, ThWNT IV 14; Luke* 262-266. Der Aor. verweist auf den Akt der Kundgabe an Paulus, das Perf. auf die weiterwirkende Geltung der übermittelten Paradosis (Heinrici 343).

[457] Zum καί als Hinweis auf den Modus der Vermittlung wie in 15,1.3 (= »in gleicher Weise durch Vermittlung«) vgl. Allo 313; Cullmann, a.a.O. (Anm. 455) 13; Neuenzeit* 84.

[458] So Weiß 283; Wolff 264. Andere sehen darin mehr »das Authentische seiner Nachricht« hervorgehoben, »gleich als wolle er sich für die Zuverlässigkeit verbürgen« (Neander 183); ähnlich Bachmann 366 Anm. 1. De Wette 107 verweist dagegen auf den Vergleich von 7,28 und 32 sowie auf Gal 6,17; Phil 4,11 u.a., wonach ἐγώ keinen Nachdruck haben muß; auch nach Conzelmann 239 Anm. 37 soll der Ton »auf der allgemeinen Geltung der Tradition« liegen.

[459] Vgl. Käsemann* (Abendmahl) 82f; Roth* 66; Klauck* (Herrenmahl) 300.

[460] Nach Riesenfeld, ThWNT V 725 Anm. 11 sollen sprachliche Parallelen gerade darauf hindeuten, daß παρά gewöhnlich die direkte Übernahme einer Tradition bezeichnet, während ἀπό am besten von der Vermittlung der Tradition über »eine Kette von menschlichen Gliedern zu verstehen« sei (mit Verweis auf Allo 277.309-316, wo Belege genannt werden, daß das ungewöhnliche ἀπό nicht auf eine direkte Offenbarung verweisen muß, und 315 der Schluß gezogen wird, daß allein vom jeweiligen Kontext her zu entscheiden ist, ob vermittelnde Zwischenglieder anzunehmen sind); ähnlich schon de Wette 108; Meyer 315: Παρά würde »das *unmittelbare* Ueberkommenhaben von Christo bezeichnen«; Heinrici 343 erklärt trotz Zustimmung zu Meyer aber doch, daß παραλαμβάνειν »zwar von Christo als Urheber ausgegangen, aber durch Vermittelung ihm (sc. Paulus) zugekommen ist«; v. Hofmann 247 und Moffat 167 sehen in ἀπό nur die Quelle, nicht die Vermittlung benannt; vgl. auch Büchsel, ThWNT II 175 Anm. 11; Stauffer 503f; Kümmel 185: nicht »Gewährsmann«, sondern »Urheber der Tradition«, wozu Bornkamm* 147f mit Recht hinzufügt, das tradierte Wort sei als das des κύριος »das Wort des Lebendigen«; Hofius* 203 mit Anm. 3.

[461] Vgl. Bl-Debr-Rehkopf § 210; Roth* 64 (»used interchangeably«); J. Betz* (1955) 10f; Neuenzeit* 82: »vom Sprachlichen her ... nicht zu entscheiden«.

die Autorität des Kyrios selbst[462], der hier nicht zufällig so genannt wird[463]. »Der Herr Jesus, in der Nacht, in der er ausgeliefert wurde«[464] kommt nur bei Paulus vor und ist nach den meisten schon der Tradition zuzuschreiben[465]. Diese Einleitungswendung, die die Einsetzung geschichtlich in der Nacht der Auslieferung und Hingabe Jesu festmacht[466], unterscheidet den Einsetzungsbericht von ätiologischen Kultlegenden der Mysterien, die zeitlos sind bzw. in eine mythische Urzeit weisen[467]. Neben der die Gültigkeit des Herrenmahls gewährleistenden geschichtlichen Verankerung seiner Stiftung wird man jedoch angesichts der sonstigen παραδιδόναι-Belege mindestens im Sinne des Paulus in diesem παρεδίδοτο auch eine soteriologische Aussage finden dürfen[468], ob mit oder ohne Anspielung auf den Gottesknecht von Jes 53 (vgl. παρεδόθη Jes 53,12 LXX)[469]. Dabei ist παραδιδόναι, das der Gerichtssprache angehört und am besten mit ausliefern übersetzt wird, sozusagen eine auf ein einziges Wort verdichtete Kurzformel für die gesamte Passion Jesu, jedenfalls weder nur eine historische Notiz noch erst recht auf den Verrat des Judas einzuschränken[470]. Das gilt um so mehr, wenn hier ein *passivum divinum* vorlie-

462 Vgl. Wegenast, Tradition 97; Cullmann, a.a.O. (Anm. 455) 10f; Senft 149; Feld* 59. Weiß 284 betont, daß kein Widerspruch zu Gal 1,11f bestehe, da es dort um das Evangelium gehe, daß der Gekreuzigte der Messias ist, wovon Paulus erst aufgrund der Vision überzeugt worden sei. Nur wird eben die Überlieferung in 15,2 ebenfalls Evangelium genannt; vgl. Conzelmann 239 Anm. 35 gegenüber der These Lietzmanns* 255, nach der Paulus »das wesentliche Verständnis« der Tradition und nicht diese selbst offenbart worden sei; vgl. weiter Käsemann* (Abendmahl) 83; Klauck* (Herrenmahl) 302f u.a.

463 Vgl. Kramer, Christos 159-162, der den Kyriostitel im Kontext der Abendmahlsüberlieferung »in Beziehung mit der Kyriosvorstellung des Akklamationsrufes« stehen sieht (162); Pesch* 54 dagegen findet von 7,10 und 9,14 her den irdischen Jesus im Blick. Natürlich ist das keine sinnvolle Alternative (vgl. V 26), doch auch dann, wenn man sich vor zu scharfer Differenzierung hütet (vgl. Foerster, ThWNT III 1091 und EKK VII 1, 107), liegt der Akzent wie in V 23a auf dem erhöhten Herrn, der die Gültigkeit der Tradition gewährleistet.

464 Zum κύριος Ἰησοῦς der Tradition vgl. zu 12,3. Kremer 242 sieht darin mit Recht die Identität des gekreuzigten Jesus mit dem Auferstandenen und Erhöhten (vgl. auch zu V 26). Παρεδίδοτο ist beschreibendes Imperf. (vgl. Bl-Debr-Rehkopf § 327; Meyer 317 und Heinrici 344: »*In der Nacht, in welcher sein Ueberliefertwerden vor sich ging*«).

465 Anders Schürmann* (Einsetzungsbericht) 55f; B.D. Smith* 171; vgl. dagegen W. Popkes, Christus traditus. Eine Untersuchung zum Begriff der Dahingabe im Neuen Testament, 1967 (AThANT 49), 205f; Neuenzeit* 103-105; Patsch* 104; Karrer* 199 Anm. 6.

466 Ob es historisch die Passanacht war oder die Nacht davor, hängt von der Datierung des Todes Jesu ab, die bekanntlich bei Johannes anders als bei den Synoptikern geschieht. Für den 13. Nisan als Datum des letzten Mahles m.E. zu Recht z.B. Strobel 172.178 (vgl. Joh 18,28; 19,14); vgl. die Diskussion bei Feld* 39-48.

467 Vgl. Moffat 168; Bornkamm* 149; Neuenzeit* 104; Conzelmann 240; Klauck* (Herrenmahl) 304.

468 Dem παραδιδόναι wird Heilscharakter zugeschrieben (vgl. außer Röm 4,25; 8,32; Gal 2,20 auch Mk 9,11; 10,33 und 14,10), und wenngleich eine ὑπέρ-Formel hier fehlt, ist das auch an unserer Stelle mitzuhören (Bornkamm* 149; Mayer* 191f u.a.).

469 Für eine gezielte Anspielung z.B. Jeremias, ThWNT V 704 und 708 Anm. 437.438; Neuenzeit* 157; Feld* 60.

470 So aber z.B. Neander 184; de Wette 108 u.a.; auch nach Büchsel, ThWNT II 172 Anm. 1 soll in V 23b »unzweifelhaft der Verrat des Judas gemeint« sein; vgl. aber Robertson/Plummer 243; Schlatter 321; Conzelmann 240 Anm. 44; Karrer* 205f; vgl. zu παραδιδόναι Popkes, a.a.O. (Anm. 465) 205-211 (»die Historie kommt zwar in den Blick,

gen sollte[471]. Wie weit die geschichtliche Kenntnis vom Passionsgeschehen bei Paulus oder gar den Korinthern reicht, läßt sich nicht sagen[472]. Auch jede Anspielung auf einen Passacharakter des letzten Mahles Jesu fehlt[473] und ist um so weniger zu erwarten, als 5,7 Christus als Passalamm bezeichnet[474].

24 Ohne weitere Hinweise auf Details der Passion oder der Situation des Mahls und seiner Teilnehmer werden Brotnehmen, Danksagung und Brotbrechen genannt. Die drei genannten Akte entsprechen dem Eröffnungsritus der jüdischen Mahlsitte[475]. Ob sie weiter auszudeuten sind, etwa indem man in der *fractio panis* einen symbolischen Akt sieht, der das Zerbrechen des Leibes Christi versinnbildlicht, ist hier wie in 10,16 umstritten[476]. Gedeutet wird jedoch nicht allein die Handlung des Zerbrechens, sondern entweder das Brot oder aber das gesamte Ensemble der damit verbundenen Handlungen, nicht einzelne Teile davon. Τοῦτο bezieht sich demgemäß entweder auf das zerbro-

aber ... als Heilsereignis« [209]) und ders., EWNT III 42-48.

471 Vgl. P. Coleman, The Translation of παρεδίδοτο, ET 87 (1976) 375 und K. Luke, »The Night in which He was Delivered up« (1 Cor 11:23), Bible Bhashyam 10 (1984) 261-279 (»the night when the Father handed him over to death for the salvation of mankind« [279]). Paulus selbst kann sowohl die Passiv- (Röm 4,25; vgl. auch in Röm 8,32 παραδιδόναι mit Gott als Subjekt) als auch die Aktivform (Gal 2,20) gebrauchen. Coccejus 298 kombiniert das: *Traditus est, à Deo, à Juda, &, ut patet, à se ipso.*

472 Für Weiß 284 ist V 23b neben dem Wissen von der Kreuzigung Jesu ein Zeichen, daß Paulus »die Hauptzüge der Leidensgeschichte unserer Evv. bekannt gewesen sein müssen«; ähnlich Robertson/Plummer 243; Findlay 880; Fee 545 u.a. Keinesfalls aber kann man aus V 23b entnehmen, »daß es von Anfang an auf geschichtliche Richtigkeit« ankomme bzw. »ein starkes Interesse an der Reinheit und Richtigkeit der Überlieferung« bei Paulus zu erkennen sei, wie Büchsel, ThWNT III 398f behauptet.

473 Selbst der Becher ist dafür kein Indiz; vgl. zum Weingenuß beim Passamahl Karrer* 202-204.

474 Vgl. Heinrici 337f. Daß Jesus bei Paulus wie bei Johannes als Passalamm charakterisiert wird, erschwert im übrigen schon datumsmäßig eine typologische Entsprechung des letzten Mahles Jesu zum Passamahl; Luke, a.a.O. (Anm. 471) 270 verbindet allerdings ἐν νυκτί über Ex 12,12.29f hinaus sogar mit der jüdischen Erwartung des Messias in der Passanacht (vgl. dazu Billerbeck IV 55); vgl. auch O. Betz* 231f, der obendrein reichlich spekulativ vermutet, man habe analog zur »Nacht der Beobachtungen« in den Targumen (ליל שמורים) Ex 12,42 im Anschluß an »in urchristlichen Kreisen von einer ליל מסורים, einer ›Nacht der Auslieferungen‹ gesprochen«.

475 Jeremias* 166-168. Vgl. neben dem Sabbat- und Passamahl die Speisungsgeschichten der Evangelien. Das Fehlen von καὶ ἔδωκεν (Mk 14,23 par, aber auch Lk 22,19) wird kaum auf das Konto des Paulus gehen (so aber z.B. Patsch* 71), denn warum sollte er die Notiz ausgelassen haben? Vgl. Klauck* (Herrenmahl) 305; Mayer* 192. Ein Interesse an einer größeren liturgischen Stilisierung ist nicht Paulus, sondern seiner Tradition zuzuschreiben (vgl. oben S. 10). Sachlich ist die *distributio* in der *fractio* eingeschlossen (Bengel 420, der die Notiz gegen die Eigenbrötelei der Korinther gerichtet sieht; ebs. Semler 290).

476 Positiv z.B. Herveus 933 (*fregit panem, ut ostenderet corporis sui fractionem*); Thurian* 172f; Weiß 285. Schon Karlstadt verweist demgegenüber nicht nur auf Joh 19,36, sondern auch darauf, daß Jesus seinen Leib nicht selbst zerbrochen hat (Schriften, Bd. 2, 26). Vgl. weiter zu 10,16 sowie Behm, ThWNT III 729 Anm. 14 und III 735 Anm. 62; Jeremias* 212, auch wenn der seinerseits zwar nicht die Handlung, wohl aber das zerbrochene Brot (entsprechend auch den Wein, der rot gewesen sein soll) als Gleichnis versteht – zu Unrecht; vgl. z.B. J. Betz* (1955) 59-64. Nach Söding* 149 soll der »Symbolwert« des Brotes als »das elementare, das schlechthin notwendige Lebensmittel« mitzuhören sein.

chene Brot oder aber auf den ganzen Ritus der Danksagung[477] (deren Worte kennen wir nicht) und des Brotbrechens (vgl. auch 10,16), wie vor allem das anschließende τοῦτο ποιεῖτε nahelegt[478].
Entsprechend unterschiedlich fällt die Deutung von σῶμα aus. Da das Brotwort, wie erwähnt, nicht mit dem Becherwort zu parallelisieren und von daher auszulegen ist, darf man σῶμα nicht mit αἷμα zu einem Begriffspaar zusammennehmen[479]. Man hat es vielmehr für sich zu fassen, so daß σῶμα durchaus גוף zugrunde liegen könnte, was soviel heißt wie Ich, Selbst, Person[480]. Doch kann dieser Rekurs auf ein hebräisches oder aramäisches Substrat zurückstehen, da Paulus selbst σῶμα vorfindet und »Das ist mein Leib« auch im Griechischen »Das bin ich (selbst)« heißen kann. Gleichwohl sollte man wegen der dabei möglichen Ausblendung der Leiblichkeit und ihrer relationalen Implikation (vgl. zu 6,12ff) σῶμα nicht einfach mit dem Personalpronomen übersetzen. Zwar kann auch die Übersetzung mit »Leib» das Mißverständnis einer Unterscheidung des »Leibes« von der »Seele« oder dem »Geist« nahelegen, doch ist das heute viel weniger zu befürchten. Eine besondere

477 Vgl. Heidegger 106: *Gratias agere* ist nicht *consecrare, ut panis fiat corpus Christi.* Selbst für Gutjahr 311 ist εὐχαριστήσας nur »ein die Konsekration vorbereitender Akt«, jedenfalls nicht einfach als Konsekration zu verstehen; ähnlich Robertson/Plummer 248: »the original form of concecration was a thanksgiving« (Zitat von Bishop), nicht die Worte der Einsetzung oder der *invocatio*; ähnlich auch Hofius* 228f. Gewiß kann εὐχαριστεῖν Synonym zu εὐλογεῖν sein, aber auch εὐλογεῖν wie sein hebräisches Äquivalent stehen für Lobsprüche und Danksagungen über Speisen (vgl. zu 10,16); vgl. Thurian* 168f; Moffat 170: »An Oriental blessed God who gave the food (x.30, ITim. iv.4), not the food itself, which remained the same«.

478 Vgl. z.B. Lampe* (Herrenmahl) 206 und (Eucharist) 43 sowie vorher schon Marxsen* (Abendmahl) 11.13 (»Die feiernde, betende, danksagende Gemeinde ist der Leib Christi, aktualisiert als solche den neuen Bund«); ferner Barth* 87.89 (dort 89f aber auch Einwände); Magne* (Récits) 195; Orr/Walther 271f; Snyder 158 und Léon-Dufour* (Prenez) 224 mit Anm. 1: Τοῦτο anstelle von οὗτος ὁ ἄρτος habe die Funktion, »de récapituler l'ensemble de ce qui précède«. Allerdings kann sich das neutrische τοῦτο als pronominales Subjekt wegen der Kongruenz mit dem Prädikatsnomen τὸ σῶμα auch auf das maskuline ἄρτος beziehen (vgl. Bl-Debr-Rehkopf § 132). Eindeutig im letzteren Sinn wird die Sache erst bei Mk durch λάβετε und ἔδωκεν.

479 Gerade das Interesse an einem anthropologischen bzw. kultischen Begriffspaar führt Jeremias* 191-194 z.B. dazu, als Äquivalent von σῶμα nicht גוף bzw. גפא, sondern בשׂר bzw. בשׂרא anzunehmen und aus der atl.-jüd. Opfersprache zu erklären (andere Vertreter dieser Meinung bei Lessig* 116; vgl. auch J. Betz* [1955] 40-45), obwohl das biblische Begriffspaar »Fleisch und Blut« heißt. Vgl. die Belege im NT (Mt 16,17; 1Kor 15,50; Gal 1,16; Eph 6,12; Hebr 2,14) und Rietschel* 278f; Ruckstuhl* 79f u.a. Von einer Übersetzungsvariante (σῶμα statt σάρξ) kann trotz Joh 6,51 und der Ignatiustexte (Röm 7,3; Philad 4; Trall 8,1; Smyrn 7,1) keine Rede sein (vgl. gegen Jeremias* 192 z.B. Patsch* 73 und 262 Anm. 142 sowie vor allem 83). Davon unbenommen ist, daß σῶμα in der LXX überwiegend für בשׂר eintritt, aber auch für zahlreiche andere Begriffe (vgl. Lessig* 117f; Léon-Dufour* [Prenez] 225-227).

480 Schweizer* 365 und ders., ThWNT VII 1065f u.ö.; vgl. schon Weiß 286; G. Dalman, Jesus Jeschua, Leipzig 1922, 130 und die verschiedenen anderen Vorschläge bei J. Betz* (1955) 39f; Roloff* (Heil) 185; Karrer* 207 Anm. 47. Léon-Dufour* (Abendmahl) 159 weist mit Recht auch auf die relationalen Momente (vgl. dazu auch EKK VII 2, 22), was gerade gegenüber den leib- und gemeinschaftsvergessenen Korinthern von Bedeutung ist (vgl. Jewett, Terms 263; Schweizer, ThWNT 1061). Söding* 148 sieht die Geschichtlichkeit, Relationalität und Transzendentalität der Person gegeben.

Nuance ergibt sich dadurch, daß σῶμα öfter den Menschen bezeichnet, der das Sterben erleidet[481]. So ist es vor allem der Gedanke der sich im Tode vollziehenden, leibhaftigen Selbsthingabe Jesu Christi für die Seinen, der hinter dem Brotwort steht. Die *promissio* des Brotwortes wäre dann, daß der für sie in den Tod gehende Christus seiner Gemeinde verheißt, bei ihrem gemeinsamen Essen über den Tod hinaus in seiner Proexistenz gegenwärtig zu bleiben und Anteil an sich zu gewähren.
Bezieht sich τοῦτο dagegen nicht auf das Brot, sondern auf die ganze Mahlhandlung, legt sich eine ekklesiologische Deutung von σῶμα nahe[482]. Der Sinn wäre dann: In der Mahlgemeinschaft mit Christus konstituiert sich sein Leib, indem er beim Essen Gemeinschaft stiftet. Das würde durchaus zur Intention des Paulus passen. Die den Mahlgenossen gewährte Gabe wäre dann die *communio*. Schwierig bleibt dabei aber V 27 mit der ausdrücklichen Nennung der doppelten Gabe, so daß doch eher an den in den Tod dahingegebenen Leib zu denken ist. Entscheidend dafür spricht, mindestens im Sinne des Paulus, daß der Apostel auch sonst vom Kreuz bzw. von der Christologie her argumentiert[483] und auch nach 10,16f die *communio* Konsequenz der *participatio* ist. In jedem Fall ist es der Leib »für euch«, nicht der Leib qua Leib und nicht ein von der Person isolierter Leib[484].

481 Vgl. Behm, ThWNT III 735; Käsemann* (Abendmahl) 66 modifiziert (Anliegen) 29-33; Schweizer, ThWNT VII 1056; Hahn* (Stand) 247; Klauck* (Herrenmahl) 306; Günther* 49 und die Forschungs- und Literaturübersicht bei Patsch* 269f Anm. 244. Zum Unterschied der lukanischen Form (τοῦτό ἐστιν τὸ σῶμά μου τὸ ὑπὲρ ὑμῶν διδόμενον) gegenüber Paulus vgl. Jeremias* 170.178; Neuenzeit* 106f; Merklein* 159; v.d. Minde* 163f. M.E. läßt sich weder die Umstellung von μου trotz der Beliebtheit einer Vorausstellung des enklitischen Pronomens bei Paulus (Entsprechendes gilt für ἐμῷ beim Becherwort) noch erst recht die Auslassung von διδόμενον eindeutig auf das Konto des Paulus setzen (anders z.B. Schürmann* [Einsetzungsbericht] 61f; J. Betz* [1961] 104f), auch wenn es zutreffen mag, daß durch die Voranstellung des Pronomens die Person des Gebenden stärker hervortritt und durch das Fehlen des Part. seine Gegenwärtigkeit (vgl. Wolff 266).

482 So z.B. Rietschel* 273; vgl. ähnlich aber auch Schweitzer, Mystik 262; v. Soden* 264-266 (»Das σῶμα-Wort geht, für sich genommen, nicht auf den Tod«, und was es ursprünglich besagte, lasse sich nicht sagen [265 Anm. 37]); Kümmel 181f.185: Σῶμα sei wegen des als sekundär geltenden τὸ ὑπὲρ ὑμῶν auf die Gemeinde zu beziehen. Aber auch bei Ursprünglichkeit dieser Wendung wird das nicht ausgeschlossen (Magne* [Récits] 195; kritisch dazu Grelot* 160f); anders Bornkamm* 164 und die meisten.

483 Vgl. Käsemann* (Anliegen) 34: »Die Abendmahlslehre des Paulus ist also ein Stück seiner Christologie, und man wird ihr Anliegen und ihre Eigenart nur verstehen, wenn man sie das im strengen Sinn bleiben läßt«; vgl. auch v.d. Minde* 171f und weiter 10,3f, von woher Käsemann* (Anliegen) 33 sogar folgert: »Zugespitzt gesagt, müßte man von Paulus her erwarten, daß das Brotwort lautete: dies ist mein Geist. Und nochmals zugespitzt gesagt, ist das tatsächlich die Meinung des Apostels«. Vgl. andererseits Bornkamm, Ende 122: »Die Einbeziehung der Gemeinde in die Sakramentslehre im Begriff des σῶμα ist ... der eigentliche Skopus der paulinischen Gedanken«. Das aber ist eher die Konsequenz.

484 Vgl. etwa Semler 291: *Non corpus Christi, in se et quasi a subiecto suo abstractum, sed cum illo tradendi pro nobis corporis omine atque fructu.* Einen Gegensatz zum Leib des Passalamms (so Holsten, Evangelium 357) kann man nur einlesen.

Τὸ ὑπὲρ ὑμῶν[485] deutet im Fall einer christologischen Beziehung von σῶμα die Selbsthingabe Jesu vermutlich im Sinne der Sühne und/oder Stellvertretung[486]. Am besten ist dann die Übersetzung von ὑπέρ zugleich mit »zugunsten von« wie »anstelle von« (zusammengefaßt in »für«), was auf Heil und Rettung durch Jesu Tod verweist[487]. Im Abendmahl bzw. in der sakramentalen *communio* ist also der gegenwärtig, der am Kreuz *pro nobis* stellvertretend und/oder sühnend gestorben ist[488]. Dabei intendiert das »für euch« anstelle des »für die vielen« bei Markus nicht eine Einschränkung der Reichweite des Heilstodes Jesu, sondern die Zueignung an die Mahlteilnehmer. Träfe dagegen die ekklesiologische Deutung zu, würde man ὑπέρ ohne Sühne- und Stellvertregungskategorien einfach im Sinn von »zugunsten von« zu umschreiben haben[489].

Eine Frage, die vor allem in den konfessionellen Streitigkeiten zwischen Lutheranern und Reformierten um das *est* bzw. *significat* die Gemüter bewegt hat, ist die Bedeutung von ἐστίν. Man kann ihr nicht durch einen Rekurs auf das Aramäische ausweichen, denn daß dort eine Kopula fehlt, enthebt nicht der Frage nach dem Verhältnis von Subjekt und Prädikatsnomen, die durch das griechische ἐστίν ohnehin unausweichlich gestellt ist[490]. Sie wird heute

485 Vgl. dazu Röm 5,6.8; 8,34; 14,15; 2Kor 5,14f.21; Gal 1,4; 2,20; 1Thess 5,10. Διδόμενον (co) und θρυπτόμενον (D*) sind ebenso sekundäre Ergänzungen wie das besser bezeugte κλώμενον (א² C³ D² F G Ψ 1739^mg 1881 𝔐 sy); anders allerdings J. Duplacy, A propos d'un lieu variant de 1 Co 11,24: Voici mon corps (-, rompu, donné, etc.) pour vous, in: Guenel* 27-46, hier 44, der für κλώμενον als ursprünglich votiert; vgl. dagegen z.B. Metzger, Commentary 562.

486 Beides ist nicht streng zu trennen; vgl. Bultmann, Theologie 295f; Delling* 54; Neuenzeit* 159; Bornkamm* 162f; Conzelmann 241 Anm. 54 mit Verweis auf den »Übergang zwischen beiden Gedanken 2Kor 5,14f.«; vgl. zur ὑπέρ-Formel M. Hengel, The Atonement. The Origins of the Doctrine in the New Testament, London 1981; G. Barth, Der Tod Jesu Christi im Verständnis des Neuen Testaments, Neukirchen-Vluyn 1992, 41-47; Söding* 156 will drei Nuancen erkennen, »die im Sühnegedanken auf das engste miteinander verwoben sind: ein finales (›zugunsten‹), ein kausales (›wegen‹) und ein modales (›anstelle‹)«. Kritisch zum Hintergrund dieser Kategorien im Verständnis von ὑπέρ z.B. Fiedler* 201f und Léon-Dufour* (Prenez) 227-230 und (Abendmahl) 162-165, der von der Symbolik des Mahles her folgenden Sinn vorschlägt: »Ich gebe mich hin als Speise, damit ihr lebt« (165).

487 Dabei ist umstritten, ob an das stellvertretende Sühneleiden des Gottesknechts von Jes 53 gedacht ist (so Jeremias* 171; Riesenfeld, ThWNT VIII 513f; J. Betz* [1979] 10f; Merklein* 183f; O. Betz* 222-225; Roloff, Kirche 55; zu Jes 53 im Judentum und bei Jesus vgl. Patsch* 151-225) oder aber nicht (so Karrer* 208 mit Lit. in Anm. 50).

488 Daß in ὑμῶν im Sinne des Paulus Männer und Frauen gleichermaßen eingeschlossen sind, versteht sich von selbst. Zu der Frage der Anwesenheit von Frauen in den anderen Berichten vgl. D.A. Lee, Presence or Absence? The Question of Women Disciples at the Last Supper, Pacifica 6 (1993) 1-20. Wichtiger ist der Plur., der schon die gemeinschaftsstiftende Wirkung des Mahls signalisiert (vgl. Léon-Dufour* [Prenez] 224).

489 Vgl. v. Soden* 265: Τὸ ὑπὲρ ὑμῶν bestimme den Leib als »den für euch, d.h. der es für euch, um euretwillen ist, = zu dem ihr gehört, in den ihr aufgenommen seid«; Magne* (Récits) 195 mit Verweis auf 2Kor 7,12; 8,16; Röm 15,8; 16,4. Doch in allen anderen christologischen Aussagen mit ὑπὲρ ὑμῶν steht es anders.

490 Vgl. zu ἐστίν schon EKK VII 2, 438 zu 10,16. Früher war oft, wenn nicht einfach eine »Wesensumwandlung« unterstellt wurde (so z.B. Gutjahr 312), von einer »Copula des *symbolischen* Seins« die Rede, allerdings im Blick auf den irdischen Jesus (Meyer 318: weil

weitgehend so beantwortet, daß für Paulus der Gedanke der *repraesentatio* am adäquatesten ist, d.h. das Brot oder das Mahl repräsentieren den Leib Jesu, und zwar im Sinne einer personalen Präsenz des Gebers in seiner Gabe[491]. Das Brot (oder das Mahl) ist reales Zeichen und Unterpfand der personalen Gegenwart Jesu, der sich in seinen Gaben vergegenwärtigt und mitteilt. Die Wirklichkeit der verheißenen realen Gegenwart Jesu Christi ist also nicht so zu bestimmen, als hätte man es nur mit bloßen Gleichnissen oder Sinnbildern und nicht mit ihm selbst zu tun. An eine materiell-substanzhafte Identifizierung mit den Elementen oder deren Verwandlung zu denken, verwehrt schon das Becherwort[492], aber diese Abgrenzung gegenüber jeder Verdinglichung der Präsenz Jesu Christi in einer *materia coelestis* (bei einer Beziehung von τοῦτο auf das Brot) ändert nichts daran, daß der repräsentierte Herr nicht nur bildlich-symbolisch, sondern in seiner Gabe real gegenwärtig ist (vgl. auch das ἦν in 10,4), und zwar gegenwärtig als der sich Dahingebende. Ἐστίν wird im Sinne des Paulus zudem in 10,16f durch κοινωνία erläutert, also als reale Teilgabe am Heil. Dabei wird, falls die christologische Deutung von σῶμα zutrifft, anders als in 10,16f die Kommunikation zwar nicht ekklesiologisch

sonst die Identität von Subjekt und Prädikat »für den Redenden wie für die Angeredeten eine unvollziehbare Vorstellung« gewesen wäre, denn »der Leib des Herrn war noch lebendig«); ähnlich Findlay 880; Robertson/Plummer 244; Moffat 168 u.a. Ἐστί ist für Meyer 318 dementsprechend »das Sein im Sinne *proleptischer* Symbolik«; ähnlich Heinrici 344, nach dem zudem der Zusammenhang darüber entscheidet, ob die durch ἐστίν ausgedrückte Gleichsetzung »absolut oder relativ, eigentlich (Mt 27,46. Hebr 7,2) oder bildlich (Mt 5,13.14 . . . Joh 10,7)« zu nehmen sei (vgl. auch Moffat 168: »Not identity but equivalence«); auch katholische Autoren erklären, daß aus ἐστίν nicht zu entnehmen ist, ob man »realpräsentisch oder gleichnishaft« zu interpretieren hat (J. Betz* [1961] 44; vgl. auch die 44 und 46 zitierten anderen). In Jesu Mund würde ohnehin nicht von Substanzidentität (so mit Recht z.B. Ellis* 49), sondern eher von prophetischer Gleichnisrede bzw. Zeichenhandlung oder »symbolischen Antizipationen« zu reden sein (nach Léon-Dufour* [Abendmahl] 150 wird »das nahe bevorstehende Heilsereignis durch ein Zeichen gestalthaft vorausgenommen«; vgl. auch J. Betz* [1979] 9; Söding* 134; Kremer 243.249), ohne daß das aber in einen Gegensatz zu »effektiver Repräsentanz« zu rücken ist (so Käsemann* [Abendmahl] 70f im Anschluß an R. Otto). Zu den großen Verständnisschwierigkeiten als Wort Jesu vgl. Lessig* 327-335.

491 Vgl. z.B. Käsemann* (Anliegen) 28 (»Die repräsentierende Größe führt nach antikem Verständnis die praesentia der repräsentierten herauf«) und Hofius* 224f, der »die einzige wirkliche formale und sachliche Analogie« wie zu 10,16 auch hier in JosAs 16,14 findet (τοῦτο τὸ κηρίον ἐστὶ πνεῦμα ζωῆς [»diese Honigwabe ist Geist des Lebens«]), wobei ἐστί auch dort »das Moment des *Anteilgebens*« zur Sprache bringe. Vgl. weiter die Diskussion der verschiedenen Formen der Präsenz bei Klauck* (Präsenz) 325-330 im Anschluß an J. Betz (kritisch dazu Klinghardt* 321) sowie die linguistischer und semantischer Fragen bei Léon-Dufour* (Prenez) 230-237 bzw. (Abendmahl) 165-174, der von daher selbst im Unterschied zum Zeichen für die Kategorie des Symbols plädiert; dabei wird diese Kategorie ohne jede Opposition zur Realität, wohl aber zu einer materiellen Identifikation gefaßt, indem zwei nicht auf derselben Ebene liegende Realitäten zusammengebracht (»symbolisiert«) werden ([Prenez] 234 bzw. [Abendmahl] 171f).

492 Vgl. K.L. Schmidt, RGG2 I 13 und Schweizer, ThWNT VII 1065: Der Ton liegt »nicht auf der Substanz, der Körperlichkeit, sondern auf der damit bezeichneten Aktion« mit Verweis auf Behm, ThWNT III 736.738; ähnlich Lessig* 326; Conzelmann 242; Stuhlmacher* 10; Hofius* 224.227; früher schon Neander 185 u.a.; anders J. Betz* (1955) 55-58.

ausgezogen, doch ist sie im Sinne des Paulus vom Kontext und der Funktion der Paradosis her gewiß mitzuhören. Zum Wiederholungsbefehl vgl. zu V 25. Zu ὡσαύτως (καὶ τὸ ποτήριον) ist gedanklich ein ἔλαβεν εὐχαριστήσας (vgl. V 23f) zu ergänzen. Der Becher steht nicht in Verbindung mit dem folgenden μετὰ τὸ δειπνῆσαι (vgl. die Analyse), sondern schließt die Mahlfeier ab[493]. Δειπνῆσαι ist eine wirkliche Mahlzeit mit Speise und Trank, die satt machen soll[494], auch wenn sich nicht sagen läßt, was sie im einzelnen beinhaltet, erst recht nicht vom Passamahl her[495]. Das Becherwort setzt den Becher[496], der im Alten Testament metaphorisch sowohl Segen und Freude als auch Zorn und Gericht umschreiben kann[497], in Beziehung zum Bund. Ob der Becher metonymisch für das steht, was er enthält[498], oder nicht[499], ist umstritten, doch

25

[493] Nach Schürmann* (Gestalt) 118 ist ὡσαύτως in Lk 22,20 dagegen »wohl inklusiv« zu verstehen »und die Brothandlung mit der Bechereucharistie zusammen ›nach dem Mahle‹« zu denken; vgl. auch ders.* (Einsetzungsbericht) 34f; Klauck* (Herrenmahl) 310.

[494] Vgl. δεῖπνον als Hauptmahlzeit in Lk 14,12.17, ebs. das Verb in Lk 17,8; jedenfalls werden nicht nur das eucharistische Brot (so aber Pesch* 62f) oder Brot und Wein gemeint sein, wie Theißen* 303 (weil die Einsetzungsworte angeblich »nur eine Verteilung von Brot und Wein vorsahen«) und Klauck* (Herrenmahl) 294 annehmen, sondern auch Zukost wie Gemüse, Fisch oder seltener Fleisch; vgl. Reicke* 32f.151f; Marshall* 110f; Lampe* (Eucharist) 41f und (Herrenmahl) 204f: »Oder ist Paulus so zynisch, daß er Leuten, die daheim (11,34) nichts Rechtes zu beißen haben, in der Gemeindeversammlung nur Brot und Wein vorsetzt, während die Reichen daheim sich den Bauch mit Köstlichkeiten vollschlagen sollen (11,22a.34)?« (204); Schäfer* 424f mit Verweis auf φαγεῖν (V 24) und den Unterschied im Artikelgebrauch bei ἴδιον bzw. κυριακὸν δεῖπνον. Zu den Speisen der Privat- und Vereinsmähler vgl. Klinghardt* 49-57.

[495] Früher bezog man das δειπνῆσαι dagegen oft auf das Passamahl, z.B. Gutjahr 314, neuerdings wieder Knoch* 36: Es werde mit dem δειπνῆσαι auf das Hauptmahl bei der Passafeier verwiesen, doch das angeblich große Interesse des Paulus, das auch Finlayson* 243 an der Passahaggada als Grundlage des neuen Ritus erkennen will, ist auch hier eingelesen (vgl. auch Did 10,1: μετὰ τὸ ἐμπλησθῆναι).

[496] Im Unterschied zu ἄρτος hat ποτήριον bei Paulus und Lukas (anders als bei Markus) den Artikel, doch setzt auch Mk 14,23 voraus, daß es nur *ein* ποτήριον ist, vielleicht abweichend von jüdischer Mahlsitte (vgl. Jeremias* 63f; Kilmartin* 38-40; Delling* 49). Kremer 243f merkt mit Recht an, daß die durch die Vulgata (*calix*) bedingte Übersetzung mit Kelch »eine sakrale Note« besitzt.

[497] Vgl. einerseits Ps 15,5; 22,5; 115,4 jeweils LXX (ποτήριον σωτηρίου), andererseits Hab 2,15f; Jes 51,17 (ποτήριον τοῦ θυμοῦ); Jer 25,15f; Ez 23,33; Ps 74,9 LXX u.ö.), wobei πίνειν τὸ ποτήριον (Jes 51,17; Jer 30,6; Ez 23,32) nach Karrer* 209 »pointierte Unheilswendung« ist (mit Hinweis auch auf PsSal 8,14; 4QpNah 4,6). Karrer* 212 interpretiert von daher auch das Herrenmahl: »Dieser Kelch ist Gottes Setzung, aber seine Unheilssphäre hat sich erfüllt im Blut des Herrn«; vgl. 215 auch die Einbeziehung von ποτήριον τῆς εὐλογίας (10,16): Daß der Becher Segensbecher sei, verdanke er »ganz dem, daß der Herr sein Leben dahingab und darin Gottes Zorn, sein Gericht, auf sich nahm«. Aber πίνειν τὸ ποτήριον kommt nur in V 27 vor und hat dort gerade eine andere Bedeutung; für eine »positive Grundbedeutung« auch Wolff 270 Anm. 162; Söding* 144 verweist außer auf Mk 14,25 auch auf JosAs 8,5; 15,5; 16,14; 19,5; 21,21 u.a.

[498] So z.B. Bauer/Aland 1393; Jeremias* 84.104f; Goppelt, ThWNT VI 155 Anm. 70; Patsch, EWNT III 341; Hofius* 224 u.a.; früher z.B. Luther: »Weil der becher mit dem trancke ein wesen ist worden, so heist auch becher hie der tranck ym becher« (WA 26, 479). Thomas 361 hält sowohl metonymische (*pro contento*) wie metaphorische (= *mea passio*) für möglich.

[499] So z.B. Marxsen* (Abendmahl) 11: Gedeutet werde der kreisende Becher, aus dem alle Mahlteilnehmer trinken und so Anteil am neuen Bund gewinnen, ja die feiernde Gemeinde »ist« der neue Bund (kritisch dazu Patsch* 54f); Wagner* 540; Johnson* 266f; Magne* (Récits) 195; vgl. auch Hahn* (Stand)

wie beim Brotwort ist auch hier keine Akzentuierung der Substanz des Becherinhalts zu erkennen. Auch die paulinische Interpretation in V 26 greift nicht den Becherinhalt auf, sondern bietet nur ποτήριον (trotz der auffälligen Formulierung »den Becher trinken«), und auch 10,16.21 blieb der Wein unerwähnt[500]. Auch das von Paulus selten gebrauchte αἷμα interessiert hier nicht als Substanz, sondern steht für den gewaltsamen Tod[501], wobei αἷμα hier aber nicht als Prädikatsnomen, sondern als Voraussetzung und Grundlage des neuen Bundes erscheint. Im Unterschied zu Markus wird die mit dem Becher angebotene Gabe jedenfalls hier nicht Blut Christi geheißen, sondern der neue Bund. In der paulinischen Tradition bestimmt αἷμα den Bund und nicht der Bund das Blut, d.h. hier steht der Bundesschluß und nicht das Blut im Vordergrund. »In meinem Blut« ist entweder trotz des nicht wiederholten Artikels mit διαθήκη zu verbinden oder mit ἐστίν[502], nicht aber mit ποτήριον[503], und ἐν ist instrumental zu fassen: »Durch«[504] das Blut Jesu Christi wird der neue Bund errichtet.

Ob man διαθήκη angemessener mit Bund oder mit Testament wiedergibt, ist angesichts der Möglichkeit von Mißverständnissen beider Übersetzungen nicht leicht zu entscheiden. Die LXX benutzt διαθήκη ca. 270mal für ברית[505], das nur vereinzelt auch durch συνθήκη (4Βασ 17,15 Rezension d. Origenes) und andere Begriffe wiedergegeben wird, während διαθήκη in einigen Fällen auch für andere hebräische Worte wie z.B. תורה (Dan 9,13), דבר (Dtn 9,5) u.a. steht[506]. Die genaue Bestimmung von ברית ist zwar umstritten, wird überwiegend aber im Sinne der von Gott souverän bestimmten Heilsordnung und unilateralen Willensverfügung verstanden. Die Über-

248f (Das Becherwort beziehe sich insbesondere auf die Teilhabe am gesegneten Becher) und Klinghardt* 316.

500 Man könnte ihn allenfalls aus μεθύει (V 21) erschließen, wenn sich das nicht auf die Agape beziehen würde. Im übrigen war der Wein mit Wasser gemischt.

501 Behm, ThWNT I 173; vgl. auch ebd.: »Nur ein anderer, anschaulicherer Ausdruck für den Tod Christi in seiner Heilsbedeutung«; Neuenzeit* 161; Söding* 151. Vgl. die Parallelität von αἷμα und θάνατος in Röm 5,9 und 5,10; αἷμα sonst nur in der Tradition von 10,16 und Röm 3,24f. Zu den anderen ntl. Stellen, wo αἷμα sündentilgende Bedeutung zugeschrieben wird, vgl. Böcher, EWNT I 92f.

502 Für die erstere Deutung de Wette 109; Heinrici 345 (das entspreche sachlich dem ὑπὲρ ὑμῶν in V 24 und werde durch Lk 22,20 bestätigt); anders Meyer 319 (die Stellung des ἐστίν entscheide dagegen; ebs. Robertson/Plummer 247); Weiß 287 schließt aus der Stellung des ἐστίν, daß es sich um »eine Bestimmung zum ganzen Satze« handelt, wobei jedoch der Gedanke sein soll, daß der Becher deshalb der neue Bund ist, »weil er mein Blut enthält« (vgl. die nächste Anm.).

503 So allerdings Weiß 287, weil nach der »Gleichung Brot = Leib« auch die »Wein = Blut« zu erwarten sei, was aber Metonymie und damit die Vorstellung des Blutgenusses voraussetzen würde; anders z.B. Klinghardt* 316f.

504 Zu ἐν in diesem Sinne vgl. Oepke, ThWNT II 535. Das paulinische ἐν τῷ ἐμῷ αἵματι ist gegenüber dem lukanischen ἐν τῷ αἵματί μου stärker gräzisiert.

505 Vgl. zu ברית Quell, ThWNT II 106-127; E. Kutsch, THAT I 339-352 (Lit.); ders., Neues Testament – Neuer Bund? Eine Fehlübersetzung wird korrigiert, Neukirchen-Vluyn 1978; ders., Art. Bund I, TRE 7, 397-403 und M. Weinfeld, ThWAT I 781-808 (Lit.); J. Betz* (1961) 61-92; N. Lohfink, Der Begriff »Bund« in der biblischen Theologie, ThPh 66 (1991) 161-176.

506 Zur zwischentestamentarischen Zeit, wo auch oft wie in Röm 9,4 der Plural gebraucht wird (Sir 44,12.18; 45,17; Weish 18,22; 2 Makk 8,15), vgl. Kutsch, a.a.O. (Anm. 505 [Testament]) 47-85; Karrer* 218.

setzung mit »Bund« legt demgegenüber leicht das Mißverständnis nahe, als ob es sich um ein von zwei gleichberechtigten Partnern geschlossenes vertragsähnliches Verhältnis handele. Daß ברית die allein auf Gottes Initiative zurückgehende Setzung und Verfügung und nicht das Ergebnis einer Übereinkunft ist[507], kann m.E. aber nicht verdecken, daß ein gewisser bilateraler Charakter durchaus mitgegeben ist: Der Selbstverpflichtung Gottes entspricht die Inpflichtnahme des Gottesvolkes[508]. Behält man im Blick, daß die von Gott verfügte und gewährte Zusage seiner Bundestreue eindeutig im Vordergrund steht, ist »Bund« immer noch adäquater als »Testament«[509], auch bei Paulus. Zwar gebraucht Paulus selbst διαθήκη auch im Sinne einer letztwilligen Verfügung (Gal 3,15.17), doch ist die Übersetzung mit »Testament« an den anderen paulinischen Stellen noch problematischer als die mit »Bund«, weil sie das Mißverständnis provoziert, als ob es sich um die Willenserklärung eines Verstorbenen handele[510], was durch das eschatologische καινή zusätzlich erschwert wird. Zudem ist trotz der im Vordergrund stehenden Heilssetzung auch bei Paulus schon vom Kontext her ein dieser Heilssetzung entsprechendes Verhalten eingeschlossen.

Während im markinischen Becherwort an die Bundesschließung am Sinai zu denken ist[511], wird der Bund in 1Kor 11,25 ausdrücklich als neuer und damit eschatologischer charakterisiert. Ob damit eine Beziehung auf die Verheißung des Neuen Bundes von Jer 31(38)31 intendiert ist, läßt sich nicht ganz eindeutig beantworten[512]. Da in Jer 31 vom Vergießen des Blutes keine Rede

507 Vgl. besonders Kutsch, a.a.O. (Anm. 505); Karrer* 199 Anm. 5. Zu Jer 31 vgl. Ch. Levin, Die Verheißung des neuen Bundes in ihrem theologiegeschichtlichen Zusammenhang ausgelegt, 1985 (FRLANT 137); W. Groß, Neuer Bund oder Erneuerter Bund. Jer 31,31-34 in der jüngsten Diskussion, in: B.J. Hilberath u.a., Vorgeschmack, Mainz 1995, 89-114.

508 Vgl. z.B. Levin, a.a.O. (Anm. 507) 269 Anm. 8.

509 Vgl. z.B. Gräßer* 119 Anm. 499. Auch die Reformierten umschreiben sowohl mit *foedus* als auch mit *testamentum* (Zwingli 169f).

510 Vgl. Käsemann* (Abendmahl) 69, der sich Behm, ThWNT II 136f anschließt, der in καινὴ διαθήκη einen Korrelatbegriff zu βασιλεία τοῦ θεοῦ sieht; vgl. auch Klauck* (Herrenmahl) 314 mit Lit. in Anm. 178. Der bei Jesus trotz διατίθεμαι (Lk 22,29) fehlende Bundesgedanke ist vermutlich erst »Ergebnis gemeindlicher Reflexionen« (Roloff, Kirche 54; vgl. auch Lang* 527.529 sowie Klauck* [Herrenmahl] 314).

511 Das zur Inkraftsetzung des Bundes vergossene Blut mit der Bezugnahme auf Ex 24,8 (ἰδοῦ τὸ αἷμα τῆς διαθήκης) ist wohl typologisch als »eine überbietende, neue Heilszusicherung Gottes im ›Blute‹, d.h. im Sterben Jesu« zu verstehen (Hegermann, EWNT I 722). Zur Zusammengehörigkeit von Bundesschluß und Blut vgl. auch Jub 6,11.14, zur verschiedenen Interpretation von Ex 24,8 in den Targumen vgl. Johnson* 266f.

512 Vgl. außer Jer 31,33 auch den »ewigen Bund« Jer 32,40; Jes 55,3; 61,8; Ez 16,60; Bar 2,35. Im rabbinischen Judentum spielt der »neue Bund« keine Rolle (vgl. Billerbeck III 704; II 280 Anm. 1 werden polemische Gründe gegen die christliche Behauptung der Aufhebung des alten Bundes vermutet; anders Lessig* 84), wohl aber in der »Gemeinde des neuen Bundes« in Qumran (CD 6,19; 8,21; 20,12; 1QpHab 2,3; 1QSb 3,21), wo aber keine Bezugnahme auf Jer 31 vorliegt; vgl. zur Interpretation des Bundesmotivs in V 25 von Jer 31 her Käsemann* (Anliegen) 28; Lessig* 84-86; Lang* 529; Klauck* (Herrenmahl) 313; Hegermann, EWNT I 922; Luz* 318.322; Hofius* 226; Levin, a.a.O. (Anm. 505) 266; Söding* 136 Anm. 7 (eher »Anspielung« als »gezielte Rezeption«); zurückhaltend bzw. kritisch Ch. Wolff, Jeremia im Frühjudentum und Urchristentum, 1976 (TU 118), 131-134; Gräßer* 119f (wegen der fehlenden mit dem neuen Bund verbundenen Inhalte); Karrer* 219 (Hinweis auf die Nachstellung von καινός in Jer 38,31 LXX); Roloff, Kirche 55; Fiedler* 197f.

ist, wäre bei einer vorliegenden Beziehung jedenfalls eine Modifizierung der alttestamentlichen Verheißung vom Tod Jesu her anzunehmen[513], was im Sinne des Paulus eo ipso weder einschließt, daß der alte Bund substituiert[514], noch, daß er restituiert wird[515]. Möglicherweise ist aber auch ein Einfluß von Ex 24,8 nicht auszuschließen, da von einer Besiegelung des Bundes mit Blut und von einer Verbindung mit einem Bundesmahl nur dort die Rede ist[516]. Dürfte man eine Beziehung auf Jer 31,34 im Sinne der Sündenvergebung voraussetzen, erfolgte auf der Grundlage der eschatologischen Bundesschließung durch das Blut Christi die Aufhebung der Sündenschuld[517]. Jedenfalls aber integriert der kreisende und getrunkene Becher, der den heilswirksamen Tod Jesu Christi repräsentiert, in den durch Jesu Blut konstituierten neuen Bund. Im Herrenmahl erfährt die Gemeinde die gegenwärtige Gültigkeit des in der Lebenshingabe Jesu Christi von Gott gestifteten Bundes, durch die er die zerbrochene Heilsordnung endgültig aufrichtet, sich erneut zum Bundesgenossen seiner Gemeinde macht und die Mahlgenossen als eschatologisches Bundesvolk zusammenschließt und zusammenleben läßt.
Das doppelte τοῦτο ποιεῖτε ist die Aufforderung zur regelmäßigen Wiederholung (vgl. auch das Präs.) und entzieht den Vollzug des Mahles dem individuellen Belieben und Ermessen. Auch wenn die Konditionierung beim zweiten Mal (»sooft ihr trinkt«) dies erschwert[518], wird man τοῦτο auf den gesamten

513 Vgl. z.B. Wagner* 542f (vgl. dazu aber Ruckstuhl* 89 Anm. 43); J. Betz* (1961) 62f verweist u.a. ferner auf das Fehlen eines Mittlers und will darum an Jes 42,6 und 49,8 als »unmittelbar anvisierte Bezugspunkte« denken, doch fehlt dort gerade καινή.

514 Das wird allerdings oft behauptet, so von Neander 185 (»die ganze alte Religionsverfassung« werde aufgehoben); Mayer* 194f (der Bund Jahwes mit Israel werde »beim Abendmahl durch einen neuen endgültigen Bund ersetzt«); Hegermann, EWNT I 722 (»Der Verpflichtungsbund wird durch einen Verheißungsbund ersetzt«); Kistemaaker 387 (»God made the old one obsolete«). Andere urteilen angesichts von Röm 9,4 und 11,27 im Sinne des Paulus aber vorsichtiger, z.B. Fiedler* 198f (»Bundes-*Erneuerung*«); Karrer* 220; Snyder 159, der seinerseits jedoch neben Erfüllung nur von neuem Verstehen von Gottes Verheißung spricht (»not a new promise, but a new understanding of how the fulfillment will occur«); Backhaus* 297 (eine Annullierung werde überhaupt nicht thematisiert, sondern die endzeitliche und universale Ausweitung); H. Merklein, Der (neue) Bund als Thema der paulinischen Theologie, ThQ 176 (1996) 290-308, hier 292f.

515 Jedenfalls ist »neu« hier weder die Restitution des »alten« Bundes (vgl. Gräßer* 121f) noch wie in Mk 14,25 auf die Zukunft bezogen, sondern qualifiziert die Gegenwart als Anbruch der Endzeit (vgl. Käsemann* [Abendmahl] 72f; Merklein* 173; Gräßer* 120-122 und zu καινός Behm, ThWNT III 451 und EKK VII 1, 380).

516 Vgl. Levin, a.a.O. (Anm. 505) 273, der 273f im Anschluß an Gese vor allem auch auf die Verheißung des Völkermahls auf dem Zion (Jes 25,6-9) verweist.

517 Zur Frage der Sühnkraft und Sündenvergebung im Kontext des Bundes vgl. Gräßer, Bund 120; Karrer* 220 Anm. 115. Bei Paulus selbst eignet dem Herrenmahl keine sündenvergebende Kraft (Kollmann* 65).

518 Weiß 287 will darum das Essen und Trinken ausschließen: So wie es beim Brot auf das Nehmen, Brechen und Danken ankomme, so bei der zweiten Wiederholung auf »das feierliche Ergreifen, Beten und – Herumreichen oder Verteilen« (vgl. schon Zwingli, CR 92, 660 und 672: ›*hoc facite*‹ *non demonstrari corporis manducationem, sed gratiarum actionem*); ähnlich Hofius* 228 (Τοῦτο sei »streng auf die beiden rituellen Handlungen des Tischgebets *vor* und *nach* der Mahlzeit bezogen«); Léon- Dufour* (Abendmahl) 147; Jeremias* 241 (nur der Ritus des Brotbrechens). Anders aber z.B. Bachmann 368: Es sei ausgeschlossen, τοῦτο *entweder* nur auf das, was

Abendmahlsvollzug und nicht allein auf den Ritus unter Ausschluß der Mahlmomente beziehen (vgl. V 26). Ποιεῖν für einen zu wiederholenden rituellen Vorgang hat zwar zahlreiche alttestamentliche Parallelen[519], was ihm hier aber noch nicht notwendig kultischen Sinn verleiht[520], da die Korrelation von ποιεῖν und ἀνάμνησις im Zentrum steht. Die Übersetzung von ἀνάμνησις durch Gedächtnis oder Erinnerung gibt dem damit Gemeinten leicht einen falschen Akzent, als ob sich die Feiernden beim Mahl an ihren Herrn erinnern sollten und ein rein mentaler oder kognitiver Vorgang im Blick wäre. Ἀνάμνησις meint aber primär Vollzug und Vergegenwärtigung einer repräsentativen Vergangenheit in Worten und Handlungen und nicht eine geistige Rückschau und Rückerinnerung[521]. Das Herrenmahl ist darum trotz formaler Analogien nicht als Gedächtnismahl oder als eine Erinnerungsfeier für einen Verstorbenen im Sinne antiker Totengedächtnisfeiern anzusprechen, die das Andenken von Toten pietätvoll bewahren sollen[522]. Näher an das Gemeinte heran führt die alttestamentlich-jüdische Tradition des Gedenkens, und zwar

Jesus tut, *oder* auf das, was die Jünger tun, zu beziehen; Robertson/Plummer 245; Lietzmann 57f: Nehmen, brechen, segnen, herumreichen und genießen; Conzelmann 241; Thurian* 157f; Fee 551 Anm. 38; Magne* (Récits) 195. Henrici* 228 will in τοῦτο über den rituellen Nachvollzug hinaus sogar »das *ganze* Tun Jesu«, »vor allem seine Opferhaltung des Sich-Auslieferns an die Menschen im Gehorsam gegenüber dem Vater« finden, was trotz der möglicherweise in ἀνάμνησις implizierten mimetischen und partizipatorischen Implikate das exklusiv gewirkte »für euch« unzulässig einebnet.

519 Vgl. Ex 12,47; 13,5 (τὴν λατρείαν ταύτην); Lev 8,34; 9,6; Num 9,2-4.11-14; Dtn 16,1.10; allerdings bezieht sich τοῦτο ποιεῖτε bzw. ποιήσατε nicht immer auf einen Ritus (Gen 42,18; Jos 9,20 vgl. jedoch Num 4,19; 16,6 und mit οὕτως oder ταῦτα Num 15,12 bzw. 28,24; 29,39); vgl. weiter H. Kosmala, »Das tut zu meinem Gedächtnis«, in: ders., Studies, Essays and Reviews, Leiden 1978, 59-72, hier 61; Braun, ThWNT VI 467f; Hahn* (Herrengedächtnis) 304; Hofius* 228 Anm. 139.

520 Vgl. gegenüber Lietzmann 58 und Dahl, a.a.O. (Anm. 523) 86 z.B. Conzelmann 241 Anm. 55; Bartels* 38f, der kultischen Sinn bestreitet (93 mit Verweis auf Mt 8,9; 9,28; Lk 10,28 u.ä.); Neuenzeit* 133f; Hahn* (Herrengedächtnis) 304 (auch beim Anlegen von Gebetsriemen und beim Schofarblasen in Ex 13,9 bzw. Lev 23,24 gebraucht). Auf keinen Fall aber hat τοῦτο ποιεῖτε den sakrifiziellen Sinn »opfert dieses« (vgl. selbst Estius 619: *plane praeter mentem Scripturae;* anders neuerdings wieder Schori* 219). Die Alte Kirche gebraucht nicht zufällig προσφέρειν oder *offerre* und nicht ποιεῖν oder *facere,* wenn sie später vom Opfer von Brot und Wein spricht. Gegen die Annahme eines Opferritus zur Wiederholung eines vergangenen Ereignisses katholischerseits auch z.B. Léon-Dufour* (Abendmahl) 151 Anm. 37.

521 Vgl. z.B. Conzelmann 241; Léon-Dufour* (Abendmahl) 153; Patsch, EWNT I 203.

522 So Lietzmann 58, der auf die Stiftungsurkunden antiker Kultgenossenschaften und Diogenes Laertius 10,18 (Testament Epikurs): εἰς τὴν ἡμῶν τε καὶ Μητροδώρου μνήμην verweist (ähnlich Reicke* 257-260; Braun, ThWNT VI 481f: Die Anamneseformel entstamme »wahrscheinlich antiken Totenmahl-Texten«). In einer Stiftungsurkunde der Kaiserzeit aus Nikomedien heißt es z.B., daß die Bewohner des Dorfes das Gedächtnis des Stifters kultisch feiern sollen (ποιεῖν αὐτοὺς ἀνά[μ]νη[σ]ίν μου) und »in dieser Vergegenwärtigung will der Stifter fortexistieren« (Hagemeyer* 106; vgl. auch 105-111 die weiteren Beispiele für »ein Gedächtnis durch die *Tat,* und zwar ein *festliches* Tun« [107], oft mit einem Mahl verbunden); es fehlt aber eine Verbindung mit εἰς, wie sie die LXX bietet. Kritisch Jeremias* 58f.230ff; Behm, ThWNT III 739; Käsemann* (Anliegen) 22; Bartels* 39-41; Bornkamm* 158f; Neuenzeit* 137-142; Conzelmann 241 Anm. 56 u.a. Lessig* 110f; Klauck* (Herrenmahl) 316f und (Präsenz) 323 sowie Hagemeyer* 111f vergleichen Ähnlichkeiten und Unterschiede; auch Feld* 61 rechnet mit »einer gegenseitigen Durchdringung verschiedener Vorstellungen«.

vor allem in Verbindung mit gottesdienstlichen Ritualen[523]. Εἰς ἀνάμνησιν entspricht in der LXX להזכיר, kommt aber nur viermal vor[524], während לזכרון mit εἰς μνημόσυνον wiedergegeben wird[525] – meist wird an die Analogie der Passafeier erinnert, in der »das heilsgeschichtliche Geschehen, auf das sich der Glaube der Feiernden gründet, als gegenwärtige Wirklichkeit« proklamiert wird[526] –, doch liegt beides nahe beieinander[527]. »Gedenken« meint dabei die vergegenwärtigende Bezugnahme auf ein von Gott gestiftetes gültiges Geschehen[528] und impliziert z.B. Bekenntnis (Ps 6,6 LXX; 44,18 LXX; 110,3f LXX), Verkündigung (Ps 70,15f LXX; 76,12f LXX; 144,7 LXX) und Verpflichtung (vgl. Num 15,40; Dtn 8,18f; Ps 102,18 LXX)[529]. Auffallend ist ἐμήν[530] an-

523 Vgl. W. Schottroff, »Gedenken« im Alten Orient und im AT, 1964 (WMANT 15); H. Eising, ThWAT II 571-593; H.-J. Fabry, »Gedenken« im Alten Testament, in: FS J.G. Plöger, hg. v. J. Schreiner, Stuttgart 1983, 177-187; vgl. auch W. Theiler, RAC 6, 43-54; N.A. Dahl, Anamnesis, StTh 1 (1948) 69-95; D. Jones, ἀνάμνησις in the LXX and the Interpretation of 1 Cor. XI. 25, JThS 6 (1955) 183-191; J.J. Petuchowski. »Do This in Remembrance of Me« (I Cor 11:24), JBL 76 (1957) 293-298.

524 Ps 37 LXX und 69 tit; vgl. auch Lev 24,7 (über die Schaubrote: εἰς ἀνάμνησιν προκείμενα τῷ κυρίῳ); Num 10,10 und Weish 16,6.

525 Vgl. Ex 12,14, wo der Tag der Passafeier als Gedenktag (»zur Erinnerung«) bezeichnet wird (ἔσται ἡ ἡμέρα ὑμῖν αὕτη μνημόσυνον); vgl. auch Ex 13,9f; Dtn 16,3; vgl. die jüdischen Belege wie z.B. Jub 6,22; 49,7; Josephus, Ant 4,189; 19,318; LibAnt 3,12 (*apparebit arcus meus in nube, et erit in memoriam testamenti inter me et vos . . .*) und 13,4 (*celebrantes festivitatem inmemoriale*) sowie die der Tosephta und der Targume bei Boccaccini* 111-116; vgl. weiter Behm, ThWNT I 351f; Michel, ThWNT IV 682; Hahn* (Herrengedächtnis) 304; Patsch, EWNT I 203f; M.H. Sykes, The Eucharist as ›Anamnesis‹, ET 71 (1959/60) 115-118; Delling* 52f; Kosmala, a.a.O. (Anm. 519) 68f; Léon- Dufour* (Abendmahl) 149f; Hofius* 230f.

526 So z.B. Behm, ThWNT III 739; Barth* 38; vgl. die bekannten Worte aus mPes 10,5: »In jeder Generation ist der Mensch verpflichtet, sich selbst so anzusehen, wie wenn er aus Ägypten ausgezogen wäre« (Billerbeck IV 68). Auch damit ist aber noch nicht erwiesen, daß die Mahlfeier nach 1Kor 11,24f »ihre Wurzeln im Passah« hat, wie manche wollen, z.B. Behm, ThWNT III 736, aber auch Davies, Paul 250; Petuchowski, a.a.O. (Anm. 523) 293; Winter* 78; Macina* 24; O. Betz* passim u.a. Im übrigen ist zu beachten, daß atl.-jüdische Stellen das Gedächtnis nicht auf eine Person beziehen (Klauck* [Herrenmahl] 317; Léon-Dufour* [Abendmahl] 149; vgl. auch Petuchowski, a.a.O. (Anm. 523) 295- 298).

527 Die Nähe zeigt sich schon darin, daß Symmachus in Ex 3,15 ἀνάμνησις statt μνημόσυνον bietet, wie denn überhaupt »sowohl Verba und Nomina als auch Simplices und Composita des Stammes μνη- ohne erkennbaren Bedeutungsunterschied verwandt werden« (Bartels* 3); vgl. auch Thurian* 20 Anm. 1.

528 Vgl. Ex 13,3.9; 12,14; Ps 111,4 (»er hat ein Gedächtnis gestiftet seiner Wunder«). In Ex 12 z.B. wird »die Beziehung einer späteren Generation auf schon zurückliegende, aber auch für das Heil dieser Späteren grundlegende Geschehnisse ausgesprochen, von denen die im Kult begangenen Handlungen dem Einzelnen klarmachen, daß auch er in sie einbezogen, von ihnen betroffen, mit ihnen gemeint ist«, wobei das Exodusgeschehen aber »nicht real« vergegenwärtigt wird, »sondern nur hinsichtlich der Tragweite seiner Bedeutung und Aktualität« (Schottroff, a.a.O. [Anm. 523] 316; ebs. Hahn* [Herrengedächtnis] 304).

529 Vgl. Käsemann* (Anliegen) 22 mit Verweis auf Mk 14,9 (εἰς μνημόσυνον αὐτῆς) und Ps 110,3f LXX; Hofius* 231-233; Bartels* 13-27 und ders., TBLNT I 456, der auch andere Bedeutungen nennt, z.B. auch auf Ex 13,8f und Jos 4,6f verweist, wo μνημόσυνον »eine Art sprechenden, kündenden Zeichens« ist, das freilich ohne verkündigendes Wort stumm bleibt (Bartels* 16); vgl. auch LibAnt 3,12 (oben Anm. 525).

530 Ἐμή vertritt den *gen. obj.* (Bauer/Aland 515; Bl-Debr- Rehkopf § 285 Anm. 4): zum Gedenken an mich; etwas anders Léon-Dufour* (Abendmahl) 147 Anm. 31, der das Possessivpronomen besonders betont; vgl. auch Fee 553.

statt μου oder des bei Paulus eher zu erwartenden τοῦ θανάτου. Nicht nur des Heilshandelns Jesu und dessen die Gegenwart und Zukunft bestimmenden Konsequenzen, seiner selbst wird gedacht und er selbst vergegenwärtigt[531]. Der, dessen gedacht wird, ist selbst in der Mahlfeier präsent und keine historische Reminiszenz. So wie Christus im Evangelium selbst auf dem Plan ist, so in der Anamnese. Gemeint ist weder, daß die Menschen Jesus dankbar im Gedächtnis behalten sollen[532], noch, daß Gott Jesu gedenken soll[533], sondern daß der Herr selbst bei der Feier des Mahles zu den Seinen kommen und sie mit seiner Gegenwart und seinen Heilsgaben zugleich beschenken und verpflichten will. Im Kontext von V 17-34 wird man dabei speziell eine Verpflichtung zur angemessenen Mahlfeier mithören[534]. Die Einschränkung beim zweiten Wiederholungsbefehl (»sooft ihr davon trinkt«) geht kaum auf Paulus zurück[535] und deutet vielleicht an, daß ein Mahl mit Wein nicht immer möglich war[536].

531 Von den z.B. in Anm. 528 genannten Befunden her werden allerdings auch kritische Anfragen an die vielen Autoren gestellt, die ἀνάμνησις im Sinn von realer effektiver *repraesentatio* verstehen, etwa von Bartels* 27-30, der seinerseits umschreibt mit: »um mich lobpreisend zu bekennen« (50), aber auch mit: »um mich anzurufen«, »um mich zu feiern«, »im Gehorsam gegen mich« (101) u.a.; vgl. auch Fabry, a.a.O. (Anm. 523) 181, nach dem »gedenken« »durchwegs von Tatverben begleitet wird« (befolgen, verstehen, nachsinnen, bewahren u.a.). Vor allem Brawley* 141 polemisiert gegen eine »dynamic actualization of what is remembered« und verweist auf Spr 10,7 und Hi 18,17, wo »nothing more than the opposite of forgetting« gegeben sei (ähnlich Est 6,1), sowie auf Philo (LegAll 3,91; Congr 39-43; Virt 176), wo »there is no indication, that it (sc. ἀνάμνησις) contemporizes what is remembered«. Dem ist durchaus zuzustimmen, im Zusammenhang mit den Deuteworten und ihrer *promissio* der Selbstmitteilung und Gegenwart Christi ist das aber kaum ausreichend.

532 Vgl. z.B. Neuenzeit* 146: Das Gedächtnis »ist kein subjektives Sich- Erinnern, sondern trägt die Züge objektiv gültigen und verbindlichen Geschehens«.

533 So aber Jeremias* 229-246 und Chenderlin* 226 (»It would also be ›his‹ because ... he would be reminding God and God would be reminded of him«). Vgl. demgegenüber die Kritik von Jones, a.a.O. (Anm. 523) 189f; Kosmala, a.a.O. (Anm. 519) 60.66f; Millard* 246f; Neuenzeit* 143 und die Lit. bei Klauck* (Herrenmahl) 316 Anm. 191.

534 Noch weiter geht Kosmala, a.a.O. (Anm. 519) 71: »Der Inhalt der nt- lichen Anamnesis Jesu läßt sich von der Nachfolge und Nachahmung Jesu nicht trennen«; vgl. ähnlich Henrici* 232 und Laurance* 292 u.ö., der im Anschluß an Dekkers* sogar erklärt: »Just as Jesus at the last Supper ritualized the inner love and obedience that motivated his whole life on earth, so too the Eucharist is intended to stylize and explicitate the Church's sometimes obscure imitation of Christ in its everyday life«. So gewiß man von »eucharistischer Ethik« bei Paulus sprechen kann (vgl. unten Anm. 553), sollte diese dem Kontext, nicht aber ἀνάμνησις entnommen werden.

535 So aber Schürmann* (Interesse) 226, nach dem Paulus damit den Mißständen von V 21 begegnen und »nicht eucharistische Becher« ausschließen soll; nach Neuenzeit* 115 will Paulus damit eine »redaktionelle Klammer« zu V 26 schaffen; gegen beide spricht, daß Paulus sonst nie ὁσάκις verwendet.

536 Vgl. Schlatter 324; Barrett 269f; Pesch* 56f u.a.; anders Bartels* 99f: Bei der Herrenmahlfeier sei »nicht nur einmal, sondern mehrmals aus dem Becher getrunken« worden, was aber schlecht zu ὁσάκις in V 26 paßt; andere finden einfach einen Hinweis auf die Häufigkeit der Feier (Findlay 881 und früher schon Heidegger 108: *Quotiescunque non semel in anno*; dagegen schon Rückert 313) oder ähnlich wie Schürmann (vgl. die vorige Anm.), daß anderes Trinken aus einer gewissen Ängstlichkeit heraus von der Agape ausgeschlossen (so E.J. Kilmartin, The Eucharistic Cup in the Primitive Liturgy, CBQ 24 [1962] 32-43, hier 43), die Besonderheit des eucharistischen Bechers unterstrichen (Wolff 274) oder gar die Notwendigkeit von Wein beim

26 Paulus selbst erläutert den Wiederholungsbefehl in V 26 durch Wiederaufnahme von ὁσάκις γὰρ ἐὰν πίνητε aus V 25, bringt damit aber zugleich das Wichtigste auf den Punkt und schafft eine Verbindung zum Folgenden[537]. Daß Paulus hier selbst spricht und nicht mehr der Tradition folgt, ergibt sich eindeutig aus τοῦ κυρίου statt ἐμόν und aus ἔλθῃ statt ἔλθω[538]. Das Tun zu seinem Gedächtnis (V 25b) oder/und die gesamte Mahlfeier gehören also mit der Verkündigung des Heilstodes Jesu zusammen und werden so expliziert[539]. Sicher ist, daß καταγγέλλετε Indikativ und nicht Imperativ ist[540]. Umstritten ist dagegen, ob die Sakramentshandlung als solche eine nonverbale Verkündigung ist[541] oder ob am Wortcharakter von καταγγέλλειν festzuhalten ist[542].

Herrenmahl betont werden soll (so Higgins* 59; vgl. auch Klauck* [Gottesdienst] 49: Es habe wahrscheinlich »gemeinsame Mahlzeiten ohne Eucharistie, aber keine Eucharistiefeier ohne Einbettung in ein Gemeindemahl« gegeben, und zur Eucharistie gehöre Wein). Wahrscheinlicher bleibt, daß Wein nicht immer zur Verfügung stand. Ob eine reine Brotkommunion als »Urform« des christlichen Abendmahls anzunehmen ist oder nicht, wenn das Fehlen des Wiederholungsbefehls im Anschluß an das Becherwort bei Lukas die ursprünglichere Form bildet, wird man die Vermutung von Jeremias* 108 nicht für unbegründet halten können, daß die Feier *sub una* in der ältesten Zeit die Regel gewesen sei (vgl. auch Pesch* 50.57; Fiedler* 219).

537 Vgl. Gaventa* 378: »Verse 26 serves not simply as the recapitulation of the tradition but as the basis for the connection between the tradition and the difficulties in the Corinthian congregation's practice of the Lord's Supper«; zustimmend auch Engberg-Pedersen* 602 Anm. 42 und ähnlich Porter* 38.

538 Die Ap. Konst. 8,12,37 (Hänggi/Pahl* 92) haben denn auch τὸν θάνατον τὸν ἐμὸν καταγγέλλετε ἄρχις ἂν ἔλθω (weitere Beispiele unten Anm. 716). Vgl. weiter etwa Heinrici 347; Lietzmann 58; Weiß 288 u.a.; anders, aber wenig überzeugend, Barth* 60f.

539 Für die erstere Annahme (V 26 führe V 25b näher aus) z.B. Weiß 288; Lietzmann 58; Barrett 270; Wolff 274 (aus der Aufforderung zum erinnernden Tun werde die Folgerung gezogen). Meyer 321 und Heinrici 347 verstehen γάρ in der zweiten Weise konklusiv (es gehe »auf den ganzen Stiftungsbericht zurück«); Robertson/Plummer 249 halten beides für möglich; vgl. auch Neuenzeit* 127. Noch anders Bachmann 370, der das γάρ parallel zu dem von V 23 faßt (ebenso Bousset 132), und auch nach Fee 556 soll γάρ die Wiederholung der Tradition begründen; vgl. aber Robertson/Plummer 249: Ein zusätzlicher Grund für das οὐκ ἐπαινῶ (V 22) sei »very forced«.

540 Vgl. schon Theophylakt 705; Beza 143; Bengel 421; Godet II 97 u.a. Anders Grotius 808 (*annunciare debetis*); Olshausen 675; Rükkert 313; Holsten, Evangelium 360 Anm. *. Aber bei einer Ermahnung wäre eher οὖν zu erwarten, γάρ dagegen »unglaublich hölzern« (Schmiedel 160; Weiß 288).

541 Vgl. Findlay 881 (»a *verbum visibile*, a ›preaching‹ . . . in silent ministry«). Weiß 288f: »eine Verkündigung nicht mit Worten, sondern durch die Handlung«, ein »δρώμενον im Sinne antiker Mysterienkulte« mit Verweis u.a. auf Rohde, Psyche I 295-298 (Weiß hat seine Meinung wegen der fehlenden Symbolik später aber nur als eine von zwei möglichen verstanden [Urchristentum 507f]; vgl. dazu unten Anm. 546); ebs. Lietzmann 58 und ders.* 222 Anm. 1; Bultmann, Theologie 151; ähnlich, wenn auch mit Recht zurückhaltender gegenüber den Mysterienanalogien Klauck* (Herrenmahl) 319f; Senft 150; Schweizer, RGG3 I 10; Barth* 99f; Broer, EWNT II 633; Porter* 39; Murphy-O'Connor* 60f; Minear* 90; Fisher 187; Kollmann* 47; Lampe* (Herrenmahl) 208.

542 So Meyer 321 Anm. * (καταγγέλλειν sei »immer ein wirkliches *Verkündigen*, niemals ein factisches *Kundgeben*«); Schniewind, ThWNT I 70, Bornkamm* 160; Neuenzeit* 129f; Wolff 274f; Lang 98; Hofius* 235; Hahn* (Herrengedächtnis) 305; Klinghardt* 318. Schniewind, ThWNT I 70 sowie Anm. 25 verweist wie viele andere (Godet II 97; Barrett 270; Jeremias* 103f; vgl. die ältere Lit. bei Lessig* 113) auf die Analogie beim Passa (vgl. Ex 12,26f; 13,8.14), was allerdings narrativen Charakter hat und keine öffentliche Proklamation darstellt. Jeremias* 100 verbin-

Für verbales καταγγέλλειν spricht, daß es in 9,14 mit εὐαγγέλιον verbunden wird, in 2,1 mit μυστήριον (vgl. auch Phil 1,17f). Dann wäre hier ein öffentliches Ansagen und Ausrufen und nicht ein wortloses Reden gemeint. Ob dabei dann genauer an begleitende Verkündigung zu denken ist[543], an das in der Anamnese geschehende lobpreisende Bekenntnis bzw. die Danksagung[544] oder gar an das Rezitieren der Abendmahlsparadosis bzw. der Deuteworte[545], ist dabei offenzulassen[TN546]. Es ist aber ebensowenig auszuschließen, daß eine Realverkündigung durch eine Zeichenhandlung gemeint ist[547], konkret: eine der Zusammengehörigkeit von Eucharistie und Agape entsprechende gemeindliche Mahlfeier (vgl. den Plural). Gerade wenn καταγγέλλετε Indikativ und nicht Imperativ ist, also in jedem Fall durch das gemeindliche Tun beim Herrenmahl »Verkündigung« geschieht (vgl. das Präs.), und gerade wenn Paulus noch einmal auf den Anlaß der ganzen u.U. auch bei Nichtchristen bekannt werdenden σχίσματα anspielt und ihren wahren Sinn herausstellt, dann ist solches faktische καταγγέλλειν nicht von der Hand zu weisen, ja näherliegend[548]. Zudem stellen die Konsequenzen in V 27ff auf die unwürdige Praxis bei der Mahlfeier ab, die dem καταγγέλλειν des Todes Jesu widerspre-

det καταγγέλλειν mit dem hebräischen הגיד (vgl. die genannte Stelle Ex 13,8) »erzählen« (vgl. schon Bengel 421 und jetzt O. Betz* 234: »gleichsam die christliche Passahaggada«), das freilich in der LXX nie mit καταγγέλλειν wiedergegeben wird und nur einmal bei Symmachus Ps 39(40),6 dafür eintritt. Hofius* 232f erinnert an den Zusammenhang von Gedenken und Verkündigen (Ps 105,1f u.ö.), doch steht auch dort in der LXX nie καταγγέλλειν; vgl. auch unten Anm. 550.

543 So Conzelmann 246; Marshall* 113 (»interpretative sayings«); Stuhlmacher* 22.34 und die meisten der in der vorigen Anm. Genannten.

544 Dahl, a.a.O. (Anm. 523) 85f; Bornkamm* 160; Hofius* 235: die über Brot und Wein gesprochenen Dankgebete; 403: Eucharistiegebete, die von Paulus konkretisierend verstanden seien. Käsemann* (Abendmahl) 84 spricht von »begleitenden Gebets- und Akklamationsrufen«, Lessig* 224 von Verkündigung »in der Liturgie der Abendmahlsfeier«. Wenn an ein verbales καταγγέλλειν zu denken ist, wird man primär an εὐλογοῦμεν von 10,16 zu erinnern haben (so Klinghardt* 318f).

545 So Schmiedel 160; Behm, ThWNT III 738; Jeremias* 100f; Bornkamm* 144; Wolff 265.275. Ob die von Paulus zitierten Worte aber überhaupt schon als liturgische Formel rezitiert wurden, läßt sich nicht erweisen (Barrett 264; Neuenzeit* 94; Feld* 21; Nicholson* 3f); vgl. die ältere Lit. bei Lessig* 465f Anm. 751.752 und die Lit. bei Patsch* 283 Anm. 412.415; Lessig* 224f verweist auf die spätere Selbständigkeit der Anamnese, die »nicht als Ausbau oder Entfaltung der Deuteworte« erscheine. Ohne Bezug auf das καταγγέλλειν für Rezitation auch Klauck* (Herrenmahl) 298.

546 Vgl. z.B. Weiß, Urchristentum 507 (»in ausdrücklichen Worten, etwa in der Form der Erzählung oder des Bekenntnisses, in Lied oder in Lehre«) und die Übersicht bei Klauck* (Herrenmahl) 319.

547 Damit ist nicht mitgegeben, daß der Tod Jesu »dargestellt, vergegenwärtigt, zum lebendigsten Bewußtsein gebracht« wird, »besonders durch die Handlung des Brotbrechens« (so Weiß 289; Bousset 132 nennt zusätzlich das Ausgießen des Weines), oder daß »der liturgische Ritus der Darreichung der Speisen zum Genuß die Hingabe Jesu am Kreuz symbolisiert und aktualisiert« (so J. Betz* [1961] 116). Das liefe auf eine symbolisch dargestellte Wiederholung des Todes Jesu hinaus.

548 Der Hinweis auf fehlende Adressaten (wenn denn Ungetaufte überhaupt generell ausgeschlossen waren) verfängt nicht, da auch die Gemeinde der Verkündigung bedarf (Klauck* [Herrenmahl] 320).

chen[549]. Endlich ist καταγγέλλειν keineswegs überall im Sinne öffentlicher Proklamation gebraucht[550]. Mutatis mutandis könnte man auch sonst von einer nicht worthaften »Verkündigung« des Todes Jesu sprechen, z.B. durch die Kreuzesexistenz des Apostels (2Kor 4,10; vgl. zu 4,11-13)[551]. Allerdings muß sich beides nicht ausschließen[552] (bei einer Zusammengehörigkeit von Wort- und Mahlgottesdienst ist das ohnehin nicht gegeben), zumal auch »verkündigende« gottesdienstliche Vollzüge ihre Eindeutigkeit nur im Kontext von Worten gewinnen. Erst recht ist die Mahlfeier keine liturgische imitatio Christi[553], sosehr eine Erinnerung an die μίμησις Χριστοῦ von 11,1 auch hier nicht unangebracht ist. Auffallend am Inhalt des καταγγέλλειν ist wiederum das Insistieren auf dem Tod Jesu (vgl. die betonte Voranstellung vor das Verb) und die Nichterwähnung der Auferweckung Jesu, was denn auch in späteren Liturgien anders wird[554]. Man wird darin ebenso wie in dem abschließenden Hinweis auf die Parusie zugleich eine antienthusiastische Spitze finden[555], also eine Kritik an der korinthischen Herrlichkeitschristologie. Von der zentralen Heilsbedeutung des Todes Jesu ist dabei auch hier nicht abzusehen, doch im Vordergrund wird man vom Kontext her wie in 8,11 den Tod Jesu für die Schwachen bzw. die Hungerleider akzentuiert finden. Daß es der Tod des von den Toten auferweckten Christus ist, versteht sich von selbst (es ist der Tod des κύριος, der »kommen« wird!), aber die Gegenwart steht bis zur Parusie unter dem Vorzeichen des Kreuzes.

»Bis daß er kommt« ist dabei mehr eine Inhalts- als eine bloße Terminan-

549 Vgl. Gaventa* 384: »To proclaim the death of the Lord is, to say the least, not to proclaim one's own rights or prerogatives«. Man wird jedenfalls auch hier die Heilsbedeutung des Todes Jesu und die dadurch geschehene Veränderung des Verhaltens nicht voneinander trennen dürfen (vgl. zu 1,26ff; 2,1ff; 10,16f u.ö.).

550 Gaventa* 381 führt einige Belege an, wo ebenfalls indirektes καταγγέλλειν gebraucht wird: Nach 2Makk 8,36 muß Nikanor nach seiner Niederlage auf der Flucht wie ein entlaufener Sklave »verkündigen, daß Gott für die Juden streitet«; nach Josephus, Ant 2,15 erkennt Jakob im Traum Josefs ein καταγγέλλειν der Zukunft des Sohnes; vgl. auch Philo, Op 106; Migr 189; Jos 92.

551 Vgl. auch 4,16f; 11,1; Röm 1,8; 2Kor 3,3; Phil 1,13f; 2,14-16; 1Thess 1,8.

552 Vgl. schon Haymo 573, der von *zwei modi* der Verkündigung spricht: *Vel ipsum mysterium celebrando . . . vel etiam praedicando aliis, quod utrumque agere debemus*; Robertson/Plummer 249; Schlier, Zeit 250; Minear* 91 (»The sacrament is a proclamation as the kerygma is a sacrament«); Murphy-O'Connor* 60f.

553 Gegen Laurance* 295, der dieses Moment einer »imitation of Christ in the Eucharist« besonders betont und Cyprian (Ep. 63,4) zitiert, wonach der Priester »truly functions in place of Christ who imitates that which Christ did«. Moloney* 115 Anm. 42 spricht angemessener von eucharistischem Lebensstil (allerdings 114 von »›imitation‹ of Jesus, in the ongoing breaking of one's own body and spilling of one's own blood . . .«; vgl. auch Minear* 90f), Traets* 154f von eucharistischer Ethik (vgl. auch Neuenzeit* 234); Lampe* (Eucharist) 44f und (Herrenmahl) 209f.

554 Vgl. unten Anm. 864.

555 Vgl. Käsemann* (Anliegen) 26; Neuenzeit* 170; Barrett 272; Léon- Dufour* (Abendmahl) 284f; Keller* 25; für Passakos* 204 ist die Verkündigung des Todes Jesu zugleich »a symbol of reversal of the commonly accepted values«.

gabe[556]: Mit ἄχρι οὗ ἔλθῃ[557] wird diejenige Perspektive benannt, die die Mahlgenossen in den Horizont der Zukunft ihres Herrn stellt und zugleich ihre Verantwortung einschärft. Traditionsgeschichtlich wird »bis daß er kommt« oft auf Mk 14,25 zurückgeführt[558], doch besteht eine noch größere Nähe zu Lk 22,18 (ἕως οὗ ἡ βασιλεία τοῦ θεοῦ ἔλθῃ)[559]. Daß zum Herrenmahl der eschatologische Ausblick gehört, bestätigen neben Mk 14,25 und Lk 22,18[560] die Mahlgebete der Didache[561]. In unserem Zusammenhang ist die Wendung wohl wieder eine Abgrenzung gegenüber einer schwärmerischen Mahlauffassung, also eine nachdrückliche Erinnerung daran, daß das Herrenmahl von Wartenden und Hoffenden in diesem Äon gefeiert wird und noch nicht das himmlische Mahl der Seligen ist[562]. Es bestätigt sich erneut, daß die Korinther im ganzen Brief immer wieder vom Kreuz und von der Parusie her zur Ordnung gerufen werden[563]. Das versteht sich allerdings nicht allein aus der Antithese, sondern zugleich aus der Theologie des Paulus, nach dem das Herrenmahl »zwischen den Zeiten« begangen und nur in dieser doppelten Beziehung, in der es zugleich zurück- und über sich hinaus nach vorn verweist, recht gefeiert wird[564].

556 Vgl. z.B. Theodoret 317: Μετὰ γὰρ δὴ τὴν αὐτοῦ παρουσίαν, οὐκέτι χρεία τῶν συμβόλωντοῦ σώματος, αὐτοῦ φαινομένου τοῦ σώματος.

557 Photius 569 qualifiziert die Wendung als Hyperbaton (vgl. dazu Bl-Debr- Rehkopf § 477,1), das hinter πίνητε seinen Platz hat. Nach Meyer 322, Heinrici 348 und de Wette 109 soll ἄν fehlen, »weil der Eintritt der Parusie als ganz gewiss, nicht durch etwa hindernde Möglichkeiten bedingt, gedacht ist« (vgl. dagegen Weiß 289 Anm. 2), doch ist mit Bl-Debr-Rehkopf § 383 Anm. 3 der Grund darin zu suchen, daß sich hier »der alte prospektive Konj.... durch eine gewisse Verwandtschaft mit dem finalen« gehalten hat. Nach Jeremias* 244; O. Hofius (»Bis daß er kommt« 1Kor 11,26, in: ders., Paulusstudien 241-243) 242; Barrett 270f; Radl, Ankunft 111 und Keller* 26f enthält die Wendung denn auch neben dem temporalen einen finalen Aspekt: Das Sakrament wird nicht nur gefeiert *bis*, sondern *damit* der Herr kommt; Suggit* 18 zitiert 2Petr 3,12; anders dagegen Engberg-Pedersen* 603 Anm. 45.

558 Vgl. Behm ThWNT III 730; Klauck 83 spricht von »einer Schwundstufe des eschatologischen Ausblicks aus Mk 14,25«. Andere rechnen mit einer »Umformung des Maranatha-Rufes« (Neuenzeit* 222; Pesch* 60).

559 Godet II 98; Klauck* (Herrenmahl) 320.

560 Hier wird die Tischgemeinschaft in der kommenden βασιλεία τοῦ θεοῦ verheißen, und das letzte Mahl Jesu erscheint als deren Prolepse und Einleitung, was möglicherweise überhaupt die historische Keimzelle des Abendmahls gewesen ist (so Käsemann* [Abendmahl] 67); vgl. auch Wilkens* 58 und van Cangh* 625, die Mk 14,25 gegenüber 14,24b für die ursprünglichere Form des Becherwortes halten.

561 Vgl. die Zitate zu 16,22.

562 Insofern ist es nicht ganz unproblematisch, bei Paulus von einer »Vorwegnahme des Mahles der Endzeit« zu sprechen wie Hahn, Hoheitstitel 105; ähnlich schon Bengel 421: *Specimen communis quasi convictus cum Christo in coelo*; dagegen schon Semler 295; v. Hofmann 253; vgl. weiter Conzelmann 246; Bornkamm* 171f; Cremer* 237; Keller* 26 spricht mit Recht von »Interimscharakter« (so schon Neuenzeit* 223): Die Eucharistie ist »Angeld und vorläufige Teilgabe an der neuen Heilsordnung«.

563 Vgl. Käsemann* (Anliegen) 24; v.d. Minde* 168f.

564 Vgl. Behm, ThWNT III 738; Bornkamm* 172f; Neuenzeit* 170; Schüssler Fiorenza* 6 und schon Bengel 421: *Hoc mysterium duo tempora extrema conjungit.*

27 V 27 zieht nun in Form eines sakralen Rechtssatzes[565] aus dem Gesagten die Konsequenzen (vgl. ὥστε)[566]. Die korinthischen Mißstände sind der Feier des Herrenmahls unwürdig. Das viel gequälte und mißbrauchte ἀναξίως ist ein Relations- und Entsprechungsbegriff[567], zudem formal ein Adverb und kein Adjektiv, qualifiziert also den Modus der Teilnahme am Mahl, nicht die Mahlteilnehmer[568]. Konkret heißt das: Unangemessen ist das Interesse am ἴδιον δεῖπνον (V 21), die Verachtung der Gemeinde und die Beschämung der Habenichtse (V 22)[569]. Die Unwürdigkeit ist also trotz 5,11 nicht – wie man sich das früher oft vorgestellt hat und was bis heute nachwirkt – die fehlende moralische Disposition oder innere Einstellung des einzelnen Mahlteilnehmers zum Sakrament, sondern die durch das in V 20f benannte Fehlverhalten der Korinther beim Herrenmahl dokumentierte Unangemessenheit, konkret also der dabei praktizierte Individualismus und Spiritualismus. Ἀναξίως ist darum nicht vom Kontext zu isolieren und als generelle Bedingung der Teilnahme am Mahl beliebig auszuweiten. Wer »das Brot« oder »den Becher des Herrn«[570] in der genannten Weise unangemessen zu sich nimmt, versündigt sich nicht nur an der Gemeinde und deren Gemeinschaft, sondern dessen

565 Vgl. Käsemann* (Anliegen) 23; Nichtweiß, Peterson 629; Bornkamm* 168f; K. Berger, Zu den sog. Sätzen heiligen Rechts, NTS 17 (1970/1) 10-40, hier 35-38 zu Rechtstexten mit ἔνοχος (35: »Schulderklärungen und damit ... Belehrungen oder Proklamationen«); vgl. aber auch EKK VII 1, 288. Öfter ist auf rabbinische Parallelen verwiesen worden; vgl. Schlatter 326 Anm. 1; Barrett 272 (ἔνοχος »may reflect the construction of the rabbinic hayab«); Strobel 180 zitiert mZeb 13,2 (»Eine Person, die unrein ist und entweder unreines Geheiligtes [Opferfleisch] oder reines Geheiligtes [Opferfleisch] ißt, ist schuldig« (daß man sich nicht am Heiligen zu vergreifen hat, präjudiziert *nota bene* nicht einen Bezug auf die Elemente). Noch weiter geht O. Betz*, der auch hier eine »strukturelle Verwandtschaft von Herrenmahl und Passafeier« entdecken will (236), wobei die Form der beiden Gebote Ex 12,15b und 12,48 »auf die Diktion der paulinischen Paränese zum Herrenmahl (1Kor 11,27-30) abgefärbt« haben soll (237), doch fehlt dort sowohl ἔνοχος als auch ἀναξίως.

566 Zum juridischen Vokabular des ganzen Abschnitts vgl. Käsemann* (Anliegen) 23-27; C.F.D. Moule, The Judgment Theme in the Sacraments, in: FS C.H. Dodd, Cambridge 1956, 464-481, hier 470f; Gundry Volf* 99 u.ö. Daß der Herr keinem der Mahlteilnehmer »anders als im Gericht begegnet« (Käsemann* [Anliegen] 27), geht allerdings zu weit; vgl. die Vorbehalte bei Bornkamm* 169 Anm. 70.

567 Das bestätigt 6,2, der einzige andere Beleg im NT; Klauck* (Herrenmahl) 324 verweist den Begriff »in die Sphäre kultischer Reinheitsvorschriften« (2Makk 14,42; Arist 217; Josephus, Ant 6,16f), was aber selbst für die LXX nicht durchgängig der Fall ist (Sir 25,8; vgl. auch Arist 205), selbst an den beiden ersten der dafür angeführten Stellen nicht; vgl. auch Philo, LegAll 3,195; Sacr 124; Abr 146; Jos 75 u.ö. sowie die übernächste Anm.

568 Gemeint ist dabei mit »Essen des Brotes und Trinken des Bechers des Herrn« nichts anderes als die Teilnahme am Mahl; vgl. Fee 560 Anm. 8.

569 Richtig schon Theophylakt 705 (vgl. die Auslegungs- und Wirkungsgeschichte); Grotius 808 (*qui in hoc actu curat quae sua sunt, non quae Domini*); Baumgarten 413f; de Wette 110 (»auf *eine der Bedeutung der Handlung nicht angemessene Weise*«) und v. Hofmann 256 (es gehe um die »Beschaffenheit des Thuns«, nicht um die »Beschaffenheit dessen ..., der es thut«); Foerster, ThWNT I 379: Paulus fordere »eine vom Evangelium bestimmte Haltung« (mit Verweis auf die Wendungen mit περιπατεῖν und πολιτεύεσθαι ἀξίως in 1Thess 2,12 und Phil 1,27); Hahn* (Herrengedächtnis) 309; Fisher 188; Fee 560; Ortkemper 109.

570 Ebs. 10,21; vgl. auch 10,20: τράπεζα κυρίου und κυριακὸν δεῖπνον. So wie ποτήριον δαιμονίων die Teilnehmer in den Machtbereich der Dämonen stellt, so der Becher des Herrn in den Machtbereich des Herrn.

Praxis macht schuldig am Leib und Blut des Herrn. Das ἤ statt καί scheint zwar jeden der beiden Akte für sich als Möglichkeit des Schuldigwerdens aufzufassen, ist aber kein Beleg für eine *communio sub una*[571], wie schon das folgende καί in V 27b (vgl. auch V 26) anzeigt. Das aus der Gerichtssprache stammende ἔνοχος bezeichnet das Schuldigwerden[572], wobei der Genitiv die Schuld (Mk 3,29 ἁμαρτήματος), die Strafe (Mk 14,64 θανάτου) oder aber – und das ist auch hier der Fall – dasjenige bzw. denjenigen umschreiben kann, wogegen man gesündigt hat (vgl. Jak 2,10; mit αἵματος Dtn 19,10). Man wird also schuldig gegenüber »dem Leib und dem Blut des Herrn«. Daraus sind kaum Rückschlüsse auf die Präsenz von Leib und Blut Jesu Christi in Brot und Wein zu ziehen, als ob das Sakrileg aus einer verkehrten Einschätzung der Elemente resultierte[573]. Schuldig wird der unwürdig Essende und Trinkende vielmehr gegenüber dem am Kreuz dahingegebenen Leib und Blut Christi[574], weil er sich an der Gemeinde vergeht, so wie nach 8,12 Schuld gegen den Schwachen eo ipso Schuld gegen Christus ist, der für ihn gestorben ist[575]. Damit aber geraten die unwürdig Genießenden auf die Seite der Weltmächte, die Jesus nach 2,8 gekreuzigt haben, woraus jedoch kaum a posteriori eine Mitschuld am Tod Jesu zu folgern ist[576].

[571] Gegen Gutjahr 320 (ähnlich schon Estius 624; Cornelius a Lapide 308: *Nota* τὸ *vel biberit, ergo sufficit altera species)*; dagegen mit Recht Meyer 322f; Heinrici 348; Schmiedel 161 u.a., neuerdings auch katholischerseits Neuenzeit* 34. Vgl. weiter die Beispiele, wo ἤ kopulativem Sinn nahekommt, bei Bl-Debr-Rehkopf § 446,1 mit Anm. 2.

[572] Vgl. Bauer/Aland 540f; Hanse, ThWNT II 828; Godet II 99; Héring 104; Neuenzeit* 35; Fee 560; Aalen (Lit. zu 10,14-22) 143-146 vermutet sakralrechtlichen Ursprung, ebenso Klauck* (Herrenmahl) 324. Ob das Futur ἔσται auf das Endgericht verweist (so z.B. Käsemann* [Anliegen] 23) oder nicht (so etwa Wolff 277), ist umstritten, doch ist die Schuld bereits durch das Verhalten der Gemeinde gegeben (vgl. Kollmann* 48 Anm. 48), und zudem wird in V 30 bereits auf gegenwärtige Strafen verwiesen (Hofius* 206 Anm. 20).

[573] Nach Baumgarten 414; Olshausen 676; Godet II 99 u.a. dagegen muß der, gegen den sich die Unwürdigen vergehen, gegenwärtig sein, d.h. als Leib und Blut Christi. Meyer 324 Anm. * hält das für spitzfindig: Man könne sich auch am Leib Christi vergehen, »wenn man sich an dem anerkannten heiligen *Symbol* dieses Leibes vergeht«, doch erklärt er auch umgekehrt (gegen Rückert 315), hier liege kein Beweis vor, daß man Leib symbolisch zu verstehen habe, so daß aus unserer Stelle weder das eine noch das andere schlüssig zu folgern sei. Neuenzeit* 35f hält V 27a und b für einen synonymen Parallelismus, so daß »Brot = Leib und Becher bzw. Wein = Blut« stünde und wie bei Lietzmann 58 von einem Genuß des Leibes und Blutes Christi gesprochen würde; vgl. dagegen mit Recht Kümmel 186; Fee 560f. Nicht einmal von einer Versündigung »gegen die heiligen Gegenstände, die bei Tische gegenwärtig sind« (so Weiß 290; ähnlich die bei Arzt, Christsein 146 Anm. 643 Genannten) ist zu reden.

[574] Vgl. v. Mosheim 526 (»Der Leib und Blut des Herrn wird hier an statt seines Leidens und Todes gesetzet«); Barrett 273 (es sei von V 26 her zu interpretieren); Fee 560f.

[575] Vgl. Schweizer, ThWNT VII 1066; Billroth 155 erinnert auch hier an Mt 25,40.

[576] Vgl. Weiß 290 (weder nachträgliche Mitschuld noch der Gedanke an eine nochmalige Kreuzigung); Kollmann* 49; anders Schlatter 326; Murphy-O'Connor* 66; Käsemann* (Anliegen) 24: Der Epiphanie des Christus gegenüber gebe es »nur die beiden Möglichkeiten, mit der Gemeinde den Tod Jesu zu proklamieren oder mit der Welt diesen Tod herbeizuführen«. Früher wurde öfter behauptet, der Betreffende würde Christus quasi mit zum Tod verurteilt haben (vgl. z.B. Grotius 808: *par fecit quasi Christum trucidaret*). Grosheide 274 vergleicht Apg 7,52 und Hebr 6,6.

28 V 28 fordert mit weiterführendem δέ zur Selbstprüfung auf. Auch das Kriterium dieses δοκιμάζειν ἑαυτόν ist ähnlich wie ἀναξίως oft moralisch oder psychologisch mißverstanden worden, doch geht es auch hier nicht einfach um »Stimmung und sittliche Verfassung«[577] oder um den »Gemütszustand«[578], ja nicht einmal um »die Angemessenheit des inneren Menschen«[579], um den »Glauben«[580] oder um Sünde bzw. Sündlosigkeit[581]. So gewiß sich die innere Einstellung auf die Art der Mahlfeier auswirkt und es um eine Prüfung des Menschen selbst geht, hat auch hier der Kontextbezug zu entscheiden. Der aber spricht eindeutig dafür, daß sich jeder daraufhin prüfen soll (er selbst, nicht die Gemeinde soll das tun), ob er sich mit in die durch den Tod Jesu geschaffene neue Heilsordnung einbeziehen läßt und sich mit seiner Mahlpraxis der gemeinschaftsstiftenden Intention des Herrenmahls öffnet oder ob er sich weiter an den genannten Vorkommnissen in Korinth beteiligen will[582]. Zwar kommt δοκιμάζειν bei Paulus auch sonst oft im Sinne der notwendigen Prüfung und Beurteilung vor[583], doch speziell gegenüber denen, die durch das Sakrament das Heil garantiert glauben und das durch ihre Mahlpraxis demonstrieren, bedeutet das eine deutliche Warnung[584] (vgl. 10,1ff). Nur so (οὕτως) soll vom Brot gegesssen und aus dem Becher getrunken werden. Ob diese Prüfung auch negativ ausfallen kann und was dann geschehen soll, läßt Paulus unberücksichtigt, doch bleibt das vermutlich darum unausgesprochen, »weil er diesen Fall gerade durch die Prüfung verhindert zu sehen hofft«[585].

29 V 29 begründet die Mahnung von V 28 (γάρ) mit der Folge des Gerichts, wenn es nicht zum διακρίνειν τὸ σῶμα kommt[586]. Διακρίνειν τὸ σῶμα meint

577 So aber Meyer 325; Heinrici 350; ähnlich Godet II 99 (»dankbare, ehrfurchtsvolle Stimmung«).

578 So aber Weiß 290; ähnlich Flatt 259 (die der Würde und Heiligkeit des Mahls entsprechende »Gemüthsstimmung«); de Wette 110.

579 So aber Bachmann 371; Neuenzeit* 37; man müßte den Satz von Robertson/Plummer 250 (»not only external behaviour but an inward attitude of soul«) geradezu umdrehen.

580 So aber v. Mosheim 527; Goppelt, ThWNT VI 143 Anm. 72: Δοκιμαζέτω meine »letztlich ... die Frage nach dem Glauben; er allein macht auch das Verhalten beim Gemeindemahl ›würdig‹«.

581 Vgl. z.B. Wettstein 149 (*Initium est salutis notitia peccati*) und die Auslegungs- und Wirkungsgeschichte. Auch Kistemaker 400 interpretiert wieder so: »After repenting of their sins, they are to come freely to the Lord's table in the knowledge that they will not be condemned«.

582 Vgl. Mayer* 198; Fee 562.

583 Wie hier ἑαυτούς (2Kor 13,5, dort parallel zu πειράζετε und ἐπιγινώσκετε ἑαυτούς), τὸ ἔργον ἑαυτοῦ (Gal 6,4), τὰ διαφέροντα (Phil 1,10) und πάντα (1Thess 5,21).

584 Das gilt trotz ἄνθρωπος; vgl. zu 4,1; nach Bl-Debr-Rehkopf § 301 Anm. 5 = jeder. Godet II 99 will auch die Schwachheit und Verantwortlichkeit des Menschen damit verbinden.

585 Schmiedel 161; vgl. auch Flatt 259; Robertson/Plummer 251 u.a.; ähnlich V 31.

586 Dieses konditionale μὴ διακρίνων steht freilich eigentümlich entfernt und wäre nach Weiß 291 eigentlich entweder vor dem Prädikat zu erwarten oder statt der Subjekte ὁ δὲ μὴ διακρίνων τὸ σῶμα, weshalb er es kausal auffaßt und das von ℵ² C³ F G Ψ 1881 𝔐 latt sy gebotene ἀναξίως für ursprünglich hält; doch liegt bei dieser Variante sicher Kontexteinfluß von V 27 her vor, und zudem hätte es keiner ausgelassen, wenn es ursprünglich wäre (Metzger, Commentary 562f). Nach Conzelmann 247 u.a. ist die kausale oder konditionale Fassung des Part. »keine sinnvolle Alternative«.

entweder das rechte Beurteilen oder aber das Unterscheiden des Leibes. Trotz dieser sprachlichen Möglichkeiten ist διακρίνειν aber kaum im Sinne einer Unterscheidung von sakramentaler und profaner Speise zu verstehen, etwa im Sinne mangelnden Respekts vor den verwandelten Elementen (dagegen spricht schon ἄρτος und ποτήριον in V 28) oder einfach einer Indifferenz gegenüber den sakramentalen Gaben (evtl. gar noch wegen der Vorliebe für leibliche Genüsse), obschon diese Deutung sehr verbreitet ist[587]. Aber eine Profanierung des Sakraments ist eben gerade nicht die Absicht der Korinther. Da die Übersetzung von διακρίνειν in V 31 mit »recht beurteilen« den besten Sinn ergibt, dürfte diese Bedeutung auch hier zutreffen[588]. Die geforderte Beurteilung aber bezieht sich, auch wenn sich ein Essen des Herrenmahlbrotes vom Brotgenuß bei anderen Gelegenheiten unterscheidet, nicht auf das Brot (es heißt nicht μὴ διακρίνων τὸν ἄρτον!), sondern auf den Leib. Σῶμα wird dabei weder allein der am Kreuz dahingegebene und im Mahl gegenwärtige Leib Christi sein[589] – sosehr dieser Gedanke trotz des irritierenden Fehlens von αἷμα von V 26 her (θάνατος) einzuschließen ist – noch aber allein die Gemeinde[590]. Vielmehr scheint mit σῶμα die schon in 10,16f zu beobachtende Doppeldeutigkeit bzw. Zusammengehörigkeit von sakramentalem und ekklesiologischem »Leib Christi« vorzuliegen, wobei die Ausrichtung der Eucharistie auf die Gemeinde als den durch das Mahl konstituierten Leib Christi hier das Zentrale ist, was in Korinth verkannt wird. Zwar kommt σῶμα im Sinn von Gemeinde im näheren Kontext nicht ausdrücklich vor, aber das Verhalten der Mahlteilnehmer gegenüber der ἐκκλησία τοῦ θεοῦ (V 22) ist deutlich genug im Blick. Das erklärt auch am ehesten, warum hier im Unterschied zu V 26-29a, wo jeweils beide eucharistischen Gaben genannt werden, nur noch vom Leib die Rede ist[591]. Von daher ist der Interpretation zuzustimmen, daß διακρίνειν τὸ σῶμα verstehen heißt, »daß der für uns hingegebene und im Sakrament empfangene Leib Christi die Empfangenden zum ›Leib‹ der

587 Im Sinne der Unterscheidung eucharistischer von gewöhnlicher Speise außer den unten Anm. 944f.969-971 Genannten Grotius 808; Semler 299; v. Mosheim 526; Rückert 316; Olshausen 677; Bachmann 372; Lietzmann 59; Héring 104; Allo 282f; Barrett 274f; Arzt, Christsein 146 Anm. 643; noch unwahrscheinlicher ist die schon früher oft vertretene (vgl. die Auslegungs- und Wirkungsgeschichte unten S. 101) Zuspitzung bei Kamp* 42: »He must appreciate his own sinfulness and unworthiness«. Fisher 189 will »the reality from the elements« unterschieden wissen, während Theißen* 300.306 mit mehr Recht an eine Unterscheidung zwischen Privatmahl und Herrenmahl denkt (vgl. dazu aber Nicholson* 4).

588 Vgl. schon Weiß 291: »richtig beurteilen« (mit Verweis auf Hi 12,11; 23,10), ja »eine Sache in dem ihr eigentümlichen Wert richtig erkennen und behandeln«; ähnlich Robertson/Plummer 252; Bauer/Aland 370. Vielleicht spielt auch die Bedeutung von 4,7 (»einen Vorrang einräumen«) mit hinein.

589 So Heinrici 351; Weiß 291; Schlatter 327; Käsemann* (Anliegen) 27; Barrett 274f; Schweizer, ThWNT VII 1065; Marshall* 114; Wolff 279 u.a. Das von א² C³ D F G (Ψ 1241ˢ) 𝔐 it vg^cl sy gebotene zusätzliche τοῦ κυρίου ist im übrigen sekundär (vgl. Metzger, Commentary 562f).

590 So aber Kümmel 186; Reicke* 253f; Wendland 99; Fee 559.563f; Murphy- O'Connor* 67f; Roloff, Kirche 105f; Kollmann* 49f; Klinghardt* 315 u.ö.

591 Damit, daß das Brotbrechen »der Kern der Handlung war« (so Weiß 291), ist das keineswegs erklärt, ebensowenig mit dem φαγεῖν in V 33 (so Wolff 279). Zu beachten ist auch das Fehlen einer Genitivbestimmung.

Gemeinde zusammenschließt und sie in der Liebe füreinander verantwortlich macht«[592].

Wer sich solchem διακρίνειν verweigert, zieht das Gericht auf sich, ißt und trinkt sich zum Gericht[593]. In V 29-31 begegnen mehrere Wörter vom Stamme κριν– (deren Paronomasie ist im Deutschen kaum aufzunehmen), die speziell in V 31 inhaltlich eine Steigerung von διακρίνειν (beurteilen) über κρίνεσθαι (gerichtet werden) zu κατακρίνεσθαι (verdammt werden) erkennen lassen. Bei κρίμα wird wie in V 27 entweder an das Endgericht bzw. an die Verdammung gedacht[594] oder aber an ein gegenwärtiges Geschehen[595]. Auch wenn eine scharfe Trennung kaum möglich ist[596] und am Schluß in V 32 das zukünftige eschatologische Gericht im Blick ist, expliziert das folgernde διὰ τοῦτο hier zweifellos ein *gegenwärtiges* Gerichtshandeln[597]. Die Spitze des Verses aber ist darin zu suchen, daß der, der sich an der Gemeinde vergeht, sich damit zugleich am Leib Christi schuldig macht[598]. Wer die ekklesiologischen Bezüge des Sakramentsgeschehens ignoriert, pervertiert die Setzung und Intention der neuen Heilsordnung.

30 Schon von daher ist es wenig wahrscheinlich, daß die Wirklichkeit des göttlichen Gerichts, die Paulus in den zahlreichen Krankheits- und Todesfällen der Gemeinde zu Tage treten sieht, primär mit der antiken Vorstellungswelt in Verbindung zu bringen ist, nach der diese Krankheiten[599] und Todesfälle[600] in

592 So vor allem Bornkamm* 169, nach dem sich V 29 »gegen eine Profanierung des σῶμα τοῦ Χριστοῦ gerade unter der Maske einer gesteigerten Sakralisierung der eucharistischen Speise« richtet; für eine doppelte Bedeutung von σῶμα auch Moule, a.a.O. (Anm. 566) 473f; Orr/Walther 274; Klauck 84; Neuenzeit* 38f; Schüssler Fiorenza* 10; Porter* 39f; Nicholson* 4; Pritchard* 58f; Brawley* 144; Traets* 155; Lang 155; Hahn* (Herrengedächtnis) 309f; Mitchell, Paul 265 Anm. 442; zurückhaltend Senft 153: Der nähere Kontext favorisiere das nicht, eine solche heimliche Einführung eines neuen Elements entspreche nicht der paulinischen Gewohnheit. Aber gerade das voranstehende ἐν ὑμῖν in V 30 gewinnt so guten Sinn. Man kann von V 30 her m.E. durchaus erwägen, ob σῶμα nicht gerade die leibliche Dimension dieses aus Leibern bestehenden Leibes Christi (6,15) im Blick hat.

593 Bauer/Aland 915 übersetzen: »sich selbst die Verdammung einverleiben«; vgl. auch Grosheide 275: »A figurative expression in which ›judgment‹ is treated as if it was food«. Vgl. auch Röm 13,2 ἑαυτοῖς κρίμα λήμψονται.

594 Vgl. v. Mosheim 526 (= κατάκριμα, Verdammnis); Käsemann* (Anliegen) 24 u.a.

595 Vgl. de Wette 110; Wolff 279 u.a.

596 Billroth 156 nennt ein »Doppeltes«, zuerst irdische Strafen, die, wenn keine Besserung erfolgt, zur Verdammnis führen; ähnlich Rückert 317; Lang 155 u.a.

597 Vgl. schon Bengel 421: κρίμα *sine articulo . . . judicium aliquod, morbum, mortemve corporis* (vgl. κρίμα mit Artikel für das Endgericht Röm 2,2f; 3,8); ebs. Olshausen 679; Godet II 100; vgl. weiter Mattern, Verständnis 102f und Gundry Volf* 99f.

598 Vielleicht ist auch eine andere Verbindung zu ziehen, die das Gericht plausibel macht: Wer das Sakrament nicht recht feiert, für den gilt nicht das stellvertretende Erleiden des Gerichts, wenn das mit »für euch« (V 24) und ποτήριον (V 25) bezeichnet wird.

599 Zwischen ἀσθενεῖς und ἄρρωστοι besteht hier kein großer Unterschied (so die meisten); Schlatter 329 dagegen will auch an Gewissensschwache denken, andere an geistige Schlaffheit u.ä. (vgl. schon Rückert 317; Godet II 101).

600 Zu κοιμᾶσθαι als Euphemismus für sterben (»entschlafen«) vgl. zu 15,9. Die neuerdings (vgl. zu ähnlichen früheren Interpretationen im Sinne »sittlicher Schwachheit und Erstorbenheit« de Wette 110 und Heinrici 327) wieder von Schneider* vorgeschlagene metaphorische Deutung von κοιμᾶσθαι (Hauptargument ist das in der Tat auffallende

geradezu magischer bzw. tabuartiger Weise unmittelbar auf das wie ein tödliches Gift (φάρμακον θανάτου) wirkende Sakrament zurückgeführt werden, wenn man am Sakrament in unwürdiger Weise teilnimmt[601]. Zwar wird man angesichts von 10,4.20 substanzhafte und machthaltige Vorstellungen nicht ausschließen, und die Kritik an einem magischen Verständnis darf nichts vom Realismus des Paulus und seiner nachdrücklichen Warnung vor aller Spiritualisierung abbrechen, als ob das Sakrament nur das sogenannte Innenleben berühre und nicht den Menschen als ganzen bis in seine Leiblichkeit und das Essen und Trinken hinein von seiner Herrschaft beansprucht werde[602]. Gleichwohl sind die Krankheiten und Todesfälle Folge und Auswirkung des göttlichen Gerichts (V 29)[603], ein Zusammenhang, der in anderer Weise auch sonst zu beobachten ist[604], auch wenn Paulus Krankheiten keineswegs eo ipso auf menschliche Verschuldung zurückführt (vgl. Phil 2,26 und den Zusammenhang von Sakrament und Leiden)[605]. Unwürdiges Verhalten beim Herrenmahl in Form von Individualismus verliert nicht nur dessen Segen, sondern macht schuldig und impliziert das Gericht, weil der in der Gabe und Gemeinde präsente Herr die das Herrenmahl Feiernden nie so beläßt, wie sie

Präsens κοιμῶνται, wozu meist auf das präs. Part. in 1Thess 4,13 verwiesen wird; Bachmann übersetzt darum »schlummert im Tode«) kann nicht überzeugen; weder die Stellung des ἐν ὑμῖν noch der Kontext noch der häufige Gebrauch von κοιμᾶσθαι im Sinne der Schläfrigkeit sprechen hier dafür; es geht garade nicht um die »Einzelperson« (Schneider* 5), sondern um die Gemeinde; »daß einzelne mit Leib und Leben für die Schuld aller büßen, während andere gänzlich ungeschoren davon kommen« (5), ist ein zu modern gedachter Einwand.

601 So etwa Heitmüller, Taufe 50f; Weiß 290f (»ein mit göttlichen Kräften gleichsam ›geladener‹ Gegenstand«); Lietzmann 59; Bousset 133 (mit Verweis auf ActThom 51) u.a.; vorsichtiger Käsemann* (Anliegen) 25: Paulus argumentiere »von dem Hintergrunde solcher Anschauung her«, doch sollen durch das Sakrament nicht »unpersönliche, himmlische Kräfte« übermittelt werden, sondern sich »in ihm Epiphanie des Christus« ereignen. Vgl. weiter die unten in Anm. 603 Genannten und Goppelt, ThWNT VI 143 Anm. 71, der auch von nachträglicher Vergeltung nichts wissen will. In der Tat vollzieht sich das Gericht durch das Essen.

602 Vgl. Bengel 421 und ähnlich Schlatter 328 (»An seinem Leibe wird gestraft, wer den Leib Jesu mißachtet«); J. Betz* (1961) 108; Roloff* (Heil) 195.

603 Richtig Behm, ThWNT III 740; Schlatter 329; Moffat 174; Conzelmann 247; Wolff 279. Von daher ist es schwierig, V 30 in eine allzu direkte Verbindung mit 10,20f zu bringen und mit Barrett 275 zu erklären: »Those who abused the Lord's table were exposing themselves to the power of demons, who were taken to be the cause of physical disease« (vgl. auch Fee 565 Anm. 35). Davon unbenommen ist, daß Paulus Krankheiten auch als Einwirkung böser Mächte verstehen kann (vgl. 2Kor 12,7), was der auch sonst zu beobachtenden dialektischen Sicht von Leiden und Krankheiten entspricht; vgl. W. Schrage (/ E. Gerstenberger), Leiden, Stuttgart 1977, 207-209. Jedenfalls will Paulus hier keine »natürliche« Erklärung dafür bieten, daß Unmäßigkeit zur Krankheit führt (so aber z.B. Semler 300).

604 Vgl. Stählin, ThWNT I 491 (»der Sünde Sold« Röm 6,23) sowie Mk 2,5ff; Jak 5,16; Stählin verweist außer auf Ps 107,17 (»krank wegen ihres sündhaften Wandels«) z.B. auf eine kleinasiatische Sühneinschrift ἁμαρτήσας καταπίπτω εἰς ἀσθένειαν. Vgl. vor allem auch das Gericht am »Israel nach dem Fleich« in 1Kor 10,1ff.

605 Abwegig ist allerdings die Exegese von A. Ehrhardt, Sakrament und Leiden, EvTh 7 (1947/48) 99-115, hier 109, daß Krankheit und Tod als Folgen der Verbundenheit mit Christus im Leiden zu verstehen seien, sosehr Paulus dem in den Peristasenkatalogen oder 2Kor 4,10 nahekommt; vgl. die Kritik bei Neuenzeit* 42f.

sind, sie also entweder Heil oder Gericht erfahren[606]. Dabei ist die paulinische Aussage, selbst wenn hier ein geradezu physischer Nexus zwischen Sakramentsgenuß und Krankheit bzw. Tod vorliegen würde, nicht so auszuweiten, als ob Krankheit und Tod eo ipso auf falschen Sakramentsgenuß zurückweisen oder rechter Sakramentsgenuß vor Krankheit und Tod schützen würden[607]. Vor allem werden hier keine individuellen Rechenexempel ermöglicht, als ob der einzelne aus seinem jeweiligen Geschick Rückschlüsse auf die Art seiner Herrenmahlpraxis ziehen könnte. Ἐν ὑμῖν steht nicht von ungefähr voran und behaftet die Gemeinde, nicht nur die von Krankheit und Tod betroffenen Gemeindeglieder. Die Gemeinde als ganze ist für die Mißstände verantwortlich, die vom Kyrios mit Strafen beantwortet werden, auch wenn Paulus die δόκιμοι (V 19) davon wohl nicht betroffen sehen wird. Allerdings wird in den Gerichtsaussagen der folgenden Versen differenziert, um einer *desperatio* vorzubeugen bzw. den irdischen Strafgerichten eine positive pädagogische Funktion abgewinnen zu können[608].

31 V 31 eröffnet gegenüber (δέ)[609] den negativen Erfahrungen mit einem Wortspiel διακρίνειν / κρίνεσθαι einen Ausweg aus dem Gericht, und zwar durch das kritische Überprüfen der eigenen Einstellung zu der durch den Tod Jesu gestifteten *communio* und der daraus resultierenden Praxis der Herrenmahlfeier[610]. Damit wird δοκιμαζέτω (V 28) aufgenommen, d.h. διακρίνειν hat denselben Sinn wie δοκιμάζειν[611]. Durch die kommunikative und vermutlich auch paränetisch zu verstehende 1. Pers. Plur.[612] wird die Tatsache, daß die Gemeinde dies bisher nicht getan hat (vgl. den Irrealis), abgemildert[613]. Zwar

606 Vgl. Käsemann* (Anliegen) 25f, der freilich in jedem Fall die Mahlteilnehmer dem Gericht konfrontiert sieht (vgl. oben Anm. 566) und entsprechend auch V 31 im Sinne der Selbstverurteilung deutet.

607 Vgl. Conzelmann 247 Anm. 115; Bornkamm* 171; Neuenzeit* 39; Klauck 84 und ders.* (Herrenmahl) 328; Wolff 279; Lang 156.

608 Vgl. schon Maior 147r (*Additur autem consolatio*) und weiter Neuenzeit* 40; Wolff 280; Gundry Volf* 102 spricht von »two kinds of judgment which differ in time of execution, nature and object« (ähnlich 111).

609 Δέ kann aber auch weiterführend sein; jedenfalls ist γάρ (א² C Ψ 1881 𝔐 sy) sekundär.

610 Vgl. Baumgarten 417: Der εἰ-Satz sei »metonymisch zu nemen, daß das *consequens* mit eingeschlossen werde, oder die gehörige Anwendung der erlangten Selbsterkentnis oder das rechtmäßigen Verhalten nach richtiger Einsicht«.

611 Vgl. Meyer 327; Heinrici 351; Robertson/Plummer 254; Weiß 291; Schlatter 329; Bauer/Aland 370; Senft 154; vgl. vor allem Röm 14,22f und weiter διακρίσεις πνευμάτων (12,10) und διακρινέτωσαν (14,29) mit δοκιμάζετε τὰ πνεύματα (1Joh 4,1) und πάντα δοκιμάζετε (1Thess 5,21). Andere wie Rückert 318 verstehen διακρίνειν im Sinne von κρίνειν: »Wenn wir uns selbst richteten ... d.h. strenger beurtheilten und besserten ...«; ähnlich Godet II 101 und Käsemann* (Anliegen) 23 (vgl. oben Anm. 565f). Die Bedeutung »richten« stünde aber in unerträglichem Widerspruch zu 4,3, während eine Selbstkorrektur durchaus eingeschlossen ist (vgl. Atto 380: *qui suas actiones malas agnoscendo corrigit at emendat*). Erst recht sagt Paulus nicht εἰ ἑαυτοὺς ἐκολάζομεν (so richtig Theophylakt 707).

612 Zu der in paränetischen Partien beliebten 1. Pers. Plur. vgl. Stauffer, ThWNT II 354f.

613 Nach Meyer 328 gibt die 1. Pers. Plur. der Aussage »die Form eines allgemeinen, nicht blos auf die Korinthischen Verhältnisse, sondern überhaupt gültigen« Satzes; nach de Wette 110 mildert die kommunikative Redeweise die Warnung (ähnlich Olshausen 680f; Robertson/Plummer 254 und schon Semler 301: *Mitissime Paulus loquitur, et se quasi ipsum addit in istam vtilitatis societatem*). Zur *communicatio*/ἀνακοίνωσις vgl. Lausberg, Handbuch I 384.

vermag solche selbstkritische Beurteilung, wenn daraus die richtigen Konsequenzen gezogen werden, Gottes Gericht nicht vorwegzunehmen. Ja, ihm ist trotz der diese Schlußfolgerung nahelegenden Formulierung οὐκ ἐκρινόμεθα nicht einmal auszuweichen (vgl. 2Kor 5,10 u.ö.)[614], wohl aber kann man einem verdammenden Urteilsspruch entgehen[615].

32 Vor allem mit V 32 hebt Paulus ein verurteilendes, verdammendes Gericht am Ende von einem heilsamen Gericht durch die irdischen Leiden der Gegenwart ab. Das Gericht an Christen, das eine unangemessene Sakramentspraxis in sich schließt[616], wird immer noch als ein παιδεύεσθαι, also als heilsame Züchtigung verstanden, um den Menschen zu bessern[617]. Das gegenwärtige κρίνεσθαι durch den Herrn wird hier deutlich vom eschatologischen κατακρίνεσθαι, der endgültigen Verwerfung, abgehoben[618]. Die zeitlichen Strafen, denen übrigens kein Sühnecharakter zugeschrieben wird, dienen der göttlichen παιδεία[619]. Selbst das Gericht des Herrn steht noch im Dienst seiner Barmherzigkeit. Anders verhält es sich mit der Welt, die hier nicht als Schöpfung, sondern als Gegenspieler Gottes erscheint: Sie wird im Gericht der endgültigen Verurteilung verfallen[620].

33 V 33 und 34 benennen, eingeleitet mit einem gewinnenden ἀδελφοί μου (vgl. zu 1,10f), noch einmal praktische Konsequenzen für die zur Diskussion ste-

[614] Vgl. Barth 37: »Paulus hat die Möglichkeit, die Kirche könnte sich unter dieser Drohung leeren, für weniger schlimm gehalten als die andere, sie könnte voll bleiben von ins Kraut geschossener Menschlichkeit«.

[615] Vgl. Synofzik, Gerichts- und Vergeltungsaussagen 52f; Gundry Volf* 106; Arzt, Christsein 147.

[616] Κρινόμενοι wird von Bornkamm* 171 allerdings auf alle Glaubenden bezogen, doch spricht ἐκρινόμεθα im vorhergehenden V 31 eher dagegen (so auch J. Betz* [1961] 109 Anm. 424).

[617] Das entspricht der atl.-jüdischen Sichtweise, nach der Leiden zur Zucht und Erziehung des Frommen dienen; vgl. Spr 3,11; Weish 11,9f; Ps 118,18; Hi 5,17; 2Makk 6,12; im NT Hebr 12,5f; Offb 3,19 und bei Paulus 2Kor 6,9. Vgl. G. Bertram, Art. παιδεύω κτλ., ThWNT V 596-624, bes. 615-617.620-623; Billerbeck II 277f; Schrage, a.a.O. (Anm. 603) 200-203; Gundry Volf* 107-111. Treffend z.B. Barrett 276: »The goal of punishment is not destructive, but remedial and educative«.

[618] Vgl. 3,15 und 5,5, wo das Gericht an den Christen ebenfalls der eschatologischen σωτηρία dient; vgl. Heidegger 111 (*judicium charitatis non irae ad condemnationem*); Käsemann* (Anliegen) 27.

[619] Vgl. Grotius 809: Κρίνεσθαι *[judicari] dixit de malis hujus vitae & morte immatura:* κατακρίνεσθαι *[damnari] de poenis aeternis. Omnia mala quae in hac vita eveniunt fiunt* νουθεσίαι *[admonitiones] sive* παιδεύσεις מוסרים *[castigationes], si sequatur seria poenitentia & emendatio* (zitiert auch bei Bertram, ThWNT V 622 Anm. 176); Schlatter 329f: »Von der κατάκρισις unterscheidet sich die παιδεία dadurch, daß sie nicht die Verweigerung der Vergebung in sich hat und nicht die Aufhebung der Gemeinschaft will, sondern die Überwindung der Sünde und die Erhaltung der Gemeinschaft anstrebt«; Mattern, Verständnis 101f, die das vor dem »Vernichtungsgericht« bewahrende »Züchtigungsgericht« mit Recht vom Sühnedenken etwa bei R. Meir (Billerbeck II 278) abhebt. Gundry Volf* 111f versteht das ἵνα im Anschluß an Moule, Idiom-Book 142 »logically consecutive«: »thus (or, it follows that)«.

[620] Vgl. 6,2 (κρίνεται ὁ κόσμος) und Sasse, ThWNT III 892. Dabei wird Paulus auch hier nicht so sehr »the vast mass of mankind who have never heard the gospel« im Blick haben als vielmehr »the beings, human and demonic, who oppose it« (Barrett 276 mit Verweis auf 1,20f; 2,12).

henden Unordnungen bei der Mahlfeier und ziehen ein Resümee, bringen sachlich aber nichts Neues. Es gilt, mit der Sättigungsmahlzeit aufeinander zu warten (oder: einander gastfreundlich aufzunehmen). Ἐκδέχεσθαι hat diese beiden Bedeutungen, doch wird meist wie schon in der Vulgata (*invicem exspectate*) oder bei Theophylakt 709 (δεῖ ἀναμένειν) für die Bedeutung »warten« plädiert[621]. Dafür spricht die *inclusio* zu V 21 (wenn προλαμβάνειν zeitlichen Sinn hat), wie denn auch sonst der Schluß stark auf den Anfang zurückgreift: συνέρχεσθαι (V 33, was V 17.18.20 entspricht), εἰς τὸ φαγεῖν (V 33, was V 21.22 entspricht), ἐν οἴκῳ ἐσθιέτω (V 34, was V 25 entspricht). Daß ἐκδέχεσθαι an der einzigen anderen paulinischen Stelle in 16,11, aber auch im sonstigen Neuen Testament immer »erwarten« heißt[622], ist allerdings kein zwingendes Argument für diese Bedeutung, zumal in der LXX, in den Apokryphen und auch sonst die Bedeutung *excipere* weitaus häufiger ist. Und daß Paulus sonst eher δέχεσθαι oder προσλαμβάνεσθαι (Röm 14,1; 15,7) gebraucht hätte[623], ist eine *petitio principii.* Andere sehen darum im Gegensatz zum καταφρονεῖν und mangelndem Teilen die Bedeutung *excipere convivio,* so daß der Sinn entsteht: »Theilt euch unter einander mit, was ihr habt, damit das Mahl ein ächtes Mahl der Liebe sey«[624]. Schwierig bleibt eine solche auf die Gegenseitigkeit abhebende Mahnung aber im Blick auf die Habenichtse[625], die doch kaum ohne einen gewissen Schuß von Zynismus zur gastlichen Aufnahme oder zum Teilen aufgefordert werden können[626]. Auch insofern liegt die Bedeutung »warten« näher.

V 34 ist wie V 22 nicht als Empfehlung einer Trennung des Sättigungsmahls von der Eucharistie zu verstehen[627], auch wenn Paulus mit dem Rat, dann, wenn man Hunger habe, zu Hause zu essen, einer solchen Entwicklung indi-

621 Vgl. z.B. Grundmann, ThWNT II 55; Behm, ThWNT II 692; Glasswell, EWNT I 988 u.a.

622 So z.B. Meyer 328; Heinrici 353 u.a. Für temporales Verständnis auch Weiß 292; Bachmann 373; Klauck* (Herrenmahl) 328; Kollmann* 39.51.

623 So z.B. Robertson/Plummer 255.

624 So Olshausen 681; ähnlich v. Mosheim 529; Rückert 318f; v. Hofmann 259f; Nicholson* 3; Winter* 79; Fee 568; Hofius* 220-222 (mit Verweis auf entsprechende LXX-Belege); Klinghardt* 298. Schmiedel 161 findet die Deutung »*nehmt einander auf* als Theilnehmer an den mitgebrachten Speisen« durch die LXX-Belege allerdings »doch nicht hinreichend belegt«.

625 Auch Rückert 318f, nach dem eigentlich τοὺς πένητας zu erwarten wäre, sieht selbst, daß bei der Deutung im Sinn »gegenseitiger Bewirthung« im Blick auf die Armen ein Problem entsteht (vgl. auch Neander 188). Im übrigen bietet auch die LXX an den wenigen Stellen, wo überhaupt personale Objekte und nicht wie etwa Sir 18,14 oder 35 (32)14 z.B. παιδείαν erscheint, als Objekt von ἐκδέχεσθαι z.B. τὸν δοῦλόν σου (Ps 118,122 LXX) oder τοὺς φίλους (3Makk 5,26), niemals aber ἀλλήλους.

626 Der Hinweis auf 12,25 (Winter* 80) besagt hier wenig, ebensowenig die angebliche Konsistenz mit dem Passamodell.

627 Vgl. zu V 22. Nicholson* 3 steuert in die entgegengesetzte Richtung und versteht V 34 sogar als »a call to feed the hungry Christians in the house where the community gathers«. Wenig wahrscheinlich ist auch Ironie, die Grotius 809 annimmt (χλευασμός / *irrisio acerba;* vgl. dazu Lausberg, Handbuch Reg. s.v.): *Loquitur enim tanquam pueris qui ita solent esse* ἐξύπεινοι (*famelici* [= hungrig]) *ut quidvis arripiant* (an sich reißen), *nec alios ad partem vocent, neque velint* σῦκα μερίζειν (*ficus partiri).*

rekt Vorschub leistet[628]. Wo das Warten (oder: einander Aufnehmen) aber nicht geschieht, kommt man zum Gericht zusammen[629]. Falls ἐκδέχεσθαι in V 33 mit »warten« zu übersetzen ist, sind auch hier primär diejenigen angesprochen, die Häuser oder Lebensmittel zur Verfügung stellen, nicht die Hungerleider. Interessanterweise wird auch hier niemand genannt, der die Initiative ergreifen soll oder für den Beginn des Mahles verantwortlich ist[630]. Alles übrige, was die Herrenmahlfeier betrifft, will Paulus regeln[631], wenn er persönlich nach Korinth kommen wird[632]. Damit bestätigt sich am Schluß noch einmal, daß Paulus in unserem Abschnitt keine vollständige Abendmahlslehre bieten will.

Zusammenfassung

Paulus entwickelt in 11,17-34 keine Lehre vom Herrenmahl, sondern will soziale und gemeinschaftsschädigende Mißstände der korinthischen Herrenmahlfeier korrigieren, die vermutlich auf das Konto eines sakramentalistisch-individualistischen Verständnisses des Herrenmahls gehen. Offenbar haben begüterte Gemeindeglieder die zur Herrenmahlfeier gehörende Sättigungsmahlzeit als Privatmahl angesehen und nicht auf später kommende Minderbemittelte gewartet, so daß für die von den beiden sakramentalen Gaben umrahmte Mahlzeit nur Reste übrigblieben. Das aber hat zu σχίσματα zwischen den Wohlhabenderen und Armen in der Gemeinde geführt, die der Intention der Feier zuwiderlaufen und durch die Zitierung der Herrenmahlüberlieferung überwunden werden sollen. Kern dieser Tradition ist die Zusage der Selbstmitteilung und Realpräsenz des gestorbenen und auferweckten Herrn in den Gaben von Brot und Wein. Im Brotwort wird den Mahlteilnehmern die Gegenwart des »für euch« dahingegebenen Leibes verheißen, im Becherwort die Gültigkeit des im Tod Jesu gestifteten neuen Bundes, der die Mahlteilnehmer zur Gemeinschaft zusammenschließt. Die nach dem doppelten Wiederholungsbefehl immer neue Feier des Mahles in der Gegenwart des sich vergegenwärtigenden Herrn ist insofern in ihrem rechten Vollzug schon als solche eine authentische »Verkündigung« seines Todes und stellt in die Erwartung seines endgültigen Kommens. Die daraus resultierende Verpflichtung zur »Würdigkeit« meint entsprechend nichts anderes als eine der Gegenwart Christi und seinem Leib angemessene Mahlfeier. Ebenso hebt die Mahnung zur Selbstprüfung nicht auf die moralische oder psychologische Disposition der Mahlteilnehmer ab, sondern auf die Einbeziehung in die ge-

628 So z.B. Schlatter 330; Roloff* (Heil) 195; Kollmann* 51; vgl. dagegen Barrett 277.

629 Ἵνα bezeichnet auch hier wie V 17 die tatsächliche Folge, nicht die Absicht (Oepke, ThWNT II 427).

630 Vgl. Barrett 276: »Paul does not say, Wait for so-and-so, or for such- and-such an official, to preside over your gathering, though this might seem to have been the easiest way of reducing the chaotic Corinthian assembly to order«; ähnlich Fisher 191.

631 Zu διατάσσομαι vgl. 7,17; 9,14; 16,1.

632 Zum Verhältnis dieser Ankündigung zu der strengeren von 4,18f vgl. Moffat 175. Strobel 182 liest auch hier wieder einen Bezug »vor allem auf die im Jahresablauf herausragende Feier des Osterfestes« ein.

meinschaftsstiftende neue Heilsordnung. Krankheiten und Todesfälle in Korinth signalisieren deren Mißachtung. Fehlende Selbstbeurteilung zieht das Gericht nach sich, doch selbst das Gericht ist als heilsame Züchtigung und nicht als Verdammungsurteil zu verstehen. Die abschließenden Mahnungen nehmen Anlaß und Skopus des Abschnitts noch einmal zusammenfassend auf.

Auslegungs- und Wirkungsgeschichte

Zur besseren Orientierung seien die hier aufgegriffenen Punkte des Textes kurz aufgelistet: 1. Σχίσματα und Mißstände in Korinth (S. 55-63), 2. Agape und Eucharistie (S. 63-69), 3. Liturgie und Gottesdienst (S. 69-77), 4. Deuteworte (S. 77-89), 5. Gedächtnis und Verkündigung (S. 89-93), 6. Unwürdigkeit (S. 93-99), 7. Selbstprüfung (S. 99-104), 8. Züchtigung (S. 105-107), 9. Verschiedenes (S. 107)[633].

1. Die korinthischen σχίσματα und αἱρέσεις und zumal die grundsätzlichen Aussagen darüber in V 18f haben eine unterschiedliche Bewertung erfahren. Wie schon in der Exegese angedeutet, sehen viele Kirchenväter in den σχίσματα nur die sozialen Spaltungen von V 21f[634], nicht δογμάτων σχίσματα, weil Paulus sonst ihrer Meinung nach nicht so mild reagieren würde[635]. Von Pelagius (190) dagegen werden die αἱρέσεις wie später immer wieder im dogmatischen Sinne der Ketzerei verstanden[636].
Viel größeres Interesse findet deren Interpretation durch das δεῖ. Tertullian kann noch einfach erklären, daß man sich über die Häretiker nicht zu wundern brauche, denn sie seien dazu da, daß der Glaubende *temptatio* und *probatio* erfahre[637]. Die heiligen Schriften seien so abgefaßt, daß sie auch den Häretikern Stoff bieten; zwar müssen nach V 19 Häresien sein, doch könnten sie nicht enststehen, wenn die Schriften nicht auch falsch verstanden werden

633 Auswahl an Lit.: J. Betz* (1979) 24-159; ders.* (1961); D. G. Dix, The Shape of the Liturgy, Glasgow 41949; F. E. Brightman, Liturgies Eastern and Western I, Oxford 1896; H. Graß, Art. Abendmahl II. Dogmengeschichtlich, RGG3 I 21-34; Hänggi/Pahl*; Hamm*; G. Kretschmar / E. Iserloh / J. Staedtke / A. Peters / U. Kühn / G. Wingren, Art. Abendmahl III-V, TRE 1, 59-229; G. Kretschmar / H. B. Meyer / A. Niebergall, Art. Abendmahlsfeier, TRE 1, 230-328; Leiturgia. Handbuch des evangelischen Gottesdienstes I.II, hg. v. K. F. Müller u.a., Kassel 1954/55; G. Niemeier (Hg.), Lehrgespräch über das Heilige Abendmahl. Stimmen und Studien zu den Arnoldshainer Thesen der Kommission für das Abendmahlsgespräch der EKD, München 1961.

634 Estius 605 fügt später als Gründe noch hinzu: *Dissidia ... de loco recumbendi, vel de tempore coenae inchoandae*; ähnlich Cornelius a Lapide 298.

635 So z.B. Chrysostomus 226; Oecumenius 801.804; vgl. auch Theophylakt 701; Theodoret 316; Hrabanus Maurus 102; Severian 262; vgl. auch Cajetan 72r.

636 So später auch Calvin 480 (*dissensio doctrinae*); Beza 142 (*de doctrina ipsa excitantur fractiones*); Cornelius a Lapide 298 (*schismata & sectas, tum in fide, tum in moribus*).

637 Praescr. Haer. 1,1 (CChr 1, 187); vgl. auch 4,6 (ebd. 190); Tertullian zitiert die Stelle auch sonst oft; vgl. 30,4 (ebd. 210), 39,7 (ebd. 220); Marc. 5,8,3 (ebd. 686) u.ö.; vgl. weiter K.S. Frank, Vom Nutzen der Häresie. 1Kor 11,19 in der frühen patristischen Literatur, in: FS R. Bäumer, hg. v. W. Brandmüller u.a., Paderborn u.a. 1988, 23-35, zu Tertullian 27-29; H. Grundmann, Oportet et haereses esse. Das Problem der Ketzerei im Spiegel der mittelalterlichen Bibelexegese, AKuG 45 (1963) 129-164, zu Tertullian 132-135.

könnten[638]. Chrysostomus (226) wehrt schon das Mißverständnis ab, als ob Paulus mit dem δεῖ hier die Freiheit der Entscheidung aufhebe oder ἀνάγκην τινὰ καὶ βίαν behaupte; vielmehr wolle er das Kommende voraussagen, denn die Spaltungen bzw. (mit Verweis auf Mt 18,7) Ärgernisse traten nicht ein, weil Paulus sie voraussagte, sondern er hat sie vorausgesagt, weil sie tatsächlich kommen würden (vgl. auch Theodoret 316: ὃ προεῖδε προείρηκεν). Erst recht steht es nicht so, daß Gott oder Paulus die σχίσματα wollen oder gutheißen, *sed quia sciit futurum, dixit*[639]. Aus dem apokalyptischen δεῖ wird aber immer prononcierter eine pädagogische Maßnahme Gottes zum Nutzen der Kirche, um durch die Häresie den Glauben der Erwählten offenbar werden zu lassen[640]. Die Christen sollen dadurch wachsamer und sorgfältiger werden, um besser auf die Schrift zu achten[641]. Die Einschätzung der Spaltungen wird zunehmend positiver; sie werden der *divina providentia* zugeordnet[642]. Haymo (569) konstatiert eine *magna utilitas,* weil die Häresien *doctores* erweckt und eine Fülle von Büchern *contra haereticos* haben entstehen lassen, die der *cognitio de Deo* zugute kommen[643]. Für Atto (378 im Anschluß an Augustin) sind Ketzer *in* der Kirche schädlich, *außerhalb* der Kirche aber *non solum non obsunt, sed etiam prosunt.*

638 Praescr. Haer. 28,7 (CChr 1, 220f) bzw. Res. Mort. 40,1 (CChr 2, 973). Der kühne Gedanke, daß auch Ketzer sich auf die Bibel berufen können, ist später offenbar so nicht wieder aufgegriffen worden (Grundmann, a.a.O. [Anm. 637] 135).

639 Ambrosiaster 125; Ambrosius 255; vgl. auch Petrus Lombardus 1638; Glossa 50r: *Non vult nec optat apostolus esse haereses, sed quia sic futurum est / dicit.*

640 Vgl. z.B. Augustin, Conf. 7,19 (CSEL 33, 165); De C. Dei 16,2 (CSEL 40, 124); Serm. 73,4 (PL 38, 472); zitiert auch bei Hus, Opera IX 295; zu Augustin vgl. Grundmann, a.a.O. (Anm. 637) 148-152. Cyprian sieht in V 19 den Sinn, daß schon vor dem Gerichtstag die Spreu vom Weizen gesondert wird (Über die Einheit 10 [BKV 34, 143]). Vgl. auch Leo I, Brief an Bischof Proterius I (PL 54, 1076). Petrus Chrysologus bringt V 19 mit Mt 13,28 zusammen: Es muß Unkraut geben, »damit die Erprobten offenbar werden« (Mt-Ev. 22 [BKV 43, 128]).

641 Augustin, De Doctr. Christ. 33 (BKV 49, 148). Nach Conf. 7,19 besteht der Sinn der Irrlehren darin, daß die Verwerfung der Häretiker offen zutage treten läßt, was Glaube der Kirche und Inhalt der gesunden Lehre ist (BKV 18, 154); vgl. auch Herveus 930: *Semper prosunt haereses fidelibus,* denn *multi ... per haereticos de somno excitantur;* ähnlich Petrus Lombardus 1637f: *Utamur ergo etiam haereticis non ut eorum approbemus errores, sed ut Catholicam doctrinam adversus eorum insidias asserentes, vigilentiores et cautiores simus.* Nach Erasmus kam die Ketzerei »ehedem der Kirche sehr zugute, sie brachte die Lehrbildung in Bewegung und offenbarte, wer ein wahrhaft Gläubiger sei, wer nicht« (Erasmus v. Rotterdam, Briefe, hg. v. W. Köhler, Leipzig 1938, 499).

642 Cyprian, De Unit. Eccl. 10 spricht von einer »schmerzlichen Zulassung Gottes«: *Dominus permittit et patitur* (CChr 3, 256).

643 Vgl. auch Glossa 50r (im Anschluß an Augustin): Aus *mala* entstehen *maiora bona.* Dun Scotus kann sogar sagen: *Oportet multas haereses esse,* denn sie sind ein *diuinae prouidentiae beneficium,* wobei denn auch hier der Sinn so erklärt wird wie bei Petrus Lombardus (oben Anm. 641): *ut catholicam disciplinam aduersus eorum insidias asserentes uigilantiores et cautiores simus* (De Div. Praedest. 1,3 [CChr.CM 50, 7f]). Grundmann, a.a.O. (Anm. 637) 159 merkt an, daß in der Exegese von V 19 allein das theologische Denken der Ketzerei zur Sprache kommt, nicht aber das »religiöse Leben und Wirken«, was »damals für die Kirche viel gefährlicher zu werden begann«.

Am weitesten geht Origenes im Anschluß an Clemens Alexandrinus, wenn er die σχίσματα von V 19 mit den verschiedenen Schulen der Heilkunst und Philosophie vergleicht und erklärt, nur der sei in der Heilkunst ausgezeichnet, der sich in verschiedenen Schulen geübt und nach Prüfung die beste erwählt hat, wie es ähnlich in der Philosophie stehe[644]; darum besitze »auch nur der die gründlichste Kenntnis des Christentums, der in die jüdischen und christlichen Sekten sorgfältig Einsicht genommen hat. Wer aber die christliche Lehre wegen der Sekten tadeln wollte, müßte auch die Lehre des Sokrates tadeln, aus dessen Unterricht viele Schulen hervorgegangen sind, die nicht dieselben Anschauungen vertreten«[645]. Thomas (352), nach dem die Häretiker die gottgegebene *disciplina fidei* mißachten und hartnäckig am Irrtum festhalten, unterscheidet später die *intentio* des Häretikers von der *intentio Dei, qui etiam mala ordinat in bonum,* was hier konkret heißt, *quod Deus malitiam haereticorum ordinavit in bonum fidelium*[646].

Auch in der Reformationszeit wiederholen sich diese Auslegungen, wobei auch hier vom unausbleiblichen Auftauchen von Häresien die Rede ist. Luther bestätigt mit V 19: *Sunt et erunt magistri mendaces contra veritatem, qui plurimos perdunt,* doch fügt er hinzu, daß Gott den Seinen zu Hilfe kommt, damit nicht auch sie davon ergriffen werden, sondern in der Wahrheit bleiben[647]; Gott könnte Sekten, Rotten und falsche Lehrer zwar verhindern, doch tue er es nicht, damit die Bewährten offenbar werden, denn er gibt Geist und

644 Schon Clemens Alexandrinus nennt für den neutralen »Häresie«- Begriff die Analogie der verschiedenen philosophischen und medizinischen Richtungen (Strom. 7,89,3 und 90,3-5 [GCS 217, 63f]); vgl. Frank, a.a.O. (Anm. 637) 25f.

645 Cels. 3,13 (TKV 4, 66); vgl. Hom. Num. 9,1 (GCS 30, 55): *Nam si doctrina ecclesiastica simplex esset, et nullis extrinsecus haereticorum dogmatum assertionibus cingeretur* (umschließen), *non poterat tam clara et tam examinata videri fides nostra.* »Ohne ihre (sc. der Häretiker) kühne Herausforderung gerieten die kirchlichen Lehren in die Gefahr, in müde Schläfrigkeit zu verfallen« (Frank, a.a.O. [Anm. 637] 32).

646 Thomas diskutiert in der Summa, Bd. 15, 240f, *utrum haeretici sint tolerandi,* wenn es nach V 19 scheint, als seien Häresien notwendig, Tit 3,10f aber dagegenspricht; er meint, seitens der Häretiker seien sie eine todeswürdige Sünde, seitens der Kirche aber gehe es um *misericordia ad errantium conversionem;* wenn sich die Häretiker jedoch als halsstarrig erweisen, soll sie die Kirche durch Bannspruch absondern, was er durch den in die Gesetzessammlung des Gratian aufgenommenen Satz bestätigt: »Faules Fleisch ist auszuschneiden und ein räudiges Schaf aus der Hürde zu vertreiben, damit nicht das ganze Haus, der ganze Teig, der ganze Leib und alle Schafe brennen, angesteckt werden, in Fäulnis geraten und untergehen« (siehe auch Mirbt/Aland, Quellen 376f).

647 WA 4, 361; nach Brenz, Frühschriften, Bd. 2, 38f kündigt Paulus auch *sectas futuras* an, weshalb Brenz sich auch dagegen wendet, daß sich die Obrigkeit anmaßt, »mit dem schwerdt ein ding auß dem reich Cristi zu treyben« (524). Auch Luther führt die Stelle neben Mt 18,17; Tit 3,10 und Lk 9,54ff gegen das Verbrennen von Häretikern an (WA 7, 139). Zwar lasse Gott ihr Gift unter etliche fallen, »ein zeitlang nemen sie zu, grunen und blůen, aber darnach gehen sie zu boden« (WA 16, 129).Vgl auch Bucer, Schriften, Bd. 4, 84: Sobald der Herr seine Wahrheit hat aufleuchten lassen, »so bewegt der Fürst der welt syne unglo̊ubigen über die er herschet, das diser das, yener eyn anders erdenckt und uffbringe, damit das einfaltig volck verirret und von der gschrifft gefůrt werden mo̊cht«

648 WA 17 I, 356; vgl. auch WA 4, 395. An anderer Stelle folgt auf V 19 die Erklärung: »Wo Gottes Wort ist, da mus der Teufel allzeit durch seine Rotten seine Tabern und Hurhaus neben Gottes Tempel oder Kirchen bawen« (WA 22, 171); vgl. auch WA 41, 391: »*Ubi verbum Dei,* da bleiben rottengeister nicht aussen«.

Gaben nicht, »das wyr faul, schleffrig und muͤssig seyn sollen«[648]. Besonders beliebt ist die Interpretation mit Hilfe der Kategorie *permissio*[649]. Weil Spaltungen in Gottes Vorsehung bestimmt sind, müssen sie auch einen Nutzen haben[650]. Doch ist nicht Gott der *autor sectarum & scandalorum*, da er sie ja bestraft, sondern der Satan als *mendax & homicida*[651]. Synoden, Kirchenpfleger und Prädikanten sollen es darum nicht unterlassen, Irrtum und Sektengeist mit allen Mitteln einzudämmen, denn es bleibt immer noch Unkraut genug im Acker[652]. Osiander sieht zwar, daß »nicht wenig zeytlichs und ewigs schaden darauß entspringt«, wenn der Satan »so vil spaltung und secten« bewirkt, doch sollen sich die Christen darum »nicht erschrecken noch kleinmuͤtig machen lassen« und »getrost wider in (= ihn, sc. den Satan) fechten und seine list und luͤgen auffdecken und zuschanden machen«[653].

In der Zeit des Pietismus werden vor allem die Streitigkeiten um das Abendmahl, die aus dem Liebesmahl wie in Korinth ein »Zanckmahl« haben werden lassen, kritisiert, »gerade, als wenn unser HErr in seinem letzten Abend-Essen darmit umgegangen waͤre, den spitzfindigen ehrsuͤchtigen Gelehrten eine Materia zu streiten und zu fechten zu hinterlassen«[654]. Die σχίσματα werden aber auch nach innen verlagert (» in den Seelen ... so viel Zwist und Uneinigkeit«[655]).
Die Spaltungen werden auch oft mit denen von Kap. 1-4 zusammengebracht[656], und

[649] Vgl. z.B. Coccejus 297; Heidegger 104; v. Mosheim 514.

[650] Calvin 415; vgl. den Consensus Bremensis II 6 von 1595, der auch V 19 zitiert, um zu belegen, daß selbst scheinbar natürliche, willkürliche und zufällige Dinge »dennoch der göttlichen Providentz und vorsehung underworffen sindt«, »doch nicht *necessitate absoluta, sed necessitate consequentiae*« (BSRK 755). Am weitesten in der positiven Beurteilung von V 19 geht wohl Simons: »That sects have gone out from us, and not from them, is also a strong proof that we are the church, and that they are not. For Paul says, There must be also sects among you« (Writings 733).

[651] Maior 142v; vgl. später auch Spener 423: *Opus diaboli,* aber eben (*Deus*) *permittit ..., quia scit, quomodo etiam ex malo hoc aliquid boni eliciat.* Darum brauche man sich durch Häresien nicht irritieren zu lassen.

[652] So Bucer, Schriften, Bd. 5, 384, vgl. auch QGT 8, 21.

[653] Gesamtausgabe, Bd. 3, 68f. Vgl. auch Calixt, Werke, Bd. 2, 295.

[654] Th. Großgebauer, zitiert bei Francke, Schriften Bd. 9, 519. »Lis zusammen alle Streit-Buͤcher, Disputationes, Schutz-Reden, die mit uͤberaus grosser Menge bey hundert Jahren her geschrieben sind, du wirst nichtes oder doch nur ein kleines Koͤrnlein finden, worin der eigentliche Zweck des heiligen Nachtmahls bestehe ...« (519); vgl. auch 520 die Polemik gegen »der hochgelehrten Leute Speculation« als einer »unfruchtbaren Wissenschaft«; auch Francke selbst prangert an, daß »das arme Volck« von den Predigern mit ihren Zänkereien verwirrt werde und »darauf abgerichtet ist, zu hoͤren, ob man auch auf diese und jene Secte schelten, und die Widersacher widerlegen werde. Denn da wollen sie sonderlich pruͤfen, ob man die reine Lehre habe, oder ein Orthodoxus sey. Aber auf den falschen Lehrer, den sie in ihren Hertzen haben, ich meyne den alten Adam, haben sie dabey nicht acht«. Dadurch aber werden »die Liebe aus den Hertzen gerissen, Trennungen und Spaltungen geheget, und das rechte und wahrhaftige, nemlich die Busse und Bekehrung dahinden gelassen« (521); vgl. H. Bezzel, Beichtreden, Neuendettelsau ^{2}1925, 50: »Mahl des Zankes«, wobei er hinzufügt: »Gerade in den heiligsten Momenten ist der Feind am stärksten; gerade dann, wenn du dich recht ernstlich rüstest ganz bei Gott zu sein, sagt dir der Feind die törichtsten Gedanken ins Ohr.«.

[655] Oetinger, Epistelpredigten 147.

[656] Vgl. z.B. v. Mosheim 514: »So viele Partheyen, so viele besondere Tische und Mahlzeiten«; vgl. auch Baumgarten 396; Heidegger 103; Wesley, Works XVI 36 erklärt zu beiden Stellen: »Not any *separation* from the church, but uncharitable *divisions* in it«.

an die Stelle göttlicher und satanischer treten eher menschliche Ursachen, »eine Notwendigkeit der Unvermeidlichkeit gegenwärtiger Umstände wegen«[657]. Nach Rückert (307) rückt Paulus »auch die Mängel der Kirche unter den Gesichtspunkt einer höheren Zweckmäßigkeit, so daß er sie zwar nicht liebt, aber doch als nothwendige Uebel duldet, und als Heilmittel für den bessern Theil erträgt«[658].

In neuerer Zeit finden die Spaltungen neben dem Drängen des Paulus auf die Einheit des Leibes Christi (vgl. zu 10,16f und 12,12ff) weniger Interesse. Im 2. Vatikanischen Konzil heißt es zum Ökumenismus, daß in der *una et unica Dei Ecclesia* von allem Anfang an *scissurae* aufgekommen sind, die Paulus mit Nachdruck als verwerflich tadele (*damnamdas graviter vituperat*)[659]. Für Küng ist das Auftreten der αἱρέσεις ein Beleg dafür, daß Häresie nicht »ein historisches Zufallsphänomen« ist, sondern »etwas, was mit dem Wesen der Kirche zu tun hat«, wobei er freilich in V 19 »vielleicht doch auch Resignation« mitschwingen hört und im übrigen die beiden von Paulus benutzten Worte wieder so unterscheidet, daß er im Schisma »eine vor allem durch persönliche Streitereien bedingte ›Spaltung‹ in der Gemeinde« sehen will, in der Häresie aber »eine das Glaubensfundament der Ekklesia durch ein ›anderes Evangelium‹ (vgl. Gal 1,6-9) in Frage stellende Gemeinschaft«[660].

Die korinthischen Mißstände finden wenig Interesse und Resonanz. Für Chrysostomus (227f) haben die reichen Korinther aus dem Herrenmahl ein Privatmahl (δεῖπνον ἰδιωτικόν) gemacht und sich abgesondert statt gemeinschaftlich zu essen, aber auch aus der Kirche ein Privathaus, obwohl diese doch ein Ort gemeinsamer Mahlzeit sein soll[661]. Es wird aber auch die Meinung vertreten, daß die Korinther *magis propter saturitatem quam propter mysterium* zusammengekommen zu sein scheinen (Hieronymus 751)[662], doch heißt es ebd. auch: *oblationes suas separatim offerebant*[663]. Meist stellt man sich die Sache so vor, daß die Reichen das Mitgebrachte selbst aufaßen bzw. nach der Konsekration ihre dargebrachten Gaben für sich zurückgefordert haben, so daß die Armen leer ausgingen[664]. Haymo (570f) rechnet aber auch damit, daß sich *omnes divites, potentes et nobiles in Ecclesia et in foribus Ecclesiae atque atriis illius epulas et*

657 So Baumgarten 397.

658 Vgl. auch Billroth 154; nach Neander 181 erkennt »die hier hervortretende Geschichtsbetrachtung des Apostels ... einen Spielraum der Freiheit in der Geschichte an und hält zugleich ein leitendes höheres Gesetz fest«.

659 Denzinger/Hünermann, Enchiridion, Nr. 4188, S. 1242.

660 Kirche 289f; anders 304f, wonach Häresie die Funktion habe, »die Kirche vor Erstarrung und Versteinerung in Lehre und Leben zu behüten, sie vor fauler Sattheit und eitlem Selbstgenügen zu bewahren, sie in geistiger Bewegung zu halten, sie vorwärts zu treiben, sie zu größerer Treue zum Evangelium herauszufordern«.

661 Ähnlich Oecumenius 804; vgl. auch Theodoret 316; Theophylakt 701.

662 Deshalb soll Paulus ihnen auch ἀλαζονεία und γαστριμαργία vorwerfen (Photius 568; Severian 262); schon Clemens Alexandrinus folgert aus dem Text eine Mahnung zur Vermeidung von Schlemmerei und Unmäßigkeit (Paed. 2,12,1-3 [GCS 12, 162f]).

663 Vgl. auch Ambrosius 255: *Munera sua offerentes.*

664 Vgl. z.B. Theodor von Mopsuestia 188: Ἃ γὰρ ἔφερον αὐτοὶ καθ' ἑαυτούς, ἀνήλισκον ὡς ἴδιον δεῖπνον.

convivia bereiteten. Paulus selbst dagegen soll nach Ambrosiaster (127) zeigen, *inter caenandum celebratum non caenam esse; medicina enim spiritalis est.*
Auch für die Reformation sind die korinthischen Praktiken ohne Belang. Luther erklärt immerhin: »Dazumal ward ein andere ordnung mit dem Nachtmal denn bey unns. Denn sie kamen des abents zůsamm und assen bey einander in der versamlung, ein yeder, was jhn gelustet. Da fůnde man ettliche, die soffen sich vol, die andern hetten nichts unnd musten die weyl hůngern und dürsten«[665]. Als der eigentliche Mißstand gelten offenbar Individualismus und Schlemmerei[666]. Nach Calvin tadelt Paulus an den Korinthern, daß »die Hauptsache dabei außer acht gelassen ist, daß nämlich das Abendmahl unseres Herrn Jesus Christ geistliche Speise sein und man des Leibes Erhaltung nicht mit diesem Sakrament vermengen« soll[667]. Maior (144v) z.B. führt über den korinthischen Mißbrauch aus, daß die Reichen bei den Prassereien im Luxus gewetteifert und die Armen ausgeschlossen haben, während Paulus zwischen dem Herrenmahl und *alia conuiuia* unterscheide und nur das Abendmahl in *publico loco* gefeiert wissen wolle (145v). Im Grunde hat sich an dieser Sicht auch später nichts geändert[668].
In neueren Predigtmeditationen werden durchweg die Ergebnisse der Exegese aufgegriffen, also für Korinth ein überzogener Sakramentalismus u.ä. vorausgesetzt[669].

2. Daß Eucharistie und Agape bei Paulus eine Einheit bilden, hat in Theologie und Kirche lange Zeit nur eine geringe Wirkung hinterlassen. Nach der üblichen Auffassung sind die offenbar bei Ignatius[670] noch mit der Eucharistie zusammen gefeierten Agapen etwa in der ersten Hälfte des 2. Jh.s als gemeinsames, aber noch im kultischen Rahmen stattfindendes Abendessen von der Eucharistie getrennt worden, während die Eucharistie auf den Morgen ver-

665 WA 52, 214; nach Brenz, Frühschriften, Bd. 2, 436 dagegen ist das Mahl »mit geistlicher iubilirung und frolicheit« gefeiert worden, und Paulus strafe »gar nicht anders, dan das die reichen die armen nit auch mit liessen essen und also nicht ainer auf den andern wartet«, so daß »die armen schamrodt und hungerig bliben« (441).

666 WA.TR 3, 132 sagt Luther sogar: *Germani ebrii magis quam olim Corinthii accessissent.*

667 J. Calvin, Diener am Wort Gottes. Eine Auswahl seiner Predigten, hg. v. E. Mülhaupt, Göttingen 1934, 87, der aber zugleich einen weiteren Mißbrauch darin sieht, daß »der eine sauft und frißt, daß er fast platzt, und der andere steht daneben, kaut und knabbert an einem Stück Schwarzbrot, ja er muß verschämt dastehen, weil die Reichen ihm da ihren Luxus zeigen« (88). Beim richtigen Abendmahl ißt man jedenfalls nur »ein Stück Brot zum Zeichen« und trinkt nur »einen Tropfen Wein« (92).

668 Vgl. z.B. Spener 422: Die einen sitzen in diesem Winkel, die anderen in jenem zusammen; Zinzendorf, Erg.-Bd. XI 5, 533 findet »Eigen-Nutz«; Olshausen 672: Jeder genoß seine Speise für sich usw. Nach Löhe, Werke VI 3, 328 steht es so, daß die Korinther »bei der mit der himmlischen Mahlzeit verbundenen Agape oder Liebesmahlzeit die Armen beschämten, darben und zusehen ließen, wie sie selbst aufs beste aßen und tranken. Beim Abendmahle des Herren wurden sie einander alle gleich, beim Liebesmahle aber machten sie bösen Unterschied, verleugneten sie Barmherzigkeit, Liebe und Achtung gegen die Brüder«.

669 Vgl. Dinkler, GPM 5 (1950/51) 92, der auch mit Recht betont, daß Paulus sich nicht mit »Abendmahlsunglauben«, sondern mit »Abendmahlsaberglauben« auseinandersetzt (93); Kreck, GPM 10 (1955/56) 94; Fürst, GPM 28 (1973/74) 192 u.a.

670 Vgl. IgnSmyrn 8,2 und dazu Hauschild, TRE 1, 748; vgl. auch 749f zu Did 9-10 und Kretschmar, TRE 1, 232, der allerdings von vornherein mit zwei Mahlformen rechnet und z.B. ActPaulThecl 25 als Beleg für die Agape »anstelle der Eucharistie« versteht.

legt wurde[671]. Verschiedene Faktoren haben bei dieser Trennung mitgewirkt, neben der aus Paulus herausgelesenen Unverbundenheit von Kultmahl und Sättigungsmahl das Anwachsen der Gemeinden[672], Mißstände wie die in Jud 12 angedeuteten, aber auch die zunehmende Spiritualisierung und Sakramentalisierung[673]. Einige nähere Nachrichten über die gemeinschaftlichen Mahlzeiten bieten Tertullian[674], Clemens Alexandrinus[675] und die Traditio Apostolica. Danach werden bestimmte Elemente der Eucharistie übernommen (Brechen des Brotes, Segnen des Kelchs), aber auch umgekehrt Reste der Sättigungsmahlzeit in der Taufeucharistie erhalten, und zwar als Becher mit Wasser, Milch und Honig und am Schluß Wein, wenngleich die Trennung von Sättigungsmahl und Eucharistie sonst eindeutig ist[676]. In einzelnen Gemeinden Ägyptens soll nach Sozomenos das Liebesmahl aber weiterhin gehalten worden sein, und zwar vor der Eucharistie[677].

[671] Früher wurde aber auch die Meinung vertreten, die Agapen seien überhaupt erst im 2. Jh. unabhängig vom Herrenmahl aufgekommen, und diese von begüterten Privatpersonen ausgeführten Liebesmahle seien trotz ihrer erbaulich-kultischen Einlage rein karitative bzw. gesellschaftliche Veranstaltungen gewesen; so etwa Völker, RGG2 I 144; vgl. weiter Lessig* 196-201.

[672] So z.B. R. Stählin, in: Leiturgia (a.a.O. Anm. 633) I 13: »Die Gemeinde war nicht mehr um einen häuslichen Tisch zu versammeln«; vgl. auch Leipoldt, RGG3 I 169. O. Nußbaum, Herrenmahl und Brudermahl, LiKi 47 (1974) 139-163, hier 143 hält es für möglich, daß die gemeinsamen Mahle auch von dem staatlichen Verbot der Hetärien, Kollegien, Vereine u.ä. mitbetroffen wurden.

[673] Vgl. Lessig* 197f, nach dem sich durch die Verkümmerung des Mahlcharakters der Bezug zu religiösen Vorstellungen »mehr und mehr an die verwendeten Elemente« geheftet hat (228); vgl. auch Hauschild, TRE 1, 750. Nach Kretschmar, RGG3 I 41 ist eine Folge der Trennung von Eucharistie und Agape auch die liturgische Hervorhebung der Darbringung der Gaben im Gottesdienst.

[674] Ap. 39,14-19 (CChr 1, 152f): Es beginnt mit Gebet, dann maßvolle Sättigung, Händewaschen, Anzünden der Lichter, Gotteslob und Gebet; vgl. dazu Hauschild, TRE 1, 571, der im übrigen mehr den geselligen als den karitativen Zweck heraushebt (infolge der sozialen Isolation »praktisch die einzige Möglichkeit zu geselligem Beisammensein«); vor allem Clemens Alexandrinus akzeptiere sie als Geselligkeitsform »ohne tiefere religiöse Bedeutung« (Paed. 2,4,4 und 5,3f). Immerhin wird 752 auch auf andere Zeugnisse verwiesen, z.B. auf Augustin, nach dem die Agapen die Armen speisen (Faust. 20,20 [CSEL 25.1, 560]) oder ApcPl 40, wo Veranstaltung von Agapen und Erbarmen gegenüber Witwen und Waisen parallel stehen (Schneemelcher, Apokryphen ⁶II 665); vgl. auch EpAp 8 (TU 43, 55), Nußbaum, a.a.O. (Anm. 672) 144f und unten Anm. 677. Nach seinem Übergang zum Montanismus zeichnet Tertullian dann aber ein negatives Bild von der Agape (Iei. 17 [CChr 2, 1276f]), die in den Kochtöpfen brodele und darum geschätzt werde, weil sie den Jünglingen die Gelegenheit biete, bei den Schwestern zu schlafen.

[675] Paed. 2,1,10 (GCS 12, 160f). Er übt freilich Kritik, denn der Herr habe Schmausereien zum Zweck des Vergnügens nicht Agapen genannt; Agapen seien sie vielmehr wegen der bei der Mahlzeit herrschenden Liebe; vgl. auch 3,12,2 (ebd. 162).

[676] Fontes 1, 195; danach ergeht die Einladung von einem Privatmann, wobei die Sättigung vor allem Arme berücksichtigen, aber auch für abwesende Kranke Reste übrig lassen soll; die Anwesenden konnten aber auch einen Teil mit nach Hause nehmen; vgl. auch die Const. Ap. 2,28.

[677] Man kommt gegen alle Gewohnheit »am Sabbat gegen Abend zusammen und empfängt, nachdem man schon gegessen hat (ἠριστηκότες ἤδη), die hl. Mysterien« (Sozomenus, Hist. Eccl. 7,19 [PG 67, 1477]; zitiert bei Baumgartner* 98, nach dem hier freilich ein Irrtum vorliegen soll; vgl. auch 97f zu Socrates, Hist. Eccl. 5,22 [PG 67, 636]) und weiter Kretschmar, TRE 1, 239; vgl. auch Act Thom 50.

Chrysostomus (223) erinnert an die Anfänge der Kirche, als alle alles gemeinsam hatten, und auch z.Zt. des Paulus sei eine Spur von κοινωνία geblieben, indem man an bestimmten Tagen gemeinsame Mahlzeiten gefeiert habe, wozu die Reichen die Speisen mitbrachten und die Armen einluden; der Brauch sei aber später durch Zwietracht verschwunden[678]. Ein Ausläufer der frühchristlichen Agapen ist die Artoklasie der orthodoxen Kirche, die am Vorabend eines Heiligentages stattfindet[679].

Die Synode von Laodicea (zwischen 341 und 381) verbietet es dann im Kanon 28 überhaupt, Agapen in Kirchen abzuhalten: Οὐ δεῖ ἐν τοῖς κυριακοῖς ἢ ἐν ταῖς ἐκκλησίαις τὰς λεγομένας ἀγάπας ποιεῖν, καὶ ἔνδον ἐν τῷ οἴκῳ τοῦ θεοῦ, ἐσθίειν καὶ ἀκούβιτα (Lager) στρωννύειν, was von der trullanischen Synode 692 (Kanon 74) wiederholt wird[680]. Nach Augustin sind von V 22 her »in der Kirche nicht einmal mäßige und ehrbare Gastmähler erlaubt«[681]; vor allem aber erklärt er, daß aus Ehrfurcht vor dem Sakrament keine andere Speise vor dem Leib des Herrn in den Mund genommen werden darf[682]. Immer wieder wird dann später eingeschärft, daß man nur nüchtern kommunizieren darf, so schon vom Konzil von Karthago, worauf sich später auch Thomas beruft[683]. Am Ende wird dann wie schon beim Ambrosiaster (127) nur noch von einer *medicina spiritualis* gesprochen[684] und einer Abschaffung der verpönten Mahlzeiten überhaupt das Wort geredet[685]. Zwar ist das Wissen darum, daß die Eucharistie *specialiter sacramentum unitatis et charitatis* ist (Thomas 357),

678 Vgl. weiter Abschnitt 3. In dictum Pauli, oportet haereses esse 3 (PG 51, 257) spricht er von κοινὰ συμπόσια ἐν αὐτῇ τῇ ἐκκλησίᾳ. Vgl. auch oben Anm. 367 zu Eucherius.

679 Vgl. B. Stephanides, Ein Überrest der alten Agapen in der griechischen Kirche, ZKG 52 (1933) 610-613. Spuren der Agape finden sich auch in Gebeten (vgl. E. v.d. Goltz, Tischgebete und Abendmahlsgebete in der Altchristlichen und in der Griechischen Kirche, 1905 (TU 29,2b); vgl. auch G.P. Wetter, Altchristliche Liturgien II: Das christliche Opfer, Göttingen 1922, 66f.116f. In der Ikonographie wird neben Brot und Wein auch anderes auf dem Abendmahlstisch dargestellt, so auf einem Mailänder Elfenbein eine Schüssel mit einem Fisch (nach LCI I 13f ist die symbolische Deutung fraglich), im Mosaik von S. Appollinare Nuvo zwei Fische, auf der Glasmalerei der Soester Wiesenkirche sogar ein westfälischer Schinken (ebd.).

680 PG 137, 765. In der lateinischen Fassung: *Quod non oportet in Dominicis locis vel ecclesiis agapas, ut vocant, facere, et in domo Dei* bzw. *intus in aede comedere, et accubitus sternere* (sich bei Tisch hinlagern) (766); vgl. auch die Erklärung des Kanonisten Johannes Zonaras dazu (768f).

681 Ep. 17,5 (BKV 29, 79). Thomas 354 zitiert Augustin und fragt, ob dann, wenn jemand kein anderes Haus findet, nicht auch die Kirche *ad manducandum* benutzt werden kann, erklärt aber, der Apostel schließe das aus, und er faßt entsprechend die Verachtung der ἐκκλησία (V 22) *pro domo sacra* mit Zitat von Ps 93,5 und Jer 7,11. Auch nach Basilius wäre das eine Profanierung der *res sacrae*, und er nennt als Parallele die Tempelaustreibung Jesu (Mor. Reg 30,1 [PG 31, 747f]).

682 Ep. 54,6 (CSEL 34 II 166f; ebs. Herveus 932 u.a.); vgl. ebs. Ep. 32 VI 8 (BKV 29, 215).

683 Summa, Bd. 30, 255; vgl. auch Thomas 353 und Summa, Bd. 30, 256f sowie 30, 255, wo das aber abgeschwächt wird: »Das Zusichnehmen von Wasser oder Arznei oder von anderer Speise oder Getränk in ganz geringer Menge ... bricht weder das kirchliche Fasten noch hebt es die Nüchternheit auf, die verlangt ist, um ehrfürchtig dieses Sakrament zu empfangen«. Schatzgeyer (CCath 37, 368) ergänzt dann auch ἐν οἴκῳ ἐσθιέτω (V 34) durch: »nach der niessung des sacraments«.

684 Hrabanus Maurus 103; Petrus Lombardus 1641; Glossa 50v: *spiritualis nutritio.*

685 Vgl. Walafridus 538: Das Herrenmahl ist allein die *acceptio ... Eucharistiae, quam non debent pransi sumere, vel mensis suis miscere*; ebs. Petrus Lombardus 1638; ähnlich andere.

nie verlorengegangen[686], wohl aber der Mahlcharakter gänzlich abhanden gekommen[687]. Symptom dafür ist auch die *communio sub una*, die allerdings auch mit der Vorstellung einer Substanzverwandlung und der Konkomitanzlehre (im Leib Christi soll auch das Blut mitenthalten sein) zusammenhängt[688], und selbst bei Zitierung von 1Kor 11 wird versucht, den Kelchentzug für Laien zu begründen[689].
Auch die Reformation hat keinen Versuch unternommen, die Institution der Agape in irgendeiner Form wiederzubeleben[690]. Die Agapen werden erwähnt[691], doch ohne jede Infragestellung oder Korrektur an der eigenen Praxis[692]. Zwar ist nach den Wittenbergern die Messe »in ihrem vornehmsten Teil nichts anderes als ein Mahl (manducatio)«[693], doch wird ausdrücklich vor einer Vermengung von geistlicher und leiblicher Speise gewarnt[694] und hervorgehoben, daß das Abendmahl nicht dem leiblichen Hunger und Durst gilt[695]. Allerdings wird wie zu 10,16f auch hier der Gemeinschaftscharakter der Eucharistie betont: »Drumb nennet man es auch mit seynem teglichen namen Synaxis oder Communio«, weil Christus mit allen Heiligen ein Leib

686 Vgl. auch Hieronymus 751 (*Dominica coena omnibus debet esse communis*); Joh. Damascenus 660 u.a.; vgl. weiter die Auslegungs- und Wirkungsgeschichte zu 10,14ff.

687 Vgl. die vielen Seelen- und Votivmessen, bei denen allein der Priester kommunizierte, »die Verselbständigung des Opfers gegenüber der Kommunio«, den Hostienkult als »einem zweiten Mittelpunkt der eucharistischen Frömmigkeit«, wobei man sich damit begnügte, die Hostie zu sehen (Graß, RGG3 I 25-27); vgl. auch Iserloh, TRE 1, 97f zu den Sakramentsprozessionen (dem »Schaubedürfnis entsprechend«) und zur Elevation, mit der sich viele beim Beginn der Messe zufriedengaben; ähnlich Meyer, TRE 1, 285 u.a.

688 Vgl. dazu Graß, RGG3 I 26; Iserloh, TRE 1, 94 verweist auch auf Weinmangel und »Sorge vor Verunehrung durch Verschütten«.

689 Das Konzil von Trient z.B. erklärt: »Denn auch wenn Christus, der Herr, beim letzten Abendmahle dieses ehrwürdige Sakrament in den Gestalten von Brot und Wein einsetzte und den Aposteln überlieferte [vgl. Mt 26,26-29; Mk 14,22-25; Lk 22,19f; 1Kor 11,24f], so zielen diese Einsetzung und Überlieferung doch nicht darauf, daß alle Christgläubigen durch das Gebot des Herrn zum Empfang von beiden Gestalten verpflichtet würden« (Denzinger/Hünermann, Enchiridion, Nr. 1727, S. 558); vgl. schon das ausdrückliche Verbot des Laienkelchs auf dem Konzil zu Konstanz (Nr. 1198-1200, S. 436-438).

690 Es gab allerdings vereinzelte Versuche, z.B. bei C. Renato: »Camillo introduced a full meal, which he called an *epulum* preceding what he liked to call the *libatio*. There is evidence that the nourishing *epulum* (*agape*), sponsored no doubt by the hospitable Paravicini, united the residents and refugees, the rich and the poor, men and women of all degrees« (Williams, Radical Reformation 549).

691 Maior 144r mit Rekurs auf Tertullian, Ap. 39; Bugenhagen spricht von *collatie* (Braunschweiger Kirchenordnung 84); vgl. auch Luther, WA 2, 747, wo an die Gütergemeinschaft der Urgemeinde und an das Wort *collecta* (»das heyst eyn gemeyn samlung«) in der Messe erinnert wird.

692 Vgl. immerhin Heidegger 104: *Erant olim Agapae, convivia charitativa ... In quarum locum deinceps successerunt Eleemosynae, bona Ecclesiae, ptochotrophia, Xenodochia, orphatrophia*; ähnlich Coccejus 298.

693 KThQ III 78.

694 Vgl. das Calvin-Zitat zu den korinthischen Mißbräuchen oben Anm. 667.

695 Vgl. Osiander, Gesamtausgabe, Bd. 1, 207; nach Semler 287 ist klar, daß in der Kirche *voluptati corporis indulgere non licet*; er hält es nach dem Wegfall der Agape für nötig, *omnino longe perfectiori modo nos praeparatos accedere* (298).

ist[696]. Wo »nicht allen Gläubigen ein gemeinsamer Tisch bereitet ist«, da kann nach Calvin (417) nicht mehr vom Mahl gesprochen werden. Nach dem Augsburger Katechismus von 1533 ist das Abendmahl deshalb »von den alten Eucharistia vnd Agape genennt worden, haben auch alweg darbey jr Collect vnd Almüsen für die armen außgespendet«[697].

Von συνέρχεσθαι und dem alten Namen σύναξις her[698] werden auch die Privatmessen kritisiert[699]: *Iniuria misse est priuatam esse, cum nomen eius sit synaxis & communio, Christique ac Pauli institutio pro verbi annunciatione, id est sui memoria frequentari in publico & collecta Ecclesia haberi iubeat*[700]. Abendmahl geschieht beim »Zusammenkommen« der Gemeinde, weshalb auch nach Bucer Privatmessen dahinfallen[701]. Immer wieder wird gesagt, daß die Christen das Mahl »gemeinlich« feiern, denn Paulus schreibe »der gantzen gemein der Corinther«[702]. Melanchthon erklärt: Paulus *expresse iubet simul fieri multorum communionem*[703]. Der Straßburger Laienprediger C. Ziegler schließt aus V 26, daß »Priester Messen lesteren gott«, denn »ein verkündigung ist nit mit ym selbs reden, sunder mit andern leüten«[704].
Selbst gegenüber dem Krankenabendmahl bestehen von daher Vorbehalte. Zwar soll das Abendmahl den Kranken nicht verweigert werden, aber es sollen »die in dem hauß oder sonst umb den krancken sind, vermahnet werden, mit ihm zu communiciren, auf das diese Ordnung deß herren nicht gebrochen werde, darinnen versehen, das sein abendmal von einer versamlung der christen solle gehalten werden, sie sey gleich groß oder klein«[705].
Auch in der Folgezeit ändert sich außer etwa bei den Methodisten und in der Brüdergemeine an der Einstellung zur Agape wenig. Anders steht es z.B. bei den religiösen Sozialisten, die auf ein »Liebesmahl« drängen und sich dafür auf die Agapen berufen: »Seinen höchsten und schönsten Ausdruck findet der Kommunismus Christi im Liebesmahl der Gemeinde, oder, wie das griechische Wort so bezeichnend lautet: *in der Agape*«[706]. Weil im Protestantismus »aus einem Gemeinschaftsmahl und Liebesmahl

696 Luther, WA 2, 743; vgl. auch 750, wo die Todesfälle nach V 29 derjenigen erwähnt werden, die sich ihrer Nächsten nicht annehmen, und 751, wonach Christus seinen Leib gegeben hat, »das des sacraments bedeutung, die gemeynschafft und der lieb wandell geubt wurde«; nach WA 52, 209 dient das Sakrament dazu, »das Christus seyn heufflein damit zůsam hellt«.

697 Reu, Quellen I 1, 772.

698 Vgl. BSLK 371: *synaxis, quae ostendit missam olim fuisse multorum communicationem.*

699 »Das ist ein austeylung viler christen, daher dann offentlich erscheint, das die privatmeß nicht im prauch gewesen ist« (EKO, Bd. 15, 67).

700 Luther, WA.B 2, 395; vgl. Maior 147v: *Communis omnium coena esse deberet.*

701 Schriften, Bd. 1, 242f; 2, 475.491f.

702 Bucer, Schriften, Bd. 2, 492; vgl. auch ebd.: »Darnach můß sollichs Nachtmal gemein sein sollicher aller, nicht das einer da stande vnd fur sich selbs das halte«; vgl. auch Maior 148r.

703 Werke VI 130; vgl. auch II 521: *Vult publici congressus ceremoniam esse hanc Coenam.*

704 QGT, Bd. 7,9. Auch V 21.33 werden im Bericht der Universität Wittenberg an Friedrich den Weisen gegen private Abendmahlsfeiern ausgespielt (KThQ III 77).

705 EKO, Bd. 14, 581.

706 Ragaz, Bibel 25 (kursiv im Original gesperrt); vgl. auch 94, wo an 1Kor 11,17ff in diesem Sinne erinnert wird, sowie 124, wo aus diesem Text einerseits geschlossen wird, daß es sich nicht um ein reines »Kultusmahl« handelt, sondern um »das realistische Brudermahl«, andererseits aber doch schon »der Übergang in den späteren rein kultischen Sinn des Mahles« darin erblickt wird, »daß Paulus die dadurch zu bewirkende Sättigung mehr in den Hintergrund« rücke, während umgekehrt die »im unerlösten Egoismus auch

ein Zank- und Haßmahl« geworden sei, aber auch, weil die Sehnsucht und der Schrei nach der Agape »in der rechten und höchsten Form« nicht mehr vorhanden sei, schaffe sie sich »in tausend anderen Formen, bis in das Vereins- und Festwesen hinein, Ersatz«[707].

Gerade gegenüber der traditionellen Abendmahlsfrömmigkeit mit ihrer starken Tendenz zur Individualisierung und Isolation gibt es in den letzten Jahrzehnten neue Bemühungen, »die urchristlichen agape-Mahlzeiten für unsere Zeit zurückzugewinnen und wieder mit dem Herrenmahl zu verbinden«[708]. Auch sonst werden gemeinschaftsfördernde Anstöße aus der urchristlichen Agapefeier erkennbar, bei Ortkemper (111) z.B. zur Solidarität mit den das Abendmahl in tiefer Armut Feiernden in der sog. Dritten Welt. Die Dokumente wachsender Übereinstimmung belegen mit 1Kor 11 z.B., daß der Einsatz der Eucharistie Feiernden »besonders notwendig« ist, »wenn innerhalb der Kirche soziale, nationale oder rassische Trennungen auftreten«, weil sich solche Mißstände »so verhängnisvoll auswirken wie Glaubensspaltungen« und das Zeugnis der Kirche »unwirksam und ihre sakramentale Feier unwürdig werden« lassen[709]. Vor allem steht konfessionsübergreifend fest, daß das

dieser ältesten Gemeinde« wurzelnden Mißstände der Korinther zeigen sollen, »mit was für schweren Hindernissen und Gefahren der Kommunismus Christi je und je zu ringen haben wird« (125).

707 Ebd. 28, wo auf Albert Bitzius verwiesen wird, »in dessen Predigten über das Abendmahl immer wieder dessen neue Gestalt verlangt wird, und zwar im Sinn des Brudermahls« (mir leider nicht zugänglich).

708 M. Kruse, Abendmahlspraxis im Wandel, EvTh 35 (1975) 481-497, hier 485; vgl. die Lit. in Anm. 9 und Niebergall, TRE 1, 755; M. Seitz, Das Heilige Abendmahl heute. Analyse der Situation, ZW 56 (1985) 65-74, der 74 Anm. 4 aber zu bedenken gibt, daß die Agape bei Paulus »ein Mahl für die Mittellosen war«, was »bei den modernen Versuchen kaum zur Geltung« komme; Niebergall, a.a.O. 754f merkt kritisch an, daß die Begründung im Herrenmahl nicht immer klar zutage trete und die Agape »eher Ausdruck einer bereits vorher vorhandenen Gemeinschaft ist, als daß sie diese Gemeinschaft in ihrem Vollzug stiftet«, zudem »weniger für die Gemeinde insgesamt als für eine Gruppe in Betracht kommen« dürfte. Ebeling hält die Wiedereinführung der Agapen für »erwägenswert«, fügt aber hinzu: »Sie darf aber nicht die Sakramentshandlung als solche konkurrenzieren oder in sich aufsaugen wollen« (Dogmatik III 320). Auf katholischer Seite befürchtet Nußbaum (a.a.O. [Anm. 637]) gar einen archaistischen Versuch, »das Rad der Geschichte zurückdrehen zu wollen« (154), jedenfalls aber eine Einengung »auf die horizontale Ebene der Mitbrüderlichkeit« (155; vgl. auch 150f); er sieht den Communiocharakter schon durch »die Einigung mit Christus und die hierdurch gewährte Einheit der Glieder der Kirche untereinander« gewahrt (149), auch wenn im Mittelalter die ekklesiologische Sicht der Eucharistie »durch eine stärker individualistische Auffassung überlagert« worden sei, »ohne aber jemals ganz zu erlöschen« (148).

709 Dokumente I 284, wo auch Mt 5,24 auf die Eucharistie angewendet und das Wort von Dombes zitiert wird: »Die Feier der Eucharistie, das Brechen eines lebensnotwendigen Brotes, spornt dazu an, den Lebensbedingungen der Menschen nicht zuzustimmen, welche des Brotes, der Gerechtigkeit und des Friedens beraubt sind«; vgl. auch 563 und zu 10,14ff. K.-H. Bieritz, Eucharistie und Lebensstil, LJ 43 (1993) 163-181 belegt mit V 20f den »Protest gegen das ungerechte, das mißbrauchte Brot, das Brot der Unfreiheit, der Lüge«. Auch in der Befreiungstheologie wird betont: Das Herrenmahl »verpflichtet die Gemeinde feierlich, gegen die Spaltungen, die Konflikte, die sozioökonomischen Unausgeglichenheiten zwischen den Gemeindegliedern und in der Gesellschaft zu kämpfen« (so T. Frigerio, zitiert bei Th. Schmeller, Das Recht der anderen. Befreiungstheologische Lektüre des Neuen Testaments in Lateinamerika, 1994 [NTA 27], 107).

Abendmahl »wesenhaft Gemeinschaftsmahl« ist, weshalb das Feiern von »Messen ohne Beteiligung des Volkes« als ein Brauch gilt, »der weder der Stiftung des Herrn noch der Praxis der Alten Kirche entspricht«[710]. Trotz vereinzelter Vorbehalte gegenüber einer zu starken Akzentuierung des Gemeinschaftsgedankens[711] wird doch überwiegend »ganz kräftig das soziale, das zur Bruderschaft führende Moment des Mahles« herausgestellt[712]. Mindestens ist unumstritten, daß das gemeinsame Mahl keine religiöse Liebhaberei einzelner ist, die Gegenwart des Herrn aus der Vereinzelung herausführt und frei macht vom angeborenen Hang, ein Mahl nur unter seinesgleichen zu feiern. Aber es stellt damit auch die Festschreibung faktisch bestehender sozialer Unterschiede unter den Mahlgenossen in Frage[713]. Das würde um so mehr gelten, wenn die urchristlichen Gemeinden grundsätzlich offene Versammlungen waren und man sagen darf: An den urchristlichen Gottesdiensten mit ihren Liebesmahlen »konnten auch Taufbewerber und sogar Ungläubige teilnehmen, und zweifellos hat sich aus den Slums der Hafenstadt auch mancher dort eingefunden, der am Tisch Jesu einzig seinen Hunger stillen wollte«[714].

3. Auch wenn sich fast alle Gottesdienstformulare an 1Kor 11 orientieren, kann der immensen liturgiegeschichtlichen Wirkung der Einsetzungsworte

[710] So Dokumente I 290 mit Berufung auf das Vatikanum II, das den Vorrang »der gemeinschaftlichen Feier mit Beteiligung und tätiger Teilnahme der Gläubigen« und den »in jedem Fall öffentlichen und sozialen Charakter« der Messe betont.

[711] Kruse z.B. befürchtet eine »falsche Sucht nach einem Gemeinschaftserlebnis«, »das mit Hilfe des Abendmahls arrangiert wird« und von der Begegnung mit dem Kyrios ablenkt (hören und fragen 2, Neukirchen- Vluyn 1979, 142); vgl. auch G. Sauter (Was heißt: nach Sinn fragen, 1982 [KT 53] 138), nach dem das Abendmahl nicht »*allein* als Stiftung von Gemeinschaft, als Integrationsakt vollzogen« werden kann (Hervorhebung von mir); daß das Herrenmahl sich nicht auf Gemeinschaftserfahrung der Mahlteilnehmer beschränken darf, ist von Paulus her gewiß richtig, daß sie dazugehört, aber ebenso, und die Gefahr eines Heilsegoismus ist immer noch mindestens ebenso groß wie die modischer Wir-Gefühle; vgl. auch Voigt, Gemeinsam 107: »Wir feiern im Herrenmahl nicht unsere Brüderlichkeit, unsere Gemeinschaft und unsere Mitmenschlichkeit. Aber daß der Herr leibhaft in unserer Mitte ist, das *begründet* unser Miteinander«.

[712] So z.B. Bohren, GPM 16 (1961/62) 152; vgl. auch Fischer, GPM 22 (1967/68) 183 (»Ein Abendmahl mit unversorgten Armen, unter unversöhnten Gemeindegliedern, in anonymer Unverbindlichkeit usw. dürfte zu ähnlich gestellten Fragen (sc. wie sie Paulus stellt) auch heute anleiten«; vgl. auch 186f) und A. Bittlinger, Gottesdienst heute, 1968 (CwH 94), 16: Nach Paulus dürfen »die ›irdische‹ und ›himmlische‹ Komponente dieser Feier nicht auseinandergerissen werden«.

[713] Vgl. oben Anm. 709 und Horrell* (Lord's Supper) 201: »Like Paul, we might challenge certain social and cultural norms, particularly the individualism which seems to leave more and more people living in isolation and anonymity«; vgl. auch Schrage, GPM 40 (1985/86) 211. Vereinzelt ist auch vom politischen Charakter des Herrenmahls die Rede; vgl. Th. Lorenzmeier, in: Worte am Sonntag – heute gesagt, hg. v. H. Nitschke, Gütersloh 1975, 22: »ein höchst politischer Akt. Den Mächtigen und Herrschenden unserer Welt wird damit kundgetan, daß sie nicht unsere Herren und auch nicht die Herren der Welt sind, daß ihnen höchste Autorität nicht zuerkannt wird«.

[714] E. Käsemann, Gäste des Gekreuzigten, in: ders., Kirchliche Konflikte, Bd. 1, Göttingen 1982, 128-140, hier 137f; vgl. zu solcher Teilnahme von Ungläubigen auch Bornkamm, Ende 126; Pritchard* 62.67f; anders Conzelmann, Geschichte 61; Stuhlmacher, Theologie 366f. Vgl. weiter zu 16,22.

schon wegen der fast unendlichen Variation und Vermischung der neutestamentlichen Herrenmahltexte nicht im einzelnen nachgegangen werden[715]. Als schon oben Anm. 538 genannte Abweichung vom Paulustext ercheint die Veränderung von V 26 in die 1. Pers.[716], doch können auch sämtliche *verba institutionis* in die 2. Pers. Sing. verwandelt werden[717]. Überhaupt begegnen in den Einsetzungsworten, die ihren liturgischen Ort zwischen dem Post Sanctus und der Anamnese und Epiklese haben, manche Einfügungen und Modifizierungen. Sie werden z.T. auf die Überlieferung des Herrn zurückgeführt und sollen von den Aposteln auf die Kirche gekommen sein[718], meist aber erscheinen sie ohne Begründung in den liturgischen Texten[719].

Schon vor dem Zitat der Einsetzungsworte begegnen mancherlei Einleitungen, etwa der Hinweis auf ein vorausgegangenes Passamahl oder das Zitat von Phil 2,6f[720], vor allem aber mannigfache historische Erweiterungen[721] und theologische Reflexionen[722]. Die Stiftungsworte selbst werden durch alle möglichen Details aufgefüllt, so das ἔλαβεν immer wieder durch ἐν ταῖς ἁγίαις καὶ ἀχαράντοις καὶ ἀμωμήτοις χερσίν bzw. *in manus suas sanctas et beatas, quae sine macula sunt*[723], wobei andere noch hinzufügen: *extendit eas ad caelum* oder ἀναβλέψας εἰς τὰ ὕψη τῶν οὐρανῶν bzw. *suspexit in caelum ad te*[724]. Oft findet sich zwischen εὐλογήσας und ἔδωκεν noch ἁγιάσας bzw. *sanctificavit* oder σφραγίζων (*cruce signans*)[725]; das Brot wird als *tritici* (Weizen) *azymum*[726] näher bestimmt, die Empfänger werden οἱ ἅγιοι σου μαθηταὶ καὶ ἀπόστολοι geheißen[727].

[715] Vgl. vor allem die Werke von Hamm*, Hänggi/Pahl*, Hahn* (Abendmahl) 62-64 mit weiterer Lit.

[716] Vgl. die von Hamm* 90-92 untersuchten Liturgiegruppen, die ἄχρι οὗ ἄν ἔλθω haben.

[717] So in der Anaphora Gregorii Nazianzeni Alexandrina, wo die Worte also so »zitiert« werden: Τῇ γὰρ νυκτὶ ᾗ παρεδίδης αὐτὸς σεαυτόν, τῆς σεαυτοῦ ἐξουσίας (Hänggi/Pahl* 364; vgl. auch 414).

[718] Thomas, Summa, Bd. 30, 177. Thomas 357 fragt z.B., wieso im *usus Ecclesiae* anders als in den Berichten des Neuen Testaments die Konsekration dem Brotbrechen vorangeht, und er behilft sich so, daß der Apostel ja auch die *benedictio* anders als Mt 26,26 nicht erwähnt.

[719] Die folgenden Belege werden aus Platzgründen ohne die nähere Angabe der jeweiligen Anaphora nur nach den Seitenzahlen bei Hänggi/Pahl* zitiert.

[720] Hänggi/Pahl* 390 bzw. 278 (vgl. auch 286).

[721] Vgl. *In illa nocte, vespera, feriae quintae, illucescente feria sexta, cum recubuit in domo Lazari amici sui* . . . (ebd. 188) oder: *in qua nocte tradebaris Iudaeis* (413).

[722] Vgl. *In ipsa nocte qua se ipsum tradidit ad mortem, multis signis monstravit discipulis suis crucifixionem et passionem suam, et mortem suam, atque resurrectionem suam tertia die, in corpore et anima* . . . (ebd. 166); oder die Angabe der Nacht wird ergänzt durch *celebravit mysticum hoc magnum, tremendum, sanctum et divinum* (383).

[723] Ebd. 364 bzw. 151; so oder ähnlich 166.197.266.279.390.

[724] Ebd. 266 bzw. 350 (vgl. auch 191.197 u.ö.). Vgl. schon Const. Ap. 36 (ebd. 93): *sumpsit panem sanctis et immaculatis manibus suis et elevatis oculis ad te, Deum suum et Patrem.*

[725] Ebd. 236 (vgl. auch 246.270.278.289 u.ö.) bzw. 246.

[726] Ebd. 188. Anders verfährt später die orthodoxe Kirche, nach der das Brot gesäuert, nicht ungesäuert sein muß (Wort und Mysterium. Der Briefwechsel über Glauben und Kirche 1573-1581 zwischen den Tübingern Theologen und dem Patriarchen v. Konstantinopel, 1958 [DOKÖF 2] 77.188).

[727] Hänggi/Pahl* 364; ein anderes Beispiel 307: *vos et omnes suscipientes illud fideles.*

Auch das Brotwort selbst wird weiter interpretiert, z.B. so: *Hoc est corpus meum, cibus iustitiae quae est in veritate*[728]. Entsprechende Veränderungen erfährt V 25, z.B. durch die Auslassung von μετὰ τὸ δειπνῆσαι[729] oder Interpretamente wie *hic est enim calix sanguinis mei, novi et eterni testamenti, misterium fidei*[730]. Vor allem wird der Symmetrie zuliebe auch hier »nehmen« und »danken« genannt[731] oder eine Angleichung an die markinisch-matthäische Parallelität beider Deuteworte bevorzugt[732]. Immer wieder wird zudem die Mischung von Wasser und Wein herausgestellt (ἐκέρασας oder *miscuit*)[733]. Wo der Wiederholungsbefehl nicht einfach zitiert wird, tauchen Umschreibungen auf wie *in memoriam legislatoris et in redemptionem nostram semper offerimus terribile et tremendum mysterium*[734]. Zu liturgischen Gebräuchen im Zusammenhang mit Brot und Wein kann hier nur genannt werden, daß die Gläubigen »ein einziges Stück (κλάσμα) Brot aus der Hand des Bischofs empfangen, bevor jeder das Brot, das er vor sich hat, bricht«[735].

Wie und ab wann die Einsetzungsworte liturgisch verwendet worden sind, läßt sich nicht genau sagen. Im konsekratorischen Sinn werden zuerst εὐχαριστεῖν bzw. εὐλογεῖν und nicht die Einsetzungsworte verwendet[736].

Besondere Bedeutung gewinnt der Opfergedanke. Im Rahmen von 1Kor

[728] Anaphora Ioannis Filii Tonituri (Hänggi/Pahl* 158). Im Papyrus Manchester des alexandrinischen Typs heißt es sogar: τὸ σῶμα τῆς καινῆς διαθήκης (120). Die schon in der Textgeschichte registrierten Erweiterungen durch κλώμενον u.ä. (vgl. oben Anm. 485) machen sich auch hier bemerkbar (Hamm* 81-83).

[729] So bei Hippolyt (Hänggi/Pahl* 81; vgl. ähnlich 92f.173 u.ö.); aber es heißt auch (131) *postquam cenavit* (sc. *Dominus* [131]) statt *postquam cenaverunt* (so 151.166 u.ö.), *post cenam illam mysticam* (300); vgl. auch die bei Hamm* 44 zitierte Lesart »nach dem Essen des Brotes« und *postquam epulati essent ex sacramentis* (45).

[730] Vgl. Bulla Unionis Coptorum des Baseler Konzils (COD 557). Teilweise wird auch an beide Deuteworte εἰς ἄφεσιν ἁμαρτιῶν angefügt (Hänggi/Pahl* 334; ebs. 329).

[731] Zum zusätzlichen *accepit* und *gratias egit, benedixit, sanctificavit* o.ä. vgl. Hänggi/Pahl* 121.151.173.188 u.ö.

[732] So z.B. Const. Ap. 37 (Hänggi/Pahl* 93); ähnlich 112.121.137.151.191.199.236 u.ö.; anders 166.173.183.197.202 u.ö. (*hic calix sanguis meus est*); vgl. Hamm* 70-77.

[733] So viele Texte bei Hänggi/Pahl* 188.191.236.270.286.289.350 u.ö.; manche sind noch ausführlicher: *Miscuit e duobus elementis, ex fructu vitis* (Weinrebe) *et ex aqua* (262f); zur theologischen Ausdeutung im Sinn der Inkarnation (so schon Justin, Ap. 1,66) vgl. J. Betz* (1955) 278f. Noch merkwürdiger ist, daß nach *sanctificavit* noch hinzufügt werden kann (266): *et postquam gustavit de illis* (sc. Wasser und Wein).

[734] Ebd. 339; vgl. auch *velut pontifex et apostolus confessionis nostrae, pro nobis gratias referens* (295) und ferner J. Betz* (1979) 26-28; Kretschmar, TRE 1, 61ff (vgl. ders., TRE 1, 234 u.ö. zu den Mahlgebeten).

[735] Kretschmar, TRE 1, 235; seit dem 8. Jh. nachweisbar werden Brot und Wein »nicht mehr den Spenden entnommen, sondern im Auftrag der Kirche eigens gebacken und abgefüllt« (247); zur Elevation vgl. Meyer, TRE 1, 283.

[736] Vgl. Justin, Ap. 1,65; ActThom 50 sowie oben Anm. 453. Nach Ambrosius, De Myst. 9,51f dagegen wird in Analogie zu den Wundern des Mose (Ex 4,3f; 7,9ff; 7,20ff; 14,21f; Jos 3,15ff) und zur Schöpfung aus dem Nichts (Ps 148,5) den Einsetzungsworten konsekratorische und die Natur verwandelnde Kraft zugeschrieben (BKV 32, 298f); weitere Stellen bei Dix* 275. In der Ostkirche geschieht die Konsekration wie schon bei Irenaeus (Haer. 4,18,5; SC 100, 610- 612) auch weiterhin durch Epiklese, nicht durch die Einsetzungsworte (Graß, RGG [3]I 24).

11[737] taucht er erstmalig bei Hippolyt auf: »Im Gedenken an seinen Tod und seine Auferstehung opfern wir dir Brot und Kelch«[738]. Aus dem Dankopfer aber wird zunehmend ein kultisches Opfer. Deutlich wird z.B. bei Cyprian ausgesprochen, daß neben eucharistischen Gebeten auch Leib und Blut Christi Opfergaben sind und vom Priester wie von Christus als Sühnopfer dargebracht werden (*hoc faciamus quod fecit et Dominus*)[739], was später *opinio communis* wird[740], auch wenn z.B. Theodor v. Mopsuestia das vom Priester dargebrachte Opfer Gedächtnis des Opfers Christi heißt[741]. Meist aber wird das Verhältnis des sakramentalen Opfers zum Kreuzesopfer als Analogie, *repraesentatio* oder *memoria* verstanden. Das Tridentinum definiert dann, daß ungeachtet des einmaligen blutigen Kreuzesopfers Christus von der Kirche durch die Priester unter den sichtbaren Zeichen geopfert werden soll, und zwar im Sinn unblutiger *repraesentatio*[742].

In den reformatorischen Kirchen gewinnen die *verba institutionis* zentrale Bedeutung[743], vor allem als Hauptbeleg für das Verständnis des Abendmahls als göttliche Zusage und »kurze Summe« des ganzen Evangeliums[744], aber auch als Kriterium bestimmter bisheriger Praktiken wie der *communio sub una*, des

[737] Abgesehen davon schon Did 14,1-3, wobei aber unklar bleibt, was genauer mit θυσία gemeint ist; vgl. auch 1Clem 44,4: προσφέρειν τὰ δῶρα, doch was darunter zu verstehen ist (Gebete, Gaben oder gar die eucharistischen Elemente) ist auch hier umstritten, während bei Justin dann Gebete und Danksagungen sowie die Darbringung von Brot und Wein der Eucharistie Opfer genannt werden (Dial 117,1f; vgl. auch 41); nach Kretschmar, TRE 1, 72 soll in der vornicänischen Zeit »keine Verbindung zum Selbstopfer Christi« hergestellt worden sein und das Lobopfer im Vordergrund stehen, doch verweist er selbst auf Cyprian, Ep. 63,14 (vgl. unten Anm. 739). Bei Irenaeus, Haer. 4,17,5 (SC 100, 592) wird der Becher als Opfergabe des neuen Bundes bezeichnet, den die Kirche darbringt.

[738] Fontes 1, 226; vgl. auch die Belege oben Anm. 734 und Justin in der vorigen Anm.; vgl. Kinder, RGG3 IV 1652f; Thomas 354: *In primitiva enim Ecclesia fideles panem et vinum offerebant, quae consecrabantur in sanguinem et corpus Christi.*

[739] Ep. 63,9 (CSEL 3.2, 708) und 63,10 (709); vgl. auch 63,17 (ebd. 714f): *In commemorationem Domini et passionis eius offerimus;* nach 63,14 (CSEL 3.2, 713) wiederholt der Priester, was Christus getan hat und bringt ein Sühnopfer. Gregor d. Gr. läßt Christus sogar noch einmal geopfert werden (Dial. 4,58 [PL 77, 425]): *Pro nobis iterum in hoc mysterio sacrae oblationis immolatur.*

[740] Vgl. z.B. Haymo 572: *Quotidie ad nostram salutem et redemptionem iste panis Deo offertur, qui licet panis videatur, corpus est Christi.* Schatzgeyer (CCath 37, 49) will aus V 24 und 26 erschließen: *Sequitur, quod in recordationem illius oblationis in cruce debet ipse Christus in hoc sacramento cottidie offerri Deo Patri;* vgl. auch 224.242 und Cornelius a Lapide 307, der das *hoc facite* so auslegt: *Consecrate, offerte in sacrificium, sumite, distribuite Eucharistiam, vti ego consecraui, obtuli, sumpsi, distribui.*

[741] Hom. 15,15 (StT 145, 485); zitiert bei Keller* 157. Das Opfer Christi wird dabei symbolisch nachvollzogen, indem bestimmte Elemente der Liturgie »bestimmten Stationen und Begleitumständen der Passion zugeordnet« werden (Keller* 153 mit Verweis auf Hom. 15,25 [StT 145, 503]). Zum Verhältnis von Kreuzesopfer zum Meßopfer in der Scholastik vgl. Kinder, RGG3 IV 1653f (»grundsätzliche Identität bei modaler Verschiedenheit«).

[742] Denzinger/Hünermann, Enchiridion, Nr. 1740f, S. 562f.

[743] Allein sie gewähren nach Luther die richtige und gültige Gestalt (WA 6, 355.509). Nach Brenz, Frühschriften, Bd. 1, 208 soll man nicht einen Finger breit *ab instituto Christi* abweichen. Vgl. aber auch schon Cyprian, Ep. 59,10 (CSEL 3.2, 677f).

[744] Vgl. z.B. Luther, WA 6, 374 und weiter Punkt 4.

Meßopfergedankens u.a. Sie werden bei der Mahlfeier unverändert zitiert[745], doch sind die Einsetzungsworte auch hier Harmonien aus Paulus und den Evangelien. So wird durchgängig »Trinket alle daraus« und »zur Vergebung der Sünden« in den Paulustext eingefügt[746].

Auch in den Vermahnungen vor den Einsetzungsworten wird unser Text in vielfacher Weise zitiert und ausgelegt[747], wobei z.T. auch V 26 eingeschlossen[748] oder die Einleitung von V 23a mitzitiert wird[749]. Die zentrale Bedeutung gerade von 1Kor 11 ergibt sich schon aus der von Zwingli 1525 entworfenen neuen Gottesdienstordnung, in der nach einem Gebet die Lesung von V 20-29 zusammen mit Joh 6,47-63 an den Anfang des Gottesdienstes gehört, obwohl auch der Einsetzungsbericht nach V 23-26 gelesen wird[750].
In einzelnen Kirchen werden die Einsetzungsworte auch in zwei Teilen rezitiert, d.h. nach dem ersten Wiederholungsbefehl erfolgt die Austeilung des Brotes[751]. Die Einsetzungsworte sollen »lanksam mit aller andacht« gesungen werden, »up dat ein jeder verstan könne, wat dat bevehl und die insettinge unsers Heren Christi by dem hilligem sacramente sy«[752]. Das Abendmahl ist in der Sprache zu feiern, die von der ganzen Gemeinde verstanden werden kann[753]. Der Text gehört auch zu den katechetischen »Fragstücken«[754].

745 Vgl. Bucer, Schriften, Bd. 7, 308; z.T. geschieht die Zitation aber noch nach dem Kanon der überlieferten Messe (so Osiander, Gesamtausgabe, Bd. 1, 158) ohne den Wiederholungsbefehl beim Weinwort, weil sie Wandlungsworte waren und sich nicht an die Kommunikanten wandten und leise gesprochen wurden. »In dem Moment aber, in dem die Einsetzungsworte laut und für die Gemeinde hörbar gesungen wurden, fügte man den Wiederholungsbefehl wieder ein« (Anm. 41).

746 So z.B. Luthers Kleiner und Großer Katechismus (BSLK 520 und 708); Osiander, Gesamtausgabe, Bd. 5, 329 u.ö.; EKO, Bd. 7, 124.161; 8, 123.440; 11, 276; 12, 79.81.357; 13, 63; 14, 136f.149.

747 EKO, Bd. 7, 158-160.378f.466-471; 11, 276; 12, 40.79.87f.207f.219; 13, 403f; 14, 148.357.563; 15, 69f.327f.339.342f.

748 So EKO, Bd. 12, 88; 14, 357.563.

749 EKO, Bd. 12, 81.87. Bisweilen wird auch die markinische Formulierung (»Das ist mein Blut des Neuen Testaments«) gewählt (EKO, Bd. 14, 132; 15, 71).

750 Urner, RGG3 II 1776; zu Calvin vgl. 1777; vgl. auch Hahn* (Abendmahl) 49.

751 EKO, Bd. 7, 379; 14, 111 und Bugenhagen, Braunschweiger Kirchenordnung 130. Schon nach Luthers Deutscher Messe von 1526 wurde das Brot nach dem Brotwort ausgeteilt und der Kelch nach dem Kelchwort (EKO, Bd. 1, 10-16; Niebergall, TRE 1, 291).

752 EKO, Bd. 7, 252; vgl. auch 14, 100: »mit clarer stimm« (bei Kranken); BSLK 1000. Brenz, Frühschriften, Bd. 2, 439 hält es für einen Mißbrauch, wenn der Priester die Einsetzungsworte »nicht sampt dem brot und wein dem nemenden darbeut«, »sonder darvor heimlich ob dem altar uber das brot und den wein murmlet«.

753 Bucer, Schriften, Bd. 1, 329f; vgl. auch Bd. 2, 493: Die Verkündigung des Todes Jesu müsse »in gemeiner sprach« geschehen, »mit dem kan das latin nicht beston, es were dan ouch die selbig gemein der latinischen sprachen verstendig«; vgl. auch Osiander, Gesamtausgabe, Bd. 1, 225: Die Einsetzungsworte, »die verporgen gewest«, werden »wider eröffnet und yederman frey verkhündigt und außgelegt«. Anders Bugenhagen, nach dem der lateinische Text von zwei Kinderchören im Wechsel gelesen wird (Lübecker Kirchenordnung 58f).

754 Osiander, Gesamtausgabe, Bd. 4, 342; EKO, Bd. 14, 132.140.359.363; Heidelberger Katechismus 77 (BSRK 703); Luthers Kleiner und Großer Katechismus (BSLK 520 und 708); Reu, Quellen I 1, 92.225.253f.266.313f. 323f.560.821.

Eine andere Konsequenz aus den Abendmahlsberichten ist, daß das Abendmahl wieder unter beiderlei Gestalt gefeiert wird, weil der Entzug des Laienkelchs den Einsetzungsworten nach Ansicht der Reformatoren klar widerspricht[755], was üblicherweise durch einen Verweis auf Mt 26,27 unterstützt wird. Schon 1519 erklärt Luther, daß »des sacraments gestalt und forme odder zeychen nit stucklich eyns teyls sondern gantz geben wurden«[756], und zu V 26, daß es nicht heiße »ßo offt yhr priester alleyn esset vnnd trinckt, ßondernn redt zcu yhn allenn: Spricht auch nit. das sie das allis thun sollen. biß der bapst küme vnnd ordinier es anderß ßondern ßo lange biß der herr selbs kumme am Jungsten tag«[757]. Das wird auch in den Bekenntnisschriften, Kirchenordnungen und Katechismen immer neu wiederholt[758].
Ebenso einhellig wird das Meßopfer verworfen[759]. Christus hat sich geopfert und wird nicht geopfert. Für die reformatorischen Kirchen insgesamt gilt: Sie gebrauchen »die messz nicht mer für ain opfer, sonder nur zů ainer gedechtnuß«[760] und verstehen sie als »ein zusagung Cristy«[761], denn Christus hat das

755 Vgl. Luther, WA 6, 502f und 507 (*Sacramentum non est sacerdotum sed omnium*); 7, 391f; vgl. Luthers Schrift »Von beider Gestalt des Sakraments« (WA 10 II, 11-41); Bucer, Schriften, Bd. 2, 445; EKO, Bd. 1, 589 u.ö.; Bugenhagen, Lübecker Kirchenordnung 67 u.ö.; Maior 147v; Osiander, Gesamtausgabe, Bd. 1, 205f u.ö.

756 WA 2, 742; vgl. WA 9, 496: *Papa non habuit potestatem tollendae alterius speciei*; vgl. auch WA 15, 493 und WA 52, 206f.

757 WA 7, 392; ähnlich werden auch V 27-30 interpretiert (vgl. auch 397). Häufigstes Gegenargument katholischerseits ist neben dem Verweis auf das »Brotbrechen« Lk 24,30; Apg 2,42.46 und 20,7 (vgl. Schatzgeyer, CCath 37, 356) vor allem, daß die *communio sub una* nicht eine Frage der Schriftgemäßheit, sondern der kirchlichen Tradition und Disziplin ist (vgl. die Belege bei Iserloh, TRE 1, 123f). Latomus gibt gegen Bucer zwar zu, daß es in der Alten Kirche anders gewesen, aber eben durch ein *decretum ecclesiae* abgeschafft worden sei (CCath 8, 6; vgl. auch Schatzgeyer, CCath 37, 484); Schatzgeyer wendet gegen eine Strapazierung des »alle« ein, daß man sonst auch »den kindern inn der wiegen« Wein geben müsse (CCath 37, 466; vgl. auch 356).

758 Vgl. z.B. CA 22 (BSLK 85); Apologie 22 (BSLK 328f); ebs. die Kirchenordnungen (EKO, Bd. 5, 526; 15, 68) und Katechismen (z.B. Reu, Quellen I 1, 705.719 u.ö.).

759 Vgl. Luther, WA 57 III, 217f: *Quod autem a nobis offertur quotidie, non tam oblatio quam moemoria est oblationis illius, sicut dixit: ›Hoc facite in mei commemorationem‹. Non enim toties patitur, quoties memoratur passus.* Vgl. auch Melanchthon, der in den Einsetzungsworten *nulla syllaba ... de oblatione et aliis spectaculis* sieht (Werke VI 299.) Brenz, Frühschriften, Bd. 1,211 verweist auf Hebr 10,14, daß Christus *unicum sacrificium* ist. Auch Zwingli beharrt (mit Berufung auf V 26) darauf, daß nur von einem einmaligen Opfer Christi geredet wird (CR 89, 733). Bei Calvin, Inst. 4,18,10-14 ist die Sache ebenso eindeutig. Nach Bucer, Schriften, Bd. 1, 211 wird in 1Kor 11 vom Herrn allein befohlen, Brot und Kelch des Herrn zu empfangen, seines Todes dabei zu gedenken und zu verkündigen, und »dieweyl wir dann den worten des herrn nichts zů noch von thůn sollen«, gebührt es sich, » nichts zů opffern uns vermessen, des der herr doch mit eim wort nit gedacht hat«; vgl. auch Bd. 4, 142.

760 Osiander, Gesamtausgabe, Bd. 1, 225; vgl. 230.483.492; Bd. 3, 565 und Bd. 5, 135 u.ö. Schatzgeyer hält es dagegen für falsch, aus dem Wort Testament zu schließen, es »wär ein gab, von Gott uns gegeben, und nit ein gab, die wir möchten Got geben, darumb möcht es kein opffer sein« (CCath 37, 561; vgl. auch 535).

761 Osiander, Gesamtausgabe, Bd. 3, 563; vgl. auch 518: »Die zusetze aber der menschen sein mancherley und zu mancherley zeitten angericht worden, ainsthails von frommen heyligen vettern aus cristlicher freyhait der gemain zur pesserung, ainsthails von ungelerten frevellern, innen selbs ain gedechtnus zu machen oder ain nutz zu schopfen, bis zuletsts dohin kommen ist, das die mess hat zu allen dingen dienen mussen«.

Abendmahl nicht gestiftet, »das wir etwas opfern oder geben solten, sondern, das wir von im etwas sollen empfangen und nemen«[762]. Nach Bucer wird das Abendmahl im Neuen Testament weder ἱερόν noch θυσία noch προσφορά geheißen[763].

Nicht so einig war man sich in der Frage der Elevation und Anbetung der sakramentalen Gaben. Luther z.B. stellt die Frage, »ob Christus oder die heylig dreifaltigkeyt sy vnter dem Sacrament anzubetten«, und stellt das frei, auch wenn er erklärt, »die hohen gedancken von der heyligen drifaltigkheit sol man lassen faren vnd nicht hieher ziehen«[764]. Nach Bucer dagegen soll man Brot und Kelch empfangen, aber »das auffheben und anbetten underlassen«[765]. In Osianders Gutachten zur Elevation heißt es, daß das Sakrament beim Sprechen der Worte »Das ist mein Leib« »von anpetens wegen auffgehebt und gezaigt werd«, so daß die Leute nicht denken sollen, »die wort seien nur gemainer weyß gelesen und erzelet, sonder das sie wissen, das sie etwas gewurckt haben«[766].

Aus der Ablehnung der Transsubstantiation (vgl. dazu den nächsten Punkt) folgt die Ablehnung von Sakramentshäuschen bzw. Monstranzen und Prozessionen[767]. Der rechte Brauch des Abendmahls ist »essen und trinken«, »nicht aufbehalten, umbtragen, einschließen und anbeten«[768]. Christus ist nicht *extra usum* in Brot und Wein gegenwärtig, und das Herumtragen und die Verehrung gelten als Profanierung[769]. Im übrigen aber sollen beim Abendmahl »alle ding mit großer andacht und reverenz fein ordentlich« verrichtet werden, wie es auch nach 1Kor 11,17ff und 14,26 vom Apostel geboten werde[770]. Generell aber gilt vom Herrenmahl: *Statis formulis et legibus quasi circumscribi non potest* (Semler 287).

An einzelnen Details zum Gottesdienst wären noch zu notieren, daß Karlstadt 1521 in Wittenberg die Gemeinde selbst Hostie und Kelch in die Hand nehmen und zum

762 EKO, Bd. 15, 350 u.ö.

763 Schriften, Bd. 17, 379; vgl. auch 522 und Bd. 2, 60f.

764 WA.B 2, 628; vgl. auch 629.

765 Schriften, Bd. 1, 227; vgl. auch Bd. 6.1, 223 (Anbeten ist Abgötterei) und Bucers Kritik an Luthers Schrift »Von Anbeten des Sakraments des heiligen Leichnams Christi« von 1523 (WA 11, 417-456) in Schriften, Bd. 2, 220f, der auf das Argument, es sei von Christus nirgendwo verboten worden, erwidert: »Er hat auch nicht verbotten, sich anzůbetten in den frummen Christen. Solt ich darumb für ein frummen man niderknyen . . .?« (221); vgl. auch Melanchthon: *Est et manifesta profanatio partem coenae Domini circumgestare et adorare* (Werke VI 133; vgl. auch 298); Karlstadt, Schriften II 21; später auch Calixt, Schriften, Bd. 2, 247.

766 Gesamtausgabe, Bd. 6, 456f.

767 Vgl. z.B. Luther, WA.B 12, 206f; EKO, Bd. 7, 223 u.a.

768 EKO, Bd. 11, 586; ähnlich in Katechismen (vgl. z.B. Reu, Quellen I 1, 772).

769 Maior 149; vgl. Coccejus 298: *Sacramenta extra usum non sunt sacramenta;* ähnlich Semler 292.

770 So EKO, Bd. 8, 226.

Mund führen läßt[771]; empfohlen wird ungesäuertes Brot[772]; der Kelch soll kein solcher sein, in dem Bier oder Milch gebraucht werden[773]; »gewisse tage und stunde« für die Feier seien in der Schrift zwar nicht verordnet[774], doch soll das Abendmahl »offt vnd vielmals« empfangen werden[775].

Spätere liturgisch-gottesdienstliche Entwicklungen müssen hier außer Betracht bleiben, da sie sich m.W. kaum in unmittelbarem Zusammenhang mit unserem Text vollzogen haben. In der heutigen Diskussion und Praxis ist die Kommunion unter beiderlei Gestalt kein Streitpunkt mehr zwischen den Konfessionen, da einerseits evangelischerseits nicht bestritten wird, daß in beiden eucharistischen Gaben der ganze Christus präsent ist, andererseits katholischerseits erklärt wird, die Kommunion werde »zu einem deutlicheren Zeichen, wenn sie unter beiden Gestalten empfangen wird«[776]; »zur Vollgestalt der Eucharistie« gehören also Brot und Wein[777].
Auf evangelischer Seite wird aufgrund der exegetischen Ergebnisse, nach denen keine Opferbegriffe auf das Herrenmahl angewendet werden[778], für schwer verständlich erklärt, »warum in der systematisch-theologischen Diskussion die Rede von der Eucharistie als Opfer nach wie vor ein solches Gewicht hat«[779]. Doch kann zum Meßopfer katholischerseits heute unmißver-

[771] Niebergall, TRE 1, 288; nach 295 reichen die Kommunikanten gemäß der Kirchenordnung von J. Laski die Gaben einander weiter »unter den Worten 1Kor 10,16«. Vgl. auch Zwingli, nach dem jeder »mit siner eygnen hand einen bitz (Bissen) oder mundvoll« davon nehmen soll, »oder lasse im dasselbig bieten durch den diener« (CR 91, 692) bzw. »Daruß (sc. aus dem Becher) trinckt er und gibt in dann sinem nächsten» (693). Spener (Schriften III 1.1, 429) räumt zwar ein, daß die Apostel »wol vermuthlich das brodt und kelch mit ihren hånden genommen / und selbs jeder nachmal zu dem mund gebracht haben« werden, doch sei es auch kein Aberglaube, »daß wirs den leuten in den mund geben«, denn »eine gewisse art des nehmens« sei uns nicht vorgeschrieben.

[772] EKO, Bd. 7, 377; nach Coccejus 299 ist das aber nicht vorgeschrieben. Spener verteidigt später die Beibehaltung der Oblaten, die doch »allein der åusserlichen kleinen form wegen von dem gemeinenen brodt unterschieden« seien, und zwar »auß Christlicher freyheit« und wegen »der bequemlichkeit bey krancken und einig andern«, will aber auch anderen Brauch nicht verwerfen (Schriften III 1.1, 426).

[773] EKO, Bd. 7, 377.

[774] EKO, Bd. 8, 307.

[775] So z.B. im Bayerischen Katechismus (Reu, Quellen I 1, 705); vgl. auch EKO, Bd. 15, 331.343 und Spener, Schriften II 1, 800; Bezzel dagegen verweist auf Tersteegen, der seit seiner Konfirmation »aus heiliger Scheu vor dem Unfaßlichen« nie mehr zum Abendmahl gegangen sei (a.a.O. [Anm. 654] 45f).

[776] Vgl. die Belege bei Pannenberg, Theologie III 326f und Schütte, Glaube 146.

[777] Dokumente I 291; wenn »zumeist lediglich die Gestalt des Brotes« gereicht werde, geschehe das »vornehmlich aus praktischen Gründen« und beruhe »auf der Überzeugung von der vollen Gegenwart Christi in jeder der beiden Gestalten«.

[778] Vgl. z.B. Behm, ThWNT III 184; F. Hahn, Das Verständnis des Opfers im Neuen Testament, in: K. Lehmann / E. Schlink (Hg.), Das Opfer Jesu Christi und seine Gegenwart in der Kirche (Dialog der Kirchen 3), Freiburg/Göttingen 1983, 51-91, hier 84f; vgl. auch zu 1Kor 10 EKK VII 2, 445 Anm. 379. Anders die Stimmen bei Schütte, Amt 139-144, wonach nach dem NT »das Opfermotiv ... unlösbar mit dem Herrnmahl verbunden« sein soll (139).

[779] J. Rehm, Das Abendmahl. Römisch-Katholische und Evangelisch-Lutherische Kirche im Dialog, Gütersloh 1993, 291; vgl. 292 zur offiziellen Erklärung des Vatikans zum Lima-Papier. Anders z.B. auch Thurian* 204-240 und die Autoren bei Schütte, Amt 146-150.288-295; differenzierter Schlink, Dogmatik 511-513. Vgl. weiter K. Lehmann /

ständlich eingeräumt werden, es werde dadurch der Heilsbedeutung des Kreuzes Christi und der »Einzigartigkeit und Vollgenügsamkeit des Kreuzesopfers Christi« nichts hinzugefügt[780], vielmehr gebe das Herrenmahl »Anteil am einmaligen Kreuzesopfer Christi und ist gerade deshalb keine Wiederholung oder Ergänzung oder gar Überbietung dieses einmaligen Sühneopfers«[781].

4. Die sog. Deuteworte haben verständlicherweise die größte Wirkung gehabt und alle möglichen Interpretationen auf sich gezogen, doch können auch hier nur einige Akzente genannt werden, wobei wieder die Bezugnahme auf 1Kor 11 als Kriterium der Berücksichtigung dient[782]. Trotz des weitgehenden Schweigens der Alten Kirche über den theologischen Sinn des Herrenmahls[783] wird doch an der Gegenwart Christi im Mahl kein Zweifel gelassen. Zwar können Brot und Wein σύμβολον[784] oder εἰκών[785] des Leibes und des Blutes Christi genannt oder als ὁμοίωμα[786] und τύπος/ἀντίτυπος[787] be-

E. Schlink, a.a.O. (Anm. 778); H.-M. Gutmann, Das Opfer. Wege zu einem problematischen Thema evangelischer Theologie in praktischer Absicht, VF 40 (1995) 28-53.

780 Dokumente I 290. Das Verständnis der Eucharistie als »Opfer des Lobes« vereine die Konfessionen, wobei auch Übereinstimmung darüber herrsche, daß das »weder bloß verbales Lob Gottes« ist noch »ein Zusatz oder eine Ergänzung ist, die Menschen aus eigener Kraft dem Lob- und Dankopfer hinzufügen, das Christus dem Vater dargebracht hat« (282f); 145 heißt es zum Opfer, »daß es nur ein unwiederholbares Opfer im geschichtlichen Sinne gibt, daß jedoch die Eucharistie ein Opfer im sakramentalen Sinne ist – sofern klar bleibt, daß dies nicht als Wiederholung des historischen Opfers zu verstehen ist«. Vgl. auch Schütte, Glaube 142-145 sowie Lehrverurteilungen I 121f und Lehrverurteilungen im Gespräch 35f.

781 Küng, Kirche 258, wo mit Recht hinzugefügt wird, daß dadurch aber auch die Gemeinde zum Opfer gefordert wird, nämlich zum Lob- und Dankopfer (259).

782 Selbstverständlich finden die Einsetzungsworte auch in anderer Weise als im Rahmen von Aussagen über das Herrenmahl Verwendung. So bleibt z.B. unberücksichtigt, daß Irenaeus gegenüber Marcion betont, Brot und Becherinhalt gehörten der Schöpfung an (Haer. 4,17,5 [SC 100, 590.592] und 4,33,2 [ebd. 806]), oder daß er herausstellt, was später auch von Bucer (Schriften, Bd. 17, 136) aufgegriffen wird, die Eucharistie bestehe aus zwei Elementen, einem irdischen und einem himmlischen (Haer. 4,18,5 [SC 100, 610.612]). Zur Parallelisierung der Eucharistie mit der Inkarnation vgl. J. Betz* (1955) 267- 300, zu Irenaeus 272-275.

783 Vgl. Wiegand, RGG2 I 16; Graß, RGG3 I 21: Es gebe weder Abendmahlsdogmen noch -streitigkeiten.

784 Vgl. Clemens Alexandrinus, Paed. 1,6,49 (GCS 12, 119); Theodor v. Mopsuestia 189; J. Betz* (1955) 217-222, der das folgende Zitat von Theodor v. Mopsuestia anführt (227), für den »jedes Sakrament die in Zeichen und Symbolen erfolgende Anzeigung unsichtbarer und unsagbarer Dinge« ist (Hom. Cat. 12,2; StT 145, 325), und zu Theodor v. Mopsuestia aber auch auf dessen Fragment zu Mt 26,26 aufmerksam macht (221): »Jesus sprach nicht: ›Das ist das Symbol meines Leibes und meines Blutes‹, sondern: ›Das ist mein Leib und mein Blut‹. Er lehrt uns dadurch, wir sollen nicht auf die Natur des Vorliegenden schauen, sondern darauf, daß es durch die erfolgte Eucharistia in Fleisch und Blut verwandelt ist« (PG 66, 713); vgl. auch ders., Katech. Hom. 16,10 (Fontes 17.2, 393.395), wo von τύποι μυστικοί die Rede ist.

785 So Adamantius, Dial. de Fide Orth. 5,5f (GCS 4, 184); Euseb, a.a.O. (Anm. 784); Ambrosius, Sacr. 4,21 (SC 25, 84): *figura*; ebs. Tertullian, Marc. 4,40,3 (CChr 1, 656): *Figura autem non fuisset nisi ueritatis esset corpus.*

786 Vgl. Traditio Apostolica 7 (Fontes 1, 160); Euchologion Serapionis 13,3 (Flor. Patr. 7, 61; vgl. auch 32); vgl. J. Betz* (1955) 223; ebs. Tertullian, Marc. 4,40,3 (CChr 1, 656).

787 Traditio Apostolica 41: τύπος (Fontes

zeichnet werden, doch ist darunter eine sinnbildliche Darstellung und Vergegenwärtigung zu verstehen und nicht eine symbolisch-spiritualistische Abschwächung[788], wie das etwa für Origenes[789], aber auch für Augustin gilt, für den das Brot *signum* des Leibes ist[790]: »Geistlich faßt auf, was ich gesprochen habe: Nicht diesen Leib, den ihr seht, werdet ihr essen, nicht jenes Blut trinken, welches meine Kreuziger vergießen werden. Ich habe euch eine Art Sakrament empfohlen, geistlich aufgefaßt wird es euch lebendig machen. Wenn man es auch sichtbar feiern muß, so hat man es doch geistlich aufzufassen«[791]. Zunehmend aber werden Brot und Wein zu göttlichen »Substanzen«, und »Das ist mein Leib« (V 24) wird zum Beleg für die Wandlung durch Konsekration[792]. Cyrill erklärt unter Hinweis auf Joh 2: So wie Jesus einst das Wasser in Wein verwandeln konnte, so auch Wein in Blut; in der Gestalt (ἐν τύπῳ) des Weines wird das Blut gegeben, so daß Christen eines Leibes und Blutes mit Christus (σύσσωμος καὶ σύναιμος Χριστοῦ) und Christusträger werden, indem sein Leib und Blut sich in den Gliedern der Christen verteilt und diese »göttlicher Natur« werden (2Petr 1,4)[793]. Nach Johannes Damascenus sprach

1, 300); vgl. 21 (ebd. 266): *antitypum ... similitudinem*; vgl. auch 38 (ebd. 296); Const. Ap. 7,25,4 (ἀντίτυπα); Gregor v. Nazianz, Or. 17,12 (PG 35, 980); vgl. J. Betz* (1955) 223-242.

788 Vgl. Feld* 88; J. Betz* (1955) 219: »nicht nur ein subjektives Erinnerungszeichen, sondern das wirklichkeitserfüllte Inerscheinungtreten des Urbildes«; vgl. auch Graß, RGG3 I 21 (man sah im Symbol weithin »ein wirklichkeitserfülltes Abbild«); Kretschmar, TRE 1, 66 (»Erst und nur im Abendland treten seit dem 9. Jh. *figura* und *veritas* auseinander«.

789 Vgl. zur rein geistigen Auffassung bei Origenes Feld* 83f; J. Betz* (1979) 47-51 (der neben den Spiritualismus aber auch die realistische Auffassung des Origenes stellt); Wiegand, RGG2 I 18f (19 aber auch zur antiochenischen Schule); Graß, RGG3 I 23.

790 Contra Adim. 12,3 (CSEL 25, 140 bzw. PL 42, 144); zu *signum, figura, similitudo*, die als »sinnliche Wirklichkeiten« auf »die eigentliche geistige Wahrheit« verweisen, vgl. Feld* 90f und J. Betz* (1979) 150-154; vgl. später Ratramnus (gegenüber Paschasius Radbertus) oder Berengar und dazu Wiegand, RGG2 I 22f; Graß, RGG3 I 25f; Feld* 93-95; Iserloh, TRE 1, 90-92. Cornelius a Lapide 300f zieht später eine Linie von Berengar zu Zwingli und Calvin.

791 Enarr. in Ps 98,9 (PL 37, 1265); zitiert nach Graß, RGG3 I 24f.

792 Vgl. das Ambrosius-Zitat oben in Anm. 736 und weiter Sacr. 4,14-23 (SC 25, 82-85), z.B. 4,23 (ebd. 85): *Ubi ... uerba Christi acces-serint, corpus est Christi*; vgl. auch De Fide 4 (Mirbt/Aland, Quellen 145). Ähnliche Aussagen kehren später immer wieder: Petrus Lombardus 1643 z.B. erklärt mit Bezug auf Ambrosius: Vor der *consecratio* ist es Wasser und Wein, *ubi autem verba Christi operata fuerint, corpus et sanguis Christi efficitur*; anschließend zitiert er Euseb: *Invisibilis sacerdos visibiles creaturas in substantiam corporis et sanguinis sui verbi sui secreta potestate commutat.* Vgl. zu den Wandlungstermini der Kirchenväter J. Betz* (1955) 300-318 und ders. (1979) 104f sowie Hahn* (Abendmahl) 42f. Nach Gregor v. Nyssa verwandelt sich das Brot kraft des Logos in seinen Leib, wie es vom Logos selbst ausgedrückt werde: »Das ist mein Leib«. Zur Verwandlung durch das Kommen des Geistes vgl. z.B. Theodor v. Mopsuestia, Hom. 15,10 (StT 145, 475); zitiert bei Keller* 151.

793 Cat. Myst. 4,2f (SC 126, 136). Nach Cat. Myst. 4,9 (ebd. 144) ist das, was als Brot erscheint und schmeckt, nicht mehr Brot. Später erklärt z.B. Petrus Lombardus 1644, daß *forma panis et vini* bleiben, also *color, sapor, forma, pondus, quae prioris substantiae accidentia fuerunt.* Zu den drei Theorien über den *modus conversionis* (Konsubstantiation, Annihilation oder Substitution, Transsubstantiation) vgl. Feld* 97 im Anschluß an Jorissen; vgl. auch zur Hoch- und Spätscholastik 100-107; Iserloh, TRE 1, 93-99. Erasmus konnte immerhin schreiben (zitiert 108): *Deus novit quomodo id fiat, mihi satis est quod credo fieri.*

Gott selbst: »Das ist mein Leib«[794]. Trotz anderer Stimmen wie der des Nestorius (als Beispiel für die Antiochener mit ihrem Beharren auf der Menschheit Jesu)[795] lautet der Grundtenor schon in den ältesten[796], erst recht aber in den späteren Kommentaren: *Panis comestus mutatur in carnem, et vinum potatum vertitur in sanguinem per Creatoris operationem*[797]. Diese Deutung wird, nachdem die Transsubstantiationslehre auf dem 4. Laterankonzil 1215 dogmatisiert worden war[798], vom Konzil von Trient[799] und vom Catechismus Romanus 2,4,28 bestätigt, der es häretisch nennt, wenn gesagt wird, *nihil aliud in sacramento venerandum esset praeter memoriam et signum passionis Christi*[800]. Andere Interpretationen des *est* wie die im Sinne einer *figurativa locutio* bei Wyclif (*sicut Ioannes figuraliter fuit Elias, et non personaliter, sic panis in altari figuraliter est corpus Christi*) werden vom Konzil von Konstanz verdammt[801].

Eine Konsequenz solcher realistischer Vorstellung von den Elementen als Leib und Blut Christi ist es, daß schon nach der Traditio Apostolica 37f keine Maus oder ein anderes Tier etwas von der Eucharistie verzehren und nichts auf den Boden fallen oder vom Kelch heruntertropfen darf, was am Blut Christi schuldig macht[802] und Ängste erregt[803].

Das ὑπὲρ ὑμῶν wird im Sinn von ὑπὲρ πάντων verstanden[804], im übrigen aber wenig reflektiert[805]. Ähnliches gilt vom διαθήκη-Charakter, dem vor al-

794 De Fide Orth. 4,13 (BKV 44, 210); vgl. zu Johannes Damascenus J. Betz* [1979] 137-141; nach Ps-Cyrill (Hom. 10 in Myst. Cœnam [PG 77, 1028f]) sind es Gottes Leib und Blut selbst, die ausgeteilt werden; vgl. zur monophysitischen Abendmahlslehre J. Betz* (1979) 122.127-132.

795 Nestorius erklärt gegenüber Cyrill: »Τοῦτό ἐστιν«, οὐχ ἡ θεότης μοῦ, ἀλλὰ »τὸ σῶμα τὸ ὑπὲρ ὑμῶν κλώμενον« (Denzinger/Hünermann, Enchiridion, Nr. 251d, S. 124). Nach Nestorius bleibt das Brot Brot, es findet also keine Wandlung statt (vgl. J. Betz* [1979] 116-119).

796 Vgl. Chrysostomus 203 (zu 10,14ff): τὸ σῶμα τοῦ ἐπὶ πάντων θεοῦ... τὸ τῇ θείᾳ ἐκείνῃ φύσει ὁμιλῆσαν. Vgl. weitere Belege bei Graß, RGG3 I 23, der hier aber »eher vulgäre Rhetorik als dogmatische Theorie« vorliegen sieht.

797 Herveus 934; vgl. auch Thomas 358: *Tota substantia panis, materia non remanente, potest converti in totam substantiam corporis Christi ... manent accidentia sine subiecto.* Petrus Lombardus 1642 unterscheidet im Anschluß an Hieronymus eine doppelte Bedeutung von σῶμα in den Einsetzungsworten: *Dupliciter intelligitur caro Christi, vel illa quae crucifixa est et sepulta, vel illa spiritualis atque divina*; vgl. auch Glossa 50v.

798 Vgl. Denzinger/Hünermann, Enchiridion, Nr. 802, S. 358; vgl. Iserloh, TRE 1, 92f.

799 Vgl. Denzinger/Hünermann, Enchiridion, Nr. 1636.1642, S. 528.530.

800 Mirbt/Aland, Quellen 666. Thomas 358 weist die Meinung, der Leib Christi sei im Sakrament nicht *secundum veritatem, sed solum sicut in signo*, als häretisch zurück, denn Christus sage nicht: *Hoc est signum et figura corporis mei* (wie meist zugleich mit Verweis auf Joh 6,56).

801 COD 398; vgl. Wyclif, Sermones III 284 (*secundum figuram methonimie*); auf eine Linie zu Wyclif, Hus, die Waldenser, Zwingli und Oecolampad verweist später z.B. Brenz, Frühschriften, Bd. 2, 377.

802 Fontes 1, 294-297. Umgekehrt werden über die Wirkung der Elemente mancherlei Wundertaten berichtet; vgl. Cyprian, De Lapsis 25f (BKV 34, 113-116).

803 Tertullian, Cor. 3,4 (CChr 2, 1043).

804 Theophylakt 705; Thomas 362 mit Verweis auf 1Joh 2,2.

805 Etwas ausführlicher geht Marsilius v. Padua darauf ein: »*nicht für die Apostel allein ..., sondern um der ganzen Menschheit willen*«; »also sind nicht sie (sc. die Apostel) allein von ihm erworben worden oder erwor-

lem eine Verpflichtung entnommen wird, etwa beim Ambrosiaster (127): *novum testamentum . . ., quod est nova lex, quae oboedientem sibi tradit caelestibus regnis*[806]. Üblicherweise wird aus dem Attribut »neu« die Ablösung des »alten« gefolgert, z.B. bei Euseb: Ἡ κατὰ Μωσέα παλαιὰ διαθήκη περιῄρητο (mit Verweis auch auf das Zerreißen des Tempelvorhangs)[807].

Theophylakt (705) erklärt, daß anstelle des Blutes von vernunftlosen Wesen, das den alten Bund charakterisiert, der neue Bund durch das Blut Christi versiegelt worden ist[808]. Am ausführlichsten erörtert Haymo (573) Übereinstimmung und Unterscheidung beider Testamente: So wie im *Vetus Testamentum* beim Exodus der Herr durch Mose spricht: Dieses Blut ist Zeuge der Worte und Verheißungen Gottes an euch und Zeuge eurer Worte, daß ihr ihm versprochen habt, gehorsam zu sein, so verhält es sich auch beim *Novum Testamentum*: *Ubi continentur promissiones nostrae redemptionis et patriae coelestis, confirmatum est sanguine passionis Christi qui quotidie celebratur in Ecclesia.* Wie schon zu 10,1ff begegnen auch hier die Modelle von Typos und Schatten. Ambrosiaster 128 spricht von *apud veteres imago veritatis*[809], Thomas (353) vom Passalamm als *figura, sive umbra huius sacramenti*[810].

Erst recht das kontroverse *reformatorische Verständnis des Abendmahls*, soweit es mit unserem Text zusammengebracht wird, kann nur punktuell beleuchtet werden. Einig sind sich die Reformatoren in ihrer Ablehnung der Transsubstantiationslehre[811]. Als Argumente, die aus unserem Text gewonnen werden, kehrt einerseits der Hinweis darauf immer wieder, daß auch V 26.27.28 von Brot die Rede ist, und andererseits darauf, daß Christus nicht sagt: *Hoc fiat, sed hoc est corpus meum*[812].

ben gewesen und folglich nicht allein die Priester oder Tempeldiener, ihre Nachfolger im Amt« (Der Verteidiger des Friedens 2,2, 1971 [Reclam Universal-Bibliothek 7964-66], 106).

806 Ebenso oder ähnlich Ambrosius 256; Herveus 934; Petrus Lombardus 1641, der allerdings vorher auch von *nova promissio non temporalis, sed aeterni boni* spricht.

807 Dem. Ev. 8,2,119 (GCS 23, 389); vgl. auch Cyrill, Cat. Myst. 4,4 (SC 126, 138); Glossa 50v; Petrus Lombardus 1641: *Veteris legis sacramenta cessatura inter quae praecipuum erat agni paschalis sacramentum.*

808 Vgl. auch Chrysostomus 230; Oecumenius 805; Theodoret 316 sieht auch in der Zeitangabe τῷ τυπικῷ Πάσχα von V 23 ein Ende bereitet und den wahren Archetyp aufgezeigt (vgl. ähnlich auch Atto 379: *ut vetus Pascha finiretur*).

809 Vgl. auch Cyprian: Christus erfüllt *ueritatem praefiguratae imaginis* (Ep. 63,4 [CSEL 3.2, 704]); Euseb, Dem. Ev. 5,3,18f (GCS 23, 222).

810 Vgl. auch Thomas 362: *Novi autem, ad differentiam veteris, quia temporalia promittebat* (mit Verweis auf Hebr 9,15); Herveus 934: *Potus hujus calicis est sanguis meus, qui non vetera, sed nova, id est non terrena, sed coelestia bona promittit.* Cornelius a Lapide 306 faßt *testamentum* im doppelten Sinn auf: einmal als *nouum foedus* bzw. *vltima voluntas testatoris,* zum anderen als *scriptura vel instrumentum huius vltimae voluntatis.*

811 Vgl. außer EKK VII 2, 455 Luther, WA 10 II, 208; Schmalkaldische Artikel III 6 (BSLK 452); Calvin 418; ausführlich Coccejus 299f. Das geht bis in die Katechismen (vgl. Reu, Quellen I 1, 771.816 u.ö.). Spener erklärt später, das Brot werde nicht »verwandlet in den Leib«, sondern »vereiniget«, »weil das brodt von wuͤrmen oder thieren verzehret / und der wein zu essig werden kan / welches von dem unzerstoͤrlichen leib und blut deß HErrn auch nicht zugedencken ist« (Schriften II 1, 774; vgl. auch III 1.1, 426f mit Verweis darauf, daß es auch nach der Konsekration in 1Kor 11,27 Brot heiße.

812 So z.B. Heidegger 106.

Diese *Ablehnung einer Transsubstantiation* aber bedeutet bei allem Dissens über den *modus praesentiae Christi* keine Verflüchtigung der Realität des Sakraments. So lehnt die zum Ausgleich zwischen den Wittenbergern und Oberdeutschen verfaßte Wittenberger Concordie von 1536 zwar die Transsubstantiation und auch die *localis inclusio in pane aut durabilis aliqua coniunctio extra usum Sacramenti* ab, hält aber daran fest, daß mit dem dargereichten Brot *simul adesse et vere exhiberi corpus Christi*[813].

Luther, der immer wieder auf die Einsetzungsworte zurückgreift, beharrt gegenüber einer *manducatio spiritualis* auf der *manducatio oralis* und wehrt sich mit V 24 gegen eine von 10,16 geleitete Interpretation, nach der derjenige, der ißt, »nicht meynen leyb, ßondern isset die gemeynschafft meyns leybs«, wo doch in 1Kor 11 »die wortt durre und klar« seien, »das nicht der geystliche leyb Christi da sey, sondern seyn natürlicher leyb. Denn der geystliche leyb ist nicht fur uns gegeben, ßondern seyn natůrlich leyb ist fur seynen geystlichen leyb, der wyr sind, gegeben«[814]. Auch sage Paulus in V 26 nicht: »So offt yhr des leibs zeichen esset und des bluts zeichen trincket«[815]. Vor allem aber insistiert er auf dem *est,* das er synekdochisch versteht[816]. Gegenüber der Frage: »Wie kan Christus leiblich im Sacrament sein, So doch ein Leib an vielen orten zu gleich nicht sein kan?« beruft er sich einfach darauf, daß Christus es in 1Kor 11,24 gesagt habe[817]. Allerdings interessiert ihn an 1Kor 11,24f die Begründung der Präsenz von Leib und Blut Christi viel weniger als das *verbum promissionis*[818] und *signum memoriale tantae promissionis*[819]. Klassisch gewor-

813 BSLK 65. Schon im Marburger Religionsgespräch ist der Kernsatz, daß Leib und Blut *substantive et essentialiter, non autem quantitative, qualitative et localiter* gegenwärtig seien.
(Staedtke, TRE 1, 108).

814 WA 11, 438. Vgl. auch Brenz, Frühschriften, Bd. 2, 355 (*si negaveritis corpus Christi corporale praesens esse coenae dominicae, verbum negatis*) u.ö.

815 WA 26, 479; vgl. auch 396f.480.484.

816 Vgl. De predicatione Identica im Bekenntnis vom Großen Abendmahl (WA 26, 437-445), wo er das erklärt als Weise, »zu reden von unterschiedlichen wesen als von einerley«, so wie man von einem Beutel sage, das seien hundert Gulden, auch wenn der Inhalt nicht sichtbar ist, oder wenn man ein Faß als rheinischen Wein bezeichnet (444); zur christologischen Implikation der *unio personalis* vgl. Staedtke, TRE 1, 112, zu den Problemen der Synekdoche bei Luther Weber, Grundlagen II 689f.692. In WA 26, 485 beruft Luther sich auch auf V 27.29, daß hier nicht tropisch geredet werde.

817 WA 48, 237; vgl. auch Osiander, Gesamtausgabe, Bd. 1, 204: »Er hats geredt und kann nicht liegen, wie schwåre es auch der vernunft ist«; ähnlich Bd. 5, 264f mit Verweis darauf, daß Gott alles tun kann, »was er nur will«, was die Schwärmer nicht glauben, weil sie meinen, »was sie mit ihrer vernunft nicht kônnen außrechnen und begreiffen, das kon auch Got nicht thun«; vgl. auch EKO, Bd. 15, 324 und Melanchthon, Werke VII 2, 116 (»Auff das ander wardt geantwortt, das vernunfft nicht solt gotes macht und heimligkeit richten, ob ein leib möcht an vil orten sein oder nicht«).

818 Vgl. WA 6, 508-512. Überhaupt ist »mehr an den worten, dan am tzeychen gelegen« (WA 6, 374). Aber das Wort bringt, was es sagt (so auch Brenz, Frühschriften, Bd. 2, 358: *Verbum Domini est, quod praesentia haec facit et offert, non verbum hominis*).

819 WA 6, 518; vgl. Iwand, Werke, Bd. 5, 264.276 sowie Niebergall, TRE 1, 288; zur Bedeutung der *promissio* im Abendmahlsverständnis Luthers vgl. Feld* 111. Auch für Bugenhagen sind die Sakramente nichts anderes als Evangelium und Zusage Gottes, »wort Gades vnde eyn vthwendich tēken tosamende« (Braunschweiger Kirchenordnung 82).

den ist die Formulierung der lutherischen Konsubstantiationslehre im Großen Katechismus: »Was ist nu das Sakrament des Altars? Antwort: Es ist der wahre Leib und Blut des HERRN Christi, in und unter dem Brot und Wein durch Christus‹ Wort uns Christen befohlen zu essen und zu trinken«[820].

Melanchthon ist ähnlicher Auffassung: »Wo nu solt verstanden werden, nicht der ware leib, sondern das wort Gottes allein, wie es etliche auslegen, so were es nicht ein austeilung des leibs Christi, sondern allein des worts und geists«[821]. Auch Osiander, der sich mit Billican und Zwingli auseinandersetzt, vertritt die These, in V 29 werde sowohl von einem geistlichen als auch einem leiblichen Essen geredet[822]; man dürfe Brot und Leib Christi ebensowenig voneinander scheiden wie Gottheit und Menschheit, denn Christus habe nicht gesprochen »bei« oder »neben« noch »in« oder »unter« dem Brot, sondern »Nembt und esset, das ist mein leib«[823].
Ähnliche Deutungen finden sich in den lutherischen Bekenntnisschriften, Kirchenordnungen und Katechismen. Auch hier wird z.B. gegen »die zwinglischen und sacramentschwermer« polemisiert, die da meinen, Brot und Wein »deuten allein und seyen zeichen des abwesenden leibs und bluts Christi«[824]. Im Abendmahl seien dagegen »zwey unterschiedliche ding, ein irdisches (sc. Brot und Wein) und ein himlisches (sc. Leib und Blut Christi), in einem sacrament verleibt«, wobei Leib und Blut Christi »unter brot und wein nicht auf natürliche, begreifliche und irdische, sondern auf ubernatürliche, unbegreifliche und himlische weise gegenwertig« sind[825]. Auch nach den Katechismen ist »nicht ein bedeuter, figurlicher, geistlicher oder abwesender Leib vnnd Blut Christi, wie die Caluinisten lehren, Sondern der rechte, warhafftige, wesentliche vnnd gegenwertige Leib vnd Blut Christi« im Abendmahl gegenwärtig[826], wobei auch die verschiedenen Präpositionen »in«, »mit« und »unter« begegnen[827].

[820] BSLK 709; vgl. auch Luthers Abendmahlslied EG 215,2.

[821] Werke I 237; vgl. auch II 522 im Anschluß an Cyrill: *Christum non solum per dilectionem in nobis esse, sed etiam naturali participatione, id est, adesse non solum efficacia, sed etiam substantia.* Vgl. auch Bugenhagen, Quellen 83 (»Blindt muß er sein / der hie nicht sihet / das in dem prote der leyb Christi sey«) und Braunschweiger Kirchenordnung 97.103.

[822] Gesamtausgabe, Bd. 1, 159; vgl. Bd. 2, 509 und 3, 564. Gegenüber Zwinglis *conclusio* (*Hoc est corpus meum, quod pro vobis tradetur; corpus pro nobis traditum fuit visibile et palpabile: ergo hoc est corpus visibile et palpabile*) wird eingewandt, diese *conclusio* sei *manifeste falsa,* da in der ersten *propositio* das *quod* doch *minime ambigua substantia rei tantum* im Blick habe, sich in der zweiten aber *ad quantitatem et qualitatem per vim contra naturam rerum ac omnium* beziehe (Bd. 2, 567f).

[823] Gesamtausgabe, Bd. 6, 476. Melanchthon hat später aber *in et sub pane* vermieden und *cum pane* (so in der CA variata von 1540) bevorzugt (vgl. Feld* 116; Staedtke, TRE 1, 115f).

[824] EKO, Bd. 15, 350.

[825] EKO, Bd. 15, 335.

[826] Reu, Quellen I 1, 752; andere sprechen von einem »sichtbar Göttlich warzeichen vnnd siegel deß newen Testaments«, welches uns »durch das essen vnnd trincken Brodts und Weins, auß dem befelch Christi an die verheissung deß Euangelij gehenckt, als zeichen erinnern vnnd und als siegel versichern« soll (225; vgl. auch 254.329 u.ö.); 313 ist die Rede von »eyn gotlich wortzeychen, darin Christus vnß warhafftiglich vnd gegenwertigklich sein leib vnd blut darreycht«.

[827] Vgl. Reu, Quellen I 1, 703: »in, vnter, mit vnnd sampt«; vgl. 639 (»vnder«); 575 (*sub*); 731 (»in vnnd mit«); anders 770 (»nit inn, neben oder bey dem brot, wie ettlich den worten Christi ain zusatz geben«).

Anders sieht die Argumentation auf der Gegenseite, z.B. bei Schwenckfeld aus. Auch hier wird erklärt, der Herr sei im Abendmahl gegenwärtig, aber nur im Geist[828]. Gegen die leibliche Gegenwart in oder unter der Gestalt des Brotes wird eingewandt, Bild und Wahrheit seien zu unterscheiden[829]. »Was inn / mit / oder vnder einem ding ist / kan je das ding nicht selbs sein«[830]. Zum Sakrament sollen nach 1Kor 11 zwei Dinge gehören, »ein jnnerlich gehaimnus vnd eusserlich zaichen«[831]. Karlstadt erklärt unter Bezugnahme auf Joh 6,63, der Empfang des Fleisches Christi sei nichts nütze, vielmehr heiße Christus empfangen »Christum annemen / das ist / Christum hertzlich und brünstiglich erkennen«[832]. »Der leib Christi sacramentaliter ist gar nichts nütz / dann man kan weder den todt / weder die aufferstehung Christi drinnen ersehen«, entscheidend sei allein das Gedächtnis Christi[833]. Paulus gebe mit seinen Worten »Das tut . . .« nicht die Macht, »des hern leyb in ein kleyn brödtlin zu treyben«, sondern wolle nur lehren, das Brot des Herrn nicht wie anderes Brot zu essen, sondern zu seinem Gedächtnis[834].

Auch die Reformierten verstehen die Texte anders als Luther und die Seinen, wobei vom Kelchwort, wo ἐστίν zweifelsfrei nur zeichenhaft zu verstehen sei, auf das Verständnis des Brotworts geschlossen wird. Zwingli (169) kann zwar auch die Kategorie *repraesentare* gebrauchen, doch ist das nach ihm so zu verstehen: *Quod autem panis corpus et vinum sanguis nominatur, per metonymiam hoc fit, qua figura figurati, et signum signatae rei nomen induit*[835]. Die tropische

828 So Corpus II 447.474. Gott bedarf »keines gehůlffens / keiner Creatur noch keines mittels / als eines instruments / zum werck der Erlősung«, sondern »thůts alles auß ihm selbs durch Christum seinen Son im heiligen Geiste« (Corpus VII 229); vgl. auch QGT 8, 88.

829 Ebd. II 474; vgl. auch XI 111 (»ein Parabolische gleichnus«) oder 495, wo aus dem »bis daß er kommt« geschlossen wird, daß er nicht »zůuor da in der consecrierten Hostia sey«; ähnlich schließt Karlstadt aus V 26 (Schriften II 32), »das der herr nicht imß brodt oder sacrament kompt . . . / er bleybt droben im hymel / vnnd heldtet den selben jnn / so lang / biß die zeyt der erquickung kümpt«; ähnlich andere (vgl. unten Anm. 843) und J. Kesslers Sabbata, hg. v. E. Egli u.a., St. Gallen 1902, 138, wo auch »Das ist mein Leib« eine ἀποστροφή genannt wird: »das ist an vongewendte red von dem brot und win, uf sinen aignen, allda sitzenden und darraichenden und sprechenden lib«).

830 Schwenkfeld, Corpus VII 29.

831 Ebd. III 828; Schwenckfeld versteht übrigens τοῦτο beim Kelchwort absolut: *Hoc, Poculum inquam Noua pactio est in meo sanguine* (842; vgl. II 472; IV 586.625).

832 Schriften II 24; vgl. auch ebd.: »Ob eyner das sacrament inn ewigkeyt nicht näme / er würd dannest selig / wenn er sonst rechtfertigt were«.

833 Ebd. 25; nach Paulus sollen »wir alles im gedechtnüß Christi thun«, und das heiße nach Paulus verkündigen (26; vgl. auch 27f u.ö.).

834 Ebd. 34, wo Karlstadt auch darauf verweist, daß Paulus nur »verzelet«, wie es auch Mose von der Erschaffung der Welt tue, woraus uns ebenfalls keine Macht erwachse, Himmel und Erde zu schaffen; 38 beruft er sich auch auf das Kelchwort, dessen Analogie es verwehre zu sagen, daß der Leib Christi in dem Brot ist; umgekehrt verfährt Brenz, Frühschriften, Bd. 2, 373 und legt Paulus von Mk/Mt her aus.

835 Die üblichen Beispiele auch Zwinglis für figürliches Reden sind Joh 15,1; 1,29; 6,35; Mt 21,44; Lk 8,11; Mt 13,37ff; Gal 4,24; Ex 12,11 (vgl. Köhler, Zwingli und Luther. Ihr Streit über das Abendmahl nach seinen politischen und religiösen Beziehungen, 1953 [QFRG 7], I 308 Anm. 3). Kein Apostel habe je gelehrt, »das hie das brot zů fleisch werd unnd der win zů blůt« (CR 91, 848); nach dem Zwinglianer Eckstein spricht auch V 29 nicht gegen eine symbolische Auffassung, da vorher von Brotessen und Weintrinken die Rede ist; Christus sei nur seiner Gottheit nach allgegenwärtig, »sein Menschheit mögen wir nicht sehen« (Köhler, a.a.O. 345).

Deutung, daß das Brot nicht der Leib *ist*, sondern ihn *bedeutet*, folgt für Zwingli auch daraus, daß Christus von dem Leib redet, der für uns gegeben wird, was das Brot nicht sein kann, »da sonst ein Leib von Brot für uns in den Tod gegeben worden sein müßte«[836]. Zwar bedient sich Gott des Brotes und des Weines, aber nur als eines *signum*[837], und *corpus* sei zu nehmen *pro commemoratione corporis* (170).
Calvin läßt zwar keinen Zweifel an der Gegenwart des Leibes Christi, nur steige der nicht zu uns hernieder, sondern führe uns zu sich empor[838]. »Das ist mein Leib« ist nach Calvin (417) ebenso »bildliche Redeweise«[839] wie Joh 1,32, wo Johannes den Geist eine Taube nennt. Das Brot heißt Leib, »weil es ein Zeichen oder Merkbild desselben« ist, aber dieses »äußere Zeichen ist mehr als ein bloßes leeres Abbild« (417), »es ist ein Merkzeichen, in welchem uns die Sache selbst dargereicht wird« (417f)[840]. Der Leib Christi wird real zuteil, die Frage ist aber, wie, wenn doch der Leib Christi im Himmel ist und nicht zugleich gegenwärtig sein kann? Antwort: Die Gemeinschaft mit dem Leib Christi »erfordert weder die räumliche Anwesenheit Christi noch seinen Abstieg aus dem Himmel, noch daß er überall zugleich gegenwärtig ist« (418f), denn er »teilt sich uns mit durch das verborgene Wirken des Heiligen Geistes«, doch müssen die Gläubigen, »um an dieser Gemeinschaft Anteil zu erlangen, in den Himmel emporsteigen« (419). Eine Gegenwart Christi in den Elementen scheidet darum aus.

Bucer schließt sich Irenaeus an und bekennt »zwei ding im h. Sacrament«: »ein irdischs brot und wein, die in irer natur und substantz, wie der fromme Bapst Gelasius I. recht bekennet, onverenderet bleiben; Und ein himlischs, der ware leib und das ware blůt Christi, das ist unser Herre Christus selb, gantz warer Gott und mensch, Der den himel drumb nit verlasset, auch mit dem brot und wein nit natürlich vermischet noch

[836] LASRK 1, 259; vgl. CR 91, 849.917 (*Hic panis symbolum est corporis mei* bzw. *repraesentat, signat, figurat, significat corpus meum, quod pro vobis traditur*). Vgl. aber auch CR 89, 738: »Zů merer sicherheit hat er uns zů einem sigel und warzeychen yngesetzt und verlassen sin fleisch unnd blůt under der gestalt wins und brots«, so daß trotz des Vorrangs geistlichen Genießens auch von einem »ouch sichtbarlichen niessen mit grossen nutz« die Rede ist. Oekolampad vertritt ebenfalls eine tropische Auffassung (QFRG 21, 299). Vgl. die Einwände gegen solches Verständnis bei Brenz, Frühschriften, Bd. 2, 349f u.ö. sowie oben Anm. 822.

[837] Vgl. auch Bullinger 205: *In sacramentis spectanda esse duo, Rem scilicet coelestem, & Signum terrenum ... Non quod signum & signatum sibi uniantur corporaliter, ut panis sit caro Christi naturalis & uinum sanguis carnalis, sed sacramentalis, mysticus & spiritiualis.* Oekolampad spricht von *sigillum* (QFRG 10, 363).

[838] Vgl. Inst. 4,17,31f.

[839] Im lateinischen Text 486: *loquutio figurata.*

[840] Im lateinischen Text 486: *eius signum aut symbolum ..., non ideo tantum signo imponi nomen rei signatae, quoniam sit figura: sed magis quia symbolum sit, quo res exhibetur.* Nach Inst. 4,17,11 besteht das Sakrament aus zwei Teilen: *Corporea signa*, die uns vor Augen gestellt werden und uns wegen der Schwachheit unseres Fassungsvermögens *res invisibiles* repräsentieren, und die *spiritualis veritas*, die durch die *symbola* selbst gebildet und dargeboten wird. Vgl. auch 4,14,16 und 4,17,31, wo von einer *carnis Christi praesentia in Coena* gesprochen wird, sofern sie nicht an das Brot gebunden ist.

reümlich darein geschlossen wirt, sonder sich da uns himlischer weise gibt zur speis und auffenthalt des ewigen lebens . . .«[841]. Exegetisch geht er auf die Differenz der beiden Deuteworte bei Paulus und Lukas ein und fragt von da aus, wenn der Kelch nicht das Neue Testament *ist*, sondern »ein zeichen oder figur des newen testaments, das dann geistlich ist«, warum sollte das nicht auch vom Brotwort gelten und das Brot »ein figur, gedenckzeichen und bedeütung sein des woren einigen leybs«, so daß Leib und Blut dann »leyplicher gestalt nit me bey uns sein?«[842]. Auch aus V 26 (»bis daß er kommt«) wird dasselbe gefolgert: »Sol er dann kommen und lyblich, so ist er nit dermassen da und lasset sich nit glosieren, er sey leiblich da, aber unsichtbarlich«[843].

In ähnlichem Sinne deuten auch reformierte Bekenntnisschriften, Kirchenordnungen und Katechismen. Das Hugenottische Glaubensbekenntnis von 1559 erklärt, »daß die Sakramente dem Wort hinzugefügt sind zwecks reichlicherer Bestätigung (1.Kor. 10; 11,23ff.; 2.Mose 12,3), um für uns Unterpfänder und Kennzeichen zu sein der Gnade Gottes . . .«, »äußere Zeichen«, die »wahrhaft zur geistlichen Nahrung dienen«[844]. In der Emder Abendmahlsordnung von 1576 heißt es, daß im Abendmahl »twyerlye spyse« empfangen werde: Brot und Wein, welche »nicht in ehre substantie und wesende . . ., sunder alleine im gebrück vorandert unde to eim sacrament effte segel (= Siegel) vorordent is«, andererseits aber » neven brodt und wyne Christum Jesum sulvest mit alle syne güdern und gaven . . ., vornemlick averst den gekrützigeden lyff und syn vorgatene blodt«, die als himmlische Speise und Trank der Seelen »van dem hilligen Geist alleine angedeuet und dorch den geloven . . . entfangen, geeten und gedrungen« wird[845].

841 Schriften, Bd. 17, 136; vgl. auch 449. In Bd. 1, 247ff antwortet er unter mehrfacher Zitierung von 1Kor 11 auf die Frage Karlstadts, »ob im nachtmal Christi nur brot und weyn sey oder dabey auch der leyb und das blůt Christi leiplich wider auff die ban komen ist«, und er erklärt von V 26 her, man solle des Herrn Tod verkündigen und nicht zänkische *disputationes* darüber beginnen, gleich wie ein Vater seinen Söhnen einen goldenen Becher hinterläßt, woraus sie trinken, nicht aber einen Streit darüber anfangen sollen, welcher Materie er sei (248f); auch Christen sollen nicht »auff dem leyplichen« stehenbleiben und wie Karlstadt einen »wortstreyt von disen eüsserlichen dingen« anfangen (250).

842 Schriften, Bd. 1, 251 mit Verweis auf Gen 17,10.13. Vgl. auch 250, wo er Karlstadt zugibt, daß τοῦτο τὸ ποτήριον »deüte den kelch und nit das leyplich blůt des herrn« und dieser Kelch »auch nit für uns vergossen« ist. In Bd. 6.1, 95 heißt es, daß Leib und Blut des Herrn »weder mit sinnen noch vernunft erreicht noch begriffen« werden kann.

843 Schriften, Bd. 2, 244 (ebs. QGT 7, 101), wo auch auch die historische Situation des letzten Mahles ins Spiel gebracht wird, wo doch der Leib Christi »bey den jüngern sitzen« blieb, »vom brot underscheydlich, darum war er das brot nit selb leyblich und wesenlich«; vgl. auch Capito und Ökolampads Schrift, »Das der mißuerstand D. Martin Luthers vff die ewig bestendige wort: Das ist mein leib, nit beston mag« (Bucer, Schriften, Bd. 2, 245 Anm. 22). Der Hinweis auf die leibliche Himmelfahrt und das leibliche Wiederkommen Christi begegnet als Argument gegen die leibliche Gegenwart im Mahl auch sonst immer wieder (vgl. Zwingli, CR 91, 833 oder 851: »nach der gotheit ist er all weg by uns«); dagegen z.B. Brenz, Frühschriften, Bd. 2, 560f.

844 Jacobs, Bekenntnisschriften 119f; vgl. auch die Confessio Helvetica Posterior (BSRK 210-213) sowie Heppe, Dogmatik 468.

845 EKO, Bd. 7, 467f; vgl. auch 469, wonach Christus »nicht mehr up erden, sunder de werlt vorlaten und to hemmel gevahren is und dar blyvet bet tom jungesten dage, ock dorch de hemmelfart de wesentlike egenschaften der menschliken naturen nicht vorlaren hefft«. Vgl. auch die Coetusordnung der Grafschaft Ostfriesland von 1576 (436f).

Als Beispiel für die Katechismen sei der Heidelberger Katechismus mit seiner 76. Frage und Antwort zitiert: »Was heist den gecreutzigten leib Christi essen / vnnd sein vergossen Blut trincken? Es heist nit allein mit glaubigem hertzen das gantze leiden vnnd sterben Christi annemmen / vnd dardurch vergebung der sünden vnd ewiges leben bekommen: Sonder auch darneben durch den heiligen Geist / der zu gleich in Christo vnnd in vns wohnet / also mit seinem gebenedeyten leib je mehr vnnd mehr vereiniget werden: daß wir / ob gleich er im Himmel / vnnd wir auff Erden sind: dennoch fleisch von seinem fleisch vnnd bein von seinen beinen sind / vnnd von einem geist (wie die glieder vnsers leibs von einer seelen) ewig leben vnnd regieret werden«[846].
Die Kommentare halten sich später zurück oder erklären wie Semler (292): *Non opus est porro continuis rixis et disputationibus*, votieren aber z.T. doch sehr eindeutig[847]. Olshausen (676) sieht in V 27 einen mächtigen Beweis gegen Zwingli: »Christus ist im Abendmahl nach seiner Menschheit gegenwårtig«, auch wenn es ebenso gewiß sei, daß über die Art seiner Gegenwart der Stelle nichts zu entnehmen sei.

Der *Bundesgedanke* spielt vor allem in der reformierten Tradition eine wichtige Rolle[848]. Bullinger z.B. interpretiert ihn so: »Vnd wie bey den Menschen ein brauch ist / daß sie ihre zusagungen / verträg / Bündnůssen / Testamenta / nicht nur mit Worten außsprechen / sonder auch in Brieff verfassen vnd schreiben lassen / die sie denn weiter auch besiglen auff daß solche brieff vnnd sigel / auch bey den nachkommenden Zeugnuß vnd Gewissen bericht der Warheit geben kŏnnen: also hat vnser HErr mündtlich seiner Kirchen seine Zusagung gethan / einen ewigen Bund / vnnd ein ewiges Testament gemacht vnnd auffgericht / Darzu er jetzund seine Sacramenta / an statt der Brieffen vnd Siglen thut / zu versicherung vnserer seligkeit«[849].

Die nachreformatorische Entwicklung im Verständnis der Deuteworte kann hier nur noch durch ganz wenige Stimmen belegt werden. Alle Polemik gegen innerprotestantische Streitigkeiten hat z.B. den Pietismus nicht daran gehindert, die lutherische

846 BSKORK 167.

847 Vgl. etwa Baumgarten 408: Das Brot sei »zwar auch ein Abbildungs- Vorstellungs- Bezeichnungs- und Erinnerungsmittel des Leibes Christi, aber nicht allein, sondern auch ein Darreichungs- Anerbietungs- und Mittheilungsmittel davon, ... das eine warhafte Gegenwart nicht aufhebt, sondern einschliest und voraussetzt«; vgl. auch Flatt 254 (»Versicherungs-Zeichen«).

848 Vgl. die von der Theologischen Kommission des Schweizerischen Evangelischen Kirchenbundes herausgegebene Reihe Glaube, Kirche, Oekumene, Heft »Bundestheologie und Bundestradition«, Bern 1987, hier 27-32, wonach zwar auch Luther den »Bund« (V 25 werde »ja nicht mit foedus oder pactum, sondern mit testamentum übersetzt«) unmittelbar »mit Gottes Zusage des Heils« in eins setze (29), die Vorstellung vom Bund aber größere Aufmerksamkeit bei Zwingli finde, was durch Bullinger und Calvin »weitergeführt und vertieft« werde (30); so sei z.B. nach Calvin »die substantia des Bundes von jeher und zu allen Zeiten dieselbe ... Einzig die Art und Weise seiner Verwaltung (modus administrationis) hat sich im Laufe der Geschichte gewandelt« (31); vgl. Inst. 2,10,2. Zu Zwingli (*aeterni foederis symbolum*) vgl. Köhler, a.a.O. (Anm. 835) 54.

849 Summa 153v. Vgl. auch seine Schrift De testamento seu foedere Dei unico et aeterno von 1534, wo vor allem die Einheit von Altem und Neuem Testament betont wird (vgl. die in Anm. 849 genannte Schrift 30f).

Lehre zu verteidigen, z.B. gegen die Reformierten zu erklären: »Der HErr sagt nicht / dieses ist das gedenckmahl oder die krafft meines leibes / sondern das ist mein Leib«[850]. Auch Herder polemisiert nicht nur gegen Transsubstantiation und Meßopfer, sondern auch gegen reformierte »*Vernünftelei*«: »So lang die Schwäche in unserm Vernunftjahrhunderte wächst, wird auch jene verfeinernde Meinung des *Signifiirens* wachsen müßen. Sonst weiß jeder Wahrheit- und Würklichkeit fühlende Mensch, wo *Zeichen* ist, muß *Sache* seyn, die bedeutet wird, oder jenes Zeichen ist Nichts«[851]. Schleiermacher dagegen unterscheidet drei Typen in der evangelischen Kirche: Dabei vermeide Calvins Meinung »die übersinnliche Sinnlichkeit der Lutherischen ebenso gut als die überverständige Dürftigkeit der Zwinglischen: allein es ist eben so wenig zu erwarten, daß sie allgemein werden sollte, da auch die Art, wie diese Erklärung die symbolischen Elemente mit dem Zwek des Sakramentes zusammenhängen läßt, doch nicht die ganze Einrichtung desselben begriffen wird, vielmehr immer noch eine Spur von Willkürlichkeit in der Symbolik übrig bleibt, und also auch ein Reiz in dem Sakrament mehr zu suchen, als die Erklärung darbietet«[852].

Heute werden die innerprotestantischen Differenzen und Distinktionen um das *est* bzw. *figurat* z.T. geradezu als spitzfindig, jedenfalls aber als überholt angesehen, nicht nur in Predigten[853]. Als entscheidend gilt das Daß der Gegenwart Jesu Christi, nicht das Wie. Nach den Dokumenten wachsender Übereinstimmung können durch eine Rückkehr zum biblischen Verständnis des Leibes als ganzer Person »auch gewisse, durch eine dualistische Anthropologie und Kosmologie bedingte traditionelle Alternativen ... (wie beispielsweise Realismus/Symbolismus, Sakramentalismus/Spiritualismus, Substanz/Form, Subjekt/Objekt) relativiert werden. Gegenüber einer zur Erstarrung neigenden Objektivierung verhilft die ursprüngliche biblische Denkweise zu einem vertieften Erkennen des Geschehenscharakters der Eucharistie«[854]. Auch katholische Theologen halten die in der Reformation umstrittene Frage nach der Bedeutung des ›ist‹ für »unsachgemäß«, »da weder die Gemeinde noch Jesus selbst unseren Begriff einer Substanz hatten. Man

[850] Spener, Schriften II 1, 775.

[851] Werke VII 468 (kursiv im Original gesperrt). Hamann verbindet die Präsenz des Leibes Jesu mit der Leiblichkeit und Zukunftserwartung: »Daß wir unsern eigenen Leibes gewiß seyn sollen, speist er uns hier mit seinem Leibe und Blute als ein Unterpfand des Mahls, das wir an der himmlischen Tafel und an unserm Hochzeitstage zu gut haben sollen« (Londoner Schriften 376).

[852] Kritische Gesamtausgabe, Abt. 1, Bd. 7.2, 272-274.

[853] Als Beispiel dafür, daß die traditionellen theologischen Differenzen nicht mehr verstanden werden, vgl. die Predigt von Niemöller, »... zu verkündigen ein gnädiges Jahr des Herrn«. Sechs Dachauer Predigten, München 1946, 45-52, hier 47f. Vgl. im übrigen schon W. Schultheiß: »Es hellt sich nun ein lange zeyt / bey den glerten ein grosser streyt, / nemlich vmb die sacrament / des tauffs vnd nachtmals, als mans nent. / Dauon hond sie vil büchlin gschriben, / vil vnnutzer wort drynn getriben, / vmbs eusserlich gezanckt mit bracht, / gotts ynnerlich warheyt nicht gacht, / wie es ynn yedes gewissen steh, / vnd vil anderer vmbstendt meh« (QGT VII 291f).

[854] Dokumente I 504; vgl. auch H.-Ch. Schmidt-Lauber, Taufe, Eucharistie und Amt. Zur Rezeption der ökumenischen Konvergenzerklärungen von Lima 1982, ZThK 107 (1985) 92-100, hier 94: »Christus ist gegenwärtig, der Modus dieser Gegenwart aber vielfältig ausdrückbar«; vgl. auch Schütte, Amt 145f und Lehrverurteilungen im Gespräch 36f.

fragte nicht, was ein Ding ist, sondern wozu es dient. Nicht woraus es besteht, sondern was seine Funktion ist«[855]. Ähnlich steht es in der evangelischen Theologie, wo die Frage nach den Elementen und deren Substanz meist noch stärker relativiert wird[856], von der realen Gegenwart des Herrn aber nichts abgestrichen wird[857]. Nach Kreck ist schon von der korinthischen Situation her »vor einer allzu einfachen Schablonisierung« im Sinne der konfessionellen Kontroverse zu warnen[858]. Statt der einseitigen Konzentration auf die Lehre wird der Mahlcharakter[859], die eschatologische Dimension (vgl. dazu S. 92f) und das alles Denken und Verstehen übersteigende Geheimnis des Abendmahls stärker betont: »Das Abendmahl ist etwas ganz Handgreifliches und doch unfasslich. Gott zum greifen nahe und doch verborgen, Herrlichkeit des Höchsten, Mehlstaub und Rebensaft, das ist hier beieinander«[860]. Dabei

[855] Küng, Christ 315; vgl. auch ders., Kirche 262f und 265 (»in einem ... Realpräsenz, Spiritualpräsenz und Personalpräsenz«). Insofern ist die in EKK VII 2, 457 Anm. 463 zitierte Aussage Rahners zur Transsubstantiation nicht zu verallgemeinern und zu korrigieren; vgl. zur katholischen Diskussion auch Feld* 124-131, der sich z.B. dagegen ausspricht, daß, wie in den offiziellen päpstlichen Dokumenten vorausgesetzt wird, »eine durch die Philosophia perennis ein für allemal errungene Sprache und Begrifflichkeit vorliegt« (125); vgl. vor allem Lehrverurteilungen I 107f.

[856] Vgl. außer den Belegen in EKK VII 2, 457 z.B. Schweizer: »Die Realpräsenz ist genau die des Wortes, nicht mehr und nicht weniger. Sie ist Ereignis, nicht Sache; Begegnung, nicht Naturphänomen; Handeln Christi mit seiner Gemeinde, nicht Übereignung einer Substanz« (RGG3 I 20); vgl. auch Niemeier, a.a.O. (Anm. 633) 62 zur Arnoldshainer These 2,2.

[857] Vgl. als Beispiel M. Doerne, »Furcht ist nicht in der Liebe«. Homiletische Auslegung der alten Episteln, Berlin 21950, 92f: Unser Text zeige, »was die eigentliche Ur-Gabe des Abendmahls ist: *Er selbst*«, der real gegenwärtig werde (kursiv im Original gesperrt).

[858] GPM 10 (1955/56) 95 und ders. bei Niemeier, a.a.O. (Anm. 633), 57 und RGG3 I 37f: »Kaum ein luth. Dogmatiker wird die Ubiquitätslehre ... noch vertreten wie kaum ein ref. die These von dem certo loco (im Himmel) befindlichen Leib Christi. Vor allem ist die Selbstverständlichkeit, mit der man beiderseits die Schriftgemäßheit für die eigene Lehrform in Anspruch nahm, in der heutigen exegetischen Situation weithin erschüttert. Nicht nur Luthers Berufung auf das ›est‹ der Einsetzungsworte ... und die von den Reformierten überall gefundene Unterscheidung von signum und res ist fragwürdig geworden ... Was die Auffassung von der Realpräsenz im A. anlangt, so ist nach der ref. Seite hin zu fragen, ob die Verwendung des signum-Begriffs wie überhaupt das Leib-Seele(Geist)-Schema ... dem Realismus der biblischen Aussagen über das A. genügend Rechnung trägt ... Andrerseits ist die luth. Theologie zu fragen, ob sie nicht in einer zwar dem Wortlaut gewisser Bibelstellen entsprechenden, aber ihrer eigentlichen Intention nicht gerecht werdenden Weise den Akzent auf die Elemente verschoben hat, so daß sich der Blick statt auf den hier handelnden Herrn auf ein sakramentales ›Es‹ richtete«. Vgl. zu den strukturellen Verschiebungen bei einem einseitigen theologischen Interesse am »ist«, wobei »aus der Haltung des Empfangens« der Gabe herausgetreten wird, auch Schlink, Dogmatik 494 und 507 (Nicht »Aussagen über«, sondern »Darreichung und Zuspruch«) sowie 501 (»Sein gegenwärtiges Sich-Schenken ist die Mitte des Herrenmahls«) und 501-509 zur Realpräsenz.

[859] Vgl. z.B. Weber, Grundlagen II 678f; vgl. auch F. Wintzer, Evangelische Abendmahlspraxis und evangelisches Abendmahlsverständnis der Gegenwart unter Berücksichtigung der geschichtlichen Entwicklungen, Vierteljahresschrift für neuzeitliches Christentum 1987, 68-76, hier 69, der dort auch P. Cornehl zitiert, wonach die Wiederentdekkung des Abendmahls »bei der Erfahrung, beim Vollzug der Feier und den Möglichkeiten ihrer liturgischen Gestaltung« ihren Ausgang nahm).

[860] R. Bohren, Geheimnis der Gegenwart. Predigten über Taufe, Abendmahl und Beich-

wird auch »die Schwerfälligkeit einer feierarmen Kirche und einer in überzüchteten Begriffen festhängenden Theologie« moniert, »die nach dem vergrabenen Schatz im Sakrament gräbt und ihn immer mehr zuschaufelt«[861]. Weniger Beachtung findet offenbar der Bundesgedanke. Die Dokumente sehen gemeinsam das Neue im Neuen Bund »in Jesus Christus selbst, in der eschatologischen Bedeutung seiner Person und seines Werkes und in der eschatologischen Gabe des Geistes«[862].

5. Die gottesdienstliche Anamnese, die in der Alten Kirche als Akt des Bekennens, Lobpreisens und Anbetens verstanden und ausgeübt wird[863], erwähnt über den Tod Jesu hinaus auch die Auferstehung[864]. In den Liturgien wird der Wiederholungsbefehl mit V 26 kombiniert, z.T. zu einem Glaubensbekenntnis ausgestaltet[865], z.T. auch mit dem Passa verknüpft[866]. Grundsätzlicher heißt es z.B. bei Pelagius (191): *Ultimam nobis commemorationem siue memoriam dereliquit*, damit es möglich ist, *eius beneficia et amicitias* zu gedenken[867] . In das stete Gedenken des gekreuzigten und auferweckten Christus wird zugleich das φυλάξαι des vom Apostel überlieferten Dogmas eingeschlossen[868], und oft ist auch von der Anamnese bzw. vom Gottesdienst als

te, Zürich/Stuttgart 1965, 46, der freilich den »gutgemeinten Vorschlag, über das Abendmahl müsse man nicht reden, nicht diskutieren, nicht streiten, man müsse es eben feiern« (47) mit Recht nicht gelten läßt, denn es gehen eben »unendlich viele« daran auch vorbei, »weil sie zu wenig oder Unrichtiges über das Abendmahl wissen« (48). Ratschow bemerkt, daß das Brot und der Wein »vermittelnde Knechtsgestalt des anwesenden Gottes« sind, in denen »die Gottesunmittelbarkeit weiterhin verstellt« bleibt (Glaube 65).

861 So W. Jetter, Unterwegs mit dem Wort. Lesepredigten, Hamburg 1966, 127. Nach E. Brunner soll das Abendmahl sogar das sein, »was die Kirche durch die Jahrhunderte hindurch zusammengehalten hat«, »unabhängig von aller Lehrdifferenz«, während die Predigt »zu sehr von den Predigern abhängig und menschengebunden« gewesen sei; die Handlung dagegen, »die immer dieselbe bleibt, wird von dem Wandel der Lehre nicht berührt, sie ist etwas Objektives, Festes, mag auch die Auffassung des Sakramentes in den verschiedenen Jahrhunderten und in den verschiedenen Kirchen eine wechselnde gewesen sein« (Fraumünster Predigten, Zürich 1965, 111f).

862 Dokumente I 107. Vgl auch z.B. E. Steinwand, Passionsandachten, Göttingen 1957, 49-51; Schlink, Dogmatik 416f.490.495.

863 Nach J. Betz* (1979) 86 ist die Anamnese »das Grundprinzip der Eucharistieauffassung der griechischen Patristik« und deren Sinn »die Aktualpräsenz, die Vergegenwärtigung des vergangenen Heilsgeschehens«. Vgl. z.B. Theodor v. Mospuestia, der wie andere in ἀνάμνησις die Identität der Eucharistie mit dem Opfer Christi sieht und erklärt, daß der Priester »ein Gedächtnis dieser wahrhaftigen Opferung (Christi)« vollbringt (Hom. Cat. 15, 15 [StT 145] 485; zitiert bei J. Betz* [1955] 195).

864 So z.B. in Hippolyts Kirchenordnung 4,11: *Memores igitur mortis et resurrectionis eius* (Fontes 1, 226; vgl. Hänggi/Pahl* 81). Const. Ap. 8,12,38 erwähnt auch Himmelfahrt und Wiederkunft (Hänggi/Pahl* 92).

865 Vgl. Bartels* 42-49 und als Beispiel die Basiliusliturgie (Hänggi/Pahl* 236).

866 Hippolyt bei Sykes* 118; vgl. weiter Theodoret 316; Haymo 569 (*complens Veteris Testamenti pascha*) oder die 1. Homilie über das Pascha Christi von Cyrillonas: »Meinen Leib habt ihr verzehrt, vergesset mich nicht! Mein Blut habt ihr getrunken, laßt mich nicht unbeachtet! In meiner Kirche sei dies mein erhabenes Gedächtnis und auf dem Erdkreis werde dies das Pascha« (BKV 6, 38).

867 Ähnlich Hieronymus 752. Bei Primasius 534 heißt es, der Erlöser habe ein *exemplum* gegeben, damit immer dann, wenn wir das Brot essen und den Kelch trinken, *in mente habeamus quod Christus pro nobis omnibus mortuus est.*

868 Basilius v. Cäsarea, De Bapt. 1,1576c (SC 357, 194). Origenes (Hom. in Lev 13,3;

μίμησις des Heilsgeschehens die Rede[869] oder vom *imitari passionem meam*, das, wenn es nötig ist, auch die Bereitschaft zum Sterben für das Heil der Brüder einschließt[870]. Der Catechismus Romanus 2,4,76 zitiert den Wiederholungsbefehl zur Stützung der These: *Idem sacrificium, quod in cruce fuit oblatum, in missa peragitur*[871]. Im kultischen Opferakt der Messe aber wird Christus real und unmittelbar repräsentiert, wobei der Priester Subjekt der Anamnese und Repräsentation ist[872], so daß im Catechismus Romanus 2,4,77 denn auch erklärt wird: *Neque enim sacerdos inquit: »Hoc est corpus Christi«, sed: »Hoc est corpus meum«; personam videlicet Christi Domini gerens, panis et vini substantiam in veram eius corporis et sanguinis substantiam convertit*[873].

Im Verständnis der ἀνάμνησις des Textes begegnen in der Reformationszeit außer in der Abweisung des Opfergedankens und der Betonung des Wortcharakters[874] kaum wesentlich neue Gedanken. Üblicherweise wird das Gedenken verstanden im Sinne von Lob und Danksagung. »Solches tut zu meinem Gedächtnis« heißt nach Luther »nichts anders, denn öffentlich sein gedenken, bekennen, loben und danken«[875]. Luther beharrt darauf, daß das Gedenken besagt, daß man ohne Wort das Sakrament nicht recht empfangen kann[876].

GCS 29, 471) bestimmt das Gedenken so: *Ista est commemoratio sola, quae propitium* (gnädig) *facit hominibus Deum. Si ergo intentius ecclesiastica mysteria recorderis, in his, quae lex scribit, futurae veritatis invenies imaginem praeformatam.*

869 Vgl. dazu Kretschmar, TRE 1, 78f; vgl. auch 81 das Zitat aus Ps-Dionysius Areopagita, wonach Gott im Opfer nachgeahmt wird (Hier. Eccl. 3,12). Im frühen Mittelalter wird dann die Messe zum »Passionsspiel«, »sie ist Gedächtnis des Kreuzesopfers, insofern die Gemeinde das historische äußere Geschehen der Passion in den Zeremonien dargestellt sieht« (Iserloh, TRE 1, 90 mit Verweis auf Amalar v. Metz). Für Thomas dagegen vollzieht sich die *memoria* bzw. *repraesentatio passionis* in der Konsekration selbst (ebd. 95 mit Belegen); vgl. auch Lanfrank 193f.

870 Herveus 934; vgl. auch Petrus Lombardus 1640: *Accipite et manducate, scilicet ut conformes mihi sitis.*

871 Mirbt/Aland, Quellen 674. Vgl. auch z.B. Cajetan 72v: *Preceptum (sc. hoc facite . . .) significatur similis sacrificii.*

872 Schon das Konzil von Trient anathematisiert den, der mit »Tut dies zu meinem Gedächtnis« nicht gesagt findet, daß Christus die Apostel zu Priestern eingesetzt und angeordnet hat, daß sie seinen Leib und sein Blut opferten (Denzinger/Hünermann, Enchiridion, Nr. 1752, S. 566).

873 Mirbt/Aland, Quellen 674.

874 Dafür ein Beispiel: »Des Herren Christi und seines opfers gedenken« ist etwas anderes als »den Herrn Christum opfern« (EKO, Bd. 11, 492). Das Sakrament heißt »ἀνάμνησις, *recordatio*, das ist ein gedechtnus oder memorial . . ., nemlich ein offentliche verkundigung und widergedechtnus des ainigen volkommen opfers Christi« (EKO, Bd. 15, 66).

875 WA.B 3, 80; nach WA 52, 207 will Christus »sein gedechtnuß, sein erkantnuß und den glauben« durch das Abendmahl erhalten; im Sinne der Danksagung und des Lobens und Preisens interpretiert auch Bucer (Schriften, Bd. 1, 119; 6.1, 343 u.ö.; nach 6.1, 290 bedeutet Gedächtnis »ein ware gegenwertigkheyt Christi«, nicht das »des abwesenens Christi«); vgl. auch Zwingli, CR 91, 21 (»zů einer widergedächtnus, zů lob und dancksagung«) und CR 92, 726 (*collaudabitis, gratias agetis, agnoscetis, confitebimini*). Brenz, Frühschriften, Bd. 1, 258 wendet sich aber gegen Oekolampad, dessen Meinung sei: *memoria autem rerum est absentium non praesentium.*

876 WA 2, 112; vgl. auch WA 9, 445 (*Mysterium Eucharistiae non intelligimus facilius ac rectius ex ullo quam ex ipso Christi sermone*). Vgl. die immer wieder zitierten Worte aus Luthers Kleinem Katechismus: »Essen und Trin-

Auch in den Kirchenordnungen heißt es ähnlich: »Davon sollen wir singen, lesen, predigen, hören«[877]. Nach Osiander heißt gedenken, Christi Tod zu verkündigen[878].

Das καταγγέλλειν in V 26 wird ebenfalls von daher verstanden. Das Verkündigen »thun sie darumb, anzuzeigen die ursache und frucht dieses abendmals, nemlich, das wir Gott loben und dancken sollen fur die erloͤsunge von sunden und tod«[879]. Nach Bucer bringt »gedechtnuß« ebenso »also bald von ir selb die verkündigung des todts Christi. Dann welcher künde solchen als sein ewige erloͤsung bedencken und glauben und nit alsbald begirig sein, jederman davon zů singen und sagen«[880].

Der Wiederholungsbefehl mit dem ἀνάμνησις-Gedanken und die paulinische Interpretation in V 26 haben zwar auch später große Aufmerksamkeit gefunden[881], doch müssen hier Zeugnisse aus neuerer Zeit genügen. Der entscheidende Vorgang im Abendmahl ist nach Barth nicht die »Erinnerung als solche, sondern die *gegenwärtige* Teilnahme an der *Frucht* dieses Opfers«[882]. Moltmann umschreibt das Gedächtnis so: Mit der Erinnerung »imitiert die Gemeinde nicht Jesu letztes Mahl, sondern stellt sich in die Situation von Gethsemane und Golgatha und erfährt die Hingabe Jesu in jener Gottesfin-

ken tut's freilich nicht, sondern die Wort, so da stehen: ›fur Euch gegeben‹ und ›vergossen zur Vergebung der Sunden‹. Welche Wort sind neben dem leiblichen Essen und Trinken als das Häuptstück im Sakrament« (BSLK 520); vgl. auch Reu, Quellen I 1, 149.706 u.ö.

877 EKO, Bd. 7, 159; ähnlich 470 u.ö.; vgl. auch die Katechismen: »Bekennen, Predigen vnnd rhümen, das gantze Leben über dafür dancken« (Reu, Quellen I 1, 639 u.ö.).

878 So z.B. Osiander, Gesamtausgabe, Bd. 4, 98; vgl. 5, 331. Auch für Bugenhagen ist das »de rechte Commemoratio edder gedechtnisse Christi«: »van Christo reden / wat he vor vns gedaͤn vnde geleͤden hefft« (Braunschweiger Kirchenordnung 84). Im Sinn der Verkündigung interpretiert vor allem auch Karlstadt, Schriften II 25.27f.

879 WA 26, 463. Vgl. auch WA 6, 232: Christus hat streng geboten, »das Evangelium und ditz testament zupredigen, das er auch die mesz nit wil gehalten haben, es sey den das das Evangelium gepredigет werde« (mit Verweis auf V 26); vgl. auch 358.373.

880 Schriften, Bd. 1, 211; vgl. Brenz, Frühschriften, Bd. 1, 68f.85. Auch nach Crautwald soll jeder Tischgast »sonnderliche lob vnnd prediget thun vonn Christo, vnnd ain ieder wes redenn vnnd singen zum gedechtnus Christi als die bettler vor aines reichenn manes thur, oder da sie spennde hollenn« (Vom leiden Christi, 1538 [QGT 15, 280]). Vgl. auch Zwingli (CR 92, 777: »ein ußkünden, das ist: dancksagung dem herren«) und die Agende Blarers, die 11,18-34 und Joh 6,47-63 zitiert und das als »das fürnemst: Verkündigung des Herren tod mit preiß, lob und danksagung« bezeichnet (Köhler, a.a.O. [Anm. 835] 722).

881 Für Spener z.B. besteht das Gedächtnis nicht bloß »in einer erinnerung und *speculation*«, sondern »es muß ein gedencken seyn / daß thaͤtlich seye / da man nemlich Christum mit allen seinen wolthaten durch den glauben sich zueigne« (Schriften III 1.1, 430); nach II 1, 798 besteht es »in glaubiger dancksagung / liebe GOttes / liebe deß nechsten und gedult«.

882 KD III 2, 255f (kursiv im Original gesperrt); er expliziert das dann so: »die Dahingabe meines Leibes und Blutes hat für euch die Wirkung, daß *mein Leben euch*, indem ihr eßt von diesem Brot, als das eurige *gegeben* wird und daß ihr es, indem ihr trinkt von diesem Kelch, mit *Freuden* und nicht mit Trauern, als *Unschuldige* und nicht als Verdammte leben dürft. Indem ich mein Leben für euch gegeben habe, gehört es euch, müßt ihr nicht sterben, dürft ihr *leben*, und müßt nicht trauern, dürft ihr *jubelnd* leben« (256 [kursiv im Original gesperrt]). Vgl. auch Weber, Grundlagen II 687, der gegen »eine popularisierte Form des Zwinglianismus« polemisiert, wonach es im Herrenmahl »um *unser* ›Gedenken‹ und um *unsere* Gemeinschaft ginge« bzw. »*wir* dem signum kraft *unserer* intelligentia fidei das beilegten, was es zum signum significans macht«.

sternis und Verlassenheit von Menschen«[883]. Gemeinsam wird zum Stichwort *memoria* bzw. *commemoratio* erklärt, »daß das traditionelle Verständnis sakramentaler Realität, nach dem das ein für allemal geschehene Heilsereignis durch das Wirken des Heiligen Geistes in der Gegenwart wirksam wird, durch das Wort anamnesis gut zum Ausdruck kommt«[884].

Kein Streitpunkt ist auch die konstitutive Bedeutung der Verkündigung. Wieder nur wenige Beispiele: Nach Meinung Bezzels denken die Gebildeten zwar reformiert und die Bauern »mehr römisch«, doch fügt er hinzu: »Aber wie die einzelnen auch lehren, ob sie mehr idealisieren, vergeistigen oder materialisieren, vergröbern, wenn sie nur den Tod des Herrn verkündigen. Dadurch wird niemand selig, daß er lutherisch lehrt oder versteht, sondern daß er sagt: Ich verkündige den Tod meines Herrn«[885]. Für Schweizer ist die Realpräsenz im Sakrament »genau wie die des Wortes, nicht mehr und nicht weniger«[886]. Katholische Theologen halten das Wort beim Herrenmahl ebenfalls für »das Bestimmende«: »Die Elemente aus sich allein bedeuten nichts. Nicht von den Elementen, sondern vom Wort her ist das Herrenmahl zu verstehen. Und dieses Wort ist nicht primär konsekrierendes und verwandelndes, sondern verkündigendes und bezeugendes Wort. Aber gerade so ist es ein Wort, dem die Verheißung Gottes mitgegeben ist, Gottes Wort und als solches wirkkräftiges Wort, verbum efficax«[887]. Auch der Bezug von καταγγέλλειν auf das Ganze des Mahles erfreut sich über konfessionelle Grenzen hinaus gemeinsamer Zustimmung: »Die Eucharistie ist als Ganzes, also nicht nur in Lesung und Predigt, Verkündigung der Größe und des Erbarmens Gottes«[888]. In neuerer Zeit wird auch wieder der in der reformatorischen Tradition zu-

[883] Weg 227; vgl. auch ebd.: Brot und Wein sollen seit Jesu Lebenshingabe »das Reich Gottes in der Person Christi« vergegenwärtigen, das nun »ganz und gar konzentriert auf seine Person« sei. Oft wird konstatiert, daß »Jesus nicht nur einer unter vielen ist, die wir für denkwürdig halten. Wir gedenken seiner nicht nur, wie man – durchaus mit Recht – anderer Größen der Weltgeschichte gedenkt« (Lorenzmeier, a.a.O. [Anm. 713] 22).

[884] Dokumente I 144f; vgl. auch 282: »In der *Gedächtnisfeier des Gottesvolkes* geschieht mehr, als daß man sich verflossene Ereignisse mit dem Erinnerungsvermögen und der Phantasie vergegenwärtigt. Das entscheidende ist nicht, daß man sich Vergangenes ins Gedächtnis ruft, sondern daß der Herr sein Volk in seine Gegenwart ruft und mit seiner Heilstat konfrontiert . . . Alle, die zu seinem Gedächtnis Eucharistie feiern, werden in Christi Leben, Leiden, Sterben und Auferstehen einbezogen«.

[885] A.a.O. (Anm. 654) 49; anders versteht Zinzendorf die Verkündigung des Todes Jesu, nämlich so, »daß das gemüth voll wird von seiner Paßion, und die imagination mit seiner Marter-gestalt erfüllt wird«, ja der »Tod soll euch so lebhaft und gegenwärtig werden, als wenn der Mann vor euern augen gecreutziget würde« (Hauptschriften V 2, 148f).

[886] Zitiert bei Niemeier, a.a.O. (Anm. 633) 57; vgl. auch ebd. Kreck: »Das Abendmahl ist, wenn man 1. Kor. 11,26 ernst nimmt, im Grunde doch nur ein besonderer Modus des καταγγέλλειν«. Weber, Grundlagen II 656 spricht bei Taufe wie Herrenmahl von »Verkündigungshandlungen«; ebenso Stuhlmann, GPM 46 (1991/92) 172-179, hier 175: Das Mahl »besteht aus verbalen und nonverbalen Elementen, die nicht voneinander getrennt werden können«.

[887] Küng, Kirche 263.

[888] Dokumente I 280; dabei wird mit Zitat von Joh 3,16 und 1Kor 11,26 hinzugefügt: »Vor allem wird in jedem eucharistischen Mahl die am Kreuz der ganzen Welt erwiesene Liebe Gottes bezeugt . . .«; vgl. auch 507.

rücktretende eschatologische Charakter kräftiger akzentuiert[889], und zwar sowohl der eschatologische Vorbehalt als auch positiv das im Licht des Kommenden zu feiernde Mahl. Das war lange Zeit anders[890]. Um die Jahrhundertwende noch urteilt z.B. Rietschel: »Der gegenwärtigen lutherischen Abendmahlsfeier fehlt vollständig der Ausblick auf die Parusie« von 1Kor 11,26[891]. Das hat sich inzwischen deutlich geändert, wenngleich die eschatologische Bezogenheit »den Gemeinden weithin fremdartig ist«[892]. Das Mahl gilt als Anteilgabe »an der *zukünftigen* Gemeinschaft im Reiche Gottes«[893], habe »durch und durch adventlichen Charakter« und verkündige Jesu Tod als ein Sterben, »das sein Kommen eröffnet«[894]. In ihm sollen »auf einzigartige Weise Vergangenheit und Zukunft, Erinnerung und Hoffnung miteinander« verbunden sein; in der Koinzidenz von »*signum rememorativum* passionis et mortis Christi« und von »*signum prognosticon*, i. e. praenuntiativum futurae gloriae« sei es ein »*signum demonstrativum* gratiae«[895].

6. Nachhaltig und sicher am unheilvollsten hat die paulinische Aussage über die Unwürdigkeit gewirkt. Die beiden zunächst am stärksten verbreiteten Deutungen werden einerseits schon von Cyprian (nicht *cum timore et honore*)[896] und andererseits vom Ambrosiaster (128) vertreten (*qui aliter mysterium celebrat quam ab eo [sc. Paulo] traditum est*)[897]. Diese beiden Deutungen werden später oft kombiniert oder noch erweitert, so etwa von Haymo (573f)[898], doch begegnen auch allgemeine Umschreibungen[899]. Die vermut-

[889] Vgl. die Arnoldshainer Thesen 1,3 und 3,4 (Niemeier, a.a.O. [Anm. 633] 88f); Brunner, in: Leiturgia I, a.a.O. (Anm. 633) 245-252; Schlink, Dogmatik 497-499.

[890] Die Quäker beziehen dagegen das »Kommen« des Herrn auf einen inneren Vorgang; vgl. dagegen Wesley, Works XIII 336.

[891] Zitiert bei Niebergall, TRE 1, 313.

[892] Schlink, Herr, tue meine Lippen auf, Bd. 2, Wuppertal 1942, 153; vgl. auch Fischer, GPM 22 (1967/68) 185: »viaticum (Wegzehrung)«; Kreck, GPM 10 (1955/56) 96.

[893] Weber, Grundlagen II 683 mit Zitat der Arnoldshainer These 1,2.

[894] Bohren, GPM 16 (1961/62) 151; vgl. auch ders., a.a.O. (Anm. 860) 48: »Das Abendmahl ist eine Mahlzeit unterwegs. Wir essen und trinken auf eine Ankunft hin, einem Kommenden entgegen«; vgl. auch 51: »Unsere reformierten Väter hatten Hemmungen, über die Gegenwart Christi im Abendmahl allzu gewichtige Aussagen zu machen, weil ihnen dies wichtig war, dass der Christus des Abendmahls kommt; dass wir das Mahl noch im Vorläufigen feiern«.

[895] Moltmann, Weg 228. Vgl. auch H. Schütte, Ziel: Kirchengemeinschaft: Zur ökumenischen Orientierung, Paderborn 1985, 129: »Das Herrenmahl ist Verheißung und Unterpfand der künftigen Herrlichkeit«.

[896] Ad Quir. 3,93 (CChr 3, 167); Cyprian verbindet die Unwürdigkeit aber auch mit dem Sakramentsempfang von *lapsi*, die noch nicht Buße getan haben (Ep. 16,2 [CSEL 3.2, 519]; vgl. 15,1 [ebd. 514]; De Lapsis 15 [BKV 34, 106]). Nach Augustin (Joh-Ev 62,1 [BKV 19, 38]) essen diejenigen unwürdig, »welche den Leib des Herrn wie irgendeine andere Speise unterschiedslos und gleichgültig« nehmen.

[897] Ebs. z.B. Hrabanus Maurus 103; ähnlich Atto 380 (*qui non secundum auctoritatem tradentis sumit*).

[898] *Indigne dicit, id est ordine non observato, videlicet qui aliter mysterium illud celebrat vel sumit, quam traditum est a sanctis Patribus, vel qui nullam differentiam credit inter illud corpus Christi, et reliquos cibos, vel qui gravioribus criminibus commaculatus* (stark befleckt) *praesumit illud*; ähnlich Petrus Lombardus 1646; Thomas 363f.

[899] Vgl. z.B. Fulgentius, Contra Fab. 28,23 (CChr 91A, 816): *Digne ... manducat et bibit, quia et rectam tenet de Deo suo fidem et bene*

lich zutreffende Interpretation der Unwürdigkeit im Sinne des Übersehens der Bedürftigen begegnet dagegen bei einigen alten Kommentatoren[900]. Schon in den apokryphen Apostelakten dominiert die moralische Interpretation: So sagt Paulus in ActPt 2 zu Rufina: »Nicht als eine Würdige trittst du an den Altar Gottes, da du dich von der Seite nicht eines Ehemannes, sondern eines Ehebrechers erhoben hast, und nun versuchst, die Eucharistie Gottes zu empfangen«[901]. Darum ist Gewissensprüfung nötig, weshalb Hieronymus (752) erklärt: *Prius ergo perscrutanda est conscientia, si in nullo nos reprehendit, et sic aut offerre, aut communicare debemus*[902]. Augustin, der V 29 oft zitiert, mahnt dazu, »ein reines Gewissen an den Altar« zu bringen und fährt fort: »Die Sünden, wenn es auch tägliche sind, seien wenigstens keine Todsünden«[903]. Das wird immer erneut wiederholt, doch wird die Unwürdigkeit nicht nur in Todsünden gesehen[904]. Voraussetzung der Würdigkeit sind ferner die nötige *exhomologesis* und *paenitentia*[905]. Das Konzil von Trient erklärt dann, daß keiner, der sich einer Todsünde bewußt ist, *absque praemissa sacramentali confessione* zur Eucharistie kommen darf[906]; das verpflichtet praktisch, da es verborgene Todsünden auszuschließen gilt, zu regelmäßiger Beichte vor der Kommunion, mindestens aber einmal jährlich. Die übertriebene Sorge um die Würdigkeit führt dabei, wie Augustin zeigt, zu gegensätzlichen Konsequenzen: »Der eine wagt aus Ehrfurcht nicht, es täglich zu empfangen; der andere wagt aus Ehrfurcht nicht, den Empfang nur einen Tag zu unterlassen«[907]. Nach Tauler wäre es den Menschen besser, »daß sie hunderttausend Teufel in ihren Leib empfingen, denn sie nehmen den Leib grade, wie

uiuendo non deserit ecclesiastici corporis unitatem; vgl. auch das Gebet in der Liturgie der Koptischen Jakobiten (im Anschluß an Jes 6) bei Brightman, a.a.O. (Anm. 633) 182 sowie 338f die Basiliusliturgie.

900 Chrysostomus 230 (ὁ περιορῶν πεινῶντα); Theophylakt 705 (ὡς περιορῶντας τοὺς πένητας); ebs. Oecumenius 804.809; Photius 569 fügt ἄλλα ἁμαρτήματα hinzu; Theodoret 317 denkt weiter an Herrschsüchtige, Hurer und Götzenopferesser, aber auch an die mit schlechtem Gewissen, Joh. Mandacuni an die, die in Feindschaft mit ihren Nächsten leben (BKV 58, 155).

901 Schneemelcher, Apokryphen ⁶II 259.

902 Ähnlich Primasius 534. Nach Hieronymus, Dogmatische Schriften 34 mahnt Paulus in V 28f, die Eucharistie »in aller Vorsicht zu empfangen« (BKV 15, 394), und im Kommentar 752 erinnert er wie Pelagius 192f an Mt 5,23f. In Ep. 49(48),15 (BKV 2. R. 18, 176f) wendet er sich an solche, die am Morgen nach ehelichem Verkehr zur Kommunion gehen, und er will ihnen mit Hilfe von V 28 zwar nicht sagen, daß der Christ heiliger wird, wenn er die Kommunion dann um ein oder zwei Tage verschiebt, wohl aber zur Enthaltsamkeit in der Ehe anregen; vgl. auch Cäsarius v. Arles, Serm. 16,2 (CChr 103, 77f).

903 Joh-Ev 26,11 (BKV 11, 37); vgl. auch 6,15 (BKV 8, 100); 50,10 (BKV 11, 334); 59,1 (BKV 19, 24). Albertus Magnus (De Euchar. 1 [Opera Omnia XXVI, 51]) zitiert Augustin: *Indigne sumit, qui non credit vel indevote sumit;* vgl. auch ebd. 65.

904 Vgl. z.B. Hildegard, Visio 6,58: *indigne = sordens* (beschmutzt) *in peccatis . . . pronus ad malum et pollutus immunditia et oblitus timoris Domini* (CChr 43, 277).

905 Vgl. Cyprian, Ep. 16,2 (CSEL 3.2, 519) und 15,1 (ebd. 514); Athanasius, Ep. 5,5 (PG 26, 1382f); Herveus 936: *Indigne manducat et bibit, qui non prius per paenitentiam purgatus.*

906 Denzinger/Hünermann, Enchiridion, Nr. 1647, S. 532.

907 Ep. 54 III 4 (BKV 29, 211f). Darauf ist immer wieder zurückgegriffen worden. Vgl. Petrus Lombardus 1647 (*Aliquis honorando non audet quotidie sumere, et alius honorando non audet ullo die praetermittere*). Aber es kann mit Bezug auf Lev 22,16 auch einfach heißen, daß Paulus mahne, die Eucharistie

Judas ihn nahm, und werden schuldig an dem Leibe unsres Herrn, wie St. Paulus sagt«[908].

Zwar wird in der Reformation ähnlich wie in der Alten Kirche das unwürdig genannt, *quod non rite fit*[909], doch weil sich die moralische Interpretation viel wirksamer durchgesetzt hatte, polemisiert Luther dagegen mit Schärfe: »Verzeiten hat uns diser spruch Pauli abgeschrecket: ›*Qui indigne manducat*‹«, und es ist »das ungluck entstanden, das sich die leute da fur gefurchtet haben, und hat nicht mher geheissen ein speis und trost, sondern ein gifft«[910]. In einer Predigt empfiehlt er darum: »Solche wirdigkeyt laß faren und verzweyffle dran«; zwar unterscheidet er die »tågliche sünden, die an uns kleben, weyl wir auff erden leben« (bisweilen fluchen, ungeduldig werden, nicht immer mäßig sein beim Essen und Trinken), und uns vom Sakrament nicht abhalten sollen, von solchen, die wissend und vorsätzlich geschehen (Mord, Ehebruch u.a.); doch selbst wer solchen Sünden schon erlegen ist, aber »davon ablassen, sich bessern und frömmer will werden, Der soll auch solche sünde sich nicht lassen hindern«[911]. Calvin (422) argumentiert in ähnlicher Richtung: »Wer hier zuviel fordert, muß folgerichtig alle Sterblichen für immer vom Abendmahl ab-

cum cautione zu empfangen, damit man nicht dem Gericht verfällt (Hieronymus, Dial. Adv. Pel. 1,35 [CChr 80, 45]). Da aber die Liebe der Furcht vorzuziehen ist, scheint der häufigere Sakramentsempfang empfehlenswerter als der seltenere (so Thomas 365; vgl. schon Ambrosius mit Bezug auf die 4. Vaterunserbitte; Sacr. 5,25 [SC 25, 95]). Eine Stimme voll Vertrauen ist die der Gertrud v. Helfta, die sich auch durch Worte der Schrift und Menschen *de periculo indigne communicantium* nicht davon abhalten läßt, *semper firma spe super pietate Domini libenter communicare* (Legatus Divinae Pietatis 1,10,3 [SC 139, 166]).

908 H. Seuse / J. Tauler, Mystische Schriften, hg. v. B. Jaspert, München 1988, 217.

909 Zwingli 170, was freilich dort so interpretiert wird: *Non ea fide accedere quae . . . requiritur*; CR 91, 688: »nit wie sich gebürt und wie man sol«; »Unwürdig« heißt für ihn nicht »mit sünden«, sondern wenn einer das Mahl nicht »nach der meinung deß herren« feiert (Köhler, a.a.O. [Anm. 835] 33); vgl. auch Calvin 491 (*Indigne igitur edere est abusu nostro pervertere purum rectumque usum*) und Brenz, Frühschriften, Bd. 2, 441 (nicht Unglaube, sondern Mißbrauch der rechten Weise sei gemeint; vgl. aber zu Brenz auch die nächste Anm.). Zur Unwürdigkeit soll aber auch der Entzug des Laienkelchs gehören, ferner die Meinung, man verdiene damit Vergebung, sowie der Brauch, das Sakrament herumzutragen und anzubeten (EKO, Bd. 14, 198).

910 WA 37, 374. Luther wirft ebd. dem Papsttum, aber auch den Schwärmern vor, daß »das Sacrament, die trostlich speis, daran man lust und freude sol haben, so obscurirt ist worden *per doctrinam falsorum praedicatorum*«. Brenz, Frühschriften, Bd. 2, 100 erklärt, »die wirdikait stet ainig und allein uff der verhaissung Gottes, durch welche verheyssung alle die wirdig seint, die glauben, und das alles durch Cristi gerechtikait etc.«.

911 WA 52, 213-216. Vgl. aber auch WA 12, 215f und 26, 220. In der Konkordienformel wird die Meinung verworfen, »daß die Wirdigkeit nicht allein in wahren Glauben, sondern auf der Menschen eigener Bereitung stehe«, was allerdings nichts daran ändert, daß »die gottlosen Epikurer und Spötter Gottes Worts« das Gericht auf sich ziehen (Solida Declaratio 7 [BSLK 1015]); vgl. auch Epitome 7 (BSLK 800): Die Würdigkeit der Tischgäste steht allein im Gehorsam und Verdienst Christi, »nicht in unseren Tugenden, innerlichen und äußerlichen Bereitungen«. Daß der Glaube würdig macht, erklären auch Katechismen; vgl. z.B. Reu, Quellen I 1, 238. Einen anderen Aspekt zur Frage der Würdigkeit macht die Wittenberger Abendmahlsconcordie von 1536 geltend, daß es nämlich nach Paulus »nicht an der Würdigkeit oder Unwürdigkeit des Geistlichen liegt, der das Sakrament reicht, oder [dessen,] der es empfängt«, weil nach 1Kor 11,27 auch die Unwürdigen das Sakrament genießen (KThQ III 186).

halten. Wer sich ernsthaft nach Gottes Gerechtigkeit sehnt, sein Elend bekennt und sich demütig der Gnade Christi anvertraut, der ist würdig, am Abendmahl teilzunehmen«[912].

Anders Schwenckfeld, der sich mit dem Vorwurf Luthers und Bugenhagens auseinandersetzt, daß er die »proba vnd wirdigkait vil zu hoch welle spannen«, so daß die Leute mehr vom Abendmahl abgezogen würden; er antwortet, auch für Paulus sei »kain schertz dabej gewest«, und Paulus habe die vom Wort Ergriffenen und Wiedergeborenen »auf die werckh der liebe / auf die absterbung des alten menschens / auf die gotliche gerechtigkait vnd ernewerung des hertzens« u.ä. verwiesen[913]. Schwenckfeld ist sich über die Konsequenzen durchaus im klaren: »Ihr wuͤrdet in einer kurtzen zeit nicht viel Tischgeste behalten / wenn ihr nemlich nach der scherpffe / wie Paulus gethan / auff die Proba wuͤrdet dringen ... Es solte wol einem der angstschweiß außgehen / wer noch im alten suͤndlichen leben steckt / vnd solche ernste scharpffe wort Pauli ... recht wuͤrde bedencken«[914].

Freilich rät Paulus auch nach Luther, »das di sich so ungeschickt finden, darvon bleyben« sollen, denn wenn der Mensch das Sakrament nicht recht brauche, schade er sich selber damit[915]. Calvin (491) unterscheidet sogar *varii gradus indignitatis*. Vor allem die Auslegung, daß die, die in Sünden verharren, als unwürdig zu qualifizieren sind, ist weit verbreitet. So sind für Melanchthon diejenigen unwürdig, die *in delictis contra conscientiam seu manifestis seu arcanis* verharren, und ebenso die, die keine *poenitentia* und keinen Glauben mitbringen[916]. Speziell in den Kirchenordnungen werden diejenigen als unwürdig klassifiziert, die »Gottis gebot verachten, ir leben nicht bessern und also on reu und besserung das sacrament gebrauchen«[917].

912 In Calvins Gottesdienstordnung begegnet aber nach der Verlesung von V 23- 29 eine strenge Vermahnung zur Selbstprüfung (vgl. Urner, RGG3 II 1777); vgl. auch den kleinen Abendmahlstraktat, wonach man keine geringe Schuld auf sich lädt, »wenn man es unbedacht und ohne gründliche Vorbereitung nimmt« (Studienausgabe 459).

913 Corpus III 368f; vgl. auch 507; treffend dagegen 547: Unwürdig essen heiße, »under dem essen seyn Eygen malh zuuornemen, das eyner truncken, der ander hungerig ist / vnd die gleychayt nit gehaltten wird«; vgl. auch Corpus VIII 247 und X 595, wo an das Gleichnis vom hochzeitlichen Kleid erinnert wird.

914 Corpus XII 729 mit Verweis auch auf 1Kor 5,9f.13; 2Thess 3,6.

915 WA 9, 641. Vgl. auch Bucer, Schriften, Bd. 6.1, 234f: Unwürdig sind nicht die ohne allen Glauben, sondern die, welche mit ihrer Sünde verhindern, daß Christus »sein Crafft nit recht vben khan«; und der Mißbrauch des Mahls besteht darin, es »on ware Bueß vnnd one lebendigen gleuben« zu empfangen; vgl. auch 382.

916 Werke II 529; ähnlich VI 204; vgl. auch Maior 146r: Unwürdig ist, wer in der Sünde verharrt und nicht glaubt und wahre Früchte der Buße bringt; vgl. auch Spener 428. Im übrigen sind unwürdig nach Melanchthon auch die, die das Sakrament »mit vnvleis vnwirdigen geben. Denn der gemein pöfel leufft vmb gewonheit willen zum Sacrament vnd weis nicht, warümb man das Sacrament brauchen sol« (Werke I 246; vgl. auch 211; II 524). Auch nach Oekolampad empfängt derjenige unwürdig, der nicht durch die Ermahnungen göttlicher Verheißungen wahre Reue über sein sündiges Leben empfindet »unnd darzu begird, willen unnd fürsatz, sich zu bessern« (QFRG 19, 543; vgl. auch 581f).

917 EKO, Bd. 13, 70; vgl. auch 1, 160f und 7, 124: Recht empfangen nicht die, die sich nicht bessern wollen, sondern die, welche ihre Sünden von Herzen bereuen und Vergebung wünschen. Es kann aber auch einfach heißen,

Der paulinische Text hat weiter auch zu der Frage geführt, ob auch Unwürdige das Sakrament wirklich empfangen. In dieser kontroversen Frage der *manducatio impiorum* dienen Luther z.B. V 27 und 29 als Beleg, daß *non tantum dignis et credentibus, sed indignis etiam et impiis* Leib und Blut Christi zuteil wird[918]. Auch nach den lutherischen Bekenntnisschriften empfangen die *indigni et infideles verum corpus et sanguinem Christi*, aber nicht zum Leben und Trost, sondern zum Gericht und zur Verdammnis[919]. Während die Lutheraner bis zur Behauptung gingen, daß Judas nicht weniger als Petrus beim Abendmahl empfangen hat[920], erklärt Calvin (421) zu V 27, daß Christus und sein Geist nicht voneinander zu trennen sind, »und niemand ohne Glauben und Buße und ohne den Geist Christi Christus selbst empfangen« kann. Gewiß sei die Kraft des Sakraments unabhängig von der Würdigkeit oder Unwürdigkeit des Menschen, und der Leib Christi werde Gläubigen und Ungläubigen »wirklich dargeboten«, aber Paulus sage nicht, daß sie ihn empfangen, sondern zurückweisen[921].

Die Bestimmung der »Unwürdigkeit« wird in der Folgezeit erneut stark moralisiert. Während nach Bengel (421) nicht nur diejenigen unwürdig sind, die keinen Glauben und keine Buße haben, sondern auch, die sich nicht prüfen[922], hat eine falsche Exegese vor allem in pietistischen Kreisen viel gesetzliche Verwirrung und skrupulöse Selbstquälerei gezeitigt. Unwürdig ist, wer irgendeine Sünde seit dem letzten Abendmahl entdeckt, und das Hauptübel wird darin gesehen, »daß die wahre Hertzens-Verånderung, die rechtschaffene Busse und ernstliche Besserung des Lebens« fehlen[923]. Für Spener heißen

würdig seien die, die »fasten vnd leiblich sich bereiten – eytel glaubige Hertzen« (Reu, Quellen I 1, 706; ähnlich 149f).

918 Vgl. WA.B 10, 331; vgl. auch 12, 207.209; Bucer, Schriften, Bd. 17, 170.508. Anders aber Brenz, Frühschriften, Bd. 2, 444, der nichts in der Schrift darüber findet, daß auch die Gottlosen des Leibes und Blutes Christi teilhaftig werden; anders 453: *Incredulitas accipit quidem corpus Christi*, aber (399): der Ungläubige empfängt Leib und Blut Christi *non utiliter, sed sibi in iudicium*; cgl. auch Olevianus: Auch Gottlose empfangen »das irdische heilige Brod und Trank (1.Cor.11)«, aber nur »der innerliche Mensch ... himmlische Speise und Trank« (LASRK 8, 400).

919 Epitome 7 (BSLK 799); Solida Declaratio 7 (ebd. 977f.991 mit Verweis auf V 27). Auch in Katechismen kann es heißen: »Ein Gottloser oder Vnwirdiger Mensch empfehet eben sowol das rechte Sacrament ... als der aller wirdigste, dann vmb der Person oder vnglaubens willen wirdt das Wort nicht falsch, allein daß die Vnglaubigen empfahen zum Gericht, die glaubigen aber zur Seligkeit« (Reu, Quellen I 1, 706; vgl. auch 719 u.ö.); positiv dazu auch katholische Kommentare (Estius 625; Gutjahr 320), aber auch neuere Lutheraner wie Sasse (bei Niemeier, a.a.O. [Anm. 633] 56) und Bonhoeffer, Schriften, Bd. 3,395 (»Das Wort allein macht das Sakrament, nicht der Glaube«; ebenfalls mit Hinweis auf Judas); kritisch Kreck, RGG3 I 38f.

920 Kritisch dazu Calvin 421.

921 Vgl. zum Streit, ob auch die Gottlosen »Christum essen«, auch Köhler, a.a.O. (Anm. 835) 782f und später auch Olshausen 677f: Daß der Ungläubige Leib und Blut Christi »in sich aufnehme«, liege nicht in den Worten des Paulus; es hätte »die Objectivitåt festgehalten werden kônnen ohne diese extremen Behauptungen« (sc. Luthers). Nach Bucer, Schriften, Bd. 6.1, 149 empfangen Gottlose nichts als Brot und Wein; ähnlich 193; vgl. aber 234.382.

922 Vgl. auch Bengel 421: *Alia est indignitas edentis, alia esus*; dagegen Semler 297, der nicht einsehen kann, wieso es etwas anderes ist, wenn der Essende selbst ein Unwürdiger ist, und ein anderes, wenn das Essen unwürdig vor sich geht, *num esus est sine edente?*

923 So Francke, Schriften, Bd. 9, 527; vgl. auch 526: Wer die Beichte nicht recht gebraucht, der gebraucht auch das Abendmahl nicht recht. Francke wehrt sich gegen den

unwürdig diejenigen, die »ohne gehörige vorbereitung« zum Abendmahl gehen, aber auch alle die, die »allein auß gewonheit / und also wann in dem Calender die zeit wieder kommet / oder andern zu gefallen / oder damit sie nicht eben für unchristen gehalten werden« zum Abendmahl gehen und überhaupt »niemal eine wahre ... hertzens-buß« haben[924].

In Frömmigkeitsgeschichte wie Literatur sind aber vor allem die durch problematische Selbstanalysen und Gewissensängste ausgelösten Folgen in Erinnerung geblieben. Goethe z.B. hat sich sehr negativ über die Wirkung bestimmter Bibelsprüche bis hin zu hypochondrischen Zuständen und fixen Ideen geäußert, z.B. über den Spruch von der Sünde wider den Heiligen Geist, aber auch über V 27: »Ein gleiches Unheil drohte mir in der Materie von dem Abendmahl. Es hatte nämlich schon sehr früh der Spruch, daß einer, der das Sakrament unwürdig genieße, sich selbst das Gericht esse und trinke, einen ungeheueren Eindruck auf mich gemacht«. Alles Furchtbare, was er in den »Geschichten der Mittelzeit« über Gottesurteile u.ä. gelesen hatte[925], vereinigte sich bei ihm »zu dem höchsten Furchtbaren, indem falsche Zusage, Heuchelei, Meineid, Gotteslästerung, alles bei der heiligsten Handlung auf dem Unwürdigen zu lasten schien, welches um so schrecklicher war, als ja niemand sich für würdig erklären durfte, und man die Vergebung der Sünden, wodurch zuletzt alles ausgeglichen werden sollte, doch auf so manche Weise bedingt fand, daß man nicht sicher war, sie sich mit Freiheit zueignen zu dürfen«[926].

Später wird die Unwürdigkeit in Unbußfertigkeit und nicht in Sündhaftigkeit gesehen, denn sonst würden »oft ångstliche Gemüther sich für unwürdig halten und sich selbst die Stårkung des h. Abendmahls entziehen, weil sie die

Vorwurf, daß er verschiedenen Leuten die Absolution verweigere, wenn sie im Beichtstuhl halsstarrig in ihren Sünden verharren und z.B. ihre Unversöhnlichkeit gegenüber dem Nächsten offenbaren, und zwar mit Verweis auf V 28 (72f).

924 Schriften III 1.1, 432 bzw. 437; wer nicht mindestens den Vorsatz hat, von allen Sünden abzustehen, stürzt sich in Gefahr, und Spener warnt davor, nach dem Abendmahl zu meinen, »nun gehe ich wieder auff ein halb oder viertel jahr auff ein neues kerbholtz« (438).

925 Werke, Bd. 9, 294; vgl. dazu z.B. die Geschichte von König Lothar, der in Rom auf die Befragung des Papstes Hadrian vor der Kommunion, ob er sich »fest vorgenommen« habe, »nie wieder die sündige Umarmung« seines Kebsweibes Waldrada zu genießen, »verstockt zugleich und verblendet ohne jede Hemmung« kommuniziert und nach Verlassen Roms von Krankheit und Tod getroffen wird (Reginonis Chronica, hg. v. R. Rau, Darmstadt 1960 [Quellen zur karolingischen Reichsgeschichte 3] 225f).

926 Werke, Bd. 9, 293f. Mindestens ambivalent ist auch das Bekenntnis der Sarah Davy (Heaven Realized 1670) in: Her Own Life. Autobiographical Writings by Seventeenth-Century Englishwomen, hg. v. E. Graham u.a., London / New York 1989, 176, die nach einer Predigt über V 27-29 folgendes berichtet: »At the hearing of which I was awakened, and the Lord was pleased to come in with sweet comfort and refreshments, considering the blessed provision God had graciously made for those that prepared to meet him therein; but I was troubled when I considered that very few or none of his communicants were so qualified to appearance, which was my great burden«. Aus neuerer Zeit vgl. etwa F. Mauriac, Noch ist es Zeit, Heidelberg 1957, 145, der »unzählige Male« vor der Kommunion an V 27 und 29 gedacht hat, »wie benagt von den Wogen der Angst«; vgl. auch J. Joyce, Stephen der Held, 1972 (Frankfurter Ausgabe, Werke, Bd. 2), 427.

Sünde in sich fühlen«[927]. Aber es kann auch durchaus korrekt heißen: »It was precisely this and nothing else, ›The taking one before another his own supper‹«[928]. Heute wird die Unwürdigkeit allgemein mit Recht stärker im Sinne des Paulus so bestimmt, daß es dabei »weder um die Frage der rechten Lehre über die Gegenwart Christi im Mahl . . . noch um die moralische Untadeligkeit des einzelnen« geht, die Pointe vielmehr darin liegt, »daß die Teilhabe am Leibe Christi die Gemeinschaft der am Mahl Teilnehmenden untereinander zur Folge hat und darum notwendig deren Wahrung durch gegenseitige Rücksichtnahme einschließt«[929]. Jetter fragt, ob nicht »die Unwürdigkeit unsres Feierns am Ende gerade in der Verkümmerung zu einem bloßen kirchlichen Winkelbrauch für fromme Interessenten, voller Feierlichkeit, aber ohne Leben« liege[930].

7. Die falsche Interpretation der Würdigkeit in V 27 hat entsprechend auch auf das Verständnis der *Selbstprüfung* in V 28 durchgeschlagen und zu einer Akzentuierung der Introspektive geführt, ob denn die persönliche Würdigkeit auch gegeben sei. So wird aus V 28 die Mahnung zur Gewissenserforschung[931] und zu einem unbefleckten Herzen herausgehört[932] oder in ei-

[927] Olshausen 675; 679 Anm. *** und bei Billroth 156 wird zustimmend Rosenkranz zitiert: »ohne Reue über sein Böses und ohne den Willen, der ewigen Idee gemäß zu leben«. Vgl. auch M. Frommel: »Würdiglich empfängt das Abendmahl gerade der, der sich dessen gänzlich unwert achtet« (in: Predigtgedanken aus Vergangenheit und Gegenwart, Reihe B, Bd. 2, hg. v. H. Ristow, Berlin 1968, 92); E. Steinwand, a.a.O. (Anm. 862) 55f: »Würdig ist niemand . . . Die Teilnahme am Abendmahl wird nicht davon abhängig gemacht, wie wir sind, sondern in welcher Weise wir das Abendmahl genießen. Kommen dürfen wir genau so, wie wir heute gerade sind . . . Unwürdig aber kommt zum Abendmahl, wer es nicht ernst nimmt«.

[928] So Wesley, Works IX 388; vgl. auch X 286f: »Taking the holy sacrament in such a rude and disorderly way, that one was *hungry, and another drunken*«. Zwar wird durchaus auch »repentance« angemahnt, »but all that follows from this (sc. daß »repentance« bei »any grievous crime« nötig ist) is, That we should repent before we come; not that we should neglect to come at all«.

[929] Pannenberg, Theologie III 360; vgl. auch schon Löhe, der mit Recht im unwürdigen Essen die Rücksichtslosigkeit gegenüber den Armen sieht (vgl. das Zitat oben Anm. 668), aber hinzufügt, Paulus wolle »damit keineswegs sagen, daß man nicht auch auf tausend andere Weise das Abendmahl unwürdig genießen könne« (Epistelpostille, Werke VI 3, 328).

[930] A.a.O. (Anm. 861) 128; vgl. auch seine Frage, ob wir heute schuldig am Leibe Jesu darin werden, »weil unser Abendmahlstisch zu wenig Tisch ist, zu wenig gemeinsames Mahl« (128); es tut »uns not, immer wieder herauszutreten aus den unverbindlichen Zuhörerbänken und uns stolze Einzelgänger einreihen zu lassen in den Zug derer, die sich zum Herrn dieses Tisches und zur Gemeinde dieses Glaubens bekennen« (133).

[931] Vgl. schon Clemens Alexandrinus, Strom. 1,5,1-3 (GCS 52, 5); Origenes, Hom. in Ps 37 (PG 12, 1386); Theodor v. Mopsuestia 188 (ἕκαστος . . . ἐξεταζέτο τὴν οἰκείαν διάνοιαν); Theodoret 317 (σὺ σεαυτοῦ γένου κριτής); Theophylakt 708; vgl. J.M.S. Caro, »Probet autem seipsum homo« (1 Cor 11,28). Influjo de la praxis penitencial eclesiástica en la interpretación de un texto biblico, Salm 32 (1985) 293-334.

[932] Hieronymus 752; Chrysostomus 233 führt V 28 gegen solche Leute an, die sich mehr durch die Zeit (Festtage) als durch die Frömmigkeit bestimmen lassen, während Paulus doch nur *eine* Zeit für die Kommunion kenne, wenn man nämlich ein reines Gewissen habe und nicht mit bösen Gelüsten behaftet sei; nach Hom. in Eph macht nicht die 40tägige Fastenzeit würdig, sondern »Reinheit und Unbefleckheit der Seele« (TKV 4, 299; vgl. 304).

nem ähnlichen Sinn wie zu ἀναξίως erklärt: *Devoto animo et cum timore accedendum ad communionem docet*[933]. Für Gregor d. Gr. bedeutet *probare* an unserer Stelle, sich ohne alle *nequitia peccatorum* als rein erweisen[934]. Atto (380) erklärt das *probare* mit *investigare* und *perquirere*[935], und Petrus Lombardus (1646) umschreibt die Mahnung des Paulus mit: *Examinet et purget seipsum, ut si peccata sunt quotidiana, vel non sint mortifera, et dimittat confratri accessurus ad altare* (es folgt Zitat von Mt 6,12)[936].

Ganz ausführlich erörtert Hus die Bedingungen für die Teilnahme, für die er nicht nur die Lossprechung *per confessionem, contricionem et satisfacionem* nennt, sondern im Anschluß an Gregor ebenso *discrecio, fervor caritatis, mentis puritas, sanctorum imitacio* u.a.[937]. Nach Thomas (365)[938] soll man eifrig sein Gewissen erforschen, ob etwa der Wille zu einer Todsünde oder eine andere Sünde vorliegt, für die nicht ein *sufficienter poenitere* geschehen ist[939]; allerdings sei der Satz, daß sich der das Gericht ißt und trinkt, der in Todsünde lebt, dann zu modifizieren, wenn der Betreffende sich dessen nicht bewußt ist[940], doch zeigen die Erwägungen zur nächtlichen Pollution, wie rigoros hier geurteilt wird: Einerseits hindert sie, weil sie keine Todsünde ist, nicht am Empfang des Sakraments, andererseits aber kann auch sie ursächlich mit einer Todsünde verbunden sein, weshalb die Ursache entscheidet (ebd. 249). Nach Bonaventura hängt die *efficacia* des Sakraments von der *probatio = sufficienter se praeparare* ab[941], und V 27-29 wird bei der Diskussion z.B. der Frage angeführt, ob ein Sünder, der *ex certa scientia* in Sünde ist und den Leib Christi empfängt, verdammt wird[942].

Das διακρίνειν τὸ σῶμα (V 29) wird bevorzugt in dem schon in der Exegese erwähnten Sinn der Unterscheidung zwischen sakramentaler und profaner Speise erklärt. Zwar können Chrysostomus und Oecumenius auch auf die

933 Ambrosiaster 129; vgl. auch Cyprian, Ad Quir. 3,94 (CChr 3.1, 167).

934 Expos. in I Reg. I 2,15,3 (SC 351, 438).

935 Vgl. auch Haymo 574: *Probet se, id est discutiat se, et utrum dignus sit necne.*

936 Vgl. auch Faber Stapulensis 123v (*nos examinare / nos explorare / ne quid sordidum / foedum / & immundum in corpore & anima nostra inueniatur*) und Cajetan 73r (*probare enim seipsum, est discutiendo purgare seipsum: vel potius discutiendo seipsum probum decerne*), der aber mit Bezug auf 1Kor 4,4 hinzufügt, daß die *iustificatio p(er) diuinam gratiam* nötig ist, *ad qua non sufficit probare seipsum.*

937 Opera XIII 153-155; vgl. auch 268 (*peccata, etsi sunt cottidiana, vel non sint mortifera*) und IX 80.

938 Thomas erschließt aus V 28 auch, daß Selbstprüfung Vernunftgebrauch voraussetzt, so daß Kindern und von Geburt an Geisteskranken das Sakrament nicht gegeben werden darf (Summa, Bd. 30, 261f). Im Unterschied zur Praxis der Alten Kirche ist erst vom 4. Laterankonzil (1215) die Erstkommunion an das Erreichen der *anni discretionis* gebunden worden (vgl. Denzinger/Hünermann, Enchiridion, Nr. 812, S. 364; vgl. das Tridentinum ebd. Nr. 1730, S. 560), was von Pius X. auf das 7. Jahr festgelegt wurde (vgl. Nr. 3530, S. 960); vgl. Dienst, RGG3 III 1284f.

939 Vgl. auch Catechismus Romanus 2,4,57: *Unusquisque a se ipso quaerat, num pacem cum aliis habeat, num proximos vere atque ex animo diligat* (Mirbt/Aland, Quellen 670); vgl. auch 2,4,28 (ebd. 666).

940 Summa, Bd. 30, 200f; vgl. auch 231.234f.

941 Opera IV 197.274.

942 Ebd. 194 bzw. 196; vgl. *omnis qui accedit, tenetur se ipsum praeparare, quia dicit Apostolus, I ad Corinthios 11,28 . . .; sed si praeparat se, facit quod in se est; et tunc Deus facit quod in se est, et tunc non est peccator* (196). Vgl. später z.B. Cornelius a Lapide 308: *Probet, hoc est, se examinet, num aptus sit, & digne dispositus ad tanta mysteria: atque ad ea decenter & congrue se purget, & praeparet,* d.h. *contritione & confessione.*

Größe der Gabe abheben[943], aber schon bald dominiert die Auslegung im Sinne von *non discernens a cibo communi*[944]. Der Catechismus Romanus 2,4,57 faßt zusammen: Den *fideles* obliegt ein *discernere mensam a mensa, hanc sacram ab aliis profanis, coelestem hunc panem a communi*[945].

Luther urteilt denn auch zutreffend, daß die Selbstprüfung von vielen so verstanden worden ist, daß man nicht eher zum Sakrament gehen kann, bis man sich selbst *dignus et purus ab omni peccato* findet, *discutiendo, conterendo, confitendo non solum venialia, sed ea que non sunt peccata*[946]. Die sich aber wahrhaft beurteilen, *nihil in sese satisfieri putant, non securi sunt, non stant ac tepescunt* (lau werden)[947]; diese Selbstprüfung ist darum nicht auf Gewissenserforschung, sondern auf Glaube und Vertrauen zu beziehen, zumal nach 1Kor 4 und Ps 18 keiner seine Sünde erforschen kann und sich selbst kennt[948]. Selbstprüfung bedeutet auch nach Osiander Sündenerkenntnis, und gerade die treibe zum Abendmahl: »Darumb soll sich ain yetzlicher so lang und wol probieren, biß er sich von grund seins hertzens ein sünder und aller gerechtigkait leer erkennt und sich nach der gerechtigkait hungrig und durstig empfindet«[949]. Vor allem diese die paulinische Intention geradezu umkehrende Aussage, daß der, der sich recht prüft, finden wird, daß er Sünder ist, kehrt immer wieder[950], besonders in den Kirchenordnungen: »So wir aber uns selbs prüfen, finden wir nichts in uns denn sünd und todt, können uns auch selbst in keinem wege daraus helfen«, weshalb man allein mit Hunger und Durst nach Gerechtigkeit das Sakrament empfangen soll[951].

In der Hohenloher Kirchenordnung von 1578 wird ein mittlerer Weg eingeschlagen: »Dann etliche ziehen und spannen dise ernste vermanung Pauli zu eng und vermeinen, Paulus wölle, es soll sich einer also prüffen, das er sich nicht ehe unterstehen soll,

943 Vgl. Chrysostomus 233: Μὴ ἐξετάζων, μὴ ἐννοῶν, ὡς χρή, τὸ μέγεθος τῶν προκειμένων, μὴ λογιζόμενος τὸν ὄγκον τῆς δωρεᾶς (ähnlich Theophylakt 708; Oecumenius 809).

944 Hieronymus 753; Pelagius 193f; ähnlich Primasius 534; Cassian, Coll. 22,5 (SC 64, 120); Haymo 574; Hrabanus Maurus 104; Thomas 365; Beda, De Tabernaculo 3 (CChr 119A, 139).

945 Mirbt/Aland, Quellen 670. Augustin erweitert noch etwas: Wenn schon derjenige getadelt wird, der den Leib Christi nicht von anderer Speise unterscheidet, »wie wird dann der erst verurteilt werden, der zu seinem Tische scheinbar wie ein Freund, in Wirklichkeit als Feind hinzutritt« wie z.B. Judas (JohEv 62,1 [BKV 19, 38]).

946 WA 1, 331f; Luther sieht aber vor allem *iusti et digni et similes deo sicut Lucifer* zum Abendmahl kommen, *quum deberent velle iusti et digni fieri et redire a deo.*

947 WA 4, 699. Nach Brenz, Frühschriften, Bd. 2, 437 meint Selbstprüfung nichts anderes »dan auff seinen glauben und die recht einsetzung dis sacraments sehen«; vgl. aber auch 49.52f.

948 WA 7, 388; ähnlich 9, 147; vgl. auch Schwenckfeld, Corpus VIII 247, der Luther hier zustimmt und selbst so auslegt: »Die geistliche Speise / gnad vnd gewechse durch den glauben erkennen« (vgl. auch XII 719).

949 Gesamtausgabe, Bd. 1, 207.

950 Osiander, Gesamtausgabe, Bd. 5, 332.

951 EKO, Bd. 7, 158f; ähnlich 160 mit Zitat von Jes 42,3 und Mk 9,24; oft ist auch vom Fall Adams und Evas bzw. von Erbschuld die Rede (159f.470) oder davon, daß »wir von uns selbst nichts dann fleisch und blut sein« (269); vgl. auch 378: Wir werden »gewislick nicht anders vynden dan allerleye gruwelicke sunde«; 7, 616: in uns selbst »kinder des zorns und tods, knechte des teufels und der sünden«; ähnlich EKO, Bd. 11, 48; 12, 207f; 13,

das nachtmal zu empfahen, er empfinde denn bey im nichts dann eitel heilige gedanken und sey gewiß bey im selbs, das er biß an das end seines lebens in kein sünd mehr wider sein gewissen fallen werde. Etliche verstehen disen text Pauli gar zu milt und vermeinen, es bestehe die prüffung (davon Paulus schreibt) allein in der eusserlichen confession, beicht, bekentnus, demut, rew und glauben und lege nicht dran, wenn schon das hertz nicht warhaftig mit solcher bekentnuß zustimmet«. Gegenüber diesen Abwegen zur Rechten und zur Linken gelte: Man kann Versuchung nicht vermeiden, denn »der alte Adam weicht nit aller ding von uns«, das Abendmahl aber ist zum »trost wider die anfechtung« gegeben und erfordert Reue, Bußfertigkeit und Glauben[952].

Daß sich jeder selbst prüfen soll – das wird z.T. auch gegen eine *fides implicita* oder die Abhängigkeit *ab aliena fide* bzw. *ab alieno arbitrio* ins Feld geführt[953] –, soll aber nicht ausschließen, daß auch andere daran beteiligt, vor allem aber für die Zulassung verantwortlich sind. Nach Bucer will V 28 nicht sagen, »das einer sich selb allein erforschen solte«, und er pflichtet den Marburgern bei, daß man alle, die zum Tisch des Herrn gehen wollen, »vorhyn allemal verhöre und examiniere«[954]. Nach Osiander sollen die Pfarrer »aufs vleissigst ir volck bewern (= prüfen) und erforschen, ehe sie die lassen hinzugen, ob sie glauben haben, ob in auch ire sunde laid sein oder nit«; vorherige Beichte und Absolution seien darum »guet und nutz«, allerdings »soll solche peicht in alleweg gantz ungezwungen sein und aus cristenlicher freyhait geschehen, auch nit dergestalt und mit diser engstigung des gewissens, alle sunden und geschlecht derselben zu erzellen«[955].

403; 15, 286, wo zugleich gesagt wird, das Sakrament sei »zu einem sondern trost und sterck gegeben den armen, betrübten gewissen, die ire sünde bekennen, Gottes zorn und den tod förchten und nach der gerechtigkeit hungerig und durstig sind«. Vgl. auch Zinzendorf, Hauptschriften V 2, 146: Prüfen heißt »zuvörderst wissen«, daß man »von natur eine arme creatur ist«.

952 EKO, Bd. 15, 345f; vgl. auch 334: Irrig sei, daß niemand zum Abendmahl gehe, bis er »keine sünd mehr bey ime prüffe, auch keine böße lüst, dann mit solchen haben die heiligen ir leben lang zu streiten«, und zudem sei doch gerade die »hauptursach« der Einsetzung der »trost in der anfechtung der sünden«.

953 Vgl. Beza 143; Coccejus 302; Heidegger 110.

954 Schriften, Bd. 5, 255; vgl. auch 7, 188: Paulus sage nicht, »das die seelsorger und die den hirtendienst verrichten, nichts zů solchem beweren thun oder helffen sollen«, und wenn Unbußfertige sich nicht selbst prüfen und schwere Ärgernisse für die Kirche bringen, sollen sie aus der Gemeinde ausgeschlossen werden (mit Verweis auf 1Kor 5; vgl. auch 195f). Die Pfarrer sollen »erzelen, welche zum nachtmal durch Gottes wort nit zugelassen können werden« (EKO, Bd. 8, 119ff). Nach EKO, Bd. 14, 381f soll eine Befragung der Gemeinde nach Erkenntnis der Schuld, Glauben an die Vergebung und Vorsatz der Besserung am Vorabend der Mahlfeier erfolgen, nach CA 25 aber soll das Sakrament denen nicht gereicht werden, »so nicht zuvor verhort und absolviert seind« (BSLK 97). Auch wenn jeder einzelne sich zu prüfen hat, kommt das Recht auf Zulassung oder Ausschluß nach Calvin »der ganzen Kirche zu oder dem Pfarrer zusammen mit den Ältesten« (Studienausgabe 467).

955 Gesamtausgabe, Bd. 3, 566; zur Wiedereinführung der »offenen Schuld« der Gesamtgemeinde in Nürnberg (anstelle des abgeschafften Zwangs einer *confessio auricularis*) zur Vorbeugung eines unwürdigen Genusses des Abendmahls vgl. Lorz bei Osiander, Gesamtausgabe, Bd. 5, 335; auch nach Calvin 422 verlangt Paulus nicht die Ohrenbeichte als Zwang. Brenz hält es für einen großen Irrtum bei der Ohrenbeichte, »daß einer alle seine Sünd, die ihm bewußt sein, bei einem Pünktlein und artikelweis', samt allen Umständen erzählen und beichten solle« (Evangelium 88).

In den Kirchenordnungen wird einerseits ebenso verlangt, daß sich jeder selbst prüfe, »denn dieser demütiger gehorsam, die sünde aus dem gesetze zuerkennen«, sei Gott wohlgefällig (mit Verweis auf Röm 3 und 7 sowie 1Joh 1); andereseits aber soll darauf die Beichte vor dem Pfarrer erfolgen, »nicht aus zwang der bebstlichen ohrenbeicht, sonder aus freiwilligem geiste und gemüte«[956]. Ähnlich steht es in den Katechismen[957]. Oft sind Klagen zu hören, daß »der gemein pöfel leuft umb gewohnheit willen zum sacrament, und weis nicht, warumb man das sacrament brauchen sol«[958] oder »daß der grosse rohe Hauffe ohne vorhergegangene ernstliche Prüfung darzu läuft«, so daß »nun die Kirche zu einem Sau-Stalle worden ist«[959]. Demgegenüber gilt es, »unsern inwendigen Grund« zu erforschen[960]. Nach Spener heißt Selbstprüfung »fleissig in sich selbst gehen / und nachdencken / wie wir mit GOTT und dem nebenmenschen stehen«[961]. Gryphius dichtet: »Diß unser Osterlamb geht nur die Reinen an! Es nehrt den der sich selbst mit Eyver prüfen kan«[962]. Olshausen (677) sieht mit dieser Stelle »sehr zweckmäßig« das Beichtinstitut begründet, »von dem nur zu wünschen wäre, daß es sich nicht in eine bloße allgemeine Admonition aufgelöst hätte, sondern als wahre Privatbeichte festgehalten worden wäre«. Robertson/Plummer (251) finden, daß hier nichts für oder wider die Hilfe eines Pfarrers gesagt wird, sondern »that the individual Christian can do it for himself, and perhaps implies that this is the normal condition of things. Those who are unskilful in testing themselves may reasonably seek help«. Im übrigen werden auch auf katholischer Seite Bedenken gegen zu rigorose Urteile laut. Nach Newman beziehen sich die paulinischen Worte »natürlich nicht auf jene, die im Zweifel über ihren eigenen Seelenzustand zur Kommunion gehen«, oder auf solche, »die von Herzen Vorsätze machen, aber doch versagen, wenn es um ihre Durchführung geht, wie es gerade in der Jugend oft geschieht«, denn »wo Ernst ist, da ist keine Verdammung«[963].

Wie schon zuvor (vgl. Anm. 938) haben auch die Reformatoren die Frage nach dem *Kinderabendmahl* von der »Selbstprüfung« abhängig gemacht, die eine die Beichtfähigkeit einschließende intellektuelle Reife voraussetzt. Für Calvin muß nach V 28 eine Selbstprüfung und Unterscheidung vorausgehen, die man von Kindern vergeblich

[956] EKO, Bd. 5, 84; vgl. auch 1, 162; um sich selbst prüfen zu können, muß die Gemeinde im übrigen »die heuptstück christlicher religion aus Gottes wort« »gelernet und gefasset haben« (8, 313; vgl. 11, 529 u.a.).

[957] Vgl. Reu, Quellen I 1, 236: »Es ist die sonderliche proba, ein yeglicher dischgenosse für sich selbs halten musse, wie dann geschrieben steht 1 Corinth. 11«. Das wird dann im einzelnen expliziert: Die *proba* besteht darin, »das ich fur allen dingen inn mein eygen hertz gon vnnd achten haben musse, das ich kein vnliebe an mir befinde gegen yemands, der mit mir eyn bruder in Christo genandt wirt vnd sonderlich gegen den gegenwertigen dischgenossen«. Vgl. auch 380: »Er soll sich selber wol erfaren, ob er ein rechter jünger Christi sey, nit ein falscher jünger wie Judas was«.

[958] EKO, Bd. 1, 162.

[959] So Francke, Schriften, Bd. 9, 528 im Anschluß an Luther (WA 30 III, 567); das sei z.B. dann der Fall, wenn alle zum Abendmahl zugelassen werden, die selbst da »recht zu prangen suchen, und manchesmal sich nicht gnug schmücken und ausputzen können« oder solche, »welche in Injurien-Processen mit einander leben« (529); vgl. 546f.

[960] Ebd., Bd. 10, 301.

[961] Schriften II 1, 789; vgl. auch III 1.1, 801; nach III 1.1, 432 soll man sich »nach dem gesetz und Evangelio« prüfen.

[962] A. Gryphius, Gedichte, hg. v. A. Elschenbroich, Stuttgart 1968, 40.

[963] Werke VI 119; vgl. dagegen z.B. die Befürchtungen des Petrus Canisius (Bekenntnisse 26), sich selbst »der schlechteste Lehrer und ein übermäßig nachsichtiger Sittenrichter« zu sein.

erwartet[964]. Man zitiert zwar Augustin, daß »nach dem ersten brauch der kirchen die h. taufe und abendmal des Herrn zu einer zeit und an einem ort gehalten worden sein, und die getauften sobald allesampt gingen zum hei. nachtmal«; zugleich aber wird diese Praxis nicht als verbindlich angesehen[965]: »Wir aber, zum teil bewegt durch den Spruch des apostels (es folgt das Zitat V 28), zum teil folgende dem gemeinen urteil der ersten kirchen, verziehen, das heilig abendmal den kindern zu reichen uf ein ander zeit«[966]. Erst in neuerer Zeit gibt es ernsthafte Diskussionen über den Sinn dieser Grenzziehung, die meist auf eine größere Flexibilität und Öffnung der Zulassungspraxis tendieren, und auch im katholischen Raum wird Frühkommunion empfohlen[967]. Auch in der Konfirmationsfrage hat V 28f eine zentrale Rolle gespielt, und dort ist διακρίνειν ebenfalls im Sinn einer rein kognitiven Unterscheidungsfähigkeit mißverstanden worden[968]. Das Grundübel bei der Heranziehung unseres Textes ist meist, daß man V 28f aus Kontext und Situation herauslöst und zu einer grundsätzlichen Stellungnahme macht.

Die Deutung von διακρίνειν τὸ σῶμα bei den Reformatoren bleibt ebenfalls in den bisherigen Bahnen[969], wird aber auch gegen die Leugnung der Präsenz Christi und Mißachtung der Mahlteilnahme im Brot ausgespielt[970]. Ob man vom lutherischen Standpunkt her tatsächlich eher zur Auslegung im Sinne von »unterscheiden« neigt, Reformierte dagegen eher »schätzen« bevorzugen[971], bleibe dahingestellt.

Eine ausgefallenere Interpretation bietet Feuerbach, der alles auf die »Einbildungskraft« abstellt und aus V 29 schließt, daß die Unterscheidung allein auf der Gesinnung beruhe und diese wiederum nur abhänge »von der Bedeutung, die ich diesem Brote gebe ... In der *Bedeutung* liegt die *Wirkung*«, »aber diese Bedeutung existiert nur in der *Phantasie*«[972].

[964] Inst. 4,16,30. Luther kann immerhin feststellen, daß nichts hindert, daß Kinder das Abendmahl empfangen (WA.TR 1, 157).

[965] EKO, Bd. 8, 273; vgl. auch Heppe, Dogmatik 460 u.ö.; Schwenckfeld beruft sich umgekehrt auf Chrysostomos und Cyrill, »das man die newling jm glauben / nicht so balde zum tisch gottes« zulassen soll (Corpus III 369).

[966] EKO, Bd. 8, 287. Auch Beza 143 spricht sich gegen die Teilnahme von Kindern u.a. am Abendmahl aus, und auch nach Spener ist Kindern das Abendmahl vorzuenthalten, »weil sie sich noch nicht zu průfen vermögen / welches Paulus bey dem heiligen Abendmahl erfordert« (Schriften II 1, 768).

[967] Vgl. E. Kenntner, Abendmahl mit Kindern. Versuch einer Grundlegung unter Berücksichtigung der geschichtlichen Wurzeln der gegenwärtigen Diskussion in Deutschland, Gütersloh 31989; zur Verwendung von 1Kor 11 vgl. besonders 35.41.57.71f.124-128.151f; ders., Art. Kinderkommunion, TRE 18, 188-195.

[968] Vgl. W. Schenk, Zum Gebrauch von 1.Kor. 11,29 in der Konfirmationsdebatte, EvTh 21 (1961) 520-526.

[969] Vgl. Luther, WA 26, 486: Die Korinther sollen das Brot »mit solchem unverstand oder unvernunfft« gegessen haben, als »were es schlecht brod und keinen unterscheid ... zwisschen diesem brod und anderm brod« gemacht haben. Anders aber z.B. Karlstadt: »Welcher ein ding recht vntherscheiden wil / der muß das ding inwendig vnd außwendig ansehen / vnd gentzlich erwegen / das er vntherscheyden wil« (Schriften II 29).

[970] Bugenhagen z.B. erklärt: »Warlich die vnderscheyden den leyb des herren nicht / die da sagen / das es schlecht prot sey / So es auch die nicht vnderscheyden / die da glauben / das alda der leyb Christi sey / vnd doch nicht hynzu geen« (Quellen 84f); vgl. auch ders., Braunschweiger Kirchenordnung 84, wo auch mutwillige Sünde und Schande genannt werden.

[971] So Godet II 100; vgl. anders Robertson/Plummer 252.

[972] Wesen 361f.

8. Bei der Zurückführung von Krankheiten und Todesfällen auf unwürdigen Sakramentsgenuß werden gern zusätzlich noch andere biblische Belege zur Verstärkung herangezogen. Schon Clemens Alexandrinus zitiert zur Unterstützung Ps 117,18 LXX; Dtn 8,2f.11.5 und Spr 22,3f[973], während Basilius von Caesarea V 32 neben Jes 26,16, Ps 118,71, Hi 15,11, Röm 8,18 und Jer 10,24 stellt[974]. Chrysostomus erinnert an den Aussatz des Königs Usia (2Chr 26,16-21) und die erstarrte Hand des Jerobeam (1Kön 13,4), aber auch an Zacharias (Lk 1,20)[975]. Selbstverständlich werden auch andere Strafen als Beispiele für die Züchtigung angeführt, z.B. Verlust des Vermögens und Verleumdung[976] oder allerlei andere Schickungen. Als bedeutsamer aber gilt, daß damit ewige Strafen vermieden werden: *Punit (sc. deus) temporaliter, ne puniat eternaliter*[977]. Nach Bonaventura scheint aus V 30 einerseits hervorzugehen, daß das Sakrament *corporaliter* heilt, andererseits aber gilt: *Est cibus spiritualis et remedium contra peccatum: ergo non videtur quod sanitatem corporis tribuat*[978].
Luther versteht das *iudicium* als *castigatio secundum carnem*[979]. Die Sünde ist zwar immer zu fürchten, anzuklagen und zu verurteilen, aber wenn wir uns selbst verurteilen, werden wir nicht von Gott verurteilt, *quia non iudicabitur bis in idipsum*[980]. Bleiben Selbstverurteilung und Besserung aber aus, kommt es zum göttlichen Gericht mit zeitlichen oder gar ewigen Strafen. Calvin (423) warnt: »Wieviel an unserer Feier ist Heuchelei! Und dann wundern wir uns noch über die vielen Kriege, die Seuchen, Mißernten, Unglück und Trübsal!«[981] Das bedeutet nicht, daß man mit selbstauferlegten Strafen Genugtu-

[973] Strom. 1,172,2f (GCS 52, 107).

[974] Auf die Märtyrin Julitta (BKV 47, 221); nach Reg. Fus. Tract. 55 sollen die vom Herrn durch Krankheit Gezüchtigten »stillschweigend auf die ärztliche Hilfe verzichten und die über sie verhängten Leiden mit Geduld ertragen« (TKV 1, 464).

[975] Jes-Komm. 3,1 (SC 304, 148); vgl. auch Pelagius 194 und Hieronymus 753 mit Hinweis auf 2Chr 16,12.

[976] Methodius, De Cibis 5,6 (GCS 27, 432) bzw. Johannes Damascenus, De Fide Orth. 4,13 (BKV 44, 214). Bei Origenes heißt es in den Selecta zu Ps 37: *Scio quia dignus sum ut non solum per aegritudines peccata mea solvantur, sed per omnes afflictiones purgari desidero, tantum ut aeternis poenis et cruciatibus non reserver.* Joh. Mandacuni führt Siechtum, Kerker, Fesseln, Kinderlosigkeit, Mißernten u.ä. an (BKV 58, 229), hört daraus aber einen Ruf zur Buße (215). Vgl. später etwa Erasmus, der vor »unwürdiger Behandlung« von Brot und Kelch warnt, denn »sonst könnte etwa die Syphilis, die schon seit mehreren Jahren allenthalben herrscht, daher bei uns ihren Ursprung haben« (a.a.O. [Anm. 643] 225).

[977] Rupert v. Deutz, De Victoria Verbi Dei, hg. v. R. Haacke, 1970 (MGH.QG 5), 76; in einer Klosterordnung wird über das Vergehen des Abts bei *aliqua negligentia in corpore vel sanguine domini* geurteilt, daß er zwar in der Öffentlichkeit keiner Zurechtweisung unterliegt, aber mit sich selbst ins Gericht gehen muß, *iudicans se ipsum, ut non iudicetur, et transitorie dampnans se, ne in aeternum dampnetur* (Consuetudines Rodenses 1,16,85 [Fontes 11.1, 208f]).

[978] Opera IV 251.

[979] WA 4, 469; vgl. auch 7, 112, wo Luther nicht *contritio* und *confessio*, wohl aber *satisfactio* verwirft und es nach Zitat von V 29 heißt: *Sed haec non erat satisfactio, quam isti docent, scilicet remissibilem per claves*; vgl. auch 7, 125.353.

[980] WA 3, 291. Melanchthon spielt den Vers gegen *externae ceremoniae satisfactionum* aus und gegen eine Transferierung von V 31 *ad sua spectacula satisfactionum* (Werke II 589); vgl. auch IV 418; VI 141.309.332.449; II 550 (mit Verweisen auf Joel 2,13 oder Jer 30,11 und Jon 3,10).

[981] In einer Predigt Luthers z.Zt. des Bauernkriegs heißt es: »Disser spruch wird mehr thun denn alle bůchssen und spisse, und die

ung leisten kann, denn »wir können Gottes Gericht nicht so zuvorkommen, daß wir unsere Sünden durch gute Werke wieder ausgleichen und Gott damit besänftigen. Gottes Gericht hat einen anderen Sinn: es will uns die Trägheit austreiben und uns zur Buße bereit machen«, denn »Gott vergißt auch im Zorn seine Barmherzigkeit nicht« (ebd.). Wer seine Sünde nicht erkennen will, den straft Gott nach Osiander »mit mancherley plagen so lang, biß ers zuletst bekennen und bereuen muß«[982]. Auch Melanchthon versteht V 32 im Sinn der Züchtigung: »Alle trübsal, nicht allein geistliche, sondern auch leybliche«, werden »von Gott zugeschickt«, »das vns Gott damit vermane vnd zur busse reitze«[983] bzw. *ut vocet ad poenitentiam*[984].

Auch in den Kirchenordnungen spielt V 31f eine ziemliche Rolle, z.B. in Abschnitten mit der Überschrift wie der folgenden: »Wie man die kranke leute berichten und trösten sol«: Der Herr schicke Krankheit, ja auch den Tod, »nicht der meinung, das er mit uns zürne, und uns verderben wolt, sondern aus grossen gnaden, das er uns in diesem leben zu warer busse und glauben treiben und endlich aus der sünden, darin wir noch stecken, und aus allem unglück, beide leiblich und geistlich, frei machen wil«[985]. Ganz ähnlich lauten auch die Erklärungen aus späterer Zeit: »Gottes Zuͤchtigungen klaͤren den blinden und benebelten Verstand auf. Sie zeigen uns klar unsere Uebertretungen, unsere Schuld, unsere Pflichten, die wir nur sonst wie in einer Demmerung oder gar nicht gesehen haben«[986]. Für Spener, der zum Tod »auch alle kranckheiten / alle widerwaͤrtigkeiten und trübsal« rechnet, sollen solche Plagen »keine eigentliche straffen mehr« sein, »sondern heylsame zuͤchtigungen«[987]. Nach v. Bodelschwingh soll ein von Krankheit Heimgesuchter »Gott ernstlich nach der Ursache solcher Heimsuchung« fragen, weil angeblich »alle Krankheit eine Folge der Sünde« ist[988]. Daß die Bestrafung zugleich »Sühne und Besserung wirkt«[989], geht erst recht über Paulus hin-

bauren werden dissem spruche nicht entgehen« (WA 17 I, 211; in WA 2, 752 und WA.B 10, 400 zählt Luther auch Pest und Krieg dazu, Brenz, Frühschriften, Bd. 2, 454 auch Zorn und Geiz, warnt aber vor einer Identifikation von dem als Züchtigung zu verstehenden Gericht und einer Verdammung [442]). Der Mißbrauch des Abendmahls ist auch nach Francke zu den Hauptursachen zu zählen, warum »GOTT der HErr die Christenheit mit so viel und mancherley Land-Plagen bis diese Stunde heimsuchet« (Schriften, Bd. 9, 534).

982 Gesamtausgabe, Bd. 5, 332. Osiander wendet V 31f auch auf solche Leute an, die aus Angst vor Ansteckung bei einer Seuche des Jahres 1521 aus der Stadt fliehen und Kranke, hilf- und trostlos Dahinsterbende oder Schwangere in ihren Nöten allein lassen (394).

983 Werke I 235; vgl. die Verweise auf Offb 3,19; Ps 118(119),71; Jes 26,16; Spr 3,12 in II 636. Heidegger 111 verweist auf Ps 39,12; Hi 33,16f; Hebr 12,5f. Vgl. auch Bucer, Schriften, Bd. 6.1, 214: Der Herr straft mit zeitlicher Strafe, »uff das sie wider zur waren buß keren, Vnd hatt sie dennocht noch lieb«; vgl. auch 6.2, 147.

984 Werke IV 310.323.413; V 161 mit Hinweis auf Hebr 12,6; Jes 28,21: *Irascetur, ut faciat opus suum; alienum opus facit, ut faciat opus suum*; vgl. auch VI 183f.219.

985 EKO, Bd. 5, 208; ähnlich 1, 270; 8, 326; 11, 55; 13, 87; 14, 206.403.

986 V. Mosheim 528; vgl. auch Semler 300.

987 Schriften II 2, 182; nach III 1.1, 434 ist Gott so gütig, daß er »durch solche zeitliche truͤbsalen erinnerte / damit sie in sich selbs giengen / und zur buß und endlich ihrem heil kaͤmen«; Spener belegt mit V 32, daß Gott »seinen fromen nicht lang in ihren suͤnden zusihet / sondern bald mit der ruthen hinter ihnen her ist / damit sie von dem boͤsen weg gleich abgebracht werden« (558). Thomasius sieht »eine durch die ganze Schrifft hindurchgehende Unterscheidung zwischen παιδεία und τιμωρία« (Christi Person, Bd. 1, 350).

988 Schriften II 74.

989 So Newman, Predigten, Bd. 9, 33.

aus. Für Bohren streitet der anstößige V 30 gegen Resignation sowie sakralen und verbalen Doketismus: »Die Erlösung ist keine bloß spirituelle, die geistliche Speise hat auch leibliche Wirkungen«[990]. In einem Gedicht von George heißt es: ». . . ›Diese trinken sich das leben / Jene essen sich den tod.‹ / Deine lehre ist ganz liebe – / Und so furchtbar ruft sie doch? / ›Diesen bringe ich den frieden / jenen bringe ich das schwert‹«[991].

9. Auch der Schlußvers hat seine Spuren hinterlassen[992]. Thomas (366) erschließt aus V 34, *quod Ecclesia multa habet ex dispositione Apostolorum, quae in Sacra Scriptura non continentur*[993]. Das Konzil von Trient erklärt dann mit Hinweis auf unseren Vers und 1Kor 4,1: »Stets lag bei der Kirche die Vollmacht, bei der Verwaltung der Sakramente – unbeschadet ihrer Substanz – das festzulegen oder zu verändern, was nach ihrem Urteil dem Nutzen derer, die sie empfangen, bzw. der Verehrung der Sakramente selbst entsprechend der Verschiedenartigkeit von Umständen, Zeiten und Gegenden zuträglicher ist«[994].

Zu den dadurch ausgelösten kritischen Rückfragen gehört mit Vorrang die, ob nur Priester dem Herrenmahl präsidieren können[995], was bis heute kontrovers beantwortet wird[996]. Während Johannes Paul II. in *Mulieris dignitatem* erneut einschärft, daß nur Männer die sakramentale Weisung empfangen haben: »Tut dies zu meinem Gedächtnis«[997], urteilen die evangelischen Kirchen hier heute überwiegend anders, halten aber daran fest, daß im Regelfall nur Ordinierte die Herrenmahlfeier leiten können[998].

990 GPM 16 (1961/62) 154.

991 Vinon, Spuren 310.

992 Schon Augustin kann die Meinung vertreten, Paulus habe nicht die ganze Ordnung des Gottesdienstes in seinen Briefen darstellen können, doch von ihm sei eingeführt worden, was sich jetzt im Westen überall finde (Ep. 54 VI 8 [BKV 29, 216]).

993 Vgl. auch Summa, Bd. 29, 99f.348 und Schatzgeyer, Von dem hayligisten Opffer (CCath 37, 154.156).

994 Denzinger/Hünermann, Enchiridion, Nr. 1728, S. 559. Vgl. auch Cornelius a Lapide 309 (und das dortige Beispiel des Concilium Altisiodorense, Kan. 39: *Non licet, inquit Concil., mulieri nuda manu Eucharistiam sumere*).

995 Zu den Waldensern und Wyclif, nach denen die Konsekration nicht nur durch Laien, sondern auch durch Frauen geschehen kann, vgl. z.B. M. Aston, Lollards and Reformers. Images and Literacy in Late Medieval Religion, London 1984, 66f. Aus der Alten Kirche sind solche Fälle aus der Gnosis (vgl. Irenaeus, Haer. 1,13,2 [SC 264, 192]) und unter montanistischem Einfluß (Cyprian, Ep. 75,10 [CSEL 3.2, 817]) bekannt.

996 In der katholischen Diskussion weist Schillebeeckx (Amt 58) gegenüber Blank darauf hin, daß die Eucharistie ntl. nicht »amtlos« sei, gibt aber zu, es werde im NT nirgendwo »ein ausdrücklicher Zusammenhang hergestellt zwischen kirchlichem Amt und Vorsitz in der Liturgie«. Zur offiziellen Lehre vgl. z.B. Schütte, Kirche 63 und Glaube 149 (»Leiter der Eucharistiefeier ist [sc. nach orthodoxer, katholischer, altkatholischer und anglikanischer Auffassung] der ordinierte Amtsträger«), was als konstitutiv und nicht funktionell-regulativ verstanden wird (vgl. aber auch ders., Amt 266f und weiter zu 12,28f). Snyder 162 entnimmt dem Text eine Warnung vor Klerikalismus. Aus feministischer Perspektive wird geurteilt: »The Eucharist has become the ritual symbolisation of the structural evil of sexism« (Schüssler Fiorenza* 4f).

997 Denzinger/Hünermann, Enchiridion, Nr. 4840, S. 1465.

998 Vgl. zur Frage der Frauenordination in der evangelischen Kirche z.B. Pannenberg, Dogmatik III 425f und weiter zu 14,34.

3 *Die charismatische Gemeinde 12,1-14,40*

Literatur: Aune, D.E., Prophecy in Early Christianity and the Ancient Mediterranean World, Grand Rapids 1983; *Bacht, H.*, Wahres und falsches Prophetentum, Bibl. 32 (1951) 237-262; *Baker, D.L.*, The Interpretation of 1 Corinthians 12-14, EvQ 46 (1974) 224-234; *Barrett*, Ministry, in: *ders.*, Church 28-53; *Bartling, W.J.*, The Congregation of Christ – A Charismatic Body. An Exegetical Study of 1 Corinthians 12, CTM 40 (1969) 67-80; *Bauer, W.*, Der Wortgottesdienst der ältesten Christen, 1930 (SGV 148); *Baumert, N.*, Charisma und Amt bei Paulus, in: Vanhoye, L'Apôtre 203-228; *Beare, F.W.*, Speaking with Tongues. A Critical Survey of the New Testament Evidence, JBL 83 (1964) 229-246; *Best, E.*, The Interpretation of Tongues, SJTh 28 (1975) 45-62; *Betz, O.*, Der biblische Hintergrund der paulinischen Gnadengaben, in: *ders.*, Jesus. Der Herr der Kirche, Aufsätze zur biblischen Theologie II, 1990 (WUNT 52), 252-274; *Bittlinger, A.*, Der neutestamentliche charismatische Gottesdienst im Lichte der heutigen charismatischen Erneuerung der Kirche, in: Panagopoulos, Vocation 186-209; *ders.*, Im Kraftfeld des Heiligen Geistes. Gnadengaben und Dienstordnungen im Neuen Testament, Marburg [5]1976; *Bläser, P.*, Amt und Gemeinde im Neuen Testament und in der reformatorischen Theologie, Cath(M) 18 (1964) 167-192; *Boyd, D.G.*, Spirit and Church in 1 Corinthians 12-14 and the Acts of the Apostles, in: FS G. Johnston, 1983 (PThMS NS 3), 55-66; *Brockhaus*, Charisma; *Broer, I.*, Fundamentalistische Exegese oder kritische Bibelwissenschaft? Anmerkungen zum Fundamentalismusproblem anhand des paulinischen Offenbarungsverständnisses, in: Offenbarungsanspruch und fundamentalistische Versuchung, hg. v. J. Werbick, 1991 (QD 129), 59-88; *Brosch, J.*, Charismen und Ämter in der Urkirche, Bonn 1951; *Budillon, J.*, La première épître aux Corinthiens et la controverse sur les ministères, Ist. 16 (1971) 471-488; *Callan, T.*, Prophecy and Ecstasy in Greco-Roman Religion and in I Corinthians, NT 27 (1985) 125-140; *v. Campenhausen*, Amt; *Carson, D.A.*, Showing the Spirit: A Theological Exposition of 1 Corinthians 12-14, Grand Rapids 1987; *Chevallier, M.-A.*, Esprit de Dieu, paroles d'homme. Le rôle de l'esprit dans le ministères de la parole selon l'apôtre Paul, Neuchatel 1966; *Cothenet, É.*, Les prophètes chrétiens comme exégètes charismatiques de l'écriture, in: Panagopoulos, Vocation 77-107; *Crone, Th.M.*, Early Christian Prophecy: A Study of its Origin and Function, Baltimore 1973; *Culpepper, R.H.*, Evaluating the Charismatic Movement. A Theological and Biblical Appraisal, Valley Forge 1977; *Currie, St.D.*, »Speaking in Tongues«. Early Evidence Outside the New Testament Bearing on »Glossais Lalein«, Interp. 19 (1965) 274-294; *Dautzenberg*, Botschaft; *ders.*, Prophetie; *Delling*, Gottesdienst 32-49; *Dominy, B.*, Paul and Spiritual Gifts: Reflections on I Corinthians 12-14, SWJT 26 (1983) 49-68; *Dunn, J.D.G.*, Jesus and the Spirit, London 1975, 199-361.408-452; *Dupont, J.*, Dimensions du problème des charismes dans 1Co 12-14, in: de Lorenzi, Charisma 7-21; *Eichholz, G.*, Was heißt charismatische Gemeinde 1. Korinther 12, 1960 (TEH 77); *Ellis, E.E.*, »Spiritual« Gifts in the Pauline Community, in: *ders.*, Prophecy 23-44; *ders.*, Prophecy in the New Testament Church – and Today, in: Panagopoulos, Vocation 46-57; *Engelson, N.I.J.*, Glossolalia and Other Forms of Inspired Speech According to I Corinthians 12-14, Diss. Yale 1970 (stand mir leider nicht zur Verfügung); *Esler, Ph.F.*, Glossolalia and the Admission of Gentiles into the Early Christian Community, BTB 22 (1992) 136-142; *Farnell, F.D.*, The Current Debate about New Testament Prophecy, BS 149 (1992) 277-303; *ders.*, The Gift of Prophecy in the Old and New Testament, BS 149

(1992) 387-410; *ders.*, Does the New Testament Teach Two Prophetic Gifts?, BS 150 (1993) 62-88; *Forbes, Ch.*, Prophecy and Inspired Speech in Early Christianity and its Hellenistic Environment, 1995 (WUNT II/75); *Ford, J.M.*, Toward a Theology of »Speaking in Tongues«, TS 32 (1971) 3-29; *Fraikin, D.*, »Charismes et ministères« à la lumière de 1 Co 12-14, EeT 9 (1978) 455-463; *Frenschkowski, M.*, Offenbarung und Epiphanie, Bd. 1, 1995 (WUNT II/79); *Friedrich, G.*, Geist und Amt, WuD 3 (1952) 61-85; *ders.*, Das Amt im Neuen Testament. in: *ders*, Aufsätze 416-430; *Fuller, R.H.*, Tongues in the New Testament, ACQ 3 (1963) 162-168; *Fung, R.Y.K.*, Ministry, Community and Spiritual Gifts, EvQ 56 (1984) 2-20; *Gábris, K.*, Charismatische Erscheinungen bei der Erbauung der Gemeinde, CV 16 (1973) 147-162; *Giblet, J.* (Hg.), Vom Christus zur Kirche. Charisma und Amt im Urchristentum, Wien u.a. 1966; *Giesriegl, R.*, Die Sprengkraft des Geistes. Charismen und apostolischer Dienst des Paulus nach dem 1. Korintherbrief, Thaur/Tirol 1989; *Gillespie*, Theologians; *ders.*, Pattern; *Gloel, J.*, Der Heilige Geist in der Heilsverkündigung des Paulus, Halle 1888; *Gnilka, J.*, Geistliches Amt und Gemeinde nach Paulus, Kairos 11 (1969) 95-104; *Greenspahn, F.E.*, Why Prophecy Ceased, JBL 108 (1989) 37-49; *Greeven, H.*, Die Geistesgaben bei Paulus, WuD 6 (1959) 111-120; *ders.*, Propheten, Lehrer, Vorsteher bei Paulus, ZNW 44 (1952/53) 1-43; *Grelot, P.*, Das kirchliche Amt im Dienst des Gottesvolkes, in: Giblet, Christus 203-221; *Grudem, W.A.*, The Gift of Prophecy in 1 Corinthians, Lanham u.a. 1982; *Gundry, R.H.*, ›Ecstatic Utterance‹ (N.E.B.) ?, JThS 17 (1966) 299-307; *Gunkel, H.*, Die Wirkungen des Heiligen Geistes nach der populären Anschauung der apostolischen Zeit und der Lehre des Apostels Paulus, Göttingen [3]1909; *Hahn, F.*, Neutestamentliche Grundlagen für eine Lehre vom kirchlichen Amt, in: *ders.*, Beiträge 159-184; *ders.*, Charisma und Amt. Die Diskussion über das kirchliche Amt im Lichte der neutestamentlichen Charismenlehre, in: *ders.*, Beiträge 201-231; *ders.*, Grundfragen von Charisma und Amt in der gegenwärtigen neutestamentlichen Forschung. Fragestellungen aus evangelischer Sicht, in: Rendtorff, Charisma, 335-349; *Hainz, J.* (Hg.), Kirche im Werden. Studien zum Thema Amt und Gemeinde im Neuen Testament, München u.a. 1976; *ders.*, Amt und Amtvermittlung bei Paulus, in: ebd. 109-122; *ders.*, Ekklesia 78-95; *Harrington, D.J.*, Charism and Ministry: The Case of the Apostle Paul, ChiSt 24 (1985) 245-257; *Harrisville, R.A.*, Speaking in Tongues: A Lexicographical Study, CBQ 38 (1976) 35-48; *Hasel, G.F.*, Speaking in Tongues: Biblical Speaking in Tongues and Contemporary Glossolalia, Berrien Springs 1991; *Hasenhüttl, G.*, Charisma. Ordnungsprinzip der Kirche, 1969 (ÖF.E 5); *Heckel, U.*, Paulus und die Charismatiker. Zur theologischen Einordnung der Geistesgaben in 1Kor 12-14, ThBeitr 23 (1992) 117-138; *Hennen, B.*, Ordines sacri. Ein Deutungsversuch zu I Cor 12,1-31 und Röm 12,3-8, ThQ 119 (1938) 427-469; *Hermann*, Kyrios 69-98; *Herten, J.*, Charisma – Signal einer Gemeindetheologie des Paulus, in: Hainz, Kirche 57-89; *Hill*, Prophecy; *ders.*, Christian Prophets as Teachers or Instructors in the Church, in: Panagopoulos, Vocation 108-130; *Hoffmann, P.*, Das Erbe Jesu und die Macht der Kirche, Mainz 1991 (Topos-Taschenbücher); *ders.*, Priestertum und Amt im Neuen Testament. Eine Bestandsaufnahme, in: *ders.* (Hg.), Priesterkirche, Düsseldorf 1987, 12-61; *Hollenweger, W.J.*, Konflikt in Korinth. Memoiren eines alten Mannes. Zwei narrative Exegesen, 1978 (KT 31); *Holmberg*, Paul 96-208; *Horn*, Angeld 281-301; *Horrell*, Ethos 176-195; *House, H.W.*, Tongues and the Mystery Religions of Corinth, BS 140 (1983) 134-150; *Hultgård, A.*, Ecstasy and Vision, in: Religious Ecstasy, hg. v. N.G. Holm, SIDA 11 (1982) 218-225; *Hurd*, Origin 186-195; *Käsemann, E.*, Amt und Gemeinde im Neuen Testament, in: *ders.*, Versuche, Bd. 1, 109-134; *Kelsey, M.*, Tongue Speaking. The History and Meaning of the Charismatic Experience, New York 1981; *Kertelge, K.*, Gemeinde und Amt im Neuen Testament, München 1972; *ders.* (Hg.), Das kirchliche Amt im Neuen Testament, 1977 (WdF 439); *ders.*, Gemeinde und Amt im Neuen Testament, 1974 (BiH 10); *Klaiber*, Rechtfertigung 195-249; *Koenig, J.*, Charismata: God's Gifts for God's People, Philadelphia 1978; *ders.*, From Mystery to Ministry: Paul as Interpreter of Charismatic Gifts, USQR 33 (1978) 167-174; *Körtner, U.H.J.*, Der Geist der Prophetie, WuD 20 (1989) 281-307; *Kuß, O.*, Enthusiasmus und Realismus bei Paulus, in: *ders.*, Auslegung und Verkündigung I, Regensburg 1963, 260-270; *Lang, B.*, Vom Propheten zum Schriftgelehrten: Charismatische Autorität im Frühjudentum, in: Theologen und Theologien in verschiedenen Kulturkreisen, hg. v. H. v. Stietencron, Düsseldorf 1986, 89-114; *Lemaire, A.*, The Ministries in The New Testament. Recent Research, BTB 3 (1973) 133-166; *Lindblom, J.*, Gesichte und Offenbarungen. Vorstellungen von göttlichen Weisungen und übernatürlichen Erscheinungen im ältesten Christentum, Lund 1968; *Linton*, Problem; *Lührmann*, Offenbarungsverständnis 27-44; *Luz, U.*, Charisma und Institution in neutestamentlicher Sicht, EvTh 49 (1989) 76-94; *Macchia, F.D.*, Zungenrede und Prophetie: eine pfingstkirchliche Perspektive, Conc(D) 32 (1996) 251-255; *MacGorman, J.W.*, Glossolalic Error and Its Correction: 1 Corinthians 12-14, RExp 80 (1983) 389-400; *Malony, H.N.*, Glossolalia. Behavioral Science Perspectives on Speaking in Tongues, New York u.a. 1985; *Maly*, Gemeinde 186-250; *Martin, B.M.*, Tongues of Angels and Other Status Indicators, JAAR 59 (1991) 547-589; *Martin, R.P.*, The Spirit and the Congregation. Studies in 1 Corinthians 12-15, Grand Rapids 1984; *ders.*, Worship; *Meily, J.M.*, The Ministry of Paul in the Community of Corinth as it Appears in the First Letter to the Corinthians, Taiwan 1982; *Mills, W.E.*, A Theological/Exegetical Approach to Glossolalia, Lanham 1985; *Mosiman, E.*, Das Zungenreden geschichtlich und psychologisch untersucht, Tübingen 1911; *Müller*, Prophetie; *Nardoni, E.*, The Concept of Charism in Paul, CBQ 55 (1993) 68-80; *Nielen*, Gebet; *Ouderlsluys, R.C.*, Charismatic Theology and the New Testament, RefR(H) 28 (1974/75) 48-59; *Painter, J.*, Paul and the Πνευματικοί at Corinth, in: FS C.K. Barrett, London 1982, 237-250; *Panagopoulos, J.* (Hg.), Prophetic Vocation in the New Testament and Today, 1977 (NT.S 45); *ders.*, Die urchristliche Prophetie. Ihr Charakter und ihre Funktion, in: ebd. 1-32; *Pearson*, Pneumatikos 44-50; *Perrot, C.*, Charisme et institution chez Saint Paul, RSR 71 (1983) 81-92; *Pesce, M.*, L'apostolo di fronte alla crescita pneumatica dei Corinti (1 Co 12-14), in: de Lorenzi, Charisma 51-90; *Poythress, V.S.*, The Nature of Corinthian Glossolalia: Possible Options, WThJ 1 (1977) 130-135; *Pratscher, W.*, Zum Phänomen der Glossolalie, in: Gott ohne Eigenschaften?, hg. v. S. Heine u.a., Wien 1983, 119-132; *Probst*, Paulus 326-334; *Reiling, J.*, Prophecy, the Spirit and the Church, in: Panagopoulos, Vocation 58-78; *Rendtorff*, Charisma; *Ritter, A.M.*, Amt und Gemeinde im Neuen Testament, in: *ders. / Leich, G.*, Wer ist die Kirche? Amt und Gemeinde im Neuen Testament, in der Kirchengeschichte und heute, Göttingen 1968, 21-115.217-271; *Robinson, D.W.B.*, Charismata versus Pneumatika: Paul's Method of Discussion, RTR 31 (1972) 49-55; *Rohde, J.*, Urchristliche und frühkatholische Ämter. Eine Untersuchung zur frühchristlichen Amtsentwicklung im Neuen Testament und bei den apostolischen Vätern, 1976 (ThA 23); *Roloff, J.*, Das Amt und die Ämter im Neuen Testament, ThBeitr 15 (1984) 201-218; *ders.*, Kirche 132-144; *ders.*, Kirchenleitung nach dem Neuen Testament, KuD 42 (1996) 136-153; *Roux, Ch.*, Prophétie et ministère prophétique selon saint Paul, Hokhma (Revue de réflexion theologique Lausanne) 29 (1985) 33-53; *Ruschitzka, E.*, Charisma zur Mündigkeit – Amt zur Disziplin? Der

Apostel Paulus und sein Problem mit dem Selbstbewußtsein der Gemeinde in Korinth, in: Verweigerte Mündigkeit?, hg. v. J. Niewiadomski, Thaur/Tirol 1989, 121-142; *Saake, H.*, Pneumatologia Paulina. Zur Katholizität der Problematik des Charisma, Cath(M) 26 (1972) 212-223; *Salzmann, J.Ch.*, Lehren und Ermahnen. Zur Geschichte des christlichen Wortgottesdienstes in den ersten drei Jahrhunderten, 1994 (WUNT II/59); *Schäfer*, Gemeinde 385-418.674-702; *Schatzmann, S.*, A Pauline Theology of Charismata, Peabody, Ma. 1987; *Schäfer, G.K. / Strohm, Th.* (Hg.), Diakonie – biblische Grundlagen und Orientierungen, Heidelberg 1990; *Schelkle, K.H.*, Charisma und Amt, in: FS H. Zimmermann, 1980 (BBB 53), 311-323; *Schlier, H.*, Die Verkündigung im Gottesdienst der Kirche, in: *ders.*, Zeit 244-264; *Schmeller*, Hierarchie 75-85; *Schnackenburg, R.*, Charisma und Amt in der gegenwärtigen neutestamentlichen Forschung. Aspekte, Tendenzen und Fragestellungen aus römisch-katholischer Sicht, in: Rendtorff, Charisma 350-367; *ders.*, Charisma und Amt in der Urkirche und heute, MThZ 37 (1986) 233-248; *Schrenk, G.*, Geist und Enthusiasmus, in: *ders.*, Studien zu Paulus, 1954 (AThANT 26), 107-127; *Schürmann, H.*, Die geistlichen Gnadengaben in den paulinischen Gemeinden, in: Kertelge, Amt 362-412; *Schulz, S.*, Die Charismenlehre des Paulus. Bilanz der Probleme und Ergebnisse, in: FS E. Käsemann, Tübingen/Göttingen 1976, 443-460; *Schweizer*, Gemeinde 80-94; *ders.*, Das Leben des Herrn in der Gemeinde und ihren Diensten. Eine Untersuchung der neutestamentlichen Gemeindeordnung, 1946 (AThANT 8); *ders.*, Konzeptionen von Charisma und Amt im Neuen Testament, in: Rendtorff, Charisma 316-334; *Scippa, V.*, La glossolalia nel Nuovo Testamento. Ricerca esegetica secondo il metodo storico-critico e analitico-strutturale, Neapel 1982 (stand mir nicht zur Verfügung); *Siegert, F.*, Prophetie und Diakonie. Über das »Amt« im Neuen Testament, verglichen mit heutiger kirchlicher Praxis, ThBeitr 22 (1991) 174-194; *Smalley, S.S.*, Spiritual Gifts and I Corinthians 12-16, JBL 87 (1968) 427-433; *Smit, J.*, De rangorde in de kerk: Retorische analyse van 1 Kor. 12, TTh 29 (1989) 325-343; *ders.*, Argument and Genre of 1 Corinthians 12-14, in: Rhetoric and the New Testament, hg. v. St.E. Porter u.a., 1993 (JSNT.S 90), 211-229; *Standaert, B.*, Analyse rhétorique des chapitres 12 à 14 de 1 Co, in: de Lorenzi, Charisma 23-50; *Stendahl, K.*, Glossolalia and the Charismatic Movement, in: FS N.A. Dahl, Oslo u.a. 1977, 122-131; *Stolle, V.*, Im Dienst Christi und der Kirche. Zur neutestamentlichen Konzeptualisierung kirchlicher Ämter, LuThK 20 (1996) 65-131; *Talbert, Ch.H.*, Paul's Understanding of the Holy Spirit: The Evidence of 1 Corinthians 12-14, PRSt 11 (1984) 95-108; *Theißen*, Aspekte 269-340; *Thiselton, A.C.*, The ›Interpretation‹ of Tongues: A New Suggestion in the Light of Greek Usage in Philo and Josephus, JThSt 30 (1979) 15-36; *Thüsing, W.*, Dienstfunktion und Vollmacht kirchlicher Ämter nach dem Neuen Testament, BiLe 14 (1973) 77-88; *Toit, A.B. du*, Die Charismata – ›n Voortsetting van die gesprek. Pauliniese Kriteria ten opsigte van die beoefening van die individuele Charismata volgens 1 Kor. 12-14, NGTT 20 (1979) 189-200; *Trummer, P.*, Charismatischer Gottesdienst. Liturgische Impulse aus 1Kor 12 und 14, BiLi 54 (1981) 173-178; *Turner, M.M.B.*, Spiritual Gifts Then and Now, VoxEv 115 (1985) 7-64; *Wire*, Women 135-158; *Witherington*, Conflict 253-290; *Ysebaert, J.*, Die Amtsterminologie im Neuen Testament und in der alten Kirche, Breda 1994.

Wie schon im Proömium angekündigt (1,4-7), kommt Paulus nun ausführlich auf die Geistesgaben zu sprechen. Über die Einheit von Kap. 12-14 gibt es, abgesehen von der Zugehörigkeit von Kap. 13 (vgl. dazu z.St.), keinen Dissens. Die Neueinsätze in 12,1 und 15,1 sind eindeutig markiert. Strittig ist, ob Kap. 12-14 mit Kap. 11 ursprünglich zusammengehörten[1]. Aber der Abschnitt über die Geistesgaben paßt aufs beste zur Behandlung der Gottesdienstprobleme in Kap. 11[2]. Zwar hat schon Chrysostomus (239) die Dunkelheit des Textes wegen der uns fehlenden Informationen beklagt, und in der Tat stößt eine Rekonstruktion der korinthischen Situation oft schnell an ihre Grenze. Gleichwohl ist aus Kap. 12-14 eine ungewöhnliche Fülle von Informationen über das gottesdienstliche Leben der korinthischen Gemeinde zu gewinnen, deren Bild im ganzen weder auf alle paulinischen Gemeinden zu übertragen noch auf Korinth zu beschränken ist (vgl. unten Anm. 268). Kontrovers zwischen Paulus und den Korinthern ist offenbar vor allem die elitäre Überbewertung der Glossolalie als exzeptioneller Pneumabegabung. Das ist daraus zu schließen, daß alles auf die Korrekturen in Kap. 14 abzielt, die Glossolalie neben der Prophetie als einzige in allen Charismenkatalogen unseres Briefes erscheint, und zwar an prononcierter Stelle zum Schluß (12,10.30; vgl. auch 14,26) oder umgekehrt am Anfang (13,1). Von daher versteht sich auch am besten die Einordnung von Kap. 13 als Kriterium. Diese Hochschätzung der Glossolalie impliziert für die Korinther keinen Gegensatz zur Prophetie, wohl aber deren Verständnis als ähnlich enthusiastisch-ekstatisches Phänomen wie die sie angeblich überbietende Glossolalie[3]. Deutlicher Hintergrund ist auch hier ein übersteigerter Pneumatismus[4] und Enthusiasmus, der mit der realized eschatology zusammenhängt und in der Glossolalie die »Sprache der Engel« (13,1) vernimmt, also die himmlische Welt schon ge-

1 Zur Einheitlichkeit von Kap. 12-14 vgl. Merklein, Studien 368f; Wischmeyer (Lit. zu Kap. 13; Weg) 27-38. Schon Heinrici 358 vergleicht den Aufbau von Kap. 12-14 mit dem von Kap. 8-10.

2 Weiß XLII will 12,1 an 9,1-23 anschließen lassen, Schmithals, Gnosis 89 an 10,23-11,1. Das δέ ist aber auch hier metabatisch und nicht mit Godet II 106 adversativ zu 11,34 oder mit Bachmann 373; Gutjahr 325 u.a. als Fortführung des πρῶτον μέν von 11,18 (»gegen eine weitere Unordnung in der Gemeindeversammlung«; vgl. zu 11,18) zu verstehen.

3 Vgl. Heinrici, Sendschreiben 348; Bornkamm, Studien 133; Müller, Prophetie 29, nach dem erst Paulus die Trennung zwischen Glossolalie und Prophetie einführt; Schmithals, Gnosis 270 (mit Hinweis darauf, daß auch bei Gnostikern Zungenrede προφητεύειν heißt und die Vorstellung ekstatischen Redens auch bei Philo mit der Prophetie verbunden ist; vgl. dazu unten Anm. 229); Lührmann* 37f; Pearson* 44; Painter* 243; Klauck 98f; Hill* (Prophecy) 121f; Callan* 136f; Broer* 64; Wire* 140-145, die annimmt, daß die Glossolalie als Klimax der Prophetie galt (140; vgl. schon Fascher* 185), vor allem Gillespie* 70 u.ö.; 14,37 z.B. läßt vermutlich den korinthischen Anspruch auch auf Prophetie erkennen (Müller, a.a.O. 30; Gillespie* 76 mit Lit.); anders allerdings die meisten, die eher von einer Unterscheidung oder gar »Unterdrückung der Prophetie und anderer wichtiger Charismen« in Korinth ausgehen (so z.B. Grau* 197; vgl. auch Hurd, Origin 72; Brockhaus* 150f; Grudem* 155-176; Witherington* 277-279).

4 Vgl. Gunkel* 75; Vielhauer, Geschichte 132 (»ein hochgesteigertes Bewußtsein der Geisterfahrung und des Geistbesitzes, das den Pneumatiker unmittelbar mit dem erhöhten Christus verbindet«); Horn* 281 (219 Anm. 1 mit weiterer Lit.); vgl. weiter auch EKK VII 1, 57. Zur Einwirkung einer bei Philo (z.B. Her 259-266) bezeugten Verbindung von geistgewirkter Weisheit mit Prophetie und einem elitären Statusdenken vgl. Forbes* 262f, aber auch EKK VII 1, 60f.

genwärtig glaubt[5]. Der Geist als gegenwärtige eschatologische Wunderkraft manifestiert sich danach primär im Außerordentlichen und Spektakulären. Und genau das bestreitet Paulus mit Nachdruck, sosehr er auch selbst Anlaß zu solchem Mißverständnis gegeben haben mag (vgl. z.B. 2,4; 14,5). Geisterfülltheit weist nicht *eo ipso* auf Heiligen Geist, auch da nicht, wo sie sich im Mirakulösen und Faszinierenden bekundet. Das in Korinth überbewertete »Supranaturale« und Numinose garantiert noch keine Christlichkeit. Es gibt auch ein ἕτερον πνεῦμα (2Kor 11,4), und seine Manifestationen können denen des πνεῦμα ἅγιον formal zum Verwechseln ähnlich sehen, wie denn Paulus auch den Pseudo-Aposteln des 2. Korintherbriefes ihre Visionen, Offenbarungen und Wunder nicht bestreitet (vgl. 2Kor 11,4.13ff; 12,1ff usw.). Entscheidendes Signum und Kriterium des Heiligen Geistes ist vielmehr das Bekenntnis zu Jesus als Herrn.

Kap. 12 dient vor allem der Grundlegung, wobei 12,1-3 mit dem für alle geltenden pneumatischen Grunddatum der Geistverleihung auch das ausschlaggebende Unterscheidungsmerkmal für das Pneumatikertum anführt. 12,4-11 soll die Herkunft der verschiedenen Geistesgaben aus dem einen Geist und damit ihre grundsätzliche Einheit erweisen, gleichzeitig aber durch ἑκάστῳ (V 7.11) und πρὸς τὸ συμφέρον (V 7) schon ihr wesentliches Kennzeichen und ihre konstitutive Funktion andeuten. 12,12-26 ist eine Veranschaulichung mit Hilfe der Leibmetapher und 12,27-31 eine Anwendung. 12,31b-13,13 nennt als konstitutives Kriterium aller Geistesgaben die Agape, die nicht selbst ein Charisma im Sinne individueller Manifestation des Geistes ist, sondern deren gemeinsames Fundament und Kriterium. 14,1-25 behandelt vom damit verwandten Kriterium der Oikodome her im Blick auf die konkreten Probleme in Korinth vor allem das Verhältnis von Glossolalie und Prophetie und damit in Sonderheit das von Verständlichkeit und Unverständlichkeit, während die anderen Charismen zurücktreten. 14,26-33.36-40 gibt praktische Anweisungen für den Gemeindegottesdienst, und V 34f sind eine sekundäre Interpolation. Paulus stellt also die Behandlung der Geistesgaben in einen theologisch reflektierten Horizont.

[5] Vgl. außer EKK VII 1, 57 weiter Käsemann* 111; Thiselton, Eschatology 517; Héring 106; Senft 154; Carson* 16f; Dautzenberg, RAC 11, 233; Schäfer* 387f. Umgekehrt wird meist der nüchterne Realitätssinn des Apostels für die Einschränkung des »frei flutenden Pneuma« verantwortlich gemacht (so z.B. Greeven* [Propheten] 9 Anm. 21); ähnlich Bornkamm, Ende 118: Paulus hole »den Gottesdienst aus jener imaginären Region eschatologischer Vollendung ... in den Bereich des geschichtlichen Daseins zurück«. Von einer prinzipiellen Bekämpfung des Enthusiasmus zu reden, geht jedoch zu weit (vgl. Saake* 215 und unten Anm. 230 u.ö.), zumal der Begriff vielschichtig ist und schon die Antike verschiedene Formen von ἐνθουσιασμός kannte (Plutarch, Amat. 16 [758E]), auch solche ohne ἀναγκαῖον (758B); vgl. Heinrici 361 Anm. *; Bousset 148 und Pfister, Art. Enthusiasmus, TRE 5, 455-457, aber auch die Vorbehalte gegenüber diesem Begriff bei Baumgarten, Paulus 198-200 und Horn* 220f.

3.1 *Grundaussage und Kriterium 12,1-3*

Literatur: Vgl. außer der zu diesem Abschnitt wiederholten Lit. zu Kap. 12-14: *Albright, W.F. / Mann, C.S.*, Two Texts in I Corinthians, NTS 16 (1969/70) 271-276; *Bassler, J.M.*, 1Cor 12:3 – Curse and Confession in Context, JBL 101 (1982) 415-418; *Baumert, N.*, Zur »Unterscheidung der Geister«, ZKTh 111 (1989) 183-195; *de Broglie, G.*, Le texte fondamental de saint Paul contre la foi naturelle (I Cor., XII,3), RSR 39 (1951/52) 253-266; *Brox, N.*, ΑΝΑΘΕΜΑ ΙΗΣΟΥΣ (1 Kor 12,3), BZ 12 (1968) 103-111; *Dautzenberg*, Prophetie 143-146; *Derrett, J.D.M.*, Cursing Jesus (I Cor. XII.3): The Jews as Religious ›Persecutors‹, NTS 21 (1974/75) 544-554; *Gillespie*, Theologians 65-96; *Grudem* (Lit. zu 12,1-14,40) 156-173; *Holtz, T.*, Das Kennzeichen des Geistes (1 Kor. XII. 1-3), NTS 18 (1971/72) 365-376; *Johnson, L.T.*, Norms for True and False Prophecy in First Corinthians, ABenR 22 (1971) 29-45; *Käsemann* (Lit. zu Kap. 12-14); *Maly, K.*, 1 Kor 12,1-3, eine Regel zur Unterscheidung der Geister?, BZ 10 (1966) 82-95; *Martin, F.*, Pauline Trinitarian Formulas and Christian Unity, CBQ 30 (1968) 199-219; *Mehat, A.*, L'enseignement sur »Les choses de l'Esprit« (1 Corinthiens 12,1-3), RHPhR 63 (1983) 395-415; *Paige, T.*, 1 Corinthians 12.2: A Pagan *Pompe*?, JSNT 44 (1991) 57-65; *Pearson, B.A.*, Did the Gnostics Curse Jesus?, JBL 86 (1967) 301-305; *Scroggs, R.*, The Exaltation of the Spirit by Some Early Christians, JBL 84 (1965) 359-373; *Subilia, V.*, Sia maledetto Gesù, Protest. 36 (1981) 151-157; *van Unnik, W.C.*, Jesus: Anathema or Kyrios (I Cor. 12:3), in: FS C.F.D. Moule, Cambridge 1973, 113-126; *Vos, J.S.*, Das Rätsel von I Kor 12:1-3, NT 35 (1993) 251-269.

1 **Über die Geistesgaben aber, Brüder, will ich euch nicht in Unkenntnis lassen.** 2 **Ihr wißt, daß ihr, als ihr Heiden wart, (immer wieder) fortgerissen, zu den stummen Götzen hingezogen worden seid.** 3 **Darum erkläre ich euch: Niemand, der im Geiste Gottes redet, sagt: »Verflucht ist Jesus«, und keiner kann sagen: »Herr ist Jesus« außer im Heiligen Geist.**

Analyse Die ersten drei Verse sind von grundsätzlicher Bedeutung. Sie haben also vermutlich über die pneumatischen Wirren mit ihren Übersteigerungen und Verwechselungsgefahren hinaus keine spezielle Veranlassung durch Vorkommnisse etwa der Art, daß in Korinth umstritten war, wer als Träger oder Sprecher des Geistes zu gelten hat und wer nicht, und man Paulus deshalb gar nach einem Unterscheidungsmerkmal fragt[6]. Die Erinnerung an die heidnische Zeit in V 2 soll nicht die Größe und das Wunder der Wende, sondern die Ambivalenz des ἄγεσθαι in Ekstase und Enthusiasmus durch die Analogie früherer paganer Erfahrungen zum Bewußtsein bringen, und das Kyriosbekenntnis mit seiner Antithese in V 3 soll das entscheidende Merkmal des Re-

[6] So aber u.a. Meyer 334; Heinrici 362; Bousset 134 rechnet mit einer Frage der Korinther, »woran man denn die Wirkungen des Geistes sicher erkennen, wodurch man sie namentlich von den Wirkungen der Dämonen und des Teufels unterscheiden könne« (ähnlich Findlay 405f; Gunkel* 41; Weiß 295; vgl. auch Hermann, Kyrios 70; Mehat* 411f). Aber nicht die Korinther fragen aus einer gewissen Unsicherheit heraus nach einem Unterscheidungsmerkmal, sondern Paulus selbst dringt darauf; vgl. auch Hurd, Origin 186-188; de Broglie* 256 und unten Anm. 53.

dens im Geist herausstellen. Allerdings wird von V 3b her vielfach angenommen, daß es in Korinth tatsächlich Leute gegeben hat, die unter Berufung auf den Geist ἀνάθεμα Ἰησοῦς gerufen haben. Die Meinungen darüber gehen sehr auseinander, was aber nicht zu allen möglichen Rekonstruktionen berechtigt[7].

Viele meinen, daß Paulus nicht nur eine theoretische Möglichkeit ins Auge faßt bzw. rhetorisch eine Kontrastformel zum Kyriosbekenntnis bildet, sondern daß ihm reale Vorkommnisse einer Verfluchung Jesu in der Gemeinde vor Augen stehen. Weithin akzeptiert ist vor allem die Erklärung des Anathema auf einem frühgnostischen Hintergrund: Gnostiker, die bereits den Himmel auf Erden für eine Realität halten, sich mit dem himmlischen Pneuma-Christus eins wissen und Fleisch und Leiblichkeit als das schlechthin Böse diskreditieren, haben mit dem irdischen Jesus tatsächlich nie etwas anfangen können[8]. So denken denn viele Autoren an christliche Ekstatiker, die sich zwar zu dem erhöhten Herrn bekennen, aber den irdischen Jesus verfluchen[9]. Diese Möglichkeit ist nicht auszuschließen. Sie wäre, setzte Paulus tatsächlich reale Vorkommnisse voraus, immer noch wahrscheinlicher als die Annahme, daß inspirierte Christen das Anathema in Trance bzw. Ekstase ausgerufen haben und damit eindeutig als dämonisch entlarvt werden können, weil eine Simulation in der Ekstase ausgeschlossen sei[10]. Jedenfalls ist nicht an Vorgänge außerhalb des Gottesdienstes

7 Das *Non plus ultra* an Phantasiereichtum ist die Konjektur von Albrigth/Mann* 273, es sei eine ursprünglich aramäische Formel Ἀνα ἀθὲ μαρὰν ἀθὰ Ἰησοῦς (»Ich komme, komm, unser Herr!«) von einem Kopisten mißverstanden worden; vgl. die Kritik bei Conzelmann 250 Anm. 10 und Wolff 286. Ebenso ausgefallen ist die Erwägung von Witherington (Lit. zu 12,12ff) 256 Anm. 9, ob nicht ἀνάθεμα die positive Bedeutung Weihegabe haben könnte und korinthische Christen »votive lamps with Jesus name on them, as a prayer, but in pagan location« dargebracht haben könnten.

8 Vgl. schon 1Joh 2,22; 4,3; 5,6 und dazu Bultmann, Theologie 173. Vor allem in späteren gnostischen Texten wird das explizit. So lassen die Ophiten niemanden zu ihrer Gemeinschaft zu, der nicht vorher Jesus verflucht hat (Origenes, Cels. 6,28 [GCS 3, 98]: ἐὰν μὴ ἀρὰς θῆται κατὰ τοῦ Ἰησοῦ); zu den Einwänden von Pearson* 302-305 und Conzelmann 250 Anm. 10 vgl. deren Kritik durch Grudem* 168f. Brox* 107 verweist mit Recht auf den Kommentar des Origenes 30 zu unserer Stelle (Niemand wird zugelassen, εἰ μὴ ἀναθεματίσῃ τὸν Ἰησοῦν); vgl. auch Irenaeus, Haer. 1,24,4 und Epiphanius, Haer. 1,37,2.7. Eine Disqualifizierung des irdischen Jesus belegen auch gnostische Originaldokumente: In der EpJac (NHC I 2/3,12-25) werden z.B. die mit einem Wehe belegt, die den Menschensohn gesehen, gesprochen und gehört haben, Heil aber wird denen zuteil, die ihn nicht gesehen, nicht mit ihm zusammen waren, nicht mit ihm gesprochen haben und nichts von ihm gehört haben; vgl. Rudolph, Gnosis 166.

9 Schniewind, Reden 115 denkt an die Verfluchung des sarkischen Christus bzw. an die Verachtung von Jesu Niedrigkeit und Kreuz; vgl. weiter Godet II 110; Schmithals, Gnosis 47.119; Eichholz (Lit. zu Kap. 12-14) 12f; Käsemann, Ruf 84f; Hermann, Kyrios 70; Güttgemanns, Apostel 65; Dunn* 234f; Subilia* 155f; Gillespie* 93f; Kistemaker 415 u.a. Anders schon Heinrici 363: Aus Ἰησοῦς ist keine Polemik zu entnehmen, da Paulus auch sonst nie κύριος Χριστός gebraucht, vermutlich wegen des ursprünglich titularen Χριστός; vgl. auch Pearson*48. Ein Rückgriff auf den irdischen Jesus und seine Verfluchung als πλάνος, der von sich behauptet, Sohn Gottes und Messias zu sein (so z.B. Holsten, Evangelium 367 Anm. **), ist erst recht nicht zu erkennen.

10 So Weiß 295: Der zugrundeliegende Gedanke sei *in enthusiasmo veritas*; vgl. auch unten Anm. 67. Umgekehrt Barrett 280 im Anschluß an Allo 322: »Paul is referring to the cries of Christian ecstatics who were resisting the trance or ecstasy they felt coming upon them, ›in the manner of the Sibyl who foamed as she resisted the inspiration that was taking possession of her, or of Cassandra, who curses Apollo in Aeschylus's *Agamemnon*‹« (Ag. 1080-1087); kritisch dazu Crone* 225.

der Gemeinde zu denken, d.h. Paulus hat hier nicht die synagogale Verwerfung Jesu durch Juden bzw. Kontroversen mit jüdischen Opponenten im Auge[11], zumal die Birkat-ha-minim erst nach 70 ins jüdische Achtzehnbittengebet aufgenommen wurde[12] und Paulus ehemalige Heiden anspricht, auch wenn ἀνάθεμα jüdischer Herkunft ist. An eine nachträgliche Selbstrechtfertigung solcher Christen, die in der Verfolgung vor heidnischen Gerichten schwach geworden sein, Jesus verflucht haben (vgl. Plinius, Ep. 10,96) und das hinterher mit Berufung auf Mt 10,17ff entschuldigt haben sollen, daß ihnen das nämlich der Geist eingegeben habe[13], wird man ebensowenig denken dürfen. Eine Konfrontation mit dem Kaiserkult oder eine von daher verstehbare Verfolgungssituation ist bei Paulus noch nirgendwo zu entdecken. Ein Zwischenruf eines am Gottesdienst teilnehmenden Nicht-Christen (vgl. 14,23ff)[14] scheint ebenfalls sehr weit hergeholt, zumal dann ein Reden ἐν πνεύματι θεοῦ von vornherein ausgeschlossen wäre.

Am nächsten liegt es aber ohnehin, daß hier eine antithetische Analogiebildung des Paulus zum Bekenntnis κύριος Ἰησοῦς vorliegt, die Paulus *ad hoc* zum schockierenden Kontrast gebildet hat[15] und damit zugleich ein jede Neutralität ausschließendes Entweder-Oder andeutet. Dafür spricht vor allem, daß Paulus so beiläufig darauf eingeht, ja es den Korinthern allererst »er-

[11] So u.a. Cajetan 73v; Estius 633; v. Mosheim 544; Semler 309; Bengel 422: *faciebant gentes, sed magis Judaei*; Rückert 323; Holsten, Evangelium 367 (»der ungläubige jude und heide«); Schlatter 333 (mit Verweis auf Dtn 7,26; mNed 5,4 und Apg 18,6); Moffatt 178f; Fisher 194; Mehat* 413; Orr/Walther 277; vgl. auch Derrett*, der jüdische Versuche vermutet, Christen aus der Synagoge auszuscheiden, so daß diese »Jesus ist verflucht« sagen, um in der Synagoge bleiben zu können. Aber V 2 ist nicht eine Analogie zur heidnischen und V 3 dann zur jüdischen Vergangenheit der Adressaten.

[12] Allerdings könnte Gal 3,13 (ἐπικατάρατος im Anschluß an Dtn 21,23: κεκατηραμένος; vgl. auch 4QpHab 7f und dazu G. Jeremias, Der Lehrer der Gerechtigkeit, 1963 [StUNT 2], 134) eine jüdische Ablehnungsformel des gekreuzigten Messias umbiegen, so daß manche mit einer autobiographischen Erinnerung rechnen: Robertson/Plummer 261 halten es für nicht unwahrscheinlich, daß Paulus selbst das Anathema einst als Verfolger gebraucht haben könnte; vgl. auch Bassler* 417f; Maly* 94f und schon Findlay 886 mit Verweis auf 1Tim 1,13); zu van Unniks* These, daß damit nur Jesu Tod (vgl. Gal 3,13) bekannt, aber seine Auferstehung geleugnet werde, vgl Gudrem* 170 Anm. 93.

[13] So schon Cornelius a Lapide 319 mit Hinweis auf Plinius, Ep. ad Trajan (*Christo maledixerunt*); Cullmann, Tradition 23-25 und Christologie 226f; Kümmel 186f: κύριος Ἰησοῦς sei Parallele zu κύριος Καῖσαρ (Polycarp, Mart. 8,2; 9,3); kritisch mit Recht Conzelmann 252 Anm. 22; Barrett 280. Noch anders Scroggs* 366, der in der Verfluchung Jesu einen Ausdruck des korinthischen Freiheitsbewußtseins sieht und eine Verbindungslinie zum Reden eines Wortes gegen den Menschensohn (Mt 12,32) zieht.

[14] Fee 580 Anm. 48 verweist z.B. auf Lucian, Alex. 38, wo u.a. auch für Christen die warnende Proklamation Ἔξω Χριστιανούς gilt, und hält es für denkbar, daß einige Korinther in ihrer paganen Vergangenheit solche Erfahrungen gemacht hatten; auch Strobel 185 rechnet mit der Möglichkeit, daß man in heidnischen Mysterienkultfeiern ekstatisch eine Verfluchung Jesu ausgestoßen hat.

[15] So Hurd, Origin 193; Conzelmann 249 mit Anm. 10; Greeven (Lit. zu Kap. 12-14; Propheten) 3 Anm. 6; Holtz* 375; Dautzenberg* (Prophetie) 145; Wolff 286; Bassler* 417; Lang 163; Aune, Prophecy 257; Fee 579; Carson* 31; Herten* 63. Nach de Broglie* 261f handelt es sich einfach um einen antithetischen Parallelismus, »un procédé didactique familier aux sages d'Israël« mit Hinweis z.B. auf Spr 15,18, aber auch 1Kor 4,15; 6,12.18; 7,18; 10,23f), wobei der den 2. Teil profilierende Gegensatz eine »évidente absurdité« sein soll (263 Anm. 8), die das Interesse auf das Wesentliche ziehe; vgl. Maly* 93, aber auch Mehat* 408 und die unten in Anm. 17 Genannten.

öffnet«. Gewiß kann man fragen, ob Paulus wirklich eine so blasphemische Äußerung »erfunden« haben kann[16], aber er will mit diesem widerchristlichen Bekenntnis schlechthin die Korinther in ihrer pneumatischen Selbstgewißheit offenbar schockieren[17].
Darf man hier rhetorische Kategorien verwenden, liegt es am nächsten, V 1 als *praefatio*, V 2 als verkürzte *narratio* und V 3 als *propositio* anzusehen[18].

Gliederung: Mit metabatischem δέ und einer schon in 10,1 benutzten Litotes als Einleitungsformel beginnt Paulus mit περί (wie in 7,1 u.ö.) und dem neutrisch oder maskulinisch aufzulösenden Gen. τῶν πνευματικῶν den neuen Abschnitt. V 2 verläßt die 1. Pers. Sing. und leitet mit οἴδατε einen verschieden auflösbaren ὅτι-Satz ein, dessen syntaktische Struktur am ehesten so zu bestimmen ist: Der ὅτι-Satz wird sofort durch einen kurzen eingeschobenen Temporalsatz mit ὅτε unterbrochen (ἔθνη ἦτε), dann aber durch die Zielbestimmung πρὸς τὰ εἴδωλα, das durch artikuliertes ἄφωνα näher bestimmt wird, aufgenommen und anakoluthisch mit dem Part. ἀπαγόμενοι (sinngemäß durch ἦτε oder ἤγεσθε zu ergänzen) zu Ende geführt, d.h. auch ὡς ἂν ἤγεσθε ist ein iterativer temporaler Zwischensatz. V 3 begründet mit διό V 2 in der 1. Pers. Sing. mit solennem γνωρίζω eine parallele, durch ὅτι eingeführte und chiastisch konstruierte Aussage, in beiden Teilen eingeleitet durch das Subj. οὐδείς, im ersten Teil mit vorangestelltem ἐν πνεύματι θεοῦ (erweitert durch das Part. λαλῶν), im zweiten Teil mit nachgestelltem ἐν πνεύματι ἁγίῳ, im ersten Teil eingeleitet mit λέγει, im zweiten durch οὐ δύναται εἰπεῖν. Inhalt dieses Redens sind die offenbar als Akklamation zu verstehenden Sätze Ἀνάθεμα Ἰησοῦς und Κύριος Ἰησοῦς.

Erklärung 1

Paulus bezieht sich mit V 1 auf den Gemeindebrief oder andere Informationen[19], läßt aber im Unterschied zu 7,1.25 und 8,1 bis auf das Stichwort πνευματικῶν keine Zitate erkennen[20]. Πνευματικῶν läßt sich sowohl maskulinisch als auch neutrisch auflösen, d.h. es ist nicht sicher, ob bei dem, worüber

16 Barrett 280 z.B. bezweifelt wie Weiß 295 u.a., daß Paulus den Korinthern »a purely hypothetical and artificial possibility« präsentiert; vgl. auch Theißen, Aspekte 308-311, der von sprachlichen Fehlleistungen und Versprechen bei reduzierter Selbstkontrolle in der ekstatischen Rede ausgeht, sowie Horn, Angeld 234 Anm. 41 und Frenschkowski* 340 Anm. 153, der »Abwehr gegen die Ergreifung durch den Geist« erwägt oder »Entladung einer aufgestauten Aggression, die an der Person Jesu festgemacht und im Aufbruch des Unbewußten kathartisch ausgesprochen wird«.

17 So Pearson, Pneumatikos 50; Klauck 86 spricht von »einer Art Schocktherapie«; Kremer 259.

18 So Vos* 268f (vgl. schon Maior 154v); vgl. zu diesen Bestimmungen Lausberg, Handbuch I 162 (*praefatio* = »exordiale Gedanken«, u.U. auch mehrfach in einer Rede); 169f (*narratio brevis*) und 189 (*propositio* = »der gedankliche Kernbestand des Inhaltes der *narratio*« und auch »Einleitung der *argumentatio*«). Andere Vorschläge bei Smit (Lit. zu Kap. 12-14) 330-335 (V 3 *exordium* als *insinuatio*; ähnlich schon Coccejus 305: *praefatio et insinuatio*) und Standaert (Lit. zu Kap. 12-14); vgl. dazu aber Vos* 261 Anm. 59. Noch anders, aber wenig überzeugend Probst* 328, der V 1-11 als *exordium* und V 12ff als *narratio* verstehen will und 331 sogar 12,12-13,13 als »eine doppelt ausgeführte narratio«. Im übrigen läßt sich fragen, ob nicht V 1 einfach eine Themaangabe ist.

19 Die meisten denken auch hier, was aber keineswegs sicher ist (vgl. EKK VII 1, 91), an eine briefliche Anfrage.

20 Anders diejenigen, die ζηλοῦν τὰ πνεύματα für eine korinthische Parole halten, doch vgl. dazu unten Anm. 760 zu V 31.

Paulus die Gemeinde nach V 1 nicht im unklaren lassen will[21], an Wirkungen des Pneuma zu denken ist, an *das* Pneumatische, oder aber an die vom Geist bestimmten Menschen, *die* Pneumatiker. Nimmt Paulus einen Terminuns der Korinther auf, und davon ist auszugehen, könnte πνευματικῶν in deren Munde maskulinisch verstanden sein[22], was von vielen auch im Sinne des Paulus bevorzugt wird[23]. Von der Wiederaufnahme des Themas in 14,1 mit eindeutig neutrischem πνευματικά und vom Wechsel mit χαρίσματα (V 4) her liegt es dagegen näher, daß Paulus selbst vor allem an die Geistesgaben denkt[24]. Ausschlaggebend für diese Auflösung des Genitivs ist der Makrokontext von Kap. 12-14. Denn auch, wenn περὶ δὲ τῶν πνευματικῶν einen korinthischen Begriff zitiert, mit dem sich bestimmte Gemeindeglieder elitär von den anderen abheben, ist das für Paulus die Themaangabe nicht nur für V 1-3, sondern für die gesamten drei Kapitel 12-14. Von daher ist ein Verständnis im Sinne der »Gesamtheit der Geistesgaben« zu bevorzugen[25]. Letztlich ist es sachlich ohnehin eine schiefe und verfehlte Alternative[26], denn Gabe und Träger der Gabe gehören zusammmen (vgl. das unmittelbare Nebeneinander in 2,13), und nicht zufällig geht beides oft ineinander über (vgl. V 28-31). Auffallend ist, daß Paulus den Begriff πνευματικά, obwohl er ihn

21 Zu οὐ θέλω ὑμᾶς ἀγνοεῖν vgl. zu 10,1. Zur Anrede »Brüder« und den daraus gezogenen Konsequenzen für eine »bruderschaftliche« Ordnung vgl. schon Heinrici 5f und vor allem Schäfer* passim.

22 Vgl. 2,13.15; 3,1; 14,37 (zu dieser Selbstbezeichnung korinthischer Christen vgl. Horn [Lit. zu Kap. 12-14] 198-201). In diesem Falle wäre vermutlich vor allem an inspiriert Redende, also an die in Korinth ununterschiedenen Glossolalen und Propheten zu denken (vgl. Heinrici, Sendschreiben 353 Anm. 1; Ellis* (1978) 24f; Holmberg* 122; Wolff 282; Gillespie* 71-73; Robinson* 51f: nur Glossolalen), doch auch wenn sich schon die erste Antwort auf den ἐν πνεύματι θεοῦ λαλῶν bezieht, wird sich Paulus diese Verengung kaum zu eigen gemacht haben. Eine implizite Korrektur solch restriktiven Verständnisses durch den Apostel (so auch Holtz* 368f; Turner* 27), ist zwar nicht unproblematisch (vgl. Grudem* 158f; Carson* 24), aber auch nicht unvorstellbar, und daß 2,13; 3,1 und 9,11 dann keinen Sinn mache, ignoriert den auch sonst oft ambivalenten Sprachgebrauch des Paulus, zumal Paulus hier zitiert. Gegen jede Beschränkung bei πνευματικῶν Godet II 106; Bachmann 374f; Grudem* 161; Schatzmann 33.

23 So Grotius 809 (*de iis qui spiritu afflantur*); Semler 304; Neander 189; Schmiedel 165; Holsten, Evangelium 365 Anm. *; Bachmann 374 (alles drehe sich »um die Frage der rechten Wertung und Behandlung charismatisch ausgerüsteter Personen«); Weiß 294; Schmithals, Gnosis 162 (die drei Kapitel sollen sich »mit Personen als Trägern der Geistesgaben, nicht aber mit dem Inhalt dieser Begabung befassen«); Eichholz (Lit. zu Kap. 12-14) 8; Horn, Angeld 184f. Richtig wird sein, daß eine Gruppe der Korinther mit πνευματικός »ein sie vor anderen Gemeindegliedern auszeichnendes Charakteristikum« in Anspruch genommen haben wird (Schmithals, a.a.O; Schäfer* 388 spricht von einem »Zwei-Stufen-Christsein«); vgl. auch zu 2,13f EKK VII 1, 263f.

24 So schon Chrysostomus 239; Pelagius 194 (*de spiritualibus donis*); Theophylakt 709; Oecumenius 812; Beza 144; Zwingli 171; Luther (WA 34 II, 98); Estius 631; v. Mosheim 538; Rückert 321; de Wette 111; Findlay 885 (»Not *the status of the persons* spiritually endowed, but *the operations of the Spirit* who endows them are in question«); vgl. weiter die in der nächsten Anm. Genannten und zum Sprachgebrauch Frenschkowski* 339 Anm. 150.

25 So Bousset 134; Schweizer, ThWNT VI 436; Käsemann* 111; Conzelmann 248; Senft 155; Lührmann, Offenbarung 28; Fee 575f; Grudem* 157-162.

26 Vgl. Barrett 278: »Little difference in sense is involved – spiritual persons are those who have spiritual gifts«; vgl. auch Fee 576; Schatzmann* 31.

nicht kritisiert, im folgenden weitgehend meidet[27] und statt dessen von χαρίσματα spricht. Beidemal wird zwar von einer Manifestation des Geistes in der Gemeinde ausgegangen, doch soll mit χαρίσματα der größere Akzent vermutlich auf den Gabecharakter gelegt werden, was einem hypertrophen Pneumabesitzdenken den Weg verlegt (vgl. zu V 4). Unbegründet ist es dagegen, in den πνευματικά zwischen außergewöhnlichen Charismen und anderen Geistesgaben zu differenzieren oder sie im Sinne des Paulus auf inspirierte Rede zu reduzieren[28].

2 Paulus erinnert die Korinther zunächst an ihren vergangenen heidnischen Status, als sie noch ἔθνη waren[29]. Durch diesen Rückgriff auf die Vergangenheit gibt er merkwürdigerweise als erstes zu erkennen, daß pneumatisch-ekstatische Phänomene eine höchst zweideutige Sache sind, die in verwirrender Nähe zu ähnlichen Erscheinungen der paganen Herkunft der Korinther stehe. Es gibt göttlichen und dämonischen Geist, heiligen und unheiligen, πνεῦμα θεοῦ (12,3), aber auch πνεῦμα τοῦ κόσμου (2,12) bzw. πνεῦμα δουλείας (Röm 8,15), von dem man begeistert und überwältigt, beherrscht und getrieben werden kann[30]. Daß die Korinther als Heiden immer wieder zu den stummen Götzen fortgerissen worden sind[31] – vermutlich eine Anspielung auf den heidnischen Enthusiasmus und dessen Ekstase (vgl. μαίνεσθε 14,23)[32] –, ist kaum nur eine Erinnerung an die Vergangenheit der Korinther nach dem häufigen Kontrastschema einst – jetzt[33]. Denn dann kann weder erklärt werden, warum Paulus das so betont an den Anfang stellt, noch gibt das διό in V 3 dann einen passenden Anschluß ab. Vielmehr soll durch die Analogie deutlich werden, daß nicht Ekstasen, Inspirationen und inspirierte Schreie, die auch im Bacchus-, Dionysos- und in anderen Kulten bekannt

[27] Vgl. z.B. Käsemann* 111; Schulz* 455, aber auch Giesriegl* 92 mit Verweis auf 9,11; 10,3f u.a.

[28] So etwa Ellis* (1978) 24f mit Verweis auf χάρισμα πνευματικόν Röm 1,11 (vgl. dazu unten zu V 6) und darauf, daß 1Kor 14,1 »die größeren Charismen« von 12,31 aufnehme; vgl. auch Baker (Lit. zu Kap. 12-14) 228; Gillespie* 74.95 u.ö.

[29] Vgl. zu ἔθνη 1,23; als Heiden kannten sie Gott nicht (1Thess 4,5; Gal 4,8) und waren Sünder (Gal 2,15).

[30] Vgl. auch Eph 2,2; 2Thess 2,2; 1Joh 4,1 und z.B. Barth 40: »Das ganze Gebiet des Pneumatischen, des Religiösen, wie wir wohl am besten übertragen«, ist »ein zweideutiges Gebiet. Wo fängt das Dämonische an, wo hört das Gottgewirkte auf? . . . Auch die ›stummen Götzen‹ wissen ihre Leute zu bewegen«; ähnlich Héring 108; Wendland 105; Kuß 169f; Eichholz (Lit. zu Kap. 12-14) 11; Schweizer* (Leben) 43f und ThWNT VI 429; Lang 164 u.a.

[31] Eine »Entfernung vom normalen Zustande der natürlichen Gotteserkenntnis« (so Heinrici 361; ähnlich Gutjahr 327) ist eingetragen; Schlatter 332 sieht ebenso unbegreiflich die frühere Religiosität der Korinther »als gedankenlosen Traditionalismus, als willenlose Fügsamkeit gegenüber einer Sitte, deren Recht niemand begriff«, beschrieben; vgl. weiter unten Anm. 38.

[32] So heute die meisten wie Barrett 278f; vgl. auch die übernächste Anm.

[33] Vgl. Röm 11,30 und später Kol 1,21f; 3,7f. Daß Paulus die heidnische Zeit nur als Kontrast zum jetzigen Beschenktsein mit den Geistesgaben erwähne (so z.B. Estius 632; Heidegger 113: Es fehlte ihnen *verbum Dei & spiritus docens, flectens, corda renovans*), wird weder dem διό noch überhaupt V 3 gerecht; vgl. unten Anm. 49f. Allenfalls κωφός könnte man als Hinweis darauf fassen, daß Götzen solche Gaben nicht gewähren können; doch vgl. unten Anm. 45.

sind[34], sondern allein der Inhalt der Geistesäußerungen Ausweis und Unterscheidungsmerkmal des Heiligen Geistes ist.

Zur Konstruktion des Satzes (vgl. die Gliederung) gibt es verschiedene Möglichkeiten, wobei hier vorausgesetzt wird, daß das ὅτι ὅτε Urtext ist[35]: 1. ὅτι leitet den von οἴδατε abhängigen Aussagesatz ein und wird durch ὡς wieder aufgenommen; diese Wiederaufnahme von ὅτι durch ὡς ist zwar theoretisch möglich[36], aber doch kaum durch Beispiele zu belegen[37]; 2. man liest mit G* latt nicht ὡς ἄν, sondern ὡσάν = »sozusagen, gleichsam, gewissermaßen« und verbindet mit ἤγεσθε und ἀπαγόμενοι; das ist zwar von 2Kor 10,9 her nicht ganz auszuschließen[38], doch ob Paulus wirklich den starken Ausdruck abmildern will, bleibt fraglich; 3. man macht von οἴδατε den durch ὅτι eingeleiteten Aussagesatz abhängig, dessen Verbum ἀπαγόμενοι (da ein *verbum finitum* fehlt, ist ἦτε zu ergänzen) in den Temporalsatz mit ὅτε eingeschoben ist; ὡς ἄν ἤγεσθε ist dann ein Zwischensatz[39].

Die heidnische Zeit der Korinther wird kurz und knapp sowohl als ein ἄγεσθαι als auch als ein ἀπάγεσθαι charakterisiert, bei Paulus ein Hapaxlegomenon, das hier lokale Bedeutung hat, wobei ein geradezu gewaltsames Fortge-

34 Zu Parallelen vgl. schon Grotius 809 (*Pythonii vates, Bacchantes, lymphatici*); Behm, ThWNT I 722f; Barrett 278f; Conzelmann 250 Anm. 12.13; Wolff 284; Klauck 85. Meist wird verwiesen auf Euripides, Bacchae 298-301 (Bacchantische Verzückung ist mit viel Weissagung verbunden; vgl. zum hier vorliegenden »bacchantischen Rausch« Theißen, Aspekte 277-280); Lucian, Dial. Mort. 19 (der Gott bzw. Dämon des Eros treibt einen unfreiwillig, wohin er will, so daß man sich nicht widersetzen kann; vgl. Betz, Lucian 40f Anm. 10); Plato, Tim. 72a.b; Menon 99d (Wahrsager und Orakelspender sind göttlich und begeistert [ἐνθουσιάζειν], angehaucht und bewohnt von dem Gott); Livius 5,15,10 (der Prophet redet vom göttlichen Geist angetrieben [*instinctus*]) und 39,13,12f (*velut mente capta, cum iactione fanatica corporis vaticinari ... raptos a diis*); vgl. zur Ekstase unten Anm. 244.246.

35 Sowohl die Auslassung von ὅτι (K 2646 pc) als auch die von ὅτε (F G 629 al a b d vg^mss sy^p) sind als Erleichterungen anzusehen.

36 Vgl. Bl-Debr-Rehkopf § 396,1; Bauer/Aland 26; ähnlich Heinrici 360; Weiß 294; vgl. Robertson/Plummer 260: »This makes the ἀπαγόμενοι come in very awkwardly«; vgl. auch Godet II 107: Der erste Zwischensatz sei zu kurz für eine Wiederaufnahme, und ἀπαγόμενοι als Zusatz zu ἤγεσθε wäre überflüssig und schleppend; nach Holsten, Evangelium 365 Anm. ** ist weder Röm 11,2 noch 1Thess 2,11 für εἰδέναι ὡς beweisend.

37 Findlay 885 nennt zwei Einwände: 1. die Schwierigkeit, daß Paulus nach so kurzer Unterbrechung das ὅτι vergessen habe, und 2. die Inversion der normalen Relation zwischen ὡς ἀνήγεσθε und ἀπαγόμενοι, »the former of which is naturally constructed as subordinate and adverbial to the latter, the ›leading to idols‹ supplying the condition under which the ›carrying of‹ took place«.

38 Vgl. Bachmann 376 (die dortige Interpretation ist allerdings künstlich: Das ἄγεσθαι *zu* den Idolen werde durch ein ἀπάγεσθαι, das *von* ihnen wegführt, beständig durchkreuzt); Bl-Debr-Rehkopf § 453,4; Heinrici 360. Weiß 294 zieht wie B² F G^c 1241^s al ἄν zu ἤγεσθε = ἀνήγεσθε (Héring 107 verweist dazu auf Lk 4,5 par), doch inwiefern und wohin wurden die Korinther *hinauf*geführt, wie ἀνάγεσθαι üblicherweise zu übersetzen ist (vgl. Röm 10,7 u.ö.), wenn es nicht wie in Apg 7,41 in der Opfersprache hinausbringen (auf den Altar) = darbringen bedeutet? Tatsächlich »into the world of pneumatic powers« (so Gillespie* 80)?

39 Vgl. z.B. Godet II 107 und Fee 576f; Weiß 294 wendet ein, wenn ὡς ἄν ἤγεσθε einen neuen Zwischensatz bilde, gehe »das Gefüge völlig aus dem Leim«, und bloßes ἤγεσθε sei »etwas zu wenig Charakteristisches, um darauf die Erinnerung zu lenken«. Vgl. auch andere Möglichkeiten bei Héring 107.

rissen- und Ausgeliefertsein angedeutet zu sein scheint[40]. Dessen Subjekt bleibt unbestimmt, doch wird oft an Dämonen oder an den Satan gedacht[41], was jedenfalls eher einleuchtet als die Annahme, Paulus habe Menschen, etwa heidnische Priester, vor Augen[42]. Das Attribut ἄφωνα spricht dafür, sich bei εἴδωλα[43] Götzenbilder heidnischer Gottesdienste vorzustellen[44]. Das scheint der Möglichkeit einer dämonischen »Inspiration« zu widersprechen[45], doch ist ἄφωνος, das textkritisch als ursprünglich anzusehen ist[46], eine tradi-

40 Ἄγειν und ἄγεσθαι werden nach Heinrici, Sendschreiben 357 Anm. 1 oft bei der »unwiderstehlichen Machtwirkung der Götter« gebraucht (vgl. die Belege ebd. und bei Pape, Handwörterbuch I 28), vom Geist Ez 11,1; äthHen 68,2 (»Die Kraft des Geistes reißt mich fort und erregt mich«); Lk 4,1; Röm 8,14; Gal 5,18. Ἀπάγειν steht sonst im Neuen Testament überwiegend für das gewaltsame Vor- und Abführen eines Gefangenen oder Verurteilten; vgl. Bauer/Aland 158 und von daher die Interpretation unserer Stelle bei Maly* 83: »(wie Gefangene) abgeführt«; allerdings sei das nicht eine Anspielung auf orgiastische Kulte, sondern eine Konkretion von Dtn 28,36 (85f). Anders z.B. Heinrici 361: »das blinde Fortgezogenwerden zu den Tempeln, Bildsäulen, Altären der Götzen und allem Trug der Mantik«; Héring 107f findet den Term angemessen, »car les extatiques païens sont victimes des démons«. Für das Simplex fehlen im Passiv zwar eindeutige Belege für »fortgerissen werden« (Bauer/Aland 158 nennen Lucian, Tyr. 26: πρὸς ὕβριν), nicht aber für das Kompositum συναπάγεσθαι (Gal 2,13; 2Petr 3,17). Fee 577f verweist gegen den Einwand fehlender Belege für den ekstatischen Charakter (so die bei Dautzenberg* 145 Anm. 18 Genannten und Gudrem* 162f; Carson* 25) auf »the unusual compounding of the verbs«; vgl. auch Aune (Lit. zu Kap. 12-14) 257; Gillespie* 80f.

41 Haymo 575 u.a. sprechen von *daemonum deceptio*. Nach Meyer 333 u.a. soll Paulus von 10,20 her »als die *führende Gewalt* den *Satan* gedacht« haben; er zitiert (vgl. auch Conzelmann 250 Anm. 13) Athenagoras, Suppl. 26: οἱ μὲν περὶ τὰ εἴδωλα αὐτοὺς ἕλκοντες οἱ δαίμονές εἰσιν (vgl. auch Robertson/Plummer 260; Godet II 108; Pearson* 48f; Fisher 194).

42 Neander 190 z.B. geht von Menschen aus, denen »die große Masse blindlings folgte«, Spener 431 von *idolorum sacerdotes*; ähnlich v. Mosheim 538: Paulus wolle, daß die Korinther »nicht eben so als Christen möchten betrogen werden, wie sie vordem als Heyden von den Gōtzenpfaffen wāren betrogen worden« (vgl. auch 543); Flatt 265 (»durch Sitte, Erziehung, Priester«); Lindblom (Lit. zu Kap. 12-14) 146 Anm. 3 deutet auf »die im ekstatischen Rausch vollzogenen kultischen Prozessionen an die verschiedenen heidnischen Heiligtümer«; ähnlich Paige*: V 2 rufe das Bild einer kultischen Festprozession wach (59), und ἄγω und seine Komposita beschrieben deren Führung durch Priester oder andere Offizielle (61). Damit wird die von Paulus beabsichtigte Analogie und Ambivalenz des ἀπάγεσθαι aber erheblich entschärft.

43 Vgl. zu 8,4.7; 10,19.

44 So z.B. Weiß 295: Götterbilder, »von denen die Heiden in ihrer Ekstase sich wie magisch angezogen fühlten«. Nach Schlatter 332 ist dagegen nicht deutlich, ob Paulus »überwiegend an die Statue oder an das von ihr dargestellte Schattenbild gedacht hat«; ähnlich Paige* 62f.

45 Vgl. Bachmann 376f; Gutjahr 328. Nach Meyer 332 soll Paulus den Leser fühlen lassen, daß stumme Götzen »kein pneumatisches Reden wirken konnten« (vgl. zu V 3f); ähnlich Holsten, Evangelium 366 (Erst der wahre Gott treibe zur Sprache); Billroth 159; Schweizer (Lit. zu Kap. 12-14; Leben) 44 Anm. 8 (deutlicher »Gegensatz zum redenden Gott«); Grudem* 165.169. Käme es allein auf den Gegensatz von damaliger Stummheit und jetzigem Redenkönnen an, wäre die erste Hälfte von V 3 aber überflüssig. Zudem waren die Kultteilnehmer alles andere als stumm (vgl. Conzelmann 251 Anm. 15). Bachmann 376f wendet noch ein, daß nicht alle Korinther der Mantik und dem Mysterienwesen verfallen waren, doch Paulus bringt hier keine religionsphänomenologische Analyse (vgl. die Nichterwähnung der judenchristlichen Minderheit). Er redet pauschal (Wolff 283; Lang 163).

46 Das von F G (a b Ambst) Pel bezeugte ἄμορφα ist trotz der Möglichkeit der Verdrängung durch das bekanntere ἄφωνα sekundär, hat aber in der Auslegung der alten und mittelalterlichen Kirche manche Resonanz gefunden; vgl. Ambrosius 257; Atto 381; Hrabanus Maurus 106.

tionelle Kategorie in der Götzenpolemik[47], ja könnte hier sogar paradox ironisch gemeint sein: »Stumme« Götzen setzen in Begeisterung und bringen zur Ekstase. Jedenfalls haben diese Idole und Götzen Macht, fort- und hinzureißen. Das unterstreicht ἂν ἤγεσθε[48]. Dabei wird Paulus primär kaum auf eine Antithese, etwa zu Zwang und Unfreiheit der Vergangenheit, abheben[49]. Gewiß herrscht dort, wo der Geist des Herrn ist, Freiheit und Mündigkeit (3,1; 2Kor 3,17), doch kennt Paulus sehr wohl auch ein paralleles ἄγεσθαι durch den Heiligen Geist (Röm 8,14; Gal 5,18), ja spricht bei sich selbst von ἀνάγκη (9,16) und ἄκων (9,17), von den alttestamentlichen Beispielen (vgl. etwa Am 3,8; Jer 20,7.9) zu schweigen. Daraus ist aber zu schließen, daß die beherrschende Macht eine dem πνεῦμα θεοῦ formal analoge ist (vgl. διό V 3)[50]. Allerdings wird die pagane Analogie durch die ungewöhnliche Doppelung von Prädikat und Partizip desselben Stammes dabei zugleich abgewertet: Die als blind wirkend vorgestellten εἴδωλα können nur zu einem mehr oder weniger unfreiwilligen Ausgeliefert- und Versklavtsein führen (vgl. Gal 4,8: ἐδουλεύσατε τοῖς φύσει μὴ οὖσιν θεοῖς). Bei allem Unterschied aber bleibt es dabei, daß ein enthusiastisches und ekstatisches ἄγεσθαι als solches nichts spezifisch Christliches und schon gar nicht ein Zeichen und Kriterium dafür ist, daß jemand den *Heiligen* Geist hat. Wo man sich hin- und fortreißen läßt und religiöse Vitalität, Impulsivität und Dynamik herrschen, muß nicht der Geist Gottes am Werk sein. Nicht, daß man Gottes Geist eher in geordneten oder gar verfestigten Strukturen finden könnte[51], aber ebensowenig ist pneumatischer Überschwang als solcher schon ein positives Indiz. Entscheidend ist allein, von *welcher* Macht man bewegt und von *welchem* Herrn man beherrscht wird.

3 Wie wenig ein λαλεῖν unter Berufung auf den Geist als solches eine Gewähr dafür bietet, daß der Heilige Geist auf dem Plan ist und wie dringend die Korinther der Warnung vor einer Fehldeutung und Verwechselung pneumatischer Phänomene bedürfen, ergibt sich aus V 3: Paulus zieht die Folgerung aus der heidnischen Vergangenheit (διό), wobei er, wie erwähnt, auf eine

47 Vgl. Mk 9,25 (τὸ ἄλαλον καὶ κωφὸν πνεῦμα) und κωφός (Hab 2,18 sowie οὐ λαλήσουσιν (Ps 113,13; 134,15 LXX) und οὐ φωνήσουσυν (Ps 113,15; 134,17 LXX); vgl. auch 1Kön 18,26.29, wo »kein Laut« beim Baal (V 26.29) und »Raserei« (V 29) nebeneinanderstehen; zu den jüdischen Belegen vgl. 3Makk 4,16 (κωφὰ καὶ μὴ δυνάμενα αὐτοῖς λαλεῖν); EpJer 7 (οὐ δύνανται λαλεῖν) und Jos As 8,5; 11,8; 12,5; 13,11 (νεκρὰ καὶ κωφά).

48 Ἄν ist Partikel der Wiederholung in der Vergangenheit (Bl-Debr-Rehkopf § 367) und damit ὡς Temporalkonjunktion (vgl. Bl-Debr-Rehkopf § 455,2); ὡς + ἄν ist ein anderer Fall: einmalige Handlung.

49 So aber oft in der Alten Kirche (vgl. Auslegungs- und Wirkungsgeschichte) und z.B. bei Neander 190: »ohne freie Selbstbestimmung allen Künsten und Täuschungen der Priester und Goeten preißgegeben«; Maly, Gemeinde 186: Paulus sehe den heidnischen Zustand »vor allem durch die Unterjochung im Götzendienst gekennzeichnet«. Vgl. auch oben Anm. 40 und unten Anm. 65 zu Bousset; richtig im Sinne einer Analogie z.B. Crone* 224-226; Dautzenberg* 144f; Witherington* 272 Anm. 3.

50 Vgl. Bornkamm, Studien 134 und oben Anm. 33. Nach Dautzenberg* denkt Paulus hier »in der Kategorie der Herrschaft und des Herrschaftswechsels«.

51 Treffend Barrett 279: »Christian ›enthusiasm‹ is neither attacked nor defended, but presupposed and analysed«.

Analogie, nicht auf einen Kontrast zur früheren religiösen Erfahrung aus ist[52]. Er läßt die Korinther wissen[53], was die für alle Christen entscheidende Wirkung und, recht verstanden, das einzig untrügliche Kennzeichen des Geistes ist. Der Satz ist rhetorisch als Chiasmus gestaltet, der allerdings nicht ganz durchgeführt wird[54]. Dadurch werden die beiden Aussagen verbunden: Die erste wird als pneumatische Rede abgelehnt, die zweite als solche behauptet. So wie niemand im Geist Gottes »Anathema Jesus« sagt, so kann niemand »Kyrios Jesus« sprechen außer im Heiligen Geist, wobei zwischen ἐν πνεύματι θεοῦ und ἐν πνεύματι ἁγίῳ kein Unterschied besteht[55]. Ἐν ist hier nicht lokal (so etwa Röm 8,9), sondern instrumental zu verstehen, wie zumal V 11 deutlich erweist[56]. Niemand, in dem die Kraft des Geistes wirkt, kann Jesus verfluchen.

Ἀνάθεμα (im hellenistischen Sprachgebrauch der LXX z.T. statt des klassischen ἀνάθημα gebraucht), eigentlich das Aufgestellte, hat die beiden Bedeutungen des der Gottheit aufgestellten Weihegeschenks, z.B. 2Makk 2,13; 9,16; 3Makk 3,17; Jdt 16,19 (vgl. auch Arist 40; Philo, Migr 98 u.ö.[57]), vor allem aber die des dem Zorn der Gottheit Ausgelieferten und dem Fluch Verfallenen, z.B. Lev 27,28f; Dtn 7,26; 13,7; Jos 6,17f; Sach 14,11 u.ö.[58]. Im NT begegnet es in der positiven Bedeutung Lk 21,5, wo vom Tempel gesagt wird, daß er mit schönen Steinen und Weihegeschenken geschmückt ist. Paulus bezeugt nur die negative Bedeutung, und zwar fünfmal, in Gal 1,8f und 1Kor 16,22 in einer Fluchformel und in Röm 9,3 in einer hypothetischen Selbstverfluchung; dort wird zugleich deutlich, wovon ἀνάθεμα scheidet (ἀπὸ τοῦ Χριστοῦ) und daß es vom Heil trennt.

52 Anders Meyer 333 (vgl. auch oben Anm. 33), der διό so interpretiert: »weil euch aus eurem Heidenthume Erfahrungen der Geistbegabtheit nicht bekannt sein können« (vgl. auch Godet II 108 und de Wette 113). Ginge es tatsächlich um die Neuheitserfahrung des Geistes, bezöge sich γνωρίζω aber nicht nur auf V 3, ὡς ἂν ἤγεσθε ἀπαγόμενοι bliebe unberücksichtigt (vgl. de Wette 112) und die Argumentation ginge am Enthusiasmus vorbei. Richtig spricht Heinrici 362 darum von der »Gefahr einer Verwechselung der mantischen Ekstase und der christlichen Begeisterung bei den uncontrolirbaren Wirkungen des πνεῦμα«; vgl. auch Schmiedel 166 (διό schließe »gerade auf Grund der Aehnlichkeit des heidnischen Zustandes a minori«); Weiß 296; Conzelmann 251; Bassler* 417.

53 Γνωρίζω steht für die Bekanntmachung (Bultmann, ThWNT I 718), doch hat das Wort hier eher einen feierlichen Klang (vgl. 15,1; Gal 1,11; 2Kor 8,1); Weiß 295 Anm. 2: »fast = offenbaren«. Daraus ist aber nicht zu schließen, daß hier »the original formulation of the Corinthian question« sichtbar werde (so aber Gillespie* 79 im Anschluß an andere); die Frage nach der Authentizität von Inspiration dürfte nicht die der pneumagewissen Korinther gewesen sein (vgl. auch unten Anm. 67); richtig ist, daß sich V 3 nicht gut allein auf die Glossolalie und ihre unverständlichen Äußerungen beziehen kann (Gillespie* 82f).

54 Vgl. Bl-Debr-Rehkopf § 477; Weiß 295 spricht von einem *parallelismus membrorum chiasticus*; vgl. dazu aber Vos* 257: Es handelt sich um einen synthetischen oder komplementären Parallelismus.

55 Der Wechsel ist rhetorisch bedingt (vgl. Bultmann, Theologie 155); der Genitiv θεοῦ bezeichnet die Herkunft (vgl. 2,12: τὸ ἐκ τοῦ θεοῦ).

56 Anders z.B. Oepke, ThWNT II 536, nach dem »von der räumlichen Bedeutung auszugehen« ist; vgl. aber 6,11; 12,9.13, vor allem aber V 4-11.

57 In der Profangräzität begegnet ἀνάθημα als »Weihegabe für einen Gott« seit Herodot (Hist. 1,14.92). Zum jüdischen Gebrauch vgl. Billerbeck III 446.

58 Vgl. aber auch die profanen Belege z.B. aus einer Fluchtafel von Megara bei Behm, ThWNT I 356.

Blasphemische Verfluchung Jesu kann auf keine Inspiration des Geistes Gottes zurückgehen. Die einzig mögliche Rede (εἰ μή) und das einzig konstitutive Indiz für die Gegenwart des Geistes im Munde eines christlichen Pneumatikers ist die Akklamation Κύριος Ἰησοῦς, die wie das Beten (Röm 8,26) und Abba-Rufen (Röm 8,15; Gal 4,6) nur als Wirkung des Geistes verstehbar ist[59]. Jesus ist dabei Subjekt, Kyrios Prädikat[60], übrigens ein bezeichnendes Indiz für das Festhalten des Apostels am irdischen Jesus. Nach Röm 10,9 und Phil 2,11 ist κύριος Ἰησοῦς Inhalt des (ἐξ)ὁμολογεῖν, wobei es sich vermutlich ursprünglich um eine Akklamation im frühchristlichen Gottesdienst handelt, in die aber durchaus inhaltliche Momente des Bekenntnisses eingeschlossen sind[61], so daß der Übergang von der Akklamation zum Bekenntnis leicht erklärbar ist. Daß keiner »Herr ist Jesus« sagen kann außer durch den Heiligen Geist (V 3b), soll nicht so sehr das Bekenntnis zu Jesus als Kyrios als geistgewirkt hinstellen, weil es ohne den Geist keine Anerkennung Jesu gibt[62], als vielmehr betonen, daß sich die Geistwirkung primär und konstitutiv am Bekenntnis zum Herrsein Jesu erweist[63]. Wer Jesus als Herrn bekennt und damit anerkennt, den hat der Geist und der hat den Geist. Rechter Geist aber ist der Geist Gottes, nicht ein verselbständigter oder frei vagabundierender Geist. Dieser Geist Gottes ordnet *eo ipso* in den Herrschaftsbereich des κύριος Ἰησοῦς ein und ist als Kraft nur im Gehorsam erfahrbar. Inwiefern V 3 so etwas wie ein Kriterium zur Unterscheidung der Geister sein kann, wie üblicherweise erklärt wird[64], ist allerdings zu fragen[65]. Ist Paulus so naiv, nicht zu wis-

59 Vgl. Käsemann, Römer 281 und Gillespie* 281; zur Akklamation vgl. zu 8,6 und Nichtweiß, Peterson 286f.

60 Vgl. Kramer, Christos § 15a; Wengst, Formeln 131-135. Zu ergänzen ist ἐστίν (vgl. van Unnik* 115f). Kramers Erklärung der Akklamation als Homologie, in der es »nicht um die Formulierung des Heilsgeschehens, sondern um *direkten Anruf*« bzw. um »Anerkennung und Unterstellung« gehe und die »nicht ›verkündigt‹, sondern proklamiert« werde (62f), wird von Gillespie* 86-88 mit Hinweis auf 2Kor 4,5 und Röm 10,8f in Frage gestellt, zumal V 3 sonst nicht als »material criterion« fungieren könne.

61 Vgl. zu 1,2 in EKK VII 1, 105f.

62 Vgl. dazu Rückert 324; Cullmann, Christologie 225ff; Schweizer (Lit. zu Kap. 12-14; Leben) 44 Anm. 8 u.a. Nach Bultmann, Theologie 331 Anm. 2 bezieht sich V 3 nur auf die »pneumatische Ekstase«, und es solle hier »nicht die ὁμολογία des Glaubens auf das πν. zurückgeführt werden«, wie denn der Glaube auch sonst »nicht als inspiriert bezeichnet« werde, sondern umgekehrt der Glaube den Geist als Gabe empfange (vgl. auch Gunkel* 71; Weiß 296: Paulus spreche hier nur von Ekstatikern). Diese Unterscheidung ist m.E. zu scharf; vgl. Phil 1,29.

63 Mehat* wendet dagegen ein, daß nirgendwo in Kap. 12-14 eine Referenz darauf besteht (vgl. immerhin V 5.12). Vos* 255 besteht darauf, daß das Verhältnis von Haupt- und Bedingungssatz nicht umgedreht, also nicht das Kyriosbekenntnis zu einer Bedingung des Redens im Geist gemacht werde. Nun ist in der Tat der Geistbesitz Bedingung des Kyriosbekenntnisses, doch beides gehört eng zusammen, und auch Vos* 259 erklärt, »daß der Wirkungsbereich des Geistes mit dem Herrschaftsbereich des Herrn zusammenfällt« (vgl. auch 260 zu V 4-6). Dann aber ist das Kyriosbekenntnis durchaus ein Kriterium, wenn auch nicht sofort ein zur Handhabung bei der Unterscheidung der Geister bestimmtes, wohl aber eines, das alle Pneumatiker verbindet und *de facto* die Geister scheidet.

64 So z.B. v. Moshein 546 (»Kennzeichen« und »Grundregel«) und die Stimmen aus der Auslegungs- und Wirkungsgeschichte; ferner Schweizer (Lit. zu Kap. 12-14; Leben) 91 Anm. 8 und ThWNT VI 421; Bultmann, Theologie 128; Hermann, Kyrios 71; Born-

sen, daß man die Worte κύριος Ἰησοῦς auch ohne den Heiligen Geist aussprechen kann und Herr-Herr-Sager auch Wölfe im Schafspelz sein können (Mt 7,22)? Das Kyriosbekenntnis könnte also kaum als Bekenntnisformel, als spontaner Ruf im Gottesdienst oder gar als bloß verbales Lippenbekenntnis ein solches Kriterium sein, sondern nur als öffentliche und verpflichtende Akklamation, die als Echo auf die Präsenz des Geistes zu einer mit Wort und Tat bezeugten Anerkennung des Kyrios im gesamten Leben führt (vgl. auch Röm 10,9)[66]. Dann aber wird es erst recht schwierig, von einem Kriterium zur Prüfung der Geister auszugehen. Von διακρίσεις und διακρίνειν ist denn auch anders als in V 10 und 14,29 gar nicht die Rede. V 3b benennt darum nicht einen handlichen Test als vielmehr den konstitutiven Ausweis christlicher Pneumatiker für die Präsenz des Geistes. Die im Vordergrund stehenden Wendungen λαλῶν, λέγει und εἰπεῖν erinnern zwar vor allem an die in V 4-11 benannten Wortcharismen[67], doch ist die Wirkung des Geistes zunächst als fundamentalere und alle Pneumatiker betreffende ins Auge gefaßt. Jeder, der sich zum Kyrios Jesus bekennt, ist Pneumatiker, also nicht exklusiv nur derjenige, der nach den Maßstäben der Korinther diese oder jene herausragende Geistesgabe hat[68]. Gerade durch diese Umkehrung von V 3b wird ein passen-

kamm, Paulus 188; Grudem* 166; Gillespie* 83 (»theological norm«) u.a. Noch erheblich weiter geht Kuß (Lit. zu Kap. 12-14) 267, der hier einer Entwicklung Bahn gebrochen sieht, die sich »nach festen, kontrollierbaren, verfügbaren, handlichen, von jedem Enthusiasmus unabhängigen Kriterien auszurichten beginnt«.

[65] Gegen solches Verständnis Heinrici, Sendschreiben 358; Greeven (Lit. zu Kap. 12-14; Propheten) 3 Anm. 6; Dautzenberg* 143; Klaiber, Rechtfertigung 215 Anm. 92; Grudem* 167f; Carson* 27.

[66] Vgl. Barrett 281: »Herr ist Jesus« sei die christliche Losung, »not because it is the right or orthodox formula but because it expresses the proper relation with Jesus: the speaker accepts his authority, and proclaims himself the servant of him whom he confesses as Lord« (mit Verweis auf Dtn 13,2-6). Holtz* 375 erklärt darum, daß nach V 3 niemand im Geist zu wirken beanspruchen kann, der den Kyrios Jesus verwirft und verachtet, und zwar nicht bloß im Wort, sondern ebenso in der Tat; vgl. auch Merk, Handeln 141; kritisch zum Bezug auf das Handeln Sellin, Hauptprobleme 2954 Anm. 74 und 3009 Anm. 354.

[67] Eine spezielle Wendung in V 2a »gegen die Aengstlichkeit« beim Hören der Glossolalie und in V 2b »gegen die Unterschätzung« der Prophetie (so v. Hofmann 266; ähnlich auch Bachmann 378f) ist kaum zu vernehmen; kritisch dazu mit Recht Meyer 334. Aber auch ohne Beziehung auf die Glossolalie will Paulus kaum Besorgnissen entgegentreten, es könnte im Gottesdienst »ein im Geiste Redender etwas Widerchristliches sagen«, wie etwa Gutjahr 329 annimmt; ähnlich Grosheide 281; Brockhaus* 160f; Grudem* 171; Schatzmann* 33; Mehat* 413 spricht gar von einem unerschütterlichen Optimismus des Paulus; vgl. auch 415: Paulus wolle Zweifel an der Authentizität bestimmter Charismen ausräumen. Daß Paulus den Einwand, daß jemand »in betrügerischer Weise den Jesus-Namen gebrauchen könnte«, dadurch abschneide, daß es in den »Zuständen göttlicher und dämonischer Ergriffenheit keinen freien Willen und kein bewußtes Handeln, daher auch keine Möglichkeit des Betruges gibt« (so Bousset 134; vgl. auch oben Anm. 10), widerspricht z.B. klar 14,32.

[68] Vgl. Greeven (Lit. zu Kap. 12-14; Geistesgaben) 119; Maly* 94f; Brockhaus* 160f; Lührmann* 29; Bassler* 417; Carson* 27 und Vos* 259: »Jeder, der Jesus als den Herrn bekennt, hat Anteil an demselben Geist«; ähnlich schon Bachmann 378 (Paulus führe hier »auch die einfachsten und grundlegendsten Äußerungen des Christenstandes auf den gleichen Geist« zurück, »der die wunderbaren Charismen schafft«) und Holsten, Evangelium 368 (gleich am Anfang werden die dünkelhaften Glossolalen »auf den gleichen boden aller gläubigen in der gemeinde zurückversetzt«).

der Übergang zum folgenden geschaffen. Keiner ist im Herrschaftsbereich Jesu Christi ohne pneumatische Qualifikation, jeder Christ vom Geist Gottes inspiriert.

Zusammenfassung

Paulus beginnt die Behandlung der Geistesgaben mit einer Erinnerung an die pagane Vergangenheit der Korinther, die er als Fortgerissenwerden zu stummen Götzen charakterisiert, um damit von vornherein auf die Ambivalenz aller enthusiastisch-ekstatischen Erscheinungen aufmerksam zu machen. Spektakuläres und Numinoses sind nicht als solche etwas vom Geist Gottes Gewirktes. Untrügliches und allen gemeinsames Kennzeichen der Wirksamkeit des Heiligen Geistes ist allein das Bekenntnis zu Jesus als Herrn.

Auslegungs- und Wirkungsgeschichte

1. Üblicherweise werden in Korinth Streitigkeiten um größere oder kleinere Charismen vorausgesetzt, wobei die Christen mit den größeren Charismen hochmütig und die mit den kleineren neidisch gewesen sein sollen; zudem soll es Wahrsager und Pseudopropheten gegeben haben, die mit ihren Weissagungen nur schwer von der göttlichen Prophetie zu unterscheiden waren[69]. Nach Ambrosiaster (131) verkennen die Korinther die *ratio spiritualium*, indem sie wegen *singula charismata* mehr den Menschen als Gott die Ehre geben[70]. Lebten sie früher als *diversae gentes in variis erroribus*, erfüllt allerdings vom *unus spiritus malus*, soll nun *una gens, una fides* u.a. gelten und Paulus gegenüber der Gefahr des *schisma* auf *pax et concordia* dringen[71]. Auch später wird nicht anders geurteilt. Nach Melanchthon (67) sollen in der korinthischen Gemeinde wegen der Geistesgaben *dissensiones et aemulationes* entstanden sein und die mit den scheinbar geringeren Gaben die anderen beneidet, die mit hervorragenden Gaben die anderen verachtet haben[72]. Zur Moderne sei außer den in der Exegese referierten Positionen nur erwähnt, daß es als tröstlich empfunden wird, »daß die erste Christenheit mindestens in ihren Schwächen sich nicht übermäßig von uns unterschied«, aber auch angemerkt wird, Paulus setze sich mit Ansprüchen auseinander, wonach »nur eine oder die andere bestimmte Form der Erfahrung und Betätigung des Geistes als Ausdruck authentischen Pneumatikertums zu betrachten sei«, selbst aber »die Verschiedenheit spontaner Geisteswirkungen als berechtigt« anerkenne[73].

2. Zu V 2 wird in der Alten Kirche meist der Unterschied zur heidnischen Mantik herausgestellt. Chrysostomus (241) z.B. interpretiert V 2 so, daß die heidnischen Wahrsager von einem unreinen Geist ergriffen werden, der sie

[69] Oecumenius 812; Theophylakt 709; ähnlich schon Chrysostomus 240; Petrus Lombardus 1649; Herveus 940 (vgl. auch ebd.: *Majores enim Corinthiorum arroganter de bonis spiritualibus gloriabantur, quasi a seipsis haec haberent, et caeteros despiciebant qui haec habere non poterant*); Bullinger 216; Estius 631; Maior 153v; Spener 430f.

[70] Ähnlich Ambrosius 258; Hrabanus Maurus 106; Petrus Lombardus 1650; nach Theodoret 320 gebrauchen sie die Gabe mehr aus Ehrgeiz als *ad usum*.

[71] Herveus 939; vgl. auch Petrus Lombardus 1649; Glossa 52; Luther, WA 22, 173; 41, 202.653 und 34.2, 100 (*Paulus arguit: Cogite* dran, ir elenden tropffen, *quod gentes fuistis et ad idola, q. d.* wie seid ir so stoltz, *quare non cogitatis* zu ruck, das ir so nerrisch gewesen *et quandoque sophistae* furt euch).

[72] Ähnlich auch Zwingli 171; Beza 144: *ex arrogantia & ambitione*; Luther, WA 22, 171.

[73] Käsemann (Lit. zu 12,12ff; Platz) 93 bzw. Pannenberg, Theologie III 30.

mit Gewalt wie Gefangene treibt, ohne daß sie wissen, was sie sagen, während der wahre Prophet mit vollem Bewußtsein spricht (μετὰ διανοίας νηφούσης καὶ σωφροσύνης καταστάσεως) und weiß, was er sagt[74]. Pelagius (195) paraphrasiert darum die paulinische Mahnung so: *Utina[m] inrationabiles mobilesque non sitis*[75]. Nach Origenes ist jeder Mensch von einem Geist beherrscht, denn es gibt auch einen *spiritus malignus*[76]. Thomas (367f) zitiert zur Interpretation Ps 115,5 (»sie haben einen Mund und können nicht reden«) und findet bei den stummen Götzen einen *defectus locutionis*, der mit der *cognitio* und dem *intelligere* zu tun hat, woran sich zeige, daß sie *nihil divinitatis* haben[77].

Die Reformatoren lassen, auch aus Aktualitätsgründen, ein noch ausgeprägteres Wissen um die Zweideutigkeit des Geistes erkennen. Melanchthon (67) zitiert in seiner Auslegung Jes 19,14 und Dtn 28,28f und schließt aus allem für seine Gegenwart (68), daß *bullae papae, sophismata scholastica, decreta conciliorum* nicht ohne Auswahl und Unterscheidung zu befolgen sind[78]. Auch Luther überträgt die heidnische Vergangenheit der Korinther auf seine eigene Zeit: »Und wie viel war des schendlichen lauffens und wallens zu rechten todten huͤltzen und steinern Goͤtzen, Marien und der Heiligen bildern, Item zu den grebern und todten beinen, die sie nenneten Heiligtumb . . .«[79]. Von Calvin wird dagegen herausgestellt, daß die Vergangenheit der Korinther sie daran erinnern soll, »wie roh, abgestumpft und ohne jede geistliche Erleuchtung sie gewesen waren, bevor sie von Gott berufen wurden.

74 Vgl. auch die Charakterisierung der Prophetie bei Chrysostomus 242: μετὰ συνέσεως καὶ ἐλευθερίας; ähnlich Theophylakt 709. 712. Auch Severian v. Gabala 262 findet eine διαφορὰ προφητείας καὶ μαντείας μεγίστη. Photius 569f sieht zwei Unterschiede: 1. Pseudopropheten sind im Unterschied zu den Propheten μαινόμενοι καὶ ὥσπερ βίᾳ von den Dämonen getrieben, 2. sprechen Propheten nichts Blasphemisches oder von unglücklicher Vorbedeutung, ἀλλὰ καὶ θεολογοῦσιν ὡς ἄριστα καὶ πάντα σεμνῶς λέγουσιν. Basilius v. Caesarea, Reg. Brev. 230 (PG 31, 1236) konfrontiert als Merkmale ἄλογος und λογικὴ λατρεία.

75 Ebs. Hieronymus 753; ähnlich Primasius 535.

76 In Rom 7 zu 12,2 (PG 14, 1104f) mit Verweis auf 1Sam 16,14; Ri 9,23; 1Kön 22,22 u.ä.; vgl. auch Hom. in Num 20,3 (GCS 30, 193f): Der *malignus spiritus* zielt auf die Annahme von *mysteria diabolica, mysteria iniquitatis* (193). Vgl. auch Hus, Opera VII 414: *Ad illa ergo adoranda ducebantur Corinthii demonum miraculis, alii, ut pharisei, ducebantur compulsi.*

77 Daß die Menschen ohne Widerstand hingezogen werden, führt er auf die Schönheit der Götzenbilder zurück. Vgl. auch Cajetan 73v *(simulacra inanimata & muta, aliena ab intellectu & ratione)*, aber auch schon Wiclif, Sermones III 375, der für seine Gegenwart den Schluß zieht, daß die Oberen der Kirche zurückzurufen sind.

78 Vgl. auch Maior 156r: Immer sind *diuersi & contraij motus* zu erkennen, in denen nicht der Geist Christi ist, obschon *externa dona spiritualia* in ihnen zu sein scheinen, denn auch Pseudopropheten können nach Mt 7 *signa & prodigia* tun.

79 WA 22, 174; vgl. auch 41, 393. WA 22, 174 heißt es, die Welt habe »von anfang allzeit eitel stumme Goͤtzen gehabt in soviel mancherley unzelichen Gottesdiensten, von Menschen erdacht und auffgeworffen, da man soviel Goͤtter angebetet und jnen bilder gemacht und Goͤttliche ehre gethan«. Vgl. auch WA 41, 654: *Tot capita, tot dii*, wobei Luther fortfährt: *et Papa confirmavit et adhuc confirmat.* Auch Maior 154r bezieht die Charakteristika der Heiden auf seine Zeit, konkret auf *statuas sanctorum, uota & oblationes facere*, z.B. der heiligen Dorothea bei Zahnschmerzen, der heiligen Ottilie bei Augenschmerzen usw.

Sie hatten diese Gaben nicht von Natur, sondern aus Gottes freier Gnade«[80].

Als Zeugnis heutiger Zeit sei Ebeling zitiert, der den Christusglauben der Korinther »im Kontrast zu ihrer heidnisch-religiösen Vergangenheit ... nicht ein Besessensein und ekstatisches Hingerissensein durch ein sprachloses Gegenüber, sondern ein antwortendes Ergriffensein durch Jesus« nennt; dessen Geistwirkung komme »im Bekenntnis zu ihm zum Ausdruck. Die primäre Äußerung des Geistes Gottes ist sprachlicher Art«[81]. Vor allem aber wird nach wie vor daran festgehalten, daß es »auch eine dämonische Begeisterung« gibt, »wie wir sie zum Beispiel in der Nazizeit erlebt haben«[82], die aber eben auch in die Kirche einzudringen sucht: »Der Teufel setzt mit seinen Angriffen am liebsten gerade bei der Kirche ein«[83].

3. Weitaus mehr Beachtung als die beiden ersten Verse hat seit je der V 3 gefunden. Geradezu selbstverständlich gilt von allem Anfang an, daß *sine dono dei* keiner Jesus Herr nennen kann[84], das Bekenntnis zu ihm also kein *beneficium humanum, sed magis donum dei* ist[85]. Fulgentius schließt aus V 3, daß niemand *per naturalem arbitrii libertatem* »Herr ist Jesus« sagen kann[86]. Das 2. Konzil von Orange im Jahre 529 zitiert V 3 dann neben Joh 6,44 und Mt 16,17 als Beleg dafür, daß der Mensch nur durch die Barmherzigkeit Gottes und nicht durch den freien Willen zum Heil gelangt[87]. Gleichzeitig aber wird nachdrücklich eingeschärft, daß das Bekenntnis allein mit dem Munde nicht

80 Calvin 424f; auch nach Luther (WA 22, 172) soll V 2 die Korinther daran erinnern, daß sie das, was sie haben, »nicht von jnen selbs noch umb jre wirdigkeit und verdienst empfangen, Damit sie nicht stoltz werden noch darob zancken und sich trennen oder furgeben, etwas anders oder bessers zu leren und an zu richten in der Kirchen«.

81 Dogmatik III 102. Weber warnt aber mit Recht vor dem »verbreiteten Mißverständnis«, als sei wegen der »Wortgebundenheit« der Charismen »schließlich nur das Predigt-Charisma und das Predigt-Amt übriggeblieben« (GPM 5 [1950/51] 174); vgl. weiter zu 12,4ff.

82 So G. Forck, GPM 40 (1986) 311. Vgl. weiter z.B. Schmaus, Dogmatik III 1, 258: »Wer andere Herren und Götter verehrt, ist ein Schwärmer, mag er noch so sehr sein Knie beugen«.

83 G. Dehn, »Mein Herz hält Dir vor Dein Wort«, Berlin 1940, 261.

84 Nach Epiphanius können zwar auch die Juden den Namen Jesus aussprechen, aber ihn nicht für den κύριος halten, wie auch die Arianer den Namen aussprechen und ihn θεὸν θετόν, aber nicht wahren Gott nennen können (Ancor. 3,1f [GCS 25, 8]).

85 Ambrosiaster 131f; weitere Belege aus der Alten Kirche bei de Broglie* 253f Anm. 2; vgl. später Hrabanus Maurus 107, der das Bekenntnis nicht *humanis meritis*, sondern der Gnade Gottes zuschreibt. Chrysostomus 243 fragt allerdings, was von den Bekenntnissen der Dämonen (Mk 1,24 u.ö.) zu halten sei, und er meint, diese hätten das gezwungen und gequält, aber nicht freiwillig getan; vgl. auch Theophylakt 712. Nach Theodor v. Mopsuestia 190 haben die Dämonen vielleicht auch zum Nutzen der Hörer ὑπὸ ἀνάγκης θείας den Herrn bekannt. Basilius dagegen führt gerade das Anathema auf böse Geister zurück (De Spir. S. 38 [Fontes 12, 189]).

86 Ep. 16,18 (CChr 91A, 558); Epiphanius, Haer. 74,6,2 fügt an das Zitat von V 3b an καὶ οὐδεὶς δύναται πνεῦμα ἅγιον λαβεῖν ἢ παρὰ κυρίου (GCS 37, 321); Leo d. Gr. verbindet V 3 mit Röm 8,26 (Tract. 76,4 [CChr 138A, 477; vgl. auch 489]), Nikolaus v. Cues mit Mt 10,20, wonach nicht wir selbst es sind, die sprechen, sondern der Heilige Geist (Opera XVI 4, 377).

87 Denzinger/Hünermann, Enchiridion, Nr. 378, S. 179.

genügt, sondern das ganze Leben davon bestimmt sein muß: Niemand kann Jesus im Heiligen Geist Herrn nennen, *nisi qui eum et uerbis et operibus confitetur*[88]. Immer wieder begegnet der Verweis auf Mt 7,21[89], oder das Bekennen wird näher expliziert als ein solches *animo, verbo, facto, corde, ore, opere*[90]. Andere heben stärker auf die Liebe ab: »›Niemand sagt: Herr Jesus‹, im Geiste, im Worte, im Werke, im Herzen, im Munde, in der Tat . . . niemand sagt so, außer wer liebt«[91].

Beliebt sind auch trinitarische Interpretationen. So erklärt z.B. Basilius v. Caesarea, daß nicht an den Sohn glauben kann, wer nicht an den Geist glaubt, und nicht an den Vater, wer nicht an den Sohn glaubt[92]. Niemand kann nach Theodoret (321), wenn er vom Geist Gottes bewegt ist, Christus ἀλλότριον τῆς θείας φύσεως verkündigen[93]. Es werden aber auch andere Folgerungen aus V 3 gezogen, so etwa bei Cyrill[94] oder Basilius, der Wert darauf legt, daß ἐν und nicht διά gebraucht wird[95]. Zwar kann auch alles Wahre, von wem immer es gesagt wird, auf den Heiligen Geist zurückgeführt werden[96], doch wird ebenso an V 3 als Kriterium zur Unterscheidung der Geister festgehalten, wenigstens bei den Griechen[97], so daß etwa Origenes (30) 1Joh 4,1-3 und 1Kor 14,37 als Analogie zitiert.

[88] Pelagius 195; ähnlich Hieronymus 753 u.a.; vgl. Augustin, De Serm. Dom. in Monte 2,25,82 (PL 37, 1307); Lanfranc 195: *Multi enim voce dicunt, corde autem et factis negant* (ebs. Hrabanus Maurus 107; Herveus 940).

[89] Hieronymus 753; Petrus Lombardus 1650; Hrabanus Maurus 107; Herveus 940; Thomas 369; Hus, Opera XIII 352; Estius 633; Francke, Schriften, Bd. 10, 381 u.a.; Biel erschließt aus dem Nebeneinander von *dicit* in V 3 und in Mt 7,21, *quod ›verbum‹ sic dictum dicit duos actus, scilicet intellectus et voluntatis* (Coll. I 554).

[90] Haymo 496; Herveus 940; Hrabanus Maurus 107; Petrus Lombardus 1650; Thomas 369; Walafridus 540 u.a.

[91] Augustin, Joh-Ev 74,1 (BKV 19, 91); vgl. auch De Trin. 9,10,15 (BKV 12, 61); vgl. Herveus 940. Anders Manegold v. Lauterbach: *Nemo enim amat dominum Iesum, nisi in spiritu sancto* (Liber contra Wolfelmum, hg. v. W. Hartmann [MGH. Die deutschen Geschichtsquellen des Mittelalters VIII], 1972, 92).

[92] De Spir. S. 28 (Fontes 12, 153); vgl. auch Ps-Didymus (Labriolle, a.a.O. [EKK VII 2, 545 Anm. 316] 163); Novatian, De Trin. 29 (CChr 4, 72); Gregor v. Nyssa, De Spir. S. (Opera I 98); Epiphanius, Haer. 73,16,4f (GCS 37, 289) und 76,37,14 (ebd. 389) sowie Anc. 3 (BKV 38, 14).

[93] Vgl. auch Primasius 535: Niemand im Heiligen Geist kann Jesus einen Herrn nennen, *nisi qui eum integre et fideliter Deum hominem confitetur, et secundum unamquamque substantiam, et aequalem Patri, et minorem Patre.*

[94] Wenn niemand außer im Heiligen Geist »Herr ist Jesus« sagen kann, »wie sollte jemand für Jesus sein Leben geben können, wenn nicht im heiligen Geist?« (Cat. 16,21 [TKV 2, 494]).

[95] De Spir. S. 47 (Fontes 12, 214). Bei Böhme heißt es, daß niemand Gott einen Herrn heißen kann »ohne den H. Geist in ihme«, denn »sein Herr-heissen muß aus Gott geboren seyn und vom H. Geist ausfliessen« (Schriften, Bd. 9, 221f).

[96] Ambrosiaster 132; Ambrosius 258; auch Thomas zitiert Ambrosius (Summa, Bd. 14, 70); vgl. auch Abaelard, Theol. Christ. 2,6 (CChr.CM 12, 134f), nach dem Augustin sich nicht gescheut hat, weder die Weissagungen der Sibylle noch die des Vergil dem Geist zuzuschreiben.

[97] Chrysostomus verweist bereits hier auf die notwendige διακρίσεις πνευμάτων zur Unterscheidung wahrer und falscher Prophetie (240), denn der Teufel ist ein μιαρός (Schalk) und schleicht sich selbst unter die Propheten ein (241); vgl. auch Oecumenius 812; Theophylakt 712; Johannes Damascenus 664 (τὸ γνῶσιν ἔχειν προφήτου καὶ ψευδοπροφήτου).

Auch in der reformatorischen und nachreformatorischen Zeit begegnen die genannten Interpretationen. Daß nicht Vernunft und freier Wille zum Christusbekenntnis führen, belegt die Konkordienformel mit zahlreichen Schriftworten, neben unserer Stelle u.a. mit Phil 1,29; 2,13; Joh 6,44[98]. Nach Calvin (425) sind wir so schwach, »daß wir nicht einmal die Zunge zum Lob Gottes rühren können ohne die Leitung des Heiligen Geistes«. Dieses Verständnis von V 3 vereint selbst die unterschiedlichsten Repräsentanten und Gruppen. So steht auch für Schwenckfeldt fest: »Niemands kans recht glauben / das der mensch Jesus vnser herr vnd got worden ist oder sei / Es sej dann das es jhm der hailig gaist offenbaret in seinem hertzen«[99]. Auch das tathafte Moment des Bekennens wird wiederholt[100], vor allem im Pietismus. Francke interpretiert Anerkennung und Herrsein Jesu so: »Sich alles Rechts über sich selbst verzeihen und begeben, und sich JEsu Christo gantz und gar unterwerfen, ihn für seinen HErrn erkennen, welchem allein man in allem Gehorsam, zu Dienst und Gefallen zu leben verbunden sey«[101]. Umgekehrt sieht man auch in der Verfluchung mehr als unverbindliche Freigeisterei oder Skepsis. Melanchthon (68) interpretiert das *maledicere* als *non credere ex corde*[102] und Bullinger erweitert das Verfluchen Jesu folgenderweise: »Wer den Geist hat / wirt nimmer Jesum einen fluch nennen / oder Christum den sohn Gottes verlaugnen / oder seinen schöpffer verlassen / oder einige wort wider die H. schrifft außgiessen / oder gotteslesterliche gebot machen / oder rechte / so dem wort Gottes zu wider seyen / auffsetzen«[103].

Vor allem aber wird das Christusbekenntnis von V 3 als Kriterium des Geistes bewertet, z.B. bei Luther so: »Das ists, Es wirds das rhümen des Geistes nicht

[98] BSLK 883; vgl. auch Calvin, Inst. 2,2,20; Melanchthon 68; Francke, Schriften, Bd. 9, 10.83; Spener, Schriften II 2, 519, der das aber vor allem auf das Gebet bezieht (595; II 2, 359; III 1.1, 653; III 1.2, 71 [Sciagraphia]: *Imprimis impellit ad preces*). Daß Jesus göttlicher Herr ist, kann auch nach Zinzendorf »niemand aus eigener vernunft noch kraft verstehen« (Hauptschriften V 1, 41).

[99] Opera III 390; vgl. auch X 894: »Allein der heilige Geist weiß Gott vnd Christum / den Vater vnd Son / in einer göttlichen herzlichkeit zůsammen zůreimen vnd zůlehren«. Karlstadt, Schriften II 89 bringt die Stelle in der Auseinandersetzung mit Luther um die Buße und parallelisiert im Namen Jesu Buße tun mit Jesus als Herrn anrufen: »Darumb ist die buß in dem namen Jhesus vil ein ander vnd höher erkenntnuß / der sünden / denn ein Creatur durchs gesetz erlangen mag«.

[100] Jesus einen Herrn zu nennen, heißt für Luther, »sich fur seinen Diener bekennen und allein seine ehre suchen, als der von jm gesand oder sein Wort und befelh hat« (WA 22, 179); vgl. auch Grotius 810: Den Geist hat man, *si constanter Iesum profiteatur suum esse Dominum cui per omnia parere velit*.

[101] Schriften, Bd. 10, 381; vgl. auch Spener 432 (*non verbis scil. tantummodo, sed & facto & obsequio*) und Glassius, Philologiae III 263 (*vere, ex animo, aut toto pectore, seu salutari & vivifica cognitione*).

[102] Anders Luther: »Jhesum verfluchen, ist nicht allein, das man Christi namen oder Person öffentlich lestert und verfluchet ... Sondern da man unter den Christen den H. Geist rhümet und doch nicht Christum recht prediget als den grund unser seligkeit« (WA 22, 177). Darum kann es 178 heißen: »Solch verfluchen Christi treibt der Bapst in seinem gantzen Regiment«.

[103] Haußbuch 296v; auch nach Maior 156r und 156v geschieht das Verfluchen dann, wenn *per corruptelas doctrinae & praetextu* (Vorwand) *nominis Christi, perniciosa dogmata* verbreitet werden, z.B. dadurch, daß man nicht die Erlösung allein bei Christus beläßt, aber auch dadurch, daß man antinomistisch *in delictis contra conscientiam* verbleibt.

thun, sondern darauff mus gesehen sein, was du von diesem Christo haltest und lerest ... Findet sich nu, das dein leren und predigen nicht auff Christum weiset, sondern etwas anders furgibt und gleich wol hoffertiglich vom Geist rhůmest, so hastu schon das urteil, das dein Geist nicht ist der warhafftige heilige Geist, sondern ein falscher Lůgen geist ...«[104]. Bullinger (217) nennt V 3 eine *regula discernendi*, Heidegger (112) eine *regula cognoscendi Spiritum*[105]. Dabei wird das Bekenntnis zum Herrsein Jesu auch hier inhaltlich z.T. stark erweitert. Coccejus (305) interpretiert V 3 als *confessio quod Jesus sit Christus, qui in carne venit*, und fügt verschärfend noch hinzu, daß eine Verfälschung eines Teils der Wahrheit die Wahrheit als ganze zerstört[106]. Schleiermacher dagegen bietet eine weitaus weniger dogmatisch gefüllte Auslegung von V 3: »Jeder Eindruk also, wenn auch flüchtig, den die Worte oder die Gestalt des Erlösers hervorbringen, die in einem wahrhaften Gefühl die Knie der Menschen in den Staub beugt vor Ihm«, »ist alles ein Werk des göttlichen Geistes«[107]. Nach Löhe deutet der Vers »auf Adoration, auf Anbetung, – auf ernste, wahrhaftige, aus der tiefen Seele hervorkommende und aufsteigende Andacht in und bei dem Namen Jesu«[108].

Auch in der Gegenwart werden die aufgezeichneten Linien weitergeführt, und zwar in beiden Konfessionen. Nicht nur ist »Gottes Selbsterschließung in Jesus Christus seine *Selbsterschließung für uns* nur *im Heiligen Geiste*«[109], sondern auch »unsere Existenz als die der Glaubenden hat ihren Ursprung nicht in uns selbst, sondern in der Heilstat Gottes«, weil niemand Kyrios Jesus sagen kann außer im Heiligen Geist[110]. »Von Natur aus sagen wir ja so etwas nicht, von Natur aus wollen wir, im Gegenteil, selbst Herr sein«[111]. Küng erschließt aus V 3, daß durch das Wirken des Geistes die Kirche jeden Tag neu wird: »Keine Kirche gibt es, die nicht eine solche *wird* und immer wieder wer-

[104] Luther, WA 22, 177.

[105] Vgl. auch Maior 155r: *Per hoc cognoscimus spiritum ueritatis, & spiritum erroris*. Coccejus 305 nennt als atl. Analogien für eine ἐξέτασις Dtn 13,1-3; 18,20-23; Jer 28,8f.

[106] Nach Heidegger 113 gehört zum Herrsein Jesu auch, *per quae Dominus est: Aeterna ejus sponsio, conceptio, adventus in carnem, oblatio sui, resurrectio ex mortuis, ascensio in Coelum, effusio Spiritus S. praedicatio Evangelii de iustitia & Regno Dei* u.a. Vgl. auch Zinzendorf, Hauptschriften V 1, 101: »Niemand kan die *unionem hypostaticam* der gőttlichen und menschlichen natur glauben, ohne durch den Heiligen Geist I Cor. 12,3«; vgl. auch V 2, 200, wo auf »den armen, den kranken, den verachteten, den getődteten nach dem fleisch, ja den gecreutzigten« Jesus abgehoben wird.

[107] Kleine Schriften I 338f; vgl. auch II 252 sowie Gesamtausgabe I 10, 424f. Umgekehrt heißt es in einer Predigt: »Auch das geringste der Art, wovon unser innerstes Gefühl uns sagt, es sei nicht nach dem Willen und aus dem Geiste Gottes getan, soll uns erscheinen als ein herannahendes Fluchen Christo« (Predigten, hg. v. H. Urner, Göttingen 1969, 219).

[108] Werke, Bd. 6.3, 616.

[109] Weber, Grundlagen I 402; vgl. auch 527: Das Ich im Credo ist »im eigentlichen Sinne der Heilige Geist«; vgl. auch II 551; Barth, KD I 1, 472.

[110] Weber, Grundlagen II 268. Vgl. auch Bonhoeffer, Nachfolge 187 (»Niemand kann aus eigner Vernunft, Kraft und Entscheidung sein Leben Jesus ausliefern, ihn seinen Herrn nennen«); vgl. auch ders., Schriften, Bd. 3, 96 mit Zitat auch von Joh 14,6 und 6,44; Jüngel, Gott 533 (»Ohne den Geist Gottes bleibt Gottes Identität mit Jesus eine die Gegenwart des Menschen nicht einholende Vergangenheit«).

[111] E. Brunner, Fraumünster Predigten, Zürich 1965, 57 mit Hinweis auch auf Frage 1 des Heidelberger Katechismus.

den muß; keine aber *wird*, ohne daß der Geist wirkt«[112], und zwar der Geist Jesu Christi[113]. Das durch den Geist gewirkte Kyriosbekenntnis gilt durchweg als das entscheidende Kriterium alles Christlichen und Pneumatischen. Der Kyriosname ist für Barth »das Erste und sogleich Entscheidende und alles Umfassende, in dem die Menschen die Offenbarung begreifen sollen und können«[114], doch gehe es in dem λέγειν nicht »um die Bejahung bzw. Verneinung bestimmter theologischer *Sätze*«, sondern um »*Stellungnahmen*«[115], die die Absage an andere Herren einschließt[116]. Zugleich wird jedoch eine immer neue Entscheidung und Scheidung der Geister für erforderlich gehalten, wozu man »den Heiligen Geist jeden Tag neu nötig« habe[117]. Vor allem gilt das Kyriosbekenntnis als Kriterium aller Geistphänomene[118], zumal in ihrer religiös-ekstatischen Form[119], und als »einziges Kriterium für authentische Spiritualität«[120]. Inhaltlich soll das Bekenntnis nicht meinen, »daß Jesus in die

[112] Kirche 211. Vgl. auch W.W. Müller, ›Keiner kann sagen: Jesus ist der Herr! – wenn er nicht aus dem Hl. Geist redet‹ (1 Kor 12,3). Dogmatische Anmerkungen zur Verhältnisbestimmung von Christologie und Pneumatologie, MThZ 44 (1993) 325-335.

[113] Vgl. z.B. Glen, Problems 155: »Although on the one hand the Holy Spirit is the quickening, creative Spirit, he can be understood as such only when he is the Spirit of Christ and not some other spirit«. E.J. Fledder / A.G. van Arde, A Holistic View of the Holy Spirit as Agent of Ethical Responsibility: This View Experienced as Exciting in Romans 8, but Alarming in 1Cornthians 12, HTS 47 (1991) 503-525, hier 521 beharren darauf auch gegenüber der berechtigten holistischen Pneumatologie in der Ökumene (der Geist als »the liberating power in the political, sociological and environmental [ecological] sense« [518]).

[114] Barth, KD I 2, 11; auch nach Weber hat das Bekenntnis »seine Grundform in dem ›Jesus Christus ist der Herr‹« (Grundlagen I 39; vgl. auch 400).

[115] Barth, KD IV 2, 366 (kursiv im Original gesperrt), wieder mit Verweis auf Mt 7,21; auch Bonhoeffer, Nachfolge 187 verbindet mit Mt 7,21.

[116] Vgl. z.B. Dehn, a.a.O. (Anm. 83) 261: »Wo man das Herrentum Jesu bekennt, ist man dem weltlichen Leben mit seinen Maßstäben und Anweisungen grundsätzlich entnommen«; vgl. auch Bittlinger, a.a.O. (Anm. 712 zu 11,17-34) 22: Jesus sei Herr über alle Mächte, von denen man sich bedroht fühlt, auch über die, »die eine angebliche Eigengesetzlichkeit haben«.

[117] Barth, KD IV 2, 366. Sehr deftig Steiger, GPM 46 (1992) 266: »Wie sehr unsere Zeit der dieses Briefes gleicht, beweist der kurze Blick auf unseren theologischen Büchermarkt. Synkretismus auf Geist komm raus, religiöse Symbole gegen *Symbolon fidei*, Jesus nicht gerade verflucht, aber verflucht wenig von ihm: abgeflacht, vermeintlich schöpfungstheologisch, von der Botschaft des Reiches Gottes (4,20) weit entfernt, vom Wort vom Kreuz (1,18) nichts mehr zu hören, Jesus, ein Schatten, kaum seiner selbst: empirisch-religiöse Abschattung von dem, was man sowieso für wahr und wahrscheinlich hält. Spiritualität, anfangs als Korrektiv durch den 3. Glaubensartikel vom 2. verstanden, ist synkretistisch obenaus geraten, leicht spießig, kitschig, gartenlaubenmäßig«.

[118] Küng, Kirche 219; vgl. auch M. Doerne, Die alten Episteln, Göttingen 1967, 189: »Christusglaube und -bekenntnis ist der Prüfstein für alle ›geistlichen‹ Ansprüche«.

[119] Treffend z.B. Weber: Hier werde »ganz deutlich von der nie aussterbenden Vorstellung weggerufen«, »als sei die Intensität, die Verwunderlichkeit, die Mirakelhaftigkeit, aber auch die Tiefe, die Innigkeit, am Ende auch die subjektive Bewegtheit als solche ein Maßstab! Die heutige Gemeinde muß schwerlich ... vor ekstatischen Erscheinungen falscher Herkunft gewarnt werden. Aber vor einem Sichklammern an diese oder jene menschlich-anschaubare Erscheinung des ›Religiösen‹ muß sie allerdings immer gewarnt werden – es sei die Rhetorik des Predigers oder der geistliche Hochstil des Liturgen oder auch die Innigkeit und Versunkenheit oder Überzeugungstreue von Irrlehrern!« (GPM 5 [1950/51] 174).

[120] So Pannenberg, Theologie III 30, der zugleich durch die Beziehung zum Christusbe-

Gattung der Götter gehört, sondern, daß zu ihm ein Bekenntnis als zu Gott abgelegt wird«, denn das Gegenteil heiße ja nicht: »Jesus ist kein Gott«, sondern: »Verflucht sei Jesus«[121]. Auch heute wird V 3 gern für die Trinitätslehre herangezogen und mit johanneischen Aussagen kombiniert: »Niemand kommt zum Vater denn durch Christus (Joh. 14,6); niemand kommt zum Sohn, es ziehe ihn denn der Vater (Joh. 6,44); niemand kann Christus einen Herrn heißen außer durch den Heiligen Geist (1Kor. 12,3); der Heilige Geist geht aus vom Vater und vom Sohn (Joh. 15,26; 14,26)«[122].

Der Text wird m.W. nur vereinzelt auch außerhalb von Theologie und Kirche zitiert. Goethe kommt in seiner Frühzeit zu folgendem Urteil: »Wer Jesum einen Herrn heißt, der sei uns willkommen, können die andre auf ihre eigne Hand leben und sterben, wohl bekomme es ihnen«[123]. In der heutigen Zeit schreibt Wittgenstein: »Ich lese: ›Und niemand kann Jesum einen Herrn heißen, außer durch den heiligen Geist.‹ – Und es ist wahr: ich kann ihn keinen *Herrn* heißen; weil mir das gar nichts sagt. Ich könnte ihn ›das Vorbild‹, ja ›Gott‹ nennen – oder eigentlich: ich kann verstehen, wenn er so genannt wird; aber das Wort ›Herr‹ kann ich nicht mit Sinn aussprechen. *Weil ich nicht glaube,* daß er kommen wird, mich zu richten; weil mir *das* nichts sagt. Und das könnte mir nur etwas sagen, wenn ich *ganz* anders lebte«[124].

3.2 *Einheit und Verschiedenheit der Gnadengaben 12,4-11*

Literatur: Aalen, S., Versuch einer Analyse des Diakonia-Begriffes im Neuen Testament, in: FS B. Reicke I, Macon 1984, 1-13; *Aune* (Lit. zu Kap. 12-14); *Bacht, H.,* Wahres und falsches Prophetentum, Bib. 32 (1951) 237-262; *Banks,* Idea 91-112; *Bartling, W.J.,* The Congregation of Christ – A Charismatic Body. An Exegetical Study of 1 Corinthians 12, CTM 40 (1969) 67-80; *Baumert, N.,* »Charisma« – Versuch einer Sprachregelung, ThPh 66 (1991) 21-48; *ders.,* Charisma und Amt bei Paulus, in: Vanhoye, Paul 202-228; *Best* (Lit. zu Kap. 12-14); *Betz, O.,* Der biblische Hintergrund der paulinischen Gnadengaben, in: *ders.,* Jesus. Der Herr der Kirche, Aufsätze zur biblischen Theologie II, 1990 (WUNT 52), 252-274; *Bittlinger* (Lit. zu Kap. 12-14); *Brockhaus,* Charisma; *Brosch* (Lit. zu Kap. 12-14); *Callan, T.,* Prophecy and Ecstasy in Greco-Roman Religion and in 1 Corinthians, NT 27 (1985) 125-140; *v. Campenhausen,* Amt; *Carson* (Lit. zu Kap. 12-14); *Chevallier* (Lit. zu Kap. 12-14); *Collins, J.N.,* Ministry as a Distinct Category among Charismata (1 Corinthians 12:4-7), Neot. 27 (1993) 79-91;

kenntnis als dem einen Herrn »die Verpflichtung zur Einheit der Christen in der Gemeinschaft der Kirche gegeben« sieht.

121 So Ratschow, Glaube 114; Pannenberg versteht das Kyriosbekenntnis wegen der Kyriosbezeichnung für Gott in der LXX als Ausdruck der Einheit des Sohnes mit Gott und als Anrede Jesu »im Sinne der Gottheit« (Glaubensbekenntnis 76); zugleich belegt er mit V 3, daß der Geist »seine eigene Gottheit« dadurch erweise, »daß er den Sohn als den Kyrios erkennen und bekennen lehrt«.

122 So Bonhoeffer, Schriften, Bd. 2, 96; vgl. Jüngel, Gott 532f.

123 Werke XII 237; vgl. aber auch 236: »Die Schwärmer und Inspiranten haben sich oft unglücklicherweise ihrer Erleuchtung überhoben . . .; aber weh‹ uns, daß unsre Geistlichen nichts mehr von einer unmittelbaren Eingebung wissen, und wehe dem Christen, der aus Kommentaren die Schrift verstehen will. Wollt ihr die Wirkungen des Heiligen Geistes schmälern?«

124 L. Wittgenstein, Vermischte Bemerkungen, hg. v. G.H. v. Wright, Frankfurt a.M. 1977, 68.

Colson, J., Der Diakonat im Neuen Testament, in: K. Rahner u.a. (Hg.), Diaconia in Christo, 1962 (QD 15/16), 3-22; *Craddock, F.B.*, From Exegesis to Sermon: 1 Corinthians 12:4-6, RExp 80 (1983) 417-425; *Crone* (Lit. zu Kap. 12-14); *Culpepper* (Lit. zu Kap. 12-14); *Dautzenberg, G.*, Zum religionsgeschichtlichen Hintergrund der διάκρισις πνευμάτων (1 Kor 12,10), BZ 15 (1971) 93-104; *Dunn* (Lit. zu Kap. 12-14) 205-236; *Ellis* (Lit. zu Kap. 12-14); *Farnell* (Lit. zu Kap. 12-14); *Fascher, E.*, ΠΡΟΦΗΤΗΣ, Gießen 1927; *Filson, F.V.*, The Christian Teacher in the First Century, JBL 60 (1941) 317-328; *Frenschkowski* (Lit. zu Kap. 12-14) 335-347; *Fung* (Lit. zu Kap. 12-14); *Giesriegl*, Sprengkraft 33-178; *Gillespie*, Theologians 97-118; *Grau, F.*, Der neutestamentliche Begriff χάρισμα, Diss. Tübingen 1946; *Greeven* (Lit. zu Kap. 12-14); *Grudem* (Lit. zu Kap. 12-14); *ders.*, A Response to Gerhard Dautzenberg on 1 Cor. 12.10, BZ 22 (1978) 253-270; *Gundry, R.H.*, »Ecstatic Utterance« (N.E.B.)?, JThS 17 (1966) 299-307; *Gunkel* (Lit. zu Kap. 12-14); *Hahn* (Lit. zu Kap. 12-14); *Harrington, D.J.*, Charisma and Ministry: The Case of the Apostle Paul, ChiSt 24 (1985) 245-257; *Hasenhüttl* (Lit. zu Kap. 12-14); *Hermann*, Kyrios 71-79; *Hill* (Lit. zu Kap. 12-14); *Hoffmann* (Lit. zu Kap. 12-14); *Holmberg* (Lit. zu Kap. 12-14); *Horn*, Angeld 201-301; *Johnson, L.T.*, Norms for True and False Prophecy in First Corinthians, ABenR 22 (1971) 29-45; *Käsemann* (Lit. zu Kap. 12-14); *Klauck, H.-J.*, Die Autorität des Charismas. Zehn neutestamentliche Thesen zum Thema, in: *ders.*, Gemeinde – Amt – Sakramente, Würzburg 1989, 223-231; *Knoch, O.*, Der Geist Gottes und der neue Mensch, Stuttgart 1975, 110-193; *Kuss, O.*, Enthusiasmus und Realismus bei Paulus, in: *ders.*, Auslegung und Verkündigung I, Regensburg 1963, 260-270; *Lang, B.*, Vom Propheten zum Schriftgelehrten. Charismatische Autorität im Frühjudentum, in: Theologen und Theologien in verschiedenen Kulturkreisen, hg. v. H. v. Stietencron, Düsseldorf 1986, 89-114; *Lategan, B.C.*, » . . . Met die oog op wat nuttig is« (1 Kor. 12:7), NGTT 16 (1975) 314-322; *Laurentin, R.*, Zur Klärung des Begriffs »Charisma«, Conc(D) 13 (1977) 551-556; *Linton*, Problem; *Lombard, H.E.*, Charisma and Church Office, Neotest. 10 (1976) 31-52; *Maleparampil, J.*, The »Trinitarian« Formulae in St. Paul, 1995 (EHS.T 546), 17-49; *Maly*, Gemeinde 188-193; *Martin, D.B.*, Tongues of Angels and Other Status Indicators, JAAR 59 (1991) 547-589; *Martin, F.*, Pauline Trinitarian Formulas and Church Unity, CBQ 30 (1968) 199-219; *Martucci, J.*, Diakriseis pneumaton (1 Co 12,10), EeT 9 (1978) 465-471; *Mills* (Lit. zu Kap. 12-14); *Nardoni, E.*, The Concept of Charism in Paul, CBQ 55 (1993) 68-80; *Oudersluys, R.C.*, The Purpose of Spiritual Gifts, RefR(H) 28 (1974/75) 212-222; *Piepkorn, A.C.*, *Charisma* in the New Testament and the Apostolic Fathers, CTM 42 (1971) 369-389; *Pratscher* (Lit. zu Kap. 12-14); *Reiling, J.*, The Magna Charta of Spiritual Gifts: A Re-reading of 1 Corinthians 12,1-11, in: FS G. Wagner, Bern u.a. 1994, 143-155; *ders.* (Lit. zu Kap. 12-14); *Ruhbach, G.*, Das Charismaverständnis des Neuen Testaments, MPTh 53 (1964) 407-419; *Ruschitzka, E.*, Charisma zur Mündigkeit – Amt zur Disziplin? Der Apostel Paulus und sein Problem mit dem Selbstbewußtsein der Gemeinde in Korinth, in: J. Niewiadomski (Hg.), Verweigerte Mündigkeit?, Thaur 1989, 121-142; *Saake, H.*, Pneumatologia Paulina. Zur Katholizität der Problematik des Charisma, Cath(M) 26 (1972) 212-223; *Schäfer* (Lit. zu Kap. 12-14); *Schatzmann* (Lit. zu Kap. 12-14); *Schnackenburg* (Lit. zu Kap. 12-14); *Schürmann* (Lit. zu Kap. 12-14); *ders.*, » . . . und Lehrer«. Die geistliche Eigenart des Lehrdienstes und sein Verhältnis zu anderen geistlichen Diensten im neutestamentlichen Zeitalter, in: *ders.*, Orientierungen am Neuen Testament. Exegetische Beiträge III, Düsseldorf 1978, 116-156; *Schütz, J.H.*, Art. Charisma IV, TRE 7, 688-693; *ders.*, Charisma und soziale Wirklichkeit im Urchristentum, in: W.A. Meeks (Hg.), Zur Soziologie des Urchristentums, 1979 (TB 62), 222-244; *Schulz, S.*, Die Charismenlehre des Paulus. Bilanz der Probleme und Ergebnisse, in: FS E. Käsemann, Tübingen/Göttingen 1976, 443-460; *Schweizer* (Lit. zu Kap. 12-14); *Smit* (Lit. zu Kap. 12-14); *Spörlein, B.*, Das Charisma im Neuen Testament, in: Mystik, hg. v. A. Resch, 1975 (ImM 5), 175-192; *Theißen* (Lit. zu Kap. 12-14); *Therrien, G.*, Le discernement dans les Écrits Pauliniens, 1973 (EtB); *Thiselton, A.C.*, The ›Interpretation‹ of Tongues: A New Suggestion in the Light of Greek Usage in Philo and Josephus, JThS 30 (1979) 15-36; *Turner* (Lit. zu Kap. 12-14); *Wambacq, B.N.*, Le mot »charisme«, NRTh 97 (1975) 345-355; *Weder, H.*, Die Gabe der hermeneia (1. Kor. 12 und 14), in: FS G. Ebeling, Zürich 1983, 99-112; *Wennemer, K.*, Die charismatische Begabung der Kirche nach dem heiligen Paulus, Schol 34 (1959) 503-525; *Williams, C.G.*, Glossolalia as a Religious Phenomenon: ›Tongues‹ at Corinth and Pentecost, Religion 5 (1975) 16-32; *Witherington* (Lit. zu Kap. 12-14); *Zeller, D.*, Charis bei Philon und Paulus, 1990 (SBS 142), 185-189.

4 **Es gibt Zuteilungen (oder: Unterschiede) von Gnadengaben, aber es ist ein und derselbe Geist,** 5 **und es gibt Zuteilungen von Diensten, und es ist ein und derselbe Herr,** 6 **und es gibt Zuteilungen von Kraftwirkungen, aber es ist ein und derselbe Gott, der alles in allen wirkt.** 7 **Jedem aber wird die Offenbarung des Geistes zum Nutzen gegeben.** 8 **Dem einen nämlich wird durch den Geist Weisheitsrede gegeben, einem anderen Erkenntnisrede gemäß demselben Geist,** 9 **einem anderen (Wunder-)Glauben in demselben Geist, einem anderen Heilungsgaben in dem einen Geist,** 10 **einem anderen Kräfte zu Machttaten (bzw. Wunderwirkungen), einem anderen Prophetie, einem anderen aber Unterscheidung der Geister, einem anderen verschiedene Arten von Zungenreden, einem anderen aber Deutung der Zungenreden.** 11 **Dies alles aber wirkt ein und derselbe Geist, der einem jeden das Eigene zuteilt, wie er will.**

Analyse

In V 4-11 breitet Paulus nun die ganze Fülle und Mannigfaltigkeit urchristlicher Charismen aus, wobei er in V 4-6 mit Nachdruck zunächst den einheitlichen göttlichen Ursprung all jener verschiedenen Gaben, Dienste und Kräfte in den Vordergrund rückt. Vermutlich geschieht das darum, weil man in Korinth nicht alles in gleicher Weise auf diesen einheitlichen Grund zurückführt, sondern bestimmte Charismen über alles schätzt und verabsolutiert, andere Charismen dagegen als unpneumatisch verächtlich abtut. Gewiß will auch Paulus nicht nivellieren! Aber bevor er differenziert und die Vielfalt herausstellt, schärft er mit Hinweis auf den einheitlichen Ursprung die prinzipielle Gleichrangigkeit aller Gnadengaben ein, und eben die wird in Korinth von bestimmten Kreisen mit Superioritätsansprüchen offensichtlich bestritten[125]. Dabei muß man sich noch einmal daran erinnern (vgl. zu 12,1-3), wie

[125] Zur Annahme, daß die korinthische Gemeinde vor allem durch die enthusiastischen und spektakulären Manifestationen des Geistes fasziniert war, vgl. oben Anm. 5. Eine andere Frage ist, ob dahinter auch das Ideal einer »Uniformität enthusiastischer Individualisten« (Merklein, Studien 336f) oder einer »homogenen Gemeinde« steht (Schäfer, Gemeinde 389), was Giesriegl* 115 Anm. 109 bestreitet. Daß Paulus solche Uniformität ablehnet, ist eindeutig (vgl. Käsemann* 115f).

sehr die jungen christlichen Gemeinden von ihrer heidnischen Vergangenheit her geneigt sein mußten, religiöse Ekstase und Enthusiasmus, überhaupt das Exzeptionelle und Spektakuläre *a se* als Ausweis göttlicher Epiphanie und Präsenz anzusehen.

In V 4-6 wird zunächst fast im Stil einer *Epiphora*[126] die Gleichursprünglichkeit aller Charismen festgehalten und deren Bandbreite dann nach dem betonten ἑκάστῳ (V 7) in einem ersten Charismenkatalog illustriert. *Rhetorisch* kann man am ehesten von einer *amplificatio* sprechen[127], denn V 4-11 bilden tatsächlich eine Steigerung, und zumal deren *genus congeries* mit seiner »Häufung synonymer Wörter und Sätze« legt solche Vermutung nahe[128].

Gliederung: V 4-6 haben eine ganz parallele Struktur: Die drei Sätze beginnen jeweils mit dem Prädikatsnomen διαιρέσεις und einem je verschiedenen Gen. im Plur., dem das Hilfsverb εἰσιν folgt; im Nachsatz wird dem jeweils ein kurzer prädikatloser Satz mit einem Subj. der göttlichen Trias und einer entsprechenden Form des pronominalen Adjektivs von αὐτός in attributiver Wortstellung zugeordnet, wobei nur beim letzten Glied in V 6 an θεός die partizipiale Näherbestimmung ὁ ἐνεργῶν sowie das formelhafte πάντα ἐν πᾶσιν angefügt werden. V 7 führt dann mit metabatischem δέ thesenförmig den in V 8 beginnenden Charismenkatalog ein, wobei der Akzent auf dem am Anfang stehenden, dem kollektiven ἐν πᾶσιν von V 6 kontrastierenden distributiven Dat.-Obj. ἑκάστῳ und der am Ende stehenden Zweckbestimmung liegt; Präd. ist das präs. *passivum divinum* δίδοται, Subj. ἡ φανέρωσις, dem ein vermutlich als subj. aufzulösender Gen. πνεύματος beigefügt ist. Von V 8 an folgt dann eine bis V 10 reichende neunteilige Aufzählung von Charismen, die das ἑκάστῳ von V 7 expliziert. Ihre einzelnen Glieder werden am Anfang zunächst mit ᾧ μέν und ἄλλῳ δέ eingeleitet, dann mit ἑτέρῳ und wieder viermaligem ἄλλῳ, endlich noch einmal mit ἑτέρῳ und ἄλλῳ; das δίδοται von V7 wird dabei in V 8 noch einmal wiederholt; bei den ersten vier Beispielen stehen jeweils verschiedene Präpositionalverbindungen mit

126 Bultmann, Stil 78 vermutet »liturgische Gewohnheit« als Grund dafür, daß »die Epiphora nicht rein durchgeführt ist«; zur *Epiphora* vgl. Lausberg, Handbuch I 320 (»absatzmäßige Wiederholung des Schlusses eines Kolon«).

127 Vgl. Vos oben Anm. 18.

128 So die Beschreibung von Lausberg, Handbuch I 224; vgl. auch ebd.: »ordnungslose Fülle oder eine Skala sich steigernder Glieder«. Smit* (Rangorde) 332 und (Argument) 217f läßt sich dagegen durch den auch rhetorisch gebrauchten Begriff διαίρεσις (bei Paulus aber gerade Plur.) auf eine falsche Fährte locken und bestimmt V 4-6 als *partitio*. Nun kann man das folgende Kapitel zwar mit einem gewissen Recht V 4-6 so zuordnen, daß man V 7-11 zum Pneuma, V 12-27 zu Christus und V 28-30 zu Gott in Beziehung setzt, doch ist schon das nicht ganz durchzuhalten (vgl. die Aussagen über Gott in V 18.24 oder die Charismenlisten in V 8-10 und V 28-30 sowie Horn* 289 Anm. 76). Aber eine *partitio* im Sinne einer *enumeratio* und Aufzählung der wichtigsten Punkte (vgl. Lausberg, a.a.O. 190), die das Folgende klar und durchsichtig werden läßt, sind V 4-6 kaum, zumal das die weitgehende Synonymität von V 4-6 ignorieren muß. Eher könnte man V 7-30 als *confirmatio* bestimmen (Smit* [Rangorde] 333-335 und [Argument] 228), die die Richtigkeit des eigenen Standpunktes nachweisen soll, wobei der andere Teil der *argumentatio*, nämlich die die Unrichtigkeit des korinthischen Standpunktes nachweisende *refutatio* (vgl. Lausberg, a.a.O. 236), bei Paulus implizit immer präsent ist und auch schon V 4-6 dazugehört. Zu den sachlich fatalen Urteilen bei Smit* gehört, daß Paulus in V 4-30 von der Konstitution der Kirche »at the official-administrative level ... within the hierarchical structure« handele und er mit seiner Argumentation darauf ziele, den Aposteln zu gehorchen (Smit* [Argument] 224).

πνεῦμα (διά V 8a, κατά V 8b, ἐν V9a.b), die den einheitlichen Ursprung im Geist unterstreichen. In V 11 wird mit dem Subj. πνεῦμα – hier besonders emphatisch durch τὸ ἓν καὶ τὸ αὐτό in seiner Einheit charakterisiert – noch einmal inclusioartig auf V 4 zurückgegriffen, mit dem präs. Präd. aber auf V 6; diesem Präd. wird das präs. Part. διαιροῦν zugeordnet, dem das Dat.-Obj. ἑκάστῳ und ein entweder als Akk.-Obj. ἴδια oder wahrscheinlicher als *dativus modi* ἰδίᾳ zu lesendes Wort beigegeben ist; betont am Anfang aber steht das Obj. πάντα und am Ende ein kurzer, durch das komparative καθώς eingeleiteter Präsenssatz, der sich auf πνεῦμα bezieht.

Erklärung 4

V 4-6 heben mit Nachdruck die Gleichursprünglichkeit aller Geistesgaben hervor, die samt und sonders göttlichen Ursprungs sind. Statt von πνευματικά (V 1) ist nun von χαρίσματα die Rede. Ob Paulus den Term πνευματικά bewußt fallen läßt und statt dessen χαρίσματα bevorzugt, ist zwar nicht ganz stichhaltig zu beweisen, doch spricht einiges dafür, daß er damit den Zusammenhang mit der göttlichen χάρις besonders hervorheben, den Gabecharakter akzentuieren und dem Mißverständnis wehren will, daß der Christ über die πνευματικά verfügen kann[129]. Auffällig ist allerdings, daß auch χαρίσματα in Kap. 12-14 nur noch einmal mit dem Adjektiv μείζονα vorkommt (12,31), sonst aber nur im Syntagma χαρίσματα ἰαμάτων auftaucht (12,9.28.30), so daß nicht einmal ganz sicher ist, daß Paulus selbst den außerordentlich seltenen Terminus χάρισμα in das Urchristentum eingeführt hat[130] (sonst in 1Petr 4,10), wenngleich die Vielzahl der Belege eher dafür spricht.

Χάρισμα ist Verbalsubstantiv zu χαρίζομαι mit der in der Koine beliebten Endung auf – μα (Bl-Debr-Rehkopf § 109,2), das »das Ergebnis der als Aktion verstandenen χάρις« bezeichnet, »ohne immer scharf von diesem Wort unterschieden zu sein: Gunstbezeugung, Wohltat, Geschenk«[131]. Dabei darf diese etymologische Bestim-

[129] Vgl. Weiß 298 (»weil Niemand durch eignes Wollen sie erreichen kann«); Conzelmann 253; Brockhaus* 139; Carson* 23; Schatzmann* 34; Klauck 86 sieht in der Wahl von χάρισμα »eine Kritik an der zu engen Definiton des Geistes in Korinth«. Nach Käsemann* 112 unterscheidet χάρισμα folgendes »von den heidnischen πνευματικά: Nicht das fascinosum des Übernatürlichen, sondern die Erbauung der Gemeinde legitimiert sie«.

[130] Weiß 301 hält χαρίσματα ἰαμάτων und ἐνεργήματα δυνάμεων für Sprachgebrauch der Gemeinde, und in der Tat will zumal der Plur. weder zu 7,7 noch zu ἄλλῳ (V 9) noch zu V 4 und 6 passen, wo χαρίσματα bzw. ἐνεργήματα Sammmelbegriffe sind (ähnlich Chevallier* 145; Giesriegl* 94; Kremer [Lit. zu 12,12ff] 323); vgl. auch unten Anm. 135. Andererseits läßt sich dem Plur. durchaus Sinn abgewinnen; vgl. z.St.

[131] Conzelmann, ThWNT IX 393. Brockhaus* 129.140 bestreitet den Zusammenhang mit χάρις und versteht χάρισμα synonym mit δώρημα u.ä. Begriffen für Geschenk und Gabe, übersetzt also nicht mit »Gnadengabe« (ebs. Turner* 30 u.a.; vgl. auch Chevallier* 142-145; Carson* 21; Baumert* [»Charisma«] passim). Richtig ist, daß der Begriff nicht technisch ist (vgl. auch Baker* 226; Nardoni* 69-74 und Lombard* 45, der eine »*general, non-technical*« und eine »*specific technical connotation*« unterscheidet) und dieser Zusammenhang nicht für alle Belege gilt, sicher aber in Röm 12,6 und 1Kor 1,4-7 gegeben ist; vgl. die Diskussion bei H. v. Lips, Glaube – Gemeinde – Amt, 1979 (FRLANT 122), 184-196 sowie Grau* 78-80; Hasenhüttl* 120f Anm. 8; Giesriegl* 95f; Kertelge* (Gemeinde) 104f; Klaiber, Rechtfertigung 220 Anm. 107; Harrington* 249.

mung jedoch nicht davon absehen, daß solche Gabe für Paulus »von der sie gewährenden Gnadenmacht unabtrennbar« ist, vielmehr »ihre Manifestation und Konkretion«[132] (vor allem Röm 12,6: χαρίσματα κατὰ τὴν χάριν τὴν δοθεῖσαν ἡμῖν). Der Begriff fehlt im AT, denn Sir 7,33 (Lesart des Kodex S anstelle von χάρις) und 38,30 (Lesart des Kodex B* anstelle von χρῖσμα) sowie Ps 30 (31),22 bei Theodotion sind keine sichere Basis[133]. Auch die beiden Philo-Belege in All 3,78 werden für mögliche sekundäre Korrekturen gehalten[134]. Sib 2,54 ist ungewissen Datums. Das nächste literarische Zeugnis außerhalb des NT stammt von Alkiphron 3,17,4 (um 200 n.Chr.), während die inschriftlichen Belege noch später anzusetzen sind.
Auch wenn die Gemeinde den Term schon kannte[135], wird χάρισμα seine theologische Bedeutung jedenfalls mit einiger Sicherheit erst durch Paulus gewonnen haben[136]. Zweifellos steht χάρισμα z.T. einfach im weiteren Sinne von χάρις zur Bezeichnung von Gottes eschatologischer Heilstat in Jesus Christus, die, »sofern sie den Menschen zugute kommt, auch χάρισμα (Gnadengabe) genannt werden kann« (Röm 5,15f; 6,23)[137], doch kann Paulus mit χάρις umgekehrt auch die empfangene Gabe des Apostolats bezeichnen (vgl. Röm 1,5; 12,3; 15,15; 1Kor 3,10; Gal 2,9), in der und durch die Gott wirkt. Χάρισμα kann aber auch die Errettung des Paulus aus Todesgefahr (2Kor 1,11) oder im Plural die Heilsgaben an Israel (Röm 11,29; vgl. 9,4) bezeichnen. Nur Röm 1,11 erscheint χάρισμα πνευματικόν (Subjekt ist hier ausnahmsweise auch der Apostel selbst), was aber nichts daran ändert, daß alle Charismen in dem im 1Kor gebrauchten spezifischen Sinn pneumatisch, d.h. pneumagewirkt sind. Am häufigsten gebraucht Paulus χάρισμα im 1Kor (1,7; 7,7; 12,4.9.28.30.31), und hier nun (wie Röm 12,6) eindeutig im spezifischen Sinn von verschiedenen Gnadengaben und Funktionen, zudem meist im Plural.

132 Käsemann* 110; vgl. auch Klauck* 226; Herten (Lit. zu Kap. 12-14) 75; R.P. Martin* (Spirit) 8; Fung* 4f; Gillespie* 103f. Das impliziert auch, wie die Parallelität zu ἐνεργήματα (1Kor 12,6) und πρᾶξις (Röm 12,4) nahelegt, den Ereignis- und Geschehnischarakter; vgl. Schweizer* (Gemeinde) 164, aber auch unten Anm. 176; zur Unverfügbarkeit vgl. Bartling (Lit. zu Kap. 12-14) 74.

133 Vgl. zur LXX Grau* 13-21.

134 Vgl. Brockhaus* 128f; kritisch dazu aber Zeller* 185 Anm. 139. Χάρισμα würde dann bei Philo im allgemeinen Sinne von δωρεά und εὐεργεσία und auf die Schöpfung bezogen gebraucht.

135 Vgl. oben Anm. 130. Damit ist aber nicht gegeben, daß V 7-10c im ganzen Tradition ist (so Gillespie* 112f; vgl. auch Heckel [Lit. zu Kap. 12-14] 125: Die Liste sei nur in der Reihenfolge von Paulus abgewandelt) bzw. Paulus einen korinthischen Charismenkatalog aufgreift und korrigiert (so Wolff 289 im Anschluß an Schürmann* [Lehrer] 122 Anm. 32 und 135). Richtig dürfte sein, daß Paulus die korinthische Rangfolge, nicht einen Katalog der Korrektur unterzieht und dabei von in Korinth bekannten Begabungen ausgeht und traditionelle Elemente anführt. Kritisch zur Annahme eines vorpaulinischen Charismenkatalogs Horn* 287 Anm. 70 (dabei werde die Frage nach dem »Sitz im Leben« »völlig ausgeklammert«); vgl. auch 216 Anm. 49 und 284 Anm. 62. Zu formgeschichtlichen Wurzeln vgl. Frenschkowski* 343f.

136 Vgl. z.B. Käsemann* 110 Anm. 2. Zurückhaltend Conzelmann, ThWNT IX 394 Anm. 11.

137 Bultmann, Theologie 289; vgl. Käsemann* 111: »Ein Charisma haben heißt für Paulus deshalb Anteil am Leben, an der Gnade, am Geist haben, weil Charisma der spezifische Anteil des einzelnen an der Herrschaft und Herrlichkeit Christi ist«. Insofern ist die paulinische Charismenlehre in der Tat »die konkrete Darstellung der Lehre vom neuen Gehorsam und ist es als Lehre von der justificatio impii« (119; ähnlich Gnilka [Lit. zu Kap. 12-14] 99; zugespitzt Schulz* 454: »die bewußte und bleibende Alternative zum Amts-, Rechts- und Ordnungsdenken der religiösen Antike . . . und als solche die direkte ekklesiologische Entsprechung zur Rechfertigungsbotschaft«; vgl. auch Dunn* 206).

Umstritten ist, ob χάρισμα als eine besondere Gnadengabe zu verstehen ist[138] oder alles Handeln der Gemeinde charismatisch qualifiziert sein kann[139], doch ist mit fließenden Übergängen zu rechnen[140]. Viel beschäftigt hat die Ausleger dabei das Verhältnis der Charismen zu den natürlichen Begabungen. Oft wird erklärt, daß »zwar eine natürliche Anlage zum Grunde liegen kann, die aber durch den Geist entwickelt und auf einen christlichen Zweck hingerichtet ist«[141]. Nach anderen aber soll der Geist nicht an mitgebrachte natürliche Fähigkeiten anknüpfen oder diese steigern, weil Paulus die mannigfachen Tätigkeiten in der Gemeinde als »etwas durchaus Neues« ansehe, »was nicht dem eigenen Ich und dem natürlichen Wesen der betreffenden Gemeindeglieder entstammt«[142]. Paulus selbst läßt sich darüber nicht aus, vermutlich darum, weil er Gott *beidemal* als den schöpferisch Wirkenden versteht (vgl. 4,7)[143], vor allem aber darum, weil er von einer radikalen Neuwerdung und Umgestaltung des ganzen Christen inklusive seiner sog. Naturanlagen ausgeht (vgl. 2Kor 5,17; Röm 12,1f u.a.) und keinerlei Interesse an einer solchen Aufteilung hat. Sowenig Charisma nur ein anderes Wort für Naturtalent ist, sosehr kann ein solches charismatisch qualifiziert und wie alle anderen Schöpfungsgaben in Dienst genommen werden (vgl. den menschlichen Leib oder auch Brot und Wein im Herrenmahl), weshalb man keine un-

138 So die meisten wie Gunkel* 5; Bachmann 380 (»Befähigung zu außerordentlichen ... Tätigkeiten«); Hermann* 72 (»die besonderen, von den Korinthern als außerordentliche Begabungen erfahrenen Erscheinungen«); Brockhaus* 225f; Berger, TRE 12, 192; vgl. weiter unten Anm. 155.

139 So Käsemann* 117: »Konkretion und Individuation der Gnade oder des Geistes«; vgl. auch ders., Versuche II 203 und die vorvorige Anm.; vgl. auch Weiß 297 (»die lebendige Repräsentanz dieser Gnade im Einzelleben«); Schulz* 457; zur Unterscheidung von der Ethik wird als Charakteristikum des Charismas aber von Giesriegl* 102f wie anderen der Bezug zur Gemeinde betont.

140 Vgl. die Diskussion zu 7,7 in EKK VII 2, 73 Anm. 124; vgl. jetzt etwa Roloff, Kirche 137: »jede Befähigung, jede Tätigkeit, und wäre es auch die scheinbar profanste, ... sofern sie erkennbar im Dienste der Gemeinde ausgeübt wird«.

141 So de Wette 113; vgl. auch Neander 192 (»das Natürliche wird *angeeignet* vom Uebernatürlichen, nicht aufgehoben«); nach Olshausen 687 schafft die Wiedergeburt »nicht absolut andere Anlagen im Menschen, sie potenzirt, heiligt und verklärt die vorhandenen« (Baur, Paulus II 187 spricht von »durchdringen und beseelen«); vgl. auch Barth 40 (Es handele sich bei diesen Gaben »teilweise um solche, die wir nicht speziell zu den religiösen, sondern allgemein zu den geistigen rechnen würden«); Grau* 155-169; Kremer (Lit. zu 12,12ff) 330 (Die durch Christus geschenkte χάρις aktualisiere sich »in den natürlichen Anlagen und Begabungen«); Carson* 37 (Paulus sei vermutlich »some mix of so-called natural talent ... and of specific, Spirit-energized endowment« nicht unangenehm).

142 So Gloel 318f; Lauterburg, a.a.O. (Anm. 278) 27 (im Anschluß an Cremer): »Nicht das natürliche Substrat in seiner eigentümlich christlichen Gestaltung, sondern der übernatürliche Faktor dieser Gestaltung ist ihm das Wesentliche«; nach de Wette 114 ist Charakteristikum des χάρισμα »die *Unmittelbarkeit*, während das, was bei uns Entsprechendes vorkommt, durch Studium und Uebung (Reflexion, mittelbares Bewusstseyn) gewonnen ist«; vgl. auch Moffat 183; Schweizer* (Leben) 100 (in Abgrenzung vom *gratia non tollit naturam, sed perficit*); Schnackenburg* (Charisma 1986) 238 (keine Reduktion auf natürliche »durch den Geist verstärkte oder auf eine höhere Stufe erhobene Fähigkeiten«); vgl. auch Conzelmann, ThWNT IX 395 Anm. 24 gegenüber einer idealistischen Deutung als »Steigerung des Natürlichen«.

143 Bachmann 380 vermeidet denn auch eine Alternative; Godet II 112 will z.B. in Glossolalie und Prophetie anders als in der Lehre keine »natürliche Basis« gegeben sehen; vgl. auch Heinrici 364 (Weckung neuer Kräfte oder Steigerung schon vorhandener); Grau* 166; Dominy (Lit. zu Kap. 12-14) 53f; Roloff, TRE 2, 520; Hahn* (Charisma) 217, der von einem »Prozeß totaler, im Glauben sich vollziehender Umschmelzung« spricht; Oudersluys* 219; Giesriegl* 101f; Dunn* 255; vgl. weiter die Diskussion bei Schatzmann* 93-97 und unten Anm. 211.

nötigen Aufspaltungen zwischen natürlicher Begabung und dem Wunderwirken des Geistes vorzunehmen braucht[144]. Entscheidend für Paulus bleibt, daß Gott selbst diese nicht aus menschlichen Ursachen resultierenden und erklärbaren Gaben nach *seinem* Maß »gibt« (V 7) und »wirkt« (V 11), sie durch die Verkündigung immer neu erweckt[145] und nie zum verfügbaren Besitz werden läßt.
Selbstverständlich kann man die Charismen auch soziologisch untersuchen, denn wenngleich Paulus selbst die Gemeinde »nicht soziologisch verstanden oder gesehen« hat[146], ist sie natürlich *de facto* auch ein soziologisches Gebilde, und ihre charismatische Struktur kann ähnlich wie andere Befunde unseres Briefes (vgl. etwa zu 1,18ff; zuletzt zu 11,17ff) auch mit soziologischen Kategorien beschrieben werden. Das ist mit dem vor allem von M. Weber her bekannten Verständnis des Charismas im Sinne außergewöhnlicher Phänomene bei bestimmten Menschen[147] für Paulus selbst zwar nur bedingt möglich[148], andererseits aber gegenüber einer rein geistes- und ideengeschichtlichen Interpretation ein heilsames Korrektiv. Allerdings stößt solche Analyse angesichts des Quellenmaterials schnell an ihre Grenze (die soziologische Zuordnung der Glossolalie z.B. wird durchaus unterschiedlich vorgenommen[149]) und darf nur mit großer Behutsamkeit vorgenommen werden. Sosehr Leute mit gehobenem Sozialstatus[150] am ehesten zur Einladung der Gemeinde, zu Reisen u.ä. in der Lage gewesen sein werden, so zurückhaltend wird man bei einer Verteilung der Charismen, etwa dem der »Gemeindeleitung«, nach der soziologischen Struktur bleiben[151]. Grundvoraussetzung ist immer ein Charisma, nicht die soziale oder gesellschaftliche Position,

144 Darum ist mit Käsemann* 116 daran festzuhalten, daß *alles* »Charisma werden« kann und »die Bereiche des Natürlichen, Geschlechtlichen, Privaten, Sozialen« davon nicht auszunehmen sind. Vgl. vor allem Röm 12,3-8.14-21 und weiter Hasenhüttl* 115f und zu 7,7 EKK VII 2, 73f.

145 Vgl. zu 1,5-7 und Eichholz (Lit. zu Kap. 12-14) 18.

146 So z.B. v. Campenhausen* 62. Schweizer* (Gemeinde) 94 findet »eine doppelte Sicht der Gemeinde« bei Paulus, die ihrem »doppelten Wesen« entspreche: »als soziologische Grösse, die in der Geschichte drinstehend durch Zeit und Raum bestimmt ist, und als ›eschatologische‹ Grösse, die in ihrer Verbundenheit mit dem Erhöhten aus Zeit und Raum entnommen in der ›Präsenz‹ der Heilsereignisse lebt«.

147 Vgl. M. Weber, Wirtschaft und Gesellschaft. Grundriß der verstehenden Soziologie, Studienausgabe, Köln 1964, 179: »›Charisma‹ soll eine als außeralltäglich ... geltende Qualität einer Persönlichkeit heißen, um derentwillen sie als mit übernatürlichen oder übermenschlichen oder mindestens spezifisch außeralltäglichen, nicht jedem anderen zugänglichen Kräften oder Eigenschaften [begabt] oder als gottgesandt oder als vorbildlich und deshalb als ›Führer‹ gewertet wird«. Hier wird anders als bei Paulus Charisma vor allem im Kontext von Herrschaft und Autorität gesehen; vgl. Luz (Lit. zu Kap. 12-14) 81; Klauck* 225f; Schäfer* 396-399; Schütz* (Lit. zu Kap. 12-14; Charisma und soziale Wirklichkeit) 235-238 und ders., Paul 264-273; vgl. auch Hoffmann* (Priesterkirche) 24f und (Erbe) 43f; zur Korrelation von Charisma und Autorität bei Schütz (Paul) vgl. Schatzmann* 85-97 und Schäfer* 687 Anm. 92.

148 Vgl. Holmberg*, dessen Ergebnis allerdings von exegetischen Vorentscheidungen abhängig ist, denn daß Paulus bereits zur sekundären Phase des institutionalisierten, Jerusalem dagegen zu der des nichttraditionalen oder nichtlegalen Charismas gehöre, ist ebensowenig überzeugend wie die These, daß die paulinische Charismenlehre primär ein Reflex auf ein gestörtes Autoritätsgefüge in Korinth sei (vgl. die Rezension von Ch. Kähler, ThLZ 107 [1982] 679-681 und die kritischen Fragen von Schäfer* 396f.684f).

149 Vgl. unten Anm. 254.

150 Vgl. dazu EKK VII 1, 32 Anm. 44 mit Lit.

151 Vgl. Greeven* (Propheten) 39 Anm. 93 gegenüber F.V. Filson, The Significance of the Early House Churches, JBL 58 (1939) 105-112 u.a., die »Ansätze zu einem Amt der Gemeindeleitung« bei denen finden wollen, die ihre Häuser für die Gemeinde zur Verfügung stellen; anders Holmberg* 106.

auch wenn diese dabei durchaus in Rechnung zu stellen ist, ja als Gnadengabe verstanden und in Dienst gestellt werden kann[152] (vgl. weiter auch zu 12,28f).

Zwischen den einzelnen in V 4-6 gebrauchten Begriffen χαρίσματα, διακονίαι und ἐνεργήματα ist nicht scharf zu differenzieren[153], und schon gar nicht sind die neun Glieder der Charismenliste in V 8-10 einzelnen der drei Größen von V 4-6 zuzuordnen[154]. Es ist vielmehr von einer weitgehenden Synonymität der Begriffe auszugehen[155], die dieselbe Sache, nur jeweils in verschiedener Perspektive, zum Ausdruck bringen und von Paulus bewußt einander zugeordnet werden[156]. Auch die Paulus offenbar schon vorgegebene triadische Formel Geist – Christus – Gott liegt noch nicht fest (vgl. die andere Reihenfolge 2Kor 13,13[157]). Erst recht ist keine alleinige Zuschreibung der drei unterschiedlichen charismatischen Termini an das Pneuma, den Herrn oder an Gott beabsichtigt. Jedoch wird die Zuordnung der einzelnen Begriffe zur göttlichen Trias, durch die Paulus vermutlich zur Dreigliedrigkeit der Geistesgaben veranlaßt worden ist, nicht ganz zufällig sein. Zwar wird ἐνεργήματα in V 6 mit Gott als ἐνεργῶν τὰ πάντα ἐν πᾶσιν verbunden, das ἐνεργεῖν von πάντα ταῦτα in V 11 dagegen mit dem Geist, aber die Korrelation von Pneuma und Charisma ist vermutlich durch πνευματικά bedingt (vgl. immerhin auch 1Kor 7,7: χάρισμα ἐκ θεοῦ). Die Verbindung von κύριος und διακονία in V 5 ist ebenfalls durchaus adäquat[158], und endlich paßt τὰ πάντα ἐν πᾶσιν in

152 Vgl. oben Anm. 144. Fraglich ist aber, ob Paulus in den korinthischen »Ansprüche(n) des befreiten Selbst« tatsächlich »zuwenig Gefühl für die Verflochtenheit in einem größeren gesellschaftlichen Ganzen« stecken sieht (so aber Schütz [Lit. zu 12,4ff; Charisma und soziale Wirklichkeit] 229; vgl. auch 232).

153 Vgl. χαρίσματα in V 4 und 9, ἐνεργήματα in V 6 und 10 und διακονία in V 5 und Röm 12,7. Vgl. unten Anm. 156.

154 Anders die Beispiele in der Auslegungs- und Wirkungsgeschichte.

155 Die oft vorgenommenen Unterscheidungen, etwa zwischen »allgemeinen ›Wirkungen‹« und »besonderen ›Gnadengaben‹« (z.B. Hermann* 73), wobei Charismen dann als »außerordentliche Gaben für außerordentliche Aufgaben (besondere Notstände)« verstanden werden (Brosch* 28), setzen eher das Konzept der Korinther, nicht das des Paulus voraus. Pneumabestimmt ist nach Paulus eben gerade auch das Nicht-Besondere. Allenfalls können von τὰ πάντα her die ἐνεργήματα in V 6 »am umfassendsten« sein (so Schmiedel 166; Olshausen 686 u.a.); vgl. aber Conzelmann, ThWNT IX 396; Giesriegl* 105 Anm. 79.

156 Schon Chrysostomus 243 hält die drei Begriffe für verschiedene Namen einer Sache (vgl. weiter unten S. 174); andere wie v. Hofmann 268 und Weiß 297 sprechen von ein und denselben Erscheinungen, die nach verschiedenen Gesichtspunkten benannt werden; vgl. auch Meyer 336; Heinrici 364; Greeven* (Geistesgaben) 111f; Grau* 47; Hermann* 71f; Hahn* (Charisma) 204; Dominy (Lit. zu Kap. 12-14) 52; Gillespie* 100; Giesriegl* 85f. Anders Beza 145; Estius 634 u.a., für die χαρίσματα Gattungsbegriff mit zwei Unterarten ist; Godet II 112f will gar drei »Klassen« unterscheiden.

157 Nach Weiß 297 ist die Dreiheit der Sätze »nicht Ursache sondern Folge der dem P. vertrauten und geläufigen göttlichen Trias-Formel (IIKor 13,13), die also sehr alt ist« (ebs. Lietzmann 61; Conzelmann 253). Da sowohl 2Kor 13,13 als auch Mt 28,19 eine andere Reihenfolge bieten, wird sich die Voranstellung des Geistes an unserer Stelle dem Kontext verdanken, wie V 11 bestätigt (wie hier auch Eph 4,4-6). Barrett 284 hält die »trinitarische« Formel darum für eindrücklich, weil sie »artless and unconscious« zu sein scheine (ebs. Fee 588; noch deutlicher Carson* 32f); vgl. auch unten Anm. 161.

158 Röm 15,8 wird Christus selbst διάκονος genannt. Vgl. Mk 10,45; Lk 22,27 und dazu Hahn* (Grundlagen) 166f und (Charisma)

V 6 trotz V 11 besonders gut für Gott[159]. Sowenig also bloßer Zufall waltet, sowenig liegen präzise Distinktionen vor. Sachlich im Vordergrund steht zunächst das Interesse am gleichen göttlichen Ursprung (αὐτό/αὐτός/αὐτός). Das impliziert aber zugleich das Bestreben, den in der Gemeinde wirkenden und hier (vgl. die *inclusio* zu V 11) im Vordergrund stehenden Geist als πνεῦμα Χριστοῦ zu bestimmen und alle Pneumatiker damit sofort in den Machtbereich Gottes und den Heils- und Herrschaftsbereich Jesu Christi einzubinden (vgl. V 3.13), was ein verselbständigtes Pneuma ausschließt. Schlüssel und Kriterium der Pneumatologie und damit auch der Geistesgaben ist wieder die Christologie (vgl. V 1-3). Ohne Rückbindung an die Herrschaft Christi ist der Geist, der immer »der Geist Christi« ist (Röm 8,9; Phil 1,19), nicht zu haben und nicht zu verstehen. Von V 6 her muß man noch einen Schritt weitergehen und geradezu sagen: Geist und Geistesgaben gibt es nur in gleichsam »trinitarischem« Horizont[160], was gewiß nicht im Sinne einer ausgebildeten Trinitätslehre, wohl aber in enger Bezogenheit auf das differenzierte Offenbarungsgeschehen zu bestimmen ist[161]. Sowenig man bei den charismatischen Begriffen eine »*integrierende Klimax*« voraussetzen darf, in der »der zweite Begriff den ersten und der dritte die beiden voraufgehenden aufnimmt, erweitert und integriert«[162], sosehr kann eine solche »klimaktische Integrationsformel« für die göttliche Trias erwogen werden[163], die in aufsteigender Linie vom Geist über Christus zu Gott führt.

209, der »Jesu Wort vom Dienen im Hintergrund« sehen will; vgl. auch Schweizer* (Leben) 25.32; Roloff, Kirche 133; Chevallier* 154 verweist dagegen auf die häufige Verbindung von διακονία bzw. διάκονος mit Gott (z.B. 2Kor 3,6; 5,18; 6,4).

159 Zum Anklang an die stoische πάντα-Formel vgl. zu 8,6 und weiter unten Anm. 174.

160 Meyer 336 und Heinrici 365 sehen »die göttliche Trias« hier »in aufsteigender Klimax« bezeichnet, doch dürfe »bei der Wesensgleichheit und untrennbaren Einheit (II 13,13) der Drei« weder »das Verhältniss der Unterordnung« beseitigt werden (so Meyer 336 und Heinrici 365), noch werde über »die Art der Hypostasis« etwas gesagt (so Heinrici 365).

161 Thüsing, Per Christum 154 beschreibt das Verhältnis mit dem alten Bild, wonach Gott die Sonne, Christus der Strahl und das Pneuma der Glanz oder die Wärme bzw. δύναμις ist, die die Sonne durch ihren Strahl erzeugt. Nach Maleparampil* 38 soll Gott Quelle, der Geist Verteiler und Christus der sein, dem gedient wird. Auch Fee 588 spricht von »clear Trinitarian implications« (vgl. auch 583: »Diversity within unity belongs to the character of God himself«; ähnlich Maleparampil* 39.47). Vgl. weiter E. v. Dobschütz, Zwei- und dreigliedrige Formeln. Ein Beitrag zur Vorgeschichte der Trinitätsformel, JBL 50 (1931) 117-147; K.L. Schmidt, Das Pneuma Hagion als Person und als Charisma, ErJb 13 (1945) 187-235, hier 215 (»ein Nebeneinander und m.E. auch wohl ein Ineinander«). Jedenfalls sind hier kaum nur »rhetorische Bedürfnisse« maßgebend (so Lietzmann 61). Nach Horn* 284 verlagert Paulus den Ursprung der pneumatischen Erscheinungen darum vom πνεῦμα auf Gott, um »einer verabsolutierenden Wertung derselben als Gestaltwerdung des Geistes« zu wehren.

162 So Hermann* 74, der einen »Analogieschluß« von Tätigkeiten auf deren Urheber zieht, wobei aber schon die Parallelität von V 6a und V 13a Probleme macht. Ein Charisma kann z.B. nicht Diakonia *werden*, weil Diakonia angeblich »eine nach Umfang und Inhalt über Charisma hinausgehende Kategorie« ist, sondern ist es *eo ipso*.

163 Hermann* 75; ebs. Wolff 289. Hermann sieht darin das Bemühen, »die ›Wundermacht‹ des Pneuma zu einer personalen Potenz des Kyrios zu machen, also loszukommen vom animistisch-hypostatischen Pneuma-Begriff der hellenistischen Umwelt« (75).

Noch ein anderer Gesichtspunkt wird durch V 4-6 hervorgekehrt, daß es nämlich die Gabe nicht ohne den Geber gibt, die διαιρέσεις[164] nicht ohne den διαιροῦν, die ἐνεργήματα (V 6) nicht ohne den ἐνεργῶν, die πνευματικά nicht ohne das πνεῦμα[165]. Für Paulus wäre es ein Kardinalfehler, die Gnadengaben und Kraftwirkungen als vom Geist, vom Herrn und von Gott isolierbar zu halten, also zu glauben, über diese Geistesgaben autonom verfügen und diese selbst inszenieren zu können. Wo die Gabe vom Geber getrennt wird, da wird aus der Gabe usurpierter Eigenbesitz, Selbsttäuschung oder, wie in Korinth besonders deutlich, Zerfall der Gemeinde in religiöse Individualisten und pneumatische Solisten. Gegenüber solcher fehlenden Rückbindung an den Ursprung beharrt Paulus darauf, daß in der Gabe der Geber selbst präsent ist und präsent bleibt. Wo aber der Geber selbst auf den Plan tritt, da ist es vorbei mit Privilegien, Aufgeblasenheit und Selbstsicherheit der Begabten, da erkennt sich der Begabte als der Begnadete und zum Dienst Verpflichtete. Der Wechsel von πνεῦμα zu κύριος versteht sich, abgesehen von der Anlehnung an die triadische Formel, nach dem Gesagten sachlich von daher, daß der Herr selbst im Geist präsent ist (2Kor 3,17). Noch bezeichnender ist der Übergang von χαρίσματα zum Korrelatbegriff διακονίαι. Damit wird im Vorblick schon auf das πρὸς τὸ συμφέρον von V 7, also auf den Zweck der Geistesgaben, verwiesen. Allein in der Diakonie – das Wort ist hier wie die beiden anderen Begriffe χαρίσματα und ἐνεργήματα im weiten Sinne zu verstehen (vgl. auch 16,15) – bekundet sich der Geist als Wirklichkeit des erhöhten Herrn. Anders als bei διάκονος in 3,5[166] ist hier also nicht ein spezieller Bezug auf die Verkündigungstätigkeit im Blick[167] und anders als Röm 12,7

5

M.E. wird solche Tendenz zur Personalisierung aber nicht besonders deutlich, wohl aber die zur Bindung an den personalen Christus (vgl. Frenschkowski* 338). Erst recht geht es nicht darum, pneumatische Erfahrungen auf ihren wahren Ursprung zurückzuführen. Gewiß gilt auch hier: »Längst bevor der Geist Gegenstand der Lehre war, war er für die Gemeinde erfahrene Tatsache« (Schweizer, ThWNT VI 394; Reiling* [Prophecy] 62; ähnlich schon Gunkel* 67). Der Mensch wird aber nicht zunächst von unnennbaren numinosen Kräften durchströmt oder von überwältigenden pneumatischen Begabungen erfüllt, aus denen er dann schließt, daß diese vom κύριος kommen. Ohne Christusbezogenheit gibt es für Paulus keine Geisterfahrung.

164 Dem Begriff eignet eine doppelte Bedeutung, Zu- und Austeilung einerseits sowie Unterschied und Verschiedenheit andererseits (vgl. Bauer/Aland 367). Von V 11 (διαιροῦν) her liegt hier »Zuteilung« nahe (so z.B. Meyer 335; Schlier, ThWNT I 184; Conzelmann 253), vom Kontext des Charismenkataloges (ἄλλῳ ... ἑτέρῳ) her eher »Unterschied« (so schon Beza 145 [*distinctiones*]; de Wette 113; Godet II 111; Bachmann 379 übersetzt gar mit »Trennungen«). Die Verteilungen haben aber nach Paulus *eo ipso* Unterschiede im Gefolge (vgl. Schmiedel 166; Heinrici 364; Weiß 297), was die Alternative entschärft; Wolff 288 plädiert darum für eine »Doppelübersetzung«; vgl. auch Schäfer* 680 Anm. 41.

165 Richtig schon Olshausen 685: Διαιρέσεις sei »keineswegs so zu verstehen, als löten sich die verschiedenen Gaben von ihrem Ursprunge ab, und incorporirten sich gleichsam der Seele, in der sie wirksam auftreten«; vgl. auch Chevallier* 156 und vor allem Käsemann, RGG³ II 1274; Hasenhüttl* 113f.

166 Vgl. dazu EKK VII 1, 290 und weiter Holmberg* 101 Anm. 30 mit Lit.

167 Das ist der überwiegende Gebrauch von διακονία bei Paulus; vgl. Röm 11,13; 15,31; 2Kor 3,7-9; 4,1; 5,18; 6,3; anders Röm 12,7; vgl. auch Eph 4,12. Vgl. weiter z.B. Siegert (Lit. zu Kap. 12-14) 178-183 und Kramm, RAC Suppl. 1, 358f.

überhaupt kein besonderes Charisma. Διακονία ist vielmehr im umfassenden Sinn, und zwar bis in unscheinbare äußerliche Dienstleistungen und karitative Tätigkeiten hinein[168], Merkmal jedes Charismas. Keine Gabe hat ihren Wert und ihr Recht in sich selbst, jede schließt eine Bevollmächtigung zur Erfüllung einer bestimmten Aufgabe ein[169]. Darum ist der Plural angemessen, und darum ist die Annahme einer von den διακονίαι im weiteren Sinne zu unterscheidenden Dauerfunktion im engeren Sinn offizieller kirchlicher »Ämter« (*ministeria* bzw. *officia*) hier ebenso verfehlt wie erst recht eine Beschränkung darauf[170]. *Alle* Charismen sind *eo ipso* und konstitutiv διακονίαι[171], und sie sind das, was sie sind, als Dienste und Dienstleistungen[172], nicht als Mittel zur Selbsterbauung oder gar Herrschaftsausübung[173]. Gottes

[168] Vgl. außer 16,15 auch Röm 15,31; 2Kor 8,4; 9,1.12f im Zusammenhang der Kollekte. Daß Paulus »besonders solche Leistungen« nenne, »die festumrissene und dauernde Aufgaben erfüllen« (so Schürmann* [Gnadengaben] 370), geht mindestens an unserem Text und seiner Intention vorbei. Richtig Heinrici, Sendschreiben 363 (»jede Mühwaltung für die Gemeinde«); Roloff (Lit. zu Kap. 12-14; Kirchenleitung) 139 findet in διακονία mit Recht einen »übergreifenden Sammelbegiff für alle gemeindlichen Funktionen«; vgl. auch Kistemaker 418 (»The services rendered are without limit«) und E. Schweizer, Die diakonische Struktur der neutestamentlichen Gemeinde, in: Schäfer/Strohm (Lit. zu Kap. 12-14) 159-185.

[169] Vgl. schon Lauterburg, a.a.O. (Anm. 278) 13: »Nichts, was einer ›an und für sich‹ hat, kann ein Charisma heißen. Erst der transitive Charakter, die Ausrüstung zur Einwirkung auf andere Gemeindeglieder, vollendet den Begriff«; vgl. weiter Beyer, ThWNT II 87; Käsemann* 111: »Es gibt keine göttliche Gabe, die nicht Aufgabe wäre, keine Gnade, die nicht aktivierte. Dienst ist nicht bloß Konsequenz, sondern Erscheinung und Realität der Gnade« (ebs. Hasenhüttl* 121); Conzelmann 254 (»alltägliche Dienstleistungen« werden »jetzt den anerkannten, supranaturalen Geistphänomenen gleichgestellt«); Wolff 289 (Der Geist diene »nicht der Pflege des individualistischen Vollendungsbewußtseins, sondern dem Aufbau der Gemeinde«); Oudersluys* 217f; Schütz, Paul 256f; Schatzmann* 34; Giesriegl* 88f.120f. Auch Gillespie* 101 betont vor allem, daß alle Werke des Geistes, niedrige und weltliche ebenso wie außergewöhnliche und aufregende, διακονίαι sind, wobei er eine Polemik an die Adresse der εὐγενεῖς von 1,26 für möglich hält, die »customarily received service but never rendered it« (102).

[170] Solche spezielle Beziehung unserer Stelle auf die kirchlichen »Ämter« mit offizieller Beauftragung u.ä., wie sie später (vgl. die Auslegungs- und Wirkungsgeschichte) bei Grotius 810; Olshausen 685; Godet II 112; Gutjahr 331 und neuerdings Collins* 89 u.a. begegnet, kann die Sache nur verengen; Aalen* 9f versucht zwar, die Bedeutung »Amt« durch Rückgang auf שמושא (so TO in Gen 40,13 und 41,13 für כן und TO in Jes 22,19 für מעמד) zurückzugewinnen (die LXX bietet hier ἀρχιοινοχοΐα = Obermundschenkamt in Gen 40,13, ἀρχή in Gen 41,13 und οἰκονομία in Jes 22,19, also sonst nirgendwo διακονία), kann damit aber schwerlich überzeugen. Vgl. richtig schon de Wette 114; Lauterburg, a.a.O. (Anm. 278) 20; Robertson/Plummer 263; Schweizer* (Gemeinde) 157-164; Käsemann, Versuche II 203 (Es gibt zwar charismatische Unterschiede »nach Reichweite und Wichtigkeit«, die sich »jedoch nicht in private und öffentliche, ›technische‹, ›amtliche‹ aufteilen lassen«); Hasenhüttl* 125f; Dunn* 249 (nicht »ecclesiastical offices or regularly appointed ministries«; vgl. auch 288).

[171] Man sollte das nicht von daher in Frage stellen, daß auch die Glossolalie ein Charisma ist (so aber Nardoni* 73).

[172] Διακονία ist ein profaner Begriff; vgl. auch die drei LXX-Belege 1Makk 11,58 für goldenes Tafelgeschirr und Est 6,3.5 (Kodex A: οἱ ἐκ τῆς διακονίας τοῦ βασιλέως); bei Philo, Jos 167 steht das Wort für Kundschafterdienste, SpecLeg 2,90f für Dienstleistungen von δοῦλοι gegenüber λεγόμενοι δεσπόται (ähnlich Virt 121). Vgl. weiter auch Lk 10,40; Apg 6,1.

[173] Vgl. Harrington* 248: »Ministry in the church is not ruling, status-seeking, or giving orders«; 247 wird auch mit Recht auf das Fehlen von κυριεύειν u.ä. Begriffe für das Verhalten zwischen Christen verwiesen.

Gnade beschenkt und beschlagnahmt den Menschen immer zugleich, stellt ihn also in Dienst und entreißt ihn damit der Isolation und dem religiösen Genießer- und Spießbürgertum. Gottes Geistesgaben lassen sich nicht privatisieren und als Eigenbesitz deklarieren. Stammen sie doch, welche spezifischen Dienste auch immer ausgeführt werden, alle von demselben Herrn.

In V 6 erscheint Gott selbst, der als einziger näher charakterisiert wird, und zwar als ἐνεργῶν τὰ πάντα ἐν πᾶσιν. Dieses Merkmal ist Gott besonders angemessen[174], wenngleich zu der ähnlichen Aussage über den Geist (V 11) eine gewisse Spannung besteht. Πᾶσιν ist vermutlich personal aufzulösen und Kritik an einem Monopolanspruch bestimmter Pneumatiker[175]. Ἐνέργημα erscheint nur hier und in V 10[176] (dort näher charakterisiert als ἐνεργήματα δυνάμεων). Ἐνεργήματα bezeichnen wie διακονίαι wiederum keine von den Charismen abzuhebenden »Sondergruppen«, sondern Charismen als von Gott ausgehende Wirkkräfte bzw. Machterweise[177]. Allerdings sind hier anders als in V 10 kaum spezielle ἐνεργήματα noch umgekehrt wie in 8,6 die auch die Schöpfung umfassende Allmacht und Allwirksamkeit Gottes im Blick. Anklänge an 8,6 und 15,27f sind zwar nicht zu überhören, doch ist vermutlich auch hier das in V 11 zu πάντα hinzugesetzte ταῦτα zu beachten. Charismen sind nicht Gaben Gottes an die Welt, sondern an die Gemeinde als Anbruch der neuen Welt. Πάντα meint also das gesamte charismatisch qualifizierte Wirken der Christen[178], das sich allein der wunderbaren ἐνέρ-

6

174 Vgl. Phil 2,13; Gal 2,8 und vor allem Gal 3,5: ὁ ἐνεργῶν δύναμεις; vgl. Paulsen, EWNT I 1107. Vollenweider, Welten 366 will πάντα ἐν πᾶσιν schöpfungstheologisch verstehen. Vgl. oben Anm. 141f.

175 Für personales Verständnis Meyer 336; Heinrici 364f; Findlay 887 (»operative in the doings of every Christian man«); Wolff 289. Am ehesten wird man mit Senft 158 Polemik an die Adresse derer vermuten, die den Geist für sich monopolisieren. Anders Weiß 298: Ἐν πᾶσιν sei wegen der auf »das Allumfassende« intendierenden Parechesis nicht nur auf die Christen zu beziehen; auch Héring 111 faßt es neutrisch.

176 Ἐνέργημα ist »das *Gewirkte,* die *Tat* oder *Handlung*« (Bertram, ThWNT II 649); vgl. Polybius 2,42,7 (τὰ περὶ τὰς πράξεις ἐνεργήματα); Arist 156; Philo, Det 114 (die aus Tugend erwachsende Betätigung); Marc Anton 4,2; Jamblichus, Myst. 4,13 (τὰ τῶν φύσεων ἐνεργήματα). Nach Robertson/Plummer 264 akzentuiert ἐνεργήματα die Vorstellung »of power rather than that of endowment«, nach Findlay 887 »*effectus,* rather than *operatio*« (so die Vulgata); Dunn* 209 zieht für das Charismaverständnis daraus die Konsequenz: »Concrete actions, actual events«, nicht »latent possibilities and hidden talents«; ähnlich Oudersluys* 217 (»concrete effects«) und Gillespie* 101, der mit »power actualized« umschreibt; vgl. aber Turner* 30f und Carson* 21f: Paulus spreche durchaus von Menschen, die Charismen *haben* (vgl. Röm 12,6; 1Kor 7,7; 12,30); nach Stalder, Werk 88 sollen die Charismen in V 7-11 überhaupt »nicht unter dem Begriff der ›Wirkung‹ erscheinen, sondern unter dem des Gebens« (ebs. Chevallier* 156f Anm. 4); vgl. auch die Diskussion über »permanence or temporariness« der Charismen bei Schatzmann* 77-79.

177 So richtig Greeven* (Geistesgaben) 112; B. Kollmann, Jesus und die Christen als Wundertäter, 1996 (FRLANT 170), 341 Anm. 3.

178 Senft 158 erklärt sogar: »L'idée du miraculeux n'est pas impliquée« (gegen Bertram, ThWNT II 650), was nur in dem Sinne richtig ist, daß nicht, wie früher öfter angenommen wurde, auch hier von V 9 her vor allem an Wunderwirkungen wie Krankenheilungen u.ä. (vgl. die Autoren bei de Wette 114) zu denken ist. Auch Hahn* (Charisma) 206 läßt ἐνεργήματα freilich auf Machtwirkungen verweisen, »wie sie im Bericht über Jesu eigenes Auftreten in den Evangelien festgehalten sind«.

γεια[179] Gottes verdankt[180], die die Gemeinde durchdringt und nicht an die Möglichkeiten und Kräfte des Menschen gebunden ist[181].

7 V 7 kann zwar auch als eine gewisse Zusammenfassung von V 4-6 aufgefaßt werden, ist aber vor allem Überschrift von V 8-10[182]. Einerseits manifestiert sich die im vorigen beschriebene und auf den gleichen Ursprung zurückgeführte göttliche Wirksamkeit in jedem Christen, andererseits wird diese Manifestation des Geistes in der folgenden Charismenliste beispielhaft konkretisiert, um das ἑκάστῳ zu verdeutlichen. Akzentuiert ist neben den Schlußworten πρὸς τὸ συμφέρον dieses am Anfang stehende ἑκάστῳ. Damit wird klargestellt, daß keiner ohne solche Begabung bleibt und die folgende Aufzählung auf keine fixierbaren Grenzen aus ist oder die Zahl der Charismen auf die dortigen Beispiele festlegen will. Das bestätigen die anderen Charismenlisten. Ἕκαστος kommt im Zusammenhang der paulinischen Charismenlehre auch sonst eine besondere Bedeutung zu[183]: Jeder hat teil an der Fülle der Charismen, und keiner geht leer aus, weshalb dieses zentrale ἕκαστος in V 11 abschließend noch einmal unterstrichen wird (vgl. dort). Vermutlich ist auch das eine polemische Spitze gegen eine Ausnahmestellung und monopolartige Reklamation des Geistes der Glossolalen[184]. Demgegenüber hat nach Paulus jedes Charisma seine ihm eigene Würde und sein ihm eigenes Maß. Und dieses verdankt sich immer neu und unaufhörlich dem Geben des Geistes (vgl. das Präsens δίδοται[185]). Wenn das Charisma dann als eine Offenbarung des Geistes qualifiziert wird, kann nach allem Gesagten der Genitiv τοῦ πνεύματος nur als gen. subj. verstanden werden, d.h. der Geist selbst manifestiert sich sichtbar im charismatischen Tun der Christen[186].

179 Der Begriff erscheint bei Paulus nur in Phil 3,21 und ist dort dem Christus zugeordnet. Das von D F G b an unserer Stelle gebotene ἐνέργεια δυνάμεως ist aber ebenso wie das von 𝔓[46] bezeugte und von Zuntz, Text 100 bevorzugte ἐνεργήματα δυνάμεως vermutlich sekundär; vgl. Fee 584 Anm. 5: Der Plur. erschien tautologisch.

180 Gewiß geben die Charismen »ihre Wirksamkeit in Thaten« kund (Meyer 336 und Heinrici 365), und doch ist es nicht eigentlich »ihr«, sondern das göttliche ἐνεργεῖν als *vis aliena*.

181 Die Macht Gottes richtet sich nicht einfach nach dem Fassungsvermögen der Menschen, wie ShemR 5 zu 4,27 (Wünsche, Bibliotheca III 1, 56), wo sich »die Stimme jedem Israeliten nach seinem Vermögen« mitteilt, »den Alten nach ihrer Kraft, den Jünglingen nach ihrer Kraft« usw.

182 Nach Conzelmann 254 muß das keine Alternative sein. Smit* (Rangorde) 330 will V 7-11 aber von V 4-6 ganz abtrennen, wozu aber die *inclusio* von ἑκάστῳ in V 7 und 11 trotz einer gewissen Selbständigkeit noch nicht berechtigt. Jedenfalls ist V 7 »Hauptgrundsatz« (Gunkel* 69; vgl. auch Lategan* 320f).

183 Vgl. schon 7,7 und weiter Röm 12,3. Zur restriktiven Auslegung von Fee 589 (ähnlich schon Lauterburg, a.a.O. [Anm. 278] 18) vgl. Gillespie* 114f. Das impliziert die Einbeziehung auch der Frauen, wie am Beispiel der in V 10 genannten Prophetie besonders deutlich wird (11,5!), aber selbst für den in V 28 erwähnten Apostolat gilt (vgl. zu Röm 16,7 [E. Gerstenberger /] W. Schrage, Frau und Mann, 1980 [Biblische Konfrontationen] 132f).

184 Vgl. Eichholz (Lit. zu Kap. 12-14) 19; Gillespie* 115.

185 Richtig Findlay 887: »*datur* (not *datum est*)«; Fisher 196; Weiß 298 findet dagegen im Präs. wie in V 4 (εἰσίν) einen »lehrhaften Ton«.

186 Vgl. Rückert 327f; de Wette 114; Godet II 113; Heinrici 365; Schmiedel 166; Weiß 298; Lührmann, Offenbarungsverständnis 28; Bultmann/Lührmann, ThWNT IX 6f; Kremer 263; Reiling* (Charta) 149 (»The *nomen actio-*

Ebensolcher Nachdruck wie auf ἑκάστῳ liegt auf dem die διακονία-Dimension von V 5 aufnehmenden πρὸς τὸ συμφέρον, dessen besondere Bedeutung später immer wieder hervortritt, doch auch früher schon in dem vergleichbaren συμφέρει in 6,12 und 10,23 sowie σύμφορον in 7,35 und 10,23 eingeschärft wurde[187]. Jeder hat seine Gabe, aber keiner hat sie zum Privatgebrauch, zum Eigennutz oder zum Ausdruck der eigenen pneumatischen Virtuosität. Aufschlußreich ist vor allem die Parallelität zu οἰκοδομεῖν und ζητεῖν τὸ τοῦ ἑτέρου in 10,23f, also die Orientierung am *gemeinsamen* Nutzen[188], nicht an der eigenen geistigen oder sittlichen Förderung des charismatischen Individuums[189]. Daß die οἰκοδομή der Gemeinde das vorrangige Ziel und ausschlaggebende Kriterium für die Ausübung und Entfaltung der Charismen ist, wird vor allem Kap. 14 bestätigen. Allerdings blickt 10,33 (σύμφορον τῶν πολλῶν) im Kontext der missionarischen Adaption zugleich eindeutig über die binnengemeindliche Grenze des Nutzens hinaus (vgl. auch zu 14,23-25 und unten Anm. 727).

8 Im folgenden wird das ἑκάστῳ δίδοται von V 7 konkret veranschaulicht (vgl. das γάρ und das wiederholte δίδοται). Der neungliedrige Charismenkatalog (vgl. dazu oben Anm. 135) ist dabei als paradigmatische und illustrierende Aufzählung zu verstehen, nicht als vollständige (vgl. V 28)[190] oder systematisch geordnete[191]. Auch jede Differenzierung zwischen regelmäßig oder gele-

nis phanerôsis does not stand for an active verb *phaneroi* but for reflexive *phaneroutai*«). Es ist zwar nicht ganz auszuschließen, daß in Analogie zu φανέρωσις τῆς ἀληθείας (2Kor 4,2), die angesichts des Fehlens von πνεῦμα an dieser Stelle aber nichts entscheiden kann, ein gen. obj. vorliegt (Billroth 163; Meyer 337; Bachmann 380; Fee 589 Anm. 30): Δίδοται verwiese dann auf Gott als Geber, der die Manifestation des Geistes wirkt. Die Vermittlungsfunktion des Geistes wird neben dem ἐνεργεῖν zwar in der Tat ebenfalls betont (vgl. V 8 und 9, aber auch Röm 15,18f), doch bleibt es angesichts von V 11 dabei, daß das Charisma primär eine Manifestation und Konkretion der Gnadenmacht des Pneuma ist (Käsemann* 111 u.ö.). Der Geist selbst, den es nicht *in abstracto*, sondern nur in Form einer »aptitude concrète« gibt (Héring 109), offenbart sich in seinen Gaben. Nach Grosheide 284 soll Paulus sowohl einen gen. subj. als auch obj. im Sinn haben können; ähnlich Senft 158; Conzelmann 254; Gillespie* 99 Anm. 9; vgl. auch Frenschkowski* 342 Anm. 162.

187 Vgl. auch 2Kor 8,10; 12,1. Zu συμφέρον als Terminus der kynisch-stoischen Popularphilosophie vgl. EKK VII 2, 18 Anm. 282 mit den entsprechenden Nachweisen.

188 Vgl. zu 6,12 und Gunkel* 69; Robertson/Plummer 264f; Moffatt 180 (»not for self-enjoyment or self-display. Not even for his individual advantage«); Brosch* 32; Orr/Walther 280 (συμφέρον könne sich zwar auch auf den Nutzen jedes einzelnen beziehen, doch der Kontext favorisiere die Interpretation »*common*«); Gillespie* 117f. Nach Johnson* 36 ist dieses das zweite Kriterium nach V 3 und dessen Explikation.

189 So aber früher von Ambrosiaster 134 (*ut ... et sibi et aliis utilis sit*) bis zu Hennen (Lit. zu Kap. 12-14) 433. Auch Carson* 35 sieht z.B. privaten Gebrauch und Nutzen für das Individuum nicht ausgeschlossen, mit anfechtbarem Hinweis auch auf 2Kor 12,1-10 und 1Kor 7,7: »the church may thereby receive indirect benefit«.

190 Vgl. zur »tradition of Pentecostal Exegesis«, die nur diese neun Gaben als normative und definitive Geistesgaben ansieht und von anderen charismatischen Gaben abhebt, Permantier, a.a.O. (Anm. 283) und Schatzmann* 35. Vgl. auch unten Anm. 268.

191 Nach Weiß 299 kommt es Paulus auf den »Eindruck reicher individuell differenzierter Fülle« an, was nach Bachmann 383 »die einseitige Vorliebe« für Glossolalie und Prophetie in Korinth brechen, nach Héring 108 (wenig wahrscheinlich) unterstreichen soll, daß sich niemand aller Charismen rühmen kann. Vgl. weiter auch Maly* 188f; Gies-

gentlich ausgeübten, verbalen oder nichtverbalen, natürlichen oder »übernatürlichen« Charismen fehlt. Immerhin fällt eine rhetorische Stilisierung auf, wobei aber den verschiedenen Dativen (ἄλλῳ, ἑτέρῳ) keine spezielle Zuordnung zu entnehmen ist[192]. Die zwei ersten Charismen in V 8 haben beide λόγος, auch wenn sie im Nachsatz divergieren (διά/κατά[193]). Es folgen in V 9a-10a drei offenbar zusammengehörige Glieder (einmal mit ἑτέρῳ und dann wieder zweimal mit ἄλλῳ eingeleitet), wobei πίστις (V 9a) so etwas wie ein Oberbegriff ist, auch wenn beim dritten Glied eine Aussage über das Pneuma fehlt. Endlich bringt Paulus in V 10b-f zwei Doppelpaare, deren Glieder einander zugeordnet sind: zum einen Prophetie und Unterscheidung der Geister und zum anderen Glossolalie und ihre Übersetzung. Im Vergleich zu 12,28-30 und Röm 12,6-8 fehlen die kybernetischen und diakonischen Charismen, d.h. die Aufzählung beschränkt sich hier auf die kerygmatisch-prophetischen und die in Korinth favorisierten ekstatischen Charismen, wobei die Glossolalie zweifellos mit Absicht an das Ende gerückt wird. Eine scharfe Abgrenzung der einzelnen Dienste ist trotz ihrer je eigenen Akzente im einzelnen schwerlich möglich und dürfte auch kaum der Intention des Paulus entsprechen. Am Anfang stehen ähnlich wie später in V 28-30 und 14,6 wortbezogene Geistesgaben, hier Weisheitsrede und Erkenntnisrede, die beide nur hier in einer der Charismenlisten auftauchen. Daß Paulus sie am Anfang nennt (vgl. auch 1,9), könnte damit zu tun haben, daß beide auch in Korinth einen hohen Wert besaßen und er die Korinther für die ihm hier dringlich erscheinende Korrektur der korinthischen Werteskala im Blick auf die Glossolalie nicht von vornherein zu blockieren wünscht. Damit wird die vom Kreuzeslogos her geübte Kritik z.B. an der ὑπεροχὴ λόγου ἢ σοφίας (2,1) gewiß nicht zurückgenommen. Gleichwohl bleibt hier eine Spannung, die aber *mutatis mutandis* schon im Verhältnis von 2,6ff und 6,5 zu 1,17 und 2,1 begegnet. Eine genauere Bestimmung des λόγος σοφίας und des λόγος γνώσεως ist auch darum nur schwer durchführbar[194], und zudem ist auch sonst mit Überschneidungen

riegl*126. Nach Hennen (Lit. zu Kap. 12-14) 434 will Paulus freilich »eine bestimmte Reihenfolge« im Sinne einer »Hierarchia ordinis« in absteigender Linie gewahrt wissen, was jedoch nicht ohne exegetische Verrenkungen abgeht (die Prophetie sei z.B. von einem Abschreiber versehentlich an die sechste Stelle gerückt worden usw.).

192 Anders Meyer 337, nach dem Paulus mit ἑτέρῳ zu »*neuen* Kategorieen« übergehen soll (ähnlich Godet II 114; Holsten, Evangelium 369f Anm. ***; vgl. auch Fee 584 Anm. 9; Gillespie* 110f; R.P. Martin* [Spirit] 11f). Das scheitert aber daran, daß V 9-10c zu derselben Kategorie gehören würden und zumal die Subsumierung von V 10b-c unter πίστις sehr künstlich ist; vgl. v. Hofmann 270; Schmiedel 167; Heinrici 366: Paulus pflegt ἄλλος und ἕτερος promiscue zu gebrauchen; vgl. z.B. 2Kor 11,4 und weiter Bl-Debr-Rehkopf § 306,4; Reiling* (Charta) 150f. In der Tat ist der Wechsel von ἄλλῳ und ἑτέρῳ ebenso rhetorisch bedingt wie der von τὸ αὐτό und τὸ ἕν bzw. ἐν τῷ αὐτῷ und von ἐν τῷ ἑνί (vgl. auch die nächste Anm.).

193 Die Präpositionen διά, κατά und ἐν (zweimal in V 9) sollen nach Meyer 339 verschiedene Seiten der Beteiligung des Geistes zum Ausdruck bringen, daß er nämlich »*medians, normans* und *continens* der betreffenden verschiedenen Begabungen ist« (vgl. auch Gutjahr 338; Bachmann 381); nach Weiß 299 Anm. 2 hat die Abwechslung aber nur rhetorischen Grund, und das dürfte richtig sein.

194 Reiling* (Charta) 152 z.B. hält eine Näherbestimmung darum für aussichtslos und

und fließenden Übergängen in der Charismenliste zu rechnen. Redet Paulus hier also bloß »plerophorisch ohne genaue logische Differenzierung«[195], so daß keinerlei Unterscheidung der beiden λόγοι nach Form und Inhalt möglich ist?[196] Schwierig bleibt dann aber ᾧ μέν – ἄλλῳ δέ[197]. Doch auch, wenn beides eng beieinanderliegt, wird man auf eine nähere Bestimmung nicht ganz verzichten. So könnte man trotz des breiten Bedeutungsspektrums von σοφία beim λόγος σοφίας von 2,6f her an eine weisheitliche Entfaltung der Offenbarung Gottes im Kreuz denken[198] (dort ist σοφία von ἀπεκάλυψεν in V 10 her aber eher prophetische Weisheit; vgl. immerhin διδακτοῖς in 2,13). Noch besser aber wird man den Weisheitslogos in den Umkreis der διδαχή rükken[199]. Der λόγος γνώσεως scheint zwar nach manchen eine gewisse Nähe zu ἀποκάλυψις und μυστήριον und damit zur Prophetie aufzuweisen. Doch auch diese Zuweisung bereitet Probleme: Die Prophetie wird in V 10 gesondert genannt; γνῶσις wird in 13,2 von der Prophetie eher abzurücken und in 14,6 der διδαχή zuzuordnen sein, während ἀποκάλυψις der προφητεία koordiniert scheint[200]. So könnte Paulus auch damit eher in anderer Weise als sonst die Funktion des Lehrers charakterisiert sehen[201]. Dafür wird man zwar

überflüssig, weil Paulus korinthische Lieblingsworte aufgreife. Weil er sich aber auch dann etwas dabei gedacht haben wird, sollte das bei aller persuasiven Rhetorik nicht vom Versuch einer Bestimmung des paulinischen Verständnisses dispensieren.

195 So z.B. Lietzmann 61; vgl. auch die nächste Anm. Weiß 300 dagegen erklärt einerseits, daß Paulus »hier scharf unterscheiden will und daß die Gem. diesen Unterschied verstehen muß«, fügt aber andererseits dann doch hinzu, daß der Sprachgebrauch des Paulus »nicht ganz fest zu sein« scheint.

196 Vgl. schon Rückert 328: Der paulinische Sprachgebrauch selbst sei »hőchst schwankend«; Greeven* (Geistesgaben) 112 denkt an »verschiedene Typen und Färbungen der Verkündigung«; vgl. Conzelmann 255: Beides sei »die Gabe, belehrend (enthüllend 14,24f) zu reden«; ähnlich Lang 169: Beides lasse sich »nicht alternativ einerseits den Propheten (*gnosis*) und andererseits den Lehrern (*sophia*) zuordnen«, wie das bei Weiß 300 geschieht; nach Klauck 87 soll beides »weitgehend der Prophetie« zukommen (ähnlich Schürmann* [Gnadengaben] 392), wobei die Wortwahl auf die verschiedene Herkunft verweise: σοφία auf die der jüdischen Weisheit, γνῶσις auf die religiöse Sprache des Hellenismus; dagegen spricht aber die ausdrückliche Nennung der Prophetie in V 10b. Die Zuordnung der γνῶσις zur Prophetie (Bultmann, ThWNT I 707 Anm. 73 u.a.) basiert zudem auf einem m.E. zu eindeutigen Verständnis von 13,2 (vgl. z.St.).

197 Vgl. Gillespie* 109: Die grammatische Konstruktion differenziere nicht innerhalb der Werke des Geistes, sondern bei deren Rezipienten.

198 Schon früher (vgl. Estius 636) hat man mit 2,6 verbunden; ähnlich Bachmann 381; Lindblom (Lit. zu Kap. 12-14) 147 Anm. 4 (»vertiefte Einsicht in das Heilswerk Gottes« gegenüber der mehr spekulativen γνῶσις); Hasenhüttl* 141; Giesriegl* 161; Fee 592; Wolff 290; vgl. auch Dunn* 220 (σοφία sei »insight into cosmical realities and relationships«, aber auch »practical application of the gnosis« 219); ähnlich Schatzmann* 36. Andere Lösungen können hier nicht diskutiert werden.

199 Schon Theophylakt 713 erklärt: ἡ σοφία διδάσκει. Vgl. außer 2,13 weiter 6,5 und Röm 16,19. Das heißt aber nicht, daß man mit Weiß 300 (vgl. auch Héring 109) hier in σοφία »mehr die Fähigkeit praktisch sittlichen Urteilens« sehen sollte, weil sich das mit 2,6f stößt.

200 Jedenfalls ist γνῶσις für Paulus selbst in 8,10f weniger spekulativ (so Dunn* 218 zu 12,8 und 14,6; das dürfte eher für die Korinther zutreffen, die sie nach 8,1ff als geistgewirkte Erleuchtung und Grund ihrer Freiheit ansehen) als praxisbezogene Begründung eines von der Liebe bestimmten Verhaltens (vgl. Barrett 285; Giesriegl* 161-164; Wolff 290).

201 Auch Schmiedel 167 sieht λόγος σοφίας und λόγος γνώσεως »wohl als διδαχή zusammengefaßt«; beide seien »so nahe verwandt, daß γινώσκειν 2,7-16 als verbales Aequivalent zu σοφία« auftrete; vgl. auch Billroth 163

kaum κατὰ τὸ αὐτὸ πνεῦμα in V 8c anführen können[202], wohl aber die Tatsache, daß die διδαχή sonst in dieser Charismenliste ganz fehlen würde, was singulär wäre[203] und angesichts der hervorgehobenen Stellung in V 28 doch sehr überraschen würde (zur Voranstellung des γινώσκειν vor das προφητεύειν vgl. auch 13,9). Letztlich bleibt aber auch das in der Schwebe, was nur der Tatsache entspricht, daß an anderen Stellen ebenfalls keine klar begrenzte »Ressortverteilung« erkennbar wird und gerade die Funktionen des Propheten und Lehrers sich bei allen eigenen Akzenten auch überschneiden dürften (vgl. zu 12,28 und 14,31)[204]. Wichtiger als eindeutige Zuordnungen ist die Tatsache, daß nicht Weisheit und Erkenntnis als solche hier Charismen genannt werden, sondern das Wort der Weisheit und das Wort der Erkenntnis[205]. Erst die im Logos aktualisierte und der Gemeinde verkündigte Weisheit und Erkenntnis macht beides zu Charismen und verleiht beidem seinen Wert. Private Weisheiten und Erkenntnisse bringen die Gemeinde ebensowenig weiter wie es private Religiosität oder Glossolalie tun.

9 In V 9 taucht dann seltsamerweise und vom sonstigen Sprachgebrauch des Paulus ganz abweichend die πίστις auf, doch ist dabei ähnlich wie in 13,2 an den Glauben zu denken, der Berge versetzt und Wunder wirkt (vgl. Mk 9,23; Mt 17,20)[206]. Zwar kennt Paulus im Rahmen seiner Charismenlehre ein μέτρον πίστεως (Röm 12,3), doch dieses vom Glauben empfangene Maß (m.E. handelt es sich hier um einen gen. subj.; vgl. Eph 4,7) steht nicht zufällig am

(»Unterarten des allgemeinern χάρισμα διδασκαλίας«); Lauterburg, a.a.O. (Anm. 278) 17; Banks* 96. Senft 158 faßt beides unter die Kategorie »réflexion théologique«.

202 Dieser Wendung ist kaum in Analogie zu κατὰ τὴν ἀναλογίαν τῆς πίστεως bei der Prophetie in Röm 12,6 eine Norm zu entnehmen, so daß wie für die Prophetie und διάκρισις hier auch eine solche für die aktuelle Lehrtätigkeit und deren Prüfung angedeutet wäre. Gemeint ist vielmehr, daß das Charisma »nach Maßgabe desselben Geistes« gegeben und praktiziert wird (vgl. V 11).

203 Vgl. Röm 12,7; 1Kor 12,28.29; 14,6.26.

204 Zur Frage fester Personenkreise für die einzelnen Charismen vgl. Grau* 188-191 und Greeven* (Geistesgaben) 112f u.ö., der mit Recht feststellt, daß die Unterscheidung der Gaben »noch keineswegs ihre mehr oder weniger exklusive Zuteilung auf verschiedene Charismatiker-Gruppen« besaß (114); vgl. auch 120: Charisma erscheine »nicht kontinuierlich und gebunden an bestimmte Personen, sondern bald hier, bald dort, jeweils *in actu*«; zur *relativen* Festigkeit vgl. unten zu V 28f.

205 Vgl. v. Hofmann 271; Godet II 115; Lauterburg, a.a.O. (Anm. 278) 13f; Schlatter 339; Grau* 227f; Dunn* 221. Grau* 60f verbindet V 8 mit ἐν πάντι λόγῳ καὶ πάσῃ γνώσει in 1,5 und sieht das πᾶς wie Schlatter 62 weniger durch den Gegenstand als die Gelegenheit begründet, »in der jeweiligen Lage die Erkenntnis zu gewinnen, die das rechte Handeln der Gemeinde ermöglicht«.

206 Schon die Alte Kirche versteht πίστις hier als *fides miraculosa* und nicht als *fides salvifica* (vgl. die Auslegungs- und Wirkungsgeschichte), was überwiegend auch in den neueren Kommentaren der Fall ist. Nach Meyer 340 soll dagegen ein »*Höhengrad des Glaubens an Christum*« bzw. ein »*Glaubensheroismus*« gemeint sein; ähnlich Godet II 115; Findlay 888; vgl. auch Spörlein* 183 (ein Glaube, »der auch in Verfolgungen nicht verzagt«) und v. Dobbeler, Glaube 63f, der eine verkürzte Wiedergabe von Jes 11,2 annimmt und im Sinne der Gottesfurcht interpretiert. Schlatter 341 hält die Annahme einer *fides mirifica* für eine Konstruktion von Exegeten, die »den Glauben als den Besitz der reinen Lehre« deuten bzw. »die Einheit des menschlichen Ichs« zerreißen (340; vgl. auch Grau* 218f); richtig de Wette 116; Heinrici 368f und fast alle anderen.

Anfang und nicht innerhalb der Charismenreihe. An unserer Stelle aber geht es um ein besonderes, von anderen abzuhebendes Charisma, also nicht um das Hören und Annehmen der für alle gleichermaßen geltenden Christusbotschaft (Röm 10,17) oder im spezifisch paulinischen Sinne um die *fides iustificans* (Röm 3,28 u.ö.), auch wenn man sich vor allzu scharfer Differenzierung hüten wird[207]. Für die Deutung im Sinne des wundermächtigen Glaubens, dem nichts zu widerstehen vermag, spricht die Zusammenstellung mit den folgenden Charismen, vor allem mit dem Heilungscharisma[208], was zugleich erneut die fehlende Fixierung und Abgrenzung der einzelnen Charismen bestätigt.

Nur die als nächstes genannten Heilungsgaben werden ausdrücklich als χαρίσματα qualifiziert[209]. Χαρίσματα ἰαμάτων werden zwar nur noch V 28.30 erwähnt[210], doch darf man dieses Phänomen einer aus der Gegenwart des Geistes resultierenden zeichenhaften Wunderwirksamkeit in Krankenheilungen u.ä. wie in der Jesustradition und im übrigen Urchristentum kaum unterschätzen[211]. Auch Paulus stellt solche charismatischen Heilungen, obschon er sie nie in den Vordergrund rückt und auch hier ohne Hervorhebung in eine Reihe anderer Charismen einordnet, trotz seiner kritischen Stellungnahme

207 Vgl. Dunn* 411 Anm. 61 mit Verweis z.B. auf Röm 4,20; 2Kor 10,15; 1Thess 3,10; vgl. auch Carson* 39; Hasenhüttl* 144-146, der fragt, woher wir »das Recht nehmen, den Glaubensbegriff des Paulus in dieser Weise aufzuteilen« (144).

208 Noch anders Schmithals, Gnosis 163, der die Erwähnung des Glaubens aus dem Bestreben heraus erklärt, alle Gemeindeglieder zu Pneumatikern zu erklären. Die Differenzierung in V 8ff spricht aber ebenso dagegen wie die sonstige funktionale Bestimmung der Charismen.

209 Schatzmann* 37 vermutet, das solle vermeiden, »to regard healing as an end in itself«.

210 Nach Robertson/Plummer 266 scheine der Plur. zu implizieren, »that different persons each had a disease or group of diseases that they could cure«; vgl. schon Beza 146; ähnlich Heinrici 369 (verschiedene Krankheiten erfordern verschiedene Begabungen); Dunn* 211 (kein Charisma für alle Arten von Krankheiten); Carson* 39; Schatzmann* 37), doch wird man eher mit v. Hofmann 272 vermuten, daß die Gabe des Heilens »nur immer für den bestimmten vorliegenden Fall« gegeben ist bzw. mit Greeven* (Geistesgaben) 115, daß der Plur. »auch hier den wiederholten Empfang der Gabe« unterstreicht (ähnlich Fee 594; Wolff 290 Anm. 265 u.a.). Während ἴαμα nur hier im NT vorkommt (Lk 13,32; Apg 4,22.30 findet sich ἴασις), begegnet ἰᾶσθαι häufiger im Zusammenhang von Wunderheilungen; vgl. Leivestad, EWNT II 416-418.

211 Vgl. in den Evangelien z.B. Mk 9,23; 10,52 u.ö.; Heil und Heilung gehören zusammen (vgl. Mk 2,1ff), weil der *totus homo* in den Anbruch der neuen Schöpfung einbezogen wird und es keinen Leib-Seele-Dualismus gibt, auch nicht bei Paulus. Insofern sind Urteile wie dieses, daß die Heilungsgabe »nicht zur Substanz des Christenstandes« zähle (so Oepke, ThWNT III 214), mindestens mißverständlich. Auch sonst begegnen hier öfter zugespitzte Alternativen: »nicht natürliche Kunst . . ., sondern Heilungen durch geistiges Einwirken auf die leiblichen Gebrechen« (Meyer 340 und Heinrici 369; ähnlich Neander 195), wobei aber dort selbst hinzugefügt wird, daß »die Anwendung natürlicher Vermittelungen der wirkenden Kraft« (Heinrici 369 setzt hinzu: »und des Gebetes«) nicht auszuschließen seien; mit Verweis auf Mk 7,33; 8,23; Joh 9,6; Jak 5,14f. Zutreffender Héring 109 Anm. 1: Die antike Christenheit habe sich nicht gefragt, bis zu welchem Punkt sich der Einbruch übernatürlicher Mächte der gewöhnlichen Gesetze der menschlichen Natur bedient; vgl. auch die Überlegungen von Strobel 188f; Haacker (Lit. zu Kap. 12-14) 79f; Heckel (Lit. zu Kap. 12-14) 134-137 und Kollmann, a.a.O. (Anm. 177), 341f; vgl. auch oben Anm. 141-144. Zur Frage eigener Wundertätigkeit des Paulus vgl. jetzt St. Schreiber, Paulus als Wundertäter. Redaktionsgeschichtliche Untersuchungen zur Apostelgeschichte und den authentischen Paulusbriefen, 1996 (BZNW 79), zu unserer Stelle 176-186.

zur Zeichenforderung in 1,22f und der späteren Auseinandersetzung im 2. Korintherbrief nicht in Frage (vgl. Röm 15,19). Er signalisiert damit nicht zuletzt, daß Pneumatisches nicht einfach mit Unsichtbarem und Innerlichem gleichzusetzen ist und Charismen nicht nur dem sog. Seelenheil dienen, so wie es der Sicht der Gemeinde (vgl. 6,15) und der ganzheitlichen Anthropologie des Paulus entspricht[212]. Wo die Lebensmacht des Geistes in den Charismen wirkt, da greift er auch nach den Leibern und kann auch sie gesunden lassen (vgl. allerdings auch 2Kor 12,7-9). Daß solche Heilung nur an Gemeindegliedern möglich ist und den Glauben der Geheilten voraussetzt, wird man kaum eintragen dürfen. Wieder wird als Ursprung beidemal derselbe (V 9a) bzw. der eine (V 9b) Geist genannt[213].

10 Auch die ἐνεργήματα δυνάμεων[214], in V 28 nur noch δυνάμεις genannt, aber auch dort vom darauf folgenden Heilungscharisma unterschieden, gehören in diesen Umkreis. Was diese wunderbaren Machttaten genauer sind, kann man allenfalls raten[215]. Wegen der Nähe zu den Heilungsgaben denkt man oft speziell an Exorzismen[216], die auch in Mt 12,28 auf den Geist zurückgeführt werden. Darüber läßt Paulus zwar sonst in seinen Briefen kaum etwas verlauten, doch rechnet er fraglos mit der Wirksamkeit gottfeindlicher Mächte (vgl. 2,6; 15,24 u.ö.), so daß man am ehesten an die machtvolle Überwindung böser Mächte und heidnischer Gebundenheiten überhaupt zu denken hat[217].
Als nächste erscheinen die beiden Charismen mit ihren jeweils notwendigen Komplementärgaben, auf die es Paulus hier ankommt, nämlich Prophetie mit Unterscheidung der Geister und Glossolalie mit Hermeneia. Zunächst die Prophetie, die V 28 an zweiter Stelle unmittelbar hinter dem Apostolat rangiert, in allen Charismenlisten erscheint und auch nach Röm 12,6 (dort an erster Stelle) und 1Kor 14,1.5 als wichtigstes Charisma in der Gemeinde zu gelten hat. Allerdings kommt προφητεία nur noch 1Thess 5,20 und Röm 12,6

212 Insofern ist die Meinung, daß mit Vorzug jene Charismen genannt werden, »die den Menschen innerlich, im Geist, bereichern« (so Wennemer* 507), zu problematisieren. Erst recht ist eine Deutung auf »Seelenkrankheiten« und »geistige Heilung« (so Hennen [Lit. zu Kap. 12-14] 450) eher eine Verlegenheitsauskunft; vgl. weiter Greeven* (Geistesgaben) 115, Culpepper* 121f und die Lit. bei Giesriegl* 166-169.

213 Zur Ursprünglichkeit des von A B 33 81 104 630 1175 1739 1881 2464 pc lat gebotenen ἑνί gegenüber der Angleichung an αὐτῷ in V 9a vgl. Metzger, Commentary 563.

214 Zu ἐνεργήματα vgl. oben Anm. 176.

215 Δυνάμεις steht in 2Kor 12,12 neben σημεῖα und τέρατα (vgl. auch Hebr 2,4; Apg 2,22); in Röm 15,19 heißt es ἐν δυνάμει σημείων καὶ τεράτων (vgl. auch 2Thess 2,9). Δυνάμεις steht für Wundertaten in Gal 3,5; Mk 6,2.5.14 u.ö.

216 So Weiß 301 (mit Verweis auf die Stellen, wo Krankheiten »mehr oder weniger als dämonisch betrachtet werden«: etwa Lk 4,39; 13,11f; Mt 17,15.18); Héring 109; fragend Conzelmann 255 Anm. 29; Klauck 87; Wolff 291; Lang 169. Da beides eng beieinanderliegt, könnten aber auch andere Wunder (vgl. die in der Auslegungs- und Wirkungsgeschichte genannten Autoren, die an Totenerweckungen, Strafwunder o.ä. denken) gemeint sein; vgl. 2Kor 12,12; Röm 15,19; Gal 3,5; auch Barrett 286, Spörlein* 183, Dunn* 210 und Schatzmann* 38 halten den Einschluß von »Naturwundern« für möglich.

217 Vgl. Lauterburg, a.a.O. (Anm. 278) 15 Anm. 1; Gunkel* 24; Hasenhüttl* 146f. Giesriegl* 169 will auch an Machterweise wie in 14,24f denken; vgl. auch Schreiber, a.a.O. (Anm. 211) 183.

vor und προφήτης wie προφητεύειν für christliche Prophetie überhaupt nur im 1Kor. Hier muß vorerst eine Kurzcharakterisierung genügen. Zu anderen dem prophetischen Dienst in besonderer Weise eignenden Merkmalen wie die Verständlichkeit, die prophetische Begabung *aller* u.a. ist Kap. 14 zu vergleichen.

Propheten gab es in der antiken Welt in vielfältiger Form[218], wobei Ähnlichkeiten wie Differenzen zu den frühchristlichen zu erkennen sind, und zwar schon terminologisch, denn der προφήτης gilt im Unterschied zum μάντις nicht als inspiriert, sondern als offizielle Person der Hierarchie[219]. Für Paulus wie für das Urchristentum sind damit zunächst die atl. Propheten gemeint (Röm 1,2; 3,21; 11,3). Und wie er sich selbst in Analogie zum atl. Propheten versteht (Gal 1,15f; vgl. auch zu 1Kor 9,16), wenngleich er sich nie als Propheten bezeichnet, sind auch sonst Verbindungslinien zu erkennen[220], zumal die Propheten auch dort als πνευματοφόρος gelten können (Hos 9,7; Zeph 3,4 LXX; Aquila bietet hier ἐνθουσιαζόμενοι) und ekstatische Elemente nicht fehlen[221]. Trotz der rabbinischen Theorie, daß mit dem letzten der atl. Propheten die Prophetie in Israel erloschen sei[222], gibt es auch zur ntl. Zeit prophetische Be-

[218] Nach Lucian, Syr. Dea 36 gibt die Gottheit überall ihre Orakel (μαντήια) durch Priester und Propheten. Zum Unterschied zwischen erlernbarer μαντικὴ τεχνική (aus Vogelflug, Eingeweideschau u.ä.) und ἄτεχνος bzw. μαντικὴ ἔνθεος, auch Inspirationsmantik geheißen (Weissagung durch Inspiration bzw. Einwohnung der Gottheit), vgl. Bacht* 240f; Pfister, RAC 4, 974f; Aune* 23f.35f u.ö.; als Beispiel sei Lucan, Phars. 5,166ff angeführt: »In die Glieder der Seherin ist der Gott (Apollon) eingedrungen, er hat den früheren Geist vertrieben und den Menschen aus der ganzen Brust vor sich weichen machen« (zitiert bei Bacht* 256). Vgl. zur paganen Prophetie weiter Fascher* 51-54 u.ö.; Krämer, ThWNT VI 783-795; Crone* 15-37; Aune* 23-79; Forbes* passim.

[219] Vgl. Forbes* 103f.109-117.190-214; Aune* 34 und Krämer, ThWNT VI 789. Forbes* 288-308 nennt als sachliche Unterschiede: 1., daß »technische« Wahrsagung (vgl. die vorige Anm.) und nicht Inspirationsmantik die dominante Form in der griech.-röm. Welt ist und im allgemeinen der heroischen bzw. legendären Vergangenheit zugeordnet wird (m.E. wird das Kriterium der zeitlichen Nähe trotz aller Verschiebungen und Phasen allerdings zu rigoros bemüht); 2., daß Prophetie dort an Orakelstätten mit hierarchischer Struktur und komplexen Ritualen institutionalisiert ist, 3., daß sie meist auf Fragen anwortet und nicht spontan und unverlangt erfolgt.

[220] Schon der Sprachgebrauch ist durch die durchgängige Übersetzung von נביא durch προφήτης in der LXX bestimmt worden (vgl. Fascher* 166; Aune* 198f; Gillespie* 133: Forbes* 201f); zu sachlichen Konvergenzen vgl. Dautzenberg* 29-31; Farnell* (Gift) 387-410; Hill (Gift) 111f und (Prophets) 110 Anm. 6 (es sei höchst wahrscheinlich, »that Paul derived his view of προφητεία from Old Testament-Jewish models and possibly from contact with prophets [as portrayed in Acts] influences by such models«; vgl. auch 116); Aune* 196 (»Paul's conception of the prophetic role was primarily informed bei OT models«) und 202; anders Grudem* 41 u.ö., der scharf die Diskontinuität markiert und nur in den Aposteln die Nachfolger der atl. Propheten findet (vgl. auch Carson* 94, aber auch 98f und die Kritik von Farnell* [New Testament] passim).

[221] Vgl. die in Verzückung redenden Nebiim 1Sam 10,5.10; 19,20-24, die 70 Ältesten Num 11,25 und Eldad und Modad Num 11,26f, den »Seher« Bileam Num 24,3f, aber auch Sach 13,4; Ez 3,14; 11,5; 37,1 (trotz 13,3.6); vgl. auch AntBibl 28,6 und weiter Rendtorff, ThWNT VI 799; Grau* 128-135; Mills* 12-19.

[222] In tSota 13,2 bei Billerbeck I 127; vgl. ähnlich schon Ps 74,9; aber auch nach syrBar 85,3 sollen sich die Propheten schlafen gelegt haben. Zu der offenbar singulären Stelle bBB 12a, daß seit der Tempelzerstörung »die Prophetie den Propheten genommen u. den Gelehrten gegeben« worden ist (Billerbeck I 597), vgl. Crone* 63; nach Aune* 104 soll die These vom Aufhören der Prophetie die Nachfolger legitimieren, vielleicht auch Apologie gegenüber dem Christentum sein.

wegungen verschiedenen Typs[223]. Das bekannteste Beispiel prophetischer Wirksamkeit zur ntl. Zeit ist Johannes der Täufer, der Lk 1,76 »Prophet des Höchsten« genannt wird (vgl. auch Mt 11,9 par; Mk 6,15 und 11,32 par). Nicht zu Unrecht ist auch Jesus, wenngleich auch diese Kategorie seinem einzigartigen Anspruch gegenüber letztlich inadäquat bleibt (vgl. Mt 12,41), als eschatologischer Heilsprophet in diese prophetischen Bewegungen eingeordnet worden (vgl. Lk 7,16), ja nach Mk 6,4 soll er sich selbst indirekt als Propheten bezeichnet haben[224]. Ob und wie Jesu prophetisches Wirken in der Urchristenheit nachwirkt[225], muß hier ebenso offenbleiben wie die Frage, wie der Zusammenhang der pfingstlichen Geistausgießung mit Prophetie und Glossolalie in Apg 2 zu verstehen ist[226]. Immerhin wird durch das Joelzitat in der Pfingstpredigt des Petrus (Apg 2,17: καὶ προφητεύσουσιν) selbst bei Lk ein auch sonst erkennbarer Zusammenhang der Prophetie mit der Apokalyptik (vgl. vor allem Offb 11,18; 16,6; 18,20; 22,6.8) sichtbar[227], der von ihrem eschatologischen Charakter her auch bei Paulus vorliegt (vgl. zu 2,6-16, zu ἀποκάλυψις 14,6.30 und zu 15,51 u.ö.). Für Korinth und seine Umgebung ist aber auch ein Prophetenverständnis mit seiner Inspirationsvorstellung zu beachten, wie es z.B. das von Plato[228] beeinflußte hellenistische Judentum Philos bezeugt. Philo spricht im Zusammenhang mit der Prophetie von ἔκστασις, ἔνθεος und μανία (Her 264): Die Ankunft des göttlichen Geistes führt zum Untergang des νοῦς (265). Der Prophet verkündigt nichts Eigenes, sondern Fremdes, das ein anderer in ihm spricht, während er selbst nur ὄργανον θεοῦ ἠχεῖον ist (259)[229]. Ähnlich könnte man sich die Prophetie auch in Korinth vorgestellt haben, doch sind trotz der antienthusiastischen Grundtendenz, der Betonung des νοῦς und der vorausgesetzten Selbstkontrolle vermutlich auch für Paulus selbst nicht alle ekstatischen (vgl. 2Kor 5,13) und visionären Momente in Abrede zu stellen[230].

[223] Vgl. Meyer, ThWNT VI 823-825; Vielhauer, in: Schneemelcher, Apokryphen ³II 422-425; J. Becker, Johannes der Täufer und Jesus von Nazareth, 1972 (BSt 63), 44-54; Aune* 107.121-128; vgl. im NT Apg 5,36f, aber auch Zacharias (Lk 1,67) und Hanna (Lk 2,36).

[224] Vgl. F. Schnider, Jesus der Prophet, 1973 (OBO 2); J. Becker, Jesus von Nazaret, Berlin 1996, 271f; Hill* (Prophecy) 48-69; Aune* 153-187.

[225] Vgl. zu den Zeugnissen urchristlicher Prophetie etwa Mt 7,15.22f; 10,41; 23,34; Apg 11,27f; 13,1f; 15,22.32; 21,10f.

[226] Zu Apg 10,46 und 19,6, wo ebenfalls ein Zusammenhang zwischen Geistbegabung, Prophetie und glossolalischem Reden vorliegt, vgl. weiter unten zur Glossolalie in V 10. Beachtenswert ist, daß im Zitat von Joel 3 in Apg 2,17 mit der Prophetie auch Visionen und Träume infolge der Geistausgießung verheißen werden.

[227] Vgl. Käsemann, Versuche, Bd. 2, 91; Dautzenberg* 34f.299 u.ö.; Müller* 237f; H. Kraft, Die altkirchliche Prophetie und die Entstehung des Montanismus, ThZ 11 (1955) 249-271, bes. 250-257; Crone* 72-94; Aune* 194; kritisch Panagopoulos (Lit. zu Kap. 12-14) 5f.

[228] Vgl. Phaed. 22,244a-245a, wonach uns, durch göttliche Gunst verliehen, die größten Güter διὰ μανίας zukommen; vgl. dazu Kleinknecht, ThWNT VI 345f, der aber auch auf die gegenläufige Tendenz in Tim 71e-72b verweist, wo die Vernünftigkeit dem Enthusiasmus des μάντις entgegengesetzt wird; vgl. auch Crone* 14; Theißen* 282-288; Forbes* 104-106.

[229] Vgl. auch Her 69f; All 3,47 u.ö. sowie weiter Meyer, ThWNT VI 822f; Bieder, ThWNT VI 372f; Lührmann, Offenbarungsverständnis 32-34; Pearson* 49f. Neben dieser enthusiastischen Rede, die nach Mos 2,191 die Prophetie im eigentlichen Sinn ist, kennt Philo allerdings auch andere Typen, vor allem bei den Propheten des AT; vgl. Callan* 133-135 und weiter Forbes* 143-146, nach dem Philo eine Ausnahme von der allgemeinen Inspirationsvorstellung bildet.

[230] Vgl. Dautzenberg* 22f, vor allem (zu 13,2.8-12) 224 u.ö.; ders., RAC 11, 229; Lindblom (Lit. zu Kap. 12-14) 101; Crone* 219f.292; Turner* 15; Saake (Lit. zu Kap. 12-14) 214.222f, der das allerdings übertreibt;

Für Paulus, der nach 14,6 auch selbst prophetisch wirksam ist (vgl. z.St.), läßt sich bei allem Wissen um unsere lückenhaften Informationen sagen: Die vom Pneuma inspirierten Propheten haben über die Vorausschau künftigen Geschehens hinaus in umfassender Weise den Weg der Gemeinde durch geistgewirkte Rede zu erhellen und ihr das Heil und den Willen Gottes zu verkündigen[231]. Prophetie verdankt sich der ihr gewährten ἀποκάλυψις (vgl. zu 14,6.29f), d.h. das tröstende und wegweisende Wort des Propheten (vgl. 14,3) für die Gemeinde beruht auf Offenbarung durch den Geist und dadurch gegebene Einblicke in die »Tiefen« des göttlichen Heilsplans (vgl. zu 2,10), die wie in Röm 11,25 durchaus auch durch Schriftlektüre angeregt worden sein können[232]. Die Vorrangigkeit der Prophetie gegenüber der ebenfalls geistgewirkten Glossolalie aber ergibt sich nach Kap. 14 aus ihrer die Oikodome ermöglichenden Kommunikationsfähigkeit. Wegen des folgenden Charismas der Unterscheidung der Geister ist bereits jetzt darauf zu verweisen, daß Prophetie nicht Sache und Auftrag eines einzelnen ist[233] und schon diese Vielstimmigkeit die Dominanz oder Verabsolutierung einer einzelnen Prophetenstimme ausschließt (vgl. zu V 20ff). Kein Prophet kann einen alleinigen Wahrheitsanspruch oder absolute Autorität für sich reklamieren. Zudem soll die Gemeinde nichts ungeprüft hinnehmen und sich prophetischen Erkenntnissen und Aussagen nicht blind und kritiklos unterwerfen, denn auch das prophetische Pneuma ist keine unfehlbare, undiskutierbare und unkontrollierbare Größe.

Von daher begreift sich die wegen ihres Offenbarungscharakters auf den er-

Klauck 88 spricht von »visionäre(m) Einblick in den verborgenen Heilsplan Gottes«; auch Wolff 291f bestreitet das visionäre und ekstatische Moment nicht, hält es aber mit Recht für begrenzt; vgl. auch Fee 595 und Ellis* (1977) 53f (Es gab ekstatische und nichtekstatische Formen der Prophetie, wobei Ekstase mit »emotional exaltation« umschrieben wird; vgl. dazu unten Anm. 244). Meist wird der ekstatische Charakter aber für Paulus selbst, wenn auch nicht generell (vgl. 2Kor 12,1ff), so doch für sein Prophetenverständnis bestritten, so von Bacht* 253f; Greeven* (Propheten) 12f; Grudem* 152-155; Hill* (Prophecy) 121; Callan* 128.137-139 u.a.

231 Vgl. Friedrich, ThWNT VI 849. Allerdings wird oft überbetont, daß die Hauptaufgabe der urchristlichen Prophetie nicht Weissagung und Enthüllung der Zukunft ist (so schon Neander 195 und Olshausen 709 bis hin zu Hill* [Prophets] 118f u.a.), wogegen Dautzenberg* 233 u.ö. mit Recht Einspruch erhebt. In jedem Fall bleibt mit Weiß 301 festzuhalten: »Ganz kann nicht das Merkmal der Zukunftsverkündigung gefehlt haben, das Apg 11,28; 21,11 in erster Linie hervortritt«; ähnlich Wendland 109; Best* 46 (»The prophet discloses God's will for man now and in relation to the future; the element of prediction cannot be excluded«); Dunn* 230 (»both fore-telling and forth-telling«); Giesriegl* 150f; Aune* 258f und Forbes* 222-225 (mit Verweis auf die atl. Propheten nach Röm 1,2f u.ö. und das προλέγω in Gal 5,20; 1Thess 3,4 u.ö.); vgl. weiter zu 13,2; 14,3.6. Schon darum ist Vorsicht gegenüber der beliebten These geboten, »that the category of *pastoral preaching* may be a useful designation for the Christian prophet's speech« (so z.B. Hill* [Gift] 126); vgl. auch Schlier, Zeit 259 u.a.; dagegen z.B. Best* 46; vgl. auch Siegert (Lit. zu Kap. 12-14) 189-191; Culpepper* 115 und weiter (auch zum Verhältnis von Prophetie und Kerygma) Gillespie* 25-31; Forbes* 225-229.

232 Zur prophetischen Schrifterklärung vgl. vor allem Cothenet (Lit. zu Kap. 12-14) passim und Forbes* 229-236; zur Überschneidung mit dem »Lehrcharisma« vgl. oben zu V 8 und zu 14,19.31; vgl. aber auch unten Anm. 734.

233 Vgl. zu V 29 und 14,5.29ff.

sten Blick vielleicht überraschende[234], aber schon in 2,15 einmal angesprochene Notwendigkeit der Unterscheidung der Geister (διακρίσεις[235] πνευμάτων[236]), die als nächstes genannt und der Prophetie zugeordnet wird. Sie ist entweder Sache der ganzen Gemeinde (vgl. zu 14,24.29; 1Thess 5,21) oder aller Propheten (vgl. zu 14,29), nicht aber irgendwelcher gemeindeleitender Instanzen. Jedenfalls ist solche Prüfung und Beurteilung der Prophetie, die wohl weniger in einfacher Zustimmung oder Ablehnung, sondern in kritischer Beleuchtung und Evaluierung besteht, unabdingbar. Propheten bleiben Menschen, die trotz ihrer Geistbegabung irren und menschliche Gedanken für göttliche ausgeben können[237]. Auch wenn Paulus sie hier nicht ausdrücklich anspricht und sie z.Zt. unseres Briefes offenbar keine aktuelle Gefahr darstellen (vgl. aber schon die Mahnung in 1Thess 5,20f), gibt es Lügenpropheten und Pseudoapostel, Verkündigung eines ἄλλος Ἰησοῦς mit einem ἕτερον πνεῦμα (2Kor 11,4.13f). Darum besteht Paulus auf ihrer Überprüfung, womit prophetische Geisteingebung in keiner Weise geleugnet wird[238]. Nur Schwärmer können ignorieren, wie leicht und unter der Hand der Geist Jesu mit einem anderen Geist verwechselt wird, und zwar unter Berufung auf Inspiration. Die διάκρισις ist ebenso geistgewirkt wie die Prophetie und darum auch nicht einfach Sache des common sense oder der menschlichen Vernunft, sosehr diese darin involviert ist[239]. Zwar nennt Paulus hier kein Kriterium für

234 Das Problem der Authentizität von Propheten kennt allerdings schon das AT (Dtn 18,21f; Jer 28,9); vgl. Rendtorff, ThWNT VI 807f; Farnell* (Gift) 399-401.Vgl. auch 1QS 9,14; 4Q375 II 4f; syrBar 66,3. Zu Pseudopropheten im frühen Christentum vgl. Mk 13,22 par; Mt 7,15; Apg 13,6; 2Thess 2,2; 2Petr 2,1; 1Joh 4,1; 2Joh 7; Offb 16,13; 19,20; 20,10 u.ö.

235 Der von 𝔓[46] A B D[2] Ψ 1739 1881 𝔐 sy[h] bo gebotene Plur. διακρίσεις (der Sing. ist Angleichung an die vorangehende προφητεία) bezeichnet die verschiedenen Fälle; nach Greeven* (Geistesgaben) 117 wird die »Unterscheidung« (»eine kritische oder zurechtstellende Ergänzung und Entgegnung, seltener wohl der kontradiktorische Widerspruch«) »nur im gegebenen Fall laut«.

236 Der Plur. πνευμάτων kann hier anders als 14,12.32 darauf hinweisen, daß sich wahrer und falscher Geist in der Prophetie melden kann; vgl. Dibelius, Geisterwelt 73-76; Rückert 330; Gunkel* 35; Weiß 301; Gutjahr 336; Schlatter 342; Barrett 286; etwas anders Schweizer, ThWNT VI 433 Anm. 689; Aune* 220 (der Plur. bezeichne »›prophetic utterances‹ or ›revelations of the Spirit‹«); Dautzenberg (Prophetie) 142 optiert ebenfalls für »Geistesoffenbarungen«, bestreitet aber überhaupt, daß πεύματα bei Paulus personaldämonische Geister bezeichnet; vgl. aber 2Kor 11,4.

237 Selbst Paulus stellt sich dem prüfenden Urteil der Gemeinde und fordert keinen blinden Gehorsam (vgl. 10,15 u.ö. und Schrage, Einzelgebote 109-115).

238 Vgl. Cullmann, a.a.O. (Anm. 455 zu Kap. 11) 41; Moffatt 182; Friedrich, ThWNT VI 857 u.a. Aus 14,29 ist zu schließen, daß die Prüfung in der versammelten Gemeinde erfolgt. Nach Bachmann 382 soll sich die διάκρισις nicht allein auf die Prophetie beziehen, da der Plural πνεύματα »den Geist in seiner Vervielfältigung« bezeichne und dieser sich nicht nur in der Prophetie erweise (ebs. Giesriegl* 155). Das ist zwar von V 3 her (vgl. auch 14,12) nicht auszuschließen (vgl. auch Grudem* [Lit. zu Kap. 12-14] 58-60.263-288, der zwischen 12,10 und 14,29 differenzieren will), mindestens primär aber sind die Propheten das Objekt der Prüfung, wie trotz der sonst fehlenden paarweisen Anordnung der Charismen schon die der Zuordnung von Glossolalie und Hermeneia entsprechende Aufeinanderfolge beider Gaben zeigt; vgl. z.B. Therrien* 76; Hill* (Prophecy) 133; Fee 596f; Dunn* 233 u.a.

239 Zu einseitig urteilt Aune* 219f, nach dem die Prüfung nicht als »a spiritual gift or the result of spiritual insight« betrachtet werde, sondern »a fully rational procedure« sein

die Beurteilung, doch ist abgesehen von dem für alle Charismen geltenden Beurteilungsmaßstab der Oikodome und Agape zweifellos wie in Röm 12,6 eine inhaltliche Prüfung intendiert[240].

Anders ist das Verständnis von διάκρισις πνευμάτων bei Dautzenberg, der διάκρισις im Sinne einer *Deutung* von Prophetie faßt[241]. Aber Prophetie ist nach Paulus gerade unmittelbar verständlich und bedarf anders als die prinzipiell auslegungsbedürftige Glossolalie nicht einer zusätzlichen Deutung. Außerdem zielen Sachparallelen in dieselbe Richtung (vgl. bei Paulus 1Thess 5,19-21 und später 1Joh 4,1), und endlich hat διακρίνειν bei Paulus auch sonst die Bedeutung beurteilen, prüfen[242]. Ein gewisses Recht ist der These insofern zuzubilligen, als in Korinth Glossolalie und Prophetie nicht so wie bei Paulus auseinandergehalten werden (vgl. oben Anm. 3) und natürlich auch eine Prüfung ein gewisses Maß an Deutung einschließt.

Erst jetzt erscheint – und es ist nicht zweifelhaft, daß das bewußt geschieht – die Glossolalie[243], das mysteriöse und verzückte Reden in der Sprache der Engel (13,1), für die Korinther ganz offensichtlich der Ausweis des Geistbesitzes *par excellence*.

soll; umgekehrt ist es ebensowenig geraten, mit Robertson/Plummer 267 »an intuitive discernment« finden zu wollen, wenngleich der Geist auch hier gewiß das eigentliche Subjekt der διάκρισις ist (vgl. 2,15); vgl. weiter Grudem* 58f.64-67.268-288.

240 Κατὰ τὴν ἀναλογίαν τῆς πίστεως ist dort zwar nicht auf eine *regula fidei*, wohl aber auf die *fides quae* und nicht auf die *fides qua creditur* zu beziehen (vgl. z.B. Bultmann, ThWNT VI 214; Käsemann, Römer 329; Greeven* [Propheten] 9f; Wilckens, EKK VI 3, 14 Anm. 67; anders Crone* 223; Dunn* 211 (»the proportion of the individual's faith«). Das heißt nicht, daß die Prophetie grundsätzlich an die überlieferte Lehre und Überlieferung gebunden bleibt; vgl. zur Dialektik von Lehre und Prophetie unten Anm. 729 und zu 14,37; zu erinnern ist auch an den in 2,12f genannten Maßstab des schon Gewährten (vgl. EKK VII 1, 262). In Did 11,8 ist das Kriterium für die Unterscheidung von wahren und falschen Propheten dagegen die Orientierung ihrer Lebensweise an den τρόποι κυρίου (vgl. auch Mt 7,15-23 und Herm mand 11). Schon wegen dieses Unterschiedes sollte man hier nicht sofort mit moralischen Kategorien und Kriterien wie Eitelkeit (so Godet II 116) bei der Hand sein.

241 Dautzenberg* 123-142, nach dem »das vom Propheten verkündete, ihm offenbarte Wort oder Bild ... durch die Deutung der anderen zur Deutung Befähigten erschlossen oder dem Glaubens- und Erwartungshorizont der Gemeinde zugeordnet werden« (125), wobei »ein bestimmtes zweistufiges Offenbarungsverständnis im Judentum neutestamentlicher Zeit« Pate gestanden haben soll, wo die tiefere Bedeutung von Träumen, Visionen, Orakeln und Zeichen entschlüsselt werden muß. Kritisch zu Recht Grudem* (Response), nach dem διακρίνειν zwar bei Traumdeutungen u.ä. vorkommt, aber nicht im Zusammenhang prophetischer Rede; vgl. auch Müller, Prophetie 27f; Hill* (Prophecy) 133f; Fee 596; Schatzmann* 40f; Roux (Lit. zu Kap. 12-14) 36f; Aune* 220f; Gillespie* 105f; Broer (Lit. zu Kap. 12-14) 66f.

242 Vgl. außer 11,31 EKK VII 1, 262 und zu unserer Stelle etwa Senft 159; im selben Zusammenhang auch Did 11,7.

243 Greeven* (Geistesgaben) 114 Anm. 12 verweist zur Bildung dieses bei Paulus nicht vorkommenden Wortes auf das Λέξικον τῆς Ἑλληνικῆς Γλώσσας 2 (1936) 1657, wo γλωσσόλαλος und γλωσσολαλία als νεωτ. (= neuere Bildung) genannt wird. Paulus hat auch kein entsprechendes Verbum oder *nomen agentis*; vgl. Gillespie* 137f; Harrisville (Lit. zu Kap. 12-14) 36-41 (auch die LXX und die profane Literatur kennen keinen technischen Begriff); Forbes* 45f; zu der angeblichen Parallele in Qumran bei dessen Gebrauch von Jes 28 (44f) vgl. die Vorbehalte bei Gillespie* 138.140; vgl. weiter unten Anm. 258f.

Unverständliches Reden in der Ekstase[244] ist in der Antike verbreitet und möglicherweise auch den Korinthern vor ihrer Bekehrung bekannt gewesen[245]. Im Zustand gesteigerter Erregung wird auf nichtrationale und nichtdiskursive Weise göttliche Inspiration und Offenbarung gewonnen und in einer die normale Sprache transzendierenden Weise zum Ausdruck gebracht, wobei aber die Grenze zwischen Dunkelheit und Glossolalie verschwimmt[246]. Phänomenologisch reicht das Spektrum der Glossolalie, soweit die linguistische Struktur überhaupt noch von heute her bestimmbar ist, von unartikulierten Tönen und unzusammenhängenden Silben über einzelne, auch fremdsprachige Worte bis zu bizarren Wortgebilden[247]. Entscheidend für das Verste-

244 Der Term Ekstase ist allerdings sehr vielschichtig, ja vage; vgl. F. Pfister, RAC 4, 944-987; A. Oepke, ThWNT II 447-457; Wedderburn, Baptism 249-268; speziell zur gnostischen Ekstase Lührmann, Offenbarungsverständnis 30-32. Die Ekstase (ἔκστασις, ἐξίστασθαι, ἔξω γίγνεσθαι u.ä., »das Heraustreten, das Außersichsein, u. zwar genauer das Heraustreten aus dem gewöhnlichen Zustand ...«; so Pfister, a.a.O. 944) hatte verschiedene Formen, »ranging from mild dissociation to extreme uncontrollable rapture« (Williams* 21). Philo z.B. kennt vier Stufen: neben der wahnsinnigen Raserei z.B. auch heftige Bestürzung und Stille des Geistes, vor allem aber die göttliche Ergriffenheit (ἐνθουσιασμός; zur Nähe von Enthusiasmus und Ekstase vgl. Pfister, RAC 5, 456) und Begeisterung (θεία μανία); schon Plato (Phaedr. 265b) nennt vier Formen göttlicher μανία: prophetische, kultische, poetische und erotische. Entscheidend ist, daß diese μανία den νοῦς ausschaltet (Plato, Phaed. 244a.b) und *sine ratione* erfolgt (Cicero, Div. 1,2,4; vgl. auch oben in Anm. 218 das Zitat aus Lucan: *mentemque priorem expulit*). Im NT begegnet ἔκστασις als »Ekstase« (zur Reserve gegenüber »überladenen Assoziationen« vgl. Lattke, EWNT I 1025-1027) in Verbindung mit ὅραμα (Apg 11,5) und Gebet (Apg 22,17), während die synoptischen Belege (Mk 5,42; 16,8; Lk 5,26) damit die typische Reaktion auf ein Wunder bezeichnen, doch bleibt der Term mindestens im Kontext der Glossolalie durchaus sinnvoll; vgl. z.B. Gillespie* 154f, der wie Aune* 34 (Aune selbst bevorzugt ebd. und 21 »possession trance« und »vision trance«, die für alle Orakelrede gelte) Selbstkontrolle (vgl. 14,28) mit Recht nicht als Kriterium gelten läßt (anders Forbes* 53-56), sowie weiter unten Anm. 259 und zu μαίνεσθαι 14,23.

245 Vgl. House (Lit. zu Kap. 12-14) passim, der von einer Beeinflussung der Korinther durch die Mysterienreligionen, vor allem durch den ihnen bekannten Dionysos- und Apollokult, ausgeht; vgl. auch Witherington* 271.281; Kroeger/Kroeger (Lit. zu 11,2ff) 331f; zum Dionysoskult vgl. auch Theißen* 280-282, der eine genetische Ableitung der ekstatischen Phänomene in Korinth daraus aber mit Recht bezweifelt (281); zu den Unterschieden vgl. Delling (Lit. zu Kap. 12-14) 45-48; Forbes* 124-131.

246 Nach Heraklit soll die Sibylle mit rasendem Mund (μαινομένῃ στόματι) geredet haben (Fr. 25; Reclam 10344, 252f); Vergil schreibt über die Sibylle von Cumae (Aeneis 6,50), daß ihr Mund im wilden Wahnsinn (*rabie fera*) nicht Irdisches tönt (*nec mortale sonans*), weil die Kraft des nahenden Gottes sie anhaucht; nach Lucian stößt Alexander »sinnlose (ἀσήμους) Worte aus, wie sie bei Hebräern und Phöniziern vorkommen mögen« (Alex. 13); Celsus beschreibt später einen Propheten mit unverständlichen (ἄγνωστα), verrückten (πάροιστρα) und ganz unklaren (ἄδηλα) Worten, deren Sinn kein Verständiger herausbringen kann (Origenes, Cels. 7,9), nach Weinel* 76 »nichts anders, als was Paulus Glossolalie nennt«. Daß das tatsächlich zutrifft, wird aber bezweifelt (Forbes* 136-139.163-168 u.ö.).

247 Beispiele bei Lietzmann 68f; Weiß 338f; Behm, ThWNT I 722f: Hier wird vor allem auf die Reihen scheinbar sinnloser Namen, Buchstaben und Worte (*voces mysticae*) verwiesen, wie sie die Zauberpapyri bezeugen; schon Weinel, a.a.O. (Anm. 278) 77 Anm. 1 verweist auf ähnliche Aneinanderreihungen von Vokalen und Konsonanten im 1. und 2. Buch Jeû (z.B. TU ²45, 326f). Meyer 345 möchte an »ein Reden in ekstatischen Ausrufungen, abgerissenen Lobpreisungen Gottes und anderen mysteriösen Gebetsausbrüchen« denken und vergleicht 347 (ähnlich Heinrici 382 Anm. *) aus neuerer Zeit das Irvingsche Zungenreden und ekstatische Vorgänge bei Revivals und amerikanischen Methodisten; vgl. vor allem die anthropologisch und ethnographisch weit gefächerten Belege bei D.B. Martin* (Tongues) 551-558 (z.B. Hugenotten, Irvingianer, Mormonen) und 558-563 (antike Beispiele); ande-

hen der paulinischen Stellungnahme ist, daß das Bewußtsein bzw. der νοῦς dabei ebenso ausgelöscht ist wie die Fähigkeit klaren Redens (vgl. außer 1Kor 14 z.B. das Oppositum εὔσημον in V 9, auch das Gegenüber von ἐξίστασθαι und σωφρονεῖν in V 2.14.19 oder 2Kor 5,13). Auch der jüdische Raum kennt ekstatisch-glossolalische Erscheinungen, ja bietet die nächste Analogie zur Glossolalie vor allem im TestHi, z.B. in einer an 1Kor 13,1 erinnernden Ausdrucksweise in 48,2f: »Und sie (sc. eine der drei Töchter Hiobs) bekam ein anderes Herz, so daß sie nicht mehr an irdische Dinge dachte. Sie redete begeistert in engelhafter Sprache (τῇ ἀγγελικῇ διαλέκτῳ) und schickte ein Lied zu Gott empor gleich dem Gesang der Engel«[248]. Auch Apg 2 bezeugt ein glossolalisches Reden, wobei es vermutlich so steht, daß Lukas ein ursprünglich glossolalisches als xenolalisches Ereignis[249] im Sinne seines heilsgeschichtlichen Konzepts einer weltweiten Mission umgedeutet hat[250].

Schon darum ist eine Deutung auf Mehr- oder Fremdsprachigkeit nicht von Apg 2 her in 1Kor 12-14 einzutragen. Zu solcher Deutung muß früher und heute bei Paulus selbst oft der Plural γλώσσαις λαλεῖν (12,30; 13,1; 14,6) herhalten, ferner διερμηνεύειν, die Analogie in 14,7-12 und die in 14,27f vorausgesetzte Selbstkontrolle[251]. Wesentlich besser begründet ist aber die Annahme, daß wir es mit einer Art »Sprachenwunder« im Sinne einer änigmatischen Himmels- bzw. Wundersprache mit geheimnisvollem, verzücktem Reden in der Ekstase zu tun haben. Dabei wird deren Bevorzugung in Korinth mit der realized eschatology zusammenhängen, die in der Engelsprache (13,1) im Gottesdienst eine Demonstration himmlischen Wesens und Preisens

re Beispiele unten Anm. 515 und bei W.J. Samarin, Tongues of Men and Angels, New York / London 1972, 73-102.129-149.251-256. Lombard (nach Mills* 92) unterscheidet 3 Formen: 1. (meist am Anfang) unartikulierte Laute, Schreie, Seufzer, Wimmern, Murmeln, 2. Pseudosprache mit wortähnlichen Gebilden, 3. Neologismen; vgl. auch Theißen* 312f.324f (Reduktion des Phoneminventars, Verlust der semantischen Sprachdimension u.a.).

[248] Übersetzung nach Schaller, JSHRZ III 3, 369. Vgl. auch TestHi 49,2 und 50,1f. Im weiteren Sinn vgl. außer den oben Anm. 223 genannten Belegen auch Dan 4,16 LXX; äthHen 71,11; 91,1; slHen 19,6; 4QShirShabb. Vgl. weiter zu 13,1 und Delling (Lit. zu Kap. 12-14) 45-48; Dautzenberg, RAC 11, 233f; Theißen* 289f; Horn* 212f; D.B. Martin* (Tongues) 559f; Forbes* 183-187 versucht selbst die eindrückliche Parallele des TestHi mit der angeblich späten Entstehungszeit zu relativieren.

[249] Bestimmte Motive in Apg 2 haben ihre Parallelen denn auch in 1Kor 14: die Ratlosigkeit der Zuhörer (V 12), die meinen, die Sprechenden seien betrunken (V 13); die Inspiriertheit (V 4) und die Deutung durch die Predigt des Petrus (V 14f). Instruktiv ist auch, daß der Zusammenhang von λαλεῖν γλώσσαις und προφητεύειν zwar auch in Apg 10,46 und 19,6 begegnet, dort aber anders als in 2,4 ohne jede Erwähnung fremder Sprachen.

[250] Vgl. Lohse, ThWNT VI 51 (gegenüber einer älteren Überlieferung mit glossolalischen Erscheinungen habe Lk γλῶσσα als διάλεκτος = Sprache gedeutet); Beare (Lit. zu Kap. 12-14) 235-239; Williams* 23 (Pfingsten sei »a public eruption of glossolalia« gewesen; vgl. auch 25f); Dautzenberg, RAC 11, 240f; Mills* 101-103; Culpepper* 95f; Pratscher* 121f; Horn* 203f; Wolff 294; anders, aber wenig überzeugend, Forbes* 47-53.

[251] So seit der Alten Kirche und neuerdings wieder Schlatter 373, der das freilich auf häufige »Wiederholung einzelner heiliger Worte und Rufe« einschränkt, sowie u.a. Gundry* 306; Turner* 18-20; Hoehner (Lit. zu 14,1ff) 56; Hasel (Lit. zu Kap. 12-14) 150 u.ö.; Fisher 198.217 u.ö.; Forbes* 50.56 63 u.ö. Vgl. die eingehende Widerlegung einer Deutung auf Fremdsprachigkeit schon bei Billroth 169f; Meyer 342f; Heinrici 372f; neuerdings Best* 47; Johnson* 34f; MacGorman (Lit. zu Kap.12-14) 390f; Horn* 208. In der Tat läßt sich fragen, warum sich Paulus ausgerechnet im privaten Gebet einer Fremdsprache bedienen und andererseits gegenüber einer für die Mission so nützlichen Gabe Vorbehalte haben sollte, und wieso ausgerechnet hier von einer Abwesenheit des νοῦς (14,14.19) die Rede ist? In 14,10f wird die Glossolalie mit Reden in fremden Sprachen (übrigens dort φωναί) *verglichen*, nicht aber identifiziert; vgl. auch zu 14,20-25 u.a.

sieht[252]. Auch soziologische Faktoren mag man in Rechnung stellen[253], doch ist die schichtspezifische Verortung umstritten. So sollen die Glossolalen nach der einen Meinung Ungebildete, Sklaven und Hafenarbeiter gewesen sein, während nach der anderen Glossolalie keine soziale Deklassierung indiziert, sondern im Unterschied zu uns in der römisch-griechischen Kultur als Ausweis eines gehobenen Sozialstatus gelten soll[254]. Auch psychologische Gründe werden mitgespielt haben, doch sind auch hier die unterschiedlichsten Antworten gegeben worden, von Autosuggestion bis psychischer Katharsis[255], früher auch im Sinne psychischer Abnormität oder Pathologie[256].

Im übrigen wird durch γένη γλωσσῶν (12,10.28) angedeutet, daß Glossolalie kein homogenes Phänomen ist, es vielmehr eine Pluriformität von Erscheinungsformen glossolalischer Betätigung gegeben hat[257]. Das bestätigen auch die verschiedenen Ausdrücke bei Paulus: Neben γένη γλωσσῶν (12,10.28) und dem weitaus am häufigsten gebrauchten, offenbar schon mehr oder weniger festgelegten (nie mit λέγειν!), aber ganz ungewöhnlichen[258] γλώσσῃ bzw. γλώσσαις λαλεῖν (12,30; 13,1; 14,2.4-6.13.23.27.39)[259] sind noch zu nennen: γλῶσσαν ἔχειν (14,26), προσεύχεσθαι γλώσσῃ

252 Vgl. Bousset 137 (»Vorausnahme der jenseitigen Himmelssprache«); Dautzenberg, RAC 11, 238 (»Vorwegnahme der eschatologischen Gottesgemeinschaft«) und ders.* (Botschaft) 134 (Teilnahme am himmlischen Lobpreis Gottes); Theißen, Aspekte 289f; Klauck 88; Horn* 211f (mit weiterer Lit. in Anm. 31); vgl. weiter zu 13,1.

253 Vgl. z.B. Theißen* 291, der auf die Rolle sozial gelernter Muster verweist (vgl. weiter Samarin, a.a.O. [Anm. 249] 44-72 und ders., Glossolalia as Learned Behavior, CJT 15 [1969] 60-64) und 297f auf die Bedeutung charismatischer Autoritäten (»Abhängigkeitssyndrom«); vgl. weiter z.B. das Referat der Thesen von F.D. Goodman, Speaking in Tongues: A Cross-Cultural Study of Glossolalia, Chicago 1972 bei Esler (Lit. zu Kap. 12-14) 137f und Meeks, Urchristentum 251f.

254 Vgl. vor allem D.B. Martin* (Tongues) 567-569 u.ö., der sich gegen den modernen *common sense* wendet, daß Glossolalie für marginale, weniger gebildete oder ökonomisch niedrigere Personen oder Gruppen typisch sei (549); anders z.B Schatzmann* 30f (im Anschluß an Theißen* 300) und Meeks, Urchristentum 249-252.

255 Vgl. z.B. das Referat bei Pratscher* 125-129 und dessen eigene tiefenpsychologische Erklärung: »eine primärprozeßhafte Umsetzung hochgradiger, religiös bedingter psychischer Energien in sprachähnliche phonetische Äußerungen« (128f); Theißen* 291 bestimmt die Glossolalie unter lerntheoretischen, psychodynamischen und kognitiven Aspekten »als gelerntes Verhalten, als Sprache des Unbewußten und als gedeuteten Vorgang«.

256 So z.B. im Sinne hysterisch-neurotischer Phänomene Pfister (vgl. unten Anm. 516); vgl. weiter Samarin, a.a.O. (Anm. 249) 18-43; J.P. Kildahl, The Psychology of Speaking in Tongues, New York 1972 und den Überblick vor allem über englischsprachige Lit. bei Ford (Lit. zu Kap. 12-14) und Mills*.

257 Nach Dunn* 243 gehört zu den verschiedenen Typen auch eine weniger ekstatische Form, als sie in Korinth praktiziert wurde, die ohne weiteres beherrscht werden konnte und so auch von Paulus ausgeübt worden sein soll (vgl. auch 424 Anm. 235 den Verweis auf Hollenweger, a.a.O. [Anm. 278] 392; ebs. Martin* [Spirit] 67f).

258 Γλῶσσα mit λαλεῖν kommt im profanen Griechisch bis auf eine Ausnahme nicht vor und bleibt auch in der LXX ohne eigentliche Parallele; vgl. Harrisville (Lit. zu Kap. 12-14) 39f, der gleichwohl 46f eine Herkunft aus dem Judentum vorschlägt (vgl. das LXX-Zitat in 14,21 [allerdings ἑτερογλώσσαις] und dessen Parallelen); auch nach Horn* 207 soll dieses Zitat zur »terminologischen Fixierung beigetragen« haben.

259 Diese Ausdrucksweise wird verschieden erklärt: 1. so, daß hier die Zunge unabhängig vom Wissen und Wollen des Menschen in Bewegung zu sein scheint (z.B. de Wette 117; häufigster Einwand ist der Verweis auf den Plur. auch bei Einzelpersonen; vgl. Bousset 136; Weiß 336); 2. so, daß γλῶσσα den Sinn »veralteter, fremdartiger, unverständlicher, geheimnisvoller Ausdruck« hat (Bauer/Aland 324 nach Heinrici 372.377-380; vgl. auch Weiß 336f und Behm, ThWNT I 720 mit Belegen, z.B. Quintilian [Inst. Orat. 1,1,35: *lin-*

(14,14), aber auch die damit gleichsinnigen Wendungen mit τῷ πνεύματι (ψάλλειν, προσεύχεσθαι, εὐλογεῖν, εὐχαριστεῖν) in 14,15f und endlich auch ταῖς γλώσσαις τῶν ἀγγέλων λαλεῖν (13,1). Ob auch die στεναγμοὶ ἀλάλητοι (Röm 8,26) dazuzählen, ist umstritten[260]. Im Neuen Testament begegnet als Charakterisierung noch γλώσσαις καιναῖς λαλεῖν (Mk 16,17), und die ist wegen ihrer eschatologischen Qualifizierung des Phänomens besonders treffend, auch wenn offenbleiben muß, ob das ungebräuchliche γλώσσαις λαλεῖν tatsächlich eine verkürzte Redeweise für »in *neuen* Zungen reden« ist[261].

Paulus selbst gibt keine Definition des Phänomens, und es ist kaum möglich, mit modernen linguistischen Kategorien genauere Bestimmungen vorzunehmen, doch denkt er vermutlich an eine geheimnisvolle, die Kontrolle des νοῦς verdrängende, mit sprachlich absonderlichen Phänomenen einhergehende Sprache, nicht an ein bloßes Lallen und Stammeln mit inhaltlicher Unbestimmtheit[262]. Auch wenn sich aus der Bezeichnung γένη γλωσσῶν (V 10.28) der Reichtum und die Verschiedenartigkeit als besonderes Kennzeichen der Glossolalie ergibt, ist sie vor allem mit Beten, Singen und Danksagen verbunden (vgl. weiter 14,2.14.28). Paulus will sie als unbestritten genuine Wirkung des Geistes auch keineswegs aus dem Gottesdienst verbannen, ja er bezeichnet sich selbst als Glossolalen *par excellence* (14,18). Warum er sie trotz ihrer unbestrittenen Kommunikationsmöglichkeit mit Gott (14,2.28) und trotz ihres Charakters als Himmelssprache den anderen Charismen gegenüber so stark abwertet, liegt auf der Hand. Nach Paulus dient sie nämlich ausschließlich der eigenen Erbauung und ist für die anderen unverständlich und darum nutzlos (vgl. zu 14,2-4), weshalb sie niemals Indiz einer größeren Spiritualität oder eines besonderen pneumatischen Status sein kann.

guae secretioris, quas Graeci γλώσσας *vocant*]; Héring 111; Spörlein* 185). Doch ist es sehr unwahrscheinlich, daß Paulus die ekstatischen Vorgänge »mit einem, wenn auch ziemlich volkstümlichen, grammatischen Ausdruck belegt hätte«, zumal es sich dort um »höchste, gesteigerte, *bewußte* Künstlichkeit der Rede« handelt (Bousset 137; vgl. auch Dautzenberg, RAC 11, 231; Forbes* 60f); 3. so, daß von der Grundbedeutung von γλῶσσα = Sprache ausgegangen wird, und zwar im Sinne des Redens »in neuen« bzw. »wunderbaren himmlischen Sprachen« (Bousset 137; vgl. auch Weiß 337f und Horn* 208f, der im Anschluß an Heinrici [Sendschreiben 386f mit Verweis auf Plutarch, Pyth. Or. 24,406F] von »Göttersprache« spricht).

260 Vgl. Gebauer, Gebet 60f. Dafür z.B. Käsemann, Römer 232f und Perspektiven 225; Dautzenberg, RAC 11, 239f; Theißen* 332-340; Horn* 294-297; Cullmann, Gebet 104f; dagegen Greeven, Gebet 153; Pratscher* 120f.

261 So z.B. Bousset 137; Betz (Lit. zu 14,1ff) 55; Bl-Debr-Rehkopf § 480,4 (»Ellipse«) und vor allem Harrisville (Lit. zu Kap. 12-14) 46 u.ö.; anders Horn* 206.

262 Greeven* (Propheten) 17 Anm. 39 betont, daß die Urchristenheit in der Glossolalie »nicht Trümmer menschlichen Sprechens« ohne phonetische Struktur, »sondern übermenschliche Sprache« vernommen hat (vgl. auch Behm, ThWNT I 725: »Wundersprache«; Beare [Lit. zu Kap. 12-14] 243; Williams* 18 [»incoherence or inarticulateness is not be confused with absence of meaning«]); sie will und kann also für die Verstehenden etwas aussagen; vgl. die verschiedenen Klassifikationen bei Poythress (Lit. zu Kap. 12-14) 132-135; D.B. Martin* (Tongues) 548 bevorzugt »esoteric speech acts« als Oberbegriff. Currie (Lit. zu Kap. 12-14) 290 hält es sogar für möglich, daß Glossolalie weder etwas mit menschlicher noch übermenschlicher Sprache zu tun hat: »Perhaps it was just some more or less musical cadence of vocalizations or ›lalling‹, as some call it«.

Sinn und Wert hat sie für die Gemeinde nur dann, wenn ihr Sinn in verstehbare Sprache übertragen wird, also die ἑρμηνεία hinzutritt[263], wobei zwischen »Übersetzung« und »Auslegung« kaum scharf zu differenzieren ist[264]. Diese wird darum in V 10 auch ausdrücklich genannt, wenngleich sie nach 14,5.13 auch vom Glossolalen selbst gegeben werden kann. Voraussetzung für solche ἑρμηνεία ist das Charisma der Glossolalie, denn nur der kann etwas übersetzen oder in verständliche Worte fassen, der etwas davon versteht, was aber nicht auch umgekehrt gilt (nicht jeder Glossolale ist auch Hermeneut). Es ist also nicht sofort eine »Personalunion« gegeben, wie auch das ἄλλῳ zeigt (vgl. weiter auch zu 14,27). Als solche aber bleibt Glossolalie unverständlich (14,2.16) und hat nur individuellen Nutzen (vgl zu 14,4). Noch einmal bestätigt sich, daß für Paulus nicht Mirakelhaftigkeit, subjektive Intensität und religiöse Vitalität als solche von Wert sind und die charismatische Gemeinde konstituieren. Nicht der *homo religiosus Christianus*, sondern der in Freiheit dem anderen mit seiner spezifischen Gabe Dienende ist der Charismatiker, den Paulus will[265]. Im Vordergrund aber steht zunächst das Interesse des Paulus, der Glossolalie ihre Vorrangigkeit und Ausschließlichkeit zu bestreiten und deutlich zu machen, daß jeder an der Fülle der Charismen partizipiert.

Zieht man die anderen paulinischen Charismenlisten zum Vergleich heran, bestätigt sich, daß die Aufzählung keinerlei Vollständigkeit[266] oder festgefügte Rangordnung

[263] Nach Behm, ThWNT II 661f hat der διερμηνευτής (14,28) »seine Entsprechung nicht an dem Dolmetscher (מתורגמן), der im jüdischen Synagogengottesdienst die Schriftlektionen ins Aramäische übertrug ..., eher an dem Interpreten der Gottessprüche bei Plato und Philo« (vgl. schon Heinrici, Sendschreiben 388f), auch wenn dort göttliche Orakel und Offenbarungsworte übersetzt werden, hier dagegen ekstatische Sprache; vgl. auch Dunn* (Jesus) 247 u.a. Inwiefern die Orakel, die dunkel und rätselhaft, aber nicht unverständlich oder gar mit der Glossolalie vergleichbar sind, tatsächlich »übersetzt« werden, ist allerdings fraglich; vgl. Witherington* 276-279; Forbes* 103.107.109 u.ö.

[264] Die Bedeutung »auslegen« hat διερμηνεύειν zwar auch Lk 24,27 (D bietet ἑρμηνεύειν), doch die überwiegende Bedeutung von ἑρμηνεύειν (Joh 1,38 in ℵ* Θ f¹³ 𝔐; Joh 1,42; 9,2; Hebr 7,2) ist sonst »übersetzen« (z.B. Arist 3,6; 11,4; 15,4 u.ö. sowie Bauer/Aland 627), für die auch hier Greeven* (Geistesgaben) 115 eintritt; anders z.B. Heinrici, Sendschreiben 392 und Behm, a.a.O. (Anm. 263) 661 (»Umsetzung« unverständlicher Rede in verständliche); Dautzenberg* (Prophetie) 56f.104f.285-287; Schatzmann* 43; Walter, EWNT II 136; Weder* 100 (»Überführung des ekstatischen Zungenredens in verständige prophetische Sprache«). Thiselton* 19 plädiert zudem vom allerdings nicht einheitlichen Sprachgebrauch bei Philo (vgl. z.B. Migr 73.81) und Josephus her für »to put into words«; vgl. aber Schatzmann* 43; Forbes* 65-72 (zu einseitig); Gillespie* 151f Anm. 99, der darauf hinweist, daß auch glossolalische Rede einen Inhalt hat und insofern kein großer Unterschied zwischen »articulating and interpreting« besteht; ähnlich Dunn* 249: keine wirkliche Grenze zwischen Übersetzung und Interpretation.

[265] Vgl. Käsemann* 111f u.ö.

[266] Vgl. oben Anm. 190f. Aus dieser weitgehend übereinstimmenden Beobachtung der Unabgeschlossenheit (Banks* 97 z.B. nennt sie »open-ended«) ist jedoch nicht der Schluß zu ziehen, daß die Liste als unfertige und provisorische im Sinne des Paulus noch der kirchenrechtlichen Weiterbildung bedürfe oder deren auch nur fähig sei (so richtig v. Campenhausen* 71 Anm. 3 u.ö.; Ritter* 226 Anm. 75 gegenüber anderslautenden Urteilen). Zu den verschiedenen Gesichtspunkten der jeweiligen Listen vgl. Giesriegl* 125-129.

anstrebt und bei allem exemplarischen Charakter auch kaum die charismatische Realität jeder einzelnen Gemeinde reflektiert[267]. Daß eines dieser Charismen abgesehen vom Apostel als *nota ecclesiae* konstitutiv für die Kirche sei, sagt Paulus nirgends. Vor allem die Weiterentwicklung in Röm 12 trägt hier zu weiterer Klärung bei. In diesem von einer aktuellen Veranlassung absehenden Katalog fehlen die Glossolalie und andere enthusiastische Phänomene, was bestätigt, daß Paulus selbst kein sonderliches Interesse daran hat. Gerade die Beispiele aus Röm 12, wo die Grenze der charismatischen zu den ethischen Verhaltensweisen fließend ist, illustrieren zudem aufs beste, daß tatsächlich jeder Christ sein eigenes Charisma hat und kein Anlaß besteht, die exemplarisch zu verstehenden und auch verschiedene Zielsetzungen verfolgenden Reihen der Charismen irgendwo abrupt enden zu lassen. Auch ein Apostel kann das Wirken des Geistes weder festlegen noch kanalisieren. Andererseits bleibt aber genug an Gemeinsamkeit von theologischen Prämissen und konkreten Beispielen, um daraus zu schließen, daß Paulus in 1Kor 12 bei aller Besonderheit der korinthischen Verhältnisse und Geisterfahrungen keine Ausnahmeregelung vornimmt und »keinen Sonderfall von Gemeinde, sondern Gemeinde schlechthin im Visier hat«[268]. Auffällig ist auch das durchgängige Fehlen institutioneller oder gar hierarchischer Gesichtspunkte[269].

Alles aber, was Paulus im Vorhergehenden beispielhaft aufgeführt hat, wirkt ein und derselbe Geist[270]. Dessen Wirken und Wollen allein entscheidet, weil er, wie die Aufnahme von V 6 zeigt, das wirkt und will, was Gott wirkt und will[271]. Πάντα δὲ ταῦτα unterstreicht dabei noch einmal, daß der Geist sich nicht nur oder primär im Außerordentlichen bekundet, sondern alle Charis- 11

[267] Vgl. Brockhaus* 208f (keine Widerspiegelung einer tatsächlich vorhandenen Ordnung, sondern »ein Leitbild«, das überzeugen und auf die Gemeinden einwirken soll); Schulz* 446 (In den Listen sei keine »in den paulinischen Gemeinden vorhandene Gemeindeordnung« zu finden; in Anm. 6 nennt er Autoren mit gegenteiliger Ansicht); Holmberg* 122f, der freilich im Anschluß an Herten (Lit. zu Kap. 12-14) 84 sogar »a utopian model« finden will.

[268] So Eichholz* (Lit. zu Kap. 12-14) 5; Schweizer* (Gemeinde) 91 Anm. 388 (Die Verschiedenheiten zwischen den Gemeinden seien »nicht allzu stark«); Hoffmann* (Erbe) 68 (»Modellfall«) und 77; vgl. auch Becker, Paulus 441. Allerdings wird die Frage, ob die korinthischen Verhältnisse für die paulinischen Missionskirchen repräsentativ sind (vgl. Roloff, TRE 2, 521), meist eher verneint; so von Rohde (Lit. zu Kap. 12-14) 56; Gnilka (Lit. zu Kap. 12-14) 95.99f; Horn* 201 zur Glossolalie (»als eine ekklesiale Erscheinung sui generis auf Korinth zu begrenzen«); ähnlich 204; anders z.B. Bousset 147 (»die herrschende Auffassung der ersten christlichen Gemeinden«); Forbes* 75-84.

[269] Vgl. Schweizer* (Gemeinde) 90: Die Aufzählungen seien »völlig unsystematisch und ohne irgendeinen hierarchischen Charakter«.

[270] Τὸ ἓν καὶ τὸ αὐτὸ πνεῦμα kombiniert τῷ ἑνὶ πνεύματι und τῷ αὐτῷ πνεύματι von V 9 (Robertson/Plummer 268).

[271] Aus καθὼς βούλεται wird öfter die Personalität des Geistes gefolgert, z.B. bei Robertson/Plummer 268 (»It is in the will that personality chiefly consists«); Godet II 120 und Rückert 331 sehen mit mehr Recht den Skopus darin, daß der Empfang der Charismen »nicht vom Wollen oder Verdienste des Empfängers« abhängt, also die Freiheit des Geistes bei der Zuteilung der Charismen im Vordergrund steht (so auch Gutjahr 337; Barrett [Lit. zu Kap. 12-14] 35; Conzelmann 255); vgl. auch ἠθέλησεν (V 18). Neander 206 betont wie andere den »Gegensatz zu der Anmaßung und Willkür der Corinther, welche nur *eine* Art der Charismen gelten lassen wollten und die übrigen gering achteten«. Vgl. auch Homer, Od. 188f, wonach Zeus, wie er es will, an jeden den Segen austeilt (Neuer Wettstein 357).

men auf ihn zurückführen. Darum das emphatisch vorangestellte πάντα. Keiner ist Glied der Kirche, der nicht auf das ihm zugemessene spezifische Charisma hin angesprochen werden kann[272]. Jeder erhält vom Geist etwas Eigenes (vgl. zu ἰδίᾳ schon ἴδιον 7,7)[273], denn der Geist wirkt in der Gemeinde nicht undifferenziert und nivellierend, sondern spezifizierend und individuierend, und zwar immer neu (vgl. wieder die Präsenspartizipien)[274]. Schon im Blick auf die nur exemplarisch zu verstehende Liste wird man darüber hinaus schließen dürfen, daß das ganze Leben der Christen bis in alle Alltäglichkeiten und Einzelheiten hinein Wirkung und Schöpfung des Geistes ist. Der Geist wirkt nicht nur sporadisch und exzeptionell, nicht nur in besonderen Augenblicken und heiligen Räumen, nicht nur in qualifizierten Geistträgern und exquisiten Pneumatikerzirkeln. Er formt und bestimmt das Leben der Christen vielmehr durch und durch (vgl. weiter Röm 7,6; 8,4f; 1Kor 6,11; 12,3; Gal 3,5; 5,16 u.ö.).

Die Monopolstellung irgendeines Charismatikers wäre für Paulus von daher ein einziger Widersinn. Keiner kann alle Gaben in sich vereinen. Nicht einmal er selbst hat vorgegeben, alle im Vorhergehenden aufgezählten Charismen erhalten zu haben und der Charismatiker κατ' ἐξοχήν zu sein. Einer, der sich in allem und jedem zurechtfände und in allen Sätteln zu reiten verstünde, ist auch Paulus nicht gewesen[275], ganz abgesehen davon, daß auch die Aufgaben der Apostel nicht überall dieselben waren (vgl. Gal 2,8f). Aber sosehr beim Apostel immer noch die Charismen der Prophetie und Lehre zusammenfallen (vgl. 14,6) und etwa auch Glossolalie zu finden ist (vgl. 14,18) – von Heilungen z.B. hören wir bei Paulus selbst aber nichts (anders Apg 14,8f) –, für seine Gemeinde setzt er deutlich genug etwas anderes voraus. Damit ist nicht mitgegeben, daß jeder nur ein einziges Charisma haben kann (vgl. 1Kor 14,5.13)[276] oder Überschneidungen ausgeschlossen wären[277]. Eine Uniformie-

272 Vgl. Bengel 423: *Singulis dat singula, vel aliqua, varia mensura.*

273 Vgl. dazu Bl-Debr-Rehkopf § 241 Anm. 9 und § 286 Anm. 2. Die meisten fassen ιδια = ἰδίᾳ, also als Adverb (»besonders, für sich«); so z.B. auch Bauer/Aland 752), doch Barrett 286 hält im Anschluß an Moulton (vgl. schon Erasmus 720, der *dividens propria cuique* [= ἴδια] und *sua cuique* nebeneinanderstellt) auch den Akk. Plur. Neutr. ἴδια für möglich (»Eigenes«); allerdings ist der Unterschied nicht groß.

274 Vgl. v. Campenhausen* 61: »Paulus kennt keine Wirkung des Geistes in gestaltloser Allgemeinheit und beliebiger Vertauschbarkeit«; Käsemann* 115; Schatzmann* 70.

275 Vgl. schon 1,17. Insofern ist es nicht unproblematisch, den Apostolat mit Schürmann* (Gnadengaben) 388 (ähnlich schon Chrysostomus unten zu V 28 sowie Grau* 246) gewissermaßen als »Zusammenfassung« aller Charismen aufzufassen oder mit Hainz, Ekklesia 362 von einer »Auffächerung des apostolischen Amtes in den Gemeindediensten« auszugehen, wogegen nicht nur 7,7 spricht (vgl. Ritter* 32 mit Anm. 84); allenfalls die Funktionen der Wortverkündigung werden »ursprünglich dem Funktionsbereich des apostolischen Amtes angehören« (so Roloff, Apostolat 132); vgl. aber Broer (Lit. zu Kap. 12-14) 68.

276 Anders Conzelmann 253 Anm. 9; Brosch* 31, der nur 14,5 als Ausnahme gelten lassen will. Vgl. dagegen Greeven* (Propheten) 7: Der Ton liege auf ἑκάστῳ, »nicht darauf, daß der eine nur dieses, der andere nur jenes (sc. Charisma) empfangen« hat; vgl. auch unten Anm. 754.

277 Vgl. Greeven* (Geistesgaben) 112f. Die Alternative in 7,7 darf nicht verallgemeinert werden.

rung und Schablonisierung der Gemeinde aber kann es nicht geben. Vielmehr hat jedes Gemeindeglied sein ihm eigenes spezifisches Charisma empfangen, und keiner braucht ein Hansdampf in allen gemeindlichen Gassen zu sein.

Zusammenfassung

Drei Punkte stellt Paulus in diesem Abschnitt gegenüber dem Verständnis der Geistes- und Gnadengaben als mirakulösen Manifestationen der himmlischen Welt heraus: zum einen, daß alle auf einen und denselben göttlichen Ursprung zurückgehen und daran gebunden bleiben, zum anderen, daß es eine Fülle von Charismen gibt, die exemplarisch, unabgeschlossen und ohne hierarchische Abstufungen in einem Katalog benannt werden, und endlich, daß sie alle zum Nutzen der Gemeinde gegeben werden. Wenn aber alle Gaben aus derselben Quelle kommen und zur Pluriformität, nicht zur Uniformität führen, dann besteht kein Anlaß für Rivalität oder Konkurrenz, Überlegenheitsansprüche oder Unzufriedenheitsgefühle.

Auslegungs- und Wirkungsgeschichte

Großes Interesse gefunden und spürsame Wirkung hinterlassen haben innerhalb der Auslegungs- und Wirkungsgeschichte[278] 1.1. der Gabecharakter der Charismen (S. 165-167), 1.2. deren Verhältnis zu den natürlichen Begabungen S. 167-170), 2. deren Mannigfaltigkeit (S. 170-174), 3. deren Verhältnis zu den Diensten bzw. »Ämtern« (S. 174-178), 4. deren »Nutzen« (S. 178-181), 5. deren Reichweite und außergewöhnlichen Phänomene (S. 181-185), 6. die von Paulus genannten einzelnen Beispiele: 6.1. Weisheits- und Erkenntnisrede (S. 185-187.), 6.2. Glaube (S. 188), 6.3. Heilungscharisma (S. 189f), 6.4. Machttaten (S. 190), 6.5. Prophetie (S. 191-194), 6.6. Unterscheidung der Geister (S. 194-197), 6.7. Glossolalie (S. 197-200), 6.8. Hermeneia (S. 200f) und 7. die hier in nuce hervortretende Trinitätslehre (S. 201-203).

1.1. Die dauernde Wirksamkeit und Souveränität des Geistes bei seinen Gaben werden im Anschluß an den Text von allem Anfang an gesehen und festgehalten. Mehrfach wird hervorgehoben, daß die Geistesgaben ohne jedes

278 Vgl. J.L. Ash, The Decline of Ecstatic Prophecy in the Early Church, TS 37 (1976) 227-252; H.U. v. Balthasar, Thomas und die Charismatik I. Die Prophetie, DThA 23 (1954) 253-294; C.P. Bammel, Die Prophetie in der patristischen Exegese zum ersten Korintherbrief, Istituto Patristico Augustinianum 29 (1989) 157-169; N. Baumert, Zur Semantik von χάρισμα bei den frühen Vätern, ThPh 63 (1988) 60-78; H. Cremer, Die Fortdauer der Geistesgaben in der Kirche, Gütersloh 1890; N. Greinacher, Apostel, Propheten und Lehrer – damals und heute, ThQ 171 (1991) 48-63; W.J. Hollenweger, Enthusiastisches Christentum. Die Pfingstbewegung in Geschichte und Gegenwart, Wuppertal/Zürich 1969; H. Hunter, Tongues-Speech: A Patristic Analysis, JETS 23 (1980) 125-137; M. Lauterburg, Der Begriff des Charismas und seine Bedeutung für die praktische Theologie, Gütersloh 1898; M. Parmentier, Die Gaben des Geistes in der frühen Kirche, IKZ 68 (1978) 211-229; A.M. Ritter, Charisma im Verständnis des Joannes Chrysostomus und seiner Zeit, 1972 (FKDG 25); ders., Amt und Gemeinde im Neuen Testament und in der Kirchengeschichte, in: ders. / G. Leich, Wer ist die Kirche?, Göttingen 1968, 21-115; H. Weinel, Die Wirkungen des Geistes und der Geister im nachapostolischen Zeitalter bis auf Irenäus, Freiburg u.a. 1899.

Bemühen und Zutun des Menschen empfangen werden (Chrysostomus 243) und die *differentia donationum* nicht auf irgendwelche *humana opera aut merita* zurückzuführen ist[279], auch in späterer Zeit[280]. Die Entscheidung liegt allein beim Geist[281], der Zeit und Maß der Gnadengaben bestimmt und z.B. nach Cyrill (885) die καιροὺς τοὺς ἑκάστῳ πρέποντας für seine Gaben kennt. Weil Gott weiß, »wie der einzelne die Gnadengaben verwalten kann«, »teilt er sie denn auch verschieden zu«[282]. Hieronymus wendet das gegen eigene Wünsche: Es heiße nicht *secundum quod unumquodque membrum cupit*, sondern *secundum quod ipse uult Spiritus*[283]. Für die Reformatoren fällt die Beantwortung der Frage nach dem Ursprung der Geistesgaben geradezu selbstverständlich ebenfalls so aus, »daß sie den Menschen nur aus Gottes Gnade zuteil werden« (Calvin 424)[284]. Die Charismen werden nach Coccejus (306) *sine distinctione conditionis diversae hominum* ausgeteilt. Beza (145) macht immerhin darauf aufmerksam, daß die Christen als *dei instrumenta non solum passiua, sed etiam actiua* sind, nicht wie Baumstrünke, auch wenn keine eigene Kraft zur Bewirkung von Wundern als *causa efficiens* damit konkurriert, was auch Mk 16,20 bestätige[285].

Vor allem die Einsicht in die Unverfügbarkeit der Geistesgaben wird bis in die Gegenwart oft wiederholt, wobei es meist heißt, die Gaben seien »nicht ein

[279] Fulgentius, De Verit. Praed. 1,40 (CChr 91A, 484); vgl. auch ders., Ep. 14 ad Ferr. 45 (CChr 91, 441). Auch andere unterstreichen, daß Paulus die *divisiones gratiarum* nicht *humanis meritis* zuschreibt (Ambrosiaster 132; Ambrosius 259; vgl. auch Haymo 576; Herveus 941). Weil sie Geschenk und nicht Folge menschlicher Kraft sind, wird in Const. Ap 8,1 vor Hochmut gegenüber anderen gewarnt. Nach Basilius v. Cäsarea dagegen werden sie ausgeteilt *secundum uniuscuiusque mensuram fidei* (Reg. 3,13 [CSEL 86, 28]); vgl. auch ders., De Spir. S. 38 (Fontes 12, 184) und Ep. 38,4 (BGrLit 32, 85); ähnlich Atto 383: *singulis juxta capacitatem*; vgl. auch Origenes, Princ. 1,3,7: *secundum meritum eorum, qui capaces eius efficiuntur* (TzF 24, 178); nach In Rom 9,3 (Fontes 2.5, 55) zeigt Paulus, »daß von uns etwas dafür getan wird, das meiste jedoch auf der Freigebigkeit Gottes beruht«.

[280] Vgl. Latomus in seiner Auseinandersetzung mit Bucer: *Non secundum merita nostra, sed secundum voluntatem suam* (sc. des Hl. Geistes), *cuius nemo, nisi quia optimus, iustissimus sapientissimusque est, rationem reddere potest* (CCath 8, 120).

[281] So vor allem Fulgentius, De Verit. Praed. 1,40 (CChr 91A, 484); vgl. auch Novatian, De Trin. 29,4 (CChr 4, 69): *diuidens officia sua per tempora et rerum occasiones atque momenta.*

[282] Makarios d. Äg., Hom. 26,4 (BKV 10, 213). Vgl. später z.B. Latomus, Def. 5: *Dona autem sua largitur, quibus vult et quantum vult et quando vult* (CCath 8, 120).

[283] Dial. adv. Pelag. 1,17,17 (CChr 80, 22), auch mit Verweis auf Röm 9,21.

[284] Vgl. Oekolampad (QFRG 19, 686) und später etwa Zinzendorf, der V 4-11 zusammen mit Mt 25,14ff, Lk 19,12ff und 1Petr 4,10.12 zum Beleg dafür zitiert, daß Gott »die *talenta* oder Pfunde nach seiner gnädigen und weisen *Disposition* verschiedentlich ausgetheilet« hat (Erg.-Bd. XI, 6. Sammlung, 681).

[285] Vgl. auch ebd. 149 zu V 31: *ardente studio sectemini*; ähnlich wie bei Beza wird auch zu V 31 bemerkt: *Opus est zelo circa* πνευματικά ... *Obligamur ad recipienda & quaerenda charismata, quae Deus est largiri cum zelo quaerentibus & ipsum invocantibus* (Coccejus 311). Calvin, Inst. 4,3,11 spricht von *eruditio* und *praeparatio* als Zurüstung zu den Gaben. Vgl. auch Luther, WA 4, 473 und die Frage bei Bucer, Schriften, Bd. 17, 306: »Ob wir nit vns hochstens vleissens auch dahin sollen bearbeiten (= darauf hinarbeiten), das gemeinschaft vnd zucht der gelideren vnd des gantzen leibes Christi jn das werckh vnd die vbung khome«, wie es u.a. auch 1Kor 12 vorgeschrieben werde. Nach Spener gilt: *Ex parte nostri requiritur non-resistentia, & ut nec contemnamus nec negligamus operationes primas* (Schriften III 1.2, 70).

Besitz, eine festliegende Tugend, eine Charakter-Eigenschaft«[286] oder »keineswegs eine Art von konstanter Ausstattung der Gemeinde«[287]. Rahner spricht von der »Unplanbarkeit« der Geistesgaben, »die den Geist wehen läßt, wo und wie er selbst will, die weder bloß menschlichem Urteil noch der Hybris eines alles planen wollenden Amtes in der Kirche erlaubt, den Geist auszulöschen, den Geist, der unbequem sein kann, der immer neu bleibt und unergründlich«[288].

1.2. Angesichts der im Vordergrund stehenden schöpferischen Impulse Gottes und seines Geistes findet das Verhältnis der Charismen zu den »natürlichen« Begabungen oder zur eigenen Initiative zunächst wenig Interesse[289]. Gregor v. Nyssa erklärt: Ἡ κτίσις μεταλαμβάνει τῶν χαρισμάτων, τὸ δὲ πνεῦμα κατ᾽ ἐξουσίαν χαρίζεται[290]. Vor allem im Mittelalter wird unser Text dann auch in Zusammenhang mit der bekannten scholastischen Lehre von der *duplex gratia* gebracht[291]. Erasmus vertritt die Meinung, daß es nicht nötig sei, »daß ein Christ auf der Waage abwägt, was er selbst vermag, was Gott, und wieviel er selbst tut, wieviel Gott, wenn er nur weiß, daß er alles Gute, das er tut, als Geschenk der Güte Gottes auffassen muß«, weil Gott alles in allen wirkt«[292]. Während dessen Zeitgenosse Colet (247) *in religione et in rebus pu-*

[286] So Bückmann, in: Herr, tue meine Lippen auf, Bd. 2, Wuppertal-Barmen 1942, 266; vgl. Hübner, GPM 34 (1980) 251: »nicht verfügbarer Besitz, vorweisbare Seinsqualität, rühmbare Leistung des Menschen, der Gemeinde, der Kirche«. Anders akzentuiert Schmaus, Dogmatik III 2, 174: Der Heilige Geist teile dem einzelnen zu, »wie er will (1Kor 12,11), und entsprechend der eigenen Bereitung und Mitwirkung eines jeden«.

[287] So Weber, Grundlagen II 578. Das impliziert auch, daß durch das Wirken des Geistes »frühe Vorstellungen durch neue Erfahrung und Erkenntnis nicht nur erweitert und vertieft, sondern auch überholt und zurückgelassen werden« können (Joest, Dogmatik I 281).

[288] Schriften VII 79. Der Geschenkcharakter schließt freilich nach V 31 nicht aus, daß der Christ nach den größeren Charismen eifern darf und soll (Küng, Kirche 227).

[289] Wo die menschlichen κατορθώματα (Tugendwerke) in den Bereich des Charismatischen einbezogen werden, heißt es aber auch hier, daß Gott uns nicht wie Hölzer und Steine in Bewegung setzt und auf jegliche Mitwirkung unsererseits verzichtet; vgl. die Nachweise bei Ritter, a.a.O. (Anm. 278; Charisma) 56f, aber auch 58-70 etwa zu 1Kor 7,7.

[290] De Fide (Opera III.1, 66); vgl. auch ders., In Cant. 7 zu 3,8f (Fontes 16.2, 409), wonach der Geist dem einen nach Maßgabe des Glaubens gibt, dem andren, »wozu er von Natur aus befähigt ist und wofür ein jeder die Gnade aufnehmen kann«. Theophylakt 724 bemerkt zum Charisma der ἀντιλήμψεις und κυβερνήσεις von V 28, obwohl diese auch Sache unseres Eifers seien, würden sie gleichwohl als τοῦ θεοῦ χαρίσματα bestätigt. Vgl. auch Thomas 400 (zu V 26): *vel sunt ex ingenio naturali, vel ex solo Deo;* ders. 401 (zu V 32) erklärt zur Prophetie: *Non est habitus, sicut scientia;* ähnlich Cornelius a Lapide 332.

[291] Danach ist die eine Art der Gnade, die mit Gott verbindet bzw. rechtfertigt (*gratia gratum faciens*), allen gegeben, die andere frei gegebene Gnade (*gratia gratis data*) aber wird *supra facultatem naturae, et supra meritum personae* gewährt (so Thomas, Summa, Bd. 14, 130) und ist das besondere Geschenk *digniorum membrorum Ecclesiae* (146); vgl. auch Bd. 3, 319 und 14, 130.140f sowie dazu v. Balthasar, a.a.O. (Anm. 278) 268-272, aber auch Hasenhüttl* 121f Anm. 10; vgl. weiter Bonaventura, Opera I 260; II 650.670.704. 707 u.ö. Biel hebt die *proprie et stricte gratia*, die ein *donum supernaturale superadditum naturae* ist und für die als Beispiel Prophetie, Sprachengabe und *virtutes infusae* genannt werden (Collectorium II 498 mit folgendem Zitat von V 8-10), von der *proprissime sive strictissime gratia* ab, die das ewige Leben schenkt (ebd.); vgl. auch 531 und III 422.

[292] Schriften IV 327.

blicis der Menschen nichts als *vanitas* und *frustratio* findet und alles allein auf den Geist ankommen sieht, legt Cajetan (74r) Wert darauf, daß es in V 6 nicht heißt *sine nobis sed in nobis, non sine causis secundis sed in ipsis causis secundis.* Melanchthon (65) unterscheidet zwischen *dona quaedam naturalia (eloquentia, fidelis memoria, civilis prudentia)* und *dona energiae et efficaciae Spiritus sancti.* Nach Schleiermacher können »alle in der christlichen Kirche wirksamen Kräfte ... nicht als solche angesehen werden, welche sich auch ohne die Erlösung durch Christum schon in dem natürlichen Zustande der Menschen würden entwikkelt haben«[293].
In neuerer Zeit wird das Verhältnis zu den Schöpfungsgaben und der offenbare Mangel an bestimmten Geistesgaben stärker problematisiert, vor allem bei Praktikern. Blumhardt etwa unterscheidet folgendermaßen: Die geistlichen Gaben sollen »unmittelbar von Gott« kommen und »immer den Charakter von Wundergaben« haben, die natürlichen Gaben dagegen seien »angeboren« und durch »Nachdenken, Studium, Fleiß, Uebung, Ausdauer« sehr zu steigern, aber »im weiteren Sinne auch von Gott«[294].

Eine Konsequenz dieses eingegrenzten Charismabegriffes ist es, »daß die eigentlichen echten geistlichen Gaben nicht nur selten geworden sind«, sondern »geradezu aufgehört« haben, und alles »auf der Stufe der Natürlichkeit« bleibt[295]. Nach Löhe wirkt der Geist zwar »in der Natur und im natürlichen Zustande der Menschen« ebenso wie »in dem Reich der Gnaden und in der neuen Kreatur«, aber nur diese seien »geistliche Gaben«; er verweist auf das Schweben des Geistes »über den Wassern der Schöpfung«[296]. Das Verhältnis zumal der »außerordentlichen« Geistesgaben zu Naturanlagen und den »normalen« Charismen ist aber strittig geblieben, auch wenn meist mit Verbindungen und Überschneidungen gerechnet wird[297].

293 Schriften VII 2, 198f; vgl. auch ders., a.a.O. (Anm. 107; Predigten) 225, wonach »die natürlichen Anlagen des Menschen ... die köstlichste Ausstattung« sind, aber »nichts für das Reich Gottes« vermögen, sondern erst nach der Bemächtigung des Menschen durch den Geist »veredelt und zu einem Abbilde der reinen Menschheit Christi« werden; vgl. auch 221: »Darum sind die Gaben der Natur nur Gaben auf Hoffnung, bis der eine Geist komme, der Geist von oben, der allein sie alle gleichmäßig beseelen kann, indem er sie erst zu *einem* bindet durch die Liebe« (kursiv im Original gesperrt). Vgl. auch Welker, Geist 224.

294 J.Ch. Blumhardt, Schriften, Bd. 1,47; vgl. auch 48: »Irdische Begabungen sind nun einmal keine Eingebungen Gottes, und diejenigen können sehr Schaden leiden, die sich an sie, als wären sie von Gott, mit einer Art frommem Glauben halten. Wohl können irdische Gaben dem Herrn geheiligt und gewidmet werden, aber in der Stufe von Eingebungen stehen sie nie«.

295 Ebd. 48. Blumhardt kritisiert die vor allem in Konventikeln behauptete Rückkehr der geistlichen Gaben, die seiner Meinung nach erst »durch willkürliche Auslegungen« dazu gemacht werden; er hofft aber auf »ein neues Erwachen der Christenheit«, weil der Heilige Geist wirkliche geistliche Gaben nicht in die überall waltende »ungeheure Unvollkommenheit und Verkehrtheit« hineinlege. »Der Heilige Geist will reinere Gefäße haben, als wir vorerst sind« (49).

296 Werke, Bd. 6.3, 114. Bezzel vergleicht das Verhältnis der »Gnadengaben von oben« und der »Schöpfungsgaben drunten« mit dem Zusammenfließen zweier Ströme: Bei der Vereinigung »mächtiges Brausen«, dann aber stilles und ruhiges Dahinfließen (Dienst 97).

297 Wichern erörtert z.B. die Frage nach der Bedeutung der Charismen für den »theologischen Berufsstand«, zu dessen Qualifikation zwar einerseits unerläßlich eine wissenschaftliche Bildung gehöre, doch andererseits sei zu

Wo man sich nicht mit einem einfachen Nebeneinander von »Talenten oder Eigenschaften« und »Außerordentlichem« begnügt[298], wird die eigentliche Schwierigkeit darin gesehen, daß selbst, wenn Phänomene wie Wunderwirkungen und Heilungen vorliegen, »wir Heutigen sie nicht als göttliche Erweisungen zu verstehen« vermögen[299]; eine Hilfe wird in der Beobachtung gesehen, »mit welcher Offenheit Paulus die Anleihen aus der Welt der Religion zunächst einmal *aufnimmt*«[300]. Andere beharren darauf, daß Gnadengaben zwar nicht »Phänomene einer christlichen noch einer religiösen Sonderwelt« sind, wohl aber »Konkretionen ›neuer Schöpfung‹ an auch sonst vorkommenden ›Begabungen‹ des Menschen der ›alten‹ Schöpfung«[301]. Wirkt der Geist auch in und mit den Schöpfungsgaben, braucht man seinem Wirken nicht voreilig Grenzen zu ziehen. Nach Barth gibt es »wohl ein Zuwenig des Pneumatischen, aber kein Zuviel. Aus dem Zuwenig, aus einem unvollkommenen, unklaren, eigenwilligen oder auch zaghaften Gehorsam gegen den Geist stammen alle Gebrechen, Entartungen, Verirrungen und Verwilderungen in der Gemeinde, wogegen sie in dem Maß gesund ist, als sie ihm freien Lauf läßt«[302]. Joest räumt zwar ein, daß in manchem, was an Geistesgaben genannt wird, »natürliche menschliche Begabungen (z.B. Lehrgabe, Verwaltungsgeschick u.ä.)« zu erkennen sind und auch sie zu Gaben des Geistes werden, »indem der Geist sie für das Leben der Christusgemeinde in Dienst

fragen, ob »das Charisma nur an ein gewisses Alter oder eine gewisse soziale Stellung und wissenschaftliche Bildung gebunden« ist; »sollte es unmöglich sein, daß die organisierte und verfaßte Kirche sich zu der Freiheit ermannte und diejenige Elastizität in sich entwickelte«, um genügend zugerüstete Laienkräfte »das Wort Gottes solchen, zu denen es sonst nicht gelangt, anbieten zu lassen?« (Werke III 2,158f).

298 So Ragaz, Bibel 30; nach Schmaus verbindet sich vielfach »Natürliches und Übernatürliches zur geordneten Vielfalt im kirchlichen Bereich« (Dogmatik III 1, 587, wo z.B. auf theologische Schulrichtungen verwiesen wird); v. Balthasar, a.a.O. (Anm. 278) 262 nennt die seit Baur (vgl. oben Anm. 141) vertretene Auffassung einer Erhöhung von Naturanlagen durch die Gnade »idealistisch-romantische Theologie«.

299 So Braun, GPM 10 (1955/56) 197.

300 Ebd. 198 (kursiv im Original gesperrt). Ob »diese Funktion des Sichöffnens« bei aller (kritischen!) Rezeption aber wirklich die genannte Schwierigkeit löst? Gewiß muß christlicher Weisheits- und Erkenntnisrede die Philosophie nicht »gleich immer verdächtig« sein oder kann »das moderne Heilen des Chirurgen und Internisten und der anderen Spezialisten als ›Gabe‹« gewürdigt werden. Nur müßte deutlicher werden, was das alles mit dem göttlichen Geist zu tun hat. Ein »Allwirker« bleibt denn doch zu nebulös. Bittlinger, a.a.O. (Anm. 712 zu Kap. 11) 18 lehnt es denn auch als Mißverständnis ab, »daß die Charismen nur noch als normale (= ›irdische‹) Tätigkeiten und Fähigkeiten des Menschen verstanden werden. Nicht jeder Mensch, der irgendwo in der Kirche mitarbeitet . . ., kann damit schon als Charismatiker bezeichnet werden. Es ist nämlich keineswegs ausgemacht, daß einem Menschen, der zum Beispiel in der Telefonseelsorge mitarbeitet, damit ohne weiteres auch das Charisma der Seelsorge gegeben ist . . . Kirchlicher Aktivismus ist noch längst kein charismatisches Handeln der Kirche«.

301 Hübner, GPM 34 (1980) 252. Zugleich wird mit Recht darauf aufmerksam gemacht, daß Paulus »die Werthierarchie der damaligen religiösen Umwelt auf den Kopf« stellt (253).

302 KD IV 2, 359. Zum »*Enthusiasmus* des Geistes und der Plerophorie der Geistesgaben« bei Paulus vgl. auch Moltmann, Kirche 326, der das mit der Feststellung kontrastiert, es gebe heute viele Kirchen und Gemeinden, »die durchaus nicht vom Enthusiasmus bedroht sind, sondern vielmehr unter der *Dämpfung des Geistes* leiden«.

nimmt«; anderes aber wie die Berufung zum Apostel oder die Gabe prophetischer Verkündigung habe »seinen Ort ganz im Zusammenhang der Entstehung und des Lebens der Gemeinde, auch ohne daß eine natürliche Veranlagung zugrunde liegen müßte«[303]. Nach Steck ist zwar vieles von dem, was in Korinth lebendig war, »längst Bestand des gesellschaftlichen Lebens geworden; es findet sich in säkularer Gestalt wieder, sei es auch in unvollkommener Weise«, doch was die heutige von der damaligen Gemeinde wesentlich unterscheide, sei »die Isolierung zwischen Gottesdienst und Alltag; mehr noch die Verbeamtung der Christenheit, der gegenüber die freien Charismen immer einen schweren Stand haben«[304].

2. Wie bei Paulus wird oft die *Mannigfaltigkeit*, aber auch die Unterschiedlichkeit der Charismen herausgestellt, doch überrascht es angesichts der unten (S. 174f) zu erwähnenden Konzentration der Charismen im Amt nicht, daß die Fülle und Vielfalt der Geistesgaben stark zurücktreten kann, z.T. auch zu moralisch verschiedenen Graden der Tugenden umgedeutet wird[305]. Immerhin wird als Skopus des Abschnitts festgehalten, daß es πολλὰ καὶ διάφορα χαρίσματα gibt, aber nur *eine* Quelle[306]. Immer wieder heißt es, nicht der Geist selbst werde geteilt, sondern seine Gaben[307], denn der Geist wirke zwar alles, doch sei damit nicht eine »Vielheit von Geistern« anzunehmen[308]. Aus der Vielfalt der Geistesgaben aber folgt: »Der eine hat dies, der andere jenes, und was dieser hat, hat jener nicht. Es gibt ein Maß, eine gewisse Teilung der Gaben«[309]. Ähnliche Aussagen begegnen auch später immer wieder, z.B. bei

303 Joest, Dogmatik, Bd. 1, 299, wo auch darauf verwiesen wird, daß Paulus nach dem Urteil seiner Kritiker in Korinth »keineswegs über ein hervorragendes Rednertalent verfügt zu haben« scheint: »Der Geist ist frei, menschliche Voraussetzungen in Dienst zu nehmen und ebenso, ohne solche ›Vorgaben‹ neue Kräfte zu wecken«.

304 GPM 24 (1969/70) 304. Nach Doerne, a.a.O. (Anm. 118) 189 ist das charismatische Gemeindeverständnis »eine einschneidende und heilsame Realkritik an unserem großkirchlich-institutionellen Christentum, vor allem an jeder theologischen Zementierung dieses Großkirchentums«.

305 Vgl. Ritter, a.a.O. (Anm. 278) 133-135. Theodoret kann bei seiner Würdigung gegenwärtiger Charismen die charismatische Vielfalt in den verschiedenen Lebensweisen von Mönchen (Koinobitentum, Eremitentum usw.) reflektiert sehen (ebd. 157).

306 Theodoret 321. Chrysostomus 243 sieht den ganzen Abschnitt zur Tröstung jener geschrieben, die sich grämen, nicht soviel empfangen zu haben wie andere, und der Haupttrost sei (244), daß alle ἐκ τῆς αὐτῆς ῥίζης, ἐκ τῶν αὐτῶν θησαυρῶν empfangen (vgl. auch Oecumenius 817); allerdings sieht er (245) mit καθὼς βούλεται auch die Widersprechenden zum Schweigen gebracht (mit Zitat von Röm 9,20), Theophylakt 712f auch die Zweifelnden und die, denen die Verteilung mißfällt; vgl. auch Hieronymus 754; Pelagius 197; Primasius 536.

307 Augustin, Joh-Ev 74,3 (BKV 19, 94). Auch später wird auf die Unterscheidung Wert gelegt, so von Melanchthon, Schriften, Bd. 2, 206: *Sic et Paulus 1. Cor. 12. clare discernit Spiritum sanctum a donis creatis, auctorem ab effectibus*; vgl. auch Schwenckfeldt, Corpus XIII 860.

308 Augustin, Ep. ad Sixt. 4,18 (BKV 30, 207); ähnlich urteilt Ambrosius: Der Geist selbst ist nicht teilbar, aber teilt jedem das zu, was er will (Lk-Komm 2, 86 [BKV 21, 107]). Nach Fulgentius gibt es ein *augeri et minui* der Gaben, nicht aber des Geistes (Ad Mon. 2,8,1 [CChr 91, 42]).

309 Augustin, Joh-Ev 14,10 (BKV 8, 248); vgl. ders., De Trin. 15,19,34 (BKV 2. R. 14, 305): »Nicht jeder hat alles, sondern der eine dies, der andere das, obschon das Geschenk

Petrus Lombardus (1652): *Non uni omnia tribuit, sed in omnibus omnia operatur, ut quod non habet quis in se, habeat in alio, et sic maneat charitas et humilitas*[310]. Nur die Kirche besitzt nach Bernhard v. Clairvaux alle Gnadengaben: »Was ihr an einem Gliede fehlt, besitzt sie am andern«[311]. Dabei wird zwischen den Gaben durchaus graduell unterschieden und ein Fortschreiten zu höheren Stufen für möglich gehalten[312]. Nach Bonaventura geht auch Augustin von einem *gradus inter dona* und einem allmählichen *processus* von einer zur anderen Gabe aus[313]. Albertus Magnus weiß zwar, daß der Geist mannigfache Charismen zuteilt und jedem ein besonderes zukommt, doch Maria habe er sie »in außerordentlicher Fülle geschenkt«[314].
Auch die Reformatoren betonen sowohl die Vielfalt wie die Abstufung der Geistesgaben, an denen jeder Christ partizipiert. Luther folgert aus 1Kor 12: *Non autem omnia in vnum confundit,* weshalb niemand hochmütig werden sollte, als ob er allein alles empfange und andere nichts[315]. Nicht einmal Petrus und Paulus haben *omnia dona* gehabt, obschon sie doch Apostel gewesen sind; die Konsequenz daraus lautet: »Wyr werdens nicht alles haben, Ich ouch nicht«[316]. Daraus ergibt sich Akzeptanz und Toleranz der verschiedenen charismatischen Modi, vor allem aber die Mahnung zur Demut und Dankbarkeit[317]. Wie zu 7,17ff legt Luther dabei besonderen Wert darauf, daß jeder in seinem Stand bleibt[318]. Calvin (425) vergleicht die Geistesgaben mit einer

selbst, nämlich den heiligen Geist, von dem jedem seine Gaben zugeteilt werden, alle besitzen«; vgl. auch Const. Ap. 8,1; Hilarius, In Ps 118 (SC 347, 96: *Non enim ab omnibus omnia exspectantur*) und Liber graduum (Serm. 28): »Der eine hat ein größeres, der andere ein kleineres Charisma, je nach seinem Maß« (zitiert bei v. Balthasar, a.a.O. [Anm. 278] 266).

310 Ebs. Walafridus 540; ähnlich Herveus 941. Vgl. auch Thomas, Summa, Bd. 11, 375, wonach die Gaben des Geistes je verschiedenen Menschen gegeben werden und »in einem und demselben nicht untereinander verknüpft« sind. Nach Faber Stapulensis 124v wirkt der Geist *in his plura / in his pauciora / in quibusdam altiora / in alijs humiliora.*

311 Schriften, Bd. 5, 87. Nach Wyclif teilt der Geist seine Gaben aber sowohl an verschiedene Personen aus als aber auch an dieselbe Person zu verschiedenen Zeiten, *ut nunc faciendo unum (ut expedit) et nunc aliud* (Sermones III 83).

312 So Origenes, Princ. 1,3,8 (TzF 24, 180f).

313 Augustin, De Serm. Dom. 1,3,10 (PL 34, 1233f) nach Bonaventura, Opera III 800. O. v. Freising, Chronica sive Historia de duabus Civitatibus, hg. v. W. Lammers u.a., 1960 (AQDG 16), 668f spricht vom Aufsteigen der Heiligen in die verschiedenen Ordnungen der seligen Geister entsprechend dem *progressus in diversis dignitatibus* und entsprechend der *differentia donorum, quae sunt diversa dona carismatum.*

314 Ausgewählte Texte 41.

315 WA 56, 118; vgl. auch WA 8, 612 *(Sunt igitur dona dei diversa, et magna et parva)*; Bucer, Schriften, Bd. 2, 445 (»Syndt wir alle mit Christo eins, so gillt ouch einer als vil als der ander vnnd ist an der person khein vnnderscheydt, wiewol die Empter mancherley seyndt«) und 6.1, 103 (Der Herr teilt seine Gaben nicht gleich aus, sondern einem jeden, wie er will und »der maßen, das ymer eyner des anderen bedörfe vnd genießen könde«).

316 WA 34.2, 103. Luther richtet sich hier vor allem gegen Müntzer und Karlstadt, die »wolten all ding wissen *et tamen sentiunt se ignorasse* und greiffen *in ea dona, quae non habent*«.

317 Vgl. z.B. WA 15, 603; vgl. auch Oekolampad (Wer eine der Gaben aufweist, soll sie *iure* auch anderen zugestehen [QFRG 10, 186]) und unten Anm. 343.

318 WA 34.2, 104; vgl. auch ebd.: »Do gehoret kunst zw. *Ideo proverbium: Asinus vult esse equus, Equus esse bos. Summa: nemo est contentus sua sorte . . . Ancilla aliud habet officium quam servus*«; vgl. auch 105: *Ideo maxima scientia post fidem, ut discat officium: te fecit maritum, uxorem, filium, servum, magistrum, scholasticum. Hi habent sua officia.*

Symphonie, denn wie diese »viele Stimmen hat, die doch aufeinander abgestimmt sind, damit sie einen guten Klang geben, so müssen auch Gaben und Aufgaben verschieden verteilt sein und doch einem Zweck dienen ... Jeder soll sich mit seinen Gaben begnügen und nicht in sinnloser Begeisterung die ihm gesetzten Schranken überspringen wollen. Jeder soll bedenken, wieviel ihm gegeben ist und wozu er berufen ist«[319]. An dieser Einstellung ändert sich auch später nichts. Vielmehr ist immer wieder zu hören: *Non omnia omnibus data ... non omnibus eadem, nec semper*[320].

Der Hinweis darauf, daß nicht allen alles gegeben ist, wird auch im Sinne einer Entlastung vom pastoralen Ein-Mann-System mit seinen Überforderungen verstanden. Nach Harms hat der Geist schon z.Zt. des Paulus Menschen gewonnen, die »den vielfältigen Schatz nicht fassen und nicht tragen« konnten; »jetzt aber sollen Alle alles sein. Da pflanzet man einen Jüngling in eine Gemeinde«, wo er 50 Jahre »alles in Einem sein soll. Von Anbeginn ist's nicht also gewesen, und in den ersten Jahrhunderten gab es wenigstens neben den Stationierten doch noch Periodenten, gleichwie ein Ähnliches bei der Brüdergemeinde und bei den Methodisten wieder eingeführt ist. Ich hoffe, daß Sie noch werden in unsrer Kirche neben den *pastoribus loci* auch *pastores ducatus* (= für das Herzogtum), *regionis, regni* sehen«[321].

Das hat auch in unserer Zeit nichts an Gewicht verloren, gerade weil die Situation heutiger Gemeinden der der Korinther als geradezu entgegengesetzt zu beurteilen ist: »An die Stelle der Vielfalt der Charismen ist ein graues Einerlei getreten. An die Stelle des Dienens aller trat das Monopol des Pfarrers: einer bietet etwas, die anderen konsumieren es«[322]. Mit Recht wird davor gewarnt, die Vielförmigkeit und Verschiedenheit einzuebnen[323]. Vielheit der Gnadengaben ist nach Barth »kein Übel, auch kein notwendiges Übel, son-

319 Vgl. auch Bullinger, Werke III 1, 30: »Mancherley gaben sind des heiligen geist, und eins me dann dem anderen, eins krefftiger, dann dem anderen gegeben ist die gnad Gottes«; vgl. auch im Kommentar 219: *Spiritus diuidens peculiariter unicuique sicuti uult. Hoc est, Nihil est in his omnibus quod hic sibi quisquam uel placeat, cum sint aliena quae habet, uel displiceat* (unzufrieden sein), *quando distributio pendet ab arbitrio spiritus sancti, qui dotes has omnes, quamuis uarias, & alias in aliis.*

320 Grotius 810; vgl. auch Spener, Schriften III 1.1, 722: »Wie schwach und in geringem maaß seine kråfften scheinen / einem glaubigen mitgetheilet zu seyn / ist ers / der H. Geist / gleichwol selbs / der warhafftig seinem wesen nach bey ihm wohnet«.

321 Schriften, Bd. 2, 225.

322 Kiessig, CPH 12 (1973) 379; vgl. auch Hoffmann* (Erbe) 47f.54. Anders in der charismatischen Bewegung; vgl. Hollenweger, a.a.O. (Anm. 278) passim und Bittlinger (Lit. zu 14,1ff; Gottesdienst) 192, der zunächst dem ἕκαστος von 14,26 entnimmt, daß der damalige Gottesdienst »hauptsächlich von ›Nicht-Theologen‹, also von sog. Laien gestaltet wird« und daran anschließt: »Das ist auch in der heutigen charismatischen Erneuerung so«; vgl. auch ders., a.a.O. (Anm. 712 zu Kap. 11) zur Verkümmerung des Gottesdienstes, weil »die Gemeinde nur noch von dem Wort des Einen lebt, vom Stückwerk seines Erkennens und Weissagens« (Zitat von Bohren).

323 Küng, Kirche 227; vgl. auch 225: »Wo in einer Kirche, wo in einer Gemeinde nur Amtsträger und nicht alle Gemeindeglieder tätig sind, ist ernsthaft zu fragen, ob hier mit den Charismen nicht auch auf den Geist verzichtet wird«; vgl. auch Hoffmann* (Erbe) 70: Nichts widerspreche dem paulinischen Kirchenmodell »mehr als eine kollektivistisch gleichgeschaltete Kirche, ein totalitäres System, eine schablonisierte Christlichkeit«.

dern recht, gut, innerlich notwendig«[324]. Vereinzelt kann geradezu von »Demokratisierung« gesprochen werden[325] oder von Pluralismus in der Kirche, der »nicht als Ausfluß der Sündhaftigkeit der Welt« zu gelten habe[326]. Das kann in verschiedener Weise konkretisiert werden. »Wie vom kirchlichen Leben insgesamt gilt auch von den liturgischen Formen: ›So geben alle in der Verschiedenheit Zeugnis von der wunderbaren Einheit im Leibe Christi: denn gerade die Vielfalt der Gnadengaben, Dienstleistungen und Tätigkeiten vereint die Kinder Gottes, weil ›dies alles der eine und gleiche Geist wirkt‹ (1Kor 12,11)‹«[327]. Weber sieht die Einheit der Gemeinde mit Recht vor allem »durch solche bedroht, die die *Vielheit* der in ihr wirksamen charismata nicht anerkennen«[328]. Zwar wird in den verschiedenen Präferenzen und Interessen von Gemeindegliedern (Musik, Gebet, Predigt, Sakrament, Evangelisation u.ä.), wenn dabei nur die eigene Option im Vordergrund steht, auch eine Gefahr für die Einheit der Kirche gesehen[329], doch wird damit keine Uniformität empfohlen[330]. Solange das Zeugnis von dem einen Glauben dadurch nicht beeinträchtigt werde, müsse Vielfalt »nicht als ein Mangel oder ein Grund zur Spaltung, sondern vielmehr als ein Zeichen der Fülle des einen Geistes gesehen werden, der einem jeglichen das Seine zuteilt, wie er will (1Kor 12,11)«[331]. Paulus ist nach Voigt zwar »der letzte, der uns einreden würde, daß

324 KD IV 3, 983; vgl. auch Joest, Dogmatik, Bd. 1, 294.

325 Ragaz, Bibel 30; vgl. auch 31: »Es können nun Menschen auf einmal, was sie vorher nicht konnten, und zwar können es viele. Es ist eine Verwandlung, eine Permutation vor sich gegangen«. Ragaz illustriert das vor allem an der Zungenrede, die als »Vollmacht des Wortes« interpretiert wird: »Die Macht über das Wort, diese höchste Ausprägung der Demokratie, wird auch ihm (sc. dem gewöhnlichen Mann) verliehen«. Brunner, a.a.O. (Anm. 111) 59 spricht in anderem Sinn von »Demokratie« (»die volle Ranggleichheit . . ., was es im politischen oder staatlichen Bereich nicht geben kann«); kritisch zu der in der modernen Diskussion verbreiteten Rede von einer »Demokratisierung« der Kirche z.B. Schweizer* (Leben) 69 Anm. 2; 96f sowie Schnackenburg* (Charisma 1986) 239 und Hahn* 203; vgl. aber Hoffmann* (Priesterkirche) 30 und (Erbe) 68; Lindemann, Lit. zu 12,12ff, 164f.

326 So mit Recht Häring, Frei II 164; vgl. auch Ebeling, Dogmatik III 108 (Daß jeder ein Charisma habe, bedeute keine »Egalisierung«) und vor allem Käsemann (Lit. zu 12,12ff; Platz) 101: Die Begründung für die Vielgliedrigkeit bei Paulus sei insofern verständlich, »als das Gleiche sich nicht zu helfen vermag, nicht einmal richtig miteinander sprechen kann, weil jeder dasselbe denkt und hat und will«; das Argument des Paulus werde auf den Kopf gestellt, »wenn man das, was man Pluralismus nennt, als unevangelisch, unbiblisch . . . anklagt«.

327 Dokumente II 294 mit Bezug auf Vatikanum II; vgl. auch 120; zur Vielfalt vgl. auch die verschiedenen ökumenischen Texte bei Schütte, Kirche 42.

328 GPM 8 (1953/54) 178 (kursiv im Original gesperrt).

329 Glen, Problems 157; vgl. auch 158, wo er eine ähnliche Gefahr bei Pfarrern findet, die versuchen, die verschiedenen miteinander konkurrierenden Erwartungen zu befriedigen, und an dieser Spannung zerbrechen.

330 Vgl. ebd. 160: »The effect of extreme uniformity upon the spiritual life of the church is to prevent the discovery and use of the gifts apportioned to each of its members individually by the Holy Spirit and therefore to thwart the contribution each would otherwise make«. Vgl. auch 156: »If all is so thoroughly ordered and rationalized by liturgical casuistry, by rigidity of Scriptural principle, and by social and ecclesiastical control, evangelical freedom (paradoxical) is destroyed«.

331 Dokumente II 103. Vgl. auch 606 (»Die Einheit, die der Geist formt, erstrahlt in der Verschiedenheit«) und Rahner, Schriften VII 79 (»In tausend Formen wirkt nach ihm [sc.

in der Kirche eines so wahr ist wie das andere. Aber es ist wohl richtig, daß nicht nur bestimmte Gaben und Dienste einander ergänzen, sondern auch verschiedene Weisen der Frömmigkeit, der Gemeinschaftsbildung, des Lebensstils, des theologischen Denkens und Forschens«[332].

3. Zunächst wird vereinzelt durchaus an der weitgehenden Synonymität von Charismen, Diensten und Krafttaten festgehalten. Chrysostomus (243) z.B. sieht in den drei Ausdrücken von V 4-6 (244) ὀνομάτων διαφοραὶ μόνον[333], findet in der Unterscheidung aber dann doch einen Trostgrund, denn διακονία bedeute Anstrengung und Schweiß, d.h. Paulus wolle sagen: »Was kränkt es dich, wenn Gott einem anderen eine mühsamere Arbeit auferlegt und dich schont?«[334] Doch längst schon vor Chrysostomus sind die drei Begriffe, ob mit oder ohne Hervorhebung der διακονία, in den Gesamtrahmen einer festgefügten kirchlichen Institution gestellt worden, der wenig freien Raum für die Entfaltung der Charismen läßt, so daß diese entsprechend an Bedeutung verlieren[335]. Schon im 2. Jh. denkt niemand mehr daran, Leben und Ordnung der Kirche so »auf den Geist und seine Gaben zu stellen, wie es Paulus versucht hatte«[336], und damit dürfte das Gefälle richtig bezeichnet sein[337]. Bei Theodor v. Mopsuestia z.B. wird »von anderen ›Gaben‹ und Funk-

Paulus] der Geist Christi, in keinem alles, weil erst alle zusammen den einen und ganzen Leib Christi ausmachen«).

332 G. Voigt, Das heilige Volk, Göttingen 1979, 274.

333 Ähnlich auch Hilarius, De Trin. 8,33 (BKV 2. R. 6, 40); Johannes Damascenus 664; vgl. auch 664f: Wo χάρισμα ist, da ist auch διακονία, und wo διακονία ist, das ist auch ἐνέργεια. Auch nach Theodoret 321 nennt Paulus *dieselben* Charismen zugleich διακονίαι und ἐνεργήματα.

334 Ähnlich Theophylakt 712: Es werde damit ausgeschlossen, daß man sich zurückgesetzt glaubt, denn διακονία sei ein Zeichen von Mühe und Schweiß.

335 Vgl. das Ergebnis von Hasenhüttl* 306-308 zu den apostolischen Vätern: Der Begriff verliert an Bedeutung, wandelt sich (»tägliches Dasein für andere wird nicht mehr als Charisma aufgefaßt«), der Charismatiker droht zum Pneumatiker und Mystiker zu werden usw.; nach v. Balthasar, a.a.O. (Anm. 278) 259 zeichnet sich im 2. Jh. ab, daß das kirchliche Amt »das Charismatische teils ersetzt und verdrängt, teils sich einordnet, teils neben sich zu regeln beginnt«; vgl. auch Grau* 95-121 und Piepkorn* 373f, der wie Grau* 112 z.B. Irenaeus, Haer. 4,26,2 zitiert, wonach die Presbyter als Nachfolger der Apostel *cum episcopatus successione* das *charisma veritatis certum* empfangen (vgl. dazu N. Brox, Charisma veritatis certum, ZKG 75 [1964] 327-331); nach Ritter, a.a.O. (Anm. 278) 34 Anm. 1 hat der Charismabegriff überhaupt vor dem Montanismus »ein ausgesprochenes Schattendasein« geführt und sei, »wenn überhaupt, dann nur in gänzlich abgeblaßtem Sinne gebraucht« worden. Anders Baumert, a.a.O. (Anm. 278) passim, nach dem wie schon im NT so auch bei den frühen Vätern die allgemeine Bedeutung Gabe dominieren soll.

336 So v. Campenhausen* 195f; vgl. auch 131, wo im Blick auf 1Clem, Ign und Past erklärt wird: »In allen drei Gebieten bildet die patriarchalische Ältestenverfassung den Ausgangspunkt und das tragende Gerüst der ›katholischen‹ Gemeindeordnung. Paulinische Traditionen wirken darin höchstens als ein gewisses geistliches Korrektiv mit«. Aus der »regulierenden« wird immer mehr eine »konstituierende« Ordnung (vgl. Bultmann, Theologie 446-463, Zitat 449f).

337 Interessant ist, daß gerade Gnostiker am charismatischen Gemeindemodell des Paulus festhalten konnten; vgl. K. Koschorke, Eine neugefundene gnostische Gemeindeordnung, ZThK 76 (1979) 30-60, der als Unterschiede zu Paulus das Fehlen praktischer Dienste, aber auch hier das Hervorheben von Rangunterschieden nennt (41).

tionen als dem hierarchisch gegliederten kirchlichen Amt so gut wie gar nichts sichtbar«[338]. Die wortbezogenen, ja im Grunde alle relevanten Charismen werden vielmehr ein Monopol des kirchlichen Amtes bzw. Episkopats oder daran gebunden[339]. Der von Gottes Gnade Beschenkte ist hineingestellt *in loco ordinis officii ecclesiastici* (Ambrosiaster 133[340]).

Katholische Autoren wie Estius (635) wenden sich auch später ausdrücklich gegen die griechischen Kirchenväter, die die drei Begriffe in V 4-6 nicht unterscheiden: Nicht alle Charismen seien *ministeria et operationes* zu nennen, denn *charismata* sei *generaliter* zu fassen (sc. *gratiae gratis datae*) und von den beiden anderen Begriffen zu unterscheiden, *ministeria* aber seien *officia ministrandi ecclesiae, in quocumque gradu et ordine*[341]. Obwohl »zu Beginn der neuen Heilsordnung« die Dinge erst im »vorläufigen Zustand« gewesen seien, fügt Newman an das Zitat von V 11 an: »Von Anfang an, wie eh und je, gab es fürwahr nur eine einzige Quelle kirchlicher Jurisdiktion ... Von Anfang an war die Hierarchie festgelegt«, auch wenn alle Satzungen nicht »mit der Genauigkeit beobachtet« wurden, »die sie zuließen und verlangten«[342].

Trotz der Betonung des »Priestertums aller Gläubigen« bei den Reformatoren[343] wird auch hier das »Amt« deutlich herausgestellt und die διακονίαι in diesem Sinne interpretiert, d.h. Luther erklärt ausdrücklich, Paulus unterscheide zwischen *gracias, ministraciones et operaciones*[344]. Ja, Luther kann vom ganzen Abschnitt sagen, er sei »nicht fast von noten pro gmeinen man ... Er redt hi *de spiritualibus donis*«, jedenfalls betreffe er diejenigen am meisten, *qui sumus in ministerio et praesumus Ecclesiis, Sacramentis et verbo*[345].

338 So Ritter, a.a.O. (Anm. 278) 135.

339 Vgl. unten zur Prophetie und Ritter, ebd. 71.195 (»alle kirchlich relevanten Gaben und Funktionen im Bischofsamt zusammengefaßt«), der 99 aber auch umgekehrt darauf hinweist, daß »das Amt auf den Geist als den Spender der Charismen« zurückgeführt wird und Chrysostomus z.B. »das hierarchisch gegliederte und mit den entscheidenden kirchlichen Funktionen betraute Amt gleichwohl eingebettet sieht in den aus vielen ›Gliedern‹ bestehenden ›Leib‹ der Kirche, in dem *jeder* zum Nutzen des Ganzen beiträgt« (vgl. aber auch 122f); vgl. auch v. Balthasar, a.a.O. (Anm. 278) 263-267.

340 Ebs. Ambrosius 259; vgl. auch Petrus Lombardus 1651 unter Berufung auf Ambrosius: *Gratias autem hic appellat diversos gradus et ordines qui sunt in officiis Ecclesiae*; Thomas (370): *Diversa ministeria et officia requiruntur ad gubernationem Ecclesiae*; ders., Summa, Bd. 32, 277 hält eine Aufteilung der verschiedenen Charismen auf verschiedene Weihestufen allerdings für unsinnig.

341 Vgl. auch Latomus, der aus der Aufzählung in V 4-7 schließt, daß zu den *ministri episcopos, praelatosque ecclesiae* gehören, nicht aber *plebeios prophanosque homines, qui fere abhorrent ab his studiis, quibus haec dona Dei contingere solent, sed eos, qui pollent ingeniis, qui literis doctrinaque exculti praestant caeteris locumque authoritatis in ordine ecclesiastico tenent* (CCath 8, 133); vgl. auch Cornelius a Lapide 311.

342 Predigten, Bd. 10, 225.

343 Vgl. Luther, in: Flugschriften, Bd. 2, 634: »Dan alle christen sein warhafftig geystlichs stands, unnd ist unter yhn kein unterscheyd, denn des ampts halben allein, wie Paulus I. Corint. XII [1. Kor. 12,12-14] sagt, das wir alle sampt eyn corper seinn, doch ein yglich glid sein eygen werck hat, damit es den andern dienet ...«; vgl. auch 635.

344 WA 57.3, 115; vgl. auch Bullinger 217 (διακονίαι = *ministeria & functiones siue officia*) und Melanchthon 68f: Es gebe drei *ordines: dona, ministeria, et operationes.*

345 WA 34.2, 98 bzw. 41, 391; vgl. auch WA 22, 170.

Amt heißt dabei »ein geordnet ding, so in einem jeden Regiment sein mus«, und solche Ämter »kőnnen und sollen nicht alle, die da Christen sind, in gemein fűren und uben, sondern allein die, denen es befolhen wird«; deshalb seien sie von den Gaben (V 4) und Kräften (V 6) zu unterscheiden, die beide vor allem »umb der Empter willen in der Christenheit gegeben« sein sollen, wobei er »sonderlich das Predigampt, welches ist das hőhest und furnemeste«, im Auge hat[346].

Während Melanchthon (68f) zu den *dona* das Wort der Weisheit und Erkenntnis rechnet, zu den *ministeria* die Propheten und Lehrer und zu den *operationes vel efficaciae* die Wundertaten[347], heißt es dann später dezidiert etwa bei Coccejus (306), daß nicht alle, die Charismen haben, auch ein *ministerium* haben, weil dazu eine *vocatio* erforderlich ist[348]. Diese Ansicht blieb die beherrschende. Nach Zinzendorf soll jeder dem anderen mit der empfangenen Gabe dienen, »doch so, daß solche nur *privatim* von Layen geschehe, dann die őffentliche Ubung gehőrt in allewege *exclusive* dem *Ministerio*«[349].

Auf die bis heute vor allem zwischen den Konfessionen äußerst umstrittene Amtsfrage ist nur einzugehen, sofern unser Textabschnitt dabei mit herangezogen wird (vgl. weiter, besonders auch zu den Leitungsämtern, zu V 28). Weitgehend Übereinstimmung besteht darüber, daß alle Christen Charismatiker zu nennen sind[350]. Davon bleibt aber katholischerseits, was die offizielle Lehrmeinung angeht, »die weittragendste Verschiedenheit«, nämlich der

346 WA 22, 183f; vgl. auch WA 4, 311: *Differentes sunt donationes spiritus, ex quibus quoque differentes sunt status fidelium*; vgl. auch WA 22, 181.

347 Ähnlich Maior 157r, der diese Unterscheidung so einleitet: *Facit uero tres diuisiones seu gradus*; vgl. auch Bullinger 217; eine andere Zuordnung später z.B. bei v. Mosheim 555, der auch die Prophetie, Sprachengabe und Geisterprüfung zu den χαρίσματα zählt, im übrigen auch ausdrücklich Unterschiede der Würde darin mitgegeben findet (560). Zwingli 172 stellt folgende Auslegung nebeneinander: 1. *dona in genere pro omnibus donis*, und da einige Gaben keine *officia* haben, unterteile Paulus weiter; 2. die andere Meinung, daß *dona aliud nihil sunt quam ministeria, id est, officia, et operationes.* Nach QGT VIII 194 gebraucht Gott einmal *ministri extraordinarii* (neben dem Esel Bileams und den Dämonen), einmal *ordinarii* wie Apostel, Propheten, Evangelisten, Lehrer; ähnlich Bucer, Schriften, Bd. 5, 423.

348 Allerdings ist zu beachten, daß es ebd. 309 heißt: *Non facit distinctionem inter vocatos, ut alii aliis sint subjecti.*

349 Erg.-Bd. XII 791; vgl. auch Spener 432: *Ministrationes vocat omnia officia aut functiones eorum, qui aliis praeponuntur aut adjunguntur.* Die Kommentare urteilen nicht anders; vgl. v. Mosheim 555, nach dem die Dienste »Aemter« sein sollen, »die bey den Gemeinen ihrer damaligen Beschaffenheit nach erfordert wurden«; außerordentliche seien »die Apostel, Propheten, Evangelisten« und »ordentliche ... die Aelteste, und die Diener oder Diaconi«. Vgl. auch Baumgarten 426: Die διακονίαι seien »die ausserordentlichen Wűrden, Aemter, Vorrechte, Befugnisse und Verpflichtungen«.

350 Charismen kommen »nicht nur einer bestimmten Gruppe in der Kirche zu und sind nicht nur auf die Ämter beschränkt« (Dokumente I 262), wenngleich auch hier erklärt wird, daß »Dienste und Dienstämter ... zumindest teilweise als Charismen betrachtet« werden; vgl. auch 162.261. Richtiger 120: »Alle Dienste in der Kirche sind von charismatischer Art«. Auch Küng sieht, daß die drei Begriffe in V 4-6 »miteinander zusammenhängen und terminologisch zum Teil ineinander übergehen« (Kirche 226).

»Unterschied zwischen Priestern und Laien« unberührt, d.h. nur dem Priester kommen »auf Grund der Weihen Ermächtigungen und Aufgaben« zu (z.B. »Konsekrationsvollmacht« und »Sündenvergebungsgewalt«), die als »notwendig und unentbehrlich« gelten, den Laien aber versagt sind[351]. Dabei werden die V 4ff meist so ausgelegt, daß der Heilige Geist zwar jedem seine Gnadengaben zuteile, »insbesondere aber die Gabe des geistlichen Amtes als Organ zur Auferbauung eben dieses Leibes«[352]. Auch das Zweite Vatikanische Konzil hält daran fest, daß der Geist durch die verschiedenen hierarchischen und charismatischen Gaben (*donis hierarchicis et charismaticis*) die Kirche leitet und lenkt[353].

Aber auch in evangelischer, speziell lutherischer Theologie kann entsprechend unterschieden werden: »Das Charisma ist die innere Befähigung; das Amt ist die Berechtigung und Befugnis, die Befähigung auszuüben, es bringt zur Anlage den Beruf«[354]. Zwar gibt es nach Wichern keine Gewähr dafür, daß »Gabe und Amt zusammentreffen«[355], und auch ein evangelischer Bischof kann heute einräumen, daß »die Unterscheidung von Gaben, Kräften und Ämtern . . ., wie sie etwa Luther in seiner Kirchenpostille und ihm folgend dann viele andere vorgenommen haben«, in der Auslegung dieses Textes fehlgeht[356]. Doch damit ist die Frage nach dem Amt noch nicht entschieden, erst recht nicht die, wie das Verhältnis zwischen den »charismatisch geordneten Gemeinden der Paulusbriefe und den amtlich verfaßten Gemeinden zumindest der Pastoralbriefe« zu bestimmen ist[357]. Die »Grenze zwischen einer abwegigen Dogmatisierung der Frühgestalt der Gemeinde und einer

[351] Schmaus, Dogmatik III 1, 587; vgl. auch 363 und 388: »Diese Vermittlungen bedürfen der Ordnung. Sonst entstehen jene chaotischen Zustände, welche Paulus an den Korinthern tadelt (1Kor 12). Die Ordnung aber verlangt Unterordnung und Überordnung«.

[352] So die Stimmen bei Schütte, Kirche 42.

[353] Hünermann/Denzinger, Enchiridion, Nr. 4104, S. 1175; nach Nr. 4131, S. 1187f teilt der Geist unter den Gläubigen jeglichen Standes besondere Gnaden aus (*gratias speciales*), durch die er sie geeignet und bereit macht, *varia opera vel officia* für die Erneuerung und den weiteren Aufbau der Kirche zu übernehmen gemäß 1Kor 12,7. Vgl. dazu Küng, Kirche 203 und Boff, Kirche 254f.

[354] Löhe, Werke, Bd. 6.3, 617. Vgl. auch Vilmar, Collegium 211: »*Charisma* und *Mandat* (Amt, Function) darf nicht nur nicht für identisch gehalten, sondern muß auf das Strengste von einander gesondert werden. Das Charisma an sich gibt und gewährt kein Mandat (Amt), wol aber sind zum Mandat (Amt) Charismen erforderlich« (kursiv im Original gesperrt).

[355] Werke I 189. Er sieht kaum einen anderen Ausweg, der »apostolischen Forderung am Gemeindeleben für jetzt Genüge zu verschaffen«, als durch »freie, mehr flüssige Bildungen von Gemeinschaften in der Kirche und Gemeinde« (ebd.); gerade auf dem Gebiet der »inneren Mission« stelle sich »die Zusammengehörigkeit von Amt und Charisma, Dienst und Begabung klarer als sonst irgendwo wieder heraus, dazu aber auch die Möglichkeit, beide wieder miteinander zu durchdringen« (Werke II 159).

[356] Forck, GPM 40 (1986) 313; vgl. auch Doerne, a.a.O. (Anm. 118) 190f. Nach Brunner hat man »übel getan, die Diakoniai, die Dienste, mit ›Ämter‹ zu übersetzen. Der Geist schafft keine Ämter, sondern Dienste« (Dogmatik, Bd. 3, 61); vom Gleichnis in V 14ff her liege »der biologische Begriff der ›Funktion‹ näher als der Rechtsbegriff ›Amt‹«; vgl. auch ders., a.a.O. (Anm. 111) 59: Paulus liege »alles daran, alle Vorstellung von einer Hierarchie fernzuhalten«.

[357] Vgl. den Überblick allein über die Positionen der evangelischen Exegeten bei Schütte, Kirche 128-135.

ebenso fragwürdigen historisch-dogmatischen Absolutsetzung des institutionalisierten Ämter- und Funktionsgefüges« gilt als schmal[358]. Und doch ist es kein Zufall, daß auch in der Gegenwart gerade unser Text zusammen mit 1Petr 2,5-9 speziell für das Priestertum aller Glaubenden in Anspruch genommen wird[359] und die verschiedenen *Ämter* in der Kirche »das eine und *gemeinsame Amt* der Kirche zur Voraussetzung und zur Basis« haben sollen[360]. Der Text legitimiert gewiß kein Verbot geregelter Dauerfunktionen oder prinzipielle Vorbehalte gegenüber dem »Amt«[361], wohl aber eine grundsätzliche Überordnung der Momente des Dienstes und der Funktion und erst recht Vorbehalte gegenüber allen hierarchischen Abstufungen: »In der christlichen Gemeinde sind entweder Alle Amtsträger oder Keiner – wenn aber Alle, dann Alle als Dienstleute«[362].

4. Unabhängig von der kontroversen Bestimmung der Charismen als διακονίαι bleibt die rechte Interpretation von πρὸς τὸ συμφέρον gegenüber jedem Heilsegoismus meist gewahrt, wenngleich diese Wendung oft nur mitzitiert und nicht entfaltet wird. Immerhin kann es heißen, die Gabe, die δωρεάν empfangen wird, sei auch so weiterzugeben und nicht zur eigenen ἡδονή zu mißbrauchen[363]. Ebenso wird festgehalten, daß die Charismen den Menschen nicht *quasi proprium* gegeben sind[364]. Beliebt ist aber ein Sowohl-als-auch, z.B. bei Ambrosiaster (134): *Et sibi et aliis utilis*[365]. Hieronymus (754) und Pelagius (196) bestimmen die *utilitas* der Charismen für die Ungläubigen

358 So Doerne, a.a.O. (Anm. 118) 189.

359 Vgl. Dokumente I 511: »Es gibt eine Verteilung der verschiedenen Gaben (vgl. 1Kor 12,4-11), und jeder getaufte Glaubende hat in verschiedener Weise am Gesamtpriestertum teil«; vgl. auch Vogel, Werke, Bd. 2, 899 und Joest, Dogmatik, Bd. 1, 300: Daß *besondere* Gaben gegeben werden, besage nicht, »daß ein besonderer Stand ihrer Träger exklusiv anderen gegenüberstünde, denen solche Gaben überhaupt versagt bleiben«.

360 Moltmann, Kirche 327; ebs. Pannenberg, Theologie III 406.

361 Vgl. Brunner, Gebot 519, der sich gegen »das bloße Waltenlassen der Spontaneität des Glaubens« wendet; vgl. auch 539 sowie Steiger, GPM 46 (1992) 270: »Gegen das Wort ›Amt‹ muß man sich nicht, aus vermeintlich antibürokratischen Gründen, verwahren, wenn man weiß, was damit, über austauschbare Funktionen hinaus, gemeint ist: nämlich daß ein Amt eine Person in Verantwortung bindet, weshalb auch die Gemeinde ein Amt überträgt, zu ihm beruft«.

362 So Barth, KD IV 2, 787. Zum Dienstcharakter vgl. weiter den folgenden Abschnitt 4.

363 Basilius v. Cäsarea, Mor. Reg. 58 (PG 31, 789); vgl. auch Reg. 3,15f (CSEL 86, 28), wo es nach einer Aufzählung der Charismen heißt: *quae singula utique non tam pro se unusquisque quam pro aliis suscipit ab spiritu sancto. Et ideo necesse est uniuscuiusque gratiam quam susceperit ab spiritu dei in commune prodesse.* Vgl. weiter zu οἰκοδομή in Kap. 14, aber auch zur Haushalterschaft in 4,1, was Chrysostomus 113-115 so erklärt, daß der, dem das Wort als Gut des Herrn anvertraut ist, nichts sein eigen nennen kann, nicht einmal seine Seele; vgl. Ritter, a.a.O. (Anm. 278; Charisma) 78f, zum Dienstcharakter auch 122f.

364 Ambrosiaster 133; Ambrosius 259; Hrabanus Maurus 107. Sehr eindeutig ist auch die Erklärung bei Petrus Lombardus 1652: *Non ad meritum alicujus hominis singulariter dantur, sed ad utilitatem Ecclesiae aedificandae;* ebs. Walafridus 540; vgl. auch Cajetan 74r: *Non ad nocendum, non ad vanum quodcunque, sed ad vtile proculdubio* (zweifellos) *Christianae reipublice.*

365 Ebs. Ambrosius 259; Hrabanus Maurus 108; Haymo 577; Herveus 942; Bernhard v. Clairvaux, Schriften, Bd. 4, 256.

so, daß diese dadurch zum Glauben kommen, und für die Glaubenden so, daß sie damit selbst gestärkt werden[366]. Zwar kann nach Theodoret mönchische »Versenkung in die Schau des Göttlichen«, Gebet und Weltabgewandtheit auch einen Sinn in sich selbst, ja einen Vorrang vor dem »Nutzen für andere« haben (das Priestertum als Charisma sei auch eine διακονία), doch bei Chrysostomus wird von den Mönchen verlangt, »höher als das Streben nach eigener ›Seelenruhe‹ (ἡσυχία) und Weltüberwindung das Heil des Nächsten zu stellen«[367]. Jedenfalls wird ungeachtet des »Amts-Charakters« der ebenso in διακονίαι wie in συμφέρον steckende Dienstcharakter auch später kaum je bestritten[368]. Gnadengaben als solche »sind Guten und Bösen gemeinsam, da ja die Prophetengabe selbst einem Balaam und das Apostolat einem Judas verliehen wurde«, aber sie sind eben zum Nutzen gegeben[369].

Auch bei den Reformatoren spielt der Dienstgedanke eine zentrale Rolle. Luther erklärt lapidar: *Nemini enim datur ulla gratia tantum pro se, sed pro utilitate Ecclesie*[370]. »Yderman ist schuldig zů thun was seynem nehisten nutz und nott ist / es sey allt oder new testament / es sey eyn Judisch odder heydenisch ding / wie Paulus leret 1. Cor: 12. Denn die liebe gehet durch alles und uber alles und sihet nur dahyn / was andern nutz und nott ist«[371]. Nach Bucer sind alle christlichen Ämter »nür dienst zur pesserung«[372], nach Calvin (425) sind die Gaben »uns weder nutzlos noch zu eitlem Prunk gegeben: vielmehr soll die Gemeinde daraus Frucht empfangen«. Ähnlich lautet auch später der Te-

366 Ähnlich Primasius 535; Hilarius interpretiert die *utilitas* so, daß die Gnadengaben einen nicht überheblich machen und durch Überheblichkeit untätig werden lassen (In Ps 118 [SC 347, 136-138]).

367 Ritter, a.a.O. (Anm. 278; Charisma) 159.163 bzw. 90; vgl. zum Charisma im Mönchtum auch v. Balthasar, a.a.O. (Anm. 278) 266f.

368 Vgl. Thomas 371: *ad utilitatem, scilicet communem* mit Verweis auf 14,12 und 10,33; nach ihm gehört dazu die *facultas persuadendi*, die *facultas persuasionem confirmandi* und die *persuasio intelligibiliter proponendi*. Vgl. auch Biel, Coll. I 411 (*utilitas est, ut per huiusmodi visibilia signa fides confirmetur et propagetur*) und Hus, Opera IX 222 (*omnia pro communi utilitate*).

369 Dionysius von Rickel in einem Brief von 1443; in: W. Oehl, Deutsche Mystikerbriefe des Mittelalters (1100-1550), München 1931, 581. Erasmus meint, wenn die Kardinäle sich nicht als »Herren«, sondern als *administratores spiritalium dotium* verstehen würden, die bald Rechenschaft ablegen müssen und darum sich eher an der Reinheit des Wandels, brennender Liebe u.ä. orientieren würden, »so nähme das Wettrennen um den Purpur bald ein Ende, und gerne ließen sie ihn andern, oder ihr Leben würde voll Arbeit und Unrast wie das der alten Apostel« (Schriften II 164f).

370 WA 4, 256. Nach WA 17.2, 162 steht es allerdings so, daß zwar »unter den Christen gros reychtum und schatz ist geystlicher erkentnis und gaben«, aber nur wenige zu finden sind, die solcher »gaben und erkentnis recht brauchen, sich herunter lassen und den andern damit dienen nach der liebe art, sondern eyn iglicher sucht seine ehre, rhum und nutz dadurch und will oben schweben und gesehen seyn fur andern«.

371 WA 11, 256.

372 Schriften, Bd. 2, 445; vgl. auch 142 (Es sind mancherlei Gaben und ein Geist, »der alle ding würcket zů gemeynem nutz«) und 6.3, 53 (»allen anderen zů nutz und niemant zů nachteyl«); Maior 158r bezeichnet als *causa finalis donorum . . ., ut expediant & non noceant*. Bullinger 223 warnt vor allem die Lehrer, auch wenn sie sprachkundig und gescheit sind, Gedächtnis und Urteilsfähigkeit besitzen etc, nicht arrogant zu werden, sondern ihre Gaben *ad gloriam dei & proximi utilitatem* zu gebrauchen. Vgl. auch Coccejus 307: *Quod autem utile non est, id quoque a Spiritu sancto non est.*

nor der Aussagen[373]. Als ein sprechendes Beispiel sei das Diarium des Ch. Wurstisen zitiert, der seinen Dienst als Pfarrer »dem gemeinen nutz« leistet, und zwar »ein gantzes jaar on einige besoldung«[374]. Oft wird an das Gleichnis von den anvertrauten Talenten erinnert, daß ein »selbstsüchtiges Verhalten, Begraben und Bewerten des Charismas« ausschließe: »Jeder hat den Lebensberuf, zu dienen. Wer nicht dient, des Leben ist eitel, – dem geraten die verliehenen Gaben zur Last, zur Anklage, zur Verdammnis ... Wer sich selbst mit höchstem Fleiße dient, ist ein Müßiggänger und Faulenzer im Reiche Gottes«[375].

Auch heute wird der Dienstcharakter der »Ämter« »allgemein bejaht«[376], denn »alle Dienste in der Kirche sind von charismatischer Art, und alle geistlichen Gaben sind für das Gemeinwohl gegeben (1Kor 12,7), ›um das Volk Gottes zur Arbeit in seinem Dienst auszurüsten, für den Aufbau des Leibes Christi‹ (Eph 4,12)«[377]. Nach Breuning hat auch das Zweite Vatikanum das Amt vom Dienst her konzipiert, was zwar nicht für Amtsträger reserviert sei, doch für sie besonders gelte[378]. Gerade gegenüber dem protestantischen Individualismus[379] wird auch im evangelischen Raum das συμφέρον mit Recht hervorgekehrt. Bonhoeffer z.B. fügt an V 7 an: »Jede Begabung materieller, geistiger oder geistlicher Art hat ihren Zweck erfüllt erst in der Gemeinde«[380]. Auch nach Moltmann entscheidet »nicht die Faktizität, sondern die Modalität« darüber, was ein Charisma ist, »und diese Modalität ist geprägt durch

373 Vgl. Grotius 810: Die Charismen sind *non ad ornandum singulos, sed ad utilitatem Ecclesiarum* gegeben. Dabei begegnen mancherlei Abgrenzungen: *Non ad ostentationem, inflationem* (Semler 313), *non ... sterilia & inutilia* (Spener 433); *non ... ad ostentationem, aut vanitatem, aut quaestum* (Estius 635) u.a.

374 R. Luginbühl, Diarium des Christian Wurstisen 1557-1581, BZGAK 1 (1902) 53-145, hier 137.

375 Löhe, Werke, Bd. 6.3, 619.

376 Vgl. die zahlreichen Belege bei Schütte, Kirche 57.60; Küng, Kirche 272: Die Kirche könne nie »eine Ansammlung von Charismatikern« sein, »die ihr eigenes privates Christusverhältnis unabhängig von der Gemeinde haben und genießen«; vgl. allerdings auch die Vorbehalte bei Sauter (Neue Calwer Predigthilfen 1980, 34f), der es für ein Mißverständnis des Textes hält, jede Begabung allein unter dem Gesichtspunkt ihres gemeinschaftlichen Nutzens zu bewerten (35). Vorbehalte anderer Art bei Hoffmann* (Erbe) 117: »Der inflationäre Gebrauch des Wortes ›Dienst‹ in Kirche und Gesellschaft läßt erkennen, wie solche Redeweise zur Verschleierung faktischer Herrschaftsausübung mißbraucht werden kann«.

377 Dokumente I 120. Vgl. als Beispiel (allerdings ohne ausdrücklichen Bezug auf unseren Text) auch die 4. Barmer These: »Die verschiedenen Ämter in der Kirche begründen keine Herrschaft der einen über die anderen, sondern die Ausübung des der ganzen Gemeinde anvertrauten und befohlenen Dienstes«.

378 Vgl. die Belege bei Schütte, Amt 278f.

379 Vgl. Hübner, GPM 34 (1980) 256: »ein verhängnisvolles Erbe«; vgl. auch 253 (Der Geist »bewirkt wohl Individuationen, aber nicht Individualismen«) und Voigt, a.a.O. (Anm. 332) 273: »Der fromm-unfromme Individualismus führt notwendig zur Verarmung und Verkümmerung, ja, er ist von der Wurzel her dem geistlichen Leben zuwider«; wir tun gut daran, »uns zu prüfen, wieviel von unserm ›christlichen‹ Leben wirklich ›im Dienste‹ steht und nicht ›im Raub‹ (Luther)« (275f).

380 Sanctorum Communio 122; vgl. ders., Nachfolge 225: Die Charismen »stehen streng in der Zucht der Diakonie an der Gemeinde«; ders., Werke, Bd. 4, 246.

den Aufbau der Gemeinde und den neuen Gehorsam in der Herrschaft Christi. Nicht die Begabung selbst, sondern ihr Gebrauch ist wichtig«[381].

5. Nicht ganz unerwartet hat die spektakuläre Auffassung der Charismen bei den Korinthern meist einen stärkeren Anklang gefunden als die von Weite und Alltäglichkeit bestimmte Sicht des Paulus. So werden Const. Ap. 8,1,9f die Charismen auf die Fähigkeiten zu Wundern reduziert[382], und auch bei Irenaeus werden nur mirakulöse Taten wie Exorzismen, Gesichte, Weissagungen, Krankenheilungen und Totenerweckungen aufgezählt[383]. Diese Einengung der Charismen auf die wunderwirkenden Geistesgaben führt zugleich dazu, sie als *privilegium ecclesiae primitivae* anzusehen[384]. Schon Origenes beklagt jedenfalls, daß »die meisten der hervorragenden Charismen abhanden gekommen sind«, auch wenn es noch »Spuren und Überreste« gibt[385], und auch nach Theodor v. Mopsuestia (187) sind die geistlichen Charismen z.Zt. der Apostel (τότε) sichtbarer (φανερώτερον) gegeben worden, während in der Gegenwart davon nur noch Spuren erhalten sind[386]. Beim Ambrosiaster (144) heißt es, daß sie in den Anfängen nötig waren, damit die Fundamente des Glaubens Festigkeit erhielten, nun aber *bona opera et praedicatio simplex* genügen. Hinzu kommt eine Spiritualisierungstendenz. Bernhard von Clairvaux z.B. hält das Erscheinen des Geistes in sichtbaren Zeichen nur für eine Zeit angemessen, wo das noch nötig war, »jetzt aber erscheinen seine Zeichen um so angemessener und des Heiligen Geistes würdiger, je *geistiger* sie sind«[387].

381 Kirche 324. Vgl. auch Welker, Geist 225: Charismen sind »keine privaten, gar privat zu konsumierenden Gaben«.

382 Vgl. Lauterburg* 48f und Ritter, a.a.O. (Anm. 283; Charisma) 28.35, wo diese Fixierung aber für Chrysostomus relativiert wird; in Anm. 2 findet man aber auch gegenteilige Hinweise auf Euseb, Hist. 5,3,4 (GCS 9.1, 432); vgl. ferner 36-41.

383 Haer. 2,32,4 (BKV 3, 199); vgl. auch 2,31,2 (ebd. 195) und zu beiden Stellen Parmentier, a.a.O. (Anm. 278) 220f; vgl. auch Tertullian, Marc. 5,8,12 (CChr 1, 688). Origenes meint, ohne solche Kraftwirkungen und Wunder wäre die Bekehrung der Heiden gar nicht möglich gewesen (Cels. 3,24 [BKV 52, 230]); vgl. auch zu Gregor v. Nyssa und Augustin (Civ. D. 22,8 [BKV 28, 444-462]) Parmentier, a.a.O. 222f bzw. 224f.

384 So Lauterburg* 42f; differenzierter Ritter, a.a.O. (Anm. 283) 12f; vgl. auch die trotz des Dispensationalismus (vgl. dazu die übernächste Anm.) beeindruckende Reihe von Belegen für Charismen bei Hunter und Parmentier a.a.O. (Anm. 278) passim.

385 Frgm. in Spr 1,6 (PG 13, 25) bzw. In Joh 20,35 (GCS 10, 374); zitiert bei Ritter, a.a.O. (Anm. 283) 181 Anm. 61.

386 Vgl. weiter ebd. 129f; vgl auch Ambrosius (Sacr. 2,15 [SC 25, 66]) und Theodoret 320, wo ebenfalls die alte Zeit (πάλαι) von der Gegenwart abgehoben wird (nach Theodoret 329 sind θαύματα als ἐνέχυρα [Pfänder] nötig, weil die διδασκαλία ohne σημεῖα nicht angenommen werde), während der Abstand an anderen Stellen weniger hervortritt (Ritter, a.a.O. 150). Unbestreitbar jedenfalls vertreten viele Kirchenväter eine »Form des Dispensationalismus oder der Strichtheologie (des Gedankens, dass Gott einen Schlussstrich unter die besonderen Gaben zieht, wenn sie nicht mehr für die Verkündigung des Evangeliums gebraucht werden)«, so M. Parmentier, Die Unhaltbarkeit des Dispensationalismus, IKZ 104 (1996) 147-160, hier 148, der 152 als Gründe »Verlegenheit« und »Bedürfnis nach ›law and order‹« nennt, 157 auch »Triumphalismus«; vgl. weiter auch zu 13,8ff.

387 Schriften, Bd. 2, 269 (kursiv im Original gesperrt); vgl. auch Thomas 375 in der Auslegung von V 14ff: *Dignior est visus quam auditus, quia et spiritualior est.*

Auch den Reformatoren bereitet die zeitliche Begrenzung bei einzelnen Charismen keine besonderen Schwierigkeiten, wie sich vielfach bei den Beispielen für konkrete Geistesgaben bestätigen wird. Bucer drückt das etwa so aus: »Etliche gebrauchet er (sc. der Herr) noch zurzeit, aber doch auch nit so gemeinlich und gewaltig wie im anfang der Kirchen«[388]. Zudem wird nun der christliche Alltag wieder stärker einbezogen. Jeder soll »in seinem werck oder stand Christum mit ernst seinen HErrn« nennen[389]. »Gotts gnad reicher vnd gemeiner ist, dann das sy einigen stand vßschliesse«, so daß auch Regieren im Staat als »christ vnd oberher zugleich« durch den Geist geschieht[390]. »Das thut dem Teufel wehe, das wir die grossen gaben Gots, nemlich alle Artes, Philosophiam und Theologiam, wenden zur Ehre Christi und seines Evangelii und zu aller gotseligkeit und Erbarkeit. Dazu hat Got den Menschen solche hohe gaben gegeben, wie Paulus saget I Cor. 12«[391]. Schleiermacher bezieht V 7 ausdrücklich auf unser »Tagewerk«, in dem sich, »wenn auch nach einem kleinen Maaßstabe das schöne Wort der Schrift erfüllt«, »daß alle Gaben des Geistes in der Gemeine sich beweisen zum gemeinen Nuz (1 Kor 12,7)«[392].

Das kann allerdings leicht zur Abwertung der nicht alltäglichen und nicht kerygmatischen Gaben führen. Nach Löhe darf nur das erste Paar niemals fehlen, während es von den anderen heißt, daß sie »in der Gegenwart nicht vorkommen«; gewiß habe sich »die spätere Zeit verschuldet, daß sie so wenig Charismen hat«, aber der Herr teile »einer jeglichen Zeit wie jedem Menschen seine Gabe zu, wie er will . . ., und die Zeiten können sich wenden, daß er gibt, was man nicht verhoffte«[393]. Ähnlich sieht es Bezzel: »Es ist ein Unterschied zwischen der werdenden und der gewordenen Kirche, wie ein Unterschied ist zwischen der Jugend und ihrem Frohmut und dem bedächtig überlegenden Alter. Es spottet allen Gesetzen tiefinnerer Seelenkunde, wenn Wiederholung kirchlicher Geistesgaben erbeten und erhofft wird . . . Die alten Geistesgaben kommen nimmermehr; die gewordene Kirche bedarf ihrer auch nicht«[394]. Für Cremer sind charismatische Erscheinungen wie Zungenrede, Wunderheilungen u.ä. »ein sonderliches Privilegium der Urkirche« und nun vorüber, was nicht zu beklagen

388 Bucer, Schriften, Bd. 7, 112.

389 Luther, WA 22, 179.

390 Trostbrief Capitos an die Gefangenen zu Horb (QGT VII 89); wenn die Obrigkeit dagegen auch in der Kirche »on krafft des geysts vnd wort« regiert, wäre das eine Schmach für den Heiligen Geist und hieße nicht regieren, sondern tyrannisieren, und es wären »nit christliche oberen, sonder widerchristliche wölff« (QGT VII 507). Vgl. auch Bullinger 222 unten Anm. 455.

391 Bugenhagen, Briefwechsel 546; darum kann auch eine Kirchen- und Schulordnung von 1582 mit 1Kor 12 dazu ermahnen, »das ein jeder nach seinen gaben das sein schaffe und sein ampt zu gemeinem nutz trewlich verrichten wölle« (EKO, Bd. 15, 500).

392 Schriften III 229; vgl. auch ders., a.a.O. (Anm. 117) 222, wo die »Ämter« auf das weltliche Regiment gedeutet werden.

393 Werke, Bd. 6.3, 621f; vgl. auch W. Solowjew, Die geistlichen Grundlagen des Lebens, Freiburg 1957, 123: Der Geist enthülle nach Paulus »seine Gegenwart in verschiedener Abstufung und auf verschiedene Weise, gemäß der historischen Lage und Berufung einer jeden Epoche und Generation«.

394 Daß gleichwohl von Geistesgaben zu reden bleibt, wird so verdeutlicht: »Ist es nicht mehr die Gabe, Kranke zu heilen, so doch die Gabe, die Kranken zu pflegen«.

und zu bedauern sei[395], weil wir »nicht weniger, sondern das Größere haben«, nämlich »ein lebendiges und kräftiges Wort«[396]. Die Kommentare urteilen ähnlich rigoros und skeptisch. Billroth (162) begrenzt die charismatischen Wundertaten auf die »Zeit der Gährung«, »in der die Idee noch nicht die ihr angemessene Existenz in der geschichtlichen Wirklichkeit gefunden« haben soll. Olshausen (688) erklärt sogar: »Charismatisch wirkt der heilige Geist seit der Apostelzeit gar nicht mehr in der Kirche«[397].

Solche Urteile sind glücklicherweise nicht der Weisheit letzter Schluß geblieben. Einerseits wird auch heute gewiß mit Recht daran festgehalten, daß die Berufung »›das Weltliche‹ – oder sagen wir besser: das Menschliche, und zwar nicht als eine uniforme, in sich indifferenzierte Masse, sondern in seiner Differenzierung und Multiformität« berührt[398]. Nicht zufällig wird darum auch stärker für eine Ausweitung der Charismenliste plädiert und speziell V 7 besonderes Gewicht zugeschrieben, weil Paulus »uns nicht auf die in V. 8-10 genannten Charismen festlegt«[399]. Andererseits aber werden ebenso die außergewöhnlichen Charismen wieder stärker gewürdigt, und manche Theologen sprechen sich bei aller bleibenden Ambivalenz ihrer Erscheinungsformen für eine Neubewertung bisher vernachlässigter Dimensionen aus. Entsprechend wird der Ausfall von Analogien zu »enthusiastischen« Phänomenen stärker als früher als Mangel empfunden, auch wenn »in der Kirche allgemein eine kräftige Scheu, wenn nicht Abwehr gegenüber allem, was irgendwie ›ekstatisch‹ auftreten mag« – daß dieses Urteil schon fast ein halbes Jahrhundert

[395] A.a.O. (Anm. 278) 7.16; Wunderheilungen seiner Zeit seien »entweder als eingebildete Heilungen von wirklichen Krankheiten oder als wirkliche Heilungen eingebildeter Krankheiten« anzusehen (19).

[396] Ebd. 17.22; vgl. auch 25f; allerdings heißt es dann 26, daß es auch heute »zweifacher außerordentlicher Gaben« bedürfe, nämlich auf dem sozialen Gebiet (26f; vorher wird an v.d. Recke, Fliedner und Wichern erinnert [12]) und »*das Evangelium als Evangelium* sagen und bezeugen zu können« (29; kursiv im Original gesperrt).

[397] Vgl. auch ebd. Anm. *: Damals sei alles »innerlicher, intuitiver« gewesen, und der Geist habe »unmittelbar« und »plötzlich« gewirkt; vgl. auch Neander 192.195.

[398] Barth, KD III 4, 693. Nach Barth »könnte doch auch das darunter sein, was wir *Mystik* heißen« (zitiert bei Nichtweiß, Peterson 433).

[399] Forck, GPM 40 (1986) 313. Er schließt sich 315 den Vorschlägen zur Konkretisierung bei Kiessig (CPH 12 [1973] 380) an: »Zuhörenkönnen; Seelsorge; pädagogische Fähigkeiten; die Fähigkeit, zwischen Glauben und Wissenschaft eine Brücke zu schlagen; Verständnis zwischen den Generationen vermitteln können; Musikalität; handwerkliche Fertigkeit; Organisationstalent; Einsicht in politische Zusammenhänge; Fähigkeit, Konflikte zu regeln. Auch das Gebet, die Fürbitte für andere ist ein Charisma«. Vgl. ähnlich Voigt, a.a.O. (Anm. 332) 273 (»katechetische, diakonische, organisatorische, musikalische, dichterische, bildend-gestalterische, seelsorgerliche, gruppenfördernde, publizistische, ökonomische, architektonische sowie bauerhaltende und raumpflegerische Gaben«, wobei hinzugefügt wird: »Gaben müssen aufgespürt, entdeckt, entwickelt, eingesetzt werden«). Noch weiter geht Dehn, a.a.O. (Anm. 83) 262, nach dem es »auch eine Gnadengabe des schlichten und stillen Hörens, des regelmäßigen Kirchganges, des Sichnichtärgerns an der Knechtgestalt der Kirche . . .« gibt; in anderer Richtung E. Dussel, Unterscheidung der Charismen, Conc(D) 13 (1977) 571-580, der z.B. auch »prophetisch-wirtschaftliche« und »prophetisch-politische« Charismen benennt (576). Vgl. aber auch Bittlinger oben in Anm. 300.

zurückliegt[400], ändert daran wenig –, unverkennbar geblieben ist. Gewiß will man die urchristlichen Zustände nicht idealisieren, vergangene Zeiten nicht künstlich repristinieren und das heutige Manko nicht durch einen gesetzlichen Appell eigenmächtig kompensieren[401]. Andererseits aber soll man nach Ebeling nicht übersehen, daß Paulus die von ihm herabgestuften enthusiastischen Phänomene, »die ähnlich in anderen Religionen auftreten und einer tiefen Sehnsucht des Menschen entsprechen«, sehr wohl in seinen Dienst nimmt, ja daß man die paulinische Lehre vom Geist mißverstünde, »wollte man sie in doktrinärer Weise grundsätzlich gegen solche Äußerungen der Geistergriffenheit ausspielen, die uns fremd sein mögen«[402]. Auch Brunner tritt dafür ein, daß nicht all das, was im neutestamentlichen Begriff Charisma liegt, »aus theologischem Puritanismus unterschlagen werden« darf[403]; der Geist wirke »bis tief hinein ins Unbewußte, ja bis ins Organisch-Physische«, »und wir sollen uns hüten, die Wunder des heiligen Geistes mit den Maßstäben unserer aufgeklärten Rationalität beurteilen zu wollen«[404].

Dabei wird auch das Verhältnis zu spiritualistisch-pfingstlichen Bewegungen differenzierter gesehen. Wenn dort im Fehlen von »aus dem Rahmen des ›Normalen‹ herausfallenden Erscheinungen« wie Glossolalie und Wunder »oft ein Anzeichen von Geistverlassenheit« gesehen werde und die Zungenrede wieder erwache, dann ist das nach Joest »keineswegs en bloc als Suggestion« abzutun; gewiß sei »das nüchterne Urteil des Paulus« zu beachten, »in solchen außergewöhnlichen Erscheinungen jedenfalls nicht das entscheidende oder gar einzige Kriterium für das Wirken des Heiligen Geistes in der Gemeinde« zu sehen, doch die der Christenheit weitgehend fremd gewordenen Erscheinungen seien auch »ein Hinweis« darauf, »wie stark in ihnen das

400 Weber, GPM 5 (1950/51) 172. Oft wird offengelassen, ob das Verschwinden uns fremdartiger Elemente urchristlichen Gemeindelebens (»eine christliche Lebendigkeit, um nicht zu sagen Vitalität, von einem ganz ungeheuren Ausmaß«) »ein Segen oder ein Schade für uns ist«, dann aber doch von 1Kor 13 her fortgefahren: »So brauchen wir uns nicht zurückzusehnen nach den ›Frühlingstagen‹ jener Zeit, da keineswegs feststeht, ob der Frühling gerade in diesen Erscheinungen zum Ausdruck gekommen ist« (Dehn, a.a.O. [Anm. 83] 259).

401 Vgl. etwa Möller, huf 2 (1979) 204, der im Anschluß an Eichholz* darauf hinweist, »daß die Erinnerung an die Welt der Charismen für uns späte Christen auf eine verkappte Form eines ›gesetzlichen‹ Redens« hinauslaufe; vgl. auch Hübner, GPM 34 (1980) 256, der sowohl auf den geschichtlichen Wandel verweist, dem auch die Charismen unterliegen, als auch auf die »geschichtlich bedingte Ergänzungsbedürftigkeit«.

402 Ebeling, Dogmatik III 108.

403 Brunner, Dogmatik, Bd. 3, 31; vgl. auch ebd.: »Oder sollte dieses Paralogisch-Dynamische vielleicht nur eine Begleiterscheinung der *ersten* Ausgießung des Heiligen Geistes gewesen sein? Der Einspruch gegen eine solche theologische Verengerung des Geistverständnisses in der nachreformatorischen Theologie ist mit Recht von Johann Christoph Blumhardt auf Grund eigenen gewaltigen Erlebens der Dynamis des Heiligen Geistes erhoben worden ...«; zur Beurteilung Blumhardts vgl. auch Barth unten in Anm. 448.

404 Ebd. 30; vgl. schon Ragaz, Bibel 34, nach dem man in der Theologie »vollends mit jenen Gaben nichts anzufangen gewußt« hat, »und in dem bürgerlichen Christentum, das sich besonders aus der Reformation entwickelt hat, ist aus dem Geiste Schule geworden. Aber die Sehnsucht nach jenen Gaben, das Gefühl, das mit ihnen etwas Großes verloren gegangen sei, ist nie ganz verschwunden«.

Neue und die *Freude* des Lebens im Glauben an den auferstandenen Herrn erfahren wurde«; der Grund, daß sie uns so fremd geworden sind, könne auch darin zu suchen sein, daß unser kirchliches Leben »zu ›bürgerlich‹ geworden, zu sehr der Normalität des Weltlaufs angepaßt, zu wenig von österlicher Freude und Hoffnung erfüllt ist«[405]. Forck schreibt im Blick auf charismatische Gemeinden: »Wir blicken manchmal mit ein wenig Neid auf sie. Dazu ist kein Anlaß. Wir sollten uns vielmehr freuen, daß der Heilige Geist bei ihnen ein Feuer entzündet hat, und den Hinweis beachten, ›. . . wenn es irgendwo ›brennt‹, hütet euch, daß ihr nicht die Flammen des göttlichen Geistes mit den Sandsäcken eurer sehr richtigen Grundsätze erstickt‹«[406].

6. Aufzählungen von Charismen werden in mehr oder weniger großer Anlehnung an V 8-11 + 28 mannigfach variiert[407]. Öfter wird an Aufzählungen angefügt καὶ τὰ τούτοις κατηριθμημένα ὁμοίως[408]. Dabei wird aber auch, schon von μείζονα (V 31) und der numerierten Aufzählung in V 28 her, differenziert.

6.1. Von den einzelnen Charismen haben die beiden ersten besonders große Aufmerksamkeit gefunden, und gerade ihre Voranstellung hat enorme Wirkung gezeitigt. Nach Origenes steht es so, daß Paulus bei der Aufzählung nicht zufällig den λόγος σοφίας an erster, den λόγος γνώσεως an zweiter und den Glauben erst an dritter Stelle nennt, weil die beiden ersten nämlich zu den geistigen (λογικά) Charismen gehören, die anderen aber einen niedrigeren Rang (ἐν τῇ κατωτέρῳ χώρᾳ) haben[409]. Ähnlich nennt Hilarius die *intelligentia inter multa dona praecipuum spiritalium gratiarum*[410]. Diese Sicht wird auch später immer wieder vertreten[411].

Meist wird dabei zwischen σοφία und γνῶσις differenziert, bei Augustin z.B. so, daß die Weisheit den göttlichen, die Erkenntnis (= *scientia*) den menschlichen Dingen zu-

405 Dogmatik, Bd. 1, 300-302.

406 GPM 40 (1986) 314. Auch im Dialog der katholischen Kirche mit den Pfingstbewegungen wird davon gesprochen, daß »die klassischen Pfingstler« der kirchlichen Gemeinschaft dadurch einen Dienst getan haben, »daß sie diese ermutigten, offen und empfänglich zu sein für solche geistlichen Phänomene, denen sie treu gewesen zu sein beanspruchen« (Dokumente II 583).

407 Vgl. als Beispiel Novatian, De Trin. 29,9f (CChr 4, 70) und Epiphanius, Haer. 74,9,7 (GCS 37, 326).

408 Euseb, Eccl. Theol. 3,5 (GCS 14, 163); vgl. ders., In Ps 76 (PG 23, 900); Cassian, Coll. 15 (SC 54, 212): *et reliqua*; Johannes Scotus, Comm. in Joh 3,12 (SC 180, 272): *caeteraque spiritualium donorum diuisio*; Cyrill, Catech. 16,12 (Opera II 218): ἄλλα ἐν ἄλλοις.

409 Cels. 3,46 (SC 136, 110). Vgl. auch Cels. 6,13 (SC 147, 210), wo das nur hervorragenden Männern zugeschrieben wird und Charisma nach Grau* 118 »im Sinne einer intellektualistisch-spekulativen Qualifikation des Gnostikers« mißverstanden ist. In Cant. Cant. 2 (GCS 33, 146) gilt unter den Geistesgaben der *sermo scientiae* als *unum et quidem maximum donum*. Entsprechend wird die Mahnung von V 31, die größeren Charismen zu erstreben, auf den λόγος σοφίας bezogen (In Joh 24 [19] [GCS 10, 81]).

410 In Ps 118 (SC 347, 242); vgl. auch ebd. 42.

411 Vgl. als Beispiel Wyclif, Sermones III 378 (*gradus tamquam altissimus*), Beza 146 (*Sapientiam, nempe excellentiorem illam, & omni exceptione maiorem mysteriorum Dei notitiam cum summa auctoritate coniunctam, & peculiari sancti Spiritus afflatu,* κατ᾽ ἀποκάλυψιν *videlicet, collatum*) und Löhe, Werke, Bd. 6.3, 619f: »Das Wort der Weisheit ist von allen Charismen das erste, weil es es das nötigste ist«.

gewendet ist[412], weshalb die Weisheit als das größere, die Erkenntnis als das kleinere Licht gilt[413]. Auch im *donum sapientiae* selbst gibt es freilich nach Thomas Unterschiede: Manche »empfangen die Gabe der Weisheit in höherem Grade, sowohl was die Schau der göttlichen Dinge angeht, insofern sie gewisse erhabenere Geheimnisse erkennen und anderen offenbaren können; als auch in bezug auf die Lenkung der menschlichen Angelegenheiten nach göttlichem Richtmaß, insofern sie nicht nur sich selbst, sondern auch andere nach ihm in die Ordnung bringen können«[414].

Dagegen wird γνῶσις bzw. *scientia* vom Ambrosiaster (134) umgekehrt als *scientia rerum divinarum* verstanden[415]. Haymo kennt beide Auslegungen[416]. Für Duns Scotus ist die *scientia Theologia et scientia Scripturae Sacre*, und er bestimmt das Verhältnis zum Glauben so: *Non destruit fidem, sed nutrit, roborat et defendit*[417]. Die Auffassung Augustins ist aber die vorherrschende geblieben, auch bei den Reformatoren. Für Melanchthon (69) z.B. ist die *sapientia experientia rerum spiritualium*, die *scientia scire facienda, quid liceat, quid non liceat.* Nach Zwingli (172) findet man *scientes et docti, sapientes minime*, weshalb gelte: *Sapientia scientiam praecellit*[418]. Calvin (426) sieht zwar in beidem »die gleiche Gabe des Wissens um göttliche Dinge«, doch »in verschieden hohem Maß«, und »›Weisheit‹ ist die ›Erkenntnis‹ in höherer Vollendung«[419].

Auch der den ersten beiden Charismen zugeordnete λόγος wird gebührend beachtet, z.B. von Cyrill (885), nach dem der Geist selbst zur Rede den Mund öffnet, auch denen, die sich damit schwertun, obwohl sie profunde Kenntnisse besitzen, etwa in der Heiligen Schrift bestens bewandert sind, denen aber die παρρησία fehlt. Auch Petrus Lombardus (1652f) hebt hervor, daß hier nicht *simpliciter sapientia* und *scientia* genannt werden, *sed etiam earum sermo, ut aliis possint eloqui*[420].

412 De Trin. 13,19,24 (CChr 50A, 415): *Sapientia diuinis, scientia humanis attributa sit rebus*; vgl. auch 14,1,3 (PL 42, 1037): *Sapientia est cognitio aeternorum, scientia vero est cognitio creatorum.* Nach 12,15,25 (BKV 2. R. 14, 156) zweifelt niemand daran, daß »die erstere der zweiten vorzuziehen« sei.

413 Conf. 13,18 (BKV 18, 353f). Vgl. De Trin. 12,17,22 und 13,19,24 (BKV 2. R. 14, 150.202) und auch Hugo 534 *(Sapientia = cognitio de aeternis, scientia = cognitio de humanis)*; Petrus Lombardus 1652; Herveus 942; Atto 382 und Glossa 52v: *Sapientia in contemplatione aeternorum, scientia in actione temporalium.* Auch nach Cajetan 74r handelt die *sapientia de diuinis vt principiis & regulis*, doch modifiziert er die Bestimmung der *scientia*, insofern auch sie *ex creaturis procedit ad diuina.*

414 Summa, Bd. 17B, 178.

415 Ebs. Ambrosius 259; vgl. auch Hrabanus Maurus 108.

416 Vgl. auch die Diskussion bei Bonaventura, Opera III 778f u.ö.

417 Capitalia Opera II, Synthesis Theologica, hg. v. R.P.D. Marie, Le Havre o.J., 107; vgl. auch Wyclif, Sermones III 378: *noticia veritatum fidei.*

418 Vgl. auch Maior 158r: Danach besteht die *sapientia* in der *cognitio totius doctrinae de Deo, & experientia terrorum in contritione, & consolationum fidei, illustrans doctrinam, & dijudicans dogmata;* die *scientia* aber wird als *prudentia dans consilia in rebus agendis* bestimmt (158v).

419 Vgl. auch Spener 434, nach dem durch die *vera sapientia* der Mensch zum Heil kommen kann, der *scientia* aber ebenfalls folgendermaßen definiert: *donum cognoscendorum summorum mysteriorum, aut aliarum variarum scientiarum, quae ad gloriam Dei tendunt;* vgl. auch v. Mosheim 556, wonach die Weisheit »das Theil der Religion, das von dem Leben und Verhalten der Christen handelt«, ist, die Erkenntnis »ein gründliches Erkenntniß der Wahrheiten des Glaubens«.

420 Ähnlich Herveus 942.

Hieronymus (754) versucht den λόγος-Charakter genauer zu explizieren: Weisheitsrede sei *sapienter et apte ac rationabiliter* reden, erörtern und lehren können[421]; *scientia* dagegen werde verliehen, damit man die *legis mysteria* erklärt oder das Vergangene kennt und Zukünftige abschätzt[422]. Allerdings handelt es sich nach Theodoret (324) nicht um εὐγλωττία, sondern um ἀληθὴς διδασκαλία[423]. Nach Coccejus (307) besteht die Rede der Weisheit in der Predigt, die die *sapientia, quae est in verbo Dei*, expliziert[424], wobei es in beidem eine *magna varietas* geben kann. Auch Spener (434) betont den λόγος, damit der Betreffende nicht nur selbst den Weg zum Heil kennt, sondern ihn auch anderen zeigen kann.

Auch die Aufgabe der Theologie wird mit V8 verknüpft[425]. Obschon das Wort θεολογία im Urchristentum fehlt, ist »die Sache« nach Barth »sehr wohl bekannt«, und zwar »als die Frage nach der Gestaltung des christlichen Denkens, Redens, Handelns und Lebens im Licht seines Ursprungs, Gegenstands und Inhalts«; Barth läßt es zwar dahingestellt sein, ob sich V 8 auf »diesen besonderen Dienst« bezieht, fragt aber: »Auf was sonst, wenn nicht auf ein jedenfalls in dieser Richtung sich bewegendes Tun?«[426] Paulus selbst wird in seiner Weisheits- und Erkenntnisrede zu Recht als Theologe gewürdigt, der allerdings nicht für jene Intellektualisierung verantwortlich sei, wenn etwa die durch das theologische Studium erworbene Fähigkeit zum λόγος γνώσεως »als höchste geistliche Gabe (nur wer sie hat, ist ein ›Geistlicher‹) und conditio sine qua non des kirchlichen Amtes« gilt, während Gaben, »die weniger intellektuelles Niveau haben«, als »nicht hoffähig« abgetan werden[427]. Schon Ragaz hat demgegenüber geltend gemacht, daß bei Paulus nicht nur »Erkenntnis-Gaben«, sondern vor allem »Tat-Gaben« im Blick sind und das Aufbrechen des Geistes »nicht auf eine ruhig-verständige, sondern eine stürmische und enthusiastische Weise« geschehe, was Paulus allerdings nicht überschätze[428].

[421] Ähnlich Pelagius 196; Primasius 535; vgl. auch Cornelius a Lapide 312. Semler 315 bestimmt den λόγος σοφίας so: *Facultas sapienter prudenterque de christiana doctrina loquendi.*

[422] Hieronymus 754; ebs. Pelagius 196. Primasius 535 nennt das Beispiel des Stephanus (*sine suo labore et cogitatu loquetur, et nemo illi poterit resistere*). Hus, Opera VII 417 bezeichnet den *sermo sapiencie* als *gradus altissimus, attingens divinam noticiam, alcius dirigens ecclesiam militantem.*

[423] Theophylakt 713 versteht den λόγος γνώσεως als Vermögen, andere zu lehren und das Verborgene offenbar zu machen; ähnlich Severian 263, der davon den λόγος σοφίας abhebt, der das Verstehen und Darlegen des durch Gottes Weisheit bei den Propheten und Evangelisten Gesagten bezeichne; vgl. auch Chrysostomus 245, der beides so unterscheidet: einerseits den verstehenden Glauben, andererseits die Fähigkeit zur Belehrung; ähnlich Oecumenius 817.

[424] Vgl. auch Heidegger 115: *Sapientiaa hoc est, cognitio & praedicatio illius sapientiae, quae in verbo Dei revelatur.*

[425] Vgl. schon Calixt, Werke, Bd. 2, 21; vgl. 91 und Bd. 1, 66.

[426] KD IV 3, 1008; vgl. auch Voigt, Gemeinsam 113: »Theologisches Denken ist hier also als Gnadengabe verstanden«.

[427] Kiessig, CPH 12 (1973) 379f.

[428] Bibel 33; vgl. auch ebd.: »Sie geht in einer Atmosphäre vor sich, die nicht nur der große Philister, der Verstand heißt, als Schwärmerei erklärt«, sondern auch dem, der etwas vom Geist verstehe, »bedenklich vorkommen kann«, zumal sich »allerlei Menschliches und Allzumenschliches« daran hefte.

6.2. Zum *Glauben* an unserer Stelle wird oft bemerkt, daß für Paulus auch der Glaube ein vom Geist gewirktes *donum* ist[429] und zu den anderen Geistesgaben gehört[430]. Genauer wird dieser Glaube als *fidei firmitas*[431] oder als *constantia fidei* bestimmt[432], meist aber als Glaube, der an Wunder glaubt bzw. zu Wundern befähigt wie bei Chrysostomus (245) und Theophylakt (713): οὐ τὴν τῶν δογμάτων, ἀλλὰ τὴν τῶν σημείων[433]. Beliebt sind aber auch Kombinationen wie etwa bei Cyrill: nicht allein der dogmatische, sondern auch der über Menschenvermögen hinaus wirksame Glaube[434]. Diese beiden Hauptbestimmungen des Glaubens tauchen auch in der Folgezeit immer wieder auf. Für Bullinger (218) z.B. besteht er in der *fidelitas & constantia*[435]. Meist aber heißt es wie bei Luther, hier sei »nicht der gemeine Glaube in Christum« gemeint, weil der bei allen Christen sein müsse, sondern der von 13,2[436]. Auch für Calvin (426) ist es »Glaube an die Wunder, die in seinem (sc. Christi) Namen geschehen, wie ihn auch Judas besaß und durch ihn Wunder tat (Matth. 10,1)«[437]. Bengel (423) verwahrt sich jedoch gegen eine scharfe Alternative: *In his (sc. sanctis) fides non alia est miraculosa, alia salvifica; sed una eademque.* Wo der Glaube als Wunderglaube verstanden wird, wie etwa bei v. Mosheim (556), begegnen die auch beim Heilungscharisma begegnenden Einschränkungen, daß es nämlich »eigentlich die Gabe der Apostel« sei, »die übrigen Christen« aber »dieser hohen Gabe so nöthig nicht« bedurften (557)[438].

429 Origenes, In Rom 4 (PG 14, 974); vgl. auch 975: *Etiam fides per gratiam datur.* Ähnlich Fulgentius, Ep. 17,40 (CChr 91A, 593): *Fidem non ex uoluntate nostra nasci, sed per Spiritum sanctum unicuique dari*; vgl. auch 17,44 (ebd. 598).

430 Johannes Scotus, In Joh 3,8 (SC 180, 212).

431 So Hilarius, In Ps 118 (SC 347, 98); vgl. auch Severian 263.

432 So Herveus 943; Petrus Lombardus 1653; Bruno 189; vgl. auch Hrabanus Maurus 108 und Glossa 52v (*certitudo de rebus inuisibilibus ... ut principia catholicae doctrinae*, mit Verweis auf Hebr 11). Für Wyclif ist der Glaube das *fundamentum* der anderen Geistesgaben (Sermones III 378).

433 Ebs. Oecumenius 817; Johannes Damascenus 665; vgl. auch Theodoret 324: οὐ τὴν κοινὴν ταύτην λέγει, vielmehr sei der Glaube von 13,2 gemeint. Vgl. auch Pelagius 196; Hieronymus 754 (*ad prodigia facienda*); Thomas 369 (*potestas faciendi miracula*) und Cajetan 74r (*non de fide credendorum, sed de fide agendorum*).

434 Catech. 5,11 (Opera I 146); vgl. auch Primasius 536: *Non solum ad credendum, sed etiam ad prodigia*; eine andere Kombination bei Cornelius a Lapide 312: *Fides* schließe als *mater miraculorum* auch *fides Theologica, constans fiducia in Deum* und auch *intelligentia magna mysteriorum fidei ad ea contemplandum, & explicandum* ein.

435 Allerdings kennt er auch die andere Auslegung *pro fide signorum*; vgl. auch Zwingli 173 *(veraces et constantes)* und Coccejus 307, der den Glauben als *assensum divinum in omnem divinam veritatem* versteht.

436 WA 22, 182; vgl. auch Melanchthon 69 und ders., Schriften, Bd. 2, 115; Maior 158v (*fide faciendi miracula*); Grotius 810 (*ea per quam quis credit Deum per se aliquid miri velle facere*); Spener 434 (*efficacia, per quam opera plane singularia produci possunt*).

437 Vgl. auch Beza 146: *Illa specialis respiciens ad illam Dei potestatem miraculorum effectricem. Prout certi homines hoc dono praediti regebantur arcano Spiritus sancti motu.*

438 Sehr eigenwillig ist die Deutung von Locke 150 Anm. 9, der wie andere Verbindungslinien zwischen der Charismenliste hier und der in V 28 zieht, aber in folgender Weise: Σοφία sei den Aposteln und γνῶσις den Propheten zuzuweisen, πίστις aber sei als »the assurance and confidence, in delivering, and confirming, the doctrine of the Gospel« mit den διδάσκαλοι zu verbinden.

6.3. An der inhaltlichen Bestimmung des *Heilungscharisma* gibt es nirgendwo einen Zweifel[439]. Allerdings mußte sich gerade hier, wo die Unverfügbarkeit in die Augen springt, die Frage nach dem Verhältnis zu einem Amt stellen[440]. Zudem begegnet schon bald, obschon längere Zeit von Heilungen und Heilungscharismen durchaus berichtet wird[441], eine gewisse Zurückhaltung, so daß es z.T. schon in der Alten Kirche heißt, Heilungen von Kranken, Lahmen und Blinden seien »in jener Zeit« der Apostel geschehen[442]. Andere wollen die Heilungswunder an ein Leben nach strengen Regeln und Askese binden[443]. Trotz mancher anderslautender Meinungen[444] ist es aber gerade für spätere Zeiten typischer, wenn es 1533 etwa bei Straßburger Predigern heißt, *miracula et virtutes* zu fordern, gezieme sich nicht, denn diese seien *propria* der *primitiva ecclesia*[445]. Andererseits werden in die von Paulus genannten Heilungen zunehmend auch die »natürlichen« eingeschlossen. So erklärt Bullinger (218): *Est & Medice naturalis donum sancti spiritus.* Beides steht oft einfach nebeneinander, z.B. bei Coccejus (311)[446] und Heidegger (122: *extraordinaria & ordinaria*), aber auch bei Bengel (423): Nicht nur Wunderheilungen seien gemeint, sondern auch die Wohltat, die Gott zur Genesung der Kranken *per naturalia remedia* gnädig gewährt; daß einige Ärzte erfolgreicher als andere seien, sei nicht sosehr ihrer Erfahrung und Kenntnis, sondern vor allem der göttlichen Gnade zuzuschreiben. Nach einer idealistischen Phase wird heute wieder aufgegriffen und bedacht, daß es Paulus um »das Heil des ganzen Menschen« geht[447] und daß Heilung und nicht Akzeptanz und Ertragen von

439 Vgl. z.B. Hieronymus 754; Pelagius 196 (*ut curaret aegrotos*); Theophylakt 713 spricht gar von θεραπεύειν πᾶσαν νόσον καὶ πᾶσαν μαλακίαν.

440 Wer die Gabe der Heilung empfangen zu haben behauptet, erhält zunächst noch nicht die Gabe der Handauflegung (Hippolyt, Kirchenordnung 14); nach Fontes 1, 177 soll hier »die Vorform oder Umschreibung des Exorzistenamtes« vorliegen, das die späteren Kirchenordnungen im Kontext der Ämter aufführen; vgl. auch v. Balthasar, a.a.O. (Anm. 278) 261.

441 Justin, Dial. 39,2; Irenaeus, Haer. 2,32,4; Hippolyt, Kirchenordnung 56. Immerhin fällt auf, daß Ignatius, Barnabas, Polykarp, Hermas u.a. darüber nichts verlauten lassen.

442 Theodoret 324; vgl. später auch Die Predigten Taulers, hg. v. F. Vetter, Berlin 1910, 176f: »Hievor moles do wurkte der geist Gotz gar grosse wunderliche ding ...: das woren grosse zeichen und manigvaltige prophecien ... Diser wise enist nu enkein not«.

443 So der syrische Kirchenvater Philoxenus v. Mabbug, Brief an Patricius 118-120; zitiert bei Parmentier, a.a.O. (Anm. 278) 223f. Vor allem im Mönchtum ist öfter von Heilungsgaben die Rede; vgl. Antonius (Athanasius, Vit. Ant. 14 [BKV 31.2, 29]); Makarius (Palladius, Hist. Laus. 17 [BKV 5.2, 33]).

444 Basilius v. Cäsarea schmerzt es z.B. noch, daß sich die Hoffnung auf Linderung für seinen Bruder Hypathius zerschlagen hat, »da es denjenigen, die die Gaben der Heilung haben [vgl. 1Kor 12,9] nicht vergönnt war, bei ihm die übliche Wirkung zu erzielen« (Ep. 31 [BGrLit 32, 78]).

445 QGT VIII 171. Vgl. schon das Zitat von Ambrosius bei Bullinger 223: *Inter initia fieri oportuit, ut fundamenta fidei acciperent firmitatem, nunc autem opus non est: quia populus populum ducit ad fidem cum uidentur eorum bona opera & praedicatio simplex.* Chemnitz, Enchiridion 297 rechnet die Heilungen nur der Apostelzeit zu.

446 Vgl. auch ebd. 308, wo zwischen *Charismata sanationum*, die *ordinario modo* gegeben werden, und *operationes virtutum extra ordinem* unterschieden wird.

447 Sauter, a.a.O. (Anm. 376) 31: »Es ist das Wissen um das Heil des ganzen Menschen, das nichts ausspart, nichts Leibliches und nichts Seelisches«; vgl. auch W. Schrage, Heil und Heilung im Neuen Testament, EvTh 46 (1986) 197-214; Culpepper* 121-123.

Krankheiten von ihm als Charisma angesehen werden. Nach Barth ist es sicher, daß wir hier »die Gemeinde im Besitz und in der Auswirkung dieser Charismen in der Nachfolge Jesu Christi im *Kampf* gegen die Krankheit und nicht im Frieden mit ihr begriffen sehen: nicht in einem eigenmächtigen Kampf, aber in einem solchen, zu dem sie durch die *Gnade* Gottes *befohlen* und damit auch *ermächtigt* war«[448].

6.4. Ähnlich ist die Bewertung der ἐνεργήματα δυνάμεων. Meist werden sie wie beim Ambrosiaster (134) *in eiciendis daemoniis aut signis faciendis* gesehen[449], aber auch in der Macht zur τιμωρία wie Apg 5,1-10 und 13,8-11[450]. Doch schon nach Euseb sind die πολλαὶ δυνάμεις nicht gegeben, um Tote zu erwecken und Wunder zu tun, sondern um Sünden zu vergeben[451]. Zudem werden aus *virtutes* im Sinne der Krafttaten oft *virtutes* im Sinne der Tugenden[452], wenngleich auch später an der Bedeutung *potestates* festgehalten[453] und mancherlei Wundergläubigkeit mit dem Text verbunden wird[454]. Auch in der Folgezeit wird zwar weiterhin von Dämonenaustreibung geredet, doch meist wie bei Calvin (426) an diejenige Wunderkraft gedacht, die mit »bösen Geistern und Heuchlern den Kampf aufnehmen« kann. Während die Heilungsgabe »im Dienst der göttlichen Barmherzigkeit« steht, soll die Gabe des Wundertuns »im Dienst des göttlichen Gerichtes über Satans Reich und Macht« stehen[455].

448 KD III 4, 421 (kursiv im Original gesperrt). Zum Heilungscharisma und zur Bewertung Blumhardts vgl. auch 421f, zum Heilungscharisma in der charismatischen Bewegung Hollenweger, a.a.O. (Anm. 278) 396-423 und Culpepper* 116-127.

449 Ebs. Ambrosius 259; Atto 382; Cyrill 887f (mit Verweis auf Mt 10,8); andere wie Hieronymus 754, Pelagius 196 und Herveus 943 fügen Totenerweckung hinzu und Primasius 536 auch noch die Aussatzheilung; zu Exorzismen in der Alten Kirche vgl. Currie* 293 Anm. 15. Später ist bei Herveus 943 und Petrus Lombardus 1653 von *virtutes miraculorum contra naturam* die Rede. Vgl. auch Nikolaus v. Cues, Die belehrte Unwissenheit III, hg. v. H.G. Senger, Hamburg 1977, 81: Danach »wird der Gläubige Macht haben über die Natur und über das Geschehen und auch den bösen Geistern gebieten«.

450 So Theodoret 324f; ähnlich Theophylakt 713; 724 heißt es, das Heilungscharisma diene nur der Heilung, die δυνάμεις nur zur Strafe; vgl. auch Chrysostomus 245 und 265 zu V 28 (ὁ μὲν γὰρ δύναμιν ἔχων, καὶ κολάζει καὶ ἰᾶται· ὁ δὲ χάρισμα ἰαμάτων, θεραπεύει μόνον) und Johannes Damascenus 665.

451 Suppl. Quaest. 10 (PG 22, 1016); vgl. auch Cornelius a Lapide 312 (*operatio virtvtvm maiorum scilicet miraculorum, quaeque non corpus, & morborum curam; sed animam & quaeuis alia spectant*), aber auch schon Ephraem 72 (*virtus fortificandi proximos in tempore tentationis*).

452 Origenes spricht von ἀρεταί (In Joh 1,16 [GCS 10, 493]); Cyrill, Cat. 18,27 (BKV 41, 354) schließt an die Aufzählung von V 28 »jede Art der Tugend« an; vgl. auch Beda, De Tabern. 2 (CChr 119A, 45) und De Templo 1 (CChr 119A, 183). Später bezieht Pollanus 1Kor 12 auf *dona moralia et virtutes morales* (Heppe, Dogmatik 178).

453 Vgl. Herveus 951, der zu den *virtutes* neben der Dämonenaustreibung auch die *mutatio elementorum* wie die Verwandlung heiterer Luft in Regen sowie das trockenen Fußes geschehende Gehen über das Wasser zählt. Vgl. auch Bruno 189 (*operatio virtutum, id est miraculorum quae contra legem naturae fiunt* wie Blindenheilung und Totenerweckung) und Estius 650 (*miracula majora, hoc est, a potentia naturali remotiora*).

454 Vgl. Cornelius a Lapide 315: Es sei nicht zu verwundern, daß Gott an diesem oder jenem Ort oder Tempel, etwa an einer Statue der Jungfrau, Wunder wirke, an anderen Orten, Tempeln und Bildern aber nicht, oder wenn die Anrufung dieses oder jenes Heiligen in der oder jener Sache (Pest, Zahnschmerzen usw.) wirke.

455 Vgl. auch Melanchthon 69f (mit Hinweis auf Apg 5,3ff und 13,8ff); Beza 146; Bullinger

6.5. Die Gabe der *Prophetie* (vgl. dazu weiter auch zu Kap. 14) hat im Laufe der Kirchengeschichte viel von ihrem Gewicht bei Paulus verloren und ist immer mehr zurückgedrängt worden. Vor allem durch die rigorose Abwehr des Montanismus mit seiner ekstatischen Prophetie[456], aber auch durch die zunehmende Autorität und Regie der kirchlichen Amtsträger wird die Prophetie eingeschnürt[457], was zu einer empfindlichen Verarmung führt. Zunächst erfreut sie sich zwar durchaus noch der Wertschätzung, so daß öfter einfach von προφητικὰ χαρίσματα die Rede ist und es heißen kann: »Bei uns gibt es bis zum heutigen Tag prophetische Gaben«[458]. Tertullian berichtet von einer Christin, der die *charismata reuelationum* gegeben waren und die in der Kirche *per ecstasin* mit den Engeln, manchmal auch mit dem Herrn redete, Geheimnisse sah und hörte, die Herzen einiger erkannte u.ä.[459], also selbst ekstatische Züge nicht geleugnet werden[460]. Die montanistische Krise wirkt sich dann aber bis in die Exegese aus und führt vor allem zu der oft wiederholten Feststellung, daß Propheten nicht in Ekstase reden[461]. Manche können auch

218; Maior 159r (*efficacia eijciendi daemones, uerbo occidere* wie Petrus bei Ananias und Saphira und Paulus bei der Blindmachung des Elymas); Grotius 810 (*potestas puniendi sontes*). Anders Luther, WA 57 III, 115: *Operaciones virtutum i.e. mirabilium, que non pertinent ad curaciones et sanitates, ut sunt translaciones montium* u.ä. Ganz anders Bullinger 222, der δύναμις anstelle von ἐξουσία gebraucht sieht und von daher auf solche bezieht, die zur Herrschaft als Obrigkeit eingesetzt sind.

456 Vgl. Lauterburg* 46; Harnack, Mission 363 (Propheten »wurden vom Klerus in der Regel wohl kurzerhand als falsche Propheten beurteilt«); Hill* (Gift) 190; Carson* 166; Currie* 289 Anm. 12; zur Ekstase im Montanismus und zur kirchlichen Reaktion darauf vgl. Ash, a.a.O. (Anm. 278) 237f u.ö.; nach 238 soll die geforderte nichtekstatische Prophetie aber eine *contradictio in adiecto* sein.

457 Vgl. Ash, a.a.O. (Anm. 278) 228 u.ö. weist gegenüber Harnack u.a. nach, »that the bishops, not the canon, ›expelled Gift‹«. Neben der »Verstärkung der anderen Dienste« werden als Hauptgründe für den Bedeutungsverlust der Prophetie auch die zahlreichen Pseudopropheten genannt; so Küng, Kirche 469; vgl. auch Friedrich, ThWNT VI 861f, beide mit Verweis auf Irenaeus, Haer. 3,11,9: »Die sich selber zu Pseudopropheten machen, berauben die Kirche der Prophetengabe« (BKV 3, 245).

458 Justin, Dial. 82f, was dort allerdings die Überlegenheit gegenüber dem Judentum illustrieren soll; vgl. auch die Kombination von Jes 11,2 und 1Kor 12,7-10 in Dial. 39,2, aber auch Irenaeus, Haer. 5,6,1 (SC 153, 74) und Tertullian, Marc. 5,8,12 (CChr 1, 688). Während nach Mt 11,23 / Lk 16,16 die Propheten nur bis zum Täufer reichen, wird mit V 28 belegt, daß es in der Kirche auch wieder das χάρισμα προφητικόν gibt (so Basilius v. Cäsarea, In Jes. 102 [PG 30, 284]; vgl. auch Chrysostomus 265 u.a.).

459 An. 9,4 (CChr 2, 792); vgl. dazu Currie* 289 Anm. 12; vgl. auch Epiphanius, Haer. 48,1 (Labriolle, a.a.O. [EKK VII 2, 537 Anm. 316] 116) und den orthodoxen Anonymus (97): »Auch wir bekennen, daß es nach Christus Propheten gibt«; vgl. dazu Ash*, a.a.O. (Anm. 278) 239f.242.

460 Vgl. Lauterburg* 43f, der auch bei Athenagoras, Suppl. 7 (BKV 12, 282) – der Geist sei wie der Musiker, der ein Instrument berührt, Gott wie ein Flötenspieler, der die Flöte bläst (ähnlich auch Theophilus, Ad Autol. 2,9 [BKV 14, 37] und Ps-Justin, Cohort. ad Gent. 8 [BKV 33, 253]) – die Propheten dieser Zeit im Sinne der philonischen Inspirationstheorie als ekstatisches Phänomen beschrieben findet; ähnlich bei Montanus (Epiphanius, Haer. 48,4 [GCS 31, 225f]).

461 Schon nach Origenes 40 (wie meist zu 14,30) haben die Propheten nicht in der Ekstase geredet, da sie schweigen und den Geist über ihnen aufhalten konnten; vgl. auch Cels. 7,3 (BKV 53, 211) und weiter Bammel, a.a.O. (Anm. 278) 159 sowie zu 14,30. Euseb zitiert aus einer Schrift des Miltiades gegen die Montanisten, daß ein Prophet nicht in Ekstase reden dürfe; vgl. Anm. 422 zu Kap. 13.

generell vom Aufhören der Prophetie sprechen[462]. Allerdings behält der Text doch auch ein Eigengewicht. Stimmt es, daß »im späteren Christentum das Bild des Propheten vom Ideal der mystischen Kontemplation bestimmt wird«[463], so ist davon bei der Auslegung unseres Textes nicht viel zu spüren. Prophetie wird in den Kommentaren fast durchgängig im Sinn der Vorhersage zukünftigen Geschehens bestimmt[464], also als *dicere futura*[465] bzw. *praedicare futura*[466] bzw. τῶν μελλόντων προαγορεύειν[467]. Manche fügen zum *futura praenuntiare* im Blick auf 14,24f noch hinzu, daß sie das Verborgene des Herzens offenbaren und die Sakramente erörtern[468]. Die bleibende Akzeptanz und Wertschätzung der Propheten aber beruht vor allem auf zweierlei: Sie werden zu Hermeneuten, die die Schriften[469], die Prophetenbücher[470] bzw. *obscura prophetarum* auslegen[471]. Und sie gelten als καὶ διδάσκοντες καὶ εἰς τὸ κοινῇ συμφέρον ἅπαντα λέγοντες (Chrysostomus (266)[472], was Sedulius Scotus (155) auf die kurze Formel bringt: *Praedicatio prophetia dicitur*[473]. Diese Verbindung von Auslegung und Predigt wird auch sonst bezeugt und durch die Interpretation von 14,3 verstärkt.

462 Theodor v. Mopsuestia 191f versteht z.B. 13,8ff so, daß nach der Ausbreitung des Glaubens in der ganzen Welt zusammen mit den Zungen und der Erkenntnis ἐκ μέρους auch die Prophetie aufhört. Auch in dem neugefundenen lateinischen Kommentar (Frede, Paulustext 154) wird 13,9 so interpretiert, daß Prophetie, Zungen, Kräfte der Heilungen und Zeichen, die am Anfang notwendig waren, um die Ungläubigen zum Glauben zu nötigen, zum Teil vernichtet worden sind, weil die Völker durch die Predigt und vollkommener glauben; vgl. auch Parmentier, a.a.O. (Anm. 386) 154. Auch später ist es nicht ungewöhnlich, die Tätigkeit der Propheten auf die ersten Zeiten der Kirche einzuschränken, wie etwa bei v. Mosheim 574: »die außerordentlichen Lehrer, die Gott in den ersten Zeiten erweckete, seinen Willen der Gemeine zu eröffnen«.

463 So v. Balthasar, a.a.O. (Anm. 278) 278, der dafür auf Augustin und Thomas verweist; zu Thomas vgl. ausführlich 285-294, z.B. 286: »Der ›Offenbarer‹ zur Welt hin ist ein Kontemplativer zu Gott hin: er verkündet das, was er gesehen hat«; vgl. auch 290f: Gegenüber dem Verlust des sozialen Aspekts in der Mystik leite Thomas dazu an, »die Prophetik selbst in die Mystik« zu übernehmen.

464 Basilius v. Cäsarea sieht den Unterschied zu den Wahrsagern darin, daß der Prophet κατὰ ἀποκάλυψιν τοῦ Πνεύματος das Zukünftige benennt, ein Wahrsager (στοχαστής; vgl. Jes 3,2), aber mit Hilfe des Verstandes aus ähnlichen Ereignissen vergleichend auf das Kommende schließt (In Jes. 102 [PG 30, 284]).

465 Ambrosiaster 134; Ambrosius 259f u.a.

466 Hieronymus 754; Pelagius 196; Atto 382; Hrabanus Maurus 108; Petrus Lombardus 1653.

467 Theodor v. Mopsuestia 190; vgl. auch Herveus 943: *pronuntiare futura.*

468 Tertullian, Marc. 5,15,5 (CChr 1, 710); vgl. auch Primasius 536; Faber Stapulensis o.S.: *Qui occulta & abscondita cognoscunt.*

469 Ambrosiaster 141; ebs. Ambrosius 263; Hrabanus Maurus 116; vgl. auch Petrus Lombardus 1657 (*mysteria Scripturarum, vel futura revelantes*) und Estius 650.

470 Haymo 578; vgl. auch Hus, Opera VII 418, der zum *futura predicare* hinzufügt: *vel prophetas exponere* (ähnlich Estius 638); noch weiter faßt Wyclif die Prophetie: Sie ist nötig *ad providendum pro periculis futuris ecclesie ad cognoscendum Dei noticiam et ad diligendum eius salubrem gubernacionem* (Sermones III 378).

471 Hieronymus 756; Pelagius 200.

472 Vgl. zu Chrysostomus Ritter, a.a.O. (Anm. 278; Charisma) 28 Anm. 26 sowie 33 Anm. 43; v. Balthasar, a.a.O. (Anm. 278) 279.

473 Vgl. auch Hieronymus 756 und Pelagius 200 (*qui homines exhortantur*) und Haymo 587 zu Kap. 14: Prophet ist, *qui prophetas aliasque scripturas aperto sermone docet.* Abaelard bezeichnet die als *maximum Spiritus Sancti donum* qualifizierte Prophetie als *praedicationis officium* (Comm. Rom. 3,8,22 [CChr Mediaeualis 11, 221]).

Ähnlich sieht man es in der Reformationszeit. Zwar wird auch von *futura praedicare* gesprochen[474], doch als symptomatischer hat die folgende Bestimmung zu gelten: »Weissagung ist, das man die Schrifft recht deuten und auslegen kan und daraus gewaltiglich die lere des Glaubens erweisen und falsche lere umbstossen, Item, durch dieselbige die Leute vermanen, drewen oder stercken und trösten«[475]. Meist wird aber an einer Kombination festgehalten, so bei Zwingli (173), nach dem es das *officium* des Propheten ist, Fehler zu rügen und den Gottlosen den Zorn anzudrohen, den Frommen aber die Barmherzigkeit Gottes zu verheißen, aber auch das Zukünftige vorauszusagen, sei es aus Offenbarung des göttlichen Geistes, sei es aufgrund von Erschließung aus dem Vergangenen[476].
In modernen Arbeiten herrscht wie in der Exegese die Ansicht vor, daß »nicht Visionen und Auditionen« für die Prophetie charakteristisch sind, sondern die Verkündigung, durch die der Geist »unmittelbar« zu Worte kommt[477]. Der Unterschied zum heutigen Prediger wird aber darin gesehen, daß der Prophet seine Botschaft direkt von Gott empfängt, der Prediger dagegen die Bibel auszulegen hat[478]. Gleichwohl soll nach anderen die auch heute verliehene Gabe der Prophetie »auf vielfältige Weise« in Erscheinung treten, »bei denen, die ein bestimmtes Wort Gottes in einer Situation der Unterdrückung und Ungerechtigkeit verkündigen, oder bei denen, die die Kirche in ihrem Gottesdienst auferbauen, und bei denen, die in einigen Kirchen in Formen

474 Luther, WA 56, 119. Nach Bucer hatten die Propheten die Gabe, »verborgene und künfftige ding anzuzeigen« (Schriften, Bd. 7, 112); vgl. auch Beza 146 (*futurorum praedictio, ex revelatione extraordinaria*) und Coccejus 308 (*aliquam futuri notitiam complectatur*). Müntzer, Schriften 538 scheint der Prophetie auch Visionen zuzuschreiben.

475 Luther, WA 22, 182; vgl. Melanchthon 70 (*Prophetia revelatio est non futurorum tantum, sed quorumcumque, maxime scripturae*); Calvin 430 (»nicht Leute mit der Gabe, die Zukunft vorherzusehen, sondern solche, die die besondere Gabe der Schriftauslegung und der Mahnung zu ihrer praktischen Anwendung besaßen«); Bullinger 218 (*Vis sane est scripturas & exponendi & intelligendi, non tantum futura praedicendi*) und 222 (*plebem docentes, hortatentes consolantesque*) sowie Maior 159r und 161r.

476 Vgl. auch das 2. Helvet. Bekenntnis (Jacobs, Bekenntnisschriften 220); Spener 435 (*Ex illuminatione Dei de futuris vaticinati sunt*, aber die Propheten verstehen auch die *vaticinia vetera* in den Schriften, die niemand *ex naturali intellectu* verstehen kann); Locke 151 Anm. 10. Baumgarten 433 zieht die Funktion der »Vorherverkündigung« der der Auslegung vor.

477 Küng, Kirche 467; vgl. auch 224: Propheten »durchleuchten in freier, verkündender, geistgewirkter Rede den Weg der Gemeinde wie des Einzelnen in Gegenwart und Zukunft«. Ähnlich heißt es in Predigten, daß ein Prophet derjenige ist, »der erkennt, was in seiner Zeit wirklich geschieht, wenn man die Phrasen wegnimmt und die Attrappen. Der Prophet durchschaut, was andere nicht durchschauen. Er sieht Fehlentwicklungen, ehe andere sie sehen und erhebt seine Stimme ... Er ist der Wachende, der die Schlafenden weckt. Er hört noch ein Wort, während das Ohr anderer vom Lärm taub ist. Er sieht noch, während andere träumen« (J. Zink in einer Predigt vor allem über die Aufgaben der Propheten, in: M. Krauss [Hg.], Predigten über die Kirche, Göttingen 1983, 81).

478 So z.B. Fisher 219; vgl. auch Schweizer* (Leben) 79f. Nach Käsemann (Lit. zu 14,1ff) 118 sollen wir aber bei aller notwendigen Prüfung der prophetischen Botschaft an Schrift und Credo »nicht wie aus zweiter Hand und gleichsam von Konserven der Vergangenheit her leben«.

charismatischer Erneuerung beteiligt sind«[479]. Nach Barth hat die Prophetie als damals »unentbehrliches Element« Anspruch darauf, »auch heute als eine von den Grundformen des Dienstes der Gemeinde verstanden und gewürdigt zu werden ... Im prophetischen Element und Charakter ihres Dienstes blickt, greift, schreitet die Gemeinde in der jeweiligen *Gegenwart* und aus ihr hinaus hinüber in die *Zukunft*: nicht willkürlich, nicht auf Grund eigener Analysen, Prognosen und Projekte, wohl aber lauschend auf die Stimme ihres Herrn«[480]. Dieser unüberholbare prophetische Auftrag der Kirche wird denn auch zu Recht als besonders dringlich und unentbehrlich angesehen: »Was aber wird aus einer Kirche, in der die Propheten schweigen? Was wird aus einer Kirche, wo niemand mehr – wenn auch vielleicht in anderer Form als zu Zeiten des Paulus – den Geist unmittelbar zu Wort kommen läßt und aus dem Bewußtsein der Berufung und Verantwortung heraus in einer bestimmten Situation der Kirche den Weg in Gegenwart und Zukunft durchleuchtet, durchleuchten darf?«; sie wird »zu einer geistlosen Organisation herabsinken«[481].

6.6. Ausführlich hat man sich mit der *Unterscheidung der Geister* beschäftigt. Gerade angesichts der Tatsache, daß sich der *angelus iniquitatis* in einen Engel des Lichts verwandeln kann (2Kor 11,14; zitiert wird auch Jos 5,13), erinnert Origenes mehrfach an die *discretio spirituum*[482], die dazu dient, daß erkannt werde, *quae sit cogitatio secundum Deum et quae sit ex diabolo*[483]. Das ist die übliche Funktionsbestimmung. Nach Chrysostomus (245) geht es um das Erkennen, wer Pneumatiker ist und wer nicht, wer Prophet ist und wer Betrüger[484]. Die Aufgabe der Unterscheidung der Geister ist aber nach Herveus

[479] Schütte, Glaube 116 (Zitat von Confessing the One Faith 215); vgl. auch 117 das Gedicht von M.L. Thurmair: »Der Geist des Herrn erweckt den Geist / in Sehern und Propheten, / der das Erbarmen Gottes weist / und Heil in tiefsten Nöten. / Seht, aus der Nacht Verheißung blüht, / die Hoffnung hebt sich wie ein Lied / und jubelt: Halleluja«.

[480] KD IV 3, 1026f. Daß solcher Prophetie auch eine eminent gesellschaftskritische Funktion zukommt, betont W. Huber, Prophetische Kritik und demokratischer Konsens, in: Rendtorff* 110-127; vgl. auch H.-J. Kraus, Prophetie heute. Die Aktualität biblischer Prophetie in der Verkündigung der Kirche, Neukirchen-Vluyn 1986, z.B. 41: Prophetie zeige an, »daß Gott das *ganze* Leben seines Volkes beansprucht, wozu »das soziale und politische Entscheidungsfeld selbstverständlich« hinzugehöre; vgl. auch 45 das Barth-Zitat (KD III 4, 587): »Wenn irgend etwas falsche Prophetie ist, so ist es die Verkündigung einer Gemeinde, die sich der Sicherheit halber auf eine innere Linie zurückziehen und der Neutralität befleißigen wollte«; Culpepper* 112 erinnert z.B. an Martin Luther King; kritischer Ellis (Lit. zu Kap. 12-14; in: Panagopoulos) 56 und Siegert (Lit. zu Kap. 12-14) 190.

[481] Küng, Kirche 510; zustimmend zitiert auch bei Hasenhüttl* 197 und Greinacher, a.a.O. (Anm. 278) 55; vgl. auch 61-63.

[482] Hom. in Num 27,11 (GCS 30, 272); vgl. auch Hom. in Ez 2,2 (GCS 33, 342f).

[483] In Cant. Cant. 3 (GCS 33, 236) auch mit Verweis auf Joh 13,2. Vgl. auch Ambrosiaster 134, wonach die Unterscheidung der Geister gegeben ist, *ut intellegat et iudicet, quod dicitur, an spiritus sancti sit an mundani* (ähnlich Ambrosius 260; Petrus Lombardus 1653; Haymo 578); vgl. auch Nikolaus v. Cues, Opera XVII 1, 82f; Wyclif, Sermones III 379.

[484] Ähnlich Oecumenius 817f; Severian 263; vgl. auch Theodor v. Mopsuestia 190. Cyrill versteht darunter die Fähigkeit, »die Glaubenslehre mit (Sachverstand und) Geschick (auf ihre Korrektheit hin) zu überprüfen« (Ritter, a.a.O. [Anm. 278; Charisma] 179). Zu weiteren Kriterien wie Lebensweise, Verwendung irgendwelcher Praktiken zur Inspiration u.ä. vgl. Bacht (Lit. zu Kap. 12-14) 260f.

(943 im Anschluß an Augustin) *difficillima*, da auch der *spiritus malignus* durchaus *vera et utilia* zu sagen vermag, um dadurch diejenigen zu verführen, die ihm daraufhin Vertrauen schenken; wenn nur gegen die guten Sitten oder die *regula fidei* verstoßen wird, sei die Diagnose dagegen keine große Sache.

Bernhard v. Clairvaux hält die Sache fast für aussichtslos, bezieht die Funktion jedoch auf die eigene Introspektion[485]. Ignatius von Loyola fordert zur Prüfung der Geister auf, weil auch ein wirklicher Prophet sich täuschen kann, wenn er »nicht mit dem prophetischen Licht die Sache sieht«, »sondern mit dem natürlichen Licht seiner Vernunft oder Gedankenfolge« behauptet, was nicht Wahrheit ist[486]. Im Liber fundationis ecclesiae S. Bartholomei Londoniarum aus dem 12. Jh. erlebt Rahere, ein Höfling des englischen Königs Heinrich I., eine Traumvision, weiß aber nicht, ob sie *pro fantastico illusione* oder *pro coelesti oraculo* zu halten ist, denn eine *perfecta discretio* hält er nicht für eine Sache menschlichen Denkvermögens[487].

Viel charakteristischer aber ist, daß es nach Basilius v. Cäsarea nicht jedem erlaubt ist, »sich an eine Prüfung der Worte heranzumachen, sondern nur dem, der den Geist der Unterscheidung hat«[488]. Da das aber der kirchliche Amtsträger ist, überrascht es nicht, daß nicht das »Prüfet die Geister« im Vordergrund steht, sondern die Mahnung zu Gehorsam, Ehrerbietung und Rücksichtnahme gegenüber den »Vorstehern« und »Lehrern«[489], doch soll dieses Problem ausführlicher im Zusammenhang mit 14,29 aufgegriffen werden[490]. Das Charisma wird auch von den Reformatoren als *in primis necessaria* (Bullinger 218) geschätzt und über die Prüfung der Prophetie hinaus ausgedehnt. Zu erinnern ist an Luthers Schrift von 1523: »Dass eine christliche Versammlung oder Gemeine Recht und Macht habe, alle Lehre zu urteilen und Lehrer zu berufen, ein- und abzusetzen, Grund und Ursach aus der Schrift«[491]. Nach Melanchthon geht es um die *perspicatia iudicii in discernendis dogmatibus*[492].

485 Wenn einer auch Übung und Erfahrung habe, werde er »trotzdem unfähig sein, das bodenständige Böse von dem eingesäten Bösen in sich schön säuberlich auseinanderzuhalten und voneinander zu unterscheiden« (Schriften, Bd. 5, 282).

486 Deutsche Werkausgabe, Bd. 1, hg. v. P. Knauer, Würzburg 1993, 273; nach Estius 638 soll Gerson die *discretio* auch auf die Unterscheidung *verarum visionum a falsis* bezogen haben.

487 P. Dinzelbacher, Mittelalterliche Visionsliteratur, Darmstadt 1989, 82-85.

488 Ep. 61,5 (BKV 46, 225).

489 So zu Chrysostomus Ritter, a.a.O. (Anm. 278) 117, der aber zugleich darauf verweist, daß für Chrysostomus »das ›Votum‹ der Kirchenglieder ›kein nebensächlicher Zierat‹« für die Amtsinhaber ist und dieser »seine Hörer zum eigenen intensiven Studium der Bibel« anhält und anleitet.

490 Vgl. unten S. 466f.

491 WA 11, 408-416, dort allerdings nicht mit Berufung auf 1Kor 12, sondern u.a. auf 1Kor 14,30 und 1Thess 5,21. Auch WA 8, 99 wird unter Hinweis auf 14,29 erklärt: *Omnia probanda mandavit, non Augustinum, non Origenem, non ullum hominem excepit, ne Antichristum quidem papam.* Zum Subjekt des Prüfens vgl. die Auslegungs- und Wirkungsgeschichte zu 14,26ff.

492 Schriften, Bd. 6, 34; nach Loci 6,9 unterscheidet der Geist alles, auch wenn fleischliche Augen *simulatio et hypocrisis* nicht wahrnehmen; vgl. Maior 159r, der das vor allem auf die *autores & propagatores anabaptisticae superstitionis* bezieht, die mit ihren *singulares reuelationes* prahlen und erzählen, *quales in*

Calvin (426) sieht die Funktion darin, »Scheinheilige zu durchschauen«, und zwar »nicht mit natürlichem Scharfblick, sondern aus göttlicher Erleuchtung«[493]. Die Unterscheidung wird darum für nötig gehalten, weil es Leute gibt, die sich leicht verführen lassen, sei es aus Unerfahrenheit, Einfalt oder Stupidität[494]. Auch in der Folgezeit wird die Notwendigkeit der Unterscheidung der Geister oft wiederholt, z.B. von Semler (317f) darum, damit man sich vor Fiktionen anderer oder zweifelhafter Frömmigkeit vorsehe[495]. Nach Spener soll 1Joh 4,1 jedem Christen gelten, um »nicht zwar alle streitfragen auszumachen / aber doch alle ihm zur seligkeit nöthige warheiten daraus anzunehmen / die schädliche irrthumen aber zu vermeiden«[496], während sich V 10 an unserer Stelle auf die prophetischen Aussagen beziehe[497].

Auch in neuerer Zeit wird die Dringlichkeit einer Unterscheidung der Geister unterstrichen: »Nicht jeder Begeisterte ist aus dem Geiste Gottes und der Enthusiasmus ist der Feind der Wahrheit. Nicht jedes himmelantönende Lied besteht die Probe der Echtheit. Der Mensch kann sich in Stimmungen hineinempfinden, die vor der Wahrheit nimmer mehr bestehen. Um im Hochfluge der Gedanken die Geister zu prüfen, folgte die Reformation auf die Zeit der Mystiker«[498]. Bisweilen nähert sich die Unterscheidung der Geister einfach dem theologischen Urteilsvermögen. Wichern kann erklären: »Ist die Arbeit groß und sollen die vorhandenen Kräfte geschont, gestärkt, wohl verteilt und nicht vergeudet werden, so muß vor allem *eine* Gabe geweckt werden: die Gabe *der Unterscheidung der Geister.* Nach der Gabe und dem Maß der Gabe werde einem jeden das Seine zugemessen, und in kraft dieses apostolischen Charisma soll die Kirche ihre Arbeiter auch auf diesem Gebiet aufrufen und an die *rechte Stelle* stellen«[499].

Heutige Beispiele orientieren sich oft an der verführerischen Kraft von falschen Propheten während der Zeit des Kirchenkampfes[500]. Über solche kon-

corde motus sentirent. In der Confession de Foy 5 von 1559 (BSKORK 67) wird die Prüfung aller Edikte, Dekrete, Konzilien, Visionen, Mirakel u.a. an der Heiligen Schrift verlangt.

493 Auch sonst wird betont, daß die Unterscheidung der Geister »nit jederman ein ding vff ein jede zitt fuglichen« gegeben ist (QGT VII 366). Nach v. Mosheim 538 waren die meisten der ersten Christen »so gelehrt und geübt nicht«, daß sie die Unterscheidung zwischen einem wahren und falschen Propheten treffen konnten, weshalb sie leicht verführt worden wären.

494 So Zwingli 173; vgl. auch Bullinger 218, nach dem die Unterscheidung vor allem darum notwendig ist, weil bestimmte Leute auch durch Gewinn und Bauch, durch Haß und Ruhmsucht zur Prophetie getrieben werden, jedoch auch wegen der Einfalt der Leute, die nicht zwischen Wahrheit und Lüge, *loquentia* und *eloquentia* zu unterscheiden wissen. Nach Coccejus 308 gilt von den *simplices,* daß sie die *profunditates Satanae* nicht kennen und leicht getäuscht werden; als Beispiel wird auf Offb 2,2 und Jer 28,15 verwiesen.

495 Vgl. auch Grotius 810, nach dem die *dijudicatio* der Propheten auf folgende Weise geschieht: Wenn sie Menschen nicht von Christus wegführen und eintrifft, was sie ankündigen, sind sie dem *ordo Prophetarum* zuzurechnen.

496 Schriften XV 1, 211.

497 Ebd. 213; vgl. auch im Kommentar 435: Nach V 10 ist *statim absque operosa* (mit viel Mühe) *exploratione & consideratione* zu erkennen, wer von gutem oder von bösem Geist regiert wird.

498 Bezzel, Dienst 96.

499 Werke II 159.

500 Vgl. Käsemann (Lit. zu 14,11) 124: »Wir haben nicht vergessen, daß vor nicht zu lan-

kreten Beispiele hinaus aber wird unter Berufung auf die Unterscheidung der Geister auch die Notwendigkeit innerkanonischer Sachkritik[501] und theologischer Urteilsbildung begründet. »Diese diakritische und diagnostische Geistesgabe gilt der *Deutlichkeit der Gegenwart Gottes in der Welt.* Sie bezeichnet, wo Gott in der Gemeinschaft mit seinen Menschen handelt und wo er sich versagt«[502]. Als entscheidendes Kriterium für die immer neu notwendige Unterscheidung der Geister gilt fast überall geradezu selbstverständlich V 3, doch wird neben diesem grundlegenden als zweites auch der »Dienstcharakter des Charismas« genannt[503]. Den neuen charismatischen Bewegungen wird zwar bescheinigt, daß »viele zu einer neuen Erfahrung des Lebens im Geiste gelangt« sind, doch andererseits zu bedenken gegeben, »daß das Wirken des Geistes nicht leicht unterschieden werden kann von den Handlungen der freien menschlichen Wesen, durch die er wirkt; nicht alle menschlichen Werke sind das Werk des Geistes. Geführt durch die Geistesgabe der Unterscheidung (1Kor 12,10) müssen wir Kriterien entwickeln, um die echten Wirkungen des Geistes zu unterscheiden«[504].

6.7. Zur *Glossolalie* und ihrer Auslegung ist wie bei der Prophetie vor allem Kap. 14 zu vergleichen. Sie wird fast ausnahmslos auf nicht erlernte Fremdsprachigkeit bezogen, so daß sich fast einzelne Belege erübrigen. Im Anfang scheint die Sache zwar noch nicht festgelegt[505], bei Origenes und Chrysostomus ist die Deutung dann aber entschieden: Nach Origenes handelt es sich um die Gabe, in den Sprachen aller Völker zu reden[506], und Chrysostomus (296) erklärt zu 14,2f im Anklang an Apg 2, der eine habe seine Stimme in der Sprache der Perser, ein anderer in der der Römer, wieder einer in der der Inder

ger Zeit sogar Tyrannen in der Gemeinde empfohlen und das Evangelium in den Schatten von Blut und Boden und Rasse gestellt wurden«. Er fügt freilich hinzu: »Heute läuft der Strom in entgegengesetzer Richtung. Man kapselt sich vor der Welt wie in einem Ghetto ab ... Man kann den Heiligen Geist auch so verraten, daß man aus seinem Sturm die abgestandene Luft alter Dome und aus seinem Feuer die wärmende Flamme eines Kamins alter Familienstube werden läßt«.

501 Vgl. W. Schrage, Die Frage nach der Mitte und dem Kanon im Kanon des Neuen Testaments in der neueren Diskussion, in: FS E. Käsemann, Tübingen/Göttingen 1976, 415-442, hier 415.

502 Sauter, Freiheit 108.

503 Küng, Kirche 219; zu V 3 vgl. Schütte, Glaube 117.

504 Dokumente I 459.

505 Bei Irenaeus (Haer. 5,6,1 [SC 153, 75]) ist zwar nicht ganz klar, was er damit meint, er habe in den Versammlungen von vielen gehört, die durch den Geist in vielerlei Sprachen (παντοδαπαῖς γλώσσαις) geredet hätten (zum lateinischen Text *universis linguis* vgl. Currie* 277f), und zwar die Geheimnisse Gottes, doch bei Tertullian scheint die Sache anders zu sein: *Aliquam orationem, dumtaxat spiritalem, in ecstasi, id est in amentia* (Marc. 5,8,12 [CChr 1, 688]); vgl. zu beiden Stellen Neander 204; Weinel* 75f; Parmentier, a.a.O. (Anm. 278) 218.220. Nach Dautzenberg, RAC 11, 244 sind die Auslegungen der Kirchenväter zur Glossolalie »nur aus ntl. Texten u. aus der Auslegungstradition, nicht aus einer aktuellen Kenntnis glossolalischer Erscheinungen« entwickelt.

506 In Rom 1,13 (Fontes 2.1, 129); vgl. auch Theodoret 325. Der syrische Dichter Cyrillona kann aber noch sagen: »Der Geist wird kommen ... Eine neue Sprache wird in euch wohnen, die Schwingen des Geistes werden in euch verweilen; von der Himmelshöhe werden sie herabfliegen und in eurem Munde sich niederlassen« (zitiert bei Parmentier, a.a.O. [Anm. 278] 218f).

oder in anderer Sprachen erschallen lassen. Meist wird dieses Charisma in den alten Kommentaren allerdings übergangen oder nicht weiter interpretiert. Später heißt es einfach *loqui diversis* bzw. *multis linguis*[507]. Von Cyrill (889) wird darauf verwiesen, daß in Sprachen zu sprechen, bevor man sie kennt, z.Zt. der Apostel die angemessene Ausstattung war. Thomas (372) versteht sie als Fähigkeit, *per diversitatem idiomatum* überzeugend und vernünftig anderen zu verkündigen.
Auch die Reformatoren urteilen nicht anders[508]. So heißt es bei Calvin (426f): »Mancher besaß zwar die Gabe, mancherlei Sprachen zu reden, aber vielleicht gerade die Sprache des Volkes nicht, zu dem er reden sollte. So mußten andere, welche die Gabe der Sprachenauslegung empfangen hatten, die fremde Sprache in die betreffende Volkssprache übertragen. Diese Gaben waren nicht die Frucht mühsamen Lernens und Studierens, sondern Wunderwirkungen des Heiligen Geistes«[509]. Nach Coccejus (308) handelt es sich um ein *donum mirabile*, das zu jener Zeit nötig und von großer Zeichenbedeutung gewesen sei[510].

Die Deutung auf Fremd- bzw. Mehrsprachigkeit hat Paulus auch manchen Spott eingetragen. Reimarus erklärt, trotz aller Kautelen lasse Paulus doch fremde Sprachen im Gottesdienst gelten, und er folgert daraus: »Ist denn nicht die fremde Sprache alle Wege unnütz, und so lächerlich, als wenn einer heutiges Tages wollte eine hebräische, griechische, oder äthiopische Predigt mitten in Teutschland halten, und alsdenn sagen: meine Lieben, der heilige Geist ist auf mich gefallen, mit fremden Sprachen zu reden; aber was ich jetzt gesagt habe, davon ihr nicht verstanden, das heist auf teutsch so und so. Ein solcher Kerl müste entweder im Kopfe verrückt seyn, oder dem Pöbel was vorgaukeln wollen«; wie also, lautet die Frage an Paulus, kannst du »dergleichen Unsinn als übernatürliche Gaben des heiligen Geistes anpreisen . . .?[511]

Die richtige Deutung im Sinne übermenschlicher, himmlischer Sprache stammt erst aus dem 19. Jh.[512] und hat bis heute zahllose Literatur hervorgerufen, nicht nur im engeren Sinn theologische[513]. In Pfingstbewegungen wird

507 Vgl. immerhin schon Ambrosiaster 142 (*multas linguas scire*) und später Petrus Lombardus 1653; Atto 382; Thomas 378; Cajetan 74v; etwas anders Haymo 578: *varietates sermonum*. Nach dem Konzil von Vienne wird vom *imitare exemplum* der Apostel gesprochen, daß es *in omni linguarum genere eruditos* geben soll (COD 355).

508 Vgl. Bullinger 218: *Linguarum genera Hebraica scilicet, Graeca, Latina, & c.*; vgl. auch Semler 318f.

509 Vgl. auch Maior 159v: *Nosse multas diuersas linguas*.

510 Vgl. auch Calvin 426f, wonach diese Gabe auch dem Studium vergleichbar sein soll, freilich nicht ohne Gott, der *ingenium, commoditates, praeceptores, memoriam, eloquium* gibt; sie sei in der Kirche sowohl zur Ausbildung nützlich als auch dazu, die Kirche verschiedener Regionen zu verbinden und allen an ihren Gaben teilzugeben.

511 Reimarus, Apologie 354f.

512 Nach Weinel* 73 geht sie auf Neander und D. Schulz, Die Geistesgaben der ersten Christen, Breslau 1836 zurück; vgl. auch Heinrici, Sendschreiben 381, der auch auf Bleek (1829) verweist.

513 Pfister, Christentum 205 charakterisiert sie »unbedenklich als pathologisch«. In der Schule C.G. Jungs dagegen wird sie »aus den tiefsten Schichten des Kollektiv-Unbewußten« herkommend verstanden, oder es wird

die Glossolalie auch heute praktiziert[514]. Als Beispiel sei folgender glossolalischer Gesang zitiert: Ea tschu ra ta u ra tori da tschu ri kanka oli tanka bori tori ju ra fanka kullikatschi da u ri tu ra ta, was »Jesu, geh voran« gleich sein soll[515]. Trotz dieser bei den meisten Fremdheit und Verlegenheit auslösenden Phänomene, die zu sehr abwertenden Urteilen führen[516], ist in Kirche und Theologie heute aber auch eine größere Aufgeschlossenheit zu konstatieren, wobei mancherlei Annäherungen begegnen. So hat man Verbindungslinien zur Kindersprache[517], zur Musik[518] oder zur modernen Lyrik gezogen, die aus den Fesseln der normalen Sprache ausbricht[519]. Dabei bleibt freilich die Frage, welche Funktion der ἑρμηνεία hier zukommen kann und welche Rolle die paulinischen Kriterien dabei spielen können. Sauter sieht darum einerseits die Praxis der »Zungenredner«, die »direkt zu Gott hin reden« wollen – »Gottes Wirklichkeit sehen sie so himmelweit von aller Welt geschieden, daß sie dies durch ihre Freiheit von der Sprache beweisen wollen« –, »nicht ohne ein Körnchen Wahrheit«, weil die Äußerungen des Geistes »wirklich ›unaus-

ihr eine psychohygienische bzw. therapeutische Funktion zuerkannt (vgl. die Belege bei Bittlinger [Lit. zu 14,1ff; Gottesdienst] 204f). Vgl. auch oben Anm. 255f.

514 Die uferlose Literatur dazu kann hier nicht einmal in Auswahl genannt werden; vgl. z.B. Hollenweger, a.a.O. (Anm. 278) 389-393; Culpepper* 78-107. Die Kirchen äußern sich meist so wie ein Komitee der United Presbyterian Church der USA von 1970: »We therefore conclude, on the basis of scripture, that the practice of gossolalia should be neither despised nor forbidden; on the other hand it should not be emphasized nor made normative for the Christian experience. Generally the experience should be private« (zitiert bei Best* 48); vgl. auch Culpepper* 104f.

515 Fleisch, RGG² IV 1153; vgl. auch die Beispiele bei Peisker, Homiletische Monatshefte 49 (1973/74) 396; Mills* 109; Williams* 24.

516 Vgl. die Beispiele bei Mills (Lit. zu Kap. 12-14) 1f: »praying in gibberish«, »fluent nonsense«, »heresy in embryo«, »esoteric self-indulgence«.

517 So z.B. Ragaz, Bibel 31; auch Steiger will nicht »pseudo-historisch-kritisch aufgebläht: Glossolalie!« rufen, sondern an Pestalozzis »Theorie des Lallens« denken, »wonach Kinder auf musikalische Weise die ersten Laute und so die Sprache erlernen. Könnten nicht Lallende Gottes Sprache uns vormachen, die wir zu übersetzen hätten? Ist unser, selbst artikulierter, Lobpreis, in Nachahmung der Engelsprache doch auch ein Lallen« (GPM 46 [1992] 270).

518 So Voigt, a.a.O. (Anm. 332) 274, der aber hinzufügt, daß »der bewußte Formwille« der Zungenrede unähnlich ist; vgl. auch ders., Gemeinsam 113f, wonach die ekstatischen Züge der Pop- oder Rockmusik »das uns so fremde Phänomen ein wenig verständlich« machen sollen; vgl. auch unten Anm. 302 zu Kap. 14. Schellong vergleicht die Posaunenchorarbeit der Erweckungsbewegung in Minden/Ravensberg, glaubt aber, daß das Zungenreden, das er als »spontane Geisterweckung der letzten Tage« versteht, »uns gar nichts mehr bedeutet, und wofür wir – wenn überhaupt – nur etwas an die Stelle setzen können, was reflektiert organisiert wird, was es im Zweifelsfall auch außerhalb der Kirche gibt, und was schnell Routine an sich trägt« (Zungenreden in der Gemeinde, JK 55 [1994] 289-291, hier 291).

519 Vgl. R. Bohren, Predigtlehre, München 61993, 331-336: »In der Zungenrede werden die Möglichkeiten der Sprache überholt. Sie ist entfesselte Sprache. Man spricht schon im Morgen, das Morgen ist heute, und das Jauchzen nimmt teil an jener Schönheit, die die Welt erlösen wird. Sie zerbricht die Sprache, die uns gefangen hält ... In ihr feiert die Sprache ihre Freiheit«; »die Zungenrede nimmt eschatologische Sprache vorweg, insofern sich in ihr Gottes Geheimnis artikuliert«; vgl. im Anschluß daran auch Ch. Bäumler, in: Predigtstudien 1986, 89.91, aber auch die bei aller Sehnsucht nach einer neuen Sprache »skeptische Distanz«, die vom Paulustext her gewonnene »Kritik des bloß Exzeptionellen« und das »Plädoyer für die Zuverlässigkeit des Vernünftigen« bei W. Steck, in: ebd. 92f.

sprechlich‹« sind und sich »nicht von irgendwelchen Wörtern einfangen und dem Vorurteil unserer Sprache unterwerfen« lassen; andererseits aber erinnert er an das paulinische Dringen auf verständliches Reden und kommt zum Urteil: »Der Heilige Geist zerstört nicht nur die Rationalität der Sprache, sondern setzt sie gerade in Kraft. Er gewährt Sprachkompetenz, um Wirklichkeit auszusprechen, und er richtet das Reden von Gott auf Verständigung aus«[520]. Welker macht einerseits auf die paulinische Relativierung und Ambivalenz der Zungenrede aufmerksam, die wie die »mystische ›Erfahrung‹« »in individuierender *oder* verbindender, zerrüttender *oder* solidarisierender Weise benutzt und verwendet werden kann«, wendet sich aber andererseits gerade von daher gegen »eine pauschale Ablehnung aufgrund von Ängsten vor Fremdheit und Irrationalismus«[521]. Nach anderen kann Glossolalie »auch als ›Kathedrale der Armen‹ fungieren, die sich der ›Tyrannei der Worte‹ im Gottesdienst widersetzt und die Privilegien der Gebildeten ausräumt, wodurch den Armen und Ungebildeten eine gleichberechtigte Stimme zugestanden wird«[522]. Im übrigen ist auch hier zu vergleichen, was oben in Punkt 5 zu den außergewöhnlichen Geistphänomenen festgehalten worden ist (vgl. weiter auch unten S. 422f).

6.8. Die Gabe der ἑρμηνεία γλωσσῶν wird meist als *interpretari* der *dicta* jener bestimmt, die in Sprachen oder Schriften reden[523]. Nach Petrus Lombardus (1653) geht es um Interpretation der Visionen oder der allegorischen Ankündigungen in Propheten und Evangelien, nach Atto (382) um das *transferre* in eine andere Sprache zum Nutzen anderer[524], nach Herveus (943) um die Deutung dunkler Reden der Schriften. Cornelius a Lapide (312) schließt daraus weitergehend, daß die Heilige Schrift nicht allen klar ist und nicht *priuato cuiusuis spiritu* ausgelegt werden darf, wie die Häretiker wollen[525]. Die damit

520 Freiheit 53. Vgl. auch ders., a.a.O. (Anm. 376) 31, wo sie als Gabe aufgenommen wird, »*unmittelbar von Gott zu reden*, d.h. nicht bei den alltäglichen Aufgaben menschlicher Verständigung zu verweilen, sondern sich in seinem Reden allein Gott zuzuwenden und mit seinem Sprechen den überwältigenden Einbruch göttlicher Wirklichkeit in die Welt unserer Sprache kundzutun«.

521 Welker, Geist 252; vgl. den ganzen Abschnitt 246-252.

522 So Macchia (Lit. zu Kap. 12-14) 252 im Anschluß an W.J. Hollenweger und H. Cox; vgl. ebd. auch das Zitat von R. Spittler: »eine gebrochene Sprache für einen gebrochenen Körper Christi bis zu seiner Vollendung«, wozu der Autor selbst hinzufügt: »Zungenrede ist ein Symbol unserer Gebrochenheit und ein Vorgeschmack auf die Heilung«. Der therapeutische Effekt wird auch sonst betont, z.B. von Bittlinger* 106, der Hollenweger (»Der Mensch braucht eine Möglichkeit der nichtintellektuell gebundenen Meditation und Entspannung«) und 107 Christenson zitiert (»Sprachenrede ist eine Art und Weise, wie der Geist Gottes im Unterbewußsein arbeitet, um einen Menschen zu einer neuen Ganzheit zu führen, zu einer Integration der gesamten Psyche«).

523 Ambrosiaster 134f; Hieronymus 760 u.a. Ambrosius verknüpft das letzte der Charismen mit der Auslegung der Schrift (Off. 1,1,3 [BKV 32, 12]).

524 Haymo 578 verweist auf die Übertragungen der göttlichen Schriften ins Lateinische durch Hieronymus.

525 Etwas anders Estius 639: Danach ist die Schriftinterpretation das *officium* derer, die *professores linguarum* genannt werden und Hebräisch oder Griechisch verstehen, was *perutilis est atque adeo necessaria*.

apostrophierten Reformatoren sehen das verständlicherweise anders[526], weichen aber im übrigen nicht von der Beziehung auf Xenolalie ab.

Die ganze Unhaltbarkeit dieser Auslegung zeigt sich bei v. Mosheim (558): »Also hatten einige der Christen die Gabe mit fremden Sprachen zu reden: Und andere hatten bloß die Gabe, dieselbe zu verstehen, und das, was in einer fremden Sprache vorgetragen worden, in der Sprache des Landes zu wiederholen und zu erklåren ... Es ist verschiedenes in diesen beyden Gaben, das uns schwer zu begreifen ist. Warum theilte der Herr diese beyden Gaben? Warum konnte der, der in einer unbekannten Sprache redete, seine Gedanken auch in seiner Muttersprache nicht vortragen? Verstand er vielleicht selbst dasjenige nicht, was er sagte? Warum konnte der Ausleger zwar sagen, was jener mit fremden Wörtern vorgetragen hatte, aber selbst in keiner, als in seiner Muttersprache, reden?«

Heute wird mit diesem Charisma zwar bisweilen in generalisierender Weise die Aufgabe der Hermeneutik verbunden[527], doch weniger wegen des inflationären und unterschiedlichen Gebrauchs dieses Begriffes[528] als wegen meist fehlender Bezugnahmen auf den Text[529] braucht das hier nicht verfolgt zu werden, zumal sich das eher aus 1Kor 14 ergibt. Immerhin wird man mit Anhalt am Text Weder beipflichten können: »Die Hermeneutik sorgt dafür, daß der Verstand eben dort ins Spiel kommen kann, wo der Mensch von der Macht religiöser Erfahrungen überwältigt zu werden droht«[530] und »die Verhältnislosigkeit in der Gemeinde« überwunden werden soll[531].

7. Von allem Anfang an sind V 4-6 wegen des Interesses an dem einheitlichen göttlichen Ursprung aller Geistesgaben als eine der Kardinalstellen in der Ausbildung der kirchlichen *Trinitätslehre* angesehen worden[532], und so heißt es fast unisono: *Tres operari dicuntur, ut trinitatis mysterium in unius dei natura et potestate claudatur, cum sit immensum*[533]. Origenes findet in V 4-6 klar ausgesprochen, *quod nulla est in trinitate discretio*[534], und auch Basilius v.

[526] Vgl. z.B. Coccejus 308: Die Auslegung der Sprachen sei Sache derer, *qui populari lingua commode possunt populo explicare, quae barbare dicta aut scripta sunt.* Für Maior 159v besteht die ἑρμηνεία in der *facultas docendi.*

[527] Vgl. z.B. Weder* 101f.

[528] Vgl. den instruktiven Artikel Hermeneutik III von W. Schenk, TRE 15, 144-150 mit Lit.

[529] In den Hermeneutiken von K. Frör (Biblische Hermeneutik, München 1967) und P. Stuhlmacher (Vom Verstehen des Neuen Testaments, 1979 [GNT 6]) taucht unsere Stelle denn auch nicht auf.

[530] Neutestamentliche Hermeneutik, Zürich 1986, 33. Da es sich um ein Charisma handelt, wird aber hinzugefügt, daß »das Gelingen keineswegs in den Händen des Hermeneuten und schon gar nicht in der Macht methodischer Kniffe liegt« (34).

[531] Ebd. 37.

[532] Immerhin heißt es bei Petrus Lombardus 1654 im Anschluß an Augustin: *De Spiritu sancto nondum tam copiose ac diligenter disputatum est a doctis et magnis divinae scripturae tractatoribus.*

[533] Ambrosiaster 134; vgl. auch 135: *quia unius naturae sunt et virtutis, quod unus operatur, operentur tres*; vgl. ähnlich Ambrosius 259 bzw. 260; Hrabanus Maurus 108; Glossa 52v; Petrus Lombardus 1653.

[534] Princ. 1,3,7 (TzF 24, 178).

Cäsarea belegt mit V 4-6: χωρισμὸν ἡ Τριὰς οὐ προσδέχεται[535]. Fulgentius nennt die *opera Patris et Filii et Spiritus Sancti inseparabilia*[536]. Leo d. Gr. findet in V 4-6 deutlich ausgesprochen, daß der Heilige Geist »die Allmacht mit dem Vater und dem Sohne teilt, und die Gottheit nur eine ist«[537]. Der Text wird dabei vor allem *contra Macedonianos, qui Spiritum sanctum negant esse Deum*, ins Feld geführt[538], aber auch gegen die Arianer, die aus der Reihenfolge in V 4-6 Kapital schlagen wollen[539]. Vor allem Athanasius polemisiert mit V 4 gegen Arius und Sabellius[540]. Immer wieder wird betont, daß dem Geist die gleiche göttliche οὐσία zukommt[541], und ebenso, daß der Geist nicht zum Wirken bewogen oder befohlen wird, sondern er wirkt, wie er selbst will, was als Beleg für die Personhaftigkeit und Gottheit des Geistes gilt[542]. Auch der unzählige Male zitierte Satz V 11 wird trinitätstheologisch interpretiert, so von Gertrud v. Helfta, die die *Trinitas perfecta* so bestimmt: *Vivens et regnans operatur omnia in omnibus nobis*[543].

Auch nach Luther gilt, daß Paulus »růret on zweivel damit den Artikel der

535 Adv. Eun. 5 (PG 29, 729); vgl. auch 717; ders., De Spir. S. 37 (Fontes 12, 182-184) weist darauf hin, daß in V 4-6 keine Umkehrung der τάξις vorliegt, sondern daß von unserem Standort her ausgesagt wird, wie wir die Gaben empfangen und so zuerst dem begegnen, der sie verteilt (vgl. auch 186).

536 Contra Fastid. 3,2 (CChr 91, 286); ähnlich auch Petrus Lombardus 1653; Hugo 534 (*Opera Trinitati sint indivisa*) und später Cornelius a Lapide 311 (*Omnia opera ad extra sunt toti Trinitati communia*).

537 Serm. 75,4 (BKV 55, 217).

538 Hieronymus 754; Pelagius 195; ähnlich Primasius 535; Atto 381; Herveus 941 u.a.

539 Vgl. z.B. Hieronymus 754; Pelagius 196; Primasius 535; vgl. auch Theophylakt 712 (διὰ τοὺς τὴν τάξιν περιεργαζομένους); Atto 382 (*adversus Arium, qui et gradus in Trinitate, et Filium minorem Patre, et Spiritum sanctum ambobus* [beide] *asserruit*); ähnlich Haymo 577; Herveus 941.

540 Or. 4 (PG 26, 505); ders., Ep. ad Serap. 1,30: Παῦλος οὐ διαιρεῖ τὴν Τριάδα, ὥσπερ ὑμεῖς, ἀλλὰ τὴν ἑνότητα ταύτης διδάσκων mit folgendem Zitat von V 4-6 (ebd. 600); vgl. auch ders., De Incarn. 14 (ebd. 1008f). In Contra Ar. 4,25 hält er die Exegese von V 4 durch Sabellius, daß nämlich der Vater derselbe sei, sich aber zum Sohn und Geist erweitere, für ungereimt (BKV 13, 373f), in Ep. ad Serap. 1,30 ebenso die These, daß der Geist Geschöpf sei (ebd. 445; vgl. auch 3,4 [ebd. 466]). Nach Epiphanius empfängt die Trinität nie einen Zuwachs, entsteht nicht durch Verschmelzung und ist nie von der ihr eigenen Einheit verschieden, mit folgendem Zitat von V 4-6 (Anc. 7,3-5 [GCS 25, 13f]).

541 Vgl. schon Chrysostomus 244; Marius Victorinus, Adv. Ar. 1,18 (SC 68, 230): Der Heilige Geist sei *in substantia* ὁμοούσιος; vgl. auch Cyrill 885 und später z.B. Petrus Lombardus 1652 (*Eadem prorsus substantia deitatis intelligitur, sed trinitas in personis*) und Haymo 576 (*Spiritus namque sanctus inseipso unus idemque manet, id est immensus, indivisus, inseparabilis cum Patre et Filio, sed dona illius divisa sunt, quia non omnibus aequaliter conferuntur*).

542 Chrysostomus 246: Ἐνεργεῖ τὸ Πνεῦμα, οὐκ ἐνεργεῖται, καὶ ἐνεργεῖ ὡς βούλεται, οὐ καθὼς κελεύεται. Nach Oecumenius 816 gilt: Αὐτοκρατορικῶς τε γὰρ τὰ Πατρὸς καὶ Υἱοῦ ἔργα ποιεῖ. Vgl. auch Gregor v. Tours: »Wer aber tut, was er will, ist niemandem untertan« (Hist. 5,43 [Libri I 361]); Ambrosius, Sacr. 6,9 (SC 25, 100): *Diuisit spiritus pro uoluntate sua, non pro obsequio.* Auch die lateinischen Kommentare betonen, daß der Geist *non jussus, sed voluntarius* wirkt (Hieronymus 754; Pelagius 197; Primasius 536; vgl. auch Herveus 944: *Non enim missus, sed voluntarius operatur*); auch nach Fulgentius wirkt der Heilige Geist nicht auf den Befehl eines anderen hin, sondern *suae operatur arbitrio uoluntatis* (Contr. Fabian. 27,8 [CChr 91A 806]).

543 Legat. 1,4,28 (SC 255, 272); ähnlich öfter bei Leo d. Gr., z.B. Tract. 69 (CChr 138A, 425); Cajetan 74v: *Hinc apparet spiritum sanctum esse verum deum. Solius enim dei est facere prout vult.*

Dreifaltigkeit oder dreier Personen des göttlichen wesens ... also hie auch unterscheidet er die drey, Einen Gott, HErrn und Geist, und gibt jedem sein eigen werck, dadurch er sich erzeiget ... Und sind doch die drey, Gott, HErr und Geist nicht mancherley Götter, sondern einerley göttlichs wesens«[544]. In Katechismen gehört unsere Stelle ebenfalls zu den Belegen dafür, daß der Geist »gleiches wesens vnd Gottheit mit GOTt dem Vater vnd dem Sohn« ist[545]. Auch später wird nicht anders geurteilt. V. Mosheim (561) findet hier den Ort, »worinn die drey Personen der Gottheit zwar persönlich von einander unterschieden, aber doch zugleich einander ganz gleich und ähnlich gemacht werden«[546].

In modernen Veröffentlichungen dienen V 4-6 ebenfalls trinitarischen Denkanstößen. Brunner stellt zutreffend fest, daß im Neuen Testament an den triadischen Stellen »ein gewisses Nebeneinander« zu beobachten ist, worüber nicht hinausgegangen wird, daß aber durch das biblische Zeugnis »das trinitarische *Problem* der theologischen Reflexion unausweichlich gestellt« ist[547]. Vogel sieht Stellen wie V 4-6 (zusammen mit Mt 28,19 und Eph 4,4-6) nicht als »wunderliche Randarabesken des Offenbarungszeugnisses« an, sondern »von dem Geheimnis des dreieinigen Gottes durchwaltet und erfüllt«[548]. Nach Küng geht es gegenüber Tritheismus und Modalismus um »eine *Wirk- und Offenbarungseinheit* von Vater, Sohn und Geist«, die »nicht so schematisch ontologisch in eine göttliche Natur eingeebnet werden« kann[549]. Generell aber wird geschlossen: »Ekklesiologie ist ohne die Trinitätslehre nicht zu treiben«, denn »wäre es anders, so wären wir mit unserem ›geistlichen Leben‹ unter uns und unserem eigenen Geltungsdrang und chaotischen Selbstseinwollen ausgeliefert«[550].

544 WA 22, 181; vgl. auch Bullinger 217f; nach ders., Haußbuch 290f hat Paulus den Geist zuerst genannt, »dadurch zu lehren / daß die ordnung der namen / keinen vnderscheid der würde mache«. Coccejus 307 nennt V 4-6 ein *efficax argumentum pro Trium unitate. Tres omnia operantes sunt unum.*

545 Reu, Katechismen I 1, 717.

546 Vgl. auch Spener 433: *Sic tres personae expresse indicantur cum operationibus suis, ita tamen ut singularis operatio cum alterius operatione sit communis*; vgl. auch Heidegger 114: *Haec omnia distinguuntur κατ' οἰκονομίαν.*

547 Dogmatik, Bd. 1, 228; vgl. auch Joest, Dogmatik, Bd. 1, 319.

548 Werke, Bd. 1, 248; vgl. auch Weber, Grundlagen I 395 und 404 (»nicht drei Wesenheiten nebeneinander, sondern eine Einheit«) sowie II 578. Nach Sauter, a.a.O. (Anm. 376) 32 geht es dem Text »vor aller Frage nach Einheit und Vielfalt in der *Kirche* – um die Bezeugung der Einzigkeit *Gottes* in der Gegenwart seines *Geistes*«.

549 Christ 464f; vgl. auch ders., Kirche 200: In der Begegnung von Gott, Christus und Geist mit dem Glaubenden gehe es »plötzlich um die eine und selbe Begegnung«; vgl. weiter Ratschow, Glaube 115: »Der Geist, der ›personhaft‹ wirkt, gibt die Anwesenheit Jesu als Anwesenheit Gottes frei und ist selbst Gabe, in und mit der das Glaubensleben als Fortgang geschieht«; zu älteren dogmatischen Stimmen vgl. ders., Dogmatik II 138.140.150; vgl. auch Schmaus, Dogmatik I 405: »kein bloßer Funktionsbegriff, sondern ein von Christus verschiedenes Tätigkeitssubjekt«, doch dürfe man hier nicht »den später ausgearbeiteten Personbegriff« anwenden. Zur Zuordnung der drei Begriffe in V 4-6 zu den drei göttlichen Personen vgl. auch Scheeben, Handbuch IV 444.

550 Weber, GPM 5 (1950/51) 175; vgl. auch Möller, huf 2 (1979) 209: »Indem Paulus den 3. Artikel an die Externität des 2. und 1. Artikels bindet, wehrt er der Subjektivierung des Geistes durch die Pneumatiker«.

3.3 *Die Gemeinde als Leib Christi 12,12-31a*

Literatur: Banks, Idea 52-70; *Barth, M.,* A Chapter on the Church – The Body of Christ. Interpretation of I Corinthians, Interp. 12 (1958) 131-156; *Best, E.,* One Body in Christ. A Study in the Relationship of the Church to Christ in the Epistles of the Apostle Paul, London 1955; *Bonnard, P.,* L'Église corps du Christ dans le paulinisme, RThPh 8 (1958) 268-282; *Bouttier, M., Complexio Oppositorum*: sur les formules de I Cor. XII.13; Gal III.26-8; Col. III.10,11, NTS 23 (1976/77) 1-19; *Brandenburger, E.,* Der Leib-Christi-Gedanke nach Paulus, ÖR 38 (1989) 389-396; *Breed, J.L.,* The Church as the »Body of Christ«: A Pauline Analogy, Theological Review (Beirut) 6 (1985) 9-32; *Brockhaus,* Charisma 164-175 u.ö.; *Brosch* (Lit. zu Kap. 12-14); *v. Campenhausen,* Amt; *Carson* (Lit. zu Kap. 12-14) 42-50; *Cerfaux, L.,* La Théologie de l'Église suivant S. Paul, Paris [2]1948; *Cottle, R.E.,* »All Were Baptized«, JETS 17 (1974) 75-80; *Cuming, G.J.,* ΕΠΟΤΙΣΘΗΜΕΝ (1 Corinthians 12.13), NTS 27 (1980/81) 283-285; *Dahl,* Volk 224-229; *Daines, B.,* Paul's Use of the Analogy of the Body of Christ – With Special Reference to 1 Corinthians 12, EvQ 50 (1977) 71-78; *Dubarle, A.M.,* L'origine dans l'Ancien Testament de la notion paulinienne de l'église corps du Christ, SPCIC 1 (1961) 231-240 (AnBib 17/18); *Dunn* (Lit. zu Kap. 12-14); *ders.,* ›The Body of Christ‹ in Paul, in: FS R.P. Martin, Sheffield 1993 (JSNT.S 87), 146-162; *Friedrich* (Lit. zu Kap. 12-14); *Garner, G.,* The Temple of Asklepius at Corinth and Paul's Teaching, Buried History 18 (1982) 52-58; *Giesriegl* (Lit. zu Kap. 12-14); *Gillespie,* Theologians 118-128; *Greeven* (Lit. zu Kap. 12-14); *Gundry,* Sôma; *Hainz,* Ekklesia 259-265; *ders.,* Volk; *Halter,* Taufe 163-174; *Hanimann, J.,* »Nous avons été abreuvés d'un seul Esprit«. Note sur 1 Co 12,13b, NRTh 94 (1972) 400-405; *Harnack, A.,* Entstehung und Entwicklung der Kirchenverfassung und des Kirchenrechts in den zwei ersten Jahrhunderten, Leipzig 1910; *Hahn* (Lit. zu Kap. 12-14); *Hasenhüttl* (Lit. zu Kap. 12-14); *Heine,* Glaube 145-152; *Hermann,* Kyrios 76-85; *Hill, A.E.,* The Temple of Asclepius: An Alternative Source for Paul's Body Theology?, JBL 99 (1980) 437-439; *Hoffmann* (Lit. zu Kap. 12-14); *Horn,* Angeld 172-175.287-291; *Horrell,* Ethos 176-184; *Iber, G.,* Zum Verständnis von 1 Cor 12,31, ZNW 54 (1963) 43-52; *Jacob, R.,* Pluralisme et unité. 1 Co 12,12-30, ASeign 34 (1973) 54-59; *Jewett,* Terms 201-287; *Käsemann,* Leib; *ders.,* Das theologische Problem des Motivs vom Leibe Christi, in: *ders.,* Perspektiven 178-210; *ders.,* Amt und Gemeinde im Neuen Testament, in: *ders.,* Versuche I 109-134; *ders.,* Der unaufgebbare Platz. 1. Korinther 12,12-27, in: *ders.,* Kirchliche Konflikte, Bd. 1, Göttingen 1982, 92-103; *Kertelge* (Lit. zu Kap. 12-14); *Klaiber,* Rechtfertigung 41-48.104-113; *Klauck,* Herrenmahl 333-346; *Kremer, J.,* »Eifert aber um die größeren Charismen« (1 Kor 12,31a), ThPQ 128 (1980) 321-335; *Lindemann, A.,* Die Kirche als Leib. Beobachtungen zur »demokratischen« Ekklesiologie bei Paulus, ZThK 92 (1995) 140-165; *Louw, J.P.,* The Function of Discourse in a Sociosemiotic Theory of Translation Illustrated by the Translation of *zeloute* in 1Corinthians 12:31, BiTr 39 (1988) 329-335; *Lührmann, D.,* Wo man nicht mehr Sklave und Freier ist. Überlegungen zur Struktur frühchristlicher Gemeinden, WuD 13 (1975) 53-83; *Lyonnet, St.,* Agapè et charismes selon 1 Co 12,31, in: de Lorenzi, Paul 509-527; *Martin, R.P.* (Lit. zu Kap. 12-14) 17-37; *Martin, D.B.* (Lit. zu 12,4ff); *ders.,* The Corinthian Body. New Harm u.a. 1995; *Merklein, H.,* Entstehung und Gehalt des paulinischen Leib-Christi-Gedankens, in: *ders.,* Studien 319-344; *Meuzelaar, J.J.,* Der Leib des Messias. Eine exegetische Studie über den Gedanken vom Leib Christi in den Paulusbriefen, 1961 (GTB 35); *Mine-*

ar, P.S., Bilder der Gemeinde, Kassel 1964, 179-257; *Mitchell*, Paul 157-164; *Ollrog*, Paulus 84-91.141-146; *Park*, Kirche 300-308 u.ö.; *Percy, E.*, Der Leib Christi (Σῶμα Χριστοῦ) in den paulinischen Homolegumena und Antilegomena, 1942 (Lunds Universitets Årsskrift N.F. 38,1); *Reuss, J.*, Die Kirche als »Leib Christi« und die Herkunft dieser Vorstellung bei dem Apostel Paulus, BZ 2 (1958) 103-127; *Ridderbos*, Paulus 256-282; *Robinson, J.A.T.*, The Body, 1952 (SBT 5); *Rogers, E.R.*, ΕΠΟΤΙΣΘΗΜΕΝ Again, NTS 29 (1983) 139-142; *Roloff*, Apostolat 125-135; *Schäfer*, Gemeinde, bes. 384-418.674-702; *Schatzmann* (Lit. zu Kap. 12-14); *Schlier, H.*, Corpus Christi, RAC 3, 437-453; *ders.*, Christus und die Kirche im Epheserbrief, 1930 (BHTh 6); *ders.*, Exkurs τὸ σῶμα τοῦ Χριστοῦ, in: *ders.*, Der Brief an die Epheser, Düsseldorf 1967, 90-99; *Schlosser, J.*, Le corps en Co 12,12-31 in: Guénel (Hg.), Corps 97-110; *Schmidt, T.*, Der Leib Christi (Σῶμα Χριστοῦ), Leipzig/Erlangen 1919; *Schnackenburg*, Kirche 146-156; *ders.* (Lit. zu Kap. 12-14); *Schürmann, H.*, Die geistlichen Gnadengaben in den paulinischen Gemeinden, in: Kertelge, Amt 362-412; *ders.*, » . . . und Lehrer«, in: *ders.*, Orientierungen am Neuen Testament, Düsseldorf 1978, 116-156; *Schulz* (Lit. zu Kap. 12-14); *Schweizer*, Kirche; *ders.*, Gemeinde 80-94.148-192; *ders.*, Leben 50-95; *Smit, J.F.M.*, Two Puzzles: I Corinthians 12.31 and 13.3: A Rhetorical Solution, NTS 39 (1993) 246-264; *Söding, Th.*, »Ihr aber seid der Leib Christi« (1Kor 12,27). Exegetische Beobachtungen an einem zentralen Motiv paulinischer Ekklesiologie, Cath(M) 45 (1991) 135-162; *Soiron, Th.*, Die Kirche als der Leib Christi, Düsseldorf 1951, 67-79; *Sprague, R.K.*, Parmenides, Plato, and I Corinthians 12, JBL 86 (1967) 211-213; *Stalder*, Werk 87-93; *Unnik, W.C. van*, The Meaning of 1 Corinthians 12:31, NT 35 (1993) 142-159; *Vollenweider*, Welten 362-370; *Wedderburn, A.J.M.*, The Body of Christ and Related Concepts in 1 Corinthians, SJTh 24 (1971) 74-96; *Wikenhauser, A.*, Die Kirche als der mystische Leib Christi nach dem Apostel Paulus, Münster [2]1940; *Witherington*, Conflict 252-263; *Worgul, G.S.*, People of God, Body of Christ: Pauline Ecclesiological Contrasts, BTB 12 (1982) 24-28; *Yorke, G.L.O.R.*, The Church as the Body of Christ in the Pauline Corpus, Lanham u.a. 1991; *Zapelena, T.*, Vos estis corpus Christi. I Cor. 12,27, VD 37 (1959) 78-95; *Zimmermann, A.F.*, Die urchristlichen Lehrer, 1984 (WUNT II/12), 92-113.

12 **Denn gleichwie der Leib einer ist und viele Glieder hat, alle diese Glieder des Leibes aber, obgleich es viele sind, ein Leib sind, so verhält es sich auch mit dem Christus.** 13 **Denn durch einen Geist sind wir alle in einen Leib hineingetauft, ob Juden oder Griechen, ob Sklaven oder Freie, und alle sind wir mit einem Geiste getränkt worden.** 14 **Denn auch der Leib ist nicht ein Glied, sondern viele.** 15 **Wenn der Fuß sagt: »Weil ich keine Hand bin, darum gehöre ich nicht zum Leibe«, gehört er deswegen trotzdem zum Leibe.** 16 **Und wenn das Ohr sagt: »Weil ich kein Auge bin, gehöre ich nicht zum Leibe«, gehört es deswegen trotzdem zum Leibe.** 17 **Wenn der ganze Leib Auge wäre, wo bliebe das Gehör? Wenn er ganz Gehör wäre, wo bliebe der Geruch?** 18 **Nun aber hat Gott die Glieder eingesetzt, jedes von ihnen am Leibe, wie er wollte.** 19 **Wenn aber das Ganze ein Glied wäre, wo bliebe da der Leib?** 20 **Nun aber sind es viele Glieder, aber ein Leib.** 21 **Das Auge kann aber nicht zur Hand sagen: »Ich habe dich nicht nötig«, oder wiederum der Kopf zu den Füßen: »Ich habe euch**

nicht nötig«. 22 **Vielmehr sind gerade die Glieder des Leibes, die schwächer zu sein scheinen, um so notwendiger.** 23 **Und den Gliedern des Leibes, die wir für weniger ehrbar halten, verleihen wir um so größere Ehre, und unsere weniger anständigen erhalten um so größeren Anstand.** 24 **Unsere anständigen aber haben das nicht nötig. Gott aber hat den Leib zusammengefügt und dem zurückstehenden (bzw. benachteiligten) Glied besondere Ehre gegeben,** 25 **damit keine Spaltung am Leibe entsteht, sondern die Glieder in gleicher Weise füreinander sorgten.** 26 **Und wenn ein Glied leidet, leiden alle Glieder mit, und wenn ein Glied geehrt wird, freuen sich alle Glieder mit.** 27 **Ihr aber seid Christi Leib und als Teile Glieder.** 28 **Und die einen hat Gott in der Gemeinde eingesetzt erstens zu Aposteln, zweitens zu Propheten, drittens zu Lehrern, dann (kommen) Wunderkräfte, dann Heilungsgaben, Hilfeleistungen, Verwaltungen, (mancherlei) Arten von Zungenreden.** 29 **Sind etwa alle Apostel? Etwa alle Propheten? Etwa alle Lehrer?** 30 **(Haben) etwa alle Wunderkräfte? Etwa alle Heilungsgaben? Reden etwa alle in Zungen? Können sie (diese) etwa alle auslegen?** 31a **Strebet aber nach den höheren Charismen.**

Analyse Einheit und Verschiedenheit der Gemeinde bleiben auch im folgenden das zentrale Thema und werden nun in ihrer notwendigen Wechselseitigkeit und Verflochtenheit illustriert. Die Verabsolutierung bestimmter Charismen, vor allem der Dünkel eines höheren Wertes der Glossolalen, deren Kehrseite die Abwertung anderer bildet, ist auch hier das Gegenüber[551]. Zunächst wird in V 12f nach dem angefangenen Vergleich die lebendige Wirklichkeit des einen Christusleibes in Erinnerung gerufen. Dann greift Paulus das in der Antike, vor allem in der stoischen Diatribe weit verbreitete Bild vom Organismus des Leibes und seinen Gliedern auf, um daran Einheit und Vielfalt der Gemeinde zu veranschaulichen. Dieses Bild steht zwar beherrschend im Vordergrund, doch impliziert das keine Vorentscheidung darüber, ob »Leib Christi«, der ausdrücklich erst in V 27 erscheint, realiter oder metaphorisch zu verstehen ist.

[551] Mitchell* 161 findet wegen der Betonung der Einheit des Leibes auch hier »factionalism« anvisiert, zu Recht, doch ohne genügende Beachtung der ebenso betonten Vielheit der Glieder; vgl. Horrell* 177f; Wire (Lit. zu Kap. 12-14) 136, die wie schon Hurd, Origin 190f gerade umgekehrt urteilen (»his [sc. Paul's] arguments are not for unity but diversity«). Witherington* 254.258 betont beides (vgl. weiter unten in Anm. 640). Oft wird von gnostischem bzw. enthusiastischem Individualismus gesprochen (Conzelmann 259; Jewett* 271; anders Brockhaus* 172 Anm. 140; vgl. auch Schäfer* 677 Anm. 20), wofür vor allem das betonte πρὸς τὸ συμφέρον (V 7) und Kap. 13 sprechen, doch ist Individualismus eher die Konsequenz als die Ursache der Probleme; zudem können auch gnostische Gemeindeordnungen wie Inter (NHC XI 1) durchaus der »Vereinzelung und Verselbständigung der einzelnen Gemeindeteile« entgegentreten (Koschorke, a.a.O. [Anm. 337] 40). Zur These von Sprague* 211-213, Paulus habe Anhänger eleatischer Philosophie im Visier, für die es nur die Alternative gebe, daß der Leib nur ein Glied oder keines habe, vgl. die Kritik bei Brockhaus* 166 Anm. 112.

Rhetorisch handelt es sich um symbuleutische *argumentatio*[552], wobei das »Gleichnis« vom Leib und seinen Gliedern, das man in seiner bekanntesten Gestalt bei Menenius Agrippa (vgl. unten) meist als »Fabel« charakterisiert[553], formgeschichtlich verschieden klassifiziert wird[554]. Auffallend sind Parallelismen (V 12/20; 18/28), rhetorische Fragen (V 17.19.29f) und Anaphora (V 29f).

Traditionsgeschichte: V 13b ist Paulus wie Gal 3,28 möglicherweise vorgegeben[555]. Dafür sprechen in Gal 3,28 der Wechsel von der 2. Pers. (V 26f) zur 3. Pers. Plur., die beiden vom Kontext nicht geforderten Doppelglieder in V 28a.b, wobei ἄρσεν καὶ θῆλυ zudem unpaulinisch ist (vgl. Gen 1,27), die fehlende Begründung, ferner das in Spannung zum paulinischen Interpretament ἐν Χριστῷ stehende maskuline εἷς und endlich die Parallele an unserer Stelle und in Kol 3,11, und zwar jedes Mal im Kontext der Taufe. Daß Paulus selbst einen bei Persern, Griechen und Juden bezeugten Lob- und Dankspruch umkehrt, in dem der Mann dafür dankt, daß er nicht als Ungläubiger, nicht als Ungebildeter und nicht als Frau geschaffen wurde[556], oder gar an einen die

552 Berger, Formgeschichte 222 rechnet das Bild vom Leib dagegen zur epideiktischen Gattung der Ekphrasis. Epideiktische Momente sind nicht zu bestreiten, doch der paränetische Gesamtduktus überwiegt, und auch in der Rhetorik gehört die παραβολή zu den Beweismitteln; vgl. die übernächste Anm.

553 Vgl. W. Nestle, Die Fabel des Menenius Agrippa, in: ders., Griechische Studien, Stuttgart 1948, 502.516; H. Gombel, Die Fabel vom »Magen« und den »Gliedern« in der Weltliteratur, ZRP.B 80, Halle 1934.

554 Die verschiedenen Gleichnistheorien erschweren eine Zuordnung zur Gattung der Gleichnisse. Deutlich ist, daß Paulus öfter von der »Bildhälfte« in die »Sachhälfte« überspringt (vgl. unten S. 217f) und manche grotesken Züge einführt (vgl. z.B. V 19), ja überhaupt »von der Anwendung aus« konstruiert (Lietzmann 63; Ollrog* 142 Anm. 139; vgl. zu den Ungereimtheiten und Brüchen im Bilde auch Brockhaus* 174f und MacGorman [Lit. zu Kap. 12-14] 393). Die meisten sprechen von Bild (Meyer 351; Conzelmann 257; Wolff 300; Lang 170) oder von Bild und παραβολή (Heinrici 383) bzw. Parabel (Hainz, Ekklesia 81), von Gleichnis (Weiß 302), von Metapher (Barrett 289; Mitchell* 158), von Metapher und Analogie (Daines* 76; Fee 600f; ebs. Siegert, Argumentation 186), ohne daß das näher begründet würde, was auch hier nicht geschehen kann. Die Unterschiede sind aber nicht allzu gewichtig. Von den antiken Definitionen her liegt Gleichnis am nächsten. Lausberg, Handbuch I 254 definiert die *analogia* im Anschluß an Quintilian, Inst. Orat. 1,6,4 als »Schlußfolgerung, in der Unbekanntes aus Bekanntem erschlossen wird«, also als *argumentum a simili*; ähnlich aber auch die *similitudo*, in der als Beweismittel »eine Tatsache des Naturlebens und des allgemeinen (nicht historisch fixierten) Menschenlebens ... mit dem dem Redner vorliegenden Gegenstand in Parallele gesetzt wird« (ebd. 419; vgl. zur παραβολή auch Martin, Rhetorik 122.253f); die Metapher ist dagegen anders als die *similitudo* durch *brevitas* ausgezeichnet (Lausberg, a.a.O. 286), doch kann man bei modernem Gebrauch diese Kategorie durchaus verwenden. Söding* 156-159 bringt neuerdings den Mythos als Gattungsbezeichnung ins Spiel; vgl. aber die Rückfragen bei Lindemann* 144f Anm. 19.

555 Vgl. z.B. außer den Kommentaren zum Galaterbrief (vor allem Betz) Bouttier* 6; Jervell, Imago 294f; D. Lührmann, Wo man nicht mehr Sklave oder Freier ist, WuD 13 (1975) 53-83; H. Paulsen, Einheit und Freiheit der Söhne Gottes – Gal 3,26-28, ZNW 71 (1980) 74-95, hier 86f; Schüssler Fiorenza, Gedächtnis 258f; Schnelle, Gerechtigkeit 58f; Schäfer* 80-110. Zurückhaltend oder kritisch aber G. Dautzenberg, »Da ist nicht männlich und weiblich«, Kairos 24 (1982) 181-206, hier 200-202; Jones, Freiheit 160 Anm. 9; Strekker, Transformation 214 Anm. 11; Wolff 299.

556 Vgl. Diogenes Laertius 1,33; Plutarch, Gaius Marius 46,1; bMen 43b; tBer 7,18 und Oepke, ThWNT I 746f; vgl. aber Dautzenberg, a.a.O. (Anm. 555) 186f: Die Negationen fehlen dort gerade.

Unterschiede einebnenden antiken Topos anknüpft[557], ist dagegen weniger wahrscheinlich. Ob die Überlieferung in Gal 3,26-28 den Korinthern bekannt gewesen und von ihnen zur Begründung der Überbewertung der Glossolalie als Sprache der neuen Welt herangezogen worden ist (vgl. unten Anm. 610), läßt sich ebenfalls nur vermuten. Abweichend von Gal 3,28 ist einerseits der Plural, andererseits die Auslassung von ἄρσεν καὶ θῆλυ, was meist auf die Schwierigkeiten zurückgeführt wird, die Paulus in Korinth beim Zusammenleben der Geschlechter antrifft[558].
Auch die Ämtertrias in V 28 kann Paulus schon übernommen haben. Das legen folgende Beobachtungen nahe: die ungewöhnliche und nach Aposteln, Propheten und Lehrern abbrechende Numerierung mit Ordinalzahlen, die dadurch entstehende sachliche Inkonzinnität, der Unterschied dieser drei mit Amtsbezeichnungen genannten Charismen (zudem begegnen nur hier bei Paulus christliche διδάσκαλοι) von den folgenden Tätigkeitsmerkmalen und auch der syntaktische Bruch (nach οὓς μέν wäre eigentlich οὓς δέ zu erwarten)[559].

Gliederung: Paulus expliziert (γάρ) das Vorhergehende in einem mit der Komparativkonjunktion καθάπερ eingeleiteten Vergleich; dessen ausführlicher erster Teil ordnet zunächst dem einen Leib die vielen Glieder und dann alle Glieder dem einen Leib zu, wobei das konzessiv aufzulösende Part. ὄντα noch einmal das πολλά aufnimmt. Die äußerst kurze prädikatlose Korrespondenz in der Anwendung (V 12b) beschränkt sich auf das korrelative οὕτως καί und Χριστός mit Artikel. V 13 begründet (γάρ) die Einheit durch doppelten Gebrauch des Zahlwortes εἷς, indem der Taufvorgang (Aor. Pass.) der Adressaten (2. Pers. Plur. + πάντες) durch ein instrumentales ἐν πνεύματι

557 Vgl. SER 10, wo Elijah Himmel und Erde zu Zeugen dafür anruft, »daß auf jedem, sei er Nichtjude oder Jude, Mann oder Frau, Knecht oder Magd, entsprechend der Taten, die er tut, der heilige Geist ruht« (zitiert nach St. Schreiner, ThLZ 108 [1983] 196); vgl. Berger, Exegese 152 und weiter etwa das Tempelgesetz von Philadelphia (1. Jh. v.Chr.), das Männern und Frauen ebenso wie Freien und Sklaven Zugang gewährt (vgl. S.C. Barton / G.H.R. Horsley, A Hellenistic Cult Group and the New Testament Churches, JAC 24 [1981] 7-41).

558 Vgl. z.B. Lührmann, a.a.O. (Anm. 555) 58.60; Paulsen, a.a.O. (Anm. 555) 90; Wire (Lit. zu Kap. 12-14) 137f; anders Munro (Lit. zu 14,34f; Women) 29: Die Auslassung könnte auch zeigen, daß Paulus eine egalitäre Teilhabe von Frauen für Korinth als gegeben voraussetze und nicht eigens zu erwähnen brauchte; vgl. auch Dautzenberg, a.a.O. (Anm. 555) 183-186.

559 Vgl. Harnack, Mission 348f; v. Campenhausen* 65; Vielhauer, RGG^3 V 633; Brockhaus* 95f; Zimmermann* 106; H. Merklein, Das kirchliche Amt im Epheserbrief, 1973 (StANT 33), 246f hält die Trias für antiochenisch (hier wie auch sonst mit Hinweis auf Apg 13,1); zu dieser Annahme vgl. auch Lührmann, Offenbarungsverständnis 37 Anm. 1 mit weiterer Lit.; nach Brockhaus* 124 soll die Trias aus Palästina stammen. Nach Schillebeeckx, Amt 19 Anm. 9 soll sie auf jüdischen Einfluß zurückgehen (Gesetz – Propheten – Weisheit), doch bleibt das ganz hypothetisch. Kritisch zur These einer übernommenen Trias Crone* 210f; Dautzenberg (Lit. zu Kap. 12-14; Botschaft) 132; Schürmann* (Lehrer) 135 Anm. 90: Man könne sich keinen »Sitz im Leben« dafür denken, und die Trias spiegele »ureigene Interessen des Paulus«; daß dieser aber tatsächlich »die universalkirchliche Ordnung der Gemeindeleitung in der Urkirche (ἐν τῇ ἐκκλησίᾳ)« voranstelle (so 135), kann erst recht kaum überzeugen. Immerhin ist zuzugeben, daß der vorpaulinische Charakter nicht zweifelsfrei zu erweisen ist, zumal die Trias sonst mit Ausnahme von PsClem Hom 11,35,4 (GCS ^{2}42, 171) nie vorkommt (so Crone* 210f).

und ein lokales εἰς ἓν σῶμα näher bestimmt wird; der eine Leib wird dann in V 13b durch vier Glieder mit dem korrelativen εἴτε in seiner Vielfalt illustriert, und am Schluß wird ohne Begründungspartikel wieder im Aor. Pass. eine die erste Begründung unterstreichende Begründung nachgeschoben, dieses Mal mit ἐποτίσθημεν und Akk.-Obj. (zum Akk. beim Pass. vgl. Bl-Debr-Rehkopf § 159 Anm. 1) ἓν πνεῦμα. V 14 beginnt die Explikation der Leibmetapher, zunächst unter Rückgriff auf V 12, aber mit der zusätzlichen Negation, daß der Leib nicht ein Glied ist. V 15f reiht dann zwei Konditionalsätze mit ἐὰν εἴπῃ aneinander, deren Inhalt im ὅτι-Satz jeweils ohne Präd. bleibt (vgl. aber zu V 19, wo der Irrealis durch ἦν eindeutig ist), deren Subj. stets ein Glied des Leibes ist (Fuß und Ohr V 15a.16a), das redend konstatiert, nicht Hand (V 15b) bzw. nicht Auge (V 16b) zu sein, woraus dann beidemal gleichlautend gefolgert wird, nicht ἐκ τοῦ σώματος (*gen. partit.*) zu sein (V 15c.16c). Dem wird dann in einem allgemeinen Satz (nicht in Frageform!) wieder übereinstimmend in V 15d und 16d mit einander aufhebender doppelter Negation widersprochen, indem mit konzessivem παρὰ τοῦτο das ἐκ τοῦ σώματος behauptet wird. V 17 schließt zwei fragende Konditionalsätze mit εἰ in der Protasis und ποῦ in der Apodosis an, die chiastisch zu V 15f die zwei dort genannten Glieder nennen (unter Ersatz von οὖς durch ἀκοή). V 18a sagt, eingeleitet mit νυνὶ δέ in einem Satz mit Gott als Subj., einem auch in V 28 wiederholten ἔθετο als Präd. und τὰ μέλη als Obj., wie es wirklich steht, was in einem weiteren Satz in V 18b mit demselben, aber nicht genannten Subj., einem weiteren Aor. und der Näherbestimmung des Obj. von V 18a durch ἓν ἕκαστον αὐτῶν bekräftigt wird. V 19 wiederholt in konditionaler Frageform V 17, gibt ihm aber durch das Imperf. ἦν nun eindeutig irrealen Charakter, wobei in der Protasis neben dem Subj. τὰ πάντα der Prädikatsnominativ ἓν μέλος steht, in der Apodosis τὸ σῶμα. V 20 greift in umgekehrter Reihenfolge auf V 12a zurück. V 21 läßt das letzte Glied von V 16f dem ersten sprechend gegenübertreten und im zweiten Teil als neues Beispiel den Kopf den Füßen, eingeleitet durch οὐ δύναται und jeweils mit einem kurzen Satz in der 1. Pers. Sing., wobei nur die Obj. (σου bzw. ὑμῶν) divergieren. V 22 beginnt mit adversativem ἀλλά und steigerndem πολλῷ μᾶλλον, das vermutlich mit dem am Abschluß stehenden Präd. ἀναγκαῖά ἐστιν zu verbinden ist; Subj. sind die Glieder, denen das Part. δοκοῦντα zugeordnet ist, von dem ein *a.c.i.* abhängt (zur Wortstellung vgl. Bl-Debr-Rehkopf § 474,5), und zwar der Komparativ von ἀσθενής als Subj. und der Infinitiv ὑπάρχειν. V 23 nimmt das Part. δοκοῦντα des vorhergehenden Satzes als Präd. in der 1. Pers. Plur. auf, von dem wieder ein *a.c.i.* abhängt; dessen auf das vorangestellte ἅ bezogener Komparativ ἀτιμότερα, wieder mit präs. 1. Pers. Plur. konstruiert, kontrastiert im Nachsatz dem zum Obj. τιμήν hinzugesetzten komparativischen Attribut περισσοτέραν. Auch in dem mit καί angeschlossenen V 23b, dieses Mal in der 3. Pers. Sing., bilden das Subj. ἀσχήμονα ἡμῶν und das Obj. εὐσχημοσύνην περισσοτέραν einen paronomastischen Kontrast. V 24 greift demgegenüber (δέ) mit dem substantivierten Adjektiv τὰ εὐσχήμονα als Subj. paronomastisch auf V 23 zurück und hat als Präd. das in V 21 kritisierte οὐ χρείαν ἔχειν. Mit ἀλλά (wohl nicht Gegensatz zu V 24a, sondern zu V 22-23a) wird Gott als Subj. eines aor. κεράννυμι des Leibes genannt, dem das wieder auf V 23 zurückgreifende περισσοτέραν τιμήν als Obj. eines mit συνεκέρασεν gleichzeitigen Part. δούς zugeordnet ist, das dem als Dat.-Obj. genannten Part. Pass. ὑστερουμένῳ zukommt. V 25 fährt mit einem negierten ἵνα-Satz fort, dessen Subj. σχίσμα ist und als Ziel dessen Fehlen am Leibe nennt. Dem wird in V 25b mit ἀλλά das positive μεριμνῶσιν ὑπὲρ ἀλλήλων als Präd. entgegengestellt (der Plur. beim Neutrum erklärt sich aus dem distributiven Sinn), wobei das zusätzliche τὸ αὐτό dieselbe Art und Weise beschreibt. V 26 fährt mit καί *consecutivum* in zwei koordinierten Konditionalsätzen fort, jeweils mit εἴτε, dem Subj. [ἓν] μέλος und im Nachsatz πάντα τὰ μέλη; während als Präd. im Vorder- und Nachsatz Simplex und Kompositum (mit σύν) von πάσχειν stehen, entsprechen sich im zweiten Satz das pass. δοξάζεται und das mit σύν gebildete συγχαίρειν. V 27 führt resümierend zur direkten Anrede in der 2. Pers. Plur. zurück und ergänzt das ἐστε durch das artikellose Prädikatsnomen σῶμα Χριστοῦ und bestimmt dieses durch ἐκ μέρους. V 28 läßt nun, eingeleitet durch das vorweggezogene Obj. οὓς μέν, dem aor. Präd. ἔθετο, dem Subj. ὁ θεός und der Lokalbestimmung ἐν τῇ ἐκκλησίᾳ einen zweiten Charismenkatalog aus acht Gliedern folgen; dessen erste drei Glieder fallen durch Ordinalzahlen und Personalbegriffe auf, während die beiden nächsten durch ἔπειτα und die übrigen drei dann asyndetisch überhaupt nicht mehr eingeführt werden und anders als die ersten drei Tätigkeiten benennen. V 29f zählt dieselben Charismen unter Auslassung des 6. und 7. Gliedes und unter Hinzufügung von διερμηνεύειν in Frageform auf, alle anaphorisch eingeleitet mit μὴ πάντες, die ersten drei wieder mit Personalbezeichnungen, dann δυνάμεις und dann drei in verbaler Form mit ἔχουσιν, λαλοῦσιν und διερμηνεύουσιν. V 31a schließt den Abschnitt mit einem wahrscheinlich imperativisch zu verstehenden ζηλοῦτε und dem Obj. τὰ χαρίσματα τὰ μείζονα ab.

Erklärung
12

Daß alle Gaben auf ein und denselben Geist zurückgehen, der jedem eine besondere Gabe zumißt, wird nun begründet und expliziert (γάρ). Zunächst leitet Paulus mit καθάπερ schon den Vergleich ein, den er erst in V 14ff ausführt. Dabei liegt der Akzent auf dem fünffachen εἷς (dreimal in Verbindung mit σῶμα, zweimal mit πνεῦμα) und den vielen Gliedern. Die Aussage über die Einheit des Leibes in V 12aα und 12bβ umrahmt dabei die über die Vielheit der Glieder in V 12aβ und 12bα[560]. Sofort aber unterbricht Paulus den angefangenen Vergleichssatz mit dem menschlichen Leibe, um von allem Anfang an keinen Zweifel daran zu lassen, daß der Gemeinde mit ihrer Einheit und Vielfalt ihre Identität in Christus und nirgendwo sonst immer schon vorgegeben ist. Daß sich nicht alle Aussagen vom Bild des Organismus her verstehen lassen, erweist die nachdrückliche Stellung von οὕτως καὶ ὁ Χριστός in V 12c, vor allem aber der diese Aussage begründende V 13[561] (vgl. auch das lokale und nicht konsekutive εἰς in V 13). Außerdem kann bei einer durchgehend bildlichen Vorstellung weder das εἰς Χριστὸν βαπτίζεσθαι noch das häufig lokal zu verstehende ἐν Χριστῷ gebührend berücksichtigt werden (vgl. zu ὁ Χριστός auch 1,13, zu μέλη Χριστοῦ 6,15 und zu σῶμα 11,29). Eigent-

[560] Die meisten fassen ὄντα konzessiv (»obwohl ihrer viele sind«), während Gutjahr 340 wegen V 14 und 19 vorschlägt: »gerade dadurch, daß sie viele und verschiedene sind«.

[561] Der eine Leib, in den getauft wird (V 13), ist der Leib Christi: εἰς ἓν σῶμα in 12,13 »nimmt zweifellos das ἓν σῶμα = ὁ Χριστός auf, das es begründet« (Kümmel 187). Lindemann* 148 sieht ἓν σῶμα dagegen »in einem sehr weiten Sinne gebraucht«, also nicht vom Christusleib (vgl. auch Merklein* 339). Ist Χριστός in V 12 aber Abbreviatur für den Leib Christi, was Lindemann freilich bestreitet, kann kein anderer Leib gemeint sein als der Christusleib. Und woher sonst sollte die Gemeinde ihre Einheit gewinnen? Doch angesichts von V 13b nicht aus sich selbst; vgl. z.B. Lang 171 (»schwerlich nur abstrakt die Einheit, sondern die konkrete Gemeinschaft, die durch die Hingabe des Leibes Christi in den Tod und den in der Taufe geschenkten Geist Gottes bewirkt ist«).

lich erwartet man als Gleichniskorrelat: Ebenso sind die vielen Glieder der Gemeinde ein Leib bzw. der Leib Christi[562]. Schon das legt nahe, daß ὁ Χριστός hier als Breviloquenz für seinen Leib steht[563] und der am Anfang des Verses begonnene Vergleich, sosehr er später beherrschend in den Vordergrund rückt, aufgeschoben wird. Nicht zufällig steht auch am Ende des Vergleichs in V 27 wiederum ὑμεῖς δέ ἐστε σῶμα Χριστοῦ, also die Apostrophierung der Gemeinde als Leib Christi. Auch οὕτως καὶ ὁ Χριστός ist darum nicht »abkürzend« mit »So steht es auch dort, wo Christus ist« zu übersetzen und als bloße Bildsprache zu verstehen[564]. Die Übersetzung des dem Nominativ τὸ σῶμα in V 12a genau korrespondierenden ὁ Χριστός muß vielmehr lauten: »So verhält es sich auch mit dem Christus«[565] oder dem Sinne nach noch genauer: »So ist auch der Christus einer und hat viele Glieder, alle Glieder Christi aber, obschon es viele sind, bilden den Christus«[566]. Paulus setzt mit dieser Abbreviatur geradezu selbstverständlich voraus, daß auch Christus ein Leib ist und viele Glieder hat. Auch wenn man über das Neben- oder Ineinander von bildhafter und eigentlicher Rede diskutieren mag[567], so ist doch vom Leib als lebendiger Wirklichkeit des Christusleibes der Gemeinde nicht zu abstrahieren[568]. In einer die Einheit von Christus und Christusleib kaum

562 Vgl. Lietzmann 63; Wolff 297. Aber die Metaphorik von V 12 läßt das offenbar nicht zu, zumal sonst figürliches und reales σῶμα nebeneinander den Schluß hätten nahelegen können, daß die Kirche *darum* σῶμα Χριστοῦ sei, weil sie einem Organismus gleicht (vgl. Grosheide 292). Vgl. im übrigen schon Chrysostomus 250 (δέον εἰπεῖν, Οὕτω καὶ ἡ ἐκκλησία), was allerdings meist so begründet wird: τὴν ἐκκλησίαν ὠνόμασεν ἀπὸ τῆς κεφαλῆς (Theophylakt 716; Johannes Damascenus 668 sieht den Grund in der Beschämung der Hörer); Calvin 501: *Christi nomen in locum ecclesiae substituitur.*

563 Man kann vom Zusammenhang (V 11 und 13) her allenfalls vermuten, daß eher ein οὕτως καὶ τὸ (ἓν) πνεῦμα zu erwarten wäre (Hermann* 77; Wikenhauser* 91; Reuss* 109; Wolff 297f; Kremer 270), doch ist dieser eine Geist eben nach V 3 der, der dem κύριος Ἰησοῦς zuordnet.

564 So aber Schlier* (Christus) 40f sowie ders., Besinnung 302f (der Gedanke betreffe primär nicht das Verhältnis zu Christus, sondern der Christen zueinander), was er allerdings später revidiert hat (vgl. z.B. LThK² VI 908); vgl. auch unten Anm. 578. Rein bildhaft erklären aber auch Meuzelaar* 117-174; Minear* 236-243; Daines* 77; Wolff 301; Fee 603; Gundry* 228ff; Yorke* 44f; dezidiert Fee 602 Anm. 13: »For Paul it is metaphor pure and simple«.

565 Vgl. Käsemann* (Leib) 162 und (Problem) 179f u.ö.; Bultmann, Glauben I 166; diese Interpretation bleibt gültig, auch wenn die religionsgeschichtliche Ableitung zu korrigieren ist (vgl. unten Anm. 579), und wird denn ja z.T. auch unabhängig davon vertreten; vgl. Schweizer, ThWNT VI 415 und VII 1067f; Kümmel 187; Oepke, Gottesvolk 222 Anm. 6; Reuss* 109; Wikenhauser* 104; Percy* 49f; Wendland 111f; Conzelmann 258.261; Brockhaus* 165; Senft 160; Ollrog* 142f; Lang 171; Park* 301f.

566 Vgl. z.B. Percy* 5 und schon Bachmann 383: Zum »Nachsatz« in V 12c ist »die gesamte Aussage des Vordersatzes zu ergänzen«, wobei aber 384 erklärt wird, der Gedanke, daß Christus ein Leib ist, modifiziere sich im Übergang zu V 13 von selbst »zu dem anderen, daß ein solcher ihm eignet«. Aber gerade die Taufaussage εἰς σῶμα βαπτίζεσθαι besagt dasselbe wie εἰς Χριστὸν βαπτίζεσθαι (Gal 3,27).

567 Für ein Ineinander z.B. Brockhaus* 165.169f; Schnelle, Gerechtigkeit 139; Söding* 151f.

568 Vgl. Käsemann* (Problem) 181; Schweizer* (Leben) 51f und ThWNT VII 1067-1069; Conzelmann 257f; Hainz, Ekklesia 261-263; Brockhaus* 164; Jewett* 271f; Klaiber, Rechtfertigung 43; Gillespie 119f. Früher wurde ὁ Χριστός im Sinne »des idealen Christus, der moralischen Person« gedeutet (so z.B. Rü-

noch zu überbietenden Weise wird damit gesagt, daß der Christus und sein Leib zusammengehören. Der Christus ist nicht ohne seinen Leib und d.h. ohne seine Gemeinde und der Christusleib nicht ohne den Christus zu haben, in dem dieser Leib seinen Grund und sein Wesen hat. Die Gemeinde wird also weder nur mit einem Leib verglichen noch dazu aufgerufen, Christi Leib zu werden oder zu sein. Sie ist es[569]. Sie repräsentiert als Leib Christi den Christus in der Welt[570]. Allerdings nicht im Sinne eines *Christus prolongatus* oder einer simplen Äquivalenz oder Identifikation[571], wovor auch der *gen. poss.* in V 27 warnt. Alles liegt daran, daß Christus selbst sich in seinem Leib verkörpert und manifestiert. Die Gleichung ist also nicht einfach umzudrehen[572]. Es heißt nicht: »Wo die Kirche ist, da ist auch Christus«, wohl aber: »Wo Christus ist, da ist auch sein Leib, da läßt er sich nicht von seinem Leib trennen«. Von dieser ekklesiologischen Realität des von der Prävalenz des Christus her bestimmten Christusleibes her hat Paulus das Bild vom Organismus aufgegriffen, nicht aber umgekehrt vom Bild her seine Ekklesiologie entwickelt[573]. Das entspricht aufs beste dem sonstigen Verfahren des Apostels, Gemeindeprobleme christologisch anzugehen[574] und sich nicht mit der Plausibilität von Naturanalogien wie dem eines Organismus zu begnügen. Diese Vorordnung des Christus und seine durch den Geist vermittelte Gegenwart in seinem Leib hat trotz der spärlichen und vor Überbewertung warnenden Bezeugung[575] sachliche Priorität vor dem Organismusgedanken und der Einheit und Gemeinschaft der Glieder seines Leibes untereinander (vgl. εἷς ἐστε ἐν Χριστῷ Gal 3,28)[576]. Σῶμα als Organismus ist die schlüssige Konsequenz von σῶμα

ckert 331; vgl. ebd.: »beinah durchgängig zugestanden«) oder des Christus als »Urbild« (so Neander 206). Anders schon Grotius 811; de Wette 117: ὁ Χριστός = »*die christliche Kirche*, die ihre Einheit in der Person Christi hat«. Vgl. auch Robertson/Plummer 271; Heinrici 383: Metonymie »für die durch Christus verbundene, in Christus sich gründende Gemeinschaft«; ebs. Findlay 890; Gutjahr 340; Weiß 303 spricht von »Gesamtpersönlichkeit«, »in pantheisierender Weise entpersönlicht«.

569 Vgl. Chrysostomus 251: Οὐκ εἶπε, Τοῦ αὐτοῦ σώματος, ἵνα γενώμεθα.

570 Schlatter 345 nennt das »seine Versichtbarung«, so daß die Christen »die Träger seines Wirkens in der Welt« sind (346); vgl. weiter Käsemann* (Problem) 196-201 u.ö.; Ollrog* 146 u.a.

571 So mit Recht Käsemann, Römer 214; vgl. auch ders.* (Problem) 202; Barrett 287f; Senft 160 Anm. 2; Ollrog* 146; Klaiber* 108f; Söding* 149.

572 Das ist offenbar auch das Hauptmotiv für die Einwände von Merklein* (vgl. unten Anm. 603).

573 So z.B. Schnackenburg* (Kirche) 149. Daß Paulus »from metaphor to ontological reality« komme (so Beker, Apostle 307), ist dagegen fraglich, erst recht aber, daß überhaupt nur metaphorischer Gebrauch von »Leib Christi« vorliege , wie die Autoren oben in Anm. 564 annehmen.

574 Vgl. Klaiber* 105f (mit Lit. in Anm. 163); vgl. auch 108 Anm. 180 die bei aller Zustimmung berechtigte Kritik an Heine* 150.

575 Das wird neuerdings mit Recht gegenüber Thesen betont, die Leib Christi als das zentrale ekklesiologische Modell des Apostels ansehen (vgl. Merklein* 341; Söding* 139; Lindemann* 162), könnte aber nur unter Einbeziehung von ἐν Χριστῷ gründlicher diskutiert werden. Richtig ist aber, daß »die weitaus meisten ekklesiologischen Schlüsselwörter des Apostels direkt theologisch orientiert« sind (Söding* 140).

576 Richtig Käsemann* (Problem) 202: In der Zuordnung zu Christus werden wir Glieder seines Leibes, nicht umgekehrt. Entscheidend bleibt jedenfalls, daß »die bildliche Aussage, der Organismusgedanke, der realen Aussage von der Einheit in Christus untergeordnet« ist (so z.B. Dahl* 224f).

als der Wirklichkeit des Leibes Christi. Daß σῶμα mehr ist als ein Bild und Χριστός auch für σῶμα Χριστοῦ stehen kann, ist dabei relativ unabhängig von der Frage der religionsgeschichtlichen Herkunft dieser Vorstellung.

Paulus gebraucht σῶμα Χριστοῦ vom Leib des Gekreuzigten (Röm 7,4), von dem im Sakrament Gegenwärtigen (10,16; vgl. auch 11,24.27 σῶμα τοῦ κυρίου) und von der Gemeinde (10,17; 12,12.27; Röm 12,4f). Daraus ist zu schließen, daß das Syntagma noch nicht terminologisch festgelegt ist, man darum aber auch vor nachträglichen Konstruktionen auf der Hut sein sollte. Die Herkunft der ekklesiologischen Bezeichnung ist äußerst umstritten und bis heute nicht eindeutig geklärt[577]. Beliebt ist die Annahme einer bloßen Extrapolation des Organismusbildes[578], doch ist die Entwicklung eher umgekehrt verlaufen, d.h. das ekklesiologische Konzept hat die Analogie an sich gezogen (vgl. oben). Aufgegeben ist heute der Versuch, die Vorstellung vom gnostischen Erlöser-Anthropos-Mythos abzuleiten[579], wonach die in der Welt zerstreuten Teile des himmlischen Anthropos Glieder des Urmensch-Erlösers sind, zumal die paulinische Verwendung ohnehin nicht von dualistischen und physisch-substanzhaften Kategorien geleitet ist. Die kosmische Allgott-Vorstellung, nach der die Gottheit in allen Teilen bzw. Gliedern präsent ist und sie in Einheit zusammenhält[580], ist zwar schon vor Paulus bezeugt, aber eher für die deuteropaulinischen Konzepte vom Leib Christi von Belang. Auch das corporate personality-Modell, wonach z.B. Adam alle Seelen in sich schließt oder der Stammvater Jakob das Volk repräsentiert[581], ist trotz der paulinischen Kenntnis von Adam-Spekulationen[582] kaum des Rätsels Lösung, da den meisten zudem oft späten Zeugnissen die σῶμα-Vorstellung und eine lokale, universale und eschatologische Dimension fehlen. Entsprechendes gilt auch für das Wort des Erhöhten in Apg 9,4 (»Saul, Saul, was verfolgst du mich?«), das manche als Ursprung ansehen[583]. Auch die heute verbreitetste und von 10,16f her auch zweifellos naheliegende Möglichkeit, die Rede vom Leib Christi im Herrenmahl als Quelle der

577 Vgl. zur Forschungsgeschichte Käsemann, Römer 323-326; Klauck* 337-343; Neuenzeit, Herrenmahl 207-217; Meuzelaar* 2-14; Jewett* 201-250; Merklein* 319-321; Söding* 154f; Park* 5-48; Yorke* 1-15.

578 So wie andere (vgl. oben Anm. 575) z.B. Dunn* (Body) 155, der von daher aber nicht auf den bloß metaphorischen Gebrauch von »Leib Christi« schließt wie andere (vgl. oben Anm. 564). Nach Schlier* (Corpus) 444 u.a. gibt es im übrigen »im Umkreis der griech.-röm. Texte keine formale Analogie« zu der Gleichung »corpus (ecclesia) = Christus«, und Entsprechendes gilt auch für »Leib *Christi*«; auch die von Klinghardt (Lit. zu 11,17ff) 312f genannten Belege für σῶμα bzw. *corpus* als Vereinsbezeichnung (vgl. schon Heinrici 5) können die Herkunft des »Leibes *Christi*« m.E. nicht zureichend erhellen.

579 Vgl. H.M. Schenke, Der Gott »Mensch« in der Gnosis, Göttingen 1962; ders., Gnosis 19; C. Colpe, Schule 57-68; Schweizer, ThWNT VII 1088 und (Kirche; 1961) 162f; anders früher Käsemann* (Leib) 165; Schlier* (Christus) 37-60; ders. ThWNT III 676; Bultmann, Theologie 182.311.

580 Vgl. K.M. Fischer, Tendenz und Absicht des Epheserbriefes, 1973 (FRLANT 111), 69-75; vgl. dazu Wolff 304f.

581 Vgl. Percy* 41; Dahl* 226f; Meuzelaar* 12f; Best* 110; Davies, Paul 53-57; Schweizer* (Kirche) 161-174 und ThWNT VII 1069f; Barth* 138-141; Jewett* 237-245. Es soll sich mit apokalyptischen Spekulationen über den neuen Adam verbunden haben bzw. sich durch »die Zusammengehörigkeit von Messias und Menschensohn, dem Repräsentanten der ›Heiligen des Höchsten‹ (Dan 7,13.22.27) ... mit dem eschatologischen Gottesvolk« erklären (so z.B. Lang 172; ähnlich Park* 303).

582 Vgl. zu 1Kor 15,21f.45-48.

583 So z.B. Kim, Origin 253; vgl. auch Robinson* 58f; Carson* 42; Kistemaker 429.

Rede vom ekklesiologischen Leib Christi anzusehen[584], kann nicht alle Fragen lösen[585], sosehr Paulus beides in 10,16f verbindet und Teilhabe am sakramentalen σῶμα die Integration in das ekklesiologische σῶμα bewirkt (EKK VII 2, 440). Das aber geschieht an unserer Stelle gerade durch die Taufe. Erst recht ist beides nicht so zu kombinieren, daß der irdische Leib des erhöhten Christus in der Gemeinde mit dem für uns hingegebenen und im Abendmahl gegenwärtigen Leib des Gekreuzigten (und Auferweckten) einfach gleichgesetzt wird[586]. Begreiflicherweise wird z.T. auch mit Überschneidungen gerechnet und die religionsgeschichtliche Frage als offen bezeichnet[587]. Will man nicht überhaupt auf eine für alle Stellen geltende einheitliche Herkunftsbestimmung verzichten[588], empfiehlt sich m.E. am ehesten die Annahme einer paulinischen Konsequenz aus der Formel ἐν Χριστῷ, die schon wegen ihrer Häufigkeit, vor allem aber wegen ihres christologischen Fundaments offenbar von zentraler Ausstrahlung gewesen ist[589]. Sie impliziert zwar als solche nicht die σῶμα- Vorstellung, wohl aber eine räumliche Dimension.

Ἐν Χριστῷ ist allerdings selbst in seiner Bedeutung strittig und keine einheitlich konzipierte Formel. Doch trotz aller Kritik an der grundlegenden Untersuchung von Deissmann[590], der von der lokalen Grundbedeutung von ἐν Χριστῷ ausging und durch die Identifizierung mit ἐν πνεύματι zu einer mystischen Interpretation kam[591], und trotz manch nötiger Ergänzung durch andere Aspekte und Gebrauchsweisen [592] ist an einer lokalen Dimension festzuhalten. Nur ereignet sich das von Christus Bestimmtsein[593] nicht in einem pneumatischen Luftelement, sondern in der von Jesus Christus bestimmten Heils- und Machtsphäre. Von der grundlegenden Bedeutung der Christologie her überrascht es nicht, daß ἐν Χριστῷ als primär christologische

584 Vgl. Schweizer, ThWNT VII 1066 und ders.* (Kirche) 287; Wilckens, EKK VI 3, 13; Roloff, Kirche 107; Klauck 90f: »schon vor Paulus aus dem Brotwort der Abendmahlsüberlieferung heraus entwickelt und spekulativ ausgedeutet«; vgl. auch Conzelmann, Grundriß 286-291; Worgul* 26.

585 Vgl. die kritischen Rückfragen bei Käsemann, Römer 325; ders., Problem 192f; kritisch auch Ridderbos* 266f; Wikenhauser* 230f. Noch anders z.B. Dubarle* (Herleitung von Gen 2,24); vgl. auch P. Andriessen, Die neue Eva als Leib des neuen Adam, in: Giblet, Kirche 109-137); zu Hills These vgl. unten Anm. 637.

586 Vgl. Käsemann* (Problem) 192.194; Klaiber* 44 (vgl. auch 45: kein »in sich geschlossenes Vorstellungsgebäude«).

587 So z.B. Käsemann, Römer 325; von »conflation« spricht auch Wedderburn* 82.

588 Sellin, Streit 60, der an einen paulinischen »Gegenentwurf« zur *pneumatischen* Christus-Einheit bzw. -Mystik denkt (Paulus mache aus der pneumatischen eine somatische Einheit), hält es für bezeichnend, daß Paulus den σῶμα-Begriff in Kap. 10 und 12 »jeweils aus anderen Zusammenhängen gewinnt«: aus der Abendmahlsparadosis und aus dem Organismusmotiv.

589 Percy* 18 nennt diese Ableitung m.E. zu Recht »am natürlichsten« (vgl. auch Becker, Paulus 455; Merklein* 339f; Roloff, Kirche 109; Hübner, Theologie 193f u.a.), auch wenn seine Interpretation im einzelnen problematisch bleibt; vgl. Jewett* 220; Merklein* 339 Anm. 82 und unten Anm. 602.

590 A. Deissmann, Die neutestamentliche Formel »in Christo Jesu«, Marburg 1892.

591 Vgl. auch ders., Paulus, Tübingen ²1925, 111: »Wie die Lebensluft, die wir einatmen, ›in‹ uns ist und uns erfüllt, und wir doch zugleich ›in‹ dieser Luft leben und atmen, so ist es auch mit der Christ-Innigkeit des Apostels Paulus: Christus ist in ihm, er in Christus«. Aus der Mystik des Paulus bestimmt auch Bousset 138 die Herkunft, wobei er diese »Christusmystik« psychologisch erklärt: In der gottesdienstlichen Gemeinde »entzündete sich jene Stimmung der engsten, fast körperlichen Zusammengehörigkeit«.

592 Vgl. z.B. Oepke, ThWNT II 534-539.

593 So F. Neugebauer, In Christus, Göttingen 1961, der bei aller berechtigten Hervorhebung des »heilsgeschichtlichen« Inhalts alle lokale Bedeutung leugnet und nur von einer Umstandsbestimmung spricht.

Formel oft für διὰ Χριστοῦ steht und Gottes Heilstat in Tod und Auferweckung Jesu charakterisiert[594]. Das »in Christus Sein« gründet in einem »für uns Sein« Christi (vgl. 2Kor 5,21; Gal 3,13f u.ö.). Damit wird das Heil exklusiv »in Christus« *extra nos* und *extra ecclesiam* begründet[595]. Das aber ist nicht Vergangenheit, die Christus zu einem bloß geschichtlichen Initiator des Heils machen würde, sondern Gegenwart[596], und zwar in dem im Geist und in seinem Heils- und Herrschaftsbereich gegenwärtigen Christus. Dadurch gewinnt ἐν Χριστῷ auch eine lokale Dimension und ekklesiologische Bedeutung[597], wie schon 1,30 zu erkennen gab (ἐξ αὐτοῦ... ἐν Χριστῷ Ἰησοῦ)[598], aber auch andere Stellen bestätigen[599]. Das ἐν Χριστῷ im instrumentalen bewirkt das ἐν Χριστῷ im lokalen Sinn.

Damit werden ἐν Χριστῷ und σῶμα Χριστοῦ nicht deckungsgleich, wie z.B. Röm 12,5 zeigt[600], aber auch das Syntagma ἐκκλησίαι τοῦ θεοῦ ἐν Χριστῷ (1Thess 2,14; Gal 1,22)[601]. Eine völlige Kongruenz oder Identität von Christus und Leib Christi ist ausgeschlossen[602] und die Gleichung davor geschützt, daß die Ekklesiologie zur unmittelbaren Funktion oder Variante der Christologie wird[603]. Damit ist die Annahme einer partiellen, von Christus selbst inaugurierten Identifikation aber nicht bestritten, und eben diese kann auch die Aufnahme der Leibvorstellung verständlich machen[604]. Nicht ganz auszuschließen ist angesichts der spärlichen, aber geradezu selbstverständlichen Bezugnahme auch eine schon vorpaulinische Entstehung der Rede vom

594 Vgl. 2Kor 5,19 mit 2Kor 5,18; Röm 6,23 mit 5,21; Gal 2,17 mit Röm 5,9 u.ä.

595 Vgl. Wedderburn* 87: »ἐν Χριστῷ is the basis of the ἓν σῶμά ἐσμεν (sc. in Röm 12,5) rather than vice versa« .

596 Vgl. z.B. Röm 8,39 und Schweizer* (Gemeinde) 85f u.a.

597 Vgl. z.B. Bultmann, Theologie 312, der darin allerdings eine *primär* ekklesiologische Formel sehen will, jedenfalls aber zu Recht damit »das Eingefügtsein in das σῶμα Χριστοῦ« bezeichnet findet.

598 Vgl. EKK VII 1, 213f.

599 Vgl. Phil 2,5 parallel zu ἐν ὑμῖν; Röm 6,11; Gal 3,28; Phil 3,9.

600 Vgl. Conzelmann, Grundriß 291. Allerdings kann ἐν Χριστῷ auch so verstanden werden, daß ἐν hier instrumentalen Sinn hat, der eine Christusleib also durch Christus geschaffen wird (vgl. Käsemann, Römer 327), oder aber bei lokaler Bedeutung von ἐν das ἐν Χριστῷ explizieren, so daß ἐν Χριστῷ vom Vorherigen durch ein Komma zu trennen wäre, oder endlich limitierend interpretiert werden: Wir, die vielen, sind ein Leib, sofern wir in Christus sind (vgl. Käsemann* [Leib] 168). Ist ἐν Χριστῷ hier die übergeordnete Größe (so Schnelle, Gerechtigkeit 143 und oben Anm. 595), so doch nicht als individuelle (vgl. die nächste Anm.).

601 Brandenburger, Fleisch 49 sieht zwei Raumvorstellungen miteinander verwoben, mit Bezug auf Gal 3,28: εἷς (= σῶμα Χριστοῦ) ἐν Χριστῷ; zur Räumlichkeit des paulinischen Denkens vgl. Hübner, Theologie 180-189; zum religionsgeschichtlichen Hintergrund vgl. Schnelle, Gerechtigkeit 108f, dessen These, ἐν Χριστῷ sei als individuelle vom σῶμα Χριστοῦ als ekklesiologische Bestimmung abzuheben (144), aber kaum durchzuhalten ist (vgl. die oben genannten Stellen 1Thess 2,14; Gal 1,22).

602 Gegen Percy, Leib 44, nach dem die Gemeinde als Leib Christi »schliesslich mit Christus selbst... und daher die Zugehörigkeit zu diesem Leibe mit dem Sein ἐν Χριστῷ« zusammenfällt.

603 Das ist der berechtigte Haupteinwand von Merklein* 343 gegen die Leib-Christi-Ekklesiologie, daß nämlich der Kirche selbst »soteriologische Kompetenz« beigemessen werde; vgl. auch Hoffmann* (Erbe) 71 Anm. 8. Aber Paulus ist dieser Gefahr nicht erlegen, weil er Subjekt und Prädikat nicht vertauscht. Zugespitzt: Der Leib Christi ist ein Prädikat des Christus, nicht aber der Christus ein Prädikat der Kirche.

604 Zur Frage, wie die Entstehung der lokalen Dimension von ἐν Χριστῷ ihrerseits zu erklären ist, vgl. z.B. Brandenburger* 393, der dafür die jüdisch-hellenistische Sophiatheologie mit ihrer Raumvorstellung verantwortlich macht; vgl. ebd. auch zu Gal 3,27f.

»Leib Christi«[605], die dann u.U. ähnlich wie die in Röm 6 korrigierte Taufanschauung in den Deuteropaulinen in einer ursprünglicheren Fassung erhalten geblieben sein könnte.

13 Daß ὁ Χριστός tatsächlich den Christusleib bezeichnet und dieser eine Einheit bildet, wird begründet (γάρ) mit der durch den *einen* Geist erfolgten Eingliederung in den *einen* Leib. Der Christusleib ist damit als solcher vorgegeben und nicht erst das Resultat menschlichen Sozialisations- und Einheitsstrebens der einzelnen Glieder[606]. Die durch den Geist vermittelte Inkorporation in den allein durch Christus und nicht die Summe der einzelnen Glieder konstituierten einen Leib geschieht in der Taufe. Der Geist wird dabei ähnlich wie in 6,11 zugleich als im Taufgeschehen wirkend und in der Taufe verliehen gedacht[607], d.h. ἐν πνεύματι ist auch hier instrumental zu verstehen[608]. Mit εἰς ἓν σῶμα dagegen wird das Ziel und nicht der Zweck oder Effekt der Taufe bezeichnet, d.h. εἰς ἓν σῶμα ist lokal zu interpretieren[609]. Der Geist verbindet die Getauften zur Einheit des Leibes Christi. Daß diese Einheit des Christusleibes sich nicht menschlicher Initiative verdankt und nicht von der Heilsgeschichte oder Gesellschaft vorgegeben ist, zeigt die Aufzählung der beiden Gegensatzpaare mit εἴτε ... εἴτε. Der Leib Christi umfaßt weder nur die heilsgeschichtlich oder gesellschaftlich Privilegierten noch nur deren Antipoden. Vielmehr finden sich Juden und Griechen, Sklaven und Freie mit ihrer Ge-

605 So etwa Käsemann* (Problem) 183f; Brockhaus* 168, der auf die häufigen rhetorischen Fragen im Zusammenhang der Vorstellung verweist (1,13; 6,15; 10,16); Klaiber* 47; für eine paulinische Bildung Merklein* 337f; Söding* 153 und die meisten.

606 Vgl. Bultmann, Theologie 311, der allerdings inadäquat damit des Leibes »jenseitiges Wesen« zum Ausdruck gebracht findet; Conzelmann 258, der wie früher auch Käsemann* (Leib) 183 im Anschluß an Schweitzer, Mystik 116f den Christusleib sogar als »präexistent« bezeichnet; richtig Kümmel 187; Klaiber* 108-111; Hainz, Koinonia 249; Schlosser* 107f u.a.

607 Die Deutung auf die Taufe wird allerdings von Fee 604 in Frage gestellt, weil ἐποτίσθημεν »clearly *metaphorical*« sei (605). Paulus verwendet βαπτίζειν aber weder im 1Kor (vgl. 1,13-17; 10,2; 15,29) noch sonst metaphorisch (Halter* 170). An eine von der Wassertaufe unterschiedene Geisttaufe zu denken und βαπτίζεσθαι metaphorisch auf die Konversion zu beziehen (so die bei Halter* 591 Anm. 14 genannten Autoren), ist nichts als Postulat (vgl. auch die unter Pfingstlern und Nichtpfingstlern geführte Diskussion bei Cottle*, der auch selbst eine Deutung auf eine Geisttaufe für möglich hält [79; dort mit weiterer Lit.]). Erst recht ist natürlich nicht wie Haniman* von einem doppelten Initiationsritus mit Taufe und Handauflegung auszugehen (402 [mit Verweis auf Apg 8,12-17 und 19,1-6]).

608 De Wette 117 sieht den Geist dagegen analog zu ἐν ὕδατι (Mt 3,11) als »Element« an, »in welchem die Taufe geschehen ist«; ähnlich Robertson/Plummer 272; auch Meyer 350 bezieht auf die *materia coelestis*, »sofern sie *Geistes*taufe war«; Weiß 303: »von einem Geiste umfaßt« (ebs. Kittel, ThWNT I 537; Kistemaker 429: »the sphere«). Aber auch ἐν ὕδατι ist nicht anders als instrumental zu verstehen (Schmiedel 168; Heinrici 384 u.a.; vgl. z.B. schon Erasmus 720: *per unum Spiritum*). Horn* 173 will beide Aspekte verbinden.

609 Anders Theophylakt 716 (εἰς stehe für ἵνα ὦμεν ἓν σῶμα); de Wette 117 (»Folge der Taufe«); ähnlich Lietzmann 63 (»das Ziel resp. die Wirkung«); Weiß 303; Allo 329; Barrett 288; Wolff 298; Halter* 168f.590f Anm. 9; Yorke* 42f; vgl. auch Meyer 350 und Heinrici 384 (»*in Bezug auf Einen Leib*«); anders mit Recht Percy, Leib 16f; Schweizer, ThWNT VII 1068; Hermann* 79-81; Conzelmann 258 Anm. 13; Klauck* 334; Horn* 173.

gensätzlichkeit im Leibe Christi zu einer neuen Einheit zusammen. Anders als in Gal 3,28 (οὐκ ἔνι) wird allerdings nicht ausdrücklich gesagt, daß durch das grundlegende Geschehen der Taufe die heilsgeschichtlichen und sozialen Differenzierungen mit ihren Privilegien und Benachteiligungen ekklesiologisch relativiert und überholt werden[610], also in der Gemeinde jede Inferiorität und Disqualifizierung überwunden ist. Gewiß darf man auch V 13b nicht zu bloßen Aussagen *coram deo* spiritualisieren oder im Sinne rein soteriologischer Egalität interpretieren[611], denn hier wird weder der differente *status quo* sanktioniert noch auf innerweltliche Reformen geblickt, bei der diese Differenzen verschwinden. Wie das Folgende zeigt, ist gerade keine Ein- und Gleichförmigkeit intendiert. Die zur alten Welt gehörenden Gegensätze und Wertungen werden vielmehr als beredtes Zeugnis dafür angeführt, daß selbst solche Antagonismen in die Einheit des zur neuen Welt gehörenden Christusleibes integriert werden[612]. Der aber ist kein idealer oder geistiger Leib[613], sosehr er vom Geist durchdrungen ist. Er besteht vielmehr seinerseits wieder aus Leibern, an denen Christus seine Herrschaft ausübt[614].

Schwierig bleibt ἓν πνεῦμα ἐποτίσθημεν (V 13c). Ποτίζειν heißt zu trinken geben (3,2), begießen (3,6-8), im Passiv zu trinken bekommen. Kontrovers ist, ob man die Tränkung mit dem Geist auf die Taufe oder das Abendmahl zu beziehen hat. Eine eindeutige Entscheidung fällt schwer. Für die Taufe[615] spricht der die Einmaligkeit des Geschehens bezeichnende Aor. (die Annahme einer bloßen Angleichung an den vorangehenden Aor. ἐβαπτίσθημεν bleibt rein stilistisch) sowie die formale (vgl. die Verschränkung beider Versteile) und inhaltliche Parallelität, während die mögliche alttestamentliche Ausdruckswei-

610 Meist wird V 13 aber für die Aufhebung der Gegensatzpaare in Anspruch genommen (so z.B. Kuß 172; Brockhaus* 170 Anm. 133; Ollrog* 144; Söding* 150); richtig Orr/Walther 285; Horn* 174: »Beleg für die Verschiedenheit der μέλη«. Billroth 180 interpretiert im Sinne eines Schlusses *a maiori ad minus*: »wie viel weniger darf also die nothwendige Verschiedenheit der Gaben *innerhalb* der Gemeinde Anlaß zum Streite geben« (kursiv im Original gesperrt). Nach Merklein* 337 sollen die Korinther Gal 3,28 im Sinne einer Nivellierung auf »einen einheitlichen, uniformen Lebensvollzug« mißverstanden haben.

611 Wer sollte die soteriologische Bedeutsamkeit der Differenz zwischen Sklaven und Freien behauptet haben? Zudem wird dabei eine anachronistische Trennung von Gemeinde und sozialer Welt und der Leib Christi als »unsichtbar-verborgene Wirklichkeit« aufgefaßt (so richtig Schäfer* 98f; Strecker, Transformation 217f). Vgl. zum Bezug von Gal 3,28 auf die soziale Wirklichkeit z.B. Bouttier* 15ff; Klaiber* 103; Paulsen a.a.O. (Anm. 555) 88f.93f; Roloff, Kirche 94-96; Schäfer* 99-110 und die Autoren bei Strecker, Transformation 219 Anm. 31. Nach Hoffmann* (Erbe) 71 soll Paulus an unserer Stelle versuchen, »das In-Christus-Sein vor individualistischer Mißdeutung zu schützen und dessen soziale Dimension abzusichern«.

612 Vgl. Halter* 170f; Conzelmann 258 Anm. 14; Wire (Lit. zu Kap. 12-14) 138; nicht zufällig hält Lietzmann 63 V 13b für eine störende Unterbrechung, was aber nur bei einer Auslegung im Sinne von Gal 3,28 der Fall ist (vgl. Bouttier* 4).

613 So z.B. Olshausen 693: »geistiger Kŏrper«.

614 Vgl. zu 6,15 EKK VII 2, 25; Käsemann* (Problem) 204; Klaiber* 110.

615 So schon Chrysostomus 251; neuerdings Rückert 332f; de Wette 118; v. Hofmann 279; Meyer 350; Schmiedel 168; Weiß 303; Robertson/Plummer 272; Bachmann 384; Barrett 289; Halter, Taufe 172f; Wolff 299; Cuming* 285 (mit Verweis auf ἐκκέχυται Röm 5,5); Lang 172.

se kaum ganz stichhaltig ist[616]. Für die schon von der sekundären Lesart ἓν πόμα ἐποτίσθημεν (630 1505 1881 al sy^h) bezeugte Deutung auf das Abendmahl[617] wird zwar das Nebeneinander von Taufe und Herrenmahl in 10,2-4 angeführt, doch schon die Beschränkung auf den Abendmahlstrank wäre dann höchst seltsam. Vereinzelt wird zwar auch eine von Taufe wie Herrenmahl absehende Deutung vorgeschlagen[618], doch wird es sich eher um eine metaphorische und zugleich sachlich sinnvolle Explikation von ἐβαπτίσθημεν handeln[619]: Mit der durch den einen Geist vollzogenen Taufe aller (V 13a) wird dieser eine Geist zugleich allen als Gabe, Kraftquelle und Einheitsband der Geistesgaben mitgeteilt (V 13c)[620].

14 Von V 14 an erläutert (καὶ γάρ[621]) Paulus diese Einheit und Verschiedenheit aller durch die Analogie des menschlichen Leibes als eines Organismus. Daß Paulus nicht vom Gleichnis her sein Gemeindemodell entwickelt, sondern seine Sicht der Gemeinde die Anwendung und Ausführung des Gleichnisses steuert[622], bestätigen manche nur von der Sache her zu begreifende Einzelzüge, etwa die besondere Notwendigkeit und Wertschätzung der schwachen und weniger ehrbaren Glieder oder die Begriffe σχίσμα und μεριμνᾶν (V 25). Aber nach der Sachaussage kann nun die in V 12 begonnene bildhafte Anwendung zum Zuge kommen. Hatte V 13 erklärt, daß der menschliche Leib

616 Oft wird auf die Verheißungen des Geistes in Ez 36,25f; Joel 2,28f bzw. 3,1f; Sach 12,10 verwiesen (Meyer 350 u.a.), wo allerdings nicht von ποτίζειν, sondern vom Besprengen und Ausgießen die Rede ist, doch kann ποτίζειν aus der Ausgießung des Geistes (Joh 7,37f; Apg 2,17; Röm 5,5) durchaus gefolgert sein. Andere verweisen auf Jes 12,3; Jer 2,13; Ez 47,1ff; Sach 14,8 (so z.B. Gutjahr 341 Anm. 1), doch fehlt auch dort mit Ausnahme von Sir 15,3 (ὕδωρ σοφίας ποτίσαι αὐτόν) ποτίζειν. Neuerdings wird gern Jer 29,10 LXX bemüht (Rogers* 140; Carson* 46; Horn* 174), wo πεπότικεν steht, doch ist das, womit der Herr dort tränkt, der Geist des Tiefschlafs. Immerhin wird die Bildwelt dadurch deutlich. Haniman* 402 verweist auch auf das lukanische »vom Geist Erfülltwerden« (Lk 1,15.41.67; Apg 2,4 u.ö.).

617 Für diese Interpretation treten ein Theophylakt 716; Johannes Damascenus 669; Calvin 427; Beza 147; Grotius 811; v. Mosheim 565; Neander 207f; Olshausen 694; Heinrici 385 (der Aor. werde »in Erfahrungssätzen auch von wiederholten Handlungen gebraucht«; zudem sei sonst gegenüber V 13a eine Tautologie zu konstatieren); Schlatter 346f; Käsemann* (Leib) 176; Klauck, Herrenmahl 334f; Goppelt, ThWNT VI 159f; Kollmann, Ursprung 64. Zuzugeben ist, daß die Ausdrucksweise »getränkt werden« auf den Trank des Mahls verweisen könnte, was dann aber anders als »Brotbrechen« singulär bliebe. Daß Jer 25,15 (LXX 32,15: »Nimm diesen Becher voll Wein ... und tränke [ποτιεῖς] daraus alle Völker«) aber eindeutig eine Anspielung auf das Abendmahl nahelege, ist fraglich.

618 Billroth 181 denkt »an sämmtliche Heilsanstalten und Segnungen des Christenthums, durch welche der Christ geistig fortern͏ährt wird«, Godet II 122 an die Gaben des Geistes (vgl. auch Halter* 173 und schon Walafrid 541: *Omnes potati sumus in acceptione diversorum donorum Spiritus sancti*). Ganz und gar willkürlich ist eine Deutung auf »das Sakrament der Firmung« (so aber Gutjahr 342) oder die Handauflegung (so aber Haniman* 402-405).

619 Natürlich ist dabei auch hier (vgl. oben Anm. 607) nicht an eine zweite wie immer näher zu bestimmende Taufe, etwa eine sog. »Geisttaufe«, zu denken.

620 Vgl. Barrett 289: »The new figure is a necessary supplement to the statement that we were baptized (that is, immersed) in the Spirit; the Spirit not only surrounds us, but is within us«; ähnlich schon Weiß 303f, der so interpretiert, »daß das πνεῦμα uns nicht nur umgibt, sondern daß es uns auch erfüllt«; vgl. auch Wolff 299.

621 Καὶ γάρ begründet nicht V 13, sondern γάρ steht parallel dem von V 12.

622 Vgl. oben Anm. 554 und 573.

Einheit und Vielheit in einem ist und Analoges auch vom Leib Christi gilt, so wird dieses Leibsein nun in seiner Entsprechung zu einem Organismus illustriert: Kein Glied kann sich vom anderen isolieren und hat nur in der Zugehörigkeit zum Leib als ganzem seine unverwechselbare Funktion und spezifische Bedeutung. Das ist nicht nur eine Neben- bzw. Hilfslinie[623].

Das von Paulus aufgegriffene Bild ist in der Antike weit verbreitet und hat dabei meist eine konservative, der Legitimation und Stabilisierung gesellschaftlicher Rangordnung dienende Funktion. Das bekannteste Beispiel findet sich bei Livius 2,32, wo Menenius Agrippa eine Revolte der Plebejer gegen die Aristokratie zu verhindern sucht und mit diesem Bild, das die Standesunterschiede rechtfertigen und den *plebs* von der Gleichheit seiner Interessen mit denen der Patrizier sowie zur Rückkehr in die Stadt und zur Arbeit überzeugen soll, die Einigkeit wieder herstellt: In früherer Zeit sollen sich die Glieder des Leibes darüber entrüstet haben, daß sie nur für den Magen sorgten, der nichts anderes tue, als sich an den ihm gegebenen Genüssen zu erfreuen. Doch als die Hände keine Nahrung mehr zum Munde führten, der Mund das Dargebotene nicht annahm und die Zähne es nicht zerkauten, wurde der ganze Leib von äußerster Auszehrung betroffen. Da wurde den meuternden Gliedern klar, daß auch die Aufgabe des Magens nicht in Trägheit besteht und er sich selbst nicht mehr ernährt als die anderen[624]. Hier wie auch sonst geht es dabei darum, daß eine Gemeinschaft nur Bestand hat, wenn die hierarchisch verschiedenen Glieder sich als Teil eines Ganzen verstehen und miteinander wirken, wobei sowohl die Polis oder eine andere menschliche *societas*[625], aber auch der Kosmos und die Einheit von Menschen und Göttern im Blick sein kann[626]. Freilich ist bei Paulus nicht mehr die φύσει gegebene *societas* oder die ganze Menschheit oder ein pantheistisches, Gott und Mensch umgreifendes σύστημα, sondern die durch Gottes Handeln bewirkte (vgl. V 24) eschatologische neue Gemeinschaft im Blick[627]. Vor allem ist die Funktion des

623 So aber Käsemann* (Leib) 159f.185; allerdings wird später (Problem) 179 »ein Moment des Bildhaften« nicht geleugnet; Wikenhauser* 87.125; Bultmann, Glauben I 166; richtig Kümmel 187f; Oepke, Gottesvolk 223 Anm. 6 (Beides sei »in eins zu sehen«); Dahl* 224ff; Brockhaus* 170 Anm. 136; Hainz, Ekklesia 82f; Gillespie* 119f (mit Hinweis auch auf die moderne Metapherntheorie).

624 Vgl. weitere Beispiele bei Dion. Hal., Ant. 6,86 (noch ausführlicher); Seneca, De Ira 2,31,7 und Ep. 92,30; Marc Anton 2,1 und 7,13; Xenophon, Mem. 2,3,18; Josephus, Bell 4,406f; CH 2,2f. Die früheste Erwähnung ist vermutlich der ägyptische Prozeß des Bauches mit dem Kopf (Gombel, a.a.O. [Anm. 553] 3f).

625 Vgl. z.B. Seneca, Ep. 102,6 (Anwendung auf Heer, Volk und Senat); De Ira 2,31,7 (auf das Vaterland); Epiktet, Diss. 2,5,26 (auf eine Stadt); Josephus, Bell 3,104 (auf das ganze Heer); 4,406 u.ö. sowie Philo, SpecLeg 3,131 (auf das jüdische Volk); Chrysipp, SVF II 367 (zitiert bei Berger/Colpe, Textbuch 248); Dahl* 226 zitiert vor allem MekhSh: »Und ein (heiliges) Volk (Ex 19,6): Das lehrt, daß ihr wie ein Leib und eine Seele seid ... Wenn einer unter ihnen sündigt, werden sie alle gestraft, Jos 22,20. Wenn einer unter ihnen leidet, fühlen sie es alle ...«; eine andere rabbinische Parallele bei Billerbeck III 447f. Vgl. weiter Meuzelaar 143-162; Schweizer, ThWNT VII 1033-1039 u.a.

626 So z.B. bei Seneca, Ep. 95,52 (*omne hoc quod uides, quo diuina atque humana conclusa sunt, unum est: membra sumus corporis magni*); Cicero, Off. 3,22; Epiktet, Diss. 2,10,3f (πολίτης εἶ τοῦ κόσμου καὶ μέρος αὐτοῦ); Marc Anton 7,13 (μέλος εἰμὶ τοῦ ἐκ τῶν λογικῶν συστήματος). Vgl. zur vorausgesetzten συμπάθεια in den stoischen Beispielen unten Anm. 692.

627 Vgl. z.B. Héring 112; Dahl* 225.

Gleichnisses nicht wie bei Menenius Agrippa und anderen, im Dienste einer konservativen Ideologie aufgebrachte Plebejer zu beruhigen und soziale Unterschiede bzw. Über- und Unterordnung als notwendig und sinnvoll zu legitimieren und zu stabilisieren. Vielmehr will Paulus die bestehende soziale Hierarchie relativieren und im Interesse von charismatisch Unter- und Abgewerteten diese angeblich Zu-kurz-Gekommenen oder sich minder begabt Wähnenden aufwerten und stärken bzw. auftrumpfende Enthusiasten zur Ordnung rufen[628]. Allerdings bleibt ungewiß, ob Paulus bewußt gegensteuert und eine bestimmte Version des Bildes im Blick hat, denn nicht alle antiken Beispiele sind (neben der Betonung des Vorrangs des Ganzen vor dem Einzelnen) auf die Stabilisierung des Bestehenden aus[629]. Jedenfalls ist der Einfluß und die sachliche Bedeutung des Organismusbildes ganz unverkennbar. Das einzelne Glied ist in den Leib als ganzen integriert und hat gerade so seine originale Position und seinen unersetzbaren Wert.

Damit wird kein sachlich fremder Gedanke in die Argumentation eingeführt. Vielmehr werden durch den Leib Christi-Gedanken mit seinen charismatischen Implikationen[630] die Konsequenzen von Gnade und Rechtfertigung in die Ekklesiologie ausgezogen[631]. Von daher ist der oft zu lesende Hinweis, vom Leib sei »nur« in der Paränese die Rede[632], als deplaziert zu bezeichnen[633], denn der Gehorsam der Glieder des Christusleibes ist nicht etwas Zweitrangiges. Es ist nicht Zufall, daß gerade die *Leiber* der Christen »Glieder Christi« genannt werden (vgl. zu 6,15). Ist doch der Leib Christi für Paulus alles andere als eine *civitas Platonica*. Vielmehr verkörpert die Gemeinde den Christus gerade darin, daß sie ihm leiblich dient. Weil Christus mit dem Heil immer zugleich auch das gemeinschaftliche Miteinander und verantwortliche Füreinander der Glieder des Leibes Christi schenkt, tendieren die Identitätsaussagen durch den Organismusgedanken zu Funktionsaussagen[634] und

628 Vgl. z.B. Berger/Colpe, Textbuch 248; Theißen* 329; Hoffmann* (Erbe) 72; Witherington* 254.259; D.B. Martin* (Tongues) 577 spricht bei Paulus von einer »strategy of status reversal«; vgl. auch 566-569, z.B. 567: »the normally conceived body hierarchy is actually only an apparent, surface hierarchy«); nach Chow, Patronage 178 kämpft Paulus »for the rights of the socially weak in the church«; die außerchristlichen Beispiele sind nach Söding* 154 dagegen »›von oben‹ erzählt«; vgl. aber auch Vollenweider* 363-365 (mit Beispielen, die »durchaus die Partei der Schwächeren ergreifen« wie Dion, Or. 34,21-23 [365]) und weiter zu V 22-24. Zu den Gefahren der Leibmetapher im Sinne eines in sich geschlossenen sektenhaften Eigenlebens vgl. Hasenhüttl* 99f, zu anderen vgl. Steck unten in Anm. 783.

629 Vgl. trotz Überschneidungen die 4 Typen bei Lindemann* 142-146, der neben dem schon bei Livius genannten Typ noch nennt: 2. Unterordnung der Einzelinteressen unter ein Ganzes, 3. Beziehungen der Glieder untereinander, 4. besondere Zuordnung des Hauptes zum Leib. Der unter 3 genannte, auf die Mitwirkung aller zielende Typ (Plato, Rep. 5,10,462c.d; Aristoteles, Pol. 5,3,1302b) soll dabei Paulus besonders nahestehen. Vgl. weiter vor allem Vollenweiser, Geist passim.

630 Vgl. etwa V 18 (ἓν ἕκαστον … καθὼς ἠθέλησεν) mit V 11 (διαιροῦν ἰδίᾳ bzw. ἴδια ἑκάστῳ καθὼς βούλεται) und weiter unten Anm. 654.

631 Vgl. Käsemann* (Amt) 119; Klaiber* 106 u.a.; vgl. auch oben Anm. 137.

632 So z.B. Meuzelaar* 16-19.172-174; Schweizer* (Kirche) 291; Conzelmann, Grundriß 268.288: Wolff 302 u.a.

633 Richtig Klaiber* 47.

634 Vgl. Klaiber* 110; Brockhaus* 174. Dabei ist die reale Einheit des Leibes Christi »Grundlegung und Voraussetzung der Paränese« (Ollrog* 144 Anm. 158).

nicht auf ein diese Identität genießendes oder reproduzierendes Pneumatikertum. Werden die Glieder der Gemeinde nicht in ihrem Eigenwert isoliert, sondern von ihrer Funktion her verstanden, kann diese nur eine je verschiedene sein. Daß im Leib Christi die heilsgeschichtlichen und sozialen Ungleichheiten integriert werden (V 13), soll gewiß keinen Club- und Cliquengeist mit speziellen Interessen Gleichgesinnter neu beleben, wohl aber monotone Einförmigkeit und stereotype Gleichförmigkeit aller einzelnen Glieder ausschließen[635].

»Denn auch der Leib besteht nicht aus einem Glied, sondern aus vielen« (V 14). Damit wird gegenüber V 4-11 noch klarer, daß die Charismen nicht private, dem einzelnen für sich gegebene Gaben sind, sondern Wert und Sinn allein in ihrer Beziehung auf die Gemeinde haben. Jede Isolierung und Verabsolutierung eines einzelnen ist ein ebensolcher Widersinn wie ein für sich betrachtetes, nicht aus seiner Funktion für den ganzen Leib verstandenes einzelnes Glied[636]. Und auch der andere Gedanke von V 3-11 klingt mit an: Jedes Glied hat seine besondere Funktion. Paulus sagt zwar nicht *expressis verbis*, daß es abgestorbene Glieder[637] und passive Gliedschaft in einem lebendigen Leib wesensmäßig nicht geben kann[638], wohl aber setzt er voraus, daß kein Glied ohne Funktion ist, weil jeder Getaufte Charismatiker ist. Betont ist freilich vor allem der Gedanke, daß nicht alle dieselbe Funktion haben. »Besteht der Leib nicht aus einem Glied, sondern aus vielen Gliedern«, so heißt das – wie die Fortsetzung zeigt – auch: Der Leib besteht nicht aus vielen gleichen Gliedern, sondern aus vielen verschiedenen Gliedern[639].

15-16 In V 15-26 folgt nun eine nähere Ausgestaltung der Metapher, der offenbar eine doppelte Frontstellung zukommt: Gegenüber denen, die sich unterschätzen, und gegenüber denen, die sich überschätzen[640], wobei aber der gleiche

635 Vgl. z.B. Schlatter 347, der sich besonders vehement gegen »Einerleiheit« ausspricht: »Dann werden Verschiedenheiten als Störung der Gemeinschaft empfunden«, Paulus aber habe erkannt, »daß die Gemeinde ihre Einheit nicht dadurch sichern kann, daß sie sich vor dem Eigenleben ihrer Glieder fürchtet, daß sie vielmehr ihre Einheit nur dann echt und wirksam macht, wenn sie ihnen zu einem ihnen eignenden Leben verhilft und sie in der Betätigung ihres besonderen Vermögens unterstützt«.

636 Vgl. z.B. Schweizer* (Leben) 84, wonach »die einzelnen begrenzten Dienste« von vornherein »nur innerhalb des gesamthaften Dienstes der Gemeinde« geschenkt werden; Dunn, Jesus 264f.

637 Murphy-O'Connor, Corinth 167 hält als Hintergrund die im ausgegrabenen Asklepeion gefundene Masse von einzelnen Gliedern, die die durch den Gott geheilten Gliedmaßen repräsentieren, für möglich: »Against this background Paul would have seen the dismembered limbs displayed in the Asclepion as symbols of everything that Christians should *not* be: ›dead‹, divided, unloving and unloved«. Murphy-O'Connor lehnt aber ein von daher konzipiertes Gesamtmodell des Leibes Christi (so A.E. Hill*) mit Recht ab (165); vgl. auch die berechtigten Vorbehalte bei Oster, Use 69-73.

638 Vgl. Käsemann* (Amt) 117; Schweizer* (Leben) 87.

639 Vgl. Calvin 503: *Est ἐπεξεργασία superioris sententiae, hoc est, expolitio* (Ausarbeitung) *cum aliqua amplificatione quae illustret rem breviter ante dictam.*

640 Vgl. Chrysostomus 257 (κἀκεῖνον παραμυθούμενος καὶ τοῦτον καταστέλλων); Ambrosiaster 135; Theophylakt 720. Meyer 351: Gegen Unzufriedenheit mit der empfangenen Begabung und gegen Verachtung anderer Begabungen; ähnlich Heinrici 385f; Godet II 123; Weiß 304; Bachmann 386; Lang 173;

Grundsatz vorangestellt wird: »nicht einer, sondern viele« (V 14 und 19f). V 15-20 richten sich dabei zunächst gegen eine falsche Unterschätzung und skrupulöse Bewertung der eigenen Gaben[641]. Vermutlich fürchten einige Glieder der korinthischen Gemeinde, nicht zur Gemeinde zu gehören, weil sie nicht bestimmte in Korinth hochgeschätzte Gaben besitzen, konkret: weil sie keine Glossolalen sind[642].

Paulus greift nun einzelne Glieder heraus, um zu verdeutlichen, daß Einheit des Leibes und Vielheit der Glieder zusammengehören[643]. Die Einzelheiten sind großenteils unproblematisch. Allerdings sind die Sätze wahrscheinlich nicht als Fragen zu fassen[644], denn sonst wäre als Einleitung μή und nicht οὐ zu erwarten[645]. Schon die beiden ersten Glieder, denen Paulus hier Sprache verleiht[646], deuten an, worauf hier gezielt ist: Der Fuß hält sich, weil er nicht Hand ist, und das Ohr, weil es nicht Auge ist, für nicht zum Leib gehörig. Üblicherweise gilt zwar nicht die Hand gegenüber dem Fuß[647] (vgl. V 21), wohl aber das Auge gegenüber dem Ohr als das wichtigere Glied[648]. Jedenfalls arti-

Schatzmann* 46 (gegen Inferioritäs- und Superioritätskomplexe); Carson* 48 (»outsiders«/»elitists«); Söding* 142f (»doppelte pragmatische Spitze« 145); Wolff 300, der sich mit Recht zugleich von Conzelmann 259 absetzt, nach dem das Bild sich durchgängig »gegen die Distanzierung einzelner vom ›Leibe‹, also gegen enthusiastischen Individualismus« wenden soll (vgl. oben Anm. 551).

641 Das wird in der Literatur verschieden nuanciert, soll üblicherweise aber gegen Unzufriedenheit oder Neid derer gerichtet sein, die sich wegen ihrer Geistesgaben zurückgesetzt und ausgeschlossen fühlten; vgl. Chrysostomus 257; Theodoret 328 (παιδεύει μὴ δυσχεραίνειν [unwillig sein], ἀλλὰ στέργειν [zufrieden sein] τὰ δεδομένα); Theophylakt 715f (Paulus tröste den τῷ ἐλάττονι χαρίσματι Betrübten und zeige ihm, ὅτι οὐκ ἠλάττωται bzw. ἵνα ... ἐντρέψῃ τοὺς γογγύζοντας); Beza 147; Grotius 811; de Wette 118; Schmiedel 168; Weiß 304 (»gegen die allzu geringe Selbstschätzung geringerer«); Gutjahr 345; Brockhaus* 172f; Wolff 300 (gegen »das Gefühl der Minderwertigkeit«). Billroth 181 dagegen sieht diejenigen angesprochen, die sich wie die Glossolalen nicht dem Ganzen unterordnen wollten.

642 So z.B. Lietzmann 63; anders Wendland 111: »Hat man vielleicht in Korinth geglaubt, wer Christ sei, müsse *alle* Geistesgaben besitzen . . .?«

643 Vgl. Bullinger 220: *Per regressionem nunc singula membra resumit, expolit & diducit. Duo enim proposuerat, quod unum simus corpus, & quod multa sint in corpore membra.*

644 So aber Nestle/Aland (vorher Erasmus 719f; die Übersetzung Luthers; Beza 147 bis hin zu de Wette 118 (der jedoch »eine Anomalie der Frageform« einräumt); Godet II 123 und Lietzmann 62.

645 Vgl. Schmiedel 169 (»Als Frage erforderte 15f einfaches οὐ = nonne oder μὴ . . . οὐ = num non«); vgl. weiter Meyer 351 (Dann wäre οὐ »nur das gewöhnliche fragende, welches eine bejahende Antwort voraussetzt, als solches aber eine verstärkende Wiederholung mit nichts rechtfertigen oder motiviren kann«); ebs. Heinrici 386; richtig auch schon Bengel 424 (*interrogatio . . . sensum pervertit*); Rückert 333 u.a. Die erste Negation betrifft also den ganzen Satz, die zweite das ἐστίν: So ist er nicht deswegen bzw. dessen ungeachtet (vgl. dazu unten Anm. 649), d.h. weil bzw. obwohl er es aus Unzufriedenheit u.ä. behauptet oder weil er nicht Hand ist (so Weiß 305), kein Teil des Leibes.

646 Vgl. Chrysostomus 252: Er läßt die Glieder und damit die Natur selbst zu ihnen sprechen, damit sie durch eigene Erfahrung und gemeinsames Urteil überzeugt werden.

647 Epiktet, Diss. 2,10,4 stehen beide z.B. nebeneinander in ihrer Beziehung zum ganzen Leib. Zur Bedeutung der Hand (nach Aristoteles, An. 3,8,432a das ὄργανον ὀργάνων) vgl. Lohse, ThWNT IX 413-415.419), zu der des Fußes Weiß, ThWNT VI 624f.627f.

648 Für griechisches Denken zumindest ist »die höhere Wertung des Auges« bezeichnend (Horst, ThWNT V 544; vgl. auch 549 zum Vorrang der Augen vor dem Ohr bei Philo); zur Prävalenz des Ohres im AT und Rab-

kulieren zwei unterbewertete Glieder hier jeweils ihr Unterlegenheitsgefühl. Paulus aber betont: Auch Fuß und Ohr gehören dazu (οὐ παρὰ τοῦτο[649] οὐκ ἔστιν ἐκ τοῦ σώματος). Ohne Bild: Auch Gemeindeglieder mit unterschätzten Funktionen sollen sich gegenüber angeblich höher Qualifizierten nicht verstecken müssen oder ausgeschlossen fühlen[650].

17 An das zweite Beispiel fügt Paulus noch die groteske Frage an, ob der Leib ein lebendiger Organismus sein würde, wenn er nur aus einem Glied bestünde. Das ergäbe ein Monstrum und keinen lebensfähigen Leib. Der Leib kann nicht als ganzer aus Auge bestehen (nur dieses Glied aus V 16 wird wörtlich wiederholt), sondern bedarf auch des Gehörs (hier tritt ἀκοή für οὖς ein), und er kann nicht allein aus Gehör bestehen, sondern bedarf auch des Geruchssinns (nur diese ὄσφρησις[651] hat im Vorhergehenden keine Entsprechung), wenn der Leib Leib sein und seine Bestimmung erfüllen soll. Eine Uniformität aller Funktionen in der Gemeinde ist darum eine ebensolche Absurdität wie eine nur monströs vorstellbare Gleichheit aller Glieder an einem Leibe[652].

18 Wie die Dinge wirklich liegen (νυνὶ δέ), sagt V 18: Es ist der Schöpferwille Gottes, der stärkere und schwächere Glieder in einem Leib miteinander verbunden hat und jedem Organ die ihm spezifisch zukommende Funktion zuweist[653]. Durch die Nähe zur sonstigen Charismenterminologie[654] wird das Gleichnis für die Verschiedenheit der Charismen durchsichtig. Ἔθετο wie καθὼς ἠθέλησεν führen die jeweilige Funktion auf Gottes souveräne Gna-

binat vgl. 547f.550. Chrysostomus 252 nennt das Auge τὸ πάντων τιμιώτερον (so auch später oft; vgl. Bullinger 220: *nobilissima corporis humani portio*) und die Füße τὸ πάντων εὐτελέστερον, doch lasse Paulus den Fuß nicht mit dem Auge, sondern mit der Hand sprechen, die schon etwas höher stehe, weil auch wir nicht diejenigen zu beneiden pflegen, die erheblich über uns sind, sondern diejenigen, die ein wenig aufgestiegen sind; ähnlich Theophylakt 717; Johannes Damascenus 669. Vgl. weiter Brockhaus* 172.

649 Zu παρὰ τοῦτο mit Akk. (= deswegen) vgl. Bl-Debr-Rehkopf § 236,5. Besser paßt, παρά wie in Röm 16,17 u.ö. (vgl. die Beispiele 236,2) adversativ zu verstehen: »gegen (seine Behauptung)«; vgl. z.B. Heinrici 386 (»*dessen ungeachtet*, nämlich ungeachtet des unzufriedenen Auflehnens«) oder v. Hofmann 282 und Meyer 352 (trotz der Behauptung des Ohres und des Fußes von ihrer Nichtzugehörigkeit zum Leib).

650 Das ist die übliche und m.E. richtige Auslegung. Lindemann* 150 findet dagegen eine Distanzierung und Emanzipation von anderen Gliedern angesprochen. Doch Fuß und Ohr sagen nicht: »dann will ich nicht zum Leib gehören«, sondern: »dann gehöre ich nicht zum Leib«, und sie sagen das, was sie sagen, zu sich selbst, nicht zu anderen.

651 Liddell/Scott, Lexicon 1264 beziehen das Wort an unserer Stelle nicht wie Aristoteles, An. 2, 10,421b u.ö. auf den Geruchssinn, sondern wie Aristoteles, An. 2,11,423a auf die Nase; Bauer/Aland 1189 lassen es offen.

652 Vgl. z.B. Schlatter 347: Paulus habe mit Klarheit erkannt, »daß die Gemeinde ihre Einheit nicht dadurch sichern kann, daß sie sich vor dem Eigenleben ihrer Glieder fürchtet, daß sie vielmehr ihre Einheit nur dann echt und wirksam macht, wenn sie ihnen zu einem ihnen eignenden Leben verhilft und sie in der Befähigung ihres besonderen Vermögens unterstützt«.

653 Vgl. zu ἔθετο außer V 28 2Kor 5,19; Apg 20,28; 1Tim 1,12; Hebr 1,2 und weiter Maurer, ThWNT VIII 157; Gillespie* 121 Anm. 116 und unten zu V 28. Daß auch nach der Stoa »die göttliche Vorsehung in ihrer Weisheit jedem einzelnen Glied des Leibes eine genau bestimmte Funktion zuweist« (Söding* 143), ist richtig, besagt für die paulinische Argumentation und Theologie aber wenig.

654 Vgl. oben Anm. 630 und weiter zu ἕκαστος 7,7.17; 12,7.11; 14,26, zu ἔθετο 12,28; 2Kor 5,19, zu καθὼς ἠθέλησεν 15,38 und 12,11 (καθὼς βούλεται).

denmacht zurück und verwehren eigenmächtige Einsprüche und Ansprüche (vgl. Röm 9,18.20) ebenso wie Benachteilungsgefühle, ja überhaupt Vergleiche und Rivalitäten[655]. Jeder soll seinen ihm zugewiesenen Platz und sein ihm zugemessenes Maß (Röm 12,3) im Leibe Christi ausfüllen und ausschöpfen. Damit will Paulus ermutigen, nicht Festlegung oder Anpassung erreichen. Darum ist aus V 18 nicht der Schluß zu ziehen, daß die vom Schöpfer gegebene Naturanlage als starre Rahmenbedingung für die Funktion im Leibe Christi festgeschrieben werden soll. Charismen finden ihre Bestimmung und Begrenzung nicht allein am Schöpfungspotential (vgl. einerseits das ἔθετο in V 28 und andererseits das βούλεται in V 11).

19 Paulus verallgemeinert die Beispiele von V 16f wieder mit einer absurden Frage, deren Antwort auf der Hand liegt: Wenn alle Glieder des Leibes nur ein und dasselbe Glied wären, gäbe es keinen Leib in seiner Einheit, sondern nur eine Ansammlung homogener Teile. Nur die Gesamtheit der unterschiedlichen Glieder macht auch den Leib Christi aus, nicht ein einzelnes Glied. Die Konsequenz: Allein die Glossolalie oder eine andere isolierte oder verabsolutierte Funktion würden den Leib Christi lebensunfähig, kraft- und wirkungslos machen.

20 V 20 wiederholt noch einmal, daß Vielgliedrigkeit und Einheit des Leibes zusammengehören (vgl. V 12).

21 Die geringe Selbsteinschätzung einzelner Christen ist freilich nicht die eigentliche Gefahr der Korinther bzw. ihrer Mehrheit: Was den Christusleib zu zersprengen droht und nun im zweiten Teil aufgespießt wird[656], ist vielmehr deren übersteigertes pneumatisches Selbstbewußtsein und deren einseitige, andere ausgrenzende Aktivität. Überschätzung der eigenen Gaben führt zur Geringschätzung der anderen und zu der unheilvollen Illusion, die anderen seien entbehrlich und man könne separat von ihnen und damit ohne den Leib Christi als ganzen pneumatisch leben. Demgegenüber schärft Paulus ein, daß das Auge nicht zur Hand und der Kopf[657] nicht zu den Füßen sagen kann (οὐ δύναται[658]): »Ich habe dich bzw. ich habe euch nicht nötig«[659]. Das ist nur als

655 Vgl. Chrysostomus 252: Μὴ τοίνυν ἐξέταζε λοιπὸν τὴν αἰτίαν, διὰ τί οὕτω, καὶ διὰ τί οὐχ οὕτω. Auch wenn wir tausend Gründe haben, ist der Wille des ἀριστοτέχνης doch der beste Beweis, daß das οὕτω als καλῶς zu bezeichnen ist. Allerdings stehe es so (253), daß Paulus die Hörer sowohl durch die διάταξις τοῦ θεοῦ als auch durch Vernunftgründe zum Schweigen bringe. Auch für Oecumenius 821 ergibt sich aus V 18b: ἄτοπον τὸ ἀδημονεῖν.

656 Vgl. die oben in Anm. 640 Genannten, z.B. Meyer 352: »Nun kommt es an diejenigen, welche auf ihre höheren Gaben stolz und gegen Minderbegabte geringschätzig waren«; de Wette 119; Robertson/Plummer 274; Schmiedel 169: »Gegen die Ueberhebung der bevorzugten Glieder«.

657 Während Auge, Hand und Fuß schon in V 15f genannt wurden, allerdings in anderer Zuordnung, ist der Kopf ein bisher nicht genanntes Beispiel. Κεφαλή gilt, auch unabhängig von der Frage einer Konnotation mit Herrschaft (vgl. dazu zu 11,3 EKK VII 2, 502), als »das erste und vornehmste der Glieder, das die anderen bestimmt« (Schlier, ThWNT III 673 mit Verweis auf Xenophon, Cyrop. 8,8,3 u.a.). Zu beachten ist, daß Paulus anders als die Deuteropaulinen nie von Christus als Haupt spricht.

658 Vgl. dazu Theophylakt 720: Οὐχ οὕτως ἔχει φύσεως τὸ πρᾶγμα.

659 R.P. Martin* (Spirit) 27 macht auf den

verborgene Polemik gegen solche zu begreifen, die sich als Einzelglied mit dem Leib als ganzem verwechseln oder damit verwechselt werden[660]. Diese selbstherrliche Verabsolutierung der eigenen Position – Röm 12,3 nennt diese Maßlosigkeit ὑπερφρονεῖν παρ' ὃ δεῖ φρονεῖν – mit ihrer Fehleinschätzung auch der anderen ist das, was die Einheit der Gemeinde gefährdet[661]. Gott teilt nicht allen alles aus. »In allem reichgemacht« ist nur die Gemeinde als ganze (1,5). Alle einzelnen Gaben aber sind um der Erbauung des Leibes Christi willen nötig, und zwar gerade in ihrer Verschiedenheit und Pluriformität. Paulus läßt es nun aber bei der weiteren Ausgestaltung des Bildes nicht sein Bewenden haben, daß alle gleichermaßen voneinander abhängig und aufeinander angewiesen sind, folglich Eigendünkel, Selbstgefälligkeit und Arroganz angesichts der eigenen Fähigkeiten unangebracht sind und jeder an seinem Ort im Leib seinen Dienst tun soll. Vielmehr (ἀλλά) bricht er eine Lanze speziell für die schwächeren und niedrigeren[662] Glieder des Leibes und hält gerade sie für unentbehrlich[663]: Gerade diejenigen Glieder des Leibes, die schwächer zu sein scheinen[664], sind um so notwendiger« (ἀναγκαῖα)[665]. Woran Paulus genauer bei den schwächeren Gliedern des menschlichen Leibes denkt, läßt sich zwar nicht sagen und muß unbestimmt bleiben[666], doch im Blick auf den Leib Christi ist seine Sichtweise deutlich von der *theologia crucis* inspi- 22

stilistischen Wechsel aufmerksam, daß die sich beschwerenden Glieder in V 15f zu sich selbst sprechen, während die hier in V 21 apostrophierten, ihre Unabhängigkeit reklamierenden ihre Aussagen an diejenigen adressieren, auf die sie herabsehen.

660 Weiß 304 möchte aus V 29-31a und anderen Stellen schließen, daß in Korinth die Glossolalen beneidet wurden und »ein Haschen und Sehnen nach gleichen Erfahrungen« vorhanden war, dazu die Meinung, »wer nicht πνευματικός in diesem besonderen Sinne (14,37) sei, dürfe sich kaum noch einen Christen nennen«.

661 Auch Röm 12,3 warnt Paulus davor, sich zu überschätzen und übermütig die einem gesetzten Grenzen zu überschreiten, Grenzen, die auch Charismatikern gesetzt sind.

662 Semler 327 versteht im Anschluß an Luther den Komparativ superlativisch.

663 Man kann das πολλῷ μᾶλλον (nach Beza 148 bezeichnet es *correctionem potius quam comparationem*) sowohl auf den ganzen Satz als auch auf ἀναγκαῖα beziehen. Neander 210 z.B. zieht letzteres wohl zu Recht vor: »um wie viel nothwendiger« (ebs. Fee 613); vgl. schon Estius 645. In der Sache besteht zwischen *necessaria caeteris* und *necessaria corpori* (letzteres wird z.B. von Erasmus 721 bevorzugt) allerdings kein großer Unterschied.

664 Oecumenius 824 sieht durch τὰ δοκοῦντα allein die (unbegründete) Meinung, nicht die Wahrheit betroffen; vgl. auch Photius 571; Theophylakt 720: Δοκοῦσι γὰρ ἐλάττονα, οὐκ εἰσὶ δέ. Auch Brockhaus* 173 findet eine betonte Relativierung; Fisher 204 vermutet »the occasional weakness of certain members through disease«; vgl. vor allem D.B. Martin* (Tongues) 566-569.

665 'Αναγκαῖα begegnet als solches auch in Analogien der Leibmetapher, z.B. 1Clem 37,5; Plutarch, Frat. Am. 1,478D; vgl. weiter Aristotetes unten in Anm. 671 und Mitchell* 159 Anm. 570.

666 Theodoret 328 denkt an Leber und Gehirn, Cornelius a Lapide 314 an *venter & ventre contenta,* Estius 645 an innere Organe (vgl. auch Godet II 125); die meisten wie Billroth 181 finden eine Anspielung auf Augen und Ohren (Meyer 353: »die zarten Sinneswerkzeuge wie *Auge und Ohr*«), doch kann daran nach de Wette 119 wegen V 21, »wo das Auge verachtend auf die Hand sieht, nicht gedacht« sein (ähnlich Rückert 335); zweifelnd auch Heinrici 388; Weiß 306: der Rumpf. In der Sache ist »nicht an gefährdetere, sondern wegen ἀν.(αγκεῖα) an weniger leistende« Gemeindeglieder zu denken (Schmiedel 169), wobei hinzuzufügen ist: an die auf den in Korinth geschätzten Sektoren weniger »leistenden«. Besser: »die minder glänzend erscheinenden Charismen« (Neander 210).

riert. So wie die Taufe Teilhabe am Kreuzesgeschehen mit seiner Affinität zur Schwäche gewährt, so sind hier in der Wertschätzung der Schwachen und Unscheinbaren ekklesiologische Konkretionen der *theologia crucis* zu erkennen (vgl. 1,26ff; 2,1ff)[667]. Das ist jedenfalls plausibler als eine Deutung, die hier speziell die Apostel als schwache, unehrenhafte und unentbehrliche Glieder des Leibes ironisch apostrophiert finden will[668], sosehr in der Sache 4,6-15 zu beachten bleibt[669]. Möglicherweise sind dabei wie in 1,26-28 auch hier soziologische Implikationen mitzuhören[670], doch stehen sie nicht im Vordergrund.

23 Zu den ἀσθενέστερα treten die ἀτιμότερα und ἀσχήμονα μέλη: Auch die Glieder, die wir für minder edel[671] am Leib halten, welche Organe immer damit bezeichnet sind[672], die umgeben wir mit besonderer Ehre; gemeint und zu ergänzen ist vielleicht: durch die Verhüllung, durch die Kleidung, was durch περιτίθημι angedeutet sein könnte[673], aber alles andere als sicher ist (vgl. V 24b)[674]. Ferner genießen unsere unschicklichen Glieder – ἀσχήμων ist Hapaxlegomenon, hat wie ἀσχημονεῖν (vgl. zu 7,36) sexuelle Konnotationen (Vulg.: *inhonesta*), und ἀσχήμονα bezeichnet hier vermutlich die Schamtei-

[667] Vgl. außer 8,7-13 auch 9,22; 10,28; 11,22 und oben Anm. 628 sowie Schlatter 349: Wieder spreche Paulus wie in Kap. 7 und 8 »als der Anwalt der Schwachen, der für ihr unverkürztes Bürgerrecht in der Kirche sorgt«; vgl. Conzelmann 260: »eine Art Apologie für die schwächeren Teile«; Strobel 196: »Selbst hier bestimmt die Theologia Crucis noch das Denken«; Brandenburger* 392 sieht in den Bedenken des Apostels »gegen eine hierarchisch verfaßte und nach Würdegraden gestufte, sich darstellende und entsprechend agierende Kirche« den »Impuls seiner theologia crucis ekklesiologisch zum Vorschein« kommen.

[668] So Smit (Lit. zu Kap. 12-14; Rangorde) 340.343 und (Argument) 225; vgl. dagegen schon Lauterburg, a.a.O. (Anm. 278) 60: »Sollen etwa Apostel, Propheten und Lehrer das ὑστερούμενον sein?«.

[669] Vgl. Schäfer* 393f, der zwar ebenfalls eine Anspielung auf den »schwachen Apostel« für möglich hält, ihn aber »als Modell für die besondere Empfehlung von nichtekstatischen Gemeindecharismen« ansieht.

[670] Vgl. D.B. Martin* (Tongues) 566-569, z.B. 568 Anm. 43: »Schwächer« sei »unambiguously a low status term«; gewiß auch, aber nicht allein! Vgl. zur großen Bedeutung von Rang und Status in der damaligen Zeit Witherington* 259f; Schmeller, Hierarchie 19-22.

[671] Zu den Belegen für ἄτιμος im Sinne von »unansehnlich, minder edel« für bestimmte Körperteile vgl. Bauer/Aland 241. Aristoteles, Part. An. 3,10,672b ordnet das τιμιώτερον in den Geschöpfen dem ἄνω und darum βέλτιον zu, das ἀτιμότερον dagegen dem κάτω und um des Oberen willen ἀναγκαῖον.

[672] Die Konkretionen bei Meyer 353 (»die mit dem Kleiderschmuck besonders bedachten Glieder, wie Leib, Hüften, Schultern«) sind schon von Heinrici 388 mit Recht bezweifelt worden. Allerdings ist auch dessen eigene Annahme, es seien hier dieselben Organe, d.h. die Schamteile, in verschiedener Weise beschrieben (z.B. »schwach wegen ihres geringen Ansehens und ihrer Gebundenheit an die Sinnlichkeit«) mehr als zweifelhaft. Chrysostomus 258 denkt wie andere an die Zeugungsglieder, Weiß 306 an den Rumpf, R.P. Martin* (Spirit) 28 an die Verdauungsorgane, besonders den Magen.

[673] Vgl. z.B. Mt 27,28 (χλαμύδα περιέθηκαν αὐτῷ); Gen 27,16; nach Cicero, Off. 1,126 wird das, was zur Verrichtung der natürlichen Bedürfnisse dient und das ästhetische Empfinden verletzen würde, verhüllt; vgl. schon Theodor v. Mopsuestia 190 (περιτίθεμεν εἶπεν καὶ οὐ περικεῖται); nach Theodoret 329 hat die Natur selbst die Geschlechtsteile durch Haare wie mit einem περιβόλαιον umgeben. Die meisten denken an Kleidung; vgl. Meyer 354; Heinrici 388; Weiß 306; Lietzmann 63; Bachmann 385; Barrett 291 verweist auf Gen 3,7.10,21; Gutjahr 348 deutet wie schon Haymo 580 (*additamentum vestium et ornamentorum*) u.a. auf Kleidung und Schmuck.

le[675] – in besonderer Weise Anständigkeit, Respekt und Dezenz (εὐσχημοσύνη[676]). Kein Zweifel, daß dieser Gedanke, daß die als schwächer geltenden Glieder besonders nötig sind und die als weniger wertvoll eingeschätzten besondere Achtung verdienen, vom Bild her nur mit einiger Mühe durchzuhalten ist. Hier steht die Sache im Vordergrund, und die ist sinngemäß eindeutig: Gerade diejenigen, die in der Gemeinde als weniger pneumatisch begabt und attraktiv gelten, vielleicht sogar als sarkisch oder ungeistlich abqualifiziert werden, gerade die sind in der Gemeinde nötig. Der pneumatisch-religiöse Höhenflug der Enthusiasten wird damit wiederum auf die Erde und in die Verantwortung zurückgeholt[677]. Auch der Verdauungsapparat und die Geschlechtsteile, die den Asketen mit ihrer spiritualistischen Hypertrophie vermutlich erst recht verdächtig waren, gehören zum Leib[678]. Allerdings ist das kein Plädoyer gegen einen falschen Spiritualismus oder Intellektualismus zugunsten einer entkrampften Vitalität oder einer durch die Enthusiasten diskreditierten Leiblichkeit. Paulus geht es allein um den Leib der Gemeinde, und er will die Dienste, die in einer falschen Übergeistigkeit abgewertet zu werden drohen, zu Ehren bringen. Gerade die unauffälligsten und prosaischsten Dienste sind nicht nur ganz schön und gut, sozusagen ein *donum superadditum* und letztlich entbehrlich, sondern sie sind ἀναγκαῖα, höchst nötig und unverzichtbar.

Unsere anständigen (εὐσχήμονα)[679] Glieder dagegen haben solche besonders 24

[674] Robertson/Plummer 275 zitieren Est 1,20 (πᾶσαι αἱ γυναῖκες περιθήσουσιν τιμὴν τοῖς ἀνδράσιν ἑαυτῶν) und Spr 12,9 (τιμὴν ἑαυτῷ περιτιθείς), und auch Bauer/Aland 1315 rechnen περιτίθημι an unserer Stelle zur übertragenen Bedeutung »verleihen, beilegen, erteilen, antun« (mit weiteren Belegen). Chrysostomus 259 nennt als Beispiel, daß der verlorene Sohn größeren Anteil an Ehre hatte als der rechtschaffene. Schneider, ThWNT VIII 177 interpretiert nur von der Sache her: Dem ohne auffallendes χάρισμα solle »eine besondere Wertschätzung im Gesamtorganismus der Gemeinde zuteil werden«; vgl. auch Fee 614.

[675] Nach Meyer 353 und Heinrici 388 die Schamteile und das Gesäß (mit Verweis auf Phaedrus 4,73: *naturae partes veste quas celat pudor*), nach den meisten wie Weiß 306 und Bauer/Aland 239 die Schamteile; vgl. schon Ambrosiaster 139 (*pudenda*); Oecumenius 824 (περὶ τῶν γεννητικῶν) bis hin zu Estius 646 (*membra genitalia*). Auch hier wird aber betont: Τῇ μὲν φύσει οὐκ ἔστιν ἀσχήμονα ... τῇ δὲ ὑπολήψει κρινόμενα λέγεται οὕτως (Theodor v. Mopsuestia 190f; ähnlich Theophylakt 720). Reflexionen auf die Sünde oder die *concupiscentia*, die für die verschiedene Wertung der Glieder verantwortlich sein sollen (vgl. unten Anm. 865 und auch Grosheide 296), sind eingetragen. Meyer 354 und Heinrici 388 verweisen darauf, daß »nicht wieder der mildere relative Comparativ steht«.

[676] Das Wort ist Hapaxlegomenon bei Paulus. Zum Wortspiel mit ἀσχήμονα vgl. die Übersetzung. Sachlich wird auch hier meist interpretiert wie bei Bauer/Aland 661: »d. gute Haltung, d. Anstand, d. Wohlanständigkeit v. der Kleidung ... v. anständiger Verhüllung«; vgl. Spicq, Notes I 333 Anm. 1 (»de l' extérieur décent, de la tenue convenable«); Robertson/Plummer 276 (»*external* grace, elegance, or decorum«) und Weiß 306. Bengel 424 fragt von hier aus sogar nach dem Sinn von Schönheitspflästerchen.

[677] Fee 615 hält es dagegen für eine Eintragung, daß etwa die Glossolalen »had an elitist view or considered themselves superior to others«.

[678] Vgl. Chrysostomus 258: Οὐδὲν γὰρ ἐν ἡμῖν ἄτιμον. Θεοῦ γὰρ ἔργον ἐστί.

[679] Vgl. dazu 7,35 (πρὸς τὸ εὔσχημον) und 14,40 (εὐσχημόνως). Nach Greeven, ThWNT II 769 liegt in V 23f zwischen μέλη ἀσχήμονα und εὐσχήμονα »lediglich eine *ästhetische* Unterscheidung« vor (kursiv im Original ge-

dezente Haltung nicht nötig[680]. Gott aber hat nach V 24b den einen Leib aus unterschiedlichen Teilen zusammengefügt[681], indem er selbst (anders als V 23a)[682] dem Zurückstehenden und Unansehnlichen besondere Ehre gegeben hat, was auch hier nicht notwendig konkret von der Kleidung zu verstehen ist[683]. Mit ὑστερουμένῳ werden die vorher genannten Kategorien ἀσθενέστερα usw. zusammengefaßt[684].

25 Das in V 24b Beschriebene aber ist geschehen[685], damit kein σχίσμα[686] am Leibe entstehe, was beim natürlichen Organismus des Leibes wenig Sinn macht und eindeutig von der Sache her formuliert ist[687]. Risse und Spaltungen in der Gemeinde entstehen dort, wo Gottes eigener Absicht nicht entsprochen und den nichts Geltenden die Ehre verweigert wird, weil bestimmte Gaben verabsolutiert und andere, weniger spektakuläre zurückgesetzt oder nicht ernst genommen werden, es also keine Anerkennung von Aufgaben gibt, die eher der Alltäglichkeit und Profanität verhaftet zu bleiben scheinen[688]. Sosehr die Einheit des Christusleibes vorgegeben ist, sosehr ist sie zugleich der Gemeinde aufgegeben und ein σχίσμα immer ihre eigene Schuld. Den sachlichen Schwerpunkt aber setzen die Schlußverse 25b und 26, die endgültig das Bild transzendieren und auf die Schicksals- und Lebensgemein-

sperrt). Hieronymus 756 und Pelagius 199 deuten auf *caput et manus*, die *per se pulchra* sind und keiner Bedeckung bedürfen, Primasius 537 auf *caput et caetera*, Theodoret 329 auf τὸ πρόσωπον (ebs. Grotius 812), v. Mosheim 570 auf das Auge, »eines der edelsten Glieder«, das »kein Vernůnftiger« schmückt.

680 Οὐ χρείαν ἔχει ist zu ergänzen durch εὐσχημοσύνης (de Wette 119) bzw. εὐσχημοσύνην περισσοτέραν ἔχειν (Meyer 354; Heinrici 389).

681 Συγκεράννυμι heißt zusammenmischen, vereinigen, hier: die Glieder zu einem Leib vereinigen (Bauer/Aland 1544); vgl. Plato, Tim. 8,35a; Epiktet, Diss. 2,23,3f; Thukydides 6,18,6; zur stoischen »Mischung« vgl. Käsemann* (Leib) 40-52, bes. 45; R.P. Martin* (Spirit) 29.

682 Estius 647 schließt daraus: *Faciunt enim homines quodam instinctu naturae, cujus Deus autor est.*

683 Schmiedel 170 bezieht das aber auch hier auf »die gottgeordnete Bekleidung«; ähnlich Meyer 355; Heinrici 389; Weiß 306. Senft 163 will in der die Ungleichheit der Glieder kompensierenden Kleidung nicht nur eine Konvention, sondern Fürsorge des Schöpfers erkennen. Billroth 181 sieht die Ehre dieser Glieder m.E. dagegen mit mehr Recht darin, daß »sie gerade die nőthigsten und wichtigsten sind«. Ganz anders v. Hofmann 287f, der an »die Lenden sammt den Geschlechtstheilen« denkt: die »von Gott selbst durch die Schöpfungsordnung ihnen verliehene« Ehre, »zur Selbstfortpflanzung des Menschen zu dienen«; ebs. Bachmann 386; vgl. auch Findlay 893. R.P. Martin* (Spirit) 29 verwendet ästhetische Kategorien (»attractiveness and appeal«). Vgl. auch Schneider oben Anm. 674.

684 Vgl. Wilckens, ThWNT VIII 596. Gegenüber der Passivform wird von $\mathfrak{P}^{46}$ $\aleph^{2}$ D F G Ψ 1739* 𝔐 ὑστερούντι geboten, doch macht das sachlich keinen großen Unterschied.

685 Der ἵνα-Satz bezieht sich zunächst auf συνεκέρασεν, was aber von dem darauf bezogenen Part. πριοσσοτέραν δοὺς τιμήν nicht zu isolieren ist. Gottes »Mischung« war von vornherein von seiner Ehrengabe für diejenigen Glieder begleitet, die mit einem Mangel behaftet sind.

686 Vgl. zu 11,18.

687 Vgl. Chrysostomus 260: Trennen sich (ἀποσχιζομένων αὐτῶν) die Minderbegabten, geht der ganze Leib zugrunde. In der Sache kann man Plato, Resp. 5,10,462a vergleichen, wonach es kein größeres Übel für einen Staat gibt als das, was ihn zerreißt (διασπᾷ) und ihn zu vielen statt einem macht.

688 Vgl. z.B. Banks* 64: »The most outwardly attractive or dramatic ministries are not necessarily the most fundamental«; allerdings ist die Kategorie »äußerlich« irreführend.

schaft der Gemeinde abstellen. Zunächst wird in V 25b das μεριμνᾶν ὑπὲρ ἀλλήλων angesprochen. Anders als in 7,34 und Phil 4,6 wird »Sorge« wie in 2Kor 11,28 hier positiv gewertet[689]: Im Leibe Christi trägt jedes Glied für das andere Sorge. Τὸ αὐτό scheint entbehrlich zu sein, doch soll wohl nicht nur ein und dasselbe Ziel und Interesse, z.B. das Wohl des Ganzen bei der wechselseitigen Fürsorge[690], sondern von V 24b her zugleich dieselbe Verpflichtung gegenüber den Benachteiligten benannt werden, die besondere Aufmerksamkeit erfahren sollen.

26 Als Konsequenz der von Gott gesetzten Einheit des Leibes[691] erscheint im Indikativ, nicht Imperativ, eine solidarische Weg- und Schicksalsgemeinschaft, die offenbar bis in die irdischen Alltagserfahrungen hineinreicht. Leid und Ehre der einzelnen Glieder des Leibes Christi betreffen stets den Leib als ganzen, führen zum Mitleiden und zur Mitfreude (vgl. das Mitweinen und sich Mitfreuen in Röm 12,15)[692]. Nicht zufällig wird mit Vorrang gerade das Leiden erwähnt[693], denn die Erinnerung daran ist in Korinth besonders nötig, speziell im Blick auf die dortige overrealized eschatology (vgl. zu 4,8). Es gibt eben weiterhin auch Schwachheit und Verletzlichkeit, Schmerz und Leid. Um so notwendiger ist »Sym-Pathie« (vgl. als Beispiel 2Kor 11,29). Immerhin ist hier auch vom δοξάζεσθαι die Rede, also vom Geehrt- und Ausgezeichnetwerden, wobei aber undeutlich bleibt, worauf damit angespielt wird und nur

689 Zu μεριμνᾶν vgl. zu 7,32 und Bultmann, ThWNT IV 596.

690 So Meyer 355; Heinrici 389; vgl. schon Beza 148: *ad totius corporis commodum & conseruationem suas functiones conferant.* Nach Wolff 300f soll nicht von der Sorge der Stärkeren für die Schwächeren, sondern »von gegenseitiger Fürsorge die Rede« sein. Richtig daran ist, daß sich »Geben und Nehmen« durchdringen (vgl. Phil 4,15), doch ist das sehr wohl verschieden verteilt.

691 Robertson/Plummer 277 verstehen V 26 als Konsequenz des συνέκρασεν von V 24.

692 Weiß 307 mit Anm. 1 findet eine Anknüpfung an die stoische συμπάθεια; vgl. Sextus Empiricus, Math. 9,78f; Epiktet, Diss. 1,14,2; Josephus, Bell 4,406; Marc Anton 2,1 (Die Glieder sind zum Zusammenwirken geboren, einander entgegenzuhandeln ist dagegen παρὰ φύσιν); 7,9; Seneca, Ep. 95,52 (Die Natur hat uns als Glieder eines großen Leibes *amorem mutuum* eingepflanzt und *sociabiles* gemacht) u.a. Allerdings ist das, was dort den κόσμος und die Menschheit zusammenhält, hier auf die Gemeinde bezogen (Weiß 307). Vgl. aber auch das von Schäfer* 680f Anm. 43 angeführte Beispiel aus Plutarch, Frat. Am. 16,485F.G mit seiner Anwendung auf die Solidarität leiblicher Brüder; ferner Philo, Virt 103, wonach von den Juden gegenüber den Proselyten gilt: τὰ αὐτὰ λυπουμένους τε καὶ χαίροντας, ὡς ἐν διαιρετοῖς μέρεσιν ἓν εἶναι ζῷον. Vgl. auch oben Anm. 625 sowie unabhängig vom Leibgedanken allgemein Sir 7,34 (»Entziehe dich nicht den Weinenden, und mit den Trauernden trauere«) und Billerbeck III 298.

693 Vgl. Weiß 307, nach dem hier »ein schon fest ausgeprägter« Gedanke übernommen sein soll, weil »in diesem Zusammenhang von ›Leiden‹ eines Gliedes kaum die Rede sein konnte«; ebs. Brockhaus* 173f. Oft wird auf Plato, Rep. 5,462c.d verwiesen, wonach man bei der Verwundung eines Fingers sagt, *ich* habe Schmerzen am Finger, was dort auf den Staat übertragen wird (Robertson/Plummer 277; Barrett 291; Conzelmann 261 u.a.); vgl. auch Themistokles, Or. 8,117b.c, wonach das Leiden eines Gliedes auf den ganzen Leib ausstrahlt (Neuer Wettstein 363). Vgl. schon Ambrosiaster 140 und Theodoret 329, zudem mit anderen Beispielen wie: Wenn die Zunge lästert oder lügt, weinen die Augen; noch andere Beispiele bei Theophylakt 721. Kremer 273 vermutet für V 26 eine konkrete Anspielung auf »die Zurückstellung, wenn nicht sogar Schmähung einzelner Christen, sei es durch ihre Mitchristen oder durch Außenstehende«.

sicher ist, daß hier nicht eine von Seiten Gottes widerfahrene δόξα gemeint ist, auch wenn τιμή (V 24b) und δόξα oft eng beieinander liegen (vgl. Röm 2,10[694]). Wichtiger ist, daß dieses δοξάζεσθαι Mitfreude der anderen Glieder des Leibes auslöst[695]. Anders als an den meisten übrigen Stellen hat Paulus hier nicht die Dialektik von Leid und Freude im Auge, wie sie sich aus der Zuordnung zu Kreuz und Auferweckung Jesu ergibt (vgl. 2Kor 6,4ff), sondern ein Neben- bzw. Nacheinander (vgl. Phil 4,12) von Freude und Leid, in dem sich das Mit- und Füreinander der Gemeinde bewährt.

27 Ob Paulus am Ende des Abschnitts noch einmal resümiert oder der Beginn eines neuen Abschnitts vorliegt, ist umstritten[696], doch greift V 27 einerseits auf V 12 zurück und appliziert andererseits die metaphorischen Aussagen auf die Korinther, so daß eine Art Übergang vorliegt[697]. Noch einmal wird der ausschlaggebende Gesichtspunkt benannt: Einheit in der Vielheit und Vielheit in der Einheit. Hier erscheint nun auch *expressis verbis* das Syntagma »Leib Christi«[698], dessen Teile die einzelnen Christen sind[699]. Die Gemeinde ist aber nicht *ein* Leib Christi[700], als ob es eine Vielheit von σώματα Χριστοῦ gäbe[701]. Vielmehr verkörpert ihn jede Gemeinde, so daß hier nicht an das Ver-

694 Semler 329 macht auf die Übersetzung von כבוד in 1Βασ 2,29 durch Symmachus aufmerksam, der anstelle des δόξαζειν der LXX προτιμᾶν bietet.

695 Vulgata: *Congaudent*; Beza 148: *congratulantur*. Meyer 355f und Heinrici 390 vermuten ein δοξάζεσθαι »durch blühendes Gedeihen, durch Schmuck, Kleidung, Salbung u. drgl.« (ähnlich de Wette 120), doch bleibt das spekulativ. Weiß 307 faßt es konkret als »Begabung mit einem hervorragenden Charisma« (vgl. auch Barrett 292), was zum Kontext paßt und sicher mit im Blick ist, aber vermutlich doch verengt. Wie das Oppositum πάσχειν wird man δοξάζεσθαι besser in seiner Allgemeinheit belassen. Fee 615 versucht im Bild zu bleiben und fragt z.B., ob »the adulation of some part of one's body (eyes, face, physique, etc.) causes momentary forgetfulness of other difficulties, even bodily ones«.

696 Nach Weiß 307 faßt V 27 »noch einmal den Grundgedanken des ganzen Abschnitts zusammen« (ähnlich Söding* 138: »Quintessenz«), während Lietzmann 63 nun »die Anwendung auf die Gemeinde« einsetzen läßt (ähnlich Senft 153f u.a.); nach Schlosser* 98 spricht dafür der Wechsel in die 2. Pers. Plur.

697 Vgl. Conzelmann 261; Wolff 301.

698 Der schwierige Genitiv ist am ehesten ein *possessivus*, nicht ein *appositivus* oder *explicativus*, bezeichnet also Christi eigenen Leib (vgl. z.B. Percy* 4f; Schlier* [Christus] 41; Gundry* 231; Yorke* 8.46), was aber der Erklärung zu V 12c nicht widerspricht, sondern sie präzisiert. Anders z.B. Meuzelaar* 40: »ihr aber seid ein messianischer Leib«.

699 Zu ἐκ μέρους, das hier anders als in 13,9f.12 gebraucht ist, vgl. Meyer 356 und Heinrici 390: nicht »im Gegensatz des Vollkommenen«, sondern »des einheitlichen Ganzen« mit Verweis auf Eph 4,16: ἑνὸς ἑκάστου μέρους; vgl. auch Schmiedel 170 (nicht unvollkommen, sondern »jeder an seinem Theile«); Bauer/Aland 1025 (»als Teil angesehen«) und Schneider, ThWNT IV 600 (»ein jeder ist ein Glied daran nach seinem Teil«). Vgl. in der Sache Röm 12,5.

700 Vgl. schon Meyer 356; Heinrici 390, wobei der artikellose Gebrauch bei σῶμα Χριστοῦ auf einen »Qualitätsbegriff« verweise; vgl. auch de Wette 120; Robertson/Plummer 277f; Fee 617 Anm. 5; Gillespie* 121f; Banks* 63; Lang 171 (der fehlende Artikel deute auf die Differenz von ekklesiologischem und christologischem Leib); ebs. Park* 302. Anders v. Mosheim 573; Wolff 301 (»*ein* Leib«); auch Senft 164 und Roloff, Kirche 109 betonen das Fehlen des Artikels. Beim Prädikatsnomen fehlt aber auch sonst beim regierenden wie regierten Nomen öfter der Artikel; vgl. 3,16 (ναὸς θεοῦ ἐστε) und 3,9.

701 Anders Chrysostomus 264; Theodoret 329; Theophylakt 721; Oecumenius 829 (οὐ γὰρ ὑμεῖς ἐστε μόνοι τὸ ὅλον σῶμα); Beza 148; Bengel 424 u.a.; vgl. auch Best* 96; Söding* 159. Aber es geht hier im Zusammenhang trotz ἐν τῇ ἐκκλησίᾳ in V 27 um die einzelnen Glieder und ihre Dienste, und nur sie

hältnis von Teil und Ganzem zu denken ist, als ob die korinthische Gemeinde als Glied der Gesamtkirche bezeichnet werden sollte. Zuzugeben ist aber, daß jede Einzelgemeinde die Kirche in ihrer Gesamtheit repräsentiert (1,2) und diese mit dem nächsten Vers in den Blick gerät.

28 Mit V 28 wendet Paulus das Gesagte nun konkret auf die zur Debatte stehende Situation in Korinth an und erklärt unter Rückgriff auf das ἔθετο in V 18, Gott habe die im folgenden Katalog genannten Charismen in (nicht über!) der Gemeinde[702] eingesetzt[703]. Die gemeindlichen Funktionen entspringen nicht einfach dem Gestaltungwillen der einzelnen Glieder und der Selbstorganisation der Gemeinde (nicht einmal von einer Vermittlung durch sie ist die Rede, etwa einer Wahl wie 2Kor 8,19), sondern der Entscheidung Gottes, der sich bei seiner »Setzung« der Charismen nicht an bestimmte Träger und ihre Kräfte bindet (vgl. aber auch den Imperativ in V 31a). Dabei entsteht eine gewisse Inkonzinnität zum Vorhergehenden, insofern nun doch eine deutliche Rangfolge herausgestellt zu werden scheint. Πρῶτον ... δεύτερον ... τρίτον ... ἔπειτα usw. ist wohl doch mehr als eine bloße Numerierung, nämlich eher Wertordnungsindiz als Gliederungsprinzip[704], wobei auch ein zeitliches Moment mitschwingen mag. Am ehesten lassen sich die komparativisch hervorgehobenen χαρίσματα τὰ μείζονα (V 31a) damit vergleichen (vgl. z.St.), d.h. die Wertordnung erklärt sich primär von συμφέρον (V 7) bzw. von der Bedeutung der Charismen für die Gemeinde, nicht von einer hierarchischen Abstufung her[705].

können mit μέλη bezeichnet sein, nicht einzelne Lokalgemeinden; vgl. Rückert 336; Billroth 182; Meyer 356; Heinrici 390; de Wette 120; Hainz* (Volk) 261; Dunn, Jesus 262f. Daß sich das Konzept auch auf die Gesamtkirche übertragen läßt, ist damit nicht bestritten, ja Klaiber* 111 hält die Frage, ob der Leib Christi auf die Gesamt- oder Einzelgemeinde zu beziehen ist, »für Paulus zu abstrakt gestellt« (mit Verweis auf Käsemann* [Problem] 200); vgl. auch die nächste Anm.

702 Ἐκκλησία kann hier nicht einfach auf die lokale Gemeinde von Korinth abheben (vgl. auch 10,32; 15,9), denn es gibt z.B. keine korinthischen Apostel. Der Apostolat ist ein übergemeindliches Amt; vgl. Giesriegl* 135f; anders aber Hainz* (Ekklesia) 253.261 u.ö.; nach Barrett 293 soll der Begriff seine Bedeutung in der Aufzählung verändern, da Propheten und Lehrer in der Ortsgemeinde anzusiedeln sind; vgl. unten Anm. 709.

703 Vergleichbar ist vor allem 2Kor 5,19, während das in V 18 schon einmal vorkommende ἔθετο den Schöpferwillen im Blick hatte.

704 Anders aber Delling, ThWNT VIII 220 mit Verweis auf Gen 32,20 und Mt 22,26; ähnlich Moffat 190; Crone* 211; Schatzmann* 44; Fung (Lit. zu Kap. 12-14) 12, der im Anschluß an J.A. Robinson von einer natürlichen Tendenz spricht, eine genaue Numerierung beim 3. Punkt abzubrechen.

705 Man muß kein Spiritualist sein, um Vorbehalte gegenüber der Rede von hierarchischen Ämtern oder gar fester »Rollenhierarchie« (Meeks, Urchristentum 191) zu haben; eine hierarchische Abstufung bei Paulus (so z.B. auch Wire [Lit. zu Kap. 12-14] 138; anders mit Recht z.B. Chevallier* 167-170; Brockhaus* 203-210; Crone* 209; Klaiber* 217; Holmberg* 121) ist schon darum wenig wahrscheinlich, weil auch Charismenlisten mit anderen Positionierungen begegnen (V 6ff; Röm 12,6f); vgl. Brockhaus* 215f; Klaiber* 206; Hainz, Ekklesia 87 Anm. 2; Gillespie* 122f; Roloff, Kirche 137f; Schäfer* 394f; Schatzmann* 86; Hoffmann (Lit. zu Kap. 12-14; Erbe) 75; Strecker, Transformation 209 Anm. 175, der eine »Inversion von Statuspositionen« annimmt (mit Verweis auf die Charakterisierung des Apostolats in 4,9-12).

Die betont voranstehende Ämtertrias[706] »Apostel, Propheten, Lehrer« ist selbstverständlich nicht so zu erklären, daß die am Anfang stehenden drei Ämter als charismatische und übergemeindliche von den anderen als rein administrativen und lokal begrenzten abzusetzen wären[707]. Denn darüber kann es nach allem keinen Zweifel geben, daß bei aller unübersehbaren Herausstellung der Trias für Paulus nicht nur Apostel, Propheten und Lehrer Charismatiker sind[708]. Zudem ist die Zugehörigkeit aller drei Glieder der Trias zur Gesamtkirche alles andere als sicher, denn Propheten und Lehrer erscheinen in Kap. 14 eindeutig der lokalen Gemeinde zugeordnet[709]. Umgekehrt ist es ebenso unmöglich, die ersten drei als konstitutiv oder gar hierarchisch von sog. rein pneumatischen und transitorischen abzuheben[710], denn gerade an der notwendigen Einbeziehung der normalen und unauffälligen Tätigkeiten als Charismen ist Paulus besonders gelegen. Schon eine Differenzierung zwischen konstitutiven und anderen Diensten[711] ist trotz der besonderen Gewichtung der ersten drei nicht unproblematisch, werden sie doch der Gemeinde nicht übergeordnet oder gegenübergestellt, sondern in die Reihe der anderen Charismen integriert. Unsicher ist auch, ob das Verhältnis der drei Glieder innerhalb der Trias so zu bestimmen ist, daß das nach-

[706] Vgl. oben zur Analyse, zum Amtsbegriff unten Anm. 717.

[707] So die berühmte These von Harnack* 18f.38-40.155-173; auch Lietzmann 64 spricht von »charismatischen Ämtern im engeren Sinn«; vgl. dagegen mit Recht Schweizer* (Leben) 55-59.127-129 und (Gemeinde) 164-171; Linton* 104; Kertelge* (Gemeinde) 110 Anm. 59 (Alle »Ämter« sind charismatisch) und die in der nächsten Anm. Genannten.

[708] Vgl. Conzelmann, ThWNT IX 396; Aune* 204, aber auch katholische Autoren wie Kertelge* (Gemeinde) 105 und Schürmann (zitiert bei Schütte, Amt 239): »Eine Unterscheidung von ›charismatischen‹ und ›nichtcharismatischen‹ Diensten ist für Paulus nicht durchführbar; auch die mehr amtlichen Dienste sind charismatisch verstanden«.

[709] Die aus der Didache entnommenen »Wanderpropheten« (vgl. dazu Aune* 211-217) oder das »Wanderlehrertum« des Apollos sind nicht zu verallgemeinern; vgl. Linton* 78f; nach Greeven* (Propheten) 9 hätten sie sonst in 9,5 erwähnt werden müssen. Propheten und Lehrer als ortsgebundene Gemeindeämter sind für Korinth kaum in Abrede zu stellen; vgl. den Anschluß an V 27 (ὑμεῖς ἐστε) und weiter v. Campenhausen 65f; Greeven* (Propheten) 9.42; Brockhaus* 97; Dunn* 262f; Banks* 35-37; Giesriegl* 152; nach Hainz, Ekklesia 84f soll Paulus überhaupt nicht die Gesamtkirche im Blick haben und keine gesamtkirchlichen Ämter kennen. Jedenfalls ist »die gesamtkirchliche Infrastrukur des paulinischen Missionsfeldes praktisch und vornehmlich über die persönliche Zuordnung auf ihn (sc. Paulus) als den Gemeindegründer organisiert« (Becker, Paulus 192).

[710] Vgl. etwa Brosch* 47.94, der zwischen Charismen »rein pneumatischer Natur« und »praktischen, mit der kirchlichen Hierarchie verwandten« unterscheidet. Auch nach Schlier, der von einem Antagonismus zwischen Charisma und Amt ausgeht, sind Charismen nur zusätzliche Faktoren, »menschliches Vermögen in gesteigerter Intensität« (Grundzüge 192; vgl. weiter v. Bendemann, Schlier 297-299). Es ist aber schon problematisch, die Propheten als Pneumatiker von den Lehrern abzuheben, »die die Gemeinde ›unpneumatisch‹, also aus klarer, selbständiger Einsicht heraus bauen«, wie Rengstorf, ThWNT II 160 erklärt. Als ob das für Paulus eine Alternative wäre! Jedenfalls liegt selbst dann, wenn hier »die tragenden Funktionen und Charismen« bezeichnet sind, der Unterschied »nicht in einem ›Mehr‹ an Charisma oder Pneuma, sondern in der besonderen Art ihres Charismas« (Kertelge* [Gemeinde] 109f); zur unpaulinischen These, nur Apostel, Propheten und Lehrer als pneumatisch zu charakterisieren, vgl. auch Schatzmann* 39 .

[711] Stalder* 90 z.B. will die ersten drei Dienste als konstitutiv, die anderen als *dona superaddita* verstehen; vgl. auch Kertelge* (Gemeinde) 109f; Wolff 305f (»die drei für Gründung und Bestand der Gemeinde wichtigsten Charismen«); Hahn* (Grundlagen) 171: Paulus sehe in den drei »ganz offensichtlich *unerläßliche Funktionen*, die in einer Gemeinde unter keinen Umständen fehlen dürfen«. Gnilka (Lit. zu Kap. 12-14) 97 findet mit mehr Recht eine Entsprechung zur »Situation einer Missionsgemeinde«.

folgende Charisma immer einen Ausschnitt aus dem vorhergehenden umfaßt[712]. Beachtenswerter ist dagegen, daß nur bei der voranstehenden Trias personale Bezeichnungen, im folgenden aber charismatische Funktionen genannt werden (anders Röm 12,6ff). Man hat als Grund dafür vermutet, daß für die ersten drei eine feste Personenbindung anzunehmen sei und die zuletzt genannten Charismen noch weniger fest an einzelnen Personen hafteten bzw. eher an spezifischen bzw. sporadischen Betätigungen zu erkennen waren[713] oder daß hier Personenbezeichnungen noch fehlten und deshalb Abstrakta bzw. Tätigkeitsmerkmale nötig waren[714]. Am ehesten wird man auf die von Paulus rezipierte Tradition verweisen (vgl. zur Analyse), was freilich nicht davon enthebt, nach dem paulinischen Verständnis dieser Tradition zu fragen[715]. Auffallend ist jedenfalls die Kombination verschiedener Momente: relativ feste Funktionsträger (sogar mit einer gewissen »Rangordung«, wenngleich als *primi inter pares*) und freie Entfaltung. Entscheidend bleibt die Einordnung in das Ganze und der Maßstab der Bewertung. Zu beachten ist der im Unterschied zu V 7-10 durchgehende Plural, der mit Ausnahme der Apostel auf eine Mehrzahl von Gemeindegliedern verweisen dürfte, die die Dienste in der Gemeinde sozusagen kollegial wahrnehmen[716]. Endlich weist schon das Fehlen von διάκρισις πνευμάτων u.a. auf die Unabgeschlossenheit auch dieser Aufzählung, und die Zurückstellung der Glossolalie soll diese wiederum relativieren.

Das äußerst umstrittene Verhältnis von Charisma zu Amt[717], Ordnung und Institu-

[712] So Greeven* (Propheten) 29; Schürmann* (Lehrer) 118 Anm. 15 und (Gnadengaben) 385. Möglich ist das nur für den Apostel (zu seiner Lehre vgl. 4,17; 14,6.19 u.ö.; vgl. aber oben Anm. 275), besagt aber nicht, daß zwar die Prophetie lehrhafte, die Lehre aber keine prophetischen Momente einschließen könnte.

[713] Vgl. Schmiedel 170; Weiß 308; Moffat 190; Grau* 51; Giesriegl* 127f u.a. Bei den drei ersten Charismen könnte Paulus in der Tat am ehesten relativ (!) feste Personenkreise mit einer gewissen Stetigkeit der Funktionen im Auge haben, auch wenn diese nicht streng abgegrenzt zu denken sind (vgl. Anm. 204 und zu 14,1.5). Jedenfalls sollte die Dauerfunktion des Apostels nicht schlicht und einfach auf andere Dienste der Gemeinde übertragen und schon gar nicht im Selbstverständnis des Apostels der methodisch gebotene Zugang zur Amtsfrage gesehen werden (anders z.B. Stolle [Lit. zu Kap. 12-14] 68).

[714] V 29f hätten sie sonst schon stilistisch sehr nahegelegen; vgl. Greeven* (Geistesgaben) 114 und (Propheten) 5 (»in erster Linie eine sprachliche Verlegenheit«); anders Roloff* 127 Anm. 299. Robertson/Plummer 280 geben für den Wechsel aber auch an: »perhaps for the sake of variety«.

[715] Ganz spekulativ bleibt die Vermutung von Zimmermann* 112, diese Zitierung des Paulus solle auf die Kephasleute bzw. deren strittiges Amtsverständnis eingehen und sei »*sein äusserstes Zugeständnis an die Ekklesiologie der Petriner*« (dagegen mit Recht Schnakkenburg* [Charisma 1985] 361). Sehr viel näher liegt es, mit Schweizer* (Leben) 58 und Merklein, a.a.O. (Anm. 559) 246 anzunehmen, daß Paulus auf der Suche nach konkreten Beispielen beim Diktat jene bekannte Formel einfällt.

[716] Vgl. dazu Greeven* (Propheten) 31; Kertelge* (Gemeinde) 125; anders V 9b.10a.c.d.

[717] Die Adäquatheit des Begriffes Amt ist primär eine Definitionsfrage. Meist gelten Konstanz, offizielle Beauftragung, Anerkennung, Rechtsmomente, Titel u.a. als konstitutiv; vgl. zum Amtsbegriff Brockhaus* 24 Anm. 106; Roloff, TRE 2, 509f, Lombard (Lit. zu 12,4ff) 45f, Neumann, Art. Amt, HRWG 1 (1988) 446-452 und Gillespie* 123. Der Begriff wird hier trotz einiger Vorbehalte ohne Anführungszeichen verwendet. Dabei bleibt aber stets zu beachten, daß Paulus bei seinem primären Interesse, die gegebenen Charismen in eine bestimmte Bahn zu lenken, zwar Kriterien für eine rechte Gemeindeordnung erkennen läßt, deren Ämter aber »noch nicht im rechtlich-institutionellen Sinne von genau umgrenzten Amtsbefugnissen« versteht (Wendland 114; vgl. auch Kramm, RAC Suppl. 1, 383), die Gemeinde nicht auf eine verbindlich geregelte Ämterstruktur festlegt (Roloff, Kirche 136) und den Geist nicht dem

tion kann hier nicht detaillierter erörtert werden[718]. Zwar ist mit Recht immer wieder darauf hingewiesen worden, daß ἀρχή, τιμή, λειτουργία u.ä. Begriffe bei Paulus nicht vorkommen[719], doch besteht kein prinzipieller Gegensatz, sondern eine dialektische Spannung zwischen Charisma einerseits und Ordnung und Amt andererseits[720]. Sosehr die Ordnung auf das ständige Korrektiv durch das Charisma angewiesen bleibt, um nicht zu erstarren, sosehr bedarf eine charismatische Gemeinde der Ordnungselemente, um als solche geschützt zu werden und sich nicht aufzulösen, und zwar nicht erst nach einem Depravations- oder Erstarrungsprozeß oder nach einem Schwund der Eschatologie (vgl. schon 1Thess 5,12). Charisma bedeutet darum keine amorphe Unstrukturiertheit oder ekklesiologische Anarchie, sondern impliziert eine allerdings flexible und veränderbare Ordnung pluraler Ämter, die mit Ausnahme des Apostolats prinzipiell allen offenstehen und alle in verschiedener Form in die Mitarbeit einbeziehen. Paulus begründet Autorität und Ordnung in der Gemeinde jedoch nicht mit hierarchisch abgestuften Würden und Statuspositionen, Instanzen und Institutionen, wohl aber mit geleistetem Dienst und Werk[721].

Πρῶτον ist von der grundlegenden Bedeutung des Apostolats in 3,10 her ohne weiteres verständlich, auch wenn ein zeitliches Moment mitschwingen mag, vor allem aber offenbleiben muß, wie weit das für Paulus Geltende auf alle Apostel zutrifft[722]. Paulus selbst hat mit der gemeindegründenden Verkündigung des Evangeliums das Fundament gelegt (3,10), und ihm eignet als eschatologischem Repräsentanten Jesu Christi nicht nur die Autorität seines Herrn[723], sondern er entspricht auch in besonderer Weise dem Kriterium der

Amt unterordnet, sondern den mit einem Charisma Begabten zum »Amtsträger« macht (Friedrich* [Geist] 85; vgl. auch Käsemann, Versuche, Bd. 2, 203: »Jeder Christ steht mit seinem konkreten Dienst wie in seiner Berufung, so auch in seinem ›Amt‹«).

718 Vgl. die einschlägige Lit. im Lit.-Verzeichnis zu Kap. 12-14, z.B. Brockhaus* 95-112; Hainz, Ekklesia 340f; Budillon* 471-478; Holmberg* 110-113; Schmeller, Hierarchie 76f; zur klassischen bis heute nachwirkenden Debatte Sohm – Harnack, die die völlige Diastase von Kirche und Institution bzw. Amt hinter sich gelassen hat, vgl. Linton* 49-67; Bultmann, Theologie 447-452, Brockhaus* 7-25; Lombard (Lit. zu 12,4ff) 31-37; Hasenhüttl* 313-315.

719 Vgl. Schweizer* (Gemeinde) 154-159; Friedrich* (Amt) 418-421; Kertelge* (Gemeinde) 162; Roloff, TRE 2, 509f. Meeks, Urchristentum 277 vergleicht das mit der Vorliebe der Vereine für »die Verleihung und Bekleidung der verschiedensten Ämter«. Harrington (Lit. zu Kap. 12-14) 247 verweist auch auf das Fehlen von ἄρχειν und κυριεύειν.

720 Vgl. etwa Brockhaus* 41.210-218; Schnackenburg* (Charisma 1986) 233 (mit Lit. in Anm 5); Klaiber, Rechtfertigung 224-228 (mit Lit.); Schatzmann* 84f; zum Verhältnis zur Institution vgl. vor allem Luz (Lit. zu Kap. 12-14) passim und Hahn* (Grundfragen) 336f.

721 Vgl. 16,15f; 1Thess 5,12f und Käsemann* (Amt) 125; v. Campenhausen* 75f, der eine »grundsätzliche Ausschaltung jeder formellen Autorität innerhalb der Einzelgemeinde« konstatiert; Ollrog* 86: 16,15f begründet »*Autoritätspositionen*«, nicht eine »Leitungsfunktion«; Dunn* 298: »Paul has no concept of a hierarchy of offices«; vgl. auch ders. (Lit. zu 14,26ff; Congregation) 229; Hoffmann (Lit. zu Kap. 12-14; Priesterkirche) 28.

722 Daß Paulus selbst seinen Apostolat niemals als Charisma bezeichnet hat (so z.B. v. Campenhausen* 35 Anm. 1), ist unbestreitbar und verwehrt eine einfache Einordnung in die Reihe der anderen Charismen, doch die Aufzählung zusammen mit den anderen Charismen an unserer Stelle ist ebenfalls nicht zu übersehen und eine scharfe Trennung von χάρις und χάρισμα darum unangebracht (vgl. Hasenhüttl* 166; v. Lips* 314f.335; Giesriegl* 139-142 und oben S. 138).

723 Vgl. 2Kor 10,8; 13,10; 1Kor 14,37 u.ö. und weiter zu 1,1 EKK VII 1, 99f und zu 9,1

οἰκοδομή (2Kor 13,10) und des ὠφελεῖν (1Kor 14,5)[724]. Irgendwelche persönlichen Qualitäten, Privilegien oder Superioritätsansprüche sind damit nicht gegeben. Der Unterschied zu den den Aposteln an zweiter Stelle nachgeordneten Gemeindepropheten (vgl. 14,37f) liegt in der Einmaligkeit und Unvertretbarbeit des apostolischen Amtes, in der Berufung und Beauftragung durch den Auferstandenen, aber auch in der Beschlagnahme ihrer gesamten Existenz durch ihren Dienst. Am Apostel und seiner Funktion kommt darüber hinaus am augenfälligsten heraus, daß die Reichweite und Wirkung der Charismen nicht auf den Binnenbereich der Gemeinde beschränkt ist, sondern auf die Welt ausgreift, was gewiß nicht nur für den Apostel gilt (vgl. zur Prophetie 14,24f; ferner die Kraftwirkungen und Heilungsgaben in V 9f, die Hilfeleistungen in V 28 und vor allem Röm 12)[725]. Die hervorgehobene Bedeutung der an zweiter Stelle genannten Propheten ist zu V 10 herausgestellt worden und wird sich in Kap. 14 bestätigen, wenngleich zu beachten bleibt, daß sie in V 10 nicht an solch prononcierter Stelle erscheinen wie hier. Als dritte nennt V 28 die Lehrer. Christliche διδάσκαλοι werden bei Paulus sonst nirgends erwähnt (nur jüdische in Röm 2,20)[726]. Am ehesten vergleichbar ist ὁ διδάσκων (Röm 12,7), aber auch ὁ κατηχῶν (Gal 6,6), wie der Vergleich von Röm 2,18 mit 2,21 bestätigt (vgl. auch 1Kor 14,19 mit 14,6.26). Immerhin wird man die häufigeren Aussagen über Lehre und lehren zur Umschreibung der Funktion des Lehrers mit heranziehen dürfen[727].

Die Lehre gehört zu den Wortcharismen, weshalb in 14,6 διδαχή mit λαλεῖν in der Gemeindeversammlung verbunden ist[728]. Üblicherweise werden den Lehrern in besonderer Weise Weitergabe und Durchdringung der Tradition, Auslegung und Aktualisierung der »Schriften« und Verantwortung für die Paränese zugeschrieben. Die Nähe von Didache und Paradosis belegen Röm 6,17 und Gal 1,12 sowie später Kol 2,6f und 2Thess 2,15, die zur Auslegung der »Schriften« Röm 15,4 und die zur Ein-

EKK VII 2, 287-289, aber auch 9,5 und 15,7. Natürlich ist an unserer Stelle nicht an Gemeindeapostel zu denken (vgl. Schmithals, Apostelamt 42 Anm. 118).

724 Chrysostomus 265 sieht die Apostel darum als erste genannt, weil sie πάντα τὰ χαρίσματα in sich vereinen (ebs. Johannes Damascenus 673); vgl. aber oben Anm. 275.

725 Vgl. Schweizer, ThWNT VII 1071: Paulus »scheidet Dienst innerhalb u. außerhalb der Gemeinde letztlich nicht voneinander«; vgl. auch ders., Leib Christi und soziale Verantwortung bei Paulus, ZEE 14 (1970) 129-132, hier 131; Schatzmann* 87-89; sehr viel weiter geht Hollenweger (Lit. zu Kap. 12-14), der freilich mit Recht auf unsere kulturell bedingten und verengten Verstehensbedingungen aufmerksam macht.

726 Daß das damit zusammenhängt, daß im paulinischen Missionsgebiet »die Gemeinderegel Mt 23,8 schon bekannt« sei (so Zimmermann* 110), ist eine mehr als kühne Vermutung. Zur Annahme, daß διδάσκαλοι aus dem jüdischen Raum übernommen worden ist, obwohl dort mehr von σοφοί und γραμματεῖς die Rede ist (vgl. immerhin Lk 2,46 u.ö.), vgl. die Lit. bei Schürmann* (Lehrer) 120 Anm. 25.

727 Vgl. Schrage, Einzelgebote 130-140; Schürmann* (Lehrer) passim. Weil Zimmermann* sich in seiner Arbeit allein am Titel διδάσκαλος orientiert, bleibt sein Ergebnis für Paulus ausgesprochen dürftig.

728 Vgl. auch die Verbindung von διδάσκειν mit κηρύσσειν in Röm 2,21. Wie immer 1Kor 12,8 interpretiert wird, die Beziehung zum λόγος ist ebenso klar wie die Einbeziehung der Lehrer in dieses Charisma.

prägung der Gebote und Glaubenssätze 1Kor 4,17; Röm 2,21; 16,17 (oft werden neben kerygmatischen und bekenntnishaften Formeln auch die Herrenworte genannt). Im ganzen ist Lehre dabei eher praktisch als spekulativ ausgerichtet, auch wenn 2,13 vor einer Alternative warnt[729]. Wenngleich die Lehrer, die eben keine bloßen Tradenten sind, von den Propheten nicht streng zu unterscheiden sind[730], eignet der Lehre von ihrer Fuktion her offenbar doch ein stärker transsituativer Charakter, also weniger Situationsbezogenheit als der Prophetie. Deshalb wird 4,17 nicht zufällig daran erinnert, was Paulus in *jeder* Gemeinde *gelehrt* hat. Da διδάσκειν stärker daraufhin tendiert, Überlieferung festzuhalten und zu explizieren [731], ist es durchaus sinnvoll, das Verhältnis von Prophetie und Lehre als komplementär und dialektisch zu bestimmen, d.h. die spannungsvolle Zuordnung von Prophetie und Lehre als die Möglichkeit zu betrachten, beide Charismen vor bestimmten Einseitigkeiten und Gefahren zu bewahren[732]. Trotz der stärkeren Kontinuitätsmomente – Indiz dafür ist auch, daß nach Gal 6,6 die Lehrtätigkeit derart in Anspruch nimmt, daß der »Unterweisende« der finanziellen Unterstützung bedarf – ist auch die Lehre als Charisma keine verfüg- und inszenierbare Tätigkeit, sondern Gabe und Manifestation des Geistes. Dabei ist auch hier die Dialektik von Indikativ und Imperativ in Rechnung zu stellen (vgl. zu V 31 und 14,1).

Die im weiteren angeführten Charismen werden nicht weiter numeriert oder abgestuft. Selbst ἔπειτα wird nicht konsequent durchgehalten. Zu δυνάμεις ist ἐνεργήματα δυνάμεων in V 10 und zum Heilungscharisma V 9 zu vergleichen. Wichtiger an dieser Aufzählung in V 28 ist neben der Hintanstellung der Glossolalie aber vor allem die Einbeziehung von ἀντιλήμψεις und κυ-

[729] Zur Lehre in den frühchristlichen Gemeinden allgemein vgl. Schürmann* (Lehrer) 119 Anm. 19 : »weitgehend praktische doctrina ecclesiastica, nicht immer schon auch theoretische doctrina theologica, obgleich nicht übersehen werden kann, wie sehr sich in der lehrenden Glaubensvermittlung schon von Anfang an theologisches Denken und unterschiedliche theologische Konzeptionen auswirkten«; 129 werden die Lehrer auch besonders in die »Unterscheidung der Geister« einbezogen.

[730] Vgl. 14,6. Nach 14,31 kann auch der Prophetie belehrende Wirkung zugeschrieben werden; vgl. weiter Schürmann* (Lehrer) 121-123.132-136. Eine personelle Identität von Propheten und Lehrern bezeugt für Antiochien vielleicht Apg 13,1 (vgl. Robertson/Plummer 280 und Merklein, a.a.O. [Anm. 559] 252). Jedenfalls sind zu früher Zeit klare Abgrenzungen von Funktionen auch hier unwahrscheinlich.

[731] Vgl. weiter vor allem K.-H. Rengstorf, Art. διδάσκαλος, ThWNT II 150-162; F.V. Filson, The Christian Teacher in the First Century, JBL 60 (1941) 317-328; Schürmann* (Lehrer) passim; Greeven* (Propheten) 16-31; Giesriegl* 156-159; Roloff* 129-131; Dunn* 237f.282-284; W. Schrage, Einige Beobachtungen zur Lehre im Neuen Testament, EvTh 42 (1982) 233-251; Zimmermann* passim.

[732] Nach Greeven* (Propheten) 29 sind vertikale Dimensionen ebenso nötig wie horizontale, weil Lehre ohne Prophetie zum Gesetz erstarren und Prophetie ohne Lehre zur Schwärmerei entarten kann (ebs. Schürmann* [Lehrer] 130 Anm. 71; Hahn* [Grundlagen] 172; Dunn* 284); vgl. auch Cothenet (Lit. zu Kap. 12-14) 102: Prophetie sei stärker okkasionell und spontan, Lehre stärker institutionell und systematisch. Godet II 129 vergleicht den Propheten mit einem Entdekkungsreisenden, den Lehrer mit einem Geographen, der »die zerstreuten Resultate dieser Forschungen sammelt und eine methodische Darstellung derselben giebt«; vgl. zur stärker produktiven, sich nicht »auf den vorhandenen Erkenntnisstoff« beziehenden Kraft der Prophetie auch Heinrici, Sendschreiben 374f. Zu beachten bleibt vor allem, daß Lehrer nur auf dem apostolischen Fundament weiterbauen können (3,10ff); vgl. auch die Warnung in Röm 16,17.

βερνήσεις, also auch normaler und alltäglicher Dienste wie Hilfeleistungen und Verwaltungsgeschäfte[733]. In den Fragen von V 29f fehlen die ἀντιλήμψεις *und* κυβερνήσεις zwar, doch wahrscheinlich wiederholt Paulus dort nur die Gaben, die in Korinth hochgeschätzt wurden[734]: Die Hinzufügung von ἀντιλήμψεις und κυβερνήσεις in V 28 ist somit vermutlich als paulinische Korrektur zu verstehen[735].

Sie sind dann in seinem Sinn besonders zu betonen. Leider ist nicht ganz sicher, woran konkret zu denken ist, zumal auch hier wieder mit Überlappungen zu rechnen sein wird[736]. Mit ἀντίλημψις bezeichnet die LXX meist die Hilfe Gottes[737], aber auch Hilfeleistung von Menschen[738]. Der Plural wird auch an unserer Stelle am ehesten Hilfeleistungen für körperlich oder wirtschaftlich Schwache umschreiben. Oft wird dabei an an Kranken- und Armenpflege, aber auch an Unterstützung von Notleidenden, Witwen und Waisen, Fremden, Reisenden u.a. gedacht [739], die im Dienste der Liebe geschieht (vgl. Röm 12,8b.d)[740].

Schwieriger ist κυβέρνησις zu bestimmen, eigentlich das Steuern, Lenken und Regieren. Ebenso wie κυβερνήτης (in Apg 27,11 und Offb 18,17 der Steuermann des Schif-

733 Lietzmann 63 spricht von »technischen Beamten«; ganz unbegründet macht Ysebaert (Lit. zu Kap. 12-14) 39 daraus »die Amtsträger in Korinth, die in Phil 1,1 Diakone und Episkopen genannt werden«.

734 So Schweizer* (Leben) 57 Anm. 24. Vgl. aber auch unten Anm. 751.

735 So Schweizer, ThWNT VI 421f. Vielleicht ist aber auch ein Hinweis darauf zu entnehmen, daß hier in stärkerem Maße tatsächlich alle angesprochen werden sollen. Das könnte auch durch ἀντιλήμψεις und seine Parallelen bestätigt werden. Hoffmann* (Erbe) 75 sieht in der Erweiterung der Liste einen Trend, »das Charisma ›zu veralltäglichen‹ und auf dem Boden der gemeindlichen Realität anzusiedeln«. Interessanterweise werden die praktischen Dienste in der gnostischen Gemeindeordnung von Inter (NHC XI 1) ausgelassen, weil alles an einem »*Geistes*organismus« orientiert ist; so Koschorke, a.a.O. (oben Anm. 337) 41.

736 Schon Theophylakt 724 und Oecumenius 829 sehen in κυβερνήσεις etwas Ähnliches wie in ἀντιλήμψεις.

737 3Makk 5,50 (ἐξ οὐρανοῦ); 1Esd 8,27 (κυρίου τοῦ θεοῦ); vor allem in den Psalmen (21,1.20; 88,19 LXX u.ö.), was nicht zu spiritualisieren ist (vgl. z.B. 2Makk 15,7).

738 Sir 11,12 (gegenüber Mangel an Geld und Armut); 51,7 (ἀνθρώπων); Ps 82,9 LXX; 2Makk 8,19; 3Makk 2,33. In der Profangräzität (meist ἀντίληψις; zur Form vgl. Bl-Debr-Rehkopf § 101 Anm. 46) überwiegt die Bedeutung des Nehmens und Empfangens, bei Philo die der Wahrnehmung (All 2,24.36.40 u.ö.), was aber hier nicht in Frage kommt. Zu ἀντιλαμβάνεσθαι = »sich jemandes annehmen, Hilfe leisten« vgl. Lk 1,54 (von Gott gegenüber Israel), Apg 20,35 (von Christen gegenüber Schwachen) und 1Tim 6,2.

739 So Rückert 338; Billroth 182; de Wette 120; Godet II 130; Robertson/Plummer 281 u.a.; Weiß 308 verweist auf Gal 6,1 und denkt an »Seelsorge an Zweifelnden, Gedrückten, Gefährdeten«, was ebenfalls einzuschließen ist; Wolff 307f erinnert mit Recht an die soziale Struktur der korinthischen Gemeinde (1,26-28) und das damalige Fehlen von Sozialinstitutionen; vgl. K. Thraede, Soziales Verhalten und Wohlfahrtspflege in der griechisch-römischen Antike (späte Republik und frühe Kaiserzeit), in: Schäfer/Strohm (Lit. zu Kap. 12-14) 44-63, hier 62: keine Altersversorgung, Krankenhäuser, Kinderheime usw.; das schließt soziales Verhalten allerdings nicht aus; vgl. auch K. Berger, »Diakonie« im Frühjudentum. Die Armenfürsorge in der jüdischen Diasporagemeinde zur Zeit Jesu, in: ebd. 94-105, z.B. mit Verweis auf TestHi 31,16-20; slHen 42,8f; 51,2f; 63,1-4; Sib 8, 402-410.

740 Gewiß handelt es sich um »*Liebestätigkeit*« (Delling, ThWNT I 376), ob aber »*im Auftrag der Gemeinde*« (ebd.), ist ebenso fraglich, jedenfalls, wenn man sie darauf beschränkt, wie die Annahme Gunkels (Lit. zu Kap. 12-14) 25, es handele sich nicht um gewöhnliche Hilfeleistungen, sondern um »besonders aufopfervolle, unerwartete, grossartige«.

fes)[741] wird es sowohl wörtlich[742] als auch übertragen gebraucht[743]. An unserer Stelle ist damit kaum ein besonderes Amt der Gemeindeleitung im Blick[744], das es in Korinth kaum gegeben hat (selbst der Gottesdienst steht nach 11,17ff und 14,26ff nicht unter besonderer Leitung). Denn einerseits hätten gerade in den korinthischen Wirren solche für die Leitung Verantwortlichen »von unschätzbarem Wert« sein müssen[745]. Andererseits aber muß Paulus solche Dinge wie Kollekte (16,2), Kirchenzucht (5,1ff), Streitigkeiten (6,1ff) usw. selbst regeln[746]. So wird vermutlich an verschiedene Organisations-, Administrations- und Leitungsfunktionen in der Gemeinde zu denken sein. Am ehesten zu vergleichen wären προϊστάμενοι von 1Thess 5,12 und Röm 12,8 (vielleicht auch die ἐπίσκοποι und διάκονοι [Phil 1,1][747]), die aber ihrerseits in ihrer Bedeutung sehr umstritten sind, jedenfalls nicht Presbyter, die es z.Zt. des Paulus in der christlichen Gemeinde noch gar nicht gibt[748] (vgl. weiter zu 16,15f). Besondere Beachtung verdient sowohl der Plural, insofern jede monarchische Gemeindeleitung noch weit entfernt ist[749], als auch der Kontext, insofern die κυβερνήσεις den Hilfeleistungen nachgeordnet und in das umfassende Charismenmodell integriert werden. Es handelt sich jedenfalls um eher prosaische als hierarchische Funktionen[750], die

[741] So z.B. auch Philo, Op 114; All 2,104 u.ö.; das wird dann oft übertragen, z.B. auf den Staatsmann (Philo, Virt 61), aber auch auf die Gottheit (Pindar, Pyth. 5,164), was auch 3Makk 6,2 (διακυβερνῶν) und bei Philo (Abr 70; Conf 98; Migr 6 u.ö.) der Fall ist. In SpecLeg 4,58 gilt als guter κυβερνήτης, wer die stürmischen Wellen von Streitsachen zum Heil und zur Festigkeit derer besänftigt, die ihm ihre Interessen anvertraut haben, bzw. in 4,186, wer nützt, so viel er kann.

[742] Das seltene κυβέρνησις in diesem Sinne z.B. Plato, Rep. 6,4,488b; Test Naphth 6,2.

[743] Für das Regieren von Staaten z.B. Pindar, Pyth. 10,112 (πολίων κυβερνάσεις), für dasjenige Gottes z.B. Plutarch, Sept. Sap. Conv. 18,162A. In der LXX begegnet es nur dreimal (Spr 1,5; 11,14; 24,6) für kluge Leitung und Führung (Beyer, ThWNT III 1035).

[744] Tatsächlich fehlt bei ἀντιλήμψεις wie κυβερνήσεις »jede Tendenz zu amtlicher Betätigung in der Gemeinde« (Hainz, Ekklesia 86), erst recht jede feste Bindung an einzelne Personen. Bestimmte Regelungen müssen gleichwohl in der Gemeinde vor Ort vorgenommen werden, und dafür sind κυβερνήσεις nötig, wer immer dazu fähig ist. Beyer, ThWNT III 1036 will die in der Trias Genannten von solcher Verantwortung ausdrücklich ausnehmen, da sie die Wortverkündigung innehaben; anders Greeven* (Propheten) 37 und Kertelge* (Gemeinde) 125, die am ehesten an Propheten und Lehrer denken, Schreiber, Gemeinde 144 und Wolff 306 an die Propheten, doch macht Paulus eben niemanden speziell verantwortlich, auch nicht seine Mitarbeiter (Ollrog* 86 Anm. 120); vgl. auch Aune* 201.204f; Dunn (Lit. zu 14,26ff; Congregation) 228f; Hoffmann* (Priesterkirche) 29.

[745] So Käsemann* (Amt) 128; ebenso Giesriegl* 180.

[746] Vgl. Lauterburg, a.a.O. (Anm. 278) 54; v. Campenhausen* 71; Greeven* (Propheten) 35; Barrett (Lit. zu Kap. 12-14) 33.

[747] Daran denken Beyer, ThWNT III 1036; Lietzmann 63 u.a.; kritisch dazu z.B. Herten (Lit. zu Kap. 12-14) 67 Anm. 29; Brockhaus* 109. Zu den προϊστάμενοι vgl. z.B. Reicke, ThWNT VI 700f; Brockhaus* 106-109; Roloff, TRE 2, 521.

[748] Anders frühere Kommentare wie Neander 212; Meyer 358; Godet II 130; Grotius 812 (*praesides presbyterii*); daß schon Susanna 5 den πρεσβύτεροι ein κυβερνᾶν zuschreibt, besagt aber wenig. Hätte es z.Zt. des Paulus tatsächlich wenigstens in Jerusalem schon Presbyter gegeben, wäre ihr Fehlen bei Paulus »eine Demonstration, in der er alles nur Bewahrende, Zurückschauende über Bord wirft und die Lebendigkeit des je gegenwärtigen Geistes in der Gemeinde der Endzeit unterstreicht« (so Schweizer* [Gemeinde] 90).

[749] Nach Greeven* (Propheten) 31 soll der Plur. »nicht verschiedene Akte der Gemeindeleitung«, sondern wie ἀπόστολοι »das Auftreten dieser Geistesgabe in einer Mehrzahl von Gemeinden bezeichnen«.

[750] Vgl. schon Theodoret 332 (τὰς τῶν Ἐκκλησίων οἰκονομίας διὰ τούτων δεδήλωκε) und Theophylakt 724 (die Verwaltung von Gemeindegut). Brockhaus* 109 sieht in κυβέρνησις »die Elemente Fürsorge und Führung zusammenfallen«, Greeven*

ohne jede besondere Auf- oder Abwertung genannt werden und zumal in einer Großstadtgemeinde wie in Korinth unerläßlich sind.
Zu γένη γλώσσων ist V 10 zu vergleichen. Ihre Stellung am Ende verdeutlicht noch einmal, daß nicht die ekstatische Form über die Qualität und Wertigkeit der Charismen entscheidet.

29-30 V 29f wiederholen in rhetorischer Frageform (vgl. dazu zu 14,36) die in V 28 genannten Charismen, und zwar in derselben Reihenfolge – mit Ausnahme von ἀντιλήμψεις und κυβερνήσεις[751]. Neu im Vergleich zu V 28 erscheint am Schluß von V 30 nur das διερμηνεύειν[752], wieder ein Indiz für die zwanglose Art der Aufzählung. Aus der erwarteten Negation der rhetorischen Fragen ergibt sich, daß man bei aller Fluktuation, Überlappung und Durchlässigkeit der verschiedenen Gaben und Dienste im Regelfall bei dem bleiben soll, was einem der Geist zugemessen hat (vgl. Röm 12,3). Paulus strebt also ebensowenig eine egalitäre Nivellierung an wie eine Personalunion der verschiedensten Dienste bei bestimmten Personen oder Gruppen[753]. Hätten alle dieselbe Funktion, wäre der Leib Christi nicht gesund und lebensfähig. Der Vers zielt in der Tat auf das *non omnia possumus omnes*[754] und führt die Überschätzung einzelner Dienste ebenso *ad absurdum* wie deren Unterschätzung. Jedes Glied bedarf des anderen.

31a Wohl aber (δέ) soll nach den größeren Charismen gestrebt werden. Das hier wie 14,1.3a (anders 13,4) positiv bewertete ζηλοῦν appelliert dabei an Willen, Affekt und praktischen Einsatz[755], kaum allein an das Gebet[756]. Mit dem auf-

(Propheten) 31 vor allem »das Moment der Sachkunde und damit der Stetigkeit mitgegeben«; vgl. auch Hoffmann (Lit. zu Kap. 12-14; Erbe) 76 und weiter zu 16;15f.

751 Godet II 132 nimmt als wahrscheinlichen Grund der Auslassung an, daß »gerade diese Funktionen den Ehrgeiz der Christen weniger anregten«; Beyer (ThWNT III 1036; ebs. Wolff 307) erklärt, daß, »wenn es sein muß, ... jedes Gemeindeglied für den Dienst der Diakonie und der Ordnung einzuspringen« hat. Vgl. richtig oben in Anm. 734f.

752 Vgl. dazu ἑρμηνεία in V 10.

753 Nach Theodoret 332 und Theophylakt 724 sollen auch V 29f diejenigen trösten, die die scheinbar geringeren Charismen empfangen haben. Nach Weiß 308 dagegen wenden sich V 29f »gegen den Ehrgeiz, höhere oder womöglich alle Charismata zu haben, also nicht gegen die hochmütigen Glossenredner«.

754 Meyer 359; Heinrici 393; Findlay 895; ähnlich Schlatter 352: »Nicht jeder kann und soll jedes«. Das besagt allerdings nicht, daß jedem nur ein einziges Charisma, etwa die Ehelosigkeit von 7,7 oder die ἀντιλήμψεις von 12,28 (vgl. zu 14,5 u.ö.), oder ihm immer dasselbe Charisma zukommen müßte (vgl. z.B. Brockhaus* 203f; Ollrog* 87; Turner* 31f; Giesriegl* 128).

755 Van Unnik* 149-154 (zu dessen Zuordnung von καὶ ἔτι καθ' ὑπερβολήν vgl. zu 12,31b) interpretiert ζηλοῦν im Sinne von »eifrig in die Praxis umsetzen« (»zealously doing« bzw. »practicing something« 152), was zweifellos ein wichtiges Moment benennt (vgl. die dortigen Belege, aber auch die Vorbehalte bei Forbes* 254 Anm. 4), Stumpff, ThWNT II 885 im Sinne von »sich (mit Interesse) beschäftigen mit etwas, sich einer Sache befleißigen«, allerdings ohne Bezug auf V 31, doch sollten damit die affektiven Momente (vgl. Kremer* 327) nicht unter den Tisch fallen.

756 Nach Neander 212 soll wegen des angeblichen Unterschiedes zu διώκειν in 14,1 das ζηλοῦν dagegen »mehr in Wunsch und Begehren, oder auch Bitte, als in freier Thätigkeit« bestehen; auf das Gebet beziehen auch andere wie v. Mosheim 576; Olshausen 698 und Godet II 133; Robertson/Plummer 282 nennen »prayer and habitual preparation«; Bultmann, Theologie 162: »ein Bemü-

fallenden Komparativ μείζονα[757] wird offenbar auf die Reihenfolge der Aufzählung von V 28 zurückgegriffen und diese interpretiert und an der Oikodome orientiert. Paulus selbst kennt somit zwar einen Komparativ (vgl. vor allem auch μείζων und μᾶλλον in 14,1.5[758]), aber keine feste Rangordnung. Zudem wird nicht er eine Charismenskala einführen, sondern eher die in Korinth faktisch geltende auf den Kopf stellen[759], so daß sich das Problem, daß Paulus die Vor- und Überordnung eines bestimmten Charisms sonst gerade als Fehler der korinthischen Pneumatiker rügt, damit entschärft. V 31a ist darum als Imperativ zu verstehen, nicht als vorwurfsvoller Indikativ(»Ihr aber strebt [vermutlich] nach den größeren Charismen«)[760], aber auch nicht als Frage[761]. Auch 14,1 mahnt mit einem eindeutig imperativischen ζηλοῦτε vor allem zur Prophetie (vgl. auch 14,5.39), und auch Kap. 12 enthält schon eine verdeckte Polemik gegen die Vorrangstellung der Glossolalie. Endlich zielt auch Kap. 13 auf die rechte Bewertung der Charismen (vgl. V 1-3 und V 8), die »erbauen« sollen. Ist aber die Liebe das alle Charismen relativierende und differenzierende Kriterium, dann versteht sich von daher trotz der Notwendigkeit, Gewichtigkeit und prinzipiellen Gleichrangigkeit *aller* Charismen doch auch eine gewisse Wertordnung, z.B. eine Überordnung der Prophetie über die Glossolalie[762]. Diese Abstufung aber bemißt sich eben am

hen oder geeignetes Verhalten des Menschen« (im Original gesperrt).

757 Das von D F G Ψ 𝔐 it vg^cl bo^mss Or Ambst Pel Spec gebotene κρεί(ττ)ονα ist sinngemäß richtig, denn mit den größeren sind (nicht moralisch!) bessere und nützlichere gemeint, aber das spricht zugleich für die Ursprünglichkeit von μείζονα; anders etwa Godet II 133.

758 Da der Komparativ in 13,13 in superlativischem Sinn gebraucht wird (Bauer/Aland 1010), nimmt Smit* 247 das auch hier an, doch hat das nur bei der Liebe Sinn, nicht bei den Charismen, es sei denn, es läge tatsächlich Ironie vor (vgl. dazu aber unten Anm. 762).

759 Vgl. schon Theophylakt 724 (πρῶτον δὲ καὶ δεύτερον τίθησιν, ἵνα τὸ τῶν γλωσσῶν χάρισμα ἔσχατον τάξας, καταστείλῃ τοὺς ἐπὶ τούτῳ ἐπαιρομένους), aber offenbar auch Petrus Lombardus 1657 (*quia de his* [sc. *donis*] *putabant Corinthii quod minus esset majus, et quod majus esset minus*); Senft 164; vgl. besonders die Hintanstellung der Glossolalie.

760 So Rückert 340, der das als »Zugeständnis« auffaßt; Iber* 49; Wolff 308; Dunn* (Jesus) 430 Anm. 37; R.P. Martin* (Spirit) 34f; Louw* 335 (»stylistic play« zwischen Ind. in 12,31 und Imp. in 14,1). Nach Schmiedel 171 würde man jedoch bei einer Frage eher ein ὑμεῖς δὲ ζηλοῦτε erwarten (vgl. 1Thess 5,14), und eine Aussage »wäre nach 30 seltsam« (171), seltsam auch angesichts des paränetischen Kontextes. Zudem wäre bei solcher Aufspaltung von V 31 in V 31a (korinthische Position) und V 31b (paulinische Position) in V 31b und nicht in V 31a eher ein adversatives δέ als ein καί zu erwarten (vgl. Lang 175), bei einem wirklichen »Zitat« wohl auch eher πνευματικά als χαρίσματα, was zu 14,1.12 denn auch öfter vermutet wird (so Robinson [Lit. zu Kap. 12-14] 51; Baker [Lit. zu Kap. 12-14] 226f; vgl. auch Chevallier* 158-163; Schäfer* 389), doch auch das bleibt hypothetisch; vgl. Grudem* 161f; Fee 624 Anm. 39; Gillespie* 125 und zu unserer Stelle Brockhaus* 176 Anm. 162; Kremer* 328f: V 31a habe »die Funktion, das in der Gemeinde vorhandene Eifern in die rechte Richtung zu weisen« (329).

761 So schon Theodoret 332 (τινες κατ᾽ ἐρώτησιν ἀνέγνωσαν) und Photius 573; vgl. auch Oecumenius 832 und Bousset 139.

762 Der Bezug der »größeren Gnadengaben« auf die Prophetie wird z.T. schon in der Alten Kirche vertreten (Hieronymus 757; ebs. Atto 386; vgl. auch Labriolle, a.a.O. [EKK VII 2, 537 Anm. 316] 96). Anders Smit* 250, nach dem Paulus mit dem μείζονα die in 13,1-3 genannten Charismen im Blick haben soll; da das aber deren Einschätzung in 13,1-3 widerspricht (V 31 sei »diametrically opposed« zu

Nutzen für die Gemeinde und nicht am Wert für die eigene Religiosität[763]. Paulus verwendet folglich den Komparativ von zwei Gesichtspunkten her: 1. von der Bedeutung der Liebe und οἰκοδομή her und 2. von dem Bemühen her, die in Korinth herrschende Werteskala mit ihren elitären Ansprüchen umzudrehen.

Ein Vergleich von ἔθετο ὁ θεός (V 28) und ζηλοῦτε (V 31 und 14,1) ergibt: Daß Gott selbst die Charismatiker begnadet und in der Gemeinde einsetzt, schließt nicht aus, daß man auch selbst nach Charismen strebt[764]. Beides wird logisch nicht gegeneinander aufgerechnet, gehört aber sachlich ebenso zusammen wie Indikativ und Imperativ bzw. Gabe und Aufgabe bei Paulus überhaupt[765]. Gottes Wille (V 18.28) ist eben kein starrer, sondern ein lebendiger, sich geschichtlich verwirklichender und den Menschen und sein ζηλοῦν einbeziehender[766]. Fehlender Eifer kann auch Folge dessen sein, daß man dem ἐνεργεῖν Gottes und seines Geistes (V 6.11) nichts zutraut und fatalistisch zu wenig damit rechnet, daß er die Leute, die er braucht, tauglich macht. Rechter Eifer aber ist stets ein nüchterner, die Grenzen des Charismas respektierender und die Liebe intendierender Eifer.

Zusammenfassung

Der Skopus des Abschnittes liegt auf der Hand: Wie der Leib nicht aus einem, sondern aus vielen Gliedern besteht, so verhält es sich auch mit dem Leib Christi, der aus vielen verschiedenen Gliedern zusammengesetzt ist und nur durch die vielen Gaben seiner Glieder zu leben vermag. Die Ausführlichkeit und der primär metaphorische und paränetische Charakter dieses Bildes darf

13,1-3), sei Ironie bzw. *simulatio* anzunehmen (250-253); das aber wird auch durch die Spannung im Gebrauch von ζηλοῦν (V 31a: 13,4) nicht plausibler, sosehr Paulus solche Ironie sonst durchaus kennt (vgl. zu 4,8).

763 Vgl. Chrysostomus 267, der τὰ κρείττονα als τὰ χρησιμώτερα interpretiert, Theophylakt 721 als τὰ ὠφελιμώτερα; ähnlich später v. Mosheim 576; Heinrici, Sendschreiben 411 Anm. 1; Barrett 296; Holtz (Lit. zu 12,1f) 367; Grudem (Lit. zu Kap. 12-14) 56; Schnackenburg* (Charisma 1985) 362; Kremer* 333; anders etwa Maly* 192; Schneeberger (Lit. zu Kap. 13) 151 (»grösser dem Ausmass, als auch der Quantität und Intensität und der Würde nach«).

764 Bengel 424 erklärt: *Spiritus dat, ut vult: V. 11. sed fideles tamen libere aliud prae alio possunt sequi et exercere. c. 14,26. Deus operatur suaviter, non cogit.* Auch Lauterburg, a.a.O. (Anm. 278) 21 hält an der Dialektik von freiem Geisteswalten und ζηλοῦν fest; ähnlich de Wette 121, nach dem »neben der Empfänglichkeit Selbstthätigkeit stattfinden darf und soll«. Bultmann, Theologie 162 zitiert 12,31 und 14,1 zum Beleg dafür, »daß ein Bemühen oder geeignetes Verhalten des Menschen die Gabe des Geistes bzw. eine spezielle Geistesgabe erst erwirkt, mindestens aber vermehrt oder verstärkt« (bis auf die letzten 5 Worte im Original alles gesperrt). Nach Barth 43f wird sich »die Anerkennung der Alleinherrschaft Gottes ... gerade darin auswirken müssen, nicht daß man sich fatalistisch mit seiner nun einmal gesetzten Eigenart abfindet, sondern daß man über die Unterschiede der Eigenarten nachdenkt und nach den *höheren* strebt« (kursiv im Original gesperrt); vgl. auch Grau* 163; Maly* 193; Klaiber* 219 Anm. 106; Schäfer* 392; Kremer* 331f, der wie andere auch auf Mt 25,14-30 und Lk 19,11-27 verweist.

765 Das gilt auch unabhängig von der korinthischen Situation, und ob Paulus mit dem Imp. hier tatsächlich von V 28-30 her mit der Betonung göttlicher Souveränität befürchtet, daß die Korinther »fatalistic« werden könnten (so Grudem [Lit. zu Kap. 12-14] 56; vgl. auch 259), ist nicht gerade wahrscheinlich.

766 Richtig Schlatter 352: »Gottes Wille ist nicht ein Schicksal, nicht eine unpersönliche Macht, nicht ein von Ewigkeit her fixiertes Gesetz. Sein Wille ist Gnade, die ihn bei der menschlichen Geschichte gegenwärtig macht und dem menschlichen Willen Wert und Kraft zuerkennt«.

die ekklesiologische und christologische Bedeutung des Leibes Christi aber nicht abwerten. Paulus bringt zwar keine geheimnisvollen Spekulationen über das Verhältnis Christus – Kirche, aber es gibt für ihn weder eine von Christus isolierte Ekklesiologie noch eine von der Gemeinde isolierte Christusbeziehung. Allein durch den Geist und die Taufe werden Christen in den Leib Christi eingegliedert. Die Leibmetapher richtet sich einerseits an solche Korinther, die sich geistlich unterlegen vorkommen und nicht gebührend gewürdigt werden, andererseits an solche, die sich überlegen wähnen und auf andere herabsehen. Mit der Abwehr sowohl des Superioritäts- wie des Inferioritätsbewußtseins wird jeder Überordnung einzelner Charismen, aber auch jeder Einebnung der Vielgliedrigkeit gewehrt. Einheit gibt es nur in der Vielfalt und Vielfalt nur in der Einheit. Kein Glied des Leibes kann für sich leben, und auf keines kann verzichtet werden. Entscheidend aber ist, daß nicht Uniformität, sondern Pluriformität für den Leib Christi lebenswichtig ist. Die Gemeinde ist *eo ipso* eine charismatische Gemeinde, in der jeder begabt und zur Kooperation mit anderen befähigt ist. Gerade die Anerkennung der unauffälligsten und unscheinbarsten Dienste ist dabei unverzichtbar und verhindert eine Spaltung der Gemeinde. Jeder leistet seinen Beitrag. Alle gehören zusammen und hängen voneinander ab. Was ein Glied trifft, trifft den Leib als ganzen. Das Miteinander ist dabei zugleich ein Füreinander. Diese charismatische Struktur der Gemeinde wird durch das ἔθετο und den abschließenden Charismenkatalog mit seinen drei hervorgehobenen ersten Diensten nicht in Frage gestellt. Der Katalog ist selbst nicht erschöpfend und exklusiv gemeint. Vielmehr ist, abgesehen vom Apostel, mit wechselnden Personen und Funktionen und zugleich mit fließenden Übergängen zu rechnen. Auch wenn keiner alles kann und der abschließende Imperativ »größere« Charismen nennt, ist dem Katalog keine feste Ordnung oder hierarchische Struktur zu entnehmen.

Auslegungs- und Wirkungsgeschichte

Der Abschnitt hat folgende Schwerpunkte: 1.1. Christus und sein Leib (S. 242-246) sowie 1.2. dessen Einheit (V 12f.27) (S. 247-251), 2. die Metapher des Leibes und ihre Ausdeutung (V 14ff) (S. 251-255) sowie 3. speziell dessen einzelne Glieder (S. 255-258), 4. die gegenseitige Verantwortung und Schicksalsgemeinschaft (V 25f) (S. 259-263), 5. die Aussagen über die Dienste und Ämter in V 28-31, deren grundsätzliche Bedeutung (S. 263-266), 6. deren spezielle Funktionen, soweit sie nicht in V 4-11 bereits Thema waren, so daß hier jetzt nur 6.1. Apostel (S. 266-269), 6.2. Lehrer (S. 269f), 6.3. Hilfeleistungen (S. 270f) und 6.4. Verwaltungen berücksichtigt werden (S. 271f).

1.1. Üblicherweise wird ganz selbstverständlich von der Einbeziehung Christi als Haupt in den Leib ausgegangen, so daß oft nicht zu entscheiden ist, ob 1Kor 12 oder Epheserbriefstellen den jeweiligen Aussagen zugrunde liegen, da die einzelnen Elemente miteinander vermischt werden[767]. Nach Se-

[767] V 27 wird von Hieronymus 756 z.B. so gedeutet: *Ecclesia de carne ejus, et de ossibus ejus: sicut ad Ephesios ait;* vgl. auch Pelagius 200; Primasius 538 und weiter z.B. Origenes,

verian (263) nennt Paulus die Kirche ἀπὸ τοῦ κρείττονος (sc. seinem Hauptsein her) Christus. Auch später heißt es immer wieder, Christus werde Haupt und Leib wegen der unaussprechlichen Einheit von Haupt und Gliedern genannt[768]. An der realen und nicht nur metaphorischen Qualität der Kirche als Leib Christi wird aber auch ohne ausdrückliche Erwähnung des Hauptseins kein Zweifel gelassen[769], wenngleich meist weniger das Verhältnis der verschiedenen Glieder und Funktionen des Christusleibes untereinander als das zu Christus im Blick ist[770]. Diese Gegenwart Christi in seiner Gemeinde, die nicht einem Leib gleicht, sondern sein Leib *ist*, hat Konsequenzen für die Kirche und für das Leben ihrer Glieder bis hin zur Auferstehung. So darf nach Origenes auch am Ende kein Teil des Leibes fehlen[771]. Augustin verbindet umgekehrt nach rückwärts mit der Kirche vor Christus: So wie bei der Geburt des ganzen Menschen zuerst eine Hand erscheinen kann, diese aber dennoch in enger Verbindung mit dem ganzen Leib dem Haupt untersteht, »so standen alle Heiligen, die vor der Geburt unseres Herrn Jesus Christus auf der Erde lebten, dennoch mit dem gesamten Körper, dessen Haupt Christus ist, in Unterordnung unter dem Haupte miteinander in Verbindung«[772]. Nach Fulgentius soll V 12 anzeigen, daß der Leib, der Christus ist, wie auch Christus sei[773], und V 27, daß wir nicht nur am Opfer Christi partizipieren, sondern selbst *sanctum sacrificium* seien (mit Zitat von Röm 12,1)[774]. Nikolaus v. Cues verallgemeinert und versteht Christus als *exemplum* der Glieder seines Leibes, *ut quemadmodum ipse fecit et nos ... similiter faciamus*[775]. Vor allem seit dem Mittelalter wird die Metapher des Leibes unter Einschluß der des Hauptes aber vor allem »zur Darstellung der rechtlich-hierarchischen Struktur der

In Cant 2 (GCS 33, 154); Gregor v. Nyssa (Opera III 2,19); Augustin, Joh-Ev 21,8 (BKV 8, 362f); Leo XIII. (Denzinger/Hünermann, Enchiridion, Nr. 3304, S. 895). Das wird auch später oft wiederholt, so z.B. von Bucer, Schriften, Bd. 6.1, 222: Paulus schreibe, daß wir »glider Christi sind von sinem fleisch, von sinem gebein«.

768 Petrus Lombardus 1654; vgl. auch Haymo 578 (*cum Christo enim qui est caput Ecclesiae, ipsa Ecclesia intelligitur, quae est corpus ejus*) und Herveus 945, der als Beleg dafür die Tatsache zitiert, daß *simul omnes fideles cum capite suo sunt Christus*, mit Verweis auf Apg 9,4 (ebs. Cornelius a Lapide 313).

769 Vgl. Cyrill 888f: Ἡνώμεθα γὰρ ἀλλήλοις, συσσωμοί τε γεγόναμεν ἐν Χριστῷ. Nach Ritter, a.a.O. (Anm. 278; Charisma) 177f Anm. 39 liegt der Ton »bei der Übertragung des Bildes vom Leib auf die Kirche« bei Cyrill »nicht mehr auf der Vielfalt der einzelnen ›Glieder‹ und ›Organe‹, sondern auf der den ›Bestand‹ der Kirche garantierenden ›Einheit des Geistes‹ ..., in der die ›Heiligen‹ ... verbunden sind«. Zu weiteren Zeugnissen der Kirchenväter zum Verständnis der Kirche als Leib Christi vgl. Schütte, Kirche 36 und Ratzinger, LThK² VI 910-912.

770 Vgl. z.B. zu Theodor v. Mopsuestia Ritter, a.a.O. (Anm. 278; Charisma) 136.

771 Hom. in Lev 7,2 (GCS 29, 378); vgl. auch ebd. 379, wo V 27 so interpretiert wird: ›*Ex parte*‹ ... *nunc* ›*membra eius sumus*‹ *et* ›*ex parte ossa eius sumus*‹; er zitiert dann Ez 37,7f und Ps 34 (35) 10 und fährt fort: *Cum enim hoc factum fuerit, tunc omnia ista dicent: Domine, quis similis tibi?* In Mt 14,17 heißt es bei ihm, es gebe »keinen anderen Leib Christi für sich mehr als nur noch die Kirche« (BGrLit 30.2, 57).

772 De Catech. Rud. 2,19,33 (BKV 49, 284); vgl. später auch Olevianus: »Alle Gläubigen von Adam an bis zum Ende der Welt sind seine Glieder« (LASRK 8, 554).

773 Ad Monim. 2,10,5 (CChr 91, 45).

774 Ep. 12 ad Ferr. 24 (CChr 91, 377).

775 Opera IV 92.

Kirche« in Anspruch genommen[776], so daß es z.B. in der Bulle Unam sanctam Bonifatius VIII. heißt, die eine und einzige Kirche habe einen Leib und ein Haupt, »nämlich Christus und den Stellvertreter Christi, Petrus, und den Nachfolger des Petrus«[777] (vgl. zur katholischen Sicht weiter unten).
Luther schreibt zwar in seiner Schrift an den christlichen Adel im Anschluß an den Verweis auf Röm 12 und 1Kor 12 die berühmten und in ihrem Sinn umstrittenen Worte, »das wir alle ein corper sein des heubts Jesu Christi, ein yglicher des andern glidmasz. Christus hat nit zwey noch zweyerley art corper, einen weltlich, den andern geistlich«[778]. Meist wird aber der Leib Christi allein auf die Kirche bezogen. Für Calvin (427) ist die Tatsache, daß Paulus die Kirche Christus nennen kann, »ein ungeheurer Trost«, daß nämlich »Christus uns der Ehre gewürdigt hat, daß er nicht nur in sich, sondern auch in seinen Gliedern erkannt und offenbar werden kann«. Vor allem an der Zusammengehörigkeit von Haupt und Gliedern ist man auch hier besonders interessiert[779], was auch die Einbeziehung der Christen in Kreuz und Auferstehung Jesu begründet. So schreibt einerseits Pfersfelder an Osiander, daß Haupt und Glieder sich nicht voneinander trennen lassen, »mich duncht aber, ir lāset das haupt von den glidern, denn euer kheiner wil under das kreutz Christi« [780]. In P. Gerhards bekanntem Osterlied heißt es andererseits: »Ich hang und bleib auch hangen / an Christus als ein Glied; / wo mein Haupt durch ist gangen, / da nimmt er mich auch mit« (EG 112,6; vgl. auch EG 526,2: »Lässet auch ein Haupt sein Glied, / welches es nicht nach sich zieht?«). Der Grundtenor der Aussagen aber lautet durchgängig: *In Ecclesia Christus vivit, habitat, conspicitur; Ecclesia ex ipso est, in eo subsistit* (Heidegger 117).
Auch in neuerer Zeit wird bei aller Betonung auch komplementärer Bezeichnungen für die Kirche die besondere Bedeutung des Leib-Christi-Gedankens gewürdigt. Auf evangelischer Seite erklärt z.B. Weber, daß der Leib Christi »keineswegs bloß metaphorischen Charakter trägt. Der Leib ist *reale* Wirk-Gestalt, *realer* Herrschaftsbereich, *realer* Heilsbereich«[781], und zwar inmitten

[776] Hoffmann* (Erbe) 72 und (Priesterkirche) 30 mit Verweis auf Ratzinger, LThK² VI 910f. Allerdings begegnet die »hierarchologische Differenzierung zwischen dem Hauptsein der episkopoi und dem ›übrigen‹ Leib« schon bei Cyprian (Werbick, Kirche 186, der De Cath. Eccl. Unit. 23 zitiert: »Der Leib ist verletzt, zerfleischt, wo die Glieder sich vom Bischof abtrennen«).

[777] Denzinger/Hünermann, Enchiridion, Nr. 872, S. 3885.

[778] WA 6, 408. Vgl. auch 410: »Weltlich hirschafft ist ein mitglid worden des Christlichen Corpers, unnd wie wol sie ein leyplich werck hat, doch geystlichs stands ist«. Zur Frage, ob hier die Vorstellung des Corpus Christianum vorliegt, die auch die weltlichen Stände und Werke in den »gantzen corper der Christenheit« (409) einbezieht, vgl. O. Köhler, Art. Corpus Christianum, TRE 8, 206-216, hier 206-210. Vgl. weiter auch unten Anm. 826-828.

[779] Vgl. z.B. Bullinger 219: *Quemadmodum corpore & capite homo unus efficitur, sic ecclesiam ipsam & Christum tamquam pro corpore uno & capite ducens apostolus pro ecclesia Christum constituit.* Vgl. weiter z.B. QGT VIII 189; EKO, Bd. 8, 45.

[780] Osiander, Schriften, Bd. 4, 291.

[781] Grundlagen II 574; vgl. auch Ebeling, Dogmatik III 341; G. Voigt, Die lebendigen Steine, Göttingen 1983, 407; ders., Gemeinsam 115 hebt die durch Christus begründete Gemeinschaft von »irgendwelchen Vereinen und Klubs« ab, die ebenfalls »die Parole ausgeben: Einer für alle, alle für einen«.

der geschichtlichen Welt. Käsemann präzisiert darum; »Wenn der erhöhte Christus einen irdischen Leib hat, dann ist er weiterhin in bleibendem Kontakt mit unserer Erde«[782]. Am berühmtesten sind wohl die Formeln Barths vom Leib Christi als »irdisch-geschichtliche Existenzform« Jesu Christi[783] und Bonhoeffers »Christus als Gemeinde existierend«[784]. Daß die Rede von der Einheit von Christus und Kirche auch Gefahren heraufbeschwört, ist evangelischer- wie katholischerseits unbestritten[785], doch erfolgen Abgrenzungen oft mit Recht nach zwei Seiten. So ist nach Vogel die keineswegs gleichnishafte Bezeichnung Leib Christi weder »im Sinne einer Identitätsmystik« noch »im Sinne einer bloßen symbolischen Rede« zu verstehen[786]. Zudem wird die Ekklesiologie für Paulus »in ihrem Kern« als Christologie bestimmt, wobei alles an der *insertio (insitio) in Christum* liegt[787]. Dadurch relativiert sich auch der in einem bestimmten Sinne durchaus zutreffende Wahrheitsgehalt des oft zitierten Gedichtes »Christus hat keine Hände – nur unsere Hände, um seine Arbeit heute zu tun ...«[788], was bei aller Notwendigkeit unseres Dabei-

782 Käsemann* (Platz) 95, wo das dann deutlich konkretisiert wird: »In seinem Leibe hält er die Welt als Schöpfung seines Vaters fest, wirkt er wie einst unter Kranken, Besessenen, Verlorenen, Verfluchten, kämpft er noch immer gegen Gewalten, welche das Bild des Menschen zerstören und die Wahrheit Gottes unterdrücken, schenkt er Freiheit den Gefangenen und den sonst Verzweifelnden Heil«.

783 KD IV 1, 718: »Der Heilige Geist ist die erweckende Macht, in der sich Jesus Christus seinen Leib, d.h. seine eigene irdisch-geschichtliche Existenzform, die eine, heilige, allgemeine, apostolische Kirche geschaffen hat und fort und fort erneuert« (vgl. auch 738.740). Zugleich wird aber berücksichtigt, daß der Text nicht dazu anleitet, »dem Mysterium des Leibes Christi sinnierend nachzugehen«, sondern daß vom paränetischen Skopus her der Leib als Herrschaftsbereich Christi im Blick ist. Von daher wird z.T. vorgezogen, die Gemeinde nicht einen Organismus, sondern ein Organ Jesu Christi zu nennen, durch das er gegenwärtig in der Welt wirkt, z.B. von Barth (740) und Weber (GPM 8 [1953/54] 178 bzw. 177; vgl. auch Steck, GPM 24 [1969/70] 299 und Gandras, GPM 30 [1975/76] 300). Gleichwohl ist es durchaus begreiflich, daß Steck (a.a.O. 302) die Barthsche Formel trotz Paulus »tief unheimlich« findet, »weil sie das bleibende Gegenüber von Christus und Gemeinde fast vergessen läßt«; vgl. auch oben Anm. 628.

784 Werke, Bd. 2, 108; vgl. auch ebd.: »›Kirche‹ ist mithin nicht eine menschliche Gemeinschaft, der sich Christus dann auch gibt oder nicht gibt, bzw. eine Vereinigung solcher, die Christus suchen oder zu haben glauben (nämlich als einzelne) und diesen gemeinsamen ›Besitz‹ pflegen wollen, sondern sie ist von Christus geschaffene, in ihm begründete Gemeinde, in der sich Christus als der δεύτερος ἄνθρωπος, als der neue Mensch, besser: als die neue Menschheit selbst offenbart«; vgl. auch Schriften, Bd. 5, 97, wo wie auch sonst öfter die Weinstockrede aus Joh 15 als Parallele herangezogen wird, und Bd. 2, 250.256. Zu beachten bleibt aber, daß in Werke, Bd. 1, 87 dieselbe Formel wie in Bd. 2, 108 so interpretiert wird: »d.h. wir werden von ihm regiert, wie ich meinen Leib regiere. Der uns regierende Christus aber führt uns zu dem Dienst aneinander«.

785 Sie ist auch auf evangelischer Seite deutlich genug, wenn etwa Ritschl (Unterricht 28) die Gottheit Christi »nicht als Ausdruck eines absoluten Abstandes seiner Person von den Gliedern seiner Gemeinde« versteht, sondern dieses Attribut »ursprünglich so gemeint« sein soll, »daß die Gottheit Christi für die Vergottung der ganzen menschlichen Natur unmittelbare Bürgschaft leistet«.

786 Werke, Bd. 2, 818; es gelte, »jenem symbolisch-spiritualisierenden Irrtum zur Linken von vornherein ebenso zu widerstehen wie dem mystisch identifizierenden zur Rechten«.

787 Weber, Grundlagen II 575 im Anschluß an Calvin; vgl. auch Heppe, Dogmatik 376.

788 Vgl. K. Lubkoll, in: Worte am Sonntag – heute gesagt, hg. v. H. Nitschke, Gütersloh 1976, 113.121f, der das kritisch befragt:

seins und unserer Mitwirkung eine letztlich doch einseitige Fortschreibung der Leibmetapher ist (neben Händen, Füßen und Lippen werden denn auch die Ohren wohlweislich nicht erwähnt, weil das jedes Beten sinnlos machen würde).

Katholischerseits wird in der Enzyklika Mystici corporis Pius XII. von 1943 und im Anschluß daran im Zweiten Vatikanum (Lumen gentium) von 1964 von den biblischen Aussagen her zwar einer primär juridischen Ekklesiologie entgegengewirkt[789] und 1Kor 12 für »das Zusammenwirken der Glieder des mystischen Leibes mit dem Haupt« angeführt[790]. Im übrigen aber werden neben den charismatischen die juridischen und hierarchischen Momente weiter als konstitutiv angesehen[791]. Schmaus schließt sich zwar noch Bellarmin an, daß Christus »derart Träger der Kirche ist und in ihr gewissermaßen derart lebt, daß sie selbst gleichsam ein zweiter Christus wird«[792], doch meist wird mit Recht herausgestellt: »Die bleibende tiefe Verbindung zwischen Christus und der Kirche, die in dem Begriff ›Leib Christi‹ ausgedrückt ist«, dürfe »nicht zu der irrigen Auffassung einer Identifizierung von Christus und Kirche oder deren Parallelisierung führen«[793].

»Sollte es wirklich so sein, daß Christus die Hände gebunden sind, wenn wir die Hände in den Schoß legen? ... Daß Christus verstummt und zum Schweigen verurteilt ist, wenn wir auf den Mund gefallen sind? ... Nein: So schwach ist Christus nicht« (113). Vgl. aber auch Werbick, Kirche 298f: Daß die Kirche nach diesem Gedicht »den Herrn in seiner heilsamen Leibhaftigkeit bei den Menschen vertritt«, wird dort »der lehramtlichen und (neu)scholastischen Ekklesiologie« kontrastiert, wo die Leibmetapher vor allem »den Anspruch des Oberhauptes«, »die Unterscheidung der Glieder in die ›ersten und vorzüglichen‹ und die gewöhnlichen Glieder«, »den Anspruch auf die Heilsmittlerschaft der Institution römisch-katholische Kirche« u.a. begründet.

789 Vgl. dazu Hasenhüttl* 328-331, der von einer »Entjuridisierung« spricht (328), ja im Anschluß an J. Feiner von einer »Überordnung des Geistes über das Amt« (329). Das wird auch von evangelischen Theologen als Neuansatz und Durchbruch gewertet; vgl. z.B. Hahn* (Grundlagen) 162.

790 Denzinger/Hünermann, Enchiridion, Nr. 3805, S. 1048f, wonach nicht nur die Christen der Hilfe des Erlösers bedürfen, sondern auch »Christus nach seinen Gliedern verlangt. Und dies freilich in erster Linie, insofern die Person Jesu Christi vom Papst vertreten wird, der – um nicht von der Last des Hirtenamtes erdrückt zu werden – nicht wenige andere zur Teilnahme an seiner Sorge berufen muß«.

791 Vgl. ebd., Nr. 3801, S. 1046 zur Notwendigkeit von Hierarchie und Charismatikern und Nr. 3804, S. 1048 zur Bezeichnung der Bischöfe als *partes membrorum Domini primae* (im Anschluß an Gregor d. Gr.) und ihrer *potestas;* vgl. zu Mystici Corporis auch Werbick, Kirche 279: »Die vom Papst mit den Bischöfen regierte katholische Kirche *ist* der Leib Christi; und nur wer als Glied ihr angehört, kann aus dem göttlichen Geist leben, der sie *allein* beseelt ... In dieser Perspektive geraten die anderen Glaubensgemeinschaften von vornherein in die Perspektive eines organischen Defizits«. Zum 2. Vatikanum vgl. auch oben Anm. 490. Nach Hasenhüttl* 334 bilden die charismatische und hierarchische Struktur der Kirche »eine einzige komplexe Wirklichkeit«. Bei aller Notwendigkeit des Amtes ist aber z.B. für Schnackenburg* (Charisma 1986) 248 »ein größeres Gespür für das freie ›charismatische‹ Wirken des Heiligen Geistes wünschenswert, ja dringend geboten«; vgl. auch Hoffmann* (Erbe) 73.

792 Dogmatik III 1, 278; anders aber 258f, wo eine Zurückhaltung gegenüber der üblichen Gleichsetzung von Χριστός und Kirche begegnet: »Der Leib ist von Christus bzw. von dem von ihm stammenden Geist geschaffen«.

793 Schütte, Kirche 35; vgl. auch Küng, Kirche 273f und die Warnung vor einer »schlechthinnigen Identifizierung« (Dokumente I 491 u.ö.).

1.2. Die *Einheit des Leibes Christi* wird oft darin gesehen, daß alle Christen Glaube, Liebe und Hoffnung haben (Faber Stapulensis 125) oder in Glaube und Wahrheit vereint sind[794]. Bei Pelagius (197) heißt es aber erheblich weitergehend, daß die Glieder, denen *spiritalia et caelestia* gemeinsam sind, auch *terrena et carnalia communiter* besitzen sollen[795]. Wyclif zieht die Aussagen über die Ehe (Mk 10,8)[796] und Gemeinde (Apg 4,32) zur Veranschaulichung der hier gemeinten Einheit heran, die alle *divisio* aufhebe, und er zitiert Porphyrius: *Participacione speciei plures homines sunt unus homo*[797]. Die Kirche, in die die Getauften einverleibt werden, wird dabei anders als bei Paulus meist weniger konkret als die Ortsgemeinde, sondern als eine universale verstanden (ἓν σῶμα τοῦ Χριστοῦ ἡ ἐκκλησία πᾶσα[798]). Das heißt zwar nicht, daß das *corpus Christi vbique* ist[799], wohl aber, daß die vom Geist gewährte Einheit als vorgegebene zugleich aufgegeben ist. Nach Origenes sind die Glieder zur συμφωνία τῆς θείας μουσικῆς verpflichtet, denn wie durch Musik kein Auditorium erfreut wird, wenn es nicht eine *convenientia vocum* gibt, so wird auch Gott nicht erfreut, wenn in der Kirche kein Konsens herrscht[800]. Beliebt im Zusammenhang mit unserem Text ist vor allem seit dem Mittelalter die Bezeichnung des Leibes Christi als *corpus mysticum*[801], was allerdings sehr verschiedene Interpretationen erfährt. Bei Cornelius a Lapide (313) wird das z.B. so präzisiert: *Christus non localiter, sed mystice & virtualiter, siue operatiue, & per efficientiam est corpus, hypostasis, anima & spiritus totius Ecclesiae*[802]. Zwar kann auch bei reformatorischen Theologen vom *corpus mysticum* gesprochen werden[803], doch wegen der hier fehlenden juridischen u.ä. Komplementärbestimmungen (vgl. unten) wird gerade auch unser Text als Widerlegung des lutherischen Satzes *ecclesia est occulta* verstanden, zu Recht, wenn damit die

[794] Herveus 950; vgl. auch 949, wonach die *unitas* im *cor unum et animam unam* besteht.

[795] Ebs. Hieronymus 755; Primasius 537.

[796] Vgl. auch Semler 321: *mariti quasi.*

[797] Tractatus I 360; 366 werden auch Joh 17,22 und Gal 3,28 herangezogen.

[798] Gregor v. Nyssa, Comm. in Cant. 4,1 (Opera VI 216). Auch für Estius 645 ist klar, daß Paulus hier alles *de universali ecclesia* spricht.

[799] So Cornelius a Lapide 313 in der Kritik an Faber Stapulensis 125, der den Christus und den Geist als *circuli centrum* sieht und die Glaubenden wie unzählige Strahlen, die davon ausgehen und es reflektieren, wobei die Glieder zugleich *media* sein sollen, weil von der Kraft des Geistes gilt: *Vt circumferentia omnia continens / conseruans / atque fouens.*

[800] In Mt 18,19 (20) (GCS 40,277); vgl. auch Hus, Opera XIII 78: Der Apostel argumentiere gleichnishaft, *quod singuli cristiani debent concordes esse ad utilitatem tocius ecclesie.*

[801] So z.B. Glossa 52v; Nikolaus v. Lyra o.S.; Thomas 374. Vgl. H. de Lubac, Corpus mysticum. L'Eucharistie et l'Église au moyen Age, Paris 1949; für die ältere Zeit D. Mersch, Le corps mystique du Christ. Études de théologie historique, Löwen 1933; vgl die Skizze bei Ratzinger, LThK^2 VI 910f: Bis ins Mittelalter bezeichnete *corpus mysticum* die Eucharistie, dann aber, »im Sinne der Rechtssprache« die Körperschaft, was der Vf. auf eine unheilvolle Begegnung mit dem rechtssprachlichen Ausdruck *corpus ecclesiae* zurückführt; zur Rezeption der Neuzeit mit seiner organologischen und mystischen Deutung bis hin zur Enzyklika Pius XII. vgl. 911.

[802] Vgl. auch Estius 641: *Corpus . . . non naturale, sed analogicum; non politicum et saeculare, sed mysticum ac spirituale.*

[803] Vgl. Bullinger 220; Beza 147; später Grotius 812 u.a.

Sichtbarkeit nicht so einseitig in der Organisationsstruktur der Kirche gefunden würde[804].

In der Tat haben die Reformatoren, auch wenn sie die Kirche nicht in Geistigkeit und Unsichtbarkeit haben aufgehen lassen, stärker betont: *Invisibilis, intelligibilis per fidem est Ecclesia, que vocatur novum celum et nova terra,* wenngleich die Apostel, Propheten und Lehrer von 12,28 als *partes integrales* der neuen Welt angeführt werden[805]. Gegenüber dem Spiritualismus wird jedenfalls herausgestellt, daß die Kirche, auch wenn sie nicht allein eine *societas externarum rerum ac rituum sicut aliae politiae* ist, sondern *principaliter* eine *societas fidei et spiritus sancti in cordibus,* doch *externae notae* hat[806]. Vor allem aber schärfen auch die Reformatoren ein, daß Christen »ein leyb und unzertrente gemein« sein sollen[807] und schon V 13 mit der Taufe die Einmütigkeit des Glaubens und der Liebe im Sinn haben soll[808]. Der Genfer Katechismus 97 belegt mit V 12 und 27, daß es nicht mehrere Kirchen gibt, sondern nur »eine einzige, die über die ganze Welt verbreitet ist«[809].

Die Sichtbarkeit der Kirche wird katholischerseits auch später stark betont, z.B. in der Enzyklika Satis Cognitum Leo XIII. von 1896: »Weil sie ein Leib ist, wird die Kirche mit den Augen geschaut«, und es komme in ihr »das Prinzip des übernatürlichen Lebens in dem, was von ihr getan wird, deutlich zum Vorschein«[810]. In der evangelischen Theologie werden die Akzente unterschiedlich gesetzt. Einerseits heißt es: »Der Leib Christi ist beides: etwas nur glaubensmäßig Erfaßbares und etwas auch dem Ungläubigen als soziale Tatsache Sichtbares«, wobei ihre Sozialität aber »durch ihren geistlichen Charakter als Bruderschaft oder Liebesgemeinschaft bestimmt« wird[811]. Gegenüber aller Doketisierung der Kirche aber wird andererseits auch im evangelischen Raum an ihrer Leiblichkeit nachdrücklich festgehalten: Vor allem nach Bon-

[804] So z.B. Eck, Ench. 1 (CCath 34, 33): *Monstratur tibi ecclesia in conciliis, in Sede apostolica, in episcopis et praepositis singularum ecclesiarum.*

[805] Luther, WA 4, 189; vgl. auch etwa Bucer, Schriften, Bd. 6.1, 333, der vom »geistlichen vnd verborgenen leib« spricht, oder Calvin 501: *Spirituale et arcanum Christi corpus.* Entsprechendes ist erst recht die Meinung von Leuten wie Schwenckfeldt (vgl. Corpus V 200).

[806] So die Formulierung von Apologie 7 (BSLK 234); vgl. auch ebd.: *Ne quis dicat nos Platonicam civitatem somniare, addimus externas notas, quibus Ecclesia agnosci debet, videlicet consensum de Evangelio et usum sacramentorum consentientem Evangelio.* Vgl. auch WA 6, 300f; 7, 719f.

[807] So z.B. Bucer, Schriften, Bd. 2, 187; vgl. auch 5, 131 und 6.3, 70: »Geistlich seind in Christo versamlet alle, die in der gantzen welt an in (sc. Christus) warlich glauben, je geglaubet haben und immer glauben werden, Dann sie alle dem einigen Christo eingeleibet und durch seinen geist leben«.

[808] Calvin, Institutio 4,15,15.

[809] BSKORK 13.

[810] Denzinger/Hünermann, Enchiridion, Nr. 3300, S. 893; vgl. auch Nr. 3301; vgl. auch Schmaus, Dogmatik III 1, 394: »Die sich nach Willkür eine verborgene und ganz unsichtbare Kirche ausdenken«, sind in ebensolch gefährlichem Irrtum befangen »wie jene, die in ihr irgendeine menschliche Anstalt sehen wollen mit einer Art äußerer Disziplin und einem äußeren Kultus, aber ohne immerwährende Vermittlung göttlicher Gnaden . . .«; Leib und Seele der Kirche seien vielmehr innig verbunden. Heute wird auch katholischerseits stärker auf die konkrete Erfahrbarkeit abgestellt, z.B. in den »Basisgemeinden« (vgl. Werbick, Kirche 145f).

[811] Brunner, Dogmatik, Bd. 3, 60f; vgl. auch ders., Mißverständnis 50.

hoeffer bedeutet Leiblichkeit Gestalt, während die Gestaltlosigkeit der Kirche als »vielleicht die dringendste Not der Gegenwart« gilt[812].
Eine besondere Herausforderung aber bildet nach dem Auseinanderbrechen der Kirche in Konfessionen, vor allem seit Beginn der ökumenischen Bewegung, die unleugbare Tatsache, daß es nach Paulus nur einen Leib und nicht mehrere Leiber Christi gibt. Zwar kann bei allem Schmerz die Verschiedenheit der Konfessionen auch als Chance und Reichtum begriffen werden, in der die Kirchen voneinander lernen können[813], doch überwiegt von unserem Text her die Einsicht, daß die Zerrissenheit der Kirche ein unerträglicher Anstoß ist, die Vorstellung vom Leib Christi aber »für uns zu einer Ermutigung werden« und »unsere Leidenschaft für die Einheit der Christenheit wachhalten« kann[814]. Nach Ebeling haben wir uns zwar daran gewöhnt, »von verschiedenen gegensätzlichen Kirchen zu reden, aber es gibt nicht mehrere Leiber Christi«; nehme man das Verständnis von Kirche als Leib Christi ernst, werde »die ausschließliche Identifikation einer Partikularkirche mit ihm unmöglich«, ja die Einheit des Leibes sei überhaupt einer »organisatorischen Darstellbarkeit« entzogen, und deren Realität werde »trotz aller Kirchentrennung quer durch alle Kirchen hindurch« behauptet. Solche Relativierung der kirchenorganisatorisch darstellbaren Einheit, die nach Ebeling »die Frage nach dem, was die Kirchengemeinschaft in und zwischen den Partikularkirchen konstituiert« nicht vergleichgültigt, sondern den Blick auf das Wesentliche« lenkt[815], darf dieses »Wesentliche« aber nicht in der Unsichtbarkeit verschwinden lassen. »Die Wirklichkeit des Leibes Christi ist unsichtbar, aber nicht abgetrennt vom Sichtbaren; sie will ins Sichtbare wirken, das Sichtbare gestalten, will gelebt werden in unserer hiesigen Welt, in der Welt des Sichtbaren«[816]. Damit werden Unterschiede nicht ausgeschlossen, sondern im Vor-

812 Schriften, Bd. 5, 440; vgl. auch die Klage über »die Ortlosigkeit unserer Kirche: Sie will überall sein und ist darum nirgends. Sie ist ungreifbar und darum unangreifbar geworden« (231). Bohren betont ebenfalls »die leibhaftige Präsenz des Auferstandenen in der Gemeinde« (GPM 18 [1963/64] 240), und auch nach Möller will Paulus »gegenüber den spiritualisierenden Tendenzen« in Korinth »die Gemeinde in Korinth leiblich sehen lassen« (huf 4/2 [1976] 53; vgl. auch 58); vgl. auch Welker, Geist 222: »Obwohl sie nicht ›machbar‹ ist, ist die Konstitution dieser Gemeinschaft und dieses Kraftfeldes klar erkennbar und identifizierbar«.

813 Vgl. z.B. P. Althaus, Die Herrlichkeit Gottes. Predigten, Gütersloh 1954, 182f und Hartenstein bei Stöhr, Predigtstudien IV 2 (1969/70) 106.

814 So z.B. W. Jetter, Vertrauen lernen, Göttingen 1981, 106; vgl. auch 106f: »Keine Kirche kann heute mit guten Gründen unter Ausschluß der anderen der wahre Leib Christi sein wollen«. »Soll wirklich auf den ökumenischen Frühling Johannes XXIII. und sein großes Konzil fast ohne Sommer ein nachkonziliarer Herbst und ein ökumenischer Winterschlaf folgen?«

815 Dogmatik III 373; vgl. auch ebd.: »Ein Maximalismus, der die Einheit möglichst vollkommen an allen Lebensäußerungen der Kirche erkennbar werden lassen will, ist in Gefahr, über Nebensächlichkeiten die Hauptsache zu versäumen, durch die Herstellung von Pseudoeinheit das Leben der Kirche zu beeinträchtigen und so gerade Kirchenspaltung zu verursachen«; vgl. auch Küng, Kirche 227; W. Pannenberg, Gegenwart Gottes. Predigten, München 1973, 84, nach dem die Einheit der Kirche »nicht zuerst eine Aufgabe der Vereinigung kirchlicher Organisationen und Ämter« ist: »Die Quelle der Einheit ist der Geist Jesu Christi selbst, der jeden von uns durchdringen will«.

816 H. Gollwitzer in einer Predigt zur Eröffnung der EKD-Synode 1958, in: H.-R. Mül-

blick auf Punkt 3 wird schon hier die Komplementarität von Einheit und Vielfalt angedeutet, die oft mit Recht herausgestellt wird: »Die Einheit in Chrisus ist nicht trotz der Vielfalt und gegen sie, sondern *mit und in der Vielfalt* geschenkt«, weil »das Wirken des einen einenden Gottesgeistes« nicht erst dort einsetzt, »wo Getrenntes zu verbinden ist; es schafft unterschiedliche Wirklichkeiten und erhält sie als solche, um gerade sie in die Einheit der Liebe hineinzuführen«; »in *versöhnter Vielfalt* sind die unterschiedlichen Glieder Teil eines größeren Ganzen geworden«[817]. Übereinstimmung besteht darüber, daß wir »für jeden Schritt vorwärts zur volleren Einheit, als sie jetzt sichtbar ist«, »ganz und gar auf die Gegenwart und Leitung des Heiligen Geistes angewiesen« sind[818].

Daß der Leib Christi nach V 13 Juden und Heiden, Sklaven und Freie umfaßt, wird meist eher als Zeichen der Einheit als der Integration von Verschiedenheiten verstanden. Dabei wird die Aufzählung der durch die Taufe zu einem Leib verbundenen vier Glieder von V 13, z.T. im Anschluß Gal 3,28, problemlos variiert und ergänzt, z.B. bei Gregor v. Nazianz: ob Reicher, ob Armer, ob Freier, ob Sklave, ob Gesunder, ob Kranker[819]. Entsprechend werden die Charismen bewertet, wobei meist gesagt wird, Paulus betone die Einheit, *obwohl* die Gnadengaben verschieden sind (Oecumenius 822), oder es heißt wie bei Thomas (374), daß solche *diversitas* die Einheit des Leibes Christi nicht hindere oder die *unitas* eine *membrorum multitudo* nicht ausschließe (373)[820]. Auch wenn von allem Anfang an klar ist, daß die *unitas* eine *varietas* und *diversitas* umfaßt[821], gilt bis heute als ein Hauptmerkmal des Leibes Christi, daß in ihm »die trennenden Mauern der Geschlechter, der Rassen und des sozialen Standes überwunden werden«[822] und in der Gemeinde Christi »die religiösen, ökonomischen und geschlechtlichen Privilegien außer Kraft gesetzt« sind, »die in ihrer Umwelt gelten«, so

ler-Schwefe, Zur Zeit oder zur Unzeit, Stuttgart 1958, 164; vgl. auch ebd.: »So wird immer wieder das Äußerliche, das Organisatorische, das Sichtbare zur Glaubensfrage«.

817 Dokumente I 304; vgl. auch 49: »In der Vielfalt des neuen Lebens, das sich in Christus durch den Heiligen Geist verwirklicht (1Kor 12,1-31), erweist sich der synodale Charakter als Grundlage der kirchlichen Ordnung. Deshalb kann die Kirche als von Gott berufenes, von Christus erlöstes und vom Heiligen Geist erleuchtetes Volk als die große Synode bezeichnet werden«. Vgl. auch die Polemik in einer Predigt von Zink, a.a.O. (Anm. 477) 77 gegen »die Rechthaberei von Gruppen und Grüppchen«, »die Klüngel- und Cliquenbekenntnisse«.

818 3. Vollversammlung des Ökumenischen Rates der Kirchen 1961 (Dokumente I 299); vgl. auch: »So wird die Verschiedenheit zu einem Element der Einheit« (zitiert bei Boff, Schriften 284).

819 Or. 14,8 (PG 35, 868); Gregor v. Nyssa fügt an die drei Begriffspaare von Gal 3,28 an: Eltern und Kinder, Gesetzlose und unter dem Gesetz Lebende (Comm. in Cant. 5,13 [Opera VI 403]). Vgl. auch Luther, WA.B 1, 467: »daß vor Gott gleich gilt Herr, Knecht, Groß, Klein, Arm, Reich, Oberist, Unterst«; Bullinger 220 nennt noch Besitzer und Pächter.

820 Thomas 373 und Glossa 52v sprechen von einer dreifachen Einheit und unterscheiden die hier bei Paulus benannte Einheit als die eine *multitudo* nicht ausschließende *integritas* bzw. eine solche, die durch viele konstituiert wird, von einer *unitas puncti* und einer *unitas lineae*; vgl. Glossa 53v: *Non in singularitate* besteht die Einheit des Leibes, und so macht auch die Einheit der Kirche nicht *ein officium* aus, sondern *diuersae personae* und *diuersa munera* sind nötig.

821 Vgl. die Belege unten in Anm. 842.

822 Dokumente I 550.

daß die Kirche keine Rassen-, Klassen-, Männer- und Nationalkirche sein kann[823]. Im Blick auf die paulinische Sicht des Leibes hier in V 13 aber behält Calvin (429) recht, daß Paulus als Kernpunkt vor Augen stellt, »daß die Einheit des Körpers gerade in der Verschiedenheit der Glieder besteht«, wie sich im folgenden Punkt bestätigt[824].

2. Die schon in der Exegese genannte doppelte Frontstellung des Textes wird auch später gesehen[825]. Bei der Deutung der Leibmetapher steht im Vordergrund das Zusammenwirken aller Glieder des Leibes Christi, so daß es bereits 1Clem 37,5 heißt, der Kopf sei ohne die Füße und die Füße ohne den Kopf nichts, und selbst die geringsten Glieder seien für den Leib als ganzen notwendig und nützlich. Allerdings wirkt die antike Verwendung der Metapher nach, wenn etwa Origenes die Weltordnung im ganzen mit dem Leib vergleicht und dazu V 12 zitiert[826] oder wenn es später nach Schelling ein großes Gesetz alles Seienden sein soll, daß »nicht nur kein Staat, wie Aristoteles sagt, sondern keine Art von Gemeinschaft aus lauter Gleichen (ἐξ ὁμοίων) bestehen kann«[827]. Thomas bezieht auch die weltlichen Stände wie Handwerker, Richter, Lehrer usw. ein[828]. Im allgemeinen aber heißt es wie bei Origenes: Οὐ γάρ ἐστί τι ἰδίᾳ σῶμα Χριστοῦ ἕτερον παρὰ τὴν ἐκκλησίαν

[823] Moltmann, Kirche 125. Vgl. etwa auch A.A. Boesak, Unschuld, die schuldig macht. Eine sozialethische Studie über Schwarze Theologie und Schwarze Macht, Hamburg 1977, 111.

[824] Auch in der Hessischen Kirchenordnung von 1566 wird ausgeführt, daß durch das paulinische »Gleichnis« »die ungleichheit der gaben und empter« dargestellt wird, »was eines jedern ampt und beruf sei und was sich an einem jeglichen ort gebüren oder nicht gebüren will« und zumal beim Gottesdienst »einem jedern nach gelegenheit seiner person und ampts wol anstehet« (EKO, Bd. 8, 181).

[825] Der erste Teil werde der korinthischen Minderheit gesagt, die an ihrer Zugehörigkeit zum Leib Christi zweifelten, weil sie *illa magna charismata* nicht haben konnten (Herveus 946); entsprechend sei der zweite Teil denen gesagt, die mit den größten Charismen hervorragten und die geringeren als überflüssig und nutzlos verachteten (947). Vgl. später Semler 321; aus neuerer Zeit etwa Steck, GPM 24 (1969/70) 300f: »Die Fülle und Verschiedenheit der Charismen verleitet die Gemeinde zu Großtuerei der einen, zu Kleinmut und Unmut der anderen«.

[826] Princ. 2,1,1 (TzF 24, 288f); vgl. auch Clemens Alexandrinus, Paed. 3,101,2 (GCS 12, 291); Gregor v. Nazianz, Or. 6,8 (PG 35, 732); Nikolaus v. Cues, Opera XII 87.

[827] Schelling, Schriften, Bd. 5, 540; in Anm. 2 wird auch 1Kor 12 zitiert. Nach Steck aber ist »der Schaden, den der Organismusbegriff in der Geschichte der Theorien von Staat und Gesellschaft angerichtet hat«, »weit größer als der Nutzen« (GPM 24 [1969/70] 301); vgl. auch 302 Anm. 7 (»Stabilisierungsfaktor«). Bonhoeffer, Werke, Bd. 1, 258 grenzt den paulinischen Organismusgedanken ebenfalls ab: »nicht der katholische und nicht der biologische, auch nicht der organologisch-staatsphilosophische«; vielmehr sei der Organismus der Gemeinde »die Funktion des Christusgeistes« (259).

[828] Summa, Bd. 24, 166. Vgl. auch oben Anm. 778 und weiter die Deutung der κυβερνήσεις unter Punkt 6.4. Beispiele für die Anwendung der Leibmetapher auf andere Sachverhalte in der Neuzeit finden sich z.B. bei Büchner: »Das deutsche Volk ist Ein Leib, ihr seyd ein Glied dieses Leibes« (G. Schaub, G. Büchner / F.L. Weidig, Der Hessische Landbote. Texte, Materialien, Kommentar, 1976 [RH 1] 32; vgl. auch 28, wo von Gott die Rede ist, »der ein Volk durch Eine Sprache zu Einem Leibe vereinigte«) und Novalis, bei dem es, wieder bezogen auf das Volk, u.a. heißt: »Ein Talent, isoliert in die Höhe geschossen, verwelkt frühzeitig, weil es ihm an Nahrung fehlt. Diese Nahrung können ihm nur die übrigen Talente gewähren. Die sämtlichen Talente machen gleichsam *einen* Körper aus. Wenn erst der Körper auf Kosten eines Gliedes leidet, so leidet nachher das Glied indirekt mit« (Vinçon, Spuren 311).

οὖσαν »σῶμα« αὐτοῦ »καὶ μέλη ἐκ μέρους«[829]. Wie die Glieder im menschlichen Leibe *apte et ordinate* eingerichtet sind, so gelte auch in der Kirche: *Unusquisqe a Deo, ad quod aptus est, ordinatur*[830].

Neben der gleich zu erwähnenden Unentbehrlichkeit aller Glieder steht ihre gegenseitige Achtung und Einordnung in das Ganze im Mittelpunkt der Auswertung des Bildes vom Leib. Kein Glied soll das andere verachten und keines sich gegen das andere auflehnen[831]. Allen Gliedern kommt ἰσοτιμία[832] bzw. gleiche *dignitas* zu, wobei diese *dignitas* im *officium* besteht[833]. Origenes sieht die *concordia* zwischen den unehrenhaften und ehrenhaften Gliedern dadurch bedroht, daß diejenigen, die *omnem verbi speciem* zu erfassen meinen, hochmütig werden und die anderen verachten, umgekehrt aber diejenigen, die die vollkommenere Lehre nicht fassen können, diejenigen verurteilen, deren *sensus capacior* und deren *intellectus eminentior* sind[834]. Die Unterschiede werden nicht in der φύσις und ἐνέργεια gesehen, sondern in der Zuweisung des τόπος[835], was einen τόπος κάτω und ἄνω aber nicht ausschließt (Theophylakt 717)[836], ja entgegen der Intention des Paulus kann es (vgl. die Fabel von Menenius Agrippa) bei Ambrosius heißen, daß der Diakon dem Lehrer ganz zu Diensten sein, der Lehrer aber den Diener eben dazu ermuntern und begeistern soll[837]. Interessanterweise erscheint als zusätzliches Bild auch mehrfach das vom Imperator, der, auch wenn er noch so groß ist, ein Heer braucht[838].

Unbestritten ist die Notwendigkeit einer Vielfalt von verschiedenen Gliedern. Wie bei der Auslegung von V 4-11 heißt es auch hier immer wieder, daß nicht alle alles können[839]. Vielmehr ist einer in der Kirche Auge, ein anderer Zunge,

[829] In Mt 19,3-12 (GCS 40, 326).

[830] Hieronymus 755; Primasius 537. Dabei werden die dem einzelnen gesetzten ὅροι z.T. scharf definiert: Wer nicht in ihnen bleibt, wird nachdrücklich darin verwiesen (Theodoret 328).

[831] Gregor v. Nyssa, Comm. in Cant. 5,9 (Opera VI 382). Vgl. später Petrus Lombardus 1654f und Herveus 945, nach dem Paulus lehrt, *nullius personam quasi despecti contemnendam, et nullius quasi perfecti praeferendam;* ähnlich Hrabanus Maurus 113.

[832] Theophylakt 720; ähnlich Chrysostomus 253; Johannes Damascenus 672.

[833] Ambrosiaster 138; Ambrosius 261; Petrus Lombardus 1656.

[834] In Rom 9,36 (PG 14, 1236); auch mit Verweis auf Röm 14,3.

[835] Chrysostomus 252f. Vgl. aber Estius 643 im Anschluß an Thomas: *Nam etsi membrorum distinctio sit opus naturae, hoc tamen agit natura ut instrumentum divinae providentiae.*

[836] Vgl. auch Johannes Damascenus 669 und Hrabanus Maurus 114, der von *major gradu et dignitate* und Herveus 947, der von *summa dignitate* spricht. Nach Estius 643 kann es nicht nur *membra suprema* u.a. geben, denn wer sollte sonst *in mediocribus aut minoribus* handeln; *si omnes magistri, nulli essent discipuli; si omnes vacarent contemplationi, non essent, qui insisterent actioni.*

[837] Lk-Komm 7 (BKV 21, 370); vgl. auch unten Anm. 968. Der Lehrer bedarf der Schüler, *per quem fiat quod necessarium praevidet* (Herveus 947). Auch bei Calvin 428 heißt es, »daß die einzelnen Glieder mit ihrer Stellung und Aufgabe zufrieden sein sollen« und »die Niedrigeren gern den Höhergestellten dienen«.

[838] Ambrosius 261; Petrus Lombardus 1656; Walafrid 540; Hrabanus Maurus 114. Nach Ambrosius haben selbst die rechte und die linke Hand »vielfach ihre unterschiedlichen Dienste, so daß es naturwidrig wäre, würde man die Tätigkeit der beiden vertauschen« (De Off. 3,27 [BKV 32, 212]).

[839] Vgl. Ambrosiaster 143, wonach einem Glied nicht alles zukommt, oder Hrabanus Maurus 115: *Non omnes eadem possumus.* Nach Herveus 947 ist kein Glied überflüssig.

ein anderer Mund, ein weiterer Fuß, Ohr usw., was Hieronymus z.B. am ungebildeten und einfachen bzw. erfahrenen und beredten Bruder exemplifiziert[840], Chrysostomus (254) an Jungfrauen, Witwen, Eheleuten und Stufen der Tugend[841]. Selbst Bettler seien der Kirche sehr nützlich, und ohne sie erscheine nicht τὸ πλήρωμα τῆς Ἐκκλησίας (254), denn jeder Bettler vor der Kirchentür rede durch sein Schweigen und seinen Anblick »Μὴ μέγα φρόνει, ὦ ἄνθρωπε« (255). Immer wieder heißt es, Paulus zeige durch die *similitudo* des menschlichen Leibes, daß die Einheit des Leibes Christi eine *varietas officiorum* einschließt und solche *diversitas* die Einheit nicht aufhebt[842].

Das sehen die Reformatoren nicht anders. Luther sagt in einer seiner Tischreden: *Diversa sunt membra unius corporis, quorum nullum potest carere altero.* Eins dienet dem andern ... *Haec similitudo docet legem et mutuam charitatem inter nos homines, ut illa Graecorum pictura de claudo* (lahm) *et caeco qui mutuis beneficiis sibi profuerant*[843]. Auch nach Bucer hat jedes Glied »sein besonderen eigen dienst vnnd werck am leib vnd zu gutt dem gantzen leib«[844]. Calvin (428) wendet sich von daher gegen »die törichte Forderung nach unbedingter Gleichheit«[845]. Das wird dann von Coccejus (310) auf verschiedene Weise konkretisiert: Es gibt Arme, darum bedarf es der Barmherzigen, es gibt Kranke, darum bedarf es der Heilungen, es gibt Streitigkeiten, darum bedarf es der Richter, es gibt Unwissenheit, darum bedarf es der Lehrer usw.[846].

An dieser Auffassung hat sich bis in die Neuzeit kaum etwas geändert, doch werden heute auch deutlicher die Gefahren der Schöpfungsanalogie des leiblichen Organismus erkannt. Gewiß wird wie bei Paulus Gottes Schöpferwille (V 18.24) ernst genommen, gleichzeitig aber zu bedenken gegeben, daß erst »im Angesicht der neuen Schöpfung ... das Geschöpfliche als gleichnisfähig

840 Hieronymus, Ep. 52,9 ad Nepot. 9 (BKV 2. R. 16, 140).

841 Dabei werden auch andere als die von Paulus erwähnten Körperteile als Beispiele eingeführt. So belegt Chrysostomus (253) die Tatsache, daß auch das Fehlen scheinbar geringer Teile für den Leib von großem Nachteil ist, so: Wenn man die geringfügigen Haare von den Augenbrauen und -lidern wegnehme, nehme man dem Gesicht seinen ganzen Reiz.

842 Vgl. Ambrosiaster 136; Ambrosius 260; Hrabanus Maurus 113; Petrus Lombardus 1655; Walafrid 540. Thomas (Summa, Bd. 24, 10) spricht von *diversa officia, status et gradus*, Cajetan 75v von *diversa merita, officia, dona*, und Cornelius a Lapide 315 davon, daß jeder *suum charisma, suum talentum, suum officium & gradum, suam functionem, ... suum ordinem & limitem* habe.

843 WA.TR 5, 88; vgl. auch 89: »Es tritt offt ein fuß den andern, der zan beißt offt die zunge, es stoßt sich mancher selbs mit eim finger ins auge vnd thut im wehe, da ist *remissio peccatorum copiosa et compatitur, alioqui* kund man nicht eins bleiben«; vgl. auch WA 22, 60; 2, 583; 4, 578.

844 Schriften, Bd. 17, 264; »das nit jedem alles geben« ist, ist für Bucer auch ein Argument dafür, daß eine Gemeinde ihre Prediger nicht selbst wählen soll (5, 147f).

845 Vgl. auch Bullinger 222: *Ut omnia in corpore membra non eundem actum habent, sic homines in ecclesia quod functiones attinet pares esse non possunt.* Nach Semler 329 läßt der Leib erkennen, daß die die Menschen unterscheidende *varietas et diuersitas, vt tempore et loco, sic et* τροπω *et formula* nicht *per se* Gott mißfallen oder mit Glück und Heil unverträglich sind.

846 Ähnlich Heidegger 120. Beide schließen daraus auch: *Hinc scholae, hinc Academiae, hinc doctores, hinc catechetae, hinc visitationes, hinc ptochodochia, xenones* bzw. *xenodochia, orphanotrophia, gerontocomia & simile* (Coccejus 310; Heidegger 121).

erkannt« wird[847]. Iwand fragt grundsätzlich, ob 1Kor 12 nicht nur eine »Christianisierung« naturrechtlicher Spekulationen ist[848], was auf die Gefahren des Organismusbildes aufmerksam macht, das eben auch zur bloßen Stabilisierung des *status quo* mit seinen Privilegien und Benachteiligungen als angeblich gottgewolltem Sosein herhalten kann. Dieses mögliche, aber verfehlte statische statt dynamische Verständnis der Kooperation verschiedener Glieder ändert aber nichts an der Möglichkeit auch einer sinnvollen Aktualisierung. Dafür sei als Beispiel Barth zitiert sei: Sind die Gaben viele und verschiedene, »so ist damit für ihr Zusammenspiel und so für die Einheit der Gemeinde gesorgt«, und zwar »nicht etwa durch eine Verfassung, durch einen ›Bekenntnisstand‹ oder durch die Existenz eines Amtes«, sondern dadurch, »daß sie alle Gaben des einen *Geistes* sind«[849]. Die Komplementarität von Einheit und Vielfalt charakterisiert Glen so, daß die Vermeidung der beiden Extreme (Uniformität und Spaltung) nicht durch das Finden einer rechten Balance oder eines mittleren Weges geschehen kann, sondern durch das Finden der »definitive source of the unity and diversity in Christ himself«[850]. Auch die Verbindung des Leibes mit der Ökumene und ihren verschiedenen Traditionen wird im Zusammenhang unseres Textes thematisiert[851]. Gleichmacherei gilt als unpaulinisch, denn die Freiheit des Geistes bürge für Pluralismus und verwehre jede Uniformität und Erstarrung[852]. »Die Einheit, die der Geist formt, erstrahlt in der Verschiedenheit«[853].

[847] Weber, GPM 8 (1953/54) 178; vgl. auch Möller, huf 4/2 (1976) 56: »Nicht das Bild macht Christus, sondern Christus macht das Bild wahr«. Mit Recht wird auch gefragt: »Ist das ›Füreinander‹ aber wirklich so ›natürlich‹? Kann die ›Natur‹ den Menschen nicht auch zum wilden Tier machen, das nur noch vom ›Gegeneinander‹ her denkt? Kann es nicht auch notwendig werden und ›natürlich‹ sein, daß einem Körper ein Glied amputiert werden muß, weil die anderen Glieder das vergiftete Glied nicht mehr ertragen?« usw.

[848] GPM 3 (1948/49) 327 Anm. 1; ebs. Steck, GPM 24 (1969/70) 299; vgl. auch Stöhr, Predigtstudien (1969/70) 108: Das Bild sei brauchbar zu *Restauration* und *Revolution.*

[849] KD IV 2, 359 (kursiv im Original gesperrt); KD IV 3, 982 weitet das auch auf eine »Vielzahl« von »Arbeits-, Dienst- und Zeugnisgemeinschaften« aus, die sich »im Rahmen des einen Tuns der einen Gemeinde im Besonderen zu einem gleichen oder doch ähnlichen Tun berufen und begabt finden« (981f).

[850] Problems 159f; vgl. auch 163: »Organismic wholeness always tends to absorb the individual and consequently to relieve him of his responsibility. It tends to dissolve the paradoxical character of responsible freedom by a one-sided emphasis on the identification of the individual with the whole which compromises his freedom from it«. Vgl. auch Voigt, a.a.O. (Anm. 781) 408f.

[851] »How do we relate the unity of the church with the unity of mankind (ecumenical movement)? ... How can the variety of South East Asian cultural heritage (e.g. *Indonesian Adats*) and historical experience (colonialism, etnic conflicts and enrichment, economic powerty a. s. o.) be mobilized to strengthen expression and action in the name of Jesus Christ towards the making of an interdependant world (I Cor 12.12-26)?«; so Koyama, a.a.O. (EKK VII 1, 164 Anm. 376) 191-193, Zitat 193; vgl. weiter oben in Anm. 817.

[852] Vgl. oben Anm. 326-331 und weiter M. Welker, Kirche im Pluralismus, 1995 (KT 136), z.B. 106f: Die Glieder des Leibes existieren »im Zusammenwirken ihrer *verschiedenen Gaben und Kräfte in geschöpflicher Vielfalt. Sie sind gerade im fruchtbaren Zusammenspiel verschiedener Kräfte und Gaben lebendig* ... In der Vielfalt des *Leibes* Christi ist die Kirche lebendig, in der Vielfalt des Leibes *Christi* gewinnt sie ihre Sachlichkeit. Diese Sachlichkeit überwindet die Resignation, aber auch

Besondere Aktualität wird aber immer neu darin gesehen, daß eine charismatische Ordnung jedes Ein-Mann-System und jede Monopolstellung des Pfarramtes, aber ebenso der Predigt ausschließt[854], ja von Paulus her gilt unverkennbar: »Die – wohl noch eher von der Gemeinde als vom Prediger ausgehende – Verabsolutierung des *Predigt*dienstes zerstört die geistliche Einheit der Gemeinde«[855]. Auch in der Auseinandersetzung mit der charismatischen Bewegung wird dem Text Bedeutung beigemessen, und zwar von seiner doppelten Ausrichtung her an solche, die sich dadurch entmutigt fühlen, und gegen solche, die sich aufs hohe Roß setzen[856]. Endlich wird verständlicherweise der Text dafür in Anspruch genommen, daß die Realität des Leibes Christi von aller bloßen Privatheit und Einzelgängerei, aber auch von aller Statisten-, Zuschauer- und Konsumentenhaltung zur Beteiligung jedes Christen als eines notwendiges Gliedes im Gesamtorganismus befreit: »Ein Einzelchrist, d.h. ein Christ, dem es genug ist, für sich allein Christ zu sein, ist etwas ganz Unmögliches ... Ein solches wäre ja ein totes, ein amputiertes oder abgefallenes Glied. Man kann nur Christ sein in der Gemeinschaft mit anderen Christen«[857].

3. Zunächst wird anders als bei Paulus die je *eigene Funktion* der einzelnen leiblichen Organe auch konkret veranschaulicht[858]. Dabei werden die einzel-

die bloße Rhetorik des ›Zur-Sache-Kommens‹, die religiösen Floskeln und den bloßen Moralismus«. Vgl. auch Zink, a.a.O. (Anm. 477) 76f; Voigt, a.a.O. (Anm. 781) 411: »Der Gedanke der Gleichheit im Sinne von Gleichwertigkeit schlägt so schnell um in den von der Gleichartigkeit. ›Und willst du nicht mein Bruder sein, ...‹ ... Daß der andere genau so sein muß wie ich, ist nicht nur ein Zeichen meiner Überheblichkeit, sondern oft auch ein Zeichen der Unsicherheit und Angst«.

853 Dokumente II 606; vgl. auch 120: »Eine Aufteilung der Dienste ist nicht nur im pragmatischen Bemühen der Arbeitsteilung begründet (Apg 6,1ff), sondern vor allem im Verständnis vom Wesen der ganzen Kirche als dem Leib Christi, in dem das Wirken des Heiligen Geistes und der Dienst der Kirche nicht voneinander getrennt werden können«. Auch das 2. Vatikanum legt Wert auf »die Verschiedenheit der Gnadengaben, Dienste und Tätigkeiten« (Denzinger/Hünermann, Enchiridion, Nr. 4158, S. 1216); vgl. weiter die Auslegungs- und Wirkungsgeschichte zu 12,4-11, Punkt 3.

854 Vgl. Küng, Kirche 224; Bohren, GPM 18 (1963/64) 241.

855 Weber, GPM 8 (1953/54) 179; vgl. auch Bonhoeffer, Schriften, Bd. 2, 327: »Kirche ist nicht nur Kanzel, sondern Kirche ist realer Leib Christi auf Erden«.

856 Vgl. Carson* 48.

857 Brunner, a.a.O. (Anm. 111) 58. Auch G. Jacob (Die Macht des ohnmächtigen Gottes. Predigten, Göttingen 1979, 70f) sieht vom Text her, »daß ein Christ nicht religiöser Einzelgänger sein kann« und die Kirche nicht ein »Betreuungsinstitut« oder eine »Versorgungsanstalt« gegenüber einem »anonymen Kirchenpublikum«, aber auch nicht »Verein oder Klub« oder »ein bloßer Zusammenschluß religiös oder christlich interessierter einzelner« (72); vgl. auch Lubkoll, a.a.O. (Anm. 788) 114f.117. Auch Kritik am Verständnis des »Leibes Christi« als »Lehrkörper« (»protestantische Professorenfrömmigkeit«), »Verwaltungskörper« (»Behörde«) sind beliebt und verständlich (vgl. z.B. Jetter, a.a.O. [Anm. 814] 108f).

858 »Das Auge leitet die Füße, zeigt ihnen die sanften Wege und mahnt sie, die rauhen zu meiden; es selbst aber wird von den Füßen getragen. Vernimmt das Ohr Töne, so fordert es das Auge zum Beobachten auf und läßt sich von ihm sagen, wer der Urheber der vernommenen Töne sei«. Der Schöpfer habe alles weislich geordnet: »Das Auge sieht, das Ohr hört, die Zunge schmeckt, die Nase riecht, die Füße gehen, die Hände arbeiten, der Magen nimmt die Nahrung ein, das Herz erwärmt, das Hirn empfindet, aber nicht für sich allein, sondern die jedem Theile beson-

nen Glieder oft allegorisch ausgedeutet. Euseb setzt den Kopf mit den ἡγούμενοι gleich, den Mund mit den Lehrern, die Ohren mit den verständigen Hörern, die Augen mit denen, die Schriften genau kennen, die Hände mit denen, die zum Handeln bereitwillig sind[859]. Didymus d. Blinde spricht von den Händen als πρακτικοί, den Füßen als »nicht träge im Eifer« (Röm 12,11), den Augen als durchdringend im νοῦς, und vom Kopf als den recht Verstehenden[860].

Im allgemeinen hat sich bei Abweichungen im einzelnen im Mittelalter folgendes Deutungsschema durchgesetzt: 1. Ohr = wer weise hört oder die Schrift versteht bzw. die *contemplativi* oder gar die *mediocres,* 2. Auge = wer die Zukunft vorhersehen kann, 3. Mund = wer lehrt, mahnt, tröstet bzw. die *doctores,* 4. Kopf = der Priester, 5. Füße = die untersten, aber auch die, die der *vita activa* zugewandt sind oder *in negotiis saecularibus* beschäftigt, zur Verkündigung unterwegs oder die Schwachen besuchen, 6. Hände = wer Nützliches tut, von dem andere leben bzw. die *activi,* 7. Nase = wer die Geister unterscheiden kann[861].

Besonderes Interesse finden die schwächeren und unehrenhaften Glieder. Selten wird übersehen, daß gerade sie besonders gestärkt werden sollen[862], oder in der Formulierung des Pelagius (199): Den Geringeren werden größere Gaben gewährt, *ut qui honore minor erat, gratia abundaret*[863]. Später wird es beliebt, ganz unpaulinisch die *membra inhonesta* auf solche mit irgendeiner Sünde zu deuten, *id est carnales filii Ecclesiae,* wobei die ihnen widerfahrene Ehre z.B. im Verbergen ihrer Scheußlichkeit gesehen wird[864]. Unehrenhaftsein wird damit zur Schuld: *De sui natura est nobile, sed factum est ignobile prop-*

dere Verrichtung frommt dem Ganzen. Das Herz erwärmt den ganzen Körper, der Magen ernährt den ganzen Körper . . .«; so Theodoret, 6. Rede über die göttliche Vorsehung (BKV[1] 104f). Vgl. auch Luther, WA.TR 5, 88: »Wenn die augen nicht sehen, wo wolten die fusse hingehen? Wie wurden sie sich zustossen! Wenn die hende nicht zugrieffen, wie wolt man essen?«.

[859] Comm. in Ps 68,4f (PG 23, 732); vgl. auch Comm. in Ps 87,10 (ebd. 1061), wo die Hände als πράξεις εἰς δόξαν τοῦ Πατρός gebraucht werden und Comm. in Ps 34,27f (ebd. 316), wo die ἀσκηταὶ τῶν θείων μαθημάτων als Zunge des Leibes erscheinen.

[860] In Sach 2,28 (SC 84, 440).

[861] Vgl. schon Hieronymus 755f; Pelagius 198f; Primasius 537 und weiter Atto 383; Haymo 579; Herveus 946; Petrus Lombardus 1655; Thomas 374; Hus, Opera IX 222 u.a.; etwas anders Hus, Opera III 319: *Ergo unum membrum debet alteri in eodem spiritu ministrare; ›manus‹, i.e. activus, ›oculo‹, i.e. contemplativo; . . . ›caput‹, i.e. superior, ›pedibus‹, ut doctor inferioribus.* Von den vielen Gliedern des Leibes wird im übrigen auch auf μέλη ψυχῆς πολλά geschlossen (z.B. νοῦς, συνείδησις), und auch hier gilt μιὰ δέ ἐστι ψυχή, εἷς ὁ ἔσω ἄνθρωπος (Makarios d. Äg., Logos Δ' 25 [GCS 58.1, 62]).

[862] Chrysostomus 249 sieht schon in V 12 eine Ermunterung des μικρόψυχον καὶ ἠλαττωμένον, daß also gerade die Kleinmütigen und Schwächeren getröstet werden sollen (ebs. Oecumenius 820f).

[863] Ähnlich andere wie Primasius 537; vgl. auch Johannes Mandacuni, Reden 5,5 (BKV 58, 89): »Denn im Neuen Bunde sind wir Arme und Reiche alle ein Leib in Christus und Glieder untereinander. Wenn du ein Diener Christi bist und sein Gebot beobachtest, dann mußt du auch für die Mitmenschen Sorge tragen wie für ein Glied von dir. ›Denn wenn ein Glied krank ist‹, so sagt (die Schrift), ›dann sind alle Glieder mit ihm krank‹«.

[864] So z.B. Herveus 948; vgl. Glossa 53r, wo *inhonesta* so umschrieben wird: *Illi qui in ecclesia per aliquod peccatum inhonesti sunt.*

ter culpam[865]. Auch asketische Elemente werden eingeführt[866], wenngleich Ephraem es als Einrede gegen die These von der Unreinheit der Ehe versteht, daß »die Glieder und die Sinne Brüder sind, Genossen und Verwandte. Wenn also der Gebrauch *eines* Gliedes unrein ist, dann ist klar, daß alle Glieder unrein sind, gleichwie, wenn ein Glied leidet, alle mit leiden, wie geschrieben steht«[867]. Da das schuldhaft Unehrenhafte aber immer stärker hervortritt, wird das mit »Ehre umgeben« von V 23 auch so interpretiert, daß »das, was unehrbar ist, beseitigt« wird[868]. Auch wenn Paulus sage, daß wir schwächeren Gliedern größere Ehre zuteilen, sind *ecclesiastici*, die das ihre und nicht das Jesu Christi suchen, wie Lepröse zu behandeln, die nicht mit Gesunden zusammenleben und in der Kirche zusammenkommen können[869]. Solche Grenzen werden sogar der Solidarität gezogen (vgl. Punkt 4). Eine andere Auslegung begegnet bei Bernhard v. Clairvaux, der es für verkehrt hält, wenn man fast beständig den »Schwächen des Körpers« dient und dabei die Sorge um die Seele hintanstellt, denn schon Paulus sage, daß wir die schwächeren Glieder mit größeren Ehren umgeben, weshalb es zu bedauern sei, wie oft »die gottselige Ruhe dem Lärm der Geschäfte aus Liebe weichen« müsse[870].

Auch bei den Reformatoren finden die schwächeren Glieder besonderes Interesse, allerdings in größerer Nähe zur paulinischen Intention als die zuletzt genannten Auslegungen. Luther schließt aus V 22, daß die schwachen von den starken Gliedern nicht nur nicht verschmäht, sondern mehr als die starken umsorgt werden sollen, denn *honesta tegunt inhonesta, vt 1. Cor. 12*[871]. An anderer Stelle sieht er es von Paulus her geboten, daß ein krankes Glied »nicht abgerissen, sondern gehegt und geheilt« wird, doch sollen die meisten Menschen dieses Gebot so gründlich vergessen, »daß sie einen Menschen, auch

[865] Bonaventura, Opera IV 34; nach Atto 385 kommt der *inhonestus usus* nicht *ex natura*, sondern *sed ex transgressione priorum hominum*; ähnlich Walafrid 542; Thomas 376 (*inhonesta ... propter inobedientiam membrorem genitalium subsecutam ex peccato originali*); Cornelius a Lapide 314 (*Inhonesta non ex naturae prima institutione, sed quia post peccatum in iis maxime regnat concupiscentia*). Estius 646 zitiert Augustin, wonach Paulus *inhonesta* wegen des in unseren Gliedern mit dem Gesetz der Vernunft streitenden anderen Gesetzes (Röm 7,23) bzw. wegen der *concupiscentia* spricht; vgl. auch Conf. 10,31 (BKV 18, 251), wo Augustin sich selbst wegen der Versuchungen zur Unmäßigkeit zu den schwachen Gliedern des Leibes rechnet.

[866] Nach Origenes hat der fleischgewordene Christus zwar gegessen und getrunken usw., aber dessen nicht bedurft, *quod ad pudenda corporis pertinet*, und das gelte auch vom Bischof, *qui in castitate vivens imitatur Christum* (Hom. in Lev 9,2 [GCS 29, 420]).

[867] Hymnus 45 (BKV 61, 162). Daß Gott selbst den Leib zusammengefügt hat (V 24), wird auch gegen Marcion ausgespielt (vgl. Epiphanius, Haer. 42,12,3 [GCS 31, 168] und Adamantius, De Recta Fide [GCS 4, 104]), und auch gegen die Manichäer (Epiphanius, Haer. 86,6 [GCS 37, 129]).

[868] Vgl. z.B. Thomas, Summa, Bd. 21, 309.317.

[869] 3. Laterankonzil, Kan. 23 (COD 198).

[870] Schriften, Bd. 6, 33.

[871] WA 56, 514; auch in WA 2, 149 wird der *similitudo* gerade dies entnommen, daß sich *quomodo membra robusta, honesta, sana* nicht über die *infirma, inhonesta, aegrota* überheben, als ob sie sie beherrschen und *dii eorum* sein sollten, sondern daß sie ihnen nur um so mehr dienen, indem sie ihnen ihre Ehre, Gesundheit und Kraft anbieten: *Sic enim nullum membrum corporis sibiipsi servit nec sua quaerit sed alterius, et eo magis, quo fuerit illud infirmius, aegrius, inhonestius,* wobei dann noch V 25 angefügt wird.

wenn er noch so reich mit Gaben und Tugenden ausgestattet ist, doch nur nach einem Flecken oder Fehler beurteilen, darauf stieren sie und vergessen alle seine Gaben und sein Gutes«[872]. Im Großen Katechismus heißt es dann: »Aber die allergebrechlichsten, der wir uns schämen, deckt man mit allem Fleiß, da muß Hände, Augen sampt dem ganzen Leibe helfen decken und verhullen. Also sollen auch wir alle unternander, was an unserm Nähisten unehrlich und gebrechlich ist, schmücken (= verhüllen) und mit allem, so wir vermügen, zu seinen Ehren dienen, helfen und förderlich sein und widerümb wehren, was ihm mag zu Unehren reichen«[873]. Vereinzelt wird das auch auf soziale und wirtschaftliche Fragen bezogen. Nach Lindenmaier »sollen die reychen, die zeytliche guͤtter haben, den armen schwachen an guͤtern die aller besten guͤtter (wie Paulus melt 1. Corint. 12 [22-25]) mittaylen«[874]. Melanchthon zitiert V 23 in seinen Artikeln wider die Bauernschaft von 1525, um die Fürsten zum Maßhalten zu bewegen[875]. Spener (438) verbindet die *ignobiliora membra* aber wieder mit der Sünde, so daß diese Glieder wegen der schlimmen Begierden mehr als andere zu bedecken und zu schützen seien, was dann folgendermaßen auf den *corpus spiritualis* angewendet wird: Man soll sie durch Fürsorge, geduldiges Ertragen, Vermeiden von Anstößen, allmähliches Zurechtbringen, Verbergen der Mängel in Liebe eifriger pflegen. In der Gegenwart wird das Interesse des Paulus an den »unedlen« Gliedern zum einen z.B. als »Parteinahme für Entrechtete und Enterbte« aufgenommen[876], zum anderen im Sinne der paulinischen Intention interpretiert, daß auch »ganz unscheinbare Dienste gleichfalls als Charismen eingestuft« werden[877].

[872] Kleinknecht, Luthers Galaterbrief-Auslegung 309; vgl. auch Oekolampad (QFRG 10, 230), der vorher 2Thess 3,15 anführt.

[873] BSLK 632; nach WA 4, 681 ist das *abundantius honorare* als *libenter abscondere peccata nostra* zu verstehen; vgl. auch WA 9, 343. Auch nach Bucer, Schriften, Bd. 5, 138 sollen wir die Unvollkommenheit der Mitchristen »tragen und besseren, den nachgiltigeren (Geringeren) glidern allweg mer ehr und sorg beweisen, dann die volkommenen beduͤrffen sein nicht«.

[874] Flugschriften, Bd. 2, 1205. Linck (ebd. 1096) führt die Verse aber gegen die Bettelei an, denn Armen und Notdürftigen sei man zwar schuldig zu helfen, Bettler aber seien solche, »die nit dienen woͤllen der gemeyne so vil in müglich«, sondern »nur die andern beschweren unnd beschedigen, darmit sie wider Gottes ordnung und bruͤderliche liebe sich selber und iren wollust der bauchmastunge suchen«; vgl. auch Oekolampad (ebd. 1113) zur Austeilung von Almosen: »Denen glidern soll man am ersten artzny geben, die mit meren und schwereren schmertzen beladen sind, und man sicht do nit an, ob glich wol die selben krenckeren glidern und artzny dürfftiger unedler weder die ander sind, den glidern würt das wort gnugsam gethan, daz man weißt, das sie die krencksten syen«.

[875] Werke, Bd. 1, 213: »Also sollen die mechtigen und weysen mit dem armen torichten, yrrenden volck auch handeln und denen, do besserung zu hoffen ist, gnad erzeygen, yhnen widder auffhelffen«.

[876] So Jetter, a.a.O. (Anm. 814) 111; vgl. auch 112: »Wenn das Schiff der Kirche keine Schlagseite zu den Leidenden zeigt, dann fährt es durch zeitlose Meere«.

[877] Ebeling, Dogmatik III 108; Rahner versteht die verschiedenen Glieder wie die verschiedenen Baumaterialien »von verschiedener Vollkommenheit« und als »Wachsen- und Zunehmenkönnen« (Schriften III 13).

4. V 25f werden verständlicherweise mit Vorrang im Sinne der Solidarität und gegenseitigen Verantwortung ausgelegt, was übrigens oft auch schon bei der Ausdeutung der einzelnen Glieder geschieht[878]. Zwar wird V 26 vereinzelt auch auf die Einheit mit Christus bezogen (*Si caput egrotat, omnia membra dolent*)[879], meist aber auf das Verhältnis der Christen untereinander. Die gegenseitige Fürsorge der Glieder erfolgt entsprechend ihrer πνευματικὴ κοινωνία, wodurch συμπάθεια entsteht[880]. Vor allem V 26 wird dabei öfter mit 9,22[881] und mit Röm 12,15[882] kombiniert oder mit dem »neuen Gebot« der Liebe begründet[883]. Nach Euseb erstreckt sich V 26 auf die πάθη wie κατορθώματα und eigentlich alles[884]. Meist aber liegt der Nachdruck auf dem Mitleiden, d.h. es wird gemahnt, man solle sich solange um ein leidendes Glied bemühen, bis es geheilt ist[885], oder man solle nicht darauf sehen, daß man selbst gesund und von Krankheit frei wird, sondern sich darum sorgen, daß auch τὸ μέλος τὸ σόν von Schaden befreit wird und von der Krankheit loskommt[886]. Nach Hus besteht die *conpassio* im Mitleiden mit den Elenden,

878 Vgl. Basilius v. Caesarea, Ep. 203,3 (BGrLit 3, 133). Origenes appliziert auf die *sacerdotes et ministri*, die nicht denken sollen, »Was geht es mich an, wenn jemand schlecht handelt?«, denn das wäre dasselbe, wie wenn der Kopf zu den Füßen sagen würde: »Was betrifft es mich, wenn sie Schmerzen haben und es ihnen schlecht geht. Es interessiert mich nicht, solange der Kopf gesund bleibt« (In Lib. Iesu Nave Hom. 7,6 [GCS 30, 333]).

879 Hus, Opera XIII 146; auch Petrus Lombardus 1657 findet V 26 *de Christo capite et commembro nostro* gesagt. Erasmus geht noch weiter: »Was irgendeinem Glied Gutes oder Böses geschieht, das geschieht dir, das geschieht den einzelnen, das geschieht Christus, das geschieht Gott« (Enchiridion 92). Auch bei Rahner wird neuerdings die Frage gestellt, wie die Glieder ohne Leiden sein können, »wenn das Haupt leidet oder gelitten hat« (Schriften III 200).

880 Basilius v. Caesarea, De Spir. S. 61 (Fontes 12, 264); wer diesen *affectus* gegenüber dem Bruder nicht hat, liebt nicht wirklich (Reg. 155,5 [CSEL 86, 179]). Basilius sieht die gegenseitige Fürsorge auch zum Zwecke der ἀκολουθία und εὐταξία gefordert (De Jud. Dei [PG 31, 660]); in Reg. 191 bezieht er V 26 auf die *misericordia* gegenüber einem sündigenden Klosterbruder (CSEL 86, 210f). Vgl. auch Gregor v. Nazianz: Sind wir Glieder seines Leibes, dann ergibt sich (vgl. 2Kor 12,15): δαπανῶμεν καὶ δαπανώμεθα (Dial. 33,2 [SC 318, 158]).

881 Cyprian, Ep. 55,15 (CSEL 3.2, 634f); Euseb, In Ps 33,12 (PG 23, 301); Cyprian, Ep. 17,1 (CSEL 3.2, 521) verbindet mit 2Kor 11,29 (ebs. Basilius v. Caesarea [CSEL 28, 211]) und wendet das auf die Verfolgung an; vgl. auch Ep. 62,1 (CSEL 3.2, 698), wobei die Stelle so gedeutet wird: *Et nobis captiuitas fratrum nostra captiuitas computanda est.*

882 Basilius v. Caesarea, Adv. Eunom. 293 (PG 29, 632); in Ep. 243,1 leitet er aus V 26 übrigens »die Verplichtung der ›starken‹ Ortskirchen ab, mit den schwächeren und gefährdeten zu leiden und ihnen tatkräftig zu helfen«, da die *ganze* Kirche Leib Christi sei (zitiert bei Werbick, Kirche 287). Hus, Opera IX 223 zitiert neben Röm 12,15 auch Gal 6,2; 1Petr 3,9; Mt 25,40 als Parallelen. Vgl. später auch Spener, Schriften II 1, 141.

883 Augustin, Joh-Ev 65,1 (BKV 19, 52); vgl. auch Basilius v. Caesarea, Reg. Resp. 155 (CSEL 86, 179): *Secundum rationem caritatis Christi dicebat*; Origenes, In Cant 3 (GCS 33, 187): *Non quasi aliena corpora, sed velut ›membra‹ nostra ›diligamus‹.*

884 Comm. in Ps 43,18 (PG 23, 388); vgl. Atto 385: *Omnes fideles ita compatiendo tristari de malo ipsius* (sc. *membri*), *sicut de proprio: Similiter et de profecto laetari.*

885 Aphrahat, Unterweisungen 24 (Fontes 5.1, 231), bei dem es aber zugleich heißt, wenn ein Glied gerühmt werde, sei »der ganze Leib prächtig und stattlich«.

886 Chrysostomus, Cat. Bapt. 14 (Fontes 6.2, 398f). An anderer Stelle warnt er vor einer Umkehrung von V 26 in das Gegenteil, vor allem in der nächsten Umgebung von Priestern und ihren Amtsgenossen, die bei einem, der neu in sein Amt gelangt ist, schon bei ei-

im Zurechtbringen der sich Vergehenden und im Zuhilfekommen bei Bedürftigen[887]. Cassian bezieht V 26 auf das Fürbittengebet[888]. Auch Gertrud v. Helphta betet für eine schwerverletzte Bedienstete des Klosters und erhält vom Herrn die Antwort, daß nicht nur der Schmerz, sondern auch der Dienst zur Linderung der Schmerzen unvergleichlich belohnt werden[889]. Sehr konkret wird Erasmus, der an das Zitat von V 12-26 (sowie Röm 12,4ff und Eph 4,15f) anfügt: »Siehe also, ob sie zu diesem Leibe gehören, die du allenthalben auf solche Weise reden hörst: Mein Besitz ist mir durch Erbschaft zugekommen, rechtmäßig ... Weshalb soll ich ihn nicht ganz nach meinem Gutdünken gebrauchen und mißbrauchen? Wieso soll ich denn denen etwas geben, denen ich doch nichts schulde? ... Eines deiner Glieder wird von Hunger gequält und du speist Stücke von Rebhühnern aus« u.a.[890].
Die Reformatoren teilen diese auf Solidarität abstellende Auslegung: »So ein glyd in gevar bracht wirt, söllend alle glyder z°ulouffen unnd retten«[891]. Nach Bullinger gilt: »Wann nun einem glid an deß menschen lib ettwas gebrist, truret das ander mitt imm. Sind wir dann all glyder, söllend wir billich mittlydig sin etc.«[892]. Brenz kombiniert mit Gal 6,2 und erklärt von da aus: »Deßhalben wie in einem leyp ein glid vom andern glid beholfen und ye eins durch des andern hilff erhalten wurt, also auch wir wie die glider sollen ye *einer des andern burden tragen*«[893]. Auch nach Spener besteht die Gemeinschaft der Heiligen »nicht nur in der gemeinschafft der himmlischen guͤter / die wir unter einander und mit einander geniessen / sondern auch in der gemeinschafft der bruͤderlichen und zum geistlichen zweck ziehlenden liebe«[894]. Wichern führt die Stelle an, um »die bürokratische bürgerliche Armenpflege mit ihren vielen Voruntersuchungen, ihrem langen Instanzenzug« u.ä., die den »öffentlich eingezeichneten Armen ... in eine besondere Kaste der Bevölkerung« einordnen, von der kirchlichen Liebestätigkeit abzusetzen, nach der der Arme »einem lebendigen heiligen Leibe angehört, an dem das geringste Glied am wer-

ner winzigen Blöße Verleumdungen ausstreuen und kleine Vergehen zu großen aufbauschen (De Sacerd. 3,14 [BKV 27, 161]); wie es richtig wäre, sagt er im Mt-Komm 28,5: »Wenn jemand schlecht handelt, so haben gar viele Mitleid mit ihm, und wenn es ihm gut geht, freuen sich viele mit ihm« (BKV 26, 233).

887 Opera VII 333; vgl. auch 506.

888 Coll. 7,30 (SC 42, 271).

889 Gesandter der göttlichen Liebe 3,70, hg. v. J. Lanczkowski, Heidelberg 1989, 177; vgl. auch ebd.: »Sieh, taucht man ein Leintuch in Safranfarbe und es fällt etwas anderes mit hinein, so wird auch dieser Gegenstand mitgefärbt. So ist es, *wenn ein Glied leidet* (1 Kor. 12,26.27), dann werden alle anderen Glieder, die diesem einen zur Hilfe waren, mit ihm zusammen den gleichen ewigen Lohn empfangen«.

890 Schriften, Bd. 1, 279. Nach dessen Freund Colet (255) aber erwachsen *coamor, et congaudium, et condolentia, et denique omnium affectuum mutua coresonantia* aus der *agnitio equabilitatis*.

891 Zwingli, CR 92, 262; vgl. auch grundsätzlich CR 89, 547: *Quicquid uni acciderit, omnibus acciderit*.

892 Schriften, Bd. 1, 246.

893 Frühschriften, Bd. 1, 283; Olevianus schreibt, »daß ein jedes Glied seine Gaben zu Nutz und Heil der andern Glieder willig und mit Freuden anzulegen, auch mit den anders betrübten Mitgliedern herzliches Mitleiden zu haben sich schuldig wissen soll« (LASRK 8, 554).

894 Spener, Schriften I 623.

testen gehalten wird«[895]. Doch wie immer das συμπάσχειν konkretisiert wird, klar ist, daß es »die charakteristische Existenzweise der Kirche in der Welt bleibt«[896].

Das δοξάζεσθαι[897] und συγχαίρειν wird sehr viel weniger oft konkret veranschaulicht. Für Hrabanus Maurus (115) geschieht es z.B. dann, wenn man einen gebildeteren und in charakterlicher Würde handelnden Bruder sieht[898]. Cheltschizki dreht die Reihenfolge von V 26 unüblicherweise sogar um: »Haben sie etwas Gutes, so teilen sie sich darein; fällt ihnen aber eine Bitternis zu, so trinken sie dieselbe gemeinschaftlich, eines das andere bemitleidend«[899]. Nach Calvin ist das *glorificari* hier weit zu fassen *pro bene habere et feliciter* (505)[900]. V. Mosheim (572) merkt zu unserer Stelle an: »Wenige leiden, wenn ihre Brůder leiden. Und daher leiden sie selbst desto schwerer, wenn die Trůbsal auf sie fällt. Wenige freuen sich ůber das Glůck anderer. Und daher ist ihr Glůck oft der Weg zu ihrem Unglůcke«[901].

Auch in der neueren Zeit wird die umfassende Bedeutung von V 26 meist mit Recht festgehalten: Die *communio sanctorum* ist »zugleich eine *participatio omnium bonorum*«[902], d.h. »als Glieder eines Leibes sorgt einer ganz von selbst für den anderen und leidet und freut sich mit dem anderen. Das Füreinander und Miteinander ist einfach da. Wer sich daraus lösen will, löst sich aus dem Leibe ... Isoliertes Handeln, das nicht ein Füreinander ist, trennt von der Kirche als dem Leibe Christi«[903]. Dabei wird ein »bewußtes Mit-Leiden ..., das uns etwas kostet, empfindlich kostet«, von »billigem Mitleid« abgeho-

895 Werke III 1, 40; vgl. auch VI 53 zur »Reformation des Gefängniswesens« (52), damit die Kirche »in alle Gefängnisse freien Einlaß für Gottes Wort und Gnadenmittel« gewinne: »Hätte das christliche Gemeindegefühl sich in Beziehung auf die Sträflinge nie das praktische Verständnis der apostolischen Vorschrift trüben lassen: wo ein Glied leidet, da leidet der ganze Leib, so wäre die Gefangenwelt mit der tiefen, jetzt größtenteils in ihr herrschenden Erbitterung gegen die Ordnungen des christlichen Staats und der christlichen Kirche niemals erfüllt worden«; vgl. auch VII 346 zur Kindererziehung.

896 Gandras, GPM 30 (1975/76) 301, der im Anschluß an M. Fischer vom »Amt der leidenden Gemeinde« spricht, was aber »gerade zum Dienst in der Welt ermutigte Existenz der Gemeinde, nicht resignierende oder räsonierende Existenz« bedeute.

897 Die Lateiner haben sowohl *gloriatur* als auch *glorificatur* (vgl. Erasmus 721); Thomas 377 gibt mit *vigoratur* wieder.

898 Vgl. auch Faber Stapulensis 125v: *Si quis etiam de peccato resurgit ad gratiam: gaudeant omnes ...*, was nicht von der Ehre gelte, mit der die Welt Menschen ehrt, denn solche Ehre sei *vanus & inanis & terrenus.*

899 Netz 40.

900 In der deutschen Übersetzung 429 mit »ganz allgemein das Wohlergehen und Glücklichsein« wiedergegeben; vgl. auch Bullinger 222: *Membra omnia communi quodam dolore & gaudio afficiuntur.*

901 Vgl. auch ebd. 571: »Der Reiche braucht der geistlichen Schåtze des Armen: Der Arme der irdischen Schåtze des Reichen«.

902 Brunner, Mensch 297; vgl. auch Ebeling, Dogmatik III 343: »Zum rechten Leben der Kirche gehört nicht nur die Kommunikation der Freude, sondern auch die Kommunikation des Leidens und darum doch auch das Mittragen an den Lasten, die durch menschliche Schwächen und Sünden im Leibe Christi verursacht werden«.

903 Bonhoeffer, Schriften, Bd. 2, 331; in 5, 443 hebt Bonhoeffer in einer Predigt vor allem auf Opfer für andere, Fürbitte für andere und gegenseitige Sündenvergebung ab.

ben[904]. Zudem wird in Erinnerung gerufen, daß sich von V 12ff und Röm 12,4ff her die Glieder des Leibes Christi »nicht bleibend und grundsätzlich in hilfsbedürftige und helfende Glieder einteilen« lassen und auch der Apostel »nicht ständig nur der Gebende« gewesen ist[905]. Vor allem aber wird aus V 26 gefolgert, daß »sich sowohl der Segen, der aus dem Handeln eines einzelnen erwächst, als auch das Unheil, das von den Verfehlungen einzelner Glieder ausgeht, auf die ganze Gemeinschaft« auswirkt[906]. Gewiß sieht man in V 26 eine Solidarität auch »über die Grenzen der eigenen Gemeinde hinaus verlangt«[907], doch ob und wie solche Solidarität selbst in unüberschaubar gewordenen Großstadtgemeinden praktizierbar ist, muß hier offenbleiben[908].

Im übrigen werden der Anwendung von V 26 leider sehr bald auch (vgl. schon oben S. 257) klare Grenzen gezogen, von Origenes z.B. im Blick auf Mt 5,27f.29f, wo das Entfernen eines Gliedes wegen des Ärgernisses als rechtens bezeichnet wird[909]. Wenn es sich ganz und gar um ein μέλος ἄχρηστον handelt, soll man es nach dem Vorbild der Ärzte, so Basilius v. Caesarea, abschneiden[910]. Auch von Päpsten wird V 26 in diesem Sinn gern in Anspruch genommen. In einem Brief Paschalis II. an Anselm wird vorausgesetzt, daß *consililiarii* des Königs auf einem Konzil die Investitur Heinrich IV. erzwungen hatten, solche Glieder aber in der Kirche nicht zu dulden sind[911]. Auch im evangelischen Raum begegnen solche Abgrenzungen. Bucer behandelt V 27ff in einem Kapitel »Vom christlichen Bann«: Danach soll man nicht nur zur Besserung fördern, sondern auch strafen und zur Besserung vermahnen, und, wo das beharrlich

904 So Gollwitzer, a.a.O. (Anm. 818) 166-169, hier 167, was dort auf die Kirche in Ost und West gemünzt ist.

905 So U. Bach, Boden hat keiner unter den Füßen. Plädoyer für eine solidarische Diakonie, Göttingen 1980, 123; vgl. auch 93 zum Ausgangspunkt der Diakonie: nicht »einseitig die Not, Gefährdung und Schwäche des Klienten«, sondern »zugleich auch die eigene Hinfälligkeit, das eigene Sein-zum-Tode«; laut 203 ist »Ich bedarf dein nicht« (V 21) »die für kirchliche Mitarbeiter typische Berufssünde«.

906 Pannenberg, Theologie II 465; Scheeben begründet V 26 (unzutreffend, aber offenbar in Anspielung auf Eph 5) so: »Da jedes sich in den andern und die andern in sich selbst liebt« (Schriften I 2, 128).

907 So Moltmann, Kirche 370. Vgl. auch Lubkoll, a.a.O. (Anm. 788) 115: Es gehe »nicht nur um Dienste und Aufgaben, die im sogenannten ›Raum der Kirche‹ wahrgenommen werden, sondern um den Gottesdienst, der das ganze Leben umspannt und dessen Konsequenzen bis in den Alltag hineinreichen, bis hinein in die Wohn- und Arbeitswelt«, doch bedeute das nicht, daß uns zugemutet werde, »wie der Riese Atlas die ganze Welt auf unsere Schultern zu nehmen«, da jeder neben vielen anderen Gliedern »nicht mehr, aber auch nicht weniger« als »den ihm zugedachten Part übernimmt«.

908 Vgl. R. Bohren, Geheimnis der Gegenwart, Zürich 1965, 144: »Von unserer Gemeindestruktur her könnte man sagen: In einer Grossstadtgemeinde ist es gar nicht möglich, dass alle mitleiden, wenn ein Glied leidet«; »allerdings wird die Liebe uns dort die Augen öffnen, wo die herkömmliche Gleichgültigkeit kein Leiden wahrnimmt« (145).

909 In Matth. 18,7 (GCS 40, 245).

910 Reg. Fus. Tract. 28 (PG 31, 988).

911 *De illata tibi iniuria membra ecclesiae non modicum patiuntur, quia, sicut dicit apostolus, ›si patitur unum membrum, compatiuntur et cetera membra‹* (Anselm, Opera V 293); vgl. auch das Schreiben des Papstes Felix an Kaiser Zeno, wonach in dem z.Zt. auf dem alexandrinischen Stuhl sitzenden Bischof »die Kirchen des ganzen Morgenlandes erschüttert« werden (Die Briefe der Päpste [BKV¹, Bd. 6, 230; vgl. auch Bd. 7, 105]).

verweigert wird, man den Betreffenden ausschließen[912]. Auch Osiander zieht ähnliche Konsequenzen: »Den gleich wie ainem leib an ainem schwirigen (= kranken) aug, finger oder zehen gelegen ist, also ist der gemein an ainem schwirigen christen gelegen, das man allen fleis thue, ob man in erhalten moge und wo nicht, mit schmertzen lasz abschneyden, ehe das der gantz leib verderb und darnach ungeheyllt werde«[913]. Katholischerseits werden die Verse auch auf den »Zusammenhang zwischen uns und den Heiligen« bezogen, z.B. von Bernhard v. Clairvaux: »Wir freuen uns mit ihnen, sie fühlen Mitleid mit uns; wir üben durch fromme Betrachtung in ihnen eine Herrschaft aus, und sie streiten in uns und für uns in liebevoller Fürbitte«[914]. Schatzgeyer begründet mit der paulinischen Aussage, wonach kein Glied vom Leib ausgeschlossen ist, daß Fürbitte und Opfer auch für die *defuncti* möglich sind[915].

5. Diskussionen des Amtsverständnisses werden mit unserem Text nur relativ selten direkt in Verbindung gebracht, vermutlich darum, weil eine hierarchische Struktur der Kirche mit ihrer oben (S. 174f) beobachteten Monopolisierung des Charisma im kirchlichen Amt dem Bild vom Organismus mit seiner Fülle von Gliedern ohne Rangunterschiede nur schwer abzugewinnen ist. Allenfalls konnte man vom Verständnis der Bischöfe als Nachfolger der Apostel her (vgl. Punkt 5.1) in ihnen alle Charismen sowie alle Dignität und Autorität vereinigt sehen. Der Text behält aber ein gewisses Eigengewicht. Während Chrysostomus (253) z.B. zu unserer Stelle durchaus davon sprechen kann, daß alle ἰσότιμοι sind, sieht er zu 11,3 (215) in der ἰσοτιμία die Quelle von Streit und Aufruhr, und auch sonst ist »Friede« für ihn in »einem System vorgegebener, institutionell abgesicherter Über- und Unterordnungsverhältnisse gewährleistet«[916]. Zwar kann keines der Glieder *aliorum membrorum ministeria* selbst in Anspruch nehmen[917], doch hindert das nicht, im Amtspriestertum den wichtigsten Teil des Leibes zu sehen[918]. Allerdings wird V 29f früh gegen Ambitionen auf kirchliche Ämter angeführt[919], und auch V 31

912 Schriften, Bd. 4, 392.

913 Schriften, Bd. 4, 367; vgl. auch Francke, Schriften, Bd. 10, 359: »Daher ein Glied, worinnen kein Leben mehr ist, nicht mehr für ein Glied geachtet, sondern abgelöset wird, damit nicht auch andere dadurch in die Fäulung gerathen«.

914 Schriften, Bd. 3, 209.

915 Tract. de Missa 2 (CCath 37, 267); vgl. auch Cornelius a Lapide 314, wonach die *animae beatae* uns in unseren Nöten und Gefahren durch ihre Fürbitten helfen und wir den Seelen vom *purgatorium*; ebs. Estius 648.

916 Ritter, a.a.O. (Anm. 278; Charisma) 121f; vgl. die weiteren Belege 122 Anm. 71.

917 Cassian, Coll. 14,5 (SC 54, 187). Nach Basilius v. Caesarea, Hexaëm. 5,6 (BKV 47, 81) hat der Herr durch Propheten und Lehrer »gleichsam Schutzwehren um uns aufgestellt«; nach Didymus d. Blinden erhalten Apostel, Propheten und Lehrer zusammen die Aufgabe, die Geheimnisse der Wahrheit und Mysterien des Reiches Gottes zu erklären (In Sach 2,250 [SC 84, 546]).

918 So z.B. Theodor v. Mopuestia nach Ritter, a.a.O. (Anm. 278; Charisma) 139: »Alle Lebensregungen und Lebensäußerungen im ›Leib‹ der Kirche scheinen sich ... auf die Funktion des ›Auges‹ und der ›Zunge‹ reduziert zu haben«, d.h. das Amt muß »nicht nur als das wertvollste und am meisten zu achtende Glied bezeichnet werden, sondern auch als das Organ, in dem alle ›Lebenskraft‹ (uirtus uiuacitatis), die von Christus als dem Haupt des Leibes ausgeht und alle Glieder erfüllt und durchdringt, gleichsam kanalisiert ist, wenn es selbst sich auch in verschiedene Ämter und Funktionen untergliedert«.

919 Gregor v. Nyssa, Vit. Mos. 2,161 (SC 1, 208); vgl. auch ders., Dial. 27,8 (SC 250, 90-92).

wird gegen solche herangezogen, von denen es heißt: *Quaerentes amplius esse sublimes quam humiles, praeesse quam prodesse, posse quam esse*[920]. Hus wendet sich mit V 28 gegen die Meinung, das Apostel- bzw. Kardinalskollegium sei das *corpus ecclesie*[921].

Erst später tritt die Auseinandersetzung um das Amt stärker in den Vordergrund, vor allem seit der Reformationszeit. Nach Schatzgeyer erfolgt die Berufung in die Ämter »zů zeitten on mittel von Got«, aber »auch offt durch seyne stathalter und nachkommen hirten«[922]. Latomus wendet gegen Bucer mit Zitat von V 7-10.28 ein, daß Paulus eindeutig *ministros* kenne, *hoc est, episcopos, praelatosque ecclesiae, non plebeios prophanosque homines*[923]. Eck weist die lutherische Konsequenz aus V 13a zurück, daß nämlich alle *aequaliter sacerdotes* seien[924]. Das Konzil von Trient verwirft dann mit Verweis auf unsere Stelle die Annahme, daß alle Christen unterschiedslos *Novi Testamenti sacerdotes* und alle mit gleicher *potestas spiritualis* ausgerüstet seien, was die kirchliche Hierarchie durcheinander bringe und entgegen 1Kor 12,29 sei, ferner die Meinung, daß *semel rite ordinatos* wieder Laien werden könnten, wenn sie das *verbi De ministerium* nicht ausüben[925].

Luther dagegen erklärt unter Berufung auf 1Kor 12,12ff, daß »alle christen sein warhafftig geystlichs stands, unnd ist unter yhn kein underscheyd, denn des ampts halben allein«[926]. Zwar begegnet manche Kritik am katholischen Amtsverständnis, wenn etwa nach Bullinger (223) die Kirche keiner Priester außer dem einen Hohenpriester Christus bedarf, oder wenn Bucer aus dem Hauptsein Christi folgert, daß es eine widerchristliche Lehre sei, daß das Haupt der Kirche der Papst sei, man in Sachen des Glaubens bei ihm und seinen Bischöfen zu bleiben habe und »das allain die Christlich Kirch sey, die in hőre«[927]. Doch das führt zu keiner prinzipiellen Relativierung des Amtes, wie schon die Diskussion der διακονίαι in V 5 ergeben hat. Oft begnügt man sich unter Hinweis auf 1Kor 12 mit der Feststellung, daß Gott selbst Ämter einge-

920 Isaak v. Stella, Serm. 43,12 (SC 339, 70); 37,26 (SC 207, 300) richtet sich gegen das *murmurare*, während das rechte *aemulari absque invidia charismata maiora et meliora* mit Eifer um den Bruder, in Demut, Gehorsam, Liebe, Geduld, Meditation und Gebet geschehe. Gregor v. Nazianz versteht die Fragen von V 29f als »bittere Vorwürfe« und fragt die Eunomianer: Warum gebt ihr »alle anderen Wege auf und stürzt euch kopfüber nur noch auf diesen einen, den der Wissenschaft und Theorie, wie ihr selber meint, den der Wortstreitereien und Schaumschlägerei, wie ich sage« (Or. 1,9 [Fontes 22, 85.87]).

921 Tract. 110. Vgl. auch Luther, WA.B 6, 442: »Alle heiligen Apostel, propheten, kirche, Consilia mussen des heiligen geists nur ein teil vnd erstling haben«.

922 Tract. de Missa 2 (CCath 37, 254); zugleich dient unsere Stelle als Beleg dafür (257), daß das *sacramentum ordinis* in der Schrift ein Fundament hat; es sei unmöglich, die *ministeria ecclesiae salubriter administrari ex naturae viribus*.

923 Def. 5 (CCath 8, 133).

924 Ench. 7 (CCath 34, 113f). Zwar seien alle Glaubende *sacerdotes spirituales*, aber neben diesem *sacerdotium internum* gäbe es *unum externum in ecclesia, certis personis affixum* (114).

925 Denzinger/Hünermann, Enchiridion, Nr. 1767, S. 570; vgl. dazu Küng, Kirche 494f.

926 Flugschriften, Bd. 2, 634; vgl. auch WA 12, 317; 15, 720.

927 Bucer, Schriften, Bd. 4, 221.301 bzw. Luther, WA 30.3, 525.

setzt habe und Paulus hier z.B. »einen gewissen unterschied macht« zwischen Prophten und Volk[928]. Calvin vertritt die Meinung, daß es keine Ämter ohne die nötige Gabe gibt[929]. In der Confessio et expositio simplex orthodoxae fidei von 1566 verfallen alle *ministri ecclesiastici* dem *damnamus,* die nicht legitimiert und ordiniert sind[930]. Nach Spener und vielen anderen gehört zum Predigen »ein sonderbarer beruff / offentlich in der gemeinde das amt vor allen / und ůber alle zu fůhren ... Daher ist ein anderer stand der lehrer und der zuhőrer / und haben beyde ihre gewisse pflichten unter einander«[931]. Später werden aber im evangelischen Raum auch kritischere Töne vernehmbar, wobei freilich zu beachten bleibt, daß schon die exegetische Diskussion hier keine einheitlichen Ergebnisse gezeitigt hat und vor allem das Problem auftaucht, an welchem der verschiedenen neutestamentlichen Modelle der Gemeindeorganisation man sich orientiert. Für Ragaz ist mit V 27-31 (und Röm 12,4-8) sofort klar, »daß das nicht eine Organisation in unserem Sinne ist, eine gesetzlich geordnete, mehr oder weniger beamtenmäßige, sondern eine freie, fließende, aus dem Geist geborene und aus dem Geist immer neu werdende, also nicht eine Organisation, sondern ein Organismus. An der Stelle des Amtes waltet hier die Gabe. Dieser Organismus ist charismatischer, nicht institutioneller Natur, er ist ein lebendiger Leib, der vom Hauche Gottes lebt, nicht eine Einrichtung, die Menschen ausdenken«[932]. Nicht eine funktionale Differenzierung wird bestritten, wohl aber, daß die Differenzierung der Charismen »Kompetenz- und Rangunterschiede« schafft[933] und daß es eine »Trennung von Amtsgeist und freiem Geist« gibt[934]. Nicht eine sinnvolle und notwendige Ordnung ist das Problem, denn »diese ist mit dem Leib mitgesetzt«[935], wohl aber ist von Paulus her mit katholischen Autoren darauf zu

928 Melanchthon 70f bringt allerdings zahlreiche Distinktionen, daß z.B. die *vocatio per manifestam revelationem* geschehe, die Berufenen *certitudo* haben sollen, die *vocatio sive per hominem, sive occulto impulsu spiritus* erfolge usw.

929 *Neque enim Dominus ministros instituit, nisi prius instruxerit necessariis donis aptosque reddiderit ad munus* (505).

930 *Damnamus hic omnes qui sua sponte currunt, cum non sint electi, missi, vel ordinati ... Damnamus ministros ineptos, et non instructos donis pastori necessariis. Interim agnoscimus quorundam in veteri ecclesia pastorum simplicitatem innocuam* (unschädlich), *plus aliquando profuisse ecclesiae* (BSKORK 255).

931 Schriften II 1, 418f. Semler 332 meint, Patriarchen, Bischöfe, Kardinäle etc. seien nicht von vornherein zu tadeln, weil sie in den ersten vier Jahrhunderten nicht vorkommen, wohl aber, weil die *politeia ecclesiastica* so nur mit der *externa societas* verbunden gewesen sei, daß sie *mentibus et animis* Befehle erteilt habe. Immerhin merkt Heidegger 118 zu V 13c an, daß das *Ministerium Ecclesiasticum* keine Unterscheidung zwischen Freien und Knechten einführt.

932 Bibel 36; vgl. etwa auch Brunner, Mißverständnis 58: Ordnung sei »etwas völlig Spontanes, von selbst Entstehendes«, und 1Kor 12 sei keine »Beschreibung einer Kirchenverfassung«.

933 Brunner, Dogmatik, Bd. 3, 61; vgl. auch ders., Mißverständnis 34: »keinerlei hierarchische Ordnung«; »Leitung« erhalte nicht »die mindeste Rangbevorzugung«; vgl. auch ders., a.a.O. (Anm. 857) 59f. Voigt, Gemeinsam 117 will dagegen das »Gott hat ... eingesetzt« nur auf die drei numerierten Träger des Wortdienstes beziehen und bei ihnen an »eine besondere Autorisierung« denken.

934 Moltmann, Kirche 324f.

935 Bonhoeffer, Werke, Bd. 4, 245. Zur Zeit der Bekennenden Kirche ist mit V 31 auch begründet worden, daß das Kirchenregiment (Berufung und Abberufung von Bischöfen,

beharren, daß dabei das Charisma »nicht unter das kirchliche Amt subsumiert« werden kann, wohl aber die kirchlichen Ämter »unter das Charisma«[936]. Gewiß wird man das Bild bei Einbeziehung des gesamten Neuen Testaments hier und da zu modifizieren haben[937], doch auch, wenn die Diskussion selbst bei Paulus noch im Fluß ist, scheint im ganzen die Empfehlung, daß die Gemeinde »zwischen Rom und Sohm hindurch ihren Weg suchen« muß[938], und zwar bei aller geschichtlich notwendigen Bedingtheit und Veränderung, für evangelische Theologie und Kirche nicht nur von Paulus her durchaus angemessen zu sein. Vorausgesetzt ist dabei, daß die Kirche überhaupt, auch wenn eine direkte Ableitbarkeit ausgeschlosssen ist, ihre Ordnung an der der neutestamentlichen Gemeinde zu orientieren hat. M.E. formuliert die 3. Barmer These zutreffend, daß die Kirche auch mit ihrer Ordnung zu bezeugen hat, daß sie allein Christi Eigentum ist und sie die Gestalt ihrer Ordnung nicht »ihrem Belieben oder dem Wechsel der jeweiligen weltanschaulichen und politischen Überzeugungen überlassen« darf[939].

6. Die vier zu V 4-11 noch nicht behandelten und hier nachzutragenden Charismen werden verhältnismäßig einheitlich aufgefaßt.

6.1. Die herausragende Bedeutung der *Apostel* für die Urchristenheit und die spätere Kirche ist nie strittig gewesen. Chrysostomus (265) beschränkt

Pfarrern und Kirchenbeamten) nicht durch eine außerkirchliche Autorität eingesetzt werden kann (Bonhoeffer, Schriften, Bd. 2, 266f.331); vgl. außer der 4. Barmer These mit ihrer Kritik am »Führerprinzip« in der Kirche auch allgemein Moltmann, Kirche 125, wonach die Kirche »ihre Gemeinschaftsordnung nicht von den Herrschaftsverhältnissen der Gesellschaft, in der sie lebt, übernehmen oder bestimmen lassen« kann; vgl. auch 317: »Auch durch ihre Ordnungen, Ämter und Organisationen bekennt oder verleugnet die Kirche die Sache, die sie zu vertreten hat ... Die bürgerlich-liberale Trennung von Geist und Recht macht den Geist rechtlos und das Recht geistlos«.

936 Küng, Kirche 225; 475 wird auch mit Recht angemerkt, daß trotz des Fehlens von Episkopen, Presbytern und Diakonen Paulus die Ordnung seiner Kirchen keineswegs als »eine unfertige und provisorische bezeichnet hätte«. Herten* 89 fragt: »Könnte nicht die wieder lebendige Vokabel ›Charisma‹ das werden, was sie einmal war, Signal und Kristallisationspunkt einer Vorstellung von christlicher Gemeinde, deren Realisierung utopisch, aber nötig ist?«

937 Schütte, Amt 241 erklärt denn auch, daß die paulinischen Aussagen für eine vollständige Frage nach der Gemeindeordnung nicht ausreichend sind (mit weiteren Autoren). Kertelge* (Gemeinde) 97f geht von einem Nebeneinander zweier Modelle aus (»patriarchalisch-statisches« und »charismatisch-dynamisches«), wobei es allerdings zu »Überschneidungen und Beeinflussungen« komme, aber »die charismatische Struktur der Gemeindedienste immer mehr von (einigen wenigen) fest installierten Ämtern aufgesogen« worden sei. Nach Hoffmann* (Erbe 77f; vgl. auch 53), der das paulinische Kirchenmodell nicht als »realitätsfernen Anachronismus« oder »romantische Schwärmerei« abtun will, geht es darum, »jenen ... für die Gestalt der Kirche konstitutiven Elementen des paulinischen Konzepts, die in dem langen Institutionalisierungsprozeß der Kirche zugunsten autoritärer Ordnungsmuster verdrängt wurden, in der bestehenden Kirche auch eine *institutionelle* Gestalt zu geben«.

938 So Schweizer* (Gemeinde) 209, was von Schütte, Amt 98 so interpretiert wird: »*weder* in einer bloßen hierarchischen Struktur mit der Bindung des Charismas in der Ordination *noch* in einer bloß pneumatisch-charismatischen Weise«.

939 Vgl. die Diskussion bei Schweizer* (Leben) 61-65 u.ö.

sich zu V 28 allerdings auf die Feststellung, daß Paulus sie als πρoτιμότερον an die erste Stelle setzt, weil sie alle Gnadengaben umfassen[940]. Viele setzen das rechte Verständnis offenbar als so selbstverständlich voraus, daß sie sich überhaupt nicht näher zum Apostolat äußern[941], und nur die Meinungen darüber, wer zu den Aposteln zu zählen ist, sind geteilt[942]. Bedeutsamer wird, daß schon für Hippolyt die Bischöfe als διάδοχοι der Apostel gelten und an derselben Gnade, Hohenpriesterwürde und Lehre teilhaben sollen[943]. Auch nach dem Ambrosiaster (141) sind die Apostel *legati Christi, sicut dicit idem apostolus: pro quo legatione fungimur. Ipsi sunt episcopi*[944]. Ähnlich sieht Haymo (580) die Bischöfe die Stelle der Apostel vertreten, auch wenn die Apostel von Land zu Land gezogen seien, während die Bischöfe der Residenzpflicht unterliegen. Ausführlicher läßt sich Thomas (377) auf die Funktion der Apostel ein: Ihnen komme die *auctoritas gubernandi*, die *facultas dicendi* und die *potestas miracula faciendi ad confirmationem doctrinae* zu[945]. Cajetan (75v) führt nicht nur das universale Kirchenregiment *verbo & actione* auf sie zurück, sondern auch die Schrift: *Vnde sola scripta ab apostolis (seu ab eis approbata) sacrae scripturae authoritatem habent.* Endlich wird über die bischöfliche hinaus auch die päpstliche Autorität mit den Aposteln in Verbindung gebracht, so von Cornelius a Lapide (315: *Apostoli, & eorum successores Papa & Episcopi*) und Estius (650), der immerhin an erster Stelle Evangeliumsverkündigung und Kirchengründung nennt[946].

Die genannten Charakterisierungen wiederholen sich bis auf die Reklamation des päpstlichen Primats auch bei den Reformatoren. Für Bullinger (222) sind die Apostel *legati Christi* (ähnlich Zwingli 174, der zusätzlich noch *nuncii* bietet), an keinen bestimmten Ort gebunden, das Evangelium zu verkünden, wobei bei anderen stärker von Lukas her auch die Augenzeugenschaft betont

940 Vgl. auch oben in der Exegese Anm. 277; zur Konzentration der Geistesgaben auf die Apostel vgl. auch ActJoh 106.

941 So Hieronymus 756; Pelagius 200; Primasius 538 u.a.

942 Für Theodoret (329) meint Paulus nicht einfach die Zwölf (so später z.B. Murner, Deutsche Flugschriften 115: »zwo̊lffbotten«), sondern die 70, doch sei auch Paulus selbst ebenso eingeschlossen wie Barnabas und Epaphroditus. Nach Johannes Damascenus (De Orth. Fid. 4,15 [BKV 44, 226]) sind die Apostel zu ehren als »Brüder des Herrn und Augenzeugen und Diener seiner Leiden, die Gott der Vater, ›in seinem Vorherwissen auch vorherbestimmt hat, dem Bilde seines Sohnes gleichgestaltet zu werden‹« (Röm 8,29), was aus V 28 folge.

943 Ref. Prooem. 6 (GCS 26, 3). Irenaeus charakterisiert zwar die Priester als Nachfolger der Apostel, die aber *cum episcopatus successione* das *charisma veritatis* empfangen haben (Haer. 4,26,2 [SC 100, 718]), wobei das in 4,26,5 (ebd. 728) u.a. mit V 28 begründet und daran angeschlossen wird: *Ubi igitur charismata Dei posita sunt, ibi discere oportet veritatem, apud quos et ea quae et ab Apostolis Ecclesiae successio*; vgl. Lauterburg, a.a.O. (Anm. 278) 70f.

944 Ebd. 142 wird im Anschluß an V 29 formuliert: *In ecclesia unus episcopus est*; ebs. Ambrosius 263; Hrabanus Maurus 116. Vgl. auch Petrus Lombardus 1657: *Vice Christi praedicantes, et omnium ordinatores et judices.*

945 Zu Thomas vgl. v. Balthasar, a.a.O. (Anm. 278) 282f.

946 Daß hier gar nicht der *summus Pontifex* genannt sei, was er als Einwand der »Sektierer« gegen den Petrusprimat und seine Nachfolger als Argument anführt, wird so abgewiesen: Paulus handle hier nicht *de gradibus hierarchicis*, weil sonst auch Bischöfe, Presbyter und Diakone erwähnt sein müßten (ebd.).

wird[947]. Calvin kann sogar (im Anschluß an Eph 4,11) die Aussage wagen, daß der Herr Apostel, Propheten und Evangelisten nicht nur zu Beginn des Reiches berufen hat, sondern zuweilen auch sonst erweckt, je nachdem, wie es die *necessitas temporum* erfordert[948]. Nach dem Zweiten Helvetischen Bekenntnis dagegen sammelten die Apostel »überall allerlei Gemeinden in der Welt. Als diese errichtet waren, gab es keine Apostel mehr, an ihre Stelle traten Hirten, und zwar jeder in seiner Gemeinde«[949].

Zwar wird an der »Einzigartigkeit, Unwiederholbarkeit und grundlegenden Bedeutung von Amt und Aufgabe der Apostel« als ursprünglichen Zeugen des auferstandenen Herrn auch heute überall festgehalten[950], doch die Meinungen über die daraus abgeleitete »apostolische Nachfolge« gehen sehr auseinander. Sie sind zum einen mit dem Begriff der »apostolischen Sukzession des Amtes«, zum anderen mit dem der »Apostolizität der Kirche« zu umschreiben[951]. Dabei sollte freilich nicht übersehen werden, daß die Fortführung der Funktion des Apostels, wie ihn die Pastoralbriefe suggerieren, eine historische Fiktion ist und allenfalls als Versuch zu würdigen, an der Autorität der Apostel festzuhalten[952]. Vor allem aber wird auch katholischerseits bedauert, daß die *successio apostolica* »unter klerikalistischer Verengung und unbiblischer Atemnot« leidet[953], während sie in Wahrheit »die Apostolizität der Kirche

947 Vgl. Coccejus 311: *Testes resurrectionis Domini ad omnes homines ... Historiam dictorum, factorum & passionum Christi narrantes ... Hoc ministerium directe & primo ordinatum est ad fidem* (ähnlich Heidegger 122). Für Spener 439 sind sie ebenfalls *discipuli Christi, quos Dominus testes vitae, mortis, & resurrectionis suae in totum mundum ablegaverat* (senden), *immediate Spiritu suo illuminaverat, & donis linguarum & miraculorum egregie prae aliis ornaverat* (auch mit Verweis auf Eph 2,20; Offb 21,14).

948 Institutio 4,3,4.

949 Jacobs, Bekenntnisschriften 220.

950 Dokumente I 51; vgl. etwa auch Hasenhüttl* 182 und Küng, Kirche 222.468 (»Der Apostel steht als Urzeuge und Urbote der Gemeinde in Autorität gegenüber, auch wenn er seinerseits wieder unter der Botschaft steht«) sowie Ratschow, Glaube 174, nach dem die »eigenartige Sonderstellung des Apostels »nicht mit den anderen Trägern von Charismen« gleichzustellen ist. Zum Apostolatsverständnis in der ökumenischen Diskussion des Amtes als Repräsentanten Christi vgl. Schütte, Amt 26f.48-57; dabei wird an der Besonderheit, der anderen Struktur und Vorordnung vor allen anderen Charismen kein Zweifel gelassen. Besteht so Übereinstimmung darin, daß das Apostelamt einzigartig ist und »ein völlig unübertragbares Element« enthält (so Grelot [Lit. zu Kap. 12-14] 209), so doch nicht darüber, daß »das Apostelamt, insofern es Leitungsgewalt über die Kirchen ist«, »in einer lokalen Hierarchie« weiterbesteht (so aber 212).

951 So das Memorandum der Arbeitsgemeinschaft ökumenischer Universitätsinstitute »Reform und Anerkennung kirchlicher Ämter«, München/Mainz 1973, 137f; vgl. 136-157. Nach Dokumente I 335 z.B. soll das Apostelamt mit seiner »Verantwortung für den Aufbau und die Leitung der ersten Gemeinden« für alle Zeiten wesentlich sein und schon im NT zu einem »Nachfolgeamt« geführt haben; dabei dient V 28 als Beleg, »daß in das Gefüge der Vielfalt der Charismen auch dasjenige der Leitung« gehört. Nach einem Schreiben der deutschen Bischöfe sind die Apostel »Urbilder für die Amt- und Lebensführung der kirchlichen Amtsträger« (Lehrverurteilungen II 189); W. Casper bemerkt aber mit Recht (ebd. 332), daß die vielfältigen Ämter in 1Kor 12 und Röm 12 »offensichtlich nicht ein Ausfluß und eine Ausgliederung des eigentlichen Apostelamtes, sondern unmittelbar vom Geist gewirkt und von der Gemeinde wie von Paulus anerkannte Charismen« sind.

952 Vgl. Pannenberg, Theologie III 413.

953 H. Küng, Thesen zum Wesen der apostolischen Sukzession, Conc(D) 4 (1968) 248-251, hier 248, zitiert bei Greinacher, a.a.O. (Anm. 278) 52; vgl. auch Jorissen, LThK[3] I 554.

überhaupt und damit die Identität der Kirche mit sich selbst von Anfang an« bedeute[954].

6.2. Die spezifische Aufgabe der *Lehrer* wird relativ einhellig bestimmt. Während Origenes (31) es für möglich hält, daß Prophetie und Lehre δύο εἴδη προφητείας sind[955], wird der Unterschied zwischen beiden meist so wie bei Chrysostomus (265) bestimmt: Propheten reden alles ἀπὸ τοῦ Πνεύματος, Lehrer aber auch ἐξ οἰκείας διανοίας[956]. Freilich gelten auch die Lehrer als inspiriert (Theodoret 329). Nach Ambrosiaster (141f) sind sie für Paulus *doctores*, die in der Kirche *litteris et lectionibus retinendis* die Jungen unterrichten, *more synagogae*[957]. Dabei tritt die Bindung des Lehramtes an Presbyter und Bischöfe allerdings deutlich hervor[958]. Bei Calvin (431) sind mit den Lehrern, die nach Paulus »für die Erhaltung und Verbreitung der reinen Lehre in der Kirche zu sorgen« haben[959], »vielleicht auch schon die Prediger und Pastoren gemeint«[960]. Nach Luther haben zwar viele die Gnadengabe des Lehrens, aber keine *magna eruditio*, und nur, wo beide zusammenkommen, gibt es die besten Lehrer; rechte Lehre aber kann ohne *vocatio* nicht gedeihen, und *ministri* dürfen sich nicht das *doctoratum* anmaßen[961].

Auch in neuerer Zeit gibt es keine wesentlich anderen Funktionsbestimmungen. Nur ein Beispiel: Die Lehrer »überliefern und interpretieren die Christusbotschaft, erklären ihre Glaubenssätze und Gebote und legen das Alte Testament im Sinne der jungen Kirche aus«[962]. Während im evangelischen Bereich mehr die Schriftgemäßheit der Lehre in den Vordergrund gerückt

954 W. Breuning, LThK³ IX 1143; zitiert bei Greinacher, a.a.O. (Anm. 278) 52; zur Redeweise von einem weiter gefaßten Apostolat im 2. Vatikanum vgl. z.B. Denzinger/Hünermann, Enchiridion, Nr. 4159, S. 1216 (»Apostolat der Laien«).

955 Bei Hilarius scheinen beide stärker lehrhaft bestimmt: *secundo profetas, in quibus est donum scientiae, tertio magistros, in quibus est doctrina fidei* (De Trin.8,33 [CChr 62A, 345]).

956 Die Prophetie sei zudem ὅλον χάρισμα, Lehre aber auch ἀνθρώπινος πόνος. Vgl. dazu mit weiteren Belegen Ritter, a.a.O. (Anm. 278; Charisma) 109-124.

957 Ebs. Hrabanus Maurus 116; Bullinger 222; vgl. auch Ambrosius 263 *(cui alios erudire conceditur)*; Pelagius 200 *(qui per legem mores instituunt)*; Petrus Lombardus 1657 (*Praecepta vivendi dantes, vel qui pueros litteris imbuunt*); Estius 650 (*traditam ab Apostolis et Prophetis fidei morumque doctrinam fidelibus exponunt*); Thomas (377) bezieht das *doctrinae officium* vor allem auf die Apostel.

958 Vgl. schon 1Tim 5,17. Johannes Damascenus 673 rückt sie nicht zufällig in die Nähe der ἐπίσκοποι. Vgl. Ritter, a.a.O. (Anm. 278; Charisma) 109 und 85 Anm. 54 u.ö.; Hasenhüttl* 207 erklärt zu dieser Unterordnung der Lehre, daß sie »ganz von der Hierarchie verschluckt« werde; »Bischof oder wenigstens Priester muß man sein, um in der späteren Kirche als Lehrer wirklich Autorität zu besitzen«; vgl. auch unten Anm. 964.

959 Vgl. auch das 2. Helvetische Bekenntnis: »Die Lehrer unterrichten und lehren den wahren Glauben und die rechte Frömmigkeit« (Jacobs, Bekenntnisschriften 220); Maior 161r: *Qui doctrinam ab his* (sc. *prophetis*) *accipiunt, & aliis fideliter tradunt, sine corruptelis.*

960 Vgl. Semler 331: *Alibi* ποιμενες, *postea* ἐξοχως (vorzugsweise) *presbyteri hanc docendi prouinciam gerebant, qui et* ἐξηγησει *prophetarum et sacrorum omnium scriptorum praeerant*; Spener 440: *Omnes, qui verbum Dei proponunt & homines ex eo docent, pastores & concionatores in coetibus, it. doctores Academici officio suo fideliter fungentes.*

961 WA 56, 454; Spener fügt übrigens noch die »Aufsicht« hinzu und findet nirgendwo, »daß in der ersten reinsten kirchen andere in der aufsicht der kirchen denen vorgezogen wåren worden / als die das lehramt verwaltet haben« (Schriften XV 1.1, 180).

962 Küng, Kirche 224.

wird[963], steht katholischerseits mehr die Kontroverse um das Subjekt der Lehre und das Verhältnis von Lehramt und Theologie in der Diskussion, wobei die Tendenz immer stärker zur Konzentration der Lehre im kirchlichen Lehramt gegangen ist[964]. Unabhängig davon aber wird generell festgestellt: »Was aber wird aus einer Kirche, in der die *Lehrer* schweigen? Man wird die Frage besser verstehen, wenn wir – auch die Gestalt der Lehrer wandelt sich in der Geschichte – statt von Lehrern von *Theologen* reden. Was wird aus einer Kirche, wo sich niemand mehr die endlose Mühe um die echte Überlieferung und die richtige Interpretation der ursprünglichen Botschaft machen darf, um so die Botschaft von damals in die Gegenwart der Kirche und Welt von heute hinein neu zu übersetzen? Eine Kirche, in der die Theologen schweigen müssen, wird zu einer unwahrhaftigen Kirche werden«[965].

6.3. In der Sicht der ἀντιλήμψεις zeichnet sich im Lauf der Kirchengeschichte eine gewisse Verschiebung ab. Zunächst heißt es ganz allgemein, mit ἀντιλήμψεις sei das ἀντέχεσθαι τῶν ἀσθενῶν gemeint[966], ähnlich bei den Lateinern: *Hoc est adiutoria*[967]. Bezeichnenderweise werden bei Herveus (951) daraus aber umgekehrt diejenigen, die den *majoribus* beistehen, wie Titus dem Paulus und der Archidiakon dem Bischof[968]. Zwischen diesen beiden Interpretationen (allgemeine Hilfeleistungen oder solche für die Oberen) bewegt sich auch im folgenden die Deutung, wobei aber die zuerst genannte offensichtlich die Oberhand behält[969]. Auch in der Reformation wird z.B. umschrieben mit »gůtter auß spenden den dürfftigen unnd den armen christen mit (damit) dienen«[970]. Allerdings werden die Hilfeleistungen auch mit be-

963 Vgl. schon die Vorrede zur Konkordienformel (BSLK 758 und weiter 767.769 u.ö.). Allerdings wird gegenüber dem Primatanspruch geltend gemacht, daß Apostel, Propheten, Hirten, Lehrer etc. »durch die ganze Welt ausgestreuet« und »an kein gewiß Ort noch Person gebunden« sind (Melanchthon, Tractatus de potestate papae [BSLK 479]).

964 Vgl. weiter etwa M. Seckler, Kirchliches Lehramt und theologische Wissenschaft. Geschichtliche Aspekte, Proleme und Lösungselemente in: W. Kern (Hg.), Die Theologie und das Lehramt, 1982 (QD 91), 17-62, der für das 1. Jahrtausend eine »Perichorese von Lehramt und Theologie« konstatiert (21), wobei diese Einheit ihre Entsprechung »in der Personalunion ihrer Träger« hatte, d.h. daß »fast alle großen Kirchenväter und Theologen zugleich auch Bischöfe« (23) waren (seit Gregor d. Gr. galten die Bischöfe als *ordo doctorum* [24]); diese »Doppelfunktion« ende im Mittelalter mit der Ausbildung der Theologie als Wisenschaft und führe zu einer »Verdoppelung der ›Lehr-Ämter‹«, so daß Thomas z.B. zwischen *magisterium cathedrae pastoralis* bzw. *pontificalis* und *magisterium cathedrae magistralis* unterscheide (32).

965 Küng, Kirche 511; zitiert auch bei Hasenhüttl* 207f.

966 So Chrysostomus 266; Oecumenius 829; Johannes Damascenus 673; Theophylakt 724.

967 Pelagius 200; Hieronymus 756; Haymo 580 (*qui verbis aut factis auxiliantur aliis*); vgl. auch Erasmus 722: *subventiones, sive subsidia.*

968 Ähnlich auch Petrus Lombardus 1657; Thomas, Summa, Bd. 24, 44; vgl. auch im Kommentar 378: *Minores sive secundarias administrationes . . . ad regimen Ecclesiae* wie Archidiakone den Bischöfen. Bruno 192 fügt nach dem Beispiel des Barnabas und Titus an: *quo officio adhuc funguntur legati Romanae sedis.*

969 Vgl. Cornelius a Lapide 315: Hilfe für Kranke, Arme und Fremde; Estius 651, nach dem hier zwar einige Lateiner *parochi, decani, archidiaconi* zur Unterstützung des Bischofs im Blick sehen, doch gemeint sei dasselbe wie mit ὁ ἐλεῶν in Röm 12,8.

970 Lindenmaier, Flugschriften, Bd. 2, 1201; vgl. Zwingli 174; Maior 161r (*subsidia auxilia, liberationes ex magnis periculis*); Spener 440 (die sich um Kranke und Arme kümmern).

stimmten Ämtern verknüpft[971], so daß Umschreibungen vorkommen wie »Diakone zur Armen- und Krankenpflege« (Calvin 431) oder »almosenpfleger«[972]. An diesen Auslegungen hat sich auch später wenig geändert[973].

6.4. Eine ähnliche Doppeldeutung erfahren die κυβερνήσεις, doch bleibt das auch hier zunächst sehr allgemein und ohne spezielle Akzentuierung etwa kirchenleitender Funktionen. Noch Oecumenius (829) hält ἀντιλήμψεις und κυβερνήσεις für ὅμοιον. Meist wird aber stärker auf die Verwaltungstätigkeit abgestellt wie bei Severian (264): αἱ διοικήσεις ἐκκλησιαστικαί[974]. Die Lateiner wie Ambrosiaster (142) sprechen von *gubernatores*, die mit geistlichen Zügeln den Menschen Zeugnis sind. Cornelius a Lapide (315) stellt zwei Möglichkeiten nebeneinander, 1. im Anschluß an Thomas: die andere regieren und auf den rechten Weg führen wie die Pfarrer, 2. im Anschluß an Theophylakt: die der Verwaltung zeitlicher Güter vorstehen, die von den Gläubigen geopfert worden sind. Bedeutsamer aber ist, daß die Funktion immer stärker mit bestimmten Ämtern verknüpft wird[975], in das beliebte Bild vom Schiff der Kirche und dem Steuermann Christus auch Bischof und Klerus einbezogen werden und »mit steigendem Selbstbewußtsein ... die Nachfolger Petri die von ihnen beanspruchte Aufgabe« wahrnehmen, »›die gubernatio totius ecclesiae ...‹ zu handhaben«[976].

In der Reformation bleibt die Deutung auf kirchenleitende und disziplinäre Funktionen die bestimmende, auch wenn dabei die nachgeordnete Stellung dieses Charismas gegen den päpstlichen Primat ins Feld geführt wird[977]. Nach

971 Vgl. Luther, WA 56, 456 (›*opitulationes*‹ *seu* ›*subsidia*‹, *que debentur Gubernantibus atque doctoribus*).

972 EKO, Bd. 14, 596; vgl. auch Bullinger 223: *Diaconos pauperum scilicet oeconomos ... aut omnes eos qui in negotiis ecclesiasticis opitulantur*; Semler 331: *i. e. in concreto, adiutores istorum superiorum, diaconi, et qui pauperibus, peregrinis, aegris, mortuis procurandis praeerant.*

973 Vgl. das kurze Referat der beiden Deutungen bei v. Mosheim 574: »Einige sehr gelehrte Ausleger halten dafür, daß durch ἀντιλήμψεις diejenigen angezeiget werden, welche den Aposteln auf ihren Reisen und bey ihren Berufsarbeiten Hülfe und Dienste geleistet haben. Andere meynen, daß es Leute gewesen, die den Nothleidenden Hülfe erwiesen und vor anderen Werke der Barmherzigkeit ausgeübet«; v. Mosheim selbst identifiziert wenig überzeugend mit der Gabe derer, die »den Vortrag derer zu verdollmetschen, die in fremden Sprachen zu der Gemeine redeten«.

974 Vgl. ähnlich Theodoret 332 (ἐκκλησιῶν οἰκονομίαι) und Theophylakt 724 (οἰκονομεῖν τὰ τῶν ἀδελφῶν); ähnlich Johannes Damascenus 673; vgl. später auch Estius 651: *De ministerio eorum, qui praesunt administrationi rerum temporalium, quae a fidelibus oblatae sunt Ecclesiae.*

975 Vgl. Petrus Lombardus (1657): *Minorum personarum praelationes ut presbyteri sunt, qui plebi documento sunt*; ähnlich Herveus 951; vgl. auch Haymo 580 (*sicut in praelatis et regibus, episcopis aut ducibus*); Thomas, Summa, Bd. 24, 45 (*minorum personarum prelationes*). Atto 386 nennt als Beispiel den Abt im Kloster.

976 Werbick, Kirche 257 mit Zitat von H. Rahner und Verweis auf Beyer, ThWNT III 1036.

977 Luther legt in der Disputation mit Eck Wert darauf, daß Paulus *fere postremo gubernationes* nenne, *quas d. d. administrationes vocat*, und er schließt daraus: *Si ergo primatus Petri tanta res et tam necessaria esset iure divino, insufficienter discripsisset Paulus ecclesiam, ut qui principalissimum quod in ea est omisit* (WA 2, 314; vgl. auch 317); vgl. auch Bucer, Schriften, Bd. 5, 329.

Calvin (431) sind die Ältesten der Gemeinde im Blick, »welche über die Zucht zu wachen hatten«, und diese Deutung auf Presbyter überwiegt auch sonst[978], z.T. neben anderen Bezeichnungen wie bei Bullinger (213): *Seniores, presbyterii, & disciplinae Christianae praefecti, morum censores*[979]. Bucer findet, daß man zum »gubernieren« der Kirche »gern verstendige, erůbte leyen mit den predigern verordnet«, wobei sich diese Geistesgabe »offt gar vil herrlicher lasset sehen bey denen, die wir leyen nennen, dann bey uns allein schůlgelerten«[980]. Er kann die *gubernatio* von 1Kor 12,28 aber auch auf die weltliche Regierung beziehen, d.h. für ihn gehört zur »gubernierung« auch *scientia ciuilis et legum,* die »kunst, gut regiment anzurichten vnnd zu fieren vnnd kundigung gemeyner gesetzen. da hat der theologus vnnd prediger götlichs wort nit weiter inn zuthůn«[981]. Sonst aber bleibt die genannte Deutung vorherrschend, z.B. bei Spener (440): Gemeint seien diejenigen, die wie die Presbyter mit den Pastoren *vitam & mores Christianorum* beobachten und sie zu verbessern bemühen[982]. Nur vereinzelt begegnen auch andere Auslegungen[983], auch ausgefallene[984]. In neuerer Zeit beruft man sich wenig auf das hier genannte Charisma, wenngleich zutreffend registriert wird, daß in den paulinischen Kirchen Leitungsaufgaben »keinesfalls zu einer ›Führungsschicht‹, zu einer Aristokratie von Geistträgern, die sich von der Gemeinde abhebt und sich über sie erhebt, um über sie zu herrschen« führen[985].

978 Vgl. außer Inst. 4,3,8, wonach es den Ältesten zukommt, zusammen mit den Bischöfen *censurae morum et exercendae disciplinae praeessent,* auch Beza 148: *Presbyterorum ordinem declarat, qui disciplinae et politiae Ecclesiasticae custodes erant.* Diese Deutung auf die Ältesten bezeugen auch die Kirchenordnungen (vgl. EKO, Bd. 7, 588 und Bd. 14, 596) und andere.

979 Vgl. auch ders., Haußbuch 348v (vielleicht die, die »verordnete zur disciplin vnd zucht vnd andren handeln der kirchen«) und Maior 161r (*Gubernationes, ut sunt officia diaconorum, magistratum etc.*).

980 Schriften, Bd. 5, 145.

981 Schriften, Bd. 5, 486; vgl. auch Melanchthon, Werke IV 301. Entsprechend kann es in einer Eingabe der Straßburger Prediger an den Rat heißen, daß die Obrigkeit nicht nur »welttlich vnd eusserlich ding zu uerwalten« habe; ihr seien vielmehr auch Sachen des Gottesdienstes und des Glaubens befohlen, denn es müsse das Volk Gottes wie ein Leib sein, zu dessen Besserung alle Ämter dienen sollen (QGT VII 327). Zurückhaltender urteilt Calvin, Inst. 4,11,1: Paulus rede nicht von *magistratus (qui nulli tunc erant christiani),* doch in 4,20,4 sieht er in κυβερνήσεις dasselbe Ziel auch für die *civilis potestas* empfohlen. Anders Murner, nach dem (auch mit Berufung auf 1Kor 12), »der welttlich stat die geistlichen richterlich / weder zu straffen noch zů vrteilen hatt«, als ob auch die, »die ietz weltlich stants genant seint ... warlich geistlichs« seien (Deutsche Flugschriften 110f).

982 Vgl. auch ders., Schriften XV 1.1, 589, wo das auf die »helffer und regirer« bezogen und Flacius zitiert wird: *Ordo presbyterorum ac seniorum, qui erant custodes disciplinae ac politiae Ecclesiasticae.*

983 Vgl. etwa Semler 332: *Gubernatores, rerum oeconomicarum praecipue; alii aliter explicant; vt Iudas habuit marsupium* (Geldbeutel); *incerta sunt pleraque, nihil enim historiae antiquioris superest.*

984 Vgl. die Deutung bei v. Mosheim 574f, der gegenüber der Deutung auf Beilegung von Streitsachen oder Verwaltung der Güter der Gemeinde hier die Unterscheidung der Geister finden will.

985 Küng, Kirche 224f.

4 *Der Weg der Liebe 12,31b-13,13*

Literatur: Achelis, H., Katoptromantie bei Paulus, in: FS G.N. Bonwetsch, Leipzig 1918, 56-63; *Bassett, S.E.*, 1Cor. 13,12, βλέπομεν γὰρ ἄρτι δι' ἐσόπτρου ἐν αἰνίγματι, JBL 47 (1928) 232-236; *Behm, J.*, Das Bildwort vom Spiegel 1. Korinther 13,12, in: FS R. Seeberg, Bd. 1, Leipzig 1929, 315-342; *Bornkamm, G.*, Der köstlichere Weg. 1. Kor 13, in: *ders.*, Ende 93-112; *Bowman, J.W.*, The Three Imperishables. A Meditation on I Corinthians 13, Interp. 13 (1959) 433-443; *Carson* (Lit. zu Kap. 12-14) 51-76; *Cox, St.L.*, 1 Corinthians 13 – An Antidote to Violence: Love, RExp 93 (1996) 529-536; *Danker, F.W.*, Postscript on 1 Corinthians 13,12, CBQ 26 (1964) 248; *Dautzenberg*, Prophetie 149-225; *Dölger, F.J.*, »Die gellende Schelle«. 1Kor 13,1 in kultur- und religionsgeschichtlicher Beleuchtung, AuC 1 (1929) 184-185; *ders.*, Der Feuertod ohne die Liebe. Antike Selbstverbrennung und christlicher Martyrium-Enthusiasmus. Ein Beitrag zu I Korinther 13,3, AuC 1 (1929) 254-270; *ders.*, Klingeln, Tanz und Händeklatschen im Gottesdienst der christlichen Melitianer in Ägypten, AuC 4 (1934) 245-265; *Dombrowski, B.W.*, Wertepriameln in hellenistisch-jüdischer und urchristlicher Literatur, ThZ 22 (1966) 396-402; *Downing, F.G.*, Reflecting the First Century: 1 Corinthians 13:12, ET 95 (1983/84) 176-177; *Dreyfus, F.*, Maintenant la foi, l'espérance et la charité demeurent toutes les trois (1 Cor 13,13), AnBib 17-18 (1963) 403-412; Dupont, Gnosis 106-148; *Elliott, J.K.*, In Favour of καυθήσομαι at I Corinthians 13,3, ZNW 62 (1971) 297-298; *Fishbane, M.*, Through the Looking Glass: Reflections on Ezek 43:3, Num 12:8 and 1Cor 13:8, Hebrew Annual Review 10 (1986) 63-75; *Franz, E.*, Die »Mitfreude« des Apostels Paulus. Zur Exegese von 1. Kor. 13,6, ThLZ 87 (1962) 795-798; *Furnish, V.P.*, The Love Command in the New Testament, Nashville / New York 1972; *Gerhardsson, B.*, 1Kor 13. Zur Frage von Paulus‹ rabbinischem Hintergrund, in: FS D. Daube, Oxford 1978, 185-209; *Giesen, H.*, Apostolische Aktivität ohne Liebe? Zum Verständnis von 1Kor 13,3b, TGA 27 (1984) 104-111; *Gill, D.H.*, Through a Glass Darkly: A Note on 1Corinthians 13,12, CBQ 25 (1963) 427-429; *Grudem*, Gift 177-179.210-219; *Harbsmeier, G.*, Das Hohelied der Liebe. Eine Auslegung des Kapitels 1. Korinther 13, 1952 (BSt 3); *Harnack, A.*, Das hohe Lied des Apostels Paulus von der Liebe (I. Kor. 13) und seine religionsgeschichtliche Bedeutung, 1911 (SPAW.PH), 132-163; *Harris, W.*, »Sounding Brass« and Hellenistic Technology, BArR 8 (1982) 38-41; *Heise, J.*, Bleiben. Menein in den Johanneischen Schriften, 1967 (HUTh 8), 31-36; *Hitchcock, F.R.M.*, The Structure of Paul's Hymn of Love, ET 34 (1923) 488-492; *Hoffmann, E.*, Pauli Hymnus auf die Liebe, DVfLG 4 (1926) 58-73; ders., Zu 1 Cor. 13 und Col. 3,14, CNT 3 (1938) 28-31; *Holladay, C.R.*, 1Corinthians 13: Paul as Apostolic Paradigm, in: FS A. J. Malherbe, Minneapolis 1990, 80-98; *Houghton, M.J.*, A Reexamination of 1 Corinthians 13:8-13, BS 153 (1996) 344-356; *Hugedé, N.*, La métaphore du miroir dans les Épîtres de Saint Paul aux Corinthiens, Neuchâtel/Paris 1957 (BT[N] 117); *Ibuki, Y.*, Das Hohe Lied der Agape (I) – über I Kor. 13,4-7, The Journal of Social Sciences and Humanities Nr. 221, Tokio 1991, 27-85 und (II) ebd. Nr. 247, 1994, 1-31; *Jaeger, W.*, Tyrtaios über die wahre APETH, 1932 (SPAW.PH), 537-568; *Johansson, N.*, I Cor. XIII and I Cor. XIV, NTS 10 (1963/64) 383-392; *Käsemann, E.*, Unterwegs zum Bleibenden. 1. Korinther 13; in: *ders.*, Kirchliche Konflikte, Bd. 1, Göttingen 1982, 104-115; *Kieffer, R.*, »Afin que je sois brûlé« ou bien »Afin que j'en tire orgueil«? (I Cor. XIII.3), NTS 22 (1975/76) 95-97; *ders.*, Le primat de l'amour. Commentaire epistémologique de 1 Corinthiens 13, Paris 1975 (LeDiv 85);

Klein, W.W., Noisy Gong or Acoustic Vase? A Note on 1 Corinthians 13.1, NTS 32 (1986) 286-289; *Lacan, M.-F.*, Les trois qui demeurent. I Cor. 13,13, RSR 46 (1958) 321-343; *ders.*, Le mystère de la charité. 1 Co 12,31-13,13, ASeign 35 (1973) 56-61; *Lambrecht, J.*, The Most Eminent Way. A Study of 1 Corinthians 13, in: *ders.*, Studien 79-107; *Lehmann, E. / Fridrichsen, A.*, 1Kor 13. Eine christlich-stoische Diatribe, ThStKr 94 (1922) 55-95; *Lund, N.W.*, The Literary Structure of Paul's Hymn to Love, JBL 50 (1931) 266-276; *Lyonnet, St.*, Agapè et charisme selon 1 Co 12,31; in: de Lorenzi, Paul 509-527; *Maly*, Gemeinde 193-198; *Martin, R.P.*, A Suggested Exegesis of 1 Corinthians 13:13, ET 82 (1971) 119-120; *ders.* (Lit. zu Kap. 12-14) 39-59; *Marxsen, W.*, Das »Bleiben« in 1. Kor 13,13, in: FS O. Cullmann, Zürich/Tübingen 1972, 223-229; *McRay, J.R.*, To Teleion in I Corinthians 13:10, RestQ 14 (1971) 168-183; *Meisinger, H.*, Liebesgebot und Altruismusforschung, 1996 (Novum Testamentum et Orbis Antiquus 33), 87-95; *Michaelis, W.*, Η ΑΓΑΠΗ ΟΥΔΕΠΟΤΕ ΠΙΠΤΕΙ, in: Paulus-Hellas-Oikumene, Athen 1951, 135-140; *Miguens, E.*, 1 Cor 13:8-13 Reconsidered, CBQ 37 (1975) 76-97; *Mortley, R.*, The Mirror and I Cor. 13,12 in the Epistemology of Clement of Alexandria, VigChr 30 (1976) 109-120; *Mitchell*, Paul 165-171.217-279; *Morton, A.Q.*, Dislocations in 1 and 2 Corinthians, ET 78 (1966/67) 119; *Moss, J.*, I Corinthians XIII.13 νυνὶ δὲ μένει πίστις, ἐλπίς, ἀγάπη, ET 73 (1961/62) 253; *Moss, F.W.*, 1 Corinthians xiii.13, ET 73 (1961/62) 93; Neirynck, F., De Grote Drie. Bij een nieuwe vertaling van I Cor., XIII,13, EThL 39 (1963) 595-615; *Nygren, A.*, Eros und Agape. Gestaltwandlungen der christlichen Liebe I, 1930 (SASW 28); *O'Brien, J.*, Sophocles‹ Ode on Man and Paul's Hymn on Love: A Comparative Study, CJ 71 (1975/76) 138-151; *Pedersen, S.*, Agape – der eschatologische Hauptbegriff bei Paulus, in: ders. (Hg.), Literatur 159-186; *Petzer, J.H.*, Contextual Evidence in Favour of ΚΑΥΧΗΣΩΜΑΙ in 1 Corinthians 13.3, NTS 35 (1989) 229-253; *Preuschen, E.*, »Und ließe meinen Leib brennen« 1Kor 13,3, ZNW 16 (1915) 127-138; *Rad, G. v.*, Die Vorgeschichte der Gattung von 1.Kor. 13,4-7, in: FS A. Alt, 1953 (BHTh 16) 153-168 = *ders.*, Ges. Studien zum AT, 1958, 281-296; *Reitzenstein, R.*, Die Formel »Glaube, Liebe, Hoffnung« bei Paulus, 1916 (NGWG), 367-416 und 1917 (NGWG), 130-151; *Riesenfeld, H.*, La voie de charité, StTh 1 (1948) 146-157; *ders.*, Note sur 1 Cor. 13. CNT 10 (1946) 1-3; *ders.*, Note supplémentaire sur I Cor. XIII, CNT 12 (1948) 50-53; *ders.*, Vorbildliches Martyrium. Zur Frage der Lesarten in 1Kor 13,3, in: FS D. Daube, Oxford 1978, 210-214; *Salvoni, F.*, Quando sarà venuto ciò che è perfetto l'imperfetto scomparirà (1Cor 13,10), RBR 12 (1977) 7-31; *Sanders, J.T.*, First Corinthians 13. Its Interpretation Since the First World War, Interp. 20 (1966) 159-187; *Schatz, K.*, Stückwerk bleibt unser Tun. Von der »Relativität« der Charismen, GuL 45 (1972) 241-245; *Schindele, M.M.*, »Denn unser Erkennen ist Stückwerk« (1Kor 13,8), EuA 48 (1972) 220-222; *Schlier, H.*, Über die Liebe. 1 Korinther 13, in: *ders.*, Zeit 186-193; *Schmid, U.*, Die Priamel der Werte im Griechischen von Homer bis Paulus, Wiesbaden 1964; *Schmithals*, Gnosis 135-157; *Schneeberger, V.D.*, Charisma und Agape, CV 19 (1976) 151-156; *Seaford, R.*, 1 Corinthians XIII.12, JThS 35 (1984) 117-120; *Sigountos, J.G.*, The Genre of 1 Corinthians 13, NTS 40 (1994) 246-260; *Smit, J.*, The Genre of 1 Corinthians 13 in the Light of Classical Rhetoric, NT 33 (1991) 193-216; *ders.*, Two Puzzles: 1Corinthians 12.31 and 13.3. A Rhetorical Solution, NTS 39 (1993) 246-264; *Snyman, A.H.*, Remarks on the Stylistic Parallelisms in 1Corinthians 13, in: FS B.M. Metzger, 1986 (NTTS 15), 203-213; *Söding, T.*, Die Trias Glaube, Hoffnung, Liebe bei Paulus. Eine exegetische Studie, 1992 (SBS 150); *ders.*, Das Liebesgebot bei Paulus. Die Mahnung zur Agape im Rahmen der paulinischen Ethik, 1995 (NTA NF 26), 124-

153; *Spicq, C.*, Agapè dans le Nouveau Testament II, Paris 1959, 53-120.365-378; *ders.*, L'ἀγάπη de I Cor., XIII. Un exemple de contribution de la sémantique a l'exégèse néo-testamentaire, EThL 31 (1955) 357-370; *Standaert, B.*, 1 Corinthiens 13, in: de Lorenzi, Charisma 127-147; *Tebbe, W.*, Neuere Arbeiten zum »Hohenlied der Liebe«. Predigthilfe aus Kommentaren zu 1. Kor. 13, MPTh 43 (1954) 471-481; *Thomas, R.L.*, »Tongues ... Will Cease«, JETS 17 (1974) 81-89; *Titus, E.L.*, Did Paul Write I Corinthians 13?, JBR 27 (1959) 299-302; *Urner-Astholz, H.*, Spiegel und Spiegelbild, in: FS R. Bultmann, Tübingen 1964, 643-670; *Wagner, C.*, Gotteserkenntnis im Spiegel und Gottesliebe in den beiden Korintherbriefen, Bijdr. 19 (1958) 370-381; *Warnach, V.*, Agape. Die Liebe als Grundmotiv der neutestamentlichen Theologie, Düsseldorf 1951; *Weiß, W.*, Glaube – Liebe – Hoffnung. Zu der Trias bei Paulus, ZNW 84 (1993) 196-217; *White, R.F.*, Richard Gaffin and Wayne Grudem on 1 Cor 13:10: A Comparison of Cessationist and Noncessationist Argumentation, JETS 35 (1992) 173-181; *Wischmeyer, O.*, Der höchste Weg. Das 13. Kapitel des 1. Korintherbriefes, 1981 (StNT 13); *dies.*, Traditionsgeschichtliche Untersuchung der paulinischen Aussagen über die Liebe (ἀγάπη), ZNW 74 (1983) 222-236; *Wong, E.*, 1 Corinthians 13:7 and Christian Hope, LouvSt 17 (1992) 232-242; *Wonneberger, R.*, Textgliederung bei Paulus. Eine Problemskizze am Beispiel von Römer 3,21, 1. Korinther 13 und Römer 5, in: Sprachtheorie und Pragmatik (hg. v. H. Weber u.a.), Tübingen 1976, 305-314.

12,31b **Ich zeige euch einen Weg noch darüber hinaus:** 13,1 **Wenn ich mit Menschen- und Engelszungen rede, aber keine Liebe habe, bin ich ein tönernes Erz oder ein lärmendes Becken.** 2 **Und wenn ich die prophetische Rede habe und alle Geheimnisse und alle Erkenntnis weiß und wenn ich allen Glauben habe, Berge zu versetzen, Liebe aber nicht habe, bin ich ein Nichts.** 3 **Und wenn ich alle meine Habe (an die Armen) verteile und wenn ich meinen Leib hingebe, um verbrannt zu werden, Liebe aber nicht habe, so nützt es mir nichts.** 4 **Die Liebe ist langmütig, gütig ist die Liebe. Nicht eifert die Liebe, sie prahlt nicht, sie bläht sich nicht auf,** 5 **sie verletzt nicht die Sitte, sie sucht nicht das Ihre, sie läßt sich nicht aufreizen (oder: sie wird nicht aufgebracht), sie rechnet das Böse nicht an (bzw. nach),** 6 **sie freut sich nicht über das Unrecht, sie freut sich aber an der Wahrheit.** 7 **Alles trägt sie, alles glaubt sie, alles hofft sie, alles erduldet sie.** 8 **Die Liebe hört niemals auf. Prophetengaben – sie werden zunichte werden, Zungenreden – sie werden aufhören, Erkenntnis – sie wird zunichte werden.** 9 **Denn Stückwerk ist unser Erkennen und Stückwerk unser prophetisches Reden.** 10 **Wenn aber das Vollkommene kommt, wird das Stückwerk zunichte werden.** 11 **Als ich ein Kind war, redete ich wie ein Kind, dachte ich wie ein Kind, überlegte ich wie ein Kind. Als ich ein Mann geworden war, tat ich das Kindische ab.** 12 **Denn jetzt sehen wir mittels eines Spiegels in einem Rätsel(wort), dann aber von Angesicht zu Angesicht. Jetzt erkenne ich stückweise, dann aber werde ich erkennen, wie ich auch erkannt bin.** 13 **Nun aber bleiben Glaube, Hoffnung, Liebe, diese drei, die größte von ihnen aber ist die Liebe.**

Analyse Die Stellung von 12,31b-13,13 im Kontext und Rahmen des Briefes ist trotz einiger dabei auftauchender Schwierigkeiten, etwa der Unterbrechung der direkten Diskussion der Geistesgaben, als ursprünglich anzusehen[1]. Denn 1Kor 13 hat im unmittelbaren Anschluß an 12,21a die Funktion, als Kriterium der μείζονα χαρίσματα zu dienen, die Paulus in 12,31a als erstrebenswert hingestellt hatte, darüber hinaus aber als theologisches Vorzeichen und kritisches Korrektiv der in Kap. 12 und 14 entwickelten Charismenlehre überhaupt[2]. Daß der Text nicht als ganzer vorformuliert sein kann[3], ergibt sich deutlich aus seiner Verzahnung mit Kap. 12 und 14, vor allem aus der Aufnahme der Charismenproblematik am Anfang in V 1-3 und am Schluß in V 8-13[4]. Aber auch im Mittelteil gibt es terminologisch und inhaltlich mancherlei kritische Seitenblicke auf Korinth, wie über Kap. 12 und 14 hinaus der Vergleich mit anderen Briefabschnitten lehrt: οὐ ζηλοῖ (V 4: 3,3), οὐ φυσιοῦται (V 4: 4,6.18f; 5,2; 8,1), οὐ ζητεῖ τὰ ἑαυτῆς (V 5: 10,24)[5]. So läßt sich Kap. 13 am angemessensten auf dem Hintergrund des ganzen Briefes, vor allem aber als ein integraler Bestandteil der paulinischen Argumentation in Kap. 12-14 verstehen[6]. Allerdings kommt dem 13. Kapitel weit über seinen jetzi-

1 Anders Weiß 311, nach dem Kap. 13 »sehr lose in den Nieten« hängen und wie ein Fremdkörper wirken soll, der vermutlich ursprünglich (im sog. Brief B) auf 8,13 gefolgt sein soll (12,31 und 14,10 sollen sekundäre Versuche zur Verklammerung sein); ähnlich Héring 115; Schmithals* 89 Anm. 1 (modifiziert in: *ders.*, Korintherbriefe 268f) schlägt eine Umstellung von Kap. 13 und 14 vor; ähnlich Schenk, Briefsammlung 225f; vgl. auch Lehmann/Fridrichsen* 56 (»Einschiebsel«); Sanders* 183. Für die ursprüngliche Stellung von Kap. 13 z.B. Wischmeyer* (Weg) 21; Merklein, Studien 368f; Wolff 310f und die meisten; vgl. auch unten Anm. 6. Viele gehen dabei von einer A-B-A-Struktur von Kap 12-14 aus (vgl. Fee 571; Lambrecht* 79).

2 Robertson/Plummer 285 vergleichen zu Recht die Funktion von Kap. 9 und sehen beidemal »a central principle« für die ganze Diskussion zur Sprache gebracht; vgl. Smit* (Genre) 215. Formal kann man mit Wuellner, Rhetoric 187f (allerdings zu einseitig mit der Funktion, »to serve an affective purpose, that of intensifying adherence« [188]), Fee 626 und Standaert* 127.138 von einer *digressio* sprechen (vgl. dazu EKK VII 2, 279f), der auch die analoge Funktion von Röm 13,11-14 im Rahmen von Röm 12-15 herausstellt (135). Kritisch zu den rhetorischen Analysen von Standaert und Smit z.B. Lambrecht* 80-84.

3 So zuletzt Senft 166 und Orr/Walter 290: »Chapter 13 was composed by Paul independent of the rest of our I Corinthians«. Dagegen mit Recht Wolff 310; Wischmeyer* (Weg) 224; Mitchell* 274 Anm. 500 u.ö.

4 Vgl. schon Ephraem 74 (*Adversus autem illos, qui prophetia, scientia, et fide inflati erant*), auch wenn das im einzelnen zu korrigieren ist. Vgl. zur Zungenrede außer V 1.8 auch 12,10.28.30; 14,2.4-6.9.13f.18f.22f.26f.39, zur Prophetie außer V 2.8f auch 12,10.28f; 14,1.3-6.22.24.28f.31f.39 und zur Erkenntnis außer V 2.8f.12 auch 1,5; 8,1; 12,8.

5 Vgl. auch οὐ περπερεύεται (V 4) mit 1,10, οὐ παροξύνεται (V 5) mit 3,3 und 10,10 sowie οὐκ ἀσχημονεῖ (V 5) mit 5,1f, wozu noch 7,35f hinzukommt, οὐ χαίρει ἐπὶ τῇ ἀδικίᾳ (V 6) mit 6,1.7.

6 Vgl. z.B. Bullinger 225: *Miro ingenio & per occultam quandam antithesim ista Charitatis officia Corinthiorum opposuit studiis*; Calvin 433: »ein genaues Gegenbild zum Verhalten der Korinther« (zu V 4ff); Godet II 139; Robertson/Plummer 285f; Miguens* 80; Maly* 194 Anm. 30; Wischmeyer* (Weg) 99; Fee 627f; Dunn, Jesus 266f. Bousset 141 übertreibt allerdings (zu V 4-7: »Jedes Wort ist dabei eine Mahnung an die Adresse der Korinther und ihren aufgeblasenen Weisheitsstolz«). Mitchell* 171 (vgl. auch 271) findet auch in Kap. 13 »the proper antidote to factionalism«, doch trotz vieler Belege für στάσις u.a. als Oppositum sowie ὁμόνοια bzw. *concordia* und *pax* als Parallelen zu ἀγαπᾶν, φιλία u.a. steht nicht die Einheit, sondern die Solidarität des Christusleibes und die Verantwortung und Rücksichtnahme seiner Glieder

gen Kontext hinaus Bedeutung zu, worauf auch das gehäufte Vorkommen von πᾶς, πᾶσα und πάντα hinweist. Gleichwohl hat Paulus sein berühmtes Kapitel über die Agape nicht von ungefähr gerade an dieser Stelle plaziert und ihm damit trotz der teilweise hymnisch klingenden Sprache vor allem eine argumentativ-deliberative und kritische Funktion im Rahmen von Kap. 12-14 zugewiesen[7]. Wer hier von einem »plötzliche(n) Erguß« spricht, der »mit elementarer Wucht« aus dem Herzen des Paulus hervorströme[8], hat 1Kor 13 ebenso mißverstanden wie derjenige, der das Kapitel für eine nachträglich eingeschobene Einlage des Paulus oder gar für eine Interpolation eines späteren Redaktors hält[9]. Kap. 13 ist darum nicht aus sich selbst heraus zu verstehen und recht nur im Zusammenhang mit den beiden umrahmenden Kapiteln auszulegen.

Formal betrachtet, handelt es sich in 1Kor 13 um im höchsten Grad gefüllte und geschliffene Prosa, nach 12,31b um eine »Wegbeschreibung«, also nicht, wie es der ohnehin mißverständliche Titel vom »Hohen Lied der Liebe« nahelegt, um ein Lied bzw. einen Hymnus[10], zumal zu beachten bleibt, daß die drei Teile nicht auf einer Ebene liegen. Die Auslegung hat darum nicht von der oft bewunderten Schönheit und literarischen Qualität der Komposition – die ist unbestritten –, sondern von der reflektierten theologischen Argumentation auszugehen. Eine Zuordnung zum rhetorischen *genus demonstrativum* kann zwar manche Details erklären, darf aber den Text kaum in seiner Gesamtheit dem epideiktischen *genus* subsummieren[11]. Formale Kennzeichen wie Rhyth-

im Zentrum. Es heißt eben nicht wie 1Clem 49,5: ἀγάπη οὐ στασιάζει, ἀγάπη πάντα ποιεῖ ἐν ὁμονοίᾳ.

7 Vgl. zur Kontexteinbindung Wischmeyer* (Weg) 27-38.

8 So z.B. Bousset 140; vgl. auch Schmiedel 170: »ganz gelegentlich aus der Tiefe des Herzens« hervordringend; Gutjahr 356: »Das liebedurchglühte Herz des Apostels tut sich auf und ergießt sich in unvergleichlicher Rede«.

9 Héring 115 hält es z.B. für möglich, daß das Kapitel von Sosthenes hier eingefügt worden ist. Meist wird die Authentizität aber nicht bezweifelt; anders Lehmann/Fridrichsen* und Titus* 299-302. Das Fehlen einer expliziten Christologie ist zwar ein starkes Argument, aber nicht durchschlagend (ähnlich auch Kap. 14); vgl. z.B. Mighuens* 79 und weiter unten Anm. 147 u.ö.; anders Titus* 300, der 300f auch den sonstigen Supremat des Glaubens bei Paulus gegen die paulinische Verfasserschaft anführt (vgl. dagegen Sanders* 168).

10 Vgl. den Forschungsüberblick bei Wischmeyer* (Weg) 191-205. Schon Weiß 311 u.a. haben betont, daß es sich nicht um einen Psalm oder einen Hymnus im Sinn der Poesie handelt; vgl. auch Barrett 299; Sanders* 159; Fee 626 Anm. 3 und 627 Anm. 10. Andere wie schon Chrysostomus 267 und Origenes 34 sprechen von Enkomion (γένος ἐγκωμιαστικόν ist nur ein anderer Name für das *genus demonstrativum* oder *laudativum*); z.B. Spicq* (Agapè) 62 und Sigountos* 247, nach dem die Teile von 1Kor 13 der Unterteilung in προοίμιον, πράξεις, σύγκρισις und ἐπίλογος eines Enkomions entsprechen sollen (251); aber das Kapitel als ganzes ist eher deliberativ (vgl. die nächste Anm.), während Enkomion am ehesten auf V 4-7 paßt, wie schon die genannten Väter sehen; so auch Mitchell* 274f.277. Conzelmann 266 (vgl. auch Martin* [Spirit] 42 u.a.) sieht 1Kor 13 in der Tradition der Aretalogie der Wahrheit; vgl. dazu Wischmeyer* (Weg) 205f, die selbst als Gesamtcharakteristik »religiös-ethische Rede« vorschlägt (220); vgl. schon Harnack* 153 Anm. 4 sowie Spicq* (Agapè) 59 (»exhortation parénétique . . . exposé didactique«) und Berger, Formgeschichte 217 (»proptreptische Mahnrede«).

11 So aber Smit* (Genre), obwohl er selbst sieht, daß das *genus demonstrativum* »aims at increasing the positive or negative estimation

mus, Metaphern, Antithesen, Chiasmus, Anaphora, Parallelismus und Wiederholungen sind durchaus gegeben, aber sie werden von Paulus nicht verwendet, »to reap the public's admiration«[12]. Der erste und letzte Teil bilden am ehesten eine Wertepriamel, d.h. »eine vergleichende Gegenüberstellung von Werten«, wobei eine Reihe anderer Werte der Agape als »Höchstwert« untergeordnet[13] und V 8-13 zu einer eschatologischen Belehrung ausgeweitet werden.

Verschiedentlich sind für den Mittelteil Stilvergleiche mit dem Lobpreis des Eros[14] bzw. der höchsten Tugend im Griechentum angestellt worden, z.B. mit Maximus v. Tyrus 20,2: »Die Liebe haßt nichts so sehr wie Zwang und Furcht. Und sie ist stolz und vollkommen frei und freier sogar als Sparta. Denn von allem unter den Menschen ist es allein die Liebe, wenn sie rein bei jemandem wohnt, die keinen Reichtum bestaunt, keinen Tyrannen fürchtet, vor keinem Thron erschrickt, kein Gericht scheut, nicht flieht vor dem Tod. Keine Bestie schreckt sie, kein Feuer, kein Abgrund, kein Meer, kein Schwert, kein Strick. Sondern sogar das Unpassierbare ist ihr passierbar und das Mächtige bezwingbar und das Schreckliche annehmbar und das Schwere tragbar. Alle Flüsse gewähren Furten, Stürme günstige Fahrtwinde, Berge ebene Fahrbahnen. Überall wagt sie, alles überblickt sie, alles beherrscht sie«[15]. Andere haben auf den Lobpreis der göttlichen Weisheit in Weish 7 verwiesen[16] (vgl. auch Spr 8 und Sir 24). Neuerdings wird gern 3Esr 4,35-38 als Stilparallele herangezogen: »Aber die Wahrheit ist groß und mächtiger als alles . . . Ungerecht ist der Wein, ungerecht der König, ungerecht die Frauen; ungerecht sind alle Menschenkinder, und alle Werke sind ungerecht, alles derartige. Wahrheit ist nicht in ihnen, und an ihrer Ungerechtigkeit gehen sie zugrunde. Die Wahrheit aber bleibt (μένει) und ist mächtig in Ewigkeit; und

of the public in causes which are not in dispute« (197; vgl. auch 212), was sich von 1Kor 13 kaum sagen läßt, da das Ziel des Paulus darin besteht, die korinthische Überbewertung der charismatischen Phänomene durch die Liebe zu relativieren (211 mit Anm. 34). Man darf jedenfalls Kap. 13 nicht aus seinem Rahmen herauslösen, der auch nach Smit deliberativ ist (213; vgl. vor allem Mitchell* 273 u.ö.), zumal auch andere *genera* durchaus epideiktische Elemente einschließen können; vgl. im übrigen EKK VII 1, 80.

12 So aber Smit* (Genre) 213. Damit wird nicht in Abrede gestellt, daß trotz des Fehlens von *l'art pour l'art* gerade das *genus demonstrativum* »in die Nähe der Poesie« rückt (Lausberg, Handbuch I 131).

13 Schmid* IX; vgl. Dombrowski* 399f.402; Wischmeyer* (Weg) 208f.213-215; Wolff 312; Berger, ANRW 25.2 (1984) 1204-1208.

14 Schon Meyer 362 und Heinrici 396 verweisen auf den Lobpreis des Eros bei Plato, Symp. 197c-e; ähnlich Spieß, Logos 278f; nach Strobel 206f soll Paulus »eine Überlieferung zur rednerischen Verherrlichung des Eros« gekannt haben, »der er kontrastierend seinen Preis der christlichen Nächstenliebe gegenübergestellt hat«; vgl. schon Hoffmann* (1. Cor. 13) 30, der 1Kor 13 als Gedicht ansieht, »welches beansprucht, die griechisch-philosophischen Liebestheorien zugleich zu krönen und zu überwinden«. Jaeger* hält eine Bekanntschaft des Paulus mit dem Gedicht des altgriechischen Dichters Tyrtaeus (vgl. die nächste Anm.) oder davon abgeleiteten popularphilosophischen Erörterungen über die wahre ἀρετή für möglich, wobei anstelle von Tapferkeit oder Gerechtigkeit die Liebe als höchste ἀρετή gefeiert werde.

15 Vgl. außer Maximus von Tyrus 20,2 weiter Tyrtaeus, Fr. 9 (Anthologia Lyrica Graeca I 15f) und Plato, Symp. 197c-e (alle mit Übersetzung abgedruckt bei Conzelmann 267-269). Skeptisch gegenüber einer Bemühung aller dieser Parallelen bleibt Fee 626 Anm. 5. Das gilt erst recht für den Vergleich mit der Antigone des Sophokles bei O'Brien* passim.

16 Vgl. z.B. Héring 115f Anm. 5.

sie lebt und herrscht bis in alle Ewigkeiten«[17]. Beachtliche Stilparallelen finden sich vor allem auch in TestXII[18].
Solche Vorbilder mögen formal und selbst inhaltlich eingewirkt haben, sie haben das Verständnis von 1Kor 13 im ganzen aber nicht wesentlich fördern können. Letztlich ist 1Kor 13 eine Größe *sui generis* geblieben. Das gilt erst recht für den Inhalt, wie schon der Gebrauch von ἀγάπη andeutet, das außerhalb des NT äußerst selten vorkommt[19]. Daß Paulus hier »*als Christ* einen Text auslegt«, nämlich Dtn 6,4f[20], ist bei aller Bedeutung dieses Textes nur bei sehr weiter Fassung des Begriffes Auslegung möglich. Entsprechendes gilt auch für die These, Paulus stehe mit 1Kor 13 »unmittelbar in der Nachfolge Jesu«[21].

Die sachliche und stilistische Gliederung in drei Teile ist so naheliegend, daß man hier von einem Konsens ausgehen kann: V 1-3 sprechen von der Überordnung, V 4-7 vom Wesen und V 8-13 von der Unvergänglichkeit der Liebe[22]. Nur die Zugehörigkeit von V 8a zum 2. oder 3. Teil ist strittig (vgl. z.St.). Stilistisch sind die drei Teile unterschiedlich strukturiert. Der erste Teil vergleicht argumentativ in der 1. Pers. Sing. die Höherwertigkeit der Liebe mit den Charismen, der zweite reiht kettenartig meist *via negationis* Verhaltensweisen der als Subjekt fungierenden Agape aneinander und ist paränetisch, der dritte konfrontiert durch zahlreiche Antithesen die Unvergänglichkeit der Agape wieder mit den Charismen, wobei er zwei Vergleiche in der 1. Pers. Sing. (V 11) und Plur. (V 12) benutzt sowie zugleich eschatologisch belehrt

17 Übers. von K.-F. Pohlmann, JSHRZ I 5, 400; zitiert auch von Conzelmann 269 (vgl. 266: »stilistisch und sachlich besonders nahe«) und Lang 181; auch Wolff 312f findet eine besondere Nähe zu 1Kor 13 (»priamelähnlich«, Dreiteilung, πάντα); vgl. schon H. Sahlin, 1 Esdras 4 et 1Cor. 13., CNT 5 (1941) 28f.

18 Vgl. dazu unten Anm. 98; Berger, ANRW 25.2 (1984) 1202 ordnet V 4-7 der Gattung der Ekphrasis zu (vgl. dazu bzw. zur *descriptio* Lausberg, Handbuch I 544: »die detaillierte Beschreibung einer Person oder eines Gegenstandes«) und hält Sib 7,17-36 für vergleichbar; ebs. v. Dobbeler, Glaube 209 Anm. 47.

19 Vgl. Lietzmann 68; Conzelmann 270 Anm. 25 und weiter O. Wischmeyer, Vorkommen und Bedeutung von Agape in der außerchristlichen Antike, ZNW 69 (1978) 212-238; vgl. auch dies.*, (Weg) 23-26. Anders steht es mit dem allein in der LXX ca. 265mal vorkommenden Verb ἀγαπᾶν (vgl. z.B. Mitchell* 165-168 und R. Joly, Le vocabulaire chrétien de l'amour est-il original? Φιλεῖν et Ἀγαπᾶν dans le Grec antique, Brüssel 1968). Auch im NT ist den Begriffen ἀγαπᾶν und φιλεῖν kein wesentlicher Unterschied zu entnehmen; vgl. z.B. ἀγαπᾶν (Joh 3,19; 2Tim 4,10; 2Petr 2,15) und φιλεῖν (Joh 5,20; 1Kor 16,22) und den Wechsel in Joh 21,15ff. Zum Verständnis des Eros vgl. Nygren* und Strobel 206-208.

20 So Gerhardsson* 186; die Frage z.B., ob man Gott aus Furcht oder aus Liebe zu dienen habe (190f; vgl. die jüdischen Belege 191 Anm. 1), steht hier gar nicht zur Diskussion; vgl. auch Wischmeyer* (Weg) 14 Anm. 21.

21 So Michaelis* 135f. Immerhin ist die sachliche Nähe zu Mk 12,29-31 gewiß größer als die von Lehmann/Fridrichsen* 55 behauptete »auffallende Harmonie mit den persönlichen Idealen, die der Stoizismus auf seiner Höhe entwickelte«. Weder »Beherrschung der Affekte« noch Warnung »vor dem Haften an den Außendingen« noch Betätigung »als ἀνέχεσθαι und ἀπέχεσθαι« (63) ist das Interesse des Paulus. Daß einzelne stoische Parallelen damit nicht ausgeschlossen sind, versteht sich von selbst (vgl. die Einzelauslegung).

22 Vgl. z.B. schon Thomas 379: *necessitas, utilitas* und *permanentia,* Nikolaus v. Lyra o. S.: *excellentia, vtilitas* und *stabilitas;* Coccejus 312: *sine qua non, fructus* und *permansio;* Spener 443: *excellentia, proprietas* und *duratio;* Barth, KD IV 2, 936: Sie allein zählt, siegt und besteht; Lund* 267; Bornkamm* 98-109.

und den Enthusiasmus korrigiert. Allerdings ist der dritte Teil wegen des Wechsels von Aussagen in der 3. Pers. (V 8.10.13) und in der 1. Pers. Plur. (V 9.12a.b) bzw. Sing. (V 11.12c.d) uneinheitlicher und fällt auch aus der bisherigen Asyndese heraus (vgl. das γάρ in V 9.12)[23].

Gliederung: Der zu Kap. 13 überleitende Satz in 12,31b kündigt in der 1. Pers. Sing. Präs. einen attributiv näher bestimmten ὁδός an. In V 1-3 folgen dann fünf jeweils anaphorisch in der Protasis mit ἐάν bzw. καὶ ἐάν oder κἄν eingeleitete Konditionalsätze in der exemplifizierenden 1. Pers. Sing.; dabei wird in drei Fällen (V 1.2b.3b) noch eine negierte, wörtlich wiederholte Bedingung (ἀγαπὴν δὲ μὴ ἔχω) angefügt, während die jeweilige Apodosis variiert und zweimal äußerst knapp gehalten ist. In V 1 steht am Anfang, anders als in V 2a.b.3, ein mit Artikel versehener instrumentaler Dat., der durch zwei Gen. (der zweite nach dem Verb durch καί) näher bestimmt wird; nach der genannten Erweiterung der Protasis folgt die Apodosis in der 1. Pers. Sing. Perf. mit zwei durch Part. charakterisierte Prädikatsnomen. In V 2 steht das Verb in der 1. Pers. Sing. Präs. Konj. mit Akk.-Obj. voran, doch folgt sofort ein zweites Verb, das zwei durch nachgestelltes πάντα bzw. vorangestelltes πᾶσαν (vgl. den Chiasmus und die Parechese) verstärkte Akk.-Obj. bei sich hat. Ohne Apodosis und die erwähnte negierte Bedingung wird die Protasis in V 2 wieder aufgenommen (parallel zum ersten ἔχω in V 2a), wieder mit einem durch vorangestelltes πᾶσαν verstärkten Obj. und einem konsekutiven ὥστε-Satz, bevor dann nach der negierten Bedingung die aus zwei Worten bestehende Apodosis (εἰμί und pronominales Prädikatsnomen οὐθέν) folgt. V 3 beginnt ähnlich wie V 2 mit dem Konj. Aor. der 1. Pers. Sing. und einem wieder durch vorangestelltes πάντα verstärkten Akk.-Obj. mit Possessivpronomen μου; wie in V 2 wird ein ebenso gebauter zweiter ἐάν-Satz angefügt, der dieses Mal durch einen kurzen Finalsatz mit ἵνα erweitert wird; nach der zum dritten Mal wiederholten negierten Bedingung steht am Schluß wieder οὐδέν + Verb in der 1. Pers. Sing. Pass.
In V 4-7 folgen lauter Verben in der 3. Pers. Sing. des Präs. aufeinander, zunächst mit vorangestelltem Subj. ἡ ἀγάπη und einem chiastisch dazu stehenden zweiten Glied, wo dasselbe Subj. nachsteht, was im dritten Beispiel wiederholt wird; dieses hat zugleich das erste mit οὐ negierte Verb bei sich, dem dann sechs weitere negierte Verben folgen. Das 7. und 9. Glied der Reihe haben als einzige ein Akk.-Obj. (τὰ ἑαυτῆς bzw. τὸ κακόν); das 10. ist ein antithetischer Parallelismus membrorum und hat im ersten Teil negiertes χαίρει und ein Dat.-Obj. mit ἐπί, im zweiten Teil ein dem voranstehenden Simplex entsprechendes Kompositum συγχαίρει und ein dem ἐπὶ τῇ ἀδικίᾳ konstrastierendes Dat.-Obj. τῇ ἀληθείᾳ. Die vier Glieder in V 7 sind jeweils anaphorisch durch das nachdrücklich vorangestellte Akk.-Obj. πάντα charakterisiert.
In V 8a steht wieder das Subj. ἡ ἀγάπη voran, wobei das Verb durch οὐδέποτε negiert wird. Dem konstrastieren die drei Sätze in der 3. Pers. Plur. in V 8b-d, deren plur. Subj. jeweils mit εἴτε eingeleitet voranstehen, während die Präd., die im ersten und dritten

[23] Wonneberger* 308f interpretiert diese Beobachtungen im Sinne einer Hierarchie von Textgliederungssignalen so, daß V 9f und 12a »kommentierende Anmerkungen des Paulus« seien (wozu?), und gliedert anders: Der Mittelteil bestehe aus V 4-10 und sei zweigliedrig: V 4-7 (»Verhaltensweisen«) und V 8-10 (»Stellenwert« der Liebe). Damit wird aber der durchgehend eschatologische Charakter von V 8-13 verkannt, ganz abgesehen davon, daß es weder in V 1-3 noch erst recht in V 11-13 »um das Verhalten des weisheitlichen Ich geht«.

Beispiel identisch sind, im Fut. folgen. V 9 begründet V 8 (γάρ), indem die Subj. von V 8d und b (vgl. wieder den Chiasmus) durch zwei Präsenssätze in der 1. Pers. Plur. verbal aufgenommen werden, eingeleitet durch das adverbiale ἐκ μέρους. V 10 generalisiert, und zwar mit Wiederaufnahme des adverbialen ἐκ μέρους von V 9 durch das verallgemeinernde Subj. τὸ ἐκ μέρους und des καταργηθήσεται von V 8 im Nachsatz; dem Subj. dieses Nachsatzes korrespondiert im Vordersatz des mit ὅταν beginnenden Temporalsatzes im Aor. Konj. der 3. Pers. Sing. chiastisch das Subj. τὸτέλειον. V 11 bildet ein Beispiel in der 1. Pers. Sing. , und zwar in zwei einander gegenüberstehenden ὅτε-Sätzen. Deren erster Vordersatz im Imperf. (ἤμην) hat als Prädikatsnomen νήπιος, während der zweite im Perf. als Prädikatsnomen ἀνήρ bietet. Der erste Nachsatz enthält drei Verben im Imperf., jeweils gefolgt von ὡς νήπιος, der zweite aber nur ein Verb im Perf. und ein Akk.-Obj., das die drei Verben von V 11a mit τὰ τοῦ νηπίου zusammenfaßt. V 12 kehrt zur 1. Pers. Plur. Präs. zurück und konfrontiert in zwei Sätzen jeweils Gegenwart (ἄρτι) und Zukunft (τότε), wobei V 12 offenbar wiederum chiastisch V 5 aufnimmt. Der erste Satz hat nur in seinem ersten Teil ein Präd. (βλέπομεν), das durch eine doppelte Modalbestimmung mit διά und ἐν näher bestimmt wird, dem im Nachsatz das prädikatlose πρόσωπον πρὸς πρόσωπον gegenübersteht. V 12b wird im Vordersatz wieder ἐκ μέρους als Näherbestimmung des nun in der 1. Pers. Sing. stehenden Verbs γινώσκω aufgegriffen, im Nachsatz dagegen das Kompositum (ἐπιγινώσκω) im Fut., dem sich ein καθώς-Satz desselben Verbs im Pass. der 1. Pers. Sing. anschließt. V 13 schließt mit folgerndem (oder zeitlichem) νυνὶ δέ einen Satz mit präsentischem μένει und drei artikellosen asyndetischen Subj., die durch τὰ τρία ταῦτα noch einmal hervorgehoben werden. Mit einem anstelle eines Superlativs stehenden Komparativ μείζων (im Vergleich der drei mit τούτων noch einmal benannten Glieder der Trias) wird die nun anaphorisch durch Artikel qualifizierte und emphatisch ans Ende gerückte Liebe in einem prädikatslosen Satz als größte bezeichnet.

Erklärung 12,31b

Mit V 31b wird auf Kap. 13 verwiesen. Der Versteil gehört also als Inhaltsbestimmung zum Folgenden, verweist aber zugleich zurück. Klar scheint, daß καθ' ὑπερβολήν im Sinne eines Komparativs oder besser Superlativs attributiv zu ὁδόν gehört[24], also nicht adverbial zu δείκνυμι zu fassen ist[25], aber auch nicht zu ζηλοῦτε[26]. Weniger klar aber ist, worüber der Weg »hinausführen« soll, ob also der Komparativ μείζονα (V 31a) noch einmal überboten werden

[24] Vgl. schon Theophylakt 724 (τουτέστιν, ὑπερέχουσαν), die Vulgata (*excellentiorem viam*) und Bengel 424 (*viam maxime vialem*); Bauer/Aland 1674 (mit ἔτι zusammen); Michaelis, ThWNT V 89; Conzelmann 26.

[25] Für die Verbindung mit dem Verbum z.B. Billroth 183: »Ich will Euch auf ůberschwengliche Weise einen Weg dazu zeigen«, »indem ich Euch die Vortrefflichkeit der Liebe recht vor die Augen stelle«; vgl. auch Schlatter 352f. Dagegen hat schon Meyer 361 eingewandt, daß nicht »die *Weise seiner Belehrung*«, sondern der Weg selbst als vortrefflich empfohlen werden soll; vgl. Delling, ThWNT VIII 523; weiter Riesenfeld* (Voie) passim; Wischmeyer* (Weg) 34 und Pedersen* 160-162.

[26] Dafür tritt allerdings van Unnik (Lit. zu 12,12ff) ein, nach dem es keine Analogien für den attributiven Gebrauch von καθ' ὑπερβολήν gibt. Nun sprechen in der Tat die meisten Belege (vgl. 147f) auch bei Paulus (2Kor 1,8 4,17; Gal 1,13; allenfalls Röm 7,13 kann umstritten sein) für adverbialen Gebrauch, doch Aristoteles, Eth. Nic. 7,9,1151a bietet αἱ καθ' ὑπερβολὴν ἡδοναί (Liddell/Scott, Lexicon 1861). Auch würde die Beziehung auf ζηλοῦτε den ohnehin starken Imp. überladen.

soll. Gewiß ist V 31b eine Fortführung von V 31a[27], aber nicht als Antithese oder Überbietung der »besseren Charismen«, sondern als deren Explikation und Kriterium[28], d.h. das Streben nach den »besseren Charismen« soll auf dem Weg der Liebe erfolgen, nicht um die Charismen zu erlangen, wohl aber, um sie recht zu praktizieren. Schon damit ist klar, daß der »Weg über alle Wege«[29] in seiner kritischen Funktion kein Weg in theologische Höhen und religiöse Tiefen ist, kein Weg in die Dimension der Affekte und des Spektakulären, sondern der Weg in die alltägliche Wirklichkeit. Es ist also ein Weg, der von Paulus »gezeigt«[30] und von der Gemeinde begangen werden kann.

Hier hat man sich freilich einigen Widerspruchs zu vergegenwärtigen. Inwiefern kann Agape überhaupt Gebot, inwiefern Möglichkeit und Tat des Menschen sein? Gewiß nicht des sogenannten natürlichen Menschen! Denn das ist bei Paulus unmißverständlich deutlich, daß alle menschliche Agape nur Antwort auf Gottes Liebe ist, Widerschein und Weitergabe zuvor empfangener Liebe, also im Geliebtwerden gründet, genauer: in Gottes Liebestat in Jesus Christus (Röm 8,32.39) bzw. in der Selbsthingabe Jesu, der uns geliebt hat (Gal 1,4; 2,20), als wir noch Sünder und Feinde Gottes waren (Röm 5,6.8.10 u.ö.). Paulus nennt die Liebe darum »Frucht des Geistes« (Gal 5,22; vgl. auch Röm 15,30) und unterstreicht damit, daß sie der Mensch nicht von sich aus verwirklichen kann. Agape ist somit weder eine ἀρετή im Sinne der griechischen Ethik[31]

27 Vgl. z.B. Theodoret 332 (τῶν καθ' ὑπερβολὴν μειζόνων χαρισμάτων δείκνυμι τὴν ὁδόν); Rückert 341 (Paulus zeige den »noch weit bessern« Weg der Liebe, »welche allen Besitz der Charismen weit übertrifft«); v. Hofmann 295; Godet II 133.

28 Vgl. Robertson/Plummer 283 (»Καί means ›And in accordance with this charge to desire what is best‹, while ἔτι belongs to what follows«) und vor allem Merklein, Studien 369 (die Gegenüberstellung des höchsten Weges zum Streben nach den besseren Charismen sei »semantisch nicht exklusiv, sondern inklusiv steigernd zu verstehen«). A. Debrunner, Über einige Lesarten der Chester Beatty Papyri des Neuen Testaments, CNT 11 (1947) 37 hat im Anschluß an Klostermann für die Ursprünglichkeit von εἴ τι statt ἔτι in 𝔓46 D* (F G) plädiert: »›wenn (es noch) etwas darüber hinaus (gibt), so zeige ich euch einen Weg‹ oder ›wenn (ihr) etwas darüber hinaus (erstrebt) . . .‹«; aber die Ergänzungen sind ebenso problematisch wie die Trennung von καθ' ὑπερβολήν von ὁδόν (vgl. oben Anm. 25); vgl. dazu Kümmel 188 und Zuntz, Text 90f, der aber eine bloße Korruptel für möglich hält (vgl. 12,26).

29 Vgl. zu ὁδός EKK VII 1, 359. Die dort genannten atl.-jüd. Belege für den Plur. lassen sich leicht durch solche für den Sing. ergänzen (vgl. nur die folgenden LXX-Belege: Ps 36,34 LXX; 118,30.32f LXX; Weish 5,6f; Mi 4,2 und 1Βασ 12,23 [δείξω ὑμῖν τὴν ὁδὸν τὴν ἀγαθὴν καὶ τὴν εὐθεῖαν] mit δείκνυμι), auch wenn der Plur. ungleich häufiger erscheint. Mit dem Zwei-Wege-Topos hat das nichts zu tun. Auffallend ist das Fehlen von Näherbestimmungen wie τῆς ἀληθείας (Ps 118,30 LXX u.ö.), τῆς δικαιοσύνης (Spr 16,31), τῆς ζωῆς (Spr 5,6), τῆς σοφίας (Spr 4,11), τῶν ἐντολῶν σου (Ps 118,32 LXX). Weiß 309f; Riesenfeld* (Voie) 147-150; Lehmann/Fridrichsen* 65f u.a. haben auch auf Parallelen aus Epiktet wie Diss. 1,4,29 u.ä. verwiesen. Auch die Gnosis kennt die Wegmetapher (vgl. z.B. Dial [NHC III 5/142,4-6], wo Liebe und Güte der Anfang des Weges genannt werden). Spricht man im Anschluß an die atl.-jüd., vor allem auch die philonischen Belege (ὁδὸς βασιλική; vgl. Post 101f u.ö.), von einem Heilsweg (vgl. Riesenfeld* [Voie] 150; Wischmeyer* [Weg] 36), kann das nur im Sinne der ὁδοί von 4,17 geschehen.

30 Vgl. zu δείκνυμι Schlier, ThWNT II 27: »*zeigen* im Sinne eines *Aufweises einer Sache durch das Wort,* also *lehren, erläutern, nachweisen und beweisen*«.

31 So aber Lehmann/Fridrichsen* 63: Man könne statt ἀγάπη »beinahe ebensogut ἀρετή einsetzen«; in Kap. 13 tauche »der überzeugte Moralist mitten in der glühenden Welt der Charismen auf« (69); vgl. auch Harnack* 162:

noch eine διάθεσις der Seele oder gar ein Naturgesetz[32]. Die Liebe Christi selbst ist es, die die Christen beherrscht und in Anspruch nimmt (2Kor 5,14). Diese Abgrenzung von einer unzulässigen Moralisierung des Liebesgedankens darf aber nicht verdunkeln, daß der Christ tatsächlich zur Liebe gerufen ist und ihm Liebe geboten wird. Denn so gewiß Gottes schenkende Liebe das erste und der Grund aller christlichen Liebe ist, so gewiß wird sie zugleich gefordert (vgl. auch 14,1; 16,14; Röm 13,8f u.ö.). Ist sie Gabe und Geschenk, so doch auch Gebot und Verpflichtung, eine ὀφειλή (Röm 13,8; 15,1), ein Weg, wie es hier heißt. Zwar kann nur Gottes Liebe auf den Weg über alle Wege stellen, doch soll dieser Weg dann in der Kraft des Geistes auch wirklich begangen werden. Und er kann, wie das δείκνυμι in 12,31 andeutet, gezeigt, und es kann zu ihm gerufen werden, weshalb in 14,1 dann konsequenterweise zum διώκειν der Liebe ermahnt wird, was auch gegenüber aller romantischen Überbewertung der Spontaneität liebenden Handelns festzuhalten ist[33]. Dieser Weg aber ist ein unvergleichlicher Weg par excellence.

1 Die ersten drei Verse des Kapitels sind gleichförmig gebaute Konditionalsätze, die in der Protasis in umgekehrter Reihenfolge wie 12,8-10 Charismen anführen, dann eine übereinstimmende negative Protasis ἀγάπην δὲ μὴ ἔχω bieten und mit einer knappen, aber wuchtigen Apodosis enden: Wenn ich das und das tue, aber keine Liebe habe, bin ich nichts[34]. Durch diese Übereinstimmung in der Struktur und Form der Sätze gewinnt der Inhalt eine starke Eindringlichkeit. Die 1. Pers. Sing. hat dabei exemplifizierende bzw. typische Bedeutung[35] und ist vom »wir« (V 9.12) kaum zu unterscheiden[36]. Paulus geht dabei im Eventualis von angenommenen, aber nicht rein fiktiven Fällen aus,

»Die schlichte, ungefärbte Moral ist damit als das Wesen der Religion selbst enthüllt« (im Original gesperrt).

[32] So z.B. Sir 13,15 gegenüber Lev 19,18; vgl. O. Wischmeyer, Das Gebot der Nächstenliebe bei Paulus. Eine traditionsgeschichtliche Untersuchung, BZ 30 (1986) 153-187, hier 164. Es fehlt in 1Kor 13 aber auch anders als Röm 13,8-10 ein Rekurs auf die Tora.

[33] Vgl. Schrage, Einzelgebote 249f.

[34] Lehmann/Fridrichsen* 82f nennen als Beispiele für diese »monotone Gleichmäßigkeit« der konditionalen Satzkonstruktionen einerseits Ps 138,8-10 LXX, andererseits Epiktet, Diss. 4,8,25. Inhaltlich wird man eine »climactic nature« in V 1-3 feststellen können (Petzer* 237).

[35] Der autobiographisch-paradigmatische Charakter des Apostels wird aber von Holladay* 88-94 überbetont. Zuzugeben ist, daß Paulus sich mit der 1. Pers. Sing. oft als *exemplum* einführt (vgl. 7,7; 8,13; 9,1-27; 10,30-11,1), wie das auch in der griechisch-römischen Paränese geschieht, aber das ἐγώ hat bei Paulus als Stilform auch rhetorische Funktion (vgl. Bl-Debr-Rehkopf § 281: »Um etwas Allgemeingültiges in lebhafter Weise am Beispiel eines Einzelnen, gleichsam als gegenwärtig Gedachten, vorzuführen, wählt die Umgangssprache die 1. und 2. Ps. Sgl.«). Sie kann auch, zumal mit Verben wie hier δείκνυμι, die apostolische Autorität akzentuieren. Zudem zielen die Beispiele von V 1-3 auf Korinth und sind z.T. hypothetisch, auch wenn sie z.T. »self-referential« sein mögen (Holladay* 89 u.ö.) und »die eigene Person und die eigene Erfahrung direkt in den Zusammenhang der theologischen Rede« einbeziehen (Wischmeyer* [Weg] 90f; vgl. auch Fiore, Function 183f; Lambrecht* 87f).

[36] Vgl. Stauffer, ThWNT II 355; Bultmann, RGG ²IV 1032f; Wischmeyer* (Weg) 90 (weder rein autobiographisch noch bloße Stilfigur, sondern »generalisierendes ›Ich‹«); Wolff 313 (nicht individuell, sondern typisch); Mitchell* 273 (Appell an *exemplum* als deliberative Argumentation); vgl. schon Cajetan 76r und Estius 655 (*ut ostendat, se neminem excipere a generali sententia*). Zum Perf. γέγονα in fingierten Beispielen vgl. Bl-Debr-Rehkopf § 344.

wie das oft vorausgesetzt wird[37]. Handelte es sich um bloße Konstruktionen, d.h. stünde die Echtheit der pneumatischen Begabungen oder die Möglichkeit fehlender Liebe in Frage, verlöre die paulinische Argumentation an Plausibilität und Ernst. Man kann zwar vermuten, daß z.B. in V 2a hyperbolisch geredet wird, zumal das Wissen aller Geheimnisse und πᾶσαν τὴν γνῶσιν einen gewissen Widerspruch zu V 9 bedeuten würde. Doch darf man von daher kaum *alle* Konditionalsätze verstehen. Der erste Vers benennt mit den »Zungen der Engel« nicht zufällig die Glossolalie, die damit als Himmelssprache charakterisiert wird, auch wenn Paulus sie hier mit den γλῶσσαι ἀνθρώπων in einem Atemzug nennt[38] (vgl. auch das Nebeneinander von Engels und Menschen in 4,9). Diese Charakterisierung der Glossolalie als Sprache der Engel ist kaum ironisch zu verstehen[39]. Hier kommen, auch nach Paulus (vgl. auch 2Kor 12,2), Himmel und Erde tatsächlich zusammen. Weil diese Himmelssprache aber in Korinth als Indiz der Geistbegabung κατ᾽ ἐξοχήν gilt, greift Paulus mit Absicht an erster Stelle auf dieses pneumatisch-enthusiastische Phänomen zurück[40], so wie er es in der Aufzählung der Charismen ebensowenig zufällig an das Ende rückt (12,10.30). Auch das, was in Korinth über alle Maßen geschätzt wird und was Paulus ebenfalls durchaus zu würdigen weiß, ist eine sinnlose Lärmerei, wenn die Agape dabei nicht zum Zuge

[37] Z.B. Erasmus 723: *Rhetores . . . docent & argumentandi & amplificandi rationem a fictione*, wofür er Ps 139,8; Mt 12,27; Gal 1,8 und 1Kor 15,14.16.19 als Beispiele nennt; ähnlich auch Beza 149. Schon nach Theodoret 332 soll jedoch V 1 ὑπερβολικῶς zu verstehen sein auch Theophylakt 725 kann V 1 nur als ὑπερβολή begreifen; ebs. Zwingli 175; Semler 334); auch bei V 3 spricht er von *amplificatio* (334). Die Annahme einer *exaggeratio* für V 1 hängt aber mit der verfehlten Deutung der γλῶσσαι auf Xenolalie zusammen (vgl. unten Anm. 39). Bullinger 224 z.B. spricht auch beim Berge versetzenden Glauben von *amplificatio & hyperocha quadam maxima & incredibilia signa*. Treffend Schlatter 358: »Abnorm ist hier alles; aber unmöglich ist hier nichts«.

[38] Γλῶσσαι verweist auch hier nicht auf Mehrsprachigkeit, wie das durchgehend von der Alten Kirche angenommen wird (z.B. von Chrysostomus 268 und Ambrosiaster 144f mit Verweis auf Mt 10,20); in neuerer Zeit neben anderen z.B. von Rückert 34 und zuletzt Sigountos* 252 (»a mere hyperbole«). Das kann die Beziehung auf die Charismen nur verkennen und wird auch durch rhetorische Gesichtspunkte nicht richtiger; vgl. zur Diskussion der Deutung auf Xenolalia z.B. Carson* 77-88 und weiter vor allem zu 12,10. Zur These von Wischmeyer* (Weg) 39, »Menschenzungen« seien »Pseudosprachen« mit fremden Elementen, vgl. Conzelmann 270 Anm. 20. Vielleicht ist eine Anspielung auf die rhetorischen Ambitionen in Korinth (vgl. EKK VII 1, 225 u.ö.) möglich (vgl. Martin* [Spirit] 43 und schon Bullinger 224: *eloquentiae siue linguarum peritiae comparat*).

[39] Daß Paulus hier »wohl nicht ganz ohne Ironie« rede (so Heinrici 397, der immerhin selbst wie andere auf die Analogie des »Engelliedes« in Offb 14,2f verweist), ist wenig wahrscheinlich (vgl. Bachmann 389). Auch die Annahme einer Übertreibung *ad absurdum* bei Petzer* 240f (vgl. auch Sigountos* 252f; anders mit Recht Lambrecht* 89f) verkennt die Charaktersierung der Glossolalie als γλῶσσαι ἀγγέλων. Als Parallelen für solche »realistische« Deutung vgl. TestHi 48,3 (τῇ ἀγγελικῇ διαλέκτῳ); 50,1f (ἐν διαλέκτῳ τῶν ἐν τῇ ὕψει bzw. τῶν Χερουβιμ); äthHen 40,3-7; slHen 17,1; 19,6; AscJes 6,8-10; ApkSoph 13,2f; ActPl (Schneemelcher, Apokryphen [6]II 241); 4Q400 Frgm. 1 I 2 und 4Q400 Frgm. 2,4; vgl. auch die rabbinischen Belege bei Billerbeck III 449f (danach gilt Aramäisch als Sprache der Engel) und weiter Dautzenberg, RAC 11, 234f.

[40] Der Grund der Voranstellung wird schon von Chrysostomus 268 (πρῶτον ἀπὸ τοῦ θαυμαστοῦ δοκοῦντος εἶναι παρ᾽ αὐτοῖς καὶ μεγάλου); Oecumenius 833 (ἦν παρ᾽ αὐτοῖς μέγιστον); Theodoret 332 u.a. richtig be-

kommt[41]. Dabei steht zweifellos die Liebe zum anderen im Vordergrund, auch wenn man keine überscharfen Alternativen (Liebe zu Gott / Liebe zum Mitmenschen) zu konstruieren braucht, wie die beiden Beispiele in V 3 verdeutlichen[42]. Diese Liebe aber ist weder selbst Charisma noch eine Überbietung oder ein Ersatz der Geistesgaben, sondern die in allem wirkende wunderbare Kraft und Wirklichkeit des Geistes und der in Christus angebrochenen neuen Welt zum Nutzen der anderen[43]. Ohne solche Liebe wäre das Zungenreden nur mit einem metallenen Becken oder einem dröhnenden Gong (χαλκὸς ἠχῶν ἢ κύμβαλον ἀλαλάζον)[44] vergleichbar. Daß mit diesen bei Paulus singulären Worten hier an das ekstatische bzw. Ekstase auslösende Lärmen in heidnischen Kulten, etwa im Kybelekult[45], gedacht ist oder an die

stimmt; vgl. später Meyer 364: »Es war ja zum Gegenstande der Ueberschätzung und Eitelkeit geworden mit Hintansetzung der Liebe«.

41 Ἀγάπην ἔχω heißt wie 2Kor 2,4; Phil 2,2; Phlm 5 »Liebe aufweisen« (vgl. Hanse, ThWNT II 825 Anm. 52); vgl. auch Joh 13,35; 15,13; 1Joh 4,16; 1Petr 4,8.

42 Vgl. z.B. v. Mosheim 583; Robertson/Plummer 285; Heinrici, Sendschreiben 414; Lietzmann 67 (»Beide, die Gottes- wie die Nächstenliebe, sind nur verschiedene Betätigungsformen derselben ἀγάπη«); Schlatter 353 (»Es gab für ihn nur eine Liebe«); Harnack* 159; Harbsmeier* 33f; Barth, KD IV 2, 939; Spicq* (Agapè) 109f; Wischmeyer* (Weg) 14; Miguens* 95 Anm. 79. Dabei ist bei der Liebe Gottes sowohl der sonstige *gen. obj.* (vgl. 2,9; 8,3) wie *gen. subj.* (vgl. Röm 5,8; 8,39 u.ö.) zu beachten. Vgl. Schmidt, ThWNT III 467f und Anm. 13: Es gehe in 1Kor 13 auch um die ἀγάπη θεοῦ, ohne daß der Genitiv in das Schema *gen. subj.* bzw. *obj.* einzufangen sei (vgl. auch Johansson* 383 im Anschluß an Nygren*). Die meisten akzentuieren gleichwohl mit Recht die Nächstenliebe (vgl. vor allem die griech. Kirchenväter wie Chrysostomus 267), während Pedersen* 175 zu einseitig »die Lokalisierung der ἀγάπη auf der Gottesseite« in den Vordergrund rückt.

43 Vgl. unten S. 294f und 303f. Nach Bornkamm* 110 soll sich die Agape zu den Charismen verhalten wie der Christus zu den Gliedern seines Leibes. Oft ist vom Einbruch der »Macht der künftigen Weltzeit« (so z.B. Stauffer, ThWNT I 52) u.ä. die Rede. Solchen Anbruch der neuen Welt wird man in Korinth gerade in der Glossolalie gesehen haben (vgl. zu 4,8 und z.B. Martin* [Spirit] 43).

44 Χαλκός ist Erz, Kupfer, Bronze, hier wohl ein metallenes hohles Becken daraus oder ein Gong. Bachmann 390 denkt dagegen an ein Horn oder eine Trompete, wie sie auch in Israel aus verschiedenen Anlässen gebraucht wurden (die genannten Belege wie Num 10,2 nennen als Material aber Silber); allerdings kommt ἠχέω (schallen, dröhnen, tönen) öfter im Zusammenhang mit σάλπιγξ vor (Ex 19,16; Hos 5,8, Sir 50,16), aber auch in anderen Zusammenhängen. Gutjahr 358f genügt »ganz allgemein ein Stück Erz, das, wenn es angeschlagen wird, mächtig dröhnt«. Nach Schneider, ThWNT II 958 versteht man darunter allgemein »einen in Tempeln oder an heiligen Bäumen aufgehängten Gong, auf dem man im orgiastischen Kult zur Vorbereitung der Ekstase langhallende und dröhnende Töne erzeugt« (vgl. auch Conzelmann 271; Wischmeyer* [Weg] 44). Neuerdings wird bei χαλκὸς ἠχῶν wegen des Fehlens von χαλκός als Bezeichnung für ein Musikinstrument oder einen Gong an bronzene Lautverstärker im Amphitheater gedacht (vgl. Harris* [hier 40f mit Verweis auf Vitruvius, De Architect. 5,5,7f]; Klein* 288; Murphy-O'Connor, Corinth 76; Fee 632 Anm. 28); die hätten aber eine passive Funktion, auf die Paulus kaum hinauswill.

45 Vgl. die Belege bei Weiß 313 Anm. 3; ferner Ovid, Fasti 4,213 und Properz 4,7,61 sowie die anderen schon bei Wettstein 154f angeführten Stellen und weiter Robertson/Plummer 289; Héring 116; Conzelmann 271 (in Anm. 29 mit Verweis auf Firmicus Maternus, Err. Prof. Re. 18: »aus dem τύμπανον habe ich gegessen, aus dem κύμβαλον getrunken, ich bin ein Myste des Attis geworden«) sowie Riesenfeld* (Note) 3 und (Note supplémentaire) 50-52; U. Klein, PW 3, 1495; Spicq* (Agapè) 68; Wischmeyer* (Weg) 44. Bei Athenaeus 14,636a z.B. werden im Kybelekult neben κύμβαλα auch τύμπανα, ῥόμβοι (Tamburine, Handpauken) und χαλκόκτυποι βόμβοι (dumpfe Geräusche aus Kupfergegenständen) genannt. Dölger* (Schelle) 185

Schlaginstrumente des Tempelorchesters, wo z.B. das κύμβαλον (die Cymbel, das Handbecken = τύμπανον) gebraucht wurde[46], bleibt unsicher[47], denn solche gellende Cymbel konnte auch »die Bezeichnung für einen prahlenden, sich aufblähenden, nichtigen Allerweltsschwätzer« sein[48]. Andere haben auf die Verwendung als Kinderspielzeug und zur Dämonenabwehr verwiesen[49]. Aber mehr als dieses, daß Paulus hier tatsächlich eine kräftige Farbe benutzt – das erweist auch das onomapoetische ἀλαλάζον[50] –, wird sich kaum sicher sagen lassen. Immerhin kann man vom Gegenüber zur ekstatischen Frömmigkeit her nicht unbegründet vermuten, daß Paulus mit Erz und Cymbel auf deren Bedeutung in orgiastischen Kulten anspielt (wie in 12,2 würde dann wieder an die frühere Situation in der heidnischen Religiosität erinnert) und lieblose Glossolalie mit einer paganen kultischen »Geräuschkulisse« gleichsetzen will[51]. Zwar ist auf eine positive Wirkung auf andere abgezielt, die aber bei monotonen Lauten bzw. bei fehlender Liebe nicht erreicht wird[52]. Nicht die Glossolalie als solche verfällt also der Kritik, sondern ihr liebloser *abusus*. Insofern geht es mindestens hier nicht um den persönlichen religiösen

denkt von Tertullian (De Pallio 4) her an »die gellende Schelle am Bacchantenanzug«; ders. (Klingeln) 256-265 bringt Belege für Cymbeln in den Isis- (z.B. Apuleius, Met. 8,30) und Attismysterien (z.B. Hippolyt, Ref. 5,9,9 [GCS 26, 100]), doch vgl. auch ders. unten in Anm. 49.

46 Vgl. 2Sam 6,5; 1Chr 13,8; Ps 150,5; 1Makk 4,54; 13,51; Jdt 16,2; vgl. weiter auch Josephus, Ant 7,80.306; Sib 8,114; in hebrHen 22B,8 ist vom Klang der Cymbeln der Cherubim die Rede. Anth. Graec. 6,51 bezeichnet die κύμβαλα als ὀξύφθογγα. Nach Schmidt, ThWNT III 1037 (»*Schlaginstrumente* zum gottesdienstlichen Zweck«) soll Paulus wie ein atl. Prophet auf das »lärmende, nichtige, eitle Wesen eines äußerlichen Kultes« hinweisen, wobei er auch »heidnisch-griechische Kultus- und Kulturdinge« im Auge haben möge.

47 Vgl. Peterson, ThWNT I 228; Wischmeyer* (Weg) 45 wegen der Verbindung mit dem Tempelkult: Statt an »direkte Kultkritik« sei an »die pejorative Bedeutung dieser Instrumente in der Antike anzuknüpfen«.

48 Schmidt, ThWNT III 1037; vgl. schon Robertson/Plummer 289 und Heinrici 398 mit Hinweis auf Suidas: Δωδωναῖον χαλκεῖον = »an empty talker«; vgl. auch Neuer Wettstein 369; Hoffmann* (Hymnus) 62f mit Verweis auf Plato, Prot. 329a (die sophistische Rede als »gänzlich inhaltslos, leerer Schall, ein Nichts«); vgl. auch Spicq* (Agapè) 69. Apion z.B. nennt Tiberius *cymbalum mundi*, obwohl er eher »Trommler des Eigenlobes« (*propriae famae tympanum*) heißen müßte (Plinius, Hist. Nat. Praef. 25; Neuer Wettstein 371).

49 So Dölger* (Schelle) 185; Betz, Lukian 65 Anm. 2; Barrett 300.

50 Ἀλαλάζω heißt eigentlich laut schreien; z.B. Mk 5,38 von Klageweibern, in Jos 6,20 und 1Sam 17,52 vom Kriegsgeschrei, aber auch überhaupt von »schrillen Tönen« (Bauer/Aland 67; Peterson, ThWNT I 228); vgl. vor allem Ps 150,5 LXX: ἐν κυμβάλοις ἀλαλαγμοῦ. Bachmann 390 will »eine starke und erregende, Aufmerksamkeit heischende Wirkung« der Glossolalie heraushören. Nach Weiß 313 ist das *tertium comparationis* nicht der »Wortreichtum der Zungenredner«, sondern »das Sinnlose, Unartikulierte etwa im Gegensatz zu einer Melodie, vielleicht auch das Unbeseelte, Ausdruckslose im Gegensatz zu einem gefühlvollen Gesange oder dem ausdrucksvollen Melos einer Flöte«; vgl. auch Riesenfeld* (Note) 3 (Musikinstrumente seien für die Cyniker wie tote, unbeseelte Objekte ohne Selbstkritik) und die übernächste Anm.

51 Vgl. weiter Barrett 300 (»mere paganism«); Wolff 314f; Klauck 94; Lang 182.

52 Vgl. Grotius 813: *Sonans, nihil autem significans*; auch Wagner* 377 sieht den Zungenredner ohne Liebe mit einem monotonen Instrument verglichen, »das keinen Sinn mitteilen kann«; vgl. auch Wischmeyer* (Weg) 46 und Mitchell* 277 (»like a musical instrument which is out of tune, which emits senseless and irritating noises«).

Nutzen bzw. soteriologischen Effekt *coram deo* für den einzelnen Charismatiker selbst, sondern um οἰκοδομή der Gemeinde[53].

2 An zweiter Stelle nennt Paulus dasjenige, was er selbst der Glossolalie durchaus vorzieht und seinerseits hochschätzt, nämlich die Prophetie. Das ist um so bedeutsamer, als es erkennen läßt, daß die in der Protasis der Konditionalsätze genannten Tätigkeiten und Verhaltensweisen den größten Kurswert auch auf der theologischen Werteskala bei Paulus selbst haben können, er also nicht Dinge aufzählt, denen er *a se* reserviert gegenübersteht. Gerade so gewinnen die Nachsätze ein um so durchschlagenderes Gewicht. Auch das höchste Charisma der Prophetie läßt den Propheten zu einem Nichts zusammenschrumpfen, fehlt ihm bei der Ausübung seiner Gnadengabe die Agape[54]. Wegen des nicht wiederholten ἐάν könnte das darauf an zweiter Stelle genannte »Wissen aller Geheimnisse und aller Erkenntnis« die Prophetie näher umschreiben[55]. Allerdings kann wegen der Unterscheidung von Prophetie und γνῶσις in V 8 (vgl. auch 12,8 und 14,6) und wegen des eigenen Verbs εἰδῶ vor V 2b.c die γνῶσις auch ebensogut von der Prophetie abzusetzen sein, vielleicht auch wegen der Zuordnung der μυστήρια zur Glossolalie in 14,2 (allerdings könnte Paulus das wegen der Nähe von Prophetie und Glossolalie in Korinth hier auch bewußt der Prophetie zurechnen). Möglicherweise sind also in V 2a sogar drei Wortcharismen genannt: 1. Prophetie, 2. Mysterienwissen und 3. γνῶσις[56]. In jedem Fall aber gilt das, was für die Prophetie gilt, auch für das Wissen aller Geheimnisse[57], die ohne Offenbarung ver-

53 Vgl. z.B. Chrysostomus 268 (μηδὲν ἀνύειν [bewirken] καὶ παρενοχλεῖν ... τοῖς πολλοῖς). Anders z.B. Thomas 382: *Quantum ad meritum vitae aeternae*; Gutjahr 357. Oft wird beides kombiniert; vgl. z.B. Estius 656: *Non solum sibi non prodest, sed nec aliis.* Das ist immerhin noch einleuchtender als die Annahme, die Gnadengaben seien hier »unter einem streng individualistischen Gesichtspunkt« und »nicht in ihrer οἰκοδομή für die Gemeinde« gesehen (so aber Wischmeyer [Weg] 90; vgl. auch Meisinger* 88; Arzt, Christsein 148 deutet im Sinne der eigenen Nichtigkeit); vgl. die Vorbehalte dagegen selbst bei Söding* (Liebesgebot) 128 Anm. 111, der V 1-3 »in durchaus soteriologischer Absicht vom persönlichen ›Sinn‹ und ›Nutzen‹ eines Charismaträgers vor Gott« reden sieht (vgl. zur soteriologischen Relevanz auch ders.* [Trias] 132-134).

54 Schon Ambrosiaster 145f verweist z.B. auf das προφητεύειν des Kaiphas (Joh 11,51) oder des ungehorsamen Saul (1Sam 19,23), wie es nach ihm viele andere tun.

55 Auf die Frage, ob man aus dem vor γνῶσιν fehlenden καὶ ἐάν schließen darf, daß καὶ εἰδῶ bis γνῶσιν zur Näherbestimmung der Prophetie dient, wird unterschiedlich geantwortet. Positiv z.B. von Weiß 314; Allo 343f; Conzelmann 271 Anm. 35; Greeven (Lit. zu Kap. 12-14; Prophetie) 9; Dautzenberg* 150f (hier wird dem fünfmaligen ἐάν entsprechend zugeordnet, auf die Analogie von V 1 mit einem und V 3 mit zwei Beispielen verwiesen und eine Steigerung auch bei der Prophetie für notwendig gehalten; kritisch dazu Wischmeyer* [Weg] 50 Anm. 61); Wolff 315; Grudem* 177; Klauck 94. Anders aber Heinrici 398: In V 8 und 12,8 werde die Gnosis gesondert genannt, und »Correlat der προφητεία« sei »nicht die γνῶσις, sondern die ἀποκάλυψις«; zudem wäre als Prädikat von γνῶσιν wie in 8,1.10 ἔχω und nicht εἰδῶ zu erwarten; für eine Differenzierung auch Harnack* 138; Lietzmann 65; Schlatter 355; Bornkamm* 100; vgl. auch Roux (Lit. zu Kap. 12-14) 38f.

56 So früher schon Thomas 380; Estius 656f; neuerdings z.B. Robertson/Plummer 290; Gutjahr 359 und Bachmann 391, der »die Gnosis mit der Einsicht in die Mysterien noch näher verwandt« sieht »als diese mit der Prophetie« (weil πᾶσαν τὴν γνῶσιν mit εἰδῶ verbunden werden müsse).

57 Zu μυστήριον vgl. EKK VII 1, 226f.245 und zu 14,2; 15,51. Vom Wissen aller Geheimnisse ist auch 1Q23 Frgm. 9,3 die Rede.

borgen blieben. Und nicht anders steht es mit der γνῶσις[58], die hier ähnlich wie die Geheimnisse durch πάντα mit πᾶσαν ziemlich weit ausgreifend[59] und in Spannung zum ἐκ μέρους von V 12 charakterisiert wird. Während Paulus vor ihrer rein privaten Verwendung schon in 12,7 implizit gewarnt hatte, geht er hier nun noch einen Schritt weiter in der Relativierung. Auch der Blick in die verborgenen Heilsratschlüsse Gottes und die Erkenntnisse seiner Offenbarung dispensieren nicht von der Agape. Ohne Liebe ist auch der, der Mysterienwissen und Gnosis besitzt, ein Nichts.
Als weiteres Charisma reiht Paulus auch den Glauben in die Reihe dessen ein, was sich am Maßstab der Liebe prüfen lassen muß. Mit πίστις ist dabei wie in 12,9 weniger der Heilsglaube als der wunderwirksame Glaube gemeint[60], wie der Konsekutivsatz ὥστε ὄρη μεθιστάναι sicherstellt[61], wobei offenbleiben muß, ob eine sprichwörtliche Wendung oder die Reminiszenz an ein Herrenwort (Mt 17,20; Mk 11,23 par) vorliegt[62]. Es ist allerdings die Frage, ob Paulus dieser Spezialisierung des Glaubensbegriffes im Sinn des Berge versetzenden »Wunderglaubens« allzu viel Wert beimessen würde, zumal auch der rechtfertigende Glaube Glaube an den Gott ist, der das Nichtseiende ins Sein ruft (Röm 4,17; vgl. auch 4,20f, Gal 3,5)[63]. Das notwendige Dabeisein der Liebe beim Glauben gilt zweifellos über den Wunderglauben hinaus.

Auch andere Aussagen des Paulus über das Verhältnis von Glaube und Liebe bestätigen diesen grundsätzlichen Charakter, am deutlichsten Gal 5,6. Dort bestimmt Paulus die πίστις klar und unzweideutig als πίστις δι᾽ ἀγάπης ἐνεργουμένη, als Glauben also, der durch die Liebe und in der Liebe wirksam ist. Das ist nicht im katholisch-aristotelischen Sinn als *fides caritate formata* zu verstehen, denn ἐνεργουμένη ist nicht Passiv, sondern Medium, d.h. der Glaube wird durch die Liebe nicht geformt oder gewirkt, sondern wirkt selbst. Jede Art von Verdienstlichkeit ist *a limine* ausgeschlossen,

[58] Zu γνῶσις vgl. EKK VII 2, 227-229 und Wischmeyer* (Weg) 59-69. Allerdings werden anders als in 8,1 γνῶσις und ἀγάπη nicht einfach als Alternative angesehen, sondern implizit wird eine Verbindung beider Größen nicht prinzipiell ausgeschlossen (vgl. 12,8; 14,6 und auch 13,12).

[59] Weiß 314 sieht in der Parechese πάντα – πᾶσαν – πᾶσαν »nicht so sehr den höchsten Grad als die größte Vielseitigkeit dieser Gaben« hervorgehoben.

[60] Vgl. auch ἔργον τῆς πίστεως (1Thess 1,3) und Mk 9,23. Vgl. weiter D. Lührmann, Glaube im frühen Christentum, Gütersloh 1976, 22.54. In den antiken Heilungsberichten ist der Glaube dagegen Folge des Wunders; vgl. G. Theißen, Urchristliche Wundergeschichten, 1974 (StNT 8), 133-143, hier 135.

[61] Vgl. Grotius 813: *proverbialis locutio* für *res plane stupendas efficere*; Billerbeck I 759: »unmöglich Scheinendes möglich machen«.

[62] Für einen traditionsgeschichtlichen Zusammenhang spricht vor allem die Verbindung mit πίστις in Mk 11,22f par. Vgl. weiter Michel, ThWNT III 811; Kittel, ThWNT IV 109; Hunzinger, ThWNT VII 288 mit Anm. 26 und 27.

[63] Vgl. schon Melanchthon 66 (*non libenter separo fidem miraculorum a fide iustificante*) und Wischmeyer* (Weg) 71-73, aber auch Cajetan 76v mit Verweis auf die *fides iustificans sine operibus* im Römerbrief: *diuersimode vtitur Paulus fidei nomine . . . Hoc vero in loco, sub fidei nomine solam ipsam fide seorsum* (getrennt) *a dilectione significat.* Vgl. weiter Bachmann 392: »Πᾶσαν besagt, daß diesem Glauben nichts, was überhaupt Glaube heißt, fehlt«. Anders Beza 149: πᾶσαν *non significat hoc in loco vniuersalem complexum specierum* (mit Verweis auf Röm 7,8 u.ö.): *Totam dicere malui quam omnem.* Wischmeyer* (Weg) 72 erklärt πᾶσα »aus dem hyperbolischen Stil« von V 1-3.

denn Gott rechtfertigt den Gottlosen (Röm 4,5) und somit bedingungslos, also auch nicht in Vorausschau oder unter der Bedingung künftiger Liebe. Nirgendwo wird die Liebe als Heilsweg bezeichnet. Aber der Glaube, die einzige *conditio salutis* nach Paulus, setzt die Liebe notwendig aus sich heraus[64] und wird in ihr *eo ipso* wirksam. Beide sind so eng miteinander verknüpft, daß Paulus die traditionelle Reihenfolge Glaube und Liebe auch umkehren kann (z.B. Phlm 5). V 13 wird die Zusammengehörigkeit bestätigen.

Jedenfalls würde fehlende Liebe den Charismatiker zu einem Nichts zusammenschrumpfen lassen, und zwar hier wohl zugleich im Blick auf sich selbst, auf die Gemeinde und auf Gott. Das starke und in dieser Form bei Paulus singuläre οὐθέν εἰμί negiert zunächst das Sein des Christen als Christen, seine christliche Identität und Authentizität[65]. Sie markiert aber zugleich die Nichtsnutzigkeit von Prophetie, Mysterienwissen, Erkenntnis und Glaube ohne Liebe für die Gemeinde[66] und damit indirekt auch die Untrennbarkeit des Werks von der Person des Liebenden *coram deo.*

Mit V 3 könnte Paulus auf die ἀντιλήμψεις von 12,28 zurückkommen[67], doch geht er weit über Hilfeleistungen und mit seiner Paradoxie auch über die bisherigen Beispiele, aber zugleich auch über die in Korinth aktuellen Probleme hinaus. Kommt er doch nun auf Handlungen zu sprechen, die *per se* mit der Liebe identifiziert zu werden pflegen[68], zumal in dieser Zuspitzung (πάντα τὰ ὑπάρχοντα)[69]. Ψωμίζειν heißt sonst stets wie in Röm 12,20 »jemanden speisen« (Zitat Spr 25,21) und bedeutet hier entweder die »*ganze Habe* ›verfüttern‹ . . ., d.h. zur Speisung Notleidender aufwenden od. *in Brocken teilen* =

3

64 Vgl. Melachtthon 66: *Quamquam sola fides iustificet, tamen non sola fides sufficit.*

65 Vgl. die paulinischen Parallelen in 2Kor 12,11 und Gal 6,3 mit ihren antienthusiastischen Akzenten, die von einem grundsätzlichen οὐδέν εἰμί ausgehen; vgl. aber auch Hi 39,34 LXX und Epiktet, Diss. 4,8,25, wo Sokrates das Nichts-wert-Sein (ἐγὼ οὐδέν εἰμί) dann konstatiert, wenn er auf jemanden wartet, damit der ihm nütze (weitere Belege bei Bauer/Aland 1198). Am ehesten ist 1,30 (ἐξ αὐτοῦ δὲ ὑμεῖς ἐστε ἐν Χριστῷ Ἰησοῦ) zu vergleichen: Ein »Sein in Christus« ist *eo ipso* ein Sein in der Liebe – oder ein Nichtsein; vgl. Schlier* 188: »Nur die Liebe verleiht Sein, nur sie entreißt dem Nicht-Sein«; Spicq* (Agapè) 115: »ἐν ἀγάπῃ et ἐν Χριστῷ sont deux expressions équivalentes de l'être chrétien«. Wischmeyer* (Weg) 80 denkt dagegen an »eschatologischen Lohn«.

66 Vgl. Meyer 365: »in *ethischer* Beziehung *ohne alle Bedeutung und Werth*« mit Verweis auf 2Kor 12,11; Weish 9,6 u.a.; ebs. Heinrici 399.

67 Spicq* (Agapè) 71. Weiß 314 bemerkt allerdings nicht zu Unrecht, Paulus sei nicht in dem Sinn zu verstehen, »daß Jemand die ›Gabe‹ der ἀντίλημψις habe (12,28) und daher dauernd sich der Armenpflege widmet«; er denke vielmehr »an einzelne heroische Aufopferungen des ganzen Vermögens, wie solches von Barnabas u.a. Apg 4,34ff erzählt wird«. Allerdings reflektiert Paulus hier nicht auf diese Differenz, und vom »Charisma des urchristlichen Apostolats«, den Wischmeyer* (Weg) 80 hier findet, ist kaum allein die Rede, auch wenn 9,14 (vgl. auch Mk 10,28) durchaus als Veranschaulichung dienen kann (vgl. Martin* [Spirit] 45). Klar ist aber die ὑπερβολή (Chrysostomus 269), die nach Petzer* 238 die Leser schockieren soll.

68 Vgl. Bengel 425: *cum amore quam conjunctissima videntur.* Nach Bachmann 395 Anm. 1 wird die Denkbarkeit der Voraussetzung fehlender Liebe durch die Steigerung in V 1-3 »eine immer schmälere«.

69 Vgl. Bullinger 224: nicht *partem substantiae meae,* sondern *omnem substantiam* den Armen zuwenden.

aufsplittern« (abgeleitet von ψωμός = Brocken), aufteilen[70]. So oder so ist der Sinn klar und in Luthers Übersetzung »alle Habe den Armen geben« schön getroffen[71]. Diese Adressierung (»den Armen«) versteht sich auch ohne ausdrückliche Nennung von selbst[72]. So sehr damit noch einmal bestätigt wird, daß solches Liebeswerk als Geisteswirkung zu verstehen ist, so bleibt es doch merkwürdig und außerordentlich charakteristisch, daß man nach Paulus offenbar solche Liebes*werke* tun kann, ohne Liebe zu haben[73], zugespitzt: daß es Liebe ohne Liebe gibt.
Als letztes der Beispiele erwähnt Paulus die Selbstaufopferung des Menschen, wobei aber kontrovers ist, ob dabei an das Martyrium oder eine andere Form des Feuertodes, ja überhaupt an ein Verbrennen gedacht ist.

Das hängt von der Ursprünglichkeit der Lesart καυθήσωμαι bzw. καυθήσομαι[74] (von καίω = »verbrennen«) ab, und die ist äußerst umstritten. Für die von Nestle/Aland bevorzugte Lesart[75] καυχήσωμαι spricht die gewichtige Bezeugung durch 𝔓⁴⁶ ℵ A B 048 33 1739* pc co Hier^mss^. Auch könnte der spätere Beginn der Verfolgung, in der der Verbrennungstod nicht selten vorkam, den Ersatz von καυχήσωμαι durch καυθήσωμαι in Erinnerung an Dan 3,19ff begünstigt haben. Andererseits aber kann das singuläre καυθήσωμαι leicht durch das bei Paulus beliebte, ca. 55mal vorkommende καυχᾶσθαι (auch versehentlich) verändert worden sein[76]. Weiter wird Selbstruhm sonst eindeutig verurteilt[77], und außerdem wäre im anderen Fall der parallel zu

70 So Bauer/Aland 1784. Vgl. Num 11,18 und Dtn 8,3.16 für die Mannaspeisung; vgl. auch ψωμίον in Joh 13,26f. Zur Sache vgl. etwa Apg 4,36f.

71 WA 17.2, 161.

72 Vgl. die Vulgata (*et si distribuero in cibos pauperum*); Chrysostomus 269: τοῖς πένησι; vgl. aber die zutreffende Bemerkung von Robertson/Plummer 290: »It is the giver, not the recipients, that is in question«.

73 Treffend Schlier* 188: »Der Mensch gibt sich ja manchmal hin, um – der Liebe zu entgehen«. Daß Geben ohne Liebe keinen Nutzen hat, zeigt im übrigen auch ein gnostischer Text wie EvPhil 45 (NHC II 3/62,3-5). Öfter wird auf Apg 5,1ff verwiesen, um zu belegen, daß »auch andere Motive mit im Spiel sein konnten« (so z.B. Schneeberger* 155; vgl. unten S. 331f); zudem findet sich »freiwillige Besitzlosigkeit als Form der Askese ... bei verschiedenen Völkern u. Religionen« (Bigelmair, RAC I 705); vgl. auch Wischmeyer* (Weg) 77 Anm. 179.

74 Zur möglichen Aufhebung der Qualitätsunterschiede in der Vermischung von ω und ο vgl. Bl-Debr-Rehkopf § 28 (»Veranlassung zu der im NT kaum wahrscheinlichen Annahme eines Konj. Fut.«).

75 Ebs. z.B. Harnack* 138-145; Metzger, Commentary 563f; K.W. Clark, Textual Criticism and Doctrine, in: FS J. de Zwaan, Haarlem 1953, 52-65, hier 61f); Wischmeyer* (Weg) 84-88; Petzer* 246-252 passim u.a.

76 So z.B. Erasmus 725 (*ex mutatione litterae*, καυχήσωμαι, *pro* καυθήσομαι) und Semler 338 (Θ *et* Χ *saepissime confusae*). Moffat 193 verweist auf καυχήσονται statt καυθήσονται in einigen Handschriften von 2Βασ 23,7. Spicq* (Agapè) 57 hält es für unwahrscheinlich, daß ein Abschreiber ein bei Paulus so beliebtes Wort wie καυχᾶσθαι durch ein nur hier vorkommendes ersetzt haben sollte.

77 Allerdings wird z.B. von Harnack* 143f als Gegeninstanz auf die Beispiele in 1Kor 9,15f; 2Kor 8,24; Phil 2,16; 1Thess 2,19 verwiesen; ähnlich Petzer* 243; vgl. dazu aber Lang 183. Wischmeyer* (Weg) 84 verweist auf 15,31f: »Der Einsatz des Lebens bringt also apostolische καύχησις und damit ὠφέλεια«. Schwierig bleibt aber sowohl das ἵνα als auch die Annahme, daß in V 3b »die apostolische Lebensform« im Blick sei (90).

ὥστε in V 2 stehende ἵνα-Satz überflüssig[78], denn Hingabe aus Ruhmsucht wird niemand als mögliche Erscheinungsweise von ἀγάπη verstehen bzw. wurde erst später (vgl. immerhin schon 4Makk 8,24) bei Märtyrerstolz als Gefahr empfunden. Paulus nennt auch sonst Verhaltensweisen, die nicht *a se* negativ zu bewerten sind und aus selbstsüchtigen Motiven entspringen.

Ist καυθήσωμαι Urtext[79], könnte sich eine Erinnerung an Daniel im Feuerofen (Dan 3,19ff)[80] oder andere Feuermartyrien nahelegen[81]. Daß Paulus aber tatsächlich schon christliche Feuermartyrien im Blick haben sollte, bleibt schwer vorstellbar. Meist wird dagegen eingewendet, daß Verfolgungen bis hin zum Martyrium bei Paulus noch nicht erkennbar werden (der erste uns bekannte Märtyrer, der auf dem Scheiterhaufen starb, ist Polykarp, und auch die Christenverbrennungen der neronischen Verfolgung sind noch nicht in Sicht) und die Parallelität der anderen Beispiele ein Werk der Liebe erwarten läßt[82]. Andere denken an freiwillige Selbstverbrennung als Zeichen großer Tapferkeit oder um des Ruhmes willen wie die des Peregrinus bei Lucian oder die Selbstverbrennung indischer Fakire[83], doch dürfte der Blick des Apostels wie bei den anderen Beispielen auch hier kaum über die Gemeinde und die pneumatischen Fähigkeiten in ihrer Mitte hinausgehen. Zumal die im Vordergrund stehende Exemplifizierung einer Liebestat hat andere auf den Gedanken gebracht, daß hier eine Anspielung auf Selbstversklavung durch eine

78 Schmiedel 172: »matte Verdeutlichung zu ἀγάπην μὴ ἔχω, die auch der Parallelismus der Structur mit 2 nicht duldet«. In der Tat ist die Parallelität zu ὥστε ὄρη μεθιστάναι ein ganz gewichtiges Argument (vgl. auch Lietzmann 65; Bornkamm* 100 mit Anm. 16; Barrett 303; Fee 629 Anm. 18).

79 So im Gefolge Älterer z.B. Weiß 314 Anm. 1; Lietzmann 65; Bachmann 393 Anm. 1; Schmidt, ThWNT III 466f; Conzelmann 272 mit Anm. 43a; Spicq* (Agapè) 57f; Elliott* 297f; Kieffer* (I Cor. XIII.3) 95-97; Sigountos* 253f; Wolff 317; Lang 183; Fee 629 mit Anm. 18.

80 Vgl. vor allem Dan 3,95 Θ (παρέδωκαν τὰ σώματα αὐτῶν εἰς πῦρ) sowie Riesenfeld* (Martyrium) 213. Formal vergleichbar ist auch Josephus, Bell 7,355 und Porphyrius, Abst. 4,18 (beidemal πυρὶ τὸ σῶμα παραδόντες). Die von Petzer* 242 behauptete Anspielung auf das Herrenmahl bzw. die Selbsthingabe Jesu scheint mir schon wegen der in Erwägung gezogenen fehlenden Liebe abwegig.

81 Vgl. auch 2Makk 7,5; 4Makk 6,26; 7,12; Josephus, Ant 17,167. Auch in der rabbinischen Literatur werden Feuermartyrien oft erwähnt (Schmidt, ThWNT III 467), im NT Hebr 11,34; vgl. Spicq* (Agapè) 74f; Wolff 316.

82 So z.B. Rückert 344, der allgemein »an eine Hingabe seiner selbst zum Beßten Anderer« denkt, »bei welcher ein Mensch sogar sein Leben dem schmerzhaftesten Tode zu ueberliefern sich nicht scheue«; Bachmann 394 weist außerdem darauf hin, daß etwaige Märtyrer eher Kreuz, Schwert oder Steinigung als den Feuertod zu erwarten hatten; vgl. auch Dölger* (Feuertod) 258 und Fee 634.

83 Zu Peregrinus vgl. Lucian (Peregr. Mort. 23), zu den indischen Fakiren (in der hellenistischen Welt Gymnosophisten geheißen) z.B. Philo (Abr 182), zur Selbstverbrennung des Kalamos Plutarch (Alex. 69,3); vgl. weiter Weiß 315. Dölger* (Feuertod) 261 erinnert an die Liste von Selbstverbrennungen *famae et gloriae causa* bei Tertullian, Ad Martyras 4 (weitere Beispiele 259-270; Belege für andere Formen freiwilligen Opfertodes bei Spicq* [Agapè] 73 Anm. 1 und 4); ähnlich Erasmus 723; Grotius 813; Spener 445; Meyer 366; Heinrici 400; Héring 117; Spicq* (Agapè) 74f; Schmidt, ThWNT III 469 (möglicherweise habe Paulus sowohl an Feuermartyrium wie Selbstverbrennung gedacht); Barrett 302f; Conzelmann 272f; Strobel 201 u.a.

Sklavensignierung in Form von Brandmarkung vorliegt[84], doch bleibt auch das hypothetisch. Was immer Paulus konkret im Auge gehabt hat, jedenfalls besteht selbst bei einer solch staunenswerten völligen Hingabe des Leibes aus Opferbereitschaft die Möglichkeit, ohne Liebe zu sein[85]. Das hat wiederum zur Konsequenz: Nichts nütze! Wertlos! Οὐδὲν ὠφελοῦμαι wird dabei sowenig wie die Schlußsätze von V 1 und 2 allein auf den eigenen Nutzen oder Lohn blicken[86] (vgl. τί ὑμᾶς ὠφελήσω in 14,6 oder πρὸς τὸ συμφέρον in 12,6 u.ä.[87]), allenfalls *auch* auf die eigene Heillosigkeit.
Überblickt man die Reihe der von Paulus gewählten Beispiele, so fällt auf, wie hoch er hier greift[88], und doch sind alle charismatischen Qualifikationen ohne Liebe samt und sonders belanglose Nichtigkeiten und brotlose Künste. Keine von ihnen wird in irgendeiner Weise abgewertet. Alle sind Geistesgaben. Und trotzdem ist keine als solche mit Liebe identisch. Sie alle können Ausdruck frommer oder unfrommer Ichbindung und bloßer Selbstbespiegelung sein.

Bisweilen ist allerdings etwas zu vollmundig von der Zweideutigkeit der Liebe die Rede, die als solche überhaupt kein inhaltliches Was, sondern nur ein bestimmtes Wie christlichen Lebens sein soll[89]. In der Tat ist die Liebe für Paulus als solche nicht auf-

84 So Preuschen* und im Anschluß daran Lehmann/Fridrichsen* 71; ferner Moffat 193; Cox* 531 und 536 Anm. 9; frühere Autoren bei Rückert 344; dagegen Bachmann 393f und Dölger* (Feuertod) 255f, weil καίειν nicht zur Eigentumsmarkierung, sondern zur Strafe bei *fugitivi* vorkommt; Schmidt, ThWNT III 469 wendet ein, daß dann schon ἀγάπη da wäre (für V 3a würde aber das gleiche gelten), und Pobee, Persecution 116, daß statt ἵνα καυθήσομαι dann εἰς δέσμα oder εἰς δουλείαν zu erwarten wäre. 1Clem 55,2 weiß immerhin von »vielen bei uns, die sich den Ketten überliefert haben (παραδεδωκότας ἑαυτούς), um andere loszukaufen; viele begaben sich in Sklaverei und nahmen ihren Kaufpreis und unterhielten andere«. Orr/Walter 291 schließen aus der Kenntnis des 1Kor beim Vf. des 1Clem, daß diese Interpretation auch hier zu akzeptieren ist.

85 Klauck 95 z.B. vermutet, dahinter »könnte sich auf subtile Weise die Absicht verbergen, den konkreten Forderungen der Liebe zu entgehen, indem man sich durch eine einmalig spektakuläre Tat dem täglichen mühseligen Einsatz zu entziehen sucht«. Vgl. schon das Zitat von Schlier* oben Anm. 73.

86 So z.B. Rutenfranz, EWNT III 1223: »im Sinne der Nutzlosigkeit menschlicher Werke für das Heil«; ähnlich schon Rückert 344 und Olshausen 702; auch Weiß 315 findet »die Idee der Verdienstlichkeit ... leise angedeutet«; vgl. weiter Godet II 138; Bachmann 395; Gutjahr 360; Conzelmann 273 Anm. 49.

87 Vgl. Pedersen* 164 Anm. 15, nach dem die Interpretation von ὠφελοῦμαι mit »nützt es mir nichts« oder mit »nütze ich (den Anderen) nichts« von der Kontextanalyse abhängt, der sich aber im Unterschied zu den meisten mit Recht für die letztgenannte Möglichkeit entscheidet; vgl. auch Martin* (Spirit) 46. Gerade das Absehen vom eigenen Nutzen dürfte Paulus von den Parallelen bei Epiktet (Diss. 4,8,25; 2,19,10; 2,24,17.25; 3,1,10; Ench. 24,4f) unterscheiden, auf die Lehmann/Fridrichsen* 72f aufmerksam machen und als »typisch stoisch« charakterisieren. Zwar kann es auch bei Paulus heißen: τί μοι τὸ ὄφελος (15,32), und der Lohngedanke ist nicht unpaulinisch, doch die Funktion von V 1-3 im Makrokontext von Kap. 12-14 spricht für die andere Deutung.

88 Nach Bornkamm* 99 beschreibt Paulus hier »den homo religiosus Christianus – in seinen höchsten Möglichkeiten«.

89 Vgl. Bultmann, Glauben I 238; ders., Theologie 570 sowie die Lit. und Kritik bei Schrage, Ethik 223; auch Barrett 304 wendet sich gegen eine übertriebene Unterscheidung von »love« und »acts of love« bei Barth (KD IV 2, 831).

weisbar und demonstrierbar, sondern eher eine dem Anbruch der neuen Welt Gottes entsprechende Ganzheitshaltung und Grundorientierung christlichen Lebens, die vor und hinter allem Einzelnen und Konkreten steht. Als solche aber will sie zweifellos *im* Einzelnen und Konkreten zur Erscheinung kommen. Paulus sagt denn auch nicht, Zungenrede und Prophetie, Armenspeisung und Selbstaufopferung seien »nichts«, sondern die betreffende Tat bzw. der Mensch ist nichts, wenn dabei die Liebe fehlt. V 1-3 machen zwar deutlich, daß ohne Liebe jede konkrete charismatische Betätigung wertlos ist. Aber damit sind die einzelnen Beispiele nicht überflüssig oder bedeutungslos. So gewiß es also keine untrüglichen Zeichen für Liebe gibt, so gewiß wird sich die Liebe *in* diesen Zeichen verleiblichen[90], und Paulus kennt durchaus Erkennungszeichen, die den Liebenden auch in der konkreten Wirklichkeit seines Lebens vom Nicht-Liebenden unterscheiden[91], wie sich in V 4-7 bestätigen wird[92]. Wo im sichtbaren realen Leben keine Taten der Liebe mehr zeichenhaft aufleuchten, wird die Echtheit der Liebe zweifelhaft, denn sie verharrt nicht in der Unanschaulichkeit, sondern wird zur beherrschenden Macht des ganzen Lebens. Diese Abgrenzung ändert aber nichts daran, daß selbst ein geistgewirktes Verhalten *materialiter* nicht unzweideutig auf Liebe verweist.

4-7

In V 4-7 veranschaulicht Paulus nun positiv, vor allem aber *via negationis* das Wesen und die Zeichen der Agape[93]. Auf die Konditionalsätze folgen in einem ganz anderen knappen Stil lauter verbale Aussagen asyndetisch aufeinander, deren Subjekt die Agape ist[94] und deren einzelne Prädikate weder erschöpfend noch zufällig (vgl. oben Anm. 6) das Wesen der Agape umschreiben. Auf ein Paar affirmativer Aussagen[95] folgen acht negierte, wobei der

90 Der Hinweis Bultmanns auf die Verborgenheit und Zweideutigkeit der Liebe – nach Bultmann kann liebendes Handeln weder dem Außenstehenden noch sich selbst gegenüber als Liebe ausgewiesen werden (Glauben I 239f) – ist nur dann richtig, wenn dadurch nicht ihrer Abstraktheit und Spiritualisierung Vorschub geleistet wird; vgl. Schrage, Ethik 218. Grenzfälle sollte man nicht zur Regel machen.

91 Die Möglichkeit des Auseinanderklaffens von konkretem Verhalten und Liebe ist nicht mit einem Auseinanderfallen von »Kopf und Herz« o.ä. zu erklären (so aber Olshausen 699f). Entscheidend ist vielmehr die Differenzierung zwischen der Selbstbezüglichkeit religiöser Aktivitäten und der Liebe zu anderen. Daß sich die Bewertung des Tuns nicht nach dem höheren oder niederen Rang des Täters richtet (so z.B. Plinius, Ep. 6,24,1), versteht sich von selbst.

92 Dort muß man gerade umgekehrt betonen: Alle jene *charitatis proprietates* müssen da sein, *etsi diversis gradibus, tamen sinceritate, si certi volumus charitatem nos habere* (Spener 454). Nicht jede Geduld etc. ist Liebe, aber Liebe weist sich aus in Geduld etc.

93 Theophylakt 728 nennt das Folgende die Erkennungszeichen (γνωρίσματα) der Liebe.

94 Nach Bornkamm* 101 sind Stil und Rhythmus der Sätze mehr als nur Merkmal äußerer Formen: »Die langwährende, gleichmäßig von einem zum andern Satzglied ohne besondere Übergänge und Verbindungen fortschreitende Aufreihung . . . läßt die Ruhe und zugleich die Unermüdlichkeit der Liebe sichtbar werden«; Harnack* 154 Anm. 4 spricht von »einer lapidaren Monumentalität«; vgl. auch Wendland 120, nach dem über die Liebe adäquat »nur in Begriffen des Handelns« zu sprechen ist (ebs. Wolff 317), zwar nicht »von isolierten Einzeltaten«, aber doch so, daß die Lebe »bestimmte, feste Verhaltensweisen« ausbildet. Ibuki* II 7 will die Einzelaussagen nicht als »Mosaiksteine«, sondern von einer »Gesamtschau« her verstehen, die die einzelnen Worte ihren »schmalspurigen begrenzten Sinn« verlieren lassen können, doch ist auch hier der hermeneutische Zirkel zu beachten.

95 Sie sind vermutlich chiastisch konstruiert, d.h. das zweite ἡ ἀγάπη gehört zum vor-

letzten auch deren positives Pendant gegenübergestellt wird, und zum Schluß noch einmal vier positive, die durch das vierfache πάντα eine starke Eindringlichkeit erzielen. Es überwiegen also die negierten Aussagen[96]. Im Vordergrund stehen inhaltlich die Freiheit der Agape von aller Selbstbezogenheit und ihre Widerstandsfähigkeit, weniger ihre Aktivitäten. Dabei ist zwar immer auch der Widerspruch zu gemeinschaftsfeindlichen oder -zerstörerischen Praktiken in Korinth im Auge zu behalten, die, anders als die der Liebe, dem Individualismus verhaftet sind. Zugleich aber tritt doch die grenzenlose Fülle und Vieldimensionalität in Erscheinung, die die Verhaltensweisen der Liebe auszeichnen. Den Ton in dieser Aufzählung von V 4-7 trägt aber fraglos V 7. Noch eine andere Beobachtung ist immer wieder angestellt und unterschiedlich gedeutet worden, daß nämlich alle diese Aussagen von der Liebe und nicht vom Liebenden gemacht werden[97]. Das fällt um so mehr auf, als die nächsten und eindrucksvollsten Parallelen zu der hier vorliegenden Stilgattung in den TestXII zu finden sind[98], es dort aber heißt: Der einfältige Mann tut und läßt dies und das[99]. Bei Paulus dagegen ist nicht eine Person Subjekt der Aussage, sondern die Liebe selbst. Das scheint zunächst nicht weiter auffallend, da Paulus auch Sünde, Tod und Gesetz, aber auch Weisheit, Glaube und Geist personifizieren kann, doch ist das vermutlich mehr als rhetorische Metonymie (*abstractum pro concreto*), ja von da aus ist öfter auch erklärt worden, nicht ein einzelner Mensch sei das Subjekt, sondern der Heilige Geist[100] oder Jesus Christus[101]. Zum Recht dieses Austausches soll erst nach der Exe-

hergehenden χρηστεύεται, nicht zum folgenden οὐ ζηλοῖ, dessen Subjekt, falls es ursprünglich ist, vielmehr nachsteht und alle folgenden Prädikate regiert (vgl. dazu Bachmann 397 Anm. 1; Harnack* 145; Kümmel 189; vgl. aber auch Fee 635 Anm. 1).

96 Wahrscheinlich darf man aus dieser Beobachtung, die der weit überwiegenden Anzahl der Glieder in den Lasterkatalogen gegenüber den Tugendkatalogen entspricht, schließen, daß sich einfacher sagen läßt, was die Liebe alles *nicht* ist und *nicht* tut, als positiv bestimmen: Sie tut das und das, sie ist das und das. Vgl. auch die zweite Tafel des Dekalogs in Röm 13,9 u.ö. Ibuki* I 40 geht dabei wohl doch zu weit: Die Liebe komme »eben durch ihr Verborgensein in die Unverborgenheit« bzw. sie erscheine »zunächst als das ›nicht‹ schlechthin«; angemessener ist: Sie lasse »sich eben nicht darstellen, sie macht ihrer Natur gemäß in keiner Weise auf sich aufmerksam«.

97 Vgl. Olshausen 702, der das damit begründet, daß sich die Liebe »nie in concreter Erscheinung vollståndig darstellt«; vgl. weiter z.B. Barth 49.

98 Vgl. v. Rad* passim, nach dem die »Vorgeschichte« von V 4-7 mit Reihen im Ich-Stil beginnt, in denen der Fromme seine Gerechtigkeit bekennt (Dtn 26,13f; 1Sam 12,3; Hi 31,16-22), woraus dann vermutlich unter hellenistischem Einfluß festgeformte Reihen von ca. 10 Gliedern über typische Verhaltensweisen etwa des ἁπλοῦς (TestIss 4,2-6) oder des διαβούλιον τοῦ ἀγαθοῦ ἀνδρός (TestBenj 6,1-4) geworden sind (beide ebenfalls überwiegend negativ und mit πάντα-Aussagen am Schluß). Von einer festen Form zu sprechen, bleibt angesichts der wenigen Beispiele aber gewagt (Sanders* 168f). Conzelmann 273 Anm. 52 hat durch weitere Stilparallelen erwiesen, daß auch bei dem Abstraktum eine feste Stiltradition vorliegt, was er auf die jüd.-hell. Schulbildung des Paulus zurückführt; vgl. die Sätze, deren Subjekt die ἀγάπη (TestGad 4,6), die δικαιοσύνη (TestGad 5,3), die μετάνοια (TestGad 5,7) u.a. ist; vgl. das oben S. 278f zitierte Beispiel aus 3Esr 4,35-38.

99 Vgl. TestIss 4,2-6 oder TestBenj 6,1-4.

100 So z.B. Petrus Lombardus 1660: *Dilectio enim quae est ex Deo, et Deus est proprie Spiritus sanctus.*

101 Vgl. vor allem Barth KD 48; auch nach Bornkamm* 110 ist die Liebe »das Schon-

gese der Verse Stellung bezogen werden. Jedenfalls spricht Paulus jetzt über Verhaltensweisen, die die Liebe ausbildet und aus sich heraussetzt, bzw. über deren *opposita*, nicht über eine Abstraktion oder eine Idee.

Zunächst wird die Praxis der Liebe zweimal positiv charakterisiert: Μακροθυμεῖ wird meist mit »sie ist langmütig« übersetzt, heute auch öfter mit »sie hat einen langen Atem«[102]. Das entsprechende Nomen μακροθυμία steht in Röm 2,4 mit πλοῦτος τῆς χρηστότητος αὐτοῦ (sc. θεοῦ) und ἀνοχή zusammen, und zwar als Ausdruck der barmherzigen und geduldigen Treue Gottes. Die μακροθυμία der Christen reflektiert, so könnte man von daher sagen, als »Frucht des Geistes« (Gal 5,22; vgl. auch 2Kor 6,6) die μακροθυμία Gottes[103] (vgl. das Entsprechungsverhältnis zwischen göttlichem und menschlichem Verhalten in Lk 6,36 und Mt 18,23ff). Sie gibt den anderen nicht ungeduldig und kurzatmig auf, keinen anderen (vgl. 1Thess 5,14: μακροθυμεῖτε πρὸς πάντας), läßt ihm Zeit und ist auch da nicht mit ihm fertig, wo sie Grund dazu hätte. Die als μακροθυμεῖν erscheinende Liebe ist alos generös und verzweifelt selbst bei schuldhaften Verfehlungen und Belastungen, etwa Kränkungen und Provokationen, nicht am anderen[104]. 4

Das außerhalb christlichen Schrifttums nur PsSal 9,6 bezeugte χρηστεύεται ist auch im Neuen Testament Hapaxlegomenon, doch durch das damit zusammenhängende χρηστότης wird auch hier eine Analogie zur Güte Gottes nahegelegt. Χρηστότης[105] steht auch sonst öfter neben μακροθυμία[106], hat

jetzt-Gegenwärtigsein des neuen Äon, d.h. die Gegenwart Christi selbst in der Gemeinde«; vgl. weiter unten in Anm. 147.

102 Bornkamm* 101 im Anschluß an v. Bodelschwingh; Käsemann* 110; Strobel 203; Lang 184; Schlier* 189: »›langmütig‹ und ›großmütig‹ zugleich«; ähnlich Ibuki* I 53: »der Raum (vgl. Großmut) und die Zeit (vgl. Langmut)« werde auf ein προλαμβάνεσθαι hin (vgl. Röm 14,1-3; 15,7; Phlm 17) »geöffnet«; vgl. auch 55-64. Vgl. schon Theophylakt 728 (μακρὰν καὶ μεγάλην ἔχων ψυχήν); ähnlich Chrysostomus 277 u.a.; später etwa Bullinger 225 (*longanimis est, siue leni animo*); Erasmus 725 will weder *longanimis* noch *magnanimus* als zureichend gelten lassen, sondern plädiert für *longo lenem . . ., hoc est, non praecipitem ad iram aut vindictam*; vgl. auch Godet II 139 (»eigentlich das langdauernde Zurückhalten des θυμός«); ähnlich Weiß 316; Bachmann 397 (»die den Zorn hemmende und dadurch Frieden bewahrende Geduld«). Dafür könnten die Übersetzung von ארך אפים in der LXX und das Oppositum ὀργή (Ps 7,12; Spr 16,32: κρατῶν ὀργῆς) sprechen. Sonst ist ὀξυθυμία das Oppositum (vgl. Spicq* [Agapè] 78 Anm. 5); vgl. weiter Hollander, EWNT II 936.

103 Vgl. außer Röm 2,4 auch 9,22; vgl. dazu Horst, ThWNT IV 384f. Auch die atl.-jüd. Tradition (in der Profangräzität ist das Wort dagegen verhältnismäßig spät und selten [377]) spricht immer wieder von der Langmut Gottes (Ex 34,6; Num 14,18; Ps 7,11; Jes 57,15 u.ö.; Sir 18,11; äthHen 81,3; 4Esr 7,74 u.ö.) und ebenso von der der Menschen (Jes 57,15; Spr 19,11; 25,15; TestDan 2,1; 6,8; TestGad 4,7 [der Geist der Liebe wirkt durch Langmut]; TestJos 17,2; TestHi 27,7 [κρείττον ἐστὶν παντός] u.ö.). Auch im NT meist in der Paränese: Eph 4,2; Kol 1,11; 3,12; 2Tim 3,10; Jak 5,10.

104 Das sollte freilich nicht sofort nach Art des stoischen Ideals als »tranquillité intérieure (εὐθυμία)« interpretiert werden (so aber Spicq* [Agapè] 78).

105 Χρηστότης erscheint wiederum als Gottesprädikat (vgl. Röm 2,4 und 11,22 sowie Eph 2,7), und auch χρηστός steht in Eph 4,32 für das Gnadenhandeln Gottes (vgl. auch 1Petr 2,3 das Zitat aus Ps 33,9 LXX); zu χρηστός in der LXX vgl. Weiß, ThWNT IX 474f; zur χρηστότης auch außerhalb der atl.-jüdischen Tradition vgl. 478; Wischmeyer* (Weg) 93 Anm. 245.

106 2Kor 6,6; Gal 5,22; vgl. auch Kol 3,12; vgl. weiter Spicq, Notes II 971-976, der »la nuance de grandeur d'âme« findet (Agapè 80).

aber vermutlich einen stärker aktiven Akzent, meint also, daß sich die Liebe von sich aus gütig und aufrichtig, freundlich und wohltätig dem anderen zuwendet. Liebe in Form von χρηστεύεσθαι verwirklicht sich darin, daß sie auf den anderen und seine Leiden und Freuden eingeht.

Die nun folgenden acht Merkmale *e contrario* sind im Unterschied zu den einzelnen Gliedern der Lasterkataloge[107] großenteils weniger typisch, usuell und massiv, lassen jedoch ebensowenig wie dort eine innere Ordnung und Systematik erkennen.

Οὐ ζηλοῖ: Sie ist nicht von Neid und Eifersucht, Zudringlichkeit und Fanatismus erfüllt[108]. Das besagt im Blick auf die Korinther und ihren im Parteienstreit dokumentuierten ζῆλος (3,3) vor allem: Sie ist frei von der Verabsolutierung der eigenen Auffassungen und Präferenzen, aber auch von egoistischem Eifer um die eigenen Interessen und Ziele. Sie ereifert sich bei allem Eifer nie so, daß sie den anderen dabei unter Druck setzt und aus den Augen verliert. Auch περπερεύεται kommt nur hier im Neuen Testament vor und ist auch sonst äußerst selten[109], so daß sein Sinn nicht ganz eindeutig zu bestimmen ist. Gemeint ist vermutlich: Sie prahlt nicht, ist nicht aufschneiderisch und arrogant, führt sich nicht wie ein πέρπερος auf, also wie ein Schwätzer und Wortemacher, Prahlhans und Windbeutel[110], der schön daherredet und sich mit eigenen oder fremden Federn schmückt[111].

Gegensatz ist in Röm 11,22 die Strenge (ἀποτομία), dort wie auch τὸ χρηστόν (Röm 2,4) als Attribut Gottes. In Lk 6,35 ist das χρηστός-Sein Gottes die Begründung für die Feindesliebe. Vgl. aber auch Schlier* 189 (vgl. unten Anm. 355).

107 Vgl. zu 5,10f und 6,9f.

108 Zwar begegnet ζηλοῦν auch im positiven Sinn (12,31; 14,1.39), ebs. ζῆλος (2Kor 7,11; 9,2; Phil 3,6 u.a.), andererseits erscheint ζῆλος neben ἔρις in 3,3 als korinthisches Laster (vgl. auch Röm 13,13; 2Kor 12,20; Gal 5,20); die Wendung οὐ ζηλοῖ ist auch TestIss 4,5 und TestBenj 4,4 bezeugt. Stumpff, ThWNT II 890 versteht ζηλοῦν an unserer Stelle als »unbeherrschte Aufwallung« (»in Leidenschaft geraten«), doch sollte nicht allein der Affekt herausgestellt werden. Auch an eine Abwehr der Verbindung von »Eifer« und »politischer Ideologie«, wie sie etwa im Zelotismus vorliegt, worauf Strobel 203 verweist, ist kaum zu denken. V. Mosheim 587 bevorzugt wie die Alte Kirche »neidet nicht« (mit Verweis auf Apg 7,9) bzw. »misgönnet dem Nächsten die Güter und Gaben nicht«. In der LXX meint ζηλοῦν (es steht dort für קנא pi.), wo es nicht das Eifern um Gott bezeichnet, »beneiden« (Gen 26,14; 37,11; Spr 3,31; 24,1; Sir 9,11), »eifersüchtig sein« (Gen 30,1; Num 5,14; Sir 9,1), »sich ereifern« (Ps 36,1 LXX; Spr 23,17; 24,19).

109 Es wird nur Marc Anton 5,5,4 bezeugt, wo es neben Kritiksucht, Geiz, Schmeichelei u.a. steht; vgl. Braun, ThWNT VI 93, nach dem die Nachbarschaft zu ζηλοῦν das Wort »in die Nähe des herausfordernden Benehmens« rükken soll, diejenige zu φυσιοῦσθαι »in die Nähe der unbegründeten Anmaßung«, doch will er auch »die schöngeistige, rednerische Form des *Prahlens*, die den andern verletzt, die Unruhe und Streit stiftet und eine unbegründete Anmaßung darstellt«, abgewiesen finden (93f); kritisch dazu Spicq* (Agapè) 83 Anm. 2, der statt dessen »outrancier, importun, offensant, provoquant le trouble« vorschlägt und 83f als *opposita* ταπεινοφροσύνη und πραΰτης nennt. Vgl. auch die Umschreibungen der Alten Kirche unten S. 335f.

110 Vgl. die Belege für πέρπερος bei Epiktet, Diss. 3,2,14 (vgl. auch ἐμπερπερεύεσθαι 2,1,34) neben dem Niedrigen, Unzufriedenen, Jähzornigen, Feigen, alles Scheltenden, nie Ruhigen; Polybius 32,2,5; 39,1,2f (in Übersetzung abgedruckt im Neuen Wettstein 373). Rückert 345 umschreibt mit κενοδοξία: »ein Mühen und Streben, den Beifall Anderer ... zu erhaschen«; er wie auch Grotius 813; Wettstein 156 und Neander 216 vergleichen Cicero, Att. 1,14,4 ἐνεπερπερευσάμην, was dort auf die Rhetorik gemünzt ist.

111 Vgl. den schönen, aber nicht eigentlich

Φυσιοῦσθαι benennt wieder eine typische Gefahr der Korinther, die sich unter anderem ihrer Parteihäupter (4,6), ihrer Freiheitspraxis (5,2), ihrer Gnosis (8,1), aber auch der Glossolalie (vgl. zu V 1) und anderer spektakulärer Geistesgaben rühmen und sich anderen Gemeindegliedern gegenüber überlegen fühlen und entsprechend aufspielen[112]. Die Liebe aber bläht und bläst sich nicht hochmütig und selbstgefällig auf, wie Paulus das immer wieder an den überheblich auftrumpfenden Korinthern rügt, die die »Schwachen« mitleidig oder geringschätzig über die Schulter hinweg ansehen und so vergessen, daß die Liebe nicht protzt, weder mit berechtigten noch eingebildeten Vorzügen noch mit machtvollen Demonstrationen.

5 Die Liebe handelt weiter nicht unschicklich und unanständig (οὐκ ἀσχημονεῖ), respektiert im Normalfall – eine volle materiale Kongruenz mit dem auch sonst als εὐσχημόνως Geltenden wird Paulus auch hier kaum im Blick haben[113] – gute Manieren und setzt sich nicht leichthin mit einer einem vermeintlich zustehenden ἐξουσία über alle Schranken des Anstands und der Konvention taktlos hinweg[114]. Auch hier ist eine Bezugnahme auf korinthische Unsitten möglich, auch wenn die Meinungen darüber, was damit konkret anvisiert wird, auseinandergehen[115]. Demgegenüber erinnert Paulus

exegetischen Satz von Schlier* 189: »Wer liebt, schwätzt nicht«, denn »in dem prahlenden Geschwätz« stecke »nicht nur das naive Sich-zur-Geltung-Bringen, sondern auch die unbedachte und heimliche Verachtung des Nächsten, ja im Hintergrund die verborgene Verachtung Gottes als des Gebers der Gaben und Vorzüge«. Wolff 319 denkt an die den Gekreuzigten vergessende Weisheitsrede, Kremer 286 an das Bemühen, »sich aufgrund eines Wissensvorsprungs in den Mittelpunkt zu rücken«. Ibuki* II 9 versteht das Prahlen als »Naivität« im Unterschied zur Sachlichkeit der Liebe.

112 Außer 4,6.18f; 5,2; 8,1 sonst im NT nur Kol 2,18. Das Wort fehlt in der LXX; vgl. aber TestLev 14,7 und die Belege aus Epiktet (Diss. 1,8,10; 1,19,1) und Marc Anton 5,23,3 bei Lehmann/Fridrichsen* 75. Wischmeyer* (Weg) 96 Anm. 262 verweist auf das verwandte ὑπερηφανία im ntl. (Mk 7,22; Röm 1,30; 2Tim 3,2) und jüd. Bereich (Spr 8,13, TestRub 3,5; TestGad 3,3; TestLev 17,11). Zur Deutung vgl. Calvin 510 (*Qui ergo caritate regitur, non inflatur fastu, ut alios despiciat, sibi placeat*); v. Mosheim 588 (Die Liebe dulde es nicht, daß man »sich selbst einen Altar im Herzen baue«) und vor allem Söding* (Trias) 127.

113 Vorbehalte gegenüber der Annahme einer zu starken Anpassung mit Recht bei Söding* (Trias) 128: »Anständig« sei »nicht das, was nach herrschender Auffassung als sittlich gut *gilt*, sondern das, was gemäß dem Evangelium gut *ist*«; vgl. auch EKK VII 2, 181f.

114 Im selben Sinn auch 7,36. Lehmann/Fridrichsen* 75 wollen unsere Stelle aber »als eine allgemeine und prinzipielle« von der in 7,36 abheben, und sie verweisen auf Epiktet, Diss. 4,8,5.13 (»in Wort und Gebahren unanständig und ungeziemend auftreten«) und 3,22,2.8. 15.52; 4,1,177; Ench. 37, wo man es »geradezu als einen *terminus technicus* für ›seine Würde verletzen‹« finde. Letzteres ist allerdings stoisch, aber kaum paulinisch; daß die Liebe nie vergißt, »was die christliche Persönlichkeit sich selbst schuldig ist« (ebd. 76), dürfte Paulus kaum meinen. Zutreffender urteilt Neander 216: »Der Egoismus, der Gegensatz der Liebe, wird ja seiner Natur nach auch taktlos, unanständig«. Kümmel 189 hält im Anschluß an Debrunner die Lesart οὐκ εὐσχημονεῖ (𝔓[46]) im Sinne von »sie benimmt sich nicht vornehm« für »durchaus erwägenswert«, doch die singuläre Bezeugung und der sonstige paulinische Sprachgebrauch sprechen kaum dafür.

115 Vgl. schon Theophylakt 728, der das πρὸς τοὺς ἀσυγκαταβάτους gerichtet sein läßt und im Sinne von οὐχ ὑβρίζει deutet. Daß man dabei nicht speziell an die unschickliche Haartracht (so Flatt 312; auch Olshausen 703 denkt an unanständige Kleidung) oder an die Glossolalie (so de Wette 123) zu denken braucht (Heinrici 400), ist zwar richtig, doch sind diese Erscheinungen (vgl. 11,14.16 oder 14,23) neben anderen nicht auszunehmen, auch wenn nach Weiß 316 eine Beziehung auf »das ungesittete Vordrängen der Glossenred-

daran, daß die Liebe keine Ausnahmerechte für sich reklamiert und eine »gute Form« zu schätzen weiß[116].

Die Charakterisierung der Liebe mit οὐ ζητεῖ τὰ ἑαυτῆς, wiederum wie Röm 15,3 und Phil 2,4f in Entsprechung zu christologischen Aussagen (vgl. 10,33f), ist ungeachtet der impliziten Kritik am individualistischen Pneumatikertum in Korinth besonders treffend, ja in diesem radikalen Absehen von sich selbst kann man überhaupt die Quintessenz der ganzen Aufzählung finden[117]. Die als Selbsthingabe verstandene Liebe sucht das, was des anderen ist[118], verzichtet also auf das Durchsetzen eigener Wünsche und Rechte zugunsten anderer, was unschwer vor allem mit Kap. 8-10 zu verbinden ist. Sie braucht sich darum auch um die eigene Selbstvollendung nicht zu kümmern, sondern kann selbstvergessen von sich weg auf den anderen blicken und sich für ihn engagieren. Οὐ παροξύνεται[119] charakterisiert die Liebe als frei von παροξυσμός, von Bitterkeit und Verbitterung, und zwar auch dann, wenn man mit unangenehmen Erfahrungen konfrontiert wird[120], aber auch dann, wenn man provoziert und gekränkt oder nicht genügend beachtet und honoriert wird, wie das den »Schwachen« widerfahren sein wird. Daß sich die Liebe nicht reizen und auch

ner« (vgl. 14,40), auf 11,2ff u.a. unsicher bleibt. Spicq* (Agapè) 85 verweist auf 6,1-11; 5,1-6 und 11,21f, während Söding* zu stark an sexuelle Freizügigkeit denkt, wenn auch nicht darauf beschränkt (Liebesgebot 136 und Trias 128).

116 Vgl. εὐσχημόνως 14,40 und εὔσχημον 7,35 und 12,24 sowie εὐσχημοσύνη 12,23. Anders interpretieren Chrysostomus 278 (»sie schämt sich nicht«) und v. Mosheim 589 (»Die wahre Liebe beschämet niemanden«); richtig Calvin 510 (*non agit indecenter*) und Zwingli 176 (*nihil turpiter agit, nihil praeter decorum*); Grotius 813. Weiß 316 nennt es »für den Griechen P. bezeichnend, daß er ein gesittetes, auch ästhetisch wohlfälliges äußeres Benehmen von der Liebe erwartet«; vgl. auch Schlier* 190.

117 Deshalb kann ἀγαπᾶν mit διακονεῖν (vgl. 2Kor 8,8 mit 8,19f und Phlm 13 mit Phlm 9), δουλεύειν (vgl. Gal 5,13) und διδόναι ἑαυτόν (vgl. 2Kor 8,8 mit 8,5 und Gal 2,20 mit 1,4) wechseln. Viele wie v. Mosheim 589 u.a. (»siehet *nicht allein* auf Seine«) schwächen hier ab (Kursivierung von mir). Ibuki* II 3 überspitzt in anderer Richtung: Die Liebe »sucht überhaupt nicht, weil sie schon Erfüllung ist. Sie sucht nicht selbstlos zu sein, weil sie schon Selbstlosigkeit ist«.

118 10,24.33; 11,1; Phil 2,4 u.ö. Daraus folgt auch, daß nicht nur diejenigen zu lieben sind, die es durch ihr Handeln verdienen, wie es z.B. bei Philo, SpecLeg 3,155 heißt. Die Lesart τὸ μή statt τά 𝔓[46c] B) geht auf ein moralisches Mißverständnis zurück (Wischmeyer* [Weg] 97 Anm. 268); vgl. auch Mitchell* 169 Anm. 633. Zu jüd. Aussagen wie »Das Meine ist dein und das Deine ist mein« (mAv 5,10) – aber auch anderslautenden – vgl. Billerbeck III 420.451.

119 Das Verb wird auch Apg 17,16, das Substantiv Apg 15,39 in anderem Sinne, nämlich dem des Ansporns (vgl. auch Hebr 10,24: εἰς παροξυσμὸν ἀγάπης), gebraucht; vgl. Seesemann, ThWNT V 855, der unsere Stelle übersetzt: »*Sie läßt sich nicht aufreizen*«. In der LXX steht das Wort meist für »zum Zorn reizen«, weit überwiegend mit Bezug auf Gott; anders z.B. Spr 6,3. Bei Sokrates gilt nach Epiktet, Diss. 2,12,14 als πρῶτον καὶ μάλιστα ἴδιον, daß er sich beim λόγος nicht zum παροξυνθῆναι hinreißen ließ (vgl. auch Marc Anton 9,42,7 und Dion, Or. 2,16 bei Lehmann/Fridrichsen* 76).

120 In der Sache ist auch μὴ γογγύζετε (10,10) zu vergleichen; zur Nähe beider Begriffe vgl. Num 14,23.27 und Ps 105,25.29 LXX. Theophylakt 729 umschreibt mit οὐκ ἀναπηδᾷ εἰς ὀργήν und läßt das πρὸς τοὺς ὑβριζομένους gerichtet sein. Mitchell* 169f Anm. 634 macht auf Belege aufmerksam, die παροξύνεσθαι mit »political dissension« verbinden wie Josephus, Bell 2,269.489, um »another clear reference to Corinthian factional behavior« zu erweisen. Nach Spicq* (Agapè) 87 soll Paulus »l'esprit querelleur et chicanier« z.B. in den korinthischen σχίσματα anvisieren.

in Konflikten nicht in Wut und Harnisch bringen läßt, heißt gewiß nicht, daß sie kein Temperament hätte oder mit Atarxie zu verwechseln wäre, wohl aber, daß sie sich nicht zu aggressiven Reaktionen hinreißen lassen wird. Umstritten ist οὐ λογίζεται τὸ κακόν. Geht man von der bei Paulus häufigen Bedeutung von λογίζεσθαι »anrechnen« aus, wie sie die LXX für חשב bezeugt (vgl. das LXX-Zitat Röm 4,8)[121], hieße das: Die Liebe rechnet auch das Böse, das man ihr antut und über das sie sich durchaus nichts vormacht, nicht an und nicht nach. Sie vergilt nicht Gleiches mit Gleichem (vgl. Röm 12,21), durchbricht vielmehr diesen alle Gemeinschaft zerstörenden Teufelskreis, indem sie die Schuld erläßt und dem anderen nichts nachträgt oder gar Buch über sein Böses führt[122] (vgl. als Beispiel 2Kor 2,7f). Für diese Deutung spricht die auch sonst immer wieder zu beobachtende Entsprechung zwischen dem Verhalten Gottes oder Christi und dem der Christen (vgl. Röm 4,8; 2Kor 5,19 u.ö.). Sie dokumentiert damit zugleich am deutlichsten, daß Liebe nicht allein dem liebens»werten« Nächsten zugewandt ist und dem *do ut des*-Prinzip folgt. Geht man dagegen von der anderen Bedeutung von λογίζεσθαι, nämlich »nachdenken« aus (vgl. Phil 4,8), wie sie auch in der LXX vorliegt[123] und an unserer Stelle schon die Vulgata bevorzugt (*non cogitat malum*)[124], so ergibt sich die Auslegung, daß das Denken und Urteilen der Liebe sich allein am Guten orientiert und die bösen, gegen andere gerichtete Gedanken nicht in sich hineinläßt (vgl. auch Röm 13,10). Der bessere Anschluß an οὐ παροξύνεται spricht mehr für die erste Deutung.

6 Οὐ χαίρει ἐπὶ τῇ ἀδικίᾳ: Sie freut sich nicht über Sünde und Ungerechtigkeit[125], auch nicht über die der anderen[126], um so für sich und die eigene

[121] Vgl. später etwa 1Petr 4,8; vgl. auch TestSeb 8,5 neben ἀγαπᾶτε ἀλλήλους. In diesem Sinne deuten z.B. große Teile der Alten Kirche (vgl. unten S. 339f); ähnlich Erasmus 726 (*non imputat cuiquam malum*) sowie Rückert 346; Meyer 366 (»*sie bringt das Böse*, welches ihr angethan wird, *nicht in Rechnung*«); ebs. Heinrici 401; Bachmann 398 Anm. 1; Barrett 304; Wischmeyer* (Weg) 99f; Fee 639; Spicq* (Agapè) 88: »C'est plus que l'absence de rancune et même que le pardon, est l'oubli« u.a.

[122] Vgl. Schlier* 190: »Sie hat nicht den Drang, das Böse zu verewigen, sie löscht das Konto rasch aus«; ähnlich Ibuki* II 5f; Wolff 319f. Strobel 204 möchte das u.a. auf das Prozessieren (6,1ff) gemünzt sehen. Nach Söding* (Trias) 131 soll die Liebe nur dann verzeihen können und dürfen, wenn sie sich von der sündenvergebenden Liebe Gottes in Christus »inspiriert und gehalten« wisse; vgl. auch ders.* (Liebesgebot) 137.

[123] Vgl. Sach 8,17: Ἕκαστος τὴν κακίαν τοῦ πλησίον αὐτοῦ μὴ λογίζεσθε ἐν ταῖς καρδίαις ὑμῶν (vgl. auch Ps 139,3 LXX; Jer 11,19; 23,27; Neh 6,2.6).

[124] Diese Deutung wird z.B. von Heidland, ThWNT IV 292 empfohlen; vgl. weiter Beza 150; Robertson/Plummer 294; Neander 216f (weitere unten in Anm. 389). Nach Wolff 319 wäre das »ein Gemeinplatz«, doch macht es durchaus Sinn, mit Theophylakt 729 zu erklären, οὐδὲ τὴν ἀρχὴν ... ὅλως ἐᾷ φῦναί τινα κακίαν (vgl. Mt 9,4: ἐνθυμεῖσθαι πονηρά).

[125] Vom Kontext her ist ἀδικία hier kaum die mit ἀσέβεια parallele Grundhaltung dessen, der seinem Schöpfer Lobpreis und Dank verweigert wie in Röm 1,18 (so aber z.B. Limbeck, EWNT I 77f), auch wenn das daraus resultierende Unrecht durchaus mit der hier erscheinenden Lieblosigkeit vergleichbar ist und ἀδικία gegenüber Gott und Mensch für Paulus zusammenhängen; so z.B. Röm 1,29; vgl. weiter unten Anm. 128. Daß von der Liebe selbst gilt: τῷ πλησίον κακὸν οὐκ ἐργάζεται (Röm 13,10), bedarf kaum der Erwähnung, obwohl doch »Liebe« oft ungerecht ist (Plinius, Ep. 2,2,1).

[126] Vgl. Spr 2,14. Manche denken an Schadenfreude; so z.B. Chrysostomus 281; Theophylakt 729; ähnlich auch Holsten, Evangeli-

reine Weste eine desto dunklere Folie zu haben. Συγχαίρειδὲ τῇ ἀληθείᾳ: Sie freut sich dagegen an der Wahrheit, doch ist ungewiß, ob dem Kompositum hier nicht doch gegenüber dem Simplex eine besondere Nuance im Sinne der Mitfreude zukommt, wie manche wollen[127]. Ἀλήθεια steht hier wegen des antithetischen Parallelismus ἀδικία/ἀλήθεια im Sinne der Gerechtigkeit[128]. Die Liebe freut sich also, wenn es gerecht und wahr zugeht und insofern die ἀλήθεια den Sieg behält, oder – weniger wahrscheinlich –, falls ἀλήθεια hier mehr die Wahrheit des christlichen Glaubens oder die Wirklichkeit Gottes bezeichnen würde[129], wenn sich das Evangelium in der Welt durchsetzt[130]. Die Liebe und die Wahrheit gehören jedenfalls ebenso untrennbar zusammen wie die Liebe und die Gerechtigkeit. Beide werden durch die Liebe nicht ausgelöscht oder geschmälert, sondern aufgenommen und gesteigert[131].

7 In V 7 folgen vier abschließende, atemberaubende πάντα-Sätze, die in bestimmter Weise mit dem μακροθυμεῖ am Anfang in V 4 eine sachliche Klammer bilden[132]. Gewiß ist πάντα »populär hyperbolisch«[133], was den Sätzen

um 381 Anm. **; Barth 48 und Luther: »Sie lachet nicht in die Faust, wenn dem Frommen Gewalt und Unrecht geschieht« (zitiert bei Meyer 367). Diese Deutung ist aber zu eng.

127 Für eine besondere Bedeutung von συγχαίρειν wie in 12,26 und Phil 2,17f (ὑμῖν) plädieren z.B. Godet II 140; Franz* 795f, der (zu stark) auf 2Kor 1,24 und die Liebe des Apostels abhebt; Wischmeyer* (Weg) 103; Spicq* (Agapè) 90; Ibuki* I 49. Ergänzt man bei ἀληθείᾳ nicht ἐπί und faßt ἀλήθεια wie ἀγάπη personifiziert und also nicht als Objekt (entsprechend χαίρειν als eine der Wahrheit selbst eignende Freude), kommt man zur Umschreibung von Meyer 367: »Die Liebe *freuet sich mit* der Wahrheit, hat mit dieser Eine gemeinschaftliche Freude« (ebs. Heinrici 401) oder von Billroth 184 (sie freut sich »mit denen, welche Recht behalten«); dagegen Bachmann 398 mit Anm. 3. Im Sinne des Simplex deuten das Kompositum z.B. Bauer/Aland 1546; Weiß 317; Schmiedel 172 (συγχαίρειν »kann wie Rm 7,22 abgeschliffen sein«); Bornkamm* 102 Anm. 26.

128 Die Opposition ἀδικία – ἀλήθεια entstammt der LXX (Ps 118,29f; 3Esr 4,37 u.ö.) und wird auch Röm 1,18 und 2,8 sichtbar (ähnlich 2Thess 2,12); vgl. auch περιπατεῖν ἐν ἀλήθειᾳ (4Βασ 20,3; 2Joh 4; 3Joh 3f) oder ποιεῖν τὴν ἀλήθειαν (Tob 4,6; 13,6; Joh 3,21; 1Joh 1,6). Ἀλήθεια steht darum im Sinne von Gerechtigkeit und Rechtschaffenheit; vgl. die Parallelität von ἀλήθεια und δικαιοσύνη (2Kor 6,7; vgl. auch zu 5,8) und Bultmann, ThWNT I 243; Barrett 304; Wolff 320; Wischmeyer* (Weg) 101 Anm. 285 (dort auch zu profangriech. Material); Strobel 205 u.a.; vgl. schon Beza 150, nach dem aus dem Oppositum folgt, daß hier *ex Hebraeorum idiotismo* אמת *pro iustitia* steht. Möglich ist auch *abstractum pro concreto*; so Chrysostomus 281 (συνήδεται … τοῖς εὐδοκιμοῦσιν), Theodoret 336 und Beza 150; näherliegend ist aber ein *laetari ueris & iustis dictis & factis* (Maior 176r).

129 Vgl. Röm 2,8; Gal 5,7; Kol 1,5; 2Thess 2,12 und Schrenk, ThWNT I 156; Söding* (Trias) 127 Anm. 83 beharrt im Anschluß an Schlier* 190f aber darauf, daß beim Tun der Wahrheit bzw. Gerechtigkeit »deren Fundierung in der Wahrheit Gottes« nicht übersehen wird.

130 Mit dem sokratischen Grundsatz, daß nicht der ἀδικούμενος, sondern der ἀδικῶν unglücklich ist (Lehmann/Fridrichsen* 76 mit Hinweis auf Epiktet, Ench. 43 u.a.), hat das wenig zu tun.

131 Vgl. E. Käsemann, Liebe, die sich der Wahrheit freut, in: ders., Kirchliche Konflikte, Bd. 1, Göttingen 1982, 157-167, nach dem man Wahrheit und Liebe weder trennen noch identifizieren (157), die Wahrheit nicht um der Liebe, die Liebe nicht um der Wahrheit willen antasten darf (161). Wendland 120 betont, daß die Liebe »nicht Weichlichkeit, nicht sentimentales Übersehen geschehenen Unrechts« ist und »nicht die Grenze zwischen Recht und Unrecht« verwischt.

132 Vgl. Coccejus 315: *Quattuor hae proprietates charitatis pertinent ad μακροθυμίας.*

133 So Meyer 368; Heinrici 402. Nach Beza 150 soll πάντα darauf zu beschränken sein,

aber nichts von ihrer Wucht nimmt[134] und der Liebe ein offenbar unerschöpfliches Potential zuschreibt. Dabei umschreiben alle vier Verben samt und sonders das Verhältnis zu anderen. Allerdings wird man einräumen, daß etwa das vertrauensvolle Glauben und Hoffen der Liebe nach Ausweis von V 13 mit der eschatologischen πίστις und ἐλπίς zusammenhängen kann, die auch hier und jetzt mit Zuversicht und Erwartung erfüllt[135].

Die Übersetzung von πάντα στέγει mit »sie erträgt alles«[136] ist nicht sicher. Da das im wesentlichen mit πάντα ὑπομένει bedeutungsgleich wäre[137], bevorzugt man öfter eine andere Übersetzung und Deutung von στέγειν (»bei sich behalten, zudecken« o.ä.)[138]. Von 9,12 her (vgl. auch 1Thess 3,1.5) ist es

was *bona conscientia* getragen, geglaubt, gehofft und ausgehalten werden kann und muß (vgl. auch Grosheide 308 mit Verweis auf V 6). Nicht auszuschließen ist auch ein Akk. der Beziehung (vgl. Bl-Debr-Rehkopf § 154 und Bauer/Aland 1277: »in jeder Hinsicht, ganz und gar, durchaus«); so z.B. Weiß 317 Anm. 2 (in den beiden Mittelgliedern sei man versucht, πάντα mit »in allen Stücken« wiederzugeben; ebs. Conzelmann 274 Anm. 63) und Martin* (Spirit) 51, der auch auf 4,8 und 6,12 (πάντα μοι ἔξεστιν) als Kontrast verweist (»faulty eschatalogy coupled with libertine ethics«); vgl. aber Wischmeyer* (Weg) 107f; Söding* (Trias) 129 Anm. 95.

134 Vgl. Schlier* 191: Die Liebe geht »aufs Ganze«. Ibuki* II 17 verweist zu Recht auf den triumphierenden Ton der πάντα-Sätze in Röm 8,28f. Lehmann/Fridrichsen* 79f erinnern unter Hinweis auf πάντα-Sätze bei Epiktet daran, daß seine »moralischen Bestimmungen absolute Gültigkeit besitzen«. Wichtiger ist das πάντα ἰσχύω von Phil 4,13, das durch ἐν τῷ ἐνδυναμοῦντί με begründet wird (vgl. Standaert* 132).

135 Bultmann, ThWNT II 527 erklärt den selbstverständlichen Übergang von V 7 zu V 13 damit, daß dieses »in dem entsprechenden Verhalten zu Gott fundiert« sei; vgl. auch Schlier* 191; Ibuki* II 18; Wong* 239; Söding* (Trias) 128f, nach dem Paulus »vom theologisch gefüllten Begriff des Glaubens und der Hoffnung« ausgeht, den die Liebe bejaht; vgl. auch Kremer 287f. Noch weiter geht Wischmeyer* (Weg) 113, die traditionsgeschichtliche Zusammenhänge mit jüd. Leidenstheologie für πίστις/ἐλπίς/ὑπομονή in den Horizont der Christologie rückt und auch στέγειν als »Gleichförmigwerden mit Christus« interpretiert (ähnlich Wolff 320). Aber keiner der vier Begriffe erscheint bei Paulus in christologischen Aussagen, auch wenn vom Subjekt ἀγάπη her christologische Momente nicht auszuschließen sind.

136 So z.B. außer der Vulgata (*omnia suffert*) Chrysostomus 281 (φορτικά u.ä.); Theophylakt 729 (ὕβρεις u.ä.); Theodoret 336 (= ἀνέχεται ... τῶν λυπηρῶν); Erasmus 726 (*suffert onus impositum*); Bullinger 226. Vgl. z.B. Euripides, Hypsipyle Fr. 757, wonach man alles ertragen (στέγειν) muß, was uns die Natur durchzumachen (διεκπερᾶν) gibt; zitiert auch bei Clemens Alexandrinus, Strom. 4,53,4 (GCS 52, 273); vgl. von den neueren Kommentaren z.B. Conzelmann 274.

137 Allerdings könnte gerade ein gewisser Akzent darauf beabsichtigt sein (Spicq* [Agapè] 92 findet eine Steigerung); vgl. schon Holsten, Evangelium 381 Anm. ***: »στεγειν ist ein tätiges, ὑπομενειν ein leidendes ertragen«. Findlay 899 und Fee 639f vermuten einen Chiasmus: Das erste und vierte Glied bezögen sich auf die Gegenwart, die beiden mittleren auf die Zukunft. Eher ist mit Standaert* 131 von einer *inclusio* zu reden; vgl. Wolff 321 (Der Aspekt der Geduld umrahme die πάντα-Aussagen).

138 Vgl. z.B. Sir 8,17 und Bengel 426 (*tegit, dissimulat* = verbergen, und zwar bei sich und anderen). Olshausen 703; Heinrici 402 und Weiß 317 denken an »an sich halten«, »bei sich behalten, verschweigen«; ähnlich übersetzen Bauer/Aland 1529 στέγειν an unserer Stelle (»mit Schweigen bedecken, bei sich behalten«) und verstehen das im Anschluß an die schon Genannten wie Harnack* 147 im Sinne von 1Petr 4,8 von der Liebe, die »alles Unerfreul(iche) bei anderen m(it) ihrem Mantel bedeckt«; ähnlich Godet II 141; Schlier* 191 (Sie birgt alles »im Schweigen«); Spicq* [Agapè] 91; Lang 185; Kasch, ThWNT VII 587 (»deckt alles zu«). »Aber wozu von 9,12 abweichen?« (Meyer 368) – zu ergänzen ist: und von 1Thess 3,1.5; vgl. auch Ibuki* II 19f, der von 9,12 her der Liebe jeden »Rechtsanspruch oder Machterweis« im Wege stehen sieht. Bornkamm* 102 spricht von der Geduld, die den anderen nicht fallen läßt;

aber durchaus möglich, ja wahrscheinlich, daß an das Aushalten und Ertragen von Druck, Entbehrung, Anfeindung u.ä. zu denken ist und nicht an die Diskretion und Vergebung der Liebenden. Dabei steht nicht das stoische Aushalten eigener Mühsale oder die apathische Beherrschung der Leidenschaften im Vordergrund[139], sondern das Ertragen von Zumutungen des anderen und um des anderen willen. Auch πάντα πιστεύει meint das vorbehaltlose, beständige und feste Vertrauen auf den anderen[140], ist also weder als Heilsglaube[141] noch als Akzeptanz dogmatischer Inhalte zu verstehen, aber auch kaum im Sinne naiver Leichtgläubigkeit[142], sondern im Sinne der vertrauensvollen *bona fides* gegenüber dem anderen, mit der man ihm ohne alles Mißtrauen begegnet[143]. Auch πάντα ἐλπίζει ist auf den anderen gerichtet, d.h. die Liebe setzt zuversichtlich auf den anderen und hört trotz aller Gegenwarts- und Vergangenheitserfahrungen nie auf, Gutes von ihm zu erwarten und ihm die Zukunft offenzuhalten[144]. Für die Liebe gibt es keine hoffnungslosen Fälle[145]. Πάντα ὑπομένει nimmt das πάντα στέγει noch einmal auf. Die Liebe erträgt alles, was ihr an Leiden, Kränkungen und Beschwernissen zugefügt wird. Das ist nicht zu passiv-quietistisch zu bestimmen, sondern im Sinne des standhaften Ausharrens in negativen Erfahrungen, die von anderen ausgehen[146]. Weil

Wischmeyer* (Weg) 104f (allerdings mit zu starker Applizierung auf den Apostel: »die Liebe verhält sich genauso, wie ich mich bei euch verhalten habe«); v. Mosheim 591 kombiniert die Bedeutungen: »Wer alles verträget, der entschuldiget, vergiebet, bedecket alles. Und wer alles entschuldiget und bedecket, der verträget und duldet alles«. Barrett 304 erwägt eine Beziehung zu mAv 1,2, wonach die Welt auf drei Dingen steht, auf Tora, Opferdienst und Liebeswerken (Billerbeck IV 562).

139 Richtig Strobel 205: »Nicht die Eingrenzung und Beherrschung der Leidenschaften sind ihm (sc. Paulus) Aufgabe und Ziel, sondern ihre Umwandlung und Einbettung in die umfassende Leidenschaft *für* den Menschen«.

140 Πιστεύειν im nichtreligiösen Sinn findet sich auch in 11,18. Allerdings erklärt de Wette 124, die religiösen Bedeutungen der Begriffe πίστις, ἐλπίς und ὑπομονή seien »zu bekannt, als dass sie nicht mit hereinspielen sollten«. Ganz unmöglich ist aber die Synthese von Godet II 141 (»Vertrauen auf das Göttliche im Menschen«); vgl. dagegen mit Recht Wendland 121: »nicht Glaube an ›das Gute im Menschen‹ als seine von Natur oder Vernunft ihm zukommende Qualität, sondern die Eröffnung einer neuen Möglichkeit, zu existieren, die dem Bruder geschenkt wird, weil er geliebt wird«.

141 So viele mittelalterliche Autoren (unten Anm. 407), die alle drei Verben in V 7b-d auf das Verhältnis zu Gott beziehen. Aber dazu paßt schon πάντα wenig, vom Kontext ganz abgesehen. Auch daß es πάντα und nicht πᾶσιν heißt, ändert daran nichts. Richtiger schon Pelagius 204 (*suffert iniurias, satis facienti credit, sperat eius emendationem, et donec corrigat patienter expectat*); ähnlich Primasius 539; vgl. auch Estius 665f.

142 Vgl. z.B. Lanfrank 199 im Anschluß an Augustin: *Ipsa charitas, quae omnia credit, non omni spiritui credit*; vgl. 1 Joh 4,1.

143 Vgl. πίστις Gal 5,22. Nur bei solcher Spezialisierung läßt sich sagen, wie Gal 5,6 zeigt, daß die Liebe »beide, die Hoffnung wie den Glauben, ihrer Natur nach in sich trägt, nicht aber umgekehrt, jene die Liebe« (so Olshausen 703).

144 Vgl. z.B. Theophylakt 729 und Oecumenius 836: Οὐκ ἀπογινώσκει (*desperat*) τοῦ ἀγαπωμένου, ἀλλ' ἐλπίζει αὐτὸν ἀεὶ εἰς τὸ κρεῖττον ἐπιδιδόναι (bzw. βέλτιον ἐπιδοῦναι).

145 Ἐλπίζειν »im profanen Sinn des Erwartens mit der Nuance des Darauf-Rechnens« auch 9,10; 2Kor 8,5 u.ö.

146 Das Verb ist bei Paulus selten (sonst nur Röm 12,12), während ὑπομονή 10mal vorkommt, aber nie im 1Kor. Hauck, ThWNT IV 590 sieht hier das »nicht zu brechende geduldige Standhalten gegen Weltübel und Weltungerechtigkeit«, doch wird dabei die Beziehung auf den anderen zu stark vernachlässigt; vgl. auch M. Spanneut, Art. Geduld, RAC 9, 243-294, hier 258-260.

die Liebe alles aus- und allem standhält, läuft sie dem anderen auch dann nicht davon, wenn er zur Belastung wird.
Nach dieser Erklärung der einzelnen Aussagen stellt sich mit besonderer Dringlichkeit noch einmal die Frage, die von Paulus her jedoch nur unter Einbeziehung anderer Stellen zu beantworten ist: »Ist es nicht so, daß die Prädikate, die hier auf die Liebe gehäuft werden, das Subjekt Mensch einfach *aufheben* und an die Luft setzen, wo ihm der Atem ausgeht«, so daß die Antwort naheliegt, das eigentliche und primäre Subjekt sei Jesus Christus[147]? Nun kann man ähnliche Aussagen, wie sie hier über die Agape gemacht werden, an anderen Stellen tatsächlich von Gott oder Christus finden[148]. Speziell die Aussage »sie sucht nicht das ihre« läßt unmittelbar an Phil 2,6-11 denken, wo das μὴ τὰ ἑαυτῶν ἕκαστος σκοποῦντες, ἀλλὰ καὶ τὰ ἑτέρων (Phil 2,4) durch die Selbsterniedrigung und Lebenshingabe Christi begründet und veranschaulicht wird (vgl. auch Röm 15,3). Nur von der als eschatologischer Liebestat verstandenen Selbsthingabe Jesu am Kreuz her kann Paulus in der Tat die Lebensweise der Christen so eindrücklich, wenn auch unausgesprochen als Konformität dazu charakterisieren[149]. So gewiß das feststeht, ist doch paradoxerweise zugleich das andere hinzuzufügen, daß nämlich alles, was hier über das Tun und Lassen der Liebe gesagt ist, das Handeln von Christen im Raum und unter den Bedingungen dieser Welt meint[150], ja geradezu den κόπος τῆς ἀγάπης (1Thess 1,3) umschreibt. Gerade der Christus, der sich in Liebe geopfert und so den Weg freigemacht hat, auf dem Christen nun gehen

147 So Barth 48 (kursiv im Original gesperrt) sowie KD I 2, 362 und IV 2, 939; treffender Bornkamm*, GPM 5 (1950/51) 72: »die in Jesus Christus beschlossene und angebrochene Wirklichkeit einer neuen Welt«; vgl. Wischmeyer* (Weg) 114 (»Die ἀγάπη verhält sich wie Christus. Mehr noch: Gott handelt ἐν ἀγάπῃ«); Standaert* 133 (»une espèce de christologie voilée); Martin* (Spirit) 55f; Ibuki* II 3.6f; Lang 181f; Strobel 199f; Meisinger* 90. Es geht dabei aber um das ἐν Χριστῷ, und das ist nicht einfach auf den irdischen Jesus zu übertragen wie bei Robertson/Plummer 286: »We have only, it is said, to substitute Jesus for Love throughout the chapter, and St Paul's panegyric ›becomes a simple and perfect description of the historic Jesus‹« (vgl. auch Johansson* 386). Im übrigen aber sollte man die These, daß das Kapitel keine explizite Christologie enthält (so Conzelmann 270), nicht einfach umdrehen und erklären, Kap. 13 sei »sowohl nach seiner Form als auch nach seinem Inhalt vor allem ein *dogmatischer* Text«, wie das bei Pedersen* 181 geschieht, sosehr die Annahme impliziter christologischer Momente berechtigt ist.

148 Vgl. μακροθυμία und χρηστότης (V 4) oder οὐ λογίζεται τὸ κακόν (V 5) als Gottesprädikat u.a.; vgl. auch zu ὑπομένειν, daß in Röm 15,5 Gott als θεὸς τῆς ὑπομονῆς charakterisiert wird.

149 Vgl. weiter Röm 5,8; 8,37; 2Kor 5,14 sowie z.B. Söding* (Trias) 130f und (Liebesgebot) 136.142 u.ö..

150 Es wäre z.B. wenig sinnvoll, von Gottes Liebe ein περπερεύεται, φυσιοῦται, ἀσχημονεῖ u.ä. abzuwehren, und nicht viel anders steht es um die Liebe Christi. Auch Barth 49 selbst erklärt, Paulus setze »wirklich den Menschen als Täter dieses Werkes« und wage, »den Menschen zum Subjekt von Prädikaten zu machen, aus denen sich sofort zwingend ergibt: da ist ein anderer Mensch, eine neue Kreatur«; er selbst macht auch darauf aufmerksam, daß in Kap. 13 weder θεός noch der Name Jesus Christus vorkommt (KD IV 2, 939); vgl. weiter Wendland 121; Harbsmeier* 21: »Die Liebe des Christus wird und soll die Liebe seiner Gemeinde sein«. Nach Lohse will Paulus mit Kap. 13 nicht beschämen oder entmutigen, sondern das Geschehen der Liebe so beschreiben, »daß wir betroffen und mit hineingeholt werden in das Wirken der Liebe« (GPM 22 [1967/68] 128).

können, ist nach Gal 2,20 das eigentliche Subjekt auch der Christen. Ist die Liebe kein Ideal, sondern eine eschatologische Wirklichkeit im Anbruch der neuen Welt Gottes, wird derjenige, der in und von dieser Wirklichkeit her lebt, selbst zum Liebenden, aus einem Objekt zugleich zu einem Subjekt der Liebe, die auf andere gerichtet ist, auch wenn man sich, wie erwähnt, vor falschen Alternativen hüten muß[151].

8-13 Nachdem in V 4-7 die Früchte und Wirkungen der Liebe benannt worden sind, preist der dritte Teil des Kapitels in V 8-13, wieder in anderem Stil, die Unvergänglichkeit der Agape und stellt sie den vergänglichen Charismen gegenüber, die durch dreifaches εἴτε untergliedert werden[152].

8 Umstritten ist, ob V 8a wegen des Präs. nicht noch zum Vorangehenden zu zählen ist und welche Bedeutung πίπτειν hier zukommt. Manche plädieren für die Zugehörigkeit zum Vorhergehenden und fassen πίπτειν im Sinne von »zu Fall kommen, einen Fall tun«[153]. Wahrscheinlicher aber ist πίπτει synonym mit καταργηθήσονται (V 8b.d) und παύσονται (V 8c) und hat wie diese futurischen Sinn[154], zumal bei Anbindung von V 8a an das Vorhergehende das δέ sonst keine Erklärung findet[155]. Doch auch dann, wenn man οὐ πίπτει

151 Vgl. oben zu V 1. Jedenfalls sind V 5 und 7 nicht im Sinne wechselseitiger Freundschaft zu deuten (so mit Recht Stählin, ThWNT IX 160 Anm. 138 gegenüber Fuchs* 28-33).

152 Vgl. zu diesem εἴτε 3,22; 12,13 und Bl-Debr-Rehkopf § 446 Anm. 4. Robertson/Plummer 296 wollen aus dem wiederholten εἴτε einen ablehnenden Ton heraushören: »It suggests indifference as to the existence of gifts«.

153 Vgl. Michaelis* 139f und ders., ThWNT VI 166, nach dem der kleine Satz formal gut zu V 4-7 paßt, in denen die Agape Subjekt ist. Πίπτειν würde dann wie in Röm 11,22 und 1Kor 10,12 etwa den Ungehorsam kennzeichnen bzw. das in der Versuchung zu Fall Kommen; vgl. schon Severian 266 (οὐδέποτε ἐξολισθαίνει [ausgleiten] εἰς ἁμάρτημα) und Photius 573 (Oppositum ist hier u.a.: Die Liebe findet immer gute Gelegenheiten); Bullinger 226 (*nunquam destituit aut aberrat*); aus neuerer Zeit Lehmann/Fridrichsen* 90, die einen stoischen *terminus* vermuten (»tut keinen Fehltritt«); Maly* 194; Marxsen* 229 (»Nicht von der Ewigkeit, sondern von der Stetigkeit der Liebe ist hier die Rede«); Lacan* 325-330; Miguens* 96; Neirynck* 599; Wischmeyer* (Weg) 118-120 (allerdings in Kombination mit der eschatologischen Bedeutung). Spicq* [Agapè] 93 findet in der »persévérance« und »permanence« der Liebe einen Unterschied zum »*éros* versatile« und auch zur *philia* (kombiniert dabei aber ebenfalls beide Bedeutungen von πίπτειν).

154 Daß πίπτειν in der Bedeutung »hinfällig werden, vergehen« bei Paulus sonst nicht vorkommt und er statt dessen παρέρχεσθαι (aber auch nur 2Kor 5,17), παράγειν (aber auch nur 7,31), παύεσθαι (aber auch nur V 8) und καταργεῖσθαι (dieses tatsächlich oft; vgl. unten Anm. 157) gebraucht, besagt wenig, zumal diese Bedeutung von πίπτειν auch sonst bezeugt ist; vgl. außer Lk 16,17 auch Bauer/Aland 1328. Im Sinn der Parallelität zu καταργεῖσθαι fassen πίπτειν schon Chrysostomus 281 (οὐ διακόπτεται, οὐ διαλύεται); Theodoret 336 (ἀεὶ διαμένουσα, allerdings in Kombination mit ἀεὶ μένει βεβαία, καὶ ἀσάλευτος, καὶ ἀκίνητος); auch bei Theophylakt 729 gilt οὐδέποτε παύεται als die bessere Deutung. Luther übersetzt mit »höret nimmer auf« (nach de Wette 124 aber ursprünglich im Sinne von »wird nicht müde« [so auch WA 21, 415]); vgl. auch WA 17 II, 169: »›Die liebe verfellt nymer mehr‹, das ist, sie bleybt ewiglich«; v. Mosheim 593; Rückert 347; Heinrici 402; Weiß 317; Senft 170; Dautzenberg* 160; Wolff 321; Bauer/Aland 1328 (»hinfällig werden, die Geltung verlieren, aufhören«); Sanders* 168; Neirynck* 604f u.a.

155 So selbst Michaelis, ThWNT VI 166 und Miguens* 78, der auch mit Recht auf den abrundenden Schluß mit den vierfachen πάντα-Aussagen verweist; zur These von Mi-

im präsentischen Sinn faßt, reicht es wie μένει in V 13 über die Zeit des »Stückwerks« dieser gegenwärtigen Welt hinaus, wobei die sachliche *inclusio* zum μένειν (V 13) die Zugehörigkeit von V 8a zum folgenden Abschnitt bestätigt. Die Liebe ist das Kontinuum in allem sonst zu Ende Kommenden. Zunächst wird in kurzen Sätzen der thetisch behaupteten Unvergänglichkeit der Agape die Vorläufigkeit der pneumatischen Phänomene gegenübergestellt und dann in V 9 und 10 begründet. Die Schönheit auch der Worte in V 8-10 sollte über die dabei vorgenommene scharfe Kritik nicht hinwegtäuschen. Wieder zielt die Polemik des Apostels auf das Vollendungsbewußtsein einer realized eschatology und die Überschätzung der außerordentlichen Geistesgaben, für die Paulus jetzt stellvertretend nur Prophetie, Glossolalie und Gnosis anführt[156]. Ihrer schon skizzierten Verherrlichung in Korinth als schwärmerische Konsequenz der falschen Vollendungseschatologie setzt Paulus nun nochmals ein deutliches Nein entgegen[157]. Von daher ist es höchst zweifelhaft, daß sich καταργεῖσθαι und παύεσθαι auf eine bloß innerzeitliche Zukunft beziehen, wenn sich der christliche Glaube überall ausgebreitet haben werde[158]. Ebensowenig aber wird man von V 9a und von V 13 her nur den in der Gegenwart noch unvollkommen bleibenden Modus der genannten Charismen abgetan finden, denn in der Zeit der eschatologischen Vollendung bedarf es weder der Prophetie noch der Glossolalie noch aber offenbar auch der Gnosis[159]. Es heißt eben nicht, daß ihre lückenhaften oder unzulänglichen Erscheinungsformen aufhören, sondern daß sie selbst ein Ende finden[160]. Die-

chaelis (ThWNT VI 166), daß οὐδέποτε sonst nicht gleich οὐκ εἰς τὸν αἰῶνα begegnen soll, vgl. Schmid* 127 Anm. 116 und 2Makk 6,16 mit 7,23; ApkSedr 7,8. Vgl. auch mAv 5,16 (Billerbeck III 451f: »eine Liebe, die nicht von einer Sache abhängig ist, hört niemals auf« [אינה בטלה לעולם]).

156 Daß Paulus nicht allein die von den Korinthern favorisierte Gnadengaben der Glossolalie und Gnosis anführt, ist vielleicht der Versuch eines Brückenschlags, versteht sich aber auch von der Sache selbst.

157 Viermaliges καταργεῖν bzw. καταργεῖσθαι; vgl. 1,28; 2,6; 15,24.26 und zu 6,13. In den apokalyptischen Texten ist meist vom Zugrundegehen bzw. der Vernichtung des Unrechts der Gottlosen (äthHen 1,9), der Ungerechtigkeit (äthHen 50,4), der Sünde (äthHen 92,5), des Bösen (4Esr 6,27) u.ä. die Rede; vgl. auch 4Q431 Frgm. 1,3-5. Eher vergleichbar ist 4Esr 7,31, wonach die Vergänglichkeit selber, oder syrBar 44,9, wonach alles Verwesliche vergehen wird, doch die bei Paulus V 8b-d genannten Phänomene werden nicht erwähnt; vgl. weiter zu 15,24.26. Ein Unterschied zwischen den Passivformen von καταργεῖν und dem Medium παύσονται (die Glossolalie soll danach von selbst aufhören) ist Überinterpretation (vgl. die Kritik an solchen Versuchen bei Carson* 66f; vgl. auch Houghton* 348f).

158 So z.B. Chrysostomus 287; Theophylakt 729.732; Oecumenius 836; vgl. auch Bengel 426; Semler 341f u.a. Aber zwischen dem καταργεῖσθαι (V 8) und dem Kommen des τέλειον bei der Parusie ist keine Zwischenzeit einzuschieben (vgl. Godet II 142).

159 Daß man den Worten abspüre, »wie tief schmerzlich ihm die Einsicht ist, daß unser Wissen unvollkommen und daher auch der Dauer nicht fähig ist« und »nicht die Stimmung des Sokrates in bezug auf das Nichtwissen« ihn beherrsche, sondern »eine Faustische, aber ganz auf die Gotteserkenntnis gerichtete Stimmung« (so Harnack* 148f), verkennt bei aller paulinischen Hochschätzung der Erkenntnis die Schärfe der Kritik an dieser Stelle.

160 Daß auch der γνῶσις ein καταργηθήσεται angesagt wird, hat von ἐπιγνώσομαι in V 12 her in V 8 immer wieder zu Umdeutungen geführt. Vgl. schon Theophylakt 732: Ἐὰν ἡ γνῶσις καταργηθῆναι μέλλῃ, ἆρα ἐν ἀγνωσίᾳ μέλλομεν διάγειν; Μὴ γένοιτο· ἀλλὰ περὶ τῆς ἐκ μέρους γνώσεως λέγει ... τῆς τελείας ἐλθούσης. Aber es heißt eben ἡ γνῶσις

ser radikale Bruch schließt eine bloße *perfectio* oder *renovatio* des Gegenwärtigen in der Zukunft aus. Zuzugestehen bleibt, daß Paulus auch hier an einer präzisen Abgrenzung der Kategorien *renovatio* bzw. *perfectio* auf der einen und *novum* auf der anderen Seite nicht gelegen zu sein scheint (vgl. neben γινώσκειν auch das offenbar als Kontinuum zwischen Gegenwart und Zukunft verstandene, aber im Modus differierende βλέπειν in V 12), so daß man im doppelten Sinn des Wortes von »Aufhebung« geredet hat[161]. Der Akzent aber ruht unzweifelhaft auf der geschichtlichen Begrenztheit und Endlichkeit, nicht auf einer Komplettierung oder gar Kontinuität. Eine komplettierte Erkenntnis ergäbe noch Sinn (V 12d formuliert aber anders), eine vervollständigte Prophetie bleibt jedoch unvorstellbar[162].

9 Das Aufhören der Charismen begründet V 9 (γάρ) mit ihrem Stückwerksein. Charismen sind keineswegs Zeichen der Vollendung, sondern sie haben Bruchstückcharakter und sind geistgewirkte Zeichen des Vorletzten. Dreimal wiederholt Paulus das ἐκ μέρους: Stückwerk ... Stückwerk ... Stückwerk[163], zweimal in Verbindung mit den Verben in V 9, einmal substantiviert in V 10. Meist wird aus dem ἐκ μέρους, das abgetan wird, *eo ipso* auf ein Ganzes, das zu erwarten ist, geschlossen[164]. Das kann durchaus mitschwingen, doch trotz der Opposition ἀπὸ μέρους / πᾶς (Röm 11,25f) bzw. ἕως τέλους (2Kor 1,13f), denkt Paulus primär kaum an eine jetzt noch verhüllte oder vorenthaltene und bei der Parusie zu komplettierende Ganzheit. Im Vordergrund steht das qualitativ, nicht quantitativ Vollkommene. Dabei ist die Betonung des Stückwerks wieder ein Schlag ins Gesicht derer, die sich schon für vollendet halten oder bereits im Himmel wähnen. Stückwerk – das meint etwas anderes als sokratisches Wissen um die prinzipielle Begrenztheit menschlicher Weisheit[165], erst recht nicht Skepsis oder Zynismus gegenüberaller menschlichen

καταργεῖται und nicht τὸ μερικὴ εἶναι γνῶσις, wie auch Chrysostomus 287 will; ähnlich Oecumenius 836 (kommen werde ἡ τελεία γνῶσις). Es kann keine Rede davon sein, daß die γνῶσις in V 8 nur als »unvollkommene Art« (so auch Lehmann/Fridrichsen* 91) oder als »intermittierende und partikulare Funktion und Begabung abgetan wird«, wie z.B. auch Bachmann 401 will.

161 Vgl. zu diesem Problem Barth, KD IV 2, 936, der sich 949f bei καταργεῖσθαι aber zu Unrecht gegen eine Übersetzung mit abgetan bzw. zunichte werden wendet und auf das ἀλλαγησόμεθα von 15,51f verweist. Das ist der Versuch, bei Paulus unausgeglichen bleibende Vorstellungen zu systematisieren. Inwiefern können Prophetie und Zungenrede »aufgehoben« werden »in eine neue, höhere Gestalt«? Daß es bei der Erkenntnis nach V 12 anders steht, zeigt nur die Aporie dieser Unausgeglichenheit bei Paulus.

162 Mit Semler 343 und Gutjahr 367 kann von vollendeter Prophetie »der Natur der Sache nach« nicht geredet werden.

163 Zur Figur der προσαπόδοσις (so schon Zwingli 177) bzw. *redditio* vgl. Lausberg, Handbuch I 317f.

164 Ἐκ μέρους wird in Antithese zum τέλειον (V 10) dann als »das unvollkommene Endliche« so verstanden, daß es »nur Stückweises von der grossen Ganzheit« enthalte (so Meyer 369); vgl. auch Weiß 318 (τέλειον bezeichne »das Ganze mit Einschluß aller Teile«) und z.B. Barrett 306: »not perfection (in quality) but *totality* – in particular the whole truth about God«), z.T. auch mit Hinweis auf das Gegenteil von ἐκ μέρους bei Lucian, Dem. Enc. 21 (ἐκ τοῦ παντός). Wischmeyer* (Weg) 125 Anm. 384 will auch eine temporale Spezifierung fernhalten – trotz V 10! Richtig wird zugleich die »Diskontinuität zwischen Teil und Vollkommenem« betont (127).

165 Vgl. Plato, Ap. 21b (ἐγὼ [sc. Σωκράτης] γὰρ δὴ οὔτε μέγα οὔτε σμικρὸν ξύνοιδα

Größe oder eine Bestätigung des gängigen Vorurteils, daß alles doch keinen Sinn und Zweck habe, weil alles vergänglich, unvollkommen und eitel ist. Charismen sind und bleiben φανέρωσις τοῦ πνεύματος πρὸς τὸ συμφέρον (12,7), verweisen aber als solche über sich hinaus. Paulus fällt das Urteil, daß in der Zeit dieses Provisoriums auch alles Charismatische Fragment bleibt, allein angesichts des kommenden Eschaton (vgl. zu V 10). Von daher stehen auch das γινώσκειν und προφητεύειν unter dem Vorzeichen des ἐκ μέρους, wobei das ἐκ μέρους beim Erkennen in V 12 noch einmal ausdrücklich wiederholt wird[166]. Die im Unterschied zu V 8 nicht erwähnte Glossolalie ist darin selbstverständlich eingeschlossen[167].

10 Wenn aber »das Vollkommene« erscheinen wird[168] – gemeint ist das absolut und definitiv Vollkommene nach der Parusie in Parallelität zu den τότε- Sätzen von V 12[169], nicht ein relatives oder innergeschichtlich zu erreichendes Entwicklungsstadium[170] –, wird alles Fragmentarische abgetan, nicht nur die unvollkommene Art des Erkennens und Prophezeiens oder die unvollkom-

ἐμαυτῷ σοφὸς ὤν) und die anderen bei Spieß, Logos 280 genannten Stellen.

166 Daß hier beides erwähnt wird, erschwert aber die Annahme, daß Paulus vor allem eine korinthische Überbetonung der γνῶσις im Visier habe.

167 Daß die Glossolalie nicht mehr erwähnt wird, könnte damit zu tun haben, daß glossolalisches Reden ἐκ μέρους angesichts ihres Charakters als Engelsprache (V 1) »not particularly meaningful« ist (Fee 644 Anm. 21). Jedenfalls ist auch deren Unzulänglichkeit in die beiden anderen ἐκ μέρους-Aussagen eingeschlossen (vgl. das γάρ und weiter Dautzenberg* 161 sowie Wolff 322, der die Glossolalie aber speziell im γινώσκειν mitenthalten und ihr Fehlen wie Grudem* 211 »stilistisch bedingt« findet). Zudem steuert Paulus bereits auf V 12 zu, wo ebenfalls nur noch Prophetie und Gnosis genannt werden.

168 Ἔρχεσθαι hat trotz Gal 4,4 (ἦλθεν τὸ πλήρωμα τοῦ χρόνου) die Parusie im Blick, die mit dem »Kommen« des Herrn verbunden ist (4,5; 11,26; 16,22); vgl. Weiß 318; Lietzmann 66; Conzelmann 276 u.a. Darum sind alle Interpretationen, die das Kommen *per gradus, non per saltum* verstehen (so z.B. Bengel 426; vgl. auch die übernächste Anm.), nur als verfehlt zu bezeichnen. Gleiches gilt aber auch für die Beziehung auf »die Vollendung jedes Einzelnen durch den Tod« (gegen Lehmann/Fridrichsen* 91).

169 Wenngleich apokalyptische Belege fehlen (vgl. immerhin äthHen 25,4 [»Vollendung für immer«]; CD 4,8-10 [»Vollendung der Zeit« שלים הקץ und 4Q416 Frgm. 1,13), ist τέλειον weder durch Plato (Phaedr. 249c) noch Philo (SpecLeg 1,63; Gig 45) inspiriert, denn dort fehlt die hier für Paulus entscheidende eschatologische Dimension (am nächsten kommt συντέλεια in Mt 24,3 parallel zu παρουσία; vgl. auch Mt 13,39f.49; 28,20; Hebr 9,26). Zwar könnte die Wahl des Begriffes auch durch den Gebrauch der Korinther veranlaßt sein (vgl. 2,6), doch die nächste inhaltliche Parallele ist τὸ τέλος (15,24) oder ὁ θεὸς πάντα ἐν πᾶσιν (15,28). Jedenfalls ist τὸ τέλειον kaum mit der Liebe identisch, wie Johansson* 389f; Johansson (Lit. zu 14,1ff) 197; Ibuki* I 34 u.a. wollen, erst recht nicht mit der vollkommenen Form der Charismen, wie das in verschiedenen Variationen behauptet wird (vgl. z.B. oben Anm. 160), oder in Analogie zu Eph 4,11-13 mit dem »vollkommenen Mann« im Sinne der Kirche (so aber McRay* passim: »the inclusion of the Gentiles«; Thomas* 85-87); vgl. die Kritik von Grudem* 214-219 und Fee 644f Anm. 23. Auch mit dem Mysterienwesen hat der Begriff nichts zu tun (gegen Schneeberger* 156). Völlig abwegig und anachronistisch ist es erst recht, τὸ τέλειον auf den ntl. Kanon zu beziehen (so Thomas* 82; Houghton* 352 u.a.; vgl. die Kritik von Carson* 68-72). Richtig schon Irenaeus, Haer. 2,28,7.

170 Nach Semler 343f z.B. soll das τέλειον auf dieser Erde erreicht werden, und er versteht ἔλθῃ im Sinne von εἰς ἡμᾶς *de hoc humano orbe adhuc* (mit Verweis auf Hebr 6,1 und Eph 4,13, aber auch – mit mehr Recht – auf 14,20). Aus Paulus herauszulesen, daß Charismen auch vor der Parusie aufhören können (so z.B. White* 181), verkennt die Naherwartung des Apostels.

mene Form anderer Charismen[171]. Τὸ τέλειον kann schon darum nicht auf einen innerweltlichen Wachstumsprozeß bezogen werden, weil das damit parallele Schauen von Angesicht zu Angesicht (V 12) nur an ein Kommendes, Endgültiges und Unüberbietbares denken läßt[172]. Wie in V 1-3 werden die Charismen damit nicht disqualifiziert, wird ihnen aber auch kein allmähliches Verschwinden prognostiziert, sondern: »Weil die *Sonne* aufgeht, *darum* erlöschen alle Lichter«[173]. Paulus weiß um diese aufgehende Sonne, um das kommende τέλειον, und darum (!) kann er auch die höchsten menschlichen Möglichkeiten und Fähigkeiten nur als unvollkommen betrachten, die wie die Morgenröte vom Sonnenlicht überholt werden[174].

11 Es folgt, vor allem, um die zeitliche Dimension und die Diskontinuität zu illustrieren, ein erster Vergleich in der 1. Pers. Sing., der generisch und nicht autobiographisch gemeint ist (vgl. zu V 1)[175] und allenfalls auch kritische Untertöne hat[176]. Dabei wird ein beliebter Topos der antiken Rhetorik vom Unterschied zwischen der Erlebniswelt und Urteilsfähigkeit des Kindes und der des Mannes aufgegriffen[177], und zwar ohne ausdrückliche Anwendung, weil sich die nach dem Vorhergehenden von selbst versteht. Es geht um zwei Phasen, die nicht ineinander übergehen, sondern sich ablösen (κατήργηκα). Von einem Kind erwartet man nichts anderes als kindliches Reden, Streben[178] und Urteilen[179]. Ein Mann aber wird anders und anderes artikulieren, intendieren

[171] Anders v. Hofmann 301; auch Godet II 143 erklärt im Anschluß an Rückert 348, nicht »die wahre Erkenntnis« werde aufhören, sondern »nur die verschiedenen Bruchstücke von Erkenntnis«. Richtig Meyer 369: Die Charismen überhaupt hören auf, »weil nur für den Aeon des Stückwerks bestimmt«.

[172] Richtig Bachmann 402: »nicht das vollkommene γινώσκειν und προφητεύειν, sondern vielmehr das Vollkommene als Inbegriff des mit der Parusie des Herrn kommenden Lebens und der Heilsvollendung überhaupt«; ebs. Maly* 195 Anm. 33.

[173] So der vielzitierte Satz von Barth 45 (kursiv im Original gesperrt); ebs. Bornkamm* 104; Fee 446; Lambrecht* 98 u.a. Vgl. schon v. Mosheim 595 (»Wozu dienet das Licht, das die Finsterniß erleuchtet hat, wenn die Sonne am hochsten gestiegen?«) sowie Meyer 369 und Heinrici 403 (»Mit dem Eintritt des Absoluten hört das unvollkommene Endliche zu bestehen auf, wie nach dem Sonnenaufgang die Morgenröthe schwindet«).

[174] Vgl. Barth 45: »Was können alle Begabungen und Begeisterungen in unserer Mitte, so gewiß sie von Gott selbst kommen, was kann alles Streben nach höheren Gaben, so gewiß es von Gott selbst geboten ist, anderes ausrichten als die Spannung zwischen dem Jetzt und dem Ende ... noch verschärfen bis zur Unerträglichkeit?«

[175] Anders Holsten, Evangelium 382 (Paulus erläutere »aus seiner selbsterfarung«) und Holladay* 93.

[176] Vgl. Theodoret 336: Paulus lehre auch hier, μὴ μέγα φρονεῖν ἐπὶ τῇ γνώσει τοὺς κατατέμνοντας τῆς Ἐκκλησίας τὸ σῶμα.

[177] Vgl. Eph 4,13f; Epiktet, Ench. 51,1; Seneca, Ep. 27,2; Xenophon, Cyr. 8,7,6; Philo, Abr 48 und Agric 9 u.ö.; Silv (NHC VII 4/84, 16-18); vgl. weiter Neuer Wettstein 374-377 und Bertram, ThWNT IV 920.

[178] Vgl. zu φρονεῖν Röm 8,5; 11,20; 12,3.16; 15,5 u.ö. und weiter Bertram, ThWNT IX 228f.

[179] Vgl. zu λογίζεσθαι in V 5. Meyer 370; de Wette 125; Weiß 318; Dautzenberg* 162 Anm. 21 u.a. wenden sich mit Recht dagegen, λαλεῖν auf die Glossolalie (trotz 14,20!), φρονεῖν auf die Prophetie und λογίζεσθαι auf die Gnosis zurückweisen zu lassen, wie Oecumenius 837; Theophylakt 732; Thomas 386; Bengel 426; Olshausen 707 u.a. wollen; vgl. aber auch Heinrici 404, der allerdings einräumt, daß φρονεῖν und λογίζεσθαι »keine spezifischen Correlate der Prophetie und bezw. der Gnosis sind« (vgl. auch Schmiedel 173 u.a.).

und reflektieren und den Gedanken und Zielen seiner Kindheit mit ihren Träumen und Illusionen nicht mehr nachhängen. Das soll wiederum nicht einen anthropologischen Werdegang (etwa gar noch mit der Annahme, was den Erwachsenen ausmache, sei schon im Kind angelegt) oder einen sich stufenweise vollziehenden geschichtlichen Reifeprozeß der Kirche illustrieren[180], sondern den Kontrast zwischen dem »Stückwerk« und dem »Vollkommenen«, das alles Vorläufige beenden wird und geradezu als vorübergehendes »Kinderspiel« relativiert. Zwar wird nicht die Gegenwart mit der Zukunft kontrastiert, sondern beide ὅτε-Sätze blicken zurück, und beide Perfekte γέγονα und κατήργηκα im zweiten ὅτε-Satz verweisen auf das Resultat[181]. Aber wie immer man γάρ in V 12 interpretiert, der Sinn kann nur in Parallele zu V 10 (vgl. das καταργεῖν) und V 12 gesucht werden, d.h. das Reden, Streben und Urteilen ὡς νήπιος ist ein solches in der Gegenwart des ἐκ μέρους, und das des ἀνήρ ist ein solches im zukünftigen τέλειον[182]. Bei der Parusie werden die Charismen wie die Worte, Sehnsüchte und Gedanken eines Kindes, das zum Manne geworden ist, verfliegen. Die Charismen, so unabdingbar sie zur eschatologischen Zeit der Kirche gehören, sind doch nur der Gegenwart des νῦν καιρός (Röm 8,18 u.ö.) angemessen.

12 Der zweite, die erste Analogie weiter verdeutlichende[183] Vergleich in V 12 stellt in V 12a.b zunächst den Unterschied zwischen dem »Sehen« im Spiegel in der Gegenwart (ἄρτι) und dem »Schauen von Angesicht zu Angesicht« in der Zukunft (τότε) heraus[184]. Die Deutung von V 12a.b und speziell diejenige von βλέπομεν ist strittig und nicht ganz eindeutig zu klären. Handelte es sich bei den beiden Hälften des Verses um einen sachlichen *parallelismus membrorum*, bei dem V 12a.b metaphorisch und V 12c.d eigentlich formuliert ist, wäre beide Male die γνῶσις gemeint[185]. Solche Beschränkung auf die γνῶσις

[180] So aber z.B. Godet II 142: Das Kindliche höre »ja nicht mit Einem Male auf . . .; die Veränderung . . . ist eine allmähliche«; ähnlich Neander 219; vgl. auch Bengel 426, der freilich zu Recht erklärt, daß Paulus nicht sagt: »da ich ablege, was kindisch war, werde ich ein Mann«, denn es sei nicht so, daß der Winter den Frühling bringe, sondern der Frühling den Winter vertreibe. Ein graduelles Verständnis vertreten auch Miguens* 87-89 (mit Verweis auf νήπιος/τέλειος in 2,6; 3,1; 14,20) und Thomas* 85 (»not a momentary change . . . but a gradual one«). Dagegen spricht schon κατήργηκα, das »ein bewußtes Ablegen des kindischen Wesens« andeutet (so Rückert 349 u.a.).

[181] Vgl. zur 1. Pers. Sing. oben Anm. 35.

[182] Richtig z.B. schon Ambrosiaster 149 (*in hac ergo vita parvuli sumus ad comparationem futurae vitae*); Theophylakt 732 u.a.; Bullinger 227 (*quod maximum sit discrimen inter huius & futurae uitae cognitionem*); Billroth 185; Wischmeyer* (Weg) 129f; Fee 646 u.a.

[183] Nach de Wette 125 soll sich γάρ nicht unmittelbar auf V 11 beziehen, sondern »weitere Rechtfertigung« von V 9 und 10 sein; nach Grosheide 310 von V 8-10. Zur Forschungsgeschichte von V 12 vgl. Dupont* 114-129; Hugedé* 38-95; Dautzenberg* 163-172.

[184] Murphy-O'Connor (bei Standaert* 140) will allerdings ἄρτι und τότε nicht auf das gegenwärtige Leben und das Eschaton beziehen, sondern sieht »the present and the immediate future, today and tomorrow« kontrastiert, ja »two forms of knowledge available to man in this present life«. Richtig Carson* 71: »*Any* preparousia maturity simply trivializes the language of verse 12«; ebs. Lambrecht* 97f.

[185] So z.B. Wischmeyer* (Weg) 131; ähnlich Harnack* 148.156 u.a.; dagegen z.B. Dautzenberg* 162.

bzw. eine besondere Spitze gegen sie liegt Kap. 13 aber im Rahmen der Charismenproblematik fern. Vermutlich wird darum V 12a.b eher, und zwar in chiastischer Umkehrung der Reihenfolge von Erkenntnis und Prophetie in V 9 und in Entsprechung zu der von V 8b.c, die Prophetie und nicht die Erkenntnis (das tut V 12c.d) ins Auge fassen[186]. Man kann zwar nicht übersehen, daß die Wahl des Verbums primär von V 12b her gesteuert ist, und sollte die Propheten nicht in erster Linie zu Visionären machen. Andererseits aber gehören solche visionären Erfahrungen auch sonst zur Prophetie hinzu[187], und βλέπειν kann durchaus im Sinne prophetisch-visionärer Offenbarung gebraucht sein[188], auch wenn die meisten es hier für synonym mit γινώσκειν halten[189]. Das Bild vom Spiegel erläutert also das charismatisch-prophetische Tun ἐκ μέρους und ist primär von seinem Gegenüber πρόσωπον πρὸς πρόσωπον her auszulegen. Das in einem Spiegel Geschaute ist nicht die Sache selbst und darf nicht mit einem Schauen von Angesicht zu Angesicht verwechselt werden.

Das Bild vom Spiegel ist zwar beliebt[190], doch sollte man sich hüten, in dem paulinischen Bild alle möglichen religionsgeschichtlichen Erbteile zu entdecken. Daß nach

[186] So Godet II 144f (hier wird ἔσοπτρον allerdings mit »dem inneren Bilde, welches der Geist Gottes in der Seele der Propheten im Augenblick der Vision hervorruft« gleichgesetzt); Behm* 337; Kittel, ThWNT I 177.179 (ἔσοπτρον wie αἴνιγμα sollen »ihre eigentümliche Prägnanz in der Anwendung auf eine prophetische Offenbarung erhalten«); weiter Dautzenberg* 159-225; Wolff 324; Standaert* 136; Lang 187.

[187] So vor allem Dautzenberg* 217-220; vgl. auch oben Anm. 230 zu Kap. 12.

[188] Vgl. 1Sam 9,9; 1Chr 29,29; Am 8,2; Sach 4,2; 5,2; Hos 12,11 u.ö.; Offb 1,11; 5,3f; 6,1 u.ö.; Apg 12,9; vgl. besonders auch βλέπειν τὴν φωνήν (Offb 1,12; 22,8) und die Zusammengehörigkeit von Vision und Audition (Dan 10,1 Θ [λόγος ἀπεκαλύφθη . . . καὶ σύνεσις ἐδόθη αὐτῷ ἐν τῇ ὀπτασίᾳ]; äthHen 60,1 [»in jener Bilder*rede* sah ich«]; grHen 13,8 u.ö.); QohR zu 1,8 spricht vom Sehen der Propheten »wie durch eine Thürspalte« (Wünsche, Bibliotheca I 1, 16). Zudem ist »Sehen im Spiegel« in Verbindung mit Num 6-8 »jüdische Charakterisierung der visionären Gottesschau« (Dautzenberg* 191); vgl. die dortigen Belege und Billerbeck III 452-454; Schon Bengel 426 versteht βλέπομεν als Entsprechung zu den atl. Sehern, bezieht aber zugleich synekdochisch das Hören ein: *nam prophetae et vident et audiunt;* δι' ἐσόπτρου gehe auf das Sehen, ἐν αἰνίγματι auf das Hören. Vgl. weiter Schlatter 363; Kümmel 189; Ortkemper 128 und vor allem Dautzenberg* 185-223.

[189] So Bachmann 403; ähnlich Wischmeyer* (Weg) 131; vgl. auch Dupont* 143f; Miguens* 84 betont ebenfalls »the intellectual dimension« (mit Verweis z.B. auf Mt 13,16 par) und bestreitet überhaupt »here a vision of some sort«. Die Einwände von Wischmeyer* (Weg 135) Anm. 426 gegen Dautzenberg* sind m.E. wenig stichhaltig: Daß »sehen« bei Paulus sonst nicht im Zusammenhang der Prophetie begegnet, verkennt den singulären Charakter dieses ganzen Verses, der Hinweis auf καθορᾶται (Röm 1,20) den Zusammenhang mit den Geistesgaben.

[190] Das gilt vor allem für den platonischen Idealismus; so ist öfter an das Höhlengleichnis Platos (Resp. 514-517) erinnert worden, etwa von Neander 220; Findlay 901; Behm* 333f; Hoffmann* (Hymnus) 70f u.a.; dabei ist mit Spiegel- und Schattenbild das Indirekte, Abgeleitete, Uneigentliche und Unechte der Erscheinungswelt und ihrer Erkenntnis gegenüber dem klaren Logos und den ewigen Urbildern gemeint, die unmittelbar erschaut werden können (Hoffmann* [Hymnus] 70); vgl. auch Tim. 71a.b und z.B. Plutarch, Is. et Os. 76,382A.B, wonach Plutarch in dem, was Seele, Gefühl und Charakter hat, die klareren Spiegel (ἐναργέστεροι ἔσοπτροι) des Göttlichen sieht als in unbeseelten und körperlosen Dingen; vgl. weiter die Belege bei Hugedé* 145-148; Spicq* (Agapè) 99 und Gill* 428f.

neuplatonischer Anschauung der Spiegel ein Symbol für den lichten Äther ist, in dem Gott sein eigenes Selbst anschaut und nach diesem Ebenbild seine Schöpfung bildet, die ihn reflektiert, hat mit Paulus ebensowenig etwas zu tun wie der Gebrauch des Spiegels in den Mysterien zur Selbsterkenntnis und Einweihung der Epopten[191] oder als Zauberspiegel zur Zukunftsschau in der Magie[192]. Aber auch an eine Verwandlung durch Schau im Spiegel der göttlichen Herrlichkeit, wie 2Kor 3,18 meist interpretiert wird, ist an unserer Stelle nicht zu denken. Auch daß man sich im Spiegel normalerweise selbst sieht und die Spiegelmetapher oft auf Selbsterkenntnis zielt[193], besagt hier wenig (vgl. zu 8,1). Der Spiegel ist hier weder Zauber- noch Divinations- noch Selbsterkenntnisinstrument. Δι' ἐσόπτρου (mit Hilfe, nicht: lokales durch[194]) ist ferner auch nicht so aufzufassen, als könne im Spiegel die Sache oder Person selbst klar gesehen werden, sozusagen nur seitenverkehrt, und endlich auch nicht so, als sei das spiegelhaft Gesehene dunkel und unwahr. Δι' ἐσόπτρου charakterisiert vielmehr die Art des Sehens, seinen mittelbaren und indirekten Modus, nicht sosehr seine Undeutlichkeit[195]. Das ergibt sich auch aus dem Oppositum des »Sehens von Angesicht zu Angesicht«, das die Unmittelbarkeit betont.

Auch Philo kann entsprechend interpretieren, daß sich der Schöpfer in seinem Wirken wie in einem Spiegel kundtut (vgl. z.B. Decal 105, All 3,100-103 und Behm* 322f).

191 Die Ableitung der Zuordnung von Spiegel und αἴνιγμα z.B. bei Seaford* 119f (»from their analogous function in mystic initiation, the function of confusing and stimulating the initiand as a prelude to the final revelation«) ist viel zu weit hergeholt.

192 Zur Annahme einer Anspielung auf einen magischen Gebrauch des Spiegels (intensive Spiegelbetrachtung zur Wahrsagung), den Achelis* 62f; Héring 120 und Urner-Astholz* 658 vorliegen sehen wollen (auch Mortley, RAC 11, 488 will wieder eine Anspielung auf Katoptromantie finden), berechtigen weder die antiken (Script. Hist. Aug., Didius Julianus 7,10 und Apuleius, Apologia 42; beide zitiert bei Achelis* 56) noch erst recht die späteren Belege eines »Kristallschauens« (Goethe, Faust I, Hexenküche); vgl. dagegen mit Recht Behm* 322-325; Hugedé* 92f; Spicq* (Agapè) 97f; Dautzenberg* 164; Senft 171 Anm. 8 (Es erfolgt keine Divination); Seaford* 117; Conzelmann 277 mit Anm. 95.

193 Vgl. Stobaeus 3,21,11; Epiktet, Diss. 2,14,21 (δεικνύει αὐτὸν αὐτῷ οἷός ἐστιν); Seneca, Natural. Quaest. 1,17,4 (*inventa sunt specula, ut homo ipse se nosset*); Philo, VitMos 2,139 u.ö.; Jak 1,23; von daher deutet unsere Stelle z.B. Houghton* 351.

194 Alle neueren Kommentare betonen, daß nicht ein halbtransparentes Fenster aus sog. Frauenglas (διόπτρον) gemeint ist, durch das man *hindurch*sieht, wie z.B. noch v. Mosheim 596 annahm: ein durchsichtiges Glas, wodurch das Licht in die Häuser fällt (vgl. die Lit. bei Spicq, Notes I 292-295). Vielmehr geschieht das Sehen mittels eines Spiegels.

195 Vgl. Hugedé 115-137 und die übernächste Anm. Daß die gegossenen Metallspiegel der Antike (keine Glasspiegel!; vgl. z.B. Ex 38,8; Hi 37,18; Sir 12,11) nur ein undeutliches oder gar verzerrtes Sehen erlaubten (so Meyer 370; Heinrici 404; Schmiedel 173 u.a.), ist nach Weiß 319 und Kittel, ThWNT I 178 Anm. 9 archäologisch nicht zu halten; vgl. I. v. Netoliczka, PRE XI 29ff und etwa Plato, Tim. 72c (λαμπρὸν ἀεὶ καὶ καθαρόν, οἷον κατόπτρῳ) und Stobaeus 3,21,24; Plutarch, Quaest. Conv. 8,2,718E. Auch in Weish 7,26 z.B. ist positiv von der Weisheit als einem fleckenlosen Spiegel parallel zum Bild seiner Güte die Rede; nach Philo gibt das Auge wie in einem Spiegel ein deutliches Bild von der Seele, die selbst nicht sichtbar ist (Abr 153; vgl. weiter Behm* 331f; »im Spiegel sieht man indirekt, nicht die Dinge selbst« [331]). Bousset 142 erklärt, daß es zwar schon »vollkommene Metallspiegel« gab, aber man doch »sehr oft unvollkommenes Material gebraucht« haben wird. Spicq, Notes I 294 verweist auf konkave und konvexe Spiegel (z.B. bei Plutarch, Pyth. Or. 21,404C.D). In der Tat muß bei Paulus so oder so eine bestimmte Unvollkommenheit und Undeutlichkeit des Erfassens mitgemeint sein, wie ἐν αἰνίγματι bestätigt. Zu alternativ Senft 171: Es komme nicht auf die Indirektheit, sondern die Unvollkommenheit an.

Der Sinn der Spiegelmetapher bei Paulus ist in sachlicher Aufnahme von ἐκ μέρους προφητεύομεν (V 9) also vermutlich: Jetzt sind Gott und seine Wahrheit[196] auch durch die Propheten nur indirekt und wie durch einen Spiegel gebrochen zu sehen[197]. In diese Indirektheit und Mittelbarkeit ist auch das geistgewirkte »Sehen« in dieser Welt eingeschlossen, nicht aber eine ohnehin nur bei Synonymität von βλέπειν und γινώσκειν diskutierbare natürliche Gotteserkenntnis aufgrund einer wie immer näher zu umschreibenden Durchsichtigkeit der Welt auf Gott hin[198]. Es geht auch hier um Wert und Grenze der Charismen.

Vielleicht steckt auch hierin noch ein Stück Polemik, denn die Gnosis behauptet z.T. eine direkte Schau Gottes, ja eine dadurch bewirkte Vergöttlichung, ein Einssein mit Gott[199]. Vielleicht soll auch auf die Undeutlichkeit visionärer Erfahrung angespielt werden[200] (vgl. βλέπομεν). Allerdings ergibt sich das βλέπειν aus dem gebrauchten Bild und wird ja auch für das Eschaton, wo die Prophetie aufhört, nicht bestritten.

Δι᾽ ἐσόπτρου wird durch das instrumental zu verstehende ἐν αἰνίγματι[201] (durch Rätsel) noch verstärkt, doch enthält diese zweite Modalbestimmung

196 Daß Gott das Objekt des βλέπειν ist, kann nur vermutet werden. Dafür spricht πρόσωπον πρὸς πρόσωπον in V 12b (so z.B. Lambrecht* 98 im Anschluß an Spiq* [Agapè] 101 Anm. 3; anders z.B. Semler 346; Miguens* 81 sowie Michaelis unten in Anm. 210), was aber nicht alternativ zu Gottes Heilstaten und -plänen verstanden werden muß, die den Propheten offenbart werden und von denen sie reden.

197 Vgl. Heinrici 404 (allerdings auf die Erkenntnis bezogen): »keine unmittelbare, sondern eine unvollkommen vermittelte« (ähnlich Barth 44), was freilich nicht mit der Abspiegelung im Sichtbaren und Sinnlichen zu verwechseln ist (so aber Holsten, Evangelium 383); vgl. weiter Schlatter 363; Moffat 201; Kümmel 189; Dupont* 133-135.

198 Daß die Welt Gott reflektiere, wird, meist im Anschluß an die oben in Anm. 190 genannten Belege, allerdings oft behauptet, z.B. von Thomas 387, aber auch von Calvin 514: *Creaturas apostolos nominat specula,* doch fügt er hinzu: *quoniam hic peculiariter de spiritualibus donis agit,* sei das *verbi ministerium speculo simili;* Gutjahr 369; Robertson/Plummer 298; Behm* 340f (»Die Erscheinungswelt ist das Medium für die Erfassung des überweltlichen Gottes, Gottes Wesen wird im Spiegel der Welt erkannt« [341]); Gill* 428f; Wischmeyer* (Weg) 134f; auch nach Bousset 142 soll »Gottes Wesen ... nur in der undeutlichen Abspiegelung in seiner Schöpfung und Weltleitung« sichtbar werden; dagegen schon mit Recht Estius 672: *Hic autem agat de notitia Dei et mysteriorum, quam per fidem habemus, perque eam scientiam, quae inter Spiritus sancti charismata numeratur.*

199 Vgl. später die Exc. Theod. 15,2, die nach Zitat von V 12 fortfahren: Αὐτίκα γὰρ ἀρχόμεθα γινώσκειν. Οὗ δὲ »πρόσωπον« ›καὶ‹ ἰδέα καὶ σχῆμα καὶ σῶμα. Σχῆμα μὲν οὖν σχήματι θεωρεῖται, καὶ πρόσωπον προσώπῳ, καὶ ἐπιγινώσκεται τὰ γνωρίσματα τοῖς σχήμασι καὶ ταῖς οὐσίαις (GCS 17, 111f); vgl. auch 27,4 (ebd. 116). Nach Philo (All 3,101) bittet z.B. auch Mose: »Laß mich nicht in irgendeinem anderen Ding dein Bild widergespiegelt sehen (κατοπτρισαίμην), sondern in dir selbst, o Gott«, was durch mystische Schau unter Ausschaltung des νοῦς geschieht.

200 Vgl. Wolff 324 im Anschluß an Dautzenberg* 194-197.

201 Oft wird ἐν αἰνίγματι als Modalbestimmung = αἰνιγματικῶς gefaßt. Noch anders z.B. Gutjahr 369: »das Resultat des Schauens durch den Spiegel«. Spicq* (Agapè) 100 Anm. 2 und 3 verweist dazu z.B. auf Phil 1,30 (ὁρᾶν ἐν τινι) und 1Kor 4,6 (μανθάνειν ἐν τινι), aber auch dort ist eher instrumental zu verstehen (vgl. weiter Bl-Debr-Rehkopf § 219); richtig Harnack* 150 Anm. 3: weder das Objekt als solches noch die Sphäre (mit Hinweis auf Irenaeus, Haer. 4,9,2 [SC 100 II, 484]: *per speculum et per aenigmata*).

vermutlich eine spezifische Eigenaussage. In der LXX steht αἴνιγμα als Übersetzung für חידה (Rätselspruch bzw. rätselhafter Lehrspruch)[202], ist als Rätsel(wort) aber auch sonst oft mit Orakel- und Prophetensprüchen verbunden[203] und könnte neben dem Visionären die prophetische Audition (wohl nicht Redeweise) andeuten[204]. Ἐν αἰνίγματι wird dann nicht das im Spiegel Gesehene zusätzlich als dunkel und rätselhaft hinstellen, sondern auf das Wort verweisen, in dem das zugleich enthüllt und verborgen Gesehene den Propheten vermittelt wird[205] (vgl. auch zu μυστήριον). Diesen Bezug auf das göttliche Reden zu den Propheten bestätigt der mögliche Einfluß von Num 12,6.8, wonach Gott sich den Propheten im Gesicht (ἐν ὁράματι) und im Traum (ἐν ὕπνῳ) offenbart, zu Mose aber »von Mund zu Mund« (ἐν εἴδει[206] καὶ οὐ δι᾽ αἰνιγμάτων) gesprochen hat. Auch Philo und die Rabbinen zitieren die Stelle, allerdings um die Offenbarungen an Mose von den prophetischen Offenbarungen abzuheben, während Paulus das dort für Mose bestrittene Reden Gottes in Rätselworten gerade als Charakteristikum der Prophetie ansieht[207]. Da an dem den Propheten im Rätselwort Offenbarten auch die diese

[202] Vgl. außer Num 12,8 (vgl. dazu unten); Spr 1,6; 3Βασ 10,1.

[203] Vgl. z.B. bei der Pythia (Plutarch, Pyth. Or. 25,407B und 30,409D) und der Sibylle (Sib 3,812: προφητεῦσαί με βροτοῖς αἰνίγματα θεῖα) im Zusammenhang der Prophetie, die sich bewahrheiten wird; vgl. auch die Theosophia Sibyllarum (Theosophorum Graecorum Fragmenta, hg. v. W. Erbse, Stuttgart/Leipzig 1995, 68), wo es heißt: ὁ σωτὴρ πάντων περὶ ἑαυτοῦ διὰ σοφῶν αἰνιγμάτων πρὸς τὸν Νῶε λέγει τοιάδε mit folgendem Zitat von Sib 1,137-146. Der Chor in Aischylos, Ag. 1112 beklagt sich, daß Kassandra ἐξ αἰνιγμάτων redet; vgl. auch Bachmann 404 Anm. 2: Überall sei αἴνιγμα »mit den Tätigkeiten des Redens (bzw. Schreibens) verknüpft« (mit Verweis z.B. auf Euripides, Rhes. 754; Athenaeus 10,452a; Cicero, Att. 2,19,5); Quintilian, Inst. Orat. 8,6,52 definiert *aenigma* als *allegoria.*

[204] Wagner* 378 umschreibt: »Jetzt erblikken wir (Gott) mittels Spiegels (und hören ihn) im Rätsel«. Allerdings wird im Anschluß an Hugedé* 141ff und Dupont* 135-139 öfter erklärt, αἴνιγμα habe seine Bedeutung »Rätselwort« abgeschwächt und sei zu »Symbol« geworden (Dautzenberg* 196; Wischmeyer* [Weg] 133), etwa mit Hinweis auf Plutarch, Is. et Os. 76,382A.B (αἴνιγμα τοῦ θείου κατιδόντες); das mag durchaus zutreffen, kann aber gegen die genannten Belege kaum aufkommen; auch Philo kennt trotz anderer Belege (vgl. dazu Dautzenberg* 195f) die Bedeutung »Rätselwort« noch (All 3,231.233).

[205] Vgl. Luther »in einem dunklen Wort«, was nach Meyer 371 aber näher so zu erklären sein soll: »*mittelst Räthselworts,* womit das Wort der evangelischen Offenbarung gemeint ist«; allerdings wird »uns« im Sinne des Paulus auf die Propheten zu beziehen sein; vgl. auch Behm* 323; Schlatter 364. Die bleibende Schwierigkeit des βλέπομεν ist bei weitem Gebrauch von βλέπειν (vgl. oben Anm. 188) m.E. nicht unüberwindbar.

[206] Nach Harnack* 158 soll auch δι᾽ ἐσόπτρου dem ἐν εἴδει von Num 12,8 entsprechen; vgl. auch Fishbane* 72f und 74: »a midrashic reading of mar'eh (›mirror‹) as mar'ah (›vision‹) has entered the homily of Paul«; Wolff 323f verweist darauf, daß LXX, TO u.a. במראה statt des masoretischen Textes ומראה lesen, was auch Spiegel heißen kann, doch in der LXX steht eben ἐν εἴδει, und in 2Kor 5,7 wird der Gegenwart gerade οὐ διὰ εἴδους zugeordnet. Dautzenberg* 166 denkt dagegen an Träume und Gesichte.

[207] Nach den Rabbinen sollen die Propheten Gott aber auch mit Hilfe von neun Spiegeln bzw. einem trüben Spiegel, Mose aber nach Num 12,8 nur mit Hilfe *eines* Spiegels bzw. eines klaren Spiegels geschaut haben (vgl. die Belege bei Billerbeck III 452-454; Kittel, ThWNT I 177f; Fishbane* passim und vor allem Dautzenberg* 172-185; vgl. auch 4Q504 VII Frgm. 3,16f). Die rabbinische Auslegung spricht dabei nur von der Vergangenheit, und wie schon in Num 12,8 ist Gott und nicht der Mensch Subjekt (Dautzenberg* 180). Zudem denken die Rabbinen von Num 12,8 her an ein σπεκουλάριον, »an die Füllung eines Fensters

weitergebende prophetische Rede partizipieren wird, weist somit auch ἐν αἰνίγματι auf das bruchstückhafte Prophezeien (V 9) zurück und läßt erkennen, daß trotz aller Bedeutung der Prophetie auch diese an Rätselworte und Bilder gebunden bleibt und trotz aller Verständlichkeit und Kommunikationskraft (vgl. Kap. 14) keine eindeutige und völlige Klarheit über Gottes Heilsratschlüsse vermittelt[208] (vgl. 2,16).

Paulus weist solche Direktheit und Endgültigkeit des βλέπειν ab, weil sie dem τέλειον vorbehalten ist[209]. Erst im Eschaton gibt es das Sehen von Angesicht zu Angesicht, wobei sich Paulus alttestamentlicher Sprache anschließt[210]. Πρόσωπον πρὸς πρόσωπον ist die LXX-Übersetzung von פנים אל פנים in Gen 32,31 und Ri 6,22 bzw. פנים בפנים (Dtn 5,4), was auch mit πρόσωπον κατὰ πρόσωπον wiedergegeben wird (Dtn 34,10)[211], dort aber im Aorist auf Zurückliegendes verweist: ϑεὸν εἶδεν (Gen 32,31), ἐλάλησεν κύριος (Dtn 5,4) u.ä. Bei Paulus bleibt solches Schauen des uns zugewandten Antlitzes Gottes der Zukunft vorbehalten.

V 12c.d rückt das Erkennen in den Vordergrund, wobei V 12b.c parallel zu V 12a.b (ἄρτι . . . τότε) konstruiert ist; auch das Verbum ist wie in V 12a objektlos gebraucht, doch dürfte es auch hier verfehlt sein, zwischen der Erkenntnis Gottes und dem πᾶσαν (V 2) eine Alternative zu konstruie-

mit einem Glas, das nur einen trüben Durchblick gestattet«, während Paulus ἔσοπτρον gebraucht (Schlatter 363; Dupont* 115 Anm. 3). Das läßt zwar an einer Kenntnis der jüd. Auslegung von Num 12, nicht aber an einer Anspielung auf diese Stelle zweifeln.

208 Zwar ist »im Rätselwort« nicht mit Behm* 323 »von einem *verbum dicendi* abhängig zu denken« (kritisch dazu Dautzenberg* 167 mit Verweis auf das regierende βλέπομεν), doch wird man in der Tat an λαλοῦμεν . . . ἐν μυστηρίῳ von 2,7 erinnern dürfen. Diese Unzulänglichkeit und Uneigentlichkeit menschlicher Sprache entspricht apokalyptischer Anschauung; vgl. 4Esr 4,11 und 5,37 oder das typische ὡς in Dan 7,13 u.ö., aber auch äthHen 1,2f (»Bilderrede«); vgl. K.L. Schmidt, Die Bildersprache in der Johannes-Apokalypse, ThZ 3 (1947) 161-177. Allerdings fehlt bei Paulus ebenso wie im Rahmen der Spiegelmetapher bei Philo und bei den Rabbinen die Vergleichspartikel (vgl. Dautzenberg* 191), die erst von D 0243 81 630 1175 1739 1881 2464 al sy$^{p.h**}$ eingefügt worden ist. Weiß 320 vergleicht Mk 4,11 (Jesus spricht nur ἐν παραβολαῖς; vgl. auch das Nebeneinander ἐν αἰνίγματι καὶ παραβολῇ in Dtn 28,37), und Heinrici, Sendschreiben 425 Anm. 1 zitiert Gloss. Alberti: ἐν αἰνίγματι· ἐν ζητήμασι καὶ εἰκόσι καὶ ὁμοιώμασι. Zwischen Form und Inhalt ist dabei nicht zu differenzieren (vgl. Heinrici 405).

209 Die eschatologische Vollendung wird auch im NT sonst überwiegend nicht als Hören, sondern als Sehen beschrieben (vgl. Mt 5,8; 1Joh 3,2f; Offb 22,4 und Kittel, ThWNT I 221), aber eben im Fut. Vgl. schon Ps 42,3.

210 Vgl. außer Ex 33,11 (ἐλάλησεν . . . ἐνώπιος ἐνωπίῳ) und Dtn 34,10 (ἔγνω κύριος αὐτὸν πρόσωπον κατὰ πρόσωπον) auch Num 12,8 (καὶ τὴν δόξαν τοῦ κυρίου εἶδεν). Michaelis, ThWNT V 344.366 bestreitet von daher zu Unrecht, daß bei Paulus wegen des fehlenden Objekts ein Sehen Gottes gemeint sei; daß in das »Sehen« das »Ganze des göttlichen Heilswirkens u seiner Vollendung« (344) eingeschlossen ist, versteht sich.

211 Vgl. Nötscher, RAC 1, 437; Lohse, ThWNT VI 772.778; Miguens* 85-87, nach dem dadurch »the relationship« betont wird (so Ex 33,11; Num 12,8; Dtn 34,10), kann zwar nicht leugnen, daß an anderen Stellen zweifellos »a sense like ›seeing‹ with perfect clarity« gegeben ist, wofür er Gen 32,31 (Jakob sieht Gott) und Ri 6,22 (Gideon sieht den Engel des Herrn) anführt, behauptet aber dann doch, daß hier im Sinne von »understanding of the Christian faith or mysteries« (87) zu verstehen sei. Daß die Wendung im AT nicht eschatologisch aufzufassen ist, besagt dabei wenig. Zum eschatologischen Schauen Gottes im Judentum vgl. Billerbeck I 207-215.

ren[212]. V 12c stellt dabei noch einmal sicher, daß auch γινώσκειν zum Vorletzten zählt. Paulus wiederholt mit γινώσκω ἐκ μέρους[213] V 9a und stellt durch das temporale ἄρτι den zeitlichen Kontrast zwischen der Gegenwart und der Zukunft sicher. Auffallenderweise fährt er aber in V 12d nicht nur fort mit: »Dann aber werde ich vollkommen erkennen«, sondern mit: »Dann aber werde ich erkennen, wie auch ich erkannt bin«. Der eigentliche Gegensatz zwischen dem Jetzt und dem Einst ist nun also nicht der, daß jetzt nur ein Zipfel des Schleiers gelüftet und nur ein Stück weit erkannt werden kann, dann aber das unvollkommene Erkennen aufhört (das würde auch V 8 widersprechen)[214] und das vollkommene beginnt. Sosehr das mitschwingen mag, ist die eigentliche Pointe doch die, daß der Hiatus zwischen (An-)Erkanntwerden und (An-)Erkennen von Gott selbst aufgehoben und das ἐπιγινώσκειν ein ganz anderes sein wird. Erkanntwerden[215] meint auch hier nicht Mystik oder Vergottung, sondern (vgl. zu 8,3) – in alttestamentlicher Sprache – »anerkannt, erwählt werden«, bezeichnet also das aller eigenen Zuwendung zu Gott immer schon vorausliegende Prä der Gnadenwahl Gottes (vgl. Röm 8,29)[216], die die zukünftige Gleichgestaltung mit dem Bild seines Sohnes verbürgt (Phil 3,21; 2Kor 3,18). Gleichwohl besteht neben der Begründung eine Korrespondenz (καθώς)[217]. Das menschliche ἐπιγινώσκειν wird dem göttlichen entsprechen, insofern es ein ganz von der Liebe geprägtes und nicht mehr durch Vermittlung gebrochenes Erkennen und Anerkennen sein wird[218].

212 So Miguens* 82: Γινώσκειν »means, not to know God, but to have a deeper penetration and understanding of the ›mysteries‹ of faith«. Vgl. Spicq* (Agapè) 101 Anm. 3 und 5 und Lambrecht* 98; vgl. 1Joh 3,2.

213 Zur 1. Pers. Sing. vgl. zu V 1. Zwingli 177 vermutet hinter dem γινώσκω ἐκ μέρους zu Unrecht eine Abwehr der Meinung, Paulus selbst fehle nichts mehr.

214 Es stellt die Sache fast auf den Kopf, wenn Harnack* 156 erklärt: »Das Beste in der Welt, das Beste in dieser Zeitlichkeit ist die Liebe; aber das absolut Beste ... ist die vollkommene Erkenntnis, die Erkenntnis von Angesicht zu Angesicht«. Keine Lösung ist es auch, hier zwischen verschiedenen Arten von γνῶσις zu unterscheiden, etwa eine implizite und explizite oder allgemeine und spezielle (so aber vor allem Olshausen 706).

215 Ob das Kompositum ἐπιγινώκειν tatsächlich einen Unterschied zum Simplex markiert, läßt sich allerdings nicht sicher sagen. Bultmann, ThWNT I 703 z.B. hält den Wechsel für »rein rhetorisch«. Anders aber die meisten, z.B. Robertson/Plummer 299; Bachmann 405 (die Präposition drücke »die Intensität und den wirklichen Erfolg der Tätigkeit« aus); Barrett 306; Miguens* 83 (im Anschluß an K. Sullivan, Epignosis in the Epistles of St. Paul, SPCIC II [AnBib 17/18] 1963, 405-416): »It obviously stresses an intensification of the simple *ginoskein*, it expresses the idea of ›having a better, deeper, clearer gnosis‹«. Vom eschatologischen Kontext am zutreffendsten Bornkamm* 105 Anm. 34: Paulus stelle diese volle Erkenntnis »der einfachen γνῶσις als etwas – ja wirklich *toto coelo* – anderes gegenüber«, denn die γνῶσις werde ja zunichte (V 8f); vgl. auch Wischmeyer* (Weg) 138 Anm. 440. Richtig z.B. auch Beza 151: *Cognitum esse accipi pro approbatum esse.*

216 Der vermutlich ingressive Aor. ist zu beachten. Es heißt nicht, wie bisweilen zu lesen ist, »wie mich Gott kennt« (vgl. z.B. Godet II 146: während des ganzen Lebens), sondern es wird auf den Zeitpunkt der Berufung bzw. Bekehrung verwiesen (Meyer 372; Heinrici 406 u.a.; vgl. auch Wischmeyer* [Weg] 140f); anders Harnack* 151 Anm. 2: der Aor. sei »zeitlos-deskriptiv«.

217 Vgl. zu καθώς 1,6; 8,2; 10,33; 11,1 und z.B. Miguens* 93 (»primarily comparative, but also causative«) sowie Spicq* (Agapè) 102f; Wischmeyer* (Weg) 141.

218 Vgl. Hoffmann* (Hymnus) 68 (»In Ge-

13 Der so einprägsame und wirkungsvolle Schlußvers ist alles andere als eindeutig. Schon das am Beginn stehende νυνὶ δέ kann logisch (vgl. 12,18; 15,20 u.ö.) und zeitlich (vgl. 2Kor 8,11.22 u.ö.) interpretiert werden. Im Blick auf die Zeitbestimmungen des Vorhergehenden (vgl. ἄρτι/τότε, aber auch die anderen temporal zu verstehenden Oppositionen) läge ein temporales Verständnis nahe[219]. Dann wäre der Sinn: In der bis zum τέλειον dauernden Gegenwart bleiben Glaube, Liebe und Hoffnung[220]. An eine bloße Fortdauer der Trias bis zur Parusie kann Paulus aber kaum denken, weil bis dahin auch die anderen Charismen »bleiben« und der Gegensatz zwischen ihnen und der Trias verschwände. Schon darum empfiehlt sich für diesen Schlußsatz ein schlußfolgerndes Verständnis von νυνὶ δέ[221]. Zudem liegt kein wirklicher zeitlicher Gegensatz vor, denn μένειν wird sich als ein endgültiges in die Zeit des τέλειον hinein ohne jede zeitliche Beschränkung erstrecken[222]. Die Deutung[223] von μένειν im Sinn des bleibenden Wertes während der Dauer dieser Weltzeit kann sich kaum auf Röm 9,11 berufen (»damit die Erwählung Gottes Bestand hat«) oder auf 1Kor 3,14 (»wenn jemandes Werk Bestand hat«), denn auch da sind die eschatologischen Implikationen unverkennbar. Zweifellos zielt Paulus auch am Schluß mit der Trias gegenüber dem Enthusiasmus in die Praxis

gensatz zum irdischen Stückwerkerkennen steht nicht die gnostische Totalerkenntnis des Vaters als des All, sondern das *Patrem agnoscere* und *agnitum esse*«); Schlier* 192 (»Was dann ›Erkennen‹ heißt, ist nur noch das Strahlen der Liebe«); Spicq* (Agapè) 103 und Wischmeyer* (Weg) 141 (weniger »intellektueller Vorgang oder pneumatische Schau« als »personale [V. 12a!] Liebesbegegnung«); Miguens* 93f.

219 So z.B. Beza 151 (*puto* νῦν & τότε *opponi, id est praesentis vitae conditionem cum futura)*; Rückert 353 (gegenüber »dem vollendeten Zustande des Schauens«); Neander 221; Gutjahr 371 und die in der nächsten Anm. Genannten; vgl. auch Wischmeyer* (Weg) 155 (»in dieser Jetztzeit« mit Verweis auf das unmittelbar anschließende διώκετε τὴν ἀγάπην in 14,1); Wolff 329 und Lambrecht* 102 (»Paul most probably deals with the present-day Christian life«).

220 So z.B. Bullinger 227 (*quoad in hisce terris uiuere datur manent*); v. Mosheim 598 (»von der kůnftigen Welt unmoglich« zu verstehen); Semler 349; Rückert 353 (»fůr jetzt aber, so lange uns jener herrlichere Zustand noch ferne liegt«); Neander 221f; auch nach Neueren soll μένειν »nur vom Diesseits« gelten (Schmiedel 173, der so umschreibt: »hat bleibenden Werth, wobei auf Zeitperioden nicht reflectirt ist«); Moffat 203; Miguens* 94f.

221 Konklusiv schon Irenaeus, Haer. 2,28,3; Tertullian, Pat. 12; Photius 574 (τὸ γὰρ νῦν ἐνταῦθα οὐκ ἔστι χρόνου δηλωτικόν); Grotius 814 (*hic non est temporis, sed oppositionis pro at vero* wie Röm 3,21; 7,17 ... μένει *oppositum est ei quod dixit* καταργηθήσονται); Billroth 187; de Wette 126; Godet II 146f; Lietzmann 66; Conzelmann 281; Stählin, ThWNT IV 1102 Anm. 28; Bauer/Aland 1105 (hier wird unsere Stelle zu denen »m. abgeschwächter od. verblichener Zeitbed.« gerechnet: »*nun aber*, wie d. Dinge liegen«); Spicq* (Agapè) 105 (»comme une opposition aux τότε précèdent et une reprise légèrement accentuée de ἄρτι du V. 12«); Pedersen* 176 Anm. 48 (»indessen, jedoch«); Söding* (Trias) 135; Neirynck* 606f, der besonders auf eine auch in anderen Fällen (vgl. 5,11; 7,14; 11,18.20; 15,20) vorangehende irreale Annahme aufmerksam macht, was hier mit der unausgesprochenen Frage umschrieben wird, ob mit den Charismen auch die Liebe vergehe.

222 Vgl. z.B. schon Photius 574 (ἡ πίστις καὶ ἡ ἀγάπη οὐ μόνον ἐν τῷ νῦν αἰῶνι τῶν ἄλλων χαρισμάτων παυομένων διαμενοῦσιν, ἀλλὰ πολλῷ πλέον καὶ ἐν τῷ μέλλοντι) und Oecumenius 840, der aber auch eine andere Erklärung danebenstellt: ἀλλ' οὐκέτι ὡσαύτως καὶ ἡ πίστις καὶ ἡ ἐλπὶς καὶ ἡ ἀγάπη (sc. παύσεται). Richtig auch Meyer 372; Heinrici 406f; Dreyfus* 403-405; Heise* 35f.

223 So z.B. Bengel 427: *non ... proprie ... de*

des gemeindlichen Lebens[224] im Alltag und vor vor allem im Gottesdienst, worauf schon der nächste Vers (14,1) aufmerksam macht. Aber eben die wird in das Licht des eschatologisch und damit schlechthin Bleibenden gerückt und in die Dimension von Glaube, Hoffnung und Liebe verwiesen. Für eine eschatologische Deutung von μένειν, das zweifellos in derselben Bedeutung gleichermaßen alle drei Subjekte prädiziert[225], sprechen: 1. die vorangehenden *opposita* (πίπτει/καταργηθήσονται/παύσονται)[226] und die zu οὐδέποτε πίπτει (V 8) bestehende *inclusio*, 2. τὸ μένον als Antonym zu τὸ καταργούμενον in 2Kor 3,11 sowie 3. parallele Wendungen[227]. Als solche auch im Eschaton bleibende Wirklichkeit, die schon jetzt die Christen ergreift, markieren Glaube, Hoffnung und Liebe den Anbruch der neuen Welt Gottes in dieser Welt.

Sicher ist, daß Paulus sich einer bereits vorgeprägten Formel bedient, denn die Trias ist schon in 1Thess 1,3 und 5,8 bezeugt. Beide Stellen lassen als ursprüngliche Reihenfolge Glaube – Liebe – Hoffnung vermuten. Allerdings gehen die Meinungen darüber, ob diese Kurzformel von Paulus selbst stammt oder nicht, auseinander[228]. Jedenfalls spricht wenig dafür, daß er eine ursprünglich viergliedrige Formel, die neben Glaube, Liebe, Hoffnung auch die Erkenntnis einschloß, polemisch reduziert[229], auch

duratione . . ., sed de valore; Holsten, Evangelium 386; F.V. Mass, 1 Corinthians xiii.13, ET 73 (1961) 93. Dieses Moment von »rechtlich in Geltung bleiben« (vgl. Hauck, ThWNT IV 579) darf aber das Moment des Zeitlichen wegen des Gegensatzes zwischen μένειν und καταργεῖσθαι in V 8.10 nicht eskamotieren.

224 Vgl. Marxsen* 229, der aber selbst hinzusetzt, daß es Paulus darum geht, »daß der eschatologische Bezug des gelebten Christenlebens im Alltag erhalten bleibt«.

225 Von Glaube, Liebe und Hoffnung in Bezug auf das μένειν in Verschiedenheit zu sprechen (so z.B. Spener 452: *cessabit fides & spes, id quod fiet in vita aeterna, manebit tamen charitas, quia in hac est vita aeterna*; vgl. auch Lacan* [Trois] 342), entbehrt jeder Begründung. Insofern ist es konsequent, wenn Erasmus 727 bei Beschränkung des μένειν auf dieses Leben erklärt: *In vita autem coelesti nec fidem, nec spem, nec charitatem mansuram,* andererseits aber bei eschatologischer Ausdehnung des μένειν dann auch Glaube und Hoffnung einbezogen werden (so die unten in Anm. 231f Genannten); richtig schon Theophylakt 773: τὴν μονιμότητα [Dauer] δηλῶν τῶν τριῶν.

226 Vgl. weiter Weiß 320; Hauck, ThWNT IV 579f; Bornkamm* 103f; Wischmeyer* (Weg) 123.154f; Söding* (Trias) 136 u.a.

227 Allerdings ist hier die Sache durch εἰς τὸν αἰῶνα meist eindeutig. Vgl. ἡ δὲ ἀλήθεια μένει καὶ ἰσχύει εἰς τόν αἰῶνα (3Esr 4,38) oder die 2Kor 9,9 zitierte Stelle Ps 111,9 LXX: ἡ δικαιοσύνη αὐτοῦ μένει εἰς τὸν αἰῶνα; vgl. auch das Zitat aus Jes 40,8 in 1Petr 1,25 (τὸ δὲ ῥῆμα κυρίου μένει εἰς τὸν αἰῶνα) und weiter etwa Dan 6,27; Ps 9,8; 101,13 LXX; 4Esr 9,37, wonach vom Gesetz gilt: *Non perit sed permanet*; vgl. zum eschatologischen μένειν auch Hebr 7,3.24; Joh 12,34 u.ö. und Neirynck* 607-610. Anders gemeint ist z.B. Plinius, Ep. 8,24,6: *timor abit . . ., manet amor.*

228 Vgl. z.B. Weiß 320 (nur »als Sprichwort oder als Schriftwort oder als Herrenwort« hätte die Formel »an sich selbst autoritative Kraft«). Das impliziert zwar nicht, daß Paulus sie von den Korinthern übernimmt (so aber Lietzmann 67f u.a.), und ebensowenig, daß Paulus mit der Formel »hier um des Vollklangs willen die Schärfe des Gedankens verschwimmen« läßt (so aber Stauffer, ThWNT I 52), bleibt aber auch ohne diese Annahmen hypothetisch. Für eine paulinische Bildung z.B. Söding* (Trias) 40f (ebs. Kremer 291); nach Weiß* 212 soll Paulus die beiden Dyaden Glaube/Liebe und Glaube/Hoffnung zusammengeschlossen haben; zu frühjüdischen Vorgaben und Parallelen vgl. Söding* (Trias) 45-48.53-63 und Wischmeyer* (Weg) 147-152; vgl. etwa Weish 3,9; syrBar 57,2.

229 So aber Reitzenstein* passim und ders., Mysterienreligionen 383f; Bultmann, ThWNT I 710 Anm. 78 mit Lit. Allerdings bleibt die ursprüngliche Vierheit trotz einzelner Analogien (vgl. EvPh 115 [NHC II 3/79,23-25]; in UAW 10/245 [S. 348f] erscheinen neben Liebe, Hoffnung und Glaube noch Erkenntnis und Friede; weitere Parallelen bei Conzelmann 280 Anm.

wenn der Schlußsatz dann noch kritischere Bedeutung gewönne. Hier genügt die Annahme, daß Paulus selbst von der Zusammengehörigkeit, ja inneren Einheit von Glaube, Hoffnung und Liebe ausgeht.

Daß Paulus auch von einem Bleiben von Glaube und Hoffnung spricht, gilt angesichts anderer Stellen allerdings als merkwürdig und problematisch[230]. Vor allem das Verhältnis dieser Aussage zu 2Kor 5,7, wonach das Schauen das Glauben abzulösen, und zu Röm 8,24, wonach die Erfüllung das Hoffen zu überholen scheint, ist immer als schwierig empfunden worden. Es ist aber auch nicht unverständlich, da trotz der dortigen Oppositionen nach 2Kor 5,7 das »Schauen« den Glauben nicht in allen seinen Aspekten und Momenten ausschließen muß und nach Röm 8,24 die Vollendung nicht das Hoffen. Bleibt die Liebe, dann offenbar auch der Glaube, der in der Liebe wirksam ist (Gal 5,6). Vermutlich kann sich Paulus den Menschen auch in der eschatologischen Vollendung nur als einen solchen vorstellen, der beständig auf Gott angewiesen, für ihn geöffnet und auf ihn hin orientiert bleibt[231], wobei auch seine Liebe als Partizipation an der Liebe Gottes nicht ohne Glaube und Hoffnung denkbar ist[232]. Trotz dieser bleibenden Dauer auch von Glaube und Hoffnung ist die Liebe die größte unter den dreien [233]. Warum? Darauf sind, obwohl Paulus selbst das ebensowenig begründet wie das καθ' ὑπερβολήν in 12,31, verschiedene Antworten gegeben worden, die hier nicht alle berück-

111) hypothetisch. Erst recht der Verweis auf die hellenistisch-mystische Formel Glaube, Wahrheit, Eros und Hoffnung bei Porphyrius (Ad Marcellam 24) kann keine paulinische Umbildung beweisen (vgl. schon Bachmann 407 Anm. 1; Kümmel 189). Vgl. weiter Wischmeyer* (Weg) 149f; Spicq* (Agapè) 365-378; Neirynck* 596-598; v. Dobbeler, Glaube 208-211; Söding* (Trias) 38f.

230 Vgl. z.B. Kuß 177; Miguens* 76; Lacan* (Trois) 322; Lambrecht* 102. Der Hinweis auf eine übernommene Formel reicht zur Erklärung kaum aus (anders Marxsen* 226f), zumal Paulus sie durch die Heraushebung der Liebe verändert. Eine Unterscheidung der τέλειον-Zeit in ein Tausendjähriges Reich, nach dessen Ende Glaube und Hoffnung aufhören, und den dann beginnenden ewigen Vollendungszustand der Liebe ist eine eingetragene Spekulation Osianders (Godet II 147), die freilich neuerdings wieder fröhliche Urständ feiert.

231 Vgl. Bultmann, ThWNT VI 223: »Die πίστις als die Bezogenheit auf Gottes Gnade« wird »auch in der eschatologischen Vollendung nicht erledigt sein«; ders., ThWNT II 529: Die ἐλπίς bleibe, »weil die ἐλπίς nicht auf die Realisierung eines von Menschen entworfenen Zukunftsbildes geht, sondern weil sie das von sich und der Welt absehende Vertrauen auf Gott ist«; G. Nebe, »Hoffnung« bei Paulus, 1983 (StUNT 16), 74.165.

232 Vgl. auch Billroth 187f; Meyer 373 (»Die ewige Gemeinschaft mit Christo im künftigen αἰών ist gar nicht denkbar ohne die ewige Fortdauer des lebendigen *Grundes* und *Bandes* dieser Gemeinschaft, welches eben der *Glaube* ist«; ähnlich Heinrici 407; Godet II 148 (»Die ewigen Güter gleichen ja wirklich nicht einem Sack voll Goldes, welchen man ein für allemal empfängt«); Schlatter 366f; Barrett 309; Stählin, ThWNT IV 1102 Anm. 28; Bornkamm* 108f; Pedersen* 177; Carson* 74f; J. Moss* 253; Lacan* (Trois) 342; Cox* 534f; Neirynck* 610-615; Lang 188; Söding* (Trias) 136-139 und (Liebesgebot) 142f; Meisinger* 89; Kistemaker 470f.

233 Der *gen. partit.* τούτων bezieht sich auf die vorhergehende Trias, markiert aber den Mehrwert der Agape gegenüber Glaube und Hoffnung. Der Komparativ hat dabei den Sinn des in der Koine immer stärker zurücktretenden Superlativs (vgl. Bl-Debr-Rehkopf § 244 und die meisten); anders Martin* (Exegesis) 119f und (Spirit) 55, der μείζων seine komparative Funktion beläßt und auch τούτων als *gen. comparationis* auffaßt: *Gottes* Liebe sei »größer« als die Trias (vgl. die Kritik bei Carson* 73f).

sichtigt werden können: weil Glaube und Hoffnung des Menschen sind, die Liebe aber Gottes ist[234], weil die Liebe christusförmig ist bzw. theologische, christologische, pneumatologische und anthropologische Beziehungen erkennen läßt[235], oder aber – und das liegt von der Funktion des Kapitels her am nächsten – weil Paulus in Gegenwart und Zukunft alles an einem Leben in der intensiven Gemeinschaft der Liebe mit anderen liegt, und zwar in der Beziehung zur göttlichen Wirklichkeit der Liebe Christi[236].

Gerade vom letzten Teil mit seiner stark eschatologischen Perspektive her stellt sich die Frage, ob Barth (47) nicht Recht hat, daß schon hier und nicht erst in Kap. 15 »von den *letzten* Dingen die Rede ist«, sich schon hier »*finis theologiae, finis christianismi, finis ecclesiae*« ankündigt (46)[237] als »ein direktes Vorspiel zu dem in Kap. 15 aufzunehmenden Thema«, »nur hier vom Menschen aus gesehen«, aber als »*Gottes* Möglichkeit am Menschen« (39) (kursiv im Original gesperrt). Bultmann hat dieser eschatologischen Interpretation zugestimmt und ebenso betont, daß Kap. 13 und 15 von derselben Sache sprechen, auch wenn er das Verhältnis der beiden Kapitel anders bestimmt[238]. Man könnte in der Tat in der eschatologischen Wirklichkeit der Liebe einen Vorschein der Auferstehung der Toten sehen[239].

Zusammenfassung

Blickt man auf das Kapitel zurück, überrascht es, wieviel hier kritisch gesagt wird, und zwar vor allem in der Frontstellung gegenüber einem schwärmeri-

234 So Bengel 427 (*Ac Deus non dicitur fides aut spes absolute, amor dicitur*); Grotius 815 (*Dilectio nos Deo conjungit & similes facit I Joh IV 8*); Robertson/Plummer 300; Godet II 148 (Die Liebe sei »das Göttliche. Gott glaubt und hofft nicht, aber er liebt. Die Liebe gehört zu seinem Wesen«); Schlier* 193; Wischmeyer* (Weg) 162: »Nur die Liebe ist zugleich Handeln Gottes am Menschen und Antwort des Menschen darauf, während πίστις und ἐλπίς stets allein menschliche Antwort bleiben«.

235 Vgl. Wischmeyer* (Weg) 162. Das Urteil beruhe darauf, »daß die ἀγάπη die Beziehungen zwischen Gott, Christus, πνεῦμα und den Menschen jetzt wie im Eschaton bleibend darstellt«; vgl. auch Bornkamm* 109: Die Liebe sei »die unvergängliche Gegenwart des Heils«.

236 Vgl. Heinrici, Sendschreiben 428; Standaert* 138: V 13b »reprend l'idée principale de toute la digression: l'excellence de l'*agapê*«. Vgl. auch Söding* (Trias) 140f und (Liebesgebot) 144f sowie schon Bengel 427: *Amor proximo plus prodest, quam fides et spes per se* (ebs. Semler 349). Das ist allerdings abzuheben vom Hinweis auf »den sittlichen Werth« und »die sittliche Fruchtbarkeit des christlichen Gemeinschaftslebens«, worauf Meyer 375 und Heinrici 408 hinauswollen. Noch anders de Wette 128: weil die Liebe »die *Wurzeln des Gl. und der H.* in sich trage« (ähnlich Olshausen 708; Robertson/Plummer 300; Bachmann 409; Cox* 533), doch ist das kaum paulinisch (vgl. Gal 5,6 und oben Anm. 143).

237 Vgl. auch 39: schon hier »das Allerletzte über dem Letzten«. Diese eschatologische Dimension ist unaufgebbar, auch wenn es sachgemäßer ist, statt von »Verkündigung der Totenauferstehung« (Barth 49) vom »Nachglanz der Auferweckung Jesu Christi von den Toten und Vorglanz der kommenden allgemeinen Auferstehung« zu sprechen (KD IV 2, 944).

238 Während Barth das Kap. 15 für den Höhepunkt des Briefes halte, aber zu Recht zwischen »Endgeschichte« und »Schlußgeschichte« unterscheide, sieht Bultmann in Kap. 15 auch »Schlußgeschichte«, die nicht ohne Sachkritik zu rezipieren sei (Glauben I 51f); vgl. weiter zu Kap. 15. Vgl. das Referat bei Sanders* 172-181; Tebbe* 476-480 und Wischmeyer* (Weg) 13.

239 Allerdings sollte man nicht wie Harbsmeier* 38 beides so verbinden, daß es geradezu zusammenfällt: »In der Liebe geschieht die Auferstehung der Toten«. Tebbe* 479 vermißt in Kap. 15 einen Hinweis darauf, daß Paulus das in Kap. 13 Gesagte »fortsetzen oder vollenden wolle«, in Kap. 15 umgekehrt eine Erwähnung der Agape; er selbst will darum zwei »Höhepunkte« des Briefes finden (480).

schen Enthusiasmus, der sich auf den Reichtum seiner pneumatischen Gaben und frommen Erfahrung etwas zugute hält, »das Unvollkommene« mit seiner Anfechtung bereits hinter sich zu haben glaubt und dabei die Gemeinschaft zerstört und die Liebe vergißt. Diese kritische Erinnerung an das *unum necessarium* entspricht der Tatsache, daß Paulus auch sonst immer wieder die Liebe als Korrektiv in die Debatte einführt[240]. Diese Beobachtung kann davor bewahren, die Liebe mit Liebelei, sentimentalem Gefühl und bloßer Sympathie, aber auch mit Liebes*werken* und Aktionismus zu verwechseln. Agape ist aber über die radikale Kritik an allen Formen pneumatischer Ichbezogenheit hinaus das konstitutive Kriterium der Gemeinde einschließlich ihrer Charismen und ihres Gottesdienstes.

Der erste Teil (V 1-3) konfrontiert darum die Agape mit den Charismen, die immer in der Gefahr stehen, überschätzt und mißbraucht zu werden, und sich samt und sonders an der kritischen Instanz der Agape ausrichten lassen müssen. Ohne Liebe sind sie alle nichts, wertlos und unfruchtbar. Sie werden nicht verdrängt oder ersetzt, wohl aber an der Agape gemessen, wobei speziell V 3 in besonderer Weise paradox zuspitzt und selbst die anspruchsvollsten karitativen und heroischen Taten nicht mit der Liebe identifiziert. Der zweite Teil (V 4-7) entfaltet dann mit kritischen Blicken auf die korinthische Situation die Merkmale der Agape. Ihre häufige Entsprechung zu Gottes- und Christusprädikaten läßt dabei erkennen, warum die Liebe allen Geistesgaben überlegen ist. Sie ist der Anbruch der neuen Welt und erfaßt darum über die Gottesbeziehung hinaus das Verhältnis der Glieder des Leibes Christi als Dasein für andere. Wie sehr die eschatologische Dimension dominiert, erweist der Schlußteil, denn die V 8-13 heben in allem auf den Unterschied zwischen der jetzigen und der zukünftigen Zeit ab. Dabei werden wiederum die Charismen aufgegriffen und als befristetes Stückwerk relativiert. Einzig beständig und bleibend auch in der zukünftigen Vollendung ist die Agape. Und in der abschließenden Trias wird sie, ohne vom Glauben und von der Hoffnung isoliert zu werden, für Zeit und Ewigkeit als größte bezeichnet.

Auslegungs- und Wirkungsgeschichte

Auch dieses Kapitel entzieht sich auslegungs- und wirkungsgeschichtlich einer auch nur annähernd angemessenen Darstellung. Noch stärker als bei der Exegese fühlt man sich an Luthers Epistelpredigt von 1531 erinnert: »*In hac Epistola* ist zw viel auff 1 bissen gefast«[241]. Die hier zusammengestellten Belege orientieren sich großenteils katenenartig an der in der Exegese herausgestellten Dreiteilung (vgl. die Randziffern der Verse), doch erfordern V 12 und V 13 ebenso je einen eigenen Abschnitt wie das Verhältnis von Glaube und Liebe. Zuvor seien einige allgemeinere Sätze zitiert, wie anhand von 1Kor 13 Liebe verstanden und gepriesen wird.

240 Vgl. die Diskussion über den Genuß vom Götzenopferfleisch bzw. über das Verhältnis von »Starken« und »Schwachen« in EKK VII 2, 211ff und weiter Schrage, Ethik 218-224.

241 WA 34.1, 162.

1. Überall wird die Liebe im Anschluß an 1Kor 13 aufs höchste gerühmt, z.B. bei Tertullian als *summum fidei sacramentum, Christiani nominis thesaurus*[242], beim Ambrosiaster (147) als *caput* bzw. bei Hrabanus Maurus (118) u.a. als *fundamentum religionis*, bei Cyprian als *fraternitatis uinculum, fundamentum pacis, tenacitas ac firmitas unitatis*[243], bei Leo d. Gr. als Weg, auf dem Christus zu uns herabgestiegen ist und wir zu ihm aufsteigen können[244]. Sie gilt als das entscheidende Kennzeichen der Christen, so daß Augustin erklärt: »Die Liebe scheidet die Heiligen von der Welt«[245]. Nach Chrysostomus (272) wohnt ein Liebender auf Erden wie im Himmel und flicht sich unzählige Kränze[246]. Während einige auf den Willen großen Wert legen, erklärt Fulgentius von Ruspe im Anschluß an die augustinische Gnadenlehre, daß die Liebe weder *ex nostra uoluntate* in uns beginnt noch wächst, sondern *gratia Dei* in unsere Herzen gegossen wird durch den Heiligen Geist[247]. Von früh an aber wird sie als Tugend bestimmt[248]. Später heißt sie etwa *virtus suprema que omnia dona communicancia mutat in melius* bzw. *omnium virtutum regina*[249] oder *habitus infusus* bzw. *perfectissimus habitus*[250]. Die Liebe soll sich dabei auf Gott[251] oder den

242 Pat. 12,8 (CChr 1, 313).

243 De Bono Patientiae 15 (CChr 3A, 126). Vgl. auch etwa die Charakterisierung bei Severian 264 (τὸ μέγιστον) und Cassian: *Nihil pretiosius, nihil perfectius, nihilque sublimius et . . . nihil caritate perennius* (Coll. 11,12 [SC 54, 115]).

244 Tract. 74 (CChr 138A, 461).

245 Joh-Ev 76 (BKV 19, 101); vgl. auch Petrus Lombardus 1660 (*In charitate dignoscuntur discipuli Christi, non in prophetia, fide et aliis*) und Nicolaus v. Cues, der Augustin, De Trin. 15,18,32 zitiert: *Sola caritas dividit inter filios Dei et perditionis* (Opera XVII 1, 89).

246 Allerdings wird auch der Verdienstcharakter herausgestrichen; vgl. Herveus 952: *Charitas vero et meritum semper auget, et vitam eternam praebet*; vgl. auch Leo d. Gr., Sermo 79 (BKV 55, 237); Thomas 382 u.a. Nach Albertus Magnus kommt den Werken nur nach dem Maß der Christusliebe »ein Heilswert« zu, »denn das gnadenhafte Verdienst besteht wesentlich nicht in der Größe der Leistung, es kommt vielmehr aus der größeren Liebe dessen, der die Tat setzt. 1Kor 13,1-13« (Albertus Magnus, Ausgewählte Texte, hg. v. A. Fries, Darmstadt 1981, 33). Wesley erklärt später die »Nützlichkeit« der Liebe (V 3) im Sinn von »happiness«, d.h. als »a state of well-being, as contents the soul, and gives it a steady, lasting satisfaction« (Works XI 129).

247 De Verit. Praed. 1,44 (CChr 91A, 487), wo das vor allem an der *continentia*, worauf sich das *caritas non agit perperam* beziehen soll, sowie an der Feindesliebe konkretisiert wird; vgl. auch ders. Sermo 5,4 (CChr 91A, 921), aber auch Ep. 5 ad Evgipp. 5 (CChr 91, 237): *caritas uero sine bona uoluntate non potest haberi*. Pelagius 205 erklärt zu 14,1: *in nostra est potestate* (ebs. Hieronymus 759).

248 So schon bei Clemens Alexandrinus zusammen mit den anderen Gliedern der Trias, aber auch anderen Tugenden als ἀρετὴ τῆς ψυχῆς (Quis Div. Salv. 18,1 [GCS 217, 171]). Ihr eignet Heilscharakter; vgl. Σὺ δὲ μάθε τὴν ›καθ᾽ ὑπερβολὴν ὁδόν‹, ἣν δείκνυσι Παῦλος ἐπὶ σωτηρίαν (38,1 [ebd. 184]). Dorotheus v. Gaza charakterisiert sie als ἡ τελείωσις τῶν ἀρετῶν (Ep. 6 [SC 92, 512]).

249 So Wyclif (Sermones III 138) bzw. Cornelius a Lapide 316. Vgl. aber zu der auch nach katholischem Verständnis nicht auf menschlicher Leistung, sondern auf Gnadenwirken beruhenden *virtus infusa* Warnach* 203 Anm. 1.

250 So Biel (Coll. III 417 u.ö.) bzw. Duns Scotus (Opera II 307). Für Thomas und die gesamte mittelalterliche Theologie gehört die Liebe wie die gesamte Trias zu den theologischen Tugenden (vgl. Söding [Trias] 23f.26-28, auch zur *fides caritate formata*).

251 Vgl. z.B. Basilius v. Cäsarea, Reg. Brev. Resp. 282 (PG 31, 1280): πρὸς θεόν; ebs. Thomas, Summa, Bd. 17A, 44.

Nächsten richten[252], meist aber auf beide[253]. Nach Ps-Dionysios werden von den biblischen Schriftstellern Agape und Eros synonym gebraucht, was allerdings von der Masse nicht verstanden werde, weil der wahre Eros für sie »zum geteilten, leiblichen und unterschiedenen Namen ›Eros‹« entgleite[254]. Aber schon Augustin unterscheidet die irdische selbstverliebte Liebe und die himmlische göttliche Liebe unter Hintansetzung seiner selbst[255], doch kann die damit begonnene Diskussion über das Verhältnis von Agape und Eros hier nicht einmal angedeutet werden[256]. Calvin (433) schließt daraus, daß die Liebe nicht das ihre sucht, »daß uns die Liebe nicht von Natur angeboren ist. Denn von Natur neigen wir alle zur Selbstsucht und sorgen nur für uns und unseren eigenen Nutzen«. Zwingli (174) nennt sie *dux et moderator omnium donorum.*

Wie schon in der Exegese hervorgehoben (vgl. oben Anm. 147), wird vor allem seit Barth immer wieder der unlösliche Zusammenhang von Kap. 13 mit der Liebe Gottes in Christus akzentuiert[257]. Was Paulus in 1Kor 13 schreibt,

[252] Vgl. z.B. Origenes, In Rom 5,10 (PG 14, 1053); Haymo 582; Melanchthon 74 (*Primum enim apostolus de caritate erga proximum loquitur*); Spener, Schriften IV 619 u.a. bis hin zu Rahner, der die Nächstenliebe »das wirklich bewegende Urwort und Schlüsselwort für heute« nennt (Schriften VI 297).

[253] Vgl. z.B. Augustin, De Trin. 8,8 (PL 42, 959): *Ex una igitur eademque charitate Deum proximumque diligimus: sed Deum propter Deum, nos autem et proximum propter Deum*; Gertrud v. Helfta, Legatus Div. Piet. IV 15,6 (SC 255, 172); Erasmus 727: *Vera charitas proximi non separetur a charitate Dei, ex qua nascitur, fortassis & eadem est . . . Qui ramos & fructus ostendit, satis commendat stirpem* (Stamm); Osiander, Werke I 59: »Darumb mus volkumne lieb Gottis und des nechsten bey und mitteinander sein«; Wesley, Works X 157. Über die Einheit von Nächsten- und Gottesliebe ist viel nachgedacht worden; vgl. z.B. Rahner, Schriften VI 277f, nach dem »das eine ohne das andere gar nicht ist, nicht begriffen und nicht vollzogen werden kann« (278).

[254] Die Namen Gottes (BGrL 26, 50f).

[255] Civ. D. 14,28 (CSEL 40.2, 56f). Als Zeugnis aus späterer Zeit vgl. die Unterscheidung der Agape von der »erweiterten Selbstliebe« z.B. »in Form eines sehr ausgeprägten Familiensinns« bei Ragaz, Reich 53f. Nach Köster/Baltzer/Merkel (GPM 16 [1961/62] 120) soll es überhaupt falsch sein, »zwischen hoher und niedriger, himmlischer und irdischer Liebe zu trennen«. Zu den bewegendsten Beispielen gehört der Abschiedsbrief von H.J. Graf v. Moltke an seine Frau vom 11. 1. 45: »Du bist mein 13. Kapitel des ersten Korintherbriefes. Ohne dieses Kapitel ist kein Mensch ein Mensch« (F. v. Moltke u.a., H.J. v. Moltke, 1907-1945; Stuttgart 1975, 313).

[256] Vgl. zur Nähe und Distanz der beiden in der neueren Diskussion neben der bekannten Monographie von Nygren* etwa Barth, KD IV 2, 831-853; P. Tillich, Das religiöse Fundament des moralischen Handelns, Stuttgart 1965, 34f; Honecker, Ethik 154-156 u.a.; Sölle nennt »die radikale Entgegensetzung von Eros und Agape . . . eine der peinlichsten, trübsten und katastrophalsten Züge im Christentum« (in: Assoziationen, Bd. 2, hg. v. W. Jens, Stuttgart 1979, 62). Eichholz will die Agape mit Recht »*von ihrem eigenen Ursprung her*« verstehen, weil ihre Überlegenheit »durch eine noch so schneidige Antithetik von Eros und Agape eher verwischt zu werden« drohe und Agape »noch etwas anderes als die Umkehrung des Eros« sei (Herr, tue meine Lippen auf, Bd. 2, Wuppertal-Barmen 21959, 174, kursiv im Original gesperrt). Vgl. auch das Kap. Sexus, Eros und Agape bei Warnach* 456-472, wonach sich »diese Typen der Liebe« bei aller »grundlegenden Verschiedenheit« nicht unbedingt ausschließen (465).

[257] Vgl. außerdem etwa seine Bemerkung zum πάντα in V 7 (unten Anm 415); vgl. auch Schlink, Dogmatik 449: In den zentralen Aussagen von V 4-7 sei es möglich, »›Liebe‹ durch ›Christus‹ zu ersetzen, ohne daß die sonstigen Worte geändert werden müßten«; Voigt, Gemeinsam 122 versteht das zu Recht nicht nur im Sinne eines Vorbildes: »Christus

ist nach Ebeling »an der Gotteserfahrung in Jesus Christus abgelesen und ein Widerschein der in ihm erschauten Doxa Gottes« inmitten der Deszendenz[258]. Gollwitzer zitiert zur Veranschaulichung die bekannten Liedverse »O Wunderlieb, o Liebesmacht« (EG 83,3) und »O große Lieb, o Lieb ohn alle Maße« (EG 81,6), um auch damit zu dokumentieren, daß »die am Kreuz gewonnene Erkenntnis der Liebe Gottes« »der Ursprung der Bedeutung« ist, die das Wort Liebe »für den christlichen Glauben gewonnen hat«[259]. Ähnlich geschieht das in anderen Meditationen und Predigten[260], wo die Liebe zugleich, fast immer in Abgrenzung von einem weltfernen Ideal, als »ein Stück der neuen Welt« bzw. »neue Schöpfung«[261], als »Voraus-Ereignung des Kommenden«[262], als »Pulsschlag der Ewigkeit«[263] u.ä. charakterisiert wird. Oft hat man das Kapitel auf die Ehe[264], aber auch auf den Umgang mit Häretikern[265] bzw. den Dialog[266], auf die Politik[267], die soziale Frage[268] und anderes bezogen[269],

ist und *bewirkt* diese Liebe, indem er uns in sein Leben und Wesen hineinzieht und so in uns Macht gewinnt«.

258 Dogmatik II 350; vgl. auch 538: Die Beschreibung der Liebe werde zu einer »Beschreibung Jesu«. Nach G. Pico della Mirandola dagegen soll innige Liebe, Glaube und Hoffnung aus der »Bewunderung von Gottes Werken« folgen (De Dign. Hom. [Respublica Literaria 1], Bad Homburg u.a. 1968, 77).

259 Herr, tue meine Lippen auf, Bd. 2, Wuppertal-Barmen 1942, 111; vgl. auch Eichholz, a.a.O. (Anm. 256) 176: »nicht eine Vokabel aus dem Wörterbuch einer Allerweltsethik«. Löhe, Werke VI 3, 235f; verweist auf den Ort der Epistel im Kirchenjahr am Beginn der abendländischen Fastenzeit: »Was ist die Leidensgeschichte Jesu, wenn nicht eine Geschichte der Liebe Jesu zu seinem Volke und ein so erhabenes Beispiel zu der Predigt Pauli von der Liebe, daß man fast sagen könnte, der Apostel habe die hohe Liebe Jesu beschreiben wollen, das Ur- und Vorbild jeder andern christlichen Liebe« (236).

260 So Doerne, a.a.O. (Anm. 118 zu Kap 12) 75f; ders., Das Wort der Wahrheit, Göttingen 1973, 66 (»zuletzt ein Deckname, eine Chiffre für Gott«); Voigt, a.a.O. (Anm. 332 zu Kap 12) 151, der Gal 3,20 so umformt: »So liebe denn nicht mehr ich, sondern Christus liebt in mir«. Anders H.-W. Bartsch, in: Worte am Sonntag heute gesagt II 1, Gütersloh 1973, 123f, der Paulus auch in V 4-7 von sich selbst bzw. seiner liebenden Zuwendung zur Gemeinde sprechen lassen will.

261 So G. Dehn, Mein Herz hält Dir vor Dein Wort, Berlin 1940, 95; vgl. auch 98: »nicht selbstverständliche Gewohnheit. Wunder ist Durchbruch, es ist nicht Regel«.

262 So Voigt, a.a.O. (Anm. 260) 152.

263 So P. Althaus, Gott ist gegenwärtig. Letzte Predigten, Gütersloh 1968, 54.

264 Vgl. z.B. Kierkegaard, Rede anläßlich einer Trauung, in: ders., Drei Reden bei gedachten Gelegenheiten (Werke, 13./14. Abt.), 152; ders., Entweder/Oder (2./3. Abt.), 72f.

265 Küng, Kirche 302f. Vgl. übrigens schon Heinrich VIII., der dem Parlament nach Zitat von V 4ff vorhält: »Seht also, welche Liebe da bei Euch tätig ist, wenn die einen die anderen ›Ketzer und Wiedertäufer‹ heißen, und die anderen darauf mit ›Papisten, Heuchlern und Pharisäern‹ antworten. Sind dies Zeichen der Liebe?« (KThQ III 262).

266 Rahner, Schriften VI 57.

267 Vgl. H. Kutter, Reden an die deutsche Nation, Jena 1916, 65: »Oder ist es nicht so, daß dieser Hymnus des Apostels Paulus auf die Liebe wie auf die Bedürfnisse unserer modernen Politik zugeschnitten zu sein scheint?«

268 Ragaz, Reich 55f.

269 Vgl. das Beispiel aus der Autobiographie von Th. Merton (Der Berg der sieben Stufen, hg. und übersetzt von H. Grossrieder, Einsiedeln 1985, 82f), wo eine Predigt erwähnt wird, die anstelle des Wortes Liebe jeweils »gentleman« einsetzt; vgl. dagegen Warnach* 258: »immer etwas Außergewöhnliches, durchaus Unbürgerliches«; Rahner, Schriften VIII 703: »so etwas wie das Verrückte, das Unwahrscheinliche«.

aber auch erklärt, daß sich die Liebe jeder Definition entziehe[270]. Die verschiedenste Verwendung erfahren erst recht einzelne Verse und Versteile wie V 8a in der Übersetzung Luthers (»Die Liebe höret nimmer auf«), der ebenso als Trauspruch wie als Grabinschrift dient, aber auch für manches andere herhalten muß[271].

In moderneren Publikationen aber wird mit Recht auch auf den spezifischen Ort des Kapitels im 1. Korintherbrief und auf die Differenz zur Situation der heutigen Gemeinde verwiesen, die nicht von solch charismatischer Dynamik erfüllt ist, die die Gemeinde damals zu zersprengen drohte. Folge man darum etwa als Prediger der paulinischen Polemik und Kritik, stoße man leicht ins Leere oder bleibe antiquarisch, da »nur im Gegenüber zu dieser Dynamik der Charismen« sichtbar werde, »was es mit der Liebe in unserem Text auf sich hat«; suche man aber »nach irgendwelchen bürgerlich-weltlichen, vielleicht auch gnostisch-weltanschaulichen oder gar christlich-kirchlichen heutigen Entsprechungen jener charismatischen Dynamik (z.B. der Hypertrophie des Amtsdenkens)«, so werde man »leicht flach. Dennoch müßte es gewagt werden. Denn den Zauber der – ekstatischen oder liturgischen – Rede, die Faszination aller natürlich-übernatürlichen Geschichtsdeutung und Geschichtsbewegung (um vom bloßen Mirakelwesen zu schweigen) und endlich die Anziehungskraft der Leistung und der Tat . . . werden wir ja auch in der Gegenwart der Christenheit in mancherlei Gestalt wirksam erkennen müssen«[272].
Bornkamm* (97f) hat darauf aufmerksam gemacht, daß dem christlichen Glauben immer wieder vorgeworfen worden ist, die Grundwerte politischen Seins wie Tapferkeit und Gerechtigkeit usw. aufgelöst zu haben durch eine alle anderen Werte in Frage stellende transzendente Bindung. Auch wenn man heute nicht mehr von nordischen oder griechischen Grundwerten sprechen wird, die durch die Agape angeblich unterhöhlt werden, sondern vielleicht eher von Revolution, die durch die Liebe blokkiert werde, oder auch umgekehrt vom politischen *ius talionis* oder von wirtschaftlichen Gesetzmäßigkeiten u.a., worin die Liebe nicht dreinzureden habe, erhält sich doch gerade in solcher Konfrontation noch etwas von der ursprünglichen Sprengwirkung und kritischen Angriffigkeit der Liebe, womit man dem Text zweifellos näher

[270] Vgl. H. Kutter, Revolution des Christentums, Jena 1912, 111: »Ist sie nicht der stille und geheimnisvolle Urgrund aller Dinge, und eben deswegen in keine besondere Gestalt sich kleidend? Tue mir kund, was Liebe ist, und du verschüttest die Quelle des Lebens, zerhaust die Wurzel des Daseins!«; vgl. auch Rahner, Schriften VI 277: »Sosehr daher solche Liebe, die hier walten soll, darüber nachdenken muß, wie sie zur greifbar helfenden Tat wird, wenn sie nicht leeres Gefühl oder bloßes Gerede werden will, so muß doch auch danach gefragt werden, was sie selber sei« (vgl. auch ebd.: Die Liebe »läßt das ewige Reich Gottes geheim beginnen, ist das Wunder der Geburt der Ewigkeit«).

[271] So z.B. als Motto für das Volksstück Kasimir und Karoline bei Ö. v. Horváth, Ges. Werke, hg. v. T. Krischke u.a., Bd. 5, 1986 (stw 1055), 67; vgl. auch Bd. 12 (stw 1062), 257.

[272] Steck, GPM 10 (1955/56) 64 (vgl. auch Lohse, GPM 22 [1967] 127). Steck attackiert dann als »das eigentliche Ergebnis und das entscheidende Zeichen der Verweltlichung« vor allem »die Selbstbehauptung der Kirche«, »nicht aber irgendwelche sonstigen Säkularisationen und Säkularismen« (65). Auch bei Eichholz, a.a.O. (Anm. 256) 183 heißt es einerseits: »Was soll ein Wagen noch gebremst werden, der seit Jahrhunderten stillsteht!«, andererseits aber, daß die »Trennlinie« zwischen der zum Dienst gegebenen Gabe des Geistes und der Begabung, der das eigene Charismatikertum wichtiger ist als der Dienst, »damals wie immer aktuell ist«.

bleibt als mit stimmungsgeladener Erbaulichkeit oder einem allgemeinen Gefühl[273]. Barths (47) Wort über das Kapitel gilt auch heute noch zu Recht: »Es besteht *kein* Anlaß, dieses Kapitel zu einer großen Sentimentalität zu machen«[274]. Vielleicht ist hinzuzufügen: Es besteht kein Anlaß, die harte, pointierte Zumutung dieses Kapitels in eine allgemeine Unverbindlichkeit verdampfen zu lassen und aus lauter Angst vor falscher Gesetzlichkeit den Anspruch der Liebe abzuschwächen oder ihren Inhalt zu einem bloßen Impuls oder Motiv zu formalisieren.

1-3

2. Selbstredend wird im Anschluß an V 1-3 immer wieder neu eingeschärft, daß ohne Liebe auch die Taten der glänzendsten Charismen unnütz sind[275], während umgekehrt Natur, Leben, Empfindung und Vernunft, aber auch »Sprachengaben, Sakramente, Weissagung, Wissenschaft, Glaube, Verteilung ihrer Güter an die Armen und Hingabe ihres Leibes zum Verbrennen« auch bei solchen Menschen zu finden sind, die Christus nicht angehören, weil sie ihn nicht lieben[276]. Die paulinischen Beispiele werden z.T. resümiert oder generalisiert, z.T. aber auch erweitert. So kann es einerseits generell heißen, *quod sine caritate fit, nullo modo bene fit*[277], andererseits aber kann die paulinische Intention z.B. dadurch illustriert werden, daß es weder etwas nützt, ein strenges Leben zu führen noch als Wundertäter tausend Tote zu erwecken[278]. Wie beliebt solche Verlängerungen der paulinischen Aufzählungen ist, zeigt später z.B. Schwenckfeld: »Ob er auch die Bibel gar außwendig wüßte / ob er

273 Vgl. Weiß 312, der Goethes Faust zitiert: »Erfüll davon dein Herz, so groß es ist, Und wenn du ganz in dem Gefühle selig bist, Nenn es dann, wie du willst, Nenn's Glück! Herz! Liebe! Gott! Ich habe keinen Namen dafür! Gefühl ist alles; Name ist Schall und Rauch«; nach Weiß »*auch* ein Kommentar zu dem für uns verstandesmäßig niemals erfaßbaren Begriff (kursiv im Original gesperrt). Anders z.B. H. Broch, Briefe über Deutschland 1945-1949. Die Korrespondenz mit Volkmar v. Zühlsdorff, Frankfurt a.M. 1986, 99: »Aber angesichts dessen, was geschehen ist und weiter geschieht, muß auch das Paulinische anders verstanden werden. Auch die Paulinische Liebe war nicht bloßes Gefühl, auch sie ist aus schwerer Gedankenarbeit hervorgegangen«.

274 Vgl. auch ebd. 57 zum ganzen Brief: »ein schwerer Angriff auf die Christenheit, viel radikaler als etwa die Bußpredigt des Jakobusbriefes«.

275 Basilius v. Cäsarea, Bapt. 1,1567d.1568a (SC 357, 178); Cassian, Coll. 15,2 (SC 54, 212): *Per hoc euidenter ostenditur perfectionis ac beatitudinis summam non in illorum* (sc. der in 12,8-10 aufgezählten Charismen) *mirabilium operatione, sed in caritatis puritate consistere.* Diese Reinheit ist nach Gregor v. Nyzza dann nicht gegeben, wenn man noch nicht innen von den beschwerenden Leidenschaften befreit worden ist (De Inst. Christ. [Opera VIII 1, 60]). Nur selten erfährt Paulus auch Widerspruch, z.B. von Meister Eckhard: »Die Lehrer loben die Liebe in hohem Maße, wie es Sankt Paulus tut, der sagt: ›Welches Tun auch immer ich betreiben mag, habe ich die Liebe nicht, so bin ich nichts‹ [vgl. 1Cor 13,1f]. Ich hingegen lobe die Abgeschiedenheit vor aller Liebe« (KThQ II 175); vgl. 176 auch die Begründung dafür.

276 Augustin, Joh-Ev 65 (BKV 19, 54); vgl. auch ders., De Trin. 15,17,32 (TKV 2, 460): »Wie groß muß also jenes Gut sein, ohne daß selbst so große Güter niemand zum ewigen Leben führen können«. Nach Fulgentius gehört dazu auch die Zugehörigkeit zur Kirche, wie auch »in den Tagen der Sintflut niemand außerhalb der Arche gerettet wurde«, was an V 2 angeschlossen wird (De Fide 37 [BKV 2.R. 9, 184]).

277 So Hus, Opera III 291 im Anschluß an Augustin; ähnlich ders., Tract. 202. Vgl. schon Leo d. Gr., Tract. 79,3 (CChr 138A, 499): *nullas sibi uirtutes sine caritate prodesse.*

278 Chrysostomus 270.272. Nach Coccejus 313 ist dasselbe zu sagen *de omni eruditione, philologia, historia, eloquentia, scholastica subtilitate, distinctionum copia.*

alle promissiones hette einn sich gefasset / ja mit Engelzungen von Gott reden oder predigen köndte / vnd alle tag des h. Sacraments brauchte ...«[279] Oft wird zur Liebe das Halten der Gebote gezählt und dabei auf Joh 14,15.21 und 15,9f verwiesen[280] oder auf Joh 14,23f[281], aber auch auf das Doppelgebot von Mt 22,38f (Chrysostomus 272) oder auf Mt 7,21f[282]. Manche haben sich gefragt, ob denn solche Taten, wie sie Paulus aufzählt, ohne Liebe überhaupt geschehen können. Die Antwort des Basilius v. Cäsarea: »Nicht, als könnte je eins der aufgezählten Werke ohne die Liebe getan werden, sondern weil der Heilige, wie er selbst gesagt hat, in ›übertriebener‹ Weise den Vorrang dieses Gebotes vor allen anderen bezeugen wollte«[283]. Schon hier wie später bei V 13 wird als Begründung für diese Überordnung der Liebe genannt, *quia et ›Deus caritas est‹ et Christus filius eius caritas est, qui nobis perfectionem caritatis donare dignetur*[284]. Auch der Verdienstgedanke spielt eine Rolle: Aus 1Kor 13 ergibt sich nach Biel klar, *quod virtutes et dona quaecumque Spiritus Sancti non sufficiunt ad vitam sine caritate et gratia*[285].

Auch die Reformatoren verstehen V 1-3 abgesehen von dem zuletzt erwähnten Verdienstgedanken nicht viel anders. Luther erklärt: *Omnia enim quae extra charitatem fiunt nihil, vana et falsa sunt, ut i. Corint. xiii docet Paulus*[286]. »Wan dw deinen nechsten nicht helffest, wie dw kanst sein alle werck verloren, wen dw mer thetest, dan Christus und alle heyligen haben than«[287]. Auch aller Wandel *in magnis et mirabilibus* ändert daran nichts[288]. Nach Zinzendorf muß man schon sehr blind sein, wenn man im Anschluß an V 2f »unter der Liebe das verstehen will, was man gemeiniglich unter dem Worte nimmt, z. E.

[279] Corpus II 496; vgl. auch IV 280. Nach Erasmus besteht die Liebe nicht darin, »häufig in die Kirche zu gehen, vor den Zeichen der Heiligen niederzuknieen, Kerzen anzuzünden, abgezählte Gebete herzusagen« (Enchiridion 75).

[280] Basilius v. Cäsarea, Bapt. 2,1616a (SC 357, 274), wo auch Mt 25,1ff und Lk 17,34f genannt werden; ders. zitiert in Reg. Brev. Resp. 282 (PG 31, 1280) den Text auch als Antwort auf die Frage, wer die in Lk 13,26f Genannten sind.

[281] Augustin, Joh-Ev 76 (BKV 19, 100f); vgl. auch den Verweis auf Jak 2,14 (ders., De Fide et Op. [BKV 49, 350]).

[282] Basilius, Prooem. in Reg. Fus. (PG 31, 896); Petrus Lombardus 1658; Bullinger 224; aber auch Luther, der auch 2Kor 11,14 anführt (WA 3, 408).

[283] Ep. 204,1 (BGrLit 3, 135); Erasmus 723 sieht in V 1-3 *fictiones*, die nicht lehren sollen, *hoc fieri posse sine charitate*, sondern damit klar werde, *non ex modo liberalitatis, nec ex difficultate actionis, sed ex magnitudine charitatis Deum aestimare nostras actiones.* Hieronymus 757 erklärt dagegen sogar, wenn all das von Paulus Genannte ohne Liebe nichts ist, *quanto magis sine abstinentia, jejunio, et his similibus.*

[284] Origenes, Hom. in Num 14 (GCS 30, 128).

[285] Coll. I 416; vgl. auch 427: *Omnis actus meritorius necessario praesupponit caritatem creatam secundum legem Dei.* Auch abgesehen von einem *meritum* aber ist klar, daß es ohne Liebe keine Rettung gibt, wie auch »in den Tagen der Sintflut niemand außerhalb der Arche gerettet wurde« (De Fide 37; BKV 2.R. 9, 184).

[286] WA 7, 114; vgl. etwa auch Bucer, Schriften, Bd. 5, 156: »Sind wir doch on die liebe nichts, was wir doch sunst immer kunden und seyen«.

[287] WA 9, 674; nach Oekolampad sind alle guten Werke ohne Liebe tot (QFRG 10, 14).

[288] WA 56, 509; vgl. auch WA 49, 29 und 49, 26 (»Ich kan predigen, wunder thun, *ideo alii me admirentur.* Das ist *vetus plaga, non nova*«; vgl. weiter Maior 172r: *Ueri Christiani non ex miraculis & aliis donis, sed ex fidei & charitatis fructibus cognoscuntur.*

ein gutherziger Mensch seyn, seinem Nächsten Guts thun, ein weiches Gemüth haben, ein barmherziges Herz haben«; dem wird allerdings ebensowenig textgemäß gegenübergestellt, die Liebe sei in Wahrheit »ein danckbares Empfinden, ein kindliches Beugen, ein unaussprechliches Fühlen, daß man selig ist durchs Blut JEsu«[289]. Im übrigen bleibt es weitgehend bei der Meinung, wie sie etwa Newman ausdrückt: »Die größten Opfer sind ohne die Liebe nichts wert, und ihre Größe beweist nicht unbedingt, daß sie in Liebe getan sind«[290].

Auch Nichttheologen stimmen in diesen Chor ein, z.B. Gellert, nach dem Paulus »den Gebrauch der rühmlichsten Eigenschaften und Wundergaben, und die Ausübung der größten Thaten zum Besten der Andern, welche die Welt als Tugend bewundert, für elend erkläret, wenn sie bloß aus eigennützigen und selbstliebischen Absichten verrichtet werden«[291]. Schopenhauer setzt der Pflichtethik Kants, wonach der Wert des Charakters erst da anhebe, »wenn jemand, ohne Sympathie des Herzens kalt und gleichgültig gegen die Leiden anderer ... bloß der leidigen *Pflicht* halber Wohltaten erzeigte«, die christliche »Sittenlehre« entgegen, »welche die Liebe über alles setzt und ohne sie nichts gelten läßt (I. Korinther 13,3)«, und nennt Kants »taktlosen moralischen Pedantismus« eine »gerade entgegengesetzte Apotheose der Lieblosigkeit«[292].

Auch in unserem Jahrhundert wird vor einer Bagatellisierung der Liebeswerke gewarnt, als ob diese überflüssig und unnötig seien[293], das eigentlich Beunruhigende aber darin gesehen, daß überall die Liebe fehlen und alles vergeblich sein kann. Die verschiedenen Umschreibungen dessen, was nicht fehlen darf, gehen oft in die folgende Richtung: »Wenn einer dem anderen nicht nur etwas gibt, sondern sich selbst. Wenn ich mich zum andern hinstelle auf Gedeih und Verderb und sage: Dein Leben ist mein Leben«[294]. Oder es wird von einer Veränderung nicht nur unseres Verhaltens, sondern »in der Mitte unseres Herzens« gesprochen[295]. Zugleich wird nicht vergessen, daß es um »eine *Radikalkritik* aller menschlichen und christlichen *Selbstherrlichkeit*« geht[296]

[289] Hauptschriften II (5. Rede) 109f; vgl. auch VI (9. Rede), 88: Christus will das Herz haben). Nach Erg.-Bd. IV (Naturelle Reflexion) 94 will Zinzendorf »den *Adversariis* heute nicht einräumen, daß Paulus ICor, 13. unter der Liebe die guten Werke meyne«, gemeint sei vielmehr »die Liebe des Sünders zu seinem Erlöser«.

[290] Predigten, Bd. 5, 368; vgl. auch 370.

[291] Ch.F. Gellert, Moralische Vorlesungen, in: Ges. Schriften, hg. v. B. Witte, Bd. 6, Berlin u.a. 1992, 66; vgl. auch dessen Gedicht unten S. 368-370. Zwei Beispiele von C.F. Meyer: »Was frommte mir die Fastenzeit, / Was frommten Geißelhiebe, / Was frommt‹ es, trüg ich hären Kleid, / Und mangelte der Liebe?«, und: »Was hülf es mir, wenn offen meine Hand, / Und daß ich mich in harten Werken übe, / Und wenn ich trüge hären Bußgewand / Auf bloßem Leib und mangelte der Liebe?« (Vinçon, Spuren 320.322).

[292] Werke III 660.

[293] Vgl. P. Althaus, Der Lebendige. Rostokker Predigten, Gütersloh 1926, 135: »Was wäre die Welt und die Gemeinde ohne den Heroismus der großen Opfer, ohne die Märtyrer des Glaubens, die Männer sozialer Tat, die Meister im Organisieren der Liebestätigkeit«; vgl. auch Dehn, a.a.O. (Anm. 261) 96.

[294] So H. Gollwitzer, Vortrupp des Lebens, München 1975, 13; vgl. auch unten Anm. 384.

[295] So Voigt, a.a.O. (Anm. 260) 149; vgl. auch ebd.: »Nicht nur die Prädikate müßten verändert, das Subjekt müßte ein anderes werden«.

[296] Doerne, a.a.O. (Anm. 260; Episteln) 76. Andere erinnern daran, daß auch »die Tri-

und man hier nicht an »Karikaturen« zu denken hat, sondern an »den geistlichen ›Könner‹ in jeder Form ..., im Groß- wie im Kleinformat«[297].

1 3. Zu den paulinischen Beispielen von V 1-3 sei außer dem in Punkt 7 gesondert genannten Verhältnis von Glaube und Liebe das folgende erwähnt: Die schon in der Exegese notierte Beziehung der »Menschenzungen« von V 1 auf die Mehrsprachigkeit hat sich durchgehalten[298]. Sehr viel mehr Gedanken hat man sich über die Sprache der Engel gemacht[299].
Wo man den Satz nicht als *exaggeratio* und Irrealis versteht[300], gilt es meist als selbstverständlich, daß Engel keine wirklichen Sprachen haben bzw. nur von einer νοηρὰ δύναμις zum Austausch von θεῖα νοήματα zu reden ist[301], denn Engel haben kein σῶμα[302]. Entsprechend sind nach Bruno (193) diejenigen gemeint, die in dieser Welt *contemplative* leben. Andere denken aber sehr wohl an Sprache der Engel[303]. Bengel (425) z.B. erklärt, daß sich die Engel gegenüber Menschen gewiß der Sprache bedienen (mit Verweis auf Lk 1 und 2). Andere wie Heidegger (124) verweisen auf den Lobpreis der Engel, die nach Jes 6,2 einander das »Heilig« zurufen. Meist wird die Frage aber relativiert[304] und eine gewisse Analogie oder Metaphorik vorausgesetzt[305]. Nach Calvin (432) heißt in Engelzungen reden, »ganz besonders schön und gut reden können«[306].

umphstraße der Liebe oder was man dafür ausgibt, umsäumt (ist) mit den Opfern dieser Liebe« (R. Bösinger, Die Handschrift des Heils, Lahr 1967, 88).

297 Eichholz, a.a.O. (Anm. 256) 182.

298 Atto 386 und Haymo 581 verweisen auf die nach der babylonischen Sprachverwirrung angeblich bestehenden 72 Sprachen; vgl. weiter etwa Thomas 379: *Loqui linguis omnium hominum.*

299 Vgl. z.B. Thomas, Summa, Bd. 8, 88f u.ö. Im Kommentar 380 werden die Engel als *homines angelorum officium habentes* mit Verweis auf Mal 2,7 bezeichnet.

300 So z.B. Joh. Philoponos, De Opif. Mundi 1,22 (Fontes 23.1, 173): »Redefigur und überzogene Ausdrucksweise (ὑπερβολὴ καὶ σχῆμα) und Annahme, als wenn Engel Zunge und Sprache besäßen«; vgl. auch Atto 386 und Cornelius a Lapide 317 (*prosopopoeia & hyperbole*).

301 So z.B. Theophylakt 725, der auf Phil 2,10 als Parallele verweist, wo die »Knie« der überirdischen Mächte ebenfalls nicht wörtlich zu nehmen seien. So wie David von Engelspeise rede (Ps 78,25), ohne daß Engel essen, so Paulus von Engelsprachen, aber nicht, als ob sie wirklich sprächen (Severian 265).

302 So z.B. Johannes Damascenus 676; vgl. Thomas 380 (*membra non habent*) und Haymo 581 (*nec linguam nec palatum vel dentes habent*); nach Severian 265 gibt es bei den Engeln weder στῆθος, λάρυγξ, φωνή noch sonst ein σωματικόν.

303 Vgl. etwa Herveus 952 (*Habent autem et angeli suas linguas, quibus majores intimant minoribus, quod de Dei voluntate senserunt, vel quibus ad homines missi utuntur*) und Agrippa v. Nettesheim, »Über die Sprache der Engel und ihre Verständigung untereinander und mit uns«, in: W. Trillitzsch, Der deutsche Renaissance-Humanismus, Frankfurt a.M. 1981, 220f.

304 Vgl. z.B. die Skepsis von Semler 334 gegenüber solchen Fragen, *quae ad nos et religionem christianam nihil quicquam pertinent.*

305 Vgl. Grotius 812: *Est & in Angelis aliquid* ἀνάλογον [*simile*] *linguis.*

306 Andere sehen sie im Lehren- und Predigenkönnen »als keyn mensch odder yrgent eyn engel, das die wort auffs aller lieblichst und der synn und verstand recht und aller beste were« (Luther, WA 17.2, 163), im *eleganter aut efficaciter loqui* (Spener 443) oder im »Einstimmen in den Lobgesang der Engel« und im »Aussprechen der ›unsagbaren Worte‹ des Paradieses (2. Kor. 12,4)« (Gollwitzer, a.a.O. [Anm. 259] 111).

Typisch für die Erklärung von V 1b bei vielen Kirchenvätern ist diejenige des Pelagius (201), daß der Impuls zum Schall zwar nicht *ex se*, sondern von einem anderen ausgehen muß, die Liebe aber unsere Sache sei[307]. Wenn die Liebe fehlt, nützt auch reiche Predigt und Lehre nichts, »denn gleich wie eyne glocke odder schelle yhren eygen klang nicht hőret, noch desselbigen gebessert wird, Also versteht solcher Prediger selbst nicht, was er sagt, und ist des nichts gebessert fur Gott«[308]. Bernhard v. Clairvaux kann V 1 zwar auch auf die für Nichtliebende unverständlich bleibende Sprache der Liebe beziehen[309], meist aber wird V 1 nicht den Hörern, sondern den Predigern ins Stammbuch geschrieben. Dabei soll ihnen die rhetorische Bildung eher im Wege stehen: »Wieviel rhetorische Wendungen des Cicero muß nicht also der geistliche Redner entsagen, um nicht ein tönend Erz zu sein«[310]. Chr. Blumhardt erklärt zu V 1: »Namentlich für die Pastoren! Gemeint ist die Gottesliebe, die in den Herzen der Menschen ruhen soll, nicht bloß ein sogenanntes ›gutes Herz‹. Vielen Pastoren fehlt's an dieser wahren Liebe; sie predigen deshalb ohne Erfolg«[311]. Nach Bonhoeffer ist mit der Möglichkeit zu rechnen, daß auch unsere heiligsten Worte unheilig, gottlos, gemein werden können, »wenn ihnen das Herz fehlt, wenn sie ohne Liebe sind«[312].

Im übrigen aber ist das Reden mit Menschen- und Engelzungen zu einem geflügelten Wort geworden, das fast überall auftauchen kann, auch in der Dichtung, z.B. für die irdische Liebe[313] oder für das Wort der Dichtung: So schreibt Tonio Kröger an Lisaweta Iwanowna, daß es die »Bürgerliebe zum Menschlichen, Lebendigen und Gewöhnlichen« ist, die aus einem Literaten einen Dichter macht: »Alle Wärme, alle Güte, aller Humor kommt aus ihr, und fast will mir scheinen, als sei sie jene Liebe selbst, von der

307 Ähnlich Hieronymus 757; Primasius 538; Haymo 581f: *Aes quoque et cymbalum non a se sonant, nisi ab aliquo tangantur. Sic et qui linguis loquitur non a se loquitur, sed potentia Spiritus sancti per eum loquitur* (vgl. auch Petrus Lombardus 1658).

308 Luther, WA 17.2, 163; Bucer (Schriften, Bd. 7, 132) verwendet V 1 zur Begründung, daß es besser ist, Leute zu Kirchendienern zu machen, denen »der handel Christi warlich angelegen« ist als Leute, die mit Engel- und Menschenzungen reden, »aber in hendeln des Herren nit getrewe und eiferig« sind; Coccejus 313 bezieht die Liebe, die nicht fehlen darf, auf die *doctrina, per quam possumus cognoscere Deum esse amabilem peccatori.*

309 »Wie einer, der kein Griechisch und kein Latein gelernt hat, keinen griechisch und keinen lateinisch Sprechenden versteht, so bleibt auch die Sprache der Liebe für den, der nicht liebt, wildfremd; sie ist ihm wie ein tönendes Erz oder eine klingende Schelle (1. Kor. 13,1)« (Schriften, Bd. 6, 265); vgl. auch Clemens XI.: *Sola caritas est, quae Deo loquitur; eam solam Deus audit – 1 Cor 13,1* (Denzinger/Hünermann, Nr. 2454, S. 676).

310 Herder, Werke, Bd. 1, 300; vgl. auch Hamann, Schriften zur Sprache 225. Für Pestalozzi wird ein Prediger »zur nichtigen klingenden Schelle, sobald er minder Mensch ist als Prediger« (Werke in acht Bänden, hg. v. P. Baumgartner, Bd. 4, Zürich 1945, 300).

311 Ansprachen Bd. 1, 91. Nach Schlier* 187 ist es klar, daß ohne Liebe »auch jedes enthusiastische Wort seinen Richter empfängt, etwa das der dichterischen Inspiration oder das der philosophischen Intuition«.

312 Schriften, Bd. 5, 539.

313 So z.B. bei A. Döblin in seiner Erzählung »Der schwarze Vorhang«: »Wenn ich tausend Zungen hätte und hätte der Liebe nicht, so wäre ich nichts; aber ich, ich habe der Liebe und bin nichts durch sie« (Ausgewählte Werke in Einzelbänden, hg. v. A. W. Riley, Olten/Freiburg 1981, 160); vgl. auch Carmina Burana 77,1,1.

geschrieben steht, daß einer mit Menschen- und Engelszungen reden könnte und ohne sie doch nur ein tönendes Erz und eine klingende Schelle sei«[314].

2 Zum Verhältnis von Liebe und Wissen und Erkenntnis in V 2 wiederholt sich das in der Auslegungs- und Wirkungsgeschichte zu 8,1 Ausgeführte (vgl. auch zu V 12), auch wenn hier vom »Wissen aller Geheimnisse« die Rede ist[315]. Darum nur einige Beispiele: Immer wieder wird an Bileam (Num 24), Kaiphas (Joh 11,52), die Schriftgelehrten und Pharisäer (Lk 11,52) u.a. erinnert, die nicht geringes Wissen, ja sogar prophetische Gaben besaßen, aber die Liebe verraten haben[316]. Pelagius (202) wehrt aber eine zu starke Relativierung ab: *Sed et hinc scientia magna est, quod cum istis* (sc. Prophetie und Wissen der Geheimnisse) *comparatur, etiam si minor sit caritate*[317]. Auch nach Luther stehen sich nicht *scientia* und *charitas*, sondern *Charitas cum scientia et Scientia sola* gegenüber[318]. Bullinger (224) beschwört aber die *doctores*, daß sie ihre Gaben nicht mißbrauchen, sondern sie der Kirche zugute kommen lassen[319].

Da zum Verhältnis von Glaube und Liebe in V 3 das Nötige zu V 13 zusammengetragen ist, hier wiederum nur einige wenige Beispiele zum Berge versetzenden Glauben. Vor allem Origenes zitiert dieses Beispiel gern, und seiner Meinung nach hat der Glaube nicht nur die ἐξουσία, ἓν μόνον ὄρος ἀλλὰ καὶ τὰ ἀνάλογον αὐτῷ πλείονα zu versetzen[320]. Clemens Alexandrinus kann den Berge versetzenden Glauben sogar im Sinne der Liebe interpretieren, indem dieser »die auf den Nächsten lastenden ›Berge versetzt‹«[321]. Eine originelle Fassung des Berge versetzenden Glaubens aus der Literatur findet sich bei C. Brentano, der an A. Linder schreibt: »Du weinst, du bebst, die Gestalt deiner Schuld hat dich erschreckt; du schreiest: o, ihr Berge bedecket mich! – Sieh‹ den Herrn an und glaube, hoffe, liebe; der Glaube kann die Berge verrücken, die dich bedecken, diese Liebe ist größer als dein Haß . . .«[322] Strittig ist aber oft gewesen,

[314] Th. Mann, Sämtliche Erzählungen, Frankfurt a.M. 1963, 165.

[315] »Alle Geheimnisse« sind nach Petrus Lombardus 1659 die *occulta Novi et Veteris Testamenti, quae etiam mali noscunt, ut Judas cum apostolis, et diabolus qui, ut Ezechiel dicit, mysteria divina novit.* Glassius erklärt später, daß es keinem Menschen außer Christus gegeben ist, alle Geheimnisse zu kennen, nicht einmal den Engeln (Philologiae V 410).

[316] Vgl. etwa Ambrosiaster 145f; Ambrosius 265f; Herveus 953; Walafridus 543; Hrabanus Maurus 117f; Petrus Lombardus 1659; Wyclif, Sermones III 138; Luther verweist u.a. weiter auf die Donatisten, die Wiedertäufer, Müntzer sowie Ananias und Saphira (WA 49, 26f; WA.TR. 1, 538). Als Beispiel aus der Dichtung sei erwähnt: »Man darff sich um Meinung und blosse Gedancken / Nicht / wie es die Stoltzen thun / beissen und zancken. / Wann alles in Liebe wird treulich gehegt / So wird der Grund glücklich zum Frieden gelegt« (Anonymus, in: Epochen deutscher Lyrik, hg. v. W. Killy, Bd. 5, München 1969, 33).

[317] Noch komplizierter würde es, wenn nicht wie durchgängig bei den Lateinern γνῶσις im Sinn von *scientia* gefaßt würde (Thomas 381 hat *sapientia et scientia*); vgl. z.B. Warnach* 242f Anm. 3.

[318] WA 56, 523. Aus dem 18. Jh. vgl. etwa G. Forster in einem Brief vom 20.12.1783: »Wissen macht nicht glücklich, auch selbst göttliche Weisheit nicht, ohne die Liebe, wie 1. Corinther 13 steht« (G. Forsters Werke, Bd. 13, hg. v. S. Scheibe, Berlin 1978, 517).

[319] F. Bacon, Valerius Terminus. Von der Interpretation der Natur mit den Anmerkungen von Hermes Stella, hg. v. F. Träger, Würzburg 1984, 43 bezieht auch die der Liebe untergeordnete Engelsprache in das Wissen ein, »denn Sprache ist nur die Übermittlung von Wissen«.

[320] In Mt 17,14 (GCS 40, 198). Nicolaus v. Lyra o. S. zählt auch andere *miracula* wie Totenerweckung und Blindenheilung auf; vgl. auch Thomas 381, nach dem im übrigen auch Böse Wunder tun können (Summa, Bd. 23, 159).

[321] Strom. 7,77,4 (BKV 2. R. 20, 81).

[322] Briefe an Emilia Linder, hg. v. W. Frühwald, Bad Homburg u.a. 1969, 42f; ein anderes Beispiel bietet F. Dostojewski, Sämtliche Werke, hg. v. M. v.d. Bruck, 2. Abt., 11. Bd., München 1921, 201: »Unsere ganze extrem-

ob es sich hier um den Wunderglauben oder um den »katholischen« Glauben handelt: Gennadius v. Konstantinopel interpretiert im exegetisch sicher zutreffenden Sinn (οὐ τὴν κοινὴν καὶ καθολικήν, ἀλλὰ τὸ χάρισμα τὸ τῆς πίστεως[323]), während später der Glaube oft *de fide catholica* verstanden wird[324].

Vor allem die beiden Beispiele aus V 3 haben ein vielfältiges Echo gefunden. Der Grundtenor bei V 3a ist dabei der, daß ohne Liebe auch die »Werke der Barmherzigkeit« nichts nützen[325]. Das gilt z.B. dann, wenn zwar die ganze Habe zur Speisung von Armen verwendet wird, das aber nicht aufgrund der aus Liebe gekommenen Gemeinschaft, sondern im Blick auf die Belohnung geschieht, sei es die von Menschen, denen die Wohltat zuteil wird, oder sei es vom Herrn, der solche verheißen hat[326]. Nach Cassian hat Paulus vorausgesehen, daß viele zwar ihre Güter den Armen und ihren Leib den Flammen übergeben, aber zur *perfectio euangelica* und zum Gipfel brennender Liebe nicht kommen können, weil die *exterioris hominis abrenuntiatio atque conbustio* (Feuertod) nichts nützt, wenn der innere Mensch in früheren Lastern wie *incontinentia, superbia* und *impatientia* verharrt[327]. Nach Robert v. Melun (217) sieht Gott nicht auf das Vermögen, sondern auf den *affectus: Non enim quantum des attendit, sed ex quanto*[328]. Luther schließt an V 3 an: »Es wil nit gnug sein, den armen helffen und dich martern, den feynden mustu auch liebe ertzeygen und deyn gutter mit dir selbs ynn die rappusze werffen, nit erwelen, wem du gutt thuist fur eynem andern«[329]. Immer wieder wird darauf

progressive Partei setzt sich ja bis zur Raserei für fremde Hilfe ein. Damals aber, oh, damals war es die Zeit eines solchen Glaubens an alle Hilfen, daß man sich eigentlich wundern kann, warum wir damals nicht Berge versetzt haben und warum alle unsere Hochplateaus . . . noch immer auf denselben Stellen stehen«.

323 Staab, Pauluskommentare 418; so auch durchgängig die Reformatoren; vgl. z.B. Calvin 432; Beza 149; Spener 444 (*non de fide salvifica*) 452f u.a., wobei vor allem Wert darauf gelegt wird, daß es sich nicht um den Rechtfertigungsglauben handelt.

324 So Hugo 535 (*qui omnia credit credenda, sive habeat charitatem, sive non*); Robert v. Melun 215f, nach dem freilich auch die *vita catholica* dazugehört. Nach Beda nützen Taten nichts, *si unitatem catholicae caritatis non habuerit* (De Tabernaculo 3 [CChr 119A, 105]).

325 Augustin, De Fide et Op. 15 (25) (BKV 49, 352); vgl. ders., Joh-Ev 9 (BKV 8, 158), wo es nach Zitat von V 1-3 heißt: »Wie bedeutsam also ist die Liebe, bei deren Mangel man das übrige umsonst hat, bei deren Vorhandensein man alles in der rechten Weise hat«.

326 So Clemens Alexandrinus, Strom. 4,112,2 (GCS 15, 297); vgl. auch Methodius, Symp. 9,4 (BKV 2.3, 105). Atto 387 sieht den Abusus bei den beiden Beispielen von V 3 in Ruhmsucht oder fingierter Freundschaft. Vgl. auch Chrysostomus, nach dem es nicht genügt, das Vermögen unter die Armen zu teilen, sondern Paulus will, »daß es mit großer Aufrichtigkeit und aus tiefem Mitleid geschehe« (Hom. in 1Kor 25,4 [TKV 3, 313]). Ephraim 74 zitiert Mt 6,1.

327 Coll. 3 (SC 42, 149); 3 (ebd. 150) wird auch Mt 19,21 zitiert. Weil nach Wyclif *multi simulant se facere multa opera ex instinctu caritatis quibus diabolus illudit ecclesie*, nenne Paulus im folgenden (sc. V 4ff) *condiciones caritatis* (Sermones III 139; vgl. dazu auch II 244-247).

328 Thomas zitiert die Glossa, die aus V 3 schließt: »Damit wird uns Vorsicht im Almosengeben gelehrt, damit wir nicht *einem*, sondern vielen geben und es vielen zugute komme« (Summa, Bd. 17A, 292f; kursiv im Original gesperrt); daß Werke der Barmherzigkeit nichts nützen, zeigt sich nach Thomas besonders deutlich »bei Räubern, die viel rauben und doch barmherzigerweise einiges weggeben« (Bd. 36, 357).

329 WA 8, 366; vgl. auch 17 II 165; QGT VII 354; Coccejus 314: *Omnis actio externa potest etiam imperari a voluntate non sancta, a consilio*

hingewiesen, daß Liebeswerke aus Ehrgeiz und Unbesonnenheit oder Opfer aus Eitelkeit und Verschwendungssucht nichts zählen[330]. Zugespitzt erklärt Barth: »Es gibt tatsächlich auch eine *Liebe*, die *ohne* Liebe, eine Hingabe, die *keine* Hingabe ist, einen Paroxysmus der Selbstliebe, der ganz und gar die Gestalt echter, bis zum äußersten gehender Gottes- und Bruderliebe hat«[331].

Ähnliche Aussagen begegnen auch beim zweiten Beispiel aus V 3, das meist auf das Martyrium bezogen wird[332]. Erstaunlicherweise ist dabei im wesentlichen nur von den Gefahren die Rede, also vom Martyrium um des Ruhmes und der Ehre willen[333]. Chrysostomus (269) verweist immerhin auf Joh 15,13[334], und Primasius (539) erklärt, daß die Liebe nicht aus dem Martyrium, sondern das Martyrium aus der Liebe entsteht. Auch nach Luther »kan einer umb Christus willen erwurget werden und gleych woll zcum teyffel farhen«[335]; das Leiden macht keinen Märtyrer, denn »Judas und Teuffel leidet viel mehr ... *Manichaeus* ist gemartert worden *et multi eius discipuli et ipsi* machten ein Kalender *et* hielten ire feste, *ut Augustinus: Manichaei* martertag

non bono mit Verweis auf Mt 6,2f; 2Kor 9,7; Dtn 15,10.

330 Vgl. z.B. Calvin 432; v. Mosheim 586; Bonhoeffer, Schriften, Bd. 5, 541 u.a.; aber auch, wenn »not a hasty, inconsiderate action, but one performed with opened eyes and a determined heart« vorliegt, nützt es nichts ohne Liebe (Wesley, Works XI 125f).

331 KD IV 2, 943 (kursiv im Original gesperrt); ähnlich Bonhoeffer, Ethik 53, der diese Liebe ohne »Liebe« nicht darum gegeben sieht, »weil in jedem menschlichen Verhalten immer noch ein ›Rest‹ von Selbstsucht vorhanden ist ..., sondern weil Liebe überhaupt etwas ganz anderes ist« (54), was dann mit 1Joh 4,16 bestimmt wird (55).

332 Vgl. z.B. Tertullian, Adv. Prax. 1,4 (CChr 2, 1159), der an das zu seiner Zeit praktizierte Verbrennen christlicher Märtyrer denkt (zum Feuermartyrium in der Alten Kirche vgl. F.J. Dölger, Der Flammentod des Martyrers Porphyrios in Cäsarea Maritima. Die Verkürzung der Qualen durch Einatmung des Rauches, AuC 1 [1929] 243-253); Cyprian, De Rebapt. 13 (CSEL 3, 85); vor allem wird öfter auf Laurentius verwiesen (Haymo 582; Petrus Lombardus 1660 u.a.). Nicolaus v. Lyra o.S. bezeichnet das Verbranntwerden als *martyrii genus acerbissimum*. Calvin 432 macht allerdings darauf aufmerksam, daß die meisten Märtyrer enthauptet und nicht verbrannt worden sind.

333 Origenes 34; Pelagius 203; Hieronymus 758; Theodoret 333; Primasius 539 u.a.

334 Auch bei Augustin heißt es, daß viele ihren Leib zum Verbrennen hingegeben haben für den Namen Christi »aus Ruhmsucht«, die Märtyrer das aber aus Liebe getan haben (Joh-Ev 6 [BKV 8, 107]); vgl. auch ders., De Bapt 4,17,24 (CSEL 51, 250; Mirbt/Aland, Quellen 175): *Extra ecclesiam quippe occisus caritatem non habuisse conuincitur, de qua apostolus dicit ... quia caritas deest passio nihil potest.* Fulgentius v. Ruspe verbindet 1Joh 3,16 mit V 3 und schließt daraus: *Ostendit sine caritate corpus posse tradi, non animam poni,* sc. das in 1Joh 3,16 erwähnte (Ad Trasamvndvm 3,24,4 [CChr 91, 169]).

335 WA 9, 675; Luther verweist auf *Anabaptistae, Monasterienses et Sacramentarii*, von denen gilt: »*Plura patiuntur quam nos.* Noch hilfft sie es nicht. *In Anabaptistis vidimus, quod iverunt laeti ad mortem, ridentes et canentes ...* Woran mangelts? An der lieb« (WA 49, 26f); ähnlich Bullinger 225: *Monachi & Catabaptistae* tun es *hypocrisi & humano affectu* bzw. *sancta hypocrisi & seuera pertinacia* (mit Verweis auf Mt 6,1ff und Mk 12,41); vgl. auch Maior 170r.v; Estius 659 (Montanisten, Novatianern, Donatisten und Arianern, die um des Bekenntnisses zum Namen Christi willen den Tod gesucht haben, habe die Kirche nie der Ehre der Märtyrer gewürdigt); Cornelius a Lapide 318 stellt fest, daß man *variis modis & motiuis* seinen Leib hingeben kann: *pro patria, pro proximo, pro corporis castigatione, ex vana gloria: rursum pro fide, pro Christi & Dei amore.*

hieltens schoner *quam* den ostertag...«[336] Nach Beza (149) hat auch der Teufel seine Märtyrer[337].
Das darf zwar nicht verdecken, daß Liebe auch die Bereitschaft zum Martyrium einschließt[338], doch gerade einer der Märtyrer diese Jahrhunderts, nämlich Bonhoeffer, macht in einer Predigt in der Situation des Jahres 1934 darauf aufmerksam, daß auch »über dem leidenschaftlichsten Glaubenskampf« durchaus der Satz stehen könnte: »›Und hätte der Liebe nicht, so wäre er nichts‹«, zumal »solcher Glaubenskampf eine große Versuchung in sich trägt, die Versuchung der Selbstsicherheit, Selbstgerechtigkeit und Rechthaberei, das heißt aber die Versuchung der Lieblosigkeit gegen den Gegner«[339].

4. Die Beispiele der Charakterisierung der Liebe in V 4-7 würden ebenfalls je für sich einen längeren Passus verlangen, was hier aber wiederum nur exemplarisch geschehen kann. Ambrosius vergleicht V 4ff mit den Worten Jesu in der Bergpredigt: »Ist sie (sc. die Liebe) geduldig, schuldet sie auch dem Geduld, der sie schlägt; ist sie gütig, darf sie die Schmähungen nicht erwidern; sucht sie nicht das Ihrige, darf sie dem, der sie beraubt, keinen Widerstand entgegensetzen; eifert sie nicht, darf sie den Feind nicht hassen. Gleichwohl überbieten noch die Vorschriften der göttlichen Liebe die des Apostels; denn mehr besagt ›vergeben‹ als ›nachgeben‹; mehr besagt ›die Feinde lieben‹ als ›nicht eifern‹«[340]. Anderen gilt die Feindesliebe auch in 1Kor 13 selbstverständlich eingeschlossen[341]. Die einen bringen eigene Kataloge von Liebesmerkmalen[342], bei anderen heißt es vor langen Zitaten unseres Textes einfach: Was kann ich Größeres und Reicheres sagen als der Apostel[343]? Hrabanus Maurus (119) findet in allem in V 4ff von der Liebe Gesagten nichts anderes als dies: *Cor perfectum atque mundissimum Deo semper offerre et intactum a*

4-7

336 WA 49, 27f; vgl. auch 59, 709, wo auf die Verfolgung der Täufer in Mähren und Münster sowie die Donatisten verwiesen wird. In WA 17.2, 166 werden als Beispiele Römer und Heiden genannt, die »umb zeytlicher ehre willen leyb und gut wagen«.

337 Vgl. auch QGT VII 520.

338 Vgl. Gollwitzer, a.a.O. (Anm. 294) 24.

339 Schriften, Bd. 5, 535.

340 Lk-Komm 5,77 (BKV 21, 244). Nach Fulgentius v. Ruspe dagegen erstreckt sich V 4ff auch auf die Feinde (Predigten 5,4-6 [TKV 3, 348]). Basilius fügt an V 4ff an: *Haec enim omnia etiam infirmo corpore impleri possibile est* (Reg. 86 [CSEL 86, 120]).

341 Nach Chrysostomus 282 sind nicht die Feinde zu hassen, sondern ihr δόγμα bzw. ihre πονηρὰ πρᾶξις; vgl. auch Primasius 539 u.a.

342 Vgl. Chrysologus, Joh-Ev 41 (BKV 43, 227): »Wahre Liebe hält nichts für hart, nichts für bitter, nichts für schwer, nichts für tödlich. Welches Eisen, welche Wunden, welche Schmerzen, welcher Tod könnte denn auch die vollkommene Liebe überwältigen? Die Liebe ist ein undurchdringlicher Panzer, an dem die Pfeile abprallen, die Schwerter zerschellen. Die Liebe trotzt den Gefahren, verlacht den Tod; die Liebe überwindet alles«; vgl. auch Aphrahat, Unterweisungen 14 (Fontes 5.2, 342f).

343 Sedulius Scotus, Collect. Miscell. 13,26,3 (CChr.CM 67, 96). Manchmal heißt es auch einfach im Anschluß an die Aufzählung des Paulus *et his similia*; so Origenes, In Rom 8,1 (PG 14, 1159), der jedoch Wert darauf legt, daß Liebe *ex his* (sc. die in V 4ff beschriebenen) *singulis* besteht (In Rom 4,6 [Fontes 2.2, 431]).

cunctis perturbationibus custodire. Meist findet man hier die *virtutes* der Liebe aufgezählt[344] oder *effectus fructusque caritatis*[345] oder die *proprietates et officia, veluti notas,* aus denen sie erkannt werden kann[346]. Barth stellt V 4-7 unter die Überschrift »Die Liebe *siegt,* überwindet, triumphiert«, und zwar über »die Gewalten, die sich seinem (sc. des menschlichen Tun und Lassen) Vollzug als Hingabe an Gott und den Bruder . . . entgegenstellen«[347]. Allerdings werden auch V 4-7 nicht als ein für allemal gültige Charakteristika oder gar gesetzliche Fixierung angesehen[348].

Die folgenden Beispiele folgen der paulinischen Reihenfolge von V 4-7:

4a Μακροθυμεῖ, das die Vulgata mit *patiens est* übersetzt, gilt als besonders hervorragendes Kennzeichen der Liebe. Nach Tertullian wird die Liebe nur in der Schule der Geduld (*patientiae disciplinis*) erlernt, und er überträgt viele Merkmale der Liebe aus 1Kor 13 auf die Geduld[349]. Bonaventura umschreibt im Anschluß an Gregor die Geduld so, daß sie ihr zugefügtes Leid gleichgültig (*aequanimiter*) erträgt[350]. Luther erläutert das Geduldigsein so: »Ist nicht gach noch schnel zum zorn, rach und ungedult und mit yhrem kopff hyndurch zu toben«[351]. Nur ein modernes Beispiel: »Die Liebe kann warten, lange warten, bis zum letzten warten. Sie wird nie ungeduldig, sie will nichts übereilen und erzwingen«[352].

344 Herveus 954; vgl. auch Thomas 382 und Cajetan 76v (*in quo simul manifestando effectus charitatis describit ipsam qualis est in actionibus & passionibus tam intus quam extra*).

345 So Bullinger 226; vgl. Calvin 433: »Nun preist er die Liebe an ihren Früchten, damit die Korinther erkennen, was ihre Pflichten und was die Liebe selbst sei und wie notwendig sie zur Erhaltung der Einheit der Kirche sei«.

346 Estius 662.

347 KD IV 2, 943f; dabei sollen vor allem die vielen Negationen den Gesichtspunkt »eines vom Christen gegen die fremden Gewalten *siegreich* geführten *Streites*« nahelegen. Die primär negative Beschreibung macht nach E. Wolff dagegen deutlich, »daß sich der Begriff der Liebe nicht fassen läßt, sozusagen in einem Katalog positiver Weisungen, sondern daß von ihr allein gesprochen werden kann, indem von ihrem wesentlichen Sein die Rede ist, und das heißt: in dem von selbst sich immer wieder aufdrängenden Verweis auf Gott« (Sozialethik 148).

348 Vgl. Kreck, Ethik 191: »Es kann die echte Liebe zum Bruder oft hart zufahren müssen und gar nicht langmütig aussehen«, doch wird hinzugefügt, es werde der in der Liebe freie und gehorsame Mensch »auf keinen Fall ein grundsätzlich sich isolierender, sich auf sich selbst zurückziehender, sich selbst behauptender Mensch sein können«. Bonhoeffer, Schriften, Bd. 1, 424 zitiert V 4-8a zur Stützung der internationalen Friedensarbeit der Kirchen, die die christliche Einheit »höher stellen sollte als alle persönlichen und nationalen Wünsche, das eine Volk Christi in der ganzen Welt, in der Bruderschaft der Menschheit, mit der Liebe, von der Paulus sagt . . .«; es folgt das Zitat von V 4-8a.

349 De Pat. 12,8-10 (CChr 1, 313); vgl. auch Cyprian, De Bono Pat. 15 (CChr 3A, 126f) und Gregor d. Gr., Pastoralregel 3,9 (BKV 2. R. 4, 147): »Wo also kein Fünklein Geduld ist, da ist auch die Liebe nicht« (vgl. auch 150). Theophylakt (728) nennt die Geduld die ῥίζα πάσης φιλοσοφίας.

350 Soliloquium 104; vgl. auch Thomas 382, der das *patiens est* der Vulgata so interpretiert: *Id est facit patienter tolerari mala*; vgl. auch Herveus 954, der so deutet: *Quia tranquillam mentem in adversis servat.*

351 WA 17.2, 166.

352 Bonhoeffer, Schriften, Bd. 5, 544; vgl. auch Barth, KD IV 2, 945. Eichholz, a.a.O. (Anm. 256) 184 z.B. konfrontiert das damit, daß »wir von Haus aus im Verhältnis zueinander so erschreckend kurzatmig und kurzschlüssig sind, im Handumdrehen geneigt, die Tür ins Schloß zu werfen«.

Χρηστεύεται (die Vulgata übersetzt mit *benigna est*[353]) interpretiert Theodoret (333) durch ἡμερότητι (Sanftmut, Milde) χρῆται καὶ καλοκἀγαθίᾳ. Nach Thomas (382) bewirkt die Liebe, *ut bona quae homo habet, non sibi soli retineat, sed ad alios derivet.* Luther kommentiert so: »Das ist, es ist gut mit yhr umbgehen, sihet nicht saur, meydet niemand«[354]. Aus neuerer Zeit vergleiche man das Monitum Barths: »Man verstehe das Wort nicht in einem zimperlichen Sinne! Freundlichkeit im Sinne der neutestamentlichen χρηστότης ist ... sicher das Gegenteil von allen Erweichungen«[355]. 4b

Οὐ ζηλοῖ (die Vulgata bietet *non aemulatur*) übersetzen die Lateiner meist mit *non invidet*[356]. Niemand beneidet, den er wahrhaft liebt, wenn er dessen Ruhm oder Ehre sieht, sondern faßt dessen Glück wie sein eigenes auf[357]. Origenes (34) nennt als Beispiele für das ζηλοῦν dasjenige Kains gegenüber Abel und dasjenige der Brüder Josefs gegenüber Josef. Nach Luther ist die Liebe »nicht neidisch, verdreusst sie auch nicht, obs anderen besser gehet denn yhr«[358]. Spener umschreibt das οὐ ζηλοῖ mit: »Sie mißgonnet niemand was er hat / was ihm GOtt gonnet und giebet«[359]. Der Satz wird auch gegen die gerade von Christen vertretene »Identität Gottes mit einem Geschichtsgesetz« gewendet, »für das man sich so ereifern kann, daß die Liebe nicht oberstes Gebot bleibt«[360]. 4c

Das schwierige οὐ περπερεύεται wird verständlicherweise verschieden aufgenommen, z.B. von Theodoret (333) im Sinne von οὐ πολυπραγμονεῖ τὰ μὴ ἀνήκοντα (vielerlei Sachen betreiben, sich in Angelegenheiten mischen, die einen nichts angehen), von Theodor v. Mopsuestia (191) im Sinne von 4d

353 Vgl. Estius 662, der sich gegen Ambrosiaster 147 (*iocunda*) und Tertullian (Pat. 12,9 [CChr 1, 313]) im Sinne von *benefica* für das übliche *benigna est* ausspricht, das Erasmus u.a. bevorzugen.

354 WA 17.2, 166.

355 KD IV 2, 945. Vgl. auch Schlier* 189: »Auch die Güte kann freilich streng sein, doch immer sieht sie durch die Strenge hindurch. Ihre Strenge ist nie Härte oder Schärfe«.

356 Atto 387; Herveus 954; Petrus Lombardus 1660; vgl. auch die Umschreibung bei Theophylakt 728 (οὐ βασκαίνει) und Theodoret 333 (οὐ δέχεται τοῦ φθόνου τὸ πάθος).

357 Vgl. Primasius 539; Hieronymus 758; Pelagius 204 u.a.; vgl. auch Thomas 382: *Charitas excludat invidiam.*

358 WA 17.2, 166; vgl. Maior 173r: *Non inuidet aliis sua dona, sed suis donis est contenta, non studet alios excellentiores se premere seu tollere*; als Beispiel solcher Scheelsucht werden Kain, Kora, Dathan, Abiram, Saul, Aeschines und Pompejus genannt.

359 Schriften IV 620; vgl. auch Löhe, Werke VI 3, 243: »Sie neidet nicht. Der Neid ist eine gallichte, elende Herzens- und Geistesplage für alle, bei denen er sich meldet; aber die Liebe ist glücklich, denn sie neidet nicht, ist zufrieden mit ihrem reichen Schatze und in ihrem überfließenden Wohlwollen, kraft dessen sie alles gönnen kann und gönnt«. Comenius richtet das vor allem gegen die Mißgunst der Theologen: »Ihr seid ja für die anderen die Führer zur Liebe, die da nicht eifert ... Seid nicht mißgünstig, sage ich, wenn andere etwas tun, was euch nicht in den Sinn gekommen ist« (Große Didaktik 298).

360 Köster/Baltzer/Merkel, GPM 16 (1961/62) 119. Vgl. auch Schlier* 189, der an den »Fanatismus« denkt, der davon überzeugt ist, »daß die eigene Sache Gottes Sache sei«. Auch Snyder 178 nimmt vor allem den religiösen Fundamentalismus ins Visier. Voigt, Gemeinsam 121 umschreibt: Sie »setzt den andern nicht unter Zwang und Druck, sondern läßt ihm, seine Freiheit«.

ἀλαζονεύεται (prahlen)[361], von Chrysostomus (272) im Sinne von Verwegenheit, Unbescheidenheit und Hybris[362]. Üblicherweise wird aber die Übersetzung der Vulgata (*non agit perperam*) übernommen und durch *non agit perverse* bzw. *perversa vel distortuosa* (Verkehrtes) interpretiert[363]. Luther umschreibt mit »›die liebe schalcket nicht‹, das ist, sie thut niemand keyn buben stuck odder heymlichen boͤsen tuck und hynder list, sondern handelt redlich und auffrichtig unter augen«[364]. Nach Eichholz »wird alles schief, wenn der Mensch als Schwätzer, als Prahlhans ... zur komödiantenhaften *Ausnahme*figur wird, von der man sich mühelos distanzieren kann«[365].

4e Οὐ φυσιοῦται (die Vulgata hat *non inflatur*) wird von Basilius als ἀλαζών (Röm 1,30) interpretiert und der Betreffende so definiert, daß er nicht gemäß den verordneten Gesetzen und in der ihm abgesteckten Grenze wandelt[366]. Theodoret (333) umschreibt mit οὐκ ἐπαίρεται κατὰ τῶν ἀδελφῶν, Lanfrank (199) im Anschluß an Augustin mit *non privata excellentia laetatur*, Maior (143v) mit *non admiratur sese & sua dona & prae se ceteros contemnit.* In reformatorisch bestimmter Theologie besteht die Tendenz, so zu umschreiben: »Die Liebe bläht sich nicht auf mit ihren eigenen Verdiensten«[367]. Allgemei-

5a ner Voigt: »Sie setzt sich nicht selbst in Szene, macht sich nicht wichtig, zeigt kein Imponiergehabe«[368].

Das οὐκ ἀσχημονεῖ wird entweder im Sinne von αἰσχρόν τι πράττειν ausgelegt[369] oder aber im Sinne der Vulgata (*non est ambitiosa*), was von Pelagius

361 Vgl. auch Clemens Alexandrinus, Paed. 3,3,1 (GCS 12, 237), wo von der Prahlerei des Besitzes die Rede ist. Basilius, Reg. 142 (CSEL 86, 170) erklärt so: *Quicquid non propter usus necessarios sed vel ornatus causa vel decoris alicuius fit;* vgl. auch 144 (ebd. 171).

362 Vgl. auch Origenes 34, der den πέρπερος mit dem Voreiligen, Verwegenen identifiziert; ähnlich auch Chrysostomus 277 (οὐ προπετεύεται) und Theophylakt 728, der aber auch andere Umschreibungen bietet. Vgl. auch die Diskussion bei Beza 150, Erasmus 726, der selbst *procax* (zudringlich, unverschämt) bevorzugt, und Estius 662f, der selbst im Sinne von *omnis arrogantia et ostentatio* interpretiert.

363 Vgl. Haymo 582; Herveus 954; Petrus Lombardus 1660; Thomas 382f, der zu den *perpera* allerdings auch zählt, bestimmten Menschen wohlzutun, z.B. den Feinden des Staates oder einem Exkommunizierten, weil man dadurch in verbotene Gemeinschaft mit ihm treten würde (Summa, Bd. 17A, 242).

364 WA 17.2, 167; vgl. auch Bullinger 226 (*non est procax, ... non est fastidiosa*); Osiander, Werke I 333; Bucer, Schriften, Bd. 1, 91; Spener, Schriften IV 620 (»Die Liebe treibet nicht muthwillen: daß sie hinterlistig mit dem nechsten umgienge«); Bengel 425 (*Non agit insolenter, cum fastu et ostentatione*); Wesley, Works VII 347 (»It will not hastily condemn any one«).

365 A.a.O. (Anm. 256) 185; es gehe »nicht um bedenkliche Entgleisungen der anderen, auf die ich mit dem Finger zeigen möchte, sondern um *mein* Entgleisen, das die Liebe zurechtbiegen will« (kursiv im Original gesperrt).

366 Reg. Brev. 56 (PG 31, 1120); vgl. auch Pelagius 204.

367 Köster/Baltzer/Merkel, GPM 16 (1961/62) 119; dort heißt es ebenso, daß der *homo religiosus* »Wert auf den eindeutigen Aufweis der göttlichen Gegenwart, etwa in den machtvollen Repräsentationen kirchlicher Institutionen oder auch in absolut verbindlichen ethischen Forderungen« legt.

368 A.a.O. (Anm. 332 zu Kap. 12) 149.

369 So Origenes 34; vgl. Clemens Alexandrinus, Paed. 3,2 (GCS 12, 237): ἄσχημον γὰρ τὸ ἀλλότριον καὶ μὴ κατὰ φύσιν σχῆμα; vgl. auch Basilius (Reg. Brev. [PG 31, 1071] in der lateinischen Fassung): *Non indecore se gerit;* positiv heißt es bei Primasius 539: *Omnia secundum ordinem facit.* Noch anders die bei Erasmus 726 genannten Scholien (*nihil sibi*

204 so kommentiert wird: *Maior [aliis] esse non ambit, et super fratres non cupit dominari*[370]. Luther meint, daß Paulus hier eine *Ebraicam phrasin* (sc. Gen 4,5) imitiert und interpretiert: *Non est vultuosa* (grimassierend), stellet sich nicht ungeberdig, *non contrahit frontem, non torve* (durchbohrend, grimmig) *inspicit, non minatur ore*[371]. Im einzelnen kann das Schändliche sehr detailliert und kulturbedingt konkretisiert werden bis hin zu triefenden Nasen und *risus incontinens*, aber auch bis zu den *decori gestus Pontificis Romani* wie das Herumgetragenwerden auf der *sella* und der Schmuck mit Gold und Edelsteinen (Maior 174v). Nach Barth gilt, daß der, der liebt, nicht der Meinung sein kann, »die Schranken des Schicklichen, des Dekorums, der Sitte, der *civilitas* (Bengel) durchaus ignorieren und durchbrechen, sich selbst und Anderen durchaus als genialer Zigeuner interessant werden zu müssen«[372].

5b

Das für das Verständnis der Liebe zentrale οὐ ζητεῖ τὰ ἑαυτῆς bedarf einer etwas ausführlicheren Darstellung. Nach Augustin heißt es, »das Gemeinschaftliche dem Eigenen und nicht das Eigene dem Gemeinschaftlichen« vorziehen[373], nach Origenes (34) οὐ ζητεῖν τὰ ἴδια bzw. οὐ φίλαυτον sein[374]. Oft wird zum *non querere quae sua* als Oppositum *sed ea quae aliorum* genannt[375]. Abaelard fügt an das Zitat von V 5 eine Anspielung auf Joh 15,13 an: *Ut etiam pro fratribus animam parata sit ponere*[376]. Ausgefallener ist die Deutung bei

indecorum putat, quamlibet humile officium); auch Beza 150 erwähnt diese Auslegung (*charitatem nihil sibi indecorum putare dum seruiat proximi commodis*).

370 Ebs. Hieronymus 758; Primasius 539; Haymo 582; Atto 387 (*id est, temporalia contemnit*); Herveus 954 (*Non ambitiosa, id est cupiens honores saeculi*); ähnlich Estius 663, der auch andere Auslegungen erwähnt, z.B. *non esse fastidiosa* und *non dehonestatur*.

371 WA 42, 193; vgl. auch WA 17.2, 167: »Sie stellet sich nicht hönisch«; ebs. Bucer, Schriften, Bd. 1, 91; Spener, Schriften IV 620: »Daß sie in gebärden und worten sich grimmig erwiese / noch auch mit einigen unverschämten worten und thaten / andere zu beschämen«; vgl. auch ders. im Kommentar 447: *Abstinet ab omnibus, quae opere verbo aut gestu indecora sunt aut videri possent.*

372 KD IV 2, 945. Vgl. auch Voigt, Gemeinsam 121: »Paulus spricht nicht für ein hohles Ritual sogenannten gepflegten Benehmens, sondern für ein mitmenschlich-umgängliches Verhalten, das dem andern seine Ehre gibt und sich nicht durch Eigenwilligkeiten und Ungehörigkeiten auffällig macht«.

373 Ep. 211,12 (BKV 30, 278f) (zitiert auch von Wyclif, Tractatus III 249); Augustin schreibt das gewissen Klosterfrauen, um sie zu gemeinsamer Kleidung und gemeinschaftlicher Arbeit zu bringen; vgl. auch die Augustin-Regel (KThQ I 201). Auch Basilius v. Cäsarea führt V 5 zum Beweis der Überlegenheit des gemeinschaftlichen über das einsame Leben an (Reg. Fus. 7 [KThQ I 174]). Gregor v. Nyzza beschreibt das Leben der Makrina und erklärt, man habe an ihr eine unglaubliche Sache sehen können, sc. σάρκα μὴ ζητοῦσαν τὰ ἴδια (Ep. 19,9 [SC 363, 248]). Vgl. auch die Lebensgeschichten der Heiligen Gallus und Otmar, hg. v. J. Duft, St. Gallen 1988, 46f.

374 Nach Hom. in Lev. 7,2 (GCS 29, 375) ist das *aequalis Deo*. Für Thomas dagegen entspricht die Aussage von V 5b auch der *ratio recta*, daß nämlich das *bonum commune* besser ist als das Einzelwohl (Summa, Bd. 17B, 219).

375 Cassian, Coll. 16,22 (SC 54, 242). Bei Fulgentius v. Ruspe dagegen ist das Oppositum *quae Iesu Christi* (De Verit. Praed. 3,20 [CChr 91A, 535]). Augustin interpretiert im Sinne von *non priuata excellentia laetatur* (De Gen. et Litt. 11,15 [CSEL 28.3.3, 347]).

376 Comm. Rom. 3,7,13 (CChr.CM 11, 201); vgl. auch Theol. Christ. 5,51 (CChr.CM 12, 369): *Hoc est non est sollicita de suis commodis.* Für Atto 387 heißt es: *Temporalia et transitoria non concupiscit*; vgl. auch Hrabanus Mau-

Bernhard v. Clairvaux, nach dem die Liebe gar nicht das ihre suchen kann, weil sie das immer schon hat, nämlich das »zum eigenen Heile Notwendige«[377]. Für Luther ist das Oppositum zum *quaerere quae sua sunt* bzw. zum *amor sui* auch *quaerere quae dei sunt*[378], doch wird das *abnegare amorem sui* auch mit Verweis auf Phil 2,4 begründet[379], was für Luther durchaus auch soziale und ökonomische Konsequenzen hat, wie sein Sermon vom Wucher zeigt[380]. Andere beziehen das auch auf die Obrigkeit[381], die nach Bucer z.B. Leute erfordert, »die sich selb gar verleücknen und mitnichten das ir sůchen«[382]. Nach Calvin (433) ist es einem Christen jedoch »nicht verboten, auch für sich selbst zu sorgen«; Paulus tadele nur die übertriebene, verblendete Eigenliebe, die über der Sorge für sich selbst das »Wohl des Nächsten aus dem Auge verliert«. Meist aber heißt es ohne solche Konzession wie bei Spener: »Es ist ihr um ihre ehre / nutzen / lust / beqvemligkeit nicht zu thun«[383]. Auch nach Bonhoeffer heißt lieben, »den anderen an Stelle meiner selbst zu setzen und zu lieben«[384]; die Selbstliebe spiele sich »als Nächstenliebe, als

rus 120: Non privata excellentia laetatur bzw. *cuncta, quae hic transitoria possedit velut aliena negligit* (121).

377 Schriften, Bd. 5, 135. Auch Chrysostomus 280 bricht der Radikalität die Spitze ab, wenn er hier davon ausgeht, daß Liebender und Geliebter eins sind und erklärt: Μὴ τοίνυν ζήτει τὸ σόν, ἵνα εὕρῃς τὸ σόν. Ὁ γὰρ ζητῶν τὸ ἑαυτοῦ, οὐχ εὑρίσκει τὸ ἑαυτοῦ. Vgl. später Estius 664: Danach ist die Liebe so geordnet, daß der Mensch nach Gott sich selbst mehr als andere liebt und um sein eigenes Heil mehr besorgt ist als um das seines Nächsten; dann aber sei es am wichtigsten, sich ganz das Heil der Nächsten angelegen sein zu lassen.

378 Vgl. WA 2, 408; WA 1, 371 (*non quae Ihesu Christi*); nach WA 2, 651 ist V 5 die Begründung dafür, dem Willen Gottes *nullo meriti aut praemii respectu* zu gehorchen. Oekolampad nennt als Oppositum »was zu der eer Christi und zu guttem dem nechsten dienet« (QFRG 10, 488).

379 WA 2, 580; in WA 2, 150 verweist er vor V 5 auf Joh 12,47 und Lk 9,55f; vgl. auch WA 56, 485.517.

380 Vgl. Flugschriften II 1188; vgl. auch J. Lindenmeier, Bericht und Unterweisung, wie ein Mensch dem andern dienen soll mit seinem zeitlichen Gut, in: ebd. 1200-1209, hier 1201 mit der Kritik daran, daß »die yetzigen reychen thůn gar eben, was ir herr und got mammon will«, und sie denken nicht, daß »wer ain christ will seyn, soll und můß die lieb halten und alle seyne werck in der lieb verbringen und allem handel und wandel hyn richten zů der lieb« (mit folgendem Verweis auf V 5). Schon Wyclif fragt mit V 5b, ob nicht eine *proprietas civilis opposita communioni ewangelice* die Liebe erkalten läßt (Tractatus I 432).

381 Vom ungarischen König Ladislav, dessen Wohlwollen und Freigebigkeit gerühmt wird, heißt es z.B., er habe, wie der Apostel sagt, nicht das Seine gesucht (Die heiligen Könige, a.a.O. [Anm. 438 zu Kap. 9] 159).

382 Schriften, Bd. 1, 55; vgl. auch: »Dann ye on die liebe, welche das ir nit sůcht, kein handel christlich oder redlich sein kan«; er verweist auf die Unterschiede des Aristoteles (Pol. 5,8,6), »das der Fürst allein die wolfart der underthon, der Tyrann aber die seine sůch«; vgl. auch Bd. 1, 414: »*Die lieb sůcht nit iren gewinn*«.

383 Schriften IV 620f; vgl. auch Löhe, Werke VI 3, 243: Sie sucht »nicht *ihre* Lust, nicht *ihre* Anerkennung, nicht *ihre* Ehre, nicht *ihre* Freiheit, überhaupt nichts, was bloß ihr gehört« (kursiv im Original gesperrt). Etwas anders Kierkegaard: »*In der Liebe gibt es kein Mein und Dein*«, weil das »*nur eine Verhältnis-Bestimmung des ›Eigenen‹*« ist; »*gibt es aber gar nichts Eigenes, so ist es ja unmöglich, sein Eigenes zu suchen*« (kursiv im Original gesperrt; Der Liebe Tun, Werke, 19. Abt., 293).

384 Sanctorum Communio 120; vgl. auch Bösinger, a.a.O. (Anm. 296) 90: Liebe ist »keine verkappte Selbstsucht«.

Vaterlandsliebe, als soziale Liebe, als Menschenliebe« auf, doch die wahre Liebe »will nichts von dem anderen, sie will alles für den anderen«[385].

Das οὐ παροξύνεται wird von der Vulgata mit *non irritatur* wiedergegeben und von Pelagius so interpretiert: *Non incitatur ad inurgia ab illo quem diligit*[386], von Herveus (954) mit: *non provocatur ad iram*[387]. Wesley hält die Übersetzung »is not easily provoked« für eine Abschwächung, die aufgrund des in Apg 15,39 berichteten παροξυσμός zwischen Paulus und Barnabas entstanden ist[388]. 5c

Bei der Interpretation von V 5d (οὐ λογίζεται τὸ κακόν) begegnet die schon in der Exegese erwähnte doppelte Auslegungstradition, also einmal im Sinne der Vulgata (*non cogitat malum*), was von Pelagius (204) so umschrieben wird: *Non solum non facit, sed nec cogitat quidem*[389]. Auch Luther interpretiert in diesem Sinn: »Die liebe denckt nitt arges, das ist: sie vorsihet sich tzu eynem iglichem das beste unnd ist nitt argwehnig auff yemand, denckt wie sie thut«[390]. Die andere Auslegungstradition ist freilich ebenso deutlich zu erkennen: Dorotheus v. Gaza zitiert die Stelle in einem Atemzug mit 1Petr 4,8 (ἡ ἀγάπη καλύπτει πλῆθος ἁμαρτιῶν), und zwar des Nächsten[391]. Auch Zwingli (176) übersetzt mit »sy rupft die sünd nieman vff, sy rechnet nüt zu argem«. Zwei Beispiele aus unserem Jh.[392]: »Wo die Gerechtigkeit uns zu gebie- 5d

385 Schriften, Bd. 5, 543f; vgl. auch 545: Sie will »nichts für sich, wirklich nichts«, nicht einmal Gegenliebe und Dankbarkeit. Nach Eichholz, a.a.O. (Anm. 256) 186 ist die Liebe »das Ende des Tanzes um das eigene Ich«. Vgl. auch Koyama, a.a.O. (EKK VII 1, 164 Anm. 376) 223f, der nach Zitat von V 5b fortfährt: »The crucified mind is not a pathological or neurotic mind. It is *love* seeking the benefit of others«; daraus wird für den Missionar gefolgert: »This mind is radically different from the crusading mind which bulldozes man and history without appreciation of their complexities«.

386 Pelagius 204; ebs. Hieronymus 758.

387 Ebs. Petrus Lombardus 1660; vgl. auch Thomas 383: *Excludat inordinationem irae.*

388 Works X 158f. Die ganze Auslegung zielt darauf, daß Paulus vor »all unholy tempers« bewahren wolle, vor Stolz, Leidenschaft, Ungeduld, Arroganz u.ä. (166).

389 Ebs. Hieronymus 758; Haymo 583; Atto 387; Petrus Lombardus 1660; vgl. auch Johannes Damascenus 677: Um das Böse keine ἀρχή gewinnen zu lassen. Noch weiter geht Primasius 539: *Non solum amicis non cogitet malum facere, sed nec inimicis reddere mala pro malis.* Fulgentius belegt mit V 5a, daß auch der Wille einzubeziehen ist: *Caritas uero sine bona uoluntate non potest haberi, quia uoluntatem in qua caritas fuerit, malam fieri non permittet* (Ep. 5,5 [CChr 91, 237]); nach Thomas 382f kann das Böse *in affectu et in effectu* sein, und Paulus erlaube nicht, *excogitare quomodo aliquis perficiat malum.*

390 WA 10.1.1, 649; vgl. auch WA.BR. 2, 641 (*Omnia de omnibus optima presumere iubet Charitas*) sowie WA.BR. 11, 145 und WA 17.2, 167; ebs. Spener, Schriften IV 621. Bei Coccejus 315 wird das dreifach expliziert: 1. *intercedendo etiam pro laedentibus*, 2. *non gaudendo illorum malo*, 3. *non male sentiendo de illis, qui peccatum confessi fuerint.* Andere interpretieren im Sinn von: Sie argwöhnt nichts Böses: So Bullinger 225 (*ne mala quidem de quoquam suspicatur*); Maior 175v; Grotius 813 (*non facile mali quicquam suspicatur*); vgl. auch v. Mosheim 590 (»Die Liebe zählet die Gebrechen und Mängel der Menschen nicht: Sie rechnet vielmehr sein Gutes zusammen«).

391 Instr. 6,76 (SC 92, 280); vgl. auch Markus Eremita, Opusc. 7 (BGrLit 19, 271) und Cassian, Coll. 11 (SC 54, 104); später auch Cajetan 77r (*cogitat pro imputat*) und Estius 664, der anstelle der von ihm genannten anderen Deutungen (*Non versat animo malas cogitationes* und *non machinatur in corde malum*) für *non reputat aut non imputat malum* plädiert; Cornelius a Lapide 319: *Non aestimat inuriam, nec petit vindictam, sed dissimulat, excusat, ignoscit.*

392 Eigenwillig ist die Interpretation von

ten scheint, Gutes und Böses zu buchen und festzulegen, da ist die Liebe blind, wissend blind; sie sieht das Böse, aber sie rechnet es nicht zu, sie vergibt es«[393]. »Wer liebt, führt keine ›Dossiers‹ über seine Nächsten«[394].

6 Bei V 6 denken die Griechen daran, daß man sich nicht über das Unrecht freut, das anderen angetan wird[395], die Lateiner an das, was andere tun[396], die meisten an beides[397]. Luther hält zweifachen Sinn für möglich, »eynen, wenn man selbs ubel thut und hat lust drynnen« (wie Spr 2,14), doch bevorzugt er den anderen, »nemlich, das die falschen lerer so gifftig sind, das sie nichts liebers hören, denn so yemand anders unrecht thut und fellt und zu schanden wird«[398]. Treffend auch Bengel (425): *Non dolet alieno bono, nec gaudet alieno malo.* Eichholz vergleicht die Liebe hier mit der »Offenheit und Unbestechlichkeit des echten Freundes. Sie läßt nicht fünf gerade sein und geht nicht einfach mit dem anderen durch ›dick und dünn‹, wenn sein Weg ihr bedenklich sein muß. Sie verkauft sich nicht und verrät nichts: weder die Wahrheit, noch den Menschen, dem sie zugewandt ist. Sie nennt alles beim Namen. Aber sie vermag zu vergeben«[399]. Eine andere Folgerung zieht Bonhoeffer aus V 6: »Eine Liebe, die die Wahrheit antastet oder auch nur neutralisiert, nennt Luther mit klarem biblischen Blick eine ›verfluchte Liebe‹, und wenn sie auch im frömmsten Gewand aufträte. Eine Liebe, die nur das Gebiet der persönlichen menschlichen Beziehungen umfaßt, aber vor dem Sachlichen kapituliert, ist niemals die Liebe des Neuen Testaments«[400].

Kierkegaard, der die Aussage »vom Bedekken« der eigenen Sünde versteht: »Eben darin liegt der Trost, daß in dem gleichen Herzen, in welchem der Sünden Mannigfaltigkeit ist, Liebe wohnen kann, und daß diese Liebe Macht hat, die Mannigfaltigkeit zu bedekken« (Die Wiederholung, Werke, 5./6. Abt., 119); vgl. auch 110f und vor allem ders., Der Liebe Tun, Werke, 19. Abt., 309-330.

393 Bonhoeffer, Schriften, Bd. 5, 546.

394 Barth, KD IV 2, 946. Vgl. auch Eichholz, a.a.O. (Anm. 256) 186 zu unserer »sog. Liebe. Wir führen, wie versteckt auch immer, heimlich Konten, auf Heller und Pfennig«.

395 Vgl. Chrysostomus 281: Οὐκ ἐφήδεται (sich darüber freuen) τοῖς κακῶς πάσχουσιν (ähnlich Oecumenius 836; Johannes Damascenus 677); Theophylakt 729: Οὐκ εὐφραίνεται, ὅταν τις ἀδικῆται.

396 Vgl. Thomas 383: *Non gaudet super iniquitate, scilicet a proximo commissa.*

397 Vgl. Primasius 539 (*si quem inquietatem vel fecisse, vel passum esse conspexerit*); Atto 387; Haymo 583.

398 WA 17.2, 167f. Vgl. auch Spener, Schriften IV 622: »Sie hat keinen wolgefallen daran / wenn andre böse sind / und entweder den frommen gewalt anthun / oder sonsten ihre bösen stücke ungescheuet üben«. Nach Coccejus 315 z.B. ist ἀδικία vor allem *injustitia adversus Deum,* wodurch er gelästert oder seine Ehre geleugnet oder verdunkelt wird, dann gegen den Nächsten, wenn ihm sein Recht verweigert wird, denn man schulde seinem Nächsten *commodum corporale, sua vita, integritas conjugii, honor & honesta existimatio & caetera, ut in decalogo videre est.*

399 A.a.O. (Anm. 256) 186; vgl. auch Sölle: »Wenn ich etwas aus dem Neuen Testament gelernt habe, dann dies, daß die Wahrheit nicht neben der Liebe bestehen kann, sondern nur in ihr, und daß der wesentliche und notwendige Ausdruck aller Gesellschaften, die die christliche Wahrheit neben der Liebe haben bestehen lassen, die Inquisition ist« (zitiert bei Gollwitzer, a.a.O. [Anm. 294] 30f, der selbst fortfährt: »Wo man Wahrheit vertritt außerhalb der Liebe, da geht es um Herrschaft«; vgl. 31f auch die Beispiele etwa für »die Gottwidrigkeit des Wirtschaftssystems«.

400 Ethik 54; vgl. auch die Abgrenzung davon, die Liebe als »die unmittelbare Personbeziehung, das Eingehen auf das Persönliche, auf das Individuelle im Gegensatz zum Gesetz des Sachlichen« zu verstehen, als ob »hier ›Persönliches‹ und ›Sachliches‹ in ganz unbiblischer und abstrakter Weise« auseinanderzureißen wären.

Wie schon in der Exegese angedeutet, hat die Alte Kirche V 7a und 7d wie die Vulgata im Sinne von *suffert* bzw. *sustinet* verstanden[401], was z.T. stoisch gewendet wird[402]. Calvin (433) dagegen interpretiert folgendermaßen: »Jeder will getragen werden und gerade nicht tragen. Von dieser Krankheit heilt uns erst die Liebe, die uns lehrt, auch die Lasten der Brüder zu tragen«[403], doch ist das πάντα nach Calvin (433) »nicht bedingungslos« zu nehmen: »Wir dürfen nicht einfach Sünden hinnehmen und ertragen oder sie gar noch durch Schmeichelei billigen und leichtfertig fördern. Auch die geduldige Liebe kann tadeln und strafen«[404]. Ganz anders Kierkegaard, der das »alles Ertragen« mit einem Menschen vergleicht, der an Speise und Trank alles verträgt, weil »seine Gesundheit das Nahrhafte selbst aus dem Ungesunden herausholt«; »dergestalt verträgt Liebe alles, indem sie stets voraussetzt, daß die Liebe doch im Grunde zugegen ist«[405]. 7a.d

Der Inhalt dessen, was »alles zu glauben« und »zu hoffen« ist, wird meist mit Recht auf den zu Liebenden zurückgeführt[406], aber auch auf Gott[407]. Meist 7b.c

401 Jedoch begegnet z.T. auch *tolerare: Nihil ergo est, quod non ›tolerat‹, qui perfecte diligit* (so Origenes, In Cant Prol. [GCS 33, 74]); vgl. später auch Cajetan 77r u.a. Cyprian legt besonderen Wert auf das *omnia sustinere* und schließt nach Zitat auch von Eph 4,2b-3 daraus, daß weder *unitas* noch *pax* bewahrt werden können, wenn Brüder nicht gegenseitig *tolerantia* pflegen und das Band der *concordia* mit *patientia* bewahren (De Bono Pat. 15 [CChr 3A, 127]). Diese Interpretation hält sich auch später durch; vgl. z.B. Wesley, Works VII 346: »It suffers all the weakness, ignorance, errors, infirmities, all the frowardness and littleness of faith, in the children of God; all the malice and wickedness of the children of the world«.

402 Clemens Alexandrinus, Strom. 4,52,3f (BKV 2. R. 19, 42), wonach sich der Freund Gottes »nie von seiner inneren Freiheit und von dem Entscheidendsten, seiner Liebe zu Gott, abbringen lassen (wird), die ›alles trägt und alles duldet‹«. Vgl. Cassian, Coll. 16 (SC 54, 245); Herveus 955 spricht von *tranquillitas cordis*, Thomas 384 von der Freiheit von *turbatio*.

403 Auch Estius (664) akzentuiert ähnlich: *Tolerat, tegendo ac dissimulando vitia et infirmitates proximorum*. Hamann interpretiert im Sinn von »überwinden«: »Die Liebe überwindet alles, auch die stärksten Riegel des Stillschweigens, und öffnet unsern Mund, wenn wir gleich wissen, daß Steine und Bäume unsere Zuhörer sind« (Londoner Schriften 107).

404 Vgl. auch Estius 666: *Verumtamen non ita sustinenda sunt mala, ut non etiam pro tempore et loco prudenter avertenda sint ac repellenda*; Estius zitiert Gregor: *Bonus non fuit, qui malos tolerare recusavit*. Auch v. Mosheim 591 fragt: »Wer kann alles Unrecht, was einem wiederfähret, ertragen und dulden? Würden wir nicht ein Raub der argen und rasenden Welt seyn, ja gegen Gott und gegen uns selbst sündigen, wenn wir uns durch die Liebe bewegen liessen, einem jeden zu erlauben, daß er uns kränken, unterdrücken, plündern, schimpfen, verfolgen könnte wie er wollte?« Vgl. auch die ähnlichen Einschränkungen bei V 7b und c.

405 Werke, 19. Abt., 245; ähnlich 246 beim »alles Erdulden«: Daß eine Mutter alles erdulde, solle sagen, daß sie als Mutter »niemals aufhört, daran zu denken, daß es das Kind ist, und demnach voraussetzt, daß das Kind sie doch noch liebt und sich das schon zeigen werde«.

406 So erklärt z.B. Theodoret 336 das πάντα πιστεύει mit ἀψευδῆ νομίζει τὸν ἀγαπώμενον und das πάντα ἐλπίζει so: Auch wenn die Liebe sieht, daß einer zum Schlechteren neigt, erwartet man eine Wendung zum Besseren.

407 Vgl. z.B. Herveus 955: *Omnia ergo quae sanctis credenda sunt, credit; et omnia quae sibi divinitus promissa sunt, sperat*; ähnlich Atto 388; Haymo 583; Petrus Lombardus 1660 (*omnia credit, non dicit omnibus, quia non omnibus, sed Deo tantum credit, omnia sperat, quae veritas promittit . . ., omnia sustinet, id est promissa omnia patienter exspectat*); Walafridus 543; Wyclif, Tractatus I 404f. Thomas 380 bezieht auch πᾶσαν (V 2) in die Interpretation mit ein und erklärt den Glauben als *fides omnium articulorum* und als *perfecta fides*.

aber heißt es wie später bei Luther, Paulus wolle sagen: »Liebe ist gar eyn eynfeltig ding. Sie gleubt und trawet yederman«[408]. Auch hier begegnen z.T. Abgrenzungen von Leichtsinn und Arglosigkeit.

So ist nach Calvin (433f) mit dem »alles glauben« nicht gemeint, »ein Christ müsse sich mit Wissen und Willen betrügen lassen und sich alle Klugheit und allen Scharfsinn rauben lassen, damit er um so leichter zu überlisten sei, und so tun, als könne er schwarz und weiß nicht unterscheiden. Aber er soll ohne Hintergedanken aufrichtig und freundlich urteilen und sich lieber in gütigem Vertrauen einer Täuschung aussetzen als gegen den Bruder häßlichen Verdacht hegen«. Auch Spener (448) schränkt ein (*donec eventus monstret contrarium*), fügt aber hinzu: *Non curat quod aliquando decipiatur, mavult saepe decipi*, ja er kann an anderer Stelle sagen: »Die leichtglaubigkeit niemand schaden thut«[409]. Nach Kierkegaard glaubt die Liebe keineswegs »im gleichen Sinne wie der Leichtsinn, die Unerfahrenheit und die Arglosigkeit, die aufgrund von Unwissenheit und Unkenntnis alles glauben«, nein, die Liebe »weiß von allem, was das Mißtrauen weiß, doch ohne mißtrauisch zu sein«[410]. »*Liebend* alles zu hoffen« aber heißt, daß die Liebe in bezug auf andere »stets die Möglichkeit offen hält, mit unendlicher Vorliebe für die Möglichkeit des Guten«, woraus als Konsequenz folgt: »Gib deshalb niemals lieblos einen Menschen oder die Hoffnung für ihn auf«, denn auch »der verlorenste Sohn« kann gerettet, auch der »erbittertste Feind« wieder Freund werden[411]. Andere stellen fest, daß sich die Liebe nichts vormacht: »Die Welt sehen, wie sie ist, und sie dann lieben, das ist die größte Kunst«[412].

Im allgemeinen wird denn auch mindestens in der Theorie am πάντα ohne Wenn und Aber festgehalten und erklärt, »auf das ›*alles*‹ kommt es hier an; es ist kompromißlos gemeint. Alles heißt hier wirklich alles«[413], »wer alles glaubt und alles hofft . . ., der muß leiden und dulden«[414]. Nach Barth wird

[408] WA 17.2, 168; in WA.TR. 1, 539 fügt er an das Zitat an: »Wiewol sie bisweilen der Menschen Bosheit uberwindet und matt machet«; vgl. auch WA 18, 652: *Hoc est, Charitas, quae omnia optima de quovis cogitat, nec est suspicax, omniaque credit ac praesumit de proximis bona . . . charitatis est falli, cum sit exposita omnibus omnium usibus et abusibus.*

[409] Schriften IV 622; vgl. auch: »Ob sie auch des Menschen boßheit vor sich siehet / wirfft sie deswegen nicht alle hoffnung von seiner besserung hinweg« (622). Tersteegen geht bei seiner Erklärung von V 7 so weit: »Der Geist der Gnaden schließet uns die Augen gleichsam zu davor, daß wir sie nicht einmal wahrnehmen«, nämlich die Schwachheiten, Gebrechen und Mängel der anderen (Werke, Bd. 1, 533). Nach v. Mosheim 590 dagegen ist V 7 so einzuschränken, »wie es die Grundlehren der christlichen Sittenlehre erfordern, wenn sie nicht gemisbrauchet oder ůbel verstanden werden sollen«.

[410] Der Liebe Tun, Werke, 19. Abt., 254. Laut 261f wird die Liebe nicht von anderen, sondern »von sich selbst« betrogen, und das heißt »*einzig und allein, die Liebe fahrenzulassen, sich hinreißen zu lassen, die Liebe an und für sich aufzugeben und dadurch ihre Seligkeit in sich selbst zu verlieren*« (kursiv im Original gesperrt).

[411] Ebd. 280f; vgl. auch 285f: »Hast du einen Arzt unter den Kranken umhergehen sehen, so hast du wohl darauf geachtet, daß die beste Gabe, die er bringt, besser als alle Arzneien und als all seine Fürsorge, die ist, daß er Hoffnung bringt, wenn gesagt wird: ›Der Arzt hofft‹«.

[412] R. Roland, zitiert bei Gollwitzer, a.a.O. (Anm. 294) 24.

[413] Bonhoeffer, Schriften, Bd. 5, 546; allerdings heißt es 548: »Ohne Liebe alles zu hoffen, ist törichter Leichtsinn und Optimismus«.

[414] Ebd. 548; auch für Rahner, Schriften VIII

auch bei dem vierfachen πάντα »ja wohl das Durchschimmern des Urbildes der christlichen Existenz unverkennbar«[415].

5. Das Nichtaufhören der Liebe (V 8a), das auch im Zusammenhang mit dem μένειν zu V 13 noch einmal zu behandeln ist, wird meist so kommentiert: *nec in hoc saeculo nec in futuro finietur*[416]. Ambrosiaster (147) und andere begründen das mit 1Joh 4,8.16[417]. Andere erklären, daß die Liebe *in essentia invariabili consistit*[418], und wieder andere kombinieren beides[419]. 8a

Das Aufhören der *linguae* hat am wenigsten Schwierigkeiten bereitet und wird meist nur kommentarlos konstatiert. Haymo (583) begründet es damit, daß vor dem Turmbau zu Babel nur eine Sprache herrschte[420]. Allerdings wird differenziert: Paulus sage nicht, daß die *lingua*, sondern daß die *linguae* aufhören: *Quoniam non cessabit sensibilis locutio, sed cessabit diuersitas idiomatum* wie einst vor der Sprachenverwirrung (Cajetan 77v). Nach Comenius soll die *diversitas linguarum* durch eine *lingua nova (tota rationalis, harmonica, suavis, lucida)* in einem *instantis aeternitatis praeludium* teilweise auch geschichtlich verwirklicht werden[421]. Auch das Ende der Prophetie bereitet wenig Probleme, denn sie gilt im zukünftigen Leben als überflüssig[422]. 8c 8b

703 ist die Liebe »dasjenige, das sich nicht rentiert, dasjenige, wodurch man der Dumme bleibt, worin man sich ausnützen läßt«; bei Bösinger heißt es: »Sie tut ›alles‹. Sie läßt sich nicht auf einen bestimmten Platz verweisen und dort an Ketten legen« (a.a.O. [Anm. 296] 90).

415 KD IV 2, 948.

416 Petrus Lombardus 1661; vgl. Isaak v. Stella, Serm. 16,16 (SC 130, 306); Herveus 955 (*perseverabit in alio saeculo quam in isto*); Abaelard, Theol. Schol. 18 (CChr.CM 12, 407); andere verweisen nur auf die Zukunft (Pelagius 204; Primasius 758: *permanet in futuro*).

417 Markus Eremita, Opusc. 5 (BGrLit 19, 261); ebs. Ambrosius 266. Von da aus hat man sich auch mit der Frage herumgeschlagen, ob Gott denn einem auf ewig Verdammten gnädig sein kann (Hus, Opera II 228). Jedenfalls gilt: *Sola quippe caritas, quae numquam excidit, uitam promeretur aeternam* (Abaelard, Comm. Rom 3,8,18 [CChr.CM 11, 219]).

418 Bonaventura, Liber I 250; vgl. Atto 388: *Non patitur casum vel ruinam*. Noch anders Hieronymus, Ep. 60,19: »Sie lebt immer im Herzen weiter: Ihr danken wir es, daß Nepotian, mag er auch fern sein, bei uns weilt und uns, obwohl weite Weltenräume uns trennen, mit beiden Händen faßt« (BKV 2.R. 18, 55).

419 Vgl. schon Theodoret 336: οὐ διασφάλλεται, ἀλλ' ἀεὶ μένει βεβαία, καὶ ἀσάλευτος, καὶ ἀκίνητος, ἐς ἀεὶ διαμένουσα. Vgl. oben in Anm. 154 das Zitat von Theophylakt 729.

420 Vgl. auch 583: *Ubi est varietas, ibi dissensio*; ähnlich Thomas 385; Estius 667; auch nach Spener 450 ist die babylonische Sprachverwirrung dann vorbei, und nach v. Mosheim 594 werden die Seligen nur eine einzige Sprache haben. Vgl. schon Wyclif (Sermones III 143): *ydioma Hebreorum manebit in patria*; auch nach Cornelius a Lapide 320 wird die hebräische Sprache, die auch Adam, die Patriarchen und Propheten benutzten, auch im Himmel gesprochen (mit Verweis auf »Amen, Halleluja« im himmlischen Gottesdienst der Offb).

421 De Emendatione 295f.

422 Vgl. Theodoret 336; Theophylakt 729.732 u.a.; Miltiades führt gegen die Montanisten an, daß bei ihnen seit dem Tod der Maximilla kein Prophet mehr zu nennen ist, während doch nach Paulus die Prophetie bis zur Wiederkunft erhalten bleiben soll (Euseb, Hist. Eccl. 5,17,4 [BKV 2. R. 1, 243]). Die Montanisten berufen sich auf V 9f, um zu belegen, daß dann, wenn das Vollkommene kommt, die Prophetie aufhört und in Montanus selbst die Fülle des Geistes gegenwärtig ist (vgl. die Belege bei Labriolle, a.a.O. [EKK VII 2, 537Anm. 316] 93.156.169.189.214); vgl. aber auch Theodor v. Mopsuestia 191f (Anm. 464 zu Kap. 12). Später hat V 10, der schon Joachim v. Fiore »aufs stärkste faszinierte«, auch bei den »Brüdern des freien Geistes« größte Bedeutung erlangt: »Nach der Geistbewegung ist nun das Vollkommene angebrochen, indem im dritten Zeitalter der

Prophetia est quae de futuro loquitur. Quod cum venerit, non erit jam necesse ut prophetetur[423].

8d Sehr viel mehr Kopfzerbrechen hat den Auslegern das Aufhören der Erkenntnis bereitet, so daß Clemens Alexandrinus das Zitat von V 8 um V 8d verkürzt bzw. durch ἰάσεις ἐπὶ γῆς καταλείπονται ersetzt (Quis Div. Salv. 38). Ja, schon Chrysostomus (287) vertritt mit Hinweis auf V 12 die Meinung, daß die Erkenntnis im Eschaton in hohem Maße vermehrt werden, aber nicht aufhören wird; auch V 10 wird so erklärt, daß die Erkenntnis nur aufhören werde, unvollkommen zu sein. Manche Autoren differenzieren, obwohl in V 8b und V 8d dasselbe Verb gebraucht wird und Paulus keinerlei Unterschied zu erkennen gibt: Sprachen und Prophetie werden aufhören, weil sie *in hac praesenti vita* zu Ende gehen, die *scientia* aber geht zugrunde, weil sie in der Zukunft vermehrt werden wird (Atto 388).

Auch sonst begegnen vielerlei Distinktionen. So wird in der Diskussion bei Hugo (535f) von der *scientia* erklärt: *Destruetur a sua partialitate et imperfectione*, doch wird darauf erwidert, daß das eher ein *augeri et perfici* sei und dasselbe auch von der Liebe gelte, denn auch dort müsse es ja heißen: *imperfecte diligimus*. Entsprechendes wird auch gegen die Meinung vorgebracht, daß nicht die *scientia*, sondern ihr *modus aenigmaticus et umbratilis* bzw. der *actus scientiae in futuro destruetur*; die Lösung heißt dann: *Scientia vero ex parte destruetur: cujus actus et modus non erit*[424]. Photius (573) versteht die γνῶσις, die vergeht, nur im Sinne von διδάσκειν[425]. Bruno dagegen läßt die Meinung nicht gelten, daß der gegenwärtige Teil der Erkenntnis nicht zugrunde geht, sondern *in illa totalitate scientiae* der Zukunft eingeschlossen wird (194), und er erklärt: *praeesens scientia penitus destruetur* (195). Auch bei Bonaventura heißt es, daß *omnis scientia* zerstört wird[426]. Wieder anders wird in der mystischen Mönchsfrömmigkeit Bernhards v. Clairvaux geurteilt, denn danach hört das Stückwerk schon innerweltlich auf: »Sobald aber einmal die Bosheit, die das ›Stückwerk‹ Unähnlichkeit schafft, weggeräumt ist, werden Einheit des Geistes, gegenseitiges Schauen und gegenseitige Liebe herrschen«; nach Zitat von V 10 heißt es dann weiter: »Und es wird

stückwerkartige Charakter aller Zeremonie aufhört« (W. Nigg, Das Buch der Ketzer, Zürich 1949, 254).

423 Haymo 583; vgl. auch Johannes Damascenus 677; Herveus 955; Atto 388; Wyclif, Sermones III 142.

424 Petrus Lombardus 1661 verallgemeinert: *Destruetur imperfectio nostra, non id quod verum est evacuabitur ... id quod imperfectum est, implebitur in verum;* ebs. Bonaventura, Liber III 679 und ähnlich Wyclif: *sciencie particulares ... non manebunt* (Sermones III 143). Anders differenziert Cajetan 77v: Nach ihm sagt Paulus nicht *tolletur defectus partis, sed tolletur quod est ex parte.* Auch hier die Frage: Gilt nicht auch für die Liebe *ex parte*, weil niemand von ganzem Herzen liebt, so daß auch die Liebe aufhören müßte? Die Lösung: Der Liebe eignet dieses Merkmal nicht *secundum se*, sondern sie partizipiert an dem Stückwerk der *scientia*, so daß, wenn diese zur *perfecta notitia* wird, auch die Liebe nicht mehr *ex parte* sein wird.

425 Vgl. Cornelius a Lapide 320 (*In caelo enim nec docebimus, nec discemus*), der die Interpretation von Photius *non male* nennt, als erste Erklärung aber nennt, daß *euacuabitur & destruetur* im Sinne von *frustra esset habitus, cuius nullus erit vsus* aufzufassen ist.

426 De Reductione Artium ad Theologiam, hg. v. J. Kaup, Darmstadt 1961, 248, wo sieben Lichter aufgezählt werden, vom *lumen sacrae Scripturae* bis zum *lumen philosophiae moralis*, die alle einen Abend haben.

zwischen Gott und der Seele eine keusche, höchste Liebe, eine volle Erkenntnis, ein offenes Schauen« u.a. sein[427]. Noch anders Meister Eckehard: »Die Meister sagen, die Weisheit, die wir hier lernen, die werde uns dort bleiben. Paulus aber sagt, sie werde vergehen (I Cor. 13,8). Ein Meister sagt: Reine Erkenntnis, selbst hier (noch) in diesem Leben, die berge so große Lust in sich selbst, daß aller geschaffenen Dinge Lust recht wie ein Nichts gegenüber der Lust sei, die reine Erkenntnis in sich trägt. Und doch, wie edel sie auch sei, so ist sie doch ein ›Zufall‹; und so klein ein Wörtlein ist, verglichen mit der ganzen Welt, so klein ist alle die Weisheit, die wir hier lernen können, gegenüber der bloßen, lauteren Wahrheit. Deshalb sagt Paulus, sie werde vergehen«[428].
Auch die Reformatoren schwächen das καταργηθήσεται oft ab. Vor allem Beza (150) legt Wert darauf, daß die Weisheit als solche nicht abgeschafft, sondern vervollkommnet wird, und ihm liegt vor allem daran, daß es ein Mißbrauch der Stelle wäre, daraus eine *incerta doctrina* zu folgern, die *ex verbo Dei scripto* zu erschließen ist. Daß »uff diesem jamertal« alle Erkenntnis Stückwerk ist, beeinträchtigt auch nach Bucer nicht die Gewißheit, daß die Christen »im houptstuck des gloubens ... nitt irren« werden[429]. Maior (178r) sieht sich vor allem durch Joh 17,3 bestätigt, von einer *duplex scientia seu cognitio* reden zu können, einer *particularis & imperfecta in hac uita*, und einer *altera, totalis & perfecta in uita aeterna*; darum verbietet sich auch eine Vernachlässigung oder Verachtung des stückweisen Erkennens, auch wenn die partikulare *cognitio obscura & valde languida* (matt) bleibt, *consistens in uerbo & fide* (178v). Bengel (426) sucht die vermeintliche Konsequenz des *ex parte amamus* dadurch zu umgehen, daß er Prophetie und Erkenntnis von Natur aus Stückwerk sein läßt. Nur wenige urteilen radikaler: »Auch im Geistlichen höret alles Wissen, Erkäntniß und Weissagen, als ein unvollkommenes Stückwerck, endlich auf«[430]. In der neueren Zeit wendet sich wieder Barth gegen eine Übersetzung von καταργηθήσεται durch »abgetan werden« oder »zunichte werden«[431].

Weniger problematisch als das Ende erschien immer der *Stückwerkcharakter* aller Charismen, auch der der Erkenntnis, so daß trotz Joh 16,13, wonach der Geist in *alle* Wahrheit führen wird, an V 9 festgehalten wurde[432]. Immer wie- 9-10

427 Schriften, Bd. 6, 296. Weigel interpretiert das »Verschmähen« des Stückwerks folgendermaßen: »Das ist / wenn das Reich Gottes zu mir kommet / ... daß ich Gott in mir finde / fühle vnd schmecke ... darumb muß ich von mir lassen vnd in mir selber zu nicht werden / auff daß Gott in mir alle Ding werde / etc.« (V. Weigel, Zwei nützliche Tractate, der erste von der Bekehrung des Menschen, der andere von Armut des Geistes oder wahrer Gelassenheit (1570), hg. v. W. Zeller, Stuttgart 1966, 117).

428 Predigten 165f.

429 Schriften, Bd. 4, 73; vgl. aber auch 83, wo er erklärt, daß Gott »nit dem Luter, wie ouch nit dem Bapst, das endtlich urteyl zugestellet hat«.

430 Tersteegen, Werke, Bd. 1, 3; das wird dann im folgenden auch an Lehren, Lernen, Arbeiten usw. gezeigt: »Das schlechteste, was ein Taglöhner macht, das ansehnlichste, was große Leute verrichten; *das alles vergehet*«.

431 KD IV 2, 949f (vgl. oben Anm. 161), auch mit Verweis auf das Blumhardt-Wort: »Der Heiland ist kein Kaputtmacher«; »Prophetie, Zungenrede, Erkenntnis werden im ewigen Licht, dem wir entgegengehen, ›*aufgehoben*‹ sein in eine neue, höhere Gestalt« (kursiv im Original gesperrt).

432 Vgl. z.B. Augustin, Joh-Ev 96 (BKV 19, 194). Irenaeus polemisiert von V 9 her gegen den Wahn des Valentin, Ptolemaeus und Basilides, »umfassend die universale Kenntnis von allem, was ist«, erlangt zu haben (Haer. 2,28,9 [Fontes 8.2, 241]); vgl. auch 2,28,7 (ebd. 237.239).

der begegnen Sätze wie die, daß wir »gleichsam aus dem Meere nur einen Tropfen der Erkenntnis Gottes« schöpfen können[433], oder wie der des Severian (267): ὀλίγα γὰρ οἴδαμεν τῶν πλειόνων ἔτι λανθανόντων. Nach Theodoret lehrt V 9f die Menschheit, »mit ihrer unersättlichen Wißbegierde einzuhalten, sich nicht an unerforschliche Dinge zu wagen, sondern die im künftigen Leben uns vorbehaltene volle Aufklärung abzuwarten«[434]. Ambrosius vergleicht sich mit Paulus und erklärt: »Wenn nämlich schon des Paulus Erkenntnis Stückwerk war, wie weit kann dann wohl die meinige reichen, der ich ebenso tief wie im Leben auch im Wort unter Paulus stehe?«[435] Dabei werden freilich wie auch zu V 8 unangemessene Konsequenzen zurückgewiesen. Basilius z.B. fragt im Anschluß an V 9: »Kennen wir denn seine (Gottes) Wesenheit nur teilweise, kennen wir gleichsam nur Teile seiner Wesenheit? Dummes Zeug! Gott ist doch ungeteilt«[436]. Der Unterschied zwischen dem stückwerkhaften und dem zu erwartenden Erkennen wird oft so bestimmt: Ὅτι μὲν πανταχοῦ ἐστιν ὁ θεός, οἴδαμεν νῦν· ἀλλά, πῶς, οὐκ ἴσμεν[437].

Andererseits aber werden die Beispiele für das ἐκ μέρους auch auf andere als die in V 9 genannten Beispiele ausgedehnt. Origenes schließt an das Zitat von V 9 auch eine entsprechende Äußerung über den Glauben an: *Ita et fidem possumus intelligere esse aliquando ex parte, et aliquando perfectam*[438]; an anderer Stelle heißt es zwar auch, daß

[433] Epiphanius, Ench. 94 (BKV 38, 146); Epiphanius polemisiert gegen Mani, wenn der V 9f auf das Kommen des Parakleten bezieht anstatt auf den Unterschied der beiden Äonen (Haer. 66,61,1 [GCS 37, 98]); ebd. werden Acta Archelai 15,3 (*qui ante me missus est Paulus ex parte scire et ex parte prophetare se dixit, mihi reservans quod perfectum est, ut hoc quod ex parte est destruam*) und Augustin, Contra Faust. 15,6 zitiert. Irenaeus verbindet unsere Stelle mit Phil 3,12 (Haer. 4,9,2 [BKV 4, 25]); Hieronymus schließt aus V 9, daß »kein Heiliger, solange er in diesem Körper ist, alle Tugenden besitzen« kann (Contra Pelag. 19 [BKV 15, 365]); vgl. auch Ambrosiaster 148: *Neque nos aut capere aut narrare possumus plenitudinem veritatis. qui enim fieri potest, ut lingua humana omne conplectatur quod dei est?* (ebs. Ambrosius 266).

[434] 10. Rede von der göttlichen Vorsehung (BKV1 174); vgl. auch das Bild bei Mestrop (Reden [BKV 57, 260]): »Wie die Kinder im Mutterleibe nicht wissen, in welchen Zustand sie versetzt werden und daß sie die Geschöpfe Gottes sehen und genießen werden, so ist es auch uns unverständlich nach den Wortes des Apostels, welcher sagt; ›Nur Stückwerk (wenig von dem vielen) wissen wir‹«.

[435] Lk-Komm 5 (BKV 21, 232); vgl. auch Gregor v. Nazianz, Or. 28,20 (PG 36, 52); nach ihm ist allein auf V 9 zu hören, wenn selbst Paulus, der in den dritten Himmel entrückt worden ist, nur ἄρρητα vernahm (Disc. 28,20 [SC 250, 140]).

[436] Ep. 73 (235) 3 (BKV 46, 286). Vgl. auch Ep. 71 (233), wo an das Zitat von V 10 angeschlossen wird, daß »die Urteilskraft des Verstandes etwas Gutes« ist und »zu einem vortrefflichen Zweck gegeben, nämlich zur Erkenntnis Gottes, freilich hierin nur soweit tätig, als ihr gestattet ist« (281). Jedenfalls ist kein Schweigen angebracht, sondern ὥσπερ δι' ἐσόπτρου ἐν αἰνίγματι ὁδηγούμενοι haben wir zu reden (Bapt. 1,5 [SC 357, 120]).

[437] Theophylakt 732. Vgl. auch Chrysostomus 288, der sich gegen solche wehrt, die das ἐκ μέρους nur auf den Heilsplan und nicht auf Gott beziehen, und fragt dann, ob wir denn Gott gar nicht kennen und antwortet: ὅτι μὲν ἔστιν, ἴσμεν· τί ποτε δέ ἐστι τὴν οὐσίαν, οὐκέτι. Zudem ist die Behauptung, alles durch die eigene Vernunft zu erkennen, seiner Meinung nach unsinnig, wo doch Paulus nicht einmal das stückweise Erkennen ohne Offenbarung erfahren konnte.

[438] In Rom 4,1 (PG 14, 963), wo er sich auch auf πᾶσαν in V 2 (*omnem cum dicit, ex partibus docet esse compositam*) und auf Lk 17,5 beruft; vgl. auch In Mt 12,6 (GCS 40, 78): πᾶσα ἡ ἐνταῦθα πίστις ἡμῶν ὀλιγοπιστία ἐστί. In

wir nur durch einen Spiegel in einem dunklen Wort, aber doch wenigstens stückweise Hinweise auf das Bevorstehende erhalten[439]. Auch andere Autoren ziehen aus V 9 grundsätzliche Konsequenzen: *In hac aerumnosa* (mühselig) *peregrinatione, ubi omnia ex parte sunt, et nihil invenitur perfectum*[440]. Auch später wird das Stückwerk über die paulinischen Beispiele hinaus erweitert. So läßt Beda auf das *ex parte cognoscimus et ex parte prophetamus* auch *nimirum etiam ex parte diligimus* folgen[441]. Bei Angelus Silesius heißt es später ganz allgemein: »Wenn das Vollkommne kömt / fällt's Unvollkommne hin: das Menschliche vergeht / wenn ich vergöttet bin«[442].

Die Reformatoren urteilen nicht anders. Bei Calvin heißt es zwar nicht einfach, daß der Glaube unvollkommen ist, wohl aber, daß wir mit unserem Maß und unserer Enge das, was unermeßlich ist, nicht begreifen[443]. Melanchthon (72) merkt zu V 9 an: *Quantulum est, quod scimus, et quam angustum!* Dieses Wenige verweist zwar um so mehr auf die notwendige Gemeinschaft untereinander[444], doch ändert das nichts daran, was oft in generellen Sätzen wie

Joh 32,15 (GCS 10, 450) und In Rom 10,11 (PG 14, 1267f) kombiniert er mit Röm 15,15 und meint, daß auch Paulus selbst *ex parte* geschrieben und erkannt habe, fügt aber hinzu, daß er mehr gewußt als geschrieben habe; Hom. in Num 23,11 (GCS 30, 222) folgert auch, *ut ›ex parte‹ diem festum geramus* (ähnlich 266).

439 Princ. 2,11,6 (TzF 24, 453). Origenes teilt mit Heracleon die Meinung, die stückwerkhafte Erkenntnis aus der Schrift sei vergänglich und mangelhaft, im Vergleich etwa zu den unaussprechlichen Worten von 2Kor 12,14, wenn damit die ganze jetzige Erkenntnis durch Spiegel und Rätsel gemeint ist; er protestiert aber dagegen, damit das Alte Testament zu verleugnen (vgl. auch Chrysostomus, Mt-Komm 16,4, wonach der alte Bund zwar dem neuen weichen muß, dadurch sein Wert aber nicht herabgesetzt werde, »denn auch der Neue Bund wird aufhören, wenn wir einmal im Himmel sind. ›Denn dann‹, heißt es, ›wird alles Stückwerk verschwinden‹« [TKV 4, 336]); der Meinung des Heracleon, es sei Sache der Prophetie, εἰδέναι τὰ πάντα, hält er V 9 entgegen (In Joh 13,15 [GCS 10, 239]); vgl. In Rom 10,10 (PG 14, 1266) u.ö.

440 Isaak v. Stella, Serm. 17,19 (SC 130, 324); vgl. Thomas, der an V 10f.12 anschließt: *nullus in hac vita possit esse perfectus* (Mirbt/Aland, Quellen 382); 404 wird aus V 11 freilich geschlossen, *quod in vita corporali specialis quaedam perfectio est quod homo ad perfectam aetatem perveniat, et perfectas actiones hominis agere possit;* in Summa, Bd. 4, 332 bezieht Thomas das Stückwerkhafte mehr auf die *dilectio et cognitio naturalis.*

441 Tabernac. 1 (CChr 119A, 14); vgl. auch 2 (ebd. 61) die Frage, ob das *ex parte* wirklich auch für die Arbeit für Christus, das Betreiben der Wortverkündigung und den Dienst in guten Werken gilt.

442 Wandersmann 5,356, S. 239. Das erwartete Vollkommene und Ganz-Andere wird freilich auch rein innerweltlich als »Zukunft ohne Transzendenz« begriffen; so bei E. Bloch, Atheismus im Christentum, Frankfurt a.M. 1968, 111.

443 Inst. 3,2,20; vgl. auch Calvins Kommentar 435, wo die Auslegung kritisiert wird, »als sei unser Wissen zwar vorläufig noch Stückwerk, aber derart, daß wir darin täglich Fortschritte machen, bis es vollkommen wird«. Nach Zwingli (176) gibt es nichts Heiliges, das nicht an irgendeinem Teil defizient ist, d.h. auch die Prophetie und Erkenntnis ist insuffizient, denn niemand ist so gelehrt, daß er nicht gelehrter werden könnte. Nach Bullinger 226, der ἐκ μέρους im Sinne von *paulatim* erklärt, sollen wir lernen, daß wir in dieser Welt leben und niemand anmaßend *absoluta eruditio* reklamieren kann. Nach Servet sind nicht nur die meisten Apostel *aliquando in errore* gewesen, sondern auch Luther (QFRG 19, 630).

444 Vgl. z.B. Oecolampad, der einen Brief damit begründet, daß darum, weil wir in diesem Leben »Fremdlinge« sind (Hebr 11,13) und unser Wissen Stückwerk ist (1Kor 13,9), »keiner so vollkommen ist«, »daß ihm nicht brüderliche Ermunterung und Ermahnung nützen könnte« (Staehelin, a.a.O. [Anm. 478 zu Kap. 10] 172); vgl. schon QGT VII 436, wonach es gerade auch wegen des Stückwerks »nach gemeiner, gottlicher ordnung den dienst der predigt vnd lere, vnd derenhalb dann auch eusserlicher gemeinschafftt« geben muß.

den folgenden festgehalten wird: »Es ist und bleibet nur eitel stůckwerck in diesem leben«[445] oder: »Wir leben hier von Brocken. Unsere Gedanken sind nichts als Fragmente«[446]. Daraus ergibt sich, wie gerade heute zu betonen ist, kein Relativismus, denn »*schon* dürfen wir jetzt einiges erkennen, schon jetzt so viel, wie wir unbedingt hier auf Erden brauchen«[447]. Wohl aber wird auch die Theologie von daher mit Recht nur als *theologia viatorum* begriffen[448], so daß auch exegetische Bemühung[449] sowie theologisches Denken und Erkennen grundsätzlich der Vorläufigkeit und Korrekturbedürftigkeit unterliegen[450]. Die Bruchstückhaftigkeit auch aller Glaubensformulierungen wird

445 Spener, Schriften I 701; auch er stellt V 9f neben Phil 3,12 (Schriften II 1, 235), wobei er 292 hinzufügt, daß Erkenntnis »ståten wachsens« bedarf. *Scientia* und *prophetia* haben zwar als *in sese imperfecta* zu gelten, nicht aber die Liebe, die *in se perfecta*, aber von uns bisher gehemmt wird (Schriften XV 1, 283). Besonders spitz äußert sich Zinzendorf mit Blick auf »die achtzig Differenten Schulen« der Theologie von 1Kor 13 her, wo Paulus seiner Meinung nach »unsre gantze Wissenschaft in die Dunckeley stellt« (Erg.-Bd. III 146). Nach v. Mosheim (594f) bezieht sich das Wissen »nur auf den Zustand der Kirche Gottes auf Erden«, der »mit vieler Unvollkommenheit hienieden vermenget« ist, und wer kann auch bei der Prophetie »das ausrechnen und ermessen, was noch in der Tiefe des unendlichen Verstandes und der unumschrånkten Weisheit Gottes zurůcke bleibet?« Wesley hält eine ganze Predigt über V 9a, in der alle möglichen Grenzen der Erkenntnis aufgezählt werden, von naturwissenschaftlichen Fragen bis hin zur Omnipräsenz, Ewigkeit und Vorsehung Gottes (Works IX 308-323), was zu Demut, Gottvertrauen und Ergebung führen soll (322f).

446 Hamann, Londoner Schriften 407. Schelling interpretiert das ἐκ μέρους γιγνώσκομεν so: »Wir erkennen nur, soweit dieser besondere Zustand des Bewußtseyns erlaubt, nicht unbedingt, nicht frei, nicht allgemein gültig, – wann aber kommen wird das Vollkommene, dann wird alle Partielle, alles, was nur Folge eines noch unvollkommenen, noch im Werden begriffenen Zustandes ist, ein Ende haben« (Schellings Werke, hg. v. M. Schröter, 6. Hauptband, München 1928, 686). Kierkegaard bezieht in das Stückwerk auch die Leiblichkeit ein, und für ihn ist »Vergötterung des Fleisches« nur die Kehrseite einer Geistigkeit, die »sich nicht bekennen will zu dem vergänglichen Leibe, in welchem sie lebt, zu dieser Zeitlichkeit, darin sie ihre Wohnung hat« (Stadien auf des Lebens Weg, Werke, 15. Abt., 178).

447 So Gollwitzer, a.a.O. (Anm. 294) 41; vgl. auch Althaus, a.a.O. (Anm. 263) 139 (»Auch das stückweise Erkennen ist ja nichts Geringes – und am Bruchstück ahnt man ja das Ganze«) und E. Fuchs, Freude an der Predigt, hg. v. G. Hühn u.a., Neukirchen-Vluyn, 1978, 33: »Das ist nicht wenig, sondern viel«; vgl. aber auch 31: »Aber gerade unsre Fortschritte zeigen uns viel deutlicher als alle Rückschritte, daß unser Wissen Stückwerk ist«.

448 Vgl. z.B. Iwand, Werke, Bd. 5, 40; Bayer, Theologie 522. Nach Brunner bedürfen vor allem Theologen öfter der Erinnerung an den Stückwerkcharakter auch der Theologie (vgl. auch die nächste Anm.). Eichholz, a.a.O. (Anm. 256) 190 erinnert ebenfalls an die Unterscheidung von *theologia viatorum* und *theologia patriae*. Das greift tiefer als die Abgrenzung von einer Wissenschaftsgläubigkeit der Theologie, die die »Theosophie« verachte, wie auch Stählin bei aller Sympathie dafür zugibt (W. Stählin, Das Angebot der Freiheit I, Stuttgart 1970, 153).

449 Schon nach Irenaeus, Haer. 2,28,3 (BKV 3, 179) ist nur ein Teil der Schrift »unserer Erklärung zugänglich«, während der andere »Gott überlassen bleibt, nicht nur in dieser, sondern auch in der zukünftigen Welt, so daß Gott immer Lehrer, der Mensch aber immer sein Schüler bleibt«. Erasmus wendet das stückwerkhafte Erkennen und Prophezeien, in das er auch die Auslegung der Schrift einbezieht, gegen Luthers These, daß die Schrift »allen so zugänglich und verständlich ist«, wie er vorgibt (Schriften, Bd. 4, 523); vgl. auch J.C. Lavater, Physiognomische Fragmente zur Beförderung der Menschenkenntnis und Menschenliebe, hg. v. Ch. Siegrist, Stuttgart 1984, 44: »Unser Auslegen und Commentiren ist Stückwerk«.

450 So mit Recht Pannenberg, Theologie III 178; vgl. auch I 65 sowie Brunner, Dogmatik

von Küng speziell im Blick auf die sog. Infallibilität kritisch ins Spiel gebracht[451]. Selbst die Schrift, die »bloß in analogen Worten, in Bildern und Gleichnissen von Gott spricht«, ist nach Schmaus »ein Teil jenes Stückwerkes ... das einmal dem Vollkommenen weichen muß«[452]. Barth faßt den beträchtlichen Konsens folgendermaßen zusammen: »Gemessen an seinem (sc. des Vollkommenen) großen Licht erweisen sich die kleinen Lichter, in deren Schein wir jetzt leben, als nötige und in ihrer Weise brauchbare, aber schließlich doch kümmerliche Treppenbeleuchtung«[453]. Bei aller Erinnerung an die Vergänglichkeit aller Dinge[454] wird das Wissen sowohl um das Vergehen des Stückwerkhaften als auch um das Bleibende und Kommende nicht als Lähmung, wohl aber als Entlastung verstanden[455].

V 11 hat die Auslegung weniger beschäftigt. Clemens Alexandrinus erklärt »als ich ein Kind war« im Sinne von »als ich ein Jude war« und das vom Kind Abgetane als das Gesetz[456]. Origenes dagegen lehnt solche Beziehung auf das Gesetz ab[457] und bezieht V 11 auf den geistlichen Reifeprozeß *secundum interiorem hominem*[458]. Auch nach Pelagius (205) will Paulus den *spiritualis profectus* zeigen[459]. Augustin dagegen versteht V 11 exegetisch korrekt vom Un- 11

III (»Alle Glaubenserkenntnis ist vorläufig, nicht-definitiv, Stückwerk«) und Fraumünster Predigten 15f (»Immer wieder hat es sich gezeigt, dass auch jene vermeintlich zeitlos gültigen Dogmen ein Element der Blossmenschlichkeit und damit der Vergänglichkeit in sich hatten. Und gerade wir Theologen täten gut daran, uns dieses Satzes öfter zu erinnern: Unser Erkennen ist Stückwerk. Wir würden dann etwas weniger grossartig und absolut auftreten und einander etwas weniger verketzern«). Vgl. auch Petersons Abneigung gegen Systeme und Summen und Vorliebe für Fragmente, Aphorismen und Marginalien (Nichtweiß, Peterson 720f).

451 Kirche 407; vgl. auch ebd.: »Es genügt, die Begrenztheit der Wahrheit zu übersehen, um aus ihr einen Irrtum zu machen«.

452 Dogmatik I 167; vgl. auch Althaus, a.a.O. (Anm. 263) 139f.

453 KD IV 2, 950.

454 Vgl. Althaus, a.a.O. (Anm. 263) 53; Doerne, a.a.O (Anm. 260) 77: Vergehen werden »nicht nur unsere Scheinwerke, auch die Werke, die unter Menschen mit Recht ›gut‹ heißen«; Gollwitzer, a.a.O. (Anm. 294) 37: auch »unser Bücherschreiben, unsere Wissenschaft, unsere Theologie«.

455 Vgl. z.B. K. Schatz, Stückwerk bleibt unser Tun. Von der »Relativität« der Charismen, GuL 45 (1972) 241-245, hier 244: »Diese Einsicht führt zur Gelassenheit. Sie befreit uns von der hektischen Angst und dem im Grunde ungläubigen Perfektionismus ..., wenn wir krampfhaft und verbissen meinen, die Zukunft des Christentums und der Kirche hänge davon ab, daß wir genau die passenden und richtigen ›neuen Formen‹ gefunden haben«.

456 Paed. 1,34,2 (GCS 12, 110); vgl. auch 1,33,3 (ebd. 109f). Auch Johannes Damascenus, De Orth. Fid. 4,23 (BKV 44, 251) bezieht V 11 auf das mosaische Gesetz: »Als das Vollendete gekommen, hat das Stückwerk aufgehört ... ward der Buchstabe abgetan, das Körperliche beendet«.

457 In Rom 3,11 (PG 14, 959f); vgl. auch ders., Hom. in Lk, Frgm. 72 (Fontes 4.2, 458f), wo Lk 10,38-42 so ausgelegt wird, daß Marta für die Tat (πρᾶξις) steht, Maria aber für die Schau (θεωρία), weil sie das Wort πνευματικῶς aufgenommen und das Kindliche schon abgestreift habe.

458 Hom. 4 in Ps 36 (PG 12, 1355); vgl. auch Hom. in Gen 7,3-5 (GCS 29, 75). Gern wird dabei V 11 mit Eph 4,13 kombiniert, so z.B. Makarios/Symeon, Logos 6,5 (GCS 58.1, 18).

459 Ebs. Hieronymus 758; vgl. auch Atto 388 (*Sicut enim pueritia non destruit infantiam, et adolescentia pueritiam, sed vires augmentat: ita nec scientia futura destruit istam, sed augmentat).* Bernhard v. Clairvaux bezieht das Kindsein von V 11 auf die Suche der Wahrheit, wo sie nicht zu finden war (Schriften, Bd. 6, 242); vgl. auch Seuse: »Du beginst nu wachsen, du bist nit mer ein kint, du bist zitig zů der lieb gottes« (H. Seuse, Deutsche Schriften, hg. v. K. Bihlmeyer, Stuttgart 1907, 482).

terschied zwischen dem gegenwärtigen und zukünftigen Leben[460]. Beide Auslegungen werden auch kombiniert, z.B. bei Eznik von Kolb[461]. Auch später begegnen diese verschiedenen Deutungen, vor allem die auf die eschatologische Vollendung bezogene. Nach Bullinger (227) sagt Paulus nicht, daß der Glaube, in den wir in dieser Welt eingewiesen werden, töricht ist, sondern daß in der *cognitio* dieses und des zukünftigen Lebens der größte Unterschied besteht[462].

Es finden sich aber auch ganz andere Auslegungen. Comenius belegt mit V 11, daß man mit Kindern kindlich umgehen muß: »Machet es doch Gott, der Herr, mit uns Erwachsenen eben also in seinem Wort und sonst in diesem Leben, daß er mit uns wie mit Kindern redet und handelt, dieweil wir in göttlichen und himmlischen Dingen rechte Kinder sind . . .«[463] Kant kommentiert V 11 so: »Der erniedrigende Unterschied zwischen *Laien* und *Klerikern* hört auf«[464]. V 11 hat darüber hinaus noch für vieles andere herhalten müssen, u.a. 1399 bei Erzbischof Arundel »for his oration in support of Henry IV's claim to be the throne« wegen der »advantages of having a *man*, not a child, as ruler«[465].

Wie schon zu V 9f versucht Barth auch hier eine Kombination der verschiedenen Hoffnungsbilder: »*Totaliter aliter*, aber in dieser völligen Wandlung nun doch nicht als ein Anderer und auch sachlich nichts Anderes«; auch hier gehe es um »›Aufhebung‹ in eine allerdings ganz andere, neue Gestalt«[466]. Zwei Aktualisierungen: »Es geht weiter, es geht voran, die Hauptsache kommt erst noch, wir schauen vorwärts, wir weinen nicht mehr über das Vergehen, seh-

460 De Civ. 22,29 (CSEL 40, 659); vgl. auch Haymo 584: In diesem Leben sind wir *parvuli* im Verleich mit dem zukünftigen Leben.

461 Wider die Irrlehren 3 (BKV 57, 146): Danach will Paulus zeigen, »daß die Welt im reifen Alter zum vollendeten Wissen gelangte, wie es in dieser Welt überhaupt nur möglich ist, zum Wissen zu kommen. Doch zum Genuß des vollendeten Wissens lud er sich und andere ins Jenseits ein mit den Worten: ›Jetzt wissen wir Stückwerk, aber wenn die Vollendung kommt, dann schauen wir von Angesicht zu Angesicht‹«.

462 Vgl. auch Coccejus 316: Paulus unterscheide ἄρτι und τότε ohne *tempus intermedium*. Spener 451 meint, wenn der *intellectus* des Mannes und des Kindes miteinander verglichen werden, sei die *cognitio* des Mannes nicht nur vollkommener, weil er mehr weiß als das Kind, sondern *plane est alia*. So sei auch unsere Erkenntnis von den göttlichen Dingen nicht allein unvollkommen, sondern so beschaffen, daß wir uns bestimmte Dinge gänzlich anders vorstellen als wir sie dann erfassen, wenn wir einst zum Schauen gelangen werden.

463 Informatorium der Mutterschul, hg. v. J. Heubach, Heidelberg 1962, 65; anders ders., De Emendatione 220f, wo die verschiedenen Zeitstufen heilsgeschichtlich ausgelegt werden.

464 Werke in sechs Bänden, hg. v. W. Weischedel, Bd. IV, Wiesbaden 51956, 785 (kursiv im Original gesperrt).

465 Aston, a.a.O. (Anm. 994 zu Kap. 11) 300; vgl. auch Lamperti Monachi Hersfeldensis Annales, hg. v. A. Schmidt u.a., Darmstadt 1967, 210f, wo das Ablegen des Kindischen mit Tugend, Ehre und königlicher Würde parallelisiert wird, sowie Thietmar v. Merseburg, Chronik, hg. v. W. Trillmich (Ausgewählte Quellen zur Deutschen Geschichte des Mittelalters IX), Darmstadt 1957, 125: »Als der Kaiser zum Manne wurde, ›legte er ab, was kindisch ist‹, wie der Apostel sagt«.

466 KD IV 2, 951; bezeichnend ist die Frage: »Ist nicht schon das Kind der künftige Mann?«, worauf Paulus wahrscheinlich klar mit »Nein« geantwortet hätte. Richtig ist, daß das dem Kind angemessene Reden und Denken als solches nicht disqualifiziert wird (ebd.).

nen uns nicht mehr zurück ins Kinderland, sondern freuen uns, daß den Bruchstücken unseres Lebens die Vollendung versprochen ist«[467]. Jörns will in V 11 einen Bericht über die »*Erfahrung einer Liebe*« finden, die »dazu befähigt, unsere Identität als Menschen anzunehmen« und Gott zu lieben, und diese Liebe zu Gott sei »keine spiegelverkehrte Selbstbetrachtung, kein kindischer Narzißmus mehr«[468].

6. Eine immense Wirkung hat V 12 gehabt. Schon Clemens Alexandrinus läßt die in der Exegese angedeutete Vieldeutigkeit der Spiegelmetapher erkennen, insofern es sich in V 12 einmal um einen Spiegel handeln soll, »von dem unser Bild zurückgeworfen wird, so daß wir uns selbst erkennen und infolge des in uns vorhandenen Göttlichen damit zugleich den schöpferischen Urgrund, soweit es möglich ist, erblicken können«[469]. An anderen Stellen aber versteht er die Metapher so, daß die Heiligen »in bessere und immer bessere Räume« gelangen, »bis sie die Freude haben, Gott nicht mehr in Spiegeln oder vermittelst von Spiegeln zu schauen, sondern den Anblick zu genießen, der, soweit es möglich ist, ganz der Wirklichkeit entspricht und völlig deutlich ist . . .«[470]. Die zugleich schon hier zu beobachtende Erweiterung durch andere Metaphern (»unvollkommene Bilder der Wahrheit . . . wie ein Bild im Wasser«[471]) ist auch sonst beliebt, z.B. durch *in umbra et in enigmate*[472], wobei 12

[467] Gollwitzer, a.a.O. (Anm. 294) 42; vgl. auch 37: »Dann werden wir darauf zurückschauen, wie wir jetzt Tagebücher aus unserer Kinderzeit lesen, mit lächelndem Verzeihen unter dem Humor Gottes: Wir haben's halt nicht besser gewußt damals, wir waren ja noch ziemlich ahnungslos«.

[468] GPM 34 (1979) 114f. Wo man kindliches Leben bei Paulus als »innocent, hopeful« charakterisiert findet und dann mit dem von jüdischen Kindern während der Nazizeit vergleicht, kann es zu folgenden Sätzen kommen: »Had Paul been a child in Warsaw instead of Tarsus, had he lived the 1940s instaed of the early part of the first century C.E., his analogy would have been markedly different. Innocence for Jewish children in the 1930s and 1940s was stripped away in an untimely fashion by the darkened corners of secret hiding places, by the stench and suffocation of boxcars, and finally, if they were not yet completely robbed of their childish ways, the bonfires of Auschwitz and Treblinka completed the systematic task«. In ähnlicher Weise wird dann die Spiegelmetapher zurechtgerückt: »Rather than equating his waiting with that of a person peering into a mirror dimly, the reflection of Paul's face in a mirror at Auschwitz would have been vividly darkened by his tightened skin, his sunken cheeks, and his glazed eyes. Instaed of life being a testimony to faith, hope and love, Paul's triad might have been starvation, hopelessness, and death« (so S.H. Hall, Christian Anti-Semitism and Paul's Theology, Minneapolis 1993, 53).

[469] Strom. 1,94,4 (BKV 2. R. 17, 84); vgl. weiter R. Mortley, The Mirror and ICor. 13,12 in the Epistemology of Clement of Alexandria, VigChr 30 (1976) 109-120, der u.a. darauf aufmerksam macht, daß an vier Stellen ἐν αἰνίγματι ausgelassen ist, »to give a more positive content to the idea of contemplation in a mirror« (116).

[470] Strom. 7,13,1 (BKV 2. R. 20, 19); vgl. auch 7,57,1 (ebd. 62); 7,68,4 (ebd. 72) u.ö.; bei Origenes heißt es, »daß Christus abwesend ist von Angesicht zu Angesicht, aber anwesend durch einen Spiegel und im Rätsel« (In Mt 25,14 [BGrLit 30.2, 154]).

[471] Strom. 1,94,6f (BKV 2. R. 17, 85); vgl. auch Gregor v. Nazianz: »bloß ein geringer Ausfluß, wie der winzige Schimmer (vgl. Weish 7,26; Hebr 1,3) eines großen Lichtes« (Or. 2,17 [Fontes 22, 129]).

[472] Origenes, In Cant 3 (GCS 33, 183); Gregor v. Nazianz, Ep. 165 (GCS 53, 120); vgl. später Bernhard v. Clairvaux (Schriften, Bd. 6, 83): »Nicht durch offene Türen fällt dieser

besonders das Urbild-Abbild-Denken Einfluß gewinnt: »Wovon wir jetzt nur die Schatten wie in einem Spiegel sehen [vgl. 1Kor 13,12], werden wir später, wenn wir von diesem irdischen Leib getrennt sind ... deren Urbilder betrachten«[473]. Augustin, der den Vers sehr extensiv anführt und vor allem an *aenigma* interessiert ist, versteht im rhetorischen Sinn: »In Rätselbildern« sei vielen darum unverständlich, »weil sie die Wissenschaft nicht kennen, in der die Lehre von jenen Redefiguren behandelt wird, welche die Griechen Tropus nennen ... bei dem die Aussage über eine Wirklichkeit von einer anderen gemeint ist«[474]. Diese Auslegung Augustins behält auch später Gültigkeit, wobei zwischen Spiegel und Rätsel meist so differenziert wird wie bei Petrus Lombardus (1662): *Per speculum, id est per imaginem obscuram ... Et in aenigmate, id est per obscuram allegoriam* (ähnlich Hrabanus Maurus 126 u.a.). Erasmus kombiniert mit 2Kor 3,13ff: »Denn wenn auch die Decke von dem Gesicht des Moses weggezogen ist, so sieht Paulus dennoch bis jetzt wie im Spiegel und im Gleichnis«[475]. Von großer Wirkung bis hin z.B. zu Calvin (vgl. oben Anm. 198) aber ist auch die schöpfungstheologische Interpretation z.B. bei Thomas (387), wonach wir in Entsprechung zu Röm 1,20 die *invisibilia Dei per creaturas* erkennen, so daß uns *tota creatura* wie ein Spiegel ist; allerdings fügt er auch eine andere Erklärung an, die das Sehen durch einen Spiegel als ein Sehen *per rationem nostram* deutet[476]. Jedenfalls aber gilt: »Soweit wir auch voranschreiten, ›wir sehen ihn (sc. Gott) jetzt im Spiegel, in Rätselbildern‹«[477], was z.T. auch auf über das »Sehen« hinaus ausgedehnt wird[478]. Cor-

Lichtstrahl ein (sc. nach Jes 58,10), sondern nur durch schmale Öffnungen. Noch steht ja die baufällige Wand unseres Leibes dazwischen«; vgl. auch Petrus Damian, De Div. Omnipot. 3 (SC 191, 394): *in similitudinibus*.

473 Basilius v. Cäsarea, Ep. 8,12 (BGrLit 32, 55); auch Gregor v. Nazianz spricht vom Sehen der Schatten (Ep. 228; BGrLit 13, 218), Theodoret 336 von σκιὰ τὰ παρόντα τῶν μελλόντων, wobei (ebd. 336f) er z.B. in der Taufe einen τύπος der Auferstehung sieht.

474 De Trin. 15,9,15 (BKV 2. R. 14, 272f); vgl. auch 273: »Dieser Tropus, nämlich die Allegorie, hat mehrere Abarten, zu denen auch das gehört, was wir Rätsel heißen«; wie jedes Pferd ein Lebewesen ist, aber nicht jedes Lebewesen ein Pferd, so sei auch jedes Rätsel eine Allegorie, aber nicht jede Allegorie ein Rätsel. Vgl. F. van Fleteren, Per Speculum et in aenigmate: 1 Corinthians 13:12 in the Writings of St. Augustine, AugSt 23 (1992) 69-102; zur neuplatonischen Interpretation von V 12 in Solil. 1,7,14 (CSEL 89, 22) vgl. St.A. Cooper, Scripture at Cassiciacum: 1 Corinthians 13:13 in the Soliloquies, AugSt 27 (1996) 21-47, hier 32.

475 Enchiridion 66 mit folgendem Zitat von Joh 6,64 für den hier für ihn entscheidenden Unterschied von Fleisch bzw. Buchstaben und Geist.

476 Auch für Herveus 957 ist das *speculum* die *anima rationalis*; Anselm erklärt ebenfalls: »Der vernünftige Geist kann sehr zutreffend einem Spiegel verglichen werden, in dem sich sozusagen ein Bild dessen spiegelt, den er von Angesicht zu Angesicht zu sehen nicht vermag« (A. v. Canterbury, Leben, Lehre, Werke, hg. v. R. Allers, Wien 1936, 338). Wyclif (Sermones III 143f) unterscheidet beim Spiegelwort eine *visio intuitiva (immediate ab oculo)* und eine *abstractiva (discursiva)*; vgl. ders., Tractatus I 377: *iuxta perspectivos*.

477 Augustin, De Trin. 12,14,22 (BKV 2. R. 14, 150); vgl. aber auch 13,20,26 (ebd. 203), wo von einem gleichsam stufenweisen Ansteigen die Rede ist, damit wir »nach unserem bescheidenen Maße, wenn anders wir dies überhaupt können, zur Schau wenigstens in Rätseln und im Spiegel mit einem in diesem niedrigen Dingen geübteren Geiste gelangen«.

478 Vgl. Origenes, In Rom 7,5 (PG 14, 1116): *Per speculum ergo et in aenigmitate accipimus et adoptionem et redemptionem*.

nelius a Lapide (321) bietet später eine dreifache Bestimmung des *speculum: 1. creaturae, 2. phantasmata, quae sunt rerum specula, 3. humanitas Christi.* Ebenso wirksam wie die das »Jetzt« betreffende Aussage erweist sich die das »Dann« betreffende. Viel beschäftigt hat die Theologen dabei, ob sie Gott mit leiblichen oder geistlichen Augen schauen werden, wobei das »Sehen von Angesicht zu Angesicht« meist als reines, unkörperliches, unmittelbares Erfassen durch die διάνοια vorgestellt ist[479]. Letztlich aber hält sich überall durch, daß Gott sich *in futuro saeculo* nicht vor uns verbergen wird, sondern wir ihn von Angesicht zu Angesicht sehen werden, wobei das *facie ad faciem* an unserer Stelle so erklärt wird: Die Dinge selbst werden uns mehr als einleuchtend werden, wenn wir die *ratio* der einzelnen Dinge zu erkennen beginnen, die in dieser Welt geschehen sind oder geschehen[480], oder es heißt: Wir werden den König in seiner Würde sehen (vgl. Jes 33,17), d.h. wir werden ihn nach dem Ende der Welt mit eigenen Augen voller Glück in seiner Gottheit sehen, den wir jetzt *per speculum et in aenigmate* betrachten[481]. Besonders beliebt ist auch die Kombination mit anderen eschatologischen Verheißungen, vor allem mit

[479] Strom. 5,74,1 (GCS 15, 375); vgl. auch 7,13,1 (GCS 17, 10); Origenes, Hom. in Num 21,1 (GCS 30, 200): Nicht *in substantiis corporalibus* werden sie Gott sehen, sondern strahlend durch die Erleuchtung der Weisheit und die reine Gottheit fassend; vgl. auch Cels. 7,38 (SC 150, 100) mit Einbeziehung von 2Kor 3,18. Vgl. weiter Augustin, De Gen. et Litt. 12,28 (CSEL 28,3.3, 442: *non per aliquam corporaliter uel spiritualiter figuratam significationem*) und De Civ. D. 22,29 (CSEL 40.2, 656-664); daß es auch ein Angesicht des inneren Menschen gibt, sucht Augustin mit 2Kor 3,18 und Ps 33,6 zu belegen (vgl. auch die Belege für geistige Augen [662]). Auch Gott ist nach Ep. 120,11 von allen leiblichen und leibähnlichen Dingen zu unterscheiden (Flor. Patr. 33, 22f).

[480] Origenes, Hom. 3 in Lk 1,11 (Fontes 4.2, 82f) bzw. Hom. 5 in Ps 36 (PG 12, 1361); nach Princ. 1,4,1 (TzF 24, 186f) werden wir die *gloria domini* durch die Offenbarung der Geheimnisse schauen; vgl. auch In Cant. 2 (GCS 33, 120): *tunc videbit ›omnem sapientiam‹ eius.* Ambrosius fügt an V 12 an: »Dann wird offenbar werden, warum der Ungerechte und Erpresser fremden Gutes reich, warum ein anderer mächtig, warum ein dritter mit zahlreichen Kindern gesegnet, wieder ein anderer mit Ehren bedacht war« (De Off. 1,63 [BKV 32, 41f]). Anders akzentuiert Augustin, Ep. 120 (Flor. Patr. 33, 16): *ad summitatem contemplationis*; Didymus d. Blinde, In Sach 9,182 (SC 84, 706): ὀφθῇ ἡ ἀλήθεια. Joh. v. Apamea spricht vom grenzenlosen Kennen der unerschöpflichen Geheimnisse (Dial. 2,14f [SC 311, 59]), Petrus Damianus von *actionum omnium finis atque aeterna perfectio gaudiorum* (De Div. Omnipot. 3,598C [SC 191, 394]); vgl. auch Erasmus (KThQ III 115): »Vieles ist für die Zeit aufbewahrt, wenn wir nicht mehr durch Spiegel und in Rätseln sehen werden, sondern enthüllten Angesichtes die Herrlichkeit des Herrn betrachten werden«; Cajetan 78r: *sine medio.*

[481] Laurentius Monachus Casinensis, Opera (MGH.QG 7), 1973, 58. Allerdings kann das »Schauen von Angesicht zu Angesicht« auch auf die Todesstunde bezogen werden (Gertrud v. Helfta, Exerc. 3,185 [SC 127, 106]), ja in mystisch gefärbter Frömmigkeit kontemplativ auch auf die Gegenwart; vgl. Wilh. v. Thierry (Orat. Meditat. 10,9 [SC 324, 166]): *cum summi boni facies appares ei in cruce et opere salutis tuae, et ipsa crux efficitur ei ad Deum facies mentis bene affectae* (vgl. aber auch 7,5 [ebd. 128]); vgl. schon Clemens Alexandrinus, Strom. 7,57,1 (GCS 17, 41).

Mt 5,8[482] und 1Joh 3,2[483], aber auch mit Lk 20,36[484], Mt 11,27[485] und anderen Stellen[486]. Nicht anders steht es in der Dichtung. Im 13. Jh. dichtete z.B. im Mittelhochdeutschen Könemann: »Dar sal man denne scowen (schauen) / Mit klaren ougen daz antlat (Antlitz) / Der werden hogen trinitat / Unvordecket, unbehot (unverhüllt): / Daz ist daz overste got«[487]. Erasmus relativiert »die unzähligen Schwierigkeiten . . . die von den Theologen über das Schauen Gottes von Angesicht zu Angesicht, wie er ist, behandelt werden«, denn der, der »mit sicherem Vertrauen das ewige Leben erhofft«, kenne Gott[488].

Vereinzelt ist das »Schauen von Angesicht zu Angesicht« allerdings auch auf die Gegenwart bezogen worden. So wird z.B. dem Erzbischof Martin vom Kanzler Michael gewünscht, »die anvertraute Herde mit wachem Eifer zu hüten und *im Fortschreiten von Tugend zu Tugend* den Gott der Götter *von Angesicht zu Angesicht* zu schauen«[489]. Sonst aber wird das gegenwärtige Schauen allenfalls als Vorgeschmack verstanden. Hildegard v. Bingen schreibt an Bischof Günther von Speyer, daß er wegen seiner

482 Clemens Alexandrinus, Strom. 7,57,1 schließt aus der Kombination mit Mt 5,8, daß nur die, die »reinen Herzens« sind, Gott »von Angesicht zu Angesicht schauen« (GCS 17, 41). Vgl. weiter Basilius v. Cäsarea, Ep. 8,12 (BGrLit 32, 55); Isaak v. Stella, Serm. 4,11 (SC 130, 136.138); Leo d. Gr., Serm. 95,8 (BKV 55, 298f). Origenes schiebt zwischen Mt 5,8 und V 12 noch ein: *tunc cum jam aufugerit dolor, et tristitia, et gemitus* und alles, was wir nur im Spiegel sehen (In Rom 4,8 [PG 14, 991]); Bernhard v. Clairvaux, Schriften, Bd. 3, 179; Fulgentius v. Ruspe, Ep. 14,33 (CChr 91, 426); Anselm, Opera II 35; Bonaventura, Liber II 562.

483 Vgl. z.B. Origenes, In Rom 7,4 (Fontes 2.4, 49); Augustin, Joh-Ev 34 (BKV 11, 123); in zusätzlicher Kombination mit Joh 17,3 z.B. Joh-Ev 100 (BKV 19, 231); De Trin. 1,8,16f (BKV 2. R. 13, 24f); ähnlich andere wie Johannes Scotus, In Joh 1,25 (SC 180, 122); später auch Luther, WA 4, 406; Spener, Schriften II 1, 728; II 2, 336, zudem mit Mt 5,8 und Ps 17,15; Hi 19,26f.

484 Vgl. Augustin, Enchir. 16 (BKV 49, 450); vgl. De Doctr. Christ. 1,30,31 (BKV 49, 37).

485 Origenes, In Rom 7,4 (PG 14, 1109); Augustin, Joh-Ev 102 (BKV 19, 236).

486 Origenes, Hom. in Lib. Iesu Nav. 6,1 (GCS 30, 323) z.B. mit 1Kor 2,9, In Rom 7,4 (PG 14, 1109) auch mit der μέλλουσα δόξα von Röm 8,18 (ebs. Leo d. Gr., Tract. 95,8 [CChr 138A, 588]). Origenes verbindet V 12 auch mit 2Kor 5,6.8 (Cels. 7,50 [SC 150, 132]), zieht V 12 zur Interpretation von Joh 4,23 heran (In Joh 4,23 [GCS 10, 243]) und hebt V 12 von Röm 1,20 ab (Cels. 6,20 [SC 147, 230]).

487 Die Dichtungen Könemanns, hg. v. L. Wolff, Neumünster 1953, 120. Geiler von Kaisersberg benutzt die paulinische Spiegelmetapher in einem Wortspiel (*speculariter non a specula* [Anhöhe]: *sed speculo videamus*): »Wie ein Spiegel konfrontiert die Satire und ihre Sprachgestalt den Narren und Sünder mit sich selbst«: *Est in hoc speculo veritas moralis sub figuris, sub vulgari et vernacula lingua nostra theutonica sub verbis similitudinibusque aptis et pulchris* (G. Hess, Deutsch-lateinische Narrenzunft. Studien zum Verhältnis von Volkssprache und Latinität in der satirischen Literatur des 16. Jahrhunderts, München 1971, 101f).

488 Schriften, Bd. 4, 329; vgl. auch 359. Zu den diffizilen scholastischen Diskussionen der patristischen Zeugnisse vgl. V. Lossky, The Problem of the Vision Face to Face and Byzantine Patristic Tradition, GOTR 17 (1972) 231-254. Weniger Beachtung findet übrigens κατεγνώσθην; vgl. aber z.B. Severian 266, der ausdrücklich anmerkt, es heiße nicht γνώσομαι τότε μυστήρια, und es so interpretiert: Wer von Gott erkannt und ihm vertraut worden ist, der wird auch die αὐτοψία τῶν μυστηρίων erlangen.

489 Polens Anfänge, Gallus Anonymus: Chronik und Taten der Herzöge und Fürsten von Polen, hg. v. J. Bujnoch, 1978 (Slavische Geschichtsschreiber, Bd. 10), 43; vgl. auch 75, wo Boleslaw II. Smialy, der von 1058-1079 regierte, auf dem Sterbebett sagt: »Wehe, wehe, schon sehe ich *wie in einem Spiegel geheimnisvoll* die königliche Nachkommenschaft, wie sie in Verbannung lebt«.

Werke kaum lebt, »es sei denn, daß du wenigstens wie durch ein Bild zum andern Leben aufschaust. Wie lichtes Morgenrot leuchtet dieses Wollen in dir«[490]. Umgekehrt kann das klare, einsichtsvolle und durchdringende Schauen auch als Vollendung dessen angesehen werden, *quod fides certa sed nubilia id est obscura monstrat*[491]. Bei Albertus Magnus heißt es dagegen: *Ex parte fidei nihil est medium inter speciem et speculum*[492].

Die Reformatoren setzen keine wesentlich neuen Akzente. Allerdings beziehen sie die Spiegelmetapher vor allem auf die Schrift. So heißt es bei Luther: *Speculum id est scriptura: qua ducente cognoscimus, quid res significet et doceat. Sed non solum sic in practicis instruunt, verum etiam in speculativis*[493]. Ähnlich ist auch für Calvin (435) der Spiegel »die Predigt des Evangeliums, die Gott als Mittel gesetzt hat, um sich uns darin zu offenbaren«. Aber Luther kann im Spiegel auch den Glauben sehen: »Nu ist der glaube eyn unvolkomen und tunckel sehen. Zu wilchem not ist das wort«, dessen es in jenem leben nicht mehr bedarf[494]. Zwar wird vor unangemessener Relativierung dessen, was durch Spiegel und Rätsel zu sehen ist, gewarnt, denn »die Erkenntnis Gottes, die wir jetzt aus seinem Wort haben, ist gewiß und wahr und hat nichts Trügerisches«[495]. Andererseits aber gilt als eigentliche Gefahr mit Recht das Vergessen des spiegel- und rätselhaften Sehens. Bullinger schließt darum an das Zitat von V 12 an: »Darumb sol niemands die fuͤrgesteckten ziel vberschreiten / oder der verordneten zeit wollen fuͤrkomen / vnnd jhm aus vngoͤttlicher fuͤrwitz vnd frechheit fuͤrnemen / in diesem fleisch / dieweil er noch in dieser zeit lebt / das angesicht Gottes / das ist / das wesen Gottes an jhm selber / zu sehen. Ein jeder lasse sich begnuͤgen an den offenbarungen Gottes / die vns in seinem wort gnediglich nach seinem guten willen fuͤrschreibt / darinnen zu erlehrnen / wie viel vns zu wissen nutzlich vnd von noͤten ist«[496].

490 Briefwechsel 62. Auch Augustin z.B. bestreitet nicht, daß es schon hier und jetzt ein Schauen gibt, z.B. »des Geistes in seiner Abbildhaftigkeit ... so daß sie, was sie sehen, irgendwie auf jenen beziehen können, dessen Bild er ist ... wenn auch nur in schwachem Ahnen« (De Trin. 15,23,44 [BKV 2. R. 14, 318]). Auch wenn selbst der größten Liebe ein Eindringen in »jene ewige Klarheit« verwehrt ist, erhellt »deren Glanz alles Vergängliche hier auf Erden« (De Catech. Rud. 1,4 [BKV 49, 236f]).

491 Badivs, In Parth. Catharin. explan. I 1071f (CChr.CM 119A, 472). Origenes erklärt das Verhältnis im Sinne der Einübung: »Wenn der Mensch sich während seines Lebens im Fleisch beständig in der Schau dieser göttlichen Herrlichkeit einübt, wird er damit eher bereit werden, jene wahre Herrlichkeit aufzunehmen« (In Rom 4,8 [Fontes 2.2, 265]).

492 De Resurr. Q 8 Art. 1 (Opera Omnia XXVI 270).

493 WA 4, 598, das letzte mit Verweis auf Röm 1,20 und Weish 13,5; Calvin 435: »Dieser Spiegel ist die Predigt des Evangeliums, die Gott als Mittel gesetzt hat, um sich uns darin zu offenbaren«; Bullinger 227 versteht auch das *per aenigma* im Sinn von *ex scripturis.* Etwas anders auch Melanchthon 73: *Speculum est cognitio, aenigma est forma Dei obscura, qua cognoscitur ... ›in aenigmate‹ designat illius fidei verbum, illius cognitionis formam, qua cognoscitur Deus, sed obscurum verbum est.*

494 WA 17.2, 169; vgl. auch 170: »Der glaube ist wie eyn spiegel und tunckel wort (spricht er). Denn ym spiegel ist nicht das angesicht selbs, sondern eyn bilde davon, das yhm enhlich ist«.

495 Calvin 435; vgl. auch Maior 181v: *Homo de Deo cogitans fide apprehendit uerbum, tanquam speculum, in quo Deus & se & suam uoluntatem expressit.*

496 Haußbuch 244v. Im Kommentar 227

Vor allem der Pietismus greift dieses Verständnis auf: »Nehmt euch in acht bey der wahrheit, es liegen ihr etliche irrthůmer sehr nahe. Wenn euch die wahrheit nicht rund, ganz und satisfacirend genug ist, so rechnets unter die andere mangelhaftigkeiten und denkt: Wir sehen itzt die δι' ἐσόπτρου«[497]. Nach Spener geschieht das Erkennen »nur stůckweise / bald da ein stůcke / bald dorten eines / wir sehen bald diese bald jene Gőttliche warheit / nirgend aber derselben vőllige herrlichkeit: daher ists ein sehen / wie in einem spiegel / da man nur eine gestalt oder bild eines dinges sihet / nicht aber die sache selbs ja niemal die sache gantz / sondern nur ein stůck derselbigen / so viel die stellung deß spiegels damal fasset«[498]. Aber auch ein empiristischer Philosoph wie F. Bacon kann an das *per speculum in aenigmitate* anschließen: »wherein nevertheless there seemeth to be a liberty granted, as far forth as the polishing of this glass, or some moderate explication of this *aenigma*. But to press too far into it, cannot but cause a dissolution and overthrow of the spirit of man«[499]. Auch Herder nimmt die paulinische Metapher auf: »Warum soll ich ein reiner *Vernunftgeist* werden, da ich nur ein *Mensch* seyn mag, und wie in meinem Daseyn, so auch in meinem Wissen und Glauben als eine Welle im Meer der *Geschichte* schwebe? *Unendlich* ist doch immer der Umfang ewiger Wahrheiten ... Mein ewiger Vater hat mir diesen kindlichen Aufschluß, diese Unterweisung δι' εσοπτρου εν αινιγματι gegeben, an die ich mich durch Glaube, Liebe und Hoffnung festhalte und deine Harmonie ewiger Wahrheiten auch in diesem Lichte, mit göttlichem Ansehen bestärkt, meiner Fassung gemäß, im Kreise menschlicher Gestalten sichtbar gemacht, auch mit genieße und dankbar fühle«[500]. Lutherische Dogmatiker können freilich sogar behaupten: *Ratione modi visio haec non est specularis, quomodo nunc per speculum in aenigmitate videmus, sed intuitiva, immediata et perfecta ..., non tamen comprehensiva*[501]. In einem Gebet Kierke-

wird *ex parte* und *per speculum in aenigmitate* identifiziert. Zu V 12c.d heißt es bei Bucer, Schriften, Bd. 4, 522, daß dort »der will gottes so erkandt wurt, da nyemand nüts bitten kan, sonder allein dangk sagen«, und in Bd. 6,3, 94: Wir werden Gott dann »so volkomlich lieben, das wir uns von im nimmer werden abwenden mőgen. So ist nun Gott alles guts und ist es on eynige (= irgendeine) enderung«.

[497] Zinzendorf, Hauptschriften V (Theologie des Vaters) 283; vgl. auch II (Rede über Luc. 24,13-35) 108f.

[498] Schriften III 1.1,760; vgl. auch 165, wonach »auch den erleuchtesten in dieser zeit das meiste verborgen bleibet«; vgl. auch seinen Kommentar 451: *Quod enim in speculo video non est res sed imago. Ita res ipsas non videmus, nempe Deum ejus essentiam, bonitatem, veritatem, sed harum imagines in scripturis, in verbo Dei.*

[499] The Advancement of Learning and New Atlantis, hg. v. A. Johnston, Oxford 1974, 207. Vgl. auch Gellert, a.a.O. (Anm. 291), 194 (»Und diesen obgleich dunkeln Spiegel wolltest du, o Mensch, geringe schåtzen?«) und de Wette 126, nach dem die Ansicht des Paulus der der Philosophie vergleichbar sein soll, »dass wir nur die *Erscheinung* der Dinge, nicht das *Seyn an sich* erkennen«. Nach Harnack* 149 dagegen transponiert man damit die Meinung des Apostels »in das Moderne bzw. in das Hellenische«, »wenn man hier an die allgemeine Welterkenntnis und an eine Erkenntnistheorie denken wollte, welche *die Dinge* nur im Spiegelbild oder gar in der Schranke der spezifischen Sinneswahrnehmung zu erkennen eingesteht«. Bezieht man den Spiegel auf Raum und Zeit und damit auf die »notwendigen Formen aller unsrer Anschauung oder auch die Kategorien, nach denen sich unser gesamtes Denken vollzieht«, dann hätte man Paulus zum »Vorgänger Kants« gemacht (Godet II 145).

[500] 26. Brief, Werke, Bd. 10, 290f (kursiv im Original gesperrt).

[501] Ratschow, Dogmatik II 249; auch bei Hamann wird aus dem dunklen ein heller Spiegel: »Können wir uns ohne Sein Bild nicht zufrieden geben, das Wort Gottes und d[as] Zeugnis des heiligen Geistes wirft selbiges zurück und läst uns den Wiederschein wie in einem hellen Spiegel sehen« (Londoner Schriften 377); vgl. auch P. Claudel, für den der Spiegel »nichts anderes ist als die göttli-

gaards kommt dagegen die Doppelheit trefflich zum Ausdruck: »Groß bist Du, o Gott; obwohl wir Dich nur kennen wie in einem dunklen Wort und wie in einem Spiegel, wir beten dennoch verwundert Deine Größe an – wie weit mehr werden dermaleinst wir sie preisen, wenn wir sie völliger kennen lernen«[502].

Auch in der Gegenwart läßt sich diese Doppelheit erkennen, z.B. bei Barth: »Wir sehen jetzt in einem diesen Gegenstand an sich *fremden* Element und Medium, in Form von menschlichen Anschauungen und Begriffen, in irdischer und irdisch sichtbarer Geschichte ... unter Vertauschung von Rechts und Links ... unser Leben ist also im besten Fall ein indirektes, ein Sehen *in contrario* und insofern ein uneigentliches Sehen«[503]. Gollwitzer überträgt V 12 auch auf das Credo, dessen Sätze alle »Verheißungsworte« seien: »Was wir von ihnen verstehen und erfahren, ist anfänglich, unzulänglich, ›wie mittels eines Spiegels in rätselhafter Gestalt‹ (1. Kor. 13,12), ist Angeld künftigen besseren Verstehens und Erfahrens«[504]. Katholische Theologen können V 12 gegenüber einem »gefährlichen Dogmatismus« zitieren[505].
Nicht von ungefähr hat V 12 auch in der Diskussion eine Rolle gespielt, wie der Mensch überhaupt adäquat von Gott sprechen kann, in Begriffen, die »immer Relikte ihrer irdisch immanenten Herkunft« und ihrem Gegenstand »nicht gewachsen sind«; 1Kor 13,12 belegt dann, daß sie »nicht mehr als einen approximativen Wert, m.a.W. einen uneigentlichen Sinn, einen symbolischen Charakter« besitzen[506]. Nach Gogarten hebt das »nur« nicht die Gegenwart des Heils auf, sondern besagt, daß diese »eine durch die Versuchungen

che Ewigkeit, allein schon durch die Tatsache seiner undurchdringlichen Reinheit« (Vinçon, Spuren 327).

502 Werke, 20. Abt., 311. Bei J. Gotthelf heißt es dagegen im Anschluß an V 11a und 12a: »Da sieht man nicht einmal, wann Kaffee kaufen gut oder Korn verkaufen, nicht, ob man einen Stock zum Spazieren mitnehmen soll oder einen Regenschirm; da sieht man bloß eines, daß leicht man zum Toren wird, wenn man sich für einen Weisen hält, daß man oft Torheit findet, wo man Weisheit gesucht« (Vinçon, Spuren 324).

503 KD IV 2, 952; in KD III 3, 57 verwendet Barth das Bild vom Spiegel im Blick auf das geschöpfliche Geschehen: Zwar sei die Bundesgeschichte »im allgemeinen Kreaturgeschehen nicht wiederzufinden. Mehr als Spiegel und Gleichnis kann dieses schon darum nicht sein ... Aber es gibt hier *Ähnlichkeiten*« (kursiv im Original gesperrt); kritisch zur Verwendung der Spiegelmetapher im Sinne einer Gleichnisfähigkeit im platonischen Sinn Bayer, Theologie 367.

504 Werke, Bd. 3, 167. Vgl. auch Voigt, Gemeinsam 125. Anders W. Solowjew, Deutsche Gesamtausgabe der Werke, hg. v. W. Szylkarski u.a., Bd. 8, München 1979, 326, der V 12a für »das *quomodo* der Vereinigung« von göttlicher und menschlicher Natur in Christus heranzieht.

505 Häring, Frei II 32; »die eigene Kenntnis der Wahrheit als vollkommen und abgeschlossen abzusehen ist nichts weniger als Idolatrie« (ebd.). Für Schmaus dagegen ist V 12 nicht einmal ein Einwand gegen einen Unfehlbarkeitsanspruch kirchlicher Lehräußerungen, denn der beziehe sich auf die »Gewißheitsfrage«, die von der »Vollkommenheitsfrage sorgfältig zu unterscheiden« sei (Dogmatik III 1, 799f).

506 L. Boff, Die Kirche als Sakrament im Horizont der Welterfahrung, Paderborn 1972, 173. Vgl. ähnlich auch Brunner, Dogmatik III 454, der mit V 9f den »symbolischen Charakter all unserer Glaubensgedanken über Gott« belegt und zwar »als die notwendige Folge der Inkommensurabilität von Schöpfer und Geschöpf«, damit aber zugleich der Meinung widerspricht, »aus dieser Unangemessenheit die Entbehrlichkeit der spezifisch biblischen mythischen Denkform« und die »Forderung der unbegrenzten Entmythologisierung« zu erheben.

der zu Ende gehenden Welt ständig bedrohte ist«[507]. Auf der anderen Seite wird aber nicht nur erklärt, daß wir die in der Welt nur schwer entzifferbare »Spiegelschrift Gottes in Jesus Christus« lesen[508] und »*Gott selbst*« im dunklen Wort spricht[509], sondern es werden dem Spiegel auch sehr viel positivere Seiten abgewonnen als bei Paulus: Die *theologia viatorum* bekomme nicht nur einen »Vorgeschmack« der *theologia beatorum*, sondern unser Sehen werde wie bei einem in einem Prisma gebrochenen Lichtstrahl »unter Umständen sogar vielfältiger und farbiger«[510]. Am sinnvollsten scheint es, von Spiegel und Rätsel her »jedem allzu orthodoxen Dogmatismus ebenso kritisch zu widerstehen wie dem (gerade jetzt wieder auftauchenden Schlagwort vom) sog. undogmatischen Christentum«[511].

Auch in den Verheißungsaussagen bleibt die reformatorische Theologie in den schon bekannten Bahnen. Luther erklärt: *Tunc erit plenitudo scientie, non in enygmate sicut modo, sed in clara visione*[512]. Der Unterschied zwischen der Gegenwart und Zukunft soll in der Art der Erkenntnis bestehen: »Das wyr den selbigen Gott auff eyne andere weyse hie ynn diesem leben und auff eyn andere weyse ynn ihenem leben haben«[513]. Überflüssige Fragen und Disputationen, wie es bei der Vollendung zugehen wird, werden von Calvin aber mit dem Hinweis abgewehrt, daß wir uns mit Spiegel und dunklem Wort Genüge sein lassen, bis wir »von Angesicht zu Angesicht sehen«[514]. Wo die paulinische Verheißung näher kommentiert wird, begegnen ähnliche Aussagen wie schon in der Alten Kirche, z.B. bei Spener: »Es ist aber ein solches ansehen / dardurch Gott als das hͤochste gut / und in welchem alles ist / was uns vergnͤugen und erfreuen kan / alle seine gute / herrlichkeit und lieblichkeit denjenigen mittheilet / die ihn also ansehen / da gleichsam lauter stralen von dieser sonne / die wir ansehen außschiessen«[515]. Im übrigen ist heute eher eine große Zurückhaltung zu konstatieren. Mehr als dieses, daß wir ihn sehen werden wie er ist (1Joh 3,2), »direkt und unmittelbar, unparadox und undialektisch«, »›die Schickung im Zusammenhang‹«, ist meist kaum zu hören[516]. Nach

[507] Jesus Christus. Wende der Welt, Tübingen 21967, 90.

[508] So Bonhoeffer, Schriften, Bd. 5, 554.

[509] So Voigt, a.a.O. (Anm. 260) 152; vgl. auch oben Anm. 447.

[510] Steiger, GPM 40 (1985) 145; auch Jesus fange nach Joh 16,29 »im Abschied wenigstens schon mit der direkten Mitteilung an«.

[511] So Steck, GPM 10 (1955/56) 66.

[512] WA 3, 607; vgl. auch 105: ›*Ex parte cognoscimus &.*‹ *Sed in futuro erit deus omnia in omnibus.*

[513] WA 17.2, 169.

[514] Inst. 3,25,11; vgl. auch Lavater, Werke I 171: »Wer will die Höhen und Tiefen dieser Verheißung ergründen und erschöpfen! Unsere Erkenntnißweise wird der Erkenntnißweise Gottes und Christus‹ ähnlich seyn!«

[515] Schriften II 2, 336. Vgl auch aus neuerer Zeit I. Seidel: »›Ja, dann wissen wir, daß es die trüben oder zersprungenen Spiegel sind, die das ewige Licht brechen und dämpfen, und daß es nicht anders sein kann; denn es steht geschrieben: Wir schauen jetzt in einem Spiegel in einem dunklen Wort – dann aber . . .‹ Er schloß die Augen und seufzte, wie von sehnsüchtigem Verlangen überwältigt, tief auf: › . . . dann aber von Angesicht zu Angesicht« (Vinçon, Spuren 325).

[516] So z.B. Barth, KD IV 2, 952. Großen Wert auf das Schauen legt allerdings Marquardt, der eschatologisches Sehen als »ein Widerfahrnis mehr der Sinnlichkeit als des gereinigten Geistes« versteht (Eschatologie, Bd. 1, 125); vgl. auch ebd.: »*Eschatologie ist kategorial theologische Ästhetik*, nicht Lehre von der Erkenntnis, sondern von der Wahrnehmung des Wirklichen«.

Brunner bringt das »Schauen von Angesicht zu Angesicht« »einerseits die unmittelbare Verbundenheit, anderseits das Nicht-zur-Einheit-Verschmelzen« zum Ausdruck[517]. Schlink kommentiert V 12 im Zusammenhang mit Mt 5,8 so: »Dann wird Gott nicht mehr verborgen sein in den rätelhaften Abläufen der Weltgeschichte. Dann wird er nicht mehr verborgen sein unter der Niedrigkeit des irdischen Jesus und unter der Zweideutigkeit des irdischen Geisteswirkens – auch nicht mehr unter dem Unterschied von Gesetz und Evangelium und unter den irdischen Elementen der Sakramente«[518]. Zum Schluß eines der geistlichen Gedichte von R.A. Schröder: »Wir sehen jetzt durch einen Spiegel / In einem dunklen Wort. / Doch kommt der Tag und sprengt den Riegel / Und schiebt die Decke fort. / Denk keiner, daß er sich versäume: / Er holt uns jählings ein. / Wird jedem sein, als ob er träume, / Voll Lachens wird er sein. / Auch sorget nicht, dieweil wir darben: / Der Weizen wird gemäht. / Dann bringen wir getrost die Garben, / Die unser Schmerz gesät«[519].

7. V 13 ist einer der am meisten zitierten Verse des Neuen Testaments. Schon im Neuen Testament selbst und dann bei den Apostolischen Vätern wird vor allem die Trias aufgegriffen[520]. Von allem Anfang an gilt dabei die Liebe nicht nur als μείζων τούτων, sondern als μείζω πάντων[521]. Der Grund für diese Vorordnung wird wie in der Exegese verschieden bestimmt: Für Theodor v. Mopsuestia (192) ist die Agape bei Paulus darum größer, weil die Korinther in Uneinigkeit miteinander leben, für Severian 267 (später ebenso Bullinger 227) darum, weil sie die Erfüllung des Gesetzes ist (Röm 13,10), für Ökumenius 441, weil sich die Liebe auch in die kommende Zeit erstreckt[522], für Herveus 958, weil sie *majus meritum habet quam fides et spes*, für Faber Stapulensis 126v, weil zwar auch Glaube und Hoffnung auf Gott sehen, am meisten aber die Liebe, in der Gott um seiner selbst willen geliebt wird. Tho-

13

517 Dogmatik III 492; zum »Erkanntsein« heißt es 493: »Das Erkenntnisproblem und das Gemeinschaftsproblem finden hier ihre letzte Auflösung«. Angemessener ist die Umschreibung des »Erkanntseins« bei Eichholz, a.a.O. (Anm. 256) 190: »Erkannt bin ich in der Zuwendung Gottes zu mir, in der seine ewige Barmherzigkeit zu mir kommt, mich annimmt, mich mitnimmt«. Vgl. auch Bonhoeffer, für den sich Erkenntnis und Liebe wie Stückwerk und Vollkommenes verhalten: »*Das Vollkommene erkennen ist die vollkommene Liebe*« (Schriften, Bd. 5, 552).

518 Dogmatik 716; vgl. auch Althaus, a.a.O. (Anm. 293) 141: »Was kein Auge gesehen, was kein Begriff, kein System gefaßt, was in keines Menschen Herz gekommen, das werden wir dort erkennen«; vgl. auch ders., a.a.O. (Anm. 263) 53f.

519 Vinçon, Spuren 335; vgl. auch 336f das Gedicht von A. Juhre: »Wenn das Vollkommene kommt«.

520 Vgl. vor allem Kol 1,4f; Polyk 3,2f; Barn 1,4 und dazu und anderen Stellen Söding* (Trias) 177-193; Weiß* 214.

521 So Basilius v. Cäsarea, De Fide 5 (PG 31, 688); vgl. Origenes, In Rom 5,10 (PG 14, 1053): *Charitas quae sola omnium major est.* Ambrosiaster 149 zitiert 1Joh 3,16 und schließt von dort her: *Iuste igitur maior caritas, per quam reformatum est genus humanum* (ebs. Ambrosius 267).

522 Ähnlich schon Augustin: Auch dann, wenn Glaube und Hoffnung aufhören, wird die Liebe gesteigerter und gewisser bleiben (De Doctr. Christ. 1,39,43 [BKV 49, 48]; vgl. Cooper, a.a.O. [Anm. 474] 43 Anm. 82); vgl. auch Zeno v. Verona: »Hoffnung und Liebe sind auf eine gewisse Zeit beschränkt; die Liebe hat kein Ende, sie wächst jeden Augenblick . . .« (Traktat 1,2,6 [BKV 2. R. 10, 71]).

mas konstatiert eine doppelte Ordnung, nämlich die der Entstehung und die der Vollkommenheit und ordnet dem Glaube, Liebe und Hoffnung in verschiedener Weise zu[523].
Einerseits wird zwischen den Gliedern der Trias zeitlich differenziert: Schon nach Clemens Alexandrinus vergeht der Glaube, wenn wir Gott schauen und so durch eigenes Schauen (αὐτοψία) überzeugt werden, und ebenso die Hoffnung, wenn wir das, was wir erhofften, erfüllt ist, während die Liebe in den Ort der Fülle mitgeht und nur noch mehr wächst[524]. Pelagius (205) erklärt: *In praesenti tria haec: in futuro sola caritas ... permanebit*[525]. Auch Augustin rechnet den Glauben von 2Kor 5,6f her zu dem, was nicht immer bleiben wird[526]. Hrabanus Maurus (128) hebt das Bleiben der Liebe dadurch vom Bleiben des Glaubens und der Hoffnung ab, daß er der Liebe ein *auctior et certior permanere* zuschreibt. Andererseits aber tritt schon Tertullian für das Bleiben auch von Glaube und Hoffnung ein[527]. Vor allem wird Wert darauf gelegt, wie immer es um das eschatologische Bleiben steht, daß die Liebe untrennbar von Glaube und Hoffnung ist: Τὰ τρία ταῦτα συμπέπλεκται (zusammengeflochten), ὥσπερ ὑφ' ἑνὶ δεσμῷ κατεσφιγμένα (zusammengeschnürt)[528]. Diese Meinung bleibt die vorherrschende. So ist auch Augustin der Meinung, daß Glaube und Hoffnung in der Liebe eingeschlossen sind, es also von ihr nur heißt, »sie sei das ›Größte‹, nicht das Einzige«[529]. Origenes erklärt: *Fidem namque et spem consequitur charitas Dei, quae omnium major est*[530].

Manche Auslegungen fallen aber aus der Reihe. Ambrosius erschließt aus Joh 21,17 und V 13 (*maior omnibus caritas*), daß Petrus *vicarius amoris Christi* ist[531]. Hierony-

523 Summa, Bd. 11, 251: *Ordine generationis fides praecedat spem et caritatem ...*; vgl. auch 326f die Urteile über die verschiedene Größe: »Der Glaube geht nämlich auf das, was man nicht sieht, die Hoffnung auf das, was man nicht besitzt. Die Liebe der Gottesliebe aber geht auf das, was man schon besitzt; das Geliebte ist nämlich gewissermaßen im Liebenden ...« (327). Nach Biel (Coll. III 476) ist die Liebe *ordine perfectionis prior fide et spe.*

524 Quis Div. Salv. 38,3 (GCS 217, 184f).

525 Ebs. Primasius 540; Hieronymus 759.; vgl. auch Abaelard (Theol. Schol. 19 [CChr.CM 12, 409]): *Iam uisio erit, non fides, et iam res erit, non spes. Amabimus uidendo et tenendo*; Cornelius a Lapide 321 (*in patria sola caritas*). Ganz anders aber Erasmus 727, nach dem im himmlischen Leben weder Glaube und Hoffnung noch die Liebe bleiben werden.

526 De Trin. 14,2,4 (BKV 2. R. 14, 210).

527 Pat. 12,10 (CChr 1, 313); vgl. auch Photius 574; Irenaeus, Haer. 2,28,3 (SC 294, 274): Auch wenn alles andere zugrundegegangen ist, werden diese drei bleiben.

528 Euseb, In Ps 16,7 (PG 23, 161); auch für Hieronymus ist die Liebe »in Verbindung mit dem Glauben und mit der Hoffnung ... unzerreißbar, ähnlich einem dreifach geflochtenen Tau« (Ep. 82 [BKV 2. R. 18, 418]). Vgl. auch Hieronymus 759 (*Qui diligit, et credit et sperat*) und Haymo 584 (*Hae tres virtutes modo junctae sunt adinvicem, et ita in hujus vitae tempore copulantur, ut una sine altera stare non possit*).

529 Joh-Ev 83 (BKV 19, 131); vgl. auch Solil. 1,1 (CSEL 89, 6): *cui (sc. deo) nos fides excitat, spes erigit, caritas iungit* und dazu Cooper, a.a.O. (Anm. 474) 30, aber auch oben Anm. 499. Vgl. weiter Hugo 536: *Charitati non possunt fides et spes deesse: fides vero et spes sine charitate esse possunt. Dicunt tamen quidam ... quod fides sine charitate esse non potest: quorum error hic destruitur*; vgl. weiter den nächsten Punkt.

530 Origenes, In Rom 4,9 (PG 14, 993).

531 Lk-Ev 175 (Mirbt/Aland, Quellen 144f). Vgl. auch die Auslegung von Ambrosius, De Virg. 3,5,22f (Flor. Patr. 31, 73): *Unus enim Christus est nobis spes fides caritas: spes in resurrectione, fides in lavacro* (Bad), *caritas in*

mus interpretiert das Nichtaufhören der Liebe so: »Sie lebt immer im Herzen weiter. Ihr danken wir es, daß (sc. der Verstorbene) Nepotian, mag er auch fern sein, bei uns weilt und uns, obwohl weite Weltenräume uns trennen, mit beiden Händen faßt«[532]. Nach Bonaventura leuchtet in V 13 das dreifache Verstehen der Schrift auf: Was wir zu glauben und zu erhoffen haben und was wir zu tun haben, denn Liebe bestehe *in operatione, non solum in affectione*[533].

Die Auslegung der Reformatoren ist nicht sehr viel anders[534]. So kann auch Luther sagen: *Maior horum charitas, id est, charitas manebit etiam in futuro saeculo; fides et spes cessabunt*[535]. Andererseits aber macht sich schon hier das im nächsten Punkt zu behandelnde besonders sensible Verhältnis von Glaube und Liebe bemerkbar. So ist für Luther, auch wenn die Liebe »lenger und ewiglich bleybt«, nach der Würde »nicht alleyne der glaube, sondern auch das wort grősser denn die liebe«[536]. Für Calvin ist die Liebe nicht darum größer als der Glaube, weil sie verdienstlicher ist, sondern darum, weil sie mehr Frucht bringt, mehr den Menschen dient und allezeit in Kraft bleibt[537]. Zwingli (175) dagegen insistiert stärker auf der Zusammengehörigkeit von Glaube, Liebe und Hoffnung. Für ihn ist es ein und dieselbe Sache: *tria haec complectitur una pietas, fides pro caritate, et spes pro fide accipiantur, et haec tria aliud nihil sunt, quam ardens in domino cor.*

Nach Kierkegaard ist Glaube »in einer absolut vollkommenen Welt« undenkbar: »Was für ein Glück also, daß diese Wunschhypothese, dieser schönste Traum der kritischen Theologie eine Unmöglichkeit ist, weil selbst seine vollkommenste Verwirklichung doch nur eine Approximation werden würde«[538]. Kierkegaard spricht einerseits von Gottes bleibender Liebe, die auch dann bleibt, wenn einem das Liebste genommen wird, andererseits von menschlicher Liebe, die auf dem Wege bleibt und »wunderbare Kraft« hat: »Das allmächtigste Wort, welches je gesagt ward, ja, das ist

sacramento. Nach v. Harnack* 153 wird die Trias bei Ambrosius mit den vier antiken Tugenden verknüpft.

532 Hieronymus Ep. ad Heliod. 60,19 (BKV 2. R. 18, 55); zur Fürbitte der Heiligen als Folgerung aus dem Bleiben der Liebe vgl. z.B. Eck, Enchir. 15 (CCath 34, 175f).

533 Collationes 116.

534 Allerdings wird die Fürbitte der Heiligen (vgl. die vorletzte Anm.) verworfen; vgl. z.B. Calvin 434 und weiter H. Schützeichel, Der Weg der Liebe. Calvins Auslegung von 1Kor 13, TThZ 102 (1993) 110-124, hier 116-120.

535 WA.TR. 1, 373; vgl. auch WA.TR. 2, 371 und 3,5.

536 WA 17.2, 170f; vgl. auch: »Der glaube hat alleyne mit Gott ym hertzen ynn diesem leben zu thun. Die liebe aber hat mit Gott und aller wellt ewiglich zu thun«; vgl. auch Melanchthon 74: *Intelligendum est de fructibus, quia caritas maior, id est: amplior est, plus fructuum et operum habet, latius spargitur, latius effundit se in alios quam fides.* Gothertz bei Bucer (Schriften, Bd. 5, 288): Das »Mehr« der Liebe heiße: »strecket sich weyter und bleibet allweg ... Sunst ist der glaub gleich so groß als die lieb, die liebe so gros als der glaub«.

537 Inst. 3,18,8; vgl. auch ders. im Kommentar 436, wo zwar eingeräumt wird, daß die Liebe »sich über die anderen« ergießt, um dann aber doch »die vielfache Überlegenheit des Glaubens über die Liebe darzustellen«, so daß die Liebe »nur insofern den Vorrang« haben soll, »als sie in Ewigkeit währt und jetzt in der Erhaltung der Gemeinde Christi die erste Rolle spielt«.

538 Abschließende unwissenschaftliche Nachschrift, Werke, 16. Abt., Erster Teil, 25.

Gottes Schöpferwort: ›Es werde‹. Aber das mächtigste Wort, welches je ein Mensch gesagt hat, ist das Wort des Liebenden: ›Ich bleibe‹«[539].
Bevor kurz auf die gegenwärtige Diskussion eingegangen wird, ist zu erwähnen, daß die Trias auch in der geistlichen[540] und weltlichen Dichtung Resonanz gefunden hat, von der mittelalterlichen[541] bis in die klassische[542] und moderne Zeit[543] hinein. Als Beispiel sei Angelus Silesius zitiert: »Die Hoffnung hoͤret auf: der Glaube kombt zum schauen / Die Sprachen redt man nicht / und alles was wir bauen / Vergehet mit der Zeit; die Liebe bleibt allein: So last unß doch schon jetz auf sie befliessen seyn«[544].

Während Schweitzer in V 13 für alle Zeiten »die Suprematie des Ethischen in der Religion« festgelegt sieht, die Paulus »in einem Wirken voller Dienen« bewiesen habe[545], wird heute meist theologisch so geantwortet wie bei Barth: Nach ihm überragt »die Liebe den Glauben und die Hoffnung *innerhalb* des triadischen Begriffs . . ., sofern eben in ihr ihr *Tatcharakter* (der Tatcharakter auch des Glaubens und der Hoffnung!) *sichtbar* wird, in die Augen springt«[546]. Dabei wird auch bei ihm vom Bleiben von Glaube und Hoffnung ausgegangen[547]. Eichholz versteht das Bleiben von Glaube und Hoffnung so: »Sie blei-

[539] Der Liebe Tun, Werke, 19. Abt., 331f.339; vgl. auch 16. Abt., Zweiter Teil, 125: Daß in einer Predigt von Glaube, Hoffnung und Liebe die Rede ist, macht sie noch nicht zu einem frommen Vortrag: »Das Entscheidende liegt darin, wie sich der Redner und die Zuhörer zu der Rede verhalten«, d.h. »der Redner darf sich nicht bloß durch die Phantasie zu seinem Gegenstand verhalten«, sondern muß »das Wie seiner eigenen Erfahrung haben«, und »die Zuhörer müssen durch die Rede darüber unterrichtet und ihnen muß vorwärts geholfen werden, um das zu werden, wovon da geredet wird«.

[540] Vgl. Hildeberti Cenomannensis Episcopi Carmina Minora, hg. v. B. Scott, 1969 (BSGRT) 51: *Da spem, fidem, caritatem, da discretam pietatem . . .*

[541] Vgl. Vagantendichtung, hg. v. K. Langosch (Sammlung Dieterich 316) 169; Carmina Burana 21,1,5f (*Te verbum incarnatum clamant fides, spes, caritas*) und Dante: »Meiner Seele reinste Triebe / Sollen stets der Menschheit dienen; / Glaube, Hoffnung und die Liebe, / Die die größte unter ihnen« (zitiert bei Viŋon, Spuren 312).

[542] Vgl. A. Pichler, in: Deutsche Lyrik seit Goethe's Tod, hg. v. M. Bern, Leipzig, 15. Aufl. o.J., 403. In Goethes »Dichtung und Wahrheit« begegnet die Trias auch in anderer Reihenfolge: Von einem Offizier heißt es dort, er befinde sich »bei dem wenigen Glaube, Liebe und Hoffnung, was ihm übrig geblieben, noch ganz leidlich« (Werke, Bd. 9, 307); vgl. auch die Zitate von A. v. Chamisso (Viŋon, Spuren 316), N. Lenau (ebd. 319), L. Kopelew (ebd. 331) und R.A. Schröder (ebd. 333).

[543] Vgl. z.B. Ö. v. Horváths »Glaube Liebe Hoffnung«. Ein kleiner Totentanz, a.a.O. (Anm. 271), Bd. 6 (stw 1056), 9, aber auch Bd. 8 (stw 1058), 65: »Lindert das grausame Los der Emigranten . . ., denn die Emigration zerstört alles: Glaube, Liebe, Hoffnung«. Dabei wird die Trias auch mannigfach abgewandelt, z.B. bei A. S. Puschkin, Ges. Werke in 6 Bänden, hg. v. H. Raab, ohne Ort und Jahr, Aufbau-Verlag, Bd. 1, 331: »Leichtfertig habe ich zuzeiten / Geschwätzt, geschrieben manch Gedicht. / Gespielt mit Lieb‹ und Zärtlichkeiten / Mit Glauben, Hoffen und Verzicht«.

[544] Angelus Silesius, Wandersmann 3,160, S. 136.

[545] Werke, Bd. 1, 224; vgl. auch 248 und 5, 169.

[546] KD IV 2, 830 (kursiv im Original gesperrt). Nach Traub ist die Liebe im Zusammenhang mit Glaube und Hoffnung auszulegen, doch sei »Vorsicht geboten vor zu genauer theologisch-systematischer Erklärung« (GPM 28 [1973] 135).

[547] Ebd. 953: »Auch der Glaube bleibt, obwohl und indem er in dem kommenden gro-

ben, *indem sie ans Ziel gelangen*«[548]. Nach Ebeling ist der Primat der Liebe »teleologischer Art«: »Darin spiegelt sich, daß in dem Primat des Glaubens als der Bejahung der Liebe Gottes bereits auch in dieser Hinsicht der Primat der Liebe gesetzt ist«[549]. Jüngel interpretiert das Bleiben von Glaube, Liebe und Hoffnung so: »Sie bringen – in ihrer Zusammengehörigkeit – auf menschliche Weise zum Ausdruck, daß Gottes Sein im Kommen ist. So gehören sie als menschliche Akte und Seinsweisen zu Gott als dem Geheimnis der Welt. Weil aber im Ereignis der Liebe Gott und Mensch dasselbe Geheimnis bereits teilen, deshalb ist die Liebe die größte unter ihnen«[550]. Für Pannenberg ist die Liebe darum die größte, weil der Glaubende durch die Liebe »an Gottes eigenem Wesen und Wirken, an der Bewegung seiner Liebe zur Welt« teilnimmt, die Liebe also die Gemeinschaft mit Gott nicht nur vermittelt, sondern in sich selbst ist[551]. Auch in der katholischen Theologie wird bei herausgehobenem Primat der Liebe[552] V 13 unterschiedlich interpretiert: Nach Rahner gibt es »kein schlechthinniges Abgeschafftwerden von ›πίστις‹ und ›ἐλπίς‹«, während nach Schmaus Glaube und Hoffnung »die Zeichen dieses gebrechlichen Äons« tragen und »mit ihm vergehen« sollen[553]. Abschließend sei darauf verwiesen, daß die Trias auch in Konvergenzerklärungen und Katechismen große Wertschätzung genießt[554].

Glaube und Liebe

8. Es bleibt noch, das seit eh und je kontroverstheologisch umstrittene Verhältnis von Glaube und Liebe zu erörtern, das sich vor allem bei der Auslegung von V 2, aber auch von V 13 meldet. Schon diese Isolierung von der Hoffnung ist ein Problem, reflektiert aber nur die beiderseits im Vordergrund

ßen Wandel ins Schauen aufgehoben sein wird. Es bleibt auch die Hoffnung: wie sollte sie nicht bleiben, da ja gerade sie im Besonderen die Ausrichtung der christlichen Lebenstat auf das kommende Vollkommene ist, da dessen Kommen gerade ihre Erfüllung sein wird. Es bleibt aber der Glaube und es bleibt die Hoffnung, weil und indem die Liebe bleibt. In der Liebe sind Glaube und Hoffnung *tätig* und in der Liebe geschieht das *Christliche* der christlichen Lebenstat. Darum ist die Liebe ›die größte von ihnen‹. Sie ist das in der *Gegenwart* leuchtende *künftige*, *ewige* Licht« (kursiv im Original gesperrt).

548 A.a.O. (Anm. 256) 191 (kursiv im Original gesperrt); vgl. auch Gollwitzer, a.a.O. (Anm. 294) 47: »Das Gemeinsame von Glauben, Hoffen und Lieben ist, daß wir da wegschauen von uns hin auf den Anderen, der uns liebt, der uns bittet, der uns verspricht«. Voigt, Gemeinsam 124 erwägt den Sinn von *fides quae creditur* und *spes quae speratur*. Nach Marquardt reichen alle drei »bis ins Letzte hinein, sind zukunftsbeständig, ewigkeitsträchtig« (Eschatologie, Bd. 1, 68; vgl. auch 31).

549 Dogmatik II 538; vgl. auch ebd.: Die Beschreibung der Liebe werde zu einer »Beschreibung Jesu«.

550 Gott 542f.

551 Theologie III 208; vgl. auch Bonhoeffer, Schriften, Bd. 5, 550: »Weil also Liebe Gott selbst und sein Wille ist, darum hört sie nimmer auf, darum wird sie nie irre«.

552 Vgl. Warnach* 473 Anm. 1, der es z.B. das große Verdienst A. Adams (Der Primat der Liebe, Kevelaer 51940) nennt, »der Liebe wieder den ersten Rang auch in der moralischen Ordnung gegenüber der in der Moderne vielfach bevorzugten Keuschheit vindiziert zu haben«.

553 Schriften VIII 565 (vgl. auch 566f) bzw. Dogmatik III 2, 255; noch andere Stimmen bei Söding* (Trias) 13-17; wichtig vor allem H.U. v. Balthasar, Glaube, Hoffnung, Liebe aus Gott, in: ders., Homo creatus est. Skizzen zur Theologie V, Einsiedeln 1986, 277-287.

554 Vgl. die Belege bei Söding* (Trias) 13.

stehende Auslegungstradition. Dabei ist nicht so sehr die Zusammengehörigkeit strittig als ihre genauere Verhältnisbestimmung. In der Alten Kirche werden beide problemlos als untrennbar voneinander angesehen, z.B. von Theodor v. Mopsuestia (191): Οὔτε ἡ πίστις ἄνευ ἀγάπης οὔτε ἡ ἀγάπη ἄνευ πίστεως τελειοῖ. Nach Fulgentius v. Ruspe kann niemand Gott lieben, der ihm nicht glaubt, und niemand ihm glauben, der ihn nicht liebt[555]. Vor allem Gal 5,6 wird oft im Zusammenhang mit V 2 zitiert, z.B. von Augustin: »Auch Paulus selbst hat nicht jeden beliebigen Glauben von Gott für heilsam und echt evangelisch erklärt, sondern nur einen solchen, dessen Werke aus der Liebe hervorgehen«, weshalb er Gal 5,6 und sogar 1Kor 13,2 schreibe[556]. Pelagius führt V 2 jedoch schon zusammen mit Jak 2,26 dagegen an, daß der Glaube allein rechtfertige. In Röm 3,28 dagegen spreche Paulus »von demjenigen, der, zu Christus kommend, am Anfang seines Glaubensweges allein durch Glauben gerettet wird« (*qui ad Christum veniens sola, cum primum credit, fide salvatur*)[557]. Allerdings begegnet auch die Umkehrung, z.B. bei Augustin: »Wankt aber einmal der Glaube, dann wird auch die Liebe kalt. Denn wer vom Glauben abfällt, der muß auch von der Liebe abfallen; er kann ja nicht etwas lieben, an dessen Dasein er nicht glaubt«[558]. Entscheidend bleibt freilich wie bei Paulus die Warnung vor fehlender Liebe[559], auch später[560]. Für Tho-

[555] Ep. 17,51 (CChr 91A, 603), der an das Zitat von V 2 anschließt: *Si ergo opera cum fide sine caritate prodesse non possunt quomodo proderunt opera quae in fide non fiunt*? Auch bei Leo d. Gr. heißt es: »Wer nicht im Besitze *beider* Tugenden ist, der nennt keine von ihnen sein eigen ... Wo sie nicht zusammen auftreten, da fehlen sie beide«, weil man ohne Glauben nicht lieben und ohne Liebe nicht glauben kann, woran sich die Mahnung anschließt: »Laßt uns darum voll Eifer – gemeinschaftlich und gleichzeitig – die werktätige Liebe und den Glauben pflegen« (Sermo 45,2 [BKV 55, 38f]), wo auch Gal 5,6 zitiert und erklärt wird, der Autor von 1Kor 13 sei auch der von Hebr 11,6 (ebd. 39).

[556] De Fide et Op. 21 (BKV 49, 346f). Vgl. auch De Trin. 18,32: Nur die Liebe macht den Glauben *utilis. Sine caritate quippe fides potest quidem esse sed non et prodesse* (CChr 50A, 507). Vgl. schon Clemens Alexandrinus, Strom. 4,112,3: Auch bergeversetzender Glaube nützt nichts, wenn ich »dem Herrn nicht aus Liebe treu ergeben bin« (BKV 2. R. 19, 77).

[557] KThQ I 214. Auch Augustin will Jakobus nicht wegen V 2 Paulus entgegenstellen und fragt: »Wie wird also dann der Mensch durch den Glauben ohne Werke gerechtfertigt? Der Apostel antwortet dir: ›Darum, Mensch, habe ich das gesagt, daß du dich der Werke nicht überhebest‹« (In Ps 31 [TKV 2, 288]). Auch Herveus 953 verweist auf Jak 2, um zu beweisen: *Fides sine charitate nihil valet ad salutem.*

[558] De Doctr. Christ. 1,37,41 (BKV 49, 45). Vgl. auch Chrysologus, Sermo 119 (BKV 43, 275): »Denn der hat nicht die Liebe Christi, der nicht gläubigen Herzens an Christus glaubt«, so daß Irrlehrer auch bei Fasten und Almosen die Krone nicht erlangen können, weil sie nicht auf der Bahn des Glaubens laufen.

[559] Vgl. etwa Zeno v. Verona, Traktat 1,2,4: »Der Glaube nützt nur sich selbst; die Liebe nützt allen. Weiter: der Glaube kämpft nicht umsonst; die Liebe ist gewohnt, auch ohne auf Dank zu rechnen, ihre Gaben auszuteilen. Weiter: Der Glaube geht nicht auf einen andern über; die Liebe geht nicht nur auf einen andern über – das ist zu wenig gesagt –, sie geht auf das ganze Volk über« (BKV 2. R. 10, 71). Basilius v. Cäsarea fragt, wie jemand *sine caritate* solchen Glauben haben kann, daß er Berge versetzt, alle Habe den Armen gibt usw. (Reg. 187 [CSEL 86, 207]).

[560] Vgl. etwa Bonaventura, nach dem *fides, spes, caritas et operatio aequalia secundum rationem merendi* und *secundum divinam acceptionem* sind (Liber III 546), aber 567 die Glossa zitiert: *Fides generat spem, spes generat caritatem* und *secundum naturalem ordinem imperfectum antecedit perfectum, non e converso*; vgl. auch 583f.

mas ist der *status fidei* nur *meritorius*, wenn der Glaube durch die Liebe tätig wird (Gal 5,6)[561]. In der katholischen Theologie wird diese Tradition auch während und nach der Reformation weitergeführt. Nach Cajetan (76r) untersagt Paulus *diuisiones operationum quae sunt diligere sperare & credere*. Dezidiert heißt es dann bei Eck: *Non sufficit credere*[562], und ähnlich auch in der Confutatio: Paulus erkläre in V 2, »daß der Glaube einzig und allein nicht gerecht macht«[563]. Ebenso beharren Cornelius a Lapide (317) und Estius (657) auf der Meinung von Hugo (536) u.a., *quod fides sine charitate esse non potest* und nicht rechtfertigt. Das Konzil von Trient anathematisiert zwar denjenigen, der erklärt, *eum, qui fidem sine caritate habet, non esse Christianum*[564], hält aber von Gal 5,6 her fest: »Wenn zum Glauben nicht Hoffnung und Liebe hinzutreten, eint er weder vollkommen mit Christus, noch macht er zu einem lebendigen Glied seines Leibes«[565].

Luthers Stellungnahme zum Verhältnis von Glaube und Liebe lautet meist so, daß das *sola fide* durch V 2 und 13 nicht tangiert wird. In einer Predigt von 1525 heißt es: »Macht er aber gerecht und reyn, so mus er on liebe nicht seyn, sondern der geyst mus die liebe sampt dem glauben eyngiessen. Kurtz, wo rechter glaube ist, da ist der heylige geyst. Wo der heylige geyst ist, da mus liebe und alles seyn«[566]. Während der Papst sage, *non sola fides iustificat, sed etiam Charitas*[567], erklärt Luther: »Es mus on unser zuthun *et opera* geschehen, *ut iustificemur, ut postea possimus bene operari, Deum diligere et proximum*«[568]. Damit wird die Liebe nicht relativiert, denn in V 2 ist nach Luther

561 Summa, Bd. 14, 222; vgl. auch Bd. 15, 143. Erasmus 724f nennt Beispiele, um zu belegen, daß das *sola in sola fide* (zumal es nicht direkt vorkomme) nicht exklusiv zu fassen ist; so solle der Satz *solus Deus bonus est* nicht alle Engel und Menschen vom Gutsein ausschließen, und der Satz des Thomas *ad firmandum cor sincerum sola fides sufficit* nicht die Liebe und alle anderen Tugenden. Der Schluß: *Itaque qui dicit, homines sola fide justificari, non protinus excludit charitatem, neque charitatis opera, sed philosophiam humanam, aut ceremonias operaque legalia.*

562 Ench. 5 (CCath 34, 95); vgl. auch 96f. Schatzgeyer hält es für unwahr, daß die Liebe »ain frucht des glaubens« sei, »dweyl sy an ir selbs ist ain gab Gottes und ain tugent, die den glauben übertrifft« (CCath 37, 482); vgl. auch 198: Obwohl die drei von V 13 »in ordnung zum hail und dem ewigen leben unzertaylich seind, so haben sy doch auß inen selbs kain naturliche oder notwendige zůsamen gehörung unnd anhangung«.

563 KThQ III 174. Auch Cochlaeus z.B. fragt: *Ubi autem dicit* (sc. Paulus): *Reddet Deus unicuique secundum solam fidem eius? An non scribit ad Corinthios: ›Et si habuero omnem fidem, ita ut montes transferam, charitatem autem non habuero, nihil sum?‹* (Mirbt/Aland, Quellen 520).

564 Denzinger/Hünermann, Enchiridion, Nr. 1578, S. 520; vgl. auch die Bulle Unigenitus des Clemens XI von 1713 (zitiert in BKV 55, 38 Anm. 10).

565 Denzinger/Hünermann, Enchiridion, Nr. 1531, S. 5007.

566 WA 17.2, 164. Luther gibt dann drei Erläuterungen: 1. handele es sich in V 2 um einen allgemeinen Gottesglauben, 2. um einen Glauben, der Wunder tut (so z.B. auch Bucer, Schriften, Bd. 1, 66; Bullinger 224; Calvin 432; auch nach Beza 149 ist hier nicht der Rechtfertigungsglaube gemeint), und 3. bringe Paulus hier »eyn unmüglich exempel« (164f); vgl. auch WA 39.1, 76f (*propositio hypothetica*) und 34.1, 163. Vgl. zu den verschiedenen Auslegungen Luthers P. Althaus, »... und hätte allen Glauben«. 1 Kor 13,2 in der Auslegung Luthers, in: ders., Theologie Luthers 357-371.

567 WA 49, 351; vgl. auch Calvin 436.

568 WA 49, 26. Vgl. auch WA 17.2, 98: »Also bleybt der glaub der thetter und die liebe bleybt die that«.

gesagt, »nit das der glawbe nit gnugsam sey, frum tzu machen, szondern das eyn Christlich leben die tzwey glawb unnd liebe musz an eynander knupffen, und nymmer scheyden«[569]. Melanchthon polemisiert dagegen, nur diese eine Stelle aus dem 1. Korintherbrief allen anderen Paulusstellen entgegenzustellen und erklärt selbst, allein der Glaube rechtfertige; die Liebe sei gefordert, rechtfertige aber nicht[570]. Ähnlich ist die Stellungnahme der anderen Reformatoren, ausführlich z.B. bei Calvin in Inst. 3,18,8 mit dem Thema »Rechtfertigung durch die Liebe?«[571], aber auch bei Bucer: »Wer den glauben predigt«, lehrt »den brunnen aller gůten werck«, doch fügt Bucer hinzu: »Seind wir unfleissig in gemelten gůten wercken, so haben wir auch gewißlich wenig glaubens. Thůn wir ir gar kein und sůchen allein das unser, so haben wir gar kein«[572]. Entsprechend urteilt die Apologie 4 mit ihrer Betonung des Haltens der Gebote und der Liebe: »Das ist aber wahr, wer die Liebe verleuret, der verleuret auch Geist und Glauben. Und also sagt Paulus: ›Wenn ich die Liebe nicht habe, so bin ich nichts‹. Er setzt aber nicht die *affirmativa* dazu, daß die Liebe für Gott gerecht mache«[573].

Die folgende Zeit kann hier nur kurz berücksichtigt werden. Vor allem Arnd(t) dringt auf die Zusammengehörigkeit von Liebe und Glaube: »Wo die Liebe nicht folget, so ist der Glaube gewißlich nicht recht, sondern Heuchelei, und wenn er gleich Wunder täte«[574]. Bei Spener (453) scheint sich eine gewisse Relativierung der genannten Differenzen anzubahnen, wenn es unter Verweis auf Gal 5,6 heißt: *Ad salutem autem requiritur talis fides, quae per charitatem operatur.* Katholische Autoren wie Newman können zwar einräumen, daß nach Gal 5,6 der Glaube »die Wurzel« und »früher ist als die Liebe«, kommen aber dann doch zum Schluß, Liebe sei »die Vorbedingung zum Glauben; der Glaube hinwiederum nährt die Liebe und bringt sie zur Reife«[575].

569 WA 8, 362; vgl. auch WA 9, 675 (Paulus wende sich gegen die Leute, die meinen, »sie haben den glauben und lassen die lieb anstehen« und weisen den Glauben nicht aus durch die Liebe); WA 49, 27 (*Ubi illa* [sc. die Liebe] *desit, impossibile, quod fides vera adsit, si etiam prius affuerit*); WA 1, 399f; 56, 249.

570 Loci 6,153f.159. Vgl. auch oben Anm. 64 und Werke I 249: »Man sol nicht glewben zu nachteil der liebe, sondern die liebe zu mehren gebrauchen,« was mit V 2 begründet wird. Vgl. auch Werke II 115 und 427 (*dilectio existere non potest, nisi praecedat fides*) sowie treffend Werke V 48: *Paulus non dicit nos iustos pronuntiari propter dilectionem nostram, sed dicit dilectionem neccessariam esse.*

571 Vgl. auch Inst. 3,2,9, wo Calvin bei der Behandlung von V 2 wie Bullinger 224 (*Fides uox in sacris est Polysema*) ausdrücklich auf den πολύσημον-Charakter bzw. die *diversitas significati* verweist; zwar gebe es verschiedene *formae fidei*, aber V 2 sei kein Beweis für die katholische Unterscheidung zwischen »gestaltetem« und »ungestaltetem« Glauben; vgl. zu den Vorzügen und zur Überlegenheit des Glaubens auch den Kommentar 436 sowie weiter Schützeichel, a.a.O. (Anm. 534) 122-124.

572 Schriften, Bd. 1, 66 mit folgendem Zitat von 1Kor 13,1-3; vgl. auch Bd. 11, 261; Osiander, Werke I 333; Maior 163r und 166v; Bullinger, Schriften, Bd. 1, 119; Coccejus 312 u.a.

573 BSLK 203; vgl. auch 185.201.

574 Bücher 117 mit Verweis auf Jak 2,17,20 und Gal 5,6; vgl. auch 104. Vgl. etwa auch Sir Thomas Browne (1605-1682), The Major Works, hg. v. C.A. Patrides, Harmondsworth 1977, 510, nach dem auch Orthodoxie ohne Liebe vergeblich ist.

575 Werke VI 311.313; vgl. auch 310, wo betont wird, daß es nirgendwo heiße, »hätte ich alle Liebe, aber den Glauben nicht, so wäre ich nichts«; vgl. auch ders., Predigten, Bd. 6,

Es ist hier nicht der Ort, anhand unseres Textes den gegenwärtigen Stand der Diskussion um die Rechtfertigungslehre nachzuzeichnen. Weitgehend Konsens zwischen den Konfessionen besteht heute darüber, daß der Glaube als »das unbedingte Vertrauen auf den barmherzigen Gott hier und im Endgericht« ebenso zu betonen ist wie die Einheit von Glaube, Hoffnung und Liebe, so daß die gegenseitigen Verwerfungen in dieser Frage heute als nicht mehr angemessen erachtet werden[576]. Gleichwohl scheint die Frage nach der soteriologischen Suffizienz des Glaubens nach wie vor strittig zu sein. Legt man katholischerseits »immer wieder großen Wert darauf, daß sich der Glaube in der Liebe und damit auch in den Werken zeigen müsse, um rechtfertigen zu können«[577], wird auf evangelischer Seite an der Rechtfertigung *sola fide* festgehalten. Aber es kann doch auch herausgestellt werden, daß die reformatorische Botschaft erstarrt und »ein totes Wort« geworden ist, »weil sie nicht lebendig gehalten wurde durch die Liebe«[578]; allerdings könne man nicht »die Liebe haben ohne den Glauben und ohne die Hoffnung«, so daß der Satz des Paulus auch umgedreht werden kann: »Wenn ich alle Liebe hätte, so daß ich alle guten Werke vollbrächte, und hätte den Glauben nicht, so wäre ich nichts«. Die Quintessenz lautet: »Der Glaube allein rechtfertigt – aber die Liebe vollendet«[579]. Auch für Barth ist die πίστις von Gal 5,6 »*als solche* ἐνεργουμένη«[580], wird es also nicht erst in der Agape, »wohl aber *erweist* sie sich darin als solche«, und der Glaube wäre nicht der Glaube, »wenn er nicht in der Liebe kräftig, wenn er nicht nach Luthers Wort ›ein lebendig, tätig, geschäftig ding‹ wäre«[581].

9. Zum Schluß seien noch einige Dichtungen zitiert[582], die das Kapitel als ganzes zum Inhalt haben:

Hans Sachs, »Die lieb«:

> Die lieb auß dem gelauben fleußt,
> Sie gegen Gott erstlich außgeust,
> Die kein verfolgung oder leyden
> Auff erd von Gott mag abgescheyden,
> Geyt im lob, ehr in allen dingen.

203. Zum Verhältnis von Glaube und Liebe und zum Praxisbezug der Liebe im Pietismus vgl. z.B. G. Meckenstock, Liebe, in: Gute Werke, hg. v. W. Härle u.a., 1993 (Marburger Theologisches Jahrbuch 5), 63-93, hier 64-69.

576 Lehrverurteilungen I 57.59.

577 So z.B. Söding* (Trias) 30; vgl. auch 21f.

578 Bonhoeffer, Schriften, Bd. 5, 555.

579 Ebd. 559.

580 KD IV 2, 829-831.

581 KD IV 1, 700; vgl. auch 701: »Wo Glaube ist, da ist auch Liebe, da sind auch Werke«; vgl. auch Küng, Rechtfertigung 86f.

582 Einen Hymnus auf die Liebe hat im Anschluß an 1Kor 13 schon Clemens Romanus (Kap. 49) gedichtet, der sich aber nach v. Harnack* 160 Anm. 1, »zumal er an mehreren Stellen Plagiat ist, neben dem Lobgesang des Paulus nicht sehen lassen kann«.

Nachmals thut sich die lieb abschwingen
zu ihrem nechsten, hat in holt,
Als sie ir selb geschehen wolt
Mit Handreichung, rathen und lehren,
Mit ermanen, straffen und weren,
Ist freundtlich, holdselig unnd gütig,
Gedultig, fridsam und senfftmütig,
Mitleydig, barmhertzig und brüderlich,
Thetig, zu allem guten fürderlich
Unnd weret an von dieser zeyt
Biß dorthin inn die ewigkeit[583].

Christian Fürchtegott Gellert, Von der Quelle der guten Werke:

Wenn zur Vollführung deiner Pflicht
Dich Gottes Liebe nicht beseelet:
So rühme dich der Tugend nicht,
Und wisse, daß dir alles fehlet.
Wenn Vorteil, Wollust, Eigensinn
Und Stolz dir nur das Gute raten;
So tue noch so gute Taten;
Du hast vor Gott den Lohn dahin.

Sei durch die Gaben der Natur
Das Wunder und das Glück der Erden!
Beglückest du die Menschen nur,
Um vor der Welt geehrt zu werden;
Erfüllt die Liebe nicht dein Herz:
So bist du bei den größten Gaben,
Bei dem Verstand, den Engel haben,
Vor Gott doch nur ein tönend Erz.

Bau Häuser auf, und brich dein Brot,
Das Volk der Armen zu verpflegen;
Entreiß die Witwen ihrer Not,
Und sei der Waisen Schutz und Segen!
Gib alle deine Habe hin!
Noch hast du nichts vor Gott gegeben.
Wenn Lieb und Pflicht dich nicht beleben:
So ist dir alles kein Gewinn.

583 Hans Sachs, hg. v. A. v. Keller, 1. Bd., Tübingen 1870 (Bibliothek des Litterarischen Vereins in Stuttgart 102), 353f.

Tu Taten, die der Heldenmut
Noch jemals hat verrichten können:
Vergieß fürs Vaterland dein Blut,
Laß deinen Leib für andre brennen!
Beseelet dich nicht Lieb und Pflicht;
Bist du die Absicht deiner Taten:
So schütz und rette ganze Staaten;
Gott achtet deiner Werke nicht.

Läg ihm an unsern Werken nur:
So könnt er uns, sie zu vollbringen,
Sehr leicht durch Fessel der Natur,
Durch Kräfte seiner Allmacht zwingen.
Vor ihm, der alles schafft und gibt,
Gilt Weisheit nichts, nichts Macht und Stärke.
Er will die Absicht deiner Werke,
Ein Herz, das ihn verehrt und liebt.

Ein Herz, von Eigenliebe fern,
Fern von des Stolzes eitlem Triebe,
Geheiligt durch die Furcht des Herrn,
Erneut durch Glauben zu der Liebe;
Dies ist's, was Gott von uns verlangt.
Und wenn wir nicht dies Herz besitzen:
So wird ein Leben uns nichts nützen,
Das mit den größten Taten prangt.

Drum täusche dich nicht durch den Schein
Nicht durch der Tugend bloßen Namen.
Sieh nicht auf deine Werk allein;
Sieh auf den Quell, aus dem sie kamen.
Prüf dich vor Gottes Angesicht,
Ob seine Liebe dich beseelet.
Ein Herz, dem nicht der Glaube fehlet,
Dem fehlet auch die Liebe nicht.

Wohnt Liebe gegen Gott in dir:
So wird sie dich zum Guten stärken.
Du wirst die Gegenwart von ihr
An Liebe zu dem Nächsten merken.
Die Liebe, die dich schmücken soll,
Ist gütig; ohne List und Tücke;
Beneidet nicht des Nächsten Glücke;
Sie bläht sich nicht; ist langmutsvoll.

Sie deckt des Nächsten Fehler zu,
Und freut sich niemals seines Falles.
Sie suchet nicht bloß ihre Ruh.
Sie hofft und glaubt und duldet alles;
Sie ist's, die dir den Mut verleiht,
Des Höchsten Wort gern zu erfüllen,
Macht seinen Sinn zu deinem Willen,
Und folgt dir in die Ewigkeit[584].

Eva Zeller, Nach erster Korinther dreizehn:

I
Wenn ich
das Schweigen brechen könnte
und mit Menschen-
und Engelszungen reden
und hätte der Liebe nicht
so würde ich
leeres Stroh dreschen
und viel Lärm machen
um nichts

II
Und wenn ich wüßte
was auf uns zukommt
und könnte alle Situationen
im Simulator durchspielen
und den Winkel errechnen
unter dem ich umkehren könnte
und ließe mich nicht einfangen
vom Schwerefeld der Liebe
so schösse ich übers Ziel hinaus
und alle Reserven nützten mir nichts

III
Und wenn ich
bei dem Versuch zu überleben
mein Damaskus hätte
und fände mich selbst
über alle Zweifel erhaben

[584] Ch.F. Gellert, Werke, hg. v. G. Honnefelder, Bd. 1, Frankfurt a.M. 1979, 249-251.

auf dem Pulverfaß sitzend
wie in Abrahams Schoß
und hätte die Liebe nicht
als eiserne Ration hinübergerettet
so fiele ich
auf meinen bergeversetzenden
Glauben herein

IV
Und wenn ich
alle meine Habe den Armen gäbe
und meine linke Hand nicht wüßte
was die rechte tut
und ich ginge nicht
zur Tagesordnung über
sondern wäre der Spielverderber
und die lebende Fackel
und erklärte mich nicht
solidarisch mit der Liebe
so hätte ich
im Ernstfall
Steine statt Brot
und Essigschwämme
für den Durst der Menschen

V
Die Liebe ist lächerlich
Sie reitet auf einem Esel
über ausgebreitete Kleider
Man soll sie hochleben lassen
mit Dornen krönen
und kurzen Prozeß mit ihr machen
Sie sucht um Asyl nach
in den Mündungen unsrer Gewehre
Eine Klagesache von Weltruf
Immer noch
schwebt das Verfahren

VI
Sie stellt sich nicht ungebärdig
sondern quer zur Routine der Machthaber
Die Behauptung
sie ließe sich nicht erbittern
hat sie im Selbstversuch eindrücklich bestätigt

Sie ballt nicht die Faust
Sie steigt nicht herab
Sie hilft sich nicht selbst
Sie dient als Kugelfang

VII
Sie freut sich nicht
über die Ungerechtigkeit
Sie ergreift Partei
für die Ausgebeuteten
Daher ist es lebensgefährlich
sich mit ihr einzulassen
Sie könnte nämlich
Bewußtsein bilden
und den Lauf der Dinge
durchkreuzen
Also üben wir ihre Vermeidung
Tuchfühlung nur
mit ihrem ungenähten Rock
dem durch und durch gewirkten
um den wir würfeln
bis zum dreimal krähenden Morgen

VIII
Was ich auch zuwege bringe
sie ist nicht produzierbar
die Liebe
In keiner Retorte zu züchten
und schon gar nicht
auszumendeln
und aus der Welt zu schaffen
Sie ist ein Skandal
geboren
bezeugt
in Beweisnot geraten
verurteilt
gestorben
begraben
in Strahlung zerfallen

IX
Die Liebe hört nicht auf
mich zu verunsichern
Sie findet Fugen zum Eingreifen

wo ich keine vermute
Sie überredet mich
in der Muttersprache des Menschen
Sie öffnet mir die Augen
und tritt als Sehnerv ein
An dieser Stelle ist der blinde Fleck
Und ich sollte nicht
mit der Wimper zucken?

X
Wir sehen jetzt den Text
nicht fettgedruckt
sondern unleserlich
im Kontext beweglicher Leuchtschrift
der an- und ausgeht
Wir sind in unserem Element
im Zustand der fressenden Larve
und können nur hoffen
bis in die Verpuppung zu kommen
in den durchsichtigen Kokon
in dem wir zu erkennen sind

XI
Nun aber bleibt
Glaube Liebe Hoffnung
diese drei
Aber die Liebe
ist das schwächste
Glied in der Kette
die Stelle
an welcher
der Teufelskreis
bricht[585]

[585] Zitiert in: Die Bibel in der Welt, hg. v. J. Beckmann, Witten/Berlin 1973, 167f.

5 *Der Gottesdienst der Gemeinde 14,1-40*

5.1 *Prophetie und Glossolalie 14,1-25*

Literatur: Aune (Lit. zu Kap. 12-14); *Bauer* (Lit. zu Kap. 12-14); *Beare* (Lit. zu Kap. 12-14); *Best* (Lit. zu Kap. 12-14); *Betz, O.*, Zungenreden und süßer Wein. Zur eschatologischen Exegese von Jesaja 28 in Qumran und im Neuen Testament, in: *ders.*, Jesus. Der Herr der Kirche, Aufsätze zur biblischen Theologie II, 1990 (WUNT 52), 49-65; *Bieder, W.*, Gebetswirklichkeit und Gebetsmöglichkeit bei Paulus. Das Beten des Geistes und das Beten im Geiste, ThZ 4 (1948) 22-40; *Bittlinger* (Lit. zu Kap. 12-14); *ders.*, Der neutestamentliche charismatische Gottesdienst im Lichte der heutigen charismatischen Erneuerung, in: Panagopoulos (Lit. zu Kap. 12-14) 186-209; *Bornkamm, G.*, Zum Verständnis des Gottesdienstes bei Paulus, in: *ders.*, Ende 113-132; *Brockhaus* (Lit. zu Kap. 12-14); Carson (Lit. zu Kap. 12-14) 77-117; *Chevallier* (Lit. zu Kap. 12-14); *Conzelmann, H.*, Christus im Gottesdienst der neutestamentlichen Zeit, MPTh 55 (1966) 355-365; *Crone* (Lit. zu Kap. 12-14); *Cullmann, O.*, Urchristentum und Gottesdienst, Zürich 1956; *Currie* (Lit. zu Kap. 12-14); *Dautzenberg* (Lit. zu Kap. 12-14); *Delling*, Gottesdienst 32-49; *Dietzel, A.*, Beten im Geist. Eine religionsgeschichtliche Parallele aus den Hodajot zum paulinischen Gebet im Geist, ThZ 13 (1957) 12-32; *Dunn* (Lit. zu Kap. 12-14); *Eichholz, G.*, Vernehmen und Staunen, Neukirchen-Vluyn 1973, 101-104; *Esler* (Lit. zu Kap. 12-14); *Farnell* (Lit. zu Kap. 12-14); *Forbes* (Lit. zu Kap. 12-14); *Fuller* (Lit. zu Kap. 12-14); *Fung* (Lit. zu Kap. 12-14); *Georgi, D.*, Who is the true Prophet?, HThR 79 (1986) 100-126; Giesriegl (Lit. zu Kap. 12-14); *Gillespie* (Lit. zu Kap. 12-14); *Greeven* (Lit. zu Kap. 12-14); *Grudem* (Lit. zu Kap. 12-14); *ders.*, 1 Corinthians 14.20-25: Prophecy and Tongues as Signs of God's Attitude, WThJ 41 (1979) 381-396; *Gundry* (Lit. zu Kap. 12-14); *Hahn, F.*, Der urchristliche Gottesdienst, 1970 (SBS 41); *Hainz*, Ekklesia; *Harrisville* (Lit. zu Kap. 12-14); *Hartman, L.*, 1Co 14,1-25: Argument and Some Problems, in: de Lorenzi, Charisma 149-169; *Hengel, M.*, Das Christuslied im frühesten Gottesdienst, in: FS J. Ratzinger, Bd. 1, St. Ottilien 1987, 357-404; *ders.*, Hymnus und Christologie, in: FS K.H. Rengstorf, Leiden 1980, 1-23; *Hill* (Lit. zu Kap. 12-14); *Hodges, Z.C.*, The Purpose of Tongues, BS 120 (1963) 226-233; *Hoehner, H.W.*, The Purpose of Tongues in 1 Corinthians 14:20-25, in: Walvoord: A Tribute (hg. v. D.C. Campbell), Chicago 1982, 53-66; *Hollenweger, W.J.*, Narrativité et théologie interculturelle. Un aspect négligé de I Co 14, RThPh 110 (1978) 209-223; *House* (Lit. zu Kap. 12-14); *Jeremias, J.*, ΟΜΩΣ (1 Kor 14,7; Gal 3,15), ZNW 52 (1961) 127-128; *Johanson, B.C.*, Tongues, a Sign for Unbelievers? A Structural and Exegetical Study of I Corinthians XIV. 20-25, NTS 25 (1978/79) 180-203; *Käsemann, E.*, Der Ruf zur Vernunft. 1. Korinther 14,14-20.29-33, in: *ders.*, Kirchliche Konflikte, Bd. 1, Göttingen 1982, 116-127; *Kelly, R.A.*, Luther's Use of 1 Corinthians 14, in: FS G.W. Bromiley, Grand Rapids 1987, 123-134; *Keydell, R.*, ΟΜΩΣ, ZNW 54 (1963) 145-146; *Kitzberger*, Bau 98-110; *Klauck* (Lit. zu 11,17ff; Gottesdienst); *Lohfink, G.*, Gab es im Gottesdienst der neutestamentlichen Gemeinden eine Anbetung Christi?, BZ 18 (1974) 161-179; *Lührmann*, Offenbarungsverständnis 39-44; *MacGorman* (Lit. zu Kap. 12-14); *Maly*, Gemeinde 198-202; *Martin, R.P.* (Lit. zu Kap. 12-14); *ders.*, Worship in the Early Church, Grand Rapids ²1974; *ders.*, Patterns of Worship in New Testament Churches, JSNT 37 (1989) 59-85; *Moule, C.F.D.*, Worship in the New Testament, 1961 (ESW 9); *Müller*, Prophetie; *Pesce, M.*, La profezia cristiana come anticipazione del giudizio escatologico in 1 Cor. 14,24-25, in: FS J. Dupont, Brescia 1985, 381-438; *Poythress* (Lit. zu Kap. 12-14); *Rebell, W.*, Gemeinde als Missionsfaktor im Urchristentum. I Kor 14,24f als Schlüsselsituation, ThZ 44 (1988) 117-134; *Roberts, P.*, A Sign – Christian or Pagan?, ET 90 (1979) 199-203; *Robertson, O.P.*, Tongues: Sign of Covenantal Curse and Blessing, WThJ 38 (1975) 43-53; *Salzmann* (Lit. zu Kap. 12-14); *Sandnes, K.O.*, Prophecy – A Sign for Believers (1 Cor 14,20-25), Bibl. 77 (1996) 1-15; *Schäfer* (Lit. zu Kap. 12-14); *Schweizer, E.*, The Service of Worship. An Exposition of I Corinthians 14, in: *ders.*, Neotestamentica 333-343; *ders.* (Lit. zu Kap. 12-14); *Smit, J.F.M.*, Tongues and Prophecy: Deciphering I Cor 14,22, Bibl. 75 (1994) 175-190; *Smith, M.*, Pauline Worship as Seen by Pagans, HThR 73 (1980) 241-249; *Snyman, A.H.*, ›n Struktuur-analise van I Korinthiërs 14, NGTT 19 (1978) 200-210; *Sweet, J.P.M.*, A Sign for Unbelievers: Paul's Attitude to Glossolalia, NTS 13 (1966/67) 240-257; *Theißen*, Aspekte 82-88.271-340; *Trummer* (Lit. zu Kap. 12-14); *Vielhauer*, Oikodome 85-88; *Wilk, F.*, Die Bedeutung des Jesajabuches für Paulus, Diss. Jena 1996, 78-83; *Wengst, K.*, Das Zusammenkommen der Gemeinde und ihr »Gottesdienst« nach Paulus, EvTh 33 (1973) 547-559; *Witherington* (Lit. zu Kap. 12-14).

1 **Jagt nach der Liebe. Strebt nach den Geistesgaben, vor allem aber nach dem prophetischen Reden.** 2 **Denn wer in Zungenrede redet, redet nicht zu Menschen, wohl aber zu Gott. Denn niemand versteht (wörtlich: hört auf) ihn, sondern er redet durch den Geist Geheimnisse.** 3 **Wer aber prophetisch redet, der spricht den Menschen Erbauung, Ermahnung und Ermutigung zu.** 4 **Wer in Zungenrede redet, erbaut sich selbst, wer aber prophetisch redet, erbaut die Gemeinde.** 5 **Ich möchte aber, daß ihr alle in Zungenreden redet, mehr aber noch, daß ihr prophetisch redet. Der prophetisch Redende ist größer als der in Zungenreden Redende, es sei denn, daß er die Deutung gibt, damit die Gemeinde Erbauung empfange.**

6 **Nun aber, Brüder, wenn ich zu euch komme und in Zungenrede rede, was werde ich euch nutzen, wenn ich nicht zu euch rede in (Form von) Offenbarung oder Erkenntnis oder Prophetie oder Lehre?** 7 **Gleichermaßen die unbelebten Dinge, die Töne von sich geben, Flöte oder Zither. Wenn sie bei den Tönen keinen Unterschied machen, wie soll man erkennen, was geblasen oder gespielt wird?** 8 **Denn auch wenn die Trompete einen undeutlichen Ton (von sich) gibt, wer wird sich zum Kampf bereit machen?** 9 **So ist es auch mit euch: Wenn ihr bei der Zungenrede kein deutliches Wort hervorbringt, wie soll man verstehen, was geredet wird? Dann werdet ihr in den Wind reden.** 10 **Es gibt so viele Sprachen in der Welt, und nichts ist ohne Sprache.** 11 **Wenn ich nun die Bedeutung der Sprache nicht kenne, werde ich dem Sprechenden als Ausländer (wörtlich: Barbar) vorkommen und der Sprechende mir als Ausländer.**

12 **So ist es auch mit euch: Da ihr ja nach Geistesgaben strebt, sucht darin zur Erbauung der Gemeinde immer reicher zu werden.** 13 **Wer darum in Zungenrede redet, bete, daß er (sie auch) zu deuten vermag.** 14 **Denn wenn ich in Zungenrede bete, betet mein Geist, mein Verstand aber ist unfruchtbar.** 15 **Was folgt nun daraus? Ich werde mit dem Geist beten,**

ich werde aber auch mit dem Verstand beten, lobsingen mit dem Geist, lobsingen aber auch mit dem Verstand. 16 **Denn wenn du (nur) mit dem Geist Dank sagst, wie soll dann der, der den Platz des Laien (d.h. des glossolalisch nicht Begabten) innehat, das Amen zu deiner Danksagung sprechen, da er ja nicht versteht, was du redest.** 17 **Du sagst zwar schön Dank, der andere aber wird nicht erbaut.** 18 **Ich danke Gott, daß ich mehr als ihr alle in Zungenrede rede.** 19 **Aber in der Gemeinde will ich lieber fünf Worte mit dem Verstand reden, um auch andere zu unterweisen, als unzählige Worte in Zungenrede.**
20 **Brüder, seid nicht Kinder an Verstand, sondern seid kindlich in der Bosheit, an Verstand aber mündig.** 21 **Im Gesetz steht geschrieben: »Durch Leute mit anderen Zungen und durch Lippen anderer (Leute) will ich zu diesem Volk reden, und auch so werden sie nicht auf mich hören, spricht der Herr«.** 22 **Die Zungenreden sind folglich ein Zeichen nicht für die Glaubenden, sondern für die Ungläubigen, die Prophetie aber nicht für die Ungläubigen, sondern für die Glaubenden.** 23 **Wenn nun die Gemeinde zusammenkommt und alle reden in Zungenrede, es kommen aber Uneingeweihte oder Ungläubige herein, werden sie nicht sagen, daß ihr verrückt seid?** 24 **Wenn aber alle prophetisch reden, es kommt aber ein Ungläubiger oder Uneingeweihter herein, dann wird ihm von allen ins Gewissen geredet, von allen wird er beurteilt,** 25 **das Verborgene seines Herzens wird offenbar, und so wird er auf sein Angesicht fallen, Gott anbeten und bekennen, daß Gott wahrhaftig in eurer Mitte ist.**

Analyse Mit dem »Weg über alle Wege« hat Paulus das entscheidende Kriterium expliziert, von dem sich auch der christliche Gottesdienst angemessen in den Blick nehmen läßt. Während Kap. 12 die Geistesgaben in ihrer Unterschiedlichkeit und Zuordnung thematisierte, geht es nun konkret vor allem um das Verhältnis von Prophetie und Glossolalie, wie speziell die *inclusio* von V 1 und V 39 zeigt, aber auch der durchgängige Kontrast beider Charismen[1]. Allerdings kommen en passant auch andere Elemente der gottesdienstlichen Gemeindeversammlung zur Sprache, die zu den Geistesgaben zählen[2]. Paulus begründet nun eingehend, warum er die Prophetie der Glossolalie in der Gemeindeversammlung bei weitem vorzieht und überordnet[3]. Vordringlicher

1 Vgl. V 2-5.6.18-19.22.23-25.27-30.39 und Brockhaus* 152 Anm. 53; Gillespie* (Theologians) 136.

2 Die das Gebet behandelnden V 13-19 sind kein Exkurs, sondern »gehören mit zum Vergleich von Prophetie und Zungenrede« (Friedrich, ThWNT VI 854), auch wenn die Prophetie in diesem Abschnitt nicht namentlich genannt wird; vgl. aber weiter unten Anm. 132.

3 Das ist mit Recht fast *opinio communis.* Nach Gillespie* (Pattern) 75-83 ist Paulus allerdings nicht auf die Überordnung der Prophetie, sondern auf die Loslösung der Glossolalie von der Prophetie aus; ein bei Celsus erkennbares dreiteiliges Muster, bei der die Glossolalie als Bestätigung der Prophetie verstanden wird, sei auch in Korinth üblich gewesen, und Paulus ziele auf Abschaffung solcher Bestätigung und auf Eigenständigkeit der Glossolalie, und zwar mit scharfer und im frühen Christentum singulärer Antithese.

Maßstab ist dabei die durch die Verständlichkeit und Kommunikabilität der Prophetie ermöglichte οἰκοδομή (V 3-5.12.17.26) und insofern implizit weiterhin die Agape, denn gerade von der Agape gilt: οἰκοδομεῖ (8,1). Damit sollen die pneumatisch-ekstatischen Phänomene weder diskreditiert (vgl. V 18) noch in liturgisch geordnete Bahnen kanalisiert, wohl aber dem Kriterium des Nutzens für die Gemeinde unterworfen werden. Zwar wird in V 14f auch der Gesichtspunkt der Beteiligung des ganzen Menschen am gottesdienstlichen Geschehen zur Geltung gebracht, doch schon bei der Begründung in V 16 steht wieder die Rücksichtnahme auf die Nichtglossolalen im Vordergrund.

Die Zusammengehörigkeit des Abschnitts ist nicht ganz eindeutig. Manche ziehen V 20-25 zum nächsten Abschnitt und sehen eine Zäsur zwischen V 19 und 20[4]. Doch V 26-40 hat stärker den Charakter einer Gemeindeordnung und hebt sich mit seinen praktischen Regelungen vom Vorhergehenden ab. Gewiß markiert schon V 20 durch die neuerliche Anrede einen gewissen Neueinsatz und leitet auch inhaltlich zu dem neuen Gesichtspunkt der Wirkung des Gottesdienstes auf Nichtglaubende über (die οἰκοδομή dagegen wird nicht mehr erwähnt). Aber auch V 6 bietet schon ἀδελφοί, und auch V 20-25 haben trotz der Beispiele noch grundsätzlichen und argumentativen Charakter[5]. Zudem zeichnet sich in der Struktur der drei Unterabschnitte von V 1-25 (V 1-5 / V 6-19 / V 20-25) eine gewisse Verwandtschaft ab. So kann man eher eine dreiteilige Untergliederung vornehmen, wie sie denn auch von manchen vorgeschlagen wird, wofür vor allem die jeweilige neue Anrede in V 6 und V 20 spricht[6]. Der Abschnitt ist stark vom Diatribenstil wie rhetorischen Fragen (V 6.7.8.9.15.16.23) und Vergleichen mit Anwendungen (V 7-9.10-12a) geprägt[7]; auffallend häufig sind die Eventualkonstruktionen mit ἐάν (V 6a.b.7.8.9.11.14.16.23.24)[8], die 1. Pers. Sing. (V 6-8.11.16.18)[9] und die Imperative (V 1.12.13.20).

[4] So z.B. Conzelmann 292f; Talbert (Lit. zu Kap. 12-14) 102; Lang 190f.195; Kitzberger* 99.

[5] Meyer 398 z.B. trennt V 21-26 als »theoretischen« von V 26-40 als »regulativen« Teil ab, was jedoch mißverständlich ist. Besser Hartman* 153: V 1-25 sei »an argumentative background« für V 26-40, doch spiele auch im 1. Teil »the practical viewpoint« eine entscheidende Rolle (vgl. auch 160f), wobei vor allem τί οὖν ἐστιν (V 26) vom argumentativen zum praktischen Teil überleite.

[6] Vgl. Senft 173ff: V 1-5.6-19.20-25; manche unterteilen in 4 Abschnitte: V 1-5.6-12.13-19.20-25 (Allo 354; Theißen* 273f; Klauck 99ff; Gillespie* [Theologians] 131f; Fee 652ff); noch anders Dautzenberg* (Prophetie) 226f und Wolff 328, die in V 1-11.12-19.20-25 drei Argumentationsschritte mit der Abfolge von Imperativen (V 1f.12f.20), Begründungen (V 2-5.14.21f), rhetorischen Fragen (V 6-9.15f.23) und zusammenfassendem Abschluß (V 10f.18f.25) finden, doch sind diese Gliederungskriterien, sosehr sie im einzelnen zutreffen, nicht ganz ausreichend (vgl. Hartman* 152 Anm. 12 u.ö.), und speziell der Einschnitt hinter V 11 ist schwerlich überzeugend; auch wäre der Übergang zur 1. Pers. Sing. zu beachten.

[7] Vgl. zu den rhetorischen Fragen sowie Vergleichen und Analogien Bultmann, Stil 85f.88.93.102. Zur Vielzahl von Beispielen vgl. schon Ambrosiaster 151f: *Quoniam exempla facilius suadent quam verba*; ebs. Ambrosius 268 u.a.

[8] Nach Kitzberger* 101 soll diese Dichte auf das Bemühen des Paulus weisen, »durch eine Vielzahl von Argumenten zu überzeugen«.

[9] Vgl. Berger, Formgeschichte 100 (»das epi-

Eine im ganzen durchaus plausible rhetorische Gliederung stammt schon von Maior (185v-187v), der die *propositio* von V 1 im folgenden durch 6 Argumente bestätigt findet: 1. *confirmatio per argumentum ab utili* (V 2-5), 2. *a suo exemplo* (V 6), 3. *a simili* mit *applicatio* (V 7-9), 4. *a simili & consuetudine hominum* mit *epilogus & applicatio* (V 10-12), 5. *ab inutili* (V 13-19), 6. *a fine & effectu utriusque doni* mit *conclusio* und *amplificatio* (V 20-25)[10]. Allerdings ist Teil 5 mit *inutile* kaum adäquat bezeichnet, sondern bringt durchaus auch *utile*, und zudem ist V 18f wieder ein *exemplum*.
Als korinthische Position setzt Paulus unzweifelhaft wieder eine besondere Hochschätzung der Glossolalie voraus[11], möglicherweise auch, daß diese in der Regel nicht ἀνὰ μέρος geschah und nicht gedeutet wurde (vgl. die Beispiele für unübersetzte Glossolalie in V 7-11)[12]. Korinthische Zitate sind nicht auszumachen[13].

Traditionsgeschichte: In V 21 zitiert Paulus Jes 28,11f in einer Fassung, die sowohl vom hebräischen Text wie von der LXX abweicht[14]. In Jes 28,11f selbst geht es nicht um Glossolalie, sondern darum, daß Gott zu Israel durch Men-

stolare Ich als Beispiel«), der 275 das rhetorische vom paradigmatischen Ich unterscheidet, dazu aber ebenfalls V 11.14f zählt. Nur V 18f ist »autobiographisch«. Zur Funktion des paulinischen Verweises auf sein eigenes *exemplum* vgl. weiter zu 6,19.

10 Sie leuchtet jedenfalls mehr ein als die von Smit (Lit. zu Kap. 12-14; Argument) 229, der die *argumentatio* in *partitio* (V 1-5) und *confirmatio* (V 6-33) unterteilt, richtiger dagegen V 37-40 als *peroratio* bestimmt (215) und den Text als ganzen zum *genus deliberativum* rechnet .

11 So schon (allerdings bei vorausgesetzter Xenolalie) die Alte Kirche und auch die Reformatoren. Das wird z.T. so konkretisiert wie bei Zwingli 177, der an Judenchristen denkt, die *in publico coetu coram aliis* hebräisch sangen und spielten (ähnlich Bullinger 228); v. Mosheim 609 hält es für möglich, daß die Bevorzugung der Sprachengabe mit der vielsprachigen Hafenstadt zusammenhängt (so neuerdings auch wieder Hodges* 232), wodurch man sich bei Fremden viel Ehre erwerben konnte; vgl. dagegen richtig Rückert 354; Olshausen 708f; Hahn* 61 u.a. Daß die Nutzlosigkeit der Glossolalie die Korinther nicht störte, paßt nach Schlatter 370 »zur geringschätzigen Behandlung des Leibes und der Ehe und zur unbeschränkten Fassung der dem einzelnen verliehenen Macht«.

12 So schon Rückert 378; neuerdings z.B. Dautzenberg* (Prophetie) 286; Wire, Women 148. Nach Chevallier* 189f sollen die Korinther die ἑρμηνεία durchaus praktiziert, aber als fakultativ angesehen haben. Forbes* 260 setzt von V 23 her für Korinth auch voraus, daß sie die Glossolalie auch bei der Anwesenheit von Ungläubigen oder Outsidern praktizierten.

13 Vgl. die Kritik von Fee 654 Anm. 9 an entsprechenden Thesen von Martin* (Spirit) 65f u.a. zu 14,1b und Anm. 762 zu 12,31; ähnlich kritisch wird man gegenüber der Annahme bleiben, V 12a sei »a slogan canvassed in Corinth« (Robinson [Lit. zu Kap. 12-14] 51); zur Möglichkeit, in V 22 eine paulinische Umkehrung der korinthischen Meinung zu sehen, nach der die Glossolalie *das* Zeichen des pneumatischen Status ist (so Sweet* 241.245); vgl. unten S. 407.

14 Hieronymus (In Jes 28 [CChr 73, 361]) und Grotius 817 denken im Anschluß an Origenes, Philocalia 9,2 (SC 302, 352) an Abhängigkeit von Aquila statt von der LXX; nach Field, Hexapla II 479 bietet Aquila ebenfalls ὅτι ἐν ἑτερογλώσσοις καὶ ἐν χείλεσιν ἑτέροις. Dieses auch bei Paulus von 𝔓[46] D* F G 1881 𝔐 lat sy(p) co gebotene ἑτέροις anstelle von ἑτέρων dürfte Angleichung an die beiden vorhergehenden Dative sein (λαλήσω τῷ λαῷ τούτῳ). Vgl. weiter vor allem Koch, Schrift 63-66.111f.122f zum Verhältnis zu Aquila, der auch in Ps 113(114),1 ἑτερογλώσσος als Übersetzung von לעז (= unverständig, barbarisch reden) gebraucht; vgl. auch Harrisville (Lit. zu Kap. 12-14) 43f und Stanley, Paul 199.

schen fremder Sprache, d.h. die der assyrischen Eroberer, reden und doch kein Gehör finden wird[15]. Der alttestamentliche Text ist in seiner Auslegung allerdings selbst höchst umstritten. Vermutlich handelt es sich im jetzigen Kontext der Jesaja-Apokalypse um ein Drohwort gegen Spötter, die die Verkündigung des Propheten als Gestammel diskreditieren und an denen die Assyrer das göttliche Gericht vollziehen werden[16]. Der hebräische Text ist zu übersetzen: »Durch (Völker mit) stammelnde(n) Lippen und in fremder Zunge wird er reden zu diesem Volk«. Die LXX hat statt בלעגי שפה (= »durch [Völker] stammelnder Lippen«) διὰ φαυλισμὸν χειλέων (= »wegen Spottes der Lippen«) und statt בלשון אחרת (= »in fremder Zunge«) διὰ γλώσσης ἑτέρας (= »durch fremde Sprache«)[17]. Das Zitat erscheint auch in Qumran: 1QH 2,18f und 4,16f beziehen Jes 28,11 auf die Lügenpropheten; in 1QIs^{a} ist wie im hebräischen Text Gott Subjekt[18]. Im Targum ist die Rede in fremder Sprache und mit spottenden Lippen die Antwort des Volkes auf die Prophetie[19]. Paulus ist wie 1QIs^{a} dem hebräischen Text insofern näher geblieben, als Gott Subjekt bleibt (statt λαλήσουσιν τῷ λαῷ τούτῳ der LXX hat Paulus λαλήσω) und die Beziehung zur Fremdsprachigkeit erhalten ist. Anders als die LXX hat er die beiden Glieder wegen des ἑτερογλώσσοις in umgekehrter Reihenfolge und ferner der einfachen Negation der LXX οὐδ᾽ οὕτως hinzugesetzt; außerdem hat er das Wollen (καὶ οὐκ ἠθέλησαν ἀκούειν) seiner Intention entsprechend ausgelassen und so aus dem auf die Vergangenheit bezogenen und die Drohung allererst veranlassenden »sie wollten nicht hören« ein Futur gemacht. Endlich versteht Paulus das Prophetenwort als λέγειν Gottes[20], wobei das zusätzliche λέγει κύριος am Schluß wie in Röm 12,19; 14,11; 2Kor 6,17f nicht als Teil des Zitates empfunden worden sein wird[21], sondern eher anzu-

15 Robertson* 44f sieht hinter Jes 28,11 selbst Dtn 28,49 stehen; ebs. Carson* 110.

16 Vgl. z.B. H. Wildberger, Jesaja (BK X 3) 1059f; Betz*48f.

17 Vgl. den eingehenden Vergleich zwischen hebräischem Text und LXX sowie der Vorlage des Paulus bei Maly* 206f; Johanson* 181-183 sowie vor allem Stanley, Paul 198-205 und Koch, Schrift 63-66: wahrscheinliches Ergebnis: Paulus setzt »auch hier eine überarbeitete, und zwar an den HT angeglichene LXX-Fassung voraus« (66).

18 Vgl. Theißen* 82 Anm. 32; Betz* 50-52; Horn, Angeld 210; ob daraus mit Harrisville* 44 Schlüsse auf Abhängigkeitsverhältnisse zu ziehen sind, bleibt ebenso ungewiß wie ein ursprünglich israelkritischer Sinn des Zitats im Urchristentum (Dautzenberg, EWNT I 612; Horn, Angeld 211) bzw. eine ursprünglich in antijüdischer Polemik verwendete Apologie der Glossolalie (so Sweet* 243f; MacGorman* 398; ähnlich Betz* 55), ebenso die Annahme, Paulus korrigiere eine zeitgenössische Exegese von Jes 28 (vgl. Crone* 351f Anm. 18). Zur jüdischen Auslegung in Targum, 1QIsa, Theodotion und Peschitta vgl. Maly* 229-34; Grudem* (1Cor 14) 384f; Betz* 53f.

19 Maly* 229. Ob auch der Kontext (Jes 28,9-13) für Paulus eine Rolle spielt (vgl. Grudem* [1Cor 14] 382-385; Hoehner* 59) ist schon angesichts der LXX-Übersetzung des schwierigen und vielleicht den Propheten verspottenden צו לצו צו לצו קו לקו קו לקו (nach O. Kaiser, ATD 18, 195 vielleicht = papperlapapp) in V 10.13 fraglich, vor allem aber wegen der limitierten Verwendung des Zitats (vgl. dazu Sandnes* 8; vgl. auch Forbes* 180).

20 Zu den paulinischen Änderungen und Uminterpretationen vgl. Koch, Schrift 65.111f.122f; vgl. dazu zu V 22.

21 So Kittel, ThWNT IV 113.

nehmen ist, daß damit die Aktualität[22] des angeführten Wortes oder die Identität des Redenden herausgestellt werden soll[23].

Gliederung: Der neue Abschnitt beginnt zwar asyndetisch mit einem Imp., doch schlägt das Obj. ἀγάπην eine Brücke zu Kap. 13. Dem schließt sich mit δέ ein weiterer Imp. an, dessen Obj. τὰ πνευματικά auf 12,1 zurückgreift. Davon hängt ein mit μᾶλλον δέ beginnender ἵνα-Satz in der 2. Pers. Plur. ab, der auf das προφητεύειν zielt. V 2a begründet (γάρ) das μᾶλλον κτλ. in einem allgemein gehaltenen präsentischen Satz, in dem dem als Subj. fungierenden ὁ λαλῶν γλώσσῃ kontrastierend (οὐκ ... ἀλλά) zwei Adressaten im Dat. zugeordnet werden. Das wird in V 2b kurz mit οὐδείς als Subj. und ἀκούει als Präd. wiederum begründet (γάρ), doch bleibt davon unberührt (δέ), daß das λαλεῖν πνεύματι des Glossolalen μυστήρια zum Inhalt hat (V 2c). V 3 wird dem Glossolalen mit demselben Präd. λαλεῖ der προφητεύων gegenübergestellt, dessen Adressat nun die in V 2 ausgeschlossenen ἄνθρωποι sind und dessen Inhalte mit drei Substantiven im Akk. benannt werden. V 4 stellt im Präs. zwei Formen des οἰκοδομεῖν gegenüber, die sich durch ihr jeweiliges Subj. und Obj. (beim Glossolalen ἑαυτόν und beim Propheten ἐκκλησίαν) unterscheiden. V 5 beginnt mit weiterführendem δέ in der 1. Pers. Sing. (θέλω) und einem *a.c.i.*, um dann mit ἵνα wieder in die 2. Pers. Plur. zu wechseln. Dabei erscheint im mit μᾶλλον beginnenden ἵνα-Satz (wörtlich identisch mit V 1c) wieder das prophetische Reden als eigentlicher Wunsch. Das nimmt der präs. Vergleichsatz in V 5c in einem weiteren Komparativ mit μείζων auf. Mit ἐκτος εἰ μή (zur Vermischung von εἰ μή und ἐκτος εἰ vgl. Bl-Debr-Rehkopf § 376 Anm. 4) wird in V 5d mit dem Konj. διερμηνεύῃ (Subj. ist weiter ὁ λαλῶν) eine Einschränkung benannt, deren Zweck in einem ἵνα-Satz bestimmt wird. Dabei wird das Subj. ἐκκλησία (dieses Mal mit Artikel) aus V 4 übernommen, doch wird statt des verbalen οἰκοδομεῖν nun οἰκοδομὴν λαμβάνειν gewählt.

V 6 zieht Paulus mit νῦν δέ aus dem in V 5 Gesagten die Konsequenz für sein eigenes Verhalten: Er beginnt nach neuerlicher Anrede einen Fragesatz im Eventualis in der 1. Pers. Sing. Dessen Protasis wiederholt nach dem Aor. Konj. ἔλθω und der Zielangabe πρὸς ὑμᾶς das seit V 2 immer wieder gebrauchte λαλεῖν γλώσσαις im Part. als Näherbestimmung des ἐλθεῖν. Die Apodosis zählt mit Fragepronomen τί und futurischem Präd. ὠφελήσω, das von einem negierten ἐάν-Satz mit λαλήσω fortgeführt wird, vier jeweils durch ἢ ἐν verbundene Charismen auf. V 7f illustriert an zwei hypothetischen Beispielen die uninterpretierte Glossolalie: V 7 setzt entweder mit ὅμως ein, was dann als versetztes »gleichwohl« zu fassen, wahrscheinlicher aber als Einführung eines Vergleichs als ὁμῶς zu akzentuieren und mit »gleichfalls« zu übersetzen ist (vgl. Bl-Debr-Rehkopf § 450,2; Bauer/Aland 1154f). In der Protasis wird das vorangestellte, durch ein Part. Präs. näher bestimmte Subj. τὰ ἄψυχα durch εἴτε ... εἴτε an zwei Instrumenten exemplifiziert, während das Präd. δῷ das Part. διδόντα aufnimmt und ein Akk.-Obj. und einen instrumentalen Dat. bei sich hat. V 8 bestätigt die in πῶςγνωσθήσεται (V 7c) intendierte Negation durch einen weiteren fragenden Konditionalsatz mit demselben durch ein Adverb erweiterten Präd. δῷ wie in V 7, dem

[22] Vgl. das Präs. gegenüber dem Perf. der üblichen Einführungsformel; Schrenk, ThWNT I 757 bezeichnet auch λέγει κύριος fälschlicherweise als eine solche.

[23] Vgl. Aune* 343f (»simply a useful way of identifying God as speaker«; ebs. Carson* 92) gegenüber Ellis, Prophecy 182-187, der das als Indiz für die Tätigkeit urchristlicher Propheten versteht.

Subj. σάλπιγξ und dem Akk.-Obj. φωνήν wie in V 7a. Die Apodosis mit Fragepronomen τίς und futurischem Präd. enthält noch eine Zielbestimmung. V 9 bringt mit οὕτως καὶ ὑμεῖς eine erste Anwendung in der 2. Pers. Plur., wieder in einem Konditionalsatz mit ἐάν, doch dieses Mal negiert und demselben Verb διδόναι und Akk.-Obj. εὔσημον λόγον. Die Apodosis beginnt wie in V 7 mit πῶς und hat als Präd. ein Pass. in der 3. Pers. und als Obj. das substantivierte Part. des vorherrschenden Verbums λαλεῖν. V 9c folgt mit γάρ noch ein in der futurischen *coniugatio periphrastica* (vgl. Bl-Debr-Rehkopf § 353 Anm. 10) gehaltener Satz, der solches Reden als εἰς ἀέρα bestimmt. V 10 ist ein das 3. Beispiel einleitender asyndetischer Aussagesatz mit εἰσίν, dessen Subj. τοσαῦτα γένη φωνῶν durch das formelhafte εἰ τύχοι eingeschränkt wird. Dem schließt sich ein mit καί angeschlossener kurzer prädikatloser Satz οὐδὲν ἄφωνον an. V 11 knüpft in einem weiteren ἐάν-Satz mit οὖν an V 10 an, kehrt aber zur 1. Pers. Sing. zurück: Die negierte Protasis hat den Konj. εἰδῶ mit Akk. + davon abhängigen Gen., die Apodosis das Futur von εἶναι mit Prädikatsnominativ βάρβαρος und als Dat.-Obj. das Part. Präs. von λαλεῖν, die folgende Umkehrung als Subj. das Part. Präs. ὁ λαλῶν, denselben Prädikatsnominativ und einen Dat. mit ἐν. V 12 folgt eine erneute Anwendung mit οὕτως καὶ ὑμεῖς. Der Vordersatz beginnt mit kausalem ἐπεί, der 2. Pers. Plur. Präs. von εἶναι und dem durch πνευμάτων näher bestimmten Prädikatsnominativ ζηλωταί. Der anschließende Imp. ζητεῖτε nennt als Zielbestimmung (πρός) die schon mehrfach genannte, jetzt durch den Gen. ἐκκλησίας präzisierte οἰκοδομή sowie einen davon abhängigen ἵνα-Satz, der allein aus περισσεύητε besteht. V 13 ist eine Schlußfolgerung (διό) und ermahnt in einem Imp. den vorweg genannten λαλῶν γλώσσῃ zum Beten, dessen Ziel im Anschluß an V 5d der kurze ἵνα-Satz διερμηνεύῃ nennt. V 14 begründet (γάρ) die Bitte um Auslegung in einem erneuten Eventualis der 1. Pers. Sing.; dessen Protasis προσεύχωμαι γλώσσῃ hat zwei kontrastierende Konsequenzen, wobei in der Apodosis jeweils πνεῦμα bzw. νοῦς mit genitivischem Possessivpronomen der 1. Pers. Sing. als Subj. erscheint, in V 14b mit demselben präs. Präd. wie in V 14a, in V 14c mit prädikativem Adjektiv. V 15 fragt in Konsequenz des vorigen τί οὖν ἐστιν und antwortet mit zwei gleichlautenden Futura in der 1. Pers. Sing., in V 15a.b wieder mit demselben Verb wie in V 14a, in V 15 c.d mit ψάλλειν (das zweite jeweils durch δὲ καί gesteigert); dem sind dieselben Begriffe πνεῦμα und νοῦς im Dat. wie in V 14b.c zugeordnet. V 16 geht erstmalig in die 2. Pers. Sing. über und leitet mit »denn sonst« (zu ἐπεί vgl. Bl-Debr-Rehkopf § 456,3 und Anm. 7) einen Fragesatz als Eventualis ein. Dessen Protasis im Konj. Aor. von εὐλογεῖν übernimmt aus der Opposition νοῦς/πνεῦμα nur noch (ἐν) πνεύματι; in der Apodosis steht das substantivierte Part. ὁ ἀναπληρῶν mit Akk.-Obj. und einem davon abhängigem Gen. voran, dem das Fragepronomen πῶς mit futurischem Präd. ἐρεῖ sowie das Akk.-Obj. τὸ ἀμήν und eine Präpositionalbestimmung (mit possessiven Adjektiv der 2. Pers. Sing.) folgt. V 16c begründet mit ἐπειδή in einem kurzen Aussagesatz, wieder in der 2. Pers. Sing., daß das voranstehende Obj. τί des Redens dem aus V 16 zu ergänzenden Subj. ἰδιώτης kein Verstehen ermöglicht. V 17 konzediert im Vordersatz (μέν) dem betont voranstehenden σύ ein durch καλῶς erweitertes εὐχαριστεῖν, doch (zu ἀλλά nach μέν vgl. Bl-Debr-Rehkopf § 447 Anm. 13) noch einmal heißt es im passivisch konstruierten Nachsatz nun mit ὁ ἕτερος als Subj.: οὐκ οἰκοδομεῖται. V 18a dankt Paulus Gott in der 1. Pers. Sing., dessen Inhalt V 18b in der 1. Pers. Sing. des Präs. + γλώσσαις nennt, und zwar im komparativischen Vergleich (μᾶλλον) mit allen Adressaten (πάντων ὑμῶν). V 19 setzt dem mit ἀλλά entgegen, was Paulus vorzieht, wieder in der 1. Pers. Sing. (θέλω λαλῆσαι + τῷ νοΐ μου), einer vorangestellten Orts-

bestimmung (ἐν ἐκκλησίᾳ) und Akk.-Obj. πέντε λόγους. Die Absicht bezeichnet in V 19b ein ἵνα-Satz mit καὶ ἄλλους als Obj. und dem im Brief singulären κατηχήσω, während das durch ἤ (vgl. Bl-Debr-Rehkopf § 245 Anm. 4) überbotene und zu V 19a stark kontrastierende Obj. des λαλῆσαι im Akk. (μυρίους λόγους) + ἐν γλώσσῃ in V 19c nachsteht.
Nach neuer Anrede fährt V 20 mit drei präs. Imp. im Plur. fort, der 1. negiert, der 3. dem 2. mit ἀλλά konfrontiert, jeweils mit einem *dativus relationis*, der im 2. und 3. Fall identisch ist (ταῖς φρεσίν). V 21 führt mit der typischen Zitationsformel und ἐν νόμῳ ein Jes-Zitat ein: Am Anfang steht das futurische Präd. in der 1. Pers. Sing. und zwei instrumentale Dat. im Plur. mit ἐν und einem direkten Dat.-Obj.; in der 2. Zeile folgt ein negiertes Futur in der 3. Pers. Plur. + Gen. μου, dem ein λέγει κύριος nachgeschoben wird. V 22 zieht mit ὥστε zwei Folgerungen aus dem Zitat: Nach V 22a sind (zu εἶναι + εἰς vgl. z.St.) die γλῶσσαι ein Zeichen, nach V. 22b (allerdings ohne ausdrückliche Wiederholung von εἶναι εἰς σημεῖον) ist es die Prophetie. Deren Adressaten werden jeweils negativ und positiv mit zwei chiastisch stehenden Dat. im Plur. (τοῖς πιστεύουσιν / τοῖς ἀπίστοις) konfrontiert. V 23f werden in zwei kontrastierenden Beispielen im Eventualis aus den in V 22 erwähnten beiden Gruppen nur die ἄπιστοι aufgegriffen, zunächst in einer rhetorischen Frage, dann in einem Aussagesatz: Im 1. ἐάν-Satz in V 23 werden in der sehr ausführlichen Protasis das Zusammenkommen der ganzen Gemeinde, das glossolalische Reden aller und das Hereinkommen der ἰδιῶται ἢ ἄπιστοι angeführt, während die Apodosis nur kurz die zuletzt genannten Subj. virtuell aufnimmt, die in einem mit ὅτι eingeleiteten Satz im Futur nur das eine Wort sprechen: μαίνεσθε. Der 2. ἐάν-Satz in V 24 verkürzt die Protasis von V 23 um das 1. Glied, hat im 2. wieder πάντες als Subj., nun aber mit προφητεύειν, während das 3. inhaltlich identisch ist, doch stehen die beiden Subj. in chiastischer Reihenfolge zu V 23 und mit vorangestelltem τις im Sing.; in der Apodosis ist dieses τις Subj. eines doppelten Pass. im Präs., beide Male mit ὑπὸ πάντων als Urhebern. V 25 schließt an die Apodosis von V 24 an, indem zunächst das Neutr. Plur. τὰ κρυπτά mit doppeltem Gen. (αὐτοῦ bezieht sich auf den Ungläubigen) Subj. eines präs. Geschehens, dann der Ungläubige selbst Subj. eines aktiven Futurs mit zwei koordinierten Part. wird. Von dem letzten (ἀπαγγέλλων) hängt ein ὅτι-Satz ab, der Gott als Subj. eines lokalen ἐν ὑμῖν-Seins bekennt.

Erklärung
1

Zunächst wird im sachlichen Anschluß an Kap. 13 noch einmal wie in 12,31 zum διώκειν der Liebe gerufen, wobei von dorther vielleicht das Bild vom »Weg« mitspielt[24], auf dem der Liebe bis ins Ziel nachgejagt werden soll (vgl. Phil 3,12.14). Die Liebe ist keine abstrakte Idee oder ein bloßes Ideal, aber auch kein unverlierbarer Besitz, sondern immer neu leidenschaftlich zu erstreben[25]. Von ihrer Funktion als maßgeblicher Orientierung für alle Geistes-

[24] Vgl. Theophylakt 733: πολλοῦ χρεία δρόμου, ἵνα φθάσωμεν ταύτην (sc. τὴν ἀγάπην), wobei aber wie auch bei Chrysostomus 295 von διώκειν her das Bild vom Flüchtenden gefüllt wird, dem nachgejagt wird. Die Liebe entfliehe fortwährend, weil wir sie nicht gebrauchen.

[25] Διώκειν gebraucht Paulus sonst von der Verfolgung (so 4,12; 15,9 u.ö.), aber auch positiv im Sinne eifrigen Erstrebens; z.B. 1Thess 5,15 (τὸ ἀγαθόν); Röm 9,30 (δικαιοσύνην); Röm 12,13 (φιλοξενίαν); Röm 14,19 (τὰ τῆς εἰρήνης); Phil 3,12. Insofern kann keine Rede davon sein, daß die Ausdrucksweise »unerträglich matt« ist, wie Weiß 310 behauptet; vgl. Erasmus 728: *vehementius est verbum* διώκετε *quam* ζηλοῦτε; ebs. Bullinger 228; Wischmeyer (Lit. zu Kap. 13 [Weg] 37): »gerade in zugespitzter, leidenschaftlicher Diktion«.

gaben versteht sich auch die anschließende Mahnung zum ζηλοῦν[26] der πνευματικά[27]. Zwar wird damit 12,31a aufgenommen, doch gewinnt es nun einen etwas anderen Akzent, weil nach der eindeutigen Abwertung der Charismen zugunsten der Liebe in Kap. 13 das Mißverständnis entstehen könnte, Paulus gebe überhaupt nichts auf die Geistesgaben[28]. Vor allem der von ζηλοῦτε abhängig zu denkende ἵνα-Satz mit dem vom Kriterium der Liebe her gewonnenen Komparativ μᾶλλον bei der Prophetie zeigt ebenso wie die Wiederaufnahme von τὰ χαρίσματα τὰ μείζονα (12,31a) die gebotene Richtung der Interpretation[29]. Sie wird durch die Begründung in V 2f noch bestätigt. Μᾶλλον könnte dabei zwar über den Vergleich mit der Glossolalie hinausgehen, wird auch erst im folgenden konkret, hat aber primär die Überordnung der Prophetie über die Glossolalie im Auge (vgl. die folgenden Antithesen mit dem begründenden γάρ in V 2 und die Aufnahme von μᾶλλον sowie das μείζων in V 5)[30]. Da sich die Mahnung ohne jede Einschränkung auf eine bestimmte Gruppe an alle richtet, taucht hier zum ersten Mal das sich in Kap. 14 mehrfach stellende Problem eines Prophetentums aller Glaubenden auf (vgl. V 5.31.39)[31]. Dabei wird man weder von einem rein punktuellen Wirken wechselnder Einzelpersonen noch von einem geschlossenen Kreis mit ständiger prophetischer Begabung auszugehen haben[32], wohl aber von einer grund-

[26] Zu ζηλοῦν vgl. zu 12,31. Manchmal wird ζηλοῦν als Wünschen und Flehen von διώκειν als »freie Anstrengung seines (sc. des Menschen) Willens« abgesetzt (so z.B. Rückert 355), doch ist auch das auf Geistesgaben »gerichtete Streben ein Bestandteil der Ethik« (Stumpff, ThWNT II 890); vgl. schon Neander 223: »Ζηλοῦν schließt eben so wenig die menschliche Mitwirkung aus, als διώκειν die göttliche«. De facto sind beide Worte fast synonym (Barrett 315); v. Mosheim 610 deutet beide auch hier von V 13 her als προσεύχεσθαι, und auch nach Wolff 328 soll sich das ζηλοῦν im Gebet vollziehen (vgl. schon Weiß 321, der das aber mit Recht erweitert: »Sehnt euch danach, betet darum, tut euch in edlem Wetteifer hervor«). Fee 654 findet eine chiastische Beziehung zu 12,31: 12,31a (a); 12,31b (b); 13,1ff (c); 14,1a (b); 14,1b (a).

[27] Τὰ πνευματικά sind entweder mit Meyer 378; Schmiedel 174; Weiß 321 Anm. 3 und Schweizer, ThWNT VI 436 auch hier umfassend als die Geistesgaben überhaupt zu bestimmen, oder es ist mit Heinrici 410 an Prophetie und Glossolalie zu denken, »in denen die unmittelbarste und mächtigste Wirkung des Geistes kund wird« (vgl. auch oben Anm. 22f zu Kap. 12). Robinson (Lit. zu Kap. 12-14) 51 z.B. bezieht τὰ πνευματικά dagegen wegen der Parallelität zu V 5a und wegen V 37 allein auf die Glossolalie.

[28] Vgl. de Wette 128: »Daher das beschränkende: *befleissigt euch indessen*«. Wischmeyer (Lit. zu Kap. 13; Weg) 37 will ζηλοῦτε nicht als Imp., sondern als ind. Konzession verstehen, was nach διώκετε in V 1a schwerlich einleuchtet; richtig ist, daß Paulus das Streben der Korinther nach den πνευματικά nicht hemmen, sondern in die richtige Bahn lenken will.

[29] Nach Kleinknecht, ThWNT VI 346 entspricht die Bevorzugung der Prophetie zumindest terminologisch der Höherbewertung des προφήτης gegenüber den ekstatischen μάντεις bei Plato (Tim. 72a-b; Charm. 173c), wobei der Unterschied darin liege, daß Glossolale und Ausleger bei Paulus nach V 13 ein und dieselbe Person sein können (vgl. 346f) und außerdem die Beurteilung nicht durch νοῦς, φρόνησις und Dialektik erfolge, sondern »Gabe des Gottesgeistes selbst« sei (347). Entscheidend ist: Der Prophetie eignet Kommunikabilität.

[30] Vgl. einerseits Meyer 378 (»in höherem Grade aber, als für die übrigen Geistesgaben, beeifert euch, um prophetisch zu reden«), andererseits aber mit Recht Heinrici 410 (Es werden nur Prophetie und Glossolalie verglichen) und Brockhaus* 150 Anm. 49, der μᾶλλον hier nicht als Superlativ oder Elativ, sondern als Komparativ auffaßt.

[31] Vgl. aber schon oben Anm. 713 zu Kap. 12.

[32] Richtig z.B. Hainz* 87: »keineswegs einem bestimmten Personenkreis vorbehalten«, son-

sätzlich jedem Gemeindeglied offenstehenden Möglichkeit. Man könnte erwägen, zwischen προφήτης und προφητεύειν zu differenzieren, da dort, wo für alle eine Befähigung zum prophetischen Wirken vorausgesetzt wird oder ein Imperativ erscheint, das Verbum προφητεύειν verwendet wird (11,5f; 14,1.5.24.31.39), in 12,29f dagegen, wo eine Einschränkung auf ein prophetisches Charisma vorliegt, der Titel προφήτης gebraucht wird, doch die fließenden Übergänge in 14,29-32 widerraten solcher Annahme und legen eher eine Fluktuation nahe[33]. Immerhin kann man vielleicht schließen, daß προφήτης nicht bei gelegentlicher Prophetie angebracht schien, was der zu 12,28 festgestellten relativen(!) Festigkeit der Trägerkreise entspricht[34]. Jedenfalls können prinzipiell alle Gemeindeglieder prophetisch wirken.

2 Nach V 2, der die Überordnung der Prophetie durch den Vergleich mit der Glossolalie begründet, spricht der Glossolale nicht zu Menschen, sondern zu Gott[35] (θεῷ, nicht ἐκ θεοῦ wie 2Kor 2,17), dem sie allein verständlich ist[36]. Damit wird gewiß nicht moniert, daß die Glossolalie wie auch Beten und Singen an Gott gerichtet sind, wohl aber, daß andere nicht einstimmen und sich das vom Glossolalen Vorgebrachte zu eigen machen können (V 16). Weil Glossolalie somit nur das individuelle Verhältnis zu Gott betrifft[37], wird sie als defizitär abgewertet. Ihre mangelnde Qualität ergibt sich aus ihrer Unverständlichkeit für andere, nicht aus negativen moralischen, psychischen, emotionalen o.ä. Auswirkungen auf den Glossolalen selbst. Aus οὐδεὶς ἀκούει ist nicht zu schließen, daß es hier nichts zu hören gäbe und Glossolalie unhörbares Gemurmel wäre (dagegen spricht eindeutig schon das λαλεῖ und V 7ff), sondern ἀκούει ist als verstehendes Hören von γνωσθήσεται (V 9) und οἶδεν (V 16) her auszulegen (vgl. auch Mk 4,12.33 par)[38], d.h. der Nichtglossolale

dern grundsätzlich »jedem Gemeindeglied möglich«; Forbes* 254 Anm. 5; anders z.B. Roloff, Apostolat 126f; Dunn* (Jesus) 280; zutreffend ist aber, daß einer nicht prophetisch redet, weil er Prophet ist, sondern Prophet ist, weil er prophetisch redet (281). Greeven* (Propheten) 8 spricht von einem sich abzeichnenden Prozeß vom »Bewußtsein vom allgemeinen Prophetentum aller Gläubigen« zu einem festen Prophetenstand; vgl. auch Roloff, Apostolat 126 Anm. 298; Hainz* 87 Anm. 6; Giesriegl* 143f; Fee 619. Culpepper (Lit. zu Kap. 12-14) 113 dagegen unterscheidet zu Unrecht schärfer zwischen »the gift of prophecy and the office and ministry of prophecy«.

33 Vgl. Cothenet (Lit. zu Kap. 12-14) 101; Gillespie* (Theologians) 132: Vom Gebrauch des *nomen agentis*, des denominativen Verbs und des *nomen actionis* (προφητεία) sei kein Aufschluß zu erwarten; Hainz* 87f: Die Verbalsubstantive belegen keine »Personenbezogenheit«; vgl. auch oben Anm. 714 zu Kap. 12.

34 Vgl. die verschiedenen Differenzierungen bei Carson* 118; Turner (Lit. zu Kap. 12-14) 14-16; Reiling (Lit. zu Kap. 12-14) 67; Grudem* (Gift) 235-239.

35 Τῷ θεῷ ist schwerlich mit »zur Ehre Gottes« (so v. Mosheim 611) zu deuten, wie das Oppositum ἀνθρώποις zeigt.

36 Vgl. Hartman* 164f, der davon die Prophetie als Mittel, durch das Gott zu Menschen spricht, abhebt und nicht wie z.B. Barrett 316 der ἑρμηνεία den Effekt »of turning tongues into prophecy« zuschreibt; vgl. auch Dunn bei de Lorenzi, Charisma 193; Forbes* 95.

37 Weiß 322 schließt daraus, daß Glossolalie »in 1. Linie *Gebet*« ist (kursiv im Original gesperrt; ebs. Héring 123). Aber auch V 14ff beweisen das nicht, es sei denn, Gebet werde sehr weit gefaßt. »Pneumatisches Selbstgespräch« (Godet II 150) ist allerdings eine ganz inadäquate Kategorie.

38 Vgl. auch Gen 11,7; 42,23; Dtn 28,49; Jer 5,15; Spr 21,28. »Das *Unverstandene* ist wie

hat keine Ohren dafür und kann ihr keinen Sinn entnehmen (auch οὐδείς gilt wie z.T. ἕκαστος nicht streng, sondern im Fall eines fehlenden ἑρμηνευτής). Paulus bestreitet nicht, daß es bei der Rede der Glossolalen um μυστήρια geht. Die Frage ist nur, ob damit jetzt im Unterschied zu Kap. 2 inhaltlich Dunkles, Unzugängliches und Mysteriöses gemeint ist[39]. Da aber nach 13,2 auch der Prophet oder ein anderer Charismatiker die μυστήρια im Sinne der eschatologischen Geheimnisse und Heilsratschlüsse erkennt, also nicht nur der Glossolale, wird hier in V 2 nicht der Inhalt, sondern der Modus der Vermittlung von Glossolalen und Propheten kontrastiert, die Differenz zwischen beiden also allein in der Form und Funktion zu suchen sein[40]. Es besteht also kein Grund, μυστήρια inhaltlich anders zu fassen als in Kap. 2 (vgl. auch 15,51). Der Unterschied besteht vielmehr allein darin, daß der Glossolale die eschatologischen Geheimnisse in unverständlicher Weise äußert. Πνεύματι λαλεῖν ist nicht eindeutig, denn damit könnte zwar auch (*dativus instrumentalis*) die für alle Geistesgaben geltende Zurückführung auf das Wirken des Geistes Gottes anvisiert sein (12,11 u.ö.), was auch dem Glossolalen nicht abgesprochen werden soll[41]. Vom Kontext und seiner Gegenüberstellung von Glossolalem und Propheten her aber liegt es näher, πνεῦμα wie in V 14f im Unterschied zum νοῦς stehen zu sehen[42], wobei man allerdings fragen kann, ob sich solche Alternative für Paulus überhaupt stellt (vgl. zu V 14f). Jedenfalls ist mit πνεῦμα auch hier nicht auf etwas Göttliches oder Gottverwandtes im Menschen abgehoben[43], sondern auf die Ausschaltung des νοῦς[44].

Nichtgehörtes« (Meyer 378; Heinrici 411).

39 So z.B. Semler 351 (*ignota, occulta*); Barrett 315f (»simply ›secrets‹«); Grosheide 318; Senft 174; Fee 656; Witherington* 281 u.a.; solches Verständnis wäre eher möglich, wenn ein korinthischer Ausdruck vorliegen sollte (so Robinson [Lit. zu Kap. 12-14] 51). Maly* 199 will eine inhaltliche Unterscheidung zur Prophetie finden, doch die ohnehin nicht strenge Anthithese von V 2f (vgl. den überschießenden V 2c) zielt, wie V 4 zeigt, auf einen formalen und funktionalen Unterschied und reicht zur inhaltlichen Bestimmung der Prophetie in V 3 nicht aus. Eine Anspielung auf die Mysterien der Mysterienreligionen (so von House [Lit. zu Kap. 12-14] 141 erwogen) ist ernsthaft nicht in Erwägung zu ziehen; zu möglichen Verbindungen mit Äußerungen jüdischer Apokalyptik und Mystik vgl. M.N.A. Bockmuehl, Revelation and Mystery, 1990 (WUNT II/36) 169f.

40 Vgl. Rückert 357; Meyer 379; Heinrici 412; Weiß 322 (Geheimnisse »im Unterschied von den Mysteria, die der Prophet verkündigt, d.h. allgemein zugänglich macht«); Bachmann 411; Bornkamm, ThWNT IV 829; Krämer, EWNT II 1102; Dautzenberg* (Prophetie) 234-238; Müller* 29f; Wolff 328f; Heckel (Lit. zu Kap. 12-14) 126 Anm. 40; vgl. auch Forbes* 96f.

41 So z.B. Rückert 357; Schmiedel 174; Fee 656 Anm. 22. Die dabei oft gebrauchte Kategorie der Unmittelbarkeit dieses Geistwirkens (Bachmann 411) kann aber nur die Ausschaltung des νοῦς betreffen.

42 So z.B. Semler 351, der ἑαυτοῦ ergänzt. Schon Oecumenius 841 stellt beide Möglichkeiten nebeneinander; V 14 wird 848 mit τὸ χάρισμά μου τὸ πνευματικόν interpretiert (ebs. zu V 15 849); vgl. auch Estius 681; v. Mosheim 611 u.a.

43 Vgl. EKK VII 1,258f zu 2,11.

44 Vgl. Meyer 379; Godet II 150; Héring 124; Gutjahr 373: »das menschliche πνεῦμα unter Einwirkung des göttlichen Geistes ... mit Ausschluß des νοῦς« (ähnlich Grosheide 318; Dautzenberg* [Prophetie] 234). Anders Heinrici 411: Hier sei »der heilige Geist immanentes Lebensprincip geworden«, weil es sich hier um »Wirkungen des Gottesgeistes« handele, der νοῦς aber »zu den natürlichen intellectuellen Functionen« zu zählen sei. Das dürfte eher korinthisch als paulinisch gedacht sein.

3 Anders der Prophet, von dessen inhaltlicher Rede über den intendierten Effekt hinaus hier nichts verlautet[45]. Sind Rückschlüsse auf Form und Inhalt von der parakletisch-paränetischen Funktion her somit schwerlich möglich[46], ist nicht einzusehen, warum das prophetische Reden von seiner Funktion her neben Kerygma und Paränese inhaltlich nicht ebensogut eschatologisches Zukunftswissen vermitteln kann[47]. Warum soll nicht auch durch Zukunftsaussagen »ermahnt«, »getröstet« und »erbaut« werden können (vgl. z.B. 1Thess 4,18), zumal die Beispiele für den Inhalt eines prophetischen μυστήριον in 15,51 und Röm 11,25 am ehesten in diese Richtung weisen?[48] Mit der Befriedigung fromm-unfrommer Neugier oder der detaillierten Ausmalung apokalyptischer Spekulationen hat das wenig zu tun. Das Substantiv οἰκοδομή, das im folgenden als Leitmotiv fungiert und in V 26 auch bei anderen Charismen als Zweckbestimmung genannt wird, erscheint hier nach dem Verbum οἰκοδομεῖν (8,1.10; 10,23) zum ersten Mal, und zwar als *nomen actionis* für den Prozeß, nicht das Ergebnis des »Erbauens« (vgl. auch V 5.12.26)[49]. Οἰκοδομή ist auch hier kein soziologischer Begriff, sondern steht metaphorisch (vgl. dazu besonders 3,10 und Röm 15,20) für die eschatologisch-ekklesiologische Wirklichkeit des inneren und äußeren Aufbaus der Gemeinde, die keinen statischen und fertig abgeschlossenen Bau darstellt[50]. Solche Erbauung der Gemeinde vollzieht sich nach 1Kor 14 zwar vor allem im Gottes-

[45] Vgl. z.B. Crone* 212f; Carson* 102; Holmberg, Power 98: V 3 beschreibe »the consequences of prophecy, not its content«; anders zu Unrecht Salzmann* 69 (»der normale Inhalt«). Nach Dautzenberg* (Botschaft) 136 wird der Vorrang der Prophetie überhaupt nirgends in Kap. 12-14 mit der Botschaft der Prophetie begründet, sondern allein mit ihrer Verständlichkeit.

[46] Dautzenberg* (Botschaft) 137. Müller* 24 sieht in der παράκλησις dagegen Buß- und Mahnrede; auch Gillespie* (Theologians) 149 findet in V 3 Funktion wie Inhalt angegeben.

[47] Oft wird aber auch hier erklärt (vgl. schon Anm. 231 zu Kap. 12), der Prophet werde »hier nicht sowohl als Zukunftsverkündiger . . ., sondern als der κατ' ἐξουσίαν redende Verkündiger des Willens oder der Gnade Gottes im allgemeinen geschildert« (so z.B. Weiß 322; vgl. auch Robertson/Plummer 301 u.a.). *Cum grano salis* (als Oppositum zu einer mysteriösen Redeweise) dürfte das auch richtig, aber doch zu ausschließlich formuliert sein.

[48] Bousset 143 läßt den Propheten denn auch anders als die in der vorigen Anm. Genannten »von den Geheimnissen der Zukunft und des Himmels« sprechen, die zur Erbauung dienen, »einerseits zur Mahnung – denn die Zukunft bringt Gericht – andrerseits zum Trost, denn die Zukunft bringt Seligkeit«; vgl. weiter Dautzenberg* (Prophetie) 233; Wolff 329.

[49] Vgl. Brockhaus* 187; Pfammatter, EWNT II 1213; Gillespie* (Theologians) 142; vgl. auch Chevallier* 58f, der eine horizontale (in Kap. 8-10 und 14) von einer vertikalen (in Kap. 3) οἰκοδομή abheben will.

[50] Vgl. Michel, ThWNT V 144 (»sowohl das innere Erstarken an Kraft und Erkenntnis als auch das äußere Gewinnen und Überzeugen«) und Vielhauer* 87: Zur »Förderung der bestehenden Gemeinde« trete »die Gewinnung neuer Glieder, so daß man die οἰκοδομὴ τῆς ἐκκλησίας die immer neu zu vollziehende, sich vollziehende Konstitution, die creatio continua der Kirche nennen könnte«; ebs. Bornkamm* 117; vgl. auch Roloff, Kirche 116 mit Anm. 81 zum Unterschied von Qumran. Andere wie Heinrici, Sendschreiben 432 Anm. 2 sprechen von »Vertiefung der Einsicht und Stärkung der christlichen Gewissheit«. Nach Meeks, Urchristentum 299 ist über »die Stärkung des internen Zusammenhalts« (»Gruppenkohäsion«) hinaus auch die »Bildung eines Gruppenethos« eingeschlossen, was »durch den Rhythmus der Musik und getragen durch die hohe Emotionalität, die sich aus der engen Interaktion während der Versammlung ergibt«, noch verstärkt worden sei.

dienst, nach 10,23 z.B aber auch im Freiheitsverzicht des Alltagslebens zugunsten der Schwachen. Umstritten ist die Zuordnung zu den beiden anderen Substantiven. Meist wird οἰκοδομή zwar als Oberbegriff aufgefaßt[51], doch ist eher von einer Koordination auszugehen[52]. Παράκλησις wie παραμυθία tauchen beide im 1. Korintherbrief nur hier auf, ja παραμυθία ist sogar Hapaxlegomenon im Neuen Testament[53]. Παράκλησις hat dabei vermutlich stärker ermahnenden[54], παραμυθία stärker tröstenden Charakter[55], obwohl beide Worte schon als solche beides einschließen können und ihnen oft eine Doppelbedeutung zukommt[56]. In V 31 erscheint παρακαλεῖσθαι neben μανθάνειν als Zweck der Prophetie. Man könnte zwar auch an Vorgänge gegenüber nichtchristlichen Gottesdienstbesuchern wie den in V 24f beschriebenen denken[57], doch hat Paulus primär zweifellos Trost und Ermahnung der Gemeinde durch die Propheten im Auge[58], die wie die sonstige prophetische Wirksamkeit ihren Ort im Gemeindegottesdienst hat[59]. Obgleich Ermahnung und Trost nicht nur Bestimmungen der Prophetie sind, ja παράκλησις in Röm 12,6-8 als eigenes Charisma neben der Prophetie erscheint, also nicht an sie gebunden ist, hält Paulus sie für die Prophetie offenbar besonders adäquat (vgl. V 31)[60].

51 Nach Meyer 379f soll οἰκοδομή in V 3 Genus sein, die beiden anderen Begriffe Species (ähnlich schon Grotius 815; auch Schlatter 374 sieht οἰκοδομή den beiden anderen Begriffen übergeordnet und durch sie näher bestimmt; vgl. auch Vielhauer* 76; Conzelmann 286; Kitzberger* 105; Hill* [Prophecy] 122f), weil in V 4 nur noch οἰκοδομεῖν genannt wird, während Heinrici 412 dagegen hält, daß nicht allein παράκλησις und παραμυθία die οἰκοδομή ausmachen; jedenfalls ist οἰκοδομή umfassender (Rückert 357); de Wette 129 will οἰκοδομή als Wirkung der beiden anderen verstehen, obwohl er selbst dagegen die Voranstellung anführt.

52 So z.B. Neander 225; Robertson/Plummer 306; Gillespie* (Theologians) 144: Die drei Worte sind koordiniert bzw. »nur in Nuancen unterschieden« (Hainz* 89); vgl. z.B. auch die Parallelisierung von παρακαλεῖν und οἰκοδομεῖν in 1Thess 5,11.

53 Vgl. aber παραμυθεῖσθαι (1Thess 5,14) und παραμύθιον (Phil 2,1), beidemal ebenfalls neben παράκλησις bzw. παρακαλεῖν. Vgl. die Deutung bei Bengel 427 (παράκλησις, *exhortatio, tollit tarditatem*, παραμυθία, *consolatio, tristitiam*) und Schlatter 374 (Das erste sei »das die Lähmungen und Verwicklungen im Willen bekämpfende«, das zweite »das den Druck des Leidens lösende Wort«).

54 Vgl. Röm 12,8; Phil 2,1; 1Thess 4,1; Phlm 8f als Oppositum zu ἐπιτάσσειν; anders aber an den meisten anderen Stellen (Röm 15,4f; 2Kor 1,3-7 u.ö.). Vgl. weiter Weiß 322; Maly* 199; Müller* 24 sowie 37-41 die jüd. Parallelen zur prophetischen Funktion der Ermahnung, z.B. Jub 1,12; LibAnt 30,5.

55 Zur Tröstungsfunktion der Prophetie vgl. die jüd. Belege bei Müller* 41f, z.B. Sir 48,24; 4Esr 10,41; 12,46f; 14,13.

56 Vgl. Stählin, ThWNT V 819 (»ein überzeugendes Kriterium für eine einigermaßen scharfe Grenzziehung läßt sich schwerlich finden«; vgl. auch ebd.: »Die Einheit von Mahnung und Tröstung wurzelt im Evangelium selbst, das Gabe und Aufgabe zugleich ist«) u.a.; Conzelmann 286: »praktisch synonym«; ähnlich Roux (Lit. zu Kap. 12-14) 41: fast synonym und komplementär. Vgl. auch Schlier, Zeit 74-78.

57 Schmitz, ThWNT V 794 Anm. 170 zitiert Diodor v. Tarsus zu Röm 12,8: παράκλησις δέ ἐστιν ἡ προτροπὴ δι᾽ ἧς τοὺς ἔτι ἐν ἀγνοίᾳ εἰς τὴν τοῦ Χριστοῦ πίστιν παρακαλοῦμεν (Staab, Pauluskommentare 106).

58 Vgl. 1Thess 4,18; 5,11; Phil 2,1f.

59 Vgl. Holtz, Thessalonicher 274; Wengst* 550f.

60 Nach Friedrich (ThWNT VI 830) hat die Prophetie bei Paulus »einen vorwiegend ethisch-parakletischen Charakter«, »ein Lehren, Ermahnen und Trösten« (mit Hinweis

4 Sind Prophetie und Glossolalie auch keine Alternative, so unterscheiden sie sich doch grundlegend in ihrem Effekt. Das erweist die Opposition von ἑαυτόν und ἐκκλησίαν als Objekt von οἰκοδομεῖν. Ein ἑαυτὸν οἰκοδομεῖν[61], auf das sich die Glossolalie beschränkt, ist im eigentlichen Sinne gar keine οἰκοδομή[62], jedenfalls dann nicht, wenn sie nicht zugleich am Gesamtbauwerk der Gemeinde orientiert ist. Darum steht οἰκοδομεῖν in 10,23f parallel zu συμφέρει und ζητεῖν τὸ τοῦ ἑτέρου. Im Hintergrund steht auch hier die Vorstellung von der auf Christus als Fundament gegründeten, aber durch ein ἐποικοδομεῖν wachsenden οἰκοδομὴ θεοῦ (3,9). Zwar kann Paulus hier ganz unverklausuliert von »Selbsterbauung« sprechen und in V 17 (vgl. den Sing.) auch von der Erbauung des einzelnen (vgl. auch 1Thess 5,11), doch ist auch damit beidemal impliziert, daß der einzelne Glied am Leibe Christi ist[63]. An einer individualistischen Intensivierung und Kultivierung der eigenen Religiosität liegt Paulus jedenfalls nichts[64]. Das gilt nicht nur für den Fall, daß die eigene pneumatische Vollkommenheit im Gottesdienst demonstriert wird[65], sondern generell, wenn Glossolalie auf sich und die eigene Erbauung fixiert bleibt. Demgegenüber wirkt die der verstehbaren Wortverkündigung zugeordnete Prophetie οἰκοδομή, und zwar οἰκοδομή der Gemeinde[66].

auf V 3.31). Schmitz (ThWNT V 794) spricht von Röm 12,8 her einerseits »geradezu von einem *Charisma des seelsorgerlichen Zuspruchs*«, doch soll andererseits die παράκλησις nach 1Kor 14,3.31 »in den Bereich des προφητεύειν gehören« (kursiv im Original gesperrt). Vgl. weiter Grabner-Haider, Paraklese 14-18; Grudem* (Gift) 182f; Gillespie* (Theologians) 141f.

61 Calvins Urteil 518 (*Per modum concessionis loquitur Paulus: nam ubi ambitio tales ampullas* [Redeschwulst] *proiicit, nullum intus est proficiendi studium*) beruht auf einer Fehlinterpretaion der korinthischen Glossolalie.

62 Vgl. Vielhauer* 108: Οἰκοδομεῖν ist »kein individualistischer, sondern ein Gemeinschaftsbegriff; mit ihm ist nie das ›erbauende‹ Individuum, sondern immer die Gemeinschaft visiert«; vgl. auch 87 zu V 4a: Das Wort sei hier »uneigentlich dh. in einem Sinne« gebraucht, »der der Natur des Begriffs in diesem Kapitel widerspricht, . . . um die Antithese denkbar zugespitzt zum Ausdruck zu bringen«; Martin* (Patterns) 72f; House* 144: eine bloße Konzession, wenn nicht Ironie; vgl. aber auch die nächste Anm.

63 Friedrich TRE 10,19 spricht von einem »Ineinander und Miteinander von Einzel- und Gesamterbauung«; vgl. auch ders., RGG ³II 538; Cullmann* 28; Bornkamm* 116 (Es gehe um die Förderung des anderen »nicht in seiner bloßen Individualität, sondern als Glied der ἐκκλησία«); Turner (Lit. zu Kap. 12-14) 22. Entsprechendes gilt auch von der Selbsterbauung. Andere gehen aber weiter, z.B. MacGorman* 397 (»self-edification has its own validity«); Carson* 102 Anm. 89; gegen die übliche pejorative Deutung von »Selbsterbauung« im Sinne von pneumatischem »Narzißmus« bzw. »self-centeredness« auch Saake (Lit. zu Kap. 12-14) 218 Anm. 32 und 219 Anm. 34 bzw. Fee 657. Kitzberger* 106 Anm. 274 sieht ein »Verhältnis der Überbietung« gegeben.

64 Vgl. z.B. Weiß 322: Im »Ausströmenlassen der eignen überschwänglichen Empfindung, die sich selber genug tun will und selbst dabei zur Ruhe kommt, liegt etwas Egoistisches, wenigstens im Effekt«; Bousset 143 spricht von einem »Stimmungserguß, den der Redner selbst genießt«; zurückhaltend Schlatter 372: »Mit dem eigenen Erleben des Zungenredners beschäftigt sich Paulus nicht weiter«.

65 So Wolff 329; entscheidend ist aber allein, daß die ekstatischen Erscheinungen »keinen Selbstzweck noch Selbstwert« haben, sondern »unter dem Gesichtspunkt des Aufbaus der Ekklesia relativiert« werden (Vielhauer* 87).

66 Daß zwischen ἐκκλησία ohne (V 4) und mit Artikel (V 5.12) kein Unterschied besteht, zeigt der Wechsel auf engstem Raum (Schmidt, ThWNT III 508; Weiß 322 Anm. 3

Daß Paulus die das private Gottesverhältnis berührende Glossolalie durchaus gelten läßt, unterstreicht V 5, wo er (vgl. den Unterschied zu 12,30) geradezu plerophorisch erklärt, er wünsche[67], daß alle glossolalisch reden[68]. Doch kann er das offenbar nicht aussprechen, ohne sofort wieder einen doppelten Komparativ hinzuzufügen (μᾶλλον ... μείζων)[69]: Größer ist sein Wunsch nach prophetischer Rede[70] und[71] größer der Prophet als der Glossolale, weil sein Wirken der οἰκοδομή der Gemeinde zugute kommt. V 5a gilt jedenfalls nur unter der mit ἐκτὸς εἰ μή genannten Voraussetzung, d.h. Glossolalie ist dann unbedenklich und akzeptabel, wenn für die anderen eine Erklärung und Deutung ihrer unverständlichen Sprache mitgegeben wird. Interpret ist hier der Glossolale selbst, denn das Subjekt des Konzessivsatzes bleibt ὁ λαλῶν[72]. Anders als hier und nach V 13 besteht aber nach V 27f ebenso die Möglichkeit, daß die ἑρμηνεία von einem anderen als dem Glossolalen selbst ausgeübt wird, was auch 12,10.30 voraussetzt. In beiden Fällen aber kommt es allein durch das διερμηνεύειν[73] zur οἰκοδομή der Gemeinde. Daß der Glossolale hier selbst als Hermeneut fungiert, setzt mindestens in diesem Fall ein Verstehen seiner Glossolalie voraus[74].

im Unterschied zu Meyer 380 und Heinrici 412; richtig auch Barrett 316). Daß ἐκκλησία hier und in V 5.12.23 *nomen actionis* zur Umschreibung des gottesdienstlichen Zusammenkommens geworden sei (so Roloff, Kirche 85), ist von V 23 her kaum zu halten. Gewiß ist die gottesdienstlich versammelte Gemeinde im Blick, aber ἐκκλησία und συνέρχεσθαι sind nicht dasselbe.

67 Zu θέλω im Sinne des Wunsches vgl. zu 7,7; Weiß 322 umschreibt θέλω mit: »Ich gönne es euch von Herzen«; ähnlich Conzelmann 286; nach Kremer 301 soll »rhetorische Übertreibung und eine Art captatio benevolentiae« vorliegen; Héring 124: keine Anordnung, sondern eine Konzession in der Form eines unrealisierbaren Wunsches. In der Tat ist von V 23 her ein ernstgemeinter Wunsch fraglich.

68 Πάντες könnte dabei wie in V 18 (vgl. unten Anm. 167) kritisch gegen die auftrumpfenden Glossolalen zielen und den Verdacht des Neides oder der Mißgunst bei Paulus abwehren; vgl. Theophylakt 736; Chrysostomus 297; Haymo 587 (*Ne dicerent Corinthii: Invides nobis, apostole Paule*); v. Mosheim 612f; vgl. auch unten Anm. 78.

69 Vgl. z.B. Hieronymus 759: *Hoc quidem volo, sed illud malo: hoc non prohibeo, illud exhortor*; ähnlich Pelagius 206; Primasius 540. Anders akzentuiert Atto 389: *Condescendens concedit.* Noch anders Thomas 392: *Donum linguarum cum interpretatione est melius quam prophetia.*

70 Coccejus 320, Wettstein 159, Kistemaker 481 u.a. erinnern zu dem vermutlich auch in V 5b bei der Prophetie zu ergänzenden πάντες (vgl. Greeven* [Propheten] 5) an Num 11,29 (vgl. unten Anm. 512). Zu dem angeblichen Widerspruch zu 12,29f, den Lietzmann 71 hier finden will, vgl. Conzelmann 286: Dort sage Paulus »nur, daß nicht alle Christen alle Gaben haben, nicht, daß einer nur *eine* Gabe haben könne« (kursiv im Original gesperrt).

71 Das in V 5c bei μείζων statt des eigentlich zu erwartenden γάρ (so haben denn auch ℵ^c D u.a. geändert) stehende δέ führt hier wie öfter einfach weiter und ist »fast = ferner« (Weiß 323).

72 So die meisten im Anschluß an die von 𝔓^{46} ℵ A B D^2 K P 048 0289^{vid} 33 365 629 al lat gebotene Lesart διερμηνεύῃ. Subjekt ist also nicht wie sekundär in 0243 1505 1739 1831 pc ein zu ergänzender τίς (vgl. auch die Lesart in F G: ἦ ὁ διερμηνεύων [= wenn ein Interpret vorhanden ist] und Héring 124); wäre der Glossolale sein eigener Interpret, würde er nach Kistemaker 478 gefragt werden, warum er überhaupt in unverständlichen Worten redet. Aber kaum in Korinth!

73 Vgl. dazu oben Anm. 263f zu Kap. 12.

74 Während Paulus nach Conzelmann 285 nicht voraussetzen soll, »daß die Glossolalie dem Sprecher selbst unverständlich sei«, soll er das nach Theißen* 304 »als Normalfall« sehr wohl tun, dem aber »sein Ideal« entgegenstellen, »das auf ein Verstehen des Unbewußten« hinauslaufe; daß der Glossolale darum beten soll (V 13), sei »nur sinnvoll«, wenn er *nicht*

6 Da die Dinge so liegen (νῦν δέ)[75], d.h. von der größeren Bedeutung der Prophetie her[76], hat Paulus, der hier wieder sein eigenes Beispiel als persuasives Argument anführt[77], daraus die Konsequenzen gezogen. Auch von ihm ist kein Nutzen für die Gemeinde zu erwarten, würde er nur als Glossolaler auftreten[78]. Zwar hat er nach V 18 durchaus selbst glossolalische Erfahrungen aufzubieten, aber er hat dieses Charisma nie vorrangig oder gar exklusiv zur Geltung gebracht[79], weil er auf das ὠφελεῖν aus ist, was hier οἰκοδομεῖν vertritt, vor allem aber das συμφέρον von 12,7 aufnimmt[80]. Förderlich aber sind Offenbarungs- und Erkenntnisrede, Prophetie und Lehre. Wie immer zwischen den einzelnen Begriffen dieser Aufzählung zu differenzieren ist, was sie verbindet, ist eine kognitive Dimension und eine im Unterschied zur Glossolalie verständliche, kommunikative Sprache[81]. So sehr man sich wegen der gleichbleibenden Konstruktion mit vierfachem ἢ ἐν vor allzu subtilen Unterscheidungen und Beziehungen zwischen den vier Charismen hüten wird[82], die zudem nicht als erschöpfende Aufzählung zu verstehen sind, werden doch einerseits ἀποκάλυψις und προφητεία und andererseits γνῶσις und διδαχή stärker einander zuzuordnen sein. Prophetie gibt es nicht ohne Offenbarung und Lehre nicht ohne Erkenntnis. Offenbarung zielt auf Prophetie und Er-

verstehe (vgl. auch Heckel [Lit. zu Kap. 12-14] 120f). Sicher ist das nicht zu entscheiden, doch ist eigentlich nicht einzusehen, warum ein Gebet um Auslegung (nicht um Verstehen), die eben ein anderes Charisma ist, Unverständnis der eigenen Glosoalalie voraussetzt; vgl. auch unten Anm. 128 zu V 27. Moffat 213 meint, der Glossolale könne bei wiedergewonnenem Bewußtsein das Wesentliche reproduzieren oder darum beten.

75 Vgl. Bauer/Aland 1104 und zu 7,14; 13,13. Auch die meisten Kommentare verstehen im Sinne von *rebus sic stantibus*, Findlay 903 dagegen zeitlich im Blick auf den bevorstehenden Besuch.

76 Vgl. dazu Heinrici 413f; Schmiedel 174; anders Weiß 323.

77 Vgl. zu solchem *exemplum* EKK VII 1, 204 und VII 2, 280 sowie hier D.B. Martin* (Lit. zu Kap. 12-14; Tongues) 580: Paulus wolle damit wieder (wie schon bei der Leibmetapher) darauf hinaus, einen höheren Status (sc. als Glossenredner) zugunsten eines niederen aufzugeben; ebs. Witherington* 282. Anders als die verallgemeinernde Bedeutung der 1. Pers. Sing. in V 11 (vgl. unten Anm. 117) dient diese hier also nicht bloß rhetorisch der Veranschaulichung (auch Conzelmann 286f fügt dazu an: »Doch dürfte auch mitschwingen, daß Paulus wirklich als Zungenredner auftreten konnte«), sondern wird »verstärkt pragmatische Wirkung« intendieren (Kitzberger* 100).

78 Vielleicht ist hieraus ein gewisser apologetischer Ton zu entnehmen (Fee 661), aber angesichts von V39 ist das doch eher eine Konzession.

79 Weiß 323 findet »die Logik nicht ganz einwandfrei«, da Paulus »ja nicht gleichzeitig Z.(ungenrede) und die andere Gabe ausüben« könne, so daß man »statt dessen« ergänzen müsse, doch im Licht von V 19 wird man eher mit Barrett 317 »in addition« oder mit Hartman* 155 Anm. 18 »rather« einfügen; vgl. auch Conzelmann 287 Anm. 29.

80 Vgl. z.B. Hieronymus 759: *Erit vobis sola admiratio, non profectus*; ähnlich Primasius 540; Pelagius 207. Der Nutzen ist auch hier primär kein intellektueller, moralischer, psychologischer o.ä., sowenig man solche Momente ausschließen wird, sondern ein ekklesiologischer, nämlich οἰκοδομή. Anders z.B. 2Makk 2,25, wo der Nutzen des Buches in ψυχαγωγία und εὐκοπία gesehen wird.

81 Vgl. schon Chrysostomus 297: was εὔληπτον (leicht zu fassen) und σαφές (deutlich) gemacht werden kann.

82 Ambrosiaster 151 kann geradezu sagen: *Haec omnia unum significant*; ähnlich Ambrosius 268; Haymo 588; Hrabanus Maurus 129; Bullinger 230. Spener 458 erklärt mit mehr Recht, daß die genannten Gaben nicht immer verbunden sind.

kenntnis auf Lehre[83]. Wenngleich nicht jede Offenbarung zur Prophetie und nicht jede Erkenntnis zur Lehre führt[84], ist das doch kein durchschlagender Grund, um trotz fließender Grenzen zumindest die Annahme einer größeren Affinität von Offenbarung und Prophetie, wahrscheinlich aber auch von Erkenntnis und Lehre zu widerlegen. Zumal die erste Zuordnung ist evident (V 30), denn aus V 30 (ἄλλῳ ἀποκαλυφθῇ) ergibt sich zwingend, daß Prophetie auf Offenbarung gründet. Zwar wird Offenbarung erst dann zur Prophetie, wenn sie verständlich und konkret verkündigt wird, wohl aber ist Prophetie auf Offenbarung angewiesen und von daher mitbestimmt. Auch wenn die Prophetie dem νοῦς verpflichtet ist, wird man die sie voraussetzende ἀποκάλυψις selbst allerdings nicht ganz von ekstatisch-visionären Vorgängen absetzen dürfen[85]. 2Kor 12,1.7 benutzt ἀποκαλύψεις nämlich im Zusammenhang mit visionären Widerfahrnissen (in 12,1 par zu ὀπτασίαι), und Gal 1,12 (vgl. auch 1,16) steht es sachlich parallel zu ἑόρακα (1Kor 9,1) und ὤφθη (15,8). Inhaltlich wird damit, apokalyptischem Sprachgebrauch entsprechend[86], vor allem die proleptische Offenbarung eschatologischer Geheimnisse bezeichnet[87]. Schwieriger ist eine Näherbestimmung von γνῶσις[88] und ihrer Relation

83 So schon Calvin 438: Die letztgenannte Gabe stehe jeweils »im Dienst der vorhergehenden«: Offenbarung werde durch Prophetie, Erkenntnis in der Lehre vermittelt. Nach Billroth 191; Meyer 381 u.a. soll das erstere jeweils Quelle bzw. die Bedingung des zweiten sein (vgl. auch Bousset 143 und Grudem* [Gift] 138f: »reception or possession of information« bzw. Inhalt/Form; Carson* 103; Hill* [Prophecy] 126). Nach Neander 225; Godet II 153 und de Wette 129 sollen sie sich wie das Innere zum Äußeren verhalten (ähnlich Olshausen 710; Robertson/Plummer 308; Johnson [Lit. zu Kap. 12,4ff] 39). Weiß 323 nennt ἀποκάλυψις und γνῶσις »Einzelbetätigungen« von προφητεία und διδαχή.

84 So Heinrici 414, der außerdem einwendet, daß die Lehre auch auf σοφία zurückgeführt werden könne, so daß vier Charismen gemeint seien (vgl. auch Schmiedel 174; Lührmann* 39 Anm. 2). Der Einwand Grudems* (Gift) 18 Anm. 42, daß γνῶσις und διδαχή eher in einem Spannungsverhältnis zueinander stehen, hängt von der umstrittenen Exegese von 12,8 und 13,2 ab; vgl. aber auch Röm 15,14. Daß alle vier Gaben verschiedene Typen der Prophetie repräsentieren (so Gillespie* [Theologians] 161), ist jedenfalls wenig überzeugend.

85 Nach Lindblom (Lit. zu Kap. 12-14) 53 Anm. 27 sind »sowohl prophetische wie visionäre Offenbarungen« impliziert; vgl. auch 211 (»ekstatische und prophetische Revelationen und Auditionen«) und Bittlinger* (Kraftfeld) 122 (»in der Regel« ereigne sich Offenbarung »als Wort-Prophetie«, »manchmal ... auch in einem ›Gesicht‹ oder in einer ›Vision‹«). Anders Conzelmann 287 Anm. 30; Lührmann* 39-44, der 39 voraussetzt, daß die ἀποκάλυψις von V 6 ἐν νοΐ geschieht, aber die Möglichkeit eines δὲ καί (V 15) dabei nicht erwägt; vgl. auch die übernächste Anm. und oben Anm. 230f zu Kap. 12.

86 Vgl. schon Dan 2,28: Es ist ein Gott im Himmel, der Geheimnisse enthüllt (ἀποκαλύπτων μυστήρια); vgl. weiter äthHen 106,19; syrBar 81,4 und die Belege EKK VII 1, 227 Anm. 20. Das Nomen ἀποκάλυψις ist vor allem in der Selbstbezeichnung des letzten Buches der Bibel in Offb 1,1 bezeugt, parallel zu λόγος τοῦ θεοῦ, μαρτυρία Ἰησοῦ Χριστοῦ (V 2) und λόγοι τῆς προφητείας (V 3).

87 Vgl. z.B. Senft 176. Ἀποκάλυψις begegnet sonst undeterminiert noch Gal 2,2; in Kombination mit Apg 15,1 (Entsendung durch eine Gemeindeversammlung) hat Lührmann* 41f für 1Kor 14,6 erwogen, daß eine »konkrete Anweisung« im Blick ist, die der Gemeinde durch die Propheten vermittelt wird; vgl. auch 39f; ähnlich Wolff 330; vgl. jetzt auch Heininger, Paulus 240f. Bittlinger* (Kraftfeld) 123 führt für eine konkrete Weisung außer Gal 2,2 die bekannten Beispiele aus Apg 9,10f; 10,3ff; 16,9f; 18,9f; 22,17ff an; Wendland 126 denkt an »ein bestimmtes, einzelnes, eine Frage oder Not der Gemeinde erhellendes Offenbarungswort«. Das wird nicht falsch sein, darf aber nicht zu eng und einseitig gefaßt werden. Jedenfalls wird man konkrete Weisungen nicht bei jeder ἀποκά-

zur Lehre[89], doch wenn in der 1. Charismenliste λόγος γνώσεως (12,8) der Lehre zuzurechnen ist, während in der 2. und 3. (12,28f) die διδάσκαλοι genannt werden, die γνῶσις aber fehlt, kann man auch hier eine nähere Beziehung vermuten. Inhalt solcher διδαχή ist vermutlich die *fides quae*, sei es in Gestalt aktueller Glaubenserkenntnisse (dafür spräche die Entsprechung zum Verhältnis von Offenbarung und Prophetie), sei es in Gestalt fester Tradition (dafür sprächen die sonstigen Aussagen über die Lehre)[90]. Alle diese Betätigungen schreibt Paulus sich hier zunächst selbst zu, doch kommt V 6 darüber hinaus exemplarische Bedeutung für die Frage nach der Priorität der genannten Charismen zu[91].

7 In V 7f illustriert Paulus die Sinnlosigkeit und Vergeblichkeit unverständlicher Rede von Glossolalen durch einen ersten Vergleich[92] mit unbelebten Dingen (ἄψυχα), konkret an Musikinstrumenten, wobei es sich empfiehlt, beim eigentlichen Vergleichspunkt und d.h. der Verständlichkeit zu bleiben[93]. Zunächst wählt er Flöte bzw. Pfeife (αὐλός begegnet nur hier im Neuen Testament)[94] und Zither bzw. Leier (κιθάρα auch Offb 14,2)[95], also die bekannte-

λυψις voraussetzen dürfen; vgl. auch Broer (Lit. zu Kap. 12-14) 70f. Die verbalen Belege geben mit Ausnahme von 1Kor 2,10 (dort für alle Christen reklamiert) und Gal 1,16 (vgl. oben) wenig her (Röm 1,17f; 8,18; 1Kor 3,13; Gal 3,23; Phil 3,15). Zu ἀποκάλυψις im Sinne der Parusie vgl. zu 1,7.

88 Vgl. zu 1,5; 8,1; 12,8; 13,2.

89 Eine gewisse Verbindung weist nur Röm 2,20 auf. Vgl. aber auch zu 13,8.

90 Rengstorf (ThWNT II 167) z.B. hebt die διδαχή hier und in V 26 als »von Fall zu Fall« notwendige von Röm 6,17 und 16,17 als zusammenfassende ab. Vgl. weiter zu 12,28.

91 Vgl. oben Anm. 77; v. Mosheim 616 will dagegen die ἀποκάλυψις den Aposteln vorbehalten, denen »alles, was sie wußten«, »durch eine besondere Offenbarung Gottes kund gemacht worden« sei. Zur eigenen prophetischen Wirksamkeit des Paulus vgl. Sandnes, Paul passim; E.D. Freed, Is Paul among the Prophets?, Int. 20 (1966) 40-53; H. Merklein, Der Theologe als Prophet: Zur Funktion prophetischen Redens im theologischen Diskurs des Paulus, NTS 38 (1992) 402-429.

92 Vgl. zu ὁμῶς im Sinne von »gleichermaßen« statt »gleichwohl« oben S. 380; ferner Jeremias* 127f (mit einem bis dato unbeachteten Koine-Beleg aus dem Roman des Makarius von Rom für die Bedeutung »gleichfalls«); Keydell*; Bauer/Aland 1154f; Héring 124; Fee 663 Anm. 20; anders die meisten wie Rückert 361 und Weiß 324 (Hyperbaton), Meyer 382 und Heinrici 414 (Paroxytonon), die die schon von Wettstein 159 u.a. geäußerte Vermutung, ΟΜΩΣ stehe für ὅμοιος und sei mit ὁμῶς zu akzentuieren, zurückweisen, wobei dann meist so konstruiert wird: τὰ ἄψυχα, καίπερ φωνὴν δίδοντα, ὅμως οὐ γνωσθήσεται ἐὰν διαστολὴν μὴ δῷ. – Zur Funktion von *similitudines* vgl. Lausberg, Handbuch I 233f; Martin, Rhetorik 119-124.

93 Kleinknecht ThWNT VI 334 findet die Vergleiche zwischen Glossolalie und dem Blasen einer Flöte oder Trompete aber darüber hinaus »angemessen u(nd) beziehungsreich, insofern man im Zungenreden wie im Blasen gleicherweise eine durch πνεῦμα hervorgerufene φωνή von sich gibt«; vgl. auch 348 Anm. 69. Bachmann 413 will in der Umgehung des die Instrumente Spielenden eine Veranschaulichung dessen erkennen, daß nicht der Glossolale selbst redet, sondern »*es* aus ihm tönt«, und de Wette 130 sieht die »Tonwerkzeuge« gewählt, »damit das von ihnen hergenommene Beispiel für lebendige, vernünftige Geschöpfe desto beschämender werde«. Beides überzieht. Richtig Gloel (Lit. zu Kap. 12-14) 338; Wolff 330; Giesriegl* 172 Anm. 141 u.a.

94 Vgl. aber αὐλητής (Mt 9,23; Offb 18,22) und αὐλέω (Mt 11,17 par). Αὐλός kommt auch im AT (1Βασ 10,5; ebs. 1Makk 3,45) neben der Zither (dort κινύρα genannt) vor, aber auch neben Harfe sowie Handpauke und in 2Βασ 6,5 neben Lauten, Harfen, Handpauken und Zimbeln; vgl. auch Jes 5,12; 30,29.32, hier in den Handschriften A S αὐλοί, in B τύμπανον, und zwar neben κίθαρας; vgl. auch 1QS 10,9; 1QH 11,23; vgl. W. Boetticher, Art. Aulos, KP I 755-759, hier 755: »Der Instr.-

sten Blas- und Saiteninstrumente der Antike, die beide auch bei Symposien, Hochzeiten und religiösen Festen und Kulten weit verbreitet sind, z.B. beim Opferfest in Delos. Wenn die meist einstimmige Musik dieser Instrumente durch undifferenzierte Laute oder fehlende Intervalle und Rhythmen die Melodie[96] nicht erkennen lassen, weil keine διαστολή der Töne[97] möglich ist, hat sie ihren Sinn verfehlt. Auch bei dem, was auf der Flöte oder auf der Zither gespielt wird[98], kommt es auf die Möglichkeit des »Verstehens« an[99], wie die Parallelität zu V 9 unterstreicht. Ununterscheidbares und Verschwommenes hat keinen Nutzen.

8 Entsprechendes gilt für das nächste Beispiel[100]: Wenn die Trompete[101] das gegebene Signal nicht deutlich erkennen läßt (es gibt auch Signale, die zum Rückzug u.a. blasen[102]), wird sich kein Mensch zum Kampf bzw. zur Schlacht[103] rüsten. Auch hier kommt alles allein auf den entscheidenden Vergleichspunkt der Verständlichkeit an, und man sollte sich hüten, hier eine Stellungnahme zum Problem des Krieges impliziert zu finden[104] oder eine Übertragung auf die *militia Christiana* vorzunehmen[105].

Gattung nach rechnet der Aulos nicht, wie gemeinhin falsch übersetzt, zur Flötengruppe, sondern ist ein Rohrblatt-(Zungen-)Instr., also eine einfache oder (häufiger) Doppel-Oboe (also besser: Pfeife)«.

95 Κιθάρα (in LXX wie erwähnt z.T. κινύρα) ist im AT sehr viel häufiger; vgl. außer den in der vorigen Anm. erwähnten Stellen weiter Gen 4,21; 31,27, oft im Psalter, bei Jes und Dan; vgl. Delling, ThWNT VIII 499 Anm. 48 und U. Klein, Art. Kithara, KP III 1581f; andere Lit. bei Conzelmann 287 Anm. 32.

96 Φωνή meint hier in V 7 die Melodie, in V 8 das Signal der Trompete, abgehoben von den φθόγγοι, den einzelnen Tönen (vgl. Betz, ThWNT IX 286 mit Anm. 67).

97 Nach Rengstorf, ThWNT VII 593 bleibt das »im Rahmen des zeitgenössischen akustischen Gebrauchs von διαστολή« und bezieht sich »auf die verschiedene Tonhöhe, eventuell auch auf verschiedene Tonlänge«; vgl. auch Straub, Bildersprache 84; Beza 152 (*vel hilarem vel lamentabilem*).

98 Héring 125 erinnert an den Vergleich in 13,1. Vgl. Origenes 36: οὐ γιγνώσκεται ποίῳ ῥυθμῷ ηὔλησε. Nach Dion, Or. 38,28 ist ein Flöten- oder Zitherspieler, der nichts von Musik versteht, für verrückt zu erklären.

99 Man darf hier bei der Bestimmung von Zweck und Wirkung kaum auf die Einwirkung auf »die Gemüther« bzw. auf die Erwekkung bald dieser, bald jener »Regung in den Seelen« abstellen wie v. Mosheim 618 (vgl. auch Estius 684: *affectibus excitandis servire*), auch wenn emotionale Momente nicht auszuschließen sind. Callan (Lit. zu Kap. 12-14) 137 Anm. 38 hält es aufgrund der Verwendung der Musikinstrumente als Bild für Prophetie in Trance (mit Verweis z.B. auf Philo, Her 265f) für möglich, daß die Korinther das ebenso sahen und Paulus hier dagegen argumentiert, doch zielt Paulus auf die Übersetzung der Glossolalie (vgl. V 9), nicht auf die Prophetie.

100 Nach Meyer 383 sollen die einfachen Töne der Trompete »weit leichter verständlich« sein als die von Flöte und Zither; ebs. Heinrici 416, der noch weitergeht und meint, an kriegerischen Signalen lasse sich »die Wichtigkeit der Deutlichkeit am besten erkennen«; dagegen mit Recht Weiß 325.

101 Vgl. dazu G. Friedrich, Art. σάλπιγξ κτλ., ThWNT VII 71-88, bes. 85; Neumann, KP V 991f.

102 Vgl. Chrysostomus 298: Die Trompete rufe bisweilen zum Kampf, bisweilen zum Rückzug, und wer das nicht kenne, setze sich extremer Gefahr aus; ähnlich andere wie Atto 390f; mit Vorliebe wird wie bei Thomas 393 auf Num 10,1-10 verwiesen; weitere Parallelen bei Grotius 815f und Wettstein 159f; vgl. auch Bengel 427: *Unius tubae cantus alius ad alia vocat milites.*

103 Vgl. Robertson/Plummer 309: »The context makes ›battle‹ more probable than ›war‹«, auch wenn πόλεμος ebenso den Krieg wie die einzelne Kriegshandlung bezeichnen kann; vgl. die Belege bei Bauer/Aland 1373, z.B. Offb 9,7 (ἑτοιμάζεσθαι εἰς πόλεμον); Ez 7,14.

104 So mit Recht Bauernfeind, ThWNT VI 514f Anm. 93.

105 Anders Hieronymus 760; Pelagius 207; Haymo 588; Herveus 961 (*ut Christi milites ad*

9 Die Anwendung auf die korinthische Glossolalie beginnt wie in V 12 mit οὕτως καὶ ὑμεῖς[106]. Das in den beiden vorhergehenden Beispielen Genannte ist ebenso sinnlos wie unverständliche Glossolalie[107], der es an einem εὔσημον λόγον mangelt, der also klare, deutliche, verständliche Worte und damit ein erkennbarer Sinn fehlen[108]. Wird das Geredete aber nicht verstanden (γνωσθήσεται wie V 7), so redet man in den Wind (vgl. zu εἰς ἀέρα λαλοῦντες 9,26: ἀδήλως . . . ἀέρα δέρων)[109], womit das völlig Vergebliche und Nutzlose unübersetzter Glossolalie eindrücklich veranschaulicht wird. Immerhin mag man aus λόγος hier und in V 19 schließen, daß auch die Glossolalie nach Paulus nicht nur unartikulierte Laute und Silben enthält[110].

10 V 10-11 folgt ein weiteres Beispiel, das nun die ungedeutete Glossolalie mit der Unverständlichkeit fremder Sprachen vergleicht[111]. Es gibt eine Vielzahl von Sprachen in der Welt[112], ja (so wörtlich, falls man zu οὐδέν nichts er-

spirituale bellum contra daemones praeparetis).

106 Anders Heinrici 416, der für ein drittes Beispiel (undeutliches Sprechen) optiert und gegen eine Folgerung (so Meyer 383; Schmiedel 175; Godet II 154) einwendet, daß 1. γλῶσσα mit Artikel nie zur Bezeichnung der Glossolalie verwendet werde und 2. die Reihe der Analogien unterbrochen würde (vgl. auch Bachmann 413f; Robertson/Plummer 309; Gutjahr 379). Aber οὕτως καὶ ὑμεῖς ist nicht anders als in V 12 Einführung einer Anwendung (vgl. auch Gal 4,3; Mt 17,12; 23,28; Mk 7,18; 13,29; Lk 17,10; 21,31), und die angeführten Gründe sind nicht zwingend; vgl. auch die nächste Anm.

107 Διὰ τῆς γλώσσης wird von Rückert 362f; Meyer 383; Heinrici 416; Robertson/Plummer 309; Gillespie* (Theologians) 151 u.a. (vgl. die vorige Anm.) auf die Zunge als menschliches Organ bezogen, von anderen wie Theophylakt 737; Beza 152; Estius 684f u.a. dagegen auf die Zungenrede, m.E. mit Recht (dort allerdings als Xenolalie verstanden; richtig z.B. Lietzmann 71). Der Artikel kann kaum allein entscheiden, und (so Weiß 335 Anm. 1) »der Ausdruck ›mit der Zunge reden‹ ist überhaupt ganz sinnlos, da alles Reden mit der Zunge geschieht«; der Artikel solle eine Verwechslung vermeiden (336). Auch würde οὕτως καὶ ὑμεῖς dann schlechter passen. Mindestens aber wäre, bezöge sich die Wendung auf die Zunge, eine Anspielung auf die Glossolalie beabsichtigt.

108 Εὔσημος ist das leicht und deutlich Erkennbare; vgl. Grundmann, ThWNT II 768 und als Oppositum Lucian, Alex. 13: ὁ φωνάς τινας ἀσήμους φθεγγόμενος in der Ekstase. Die Vulgata übersetzt mit *manifestum*, Ambrosiaster 152 und Erasmus 729 mit *significantem*.

109 Vgl. EKK VII 2, 368f Anm. 537. Vgl. Philo, Migr 138 (ἀερομυθεῖν luftig bzw. in die Luft reden) und Sacr 32 (ἀερόμυθος in einem Lasterkatalog). Nach Lietzmann 71 und Weiß 325 Anm. 2 liegt vielleicht eine sprichwörtliche Wendung vor: *dare verba in ventos* (Ovid, Am. 1,6,42; zitiert bei Conzelmann 288 Anm. 36) und *ventiis verba profundere* (Lucretius 4,931; zitiert im Neuen Wettstein 381). Vgl. schon Bullinger 230 (hier werden als Analogien neben *vento loqui* auch genannt: mit einem Toten reden, einem Tauben singen u.a.); weiter Foerster, ThWNT I 165 und Grundmann, ThWNT II 768.

110 Vgl. z.B. Maly* 201; Beare* 243: »This does not suggest a formless babble, or ›lalling‹, but a succession of words which give the impression of language, but are unintelligible to the hearers«; ebs. Gillespie* (Theologians) 151; vgl. aber auch unten Anm. 175.

111 Φωναί statt des geläufigen γλῶσσαι für Sprachen gebraucht Paulus, weil er γλῶσσαι hier für die Glossolalie reserviert. Zu φωνή als Sprache vgl. Betz, ThWNT IX 273.289; Kremer 302 z.B. übersetzt aber mit »Stimme«; Fisher 222 beruft sich für diese Übersetzung (»many kinds of voices«) auf φωνή in V 7, doch näher liegt die Bedeutung desselben Wortes in V 11; vgl. schon 12,2: τὰ εἴδωλα τὰ ἄφωνα. Zudem würde sonst das Oxymoron φωνή – ἄφωνον beseitigt (Robertson/Plummer 310); vgl. weiter Meyer 385; Heinrici 417; Betz, ThWNT IX 289 Anm. 82.

112 Εἰ τύχοι (vgl. 15,37) im Anschluß an eine unbestimmte Mengenbezeichnung soll hier andeuten, »daß eine exakte Angabe nur aufs Geratewohl gegeben werden könnte: *wer weiß wieviel*« (Bauernfeind, ThWNT VIII 242; vgl. auch Bauer/Aland 1653: Das τοσαῦτα werde eingeschränkt); Meyer 384 (»wenn es sich so trifft«) sowie Heinrici 417 und Weiß 325 (Es gibt »*wer weiß wieviele*« Sprachen); anders

gänzt) nichts ist ohne Sprache[113]. Da mit Sprache aber hier nur sinnvolle und verstehbare Worte gemeint sein können, ist bei οὐδὲν ἄφωνον nicht allgemein an Stimmen aller Lebewesen[114], sondern an die verschiedenen Idiome aller Völker bzw. an die verschiedenen Arten von Sprachen gedacht[115]. Das ist ein zumal in der Hafenstadt Korinth wohlvertrauter Tatbestand, was aber selbstredend nicht dazu berechtigt, Glossolalie mit Fremd- bzw. Mehrsprachigkeit zu identifizieren[116].

11 Folglich (οὖν), weil das οὐδὲν ἄφωνον gilt – so exemplifiziert Paulus wiederum in der 2. Pers. Plur.[117] –, kommt alles auf das Verstehen der δύναμις (hier = Bedeutung[118]) der jeweiligen Sprache an. Ein in einer unbekannten Sprache Sprechender gilt dem Hörenden und der Hörende dem Sprechenden als βάρβαρος[119], d.h. als solcher, der eine fremde, unverständliche Sprache spricht. Wer aber eine unbekannte Sprache hört, kann nicht verstehen, und wer in einer unbekannten Sprache spricht, wird nicht verstanden[120]. Wenn zwei nicht dieselbe Sprache sprechen, bleibt es bei der Fremdheit, und es gibt keine Kommunikation[121]. Das aber ist der Fall, wenn Glossolalie nicht übersetzt

Bachmann 414f, der γένη φωνῶν so interpretiert, »daß sich die Sprachen in verschiedene Arten zerlegen, indem jede einzelne etwa verschiedenartige Dialekte unter sich befaßt« (414).

113 Das Oxymoron φωνή – ἄφωνος bezeichnet die mangelnde Fähigkeit, sich durch Worte auszudrücken (vgl. Bauer/Aland 257); »keine Sprache ist ohne das Wesen einer Sprache« (Meyer 385; Heinrici 417, der in ders., Sendschreiben 437 übersetzt mit: »*keine ist Unsprache*«), keine ohne deutlich ausgesprochene Worte und damit ohne die Möglichkeit der Kommunikation und δύναμις. Schon die Alte Kirche interpretierte das schwierige ἄφωνος als ἄσημος und ἀνεπίγνωστος (Photius 575; Oecumenius 845).

114 So offenbar die Vulgata (*nihil sine voce est*), was Herveus 962 so fortführt, *quia nulla res est sine voce et appellatione in unaquaque lingua*; Isaak v. Stella (Serm. 28,5 [SC 207, 154]) z.B. versteht das so, daß die *opera* Gottes *verba* sind und *omnia clamant*; vgl. auch Augustin, In Ps 26,12 (CChr 38, 161): *ipse species creatuarum uoces sunt*; Calvin 520 (*generalius nunc loquitur: comprehendit enim nunc voces naturales animalium*); auch Erasmus 729 plädiert dafür, daß hier *de omnibus vocum generibus, non tantum de linguis* die Rede ist.

115 So die meisten. Οὐδέν ist entweder auf γένη φωνῶν zu beziehen (so z.B. Heinrici 417) oder durch γένος zu ergänzen (so z.B. Wolff 331), das dann aber anderen Sinn haben würde (Volk, Nation). Grotius 816 bezieht das von ℵ² D² Ψ 𝔐 a g vg^mss sy zusätzlich gebotene αὐτῶν nicht auf φωναί bzw. γένη φωνῶν, *sed ad ipsos homines, quanquam ii nominati non sunt, sed facile ex praecedentibus intelliguntur.*

116 Vgl. oben Anm. 251 zu Kap. 12 und zuletzt Fee 664 gegenüber Gundry* 306.

117 Im Unterschied zu V 6 und 18 meint ἐγώ hier »soviel wie das unbestimmte τις oder das deutsche ›man‹« (Stauffer, ThWNT II 355).

118 Vgl. die Belege bei Bauer/Aland 418.

119 Vgl. dazu Windisch, Art. βάρβαρος, ThWNT I 544-551, der 545 die bekannte schon von Erasmus 729 u.a. angeführte Parallele aus Ovid, Tristia 5,10,37 zitiert: *Barbarus hic ego sum, qui non intelligor ulli; et rident stolidi verba Latina Getae* (= die Geten, eine thrakische Völkerschaft); vgl. auch 549: Βάρβαρος ist hier »der ἀλλόγλωσσος, der eine Sprache redet, die ich nicht verstehe«, wobei Paulus »das Doppelseitige des Verhältnisses« betone: »Auch der Hellene ist ja den Nichthellenen ein Barbar«; vgl. auch Balz, EWNT I 473.475.

120 Ἐν ἐμοί ist gleich μοί (vgl. Bl-Debr-Rehkopf § 220,1).

121 Das ist nach Cajetan 79r aber nur relativ, d.h. es ist zu beachten, *nullum hominem esse absolute barbarum: quoniam in omni genere sunt homines communicantes in idiomate* (ähnlich Estius 685). Doch auf eine mögliche Verständigung zwischen den Glossolalen unter Ausschluß des νοῦς ist hier nicht reflektiert.

wird, was jedoch wiederum nicht dazu berechtigt, Glossolalie als Xenolalie aufzufassen[122].

12 Die Anwendung kehrt von der 1. Pers. Sing. zur 2. Pers. Plur. zurück und wird wie in V 9 durch οὕτως καὶ ὑμεῖς eingeleitet[123]. Dabei ist aus V 10f offenbar zu folgern, obwohl das nicht direkt gesagt wird, daß in der Gemeindeversammlung in einer Sprache zu sprechen ist, die andere verstehen, weil stets die Oikodome im Auge zu behalten ist. Einen Eifer um Geister bzw. Geistesgaben, was beides hier vermutlich weitgehend synonym ist, wie die zu ζηλωταὶ πνευμάτων parallele Wendung ζηλοῦν τὰ πνευματικά in V 1 nahelegt[124], kann Paulus den Korinthern mit gutem Grund durchaus bescheinigen. Im Unterschied zum Imperativ in 12,31 und 14,1.39, wo das ζηλοῦν aber jeweils auf die χαρίσματα τὰ μείζονα bzw. auf die Prophetie gerichtet sein soll, erscheint hier der Indikativ (ζηλωταί ἐστε[125]). Fraglich ist Paulus nicht das Streben nach πνεύματα bzw. πνευματικά der Korinther – hier tun sie eher des Guten zuviel[126] –, fraglich ist dessen Ausrichtung und Zielrichtung (πρὸς τὴν οἰκοδομὴν τῆς ἐκκλησίας). Der Imperativ ζητεῖτε in V 12b steht nicht im Widerspruch zum Indikativ in V 12a (vgl. zu 12,31), sondern soll das ζηλοῦν in die richtige Richtung lenken, die mit περισσεύειν benannt wird. Damit wird nicht ein weiterer quantitativer Zuwachs an charismatischen Äußerungen intendiert, sondern das Wachsen und Überreichwerden soll auf die der Erbauung dienenden Charismen zielen[127].

122 Gundry* 306 aber z.B. schließt auch aus V 11, daß Glossolalie Sprechen in ungelernten fremden Sprachen sei; vgl. weiter zu 12,10.

123 Entsprechend dem zu V 9 Ausgeführten (vgl. oben Anm. 106) will Heinrici 418 auch V 12 nicht nur als Folgerung aus V 10f verstehen wie Meyer 386 und die meisten. Vgl. schon Photius 576: ἀντὶ τοῦ διὰ τοῦτο καὶ ὑμεῖς.

124 Ob das textkritisch sehr wahrscheinlich ursprüngliche πνευμάτων hier für πνευματικῶν (so P 1175 pc a r vg^{mss} sy^{p} co Pel Spec) bzw. *pro ipsis spiritualibus donis* (so Beza 153; Neander 226: Metonymie) bzw. für *dona sancti Spiritus* (so Petrus Lombardus 1666 u.a.) steht, ist umstritten, von der Verbindung mit V 1 her aber möglich (so auch Moffat 219; Conzelmann 288; Dautzenberg* [Prophetie] 135-137; Wolff 331; Kitzberger* 100 Anm. 267). Anders z.B. Meyer 386f; Heinrici 419; Weiß 326 (hier breche »die ganz antike Vorstellung durch, daß in dem πνευματικός ein persönliches πνεῦμα wirkt«); Holsten, Evangelium 393 Anm. ** spricht von »individualisirung« des einen Pneuma, Lietzmann 71 von »Angleichung« an den hellenistischen Sprachgebrauch: »als ob jeder wünschte, daß ein πνεῦμα (προφητικόν) wie ein überirdisches Einzelwesen in ihm Wohnung nehme«; vgl. auch Grosheide 324; Bachmann 416 (»Geistmächte«); Schlatter 376 (»aus dem einen heiligen Geiste werden dadurch Geister, daß er sich mit den einzelnen so verbindet, daß er durch sie spricht«); Bultmann, Theologie 156-159; Lindblom (Lit. zu Kap. 12-14) 163 Anm. 4; Ellis, Prophecy 30-38 (es sei an »angelic spirits« zu denken); Fee 666. Vgl. weiter zu τὸ πνεῦμά μου in V 14 und πνεύματα προφητῶν in V 32.

125 Zur These, daß ζηλωταὶ πνευμάτων ein korinthischer Slogan sei, vgl. oben Anm. 13.

126 Daß die Leser hier »eine Spitze« heraushühlen (so Meyer 386; Heinrici 418, der ζηλωτής zudem wie schon Theodoret 341 »nicht ohne Ironie gebraucht« sieht; vgl. auch Godet II 155; Robertson/Plummer 311; Rükkert 366 will »einen leisen Vorwurf« heraushören), ist nicht auszuschließen, aber ungewiß. Jedenfalls waren die Korinther tatsächlich eifrig, nur nicht in der rechten Weise. Erst recht ist hier keine primär moralische Wertung (nach Findlay 906 sollen die Korinther zu sehr an »their outward impression and prestige« denken) im Visier.

127 Vgl. Origenes 37; Chrysostomus 299 (μόνον εἰς τὸ κοινῇ συμφέρον); Photius 576; Neander 227 (περισσεύειν, sc. πρὸς οἰκοδομὴν τῆς ἐκκλησίας). Zu περισσεύειν vgl. 15,58.

13 Darum soll der Glossolale um die Fähigkeit bitten, seine ekstatischen Äußerungen zu übersetzen[128]. Daß man nach Paulus um Charismen beten soll, schränkt das ζηλοῦν nicht auf προσεύχεσθαι ein (vgl. oben S. 383). Wie überall in diesem Kapitel wird auch hier auf das Gebet im Gottesdienst (wie in V 14), nicht auf das Beten im privaten Kämmerlein verwiesen[129]. Ebenso eindeutig ist das Gebet (wie auch das folgende Singen und Danken) an Gott gerichtet zu denken[130]. Die Glossolalen können bei ihrem glossolalischen Gebet (in einem gewissen Unterschied zu den Propheten, die nicht ihre eigenen Kritiker sein können) selbst zum Übersetzer werden. Allerdings kommt es vom Zusammenhang her nicht darauf an, daß der Glossolale um eine Auslegung durch sich selbst beten soll, sondern daß eine solche überhaupt geschieht[131].

14 Die Erwähnung des Gebets um Übersetzung bringt Paulus offenbar noch zu einem weiteren Argument[132]. Von V 14 an tritt nämlich ein anderer Gedanke in den Vordergrund[133], der freilich dem Gesichtspunkt der οἰκοδομή untergeordnet bleibt, nämlich die Bevorzugung des νοῦς gegenüber dem πνεῦμα. Da es zunächst keinen durchschlagenden Grund zu geben scheint, das durch den Genitiv μου bestimmte πνεῦμα anders aufzufassen als bei dem dazu antithetischen νοῦς, könnte πνεῦμα anthropologisch und nicht theologisch gemeint sein[134]. Der Heilige Geist als göttliche Macht ist denn auch niemals im strengen Sinne »*mein* Geist« (vgl. zu 2,11). Andererseits aber sind scharfe Distinktionen im Sinne eines bloßen Gegenübers hier ebenso problematisch, und man kann in πνεῦμα wie in V 12 die dem Christen verliehene Geistesgabe se-

Nach v. Mosheim 622 ist eine Umstellung vorzunehmen: Ζητεῖτε, ἵνα περισσεύητε πρὸς τὴν οἰκοδομὴν τῆς ἐκκλησίας (Heinrici 418 Anm. * verweist für solche Trajektion auf 9,15; 2Kor 2,4 und Gal 2,10).

128 Προσεύχεσθαι ist hier nicht wie in V 14 das glossolalische Gebet, als ob der glossolalisch Betende dabei um die Auslegung des glossolalisch Gebeteten bitten solle, denn dessen νοῦς ist ja ausgeschaltet. Mit Weiß 327 ist eher an ein Beten »vor oder nach der Ekstase« zu denken (vgl. auch Schmiedel 176; Wolff 331f; anders Meyer 387; Heinrici 420; Héring 126 u.a.). Zur Frage, ob aus dem Gebet zu entnehmen ist, daß der Glossolale nicht selbst die Bedeutung dessen versteht, was er betet (so hier MacGorman* 390), vgl. oben Anm. 74 zu V 5.

129 Vgl. de Wette 131; Greeven, ThWNT II 805.

130 Vgl. Conzelmann* 361: »Im Gottesdienst der neutestamentlichen Zeit wird nur Gott, nie der κύριος *angebetet*. Der ›Herr‹ wird vielmehr *angerufen*« (1,2; vgl. auch 16,22); differenzierter Lohfink* passim, doch stimmt das Urteil Conzelmanns mindestens für Paulus; vgl. auch die Warnung vor einem Verständnis des frühchristlichen Gottesdienstes im Sinne eines falschen Christomonismus und virtuellen Ditheismus bei Martin* (Patterns) 65.

131 Vgl. Friedrich, ThWNT VI 853.857 und Maly* 217.

132 Ob man das in den Charismenkatalogen unerwähnt bleibende Gebet der Prophetie zuzuordnen hat (so Friedrich, ThWNT VI 854), ist trotz der Beziehungen zwischen beiden keineswegs eindeutig, nicht einmal für das προσεύχεσθαι τῷ νοΐ. Zur Fürbitte vgl. Röm 15,30; 2Kor 1,11; 1Thess 5,25.

133 Die 1. Pers. Sing. ist hier anders als in V 6.19 eher »Vertretung für eine beliebige Person« (vgl. Bl-Debr-Rehkopf § 281).

134 Vgl. z.B. Godet II 157; Meyer 388; Gillespie* (Theologians) 154; Greeven, Gebet 154 will die Bedeutung »das erlebende und *erkennende* Ich« aus Röm 8,15.23 und Gal 4,6 erschließen, wo das Beten ἐν πνεύματι eigentlich mit ἐν νοΐ bezeichnet werden müßte, so daß an unserer Stelle die Wendung »in einem verengten spezialisierten Sinne« vorliege (kursiv im Original gesperrt). Dagegen dürfte schon das inspirierte κράζειν an den betreffenden Stellen sprechen.

hen, in der der Geist selbst präsent ist (vgl. 12,7)[135]. Wenngleich das μου schwierig bleibt (vgl. aber auch V 32), ist der in uns wohnende Geist (Röm 8,11) auch in Röm 8,15 und Gal 4,6 das eigentliche Subjekt des Betens, so daß sich das Reden des Geistes und das des Christen nicht ausschließen. In jedem Fall aber muß beim Beten τῷ πνεύματι (V 14) zugleich an das Beten in Ekstase gedacht sein[136], weil sonst die Opposition zu νοῦς keinen rechten Sinn ergäbe. Auf diese Beteiligung des νοῦς kommt es hier an. Darauf dringt Paulus auch sonst. Wo der Heilige Geist wirkt, wird nicht nur des Menschen Geist und Leib einbezogen, da bleibt auch der νοῦς nicht, was er vorher war, sondern wird erneuert und verwandelt (Röm 12,2)[137]. Diese Erneuerung durch den göttlichen Geist ändert aber nichts daran, daß νοῦς hier anders als in 1,10 und 2,16 die Urteilsfähigkeit und das Denkvermögen meint[138], die im Unterschied zur pneumatischen Ekstase zugleich »verstehende und verstehbare Rede« ermöglichen[139]. Paulus insistiert auf der Beteiligung des νοῦς also nicht darum, weil der νοῦς dem πνεῦμα prinzipiell überlegen wäre. Er ist kein Rationalist[140] und erst recht nicht der Meinung, daß der Mensch selbst durch seinen νοῦς Impulse des Geistes bewirken könnte. Der Grund für den unabdingbaren Einschluß des νοῦς ist einzig und allein der, daß dieser zur Kommunikation befähigt und damit zur Oikodome. Beten, singen, loben und

135 Vgl. Calvin 521 (*spiritus meus perinde valebit ac donum mihi collatum* [die beiden ersten Worte im Original gesperrt]); Bengel 427; Gunkel (Lit. zu Kap. 12-14) 31; auch nach Heinrici 420 soll es »vom Geiste Gottes, inwiefern er den Menschen gefasst hat und aus ihm redet, zu erklären« sein; Weiß 328 (der »Anteil . . ., den der Einzelne an dem göttlichen πνεῦμα hat«); ähnlich Vielhauer* 86; Bultmann, Theologie 208; Chevallier* 187; Schweizer, ThWNT VI 420 (»die Glossolalie schenkende Wunderkraft«), aber auch 433 (»das dem Pneumatiker geschenkte πνεῦμα« im Unterschied zum νοῦς); Barrett 320; Chevallier* 187; Senft 177; Jewett, Terms 172f.198; Roux (Lit. zu Kap. 12-14) 45; Wolff 332f; Vollenweider, Geist 180 (»ein aus dem Gottesgeist herstammendes *individuiertes Pneuma*«). Auch der Beter von 1QH preist nach 17,17 Gott wegen der Geister bzw. nach 16,11 durch den Geist, »*die* bzw. *den* du in mich gegeben hast«, und zwar ohne erkennbaren Unterschied zwischen Sing. und Plur.; vgl. auch Jub 25,14 und äthHen 71,1 sowie Harder, Gebet 165f Anm. 3; Dietzel* 29; Horn, Angeld 225f.

136 So z.B. Semler 365; Héring 127; Harder, Gebet 170-172; Conzelmann 289; Gillespie* (Theologians) 154.

137 Vgl. G. Bornkamm, Glaube und Vernunft bei Paulus, in: ders., Studien 119-137; Käsemann* 120 findet »Recht und Würde und Notwendigkeit der Vernunft nirgends eindrücklicher verteidigt«; W. Schrage, Zum Verhältnis von Ethik und Vernunft, in: FS R. Schnackenburg, Freiburg u.a. 1989, 482-506; hier 497-499. Vgl. zu νοῦς weiter Bultmann, Theologie 211-216; Jewett, Terms 358-390, bes. 365.

138 Vgl. de Wette 131 (»Reflexionsvermögen«); Behm, ThWNT IV 957: »eine Funktion des Menschen, der ›bei Sinnen‹ ist, der klare Gedanken in verständlichen Worten hervorbringende Verstand, dessen Tätigkeit während des pneumatischen Verzückungszustandes lahmgelegt ist«; vgl. Meyer 388: »die reflectirende, discursive Kraft, durch welche sich die Verständigung nach aussen vermittelt«; ebs. Heinrici 421; anders Wolff 332 (»das Normenbewußtsein«).

139 Bultmann, Theologie 212 und schon Theodor v. Mopsuestia 192: νοῦν δὲ εἶπε τὸν νοούμενον λόγον.

140 Vgl. Eichholz* 103: Paulus sei kein »Anwalt der puren Verständlichkeit«, sondern »Anwalt meines Nächsten im Gottesdienst«; Herten (Lit. zu Kap. 12-14) 71: Maßstab sei »nicht irgendeine Rationalität, sondern die tatsächliche Relevanz solcher religiöser Begabungen für die Gemeinde«; natürlich geht es erst recht »nicht um ein Plädoyer für verstandesmäßige Dürre und Nüchternheit« (Ortkemper 134).

danken sollen darum den νοῦς integrieren und nicht ausschalten[141]. Die Fähigkeit klaren Denkens und besonnenen Urteilens, die nach der platonisch-philonischen Inspirationvorstellung in der Ekstase den Menschen verläßt[142], soll gerade nicht ἄκαρπος bleiben, also untätig und unfruchtbar, und zwar ohne Frucht für die Gemeinde. Daß auch der Glossolale selbst nicht davon profitieren und ihm selbst keine kognitive »Frucht« daraus erwachsen könnte[143], steht nicht zur Debatte. Gewiß wird Paulus mit der Einbeziehung des νοῦς auch die Beteiligung des Menschen als ganzem beim Gebet intendieren[144], nur steht auch das nicht im Vordergrund. Der springende Punkt ist, daß ekstatische und vernünftige Charismen zwar nicht in der Inspiration (diese wird weder der Glossolalie noch der Prophetie bestritten[145]), wohl aber in der Kommunikation und Oikodome differieren, womit implizit auch hier jeder religiöse Individualismus zugunsten der Förderung des anderen zurückgedrängt wird.

15 Daraus ist zu schließen (τί οὖν ἐστιν = was folgt daraus als Konsequenz?[146]), daß bezeichnenderweise nicht einmal das Gebet[147] vom Kriterium der Oikodome auszunehmen ist, sondern selbst hier, wo üblicherweise die einsame Zwiesprache zwischen dem einzelnen und Gott und nicht das gemeindliche Beten als Regelfall angesetzt wird, der νοῦς ebenso maßgeblich bleibt wie der Blick auf den anderen[148]. Zuwendung zu Gott unter Abwendung vom Nächsten kann kein gottesdienstliches Programm sein. Paulus will darum im Geist

141 Schlatter 376f betont richtig, daß Paulus in der Abwesenheit des Verstandes »nicht verstärkte Geistlichkeit und Göttlichkeit«, sondern einen Mangel sieht; ähnlich Schweizer* (Worship) 338; Conzelmann 289: »Der ›Geist‹ wird einer rational-theologischen Beurteilung unterworfen«; vgl. schon Findlay 906, nach dem sich hier zeigt, wie weit Paulus davon entfernt ist, »a blind fanaticism or irrational mysticism« zu billigen.

142 Zu den zahlreichen Parallelen für solche Emigration des νοῦς in der Ekstase z.B. bei Philo, nach dem der νοῦς entweicht, wenn der göttliche Geist über den Menschen kommt, vgl. oben Anm. 229 zu Kap. 12 und Weiß 328f; Theißen* 330f; Martin, Body 96-103; Orr/Walther 300f; Wolff 332. Angesichts der von Paulus vorausgesetzten Beherrschbarkeit auch der Glossolalie (vgl. zu V 27f) ist freilich an das breite Spektrum des Terminus‹ Ekstase zu erinnern (vgl. oben Anm. 244 zu Kap. 12).

143 So erklären Thomas 395; Calvin 439 (»mein eigener Sinn und meine Gedanken werden abschweifen«); Gutjahr 382 (»zieht für sich keinen Nutzen daraus«) u.a. Der Kontext spricht aber eindeutig für den aktiven Gebrauch, d.h. für Frucht für die Hörer, nicht für den Redner; vgl. schon Theophylakt 739; Photius 576; Oecumenius 849 und in neuerer Zeit Rückert 369; Godet II 157; Schmiedel 177; Hauck, ThWNT III 619; Conzelmann 289; Fisher 223.

144 Vgl. Theißen* 305 (»nicht nur ein interpersonales Verständigungsproblem, sondern ein intrapersonales Integrationsproblem«) mit Anm. 59.

145 Vgl. Dunn* (Jesus) 229; Martin* (Spirit) 67.

146 Vgl. V 26; Apg 21,22; ohne ἐστίν Röm 3,9; 6,15; 11,7.

147 Gebetet wurde kniend (Phil 2,10) oder niedergesunken auf das Angesicht (14,25; vgl. weiter Röm 15,30; 1Thess 5,25; Röm 1,8) sowie laut und vernehmlich (vgl. 11,5).

148 Vgl. Bornkamm* 115; J.M. Robinson, Die Hodajot-Formel im Gebet und Hymnus des Frühchristentums, in: FS E. Haenchen, 1964 (BZNW 30), 194-235, hier 221 Anm. 54, nach dem Judentum und Frühchristentum »das Gebet wohl kaum als ausschließlich zu Gott gesprochen aufgefaßt« haben (mit Verweis auf das Gebet abschließende Lobsprüche, »daß Gottes Tat unter den Menschen bekannt werden würde«); vgl. auch Gillespie* (Theologians) 152.

beten, aber auch mit Verstand, und er nennt damit nicht eine grundsätzliche Alternative bzw. Antithese (vgl. δὲ καί), als ob das Beten entweder nur im Geist oder nur im νοῦς geschehen sollte, sondern er zielt auf ein Sowohl-als-auch und hält trotz seiner eindeutigen Option für das letztere (V 14) beide Gebetsformen für legitim[149]. Ähnliches gilt für ψάλλειν. Ob dieses ψάλλειν in beiden Formen nur als spontanes vorzustellen ist[150], läßt sich zwar nicht sicher sagen, ist aber für das ψάλλειν τῷ νοΐ wenig wahrscheinlich. Ψάλλειν steht in der LXX überwiegend für זמר und beschreibt das Spielen mit Saiteninstrumenten, das nur z.T. durch Lieder begleitet wird, bezeichnet umgekehrt aber auch das Singen ohne Instrumentenbegleitung[151]. Manche halten es für möglich, daß auch im urchristlichen Gottesdienst der Gesang von Saitenspiel begleitet werden konnte[152], doch ist davon weder etwas bekannt noch ist solche instrumentale Mitwirkung überhaupt zu erwarten[153]. Jedenfalls hat auch glossolalischer Lobgesang nur neben einem solchen mit verständlichen Worten in der Gemeinde sein Recht.

16 In V 16 wechselt Paulus in die 2. Pers. Sing.[154]. Dabei macht er sich vor allem zum Anwalt des ἰδιώτης, der dem εὐλογεῖν ἐν πνεύματι[155], also dem kulti-

[149] Cullmann, Gebet 103; Godet II 158 spricht bei der zweiten von »Ergänzung«, Maly* 202 von »Verbindung«, Bachmann 416 bei der ersten von »Voraussetzung« (dazu Schweizer, ThWNT VI 420: »vielleicht«); Weiß 329 sieht beide Sätze »ganz gleichartig neben einander« (ebs. Conzelmann 290 Anm. 57; vgl. auch Dunn* (Jesus) 229 und Meeks, Urchristentum 302f).

[150] So z.B. Robertson/Plummer 312; Dunn* [Jesus] 238: »Both types of singing envisaged in 14,15 were spontaneous«, obwohl für V 26 (ψαλμός) die Möglichkeit vorbereiteter Gesänge oder eines bereits bekannten Psalms mit gutem Grund nicht ausgeschlossen wird; vgl. weiter zu V 26.

[151] Vgl. Delling, ThWNT VIII 494; Hengel* (Christuslied) 387f und (Hymnus) 1f macht zu Recht darauf aufmerksam, daß ψάλλειν (nach Pape, Handwörterbuch II 1398 »berühren, betasten, . . . rupfen, zupfen«, z.B. mit κιθάραν) erst durch die LXX diese Bedeutung gewonnen hat und auf atl.-jüdische Tradition deutet; vgl. auch zu V 26 (ψαλμός). Auch das »Psalmodieren« gilt nach Röm 15,9 dem Lobpreis Gottes.

[152] So Schlatter 373f; dagegen schon Beza 154 (זמר bezeichne im Hebräischen nichts anderes als שׁור, *id est ore canere*; Plinius z.B. erwähne noch keine Instrumente bei den Christen); auch nach Calvin 439 ist aus unserer Stelle nur zu ersehen, »daß schon damals die Sitte des Gesangs unter den Gläubigen üblich war«. Nach Hengel* 388 handelt es sich »nicht um ein Singen mit durchkomponierter Melodie, sondern um einen für die jüdische Überlieferung typischen (leicht akzentuierenden?) Sprechgesang«.

[153] Vgl. J. Quasten, Musik und Gesang in den Kulten der heidnischen Antike und christlichen Frühzeit, Münster 1930, 81-90, der die christliche Ablehnung der Instrumentalmusik vor allem auf deren enge Verbindung mit dem heidnischen Götzenkult (Apotropie, Ekstase), aber auch mit dem Tempelkult zurückführt. Zum Judentum vgl. K.E. Grözinger, Musik und Gesang in der Theologie der frühen jüdischen Literatur, 1982 (Texte und Studien zum antiken Judentum 3), vor allem 279f die halachische Kontroverse, »ob die Instrumentalmusik Pflichtteil der Tempelmusik sei, oder ›nur‹ hinzukomme, um die Singstimme zu ›versüßen‹, zu ›würzen‹« (mit Verweis auf bAr 11a; bAZ 47a; bSukk 50b); nach L. Trepp, Der jüdische Gottesdienst, Stuttgart 1992, 285 soll Instrumentalmusik nach der Zerstörung des Tempels »zum Zeichen der Trauer verboten« worden sein.

[154] Nach de Wette 131, »weil ein Irrthum oder eine Thorheit gerügt wird«; vgl. auch Godet II 158; anders (ohne Rekurs auf diese Stelle) Bl-Debr-Rehkopf § 281: »Vertretung für eine beliebige Person«.

[155] Ἐν (bezeugt von א^{2} B D^{s} P 81 365 1175 pc) wird ursprünglich sein, da das Fehlen am leichtesten als Angleichung an V 15 zu verstehen ist.

schen Lobpreis in glossolalischer Rede zuhört[156]. Ἰδιώτης ist der Laie, der Nicht-Fachmann, der Nicht-Eingeweihte[157]. Dabei werden oft vor allem die Zeugnisse aus religiösen Vereinen und Mysteriengenossenschaften so zur Deutung herangezogen, als ob auch Paulus hier an solche denken würde, die sich als Halbgewonnene noch nicht ganz und entschieden der Gemeinde angeschlossen haben[158]. Das könnte in V 23f eher zutreffen, ist hier aber unangebracht, da es im Kontext um die Erbauung der *Gemeinde* geht. Diese ist eben nicht als ganze in die Glossolalie »eingeweiht«, sondern umfaßt auch Nichtglossolale, und eben diese werden hier damit charakterisiert[159]. Den τόπος des ἰδιώτης innehaben kann entweder heißen die Stellung[160] oder aber den Platz[161] des Betreffenden einnehmen[162]. Es ist aber wenig wahrscheinlich

156 Deutlich ist die Synonymität von εὐλογεῖν (V 16a) und εὐχαριστία (V 16b) bzw. εὐχαριστεῖν (V 17); vgl. Conzelmann, ThWNT IX 402f. Anspielungen auf das Eingangsgebet zur Sakramentsfeier (so Schlier, Ende 211f) sind eingelesen (vgl. Klauck* 17); Entsprechendes dürfte auch für die Vermutung von Martin* (Worship) 32f (vgl. auch 46) gelten, nach dem der Artikel bei εὐχαριστία in V 17 auf einen besonderen Typ der Danksagung im Unterschied zu dem allgemeinen εὐχαριστεῖν (1Thess 5,18; 2Kor 1,11; 9,12) deuten soll. Zur Unterscheidung von Eulogie und Doxologie vgl. Vielhauer, Geschichte 35. Klauck 171 nennt neben Dankgebet und Lobpreis auch andere »Gebetsgattungen«.

157 Vgl. die Belege bei Bauer/Aland 753 für den Nichtfachmann jeder Art, z.B. gegenüber dem Offizier, dem Arzt, dem Philosophen, dem Redner u.a.; vgl. auch die Belege für das rabbinische Lehnwort הדיוט bei Bachmann 417 Anm. 1 und Billerbeck III 454-456 sowie im NT Apg 4,13 (ἀγράμματοι καὶ ἰδιῶται) und bei Paulus 2Kor 11,6 (ἰδιώτης τῷ λόγῳ).

158 So Heinrici 422; ähnlich Schmiedel 177; Weiß 331 (»der noch nicht getaufte Proselyt oder Katechumene« in Analogie zu heidnischen Kultvereinen, wo nicht zum Verein gehörende Kultteilnehmer damit bezeichnet werden); Bauer/Aland 753 mit Belegen für ἰδιώτης aus den Mysterienkulten (z.B. αἱ μὲν ἰδιώτιες ... αἱ δὲ ἱεραί) und Vereinswesen (für das Nichtvereinsmitglied); Bousset 144 (»gleichsam der Novize«); Bauer* 168; Klauck 101 (es sei mit »einem nichtchristlichen Sympathisanten« zu rechnen); Schäfer* 388 (»irgendwie schon der Gemeinde assoziiert«); vgl. zu ähnlichen Bestimmungen weiter zu V 23.

159 Vgl. schon z.B. Petrus Lombardus 1667 (*illitteratus et rudis*); Erasmus 730 (*plebei aut indocti*); Grotius 816 (ὁ ἀμαθής); Bengel 428 (hier wird das aber überall auf Xenolalie bezogen); richtig de Wette 131f; Godet II 159; Meyer 390; Lietzmann 71f; Héring 127; Maly* 202; Theißen* 295; Orr/Walther 303; Wolff 333. Jedenfalls ist der Sinn von ἰδιώτης in V 23 kein Präjudiz für V 16 (vgl. Conzelmann 291 Anm. 63). Nach Bousset 144 ist der Ausdruck übrigens »stark ironisch und verspottet den Stolz der geistbegabten Redner, die eben sich selbst als die ›Eingeweihten‹, als etwas Besonderes dünkten«. Ganz ausgeschlossen ist die Deutung Schlatters 377 auf den, »der kein ihn auszeichnendes Amt besitzt« (ähnlich schon Hieronymus 760: *qui nullo gradu ecclesiastico fungitur*; Theodor v. Mopsuestia 192; Rückert 372: der Amtlose; Olshausen 720), zumal er 378 selbst mit Recht anmerkt, daß die Gemeinde für Paulus nicht »in beamtete Kleriker und Privatleute« zerfällt.

160 So de Wette 132; Godet II 159 (mit Verweis auf Apg 1,25); Bachmann 417 Anm. 1; Lietzmann 72; Schlatter 378; Barrett 321; Conzelmann 290f; Wolff 333; Delling, ThWNT VI 305, der Anm. 5 mit Recht die Deutung von G.H. Whitaker (Ὁ ἀναπληρῶν τὸν τόπον τοῦ ἰδιώτου 1Cor XIV 16, JThSt 22 [1921] 268) zurückweist (»den Anteil des Laien ausfüllen, ohne den der Gottesdienst unvollständig ist«; kritisch dazu ebs. Köster, ThWNT VIII 205 Anm. 136).

161 So Meyer 389 (»nicht Hebraismus [מלא מקום פ'] im Sinne von *in statu et conditione alicujus*«, sondern Entsprechung zu griechischen Ausdrücken πληροῦν τὴν χώραν bzw. τὴν ἕδραν); ebs. Heinrici 422; Weiß 329; Köster, ThWNT VIII 205. Daß Paulus aber tatsächlich bestimmte Plätze in der Gemeindeversammlung vor Augen hat, zumal in Privathäusern, darf man bezweifeln. Auch Haufe, EWNT III 878 hält es zwar für unwahrscheinlich, aber nicht ausgeschlossen, daß »eine penible Sitzordnung wie etwa in Qum-

(vgl. auch V 17b: ὁ ἕτερος οὐκ οἰκοδομεῖται), daß Paulus hier eine lokale Charakterisierung im Sinne einer bestimmten Sitzverteilung im Gottesdienst voraussetzt oder vornehmen will. Eben darum, weil dieser christliche ἰδιώτης in der Glossolalie Laie ist und dessen Rolle ausfüllt, kann er – wie es ausdrücklich am Schluß von V 16 heißt – nicht verstehen, was geredet wird und nach der Danksagung nicht Amen sagen. Das aus dem Alten Testament und Judentum stammende ἀμήν ist bei Eiden, Gelübden, Verwünschungen, Gebeten u.a. als Zustimmung und Bekräftigung bezeugt[163]. Der ἰδιώτης kann sich also die εὐχαριστία nicht durch seine Zustimmung mit Überzeugung und Gewißheit zu eigen machen. Im übrigen kann man nur der Verallgemeinerung zustimmen, hier einen Angriff des Paulus auf alles gottesdienstliche Reden in Insidersprache herauszuhören, »das sich um die am Rande und die draußen nicht bekümmert und mit selbstgenügsamer Fertigkeit einer esoterischen Sprache oder gar eines christlichen ›Jargon‹ sich bedient, dem gegenüber ein Fremder sich hoffnungslos draußen fühlen muß«[164].

17 »Schön« beten[165], so ruft Paulus dem glossolalisch Betenden noch einmal in Erinnerung, bringt dem »anderen« (ἕτερος steht hier wie in 10,29 für den Nächsten) keine »Erbauung«, und allein dieses οἰκοδομεῖν ist und bleibt das Kriterium. Zwar ist hier ἕτερος und nicht die Gemeinde Objekt des fehlenden οἰκοδομεῖν, doch wird auch dadurch das gemeinschaftsstiftende Moment gewahrt[166].

18 Gewiß will Paulus, wie er am eigenen Beispiel bestätigend exemplifiziert, die Glossolalie nicht aus der Gemeinde verbannen, ja er versteht sich so sehr dar-

ran im Blick ist«, wozu Schäfer* 677 Anm. 23 aber mit Recht anfügt, daß diese dort »zugleich strenge Rangordnung« war, die für Paulus sicher auszuschließen ist.

162 Zu Belegen für beide Bedeutungen vgl. Bauer/Aland 118.1640; Weiß 329 Anm. 4; Theißen* 294f.

163 Das hebräische אמן wird von der LXX auch mit γένοιτο wiedergegeben (Num 5,22; Dtn 27,15; Ps 71,19; 88,53 LXX u.ö., wo Symmachus jeweils ἀμήν bietet), mit ἀμήν z.B. 1Chr 16,36; Neh 5,13; Tob 8,8 u.ö.; zu Amen im jüdischen Gottesdienst vgl. I. Elbogen, Der jüdische Gottesdienst in seiner geschichtlichen Entwicklung, Frankfurt a.M. 31931, 495; Billerbeck III 456-461; vgl. auch Offb 5,14; 7,12; 22,20. Schlier rechnet ἀμήν hier zu den liturgischen Akklamationen im Gottesdienst (ThWNT I 340). Der respondierende Charakter ist schon dadurch gegeben, daß es andere sind (hier die ἰδιῶται), die das Amen sprechen. Nach Bauer* 20f dagegen könnte aus der Tatsache, daß nicht wie im Synagogengottesdienst die Gemeinde das Amen sprechen soll, geschlossen werden, daß es sich hier »nur um einen bildlichen Ausdruck für verständnisvolle, freudige Zustimmung« handelt, doch ist das zumal im gottesdienstlichen Kontext sehr unwahrscheinlich.

164 Bornkamm* 115f Anm. 4; ebs. Hill* (Prophecy) 125 und (Prophets) 113; ähnlich Schweizer* (Worship) 339; Trummer* 176f.

165 Καλῶς ist hier allerdings kaum wie in 2Kor 11,4 ironisch zu verstehen; anders Wettstein 162 mit Verweis auf Mk 7,9; Godet II 159 (»leichte Ironie«); Robertson/Plummer 314 (»perhaps a touch of irony«, doch wird hinzugefügt: »or . . . ›Do not think that I consider Tongues to be worthless‹«). Paulus konzediert vielmehr, daß es sich tatsächlich um vortreffliches Beten handelt.

166 Vgl. oben Anm. 50f.62 und Vielhauer 87: Οἰκοδομεῖν ist »auf die Gemeinschaft bezogen – auch gerade da, wo ὁ ἕτερος οἰκοδομεῖται cf. V. 17, weil dadurch Gemeinschaft gestiftet und der ›Erbaute‹ in die christliche Gemeinde aufgenommen wird«; ebs. Maly* 199 Anm. 58.

auf, daß er in diesen ekstatischen Erlebnissen die Gemeinde bei weitem übertrifft[167] und Gott dafür dankt[168]. Das ist für ihn keine erbauliche Floskel, und die inhaltliche Glaubwürdigkeit seines Danks sollte darum nicht bestritten werden[169]. Μᾶλλον blickt dabei nicht auf den Modus und die Intensität (ekstatischer, inniger o.ä.), sondern auf die Häufigkeit (vgl. die Zahlangabe in V 19). Daß Paulus die glossolalische Qualifikation aber nie von sich aus in den Vordergrund rückt oder sich davon eine Wirkung auf die Gemeinde verspricht, ja sie bei aller kritischen Sympathie energisch in ihrer Bedeutung herabstufen will[170], zeigt der nächste Satz deutlich genug. Aus dessen Lokalisierung (ἐν ἐκκλησίᾳ) der Rede τῷ νοΐ läßt sich für die eigene Praxis der Glossolalie des Apostels eine Verlegung in die Privatsphäre erschließen[171].

19 Für die Gemeindeversammlung[172] aber besteht eine eindeutige Priorität: Hier will Paulus lieber[173] fünf Worte[174] mit dem νοῦς als unzählige glossolalisch

[167] Wie schon zu V 5 wird das auch hier z.T. damit begründet, daß Paulus den Anschein vermeiden wolle, die Zungenrede aus Neid abzuwerten (Ambrosius 269; Haymo 589; Bullinger 232; Semler 367 u.a.), bzw. nicht in den Verdacht kommen wolle, die Tugenden anderer schlechtzumachen, weil man sie selbst nicht besitzt (Calvin 440). Stendahl (Lit. zu Kap. 12-14) 122f schließt aus der Tendenz des Paulus, sich als denjenigen zu bezeichnen, der am meisten gearbeitet, gelitten usw. hat, zwar auf eine »arrogant exuberance«, findet aber doch eine sachlich berechtigte Aussage; vgl. vor allem auch Theißen* 299; Horn, Angeld 256. Soll der Hinweis überzeugen, wird damit vermutlich auch auf die eigene glossolalische Praxis in Korinth angespielt (vgl. aber unten Anm. 171), doch berechtigt das auch hier kaum zu der These, die Korinther seien auf dem früheren Standpunkt des Paulus stehengeblieben (so aber Berger, TRE 12, 191; vgl. dazu EKK VII 1, 49f).

[168] Zu der asyndetischen »volkstümlichen Koordination« ohne ὅτι o.ä. vgl. Bl-Debr-Rehkopf § 471 Anm. 1; § 461 Anm. 4 und § 415 Anm. 1. Die eingeschobenen Ergänzungen λαλῶν (𝔐) und λαλεῖν (𝔓[46]) sind textkritisch sekundär.

[169] Darin ist Saake (Lit. zu Kap. 12-14) 214 Anm. 13, der eine »psychagogische Tendenz« (Paulus übertreibe, »um zu beweisen, daß er trotz des ›Übereifers‹ Ordnung zu halten wisse«, was dann erst recht »von den minderbegabten Korinthern zu erwarten« sei) bestreitet, durchaus zuzustimmen, auch wenn damit die angeblich fehlende Bekämpfung des Enthusiasmus noch nicht erwiesen ist.

[170] Vgl. z.B. Moffat 221: »His criticism of *glossolalia* is all the more effective as it springs from sympathy with its aims and spirit«. Zwingli 180 sieht Paulus eher zwischen Scylla und Charybdis: *Linguis non intellectis loqui coram ecclesia omnino vetat, nec tamen linguas contemnit. Difficile autem est abusum alicuius rei dedocere, rem commendare et laudare.*

[171] De Wette 132 (»privatim«); Godet II 160 (»Es gehört zur Privatandacht«); Lietzmann 72 (Paulus schätze sie »nur als private Andachtsübung im Kämmerlein«). Theißen* 292f sieht bei dieser Verlagerung in den Privatbereich »alle sozialen Verstärkungen« der Glossolalie entfallen, ja nach 303 ihre »Existenzgrundlage«: »Ohne soziale Stimuli, Vorbilder und Verstärkungen muß sie verkümmern«. Daß Paulus das mit im Sinn hat, läßt sich allerdings nicht beweisen.

[172] Zur Artikellosigkeit vgl. Bl-Debr-Rehkopf § 254,6.

[173] Θέλειν ... ἤ wie in 9,24 »lieber wollen, vorziehen« (Schrenk, ThWNT III 46 Anm. 29); vgl. Hos 6,6; 2Makk 14,42 und weiter Bl-Debr-Rehkopf § 245 Anm. 4 (mit weiteren Belegen) und § 480,4.

[174] Zu 5 als runder Zahl vgl. Lk 12,5.52; 14,19; 16,28 und Balz, EWNT III 164f sowie im Judentum Billerbeck III 461f. Zu μυρίοι vgl. Bauer/Aland 1072. Gegenüber allegorischen Spielereien erklärte schon Bullinger 232: *Est autem heterosis in numero, certum enim pro incerto posuit, quinque uerba pro paucissimis, decem milia pro infinitis.*

reden. Inwiefern auch bei der Glossolalie λόγοι vorliegen, ist zwar nicht ganz klar, doch wahrscheinlich ist die Ausdrucksweise λόγοι ἐν γλώσσῃ auch hier eher ein Indiz für eine Affinität zu Worten und zur Sprache[175]. Die eindeutige Bevorzugung der τῷ νοΐ gesprochenen λόγοι geschieht um des κατηχεῖν willen[176], d.h. die Prophetie und damit zugleich der Gottesdienst hat für Paulus auch eine katechetisch-didaktische Funktion (vermutlich nur im Sinne des »Erwachsenenkatechumenats« und nicht auf Taufbewerber zu beschränken). Vergleichbar ist am ehesten μανθάνειν (V 31), wo dieses »Lernen« neben παρακαλεῖν steht, sicher aber nicht auf eine von der kognitiven abgehobene emotionale Ebene verschoben werden darf.

20 Mit V 20 ist ein gewisser Neueinsatz gegeben, insofern nun nach der neuerlichen Anrede bis V 25 die gottesdienstlich versammelte Gemeinde als Ort missionarischer Verantwortung in den Blick tritt und dabei der bisherige Beurteilungsmaßstab von Prophetie und Glossolalie auch durch die Reaktion von Nichtchristen bestätigt wird. Zunächst bezeichnet Paulus in kontrastreicher Aufnahme von 13,11[177] die Unmündigkeit in Denkvermögen und Urteilskraft als kindlich. Konkret ist damit nicht die Glossolalie als solche[178], wohl aber die in Korinth grassierende Sucht danach gemeint[179]. Wer sich am Spektakulären und Mirakulösen orientiert und christliche Vollkommenheit in der Intensität der pneumatischen Erfahrungen sieht, erweist sich als unreif und kann den wahren Nutzen der Geistesgaben nur verspielen. Kindlichkeit im Sinne der Unverdorbenheit (vgl. ἀκέραιος εἰς τὸ κακόν Röm 16,19) ist in

[175] Vgl. oben Anm. 110; etwas anders Kittel, ThWNT IV 101: »vielleicht ... unartikuliert, nicht in Form gestalteter Vokabeln und Sprüche ..., aber dennoch als etwas, in dem ein λέγειν sich vollzieht, darum als λόγος«.

[176] Vgl. Gal 6,6, wo der Unterrichtende (κατηχῶν) dem, der den Unterricht erhält (κατηχούμενος), gegenübergestellt wird. Daß Paulus hier gegenüber dem üblichen διδάσκειν »ein ganz wenig und in der religiösen Sprache des Judentums überhaupt nicht gebräuchliches Wort benützt, um einen term techn für die christliche Unterweisung zu schaffen, wohl um die Besonderheit des Lehrens auf Grund des Evangeliums herauszuheben« (so Beyer, ThWNT III 639; ebs. Hainz, Koinonia 72), ist allerdings ebenso zu bezweifeln (vgl. Wolff 334 Anm. 498 mit Verweis auf ParJer 5,21) wie die Meinung Conzelmanns 292, Paulus gebrauche das Wort »nur vom ›dogmatischen‹ Unterricht«, wozu gerade die neben Gal 6,6 einzige andere Stelle bei Paulus (Röm 2,18) keinerlei Anlaß bietet (κατηχεῖν auch Lk 1,4; Apg 18,25; 21,21.24). Zur belehrenden Funktion der Prophetie vgl. z.B. CD 2,12; 4Q381 Frgm. 69,4f und Hill* (Prophets) 114.117.122f wie Müller* 38-40 mit Hinweis auf die deuteronomistische Vorstellung der Propheten im Dienst der Gesetzesunterweisung (2Kön 17,13f; AntBibl 30,5 u.ö.).

[177] Zwischen παιδία γίνεσθε und νηπιάζειν besteht kaum ein Unterschied; 13,11 bietet νήπιος (vgl. auch 3,1).

[178] So aber Martin* (Spirit) 71; anders z.B. Fee 678.

[179] So Meyer 391; Heinrici 424; Robertson/Plummer 315; Lietzmann 73; Weiß 331; Carson* 108 (»Overconcentration on glossolalia is a mark of immaturity«); Grosheide 329, der das aber wie andere ausweitet: »Children usually look at the outside and boast to each other of things external«; ähnlich Bachmann 419 und Orr/Walther 309 (»Children are fascinated by spectacular novelty«); nach Klauck 102 soll Paulus unterschwellig den Vorwurf suggerieren, »daß die Korinther in religiösen Dingen infantiles Verhalten an den Tag legen«.

bezug auf böses Handeln[180], nicht in bezug auf das Denken verlangt[181], das in der Glossolalie suspendiert wird. Das im Neuen Testament nur hier vorkommende φρήν, das vom Kontext her (vgl. νοῦς V 14f) und nicht vom paulinischen Gebrauch von φρονεῖν im Sinne der Intentionalität her zu bestimmen ist[182], bezeichnet das verständige Urteil (vgl. φρόνιμοι 4,10; 10,15 u.ö.)[183]. Eben dies ist geboten, ja hier gilt es, τέλειος zu sein. Τέλειος hat keine perfektionistischen Untertöne, wenngleich es im Unterschied zu 2,6 hier graduell gebraucht wird[184], sondern steht einfach im Gegensatz zu νήπιος[185] und bezeichnet denjenigen, der als Erwachsener das kindlich-unreife Denken und Verhalten hinter sich läßt. Das wird nun trotz des fehlenden γάρ im folgenden erläutert und begründet[186].

21 Paulus geht nun auf die missionarische Wirkung des Gottesdienstes auf Außenstehende ein und zitiert entsprechend jüdischem Usus das Prophetenwort aus Jes 28,11f als Wort des νόμος[187]. Das Zitat ist zwar dem Argumentationsgang eingefügt und für Paulus unentbehrlich und von aktueller Autorität (vgl. oben S. 379f), doch ob es in einer weitgehend heidenchristlich-enthusiastischen Gemeinde mit ihren Vorbehalten selbst gegenüber dem Apostel (vgl.

180 Κακία auch in 5,8 und Röm 1,29; Schmiedel 177 erklärt: »Der Seitenblick auf κακία ist nach 6,8 18 u.a. nicht gegenstandslos«; ähnlich Godet II 161 (»unter offenbarer Bezugnahme auf die mancherlei Lieblosigkeit«); Gutjahr 387 (»in feiner und gewonnener Form doch ein scharfer Hieb auf die Aufgeblasenheit und sittliche Laxheit«); Bachmann 419. Vgl. im übrigen die Parallele bei Plutarch, Dion 6,4 über Leute, die τῇ φρονήσει Kinder sind (Neuer Wettstein 382).

181 Oepke, ThWNT V 648 findet hier eine Anspielung auf kindliche Unschuld. Bertram, ThWNT IV 918 behauptet noch hypothetischer, man habe sich »in der christlichen Predigt auch in Korinth« oft auf das »Werdet wie die Kinder« (Mt 18,3) berufen; vgl. die Kritik von Kümmel 190 und Conzelmann 293 Anm. 13 an der These von Grant (HThR 39 [1946] 71), daß sich die Korinther auf Mk 10,15f berufen haben sollen, um sich wie neugeborene Kinder benehmen zu dürfen. Nach Theißen* 313 Anm. 79 »geht Paulus einfach vom Phänomen des abweichenden Sprachverhaltens aus. Kindliches Sprechen liegt da als Bild nahe«.

182 Maly* 204 sieht »das willensmäßige Element ... sicher mitgemeint«, und zwar »wegen der Wendung des Bildes vom Kind-Sein in ethisch-moralische Richtung«, doch κακία ist bei aller ethischen Dimension (vgl. oben Anm. 180) primär als »gemeinschaftszerstörende Macht« im Blick (Grundmann, ThWNT III 485f), hier als solche, die durch Glossolalie entstehen kann.

183 Vgl. z.B. Chrysostomus 305 (συνετοὺς εἶναι χρή); Theophylakt 741 (ἵνα διακρίνωσι, τίνα μείζω καὶ ὠφελιμώτερα τῶν χαρισμάτων); Ambrosiaster 155 (*hic est enim sensu perfectus, qui id agit, ut prosit alicui, maxime fratri*); Heinrici 424 verweist auf Hesychius, der φρήν durch διάνοια, γνώμη, ἔννοιαι und φρονήσεις erklärt; vgl. weiter Bertram, ThWNT IX 226.

184 Vgl. EKK VII 1, 249.

185 Vgl. Eph 4,13; Hebr 4,14 und Delling, ThWNT VIII 77 Anm. 48, der auf Polybius 5,29,2 verweist, wo derselbe Gegensatz von παιδίον νήπιον und τέλειος ἀνήρ vorliegt. Eine Deutung im Sinne einer Initiation (so Roberts* 200) ist schon von da aus wenig sinnvoll.

186 Vgl. dazu die etwas unterschiedliche Sicht bei Dautzenberg* (Prophetie) 243 und Hartman* 160.

187 Vgl. Röm 3,19; Joh 10,34; 12,34; 15,25 und Schrenk, ThWNT I 756 Anm. 28; Billerbeck III 462f. Gutbrod, ThWNT IV 1063 Anm. 219 schwächt die Tatsache, daß νόμος offenbar das ganze AT bezeichnen kann und hier damit eine Prophetenstelle einführt, dadurch ab, daß er Dtn 28,49 angehängt sein läßt.

zu V 37) tatsächlich mehr Durchschlags- und Beweiskraft gewinnen kann als andere Argumente[188], bleibe dahingestellt. Paulus hat das Zitat, das primär gewiß wegen des wirkungslosen ἑτερόγλωσσος[189] bzw. χείλεσιν ἑτέρων λαλεῖν gewählt worden ist[190], aus der historischen Situation gelöst und wendet es problemlos auf die korinthische Situation an. Das Nicht-hören[191]- *Wollen* paßt im paulinischen Kontext nicht recht, denn da geht es um das Nicht-hören- *Können*, und λαὸς οὗτος muß nun von Israel auf die Heiden bzw. auf die »Ungläubigen und Uneingeweihten« übertragen werden, kann also wegen der folgenden Beispiele weder auf die Christen noch gar speziell auf die Juden appliziert werden[192]. Wie in V 11 wird die Unverständlichkeit der Glossolalie auch hier mit der der Fremdsprachigkeit parallelisiert. Diese aber stößt auf Ablehnung. Hört das »Volk« wie einst Israel schon nicht auf die Propheten, dann erst recht nicht auf die Zungenredner. Sie können nur Konfusion und Unglauben bewirken. »Nicht einmal so« werden sie auf Gott hören und können darum nur in ihrem Unglauben bestätigt werden.

22 Daß es Paulus vor allem auf die Wirkungslosigkeit der Glossolalie im Gegenüber zu der im Zitat gar nicht erwähnten Prophetie ankommt, bestätigt die mit ὥστε eingeleitete Schlußfolgerung aus dem Zitat (vgl. ähnlich Gal 3,9)[193] und wird durch die konstruierten Beispiele für die unterschiedlichen Wirkungen in V 23 und V 24f vollends deutlich: V 23 bezieht sich auf V 22a und V 24f auf V 22b. Im übrigen aber bereitet dieser Vers erhebliche Verständnisprobleme. Vor allem das sachliche Verhältnis von V 22 sowohl zum Schriftwort als erst recht zu V 23-25 ist nicht zufällig äußerst umstritten. Alle Erklärungsversuche haben ihre Probleme und können m.E. nichts daran ändern, daß der Gedankengang des Paulus verunglückt ist. Es bleibt darum nur, hypothetisch herauszufinden, was er vermutlich sagen wollte, daß nämlich Glossolalie die missionarische Wirkung verhindert, Prophetie sie aber fördert.

188 So z.B. Koch, Schrift 268f; Lindemann, Schrift 219. Richtig ist aber natürlich, daß Paulus selbst seiner Argumentation durch den Appell an den νόμος eine zusätzliche Autorität verleihen möchte; vgl. auch Thielman, a.a.O. (EKK VII 2, 137 Anm. 483) 247.

189 Ἑτερόγλωσσος ist ein Fremdsprachiger (Polybius 23,13,2; Ps 113,1 Aquila) im Unterschied zum ὁμόγλωσσος (Xenophon, Cyr. 1,1,5; Lucian, Scyth. 3).

190 So Sandnes* 7f und die meisten. Da Paulus nicht auf den hebräischen Text rekurriert, sind Rückschlüsse daraus wenig sinnvoll. Entsprechendes gilt aber auch für solche aus dem atl. Kontext (anders Grudem* [1Cor 14] 382-388); vgl. Smit* 186. Schweizer schließt mit mehr Recht aus der Aufnahme des Zitats mit seinen Futura, daß Paulus die Glossolalie »zu einer endzeitlichen Erscheinung« stempelt (ThWNT VI 408 Anm. 508).

191 Εἰσακούω heißt wie in der LXX »auf jemanden hören, gehorchen«; vgl. Kittel, ThWNT I 223.

192 Anders aber Hodges* 231 (»Tongues were given as a sign to the Jewish people only«).

193 Daß V 22 eine rhetorische Frage sei, die die Meinung glossolalischer Opponenten zum Ausdruck bringe, und V 23-25 die paulinische Antwort darauf (so Johanson* 193f), scheitert u.a. schon am weiterführenden οὖν (vgl. Theißen* 84 Anm. 35; Wolff 335 Anm. 505; Smit* 177; Hartman* 168 Anm. 56).

Ungewiß bleibt, ob Paulus auf eine korinthische These eingeht[194] bzw. eine solche umdreht, nach der die Glossolalie Zeichen und Erweis des pneumatischen Status und der pneumatischen Autorität der Gläubigen ist, die Prophetie mit ihrer Verständlichkeit dagegen nur für die »draußen« Stehenden hinführenden Charakter hat[195]. Für Paulus jedenfalls könnte vom Kontext, vom Jesajazitat und von V 23 her die Glossolalie nicht ein oder gar *das* Zeichen des Pneumatikerseins sein. Die Frage ist aber vor allem, ob σημεῖον hier überhaupt als ein Indiz für den pneumatischen oder unpneumatischen Status im Blick ist. Gewiß ist σημεῖον hier vermutlich Erkennungszeichen[196], doch zu fragen ist, ob dieses Zeichen tatsächlich die Ungläubigen als Ungläubige bzw. die Glaubenden als Glaubende zu erkennen gibt[197] oder nicht eher die Ab- oder aber Anwesenheit Gottes und seines Geistes in der Gemeinde. Eine einigermaßen plausible Deutung von V 22 wird von den in V 23-25 folgenden klaren Beispielen auszugehen haben, nicht vom Jesajazitat, wo die Prophetie gar nicht erwähnt wird. Ist die Glossolalie für Ungläubige ein σημεῖον[198], dann kann ihnen dieses Zeichen nach V 23 nicht die Präsenz Gottes, sondern nur das μαίνεσθαι der Gemeinde anzeigen, also kein Zeichen sein, das Nicht-

194 Vgl. schon Heinrici 426, der die Einführung der Kategorie σημεῖον damit erklärt, daß die korinthischen Glossolalen »ihre Leistung mit einseitigem Nachdruck und ohne Einschränkung als bevorzugendes Beglaubigungszeichen betrachteten« (mit Verweis auf Mt 12,38).

195 Nach Sweet* 241 soll die korinthische These gelautet haben: αἱ γλῶσσαι εἰς σημεῖόν εἰσι τοῖς πιστεύουσιν. Sie seien die Legitimation für das ἀνακρίνειν. Paulus aber verstehe σημεῖον kritisch, um nicht zu sagen: als σημεῖον ψεύδους (2Thess 2,9); vgl. auch Johanson* 193f; Dunn* (Jesus) 230f; Gillespie* (Pattern) 81; Hill* (Prophecy) 125. Schwierig bleibt aber das ὥστε, ferner die Tatsache, daß dies das einzige korinthische Zitat im ganzen Komplex wäre (vgl. Fee 681f Anm. 34) und seine Einfügung auch nicht gut zur Hauptperspektive des Kapitels paßt (Sandnes* 2), doch ist die Möglichkeit nicht ganz auszuschließen. Ganz unbegründet ist dagegen die Annahme von Talbert (Lit. zu Kap. 12-14) 102, auch V 21 sei korinthisch.

196 Schon im Griechischen hat das Wort »jeweils mit einem Gegenstande oder Sachverhalt zu tun, der eine ganz bestimmte Erkenntnis oder Einsicht ermöglicht oder doch ermöglichen sollte« (Rengstorf, ThWNT VII 202), und auch die in der LXX mit εἶναι εἰς σημεῖον übersetzte Wendung היה לאות (vgl. Gen 9,13; Ex 13,16 u.ö.) weist auf einen Erkenntnisvorgang (213). Auch 2Kor 12,12 sind die σημεῖα τοῦ ἀποστόλου das, was einen Apostel zu erkennen gibt (258); vgl. auch Smit* 185, der freilich 180-182 unnötigerweise von der technischen Bedeutung des Terminus in der Rhetorik ausgeht, wo *signum* »ein sinnlich wahrnehmbares Zeichen« ist, aus dem »mehr oder minder sicher auf den Sachverhalt« geschlossen werden kann (Lausberg, Handbuch I 195), wobei übrigens auch ἔλεγχος die rhetorische *refutatio* sein soll, was erst recht nicht einleuchtet; vgl. Sandnes* 9.

197 So Meyer 393; Heinrici 425; Rengstorf, ThWNT VII 258; vgl. auch die Auseinandersetzung bei Wilk* 81 Anm. 43 mit der These von Theißen* 85 (ähnlich Horn, Angeld 219), σημεῖον sei als »Erkennungszeichen« für die Gemeinde zur Identifizierung der Ungläubigen bzw. Gläubigen zu deuten: Als Erkennungszeichen meine σημεῖον stets »ein Phänomen, durch das eine Person oder Sache *anderen* erkennbar wird«, während bei Theißen »die Gemeinde zugleich ›Sender‹ und ›Empfänger‹« sei.

198 Für den Prädikatsnominativ tritt »zuweilen unter Mitwirkung des Semitischen (hebr. ל) εἰς mit Akk. ein« (Bl-Debr-Rehkopf § 145 und Grudem* [Gift] 172f Anm. 23; vgl. die LXX-Zitate in 6,16 und 15,45), doch soll es nach Bl-Debr-Rehkopf (§ 145 Anm. 2) näherliegen, mit »dienen zu« zu übersetzen, was angesichts der sonstigen paulinischen Belege nicht einleuchtet (vgl. Wilk* 81 Anm. 44 und Fee 681 Anm. 30).

christen anlockt, überzeugt und in Staunen setzt[199]. Durch die Glossolalie wird den Ungläubigen der Weg zum Glauben und zum Bekenntnis zu Gottes Gegenwart vielmehr gerade verlegt[200]. Damit wird aus diesem σημεῖον aber nicht zugleich ein göttliches Mittel der Verstockung[201], ein Zeichen des göttlichen Gerichts[202] oder gar eines »covenantal curse« für ungehorsame Juden[203], wohl nicht einmal ein Zeichen von Gott[204], eher gegen Gott: Glossolalie wird nur als μαίνεσθαι und Zeichen von Gottes Abwesenheit wahrgenommen[205], so daß es zu keinem Hören kommt (V 21). Für die Christen aber scheidet diese sich aus V 23 ergebende negative Zeichenfunktion der Glossolalie als Indiz der Besessenheit aus, denn sie können in der Glossolalie sehr wohl eine φανέρωσις τοῦ πνεύματος erkennen.

Den Glaubenden dagegen ist die Prophetie – so wird im antithetischen Parallelismus hinzugesetzt und *e contrario* erschlossen – ein Zeichen, denn auch hier wird man εἰς σημεῖόν ἐστιν zu ergänzen haben[206]. Dieses Zeichen scheint

[199] Diese seit Chrysostomus 307 vorherrschende Deutung, daß die Ungläubigen durch die Glossolalie bzw. Xenolalie ergriffen und erschüttert werden sollen, wird auch von Bengel 428; Olshausen 721 (»ein Weckmittel«); Mills (Lit. zu Kap. 12-14) 111 u.a. vertreten, ist aber zweifellos unzutreffend (vgl. Meyer 393; Godet II 163 und die meisten Neueren).

[200] Vgl. Rengstorf, ThWNT VII 258 im Anschluß an Schlatter 381.

[201] So allerdings Weiß 332 (»Verstockungsmittel«); Lietzmann 73 (»furchtbares Rätsel für die verstockten Ungläubigen von Gott geschickt«); Klauck 102 (»verstockendes Gerichtszeichen«); Grudem* (1Cor 14) 387 (Wenn Gott in unverständlicher Sprache spreche, sei das »a form of punishment for unbelief«; vgl. auch 392). Brosch (Lit. zu Kap. 12-14) 68 will die Glossolalie sogar als »Strafe für die Gemeinde« verstehen. Anders zu Recht Sandnes* 8; Roberts* 200 (»It is hardly fair to judge and condemn unbelievers on the basis of an unintelligible message uttered by Christians«); Horn, Angeld 218.

[202] So aber Beza 155; Billroth 198f; Neander 230f; auch nach Bachmann 421 soll die Glossolalie »die Gerichtswirkungen der göttlichen Offenbarung an der ungläubigen Welt« vermitteln; Godet II 164 zitiert Mt 13,11f und versteht das Zeichen als »Mahnruf« und »Zeichen einer sich allmählich vollziehenden Scheidung«; vgl. auch Robertson/Plummer 317; Barrett 323; Carson* 114; Hill* (Prophecy) 125 (»a sign of divine judgment«); MacGorman* 398; Betz* 57; Witherington* 285; Kistemaker 501.

[203] So Robertson* 46; vgl. auch 47f, wonach die γλῶσσαι zugleich aber Segenszeichen sein sollen, insofern sich Gott von Israel zu allen Völkern wende; Hoehner* 60 kritisiert mit Recht die Annahme, die Ungläubigen seien speziell Juden.

[204] Allo 365 (»simplement un signe de l'activité divine«); Roberts* 200 (»a sign of divine or spiritual activity«); Grudem* (1Cor 14) 389; auch die Deutung von Wilk* 81 (Zeichen »für die, die zum Glauben kommen«) ist schwerlich haltbar, denn πιστεύειν kann zwar öfter das Zum-Glauben-Kommen bezeichnen, aber im Aor. Zur These, daß ἄπιστος in V22 ein verstockter, in V 23f dagegen ein interessierter Ungläubiger sei, vgl. Heinrici 426; Johanson* 183.185.188; Theißen* 83f und Grudem* (Gift) 198: »simply ›unbeliever‹ (of whatever type) in both places«.

[205] Das heißt nicht, daß σημεῖον für Paulus nur negative Konnotationen hat (so Stendahl [Lit. zu Kap. 12-14] 124; vgl. auch Hartman* 169). Das trifft nur für 1,22 zu. Röm 15,19 und 2Kor 12,12 haben den Plur. (neben τέρατα) und durchaus positive Bedeutung; in Röm 4,11 ist es durch den Genitiv τῆς περιτομῆς qualifiziert; vgl. auch Johanson* 189 Anm. 2.

[206] So Meyer 395: Paulus lasse »kraft des Gegensatzes das Prädicat der ersten Vershälfte noch fortwirken« (ebs. Heinrici 426f; Maly* 209; Lietzmann 73; Grudem* [Gift] 193f; Fee 682; Carson* 111; Sandnes* 10; Wilk* 80 [»kategorial auf derselben Ebene«]); daß solche Ergänzungen aus Vorder- in elliptischen Nachsätzen möglich sind, ist unbestreitbar, doch nach Weiß 332f soll die Ergänzung hier »eine unnötige Schwierigkeit« schaffen; vgl. auch Billroth 199; Rückert 375; Hoehner* 61.

nun nach vielen positiv bewertet zu werden. Daß ein σημεῖον verschiedene Bewertung erfahren und sowohl positive als auch negative Funktion und Wirkung haben kann, zeigen alttestamentliche Beispiele zwar zur Genüge[207]. Doch von einer verschiedenen Wirkung und Reaktion bei demselben Phänomen ist gar nicht die Rede, sondern davon, daß Glossolalie bzw. Prophetie für die einen ein Zeichen ist und für andere nicht. Von V 25 her aber liegt es nahe, die Prophetie in dem Sinne als ein Zeichen für die Glaubenden zu verstehen, als auf Grund ihrer Wirkung die eschatologische Präsenz Gottes in der Mitte der Gemeinde auch von Heiden anerkannt wird. Schwierig bleibt freilich, daß die Prophetie den Ungläubigen kein Zeichen sein soll. Doch wird man die Gegenüberstellung ohnehin nicht pressen dürfen und eine rhetorische Zuspitzung anzunehmen haben[208]. Nach V 24f ist die Prophetie nämlich in bestimmter Weise sehr wohl auch für die Ungläubigen ein Zeichen, insofern sie im Gewissen getroffen werden, wie umgekehrt die Glossolalie auch für die Glaubenden ein Zeichen ist, und zwar für die Wirksamkeit des Geistes. Wichtig ist allein die Warnung vor dem Gebrauch uninterpretierter Glossolalie in Anwesenheit von Ungläubigen, für die sie nur einen negativen Effekt in Form abschreckender Wirkung haben kann.

23 V 23 und 24 zieht mit zwei konstruierten Fällen die Folgerung aus V 22 (οὖν), wobei V 23 zunächst V 22a und V 24f dann V 22b korrespondiert[209]. Dabei wird beidemal auf die missionarische Wirkung bzw. Wirkungslosigkeit der gottesdienstlichen Versammlung[210] abgehoben. Auch wenn diese Wirkung nicht methodisierbar ist und der menschlichen Regie entzogen bleibt, hat die Gemeinde das ihre zu tun, um eine Wirkung nicht von vornherein zu blockie-

207 Vgl. Ex 10,1f, wo die σημεῖα Pharaos Leute verstocken, die Israeliten daran aber erkennen, daß Jahwe der Herr ist; vgl. weitere Beispiele bei Grudem* (Gift) 194f; Carson* 115. Wilk* 81 Anm. 45 verweist auf das Jonazeichen, das nach Lk 11,30.32 »gegensätzliche Reaktionen« hervorruft; von einer je verschiedenen Deutung des Zeichens gehen auch Dunn* (Jesus) 231; Hill* (Prophecy) 125f; Grudem* (1Cor 14) 389f; Sandnes* 10-12 u.a. aus. Barrett 323 verweist zudem auf die doppelte Wirkung des Steins (Röm 9,33).

208 Vgl. schon Cornelius a Lapide 330 (*primatio & praecipue, nam secundario sicuti linguae etiam fidelibus*); Grotius 817 (οὐ heiße *non tantum*); v. Mosheim 630 (zu V 22: »kein unumschränkter Satz«; zu V 23: Er habe ja »seine Schranken und Ausnahmen« und rede ebenfalls »von dem ersten und vornehmsten Zwecke«); Conzelmann 294f, der mit Recht von einer rhetorischen Überspitzung spricht (ebs. Rebell* 127); er sieht die Formulierung zudem dadurch mitbestimmt, daß in σημεῖον anders als 1,20 »das Moment der Unverständlichkeit empfunden« worden sei; auch Senft 179 lehnt es ab, »une relation très précise« zwischen den beiden Texten (Jes/Paulus) zu etablieren.

209 Bullinger 233 spricht von *epilogus confutationis* und ὑποτύπωσις (vgl. dazu Lausberg, Handbuch I 399f.402: Der Redner macht sich zum fiktiven Augenzeugen). Jedenfalls wird hier nicht ein Normalfall geschildert (vgl. Grudem* [Gift] 199).

210 Zu συνέρχεσθαι ἐπὶ τὸ αὐτό vgl. 11,20, zu ὅλη ἡ ἐκκλησία vgl. Röm 16,23 und Hainz* 91. Semler 373 vermutet, daß man sich in den Gärten von Häusern versammelt hat; vgl. auch EKK VII 1, 30 Anm. 38. Dunn* (Lit. zu 14,26ff) 211 entnimmt der Wendung, daß andere Versammlungen nicht alle Christen einschlossen (vgl. auch unten Anm. 218 und 442). Das Verhältnis zu Versammlungen etwa von Hausgemeinden, die nach Klauck, Hausgemeinde 30-41 eine Art Substruktur der Gemeinde bilden sollen (vgl. auch Meeks, Urchristentum 160f), wird aber nicht klar.

ren. Konkret: Bestünde die ganze Gemeinde aus Glossolalen[211], müßte eine Gemeindeversammlung Nichtglaubenden als enthusiastische Raserei vorkommen[212]. Wo nur ekstatisch gejauchzt, gebetet oder geschrien wird und man kein einziges vernünftiges Wort vernehmen kann, ist es kein Wunder, wenn Nichtchristen (zu dieser Bedeutung von ἰδιῶται vgl. unten) die Christen für Wahnsinnige halten und abgestoßen werden[213]. Schon von der antithetischen Struktur der beiden Beispiele her ist es ausgeschlossen, dem μαίνεσθε eine positive statt eine pejorative Bewertung abzugewinnen[214]. Das Urteil μαίνεσθε ist hier einzig die Reaktion auf die Form, nicht den Inhalt des Gottesdienstes, hat also mit dem Ärgernischarakter der christlichen Botschaft nichts zu tun. Gewiß ist der Unglaube schnell mit solchen Urteilen bei der Hand, doch ist es mehr als fraglich, ob man Stellen, wo »das Unerhörte dem Unglauben als Irrsinn« erscheint, für 1Kor 14 auswerten darf[215]. Nach V 23 wehrt sich der Unglaube eben zu Recht gegen solche befremdlichen irrationalen Phänomene[216], und zwar darum, weil er sie nicht versteht. Über die Motive der Nichtchristen für deren Teilnahme am Gottesdienst (Neugier, Interesse oder was immer sonst) ist hier nichts zu erfahren, weil nicht deren Motivation

211 Das schließt zwar nicht sofort ein, daß alle auf einmal glossolalisch reden (vgl. Godet II 165; Robertson/Plummer 317; Hoehner* 62), ist aber erst recht nicht auszuschließen (vgl. Gutjahr 391 und die dort in Anm. 4 Genannten; ferner Fisher 227), ja von ἀνὰ μέρος (V 27) her eher wahrscheinlich; vgl. unten Anm. 468 zu 14,26ff. Πάντες ist rhetorische Übertreibung; vgl. Findlay 910: »A *reductio ad absurdum* for the fanatical coverters of Tongues«; damit wird das πάντες in V 31 aber nicht entwertet.

212 Zur Verbindung von Ekstase und μαίνεσθαι vgl. Pfister, RAC 4, 946f.949.956; vgl. ferner die Belege und Beispiele bei Behm, ThWNT I 722-724; Oepke, ThWNT II 448-453; Preisker, ThWNT IV 363f; Dautzenberg* (Prophetie) 229f; Smit* 183 Anm. 17; Forbes* 174 Anm. 52; vgl. z.B. Herodot 4,79 (»Ausdruck für *bacchantische Besessenheit* u(nd) Begeisterung« [Preisker, ThWNT 363]) oder Homer, Ilias 6,132, wo der Gott Dionysus selbst als μαινόμενος gilt, der seine Anhänger in dieses μαίνεσθαι hineinzieht (364), ferner Plato, Tim. 71e-72b; Phaedr. 244a-245a; Euripides, Bacch. 291f; Plutarch, Def.Orac. 40,432E; Jamblichus, Myst. 3,8.

213 Vgl. v. Mosheim 631 (»eine Bande toller und wahnwitziger Leute«); Meeks, Urchristentum 302 (»Kauderwelsch einiger Verrückter«; vgl. auch 222). Sie wäre insofern nicht von heidnischen Kultgemeinschaften zu unterscheiden. Oft hält man den Dionysuskult für die »nächstliegende Analogie«, mit der man die Gemeindeversammlung hätte verwechseln können (so Theißen* 281; Klauck 102; Smit* 183).

214 Anders z.B. Roberts* 201: Nichtchristen sollen im μαίνεσθαι eine Bestätigung göttlicher Inspiration sehen bzw. die Korinther sich noch wie Ungläubige durch Ekstase als Zeichen göttlicher Präsenz imponieren lassen (vgl. auch Robertson* 52). Nun können Heiden für Enthusiasmus durchaus Verständnis haben (vgl. 12,2), doch gegen solche positive Bewertung spricht schon die Antithese zu V 25c, aber auch der sonstige Gebrauch von μαίνεσθαι im NT; vgl. z.B. Wilk* 80 Anm. 38. Noch weiter geht Martin* (Spirit) 150 Anm. 12: »not simply mental disorder (›you are mad‹) but demonic invasion (›you are possessed‹)« (im Anschluß an N.I. Engelsen).

215 So aber Preisker, ThWNT IV 364 mit Verweis auf Joh 10,20 (hier sagen Juden über Jesus: δαιμόνιον ἔχει καὶ μαίνεται) sowie auf Apg 26,24 (hier urteilt Herodes Agrippa II. ähnlich über Paulus: μαίνῃ). Von daher wird auch V 23 verstanden: »Der Ungläubige steht vor dieser Geistesgabe ohne Verständnis und lehnt diese Art der charismatischen Verkündigung als verrücktes Reden ab« (365). Aber weder der Glaubensinhalt noch die spektakuläre Religiosität als solche sind dasjenige, was das Urteil »Wahnsinn« provoziert. Es hat seinen Grund hier allein in der Unverständlichkeit.

216 Vgl. Semler 374 (*recte igitur, et non sine ratione, reverenda sunt hominum aliorum iudicia)*; Grotius 817; Dautzenberg* (Prophetie) 245.

und auch nicht die Attraktivität des Gottesdienstes als solche zur Debatte stehen. Vorausgesetzt ist, daß auch Nichtglaubende Zutritt zur Gemeinde haben und urchristliche Gottesdienste keine esoterisch-exklusiven Veranstaltungen einer nach außen geschlossenen Gesellschaft sind[217]. Nicht einhellig ist allerdings das Urteil darüber, ob *jede* Gemeindeversammlung für Nichtchristen zugänglich ist[218]. Die Zusammenstellung mit ἄπιστοι in V 23 und 24 zeigt, daß mit den ἰδιῶται hier Leute gemeint sind, die nicht zur Gemeinde gehören, in die (sc. in die als ganze versammelte Gemeinde) sie »hineinkommen«[219]. Es sind also anders als in V 16 in die Glossolalie uneingeweihte Nichtchristen im Blick, nicht Gemeindeglieder[220]. Zwar ließe sich das Nebeneinander von ἄπιστοι und ἰδιῶται u.U. auch als Zuordnung zu verschiedenen Gruppen erklären[221], doch soll ἤ eher die Ähnlichkeit herausstellen[222]. In Glossolalie uneingeweiht sind *a se* die Ungläubigen. Ist der ἰδιώτης hier uneingeweiht in den Glauben, wie der von V 16 uneingeweiht in die Glossolalie war[223], erledigt sich auch hier die These, bei den ἰδιῶται an Anfänger im Glauben oder Katechumenen zu denken, an Halbgläubige oder Randsiedler entsprechend den Nichtvollmitgliedern in Mysterienvereinen oder den φοβούμενοι bzw. σεβόμενοι an der Peripherie des Judentums[224].

217 Diese Offenheit und Öffentlichkeit der Gemeindeversammlung unterscheidet sich deutlich von der strikten Abschließung Qumrans, wo zwar auch verlangt wird, gemeinschaftlich zu essen, zu lobpreisen und zu beten (1QS 6,2f), der Zutritt aber nur nach strenger Prüfung und einjährigem Noviziat gestattet wird (1QS 6,13-23), was eine völlige Abgrenzung gegenüber allen Nichtmitgliedern zur Folge hat: »Alle, die nicht zu seinem Bund gerechnet werden, muß man absondern« (1QS 5,18). Allerdings haben Heiden auch in Synagogengottesdiensten Zutritt (vgl. Philo, SpecLeg 2,62 und Billerbeck III 463). Barrett 325 verweist außerdem zu Recht auf offene religiöse Versammlungen der Heiden (Apuleius, Met. 11,15).

218 Es läßt sich unserem Text jedenfalls keine Trennung von Wort- und Abendmahlsgottesdienst entnehmen (so aber z.B. Wolff 336; Salzmann* 60), weil Ungläubige am letzteren angeblich nicht teilnehmen durften; vgl. Bornkamm* 113 Anm. 2; Barrett 325 und unten Anm. 444; anders z.B. Becker, Paulus 267. Nach 5,9ff sollen allein christliche Sünder ausgeschlossen bleiben.

219 Vgl. Rückert 375f; de Wette 134; Schlatter 381; Schlier, ThWNT III 217; Fee 684f u.a.

220 Daß es sich um Glieder auswärtiger Gemeinden handele (so Meyer 395), ist durch nichts angedeutet (vgl. Heinrici 427) und widerspricht dem parallelen ἄπιστοι.

221 Weiß 333 z.B. sieht in ἤ »ganz zwingend« »zwei Klassen«; nach Schäfer* 388f soll Paulus damit sogar »eine Zwei-Stufen-Vorstellung der korinthischen Pneumatiker-Theologie« übernehmen. Aber ἤ wird nicht nur disjunktiv gebraucht, sondern verbindet oft genug »Verwandtes u. Ähnliches, wobei eins für das andere eintreten kann oder eins das andere ergänzt« (Bauer/Aland 693); für Synonymität auch Lietzmann 73; Conzelmann 295; Barrett 324f; Wolff 355 Anm. 508; Rebell* 128.

222 V. Hofmann 323: »schon der Unkundige, geschweige der Ungläubige« (vgl. auch Smit* 184: Paulus nenne die ἰδιῶται = »ordinary fellow-Christians« zuerst, weil dieses Urteil von ihnen am wenigstens zu erwarten sei); die umgekehrte Reihenfolge in V 24 soll dann nach v. Hofmann 323 die Wirkung der Prophetie »selbst auf den Ungläubigen, geschweige auf den blos noch Fremden« verdeutlichen; zur letzten These vgl. aber Fee 684 Anm. 50; zu der gegenüber V 23 verschiedenen Reihenfolge vgl. auch Maly* 212; Hoehner* 63; Kremer 306.

223 Vgl. z.B. Findlay 910; Fee 685 Anm. 51 u.a.

224 So aber schon Theodoret 344 (ἀμυήτους); Severian 269f; Olshausen 725; Godet II 165; Pelagius 210 spricht von *nuper credentes* (Primasius 542 fügt hinzu: *vel ignari, minus docti*); Estius 697 (*de catechumenis*); Bauer/Aland 753 (»eine Art Proselyten«); Hahn* 60 Anm. 22 (»Randsiedler . . ., die der Gemeinde nahestehen, aber sich ihr noch nicht angeschlossen haben«); Kistemaker 502 (»*novices*«). Dazu paßt

24 Derjenige aber[225], der aufgrund der Glossolalie die Gemeinde für verrückt halten muß, wird von den Propheten in seinem Herzen getroffen und im Innersten überwältigt. Manche erinnern an Gedankenlesen, intuitives Hellsehen oder übernatürliche Kenntnis der geheimsten Gedankengänge (Kardiognosie), die in Röm 8,27 und 1Thess 2,4 Gott vorbehalten ist[226], so daß den Propheten »die Tiefen des Herzens« der Ungläubigen aufgeschlossen und offenbart würden (V 25). Unbestreitbar ist dieses Phänomen wie im Alten Testament (vgl. Nathan 2Sam 12,1-13) so auch im Urchristentum bezeugt[227], doch ist das kein Präjudiz für die Interpretation unserer Stelle. Nicht an einem übersinnlichen Potential von Propheten ist Paulus interessiert, sondern an der prophetischen Wirkung auf die Nichtchristen. Gewiß durchschaut der Prophet das Vordergründige, aber auf die dahinterliegende Gegenwart und Wirklichkeit Gottes (vgl. V 25), nicht auf verborgene Sünden hin. Von einem allgemeinen oder konkreten Schuldaufweis durch die Propheten oder einem Schuldeingeständnis vor dem Forum der Gemeinde ist denn auch keine Rede und wird auch mit φανερὰ γίνεται nicht erwiesen, weil darüber, wie das Zutage-Treten zustandekommt, nichts gesagt ist[228]. Es ist darum mindestens primär an das prophetische Wort und seine allen Augenschein durchdringende Wahrheit zu denken, die eine innere Erleuchtung und Erschütterung bei Nichtchristen bewirkt, ein existentielles Betroffen- und Sich-durchsichtig-Werden[229], wörtlich: ein Aufgedeckt- und Überführt-Werden: Ἐλέγχεσθαι,

aber deren Urteil μαίνεσθε nicht nur wegen Unhöflichkeit wenig, erst recht nicht das in V 24f Gesagte. Die profanen Belege können die Beweislast für unsere Stelle kaum tragen. Richtig Lietzmann 73; Gutjahr 391; Conzelmann 295; Wolff 336 Anm. 509; Barrett 324 (nicht »an ›intermediate‹ group, half-way between the full Christian and the complete outsider«).

225 Der jetzt im Unterschied zu V 23 auftauchende Sing. soll wegen der bekehrenden Wirkung auf einzelne angemessen sein (so Meyer 397: »am entsprechendsten in *individualisirender* Darstellung«; ähnlich Heinrici 428; v. Hofmann 323; Hoehmer* 61). Schwierig bleibt aber, daß ein einzelner von »allen« durchschaut werden soll (vgl. Rückert 377).

226 Zu Gott als καρδιογνώστης vgl. auch Apg 1,24; 15,8.

227 Vgl. Mt 9,4; 12,25; Lk 7,39; Joh 2,25; 4,18f; 6,64; Apg 5,1ff; 13,8ff.Vgl. weiter Weinel, a.a.O. (Anm. 278 zu Kap. 12) 183; Bousset 145; Lietzmann 73; Héring 128; Lindblom (Lit. zu Kap. 12-14) 181; Crone* 216.232 Anm. 26 verweist z.B. auf Mk 14,65 par; aus dem profanen Raum vgl. Philostrat, Vit. Ap. 1,19 (οἶδα καὶ ὅσα σιωπῶσιν ἄνθρωποι) und weiter L. Bieler, ΘΕΙΟΣ ΑΝΗΡ. Das Bild des »göttlichen Menschen« in Spätantike und Frühchristentum I 1935 (Nachdruck Darmstadt 1967) 87-94; Dautzenberg* (Prophetie) 250-253; Grudem* (Gift) 200; Sandnes* 13 (»a sort of laying his or her life open in front of the community«).

228 Vgl. Bultmann/Lührmann, ThWNT IX 3 (»ohne daß die sinnliche Wahrnehmung betont wäre«); anders z.B. Grudem* (Gift) 200 und (1Cor 14) 394 (»specific mention of one or more of his particular, individual sins is made in the prophecies«). Das Wort beziehe sich immer auf »a public, external manifestation«. Daß hier nicht bloß von inneren oder privaten Vorgängen die Rede ist, ist richtig, doch entscheidend ist die Wirkung angesichts der Präsenz Gottes; vgl. z.B. Dunn* (Jesus) 232: »Prophecy prevents a man pretending to be other than he is«.

229 Vgl. Barrett 326: Gottes Wort genüge zur Überwindung des Sünders (wie Calvin 442; Bullinger 233 u.a. mit Verweis auf Hebr 4,12); vgl. auch Bornkamm* 126 (»unter der Gewalt der Verkündigung im Innern getroffen«); Müller* 25 Anm. 25; Maly* 213; Senft 179f; Hill* (Prophets) 112f; Roux (Lit. zu Kap. 12-14) 42 (im anderen Fall wäre von einer »conversion à la légère«, zu herabgesetzten Preisen sozusagen, zu reden); Gillespie* (Theologians) 156 Anm. 122; Lang 196 und

das meist von der Gerichtsrede zum forensischen Aufdecken der Sünde oder von der Zurechtweisung gebraucht wird, steht hier wohl im Sinne von jemandem seine wahre Situation *coram deo* vorhalten und ihn zur Umkehr auffordern[230], ist jedenfalls nicht moralisch zu verengen[231]. Ἀνακρίνειν wird auch hier beurteilen meinen[232].

Die Wirkung der Prophetie reicht bis in die Tiefen des menschlichen Herzens, 25 so daß das Verborgene des Herzens[233] offenbar wird[234]. Das heißt nicht, daß der bisher Ungläubige die Geheimnisse seines Herzens vor der Gemeinde aussprechen soll oder sie gar von den Propheten ausgebreitet würden. Vielmehr wird ihm selbst das bisher Verborgene offenbar[235], so daß – mit den in 4,4f genannten Grenzen – er sich durchsichtig wird und im prophetischen Wort die Wahrheit über sich vernimmt, der er zustimmen muß. Damit wird nicht der Ablauf eines Bekehrungsprozesses fixiert[236] oder gar eine methodische Anleitung dazu gegeben. Paulus ist es allein darum zu tun, daß die Wirkung der prophetischen Verkündigung darin kulminiert, daß der so Betroffene Gottes Gegenwart in der Gemeinde anerkennt: ὄντως[237] ὁ Θεὸς ἐν ὑμῖν ἐστιν. Ἐν ὑμῖν heißt »in eurer Mitte«[238], ist also nicht mystisch oder psycholo-

weiter zu V 25. Nach Rückert 377 würde sonst vermutlich kein Außenstehender mehr zur Gemeinde kommen, d.h. »Allwissenheit« würde »das Gegentheil des verlangten Erfolgs herbeiführen«; ähnlich Allo 367.

230 Vgl. F. Büchsel, Art. ἐλέγχω κτλ., ThWNT II 470-474, hier 471; vgl. auch Porsch, EWNT I 1042 (»die enthüllende und überführende Wirksamkeit« der Prophetie); Maly* 213; Müller* 25f. Zu beachten bleibt aber, daß ἐλέγχειν nicht den Sinn von beweisen hat. Erst recht ist nicht an den *usus elenchticus* des Gesetzes zu denken wie Jak 2,9. Außerhalb der echten Paulinen geschieht dieses ἐλέγχειν auch durch Mitchristen (Eph 5,11; Mt 18,15) oder Gemeindeleiter (1Tim 5,20; 2Tim 4,2; Tit 1,9.13; 2,15.

231 Vgl. Barrett 326; Sweet* 245. Crone* 216.242f hält auch die Verkündigung des eschatologischen *ius talionis* für möglich; vgl. die ähnliche Terminologie in 4,4f.

232 Vgl. weiter zu 2,14f; 4,3f; 10,25.27 und dazu die Belege bei Oepke, ThWNT III 977 Anm. 42; vgl. auch Dautzenberg* (Prophetie) 248; Lang 196 (»Gerichts- und Gnadenpredigt zugleich«). Nach Weiß 333 ist ἐλέγχεται und ἀνακρίνεται eigentlich ein Hysteron proteron, doch sei darauf wegen des rhetorischen Charakters kein Wert zu legen.

233 Τὰ κρυπτὰ τῆς καρδίας wie Röm 2,16; 1Kor 4,5; 2Kor 4,2. Das Herz ist auch hier die Personmitte; vgl. zu 2,9; 4,5; 7,37 und Behm, ThWNT III 615. Theißen* 87 spricht von »Bewußtmachung des Unbewußten«, will das aber von der Parallelität zum »Verborgenen der Finsternis« in 4,5 her verstehen, allerdings nicht sicher behaupten; vgl. Semler 375: *vt Rom. 2,16 in bonam partem.*

234 Φανερὸν γίνεται wird zwar in 3,13 auf das eschatologische Offenbarwerden am Ende bezogen, ist hier aber wie 11,19 schon gegenwärtig gedacht (vgl. Bultmann/Lührmann, ThWNT IX 3), ohne seine eschatologische Dimension zu verlieren.

235 Vgl. schon Estius 698 *(Non est sensus, occulta cordium manifestari prophetis, sed illis ipsis, in quibus sunt et latent)* und weiter oben Anm. 228.

236 Vgl. aber v. Mosheim 636 (»stufen- und stückweise«); Schlatter 382 entnimmt unserer Stelle sogar, daß Paulus »oft die Evangelisation mit der Enthüllung des Schuldbewußtseins begann« (ähnlich Robertson/Plummer 318; Grosheide 332; Carson* 116); richtig Conzelmann 296; Lang 196.

237 Zu ὄντως vgl. Gal 3,21: in Wahrheit, wirklich, »Gegentheil des blos Vorgeblichen und Scheinbaren« (Meyer 398; Heinrici 429); de Wette 135 (»im Gegensatze mit dem bisherigen Zweifel«). Vor allem ist darin die Absage an die Nichtigkeit und Torheit der Abgötterei eingeschlossen (vgl. v. Mosheim 636f).

238 Vgl. 1,10f; 2,2; 3,18; 5,1; 6,5; 11,18f.30 und 15,12 sowie Delling, ThWNT VIII 501 Anm. 63; Bornkamm* 115 Anm. 4 (»Huldigung und Akklamation gelten der Epiphanie Gottes in der Gemeinde, nicht bloß der Bestätigung der Inspiration der Redenden«).

gisch zu verstehen (»in eurem Inneren«[239]), sondern bestätigt den eschatologischen Charakter der Prophetie. Was für die Endzeit angekündigt worden ist, die Wendung der Heiden zu Israel und die Anerkennung von Gottes Gegenwart, das ist trotz des eschatologischen Vorbehalts von 13,9.12 *mutatis mutandis* nun gegenwärtige Realität. Am ehesten zu vergleichen ist Jes 45,14, wo Heiden (allerdings vor Israel) niederfallen und sagen werden: ἐν σοὶ ὁ θεός ἐστιν, aber auch 3Βασ 18,39 (καὶ ἔπεσεν πᾶς ὁ λαὸς ἐπὶ πρόσωπον αὐτῶν καὶ εἶπον Ἀληθῶς κύριός ἐστιν ὁ θεός)[240]. Der Gestus des Niederfallens und Anbetens ist »die stilgemäße Antwort auf Offenbarung«[241]. Dabei läßt die nur hier bei Paulus erwähnte Proskynese des so »Überführten« vermuten, daß diese auch bei den schon zur Gemeinde Gehörenden praktiziert wurde[242]. Die Verdeutlichung ἐπὶ πρόσωπον steht auch sonst in Verbindung mit πίπτειν[243]. Der göttlichen Epiphanie und Präsenz gegenüber gibt es als angemessene Reaktion des Menschen nur Anerkennung und Anbetung.

Zusammenfassung

Nachdem durch »den Weg aller Wege« die Richtung für die rechte Einschätzung und Praxis der Charismen gewiesen ist, beleuchtet Paulus von daher am Bewertungsmaßstab der Oikodome und des Nutzens für die Gemeinde die gottesdienstlichen Versammlungen, konkret das Verhältnis von Glossolalie und Prophetie. Dabei argumentiert er eindeutig zugunsten des Vorrangs der Prophetie und zielt darauf, die Gemeinde von ihrer gefährlichen Fehlentwicklung einer Überbewertung der Glossolalie, die kein Kriterium der Spiritualität ist, abzubringen. Paulus bestreitet nicht den relativen und individuellen Wert glossolalischen Redens, Betens und Singens. Er kann deren Authentizität und Inspiration schon darum nicht in Frage stellen, weil er solche Erfahrungen auch selbst in reichem Maße aufzubieten hat. Sie gehört aber wegen ihrer Unverständlichkeit und Esoterik in den Privatbereich, oder – und das ist vom genannten Maßstab der Oikodome her für ihren Platz im Gottesdienst eine *conditio sine qua non* – sie wird übersetzt. Wie wenig unübersetzte

239 So aber Meyer 398: *in animis vestris* = »in den *Individuen*«; ähnlich Heinrici 429; Rückert 377f u.a.; richtig Bornkamm* 115 Anm. 4 u.a.

240 Vgl. auch Sach 8,23; Dan 2,47 (ἐπ᾽ ἀληθείας ἐστὶν ὁ θεὸς ὑμῶν θεὸς τῶν θεῶν καὶ κύριος τῶν βασιλέων ὁ ἐκφαίνων μυστήρια κρυπτὰ μόνος) und zu diesen Stellen im Judentum Billerbeck III 463f (in IV 896 Verbindung u.a. von Jes 49,23 mit Dan 2,46); ferner Schlatter 382; Grosheide 333; Barrett 327; Maly* 213f; Martin* (Spirit) 74; Grudem* (1Cor 14) 395 Anm. 35; Hill* (Prophets) 113; Roux (Lit. zu Kap. 12-14) 42f; Fee 687; Lindemann, Schrift 219f. Vor allem Dan 2 wird schon früh (Chrysostomus 310; Pelagius 210; Primasius 542; Theophylakt 745; Hieronymus 761) angeführt. Formal vergleichbar ist auch Plato, Erot. 67,762e (ὄντως ὁ θεὸς ἐν ὑμῖν ἐστιν). Daß die Korinther reklamiert haben, daß Gott in der Glossolalie in ihrer Mitte sei (so von Esler [Lit. zu Kap. 12-14] 140 erwogen), bleibt überzogenes mirror-reading.

241 Dautzenberg* (Prophetie) 252; Grudem* (Gift) 201; vgl. die Belege in der Anm. 342.

242 Vgl. Greeven, ThWNT VI 766; Nützel, EWNT III 422.

243 Vgl. schon Gen 17,3.17; Num 16,4.22; 2Chr 7,3; Dan 2,46 (an den beiden letzten Stellen fortgeführt mit προσκυνεῖν) u.ö.; ebs. Mt 17,6; 26,39; Lk 5,12; 17,16; Offb 7,11; 11,16 (an den beiden letzten Stellen ebenfalls fortgeführt mit προσκυνεῖν); oft steht aber bloßes πίπτειν neben προσκυνεῖν (Mt 2,11; 4,9; Apg 10,25; Offb 4,10; 5,14 u.ö.).

Glossolalie die Gemeinde voranbringen kann und alles auf die Verständlichkeit ankommt, wird an den Beispielen aus der Musik und der Fremdsprache verdeutlicht. Die Prävalenz der Prophetie aber ergibt sich daraus, daß sie als solche dem Aufbau der Gemeinde zugute kommt, weil sie verständlich und kommunikativ ist. Darum ist die Einbeziehung der Vernunft unerläßlich, und so wie Paulus soll auch die Gemeinde bei ihrem gottesdienstlichen Gebet, Lob und Dank verfahren, damit Trost, Ermahnung und Belehrung daraus erwächst. Neben der Bevorzugung der Prophetie wegen ihrer konstruktiven Beiträge für den Aufbau der Gemeinde verdient sie nach Paulus auch darum den Vorzug, weil ihr allein eine Wirkung auf Außenstehende zuzutrauen ist. Während die Glossolalie bei den Nichtglaubenden nur ineffektiv bleiben und von Unverständnis geprägte Reaktionen auslösen kann, vermag die Prophetie Umkehr und Anerkennung der eschatologischen Gegenwart Gottes inmitten der Gemeinde zu bewirken.

Auslegungs- und Wirkungsgeschichte

Es ist nicht ganz leicht, die zusammenhängenden Themenbereiche zu unterteilen, da oft eins ins andere greift. Vor allem folgende Elemente stehen im Vordergrund des Interesses: 1. die Prophetie, ihre Schriftauslegung und Wirkung (S. 415-420), 2. die Glossolalie und die Einschätzung fremder Sprachen (S. 420-423), 3.1. die Bedeutung der Verständlichkeit und einer autochthonen Sprache (S. 423-427) und 3.2. die Einbeziehung des νοῦς (S. 427f), 4. andere Momente des Gottesdienstes wie 4.1. Lehre (S. 429), 4.2. vor allem Gebet (»im Geist«) (S. 429-431) und 4.3. Gesang und Musik (S. 431-434), 5. die nur am Rande beachtete Oikodome (S. 435f), 6.1. das Verhältnis von Vollkommenheit und Kindlichkeit (S. 436-438) sowie 6.2. die Zeichen (S. 438f). Im ganzen ist die Wirkung des Kapitels im Vergleich mit anderen weniger stark gewesen. Bei vielen Theologen wird das Kapitel kaum oder gar nicht erwähnt. Auch in Perikopenordnungen hat es erst spät einen Platz gefunden[244]. Anders steht es mit V 26-40 in Kirchen- und Gottesdienstordnungen.

1. Bei der Bestimmung der Aufgabe der *Propheten* wiederholen sich im wesentlichen die schon aus Kap. 12 bekannten Aussagen, weshalb hier nur wenige Stimmen zu Wort kommen sollen. Während Theophylakt (737) die Propheten umfassend über Vergangenheit, Gegenwart und Zukunft sprechen läßt[245], vereinzelt auch das Zukunftsmoment stark oder allein betont wird[246], begegnen meist Kombinationen von Zukunftsvorhersage und Schriftauslegung[247]. Wenngleich die Zukunftsvorhersage nur selten ausdrücklich aus-

244 1Kor 14,1-3.20-25 ist in der EKD jetzt Predigttext der 4. Reihe für den 2. Sonntag nach Trinitatis.

245 Viel weiter geht Origenes 36, der die Prophetie so charakterisiert: ἡ διὰ λόγου τῶν ἀφανῶν σημαντικὴ γνῶσις, ἡ εἴδησις τῆς τοῦ κόσμου συστάσεως καὶ ἐνεργείας στοιχείων καὶ χρόνων.

246 Vgl. etwa Thomas, Summa, Bd. 23, 16f: *De solis contingentibus futuris fit revelatio prophetica*, im Gegenüber zu Cassiodors These, daß die Prophetie *inspiratio vel revelatio divina* von Ereignissen sei, die diese *immobili veritate* aussage. Später versteht auch Maior 191v die Prophetie als *praedictio de postremis Ecclesiae temporibus*.

247 Vgl. Ambrosiaster 150: *Sicut enim profeta futura dicit quae nesciuntur, ita et hic, dum scripturarum sensum, qui multis occultus est, manifestat dicitur profetare*; ähnlich Ambrosius 268; Hrabanus Maurus 129.

geschlossen wird[248], sieht man die Aufgabe der Propheten zunehmend einzig in der Schriftinterpretation. Für Cyrill (889) ist die Prophetie nichts anderes als die Befähigung zum διερμηνεύειν προφητείας, und auch später wird ihre Aufgabe immer wieder als *exponere Scripturam* bestimmt[249]. Entsprechend können Prophetie und Lehre eng zusammengesehen[250] und auch Lehrer Propheten geheißen werden[251]. Die Aufgabe der Schriftinterpretation wird dabei z.T. eingeschränkt, etwa auf die die Zukunft betreffenden Schriftaussagen (so bei Walafridus 544) oder auf die Deutung dunkler Schriftstellen[252], z.T. aber auch auf das *loqui de futurorum seu occultorum cordium* erweitert (Cajetan 79r)[253].

Schriftauslegung ist auch bei den Reformatoren die übliche Funktion der Prophetie, doch wird wie bei Calvin (438) stärker »auch die Gabe, das Wissen anzuwenden« darin eingeschlossen[254] und prophetisches Reden *non simpliciter* in der Interpretation des Schriftwortes gesehen, sondern im *corripiendo, hortando, consolando applicare*[255]. Dabei wird auch hier diese Aufgabe nicht den Propheten vorbehalten, so daß z.B. Bullinger (229) die Meinung vertritt, daß Paulus dort vom Propheten spricht, wo zu seiner Zeit *doctor, episcopus, ecclesiastes aut euangelista* gebraucht wird[256]. Nach Müntzer gilt: »Ein rechter pre-

[248] Vgl. z.B. Erasmus 728: Hier bezeichne Paulus mit Prophetie nicht die *praedictio futurorum*, sondern die Interpretation der Heiligen Schrift. Nach Erasmus beweist die Überordnung der Prophetie über die Sprachengabe, »daß es in der Schrift etwas Verborgenes gibt, das nicht jedem beliebigen klar ist, der die Sprachen versteht« (Schriften, Bd. 4,521).

[249] Petrus Lombardus 1665; Atto 390; Haymo 587 (die Propheten und die übrigen Schriften des AT und NT *aperte exponere*); Abaelard, Comm. Rom 4 (CChr.CM 11, 275): *gratiam interpretandi, id est exponendi uerba diuina.*

[250] Vgl. Hieronymus 759: *Prophetiam doctrinam dicit*; dagegen aber z.B. Estius 683f, der die Propheten (*annuntiantes sublimiora et secretiora*) von den *doctores* unterscheidet, die das überliefern, was von allen erfaßt werden kann.

[251] Vgl. Herveus 959: *Possunt et doctores, qui Scripturas aliis exponunt, nomine prophetarum designari, juxta illud Sapientis: »Adhuc doctrinam quasi prophetiam effundam«* (Eccli. XXIV).

[252] Atto 390 z.B. spricht vom Verstehen der *significationes* in der Heiligen Schrift, *quae non idipsum sunt, sed aliud significant*, vor allem der *occulta et profunda*; vgl. auch Coccejus 319: *Mysteria & aenigmata prophetica explicare.*

[253] Vgl. weiter auch unten S. mit Anm. 266f. Ganz umfassend ist die Funktionsbestimmung bei Estius 678: Nicht nur *futura praedicere*, sondern allgemein die Gabe, mit der *ex inspiratione divina* bestimmte *occulta* erkannt und vorgetragen werden, sei es über die Zukunft wie bei Agabus in Apg 11 oder Paulus in Apg 21, sei es *difficilium et obscurarum* oder aber anderes, was die christliche Lehre illustriert oder die Frömmigkeit voranbringt.

[254] Vgl. etwa auch Zwingli 178: dem Volk den Sinn der Schrift öffnen; Coccejus 319: Nicht der ist Prophet, der die Zukunft vorhersagt, sondern jener, der *divinas res ex sermone Dei praedicat*; vgl. auch Semler 352: *expositio et applicatio* der Schrift zum Nutzen der Hörer.

[255] Beza 152; vgl. auch Bullinger 229: Es sei Aufgabe des Propheten, *ut errantes reducat, contradicentes conuincat, indoctos erudiat, instituat, foueat, consoletur moerentes* (Trauernde), *cessantes uero exhortetur, & currentibus admoueat calcar* (Antrieb).

[256] Vgl. ders. (zitiert von V. Crautwald in QGT XV 128f): *Quod pastor ovibus, vigil civibus et corpori medicus, id sit propheta ecclesiae.* Auch nach Hobbes (Leviathan 323f) sollen in der Schrift verschiedene Leute als Prophet bezeichnet werden, *»Fürsprecher«, »Vorhersager«*, ein Mensch, »der wie ein Wahnsinniger zusammenhanglos spricht«, doch am häufigsten werde damit das Sprechen Gottes zum Volk gebraucht, wozu auch 1Kor 14 zähle.

diger muß ja ein prophet sein«[257]. Auch Spener (457) kann die Aufgabe der Prophetie, nämlich die Schrift zu verstehen und sich und andere damit zu instruieren und zu bessern, z.B. problemlos auf die *presbyteri & concionatores ordinarii* übertragen, ja für alle wünschen (vgl. weiter zu V 26ff), allerdings *ordine & absque confusione*[258]. Es wird zwar vereinzelt auch stärker differenziert[259], doch typischer bleibt, was etwa v. Mosheim (610) ausführt: Weissagen heiße, »den Willen Gottes, der unmittelbar offenbaret worden, auf eine geschickte und anståndige Weise vortragen«.

In heutigen Predigtmeditationen zu unserem Text werden die Propheten im Anschluß an Friedrich gern »Wortempfänger und Wortverkündiger« genannt[260], wobei deren Aufgaben auffällig stark dem Berufsbild des Pfarrers gleichen: Es gehe »um vollmächtige Verkündigung in der Gemeinde, um die viva vox evangelii«, die »tröstenden Zuspruch« und »tröstende Ermutigung« wirke, nicht zuletzt »eine seelsorgerliche Dimension« habe und »für die Sinnfindung des Lebens wie für die Lebensbewältigung und für die Motivation zur Hoffnung« unentbehrlich sei[261]. Doch da es sich bei der prophetischen Rede nicht um »die Weitergabe irgendwelcher Theologumena« und »auch nicht um das Wiederholen von Sachverhalten, Analysen und Appellen, die die Spatzen ohnehin von den Dächern pfeifen«, handele[262], wird für heute auch nüchtern konstatiert: »Es fehlt das prüfende, überführende, also die Sache *coram deo* auf den Punkt bringende ... prophetische Zeugnis«[263]. Empfohlen wird einerseits »Inne-

257 Schriften 341. Das von Paulus empfohlene Streben nach der vorrangigen Prophetie wird z.T. auch kritisch gegenüber anderen Bestrebungen ins Spiel gebracht, z.B. von Coccejus 319: Paulus sage nicht: Gebt euch Mühe, daß ihr Mönche, Äbte, Bischöfe, Patriarchen oder Päpste werdet.

258 Vgl. auch Zinzendorf, Erg.-Bd. IV 119: Danach deutet Prophetie »eine besondere Art von Lehren an, nicht aber eine gewisse Bemůhung zukůnfftige Dinge zu wissen und vorher zu sagen, sondern bloß eine lebendige, freymůthige, hertzbemåchtigende und hertzstårckende Art, Christum denen Menschen anzupreisen« (ähnlich Erg.-Bd. VIII 61).

259 Spinoza (Tractatus 383) befindet, daß z.B. »die Apostel nur dasjenige aus besonderer Offenbarung hatten, was sie mündlich predigten und zugleich durch Zeichen bekräftigten ...; was sie aber einfach und ohne bestätigende Zeichen, sei es schriftlich sei es mündlich, lehrten, das haben sie auf Grund ihrer (natürlichen) Erkenntnis gesagt oder geschrieben« (mit Verweis auch auf V 6); vgl. auch 373, wonach Paulus in V 6 »zwei Arten der Predigt unterscheidet, die Predigt aus Offenbarung und die Predigt aus Erkenntnis«; deshalb sei es zweifelhaft, ob die Apostel in den Briefen prophezeit oder gelehrt haben, zumal prophetische Einleitungen wie כה אמר יהוה fehlen.

260 ThWNT VI 852f; vgl. z.B. auch Schlier, Zeit 259: »Die prophetische Rede steht dem, was wir ›Predigt‹ nennen, nahe«.

261 So Gienke, GPM 36 (1982) 282. Nach Bittlinger* (Gottesdienst) 194 ist die in V 3 beschriebene prophetische Rede, nämlich »das, was bei den Hörern zerstört und krank ist, aufzubauen und zu heilen« oder den »Hörer zu ermuntern in seinem christlichen Lauf nicht müde zu werden«, auch »in den heutigen Charismatischen Gottesdiensten die am weitesten verbreitete« Form, wobei solche »Prophetien in der Regel in der ersten Person gesprochen« werden (195 mit einem Beispiel).

262 So Bukowski, GPM 48 (1994) 271 mit Verweis auch auf Barth, KD IV 3,1027.1029; vgl. zu anderen Dimensionen im heutigen Verständnis der Prophetie auch oben Anm. 477-480 zu Kap.12.

263 Ebd. 274; hinzu komme »die entmutigende Erfahrung der zunehmenden Wirkungslosigkeit selbst klarsichtiger und wegweisender Worte, die im Sog des medialen Marktgetümmels schlicht untergehen, weil sie überlagert, verdrängt, verbraucht werden«.

halten, um Zeit zu gewinnen für neues Hören auf Gottes Wort und Bitten um seinen Geist«, andererseits eine Beachtung des paulinischen Plurals, d.h. bei Paulus gründe »die Außenwirkung der Gemeinde darin, daß im Inneren *alle* am prophetischen Zeugnis teilhaben«; wenn »die Treue gegenüber dem Auftrag« auch nicht den numerischen Erfolg garantiere, so bleibe »doch der Auftrag nicht ohne Verheißung«[264].

Ein größeres Echo finden die Aussagen von V 24f über die Prophetie. Meist wird hier die Kategorie des Gewissens eingeführt, und es heißt: *Pulsatur conscientia per doctrinam*[265]. Theodoret (344) zieht die Geschichte von Ananias und Saphira in Apg 5, wonach die Menschen beim ἐλέγχεσθαι Furcht befällt, zur Erklärung heran[266]. Das Verborgene des Herzens sind entsprechend die Sünden, die dem Menschen nicht als solche bewußt sind[267]. Die Lateiner übersetzen ἐλέγχεται mit *increpatur* (anfahren, schelten)[268] oder mit *convincitur*[269], ἀνακρίνεται mit *redarguitur* (widerlegen, vom Gegenteil überführen)[270] und *diiudicatur*[271]. Ähnlich sehen es die Reformatoren. Calvin (442) urteilt, daß das Gewissen der Menschen »abgestumpft« ist und sie ihre Sünden nicht erkennen, »bis Gottes Licht die Unwissenheit aufdeckt« und sie »über sich selbst erschrecken«; allerdings sollen den Ungläubigen nicht die anderen anklagen, sondern er selbst sich prüfen und sein Elend erkennen[272]. Nach Coccejus (322) handelt die Stelle nicht von inquisitorischer Untersuchung verborgener Taten, sondern von der Befragung des Gewissens *de hominis peccato, de vera justitia, de judicio.* Calvin (443) warnt zwar vor der Annahme, »daß die Predigt immer solchen Erfolg haben muß« wie in V 24f[273], doch Zin-

264 Ebd. 274f; in V 23ff stelle Paulus keine »Erfolgsprognose«, sondern »eine geistliche Diagnose dessen, was nottut«, doch »immerhin: jener eine bekehrt sich ... Und das ist viel. Sehr viel!«

265 Hieronymus 761; Pelagius 210; ähnlich Primasius 542; Sedulius Scotus 157; Semler 375; Spener 463 (*per quorum verba in conscientia & mente sua fuerint convicti*) u.a.

266 Vgl. auch Thomas 399, der das Beispiel Apg 5 heranzieht, um zu zeigen, daß die Propheten wie Petrus *secreta cordium et peccata hominum* kennen.

267 Petrus Lombardus 1670; Haymo 591: *occulta cordis = cogitationes pravae et vitia, quae illos praedicatores putat latere.* Semler 375 zitiert Heumann und Flacius, wonach dem Menschen sein *status peruersus* eröffnet wird, den er vorher nicht gekannt hat, wendet aber dagegen ein, das sei schon durch *arguendo et diiudicando* zum Ausdruck gebracht, so daß der Sinn sei, daß der Mensch die *salubres animi sui motus* nicht in sich behalten könne.

268 So Ambrosiaster 157; Ambrosius 271.

269 So die Vulgata; Pelagius 210; Atto 393; Herveus 967: Er werde von allen von seinem Irrtum überzeugt, den er gegenüber denen, die durch den Prophetengeist in sein Herz zu schauen vermögen, nicht zu leugnen vermöge; Cajetan 80r (*conuincitur pro coarguitur*). Vgl. auch Maior 195v und Semler 375: *Animi et conscientiae nouis motibus tangitur.*

270 Ambrosiaster 157; Ambrosius 271.

271 Vulgata; Hieronymus 761; Pelagius 210; Primasius 542. Vgl. auch Herveus 967: *Dijudicatur = damnabilis ostenditur ... vel cogitationes ejus deteguntur.*

272 Nach Cajetan 80r sagt Paulus zwar nicht, wem das Verborgene des Herzens offenbar wird, doch spreche die Fortsetzung für *sibi ipsi.* Anders aber Basilius v. Cäsarea, Reg. Fus. 1,26 (PG 31, 904), nach dem das Verborgene des Herzens von den Mönchen auch dem Abt aufzudecken ist.

273 Vgl. auch v. Schurmann, a.a.O. (EKK VII 2, 423 Anm. 239) I 253 über den Eindruck von Predigten, nach denen sich viele, »so bald aber ihr Verhalten geprüft, und von allen gestraft wurde«, zurückgezogen, ja einige, »welche Jünger zu seyn schienen«, »sogar den heftigsten Haß gegen diese Wahrheit von der

zendorf fügt an das Zitat von V 25 an: »Die Exempel davon sind unzählbar und in der gegenwärtigen Zeit alltäglich«[274]. V 24f kann auch als Beispiel sofortiger Überzeugung und Bekehrung aufgegriffen werden[275]. Nach Neander (231) soll die Prophetie »im Lichte des Geistes Gottes ... die Menschen ihre Erlösungsbedürftigkeit erkennen« lassen. Das hat freilich zur Voraussetzung, daß das prophetische Wort den Menschen in seiner Wirklichkeit »ent-deckt« und ihm zum Wort Gottes wird: »Es kann kein Mensch richtig glauben, daß er ein Sünder sei, wenn er nicht, indem ihm das gesagt wird, seine eigene Wirklichkeit mit diesem Prädikat ›Sündersein‹ zur Deckung bringt, indem er – wie Paulus das bezeichnet – ›überführt‹ wird«[276]. Ein bloß allgemein bleibendes Sündenbekenntnis wird dagegen problematisiert: »For to repeat such a confession time and again gives a stress to the negative side of the grace of God which has no analogy in the New Testament«[277]. Zudem begegnet das prophetische Wort nicht nur richtend, sondern vor allem befreiend [278]. Vor kurzschlüssigen Übertragungen in die heutige Situation wird mit Recht gewarnt, z.B. von Ortkemper (137): »Würde man V. 24 im Sinne eines peinlichen, die Freiheit des anderen verletzenden missionarischen Übereifers interpretieren – man würde kaum das von Paulus Gemeinte treffen«, z.B. dann nicht, wenn sich alle »auf den armen Gast stürzen, sein Innerstes ans Licht zerren, um dann dem armen Tropf einzutrichtern: ›Auch du brauchst Jesus‹«. Vielmehr mache dem Ungläubigen das, was er im Gottesdienst an Zeugnis erlebt, deutlich, »daß dort Menschen von den gleichen Fragen bedrängt werden wie er selbst und daß sie im Glauben Antwort, Wegweisung und Zuversicht gefunden haben und daß sie absichtslos (!) von solcher Erfahrung reden«.

Die Wirkung der Bekehrung durch die Propheten (V 25b.c) wird oft auch so umschrieben: Der Betreffende falle nieder, *quia nihil audit obscurum, nihil tenebrosum, nihil fucatum* (verfälscht, übertüncht), *nihilque duplum, nihil etiam velatum*[279]. Heute

Ausübung der gänzlichen Verleugnung ihrer selbst« gehabt haben.

274 Erg.-Bd. VI 47; schon Haymo 591 verweist auf Augustin und Caesarius v. Arles. Auch sonst wird gern an das Beispiel Augustins nach der Darstellung seiner Vita durch dessen Schüler und Freund Possidius v. Calama erinnert (so z.B. Cornelius a Lapide 330).

275 Vgl. Newman, Werke VI 345: »Ebenso ist es heute. Einige bekehren sich schon, wenn sie eine katholische Kirche betreten, andere bekehren sich durch die Lektüre eines einzigen Buches, andere durch eine einzelne Lehre«.

276 So Brunner, Mensch 206. Für Ebeling (Dogmatik III 254) ist V 23-25 der Beleg für die »sich am Gewissen erweisende Kraft« des Wortes Gottes; ebenso wird »der Enthusiasmus einer Gemeinde, die in Zungen redet, durch das Gewissen eines einzigen Ungläubigen aufgewogen, das durch ein verständliches Zeugnis getroffen wird (1Kor 14,23-25)« (108).

277 So Schweizer* (Worship) 341, der hinzufügt, der ntl. Prediger spreche nicht von der Sünde, »in order to lead to a general confession of sins, but in order to challenge his hearers to start again living this joyful new life of a Christian«. Vgl. auch Bittlinger* (Kraftfeld) 119.

278 So Gienke, GPM 36 (1982) 281. »Sich dem letzten Urteil Gottes unterstellen« wird im übrigen von Frey (GPM 42 [1988] 301f) davon abgehoben, sich einer moralischen Lehre zu unterstellen, die allzuoft beanspruche, »selbst die letzte Instanz zu sein«.

279 So z.B. Atto 393; ähnlich Ambrosiaster 157 und Ambrosius 271: Nichts sei mehr versteckt und unter einem Schleier, sondern

heißt es: Der Hinzukommende fühle »sich angesprochen, und zwar indem er ›geprüft‹ und ›überführt‹ wird in der Weise, daß auch das bisher Verborgene, das Verdrängte, Verschwiegene oder Vergessene an die Oberfläche drängt. Insofern ist prophetische Rede alles andere als harmlos, denn sie durchdringt unsere Fassaden und Widerstände«[280].

»Gott ist wahrhaftig unter euch« wird in verschiedener Weise interpretiert und fortgeschrieben, von Gregor v. Nazianz z.B. so: Er ist es nicht allein als recht Verkündigter, sondern auch als λατρευόμενος[281]. Origenes schließt an V 24 an: *Ubi enim ›spiritus gratiae‹ est, ibi ipse esse dicitur Deus*[282]. Nach Maior (196r) bekennen die Ungläubigen, daß Gott in der Versammlung der Gemeinde ist, indem sein Wort erschallt und auf diese Weise durch die Gabe der Prophetie gesammelt und erbaut wird. Für Ratschow ist mit V 25 (»Gott wird unter euch sein«) die Verkündigung so qualifiziert: »Gottes Anwesenheit als Heilsereignis und darin Anbruch der Letzten Dinge und Verweis auf sie«[283].

2. Wie in Kap. 12 wird auch hier durchgängig davon ausgegangen, daß *Glossolalie* als Xenolalie zu verstehen ist[284], die *per se* weder ganz unnütz noch nützlich ist[285]. Allenfalls wird zur Reaktion des Ungläubigen hinzugefügt, daß diese in Analogie zu Apg 2,13 (»sie sind voll süßen Weines«) erfolgt[286] oder aber durchaus verständlich ist (vgl. oben Anm. 216). Daneben aber tritt öfter eine andere Interpretation, die die Zungenrede an unserer Stelle als *obscuras dicere et mysticas significationes* interpretiert[287]. Hugo (537) stellt beide

Gott werde *simpliciter* gelobt; ähnlich Petrus Lombardus 1670: *simpliciter et aperte.*

280 So Bukowski, GPM 48 (1994) 271. Nach Bittlinger* (Gottesdienst) 195 ereignet sich solche »diagnostische« Prophetie in charismatischen Kreisen »vor allem in der Einzelseelsorge, gelegentlich jedoch auch beim Dienst der Handauflegung in einem Gottesdienst, z.B. wenn jemand mit unlauteren Motiven diesen Dienst begehrt«.

281 Hom. in 1Reg 1,5 (GCS 33, 10). Wenn »in eurer Mitte« ἐν τοῖς προφήταις meint, die ihrerseits doch vom Geist gewirkt werden, dann kann man nach Basilius v. Cäsarea den Geist nur μετὰ θεοῦ rangieren lassen und nicht zu den Geschöpfen stellen (Disc. 26,5 [SC 284, 236]).

282 De Spir. S. 16,37 (Fontes 12, 182). Im übrigen wird V 25a auch unabhängig von der Wirkung der Prophetie zitiert, vor allem zum Beleg dafür, daß Gott selbst das Verborgene des Herzens aufdeckt (so Ambrosius, Lk-Komm 1,18 [BKV 21, 27]); im Konflikt zwischen dem Bischof von Tours und dem König sagt Gregor: »Ob ich ungerecht bin, weißt nicht du. Der kennt mein Gewissen, dem das Verborgene des Herzens offenbar ist« (Gregor v. Tours, Hist. 5,18 [Libri 315]).

283 Glaube 146 Anm. 18; vgl. auch G. Voigt, Die himmlische Berufung, Göttingen 1981, 283: Der Betreffende werde merken: »In deren Mitte ist Gott! Hier wird nicht nur über Gott geredet, sondern hier tut Gott etwas«.

284 Typisch etwa Haymo 587; Petrus Lombardus 1663 (*loquitur lingua, incognita et peregrina*); vgl. etwa auch Coccejus 319: Zu jener Zeit haben viele durch ein Wunder sofort in vielen Sprachen geredet.

285 So Chrysostomus 296; Theophylakt 736; Theodoret 337: wegen der diversen Sprachen der Menschen gegeben.

286 Hieronymus 761; Pelagius 210; Primasius 542; Theophylakt 744 u.a. Für Oekolampad ist »unverständliches Gemurmel und Schaugepränge« bei der Messe noch schlimmer als das in V 23 genannte Unsinnigsein der Zungenredner (LASRK 2, 1859, 160).

287 Herveus 960; Petrus Lombardus 1669 zu V 22 (*parabolice et obscure loqui*); Lanfranc 201 (*allegorica verba, quae nemo intelligebat, nisi qui gratiam interpretandi habebat*); Walafridus 544 (*per figuras ostendere quaedam mysteria, ut in Apocalypsi*); Robert v. Melun 219f.

Deutungen nebeneinander: Die einen meinen, Zungenrede sei *loqui parabolice*, die anderen, es sei ein *loqui in lingua incognita*[288]. Daß Gott allein der Adressat der Zungenrede ist, wird so verstanden, daß Gott nichts verborgen ist[289]. Von Ephraim (75) bis Cajetan (78v) wird behauptet, daß der Zungenredner wie der Esel Bileams auch selbst nicht versteht, was er sagt[290]. Infolge des Verständnisses der Glossolalie als Fremdsprachigkeit wird deren *dignitas & utilitas* von den Reformatoren stark unterstrichen und wie bei Paulus nur der *abusus* kritisiert (Bullinger 229). Luther bringt den *grammaticum, historicum sensum*, auch »tzungen oder sprachen synn, wie S. Paulus 1. Cor. 14 lauttet«, der »von yderman vorstanden wirt«, gegen den vierfachen Schriftsinn zur Geltung[291]. Wegen der Schriftauslegung sind »die sprachen stracks vnd aller dinge von nötten ynn der Christenheyt gleich wie die Propheten odder ausleger«[292]. Nach Zwingli (178) wünscht Paulus, daß *omnes linguarum peritissimos* wären. Calvin (518) erklärt, daß die *linguarum cognitio* zu seiner Zeit besonders notwendig ist und Gott sie durch eine wunderbare Wohltat aus der Finsternis ans Licht gebracht habe[293]. Man kann, so insistiert Osiander, »Gottes wort oder die raynen leer nicht erhalten one erkantnuß der haubtsprachen« (Hebräisch, Griechisch, Latein), und darum mahne auch Paulus, »man soll die zungen und sprachen nicht weeren oder abthun«[294]. Ausdrücklich wird auch in Kirchenordnungen angemerkt, daß denen, »so sich im weissagen oder auslegung der schrift wollen brauchen lassen, hoch vonnöten« ist, »daß sie die sprachen wissen«[295].

288 Die Ankündigung im Zitat von V 21 (ἐν ἑτερογλώσσαις καὶ ἐν χείλεσιν ἑτέρων λαλεῖν) wird von Ambrosiaster 155 (ebs. Ambrosius 270) auf die Predigt des NT gegenüber dem atl. Gesetz bezogen, aber auch gegenüber der Rede in Gleichnissen (156). Erasmus kann später V 19 neben Mt 6,7f stellen und erklären, Paulus schätze »zehntausend heruntergeleierte Worte gering neben fünf Worten, die einer mit Verständnis sagt« (Enchiridion 26).

289 Vgl. Ambrosiaster 150: *Qui loquitur incognita lingua, deo loquitur, quia ipse omnia novit*; vgl. weiter Cyrill 889; Atto 389; Haymo 587 (Gott kennt alle Sprachen). Zu V 2 gehört V 28, womit Gregor v. Nazianz seinen Wunsch nach Zurückgezogenheit begründet: Er habe alle seine Sinne geschlossen, sich von der Welt zurückgezogen und ganz auf sich selbst konzentriert, so daß er nur mit sich und Gott gesprochen habe, um über die sichtbaren Dinge erhaben und unvermischt mit den Zeichen dieser niedrigen Welt ein unbefleckter Spiegel Gottes zu sein (Or. 2,7 [SC 247, 96]); ähnlich 21,19 über Athanasius und sein monastisch-kontemplatives Leben (SC 270, 148). Im übrigen werden gerade von Mystikern auch ekstatische Erfahrungen berichtet (vgl. Moffat 212).

290 Anders z.B. Hugo 537: *Quandoque intelligebant, quandoque non intelligebant.*

291 WA 7, 652. An anderer Stelle kann »mit Zungen reden« geradezu so umschrieben werden: »das ist, den text lesen odder singen« (WA 30.3, 525; ähnlich WA 31.1, 254); zitiert auch von Spener 455; in Schriften I 687 kann Spener sogar von »lehrzungen« reden.

292 WA 15, 40 mit Verweis auf 1Kor 12; vgl. auch das berühmte Wort: »So lieb nu alls vns das Euangelion ist / so hart last vns vber den sprachen hallten« (37) sowie (mit Verweis auf 1Kor 14): »wo die sprachen sind / da gehet es frisch vnd starck / vnd wird die schrifft durch trieben / vnd findet sich der glaube ymer new« (42).

293 Vgl. auch Melanchthon, Werke III 61: *In Corinthiis linguarum studium probat, cuius auctoritas merito apud vos valere debet*; Spener 456 führt zu V 4 aus: Wer *de rebus divinis* in fremden Sprachen spreche, *sentit in se vim Spiritus & per eam in anima sua movetur, & ad Deum attollitur.*

294 Osiander, Schriften, Bd. 5, 166.

295 EKO, Bd. 8, 215. Katholischerseits wird *propter hodiernos linguarum peritos et interpretes* angemerkt, daß sie den *prophetae et docto-*

Auch für volkstümliche Schriftsteller ist die xenolalisch interpretierte Gabe, »unterschiedliche Sprachen zu reden / nicht allein eine nutzliche und höchstnothwendige: sonder auch eine Göttliche gab«, weshalb alle christlichen Theologen von den Aposteln an sich dieser befleißigt hätten und Augustin in den Konfessionen beklage, »daß Er sich in seiner Jugend in den Sprachen nicht mehr geübt« habe[296]. Anders wird später bei Döblin die Glossolalie verstanden, wo sich Eusebius gegen Aetheria wendet, »weil sie ihm zu einer Art der Christen zu gehören schien, die er haßte, zu den Zungenrednern und Verzückten«, wobei er ihr 1Kor 10,7 und 14,19 vorhält[297].

Zur heutigen Bewertung der Glossolalie ist vor allem der Abschnitt oben S. 198-200 zu vergleichen. Hier nur wenige Beispiele, die 1Kor 14 heranziehen: Von V 4 her wird ihre »psychohygienische« Funktion hervorgehoben: »Der Mensch braucht eine Möglichkeit der nichtintellektuell gebundenen Meditation und Entspannung. Für gewisse Menschen hat diese Funktion die Kunst, für andere die Zungenreden, wobei diejenigen, die ihre Psyche in beiden Bereichen entlasten und ausbalancieren können, nicht so selten sind, wie man gemeinhin annimmt«[298]. Daß Paulus sich in V 18 der Zungenrede rühmt, obschon er die »imponierenden Geistesgaben . . . als Ursache gefährlicher Verwirrung« durchschaut, ist für Ebeling ein Hinweis darauf, daß »ein waches Verständnis für außerordentliche, enthusiastische Widerfahrnisse« ganz und gar nicht auszuschließen ist[299]. Für Barth ist (nach Zitat von V 5 und 18) die Zungenrede »der Grenzfall des christlichen Redens als solchen: das Aussprechenwollen des Unaussprechlichen, bei dem die Zunge der zur normalen Rede notwendigen Anschaulichkeit und Begrifflichkeit gewissermaßen vorauseilt und ausspricht, was nur eben als Seufzer oder Jauchzer vernehmbar werden kann«[300]. So wird denn heute auch in Predigtmeditationen zu unserem Text (ähnlich wie schon zu Kap. 12) die die normale Sprache transzendierende Glossolalie trotz der üblichen Hinweise auf ihre Gefahren[301]

res, auch wenn diese weniger sprachkundig sind, nicht vorgezogen oder gleichgestellt werden (Estius 684).

296 Grimmelshausen, Deß Weltberuffenen Simplicissimi Pralery und Gepräng mit seinem Teutschen Michel, hg. v. R. Tarot, Tübingen 1976, 8f.

297 »Die Pilgerin Aetheria«, in: ders., Ausgewählte Werke, hg. v. W. Muschg, Olten/Freiburg 1978, 195.

298 Hollenweger, a.a.O. (Anm. 278 zu Kap. 12) 27; zustimmend zitiert bei Bittlinger* (Kraftfeld) 106. Vgl. auch Snyder 180: »Each person needs to be free of the old language. For brief times the individual may even be inarticulate (therefore, ›speaking in tongues‹). For a radical conversion such moments are almost necessary. It may occur in ecstatic moments, music . . ., art, tears, laughter« u.a.

299 Dogmatik III 107; nach Ragaz ist in der Person des Paulus selbst »*Enthusiasmus* und *Vernünftigkeit*« verbunden (Bibel 126); anders aber ders., Die Bergpredigt Jesu, Bern 1945, 186f, wonach die Zungenredner »heutzutage die beliebten Prediger, auch die berühmten Evangelisten, die erfolgreichen religiösen Schriftsteller und ähnliche Erscheinungen« sind.

300 KD IV 2, 941; zustimmend zitiert auch bei Cullmann, Gebet 105 Anm. 249.

301 So ist bei Frey eigentlich nur von den »Gefahren der in der Zungenrede demonstrierten Ekstase und religiösen Selbstinszenierung« die Rede; dabei nehme »die Gefahr, Zeugnis und Herrschaft zu verwechseln oft überhand. Psychologische Studien beweisen, wie charismatische Gemeindeleiter ihre Gemeindeglieder geradezu in die Zungenrede versetzen und sie suggestiv steuern« (GPM 42 [1988] 302).

positiver bewertet. Sie wird z.B. als herausfordernde Frage an einen Frömmigkeitsstil verstanden, »der über rationaler Dominanz emotionale Elemente verkümmern läßt«[302], oder als Möglichkeit zur »Spracherneuerung und Spracherweiterung«[303]. Es bedeutet allerdings eine Kehrtwende um 180°, wenn die Glossolalie nun geradezu »linguistisches Symbol des Heiligen« genannt wird, das »sakramentalen Charakter« haben und (vgl. die Anspielung auf V 25, wo das gerade auf die Prophetie bezogen ist) verkünden soll: »Gott ist hier«[304].

Die in V 7f gebrauchten Bilder werden in sehr unterschiedlicher Weise auf andere Sachverhalte angewandt, doch müssen auch hier wenige Beispiele genügen. Colet (264) aktualisiert V 7f zusammen mit V 11 so, daß das Leben der Prediger ihrer Botschaft entsprechen soll: *Si intellectis verbis vita non responderit, tunc barbari sunt concionatores, et in aera loquentes*[305]. Nach Kierkegaard befleißigt sich der Prediger »nicht bloß dessen, daß der im Wort enthaltene Gedanke in der Rede deutlich werde, sondern daß die Rede selber deutlich werde«[306]. In einem Hirtenbrief der Bischöfe der USA von 1967 wird zur Unfehlbarkeit der Kirche V 8 folgendermaßen ins Spiel gebracht: Ohne die Infallibilität würde die Kirche ihre Identität mit ihren eigenen Ursprüngen verlieren, und dann »does her trumpet sound the uncertain note to which no one will bother to respond; then is her voice, intended to be so distinct, lost in the discord of voices which speak with only their own authority (I Cor 14:8-10)«[307]. Ohne Konkretion erinnert Kistemaker (488) an die bekannte Tatsache, »that sermons or lessons are soon forgotten but apt illustrations last a lifetime«.

3.1. Die Frage nach der ἑρμηνεία und der *Verständlichkeit* des christlichen Gottesdienstes spielt in der Alten Kirche keine sonderlich große Rolle[308], zu-

[302] So Gienke, GPM 36 (1982) 283, der aber 280 davor warnt, die Frage in einer Predigt an Gemeinden heranzutragen, die davon nicht aktuell betroffen sind. Nach Voigt, a.a.O. (Anm. 283) 280 kann es ein Hemmnis der Glaubenserfahrung sein, »wenn wir nur das gelten lassen, was in die Begrifflicheit unserer rationalen Sprache eingeht« (ders., Gemeinsam 126 spricht von »Gegentendenz gegen die Über- Rationalisierung unseres technisierten Lebens«), während die Glossolalie »das Unbewußte entlüften, also Verdrängtes ans Licht bringen« könne; zu der auch hier festgestellten Nähe zu Musik, nichtgegenständlicher Kunst u.a. vgl. oben Anm. 518 zu Kap. 12. Anders Glen, Problems 185, nach dem auch moderne Kunst, Musik und Drama »unintelligible expressions of subjectivity« sein sollen.

[303] So Bukowski, GPM 48 (1994) 273 im Anschluß an Bohren, a.a.O. (Anm. 519 zu Kap. 12), wobei freilich auch hier hinzugesetzt wird, daß man sich überlegen müsse, was man damit »bei der sonntäglichen Gemeinde erreichen« wolle; vgl. auch Voigt, Gemeinsam 125: vielleicht auch »Abhilfe gegen die Abnutzung unserer Alltagssprache«.

[304] So Samarin; zitiert bei Macchia (Lit. zu Kap. 12-14) 252.

[305] Ein anderes Beispiel bietet Calvin 519: *Paulus hic loquitur de vocibus in quibus inest aliquid artis.*

[306] Erbauliche Reden, 7.-9. Abt., 150 mit folgendem Zitat von V 8.

[307] Aland, Quellen 589. Vgl. auch Hollaz bei Ratschow, Dogmatik I 96: *Si sacra scriptura multos, eosque in uno loco, in una propositione, diversos sustineret sensus, nullum firmum ex ea peteretur argumentum; esset tuba incertum reddens sonum, adeoque inutilis, 1 Kor 14,7, non foret constans fidei morumque regula.*

[308] Immerhin kann Origenes 36 dem Abschnitt entnehmen, daß schwierige Stellen der Schrift wie die über die atl. Opfervorschriften nur verlesen werden sollen, wenn jemand ihren Sinn deutlich zu machen ver-

mal sie, wie in Punkt 1 gesehen, mit der Prophetie weitgehend zusammenfällt. Das gilt zwar auch für die Reformatoren, doch gewinnt die Auslegung hier eigenes Gewicht, vor allem bei der Frage der Schriftauslegung und bei der Verwendung lateinischer Sprache im Gottesdienst. Einerseits wird auf deren Auslegung gedrungen, denn es soll »keyn vbung yn den kirchen vff gericht werden on eyn außleger«[309], so daß im Zusammenhang mit 1Kor 14 immer wieder Aussagen wie diese begegnen: »Es nicht taug, schrift oder propheten lesen, wenn man dieselbige nit außlege. Wie vil weniger dann taug es, so man in frembder sprach liset, da man nicht allein kain synn darauß nemen, sonder auch kain wort versteen kann«[310]. Andererseits aber wird dem Text vor allem die weitreichende und immens wirksame Forderung entnommen, daß Predigt, Lesung und Gesang in deutscher Sprache geschehen sollen. Schon angesichts der Fülle der Belege brauchen auch hier nur solche im Zusammenhang mit 1Kor 14 angeführt zu werden. Nach Osiander haben die Apostel zum einen »an keinem ort gottisdienst in frembder, sonder in gemainer landssprach angerichtet«, zum anderen aber habe Paulus in 1Kor 14 Stillschweigen geboten, wenn die fremde Sprache nicht ausgelegt werde; auf den Einwand, dann solle man eben das Lateinische auslegen, antwortet er: »Ists aber nicht ein torhait, vergebne muhe zu haben, lateinisch singen, das doch unnutz und verpoten ist, man singe es dan teutsch darzu? Singt mans aber teutsch, wem soll das latein?«[311] Brenz schließt an V 19 an: »Darumb wan man etwas will in der gemain handeln, so soll es auch geschehen in der sprach der gemain verstendig, als under den grecischen grecisch, under den welschen welsch, etc., under den teutschen deusch«[312]. Entsprechend äußert sich auch

steht, und nach Ambrosiaster 153 können zwar auch Lateiner durch griechischen Gesang ergötzt werden, obwohl sie ihn nicht verstehen, doch kommt es den Gläubigen nicht zu, *audire linguas quas non intellegant* (156).

309 Bucer, Schriften, Bd. 2, 521 u.ö.; nach 472 soll »alles vßgelegt vnd nichts on verstand wie biß her gelesen vnd gesungen« werden; nach Bd. 4, 292 soll »alles in gemainer sprach« und nach Bd. 6.2, 155 »in der sprachen, die die gemayn verstehn mag«, gesungen und gelesen, gebetet und gehandelt werden. Vgl. auch EKO, Bd. 8, 46: *Quaecunque in praesentia ecclesiae dicuntur, nisi adsit interpres iuxta Paulum 1. Corinth. 14(5)*, was hier auf *orationes, lectiones, psalmi* und *cantica* bezogen wird; *absente interprete linguae peregrinae sileant.* Vgl. auch Sonnentaller, Flugschriften I 400: »Was hilf es die gemeyn, wann sy lang blepperen (plappern), wie dry erbssen sieden in eym haffen (Topf), wann nienen (niemand) ist, der es der gemeyn ußlegte«; wenn niemand die Psalmen und die Schrift »verdolmetscht ins teütsch« und auslegt, käme man vergebens zusammen und es wäre besser, »du blibest bey dinen kinden und arbeist«.

310 Osiander, Schriften, Bd. 1, 231; vgl. auch 232 (»Paulus will nit leyden, daß yemand o͑ffentlich beth oder sing in der gemayn, er mach es denn also, daß yederman, der zuhöret, den synn verneme«) und Chemnitz, Enchiridion 344.

311 Schriften, Bd. 2, 275; vgl. auch 276: Er selbst könne zwar griechisch, lateinisch und hebräisch singen, weil er es z.T. verstehe, aber bei polnischem, böhmischem oder ungarischem Singen würde er sein Mißfallen äußern. EKO, Bd. 13, 69 wird nicht nur für das Reden »in eines jeden volks gewonliche sprach« eingetreten, sondern auch für lautes Lesen (vgl. auch die dortigen Hinweise auf Leo I. und Innocenz III.).

312 Frühschriften, Bd. 1, 102. Müntzer entnimmt aus 1Kor 14 seinen Willen, »der armen zurfallenden christenheit also zu helfen mit deutschen ampten, es sei messen, metten oder vesper, das ein itlicher gutherziger mensch sehn, hören und vornemen mag« (EKO, Bd. 1, 498).

Bucer: Alles lateinische Beten, Singen und Lesen ist nach ihm schwerer Mißbrauch[313], der der Kirche nur geschadet und den »Båpstlichen« dazu gedient habe, »andere nationen zu blenden und in dienstbarkeit zů bringen«[314]. Ähnlich votieren auch andere[315].

Meist wird aber nicht rigoristisch verfahren, sondern man läßt bei aller Vorrangigkeit der deutschen Sprache doch verschiedene Ausnahmen gelten. So soll man Griechisch, Lateinisch und Hebräisch in der Schule lehren und auch das Lateinische im Gottesdienst noch eine Zeit dulden, bis genügend passende Gesänge vorhanden sind[316]. Nach Bugenhagen scheut der Heilige Geist keine Sprache, doch wie auch Paulus die Zungenrede nicht verbiete, soll zwar die deutsche Sprache für »alle dink« gebraucht werden, den »latinischen kynderen unde andern« aber zu Zeiten Gloria, Halleluja, Sanctus und Agnus Dei und an den drei großen Festen die Sequenzen in lateinischer Sprache möglich bleiben[317]. Auch die Kirchenordnungen tolerieren z.T. noch lateinisches Singen, denn »die sprachen nicht sollen so ganz aus der kirchen übung gethan werden, gleich wie auch S. Paul nicht weret in der christlichen gemein mit zungen, oder frömden sprachen zu reden (I. Cor. XIIII)«[318]. Die Dillenburger Synode von 1578 erklärt: »Die Latteinischen Gesänge so wohl alß die Orgeln, welche Babst Vitellianus umb das Jhar Christi 665 in die Kirchen zum ersten eingeführet, sind auch mehrtheilß auß den Kirchen dißer Landte abgeschaffet«; das soll die Übung des Latein und die Musica in Schulen und Häusern zwar nicht gänzlich verwerfen, aber in den öffentlichen Versammlungen sollen Gebet, Gesang und der ganze Gottesdienst »in bekanter und verstendtlicher Sprach verrichtet« werden, was auch Paulus in 1Kor 14, der doch sonst die Sprachen so hoch rühme, zu halten befohlen habe[319].

Katholischerseits wird darauf geantwortet, daß es in V 19 *ut et alios instruam* heiße, also *de praedicante et docente* bzw. von Schrifterklärung die Rede sei, nicht aber von denen, die beten, Psalmen singen oder *divinum cultum in missa*

313 Schriften, Bd. 4, 376; vgl. auch 292; 1, 339f; 6.2, 155; 17, 96.476 u.ö.; aller »kirchendienst« und Predigt »in lateinischer und der gemeinen kirchen unbekanter sprach« ist nach EKO, Bd. 14, 161 nicht allein unnütz und vergeblich, sondern nach V 21f »ein straf Gottes« (ähnlich Bd. 11, 589; 12, 371).

314 Schriften, Bd. 1, 275; Bucer zieht aus V 25ff auch Konsequenzen für die Innengestaltung der Kirche (kein Bau von Altären und Lettner), damit das Wort verstanden werden kann (Bd. 2, 446).

315 Vgl. Calvin, Inst. 3,20,33; Zwingli, CR 91, 701; Bullinger 230 (vgl. auch 235f zur *ecclesia Tigurina*); Müntzer, Schriften 163; Coccejus 321; BSRK 75; EKO, Bd. 1, 2.498; 8, 230; 231 wird nach zahlreichen Zitaten aus 1Kor 14 das Resümee gezogen, daß jeder leicht erkennen kann, »wie unrecht und unchristlich diejenigen tun, so den gottesdienst in unbekanter sprache verrichten und domit zu verstehen geben, daß sie ungern haben, daß die leien wissen und verstehn sollen, wovon in der gemeine Gottes gehandlet werde«. Der Genfer Katechismus 247 nennt es »eine Verhöhnung Gottes und törichte Gleißnerei«, »in einer unbekannten Sprache zu beten« (Jacobs, Bekenntnisschriften 46).

316 Osiander, Schriften, Bd. 2, 277; vgl. auch 3, 519, wo aus christlicher Freiheit beide Sprachen konzediert werden, doch soll darauf gesehen werden, welche »am nutzlichsten sein werdt«; vgl. auch Luther, WA 18, 124.

317 EKO, Bd. 6.1, 438; vgl. auch 404 sowie Luther, WA 18, 123f; 30.3, 526; Melanchthon, Werke I 249f.

318 EKO, Bd. 5, 15; vgl. auch 499; 11, 589 (»umb der schulen willen«); 12, 71; 13, 531.576.

319 BSRK 733.

et horis canonicis vollziehen[320]. Nach Cornelius a Lapide (326) ist aus V 14 keineswegs zu folgern, daß *Missa & horae canonicae* in der *vulgaris lingua* zu singen seien, denn der Apostel spreche nur vom privaten Gebet und nicht *de diuinis & publicis officijs*; zudem würden im anderen Fall *schisma*, ja *risus & contemptus sacrorum* entstehen[321]. Estius (691) zitiert zwar Cajetan (79v), daß zur Auferbauung der Kirche die *orationes publicae* in der den Klerikern und dem Volk gemeinsamen Sprache erfolgen sollten, doch den Sektierer genannten Protestanten, nach denen alle Gebete, Hymnen usw. bei den Deutschen in deutscher Sprache erfolgen sollen, wird geantwortet: Paulus wolle nicht, daß das ganze Volk verstehe, sondern daß der, der anstelle des Volkes stehe, gleichsam stellvertretend verstehe[322]; zudem sei das Latein *maxime communis ac nota*, auch *extra clerum*[323]. In der Konstitution »*Uni genitus Dei Filius*« von 1713 wird dann als jansenistischer Irrtum verworfen, daß die Wahrheiten dahin gelangt seien, »daß sie für die meisten Christen eine gleichsam fremde Sprache sind«, die Verkündigung »über dem allgemeinen Fassungsvermögen der Gläubigen« liegt und nicht beachtet wird, »daß dieser Mangel eines der am meisten spürbaren Zeichen für die Vergreisung der Kirche und den Zorn Gottes gegen seine Kirche ist. – (1Kor 14,21)«[324].
Wegen der zunehmenden Diaspora- bzw. Minoritätssituation der Kirche und der auch dadurch bedingten Unverständlichkeit kirchlicher Rede für »uneingeweihte« Außen- und Fernstehende wird heute die notwendige Verständlichkeit besonders in den Vordergrund gerückt. Trotz meist fehlender Abgrenzung speziell gegenüber der Glossolalie wird die Parallele zur paulinischen Stellungnahme darin gesehen, daß alle durch eine »Sprache Kanaans« oder eine esoterische Insidersprache errichteten Sprachbarrieren abzubauen sind[325]. Tatsächlich dürfte es mit dem Charakter des Evangeliums und mit

[320] Eck, Ench. 37 (CCath 34, 384); zudem sei es so, daß auch dann, wenn die Laien die Worte nicht verstehen, sie alle Mysterien doch verstehen können (385).

[321] In neuerer Zeit nennt auch Gutjahr 385 Anm. 12 den Einwand gegen den Gebrauch der lateinischen Sprache in der Liturgie nichtig, während Kremer 308 erklärt, daß »jede Begeisterung für fremdsprachliche Gesänge und erst recht jedes Festhalten an geschichtlich bedingten Präferenzen für fremdsprachliche Gottesdienste ... einer ständigen Rückfrage« bedürfen.

[322] Vgl. schon Thomas 396, der das Amen-Sagen als Möglichkeit auch bei Nichtverstehen für möglich hält, und zwar als *conformare in generali tantum, non in speciali*, aber 399 zu V 23 auch ausführt: *Cum ergo omnes loquantur litteraliter in Ecclesia, quia omnia dicuntur in latino, videtur quod similiter sit insania.*

[323] Bei Estius 687f endlich wird auch darauf verwiesen, daß auch ein des Lateins kundiger Kleriker zwar lateinische Worte nach der Grammatik verstehen, aber *propter tropos ac figuras in illis latentes* nicht zum Sinn der Gebete und Lektionen vordringen kann; 688 heißt es zugleich, daß derjenige, dem der *fructus intelligentiae* fehlt, doch den *fructus reverentiae* haben kann. Vgl. auch 692, wonach das von Paulus gebrauchte *Amen* ebenso alle verstehen wie das *Dominus vobiscum, Sursum corda, Pater Noster*; auch hier wird die Gefahr *dissensionum et schismatum* beschworen.

[324] Denzinger/Hünermann, Enchiridion, Nr. 2495, S. 680.

[325] Vgl. schon Bornkamm u.a. oben in Anm. 164; Frey, GPM 42 (1988) 298, der allerdings 303 auch »manche neuen Formulierungen von Gebeten und Predigten als Ausgeburt einer Insidersprache von Vikarsgruppen oder von Verfassern der Hilfsliteratur (der kirchlichen Rezeptologie)« empfindet.

V 1 zusammenhängen, »daß Paulus auf die Verständlichkeit solches Gewicht legt, anstatt sie, wie es TheologInnen gerne tun, allzu schnell in die Frage nach dem angemessenen Inhalt aufgehen zu lassen«[326]. Darüber hinaus aber gilt solche Öffnung statt Einigelung nicht nur für die Sprache und den Prediger, sondern als Parole für den »Lebens- und Arbeitsstil der Gemeinde als ganzer«, und »eine Gemeinde, die nicht über ihre Ränder und Grenzen hinaus« denke, verleugne »ihr Sein und ihr Sollen«[327].

3.2. Zur Verständlichkeit gehört die Einbeziehung des νοῦς. Νοῦς, für das z.T. auch διάνοια eintritt[328] und das die Lateiner meist mit *mens*[329] oder *intellectus*[330] bzw. *intelligere* wiedergeben[331], wird umschrieben mit ἡ σαφηνεία (Deutlichkeit) bzw. συνιέναι τι τῶν λεγομένων[332]. Vor allem auch das Gebet soll verstehend und verständlich sein, wobei allerdings das eigene Verstehen, das am Anfang stehen muß, in den Vordergrund rückt[333]. Cassiodor überträgt das Urteil über die Glossolalie in V 23 auch auf die kirchliche Lehre: Wenn die *doctrina coelestis* nicht verstanden wird, halten viele sie für Unsinn[334]. Isaak v. Antiochien legt das Singen »mit Geist und Verstand« so aus: »Während sich die Zunge mit der Rezitation beschäftigte, übte sich der Verstand an der Auslegung ... Die Überlegung verband sich mit der Zunge und die Auslegung mit der Rezitation, während sich über alle vier wie über einen Wagen der Verstand als Wagenlenker erhob«[335]. Nach Bernhard v. Clairvaux darf es die gläubige Seele »nicht versäumen, diese Speise (sc. den Psalmengesang) gleich-

[326] So Bukowski, GPM 48 (1994) 269; vgl. auch 270: »Aus dem Blickwinkel der Außenstehenden sind die Übergänge von kirchlicher Binnenkultur zur Glossolalie fließend«. Voigt, Gemeinsam 128 markiert allerdings die Grenze: Verständlich machen heiße nicht, »die auszurichtende Botschaft so zurechtstutzen, daß der Angeredete nur noch vernimmt, was er selbst immer schon gewußt, gedacht, gemeint, gewollt hat«.

[327] So Voigt, a.a.O. (Anm. 283) 278f. Solche Öffnung aber sei »nicht eine Sache der Methode, sondern der Liebe« (279).

[328] So Johannes Damascenus 681, was die lateinische Version mit *cogitatione et mente* doppelt wiedergibt; vgl. auch 684 zu V 19: νοῦς = δυνάμενος καὶ ἑτέροις ἑρμηνεῦσαι.

[329] So die Vulgata; Ambrosiaster 153: *Mens autem, qui est animus.*

[330] Vgl. Hieronymus 761 zu V 19 (*proprio intellectu et simplici ratione*); Herveus 963 (*mens autem est illa superior pars animae, ubi intellectus et ratio proprie sedem habent*); vgl. auch Petrus Lombardus 1667 (*intelligentia mentis*); Cajetan 79r (*pars intellectiua vt meditatur, contemplatur & penetrat*); anders Robert v. Melun 221 (*quod vero in corde, in intellectu est. In corde enim intelligentia est*).

[331] Vgl. z.B. Hieronymus 760 u.a. In Angleichung an Kol 3,16 und Eph 5,19 kann es aber auch heißen: »Im Geiste und mit dem Herzen will ich lobsingen«, wobei es »nicht auf die süße Stimme, sondern auf die innere Gesinnung« ankomme (Hieronymus, Ep. 125,15 [BKV 2. R. 16, 231]); vgl. auch Origenes, Hom. in Num 10,2f (GCS 30, 73).

[332] So Theodoret 341 bzw. Theophylakt 740.

[333] Pelagius 208; Primasius 541; ähnlich Hieronymus 760; vgl. auch Basilius v. Cäsarea: Ψάλατε συνετῶς (Reg. Brev. Cap. 279 [PG 31, 1076]); vgl. auch die Verallgemeinerung 277 (ebd. 1277): Ὁμοίως δὲ καὶ ἐπὶ πάσης ἐκφωνήσεως τῶν τοῦ θεοῦ ῥημάτων; die lateinische Fassung ergänzt 1278 *ratio: Atque etiam similis ratio est in omni pronuntiatione verborum Dei*; vgl. auch Photius 576f.

[334] Complexiones (PL 70, 1337); vgl. auch Primasius 541: *Si dicam lingua, quod non intelligo, velut afflatus spiritu, in ekstasi loquor.*

[335] Gedicht über die Nachtwachen zu Antiochien (BKV 6, 114).

sam zwischen die Zähne ihres Verstandes zu nehmen«[336]. Verstehen und Verständlichkeit wird dabei auch kombiniert, z.B. bei Sedulius Scotus (156): *Mens et intellectus* müssen zum Gebet hinzukommen, d.h. man muß es verstehen und anderen durch Interpretation offenlegen. Ähnlich versteht Beza (153): Mit νοῦς werde hier das bezeichnet, was jemand in seinem Geist erfaßt und so vorträgt, daß es von allen verstanden werden kann. Die Bedeutung der Vernunft wird durchaus auch über V 14f.19 hinaus festgehalten[337], doch gleichzeitig vor ihrer Überschätzung gewarnt. Spener etwa mahnt zwar einerseits im Anschluß an V 20 dazu, »immer in der erkäntnüß zu wachsen«, andererseits aber hält er diejenige Einfalt für »rühmlich und nöthig«, »daß wir das jenige nicht zu forschen begehren / was GOtt nicht geoffenbaret hat / sodann unsere vernunfft nicht lassen meister seyn in glaubens=sachen«[338].
Auch heute wird nicht viel anders einerseits der Vorrang »der klaren, unverschlüsselten einsichtigen Rede« herausgestellt; andererseits aber bedeute das nicht, »daß Gottes Selbstkundgabe auf die Einsichten der Vernunft reduziert« werde, »wohl aber, daß gerade die Vernunft begreift, wofür sie zuständig ist und wofür sie es nicht sein kann«[339]. Vor allem ist es als »gewaltige Tat« des Paulus bezeichnet worden, daß er, »sosehr er mit seiner Zeit die Hochschätzung des Sinnenfällig-Geistigen teilt, mit solcher Entschiedenheit für das höhere Recht des Vernunftgemäß-Geistigen« eingetreten ist[340]. Zwei Beispiele noch aus neuerer Zeit. Brunner erklärt mit Verweis auf V 15ff: »Auch das theologische Denken ist logisches Denken, sonst wäre es kein Denken, sondern Geschwätz. Ja, sogar das Gebet entbehrt der logischen Gesetzmäßigkeit nicht. Auch es ist vernünftiges Reden mit Gott, ebenso wie der Glaube vernünftiges Antworten auf das Wort Gottes ist«[341]. Bayer sieht mit 1Kor 14 von allem Anfang an gegeben, daß zur Gottesliebe die Einsicht und zum Glauben das Erkennen gehören, weshalb auch die »monastische Theologie« (*oratio, meditatio, tentatio*) und die »augustinisch-franziskanische Tradition« mit ihrer Betonung von νοῦς und Verständlichkeit zu verbinden seien[342].

[336] Schriften, Bd. 5, 47.

[337] Vgl. als Beispiel etwa Luther, WA.TR 1, 191, Nr. 439): *Sic etiam ratio* dienet dem glauben, das sie eim ding nach denkt, *quando est illustrata; sed sine fide nihil prodest nec potest ratio . . . Ratio autem illustrata* nimbt alle gedanken vom *verbo.* Andererseits aber wird z.B. nach Maior 196v die Erbauung durch *curiosae quaestiones & Labyrinthi, qui mentes implicant dubitationibus,* zerstört.

[338] Schriften II 1, 48. Nach Wesley, der eine Predigt über V 20 hält, sind zwar viele der Meinung, »that reason was of no use in religion: yea, rather that it was a hindrance«, und sie halten enthusiastisch eher Träume für göttliche Offenbarungen (324); dieses Extrem provoziere aber das entgegengesetzte, nämlich eine Überschätzung der Vernunft als einer untrüglichen Führerin (325f), während Wesley selbst für einen mittleren Weg plädiert (Works IX 324-336).

[339] So Voigt, a.a.O. (Anm. 283) 282f.

[340] So Schweitzer, Werke, Bd. 4, 236.

[341] Mensch, 248 mit Anm. 1; vgl. auch 255 Anm. 1, wonach 1Kor 14 und 2Kor 12 bezeugen, »daß auch das ekstatische Element dem christlichen Leben nicht überhaupt fremd ist; aber es ist nicht Grund und ist nicht Ziel des Gottesverhältnisses«.

[342] Theologie 27f; vgl. auch 458.

4. Mehr oder weniger ausführlich wird auch auf andere Momente des Gottesdienstes (Lehre, Gebet und Gesang) im Rückgriff auf unseren Text eingegangen.
4.1. Zur Funktion der *Lehre* begegnen zu V 6 ähnliche Umschreibungen wie zu Kap. 12 (vgl. oben S. 269f). Nach Theophylakt (737) besteht διδαχή in belehrenden Worten περὶ ἀρετῆς und περὶ δογμάτων[343], doch wird das auch hier oft auf *moralibus docere institutis* beschränkt[344]. Nach Luther wird *doctrina* in der Schrift oft *pro morum eruditione* aufgefaßt, wofür er auch auf 1Kor 14 verweist[345]. Coccejus (320) nennt zusätzlich zu den üblichen Aufgaben: *ex libro naturae* dem Hörer klar, distinkt und mit wirksamer Überzeugung etwas mitteilen, nicht faselnd und mit Wahrscheinlichkeiten mutmaßend, sondern mit gewissen und evidenten Argumenten. Die hohe Einschätzung der Lehre hängt auch damit zusammen, daß man sie üblicherweise mit der Predigt gleichgesetzt. Maior (190v) kann darum sogar schreiben, die erste Aufgabe des Predigers sei die *doctrina,* daß er sie unversehrt und unverdorben vorträgt und überliefert. Anhangsweise sei noch erwähnt, daß V 19 auch als Beleg für die Notwendigkeit von Katechismen dient[346].
4.2. Die paulinischen Aussagen über das *Gebet* in unserem Abschnitt werden gern so interpretiert, daß man bei seinem Gebet mit seinen Gedanken bei der Sache sein soll. Man soll nicht allein mit den Lippen beten, sondern *affectu cordis;* wer *voce sola* betet, dessen *mens* bleibt ohne Frucht, was hier so zu verstehen ist, daß Psalmen und Gebete zwar mit dem Mund vorgebracht, doch *mente* nicht bedacht werden[347]. Der Skopus von V 14f wird denn auch oft so umschrieben, daß der Mensch als ganzer beten und psalmodieren soll. So interpretiert z.B. Thomas (395): Es ist auf beide Weisen zu beten, *et spiritu et mente,* weil der Mensch Gott mit allem dienen soll, was er hat (mit Verweis auf Sir 47,10: *De omni corde suo laudabit Dominum*)[348]. Auch sonst dient V 15

343 Vgl. später Herveus 960 (*docere de fide et moribus*); Petrus Lombardus 1665: *Doctrina, scilicet ut exponam Scipturas quae mores informant* (ähnlich Walafridus 544).

344 So Hieronymus 759; ähnlich Atto 390; dagegen allerdings Estius 683: *Non ad mores restringi solet doctrinae vocabulum.*

345 WA 4, 338; vgl. auch Semler 355: *De officiis et virtutibus christianorum.*

346 Osiander, Schriften, Bd. 4, 328; Reu, Katechismen I 2, 120.

347 Herveus 962; vgl. Atto 391: *Colligat mentem suam, et non sinat eam per diversa vagare.* Cassian (Instit. 2,11 [SC 109, 76.78]) plädiert für einen unterbrochenen, statt kontinuierlichen Gesang der Psalmen, weil nicht die Menge der Verse, sondern *mentis intellegentia* erfreut; deshalb sei es nützlicher, zehn Verse *cum rationabili adsignatione* zu singen als den ganzen Psalm *cum confusione mentis.* Origenes interpretiert das *spiritu* bzw. *corde orare* (mit Zitat auch von Mt 6,6) als *ad altare interius* gehen (Hom. in Num 10,3 [GCS 30, 73f]). Cajetan (79v) hält es mit Paulus für besser, sowohl *sola interna oratione* als auch *oratione vocali* zu beten, sowohl *Spiritu & mente* als auch *in oratione pure interna.*

348 Ambrosius kann V 15 ebenfalls auf das Gebet des *einen* aus Geist und Seele bestehenden neuen Menschen beziehen, der »im Geiste« betet, »aber auch in Verein mit der denkenden Seele« (Lk-Komm. 7,193 [BKV 21, 434]), aber auch auf die harmonischen Psalmenresponsionen der verschiedenen Alters- und Tugendklassen (7,238 [ebd. 457]). Nach Tertullian besteht das Gebet aus Geist, Wort und *ratio* (De Orat. 1,2 [CChr 1, 257]), und nach Origenes sagt Paulus nicht ›*anima orabo*‹, *sed* ›*spiritu et mente*‹ (Princ. 155 [TzF 24, 386]).

zum Beleg für die geforderte Hingabe mit allen Sinnen (*intellectus, cogitacio, memoria, mens*)[349].

Das Verständnis des Betens und Singens »im Geist« ist allerdings äußerst umstritten[350]. Nur einiges sei genannt: 1. die Deutung auf den Heiligen Geist selbst, wie sie schon Ephraem (76) vertritt: *Spiritus, sanctus loquens scit quod loquitur in me*[351]; 2. die Deutung auf das Geschenk des Heiligen Geistes, vertreten etwa von Chrysostomus (300): τὸ πνεῦμα μου = τὸ χάρισμα τὸ δοθέν μοι καὶ κινοῦν τὴν γλῶτταν[352]; 3. die Gleichsetzung des Pneuma mit dem Atem, z.B. bei Erasmus (730): *Spiritum vocem linguae vocat*[353]; 4. die anthropologische Fassung von πνεῦμα, wobei allerdings die verschiedensten Nuancierungen begegnen: So soll nach Epiphanius Geist hier das sein, was die Schrift sonst Herz nennt, »welches gleichsam der Herr des ganzen Menschen und der Lenker desselben ist«[354]. Andere interpretieren im Sinne des Willens[355], des *affectus in Deum eleuans*[356] oder der vom Geist Gottes erleuchteten Seele[357]. Am stärksten gewirkt hat im Gefolge Augustins[358] aber die 5. Deutung, wobei in Kombination mit V 2 der Geist als imaginative Kraft bzw. als Teil der Seele aufgefaßt wird, in der Bilder körperlicher Dinge zum Ausdruck kommen[359], was vor allem auf die Prophetie angewendet wird. Das führt im einzelnen zu mancherlei verschiedenen Akzenten, kann hier aber nur im Grundzug skizziert werden: Ein geringer Prophet ist, wer im Geist nur *per rerum corporalium imagines* schaut wie Pharao bei seiner Vision; ein größerer Prophet ist, wer nur mit dem Verstand (*solo intellectu*) vorhersagt oder wie Joseph Visionen zu deuten versteht; am größten aber ist der Prophet, der in beidem hervorragt, *ut ea videt in Spiritu imaginationes* bzw. *corporalium verum significativas similitudines et eas mente intelligit ut Daniel*[360].
Auf εὐλογεῖν und εὐχαριστεῖν, zwischen denen offenbar ebenso wie bei den lateinischen Äquivalenten kaum ein Unterschied empfunden wird[361], wird kaum näher ein-

349 Hus, Opera VII 524.

350 Estius 687 z.B. nennt zu seiner Zeit nicht weniger als sechs verschiedene Deutungen.

351 Vgl. auch Origenes, In Rom 7,6 (PG 14, 1120): *Spiritus = gratia sancti Spiritus quae a Deo hominibus datur* (zu V 15). Vgl. auch ders., In Ez 2,3 (GCS 33, 344), wo V 15 so ausgelegt wird: *qui est falsus prophetes »de corde proprio prophetat« et »ambulat« non »post spiritum« Dei, sed post »spiritum suum«*. Gregor v. Nazianz zitiert neben unserer Stelle auch Joh 4,24 und Röm 8,26 und erklärt, im Geist beten scheine ihm nichts anderes zu bedeuten, als daß der Geist sich selbst das Gebet darbringt (Or. 5,12 [Fontes 22, 297]); ebs. Disc. Theol. 31,12 (SC 250, 298) mit Verweis auf Röm 8,26.

352 Ähnlich Theophylakt 740; Oecumenius 849.

353 Ähnlich Zwingli 179: *Spiritus pro flatu et anhelitu* (Atem) *ponitur*. Kritisch zu dieser Auffassung von *spiritus pro voce* Beza 153, der das eine gezwungene Erklärung nennt.

354 Anc. 76 (GCS 25, 96); vgl. auch Origenes, Hom. in Num 11,9 (GCS 30, 92).

355 Vgl. z.B. Petrus Lombardus 1667; vgl. auch Semler 363 (*voluntate, desiderio animi*).

356 Glossa 55v; vgl. auch Cajetan 79r (*pars affectiua vt ad spiritualia*).

357 So etwa v. Mosheim 623; vgl. auch Spener 459: *Anima mea repleta & incitata Spiritu S.*

358 De Gen ad Litt. 12,8f (CSEL 28.3.3, 390f).

359 So z.B. Herveus 963; vgl. auch ebd. (*vis animae quaedam mente inferior*) und Robert v. Melun 221 (*spiritus vis anime mente inferior, in qua imagines rerum confuse comprehenduntur*).

360 Vgl. Atto 390; Faber Stapulensis 127v; Petrus Lombardus 1664; Herveus 960f; Walafridus 544; Thomas 390 und ders., Summa, Bd. 23, 81; Robert v. Melun 222; Estius 679 u.a. Vgl. zu Daniel etwa Atto 390 (*ostendit Nabuchodonosor non solum interpretationem, sed somnium, et, quod his majus est, cogitationes*) und Herveus 961 (*qui regi somnium quid viderat dixit, et quod significaret aperuit*).

361 Vgl. z.B. Ambrosiaster 153, der *benedicere* mit *laudem loqui* aufnimmt.

gegangen[362]. Da beide Worte auch im Abendmahlsbericht erscheinen, werden sie von einigen auf die Benediktion des Priesters bei der Messe bezogen[363].

Reformatorische Theologen interpretieren V 15 gerne so: »Das ist: Man soll das gebeth ŏffentlich lesen und singen mit dem geyst, das ist, daß das hertz darbey sey, und soll es auch lesen mit dem synn, das ist, daß ain ytzlicher zůhŏrer des gebets synn und maynung hŏren und versteen mŏg«[364]. Luther bietet folgende Erklärung: Das Gebet mit den Lippen sei *inutile murmur,* wenn die *vocalis oratio* nicht *ab oratione cordis* ihren Anfang nehme (mit anschließendem Zitat von V 15)[365]. An anderer Stelle wird er ausführlich: Mit dem Geist singen heiße *spirituali devotione et affectu* singen, was gegen diejenigen gesagt sei, die »fleischlich« singen; diese werden dann in doppelter Weise zum einen als diejenigen verstanden, die mehr mit umherschweifendem und überdrüssigem Herzen singen, und zum anderen als diejenigen, die es mit fröhlichem und ergebenem Herzen tun, aber sich doch mehr fleischlich erfreuen, zum Beispiel an Stimme, Instrument und Harmonie. Das Singen *spirituali intelligentia* wird dann wieder doppelt erklärt: Es betrifft diejenigen, die nichts von dem verstehen, was sie singen wie die Mönche, und diejenigen, die *carnalem intelligentiam* haben wie die Juden, die die Psalmen *extra Christum* anwenden[366]. Nach Calvin (439) ist der Geist beim Gebet »nicht etwa überflüssig; aber unser Sinn und Verstand muß mitbeten«. In neuerer Zeit ist recht wenig zu finden. Bittlinger zitiert als Beispiel »So hebt dein Geist mein Herz zu dir empor, / daß ich dir Psalmen sing im höhern Chor« (EG 328,3), doch besteht in der evangelischen Kirche, die hier von der orthodoxen und katholischen Kirche, »besonders von den Mystikern«, lernen könne, seiner Meinung nach heute »auf dem Sektor ›Beten‹ ein erheblicher Nachholbedarf«[367].

4.3. Am *Psalmen- und Hymnengesang* in den Gottesdiensten der alten und mittelalterlichen Kirche kann kein Zweifel sein[368], doch sind mir Bezugnahmen auf 1Kor 14 nicht begegnet[369]. In Kommentaren kann es wie bei Bruno

[362] Bei Hieronymus 760 heißt es: *Benedicitur omne quod vere, et secundum Deum dicitur* (ebs. Pelagius 208, der allerdings *bene* statt *vere* bietet); Atto 391 expliziert das *benedicere* als *quidquid secundum aequitatis regulam dicere, sive benedicis cum precaris, vel rogas, vel certe sanctificas.*

[363] Haymo 589; Thomas 395f. Selbst nach Estius 689 ist das aber kaum wahrscheinlich, denn der Sinn sei *gratias agere*; vgl. auch Cornelius a Lapide 327.

[364] Osiander, Schriften, Bd. 1, 232.

[365] WA 5, 584.

[366] In der Praefatio zu den Dictata super Psalterium WA 3, 11; vgl. auch unten Anm. 374.

[367] A.a.O. (Anm. 712 zu 11,17ff) 25. Mindestens die theologische Diskussion darüber läßt aber kaum etwas zu wünschen übrig; vgl. die Artikel über das Gebet in TRE 12, 31-103, wo allerdings 1Kor 14 außer der kurzen Erwähnung im ntl. Abschnitt keine Rolle spielt.

[368] Vgl. die Belege bei H. Hohlwein, Art. Psalmen II. Liturgischer Gebrauch, RGG3 V 686-688 und E. Jammers, Art. Hymnus, RGG3 III 501f sowie P.G. Walsh und Ch. Hannick, Art. Hymnen, TRE 15, 756-762.762-770. Auch hier wird nirgendwo 1Kor 14 zitiert.

[369] Nach Hengel* 366 ist der freie Gesang von Hymnen im Gottesdienst um die Wende vom 1. zum 2. Jh. allmählich eingeschränkt worden, »weil ›häretische‹ Gruppen hier in ganz besonderer Weise produktiv waren«,

(199) heißen: *Psallere dicit orare consona vocis modulatione.* Eine altchristliche Musik dagegen wird weniger faßbar, ja die Verwendung von Musikinstrumenten im Gottesdienst ist »streng verboten«[370], wenngleich Theorie und Praxis bisweilen auseinanderfallen[371]. Schon Clemens Alexandrinus kämpft gegen »die Musik der Götzen« mit Flöten, Saiteninstrumenten u.ä.[372]. Isaak v. Antiochien benennt die Gefahren der Instrumente so: »Der süße Klang der Orgel hatte auch meinen Sinn an sich gezogen und dadurch die Saiten meiner Geistesharfe erschlafft«[373].

In der Zeit der Reformation wird die Frage nach der Berechtigung von *Instrumental-*, ja sogar von *Vokalmusik* im Gottesdienst dann auch im Zusammenhang mit 1Kor 14 diskutiert. Luther schreibt in der Vorrede zum Wittenberger Gesangbuch, daß nicht nur im Alten Testament »mit singen und klingen, mit tichten und allerley seytten spiel Gott gelobt« worden ist, »sondern auch solcher brauch, sonderlich mit psalmen gemeyner Christenheyt von anfang kund ist. Ja auch S. Paulus solchs 1. Cor. 14 eynsetzt«[374]. Nach Calvin ist der Gesang nach V 15 zwar schon bei den Aposteln in Übung, aber nicht sehr verbreitet gewesen; er beruft sich auf Augustin (Confess. 9,7), daß die Sitte im Osten entstanden sei und man in Mailand erst unter Ambrosius angefangen habe zu singen, sowie darauf, daß auch in Karthago erst zur Zeit des Augustin der Brauch aufgekommen ist, *hymni ad altare de Psalmorum libro* anzustimmen[375]. Der musikalisch hochbegabte und Musik liebende Zwingli will

was dazu führte, sich mit dem Gesang des Psalters zu begnügen (369). Bittlinger* (Kraftfeld) 119f verweist als Beleg für spontan entstandene Hymnen auf den Ambrosianischen Lobgesang (*Te deum*), der angeblich bei der Taufe Augustins in der Osternacht 387 »aus unmittelbarer Inspiration entstanden«, von Ambrosius jeweils begonnen und dann von Augustin Zeile um Zeile fortgeführt worden sein soll, doch ist das Legende; vgl. E. Jammers, Art. Ambrosianischer Lobgesang, RGG3 I 306f; vgl. aber auch Luther zu »Christ ist erstanden«: »*Spiritus sanctus* hats im eingeben, *qui composuit hoc canticum*« (WA 46, 315); ähnliche Äußerungen zu anderen Gesängen bei O. Söhngen, Theologie der Musik, Kassel 1967, 94 Anm. 224.

370 Vgl. R. Schlötterer, Art. Altchristliche Musik, RGG3 I 288-290, Zitat 289; vgl. auch Georgiades, RGG3 IV 1208f; zur Einführung von Orgeln Hermelink, RGG3 IV 1683 und das Zitat aus BSRK oben in Anm. 319. Auch Thomas z.B. erklärt: *Ecclesia nostra non adsumit instrumenta musica, sicut citharas et psalteria, in divinas laudes, ne videatur iudaizare* (zitiert bei Söhngen a.a.O. [Anm. 369] 59 Anm. 100).

371 Vgl. die Belege bei Quasten, a.a.O. (Anm. 153) 103-110.

372 Paed. 2,4 (GCS 12, 181); zitiert bei Quasten, a.a.O. (Anm. 153) 81; weitere Belege 82-90, wobei z.B. unter Berufung auf Am 5,23 die Instrumentalmusik des jüdischen Kultus als Konzession an die Schwäche bzw. als kleineres Übel verstanden wird (86f).

373 Gedicht über die Nachtwachen in Antiochien (BKV 6, 114).

374 WA 35, 74 mit Verweis auch auf Kol 3; vgl. auch WA.B 3, 7. In der Auslegung von Ps 33,3 heißt es allerdings: *In cythara enim hominibus psallitur, non Deo, sicut Apostolus de loquentibus lingua dicit. Ergo cum in corde sit confessio Dei, cythara erit cor. Et psalterium similiter prophetice loquendo* (WA 4, 488). Luther sieht aber sonst deutlich sowohl die »liturgische« als auch die »kerygmatische« Funktion der Lieder (so Söhngen, a.a.O. [Anm. 369] 25 mit Zitat von WA 35, 480: »Das er gelobt und geehret, wir aber durch sein heiliges wort, mit süssem Gesang ins Hertz getrieben, gebessert und gesterckt werden im glauben«).

375 Inst. 3,20,32; vgl. auch Bullinger 232 (*Aetate Pauli non cantus erat . . . Vix a posterioribus receptus est cantus, sed talis ut nihil aliud esset, quam distincta modulataque pronunciatio*); in einer Homilie zu 1Sam 18 entnimmt

die Musik zwar nicht aus Schulen und Häusern, wohl aber aus dem Gottesdienst verbannen und plädiert von Kol 3,16 / Eph 5,19 her für ein Singen *in cordibus, non vocibus*[376], was bis zur Empfehlung der schweigenden Andacht geht[377]. Bullinger (228) sieht die *interpretatio Scripturae* durch den gregorianischen Gesang und laut tönende Musik aus Gottes Tempel vertrieben[378]; er zieht die Tempelaustreibung Jesu heran und kommt dann zum Schluß: Durch Gesang wird niemand gesättigt; satt werden die Seelen durch das Brot des Wortes Gottes, und ergötzt werden sie nicht *musico concentu, sed dulci Spiritus harmonia* (230). Das Erlauthaler Bekenntnis von 1562 erklärt im Abschnitt *De organis musicis*, daß der für den Tempel Salomos bezeugte Gebrauch von Instrumenten durch die Ankunft Christi wie ein Schatten aufgehört hat und sieht das in 1Kor 14 bestätigt: Paulus sei weit entfernt davon, Empfindungen durch nicht redende Orgeln zu billigen, geschweige denn, daß er *humanas voces, sonos non intellectos, non aedificantes* in der Kirche erlaube[379]. Selbst Osiander urteilt über den Gebrauch von Instrumenten: »Dieweil sie nicht reden konnen, sollen sie nichts in der kirchen. Paulus will nicht ein sprach, die nicht yderman versteet, sie werd dann ausgelegt. Was soll dann ein solch geplerr, daß uberal (= überhaupt) nichts redet?«[380] Allerdings wird

Calvin 1Kor 14,15, daß die Instrumente im Gottesdienst »nichts mehr zu suchen haben, auch nicht zur Begleitung des Gemeindegesanges«; zitiert bei Söhngen, a.a.O. (Anm. 369) 59, der 65.67 als Motive einmal »die Sorge vor dem ›ästhetischen Mißbrauch‹ der Musik« nennt, zum anderen aber, »daß im Gottesdienst das Wort und nur das Wort regieren müsse«, so daß nur einstimmiger Chor- und Gemeindegesang zugelassen wird. Zur Einengung des Gemeindegesangs auf das Psalmensingen vgl. die Einsprüche von J. Zwick, aber auch die Clevische und Märkische Kirchenordnung ebd. 71 Anm. 142.

376 Vgl. ebd. 29 und zu Zwinglis Musikanschauung 32-53 (der gottesdienstliche Raum dürfe nicht »zugleich als Konzertsaal und Bildergalerie« dienen; 53 im Anschluß an G. Weber); zur späteren Wiedereinführung von Gemeindegesang und Trompeten in Zürich und Bern vgl. 44. Zwinglis täuferischer Antipode K. Grebel lehnt überhaupt (also nicht nur im Gottesdienst) das Singen ab und schreibt an Müntzer, daß dieser die Messe verdeutscht und deutsche Gesänge eingeführt habe, »mag nit gut sin, wann wir findet in dem nüwen Testament kein ler von singen, kein bispil. Paulus schilt die Corinthischen gelerten me dann er sy růme, darum daß sy in der gmein murmletend, glich alß ob sy sungind, wie die Juden und Itali ire ding pronuncierend in gsangs wiß« (Müntzer, Schriften 439).

377 Vgl. Söhngen, a.a.O. (Anm. 369) 39 u.ö. Vgl. später auch Angelus Silesius, Wandersmann 2,32 (S. 76): »Die Engel singen schön: Jch weiß daß dein Gesinge / So du nur gäntzlich Schwiegst / dem höchsten besser klinge«.

378 Vgl. auch 229: Wo *cantio & musica quaedam theatrica aut ceremoniarum superstitosa obseruatio* an die Stelle der Prophetie getreten sind, da sind die Hörer nur zu bemitleiden; 232 wird im Anschluß an V 20 gefragt, was Paulus wohl zur Einführung von *operosa quaedam ac theatrica musica in aedes sacras* gesagt haben würde.

379 BSRK 324; vgl. auch das Zitat aus BSRK 733 oben in Anm. 319. Anderswo wird die Musik zwar nicht verbannt, aber auf deutliches Singen gedrängt. Nach EKO, Bd. 8, 235 wird gewünscht, »daß man ein solche maß hielte, die einer lection änlicher were denn einem gesenge, welches vorzeiten in der kirchen zu Alexandria Athanasius angerichtet hat (sc. Ep. ad Marcell. [PG 27, 42ff]), daß man im singen die stimme also brechen und zwingen solt, damit jederman leichtlich verstehen möchte, was man singe« (mit Verweis auf Hrabanus Maurus, De Cleric. Inst. 2,48 [PL 107, 361f]).

380 Schriften, Bd. 22, 279. Er verbannt von da aus Orgeln und läßt den Hinweis auf Ps 150,3-5 nicht gelten, denn nach Ps 148,3.7f werde Gott auch von Donner und Blitz usw. gelobt, aber nicht in den Kirchen: »Ein schuster mag und soll auch Gott in seinem handwerck loben als wol als der organist, er soll aber kain schuch in der kirchen machen« (279).

in der Nachfolge Luthers[381], der »nach der Theologie der Musica den nähesten *locum* und höchste Ehre« einräumt[382] und in ihr ein *maximum, immo divinum donum* sieht[383], im evangelischen Raum auch sehr anders geurteilt, wie schon das reiche kirchenmusikalische Schaffen vieler evangelischer Komponisten ausweist[384], doch wird das im Zusammenhang mit 1Kor 14 m.W. nicht thematisiert[385]. Immerhin lehrt das Beispiel von V 7 nach Semler (356), *liberalem musicae artis vsum et christianis conuenire.*

Katholische Autoren können ebenfalls mehr Wert auf Verständlichkeit als auf musikalische Begleitung legen[386]. Cajetan (79v) erklärt, es sei besser, die kanonischen Horen und Messen *intelligibiliter sine melodia musica* im Sprechgesang durchzuführen, als daß sie nicht verstanden werden. Estius (694) zitiert zwar zunächst Cajetan, fährt dann aber fort, daß die Seelen besonders der schwächeren Gläubigen wirksamer zum Göttlichen bewegt werden, wenn man nicht einfach Worte verkündigt; er verweist ebenfalls auf David, der Gott mit Musikinstrumenten gelobt habe[387].

In der weiteren äußerst vielschichtigen Diskussion des Verhältnisses von Gottesdienst und Musik bzw. Musik und Religion[388] wird m.W. kein Bezug auf 1Kor 14 genommen, erst recht nicht auf ein »Singen im Geist«[389].

381 Vgl. zu Luther Söhngen, a.a.O. (Anm. 369) 80-112 und W. Blankenburg, Luther und die Musik, in: ders., Gesammelte Aufsätze, Göttingen 1979, 17-30.

382 So im Entwurf Περὶ τῆς μουσικῆς (WA 30.2, 695), wo es vorher heißt: »Wer die Musicam verachtet, wie denn alle Schwärmer thun, mit denen bin ich nicht zufrieden. Denn die Musica ist eine Gabe und Geschenke Gottes, nicht ein Menschen Geschenk. So vertreibet sie den Teufel und machet die Leute fröhlich«.

383 WA.TR 1, 490 (Nr. 968); ähnlich WA 50, 368: *donum illud divinum et excellentissimum.* Zwar gilt auch hier, daß die Musica »alle ihre Noten und Gesänge auf den Text richten« soll (zitiert bei Söhngen, a.a.O. (Anm. 369) 95; zur Wortbezogenheit der Musik bei Luther vgl. auch Krieg, TRE 23, 462), doch spricht sie »den Affekt, nicht den Intellekt an« (Söhngen, a.a.O. 96 mit Verweis auf WA 56, 467 in der Auslegung von Röm 12,12, wo Luther auch 1Kor 14,15 einbezieht und zum *psallere spiritu* erklärt: *vocat attentionem Sensualem, sine intelligentia, tamen cum affectuali coniunctam*).

384 Vgl. z.B. Georgiades, RGG3 IV 1212-1215.

385 Allerdings hat Luther die Charismen auch hier ins Spiel gebracht; vgl. WA.TR 5, 557 (Nr. 6247), wo er die Lieder von Senfl bewundert und sagt, daß er solche Motette nicht machen könne, auch wenn er sich zerreißen würde, Senfl aber auch keine Psalmpredigt wie er, und fortfährt: *Ideo varia sunt dona eiusdem spiritus ...*

386 Vgl. auch Erasmus 731: Was ist in beinahe allen Klöstern, Kollegien und Tempeln anderes zu hören als Getöse von Stimmen? Z.Zt. des Paulus habe es noch keinen Gesang gegeben, sondern lediglich Verkündigung; bald aber sei von den Späteren der Gesang rezipiert worden, doch so, daß er nichts anderes als *distincta modulataque pronunciatio* gewesen sei ... *Operosam quamdam ac theatricam musicam in sacras aedes induximus, tumultuosum diversarum vocum garritum* (Geplapper), *qualem non opinor in Graecorum aut Romanorum theatris unquam auditum fuisse.*

387 Vgl. auch Cornelius a Lapide 328, der die Pariser Fakultät zu V 19 zitiert: Dieser Vers handele *de concionibus, seu sermonibus, qui habentur ad populum ... non de cantibus ecclesiasticis, quorum alia ratio est.* Cornelius zitiert dann noch Augustin und meint selbst: *Vti ergo organis in ecclesia, & subinde alijs instrumentis musicis, si fiat sobrie, pie, modeste & grauiter* (mit abschließendem Hinweis auf Ps 150; Offb 5,8 und 1Kor 14,2).

388 Vgl. G.A. Krieg, Art. Musik und Religion IV, TRE 23, 457-495.

389 Zur Bedeutung in der charismatischen Bewegung vgl. Bittlinger* (Gottesdienst) 199-201.

5. Angesichts der großen Bedeutung der »*Erbauung*« in der Geschichte der Frömmigkeit[390] fällt auf, wie wenig hier und auch bei V 26 expliziert wird, was οἰκοδομή bzw. *aedificatio* meint, und welche geringe Rolle 1Kor 14 dort spielt, wo später »Erbauung« geradezu programmatisch wird. Meist bleibt es bei allgemeinen Umschreibungen wie *utilitas* oder *profectus*. Der Ambrosiaster (149) sieht den Nutzen der Gemeinde darin, daß alle den Grund des göttlichen Gesetzes lernen[391]. Basilius v. Cäsarea zieht aus V 26 die Konsequenz, daß nichts *vel otiose vel inutiliter* getan werden soll[392]. Nach Thomas (391) bezieht sich die *aedificatio ad spiritualem affectionem*[393], nach Calvin (437) auf »unterweisen zur Frömmigkeit, zum Glauben, zum Gottesdienst und zur Gottesfurcht und anleiten zu einem Leben in Heiligkeit und Gerechtigkeit«[394]. Ähnlich lauten später die Interpretationen, z.B. bei v. Mosheim (611f): »Alles, was die Seele eines Menschen bessern und vollkommener machen kann«[395]. Selbst im Pietismus, der das spätere Verständnis nachhaltig bestimmt hat[396], wird 1Kor 14 m.W. kaum bemüht[397]. Kierkegaard generalisiert: »Es gibt nichts, nichts, was nicht derart getan oder gesagt werden könnnte, daß es erbaulich würde; wenn aber etwas erbaulich ist, sei es, was es möge, so ist Liebe dabei anwesend«[398].
Heute ist es beliebt und berechtigt, Oikodome von bloßer »Erbaulichkeit« ab-

390 Vgl. G. Krause, Art. Erbauung II, TRE 10, 22-28.

391 Vgl. auch Ambrosiaster 150: *Scientia enim legis firmat animos et provocat ad spei melioris profectum*; beides auch bei Hrabanus Maurus 129; nach 135 soll nichts in der Kirche ins Blaue hinein geschehen, sondern eifrig danach gestrebt werden, daß auch die *imperiti* davon profitieren. Basilius v. Cäsarea schließt an das Zitat des Schlußsatzes von V 26 an: καὶ οὐδὲν ἀνέχεται ποιῆσαι ἀργῶς καὶ ἀνωφελῶς (Reg. Brev. 220 [PG 31, 1228]).

392 Reg. 174 (CSEL 86, 197).

393 Vgl. auch Estius 681: *omnis profectus Spiritualis.*

394 Vgl. auch Beza 152: *Id est, quae homines promoueant in pietatis cognitione & studio.* Zwingli interpretiert im Sinne der Verständlichkeit: »Also werdend ir . . . nach dem sinn der gschrifft arbeiten und die unverstandnen wort lassen ligen« (CR 89, 352; vgl. auch 788). Vor allem bei Bucer durchzieht nach Schriften, Bd. 6.3, 22 Auferbauung und Besserung als Leitmotiv alle Katechismen (vgl. als Beispiel 53.93).

395 Vgl. auch Semler 352: *quicquid promouere hominis cognitionem salubrem.* Heidegger, Mythoscopia 183 stellt neben das paulinische »Alles geschehe zu Erbauung« (V 26) das Seneca-Wort: *Lectio omnis ad propositum beatae vitae trahenda.*

396 Vgl. Krause, TRE 10, 26 und Vielhauer* 163: Der Pietismus habe den Begriff »neu geprägt und belebt«, »und zwar in der individualistischen Richtung«; er bezeichne »die religiöse Zufriedenstellung und Förderung des Innenlebens des Einzelnen; Religiosität, Subjektivität und Innerlichkeit sind seine konstitutiven Elemente. Der Kirchengedanke fehlt«.

397 Spener legitimiert u.a. mit 1Kor 14 die *Collegia pietatis* (Krause, TRE 11,26). Francke wendet sich u.a. auch mit 1Kor 14 gegen Angriffe gegen die *Collegia*, weil man damit »ein *grosses Stück des Christenthums verbieten wird* / wann man sich denen Unterredungen der Christen / welche sie um ihrer Erbauung willen angestellet / entgegen setzte« (Schriften, Bd. 1, 97).

398 Der Liebe Tun, 19. Abt., 237; vgl. auch ders., Das Buch über Adler, 36. Abt., 46: »Dies Wort (sc. V 26) fordert die Besonnenheit und die ethische Verantwortung, daß niemand tumultuarisch glauben solle, es sei eines Menschen, geschweige denn eines Erwählten Aufgabe, einem Hexenmeister zu gleichen«.

zurücken[399] und statt dessen von »Gemeindeaufbau«[400], »konstruktiver Mitarbeit«[401] u.ä. zu reden. Das wird z.B. von Voigt gegen »eine genießerische Weise des Frommseins« gestellt, die in dem im herkömmlichen Sinn verstandenen Satz: »Ich habe mich erbaut« zu erkennen sei[402]. Zwar sei nichts dagegen einzuwenden, daß einer »›für sich selbst‹ etwas gewinnt: Stille, Sammlung, das innere Durchatmen, das Hingezogensein zu Gott, Entlastung, Ermutigung, Trost, Linderung, Hoffnung«, aber eine gottesdienstliche Versammlung sei nicht eine Ansammlung frommer Genießer, sondern die Gaben seien zum »Aufbau« da, wo Stein auf Stein gesetzt werde, »so daß das ›geistliche Haus‹ entsteht (1. Petr. 2,5; Eph. 2,21f)«[403]. Eine zentrale theologische Bedeutung hat Erbauung bei Barth gefunden, der § 67 seiner Dogmatik so überschreibt: »Der Heilige Geist ist die belebende Macht, in der Jesus, der Herr, die Christenheit in der Welt auferbaut als seinen Leib, d.h. als seine eigene irdisch-geschichtliche Existenzform, sie wachsen läßt, erhält und ordnet als die Gemeinschaft seiner Heiligen und so tauglich macht zur vorläufigen Darstellung der in ihm geschehenen Heiligung der ganzen Menschenwelt«[404].

6.1. V 20 ist oft wie eine allgemeine Wahrheit aufgefaßt worden, was zu vielerlei Anwendungen verleitet, hier aber nicht ausführlich dargestellt werden kann. Meist steht das νηπιάζειν τῇ κακίᾳ im moralischen Sinn im Vordergrund[405]. Dabei werden die Kinder als *innocentes* verstanden, die keinen

[399] Vgl. etwa Doerne, RGG3 II 539: »Erbauung« sei »eine heillos verschlissene, dem Sprach- und Vorstellungsbereich der Christenheit fremde, ja ärgerliche oder lächerliche Vokabel geworden. Ihr ist schwerlich aufzuhelfen«, doch desto wichtiger sei, »daß die *Sache,* die der personal-reziproke Sondergebrauch des Wortes im NT meint, in der Katastrophe der Vokabel nicht mit umkommt«; vgl. auch Bittlinger* (Kraftfeld) 106: Das Wort Erbauung habe »bei uns einen frömmelnden Beigeschmack«. Schon Barth 50 hat das Wort (»für uns abgeschliffen bis zur Unverständlichkeit, weil wir dabei nur an das Subjektive, die religiös-geistige Bereicherung und Förderung des einzelnen Gläubigen zu denken gewöhnt sind«) zurechtgerückt: »Für Paulus ist das Subjektive bezogen auf das Objektive. Es handelt sich darum, freilich durch Einwirkung auf die Einzelnen, die ἐκκλησία, die Kirche zu erbauen«.

[400] Dabei gilt Gemeindeaufbau als »keine Sache des Pastors allein, sondern aller verantwortlichen Glieder der Gemeinde« (so Gienke, GPM 36 [1982] 285).

[401] So Bukowski, GPM 48 (1994) 268 im Anschluß an Theißen.

[402] Voigt, a.a.O. (Anm. 283) 281; vgl. auch Bukowski, GPM 48 (1994) 268, der V 4 aber zu Recht von einer bloß subjektiven Selbstbezogenheit abgrenzt; Paulus wisse sehr wohl, »daß auch der ›normalen‹ Wortverkündigung alle möglichen selbstbezogenen Motive beigemischt sein können (1. Thess. 2,5ff.)« und es auch dem prophetischen Wort an Liebe fehlen könne (13,2).

[403] Voigt, a.a.O. (Anm. 283) 281; vgl. auch Werbick, Kirche 185.

[404] KD IV 2, 695; auch hier kommen im ganzen Kapitel aber kaum Bezugnahmen auf 1Kor 14 vor (nur S. 718.720.723); vgl. auch Weber, Grundlagen II 579, der u.a. mit Verweis auf 1Kor 14,3.5.12.26 schreibt: »Das ›geistliche Gebäu‹ (sic!) ist keine objektiv über die Menschen sich stülpende Realität, sondern ... zugleich der betroffenen *Menschen* Sache, weil es *Gottes,* weil es *Jesu Christi* Sache ist«.

[405] Dorotheus v. Gaza z.B. interpretiert im Sinne einer Enthaltung von πάθος und konkretisiert das so: ἐὰν ἀτιμασθῇ, οὐκ ὀργίζεται, καὶ ἐὰν τιμηθῇ, οὐ κενοδοξεῖ· ἐὰν λάβῃ τις τὰ αὐτοῦ, οὐ θλίβεται (Instr. 1,18 [SC 92,174]).

malitiae sensus haben[406]. Die Erwachsenen gelten demgegenüber als *perfecti sensibus*, die zwischen Gut und Böse zu unterscheiden vermögen[407], nicht nach Glanz und Würde verlangen[408], »nicht zu den Tändeleien der Kindheit« oder »zu den Unvollkommenheiten unserer Jugendjahre« zurückkehren, sondern »solche Eigenschaften aus jener Zeit annehmen, die auch dem reiferen Alter ziemen«, d.h. Ärger unterdrücken, keine Beleidigungen nachtragen, aber auch – positiv gewendet – als Liebende leben[409]. Nach anderen Deutungen ist es die Eigenart der Kinder, über kleine Dinge zu staunen, über große aber weniger Bewunderung zum Ausdruck zu bringen[410]. Als *puerilis* gilt aber vor allem, nicht zu wissen, wie lange und wozu *linguae* gegeben sind[411], oder nicht darauf zu achten, was anderen nützt statt einen selbst delektiert[412]. Entsprechend wird dann die Vollkommenheit auf das bezogen, was für den Aufbau der Kirche notwendig ist und dem Bruder nützt[413]. Vereinzelt wird aber auch hervorgehoben daß Christsein keine Simplizität bedeutet, weshalb Paulus hier nach Thomas (397) die oberflächliche Entschuldigung derer ausschließen will, die *in simplicitate* leben und sich nicht *de subtilitatibus* kümmern wollen, während Paulus doch erkläre, daß die Korinther nicht *puerilia et inutilia et stulta* reden und lehren sollen. Bullinger (232) spricht allgemein von notwendigem Wachstum im Christenleben: wie die Lebenszeit ihre Stufen habe, *ita & religio*, die durch Wachstum zur *iusta statura* emporsteige[414]. Die Hörer sollen – so Coccejus (321) – das Gehörte prüfen und vergleichen können; *vera ratio regendi Ecclesiam* sei nicht, die Hörer als vernunftlose Schafe oder Unmündige haben zu wollen. Nach Solowjew ist die Menschheit über die »Stufe des philosophischen Kindesalters . . . endgültig hinausgewachsen«,

406 Irenaeus, Haer. 4,28,3 (SC 100.2, 764); vgl. Dem. 46 (SC 62, 106).

407 So z.B. Glossa 56r; Thomas 397; Cajetan 79v. Nach Origenes will Paulus, »daß wir immer noch etwas mehr entdecken, mehr erforschen und tiefer darüber nachdenken, was wir an Gutem tun können« (In Rom 10,36 [Fontes 2.5, 265]).

408 Leo d. Gr., Sermo 37,4 (BKV 54,183).

409 So z.B. Kierkegaard, Der Liebe Tun, 19. Abt., 314f: »Das Leben des Liebenden drückt die apostolische Vorschrift aus, an der Bosheit Kinder zu sein. Was die Welt eigentlich als Klugheit bewundert, ist Verstand für das Böse«.

410 Chrysostomus 305, doch wird auch hier hinzugefügt, φρόνησις mit Lasterhaftigkeit sei keine φρόνησις und Einfalt mit ἄνοια sei keine Einfalt; ähnlich Theophylakt 742; vgl. auch Oecumenius 852.

411 Pelagius 209; Hieronymus 761; Primasius 542 u.a.; Haymo 590 nennt es *puerilis*, auf dunkle und glatte Weise um der Prahlerei willen zu predigen.

412 Herveus 965; vgl. auch Sedulius Scotus 156 (*Puerilis est variarum linguarum cupiditas, in qua sola delectatio est, non utilitas, nisi accedat interpretatio*) und Grotius 817 (*Puerorum est ostentare se in rebus inutilibus*). Vgl. auch Hrabanus Maurus 590 (Kindlich ist, wer dunkel und glatt um der Prahlerei willen predigt).

413 Ambrosiaster 155; Ambrosius 270; Bullinger 232 u.a. Vgl. auch Severian v. Gabala 268: Τέλειοι γίνεσθαι σπουδάζετε, νοεῖν τὰς γραφάς. Nach Theophylakt 741 zeigt sich die Vollkommenheit darin, unterscheiden zu können, was größere und kleinere Gnadengaben sind.

414 Vgl. auch Brenz, Epheserbrief 39f: Die *pueritia* der Christen zähle nicht nach Jahren und zeige sich darin, daß *pueri facile modicis blanditiis persuadentur, ut falsa credant et seducantur. Ita qui inter Cristianos sensu pueri sunt, hii vel minime tentationi Satanae resistere non possunt, et quod inter ethnicos fortitudo vel virilitas vocatur, inter Cristianos infantia est.*

hat aber andererseits »auch die kindliche Fähigkeit eines naiven Glaubens« verloren, so daß »die wenigen Gläubigen notwendigerweise auch alle zu *denkenden* Menschen« werden[415].

Auch die beiden mir bekannten Predigten über V 20 sehen vom Kontext völlig ab. Tillichs Predigt steht unter dem Thema »Werdet reif im Denken!«[416]: »Radikales Denken« widerspreche nicht der »göttlichen Torheit« (151); eine »reife Wissenschaft« werde sich nicht »in die Fragen religiöser Symbole« einmischen; »auch der klarste und umfassendste Verstand garantiert keine Reife . . . Wo das Erlebnis der göttlichen Torheit fehlt, fehlt auch die letzte Reife im Denken« (153); dieser Widerspruch sei »Ausdruck einer Erfahrung, die alle anderen Erfahrungen durchdringt, erschüttert, in eine neue Richtung wendet und über sich hinaushebt. Es ist die Erfahrung von etwas Letztgültigem«, das man »das Heilige, das Ewige, das Göttliche« nennen könne, aber jeden Namen transzendiere (153f). – Miskottes Predigt ist überschrieben: »Ein erwachsener Verstand«[417]: Während V 20 in der Aufklärung »eines der meistgeliebten Worte« gewesen sei (495), sieht Miskotte seine Zeit »aus der Verstandesverehrung in das umgekehrte Extrem geraten, wenigstens in der Kirche. Es wimmelt von gefühlsbestimmten Ausdrucksweisen und Gefühlsemotionen, man muß es ›fühlen‹, man muß es ›erleben‹« (496); es gebe »viel Gefühlsreligion, die sich nicht in Zucht nehmen, sich nicht zum Denken bringen lassen will«, der gegenüber an V 20 erinnert wird, doch stehe der Verstand »im Dienst des Nächsten, um das Vorgegebene, jene alle Gewißheit übertreffende Gewißheit, jene Evidenz, jene Offenbarung weiterzugeben« (499).

6.2. Zum Erwachsensein gehört nach der üblichen Auslegung auch, daß man sich nicht durch Zeichen und Wunder imponieren läßt, ja deren nicht mehr bedarf. Nach der lange vorherrschenden Hauptrichtung der Auslegung soll die Rede in fremden Sprachen am Anfang ein θαῦμα μέγα und σημεῖον für die Ungläubigen gewesen sein, aber nur die Funktion gehabt haben, diese unentschuldbar zu machen, sie anklagen zu können[418], sie zu beschämen[419] oder »durch den Eindruck des Wunders die Aufmerksamkeit und Ehrfurcht der Ungläubigen« zu erregen und »für den Gehorsam Christi« vorzubereiten[420]. Zudem erreichen diese Zeichen nicht immer ein διδάσκειν καὶ ὠφελεῖν, ja sie schaden oft nur, während die Prophetie den Gläubigen immer nützt[421]. Schon bei Clemens Alexandrinus erscheint dann die bis heute wirk-

415 W. Solowjew, Deutsche Gesamtausgabe, hg. v. W. Szylkarski u.a., Bd. 8, München 1979, 264; Solowjew sieht hierin die »Erfüllung der Vorschrift des Apostels«, die er allerdings folgendermaßen zitiert: »Seid Kinder am Herzen, aber nicht am Verständnis«.

416 In: Das Ewige im Jetzt. Religiöse Reden, 3. Folge, Stuttgart 1964, 149-155.

417 JK 30 (1969) 494-500.

418 Gregor v. Nazianz, Or. 41,15 (SC 358, 348); vgl. auch Thomas 398 (*ut iustior appareat eorum damnatio*) und Zwingli 179 (*ad aggravandum eorum culpam*).

419 Const. Ap. 8,1 (BKV 5, 23).

420 Calvin 442; vgl. auch Coccejus 322: *ut adducantur ad audiendum prophetiam*; Zeichen lehren zwar *per se* nichts, aber sie können die Menschen reizen und bewegen.

421 Theophylakt 744; Oecumenius 853; vgl. auch Pelagius 209: *Saltim admiratione moueantur.* Luther bezieht das auf die Allegorie: *Infidelibus vero allegoricis nihil potest probari* (WA 2, 550).

same Auffassung, daß Christen nicht aufgrund von Zeichen, sondern infolge der Predigt gehorsam werden[422], ja immer eindeutiger wird behauptet, daß Glaubende gar keiner Zeichen, sondern nur der διδασκαλία und κατήχησις bedürfen (Chrysostomus 307). Sind *signa* auch *in principio* für die Ungläubigen geschehen, so erfassen die Glaubenden *in plenitudine ecclesiae* die Wahrheit *non signo, sed fide*[423]. Beliebt ist vor allem der Satz: *crescente fide, signa cessasse*[424]. Für Glaubende haben die Zeichen allenfalls einen inneren Wert. Isaak v. Stella zieht V 22 zur Interpretation der Hochzeit von Kana heran und erklärt: *Magis delectat interius mysterium, quam exterius tam magnum miraculum*[425].

Auch Luther hält unter Hinweis auf V 22 nach der Sammlung der Kirche und ihrer Befestigung die Fortdauer einer sichtbaren Sendung des Heiligen Geistes durch Zeichen nicht mehr für nötig[426]. Das bleibt die Hauptlinie der Interpretation. Nach Spener sollen Wunder »nicht immerfort wåhren / sondern allein so lange / als die warheit des Evangelii / so eine neue lehre schiene zu seyn / dergleichen bekråfftigung bedorffte: nachdem aber der glaube und die gewißheit desselben fest gesetzet worden / so hǒrten solche nothwendig auff: indem die zungen (die fremde sprachen / die einer aus GOttes eingeben redete / und also gleichermassen auch die ůbrige wunderwercke) zum zeichen sind nicht den glaubigen / sondern den unglaubigen / die weissagung aber (oder die handlung Gǒttlichen worts /) nicht den unglaubigen sondern den glaubigen / I. Cor. 14,22. daß wir also sehen / daß die eigentliche wunder nicht allezeit in der kirchen bleiben / wol aber das Gǒttliche wort stets getrieben werden solte«[427].

In modernen Veröffentlichungen spielt der Text in der Wunder- und Zeichenfrage m.W. keine Rolle.

[422] Strom. 2,28,4 (GCS 52, 128).

[423] Ambrosius, De Sacr. 2,15 (Fontes 3, 106).

[424] Hieronymus 761; ähnlich Pelagius 209; Primasius 542 (nur die Prophetie *semper est necessaria*); Sedulius Scotus 156; vgl. auch Atto 392: *Dilatata jam fide, et multiplicatis fidelibus, cessavit ipsa consuetudo*; vgl. auch 393: Es bestehe zwischen Prophetie und Zungenrede nicht nur ein großer Unterschied in der *utilitas*, sondern auch in der *perpetuitas*, weil die Prophetie bleiben wird, wenn die Kirche auf ihrer Wanderschaft voranschreitet.

[425] Serm. 9,1 (SC 130, 204); vgl. auch Herveus 966: Die Sprachen sind für die Glaubenden, *qui credunt Deum omnia posse*, kein Signum. *Nam idcirco fiunt exteriora miracula, ut mentes hominum ad interiora perducant.* Anders Lanfranc 203: *Sed et fidelibus signum est ut bene operentur.*

[426] WA 40.1, 571f. Allerdings werden Ungläubige durch das Wunder zum Evangelium eingeladen (Maior 195r), und zum Zeichen der Prophetie wird auch anders geurteilt: »Es ist woll war, dem ungleubigen ist die weyssagung kein zeichen, dennocht bleibt es an im selbs ein zeichen. Dem ungelerten ist das buch unverstendlich, dennocht bleibt es an im selbs verstentlich« (Brenz, Frühschriften, Bd. 2, 45).

[427] Schriften III 1.1, 620; vgl. ders., Kommentar 462 (*miracula non requiri apud fideles*); Grotius 818 und auch Zinzendorf, Erg.-Bd. VII 1, 549: »Die Unglåubigen můssen etwas ausserordentliches haben, damit sie rege gemacht werden: die Glåubigen aber brauchen nur Futter ... sie suchen nur die Gnade zu brauchen, die da ist«.

5.2 *Die Gottesdienstordnung 14,26-33.36-40*

Literatur: Aune (Lit. zu Kap. 12-14); *Bauer* (Lit. zu Kap. 12-14); *Betz* (Lit. zu Kap. 12-14); *Bittlinger* (Lit. zu Kap. 12-14); *Bornkamm* (Lit. zu 14,1ff); *Brockhaus* (Lit. zu Kap. 12-14); *Carson* (Lit. zu Kap. 12-14) 117-121.131-136; *Crone* (Lit. zu Kap. 12-14); *Cullmann, O.*, Urchristentum und Gottesdienst, Zürich [2]1950; *Dautzenberg* (Lit. zu Kap. 12-14); *Dunn, J.D.G.*, The Responsible Congregation (1Co 14,26-40), in: de Lorenzi, Charisma 201-236 (mit Diskussion ebd. 236-269); *Forbes* (Lit. zu Kap. 12-14); *Giesriegl* (Lit. zu Kap. 12-14) 312-316; *Gillespie*, Theologians 160-164; *Grudem* (Lit. zu Kap. 12-14); *Hahn, F.*, Art. Gottesdienst III, TRE 14, 28-39; *Hengel* (Lit. zu 14,1ff); *Hill* (Lit. zu Kap. 12-14); *Kertelge, K.*, Gottesdienst als Berufung und Aufgabe der Kirche nach dem Neuen Testament, 1988 (ThJb[L]), 115-125; *Kitzberger*, Bau 111-116; *Klauck* (Lit. zu 14,1ff); *Kraus, H.-J.*, Gottesdienst im alten und im neuen Bund, in: *ders.*, Biblisch-theologische Aufsätze, Neukirchen-Vluyn 1972, 195-234; *Leipoldt, J.*, Der Gottesdienst der ältesten Kirche, Leipzig 1937; *Lindblom* (Lit. zu Kap. 12-14); *Maly*, Gemeinde 176-185.215-228; *Martin, R.P.*, Patterns of Worship in New Testament Churches, JSNT 37 (1989) 59-85; *ders.*, Spirit 75-83; *Moule, C.F.D.*, Worship in the New Testament, London 1961; *Nielen* (Lit. zu Kap. 12-14); *Pesce, M.*, La profezia cristiana come anticipazione del giudizio escatologico in 1 Cor. 14,24-25, in: FS J. Dupont, Brescia 1985, 379-438; *Reiling* (Lit. zu Kap. 12-14); *Richardson, W.*, Liturgical Order and Glossolalia in 1 Corinthians 14.26c-33a, NTS 32 (1986) 144-153; *Salzmann* (Lit. zu Kap. 12-14); *Schweizer* (Lit. zu Kap. 12-14 und 14,1ff); *Stowers, S.K.*, Social Status, Public Speaking and Private Teaching: The Circumstances of Paul's Preaching Activity, NT 26 (1984) 59-82; *Wengst* (Lit. zu 14,1ff); *Wiefel, W.*, Erwägungen zur soziologischen Hermeneutik urchristlicher Gottesdienstformen, Kairos 14 (1972) 36-51; *Witherington*, Conflict 285-290.

26 **Was folgt nun daraus, Brüder? Wenn ihr zusammenkommt, hat jeder einen Psalm, eine Lehre, eine Offenbarung, eine Zungenrede, eine Deutung. Alles (aber) soll zur Erbauung geschehen.** 27 **Wenn jemand in Zungenreden redet, dann zwei oder höchstens drei und der Reihe nach, und einer soll die Deutung geben.** 28 **Wenn aber kein Interpret da ist (oder: Wenn er, nämlich der Glossolale, kein Interpret ist), soll er in der Gemeinde schweigen, aber für (oder: zu) sich und Gott reden.** 29 **Propheten aber sollen zwei oder drei reden, und die anderen sollen es beurteilen.** 30 **Wenn aber einem anderen, der (noch) sitzt, etwas offenbart wird, soll der erste schweigen.** 31 **Denn ihr könnt alle der Reihe nach prophetisch reden, damit alle lernen und alle Zuspruch erhalten.** 32 **Die Geister der Propheten ordnen sich den Propheten unter.** 33 **Denn Gott ist nicht (ein Gott) der Unordnung, sondern des Friedens, wie in allen Gemeinden der Heiligen . . .** 36 **Oder ist das Wort Gottes von euch ausgegangen oder allein zu euch gekommen?** 37 **Wenn jemand Prophet oder Pneumatiker zu sein meint, der möge (an)erkennen, daß das, was ich euch schreibe, ein Gebot des Herrn ist.** 38 **Wenn jemand das nicht (an)erkennt, wird er (auch von Gott) nicht (an)erkannt.** 39 **Also, meine Brüder, strebt nach dem prophetischen Reden, und das Reden in Zungenreden hindert nicht.** 40 **Alles aber geschehe in guter Form und in Ordnung.**

V 26 markiert einen gewissen Einschnitt (vgl. die neuerliche Anrede ἀδελφοί), doch läßt schon das resümierende τί οὖν ἐστιν erkennen, daß Paulus nicht einfach *ad hoc* bestimmte Direktiven geben will, sondern Regelungen trifft, die sich aus der bisherigen Argumentation ergeben[428]. Diese Regeln und Anweisungen für die gottesdienstliche Versammlung[429] betreffen vor allem Glossolalie und Prophetie und deren geordnete Praxis[430]. Daß Paulus sich dabei an der Ordnung des jüdischen Synagogengottesdienstes mit seiner Aufeinanderfolge[431] und einer bestimmten Rollenverteilung wie Aufteilung der Lektionen auf mehrere Vorleser u.a. orientiert[432], ist möglich[433], aber im einzelnen nicht sicher[434]. Sicher ist nur, daß es zu den Einzelheiten manche Parallelen gibt, die sich allerdings z.T. nicht auf das Judentum beschränken[435]. Vergleicht man jüdische Texte mit ihrer Zentralstellung des Gesetzes für den Gottesdienst[436], fällt vor allem das Fehlen einer Tora-, ja überhaupt einer

Analyse

428 Vgl. Richardson* 147: »a destillation of the preceding arguments into a few forceful statements of primary importance«. Zur Begründung der Zäsur zwischen V 25 und 26 statt zwischen V 20 und 21 vgl. oben Anm. 4f.

429 Ein eigenes Wort für den »Gottesdienst« bzw. einen von der λογικὴ λατρεία (Röm 12,1) getrennten kultischen Akt kennt Paulus nicht; vgl. Schweizer* (Worship) 333f (»The prime sign of a service of worship is ... the togetherness of all the members of the church«) und Wengst* 547f. Ebenso bleibt zu berücksichtigen, daß es weder Tempel noch Statuen, weder kultische Opfer noch Geräte und Gewänder gab (vgl. Becker, Paulus 266 und die Zitate bei Witherington* 289f).

430 Vgl. schon v. Mosheim 645 (»eine Art der Kirchenordnung«) und neuerdings Käsemann, Versuche, Bd. 2, 71 (»Grundzüge einer Gottesdienstpraxis« mit einem »dekretalen Stil«); Dautzenberg* (Prophetie) 257 (»Gemeinderegel«); Berger, Formgeschichte 214f (»Gemeindeordnung«), der als Merkmale vor allem die Imp. der 3. Pers. und den Ordnungsgedanken anführt.

431 Wichtigste Bestandteile des Synagogengottesdienstes sind Schriftlektion und Auslegung, Schᵉma-Rezitation und Gebet; vgl. Elbogen/Lohse, RGG ³II 1756; Billerbeck IV 153; P. Schäfer, Der synagogale Gottesdienst, in: J. Maier / J. Schreiner (Hg.), Literatur und Religion des Frühjudentums, Würzburg/Gütersloh 1973, 391-413.

432 Vgl. schon Ambrosiaster 160 zu V 31 (*haec traditio synagogae est, quam nos vult sectari*) und weiter Bauer* 8-11; Maly* 179f; Martin (Lit. zu 14,1ff; Worship) 18-27; Dautzenberg* (Prophetie) 273-290; Salzmann* 469 und 7f zu früheren Ableitungen des urchristlichen Gottesdienstes aus jüdischem Erbe bei Grotius und Vitringa.

433 Dautzenberg* (Prophetie) 288 hält 14,26-40 für »das Ergebnis einer Begegnung jüdischer gottesdienstlicher Traditionen mit der urchristlichen Glossolalie und Prophetie«, doch stehe 14,26-40 »wahrscheinlich den Versammlungen der Essener und Therapeuten näher als dem allgemeinen Typ des jüdischen Synagogengottesdienstes«; vgl. z.B. unten Anm. 507, aber auch 469.522. Leider wissen wir über den Synagogengottesdienst der Diaspora aber wenig. Unbestritten ist, daß im späteren christlichen Gottesdienst viele jüdische Elemente integriert worden sind; vgl. F. Schulz, Die jüdischen Wurzeln des christlichen Gottesdienstes, JLH 28 (1984) 39-55 (mit gutem Literaturüberblick).

434 Gegen solche Einwirkung z.B. Delling, Gottesdienst 50f, der aber nur den synagogalen Gottesdienst ins Auge faßt; vgl. die Kritik bei Maly* 178f. Zu dem z.B. im Synagogengottesdienst fehlenden Gesang von Liedern vgl. unten Anm. 459, weiter auch 454.469.507.

435 Zu profanen Analogien vgl. Bauer* 11-15; Leipoldt* (Gottesdienst) 33-37; Dunn* 208. Vgl. z.B. unten Anm. 569.

436 Zur zentralen Bedeutung der Tora im jüdischen Gottesdienst vgl. Josephus, Ap 2,175; Philo bei Euseb, Praep. Ev. 8,7,12f und Billerbeck IV 153-165; Bauer* 19; Leipoldt* 30f; Dunn* 210; Dautzenberg* (Prophetie) 287f zu den Essenern (Philo, Omn ProbLib 82; 1QS 6,76 u.a.); vgl. auch Apg 15,21.

Schriftlesung auf[437]. Man sollte diese Leerstelle weder mit Postulaten überspielen noch aus einem *argumentum e silentio* allzu viel Kapital schlagen. Wir wissen leider auch hier zu wenig, weshalb die Auskünfte denn auch verschieden ausfallen[438]. Bietet der Abschnitt doch keine agendarische Ordnung und keine erschöpfende Aufzählung aller gottesdienstlicher Elemente (vgl. das Fehlen des in V 14-16 erwähnten Betens und Lobens). Vermutlich bezieht Paulus sich auch in diesem Abschnitt auf verschiedene Mißstände im Verständnis und in der gottesdienstlichen Praxis der Korinther, vor allem auf ein gleichzeitiges und zahlenmäßig unbegrenztes Reden der Glossolalen (V 27.31) sowie eine fehlende Übersetzung der Glossolalie (Vgl. V 27)[439]. V34f ist eine nachpaulinische Interpolation (vgl. S. 479-492).

Gliederung: V 26 beginnt mit derselben Frage wie V 15 und zusätzlicher Anrede. Es folgt ein Eventualis mit einer aus einem Wort bestehenden Protasis in der 2. Pers. Plur. des Präs., der das Subj. ἕκαστος mit antistrophischem fünfmaligen ἔχει und fünf verschiedene Charismen folgen. Ein kurzer Imp. faßt die fünf Begriffe mit πάντα als Subj. zusammen und nennt als deren Zielbestimmung πρὸς οἰκοδομήν. Das am Anfang stehende und nicht fortgeführte εἴτε leitet in V 27 einen Konditionalsatz mit unbestimmtem τις als Subj. und dem schon mehrfach vorkommenden γλώσσαις λαλεῖν ein; dem folgen im prädikatlosen Hauptsatz zwei distributive, durch ἤ getrennte Zahlbestimmungen mit κατά, deren zweite mit dem adverbiellen, superlativisch zu verstehenden Akk. τὸ πλεῖστον eingeschränkt wird (vgl. Bl-Debr-Rehkopf § 60 Anm. 3 und 160 Anm. 3), dann eine Modalbestimmung mit ἀνά; daran schließt sich ein weiterer Imp. mit εἷς als Subj. an. V 28 ist ein negierter Eventualis (ἐάν) mit dem Substantiv des vorher gebrauchten Verbums διερμηνεύειν als Subj., dem sich zwei sing. Imp. in der Apodosis anschließen, der zweite mit doppeltem *dat. comm.* V 29 enthält zwei Imp. der 3. Pers. Plur.; deren erstes Subj. προφῆται wird durch zwei mit ἤ getrennte Kardinalzahlen limitiert, und deren zweites bildet οἱ ἄλλοι. V 30 ist erneut ein Eventualis: Die Protasis verwendet das *passivum divinum* ἀποκαλυφθῇ mit dem Dat. ἄλλῳ, der durch ein präs. Part. bestimmt wird, während die Apodosis mit dem Subj. ὁ πρῶτος denselben Imp. wie V 28 bietet. V 31 begründet das in der 2. Pers. Plur. (δύνασθε) mit Inf. und einem betont voranstehenden distributiven Adverb; der davon

[437] Vgl. Dunn* 210: »No Jew could read 1 Cor 14,26 without being struck, even shocked, by the absence of any explicit mention particularly of . . . the reading of the Torah«; vgl. auch Dautzenberg* (Prophetie) 289: Die christliche Umgestaltung betreffe »nicht irgendeinen Teil des Gottesdienstes, sondern sein eigentliches Zentrum«.

[438] Meist wird solche Schriftlesung aus den zahlreichen Schriftzitaten und der bei den Adressaten vorausgesetzten Schriftkenntnis geschlossen; vgl. Maly* 181; Meeks, Urchristentum 300f; Salzmann* 73; Reiling* 68. Nach Hahn* (Gottesdienst) 61 sollen »Kenntnis und regelmäßige Verwendung der Schrift« ohne aufgrund von 1Kor 10,1ff und 2Kor 3,6ff vorauszusetzen sein. Anders z.B. Bauer* 32-47: Es sei »mutmaßlich nichts mit der gewohnheitsmäßigen Vorlesung aus dem Alten Testament in den heidenchristlichen Gemeinden der apostolischen Zeit« (46), was nichts mit der Geltung der Schrift zu tun habe; vgl. auch Becker, Paulus 269 (erst 1Tim 4,13 bezeugt).

[439] Vgl. zum ersten Punkt Wire, Women 147f (»People in Corinth speak in overlapping voices or all at once«), zum zweiten oben Anm. 12. Ob die Korinther nur »a series of short, staccato *Offenbarungsworte*« gewöhnt waren, wie Hill* (Prophets) 111f vermutet, läßt sich nicht sagen; vgl. auch unten Anm. 484.

abhängige ἵνα-Satz nimmt das Subj. πάντες von V 31a zweimal mit je verschiedenem Präd. in der 3. Pers. Plur. auf, zuerst im Aktiv, dann im Passiv. V 32 schließt mit καί an die Begründung für V 31b an und hat als Subj. artikellose πνεύματα mit dem davon abhängigen Gen. προφητῶν, der unmittelbar neben dem Dat.-Obj. desselben Wortes steht: dabei entspricht dem Neutr. Plur. des Subj. das präs. Präd. im Sing. (vgl. Bl-Debr-Rehkopf § 133). V 33a begründet das (γάρ) mit einer negativen und einer dem mit ἀλλά gegenübergestellten positiven Bestimmung Gottes in Form zweier oppositioneller Gen., wobei ein prädikatives θεός zu ergänzen ist. V 33b schließt sich wegen der Auslassung der sekundären V 34-35 nicht leicht an und gehört vielleicht schon zur folgenden Interpolation, doch kann die mit ὡς eingeleitete lokale Bestimmung entsprechend 4,17 auch durch ein virtuelles διδάσκω ergänzt werden. V 36 ergibt dann einen passenden Anschluß und stellt zwei jeweils durch ἤ eingeleitete rhetorische Fragen, wobei beidemal eine Präposition mit der 2. Pers. Plur. des Personalpronomens voransteht; die erste nennt als Subj. ὁ λόγος τοῦ θεοῦ, das in der zweiten nicht wiederholt wird. V 37 ist ein Realis (εἰ), hat in der Protasis als Subj. ein unbestimmtes τις und als Präd. δοκεῖ (vgl. 11,17), von dem ein Inf. mit zwei durch ἤ getrennten singularischen Nominativen abhängt; die Apodosis beginnt mit einem Imp., dessen Obj. zunächst durch ἃ γράφω bestimmt und dann im nächsten Satz als ἐντολὴ κυρίου expliziert wird. V 38 folgt ein kurzer apodiktischer Realis, wieder mit εἰ und τις sowie präs. ἀγνοεῖ (als Obj. ist ἃ γράφω κτλ. aus V 37 zu ergänzen), dem als Apodosis nur paronomastisch das Passiv ἀγνοεῖται gegenübersteht. V 39 leitet mit ὥστε die Schlußmahnung ein, wobei auf die neuerliche Anrede ἀδελφοί μου zunächst wie in V 1 der präsentische Imp. ζηλοῦτε mit folgendem substantivierten Inf. als Obj. folgt, dann mit vorangestelltem substantivierten Inf. der präs. Prohibitiv μὴ κωλύετε. V 40 schließt den Abschnitt mit einem unpersönlichen Imp., dem eine *inclusio* zu V 26 bildenden πάντα sowie einem Adverb und einer adverbiellen Bestimmung.

Erklärung 26

V 26 beginnt wie V 15 und greift das συνέρχεσθαι von V 23[440] sowie die früheren Charismentafeln auf, allerdings unter Beschränkung auf die Wortcharismen.

Darüber, ob dieses Zusammenkommen der Gemeinde von dem in 11,17ff behandelten zur Herrenmahlfeier abzuheben ist, gehen die Meinungen sehr auseinander[441]. M.E. läßt sich die Frage, ob beides zusammenfällt oder nicht, kaum sicher entscheiden, obwohl dieselbe Wendung συνέρχεσθαι ἐπὶ τὸ αὐτό in 11,20 und 14,23 eher dafür zu sprechen scheint[442]. Die meisten der üblicherweise genannten Argumente für

440 Vgl. auch 11,17f.20.33f (nur in 5,4 συνάγεσθαι) und zur Bedeutung Wengst* 547; Reiling* (Lit. zu Kap. 12-14) 60f.68; Kitzberger* 190f; Banks, Idea 51: »It is through gathering that the community comes into being«.

441 Vgl. zu dieser Frage Bornkamm* 113 Anm. 2; W. Schenk, Die Einheit von Wortverkündigung und Herrenmahl in den urchristlichen Gemeindeversammlungen, Theologische Versuche II, Berlin 1970, 65-92; Wiefel* 45f; Dunn* 213f; Klauck, Herrenmahl 346-351 und ders.* (Gemeinde) 55-58; Lampe (Lit. zu 11,17ff; Herrenmahl) 188-191; Salzmann* 50-77 u.ö., jeweils mit weiterer Lit.

442 Bornkamm* 113 Anm. 2; gewiß wird es auch andere Anlässe zur Versammlung gegeben haben, doch die Unterscheidung von Dunn* 211: »gatherings for the exercise of discipline (5,4-5), gatherings for a communal meal (11,17-34), and the gathering (for worship) of 14,26« bleibt ebenso hypothetisch wie der *eine* gottesdienstliche Akt, für den vor allem Cullmann* 33 eintritt.

eine Zusammengehörigkeit von Wort- und Mahlgottesdienst[443] sind ebensowenig durchschlagend wie diejenigen für eine Trennung[444], zumal fraglich ist, ob an allen Orten dieselbe Gottesdienstform vorauszusetzen ist, ja es überhaupt schon feste liturgische Ordnungen gegeben hat. Auch das Verhältnis der in V 23 erwähnten Versammlungen der »ganzen Gemeinde« zu evtl. Zusammenkünften von Hausgemeinden bleibt im Dunkeln, und auch über Ort und Zeit wird leider nichts gesagt[445].

Der Vers läßt dabei noch einmal eindringlich die aktive Beteiligung aller Gemeindeglieder und den ganzen charismatischen Reichtum des urchristlichen Gottesdienstes erkennen. Dabei ist die Liste nicht einmal vollständig (vgl. oben) und eher korrektiv als deskriptiv zu verstehen[446]. Immerhin wird offenbar, auch wenn keine feste Gottesdienstordnung vorliegt, eine gewisse Regelmäßigkeit der genannten Phänomene vorausgesetzt. Zwar ist ἕκαστος wie in 7,2 u.ö. nicht zu pressen, und ἔχει wird sogar im Sinne eines Wunsches gefaßt[447], doch liegt es näher, daß Paulus einfach feststellt, wie die Sache im Normalfall steht[448]. Dabei ist ἔχει nicht im Sinne eigenen oder gar permanenten Besitzes zu fassen[449], aber auch nicht allein im Sinne des Parathabens von Vorbereitetem im Unterschied zum spontanen Hervorbringen während der Gemeindeversammlung[450]. Allerdings ist über das Verhältnis etwa von Bega-

[443] 16,22 leite zur Mahlfeier über; aber: Die primär epistolare Funktion dieser Stelle warnt vor einer Identifizierung von Briefrahmen und liturgischem Vollzug. Die Briefdisposition und der Anschluß der in Kap. 12-14 behandelten Themen an 11,17ff sollen der Abfolge des frühchristlichen Gottesdienstes entsprechen; aber: Schon 11,2ff behandelte ein Gottesdienstthema. Apg 20,7ff verbinde Brotbrechen und Predigt (vgl. auch Apg 2,42); aber: Darf man das für *jede* gottesdienstliche Versammlung voraussetzen? Bei Justin (Ap. 1,67) sind Wort- und Mahlgottesdienst eins; aber: Darf man aus der Mitte des 2. Jh.s Rückschlüsse auf die frühchristliche Zeit ziehen?

[444] Beides werde an verschiedener Stelle behandelt, und in 11,17ff z.B. sei von Charismen keine Rede, in Kap. 12-14 von keinem Mahl; aber: Paulus behandelt jeweils Einzelfragen. 14,23 sei die Anwesenheit von Nichtglaubenden vorausgesetzt, die nach 16,22 nicht zum Herrenmahl zugelassen seien; aber: Die Frage ist, ob 16,22 so zu verstehen ist, denn Selbstprüfung und Anathema betrifft alle, und erst Did 9,5 wird die Taufe zur *conditio sine qua non* der Teilnahme am Herrenmahl. Auch im Judentum gebe es das Nebeneinander von Synagogengottesdienst und Tempelkult; aber: Das besagt in der Diaspora wenig. Der Pliniusbrief erwähne zwei Gottesdienste, einen Wortgottesdienst am Morgen und einen mit Speise verbundenen am Abend; aber: Dort ist nicht von morgendlichem Wortgottesdienst die Rede, sondern vermutlich von einer Tauffeier, und der Text gehört erst ins 2. Jh.

[445] Vgl. zum Ort immerhin Röm 16,23 und oben Anm. 387 zu Kap. 11, zur Zeit des vermutlich am Abend stattfindenden Mahlgottesdienstes Anm. 424 zu Kap. 11.

[446] Vgl. Fee 689: »primarily correctional«; vgl. auch Carson* 135f.

[447] So Lietzmann 73: »indirekt Ausdruck des Wunsches: ›so soll es sein‹«; Maly* 215 spricht von einem »Idealbild«; ähnlich Gillespie* 160 (»somewhat ideal«). Das kann aber nicht heißen, daß Paulus hier sein Ideal unabhängig vom tatsächlichen Gottesdienst zeichnete (vgl. Conzelmann 296; Brockhaus* 148).

[448] So Billroth 201; de Wette 135; Rückert 378; Schmiedel 179 (»hat zu bieten«); Conzelmann 296f.

[449] Vgl. etwa Dunn* 205; selbst von »permanent ability« zu sprechen (so Grosheide 335), ist nicht unproblematisch.

[450] So aber Meyer 399: *in promptu habet*; ebs. Heinrici 431 u.a.; vgl. auch Locke 163 Anm. 163 (»›everyone is ready‹, as impatient to be first«) und die im Neuen Wettstein 383 zitierte Parallele aus Gellius 7,13,3: »Jeder von uns machte sich also auf den Weg dahin (sc. zum Gastmahl mit anschließendem Sym-

bung und Vorbereitung auf der einen und Spontaneität und Improvisation auf der anderen Seite, was sich gegenseitig keineswegs ausschließt[451], nichts Näheres auszumachen[452]. Erst recht ist ἕκαστος nicht Subjekt alles Folgenden, als ob jeder all das Aufgezählte aufböte (vgl. 12,29f)[453], sondern ἕκαστος bezeichnet jeden mit dem betreffenden Charisma *in actu* Begabten. Nicht jeder hat alles, wohl aber jeder etwas. Damit ist unübersehbar, daß der Gottesdienst von der ganzen Gemeinde getragen wird und jeder sein spezifisches Charisma auch in den Gottesdienst einbringt[454]. Von irgendeinem Ausschluß der Frauen ist dabei anders als in V 34f notabene ebensowenig die Rede wie von Leitern des Gottesdienstes, ja überhaupt von keiner Bindung an bestimmte Personen oder Ämter (vgl. das Fehlen personaler Bezeichnungen)[455]. Die Reihenfolge der aufgezählten Geistesgaben gibt dabei kaum etwas Agendarisches über den Aufbau und Ablauf des frühchristlichen Gottesdienstes her, als ob also der Gottesdienst stets mit einem Psalm begonnen und einer Deutung der Glossolalie geendet hätte[456], läßt aber seine Hauptmerkmale erkennen. Die ausgewählten Beispiele unterstreichen noch einmal, daß die Ge-

posion), vorbereitet und ausgerüstet mit den Fragen . . ., die er etwa einer näheren Besprechung zu unterbreiten sich vorgenommen hatte«.

451 Um ein anderes Beispiel zu wählen: Natürlich schließen spontane ἀντιλήμψεις keine organisierten Kollekten aus.

452 *In promptu habet* (vgl. oben Anm. 450) würde jedenfalls der Spontaneität der vom Geist in der Gemeindeversammlung gewirkten Gaben nicht genügend Rechnung tragen, worauf z.B. V 29 deutlich aufmerksam macht; vgl. Holsten, Evangelium 399 Anm. * und Godet II 167, z.B. mit Hinweis auf die ἑρμηνεία, an die nicht gut *vor* der Zungenrede im Gottesdienst zu denken, sondern die nur als Improvisation möglich sei; Weiß 334 erinnert an Lk 2,27 und schließt daraus, daß Pneumatiker wie Simeon »schon auf dem Wege zur Versammlung sich inspiriert fühlten«, jedenfalls nicht an eine bewußte Vorbereitung zu denken ist (vgl. schon Grotius 817f, nach dem auch die Hymnen des Simeon, der Debora u.a. *extemporales hymni* sein sollen). Nach Moffat 216 mag einer erst durch andere Feuer gefangen haben. Noch weiter geht Fee 690: Da die letzten drei »Spirit-inspired utterances« und daher (wieso?) spontan seien, gelte das wahrscheinlich auch für die beiden ersten. Alternativen sind aber unangebracht. Schlatter 383 z.B. akzentuiert bis auf ἑρμηνεία umgekehrt: Der Betreffende bringe z.B. seinen Psalm »als eine Frucht seines innersten Lebens in die Versammlung mit«. Vgl. auch unten Anm. 461.

453 Vgl. z.B. Zwingli 180: Ἕκαστος *pro* ὅς μεν *et* ὅς δε *poni puto*; ebs. Bullinger 234.

454 Zur Beteiligung an der Toralektion im rabbinischen Judentum, die »prinzipiell jedermann« übernehmen kann, vgl. Billerbeck IV 156f. Sonst aber erfährt man, abgesehen von Hymnengesang (Philo, VitCont 80), Lobsprüchen (1QS 6,8) und Unterweisungen in den Bundessatzungen (1QSa 1,4f) »von einer aktiven Beteiligung der Gemeinde am Gottesdienst . . . wenig« (Dautzenberg* [Prophetie] 288, der immerhin auch auf Euseb, Praep. Ev. 8,7,13 [GCS 43.1, 431f] als Zeugnis für eine mögliche Diskussion verweist).

455 Vgl. z.B. oben Anm. 714.716 zu Kap. 12 und Bousset 146: »Die Geistträger haben ganz und gar das Heft in Händen« (vgl. auch Fee 691; Dunn* 209f).

456 Vgl. Robertson/Plummer 320; Conzelmann 297; Dautzenberg* (Prophetie) 284; Fee 690 (*ad hoc*); anders Findlay 912; Schlatter 383 (»vielleicht« sei mit einem Lied begonnen worden); Martin (Lit. zu 14,1ff; Worship) 24f verbindet unsere Stelle mit bBer 32a, wonach man zuerst den Lobpreis vorträgt und dann betet, doch ist aus der Stellung des Psalms am Anfang kaum eine Übernahme solcher zeitlich ohnehin schwer zu bestimmenden jüdischen Praxis zu erweisen. Godet II 167 vertritt sogar die These, die Glossolalie bezeichne als höchster Grad des ekstatischen Zustandes »den Höhepunkt des Gottesdienstes« und die Auslegung lenke dann »die gottesdienstliche Feier wieder in die Bahn ruhiger Betrachtung« zurück.

meinde nicht zusammenkommt, damit der einzelne Christ seine pneumatische Begabung als spirituellen Luxus genießen und demonstrieren kann. Bei ψαλμός ist vermutlich an urchristliche Lieder zu denken, wie sie auch Kol 3,16 und Eph 5,19 erwähnt werden und von vielen Autoren in verschiedenen Schriften des Neuen Testaments vermutet werden[457]. Was aber genauer gemeint ist, steht hier ebensowenig fest wie Kol 3,16 und Eph 5,19, wo Psalmen neben Hymnen und Oden stehen, die auch gattungsmäßig nicht eindeutig voneinander abgrenzbar sind[458]. Jedenfalls ist weder allein an extemporiertes glossolalisches Singen noch an alttestamentliche Psalmen[459] (vgl. immerhin Röm 15,9) zu denken, sondern eher an christliche Lieder, die aber z.T. durchaus jüdischen Ursprungs sein oder sich an alttestamentlich-jüdische Vorbilder anlehnen können[460], vermutlich auch an spontan entstehende[461]. Ob der

[457] So für Phil 2,6ff; Kol 1,15ff; 1Tim 3,16 oder die Offb. Die Rekonstruktionen, Gattungsbestimmungen u.a. sind allerdings umstritten; vgl. jetzt R. Brucker, ›Christushymnen‹ oder ›epideiktische Passagen‹?, 1997 (FRLANT 176). Eine Erwähnung von christlichem ὑμνεῖν begegnet auch Apg 16,25.

[458] Nach Delling, ThWNT VIII 502 Anm. 73 hat das griechischsprachige Judentum im allgemeinen nicht zwischen ὕμνος und ψαλμός bzw. ᾠδή unterschieden; vgl. auch Bauer* 22; Nielen* 209-218; Bittlinger* (Kraftfeld) 119 (»Alle drei Bezeichnungen legen den Nachdruck auf den Lobpreis«). Zu Hymnen in heidnischen Gottesdiensten vgl. Bauer* 21f.24-26, zu frühchristlichen und zu gnostischen 23f.

[459] Schlatter 383 z.B. will aus der Nichterwähnung der Schriftlesung entnehmen, daß nicht an atl. Psalmen gedacht sei (nur bei Rhythmus und Vertonung sei das anders); vgl. auch Hengel* (Hymnus) 2: »kaum ein auswendig gelernter alttestamentlicher ›Psalm‹«. Nach Bauer* 21 würde sonst die Rede vom »haben« keinen Sinn haben, weil man dann »nicht den Geist, sondern nur die Lesekunst nötig« habe; ähnlich Salzmann* 68, der aber zugleich vom Wort ψαλμός her, für das ähnliches gilt wie für ψάλλειν (vgl. oben Anm. 151), damit rechnet, daß auch atl. Psalmen zum christlichen Liedgut gehören; vgl. auch Hengel* (Hymnus) 17. Allerdings scheinen für die Synagoge erst im 2. und 3. Jh. die Psalmen im Gemeindegesang eine bedeutendere Rolle gespielt zu haben; vgl. G. Kennel, Frühchristliche Hymnen? Gattungskritische Studien zur Frage nach den Liedern der frühen Christenheit, 1993 (WMANT 71), 58, im Anschluß an J. Maier, Zur Verwendung der Psalmen in der synagogalen Liturgie, in: Liturgie und Dichtung I, St. Ottilien 1983, 55-85; anders aber bei den Therapeuten und in Qumran (vgl. Hengel* [Christuslied] 366 und [Hymnus] 16).

[460] Vgl. Lk 1,46ff.68ff; 2,29ff und weiter Cullmann* 24; Nielen, Gottesdienst 210f; Meeks, Urchristentum 296, der aber mit Recht auch hellenistische Einflüsse für möglich hält.

[461] Vgl. Schlier, Zeit 254 und ders., ThWNT I 164, nach dem mit der Geistbegabung »die vielfache Improvisation« zusammenhängt, wozu außer V 26 auch Apg 4,24 sowie Tertullian, Marc. 5,8 und Apol. 39,18 angeführt werden; nach Reiling* 68 sollten in jedem Fall »the spontaneous chanting of relatively simple texts, such as e.g. Abba, Maranatha or Kyrios Jesous« eingeschlossen werden. Schmiedel 179 ist dagegen wegen der parallelen Begriffe in der Aufzählung der Meinung, es sei »ein selbstgedichteter oder sonst der Mehrheit neuer« Psalm gemeint; vgl. auch Kennel, a.a.O. (Anm. 459) 58. Delling, ThWNT VIII 500 verweist u.a. auf Philo (VitCont 80), wonach einer der Therapeuten entweder einen selbstverfaßten Hymnus oder aber den anderer singt und die anderen in den Refrain einfallen; Wolff 322f denkt an selbst abgefaßte Lieder, »nichts Spontanes«. Alternativen sind aber auch hier schwerlich stichhaltig zu begründen (vgl. oben Anm. 150).

Gesang auch von Instrumenten begleitet wurde[462], wissen wir nicht[463]. 'Αποκάλυψις weist wie V 6 auf eine prophetische Offenbarung (vgl. V 29f)[464]. Über διδαχή (hier eine einzelne Belehrung; vgl. zu V 6) ist das Nötige oben bei den Charismenlisten gesagt worden, ebenso zu γλῶσσα (hier die einzelne inspirierte glossolalische Äußerung, die auch hier nicht in die Privatsphäre abgedrängt wird) und zu ἑρμηνεία. Alles aber, so wird am Schluß des Verses noch einmal unterstrichen, d.h. alle Praktizierung von Charismen, soll dem Aufbau der Gemeinde und dem gegenseitigen pneumatischen Nutzen zugute kommen. Das für die Gemeinde Förderliche ist und bleibt das Kriterium des Gottesdienstes, und zur Erreichung dieses Zieles sollen auch die folgenden Regelungen dienen.

27 Der leitende Gesichtspunkt der οἰκοδομή wird nun ab V 27 ansatzweise für eine Ordnung des Gottesdienstes fruchtbar gemacht. Der am Anfang stehende Distributivsatz mit εἴτε findet keine Fortsetzung, sondern nach dem Eventualis in V 28 wird in V 29 die hypothetische Form verlassen. Auch hier erfolgt keine generelle Ablehnung der Glossolalie[465], wohl aber soll die Zahl der Glossolalen möglichst beschränkt werden[466]. Zwei oder höchstens drei von ihnen sollen insgesamt in einem Gottesdienst auftreten (also nicht nur: ohne Unterbrechung oder unmittelbar hintereinander[467]) und sukzessiv einer nach dem anderen zu Wort kommen[468]. Bei gleichzeitigem Zungenreden – möglicherweise war in Korinth der Drang zur Glossolalie so stark, daß mehrere auf einmal loslegten – ist eben eine Deutung nicht mehr möglich. Sowohl die zahlenmäßige Limitierung der Glossolalen als auch die Betonung des Nacheinanders ihres Auftretens schließen es aus, daß Paulus Inspiration und Ekstase einfach als Ausschaltung von Willen bzw. Ichbewußtsein oder als reine

462 Wie zu V 15 heißt es auch hier bei Schlatter 383, bei Psalm und Lied sei »mit musikalischer Begleitung« zu rechnen; ähnlich auch Moffat 227; Nielen, Gottesdienst 213 Anm. 13; vgl. auch Kennel, a.a.O. (Anm. 459) 58, nach dem der Vergleich mit Instrumenten in V 7f nicht zufällig sein soll.

463 Vgl. immerhin Offb 5,8 u.a., doch sind Rückschlüsse von dort her problematisch (vgl. Delling, ThWNT VIII 502 Anm. 74); vgl. oben Anm. 152f.

464 Vgl. oben Anm. 87.

465 Vgl. Chrysostomus 510: Οὐ κελεύω, φησίν, ἀλλ' οὐ δὲ κωλύω (vergleichbar sei 10,27); ähnlich Oecumenius 856 u.a., z.B. Richardson* 149: »Paul opts for regulation not prohibition«.

466 Nach Dautzenberg* (Prophetie) 282 versucht Paulus damit einen »Ausgleich zwischen der Macht pneumatischer Erfahrung und dem Postulat der Ordnung«.

467 Fee 691 dagegen erwägt im Licht der Regel für die Propheten in V 29-31 und speziell V 31, die paulinische Intention darin zu sehen, »to limit the number of speakers in sequence, not the number of prophecies in any given service«, entscheidet sich aber dann doch wegen τὸ πλεῖστον für die übliche Deutung. Er relativiert in Anm. 15 aber mit einem gewissen Recht das von Meyer u.a. genannte Argument der zur Verfügung stehenden Zeit (so schon v. Mosheim 649: »sonder Zweifel darum, damit die Versammlungen nicht gar zu lange waͤhren moͤchten«) als zu modern und zu westlich gedacht (mit Hinweis auf mehrstündige Gottesdienste in Rumänien, Westafrika und Lateinamerika).

468 'Ανὰ μέρος »der Reihe nach, nacheinander«, also nicht gleichzeitig; vgl. die Belege bei Bauer/Aland 97 und Heinrici 431: »nicht mehrere zugleich oder in Wechselrede«, wohl in Abgrenzung von der korinthischen Praxis (vgl. Robertson/Plummer 321). Κατὰ δύο κτλ. ist durch λαλείτωσαν zu ergänzen: Maximal zwei oder drei sollen reden.

Passivität versteht, was sich bei der Prophetie bestätigt. Auffallend ist das εἷς, daß also einer die zwei oder drei glossolalischen Reden übersetzen soll[469]. Die meisten verstehen das im Sinne von »nur einer«[470]. Von der möglicherweise in Korinth nur *ad libitum* geübten ἑρμηνεία sowie der Intention des Paulus her kann man aber ebensogut mit »mindestens einer« interpretieren[471]. Von V 28 her ist ebensowenig auszuschließen, daß εἷς für τις steht (vgl. auch Mt 18,19; Joh 6,9 u.ö.), also irgendeiner das tun soll[472]. Andere erwägen, daß nach je einer einzelnen Zungenrede übersetzt werden soll[473] bzw. εἷς distributiv zu verstehen ist, daß also jede einzelne Zungenrede nur je einer auslegen soll[474]. Es ist aber nicht sicher zu entscheiden, ob der Übersetzer unmittelbar nach jeder glossolalischen Äußerung in Aktion treten soll. Offenbleiben muß auch, ob einer der zwei oder drei glossolalisch Redenden selbst oder ein anderer die Deutung geben soll[475] (vgl. auch zu V 28).

28 Dann aber, wenn keiner da ist, der die Glossolalie zu deuten versteht, ist für den Glossolalen in der Gemeinde Schweigen angesagt. Es ist wohl nicht zu übersetzen: »wenn *er* aber kein Ausleger ist«[476], denn dann müßte ein nicht zugleich mit der Auslegung begabter Glossolale in der Gemeindeversammlung schlechthin den Mund halten, und auch das εἷς in V 27 spricht nicht da-

469 Nach Weiß 340 »vielleicht Nachahmung einer jüd. Gottesdienstregel«; vgl. bMeg 21b Bar: »Aus der Tora liest einer vor u. einer dolmetscht, nur soll nicht einer vorlesen u. zwei dolmetschen«, wobei diese u.ä. Stellen nach Billerbeck III 466 »von einem etwaigen *gleichzeitigen* Vorlesen u. Verdolmetschen der Schriftlektionen durch zwei oder mehr Personen« handeln (kursiv im Original gesperrt); 465-467 folgen auch Belege für andere Regelungen bei der Tora- und Prophetenlektion; vgl. ebenso IV 161f, aber auch oben Anm. 263 zu Kap. 12.

470 Auch hier wird das Zeitargument bemüht. Nach Meyer 400 will Paulus darum nicht mehrere Ausleger zu Wort kommen lassen, »weil das unnöthig gewesen wäre und die Zeit für die nützlicheren prophetischen und anderen Vorträge nur gekürzt haben würde«; ebs. Heinrici 432, der mit Recht Holsten (Evangelium 400 Anm. **) kritisiert, nach dem nur eine Zungenrede vom Zungenredner selbst gedeutet wird, die anderen aber unübersetzt bleiben (ebs. kritisch von V 5.28 her Godet II 168). Daß »nur« einer gemeint sei, meinen auch de Wette 135; Schlatter 384 u.a.

471 So Schmiedel 180, weshalb sich V 28a gut anschließe, doch soll εἷς eigentlich nur dann korrekt sein, wenn Paulus abwehren wolle, »dass Mehrere dieselbe Zungenrede auslegten und dadurch Unsicherheit erzeugten«, was Paulus schwerlich nur streifen würde; das leuchtet nicht ein. Richtig Strobel 222: einer »auf jeden Fall«.

472 So Lietzmann 74; Gutjahr 393; Allo 369; Conzelmann 297 Anm. 43; Dautzenberg* [Prophetie] 285.

473 So Bittlinger* (Kraftfeld) 122f; Martin* (Spirit) 78. Dagegen spricht aber der Gegensatz von εἷς zu den zwei oder drei Glossolalen (Maly* 216 u.a.).

474 So Bachmann 423; ebs. Wolff 339.

475 Greeven* (Geistesgaben) 118 interpretiert V 27 so, daß »der ›eine‹ einer von den ›zwei oder drei‹ sein oder doch wenigstens aus dem Kreis der Glossolalen sein wird«; Klauck 103 vermutet, daß »der Kreis der zum Übersetzen Befähigten sehr viel kleiner als der Kreis der Zungenredner« war. Kremer 310 sieht auch hier vorausgesetzt, daß den Glossolalen selbst »der Inhalt ihres Redens nicht bekannt ist« (vgl. oben Anm. 74).

476 Weiß 340 plädiert für diese Übersetzung, denn nur der Glossolale selbst könne wissen, ob er die Gabe der Auslegung habe, und außerdem habe diese Erklärung den Vorteil, daß ᾖ und σιγάτω dasselbe Subjekt haben würden, was allerdings nicht zwingend ist. Auch Hainz, Ekklesia 93f verweist einerseits selbst auf die besondere Gabe der ἑρμηνεία in V 26, aber wegen der Analogie in V 29f votiert er dann doch gegen eine Trennung von Hermeneuten und Glossolalen.

für[477]. So wird ᾖ für παρῇ stehen, auch wenn sich nicht sagen läßt, woher der Glossolale wissen kann, daß jemand anwesend ist, der zur Auslegung befähigt ist[478]. Ob die Deutung nun durch den Glossolalen selbst oder jemanden anderen erfolgt, in jedem Fall ist bei Fehlen einer möglichen ἑρμηνεία auf Glossolalie überhaupt zu verzichten. Sowenig Paulus auch mit dieser Regelung auf Unterdrückung dieses Charismas aus ist (vgl. V 29), wiederholt er doch nicht zufällig unter Hinzufügung von ἑαυτῷ die Aussage von V 2[479], daß Glossolalie ohne Auslegung für die Gemeinde wertlos ist, und die von V 4, daß sie nur Gott und den Glossolalen selbst etwas angeht[480].

29 V 29a geht näher auf die Prophetie ein und nennt im folgenden ähnliche Regelungen wie für die Glossolalie. Das wird eher wegen der durchgängigen Konfrontation mit der Glossolalie als aus spezifisch korinthischem Anlaß geschehen (vgl. immerhin zu V 37). Eine gewisse Parallelität zu den Anweisungen für die Glossolalen besteht zunächst darin, daß auch die Zahl der auftretenden Propheten sich auf zwei oder drei beschränken soll. Anders als in V 27 ist zwar ἀνὰ μέρος ausgelassen, doch versteht sich das sukzessive Auftreten hier von selbst[481]. Bedeutsam ist dagegen, daß im Unterschied zur Glossolalie auch die Wendung τὸ πλεῖστον (»höchstens drei«) von V 27 fehlt, so daß u.U. auch das Reden einer größeren Zahl von Propheten möglich ist. Es handelt sich also um eine weniger scharfe Restriktion[482], zumal auch keine Parallele zu V 28 vorliegt[483]. Ob die zahlenmäßige Beschränkung wirklich darauf hindeutet, daß prophetisches Reden eine Art Predigt gewesen und vom kurzen

477 So richtig Maly* 217; nach Richardson* 151 soll auch die Verwendung von διερμηνευτής statt ἑρμηνεία dafür sprechen; vgl. auch Theißen* 305 Anm. 58: »Warum verlangt Paulus dann nicht, daß jeder Zungenredner sich selbst interpretiere?«

478 Vgl. Neander 232; Meyer 400, der vermutet, die Gemeindeglieder hätten ihre besonderen Begabungen gekannt; ebs. Heinrici 432; nach Findlay 913 soll die Regel »pre-arrangement amongst the speakers« voraussetzen. Schmiedel 180 hält es nicht für ausgeschlossen, daß auch einmal einer eine Auslegung gab, der das bisher nicht getan hatte, doch Paulus wolle auf Nummer sicher gehen und meine wohl in V 28a: »falls Auslegung nicht gesichert ist«. Das dürfte richtig sein. Ist wirklich keiner da, dann soll eben mit dem ersten Schluß sein.

479 Nach Klauck 103f könnte damit auch der Gedanke verbunden sein: »Wenn man nicht vor der Gemeinde damit auftreten kann, erlischt die Begeisterung sehr schnell. Allein hat die Sache nicht den halben Reiz«.

480 Viele deuten ἑαυτῷ auf »*Privatandacht*« (so Meyer 400; Heinrici 432; ähnlich schon Cajetan 80v und Bullinger 234: *priuatim*) oder Hausandacht (Bachmann 423; Robertson/Plummer 321), wofür das Gegenüber zu ἐν ἐκκλησίᾳ spricht, während andere seit Chrysostomus 311 (κατὰ διάνοιαν und still) und Hieronymus 762 (*sua conscientia*) an einen inneren Vorgang denken; ähnlich Theophylakt 745; Herveus 968 (*intra se*); Estius 700 (*tacitus et in corde loquatur sibi ipsi*); v. Hofmann 325; Senft 181; Strobel 222 (»still für sich während des Gottesdienstes«). Aber »in Gedanken« u.ä. Umschreibungen stehen in Spannung zum λαλεῖν.

481 Vgl. καθ' ἕνα in V 31.

482 Nach Meyer 401 soll Paulus »stillschweigend« auch weitere zugestehen, »wenn etwa die Verhältnisse eine Ausnahme von der Regel mit sich bringen sollten« (ebs. Heinrici 432f); ähnlich Gutjahr 395 u.a.; anders Käsemann, nach dem die Hörer »nicht überfordert werden, sondern Kraft zum Nachdenken und . . . Zeit zum Diskutieren behalten« sollen (Lit. zu 14,1ff) 123.

483 Vgl. auch die verschiedene Motivation des σιγάτω: Dort, wenn kein ἑρμηνεύειν geschieht, hier, wenn ein anderer eine Offenbarung empfängt.

Offenbarungswort zu unterscheiden ist[484], darüber läßt sich nur spekulieren. Nicht ganz sicher zu entscheiden ist ähnlich wie in V 27 auch, ob sich das limitierende δύο ἢ τρεῖς[485] auf den gesamten Gottesdienst, was m.E. näherliegt, oder nur auf das Auftreten der jeweils prophetisch Redenden bis zur Prüfung ihrer Rede bezieht[486]. Endlich entzieht sich auch die Frage, ob die Prüfung jeweils in unmittelbarem Anschluß an die einzelnen prophetischen Äußerungen oder nach den insgesamt zwei bis drei prophetisch Redenden erfolgen soll, einer eindeutigen Antwort. Die offenbar unmittelbare Abfolge der verschiedenen Prophetenstimmen in V 30 spricht allerdings mehr für ein anschließendes und nicht für ein dazwischen geschehendes διακρίνειν[487]. Unzweifelhaft aber sollen andere die Propheten beurteilen[488]. Aufs neue bestätigt sich (vgl. zu 12,10), daß es der Prophetie und ihrer Autorität nach Paulus keinen Abbruch tut, wenn auf ihrer Prüfung bestanden wird[489], weil es sehr wohl auch prophetische Äußerungen gibt, die zurechtgerückt werden müssen. Ja, nach 1Thess 5,21 ist »alles« zu prüfen. Nicht nur dasjenige ist kritisch zu beleuchten, was etwa von möglichen Pseudopropheten kommen könnte[490], sondern alles, was christliche Propheten reden, ist einer Prüfung zu unterziehen[491]. Daß es bei διακρίνειν um Beurteilung und Prüfung des verständlichen Inhalts der Prophetie geht[492] und nicht um Deutung oder Ausle-

[484] So Müller, Prophetie 26: »Gerade auch zu dem Vorgang in 14,24f paßt es besser, an eine zusammenhängende vernünftige Folge von Sätzen im Sinne einer Predigt zu denken als an ein mehr oder weniger beziehungsloses Nebeneinander von kurzen Sätzen verschiedener Propheten« (vgl. auch Schlier, Zeit 258 und oben Anm. 439; zu der von Aune vorausgesetzten Orakelform vgl. Gillespie* 21f, zu Müllers These der Predigt 23f). Für Dunn* 222 soll dagegen gerade Kürze ein Zeichen wahrer Prophetie sein. Zwischen einer längeren Predigt und abrupten Kurzsätzen gibt es jedoch denkbare Zwischenformen. Jedenfalls hat man sich die Prophetie hier als spontane Äußerung vorzustellen (so Witherington* 280 u.a.).

[485] Haymo 591 und Herveus 969 erinnern an Mt 18,16; Dtn 19,15 oder ähnliche Aussagen.

[486] Das letztere vertritt auch hier Fee 693 (ebs. Forbes* 259f), wieder mit Verweis auf V 31; doch V 29 heißt es nicht: Die anderen Propheten sollen warten, bis die vorher redenden geprüft worden sind, sondern die anderen sollen prüfen. Das πάντες von V 31 spricht nicht dagegen; vgl. auch Gillespie* 162 Anm. 146; Wolff 340 Anm. 530 würde sonst das distributive ἀνά erwarten.

[487] Die Entscheidung hängt davon ab, ob der zuerst prophetisch Auftretende ausreden kann oder von dem ἄλλος aufgrund neuer Offenbarung sofort abgelöst wird. Vom wahrscheinlich letzteren Fall her ist nicht an ein jeweiliges διακρίνειν zu denken. Vgl. auch Dunn* 222.

[488] In Did 11,7 wird ein διακρίνειν den Propheten ausdrücklich verboten. Statt dessen wird die Lebensweise als das genannt, an dem der wahre Prophet zu erkennen ist (11,8).

[489] Martin* (Spirit) 80 schließt aus der διάκρισις und V 31b, daß das primäre Ziel der Prophetie nicht Evangelisation ist (ähnlich auch Forbes* 228), die auf einen fraglosen Gehorsam aus sei; vgl. aber zu V 24f, wodurch dies eher als Scheinalternative erscheint.

[490] So aber Grosheide 337: Die bösen Geister seien bei denen zu finden, »that joined the church without really belonging to it«. Chrysostomus 311; Theophylakt 745 u.a. denken an das Einschleichen bzw. Sichverbergen von Wahrsagern bzw. Pseudopropheten. Beides ist eingetragen.

[491] Vgl. weiter zu 12,10.

[492] Vgl. zu 12,10; Büchsel, ThWNT III 948 Anm. 8 will als (unausgesprochenes) Objekt »nicht so sehr an das von den Propheten Gesagte als an die Geister der Propheten« denken. Künstlich!

gung wie bei der Glossolalie, ist wie in 12,10 auch hier festzuhalten[493]. Primäres Subjekt solcher Prüfung ist der Geist selbst (vgl. 12,10)[494]. Wessen aber bedient er sich dabei? Wer sind die ἄλλοι, die diese Prüfung vornehmen? Vermutlich sind damit zunächst andere Propheten gemeint[495], so wie mit dem ἄλλος in V 30 ein anderer Prophet im Blick sein wird. Andererseits setzt 12,10 voraus, daß Prophetie und Geisterscheidung verschiedenen Charismatikern zukommen, also im Normalfall nicht in Personalunion verbunden sind. Da es aber überhaupt keine starren Abgrenzungen eines Kreises von Propheten oder anderer Charismatikergruppen gibt und Paulus mit V 29f keine prinzipielle Ausgrenzung bestimmter Gemeindeglieder beabsichtigt, wird man (auch von dem nicht limitierten πάντες in V 31a sowie von 1Thess 5,21 her) an der Möglichkeit festhalten müssen, daß auch anderen Gemeindegliedern mit der entsprechenden Befähigung, dann aber prinzipiell doch allen, das διακρίνειν nicht verwehrt wird[496]. Auch 2,13.15, wonach jeder Pneumatiker zum ἀνακρίνειν qualifiziert ist, widerrät einem restriktiven Verständnis von ἄλλοι[497]. 12,29 besagt nur, daß auch die διάκρισις kein Charisma ist, an dem *alle* partizipieren, nicht aber, daß es sich um eine fest umgrenzte Gruppierung handelt[498]. Der Wechsel zur 2. Pers. Plur. (δύνασθε) spricht ebenfalls eher gegen als für eine Begrenzung auf die, die die Prophetengabe haben. Kurzum, es können, müssen aber keineswegs dieselben Personen sein,

493 Vgl. z.B. Müller, Prophetie 27f; Wengst* 552; anders auch hier Dautzenberg* (Prophetie) 125-130.

494 Vgl. Zwingli 180 (*Verbi ergo praedicati iudex est non homo, sed spiritus divinus in corde pii hominis habitans*); Rückert 380: »So urtheilt so zu sagen der Geist über sich selbst«, wobei aber, auch wenn der Geist derselbe ist, gelte: »der Geist des Urtheils hat das Priorat über den Geist der Weissagung« (381).

495 So z.B. Calvin 444; Semler 375; Meyer 401: Der Artikel sei »zurückweisend«; ebs. Heinrici 433; Rückert 380; Billroth 201 (von ihnen lasse sich »am ehesten erwarten, daß sie am geeignetsten sein würden«); Weiß 340 (so sei »sein Hergang aus dem Geiste sicher gestellt«); Findlay 913; Friedrich, ThWNT VI 857; Greeven* (Propheten) 6; Conzelmann 298; Maly* 218; Chevallier (Lit. zu Kap. 12-14) 190f; Senft 182; Hill* 133; Aune* 402 Anm. 36; Gillespie* 163 (wegen der Parallelität der Zuordnung von Glossolalie und Hermeneia); Kremer 311. Von anderer Sicht des διακρίνειν her meint auch Dautzenberg* (Prophetie) 286, daß dieses »nur im Umkreis und Zusammenhang mit der Prophetie existiert«.

496 Vgl. z.B. Melanchthon 77; v. Hofmann 326; Holsten, Evangelium 401 Anm. *; Lietzmann 74; Nielen* 295; Crone* 222; Barrett 328 (Es gebe keinen Grund, andere auszuschließen, zumal 12,3 von jedem Christen angewendet werden könne); Dunn (Lit. zu Kap. 12-14) 236; Grudem* 60-62; Wengst* 551-553 (daß das προφητεύειν in V 31 das λαλεῖν und διακρίνειν von V 29 umfasse, wie Greeven* [Propheten] 6 annimmt, sei »recht künstlich«); Fee 694; Wolff 340; Forbes* 265-268 u.a.; nach Godet II 169 wäre sonst auch οἱ λοιποί statt οἱ ἄλλοι zu erwarten (ebs. Fee 694 mit Anm. 30); Godet selbst optiert allerdings ebenso problematisch dafür, daß die διάκρισις »in Wirklichkeit doch nur durch die Fähigsten, speziell die *Lehrer* ausgeübt wurde« (noch weitaus problematischer Allo 370: »principalement les chefs de l'assemblée«).

497 Vgl. EKK VII 1, 262f; Dunn* 227, der allerdings 228 zuviel Kapital aus der Nichterwähnung der Lehrer schlägt, denn daß die bei der Evaluierung keine Rolle spielen, wird man daraus kaum schließen können. Das Fehlen von Presbytern hat andere Gründe, ebenso das von Gemeindeleitern.

498 Vgl. Dunn* 226: Die Ungezwungenheit und Kürze von V 29b könne schwerlich als irgendeine Definition prophetischer Autorität oder gar eines auf die Propheten beschränkten »Amtes« genommen werden.

die als Propheten und als Prüfende fungieren. Der Plural ἄλλοι ist gegenüber dem εἷς in V 27 nicht ohne Bedeutung. Keiner kann allein die Verantwortung des διακρίνειν übernehmen[499], auch keine »kirchenleitende« Instanz. Anhand welcher Kriterien die Prüfung erfolgen sollt, läßt sich wie in 12,10 außer mit dem Hinweis auf Oikodome und Agape nicht mit Bestimmtheit beantworten, doch weisen 12,1-3 und Röm 12,6[500] in die Richtung des Christusbekenntnisses und seiner Konsequenzen[501]. V 37 mit der dort von Paulus reklamierten apostolischen Autorität und Maßgeblichkeit ist dabei ebenfalls zu berücksichtigen[502]. Alles aber kommt auch hier darauf an, daß alle belehrt und getröstet werden, nicht darauf, daß der einzelne Christ sein prophetisches Charisma dokumentiert (vgl. zu V 31).

30 Zunächst bestätigt V 30 die Auslegung von V 6 und gibt klar zu erkennen, daß Prophetie nicht auf Tradition, eigenem Gedanken- und Erfindungsreichtum oder religiöser Technik (vgl. dazu oben Anm. 218 zu Kap. 12) beruht, sondern auf einer Offenbarung des Geistes[503]. Diese Offenbarung aber drängt sich nach Paulus nicht so unabweislich auf, daß der Prophet ihr wie einer zwanghaft wirkenden Macht willenlos ausgeliefert wäre (vgl. auch zu V 32). Er kann sich vielmehr auch hinsetzen[504] und schweigen. Das aber soll dann geschehen, wenn einem anderen Propheten – offenbar während der Rede des ersten – eine Offenbarung zuteil wird, wobei diese vielleicht in thematischer Nähe (zustimmend oder kritisch) zur Rede des ersten stehen wird[505]. Soll der zweite nun zunächst einmal warten und erst dann das Wort nehmen, wenn

499 Vielleicht rechnet Paulus mit divergierenden Urteilen. Überhaupt kann man fragen, wer denn seinerseits die διακρίνοντες beurteilt; vgl. Orr/Walther 310: »False discriminators could emerge just as easily as false prophets«. Wenn man nicht von Mehrheitsentscheidungen ausgehen will, wird man wohl vorauszusetzen haben, daß Paulus damit rechnet, daß der Geist selbst die Wahrheit durchsetzen wird.

500 Vgl zu dieser Stelle oben Anm. 240 zu Kap. 12.

501 Vgl. Godet II 170; Schweizer, ThWNT VIII 422 und 425 Anm. 680; v. Campenhausen, Amt 67; Müller, Prophetie 27; Dunn* 223f, der 221 von verschiedenen Graden und Umständen der Beurteilung ausgeht und z.B. auch den Vergleich mit früheren Propheten erwähnt (vgl. zu 2,15). Jedenfalls kann das ἀνακρίνειν ebenso Ergänzung wie Korrektur einschließen; vgl. Moffat 217: Ohne diese Prüfung »the primitive Church might well have become a group of clashing eccentrics and fanatics, each howling, ›Thus saith the Lord‹«.

502 Vgl. z.St. und 3,10f. Daß die Prüfung der Prophetie dagegen an den Schriften als der absoluten Autorität erfolgen soll (so Kistemaker 509), überschätzt das Gewicht der Schrift für Paulus.

503 Vgl. Friedrich, ThWNT VI 854f. Den Zusammenhang von ἀποκάλυψις und Prophetie betont vor allem Grudem* 139-143 u.ö., für den Prophetie nichts weiteres als der Empfang und die folgende Weitergabe einer spontanen, göttlich gewirkten Offenbarung ist. Allerdings ist damit über den Inhalt noch nichts gesagt (vgl. Crone* 214). Grau (Lit. zu Kap. 12-14) 213 versteht die Offenbarung als eine »innere Schau«.

504 Daß man im urchristlichen Gottesdienst saß, belegen auch Apg 2,2; 20,9 und Jak 2,3; für Qumran 1QS 6,4; CD 14,6; vgl. zum Sitzen im Gottesdienst Schneider, ThWNT III 446f; Dautzenberg* (Prophetie) 281f. Umgekehrt wurde stehend geredet (vgl. Lk 4,16; Apg 13,16; 1QS 6,12f).

505 Vgl. Weinel (Lit. zu Kap. 12-14) 219: Der eine »entzündet« sich am anderen; Wire, Women 144; Wolff 340; vgl. auch unten Anm. 509.

der erste zu Ende gekommen ist und sich wieder setzt[506], möglicherweise dann, wenn der nächste sich schon erhoben hat? Das entspräche in etwa der Regelung in Qumran[507]. Eher wird es so stehen, daß der erste nicht endlos reden[508], seine eigene Stimme nicht für die allein maßgebliche halten und mit der Geistbegabung auch anderer Propheten rechnen soll[509]. Der Geist widersteht jedenfalls einem ungeordneten Durcheinanderreden[510], und – vor allem – er will durch mehrere Propheten zu Wort kommen[511] (auch hier gilt das ἐκ μέρους von 13,9). Er selbst verleiht ebenso die Befähigung zum Reden wie zum Schweigen, ohne daß dies von einem den Gottesdienst leitenden Gemeindeglied veranlaßt wird.

Grundsätzlich und potentiell können und dürfen alle prophetisch reden[512], aber eben nicht alle auf einmal[513]. Betont ist das am Anfang stehende δύνα- 31

506 Vgl. Findlay 913: Σιγάτω weise anders als σιγησάτω nicht auf »an *instant* cessation«; ähnlich Robertson/Plummer 322: nicht σιγησάτω, was »let him *at once* be silent« bedeute. Schon v. Mosheim 651 wendet sich gegen einen plötzlichen Abbruch der Rede des ersten Propheten (aus einer »zerstümmelten Rede« sei kein Nutzen zu ziehen); de Wette 136: »aber nicht augenblicklich, ohne seinen Vortrag zu endigen . . ., was ja eine ἀκαταστασία gewesen wäre«. Dabei läßt sich freilich fragen, warum nicht auch derjenige die gute Ordnung stört, der nicht zu reden aufhört; Neander 233 meint, man dürfe die Worte »nicht allzu buchstäblich nehmen, sondern so: Er soll nicht zu lange mehr reden«.

507 In 1QS 6,10 heißt es ausdrücklich, daß im »Rat der Gemeinschaft« niemand in die Worte seines Nächsten hineinreden soll, bevor der zu reden aufgehört hat, übrigens auch nicht vor einem mit höherer Rangstufe reden darf; nach 6,11 soll der, der befragt ist, sprechen, »wenn er an der Reihe ist«, und nach 6,13 dazu die Erlaubnis einholen; vgl. auch Josephus, Bell 2,132 über die Essener (»Sie gewähren einander, der Ordnung nach zu sprechen«) und weiter Dautzenberg* (Prophetie) 288; Dunn* 219; Witherington* 286, der jedoch in Anm. 42 unter Verkennung des eschatologischen Charakters urchristlicher Prophetie daraus schließt, daß Paulus diese nicht »as of the same caliber as OT prophecy« ansehe.

508 Vgl. z.B. Apg 20,9 und MartPol 7,3: ἐπὶ δύο ὥρας.

509 Nach Godet II 170 soll Paulus nach dem Grundsatz verfahren: je frischer die Offenbarung, um so reiner (vgl. auch Meyer 401 und Heinrici 433); freilich wird zu stark mit eruptiven Erscheinungen gerechnet; angemessener Klauck 104: »Eine plötzliche gute Eingebung zum gleichen Thema« solle nicht verlorengehen. Die ganze Angelegenheit sollte freilich nicht auf die moralische Ebene abgeschoben werden, wie etwa bei Rückert 380, wonach es nicht unmöglich sei, daß sich einzelne »selbst gern reden hörten« oder »mehr schwatzten als predigten« (auch Holsten, Evangelium 401 Anm. ** bemüht Schwatzhaftigkeit und Eitelkeit). Mit geistlich drapierter Selbstproduktion ist zwar gewiß auch in Korinth zu rechnen, doch nicht die Motive stehen hier im Vordergrund (vgl. Phil 1,17f), sondern deren Konsequenz, daß nämlich anderen der Raum genommen wird.

510 Das bedeutet keine Prävalenz des Ordnungsgedankens. Schweizer* (Gemeinde) 93 schließt aus V 30 mit Recht, daß die Ordnung »auch sofort durchbrochen werden« kann, »wenn der Geist durch einen anderen reden will«. Dagegen wird man theologisch kaum etwas sagen können. Aber wieso ist der Geist eo ipso auf Seiten dessen, der sich erhebt? Wegen der in der vorigen Anm. gegebenen Antworten?

511 Vgl. Theophylakt 748: Μὴ γὰρ ἑνὶ μόνῳ περικλείεται τὸ χάρισμα.

512 Das entspricht der eschatologischen Verheißung von Num 11,23-29 und Joel 3,1f LXX (Apg 2,17f); vgl. auch BemR 15 (180c): »In dieser Welt haben einzelne geweissagt, aber in der zuk. W. werden alle Israeliten Propheten sein« (Billerbeck II 134; vgl. Sjöberg, ThWNT VI 383; Friedrich, ThWNT VI 850 Anm. 437). Zur Bedeutung von δύνασθε vgl. Roux (Lit. zu Kap. 12-14) 44.

513 Zum distributiven καθ' ἕνα (»einzeln, nacheinander«) vgl. Bl-Debr-Rehkopf § 248 Anm. 1 und Bauer/Aland 467. Oecumenius 856 z.B. entnimmt daraus auch für die Propheten, daß sie nicht zugleich reden und Konfusion anrichten sollen.

σϑε[514]. Wieder stellt sich die Frage, ob πάντες alle Gemeindeglieder meint[515] oder alle Propheten[516] angeredet sind. Vom zweiten πάντες im ἵνα-Satz V 31b scheint sich die erste Lösung nahezulegen, von 12,29 her die zweite. Daß V 31 nur die Propheten anspricht, hat gegen sich, daß vorher und nachher im Abschnitt in der 2. Pers. die Gemeinde der Adressat ist, nicht aber eine spezielle Gruppe (vgl. V 20.26.39). Gerade wenn alle einbezogen werden, besteht die begründete Aussicht, daß alle angesprochen werden und alle Nutzen daraus ziehen. Oft findet man hier die verschiedene Fassungskraft oder gar die verschiedenen Bedürfnisse der Hörer angesprochen, denen besser durch alle als durch einzelne entsprochen werden könne[517]. Gegenüber solch eher modernem Verständnis des Gottesdienstes als Anpassung an die Empfänglichkeit oder gar als Befriedigung religiöser Bedürfnisse ist Skepsis angebracht. Es ist auch kaum daran gedacht, daß der redende Prophet selbst durch andere belehrt und getröstet werden kann, hier also von Wechselseitigkeit die Rede wäre[518] (vgl. Röm 1,11f). Der Wechsel der Personen[519] spricht eher dagegen. Paulus wird vielmehr davon ausgehen, daß durch inhaltliche Vielstimmigkeit der Prophetie der im ἵνα-Satz genannte Zweck am ehesten erfüllt wird. Dieser Zweck wird hier doppelt bestimmt, zunächst als μανϑάνειν. Wie schon in V 19 wird vom Gottesdienst wiederum erwartet, daß es hier etwas[520] zu lernen gibt[521], was im übrigen der Intention des jüdischen Sabbat-

[514] Nach Meyer 402 soll damit gesagt sein, daß das Schweigegebot (V 31) nichts Unmögliches verlangt; vielmehr stehe es in der Macht der Korinther, daß alle zum Zuge kommen (vgl. auch Heinrici 433). Doch davon ist erst V 32 die Rede (de Wette 136), hier dagegen von der Möglichkeit, daß alle prophetisch reden können.

[515] So z.B. v. Hofmann 326f; Forbes* 254f.258f.

[516] So z.B. Meyer 402, der die Aussage zudem nicht auf ein und dieselbe Gemeindeversammlung beziehen will: »In der Aufeinanderfolge der Zusammenkünfte« könne »nach und nach« jeder Prophet zur Rede kommen (ebs. Heinrici 433f); ähnlich de Wette 136; Robertson/Plummer 322; Weiß 341 (»Ist es nicht heute, so wird es morgen möglich sein«). Beides aber widerspricht V 23f (vgl. auch Fee 695) und muß von ὅταν συνέρχησϑε (V 26) abstrahieren (Forbes* 259). Daß nur offizielle Propheten gemeint seien, die den Gottesdienst nicht dominieren sollen (so Culpepper [Lit. zu Kap. 12-14] 113), ist ebenfalls nicht zu erkennen und berücksichtigt zuwenig, daß sich eine solche Entwicklung allenfalls ansatzweise abzeichnet (vgl. oben Anm. 32).

[517] So de Wette 136; Meyer 402; Heinrici 434; Gutjahr 397 u.a. Vgl. dagegen Schweizer* (Worship) 337f.

[518] Von Billroth 201 als erste von zwei Möglichkeiten erwogen und auch von Meyer 402 nicht ausgeschlossen; eindeutig in diesem Sinne v. Hofmann 326; Rückert 381; Neander 233; vgl. auch Robertson/Plummer 322f.

[519] Wenn δύνασϑαι sich auf die Propheten bezöge, wäre das freilich gerade umgekehrt.

[520] Greeven* (Propheten) 10f hält diese Ergänzung für eine »Verlegenheitsauskunft« und tritt für die Wiedergabe von μανϑάνειν mit »erfahren, zu wissen bekommen« ein; das Wort umfasse »sowohl das einmalige Aufnehmen im Sinne der Kenntnisnahme wie auch das bedachtsame, fleißige Sich-Aneignen«, mit Verweis auf den Vergleich von Phil 4,9.11 mit Gal 3,2. Allerdings steht auch dort in Phil 4,9 (ἅ) und Gal 3,2 (τοῦτο) ein Objekt. Im übrigen hat auch dann, wenn die Gemeinde »vorher verborgene, unbekannte Dinge« zu wissen bekommt, μανϑάνειν eine kognitiv-didaktische Nuance, denn es sollen gewiß nicht bloß flüchtige Kundgaben und Einsichten vermittelt werden, sowenig erst recht Lehrinhalte zur Kenntnis gebracht werden (Schweizer* [Worship] 340: Prophetie meine nicht »teaching topics of the orthodox belief«).

[521] Vgl. auch Offb 2,20 und Did 11,20f sowie Friedrich, ThWNT VI 856. Rengstorf, ThWNT IV 411 schließt aus μανϑάνειν, daß die Prophetie »der klaren Verkündigung des Willens

gottesdienstes entspricht[522]. Hier werden solche ein Lernen ermöglichende lehrhafte Momente speziell der Prophetie zugeschrieben (vgl. die Zuordnung von μανθάνειν zur διδαχή in Röm 16,17 und zu παραλαμβάνειν in Phil 4,9). Diese Belehrung wird aber nicht wie bei den Lehrern primär durch Bewahren und Auslegen von Tradition erfolgen, sondern durch aktuelle Ermutigungen und Weisungen, durch die Gott sein erhellendes und wegweisendes Wort jeweils in die Gemeinde hineinspricht[523]. Neben der Belehrung bedarf die Gemeinde des παρακαλεῖν, dem hier vermutlich wieder die Doppelbedeutung von Zuspruch und Anspruch, Trost und Ermahnung eignet[524].

32 V 32 fügt als zweiten Teil der Begründung für V 30b mit καί hinzu, daß die Geister der Propheten sich den Propheten unterordnen[525]. Möglicherweise will Paulus damit dem Einwand begegnen, daß der Geist selbst die Propheten unwiderstehlich antreibe und sie nicht aus freiem Willen heraus zu schweigen vermögen[526]. Die von Paulus festgestellte Unterordnung wird verschieden interpretiert. Einmal so, daß sich der bisher redende Prophet mit seinem Hinsetzen und Schweigen dem sich erhebenden Propheten, dem etwas offenbart worden ist, unterordnet. Es stünden sich dann nicht menschliches Ich und prophetischer Geist gegenüber, wobei sich dieser prophetische Geist dem menschlichen Ich bzw. dem πνεῦμα des Propheten unterordnen würde, sondern zwei aus verschiedenen Propheten redende Stimmen desselben Geistes[527]. Dann aber wären mit προφητῶν und dem unmittelbar danebenstehenden προφήταις verschiedene Propheten gemeint, und schon das ist wenig wahrscheinlich. Eigentlich müßte es auch heißen: »die Propheten müssen sich den Propheten bzw. einander unterordnen«; zudem wäre dann eher πνεύμα-

Gottes, nicht etwa der Befriedigung der Neugier« dient.

522 Vgl. Josephus, Ap 2,175, wo das auf das ἀκριβῶς ἐκμανθάνειν des Gesetzes bezogen ist (vgl. auch Ant 16,43), oder die Theodotusinschrift, wonach die Synagoge u.a. εἰς [δ]ιδαχ[ή]ν ἐντολῶν dient (vgl. Schrage, ThWNT VII 811 Anm. 85), ferner z.B. Philo, Somn 2,127; Mos 2,216 (die προσευκτήρια sind nichts anderes als διδασκαλεῖα) sowie VitCont 75f zu den Therapeuten, aber auch die ntl. Belege für ein Lehren in der Synagoge (Mt 4,23; 9,35 u.ö.); vgl. weiter Dautzenberg* (Prophetie) 277f. Zum Lehren von Propheten vgl. oben Anm. 176.

523 Schrage, Einzelgebote 183; ähnlich Giesriegl* 147. Zu μανθάνειν im Sinne praktischen Lernens vgl. Phil 4,11, aber auch 1Kor 4,6.

524 Vgl. zu V 3.

525 Schmiedel 180 hält es auch für möglich, an δύνασθε (V 31) zu denken, »was die verfügbare Zeit anlangt«; vgl. aber oben Anm. 267.

526 Diese Annahme (so Oecumenius 857; Rückert 381f; Bousset 146; Barrett 329; Lietzmann 74; Klauck 104) ist jedenfalls plausibler als eine Entgegensetzung gegenüber der Ungeduld derjenigen, die nicht warten können, wie Grotius 818 und v. Mosheim 652 u.a. annehmen. Schon Maior 197v verweist auf Vergil, Aeneis 6,77-80.99f.

527 Schon Theophylakt 748 kennt die Deutung, die Unterordnung auf andere Propheten bzw. das χάρισμα τοῦ ἑτέρου zu beziehen; vgl. weiter Theodoret 345; Petrus Lombardus 1671; Thomas 401; Estius 702; Calvin 444; Rückert 382 (das eine πνεῦμα erscheine verteilt unter mehreren); Schmiedel 181; Schlatter 385; Strobel 222; vor allem Greeven* (Propheten) 13 vertritt diese Deutung: »(Wirkliche) Prophetengeister (die gerade reden) ordnen sich (neu aufstehenden) Propheten unter«; zwischen den verschiedenen Propheten könne es keine Konkurrenz, sondern nur ein Unisono geben, weil der Geist nicht mit sich selbst uneins werden könne; das sei mit ἀκαταστασία in V 33 gemeint.

τα προφητῶν πνεύματι oder πνεύμασι προφητῶν ὑποτάσσεται zu erwarten[528]. Wahrscheinlicher ist darum die andere Interpretation, daß mit dem πνεῦμα das eigene prophetische πνεῦμα gemeint ist, dem der Prophet, und damit bestätigt sich V 30, nicht einfach zwanghaft ausgeliefert ist[529]. Das Pneuma reißt den Propheten nicht so unwiderstehlich hinweg, daß er alle Selbstkontrolle verliert[530], was auch die Mahnung in 1Thess 5,20 bestätigt, den Geist nicht »auszulöschen«. Ist der Prophet nicht Herr des Inhalts seiner Offenbarung, so unterliegt doch sehr wohl die aktuelle Verkündigung der Offenbarung seinem Willen[531]. Mindestens hier ist der Prophet nicht einfach passives Medium und willenloses Objekt des Geistes der Prophetie, sondern der Geist der Prophetie wird dem Propheten untergeordnet[532].

33 Denn – so begründet Paulus sentenzartig den V 32 – Gott ist nicht ein Gott der Unordnung, der Verwirrung, des Durcheinanders[533], konkret: nicht eines pneumatischen Chaos oder einer enthusiastischen Anarchie, d.h. er ist nicht deren Urheber und Gewährsmann, als ob er selbst solche Turbulenzen, wie sie in Korinth offenbar vorkommen, inspirierte. Derselbe Gott, der nach 12,28 die Charismen in ihrer Vielfalt setzt, ist vielmehr zugleich ein Gott des

528 Vgl. Robertson/Plummer 323, nach dem statt »sind untergeordnet« eher »sie müssen sich unterordnen« gesagt sein müßte; Godet II 171, nach dem zudem πνεύματι überflüssig wäre; nach Heinrici 435 gilt das gleiche für »der erste soll schweigen« in V 30; vgl. auch Gutjahr 397 Anm. 4.

529 Vgl. Meyer 402f mit Verweis auf die Genitive in V 14 und die sonst entstehende Überflüssigkeit des Schweigegebots; anders Heinrici 434: »nicht die eigenen, aber vom heil. Geiste erfüllten Geister der Propheten, wo dann das πνεῦμα für sich als Organ des natürlichen Menschen genommen wäre (Meyer), sondern die Geister, welche die Propheten empfangen haben (Rück.), so dass das *eine* göttliche πνεῦμα in den einzelnen Wesen und Kraft gewonnen hat«; vgl. aber Schweizer, ThWNT VI 425 Anm. 630 und 433 Anm. 689. Ellis (Lit. zu Kap. 12-14; Prophecy 1977) 50 denkt an Engel (mit Verweis auf Off 22,6; Hebr 1,14).

530 Der christliche Prophet ist nach Friedrich, ThWNT VI 852 »nicht ein von der Gottheit Besessener, der, seiner Sinne nicht mächtig, tun muß, was die in ihm wohnende Macht befiehlt«; vgl. auch Schweizer, ThWNT VI 425 Anm. 630; gleichwohl sollte man nicht wie Behm (ThWNT II 662) von einer »Eindämmung des wilden Strudels unbewußter Geistausbrüche« sprechen. Das Fehlen von Raserei, bacchantischem Enthusiasmus u.ä. bzw. die von Paulus vorausgesetzte Selbstbeherrschung, der freie Wille u.ä. werden auch sonst betont (vgl. Meyer 403; Heinrici 435; Schlatter 385; Weiß 341; Moffat 216f.229; Lindblom* 194; Reiling* 71; Dunn* 220 u.a.), z.T. aber mit unangemessenen Kategorien. Es sei zudem noch einmal an die verschiedenen Formen der Ekstase erinnert (oben Anm. 244 zu Kap. 12).

531 Wahrscheinlich würde Paulus das in Herm mand 11,8 Gesagte nicht bestreiten, daß nämlich der Heilige Geist nicht spricht, wenn die Menschen ihn sprechen lassen, sondern dann, wenn Gott es will. Er würde aber wohl hinzufügen, daß der Geist durch mehrere Propheten sprechen will und darum der Prophet nicht zu jeder Zeit sprechen muß.

532 »Prophetengeister stehen im Prophetengehorsam« (Meyer 403).

533 Ἀκαταστασία erscheint in 2Kor 6,5 in einem Peristasen-, in 2Kor 12,20 in einem Lasterkatalog (vgl. auch Jak 3,16). Die Vulgata hat *dissensio*, Calvin 532 *sedicio*; vgl. Spr 26,28 (στόμα ἄστεγον ποιεῖ ἀκαταστασίαν); Tob 4,13 sieht den Grund von ἀκαταστασία im Hochmut. Die nächsten Sachparallelen (beidemal aber ohne ἀκαταστασία) bieten eine Mysterieninschrift von Andania: ἐπιμέλειαν ἐχόντων, ὅπως εὐσχημόνως καὶ εὐτάκτως ... πάντα γίνηται (Dittenberger, Syll. ³II 736) und das Vereinsstatut für ihre Mysterienfeier bei den Iobakchen (III 1109); vgl. auch oben Anm. 507 und Oepke, ThWNT III 449. Zu ἀκαταστασία für »political upheaval and civil strife« vgl. Mitchell, Paul 173 Anm. 656.

Friedens[534]. An sich erwartete man als Antonym von ἀκαταστασία eher τάξις, was denn auch in V 40 erscheint. Es ist aber nicht Zufall, daß Paulus zunächst von εἰρήνη spricht, also vom heilvoll geordneten Miteinander der Endzeit[535], das hier zwar wie in 7,15 im Sinne des zwischenmenschlichen Friedens zu verstehen ist (vgl. Röm 12,18)[536], aber eben als Konsequenz (Röm 14,17) der eschatologischen εἰρήνη im Heiligen Geist, die der »Gott der Liebe und des Friedens« (2Kor 13,11) wirkt und erwartet[537].

V 33b dürfte noch zum genuinen paulinischen Text gehören und sich auf V 33a beziehen[538], zumal solcher Hinweis auf andere Gemeinden auch sonst am Ende und nicht am Anfang der jeweiligen Ausführungen des Paulus zu stehen pflegt (4,17; 7,17; 11,16). Auch in der Sache entspricht er den genannten Stellen und ist ebensowenig wie jene als »katholisierende Glosse« zu verdächtigen. Zugegebenermaßen schwierig bleibt allerdings der syntaktische Anschluß an V 33b. Möglicherweise ist durch den folgenden Einschub etwas weggebrochen bzw. verändert worden (Chrysostomus 312 ergänzt durch διδάσκω, Ambrosiaster 161 und Vulgata durch *doceo*)[539]. Die Zugehörigkeit von V 33b zu V 34 wäre nur dann nicht auszuschließen, wenn V 33b schon nachpaulinisch ist[540] oder V 34 nicht als Interpolation angesehen wird[541]. Da V 36 auf V 33b zurückblickt und aufs beste daran anschließt, ist das aber wenig wahrscheinlich. Der Sinn ist vermutlich, daß Paulus in Korinth nicht anders verfährt als in den anderen Gemeinden[542], weil Gottes Friedensordnung in allen Gemeinden Gültigkeit hat.

534 »Friede« ist ein geläufiges Gottesattribut, das als solches oft in liturgischen Formeln erscheint; vgl. Röm 15,33; 16,20; 2Kor 13,11; Phil 4,9; 1Thess 5,23; vgl. weiter auch Hebr 13,20; TestDan 5,2 und SifBam 6,28 § 42: »der Name Gottes heißt ›Friede‹« (Billerbeck III 318).

535 Nach Käsemann, Versuche, Bd. 2, 198 wird der Ordnungsbegriff »durch den eschatologischen Begriff des Friedens überhöht«. Jedenfalls ist die dem Frieden entsprechende Ordnung nicht eine statische, sondern eine dynamische (so auch Bittlinger* [Kraftfeld] 124).

536 Vgl. EKK VII 2, 111; Foerster, ThWNT II 410f bestimmt εἰρήνη als Antonym zu ἀκαταστασία im »weitesten Sinne«, als »ordentliche(n) Zustand der Dinge«, was an den atl.-jüdischen Gebrauch von Schalom denken lasse. Mitchell, Paul 174 zitiert dagegen Dion, Or. 12,74, wo Zeus εἰρηνικός und Schirmherr des von keiner ἀκαταστασία bedrohten, einmütigen Hellas genannt wird.

537 Zur Auslassung des Artikels bei 𝔓[46] F G und der von ὁ θεός beim Ambrosiaster vgl. Maly* 221.

538 Schon die Kirchenväter (Chrysostomus 312; Theodoret 315; Ambrosiaster 161) sowie Rückert 382f, Robertson/Plummer 324; Barrett 329f; Fitzer (Lit. zu 14,34f) 9f; Fee 698; Horrell, Ethos 187 u.a. beziehen V 33b auf das Vorhergehende; nach Billroth 201f ist etwa γίνεται hinzuzudenken; Salzmann* 66 Anm. 203 ergänzt: »wie er in allen Kirchen (herrscht)«. Das ist zwar nicht ohne Probleme (vgl. Meyer 404), doch die Wendung als solche ist trotz des singulären Genitivs τῶν ἁγίων bei ἐκκλησίων von Paulus her kaum zu beanstanden (vgl. auch Bousset 146); zu ἅγιοι vgl. zu 1,2; 6,1 u.ö.

539 Nach Fitzer (Lit. zu 14,34f) 10 ist diese Annahme unnötig, doch gibt er »eine gewisse stilistische Härte« zu (Anm. 10).

540 So Weiß 242; Dautzenberg* (Prophetie) 262 Anm. 22.

541 So Blum (Lit. zu 14,34f) 151; Schmithals, Gnosis 231; Grudem* 240f; Rowe (Lit. zu 14,34f) 41; Witherington* 287.

542 Vgl. Ambrosiaster 161 (Paulus predigt *similiter*); Theodoret 345 (οὐδὲν καινόν); ähnlich Hieronymus 762; Primasius 542 u.a.; Herveus 970 (*non est singulare vel novum quod nunc dixi*). Gewiß gilt V 33a auch »ganz unabhängig von dem Brauch in den Gemeinden« (Weiß 342), doch das gilt ebenso für 7,17.

34-35 V 34 und 35 werden als späterer Zusatz hier übergangen und im Anhang zu Kap. 14 gesondert behandelt (vgl. S. 479-492).

36 V 36f wird von manchen Autoren ebenfalls zur sekundären Interpolation gerechnet[543], was zwar nicht völlig auszuschließen, aber erst recht nicht zwingend ist. Die rhetorische Doppelfrage[544] in V 36 schließt sachlich gut an V 33 an. Umgekehrt ist αἱ γυναῖκες (V 34) typischer Anfang (Kol 3,18; Eph 5,22)[545], und ἐν πάσαις ταῖς ἐκκλησίαις (V 33b) wirkt neben ἐν ταῖς ἐκκλησίαις (V 34) wie eine schwerfällige Verdoppelung. Jedenfalls werden die Korinther in V 36 mit Nachdruck und nicht ohne Ironie daran erinnert, daß Korinth nicht der Ursprungsort des Evangeliums und das Wort Gottes[546] nicht nur dorthin gelangt ist[547]. Die Korinther sind weder archetypisch noch autonom. Sie stehen vielmehr in der Gemeinschaft derer, die den Herrn anrufen (1,2) und dieselben Wege (4,17) und Weisungen (7,17; vgl. auch 11,16) des Apostels empfangen haben[548]. Korinth ist nicht der Nabel der Welt des Evangeliums. Auch die Gestalt der gottesdienstlichen Versammlung kann nicht ohne viel Federlesens von bestimmten Pneumatikern in die eigene Hand genommen und nach eigenem Geschmack umfunktioniert werden. Wieder schimmert durch, daß Paulus es mit einer selbstbewußten Gemeinde zu tun hat, die Weisungen des Apostels durchaus als unangebrachte Bevormundung oder Einmischung verstehen könnte[549].

Richtig Becker, Paulus 266: Auch wenn es noch keine festen und verbindlichen gottesdienstlichen Formen gab, habe Paulus darauf geachtet, »daß sich Grundelemente überall in den Gemeinden entsprachen«.

543 So von Dautzenberg* (Prophetie) 290-298; vgl. auch unten Anm. 705.

544 Vgl. Rückert 384: »Die Frage mit ἤ führt wie bekannt eine deductio ad absurdum ein«; vgl. zur Funktion auch Witherington* 288 (»to anticipate future protests«) mit Hinweis auf Quintilian, Inst. Orat. 9,2,16. Diese Funktion ist aber nicht die einzige; vgl. Bl-Debr-Rehkopf § 496 und im übrigen auch Inst. Orat. 9,2,7f sowie dazu Lausberg, Handbuch I 379f; ferner Martin, Rhetorik 133f.284f und die Lit. bei Siegert, Argumentation 235 Anm. 52. Am Schluß eines Abschnitts auch 12,29; zu anderen Interpretationen vgl. zu 14,34f.

545 Andere finden allerdings gerade die Anknüpfung an das Schweigegebot in V 35 besonders passend: »es wäre denn etwa, dass ihr die erste oder einzige Christengemeinde wäret, in welchen Fällen dann freilich euere Sitte jene Schimpflichkeit als Irrthum erweisen und das Reden der Weiber zum Exempel für andere Gemeinden als geziemend autorisiren würde« (Meyer 404f); vgl. aber de Wette 137: »zu stark«. Zudem gewinnt die Frage von V 36 im Anschluß an V 33 erheblich besseren Sinn; vgl. auch Rückert 382; Fee 697f.

546 Ὁ λόγος τοῦ θεοῦ sonst Röm 9,6; 2Kor 2,17; 4,2; Phil 1,14; 1Thess 2,13; in 1Kor 2,4 ὁ λόγος μου (neben κήρυγμα). Nach Gillespie* 162f bezieht sich das hier auf »a proclamation tradition that is temporally prior to and materially normative of prophetic inspiration«.

547 Vgl. Chrysostomus 317 (οὔτε πρῶτοι οὔτε μόνοι ὑμεῖς πιστοί, ἀλλ᾽ ἡ οἰκουμένη); ähnlich Theophylakt 748; Theodoret 347; Oecumenius 860; Estius 708 (*Neque primi, neque soli estis Christiani*); Bengel 429; Grotius 819; Heinrici, Sendschreiben 461. Etwas anders akzentuiert Michel, ThWNT III 628: »Es gibt also ältere Gemeinden als Korinth und andere, die unabhängig von Korinth vom Worte Gottes leben«. Daß das Wort »von dem von Gott legitimierten Apostel« ausgeht (so Schneider, ThWNT II 677; Carson* 131), mag im Blick auf V 37 zwar mit anklingen, doch wie in V 33b ist eher ein anderer Ort im Blick, wobei keineswegs an Jerusalem bzw. die Urgemeinde gedacht sein muß, wie manche wollen (so z.B Wolff 346; kritisch dazu Barrett 333; vgl. auch die jüdische Interpretation von Jes 2,3 bzw. Mi 4,2 bei Dautzenberg* [Prophetie] 622 Anm. 26). Jedenfalls aber ist auch Korinth in eine weltweite Gemeinschaft integriert.

548 Vgl. zu V 33a.

549 Vgl. Theophylakt 749 (Ὡσανεὶ πρός τινας ἀντειπόντας αὐτῷ ὁ λόγος ἐσχημάτεσται) und Zwingli 181 (*Unde vobis, inquit, tanta arro-*

37 Auch die nachdrückliche, ein wenig gereizt klingende Betonung der apostolischen Autorität in V 37 läßt vermuten, daß Paulus in Korinth nicht mit ungeteilter Zustimmung rechnen kann[550]. Eine gewisse Spannung zu den versöhnlicher klingenden Schlußversen ist durchaus zuzugeben[551], doch sind hier zunächst diejenigen angesprochen, die als Propheten oder Pneumatiker auftrumpfen und als solche einen Anspruch erheben. Sachlich ruft Paulus damit noch einmal (vgl. 3,10f) ein Kriterium in Erinnerung, an dem jeder Pneumatiker wie Prophet zu messen ist. Wer wirklich Prophet oder Pneumatiker bzw. Glossolaler[552] zu sein meint[553], der respektiert[554], daß auch Paulus den Geist hat (7,40), ja apostolische Anordnungen treffen kann. Demgegenüber bleibt die Gemeindeprophetie bei aller eigenen Autorität der des Apostels nach- und untergeordnet. Ihr οἰκοδομεῖν ist immer nur ein ἐποικοδομεῖν auf dem vom Apostel gelegten Fundament (3,10f). Was Paulus schreibt[555], ist darum Gebot des Herrn. Gewiß kann man fragen, wie sich das zur Differenzierung in 7,25.40 verhält[556], doch ist auch dort die von der ἐπιταγὴ κυρίου abgesetzte γνώμη des Apostels keine quantité négligeable (vgl. z.St.). Außerdem scheut Paulus auch sonst nicht davor zurück, παραγγελίαι διὰ τοῦ κυρίου Ἰησοῦ zu geben (1Thess 4,2 u.ä.)[557]. Textkritisch ist die von 𝔓[46] ℵ[2] B 048 0243 33 1241[s]

gantia, tanta contumacia [Widerspenstigkeit, Störrigkeit]?). Nach Weiß 343 scheint sich die Gemeinde »in der Lage zu fühlen, über diese ihre Angelegenheiten selbst entscheiden zu können« und »geneigt, sich die Weisungen des Ap. zu verbitten«; vgl. auch Schüssler Fiorenza, Gedächtnis 291.

550 Vgl. Weiß 343; Schlatter 390; Dautzenberg* (Prophetie) 255; Klauck 105 u.a.

551 Vgl. Dautzenberg* (Prophetie) 256. Agourides (bei Dunn* 245) hält Ironie für möglich.

552 Πνευματικός ist nach manchen »Gattungsbegriff«, unter den auch der προφήτης gehört (Rückert 384) bzw. »Oberbegriff« und προφήτης ein »Spezialtyp darunter« (Schweizer, ThWNT VI 420; vgl. auch 421 Anm. 605; ähnlich auch Godet II 176; Dunn* 231). Anders Schmiedel 185; Gunkel (Lit. zu Kap. 12-14) 19; Heinrici 437; Weiß 343; Lindblom* 136 Anm. 29 (»zunächst«); Baker (Lit. zu Kap. 12-14) 229; Horn, Angeld 182 u.a., die an den Glossolalen denken (dagegen z.B. Meyer 405; Conzelmann 299 [»alle Ekstatiker«]; Wolff 347). Vom ganzen Abschnitt wie von V 39 her ist die Beziehung auf den in Korinth mit dem Propheten zusammengehörenden Glossolalen in der Tat vorzuziehen, d.h. ἤ führt keine Alternative ein, sondern verbindet auch hier »Verwandtes u. Ähnliches, wobei eins für das andere eintreten kann oder eins das andere ergänzt« (Bauer/Aland 693, aber ohne Anführung von V 37); vgl. Gillespie* 76. Eine andere Frage ist, ob dieses Verständnis im Sinne der Korinther auch das des Paulus selbst ist. Vgl. weiter zu 12,1 und die dort Genannten.

553 Zu δοκεῖ vgl. 3,18; 8,2; 10,12; wer als Pneumatiker »ein besonderes Recht zu haben und eigenmächtig handeln zu dürfen glaubt« (so Billroth 202; vgl. auch Maly* 225 u.a.).

554 Ἐπιγνώσκειν ist auch hier im atl. Sinn »ein Erkennen, das die Konsequenzen der Erkenntnis übernimmt« (Bultmann, ThWNT I 704).

555 Ob sich ἃ γράφω auf den Abschnitt über die Geistesgaben bzw. auf Kap. 11-14 bezieht (so die meisten wie Meyer 405; Heinrici 437; Robertson/Plummer 327; Aune* 257f; Smit* [Rhetoric] 215 u.a.) oder auf den ganzen Brief (so Carson* 131), was weniger wahrscheinlich ist, macht sachlich keinen großen Unterschied aus. In keinem Fall aber ist es mit dem Schweigegebot für die Frauen zu verbinden (so aber Billroth 202f; Olshausen 730; dagegen mit Recht Rückert 384f).

556 Im Unterschied zu dort ist hier aber an kein tradiertes Herrenwort zu denken, wie z.B. Hauke* (Lit. zu 14,34f) 382f u.ö. postuliert; dagegen mit Recht Dautzenberg* (Prophetie) 296; Giesriegl* 314; vgl. auch unten Anm. 561.

557 Vgl. Schrage, Einzelgebote 102-109.114f. Carson* 132: Ἐντολὴ κυρίου stehe für die Zurückführung auf die Autorität des Erhöhten und »was not a stereotyped expres-

1739 1881 pc vg[ms] gebotene Lesart κυρίου ἐστιν ἐντολή für ursprünglich zu halten[558]. Paulus beansprucht damit, daß das von ihm Gesagte und Geschriebene nicht einfach seine eigene Privatmeinung ist, sondern er als Repräsentant und Interpret seines Herrn fungiert. Von Stellen wie 7,10f.25 her ist es wenig wahrscheinlich, daß κύριος hier Gott sein sollte[559], wie das im Alten Testament und Judentum in Verbindung mit ἐντολή der Fall ist[560]. Durch den Apostel spricht der erhöhte Christus (Röm 15,18 u.ö.). Paulus kann das auch so formulieren: Als Apostel spricht er ὡς ἐκ θεοῦ κατέναντι θεοῦ ἐν Χριστῷ (2Kor 2,17[561]). Damit wird kein Unfehlbarkeitsanspruch begründet, wohl aber eine Autoritätsstellung und Gehorsamsforderung, und dieser Gehorsam, sosehr er frei und verstehend ist und nicht dem Apostel als Person oder Amtsträger, sondern seiner ἐντολὴ κυρίου zukommt, findet seine Grenze nicht an der Einsicht der Pneumatiker[562].

38 Mit ἀγνοεῖ nennt Paulus das Oppositum zu ἐπιγινωσκέτω von V 37, dessen Inhalt auch hier zu ergänzen ist. In genauer paronomastischer Ensprechung von Vorder- und Nachsatz (ἀγνοεῖ/ἀγνοεῖται) und damit von Schuld und

sion, but could vary in force according to context«.

558 ℵ* 81[vid] rücken ἐντολή vor das ἐστίν, D* F G (pc) b lassen das ἐντολή aus, D² Ψ 𝔐 lat sy sa bieten den Plural ἐντολαί, und A 1739c 1881 ersetzen κυρίου durch θεοῦ. Alle diese Veränderungen lassen sich am ehesten von der o.g. Lesart ableiten; anders Lietzmann 75, der das für die von D* u.a. gebotene Lesart behauptet; ähnlich Heinrici 430 Anm.* und Weiß 343 sowie Schrenk, ThWNT II 549, mit der Begründung, daß sich bei Paulus nur der atl. ἐντολή-Gebrauch finde, daß ἐντολή z.T. vorher, z.T. nachher ergänzt wird und daß Paulus in 7,25 ausdrücklich differenziert. Aber gerade diese Überlegung könnte zur Auslassung von ἐντολή geführt haben, wofür auch die Veränderung von κυρίου in θεοῦ sprechen wird. Außerdem könnte der Singular ἐντολή neben dem pluralischen ἅ als anstößig empfunden worden sein, was auch die Korrektur in den Plural ἐντολαί erklären würde; vgl. B. Weiß, Textkritik der paulinischen Briefe, Leipzig 1896, 82f; Metzger, Commentary 566. Gleichwohl ist auch eine sekundäre Einfügung von ἐντολή bzw. ἐντολαί zur Verschärfung der apostolischen Autorität nicht ganz auszuschließen.

559 So allerdings Grotius 819; Billroth 202, weil in V 34 Gen 3,16 im Blick sein soll; der Anschluß an V 37 (λόγος θεοῦ) und das *passivum divinum* in V 39 sind allerdings beachtliche Gründe; vgl. Wolff 347; Klauck 106f.

560 Dort ist der Plur. sehr viel häufiger (Num 15,39; Dtn 6,17; 8,6 u.ö.; TestLev 14,6; TestIss 4,6; 6,1; TestJos 18,1; 19,11 u.ö.), der Sing. nur Jos 22,3; TestJud 13,7; TestDan 5,1. Jedenfalls bedarf es keiner Rückgriffe auf den Sprachgebrauch Qumrans und der Rabbinen (vgl. dazu Maly* 226f, der es für denkbar hält, daß κυρίου ἐντολή »im rabbinischen *gzjrh mlk* seine Entsprechung hat« [227]).

561 Lindblom* 142f bestreitet zwar zu Recht einen Rekurs auf ein tradiertes Herrenwort, aber zu Unrecht, daß Paulus hier an seine »apostolische Autorität« denke; er will statt dessen eine *revelatio interna* finden. Aber die dafür angeführten Stellen, nach denen Paulus »in Christus« (2Kor 12,19) oder ἐν λόγῳ κυρίου redet (1Thess 4,15), und erst recht 1Kor 7,40 belegen nicht einen *Christus internus*, sondern reklamieren ebenso wie die oben genannten Stellen und die von Lindblom selbst für die apostolische Autorität angeführten (Röm 15,15; 1Kor 3,10; 15,10; 2Kor 4,1) eben diese; vgl. im übrigen 141, wo die Vorstellung, Paulus könnte »in einer ekstatischen Vision oder in einem Traum eine besondere Offenbarung bezüglich der Regelung des Gemeindelebens in Korinth empfangen« haben, abgewiesen wird. Was aber ist dann das Besondere einer *revelatio interna*?

562 Vgl. zu solcher Autorität und ὑπακοή z.B. Phil 2,12 und weiter Schrage, Einzelgebote 109-115; Käsemann, Versuche, Bd. 2, 76; Gieriegl* 315; Dunn* 233f; vgl. auch die Voten von Kremer (ebd. 238), Schnackenburg (252) und Galitis (268f). Jedenfalls ist der Hinweis auf die persuasive Funktion (so Witherington* 289) nicht ausreichend.

Strafe[563] wird dem Ungehorsamen das eschatologische Gericht angesagt. Der, der die ἐντολὴ κυρίου des Apostels nicht erkennt oder besser anerkennt, wird auch selbst nicht anerkannt, und zwar von Gott[564], und d.h. er ist nicht erwählt (ἀγνοεῖται ist *passivum divinum*)[565].

V 39 kehrt am Schluß des Abschnittes zum Anfang zurück und zieht mit ὥστε eine Art Summe[566]. Das gilt das vor allem für V 39a, während V 39b zwar keine bloße pragmatische Konzession bildet, andererseits aber gegenüber den bisherigen eher restriktiven Ausführungen einem Mißverständnis wehren will, als ob Paulus eine rein negative Sicht der Glossolalie vertrete. Er mahnt darum noch einmal zum Streben nach der Prophetie, warnt aber gleichzeitig ausdrücklich vor einer Unterdrückung der Glossolalie[567], ja erwähnt nicht einmal mehr die sonst eingeschärfte ἑρμηνεία. 39

Alles aber soll εὐσχημόνως geschehen, was wieder eine positive Wertung und Rezeption »natürlicher« Normen und wie in V 23 Rücksichtnahme auf das Urteil von Nichtchristen einschließt[568]. Κατὰ τάξιν endlich bringt den Ord- 40

[563] Käsemann, Versuche, Bd. 2, 71 findet auch hier einen heiligen Rechtssatz (vgl. dazu EKK VII 1, 288 und jetzt Gillespie* 6-17), Conzelmann 300 »in apodiktischer Formulierung die göttliche, künftige Talion«; Berger, Formgeschichte 176 rechnet den Satz zu den »bedingte(n) Unheilsansagen« und »talionartige(r) Vergeltung«; Dautzenberg* (Prophetie) 255 sieht gar »eine ›kirchenrechtliche‹ Androhung«. Allerdings richtet sich auch dieser Satz gegen solche, die gegen die paulinische Autorität opponieren (Semler 389 u.a.).

[564] Anders z.B. Hieronymus 762 und Pelagius 212 (*et a nobis, et a Domino*); Gutjahr 401: »vom Apostel und von der Gemeinde«; Moffat 230 (»›ignored‹ by the Church«); Dunn* 231: »he ought not to be accorded recognition as a prophet or pneumatic«, womit an die Verantwortung der ganzen Gemeinde appelliert werde (232f). Bachmann 426: »seitens des Pl.« als Prophet nicht anerkannt; ebs. Barrett 334; Dautzenberg* (Prophetie) 255.298. Richtig m.E. Ambrosiaster 162; Primasius 543; Bultmann, ThWNT I 117; Bauer/Aland 20; Maly* 227; Wolff 346; Kistemaker 517.

[565] Einige Ausleger gehen von der Lesart ἀγνοείτω aus, die von 𝔓46 A^c B D^2 Ψ 𝔐 sy geboten wird; vgl. z.B. Estius 709: *Sibi suaeque ignorantiae relinquendos censeo*; zitiert auch bei Meyer 406; nach Gunkel (Lit. zu Kap. 12-14) 97 soll Paulus damit »dieselbe autonome Selbständigkeit« bei sich und den Pneumatikern voraussetzen. Noch weniger adäquat ist die Interpretation von Schmiedel 182: »*So mag er* es *nicht erkennen*; ich werde mir keine Mühe geben, es ihm plausibel zu machen«; v. Hofmann 330 will eine »wohl begründete Gleichgültigkeit« finden (ähnlich Schlatter 391: Paulus überlasse ihn sich selbst); vgl. auch Schmithals, EWNT I 50 (»Wenn jemand das nicht verstehen will, mag er unverständig bleiben«), der dafür die Ironie von V 37 anführt. Doch schon textkritisch ist das problematisch; vgl. Weiß 343 (»eine vulgäre Abschwächung«); Lietzmann 76 (»Abschwächung des unverstandenen Urtextes«); Conzelmann 300 Anm. 60 und Metzger, Commentary 566; die von Maier (Lit. zu 14,34f) 99f als Argumente genannten anderen Imp. des Abschnitts sprechen textkritisch gerade für eine Angleichung und nicht für Ursprünglichkeit. Aber auch bei Ursprünglichkeit von ἀγνοεῖται ist der Sinn nicht »von dem wird weiter nicht Notiz genommen«, wie z.B. Rükkert 385 meint; richtig Heinrici 438.

[566] So Bengel 429; Meyer 406; Heinrici 438 u.a. Theophylakt 752 sieht das κεφάλαιον bzw. die *summa* allein in V 40.

[567] Zur textkritischen Entscheidung für τὸ λαλεῖν μὴ κωλύετε γλώσσαις vgl. Metzger, Commentary 566f; anders Zuntz, Text 29-31; Conzelmann 300 Anm. 62.

[568] Vgl. zu 7,35 und Greeven, ThWNT II 769; zur ähnlichen Beurteilung gottesdienstlicher Versammlungen im Hellenismus und Judentum vgl. die nächste Anm. und Dautzenberg* (Prophetie) 278-283, doch wird für 14,26-40 mit Recht das Fehlen einer »starren Ordnung« herausgestellt (289). Nach Moffat 231 reflektiert sich hier die römische *gravitas*, »not any staid or stiff rule that would discourage rapture or spontaneous cries«.

nungsgedanken zum Zuge[569], wobei schon das einmalige Vorkommen von τάξις bei Paulus vor einer Überbewertung dieses Gedankens warnen sollte[570]. Der Schluß bestätigt aber noch einmal, daß Paulus zwar keine feste Reglementierung intendiert, Geist und Ordnung sich aber, anders als die Korinther meinen[571], nicht ausschließen. Wenngleich die Formulierung von V 40 »merkwürdig profan« scheint[572], erinnert zumal εὐσχημόνως nicht zufällig an ein Charakteristikum der Liebe (13,5) und damit zugleich an die vom »Gott der Liebe und des Friedens« (2Kor 13,11) gestiftete Gemeinschaft[573]. Die *inclusio* zu V 26 (πάντα γινέσθω) läßt auch das οἰκοδομή-Kriterium noch einmal anklingen.

Zusammenfassung

Im Schlußabschnitt der drei Kapitel 12-14 wendet Paulus die vorgetragenen Argumente nun in Form bestimmter Regeln für das gedeihliche Wirken der Propheten und Glossolalen auf die gottesdienstliche Versammlung an. Ohne solche Grundregeln kann auch eine charismatisch strukturierte Gemeinde nicht auskommen, soll es nicht zu einem heillosen Drunter und Drüber kommen. Solche Gemeinschafts- und Organisationsformen einer Gemeinde sind weder gesetzlich starr noch geistlos beliebig. Paulus beginnt mit der nochmaligen Feststellung, daß alle Gemeindeglieder einen Beitrag zum Gottesdienst leisten und alles der Oikodome zu dienen hat. Die erste Regelung betrifft die Glossolalen, deren Zahl limitiert wird und deren Reden sukzessiv geschehen soll. *Conditio sine qua non* aller glossolalischen Praxis in der Gemeinde ist eine Übersetzung. Die Direktive für die Propheten entspricht dem zum Teil, ist aber offener gehalten, da eine absolute Begrenzung der Zahl (»höchstens«) hier fehlt und andererseits ausdrücklich die Befähigung *aller* zur prophetischen Rede festgehalten wird. Als Korrelatfunktion erscheint hier die Evaluierung, deren Subjekt nicht eindeutig zu bestimmen ist, vermutlich aber alle Gemeindeglieder umfaßt. Auch hier gibt es ein Gebot zum Schweigen, und zwar dann, wenn ein anderer Prophet eine Offenbarung empfängt, auf die alle Prophetie als das ihr Zuvorkommende und Übergeordnete angewiesen ist.

[569] Meist wird auf Josephus, Bell 2,132 über die Essener (τὰς δὲ λαλίας ἐν τάξει παραχωροῦσιν ἀλλήλοις) und auf die in Anm. 352 zitierten Inschriften als Analogien verwiesen; vgl. auch 1Clem 40,1; 41,1; zur Parallelität von εὐσχημόνως und τεταγμένως vgl. Aelius Aristides, Or. 3,559 (Neuer Wettstein 388). Heinrici 439 führt als Gegenbild Diogenes Laertius 2,130 an. Zum theologischen Ordnungskonzept, das jüdisch, nicht stoisch geprägt ist, vgl. TestNaph 2,8 (πάντα ἐν τάξει ἐποίησεν ὁ θεὸς καλά) und 2,9 (πάντα τὰ ἔργα ὑμῶν ἐν τάξει εἰς ἀγαθόν ἐν φόβῳ θεοῦ, καὶ μηδὲν ἄτακτον ποιήσητε ἐν καταφρονήσει); in 8,10 ist von der τάξις ἐντολῶν αὐτου (sc. τοῦ θεοῦ) die Rede; vgl. auch die Verbindung von Ordnungsgedanke und Geboten Gottes (AssMos 12,9f; Jub 1,14) und den bei Nichteinhaltung fehlenden Frieden (äthHen 5,4 im Zusammenhang mit 2,1). Zur Ordnung im gottesdienstlichen Leben vgl. die rabbinischen Belege bei Billerbeck III 470.

[570] Vgl. Banks, Idea 109: weder »a central idea« noch »a primary concern«. Anders z.B. Kähler (Lit. zu Kap. 7) 76 (»oberster Gesichtspunkt«); Blampied (Lit. zu 14,34f) 164 (»central concern«).

[571] Auch der Schlußsatz wird z.B. von Primasius 543 gegen jene gerichtet gesehen, die *seditiones et perturbationes in ecclesia faciebant.*

[572] So Kümmel 191; vgl. auch Käsemann, Versuche, Bd. 1, 125.

[573] Vgl. Schäfer* 404.

Solche Offenbarung stammt zwar vom Geist, doch sind die Propheten dem nicht willenlos ausgeliefert. Paulus nennt als Begründung, daß Gott ein Gott des friedlichen Miteinanders und nicht eines chaotischen Durcheinanders ist, und zwar in allen Gemeinden. In diesen universalen Horizont sind auch die Korinther einbezogen, die weder Ursprung noch alleiniges Ziel des Wortes Gottes sind. Am Schluß bringt Paulus die Gemeinde noch einmal zur Räson, macht energisch seine apostolische Autorität geltend, nennt eine Sanktion und zieht das Fazit, nach Prophetie zu streben, aber die Glossolalie nicht zu unterdrücken, dabei aber eine gute Ordnung zu wahren.

Auslegungs- und Wirkungsgeschichte

Auch die Auslegungs- und Wirkungsgeschichte von 14,26-33.36-40 ist mehrfach verzahnt mit dem Vorhergehenden, vor allem bei den Aussagen über Gottesdienst, Prophetie und Glossolalie. Hier werden nur noch folgende Schwerpunkte berücksichtigt: 1. Beteiligung aller Gemeindeglieder am Gottesdienst, inklusive Prophetie und Unterscheidung der Geister (V 23.26.31) S. 463-469 und 2. der Ordnungs- und Einheitsgedanke (V 27.33.40 sowie V 36-38) S. 469-479.

1.1. Daß der christliche Gottesdienst, der wie bei Paulus als Zusammenkommen ἐπὶ τὸ αὐτό bezeichnet werden kann[574], die Beteiligung *aller* Versammelten einschließt, ist insofern nie problematisch gewesen, als das Singen, Beten, Amen-Sagen usw. gemeinsam vollzogen wird. In den alten Kommentaren wird das ἕκαστος von V 26 nie näher diskutiert, ja es wird vor Ausreden bei mangelnder Beteiligung gewarnt[575]. Einschränkungen gibt es nur insofern, als keiner alle Gaben hat[576]. Sonst aber heißt es ausdrücklich wie bei Ambrosiaster (158): *Omnes paratos vult convenire diversis donis spiritalibus.* Schwerer tut man sich mit dem πάντες in V 31, wo die Lateiner entweder mit *per singulos*[577] oder mit *singulatim* übersetzen[578]. Aber selbst hier kann es bei Atto (394) heißen: *Quasi diceret: Omnes habetis gratiam prophetiae*[579].
Auch in der Reformation ist V 26 unproblematisch: »Jede Gabe soll in der Gemeinde ihren Ort haben, aber mit Maß und Ordnung« (Calvin 443)[580]. Nach

574 Justin, Ap. 1,67; vgl. 1Clem 24,7 und Reiling* 60f.

575 Vgl. Petrus Lombardus 1670 und Herveus 967f: Weil jeder eine Gabe hat, die er zur Erbauung gebrauchen soll, *ideo nullus se excuset.*

576 Vgl. Theodoret 400; Herveus 968; Thomas 400 (*unusquisque vestrum habet aliquod donum speciale*); Spener 465 (nicht jeder habe *haec omnia simul*). Haymo 592 differenziert auch noch innerhalb der einzelnen Charismen: *Sicut doctores non aequali peritia imbuti sunt, ita et auditores quadam inaequalitate capacitatis differri probantur.*

577 So die Vulgata und die meisten; Hrabanus Maurus 135 läßt *omnes* aber ganz aus. Thomas 401 legt das doppelte πάντες von V 31 so aus: *Omnes, id est maiores, discant, et omnes, id est minores, exhortentur*; vgl. auch Petrus Lombardus 1671 und Herveus 969.

578 So Theophylakt 747 in der lateinischen Version.

579 Vgl. aber Cyprian, Ep. 75,4 (CSEL 3.2, 812): *Tantus est numerus prophetarum ut multiplex et diuina sapientia per multos distribuatur;* die schwierigeren Angelegenheiten sollen nur in einer Versammlung der Ältesten und Vorsteher geordnet werden.

580 Die Beteiligung aller wird freilich auch als Gefahr angesehen, denn wenn jeder »für sich selbs sein aygen gesang, gebete oder sprach offenlich fu̍re«, könne leicht »weder zucht noch ordnung gehalten« werden (Osiander, Schriften, Bd. 5, 64).

Bucer soll die Erbauung nicht allein »durch die gemeinen diener geschehen, sonnder durch ein yedes gelid nach der maß der gaben Christi«[581]. Spener sieht auch durch V 26 bestätigt, daß »das ampt im Wort GOttes allen Christen gemein sey«[582]. Problematischer ist wieder das πάντες in V 31, das gern limitiert wird. Zwingli erklärt immerhin: »Sölt's nit eim andren als (= ebenso) wol zimmen, in der kirchen zů reden, als denen oder mir? Wo wär dan der sytzenden (das ist: gemeinen volcks) urtel und gwalt ze reden von denen Paulus 1. Cor. 14 redt?«[583] Auch Luther vertritt zunächst die Meinung: »Eyn christen hatt so viel macht, das er auch mitten unter den christen, unberuffen durch menschen, mag und soll aufftretten und leren, wo er sihet, das der lerer da selbs feylet (= fehlgreift), ßo doch das es sittig und tzuchtig tzu gehe«, was Paulus klar beschrieben habe, und »das alles darumb, das nott keyn gepott hatt«[584]. Später urteilt er aber anders, daß nämlich diese Stelle nicht jedem die Freiheit gibt, in der Gemeinde zu predigen, etwa »auch widder den ordentlichen prediger zu bellen«; Paulus rede hier von Propheten »und nicht vom pobel, der da zu hőret, Propheten aber sind lerer, so das predigampt ynn der Kirchen haben«[585]. Auch andere Reformatoren schränken das »alle« ein: Es genüge nicht, daß einer glaube, eine Lehre oder Offenbarung zu haben, vielmehr müsse er davon voll überzeugt sein, mit gutem Gewissen und mit Weisheit reden[586]. Diese Auslegung blieb die beherrschende[587]. Im Pietismus dagegen gewinnt das πάντες wieder eine größere Beachtung. Spener (469) verweist auf die jüdische Sitte, nach der nicht nur die mit dem *ministerium or-*

581 Schriften, Bd. 17, 301.

582 Schriften, Bd. 1, 661; vgl. auch 668; 710 heißt es nach Verweis auf V 31: *Quidem generalis vocatio omnibus Christianis communis est, ut de verbo Dei inter se loquantur.* Semler (377) will später selbst dieses ἕκαστος auf die *ex ordine ministrorum* beschränken.

583 CR 92, 419; vgl. auch 546: »Es zimpt ouch dem sitzenden in der kilchen ze reden, wo ein ding dunckel ist«. Zu Zwinglis Zutrauen, daß auch »Laien« die Schriften verstehen und auslegen können, wobei die Sprachengabe im Sinne des Verstehens der Originalsprachen aber Voraussetzung bleibt, vgl. P.A. Russell, Lay theology in the Reformation. Popular pamphleteers in Southwest Germany 1521-1525, Cambridge 1986, 68-71. In diesem Sinne äußern sich erst recht Leute wie Hubmaier: »Es mögend ja alle menschen sonderlich (= einzeln) leeren, darmit yederman lerne vnd all trost empfahen« (Schriften 93); vgl. auch 91: »Das vrteil, welcher vnder den zweyen rechter gesinnet sye, ist by der kirchen in dem wort Gottes empfangen vnd vssz dem glouben geboren«.

584 Flugschriften I 247. Vgl. auch WA 8, 496 (»alle mőgen weyssagen«) und 23, 652: Alle können reden, doch soll sich nicht »einer uber den andern erheben und unordig handeln odder rotten und ketzerey anrichten«; vgl. weiter R.A. Kelly, Luther's Use of 1Corinthians 14, in: FS G.M. Bromiley, Grand Rapids 1987, 123-134.

585 WA 30.3, 522. Zur gleichen *potestas* der Glaubenden im Blick auf die Wortverkündigung und das Verhältnis zur besonderen Berufung bei Luther vgl. Pannenberg, Theologie III 410f.

586 Coccejus 323; er schließt sich Chrysostomus an, daß Paulus *de prophetis extraordinariis* spreche.

587 Die Leidener Synopsis erklärt zunächst wie viele andere: *Scripturam esse sui ipsius Interpretem*, doch da Gott sich des Dienstes der Menschen bedient, wird mit Zitat von 10,15 und 14,29 in der *potestas interpretandi* bzw. *iudicandi* unterschieden zwischen einer *potestas publica* und *privata*, bei der letztere sich auf das allen mögliche Verständnis der zum Heil notwendigen Dinge bezieht, die erstere aber bestimmten Personen vorbehalten ist, *qui et dono et vocatione ad hoc instructi sunt* (Heppe, Dogmatik 28 Anm. *).

dinarium beauftragten Priester und Leviten reden konnten, sondern alle, die wollten und konnten[588]; ursprünglich sei so auch unter Christen verfahren worden, doch sei das später, vor allem *sub Pontificatu*, anders geworden und habe zur *praeexcellentia cleri* geführt, der *per monopolum* alles an sich gezogen habe. Spener (470) bedauert, daß die jüdische und frühchristliche Gewohnheit nicht wieder hergestellt worden ist und *post conciones ordinarias exercitatio publica non fuit*; gewiß habe Luther bestimmt, daß das geschehen solle, doch *ob defectum hominum* nicht aufrechterhalten können (471)[589].

Allerdings wird die Institution der »Prophezei«, die ursprünglich in der Reformationszeit in verschiedenen Gebieten der reformierten Kirche »zur Förderung der Schriftkenntnis durch das Mittel gemeinsamer Erörterung« eingerichtet worden war und ihren Namen von 1Kor 14 her trägt[590], auch von Spener gefördert. Es handelt sich dabei nicht nur um wissenschaftliche Arbeitsgemeinschaften, sondern auch um in der Gemeinde eingerichtete Veranstaltungen, »in welcher erwegt und bekreftiget wird (durch ein zusammenfügung der örter der heiligen schrift) alles, was in der vergangnen wochen in den predigten sich hat lassen ansehen, als wann es nit recht oder dunkel oder nit gnugsam von den dienern des worts were erkläret worden, oder so es auch sonst einigen zweifel in den herzen der brüder gegeben hette«[591].

Die Beteiligung aller am christlichen Gottesdienst ist heute kein kontroverses Thema. »Der gemeinsame Gottesdienst ist ein zentrales Element im täglichen Leben des Gläubigen, der daran teilnimmt«[592]. »Alle sind von Gott zum Zeugnis des Wortes ausgerüstet, zur Verkündigung, zum prophetischen Reden und zur Ermahnung und Seelsorge«[593]. Die Gemeindeglieder sollen »nicht nur beten, auch nicht nur das Wort der Apostel anhören und vor der Welt ein Zeugnis der Tat ablegen. Sie sollen auch selbst verkündigen, ja sogar

588 Hier wird auf Lk 4,16f und 469f auch auf Joh 18,20; Apg 13,14f u.a. Stellen verwiesen und dieses auch von Christen rezipierte Verfahren eine *mos egregius* genannt, *per quem omnis cognitio singulis Christianis a Deo concessa cum toto coetu communicabatur.*

589 In den Pia desideria fragt Spener, ob es nicht dienlich sei, daß »wir wiederumb die alte Apostolische art der Kirchen versamlungen in den gang brächten: Da neben unseren gewöhnlichen Predigten / auch andere versamlungen gehalten würden / auff die art wie Paulus I. Corinth. 14. dieselbe beschreibet / wo nicht einer allein aufftrette zu lehren / (welches zu andernmahlen bleibet) sondern auch andere / welche mit gaben und erkantnuß begnadet sind / jedoch ohne unordnung und zancken / mit darzu reden / und ihre gottselige gedancken über die vorgelegte Materien vortragen / die übrige aber darüber richten möchten« (Pia desideria, 1955 [KlT 170], 55).

590 So Güder/Egli, RE, Bd. 16, 108-110, Zitat 108; Pfister, RGG3 V 638.

591 EKO, Bd. 7, 608; vgl. 569 mit Anm. 34-43a, vor allem zur sog. Dienstagsprophezei der wallonischen Gemeinschaft: »In Anwesenheit der Gemeinde versammeln sich nach der Frühbetstunde die Prediger, Ältesten und ein dazu bestimmes Gremium weiterer Gemeindeglieder im Altarraum. Einer aus dieser Versammlung, der jeder der drei Gruppen angehören kann, liest im Rahmen kontinuierlicher Schriftlesung einen Text und fügt eine Erklärung hinzu, worauf die übrigen der Reihe nach das Wort erhalten, um Ergänzungen anzubringen, bis niemand mehr etwas hinzuzufügen hat« (569); 609 werden gegenüber neuer Lehre oder ihrer halsstarrigen Verteidigung auch die V 29.32 angeführt.

592 Dokumente I 482.

593 Schütte, Amt 254.

im Gottesdienst selbst zu Worte kommen je nach dem Charisma, das dem Einzelnen verliehen ist«; nach Zitat von V 26 wird in Kombination mit V 24f fortgefahren: »Und gerade dadurch, daß alle Glaubenden die Möglichkeit und das Recht des Wortes in irgendeiner Form wahrnehmen, legen sie in ihrer Gesamtheit ein mächtiges Zeugnis des Glaubens ab, das auch Ungläubige zu bezwingen vermag«[594]. Erst recht auf evangelischer Seite, auf der allerdings die faktische Realität ebenfalls ganz anders aussieht, wird ausdrücklich daran erinnert, »daß *alle* aktiv beteiligt waren ... *Jeder* gab seinen Beitrag, und eben deswegen durfte niemand die Versammlung monopolisieren, damit alle an die Reihe kommen können«[595].

1.2. Umstritten ist aber das Subjekt des διακρίνειν in V 29, vor allem auch kontroverstheologisch. Zwar werden die ἄλλοι von V 29 zunächst nicht näher bestimmt, zumal, wenn man das *judicare* als ein Fragen verstand, *si aliquid occultum aut contrarium visum fuerit*[596], oder gar als *tacite judicare* wie Petrus Lombardus (1671). Allerdings werden »die anderen«, wenn denn überhaupt näher darauf eingegangen wird, meist als *prophetae et doctores sive explanatores prophetarum* bezeichnet[597].

Calvin (444) meint zwar zu V 29, daß Paulus beim Prüfen und Abwägen an alle denke, die die Gabe der Prophetie besaßen[598], zieht den Vers aber für das rechte Verfahren bei der Beurteilung der Lehre auch so heran: Indem Paulus die Beurteilung den einzelnen Kirchen zuerkenne, mache er zugleich das Vorgehen »in schwereren Fällen« deutlich: »Da sollen nämlich die Kirchen miteinander gemeinsam das Urteil in die Hand nehmen«[599]. Nach Luther gibt die Schrift »nicht eynem Concilio, Sondern eynem iglichen Christen macht, die lere tzu vrteylen, 1. Cor. 14«[600], und er verwirft die Meinung, »das der Bapst

[594] Küng, Kirche 444; auch nach Schmaus, Dogmatik III 1, 731 ist durch V 26 »allen Christusgläubigen aufgegeben, für Gott Zeugnis abzulegen«.

[595] Brunner, Mißverständnis 61; vgl. auch 60: Diese Zusammenkünfte waren nicht bloß »ein coetus fidelium, ein Zusammenkommen und Beieinandersein, sondern sie waren darauf angelegt, aus dem bloßen Zusammen ein *Mit*-einandersein und Mit- einander*tun* zu machen. Sie waren ein gemeinschaftliches Tun und ein gegenseitiges von einander Nehmen und einander Geben« (mit Verweis auf 1Kor 14). In Dogmatik III 48 wehrt sich Brunner gegen eine zu starke Betonung der gottesdienstlichen Versammlung, die nur in 1Kor 14 ausführlicher und unter dem Gesichtspunkt hervortrete, »daß jeder das Seine beitrage und jeder an die Reihe komme. Das Gottesdienstliche, ›Kultische‹, Sonntägliche, Sakrale tritt ganz zurück hinter der Bestimmung, für die Welt gesandt zu sein und den Menschen in Liebe zu dienen«.

[596] Atto 394; ähnlich Ambrosiaster 159; Ambrosius 272; Hrabanus Maurus 135.

[597] So Haymo 591; Herveus 969.

[598] In seiner Antwort an Kardinal Sadolet heißt es, »daß ein Prophet, der ein Lehramt innehat, von der Versammlung beurteilt werden soll (I Kor 14,29). Jeder, der sich davon ausnimmt, streicht sich zuvor selbst notwendigerweise aus der Zahl der Propheten aus« (Studienausgabe 399).

[599] Inst. 4,9,13.

[600] WA.B 2, 508; vgl. auch WA 8, 496 (»alle, die predigen odder leßen, sollen die tzuhőrer lassen urteyln und yhnen unterworffen seyn«) und 10.1, 140f (»yhr [sc. des Papstes und der Bischöfe] lere soll dem hawffen unterthan seyn. Was sie leren, soll die gemeyn urteyllen und richten«). Auch nach Melanchthon steht der ganzen Kirche das Urteil zu, und selbst wenn ein Bischof nicht zustimmt (V 29), kommt allen das *ius docendi* zu (Werke I 114); vgl. auch 203: »Einer gantzen kirchen bevollen ist zu richten von der prediger lere«;

macht habe, die heyligen schrifft noch seynem eygen willen zu deuttenn und furen und niemant lassenn die selben anders den er wil deutten. Damit er sich ubir gottis wort setzt und dasselb zureysset und vortilget, So doch S. Pauel 1. Cor. 14 sagt, Der uberer soll des unterernn erleuchtung weychen«[601]. Nach Luthers Meinung wird V 29 entleert und verheert, wenn der Papst erklärt: *Nulli sedenti revelatur aliquid, sed ego prior solus loquar, caeteri audiant* und *Caeteri non iudicent, sed ego prophetabo, et caeteri iudicentur. Nos sumus Magister, propheta et vicarius dei*[602]. Papst und Bischof können irren, und »yhr lere soll dem hawffen unterthan seyn. Was sie leren, soll die gemeyn urteyllen ud richten«[603]. Aber auch hier (vgl. oben 1.1) stellt er später die Frage: »Was heist hie ›Andere‹? Sols heissen: der pobel? Mit nichten, Sondern es sol heissen: die andern Propheten odder Weissager . . . und wo sichs begebe, das einer unter den Propheten odder Predigern das beste treffe, so sol der erste sich weisen lassen, sagen: Ja, du hast recht, ich habs nicht so wol verstanden«[604]. Ähnlich ist die Stellungnahme Bullingers, der einerseits erklärt, *examinanda non a Papa, sed tota ecclesia* (234)[605], andererseits aber gegen die Wiedertäufer polemisiert, die ebenfalls *ut Pontificij mendacia sua argui nolunt* (236).

Diese Doppelseitigkeit hält sich auch in der folgenden Zeit durch. Einerseits wird moniert, daß der Papst und die zum Konzil versammelten Bischöfe sich nicht beurteilen lassen und sich damit an die Stelle Christi stellen, und umgekehrt, auf 1Kor 14 gestützt, das *lex sedentium* (Sitzerrecht) reklamiert und das Recht der ganzen Gemeinde eingefordert, »to judge difficult passages of Scripture together, not individualistically or professionally«[606]. Andererseits aber soll die Prüfung, die an sich Sache aller ist, vor

III 258 besteht er mit Verweis auf V 30 u.a. (z.B. Papst Nikolaus, Distinct. 96: *Fidei causas communes esse, et non tantum ad clericos, sed etiam ad laicos pertinere*) auf der Einbeziehung der Laien. Vgl. auch im Kommentar 77 (*vult penes ecclesiam esse auctoritatem iudicandi de doctrina*) und 78 (*impiissime igitur faciunt pontifices solis sibi ius de doctrina iudicandi usurpantes*); vgl. auch Calvin, Inst. 4,9,13 und Oekolampad (QFRG 21, 369): »Alle ware schefflin haben also macht zu urteilen und nemmen die warheit an«.

601 WA 7, 175; vgl. auch 772; in WA 2, 10 weist er darauf hin, daß viele Dekretalen später korrigiert worden sind, aber auch darauf, daß in Sachen des Glaubens nicht allein ein allgemeines Konzil über dem Papst steht, sondern auch jeder Glaubende, *si melioribus nitatur* (sich stützen) *auctoritate et ratione quam Papa, sicut Petro Paulus Gal. II*; vgl. auch 676. Auch Zwingli führt V 29 dagegen an, daß Konzilien nicht irren können (CR 88, 321).

602 WA 7, 772; vgl. auch 134f sowie WA 3, 97; 2, 10.676.

603 WA 10.1, 140f.

604 WA 30.3, 525. Auch nach Bucer, Schriften, Bd. 5, 27 redet Paulus von denen, die die Gabe der Prophetie haben, sich zur korinthischen Gemeinde hielten und dort bekannt waren, »gar nit von denen, die daherlauffen und sich selb des h. geystes rhůmen, on eynige kundtschafft oder zeugnüs der kirchen« (ebs. 404 und QGT VIII 138).

605 Vgl. auch 236 die Polemik gegen den päpstlichen Kanon: *Nemini est de sedis apostolicae judicio judicare aut illius sententiam retractare permissum.*

606 So von J. Campanus und W. Schultheiß; zitiert bei Williams, Radical Reformation 829; vgl. auch 273: »Campanus accuses Luther of having deprived the Christian laity of their right to sit in judgment«; zu Schultheiß‹ Inanspruchnahme von 1Kor 14 vgl. auch 282.

allem durch andere Propheten, Lehrer und Älteste erfolgen[607]. Daneben aber begegnet auch Polemik gegen *curiosae quaestiones & labyrinthi*, die die Sinne mit Zweifeln erfüllen und Erbauung verhindern (Maior 196v), sowie gegen allzuviel »worttstreyt« z.B. in den folgenden Reimen von Schultheiß: »Nicht daß man drumb soll vnderlon / der heiligen gschrifft collation, / spruch mit spruch zu declariern / vnd miteynander conferiern, / auff daß die warheyt kum ans liecht / vnd einr den andern feyn beriecht: / zween oder drey prophetizirn, / die andern sollen iudicirn, / vnd so gott etwas offenbart / eim andern zu derselben fart, / so sol der erst den andern hörn, / auff daß sie alle mögen lern / vnd dauon gebessert werden / gantz brüderlich on all geuerden/[608].

Auf katholischer Seite wird die Prüfungskompetenz naturgemäß anders beurteilt. Erasmus spricht Luther das Recht ab »zu verwerfen, was von den Alten entschieden worden ist«, und auf den Vorhalt von V 30 (»Wenn ein späterer Prophet ersteht, wird dem früheren Schweigen befohlen«) antwortet er: »Wie geht es dann weiter? Ist es deshalb jedem beliebigen erlaubt, die Meinungen der Alten zu verwerfen, die durch das öffentliche Urteil der Kirche gebilligt wurden? Warum schließlich ereiferst du dich so gegen die Propheten, die nach dir aufstehen? Warum machst du ihnen nicht Platz nach der Vorschrift des Paulus?«[609] Cornelius a Lapide (331) erklärt gegenüber den Reformatoren: *Non ergo ad vulgus & laicos spectat iudicare de doctrina religionis*[610]. Die einzig legitime Prüfung fällt dem Bischof zu, was sich bis zum 1. Vatikanum durchhält, wo dann der Papst kraft seines hierarchischen Amtes und mit letzter Autorität unfehlbar die Glaubensnorm bestimmt, sein Urteil selbst aber von niemandem beurteilt werden darf[611]. Das 2. Vatikanum bringt zwar

607 So z.B. Coccejus 323. Auch nach Glassius kommt das *judicium* den übrigen *doctores* zu (Philologiae V 6). Für Maior 197r ist das πάντες eine *consolatio de uocatione* für die, die *in ministerio* sind.

608 QGT VII 293; vgl. auch 297 und Schwenckfeldt, Corpus III 834: »Wir legen fur die Prophecej / Beim sitzenden ist das vrtail frej«. Nach Oekolampad hat man da, wo der Geist weht, jedem τῶν θεοδιδάκτων zu weichen (QFRG 10, 186).

609 Schriften, Bd. 4, 275.277; 523 wird aus dem Schweigen des ersten und dem Aufstehen eines anderen Propheten geschlossen: »Mehrere hatten die Prophetengabe, und doch war, was dem einen klar war, den anderen dunkel, weil der Geist nicht allen alles schenkt«. Von da aus und der Gabe der Unterscheidung der Geister wird der Anspruch Luthers abgewiesen, »es gebe in der Heiligen Schrift nichts, was ... nicht ganz klar sei«.

610 In ähnlichem Sinne äußert sich Estius (700), nach dem Paulus *de solis prophetis* spricht, und von denen am meisten, denen das *donum discretionis spirituum* nicht fehlt, also den Bischöfen; vgl. auch 638, wonach diese Gabe *praefectis ecclesiae* zukommen soll. Cajetan 80r legt Wert darauf, daß es in V 26 nicht heißt: *psallit, docet, reuelat* usw., womit Paulus zu verstehen gebe, daß er *de habere communem psalmum, doctrinam, reuelationem, linguam ac interpretationem* spreche.

611 Denzinger/Hünermann, Enchiridion, Nr. 3063, S. 830; vgl. dazu Hasenhüttl* 311f (»Diese Aufgipfelung des hierarchischen Kirchenverständnisses in einem einzigen ›charisma veritatis‹ hat praktisch alle anderen Charismen aufgesogen« [312]) und Werbick, Kirche 112f, nach dem »diese unmittelbare Identifikation päpstlicher Machtausübung mit dem Willen und der Vollmacht Gottes selbst ... Endpunkt einer Entwicklung« ist, »in der die päpstlich-priesterliche Machtausübung – die Macht, richten zu dürfen, ohne selbst gerichtet zu werden, bestimmen zu können, ohne selbst einer Bestimmung (durch Menschen) unterworfen zu sein – sich als die sichtbare Wirklichkeit des Göttlich-Geistlichen in der Welt ausgab: die ›plena potestas‹ des Papstes bildete die Omnipotenz Gottes ab«.

eine Modifizierung[612], doch auch danach »steht das Urteil über ihre (sc. der außerordentlichen Gaben) Echtheit und geordnete Ausübung denen zu, die in der Kirche die Leitung haben und denen es in besonderer Weise zukommt, den Geist nicht auszulöschen, sondern alles zu prüfen und, was gut ist, zu behalten (vgl. 1Thess 5,12 19-21)«[613]. Immerhin kann es auch auf katholischer Seite heißen: »Wenn auch Einzelnen die besondere Gabe der Unterscheidung der Geister verliehen ist (1Kor 12,10), so ist doch zugleich die ganze Gemeinde verantwortlich für die Prüfung der Geister auf ihre Echtheit hin (1Kor 14,29-33; 1Thess 5,21)«[614]. Gleichwohl bleiben die Unterschiede in der Beurteilung der Prüfung der Geister weiterhin kontrovers, was mit dem unterschiedlichen Amtsverständnis zusammenhängt (vgl. dazu Kap. 12).

2. Die größte Nachwirkung des Textes hat ohne Frage der Ordnungsgedanke hinterlassen, vor allem V 33a und 40, aber auch die Regelungen von V 26-32. Anders als beim Herrenmahl ist dabei aber nur schwer abschätzbar, wieweit 1Kor 14 die Gottesdienstordnung der Alten Kirche mit ihren liturgischen Formen im ganzen und im einzelnen bestimmt hat, auch wenn die bei Paulus genannten Stücke wie Gesang, Lobpreis und Gebet selbstverständlich immer dazugehört haben[615]. Sicher dagegen hat der Text bei der Neuordnung des evangelischen Gottesdienstes in der Reformationszeit eine große Rolle gespielt. Das »re[c]hte hauptstuckh« ist danach das Abendmahl, »der erste zusatz sein gepete, lobgesang und lectiones oder undterrichtung aus der heyligen schriefft gelesen«, die Paulus in 1Kor 14 lobe[616]. Auch sonst wird die Schriftlesung eigens erwähnt, obschon Paulus sie nicht ausdrücklich nennt[617], vor allem aber das im Sinne der Predigt interpretierte »Weissagen« in V 26 hervorgehoben; Paulus soll hier erwähnen, »das man erkenne, das Gott worhafftig in einer Gemeyn sey«, während »die andern frůcht gůtter werck ... seind nit also ein gewissz worzeychen der christlichen Gemeyn, als do ist das wort Gottes«[618]. Heutige Inanspruchnahmen sind m.W. selten. Für Bonhoeffer gibt es »für den Aufbau der Ämterordnung in der Gemeinde keine festen Regeln ... Hier besteht Freiheit, daß nur ›alles geschehe zur Besserung‹«[619].

2.1. Als Grund für die Beschränkung der Zahl der Zungenredner wird meist

612 Vgl. Hasenhüttl* 321-353.

613 Denzinger/Hünermann, Enchiridion, Nr. 4131, S. 1188.

614 Küng, Kirche 468.

615 Cornelius a Lapide 331 zitiert in der Auslegung von V 26 andere Aussagen der Alten Kirche zum Gottesdienst (Justin, Ap. 2; Tertullian, Ap. 39); trotz ihrer kurzen Dauer seien sie als *ordinis typus & methodus* der Kirche erhalten geblieben. Vgl. zur Alten Kirche auch Spener 466.

616 Osiander, Schriften, Bd. 3, 518; vgl. auch 5, 134 sowie Bucer, Schriften, 1, 247; 17, 518 u.ö.; Spener 465 findet ab V 26 das *dogma de optima forma cultus*.

617 Vgl. Brenz, Frühschriften, Bd. 1, 212; Zwingli, CR 92, 264.

618 Bucer, Schriften, Bd. 2, 112.

619 Schriften, Bd. 3, 381, was hier speziell auf »die Gewalt der Schlüssel« bezogen wird; vgl. auch Bd. 2, 270, wo für den *status confessionis* die Freiheit eingeschränkt wird, so daß auch von Ordnungen »nicht gewichen werden darf«.

angegeben, daß für die Prophetie genügend Zeit sein müsse[620] oder den Ungläubigen kein Grund zum Vorwurf gegeben werden soll (Atto 394). Die Zahlenangabe bei der Prophetie in V 29 wird manchmal damit begründet, daß alles seine gute Ordnung haben soll (διὰ τὸ εὐτακτότερον), daß sich in der Menge falsche Propheten verbergen können[621] oder daß alle die Möglichkeiten zum Fragen haben sollen (Atto 394), aber es wird auch einfach erklärt: *Sufficit sermo tot hominum*[622]. Nach Calvin (443f) soll auch die Weissagung »mit Maßen geschehen, damit sie nicht Verwirrung stiftet«, und er nennt als Grund für die Einschränkung der Zahl »die menschliche Schwachheit«, »die ein Übermaß nicht ertragen kann«; wahre Freiheit offenbare sich darin, daß nicht »jeder unbesehen herausschwätzt, was ihm einfällt«. Umgekehrt gilt V 29-31 als Beleg auch dafür, daß die Lehrer, »an welchem ort ihrer vil seind, die arbeit under sich teilen, damit ein jeder sein gewisse zeit und stunde hette zu leren«[623], während Spener (467) darauf abhebt, daß die Prediger niemals wähnen dürfen, daß alles zu glauben ist, was sie als Interpreten der Schrift vortragen.

Der zuerst Redende gilt als vorzüglicher, der dann Redende als geringer[624] bzw. der πρῶτος als der Honorigere[625]. Gott aber enthüllt oft auch dem *juniori, quod non revelat majori*[626]. Unabhängig von der Reihenfolge aber gilt auch die Qualität als Kriterium: Schon nach Cyprian lehrt Paulus, daß dann, wenn einem etwas Besseres offenbart worden ist, der erste schweigen soll; auch ein Bischof soll nicht bloß lehren, sondern auch lernen, weil jener besser lehrt, der täglich wächst und zunimmt im Lernen des Besseren [627]. Euseb berichtet davon, daß Alcibiades, einer der Bekenner, seine äußerst strenge Lebensweise auch im Gefängnis beibehielt, dann aber alles aß und trank, weil

620 Ambrosiaster 159; Ambrosius 272; Lanfrank 204; Petrus Lombardus 1671; Herveus 968; Thomas 400.

621 Theophylakt 745; vgl. auch Oecumenius 856: Es soll keine σύγχυσις bzw. *confusio* entstehen. Thomas 401 nennt neben dem Grund, daß Paulus *confusio et taedium* vermeiden wolle, daß es in der frühen Kirche viele prophetisch Begabte gab und die Glaubenden noch nicht so zahlreich waren.

622 Petrus Lombardus 1671; Herveus 969.

623 EKO, Bd. 8, 242. Von der Zahl der Propheten her ist auch auf die der Ältesten und Lehrer geschlossen worden; nach 207 soll »gleichheit oder billicheit« walten und je »nach der menge und anzal des volks in einer jeden gemein viel oder wenig eltesten« eingesetzt werden. Coccejus (324) erinnert daran, daß Predigten früher ὁμιλία bzw. *colloquium* genannt worden sind und durch Fragen und Urteile unterbrochen worden seien, wie das bis heute in Schulen und Akademien der Fall sei, doch warnt er vor *abusus*, vor allem bei denen, *qui soli loqui volunt & non vicissim audire* (mit Verweis auf 1Kön 22,24).

624 Ambrosiaster 159; Ambrosius 272.

625 Primasius 542: *Qui prior dixit, vel qui prior honore est.* Verschiedentlich wird an den synagogalen Usus erinnert, wo die *seniores in cathedris* sitzen, die *juniores* auf Schemeln, die *minimi* bzw. *novissimi* auf Estrich bzw. auf Matten (Atto 394; Hrabanus Maurus 135).

626 Atto 394; Hrabanus Maurus 135; vgl. auch Haymo 591; Herveus 969: *Saepe enim juniori revelat Dominus quod melius est et ideo permittat eum prior loqui.*

627 Ep. 74,10 (CSEL 3.2, 807). Deshalb sei es falsch, im Eifer der Anmaßung und Halsstarrigkeit schlechte und falsche Ansichten zu verteidigen statt richtigen und wahren Ansichten anderer beizustimmen; vgl. auch Ep. 71,3 (Mirbt/Aland, Quellen 91f).

dem Attalus, der im Amphitheater den ersten Kampf bestanden hatte, eine Offenbarung widerfuhr, daß es nicht recht sei, auf die Gaben Gottes zu verzichten[628]. Das wird auch später nicht anders gesehen, wie das folgende Beispiel demonstriert: »Hats Gott etwan andern besser offenbaret, so begeren wirs zu jeder zeit williglich und dankbarlich von ihnen zu lernen (1. Cor. 14,31)«[629]. Wie sich das »Bessere« freilich als solches identifizieren läßt, ist ein schwieriges und kaum erörtertes Problem und hängt vom διακρίνειν ab. Nach Calvin (444) »könnte es verwunderlich erscheinen, daß der Apostel Menschen ein Urteil über die göttliche Unterweisung zuspricht«, doch gehe es nicht darum, sich über das Wort Gottes zu stellen, sondern um die Entscheidung, ob es wirklich Gottes Wort ist[630].
Auch dieser Text ist noch für mancherlei andere Regelungen in Anspruch genommen worden, so von Basilius v. Cäsarea, der mit V 30 die Frage negativ beantwortet, ob zur Zeit des Psalmodierens im Hause Gespräche geführt werden dürfen[631]. V 30 ist weiter neben Lk 2,46 dafür angeführt worden, daß man beim Zuhören des göttlichen Wortes sitzt[632].

Auch der von V 33 begründete V 32 wird als Plädoyer für eine ersprießliche Gottesdienstordnung verstanden. Ob man nun die Prophetengeister sich anderen Propheten unterordnen sieht oder den Redenden selbst[633], in jedem Falle soll der erste Prophet schweigen, also die Ordnung des Gottesdienstes nicht stören. Theophylakt (748) sieht in V 32 darum folgenden Sinn: Μὴ φιλονείκει, μηδὲ στασίαζε[634]. Vor allem aber sieht man V 32 gegen den Vorwand gerichtet, man könne nicht schweigen, da der Geist selbst zum Reden dränge[635]. Nicht das *illuminari* und *cognoscere*, wohl aber die *pronuntiatio* ist in der *potestas* des Propheten[636]. Er kann sehr wohl schweigen[637]. Wenn sich schon der Geist unterordnet, um wieviel mehr der Prophet[638].

628 Hist. Eccl. 5,3,1-3 (GCS 9.1, 432).

629 EKO, Bd. 8, 223. Vgl. auch Luther, WA 30.3, 285: »Wo es einem andern denn dem oberlerer offenbart wird, sol der oberlerer schweigen und folgen«.

630 Vgl. auch 445 zu V 32: Gottes Wort wolle »bedingungslos angenommen sein«, und »wenn jemand eine vollkommene Offenbarung besäße, so wäre er mit seiner Gabe über alle Kritik erhaben«, doch habe Gott »jedem einzelnen nur ein bestimmtes Maß seines Geistes verliehen«.

631 Reg. Brev. 173 (PG 31, 1197); vgl. auch 208 (ebd. 1221) und Reg. 137 (CSEL 86, 166f).

632 EKO, Bd. 8, 232.

633 Schon Pelagius 211 stellt beide Möglichkeiten nebeneinander; ähnlich Hieronymus 762; Primasius 542.

634 Vgl. auch: Τὸ Πνεῦμα τοῦτο τὸ κινοῦν σε, ὑποτάσσεται σοι, καὶ ἐν τῇ σῇ λοιπὸν ἐξουσίᾳ κεῖται τὸ σιγᾶν (748). Nach Origenes liegt kein Zwang vor, sondern Wille und Vernunft (In Rom 7,5 [Fontes 2.4, 65]).

635 Vgl. Herveus 969; Petrus Lombardus 1671; Haymo 592, der das zugleich auf alle anderen Geistesgaben erweitert, die den Erwählten unterworfen sind, so daß sie entscheiden können, wann sie dieselben ausüben oder darauf verzichten.

636 So z.B. Thomas 401; vgl. auch 402: *Spiritus Sanctus non cogit homines ad loquendum.* Der Prophet ist also seiner Sinne mächtig (Summa, Bd. 23, 68).

637 Vgl. z.B. Erasmus, Schriften IV 87: »Wenn der Heilige Geist irgendwelche Leute antreibt, treibt er so an, daß es jenen freisteht zu verstummen, wenn sie wollten; . . . die, die von einem fanatischen Geist getrieben werden, können auch dann nicht schweigen, wenn sie wollten«.

638 Johannes Damascenus 685. Theodoret 345 verweist auf Josua, der sich Mose, und Elisa, der sich Elia untergeordnet habe. Gregor v. Nazianz zitiert V 32 zusammen mit Gal 2 auch als Beleg für die Notwendigkeit der Selbstkorrektur (Or. 42,1 [PG 36, 457]).

Auch für das Gemeinwesen kann V 32 als Argument bemüht werden: »Denn die Ordnung ist es, die das All zusammenhält, Ordnung bei den Zeiten des Jahres, Ordnung bei der Sonne und den Sternen, was aber noch bedeutender ist, Ordnung im Geistigen – wenn sich doch selbst Prophetengeister den Propheten unterordnen (1 Kor 14,32)«[639].

2.2. V 33a wird unzählige Male zitiert, auch in mancherlei Variationen und Kombinationen, vor allem mit V 40 (vgl. dort): *Non est Deus superbiae et dissensionis*[640] oder *non dissensionis, turbationis & confusionis*[641]. Meist dient V 33a zur Begründung der Einheit kirchlicher Lehre und Praxis[642]. Gregor v. Nazianz zieht sogar die Folgerung, daß es keinen wirklichen Dissens geben könne, sondern bei kontroversen Meinungen der eine Wahres und der andere Falsches spricht oder zu sprechen scheint[643], sieht damit aber auch »die Schafe« ermahnt: μὴ ποιμαίνετε τοὺς ποιμένας ... μὴ κρίνετε τοὺς κριτὰς μηδὲ νομοτεθεῖτε τοῖς νομοθέταις[644]. Bonaventura folgert aus V 33, daß es in der Kirche *per concordem et uniformem consonantiam divinae laudis* zu sprechen gilt[645]. Oft zitiert wird der Vers auch von Bucer und in den evangelischen Kirchenordnungen[646]. Calvin (445) erklärt, daß zwar viele sagen, »wo Streitsucht herrscht, regiert Gott nicht mehr«, sie dennoch aber »Gottes Gemeinde mit nichtigen Streitigkeiten« verwirren; im übrigen aber denkt Calvin »nur an einen Frieden, dessen Band die Wahrheit Gottes ist«[647].

Abweichend von den meisten Bezugnahmen auf V 33 geht die Confessio Helvetica Posterior auf Meinungsdifferenzen in der Kirche ein: »Es wird uns vorgeworfen, daß es in unsern Kirchen mancherlei Streite und Meinungsverschiedenheiten gäbe, nachdem sie sich von der römischen Kirche getrennt habe, und sie deshalb nicht wahre Kirchen seien. Als ob es also in der römischen Kirche nie Sekten, nie irgendwelche Meinungsverschiedenheiten und Streite gegeben hätte, und zwar in Fragen der Religion, und nicht nur in Schulen, sondern auf Kanzeln, hineingetragen mitten ins Volk!

639 Niketas Choniates, a.a.O. (EKK VII 2, 353 Anm. 438) 218.

640 Primasius 542; ähnlich Hieronymus 762; Pelagius 211 u.a.

641 Cajetan 80v; vgl. Calixt, Schriften, Bd. 1, 183: *Non dissensionis, sed caritatis et pacis.*

642 Vgl. Theophylakt 748; Pelagius 211; Primasius 542; Haymo 592; Thomas 401f (*Deus numquam cogit ad id unde oriatur rixa vel dissensio*); Sedulius Scotus 157 (*hortatur eos ad concordiam, ne magnitudine donorum et sapientiae nascantur discordiae)*. Umgekehrt wäre Gott ein Gott der *dissensio,* würde er sie zum *simul loqui* bringen, was er nicht tut (Petrus Lombardus 1671; ähnlich Lanfrank 205; Herveus 969).

643 Opera II 400.

644 Or. 19,10 (PG 35, 1053).

645 Collationes 68.

646 Vgl. Bucer, Schriften, Bd. 5, 27.403 und zu den Kirchenordnungen unten Anm. 665.

647 Vgl. auch Instruction et confession de foy von 1537, wo aus V 40 geschlossen wird, daß man »nicht die Beachtung von Gesetzen, durch welche, wie durch Bande, im Zusammenkommen der Christen Ordnung und Schicklichkeit Bestand haben oder Frieden und Eintracht bewahrt werden, unter die menschlichen Überlieferungen rechnen« darf, »vorausgesetzt, daß sie nicht für heilsnotwendig gehalten werden, nicht die Gewissen als religiöses Gesetz verpflichten oder als Gottesdienst betrachtet werden« (Studienausgabe 203). Im Widmungsschreiben der Institutio wird V 33a gegen den Verdacht des Umsturzes angeführt (103).

Wir erkennen freilich an, daß der Apostel gesagt hat: ›Gott ist nicht ein Gott der Unordnung, sondern des Friedens‹ (1. Kor. 14,33)«; nach Hinweis auch auf 1Kor 3,3; Gal 2,11ff und Apg 15 wird dann aber erklärt: »Schwere Kämpfe hat es in der Kirche immer gegeben, und berühmte Lehrer der Kirche waren nicht in geringfügigen Sachen untereinander uneins; indessen hörte die Kirche in diesem Streite nicht auf, das zu sein, was sie war. So gefällt es nämlich Gott, die kirchlichen Meinungsverschiedenheiten zur Ehre seines Namens und zur Verherrlichung seiner Wahrheit zu benutzen, auf daß die Bewährten offenbar werden«[648].

Diese kritische Abgrenzung gegenüber einer Einheitstheologie wird oft vergessen. Entsprechendes gilt auch für die umfassende Bedeutung von εἰρήνη, ja z.T. wird nur der erste Teil von V 33a überhaupt zitiert und aufgenommen[649]. Immerhin wird im Zusammenhang mit *pax* noch Joh 14,27 herangezogen[650].
Zwei Beispiele aus neuerer Zeit: Gollwitzer zählt die Wendung »Gottes Frieden« zu den Stellen, die von einer »Gottestat« reden, »sozusagen von einer Forderung, die Gott primär an sich, nicht primär an uns gerichtet hat«[651]. Moltmann erklärt, mit Frieden sei im Neuen Testament »nicht jegliche Ordnung des Chaos und nicht nur die Beseitigung von Streit gemeint, sondern die eschatologische ›neue Ordnung aller Dinge‹ und also das endzeitliche Heil der neuen Schöpfung. Das Leben und Handeln der Gemeinde soll dem Frieden Gottes in dieser Welt des Widerstreits entsprechen (1.Kor. 7,15) und ihn vorwegnehmen (Eph. 4,3)«[652].
2.3. Eine noch viel größere Rolle als V 33 spielt V 40, der sich natürlich aufs beste dazu eignet, in allen möglichen Zusammenhängen zitiert zu werden, auch in Kombination mit anderen Worten wie 10,31[653] oder 1Thess 4,12[654], am häufigsten aber in Kombination mit dem Schluß von V 26[655]. Teilweise wird der Vers auch erweiternd fortgeführt, z.B. so: Gott, der seinem Apostel befohlen habe, daß alles *honeste et secundum ordinem* geschehe, habe *non aliquid inordinatum* geschaffen noch vorherbestimmt, daß es geschehe[656].

Zwei konkrete Beispiele für die sehr verschiedenartige Anwendung: In der Regula Pauli et Stephani 21 wird V 40 so konkretisiert, daß das Einfüllen des Weines in den

648 Jacobs, Bekenntnisschriften 215; der lateinische Text in BSRK 197.
649 Vgl. z.B. Walafridus 545; z.T. wird der Begriff *pax* aber auch hier nur negativ exemplifiziert, etwa als *praeter ordinem* (Ephraem 78 u.a.).
650 Ambrosiaster 160; Ambrosius 273; vgl. auch Faber Stapulensis 129r: *In quibus (sc. ecclesiis) pax dei & nulla dissentio regnat. instar angelicarum hierarchiarum quae coelestes sunt ecclesiae.*
651 Werke, Bd. 5, 98.
652 Kirche 318. Traditioneller ist die Auslegung bei Küng, Kirche 213: »Willkür, Unordnung, Chaos in der Kirche kann sich also gewiß nicht auf den Heiligen Geist berufen!«
653 So etwa Basilius v. Cäsarea, Reg. Brev. 276 (PG 31, 1276); hier in Kombination mit 11,33 als Antwort auf die Frage, wie es um gefräßiges Verhalten beim Mahl steht.
654 Cyprian, De Sing. Cler. 17 (CSEL 3.3, 192).
655 Vgl. die vielen Beispiele unten in Anm. 665.
656 Fulgentius, Ad Monim. 1,20,2 (CChr 91, 20); vgl. weiter etwa Origenes, Hom. in Num 2,2 (GCS 30, 13): *Si nihil inordinatum, nihil inquietum, nihil inhonestum inveniatur in nobis.*

Kelch *cum moderatione et competenter* geschehen soll[657]. Basilius v. Cäsarea gibt mit V 40 die Antwort auf die Frage, ob es erlaubt ist, in Abwesenheit des Vorstehers zu einer Schwester über Fragen der οἰκοδομὴ τῆς πίστεως zu sprechen[658].

Meist steht der Gesichtspunkt der τάξις im Vordergrund[659], so daß als *honestum* gilt, was *cum pace et disciplina* geschieht[660]. Aber es begegnen auch andere Umschreibungen wie die, daß nichts *perverso ordine, aut per contentionem, vel inanem gloriam* getan werden soll[661], oder daß *iste ordo* nicht allein in dem zu bewahren ist, was sich auf Gott bezieht, sondern auch in dem, was sich *ad humanam consuetudinem* zu beziehen scheine[662]. Eck wendet den Vers später zugunsten der *unitas in ecclesia* gegen die Reformatoren[663]. Marschalck karikiert die Gegner Luthers, der das Band der Kirche zerreiße und die Ordnung zerbreche, »und wo kain ordnung sey, do sey kain fryd, und sey wider den spruch Pauli I. Cor. XIIII [40]: Alle ding sollen nach ainer ordnung geschehen, wie es die rͤomisch kirch verordnet hab«[664].
V 40 wird vor allem unendlich oft in Kirchenordnungen zitiert, wo der Vers oft als Motto vorangestellt wird oder am Schluß steht[665]. Der Skopus wird meist so bestimmt, wie ihn Osiander benennt: »Darumb alle ordnung von menschen gemacht, wan sie die gewissen nicht verstricken, nicht wider Gottis Wort sein, sonder zu gutem dienen, seien leidlich und loblich«[666]. In ähnlichem Sinne äußert sich Bucer: »In Christlichen versamlungen sͤollen alle ding schon ordentlich und zur bͤosserung fürgenommen werden und bschehen, als der haylig Paulus fleyssig vermant«[667]. Melanchthon bemüht zusätzlich die Natur: *Hominum natura intelligit et amat ordinem, qui quidem maxime decet Ecclesiam et congressus publicos*[668]. Luther fügt immerhin hinzu, daß mit sol-

657 J.E.M. Vilanova, Regula Pauli et Stephani, Montserrat 1959, 116.

658 Reg. Brev. 108 (PG 31, 1156); vgl. auch Reg. 10 (CSEL 86, 51).

659 Theodoret 348 z.B. erklärt, daß Paulus mit Vorrang τάξις lehre.

660 Ambrosiaster 163; Ambrosius 274; ähnlich Herveus 972 u.a.

661 Hieronymus 762; Pelagius 212; Sedulius Scotus 157. Auch nach Wyclif, De Veritate I 28f richtet sich V 40 gegen *pugnas verborum*, woraus nur Neid, Streitereien, Blasphemie u.ä. entstehen, und von V 40 her kommt er zum Urteil, daß der größere Teil der Disputationen *excedit regulas legis Cristi.*

662 Atto 395; Thomas, Summa, Bd. 17A, 209 zitiert Augustin: *Pax hominum est ordinata concordia,* doch schließe Frieden Eintracht ein, sei aber mehr als diese (210).

663 Ench. 1 (CCath 34, 22f); er folgert daraus, daß Gott eine einheitliche Kirche und nicht *uni privato homini: Luthero, vel Zvinglio, aut Hosandro* (Osiander) inspiriert habe.

664 Flugschriften I 563.

665 Vgl. EKO, Bd. 1, 567; 5, 367.540; 7, 17.50.145.151f.265.291; 8, 43.113.161. 181. 185.226; 11, 624.657.685.731; 13, 329; 14, 115.587; 15, 120.232.254; QGT VII 324 u.ö.

666 Schriften, Bd. 4, 92; das wird hier wie auch sonst oft speziell auf die Ämter bezogen, daß »sich nymand kaines ambts in der kirchen unterstehe, er sey dan ordentlich darzu beruffen«.

667 Schriften, Bd. 4, 238; vgl. auch 2, 476; 6.2, 126; 7, 258; 17, 179 u.ö.; in 4, 272 wird das aber abgesetzt von »verworffnen menschengepott . . ., die nit zur bͤosserung dienen und also in gͤotlicher schrifft iren grundt nit haben«; zudem wird erklärt, daß es den Christen zusteht, »so vil dise ordnung uff eusserliche ůbung« gehen, sie zu anderer Zeit und an anderem Ort zu ändern.

668 Werke II 2,744; vgl. auch I 247; IV 256: *Eius ordinis observatio quaedam paedagogia est et civilis disciplina, non est Christiana iustitia, nec iustificat* (vgl. auch 272; V 332).

cher Ordnung »nicht der Bisschowe Tyranney, sondern blos des Volcks not, nutz und ordnung gesucht« werde[669]. Calvin (447) betont, daß der Herr »in den äußeren Riten Freiheit gelassen« hat, »um uns vor dem Wahn zu schützen, als ob in diesen Dingen der wahre Gottesdienst bestünde. Indessen hat er keine vollkommene zügellose Freiheit gestattet, sondern uns gleichsam mit Schranken umgeben: wir sollen aus seinem Wort erkennen, was recht ist«[670]. Der Einschärfung von V 40 geht auch bei Calixt der Hinweis auf den indifferenten und nicht heilsnotwendigen, freien und veränderbaren Gebrauch von Riten und Zeremonien voraus[671].

Ganz ähnlich ist die Verwendung von V 40 in den Kirchenordnungen. Einerseits wird Wert darauf gelegt, daß nicht alle Satzungen zu verwerfen sind, sondern »allein die offentlich wider Gottes wort streiten«[672], ja man ist der Meinung, »das Gott der Allmechtige ein liebhaber der ordnungen sey und uns seine vernunftige creaturen auch sonderlich zur ordnung verbunden haben wölle«[673]. Entsprechend wird V 40 gegen die »leichtfertigkeit« angeführt, »ohne not und ehaften ursachen ichteswes in den kirchen ceremonien zu endern, verneueren, verkürzen, verlengern, vermehren, verringern oder leichtfertig von einem veralteten, löblichen, nützlichen, ublichen gebrauche und bekanter unergerlichen gewonheit, zu andern neuen erfundenen und aufgebrachten ceremonien und kirchendiensten sich begeben oder hinwenden lassen«[674]. Andererseits wird mit V 40 begründet, daß man »nit vil eusserlicher ceremonien gehabt« als die, »so mit Gottes wort sich reimen«, zumal »der geistlichen ding durch die eusserlichen vergessen« wird[675]. Typisch ist das folgende Beispiel: »Was aber die ceremonien, personen, tage, stunde, ort und andere dergleichen circumstantien und umbstende belanget, hat uns der Herr Christus vom gesetz Mosi ... erlediget und den berufenen ordentlichen vorstehern der kirchen nach gelegenheit der zeit und eines jeden landes und orts dieselbigen, wie sie am besten zur erbauung und besserung dienen mögen, zu ordnen vergönnet und zugelassen, wie deren etliche der apostel Paulus in der Corinther (1. Cor. 11 [4f.34] und 14 [13.26ff.34]) und andern kirchen ... in brauch bracht und behalten haben. Hiervon gibt der apostel [1. K 14,40] einen gemei-

669 WA 50, 614; vgl. auch 649 (»gantz und gar eusserlich«). Luther konnte sich zwar durchaus auch selbst auf V 40 berufen (z.B. WA.B 4, 534 u.ö.), doch heißt es auch WA.B 8, 474: »Ob gleich Paulus lerhet, das es In der kirchen ordentlich soll zugehen, darauß folget nicht, das die Bischoff macht haben, die gewissen zubeschweren vnd Ires gefallens ordnung zu machen«.

670 Vgl. auch Inst. 4,3,10 und vor allem 4,10,30 zur Gebundenheit und Freiheit gegenüber kirchlichen Ordnungen; vgl. auch Linck, nach dem wir mit dem Sakrament »mit forcht und reverentz« umgehen sollten, »diweil wir recht freyen cristenlichen gebrauch haben«, mit folgendem Zitat von V 40 (J. Lorz, Das reformatorische Wirken D. Wenzeslaus Lincks in Altenburg und Nürnberg [1523-1547], Nürnberg 1978, 276).

671 Schriften, Bd. 2, 118; vgl. auch 3, 106: *Huiusmodi igitur positivae leges ad ecclesiae concordiam, externam disciplinam, ordinem, decorum et proinde suo quodam modo ad profectum in studio pietatis* (hier folgt Zitat von V 40) *facientes, cum episcoporum et presbyterorum iudicio, tum principum et magistratuum Christianorum auctoritate, institui possunt et destitui, introduci, mutari, tolli ...*

672 EKO, Bd. 15, 57 Anm. 13.

673 Ebd., 500.

674 EKO, Bd. 5, 82. Darum soll man sich nicht anfechten lassen durch »der Calvinisten schwermerei, die aus verstocketer blindheit nicht verstehen«, was V 26 stehe (82f).

675 EKO, Bd. 7, 584 mit anschließendem Zitat von V 26 und 40.

nen unterricht und sagt, es solt alles züchtiglich oder (wie es etlich verdeutschen) ehrlich und ordentlich zugehen, und will also, daß in allem kirchenregiment darauf gesehen werde, daß man erstlich das decorum, das ist zucht und redlichkeit, halte, auf daß hiemit die gemüter zur gottesfurcht angereizet und in sachen Gott betreffend ein sonderliche demut und ernsthaftigkeit gespüret werde; darnach, daß man auch ordentlich mit den dingen umbgehe, auf daß die forsteher der kirchen wissen, was sie tun sollen, die zuhörer des gehorsams und zucht gewohnen, und in wolgeordnetem stande der kirchen friede und einigkeit erhalten werde«[676].
Nicht viel anders wird V 40 auch später verwendet, d.h. vor allem bei »äußerlichen« Dingen, die weder gut noch böse, aber »zu ausserlicher guten *Ordnung*« in der Kirche zählen[677]. Für Zinzendorf allerdings hat Paulus auch »über Kleinigkeiten oft sehr veste« gehalten, »weil Er die Natur des menschlichen Gemüths kannte, und wohl wußte, wenn man einmal in Kleinigkeiten nachgibt, so reißts leicht ins gantze«[678]. Nach Kierkegaard soll »das Außerordentliche« mitgeteilt und »in den Zusammenhang des Bestehenden hineingestellt werden«; sowenig Gott ein Gott der Unordnung sei, »so wenig ist der Erwählte berufen, Unordnung zu stiften – und dann davonzulaufen«[679].

Die Ambivalenz des Ordnungsgedankens bleibt auch in neueren Veröffentlichungen erkennbar. Eine Annullierung der »institutionellen Seite« der Kirche bzw. der »Gestaltwerdung des Wortes« gilt als »doketische Häresie« und Ungehorsam gegen Gott, der ein Gott der Ordnung ist[680]. Zumal »gegen die wildwuchernde Spontaneität« einer enthusiastischen Gemeinde werde von Paulus »der nüchterne Gesichtspunkt der Ordnung und des Friedens ins Feld geführt«[681]. Zugleich aber wird dieser Friede in seinem »eschatologischen Charakter« gewürdigt und von daher das »Formalprinzip« von 1Kor 14,40 davon abgegrenzt, als könne die Ordnung der Kirche eine »bloße Anwendung allgemeiner Ordnungsprinzipien« sein[682]. Zudem wird gegenüber unserem Gottesdienst (»Worship too often has become formal, sterile, and perfuncto-

676 EKO, Bd. 8, 182f. Vgl. auch 180f: Danach ist V 40 »eine gemeine regel, nach welcher alle handlungen der eußerlichen administration der kirchen und des ganzen ampts unsers Herrn Jhesu Christi gerichtet und angestellet werden sollen«, wobei keineswegs allen dasselbe Werk und Amt befohlen ist, wohl aber »in der eußerlichen regierung und gemeinschaft der kirchen gleich so wol als im weltlichen regiment und bewonung ein underscheid zwischen den personen sei und gehalten werde«.

677 So Francke, Schriften, Bd. 1, 245.

678 Hauptschriften II (Pennsylv. Reden 2) 18.

679 Das Buch über Adler (Werke, 36. Abt., 39).

680 Thielicke, Ethik III 497.

681 Ebeling, Dogmatik III 108.

682 Weber, Grundlagen II 625; vgl. auch Käsemann (Lit. zu 14,1ff) 127: »Gemeint ist jedoch nicht die Ordnung einer uns umgebenden Gesellschaft, welche ihr Schäfchen ins Trockene gebracht hat oder damit beschäftigt ist, Rebellen das Fürchten zu lehren. Es geht dem Apostel darum, daß der Friede einkehre. Dazu muß Klarheit in den Dschungel der Gefühle und Illusionen fallen, damit Menschen nicht mehr im Namen ihrer Träume Gottes Schöpfung vergewaltigen, in Überheblichkeit oder panischer Angst ihre Ordnung aufrichten, die Despotie ist. Friede Gottes kehrt ein, wo Dämonen weichen ud Besessenheit geheilt wird, wo Heiliger Geist Vernunft und Liebe wirkt«; vgl. auch Müller, Dogmatik, Bd. 1, 53; Voigt, Gemeinsam 130: Es gehe um kein »abstraktes Prinzip von Ordnung und Disziplin«.

ry«) der erste Teil des Kapitels zur Geltung gebracht und von der Dynamik des Geistes seine Verlebendigung erwartet (Snyder 188).

2.4. Die Auslegung von V 36f sieht üblicherweise die Intention des Paulus darin, die sich aufblähenden Korinther zur Ordnung zu rufen[683]. Nach Chrysostomus (317) sucht Paulus der Anklage einer Neuerung durch Berufung auf die übrigen Kirchen in Analogie zu 4,17 vorzubeugen: Die Korinther sind nicht die ersten und einzigen Glaubenden[684] und können insofern nicht sagen, sie seien die Lehrer anderer gewesen, brauchten von anderen nichts zu lernen, der Glaube stehe alleine bei ihnen in Geltung, und sie bedürften keiner anderen Beispiele[685]. Nach Thomas (403) beruht *singularitas* auf *prioritas* oder *excellentia*, und das erste schließe Paulus durch V 36a, das zweite durch V 36b aus. Wo die erste Frage konkretisiert wird, gilt meist die Jerusalemer Kirche als *prima ecclesia*[686]. Nach Bucer steht es so: »Der heylig Paulus schemet sich des arguments nit«, wie es andere Kirchen hielten, und V 36 wolle sagen: »Meinet ir, das der rechte verstandt Gőtlichs worts allein bey uch seye und das den nit auch andere kirchen haben, also das uch uff dieselbigen auch zů sehen sey«[687]. Natürlich läßt sich V 36 auch gegen alle »Abspaltungen« ausspielen und bis zum Anspruch auf Jurisdiktionsgewalt strapazieren[688].

V 37 gilt als stärkstes Argument des Paulus[689], das sich wiederum gegen *falsos apostolos* richten soll, *a quibus fuerant depravati*[690]. Nach Thomas (403) sagt Paulus δοκεῖ, weil der, der ihm widerspricht, kein wahrer Prophet, Pneumatiker oder Weiser ist. Der Vers bietet sich an, auch auf andere Autoritäts-

683 Vgl. etwa Theophylakt 749: gegen Kontrahenten; Maior 199r: *adversus pertinaces & obstinatos*.

684 Vgl. oben Anm. 547.

685 Vgl. auch Petrus Lombardus 1672, der den Sinn der zweiten Frage so versteht, daß die Korinther das Überlieferte nicht ändern, sondern das halten sollen, was auch andere halten; ähnlich auch Herveus 970. V 36f ist für Vinzenz v. Lerinum ein willkommenes Zeugnis, »damit niemand anmaßlich verlange, daß man mit Ausschluß der übrigen ihn allein höre, ihm allein glaube« (Commonit. 40 [BKV 20, 71]).

686 Vgl. Cajetan 81r; Spener 473; Cornelius a Lapide 332 erweitert um Samaria, Palästina, Zypern und Syrien; vgl. auch Estius 708 (*Primi credentes fuerunt Judaei, et ab illis verbum Dei processit ad alios ... Debetis ergo priores imitari, et aliis Ecclesias vos conformare*) und Coccejus 325 (*A nulla Ecclesia gentium excivit verbum Dei*).

687 Schriften, Bd. 5, 207; vgl. auch Calvin 446 (»Eine Gemeinde darf nicht für sich allein leben«); Coccejus 325, nach dem das *verbum dei* kein Privileg irgendeiner Kirche ist, sowie Semler 383, wonach Paulus die Korinther tadelt, daß sie nicht die *consuetudo* anderer Gemeinden zulassen und hochachten.

688 Vgl. Newman, Predigten, Bd. 6, 216: »Auf ähnliche Weise können wir zu jenen sagen, die eine eigene Sekte oder Religionsgemeinschaft für sich errichten: Woher habt ihr eure Kenntnis der Wahrheit? Mögt ihr der Ansicht sein, das Wort Gottes sei von euch ausgegangen, in Wirklichkeit ist es von *uns* zu euch gekommen; und was ihr lehrt, habt ihr, soweit es wahr ist, nur durch jene Kirche empfangen, die ihr bekämpft. Diese Kirche hat euch zu dem gemacht, was ihr seid, insofern ihr Christen seid; und die Kirche, die euch dazu macht, hat ein Recht, euch zu leiten ..., von euch Gehorsam zu verlangen und die Jurisdiktion über euch zu beanspruchen«.

689 So Theophylakt 749; Estius 708. Chrysostomus 317 und Bullinger 238 erinnern an 11,16.

690 Ambrosiaster 161f; Ambrosius 274; Hrabanus Maurus 136; vgl. auch Petrus Lombardus 1672, der von Pseudo-Aposteln spricht, *qui pro desideriis hominum non divina, sed terrena docebant*; ähnlich Herveus 971.

verhältnisse angewendet zu werden[691]. Vor allem katholische Autoren zitieren ihn gern, weil hier auch die *praecepta Apostolorum et Ecclesiae* im Blicke sein sollen: Der Heilige Geist habe den Aposteln beigestanden, wie er es jetzt der Kirche tue[692]. Cornelius a Lapide (332) sieht hier ein *exemplum pro canonibus Pontificijs & legibus Ecclesiae,* wobei er sich (333) gegen Melanchthons These wendet, daß die Bischöfe keine *nouos canones* schaffen können, weil die Bischöfe nach Abfassung der Heiligen Schrift das Wort Gottes *plenum & sufficiens* haben; er verweist als Analogie auf die Magistrate, die auch nicht allein das *ius naturae,* sondern auch das *ius Caesareum amplicissimum & plenissimum* anwenden, so daß es auch dem Papst und den Bischöfen als Nachfolgern des Paulus freistehe, *verbo Dei suas addere leges.*
Das sehen die Reformatoren verständlicherweise anders, z.B. Bucer, für den nur das vom Apostel Geschriebene »bevelch des herrn seind. Dann die verworffnen menschengepott die sind, die nit zur boͤsserung dienen und also in goͤtlicher schrifft iren grundt nit haben«[693]. Ähnlich lautet das Urteil bei Bullinger (238), nach dem nur das von Paulus Geschriebene *non ex humana, sed diuina traditione* stammt, was er gegen diejenigen ins Feld führt, denen dies weniger angenehm ist und die sich deshalb *pro ritibus a Pontifice in ecclesiam inuectis* (einführen) ins Zeug legen, während er selbst nur die *traditio Domini,* die einzig und allein zu befolgen ist, gelten läßt[694].
Auch V 38 gilt als apostolisches *ad pacificum ordinem revocare inquietos* (Herveus 971). Abgesehen von der schon in der Exegese berührten Frage[695], von wem die Nichtanerkennung in V 38b geschieht, wird überwiegend so interpretiert wie bei Theophylakt (749): Ὁ θεὸς ταῦτα ἐπιτάττει δι' ἐμοῦ, und das soll anerkannt werden. Wer dagegen nicht anerkennt, daß das, was der Apostel sagt, vom Herrn ist, *et ipse a domino ignorabitur in die iudicii*[696]. Pseudo-Apostel dagegen sind solche, die *a seipsis et a diabolo* sprechen, während Paulus und die übrigen *Dei mandata* vortragen[697]. Daneben begegnen allerdings

[691] Vgl. z.B. Cyprian, De Sing. Cler. 44 (CSEL 3.3, 218).
[692] Estius 708, der sich auch auf Cajetan 81r beruft.
[693] Schriften, Bd. 4, 272.
[694] Bucer findet zwei verschiedene Arten von Herrenworten, ἔγγραφα und ἄγραφα, »im buchstaben verfasset, außtrucket und mit namen bestymmet«, und solche, von denen das nicht gilt; aber eben »als wol des Herren gepott als jene« sind (Schriften, Bd. 5, 224; vgl. auch 221 und 313). Die *mandata Domini* aber sind nach reformatorischer Meinung von allen anderen Geboten *extra Scripturam* zu unterscheiden; Paulus sage nicht, wenn einer unter euch Prophet oder *Spiritualis* zu sein meint, möge er *ex Cathedra, aut cum Cathedra* reden (326). Auch nach Spener 474 trägt Paulus nicht eigene *cogitationes* vor, sondern *praecepta Domini, quae nobis non licet mutare aut tollere, sicut aliae ceremoniae ab hominibus constitutae.*
[695] Vgl. oben Anm. 564f.
[696] Ambrosiaster 162; Ambrosius 274; Hrabanus Maurus 136. Vgl. auch Primasius 542; Hieronymus 762 und Petrus Lombardus 1672: Es sind die *mandata Dei* des Apostels, die anerkannt werden sollen, und wer das nicht tut, *ignorabitur a Deo in futuro, id est reprobabitur* (ähnlich Walafridus 545); vgl. auch Atto 395: *Nolite meam doctrinam, veluti puri hominis, contemnere, sed quasi Dei recipite.* Wyclif verbindet mit Mt 25,11-13 (Op. Evang. III/IV 251); Semler 389 fügt zu Mt 25,12 auch Mt 7,23 an.
[697] Haymo 593; ähnlich Herveus 971.

auch Auslegungen, die die Selbsterkenntnis mit einbeziehen[698] oder stärker auf das Unwissen abstellen. So antwortet Bonaventura mit V 38 auf die Frage, ob *ignorantia culpa* sein kann[699]. Es werden auch beide Deutungen verbunden: »Wer entweder, wenn er sie nicht kennt, sie nicht kennen lernt, oder, wenn er sie kennt, sie mißachtet, der wird verkannt werden«[700]. Meist aber wird ein bloß kognitives Verständnis von ἀγνοεῖ bestritten, weil es Paulus nicht um Ignoranz gehe, sondern um die Nichtanerkennung der apostolischen *mandata Domini*[701].
Bezugnahmen aus späterer Zeit gibt es kaum[702]. Predigten über unseren Text sind mir nicht bekannt.

5.2.1 *Das Schweigegebot für die Frauen in der Gemeindeversammlung 14,34-35*

Literatur: Aalen, S., A Rabbinic Formula in I Cor. 14,34, StEv 2 (1963) 513-525; *Adinolfi, M.*, Il silenzio della donna in 1 Cor. 14,33b-36, BeO 17 (1975) 121-128; *Allison, R.W.*, Let Women be Silent in the Churches (1 Cor. 14.33b-36): What did Paul Really Say, and what did it Mean? JSNT 32 (1988) 27-60; *Barton*, Sense; *Baumert* (Lit. zu 11,2ff) 109-142; *Blampied, A.B.*, Paul and Silence for »the Women« in 1 Corinthians 14:34-35, SBTh 13 (1983) 143-165; *Blum, G.G.*, Das Amt der Frau im Neuen Testament, NT 7 (1964/65) 142-161; *Carrez, M.*, Le silence des femmees dans l'eglise (1Co 14,33b-36), in: FS J.-L.Leuba, Paris 1984, 55-67; *Carson, D.A.*, »Silent in the Churches«: On the Role of Women in 1 Corinthians 14:33b-36, in: Recovering Biblical Manhood and Womanhood, hg. v. J. Piper u.a., Wheaton 1991, 140-153; *ders.* (Lit. zu Kap. 12-14) 121-131; *Crüsemann, M.*, Unrettbar frauenfeindlich. Der Kampf um das Wort von Frauen in 1 Kor 14, (33b) 34-35 im Spiegel antijudaistischer Elemente der Auslegung, in: L. Schottroff / M.Th. Wacker (Hg.), Von der Wurzel getragen. Christlich-feministische Exegese in Auseinandersetzung mit Antijudaismus, Leiden 1976 (Biblical Interpretation Series 17), 199-223; *Dautzenberg*, Prophetie 257-273; *ders.*, Stellung 193-206; *Diaz, J.A.*, Restricción en algunos textos paulinos de las reivindicaciones de la mujer en la Iglesia, EE 50 (1975) 77-93; *Ellis, E.E.*, The Silenced Wives of Corinth (I Cor 14:34-35), in: FS B.M. Metzger, Oxford 1981, 213-220; *Fee, G.D.*, Ex-

[698] So Bernhard v. Clairvaux: »Wer nicht erkennt, wird verkannt werden (1. Kor. 14,38), ganz gleich, ob er sich oder Gott nicht erkennt« (Schriften, Bd. 5, 312).

[699] *Nullus ignoratur a Deo nisi propter culpam* (Opera II 540). Schon Gregor d. Gr. erklärt: »Gewiß will der Herr von denen nichts wissen, die in seinen Angelegenheiten unkundig sind«, wie auch Paulus in V 38 bezeuge (Pastoralregel 1,1 [BKV 2. R. 4, 65]).

[700] Vinzenz v. Lerinum, Commonit. 40 (BKV 20, 71). Eine andere Kombination begegnet bei Hus: *Stultum enim sensum habent, qui ignorant, quid facere debent, sed plus quam stultum, qui ignorare se nescit* (Opera III 315).

[701] Vgl. etwa Coccejus 326 (*Non intelligitur imperitus, rudis, ignarus*) und Grotius 819 (*Si quis dicat se dubitare an mihi hoc imperatum sit*). In eine andere Richtung tendiert offenbar Beza 157, der V 38b nicht mit *ignorabitur* übersetzt, sondern mit *ignarus esto*, d.h. er soll seine *ignorantia* anerkennen und dem *juditium peritiorum* beipflichten.

[702] Forster schreibt 1783 in einem Brief: »Daß es Heroen in der Hand der Vorsehung geben könne, und wirklich giebt, . . . ist schon recht; wer sich Beruf dazu fühlt der sey es; ist aber jemand unwissend, der sey unwissend, wie Paulus (1 Corinther XIV.38) sagt; der thue was recht ist nach seiner Einsicht, und lasse andere handeln, wie sie für gut finden, so errettet er seine Seele« (G. Forsters Werke XIII, hg. v. S. Scheibe, Berlin 1978, 514).

cursus: On the Text of 1 Corinthians 14:34-35, in: *ders.*, God's Empowering Presence, Peabody (Mass.) 1994, 272-281; *Fitzer, G.*, »Das Weib schweige in der Gemeinde«. Über den unpaulinischen Charakter der mulier-taceat-Verse in 1. Korinther 14, 1963 (TEH 110); *Flanagan, N.M. / Snyder, E.H.*, Did Paul Put Down Women in First Corinthians 14:34-36?, Foun. 24 (1981) 216-219; *Grudem* (Lit. zu Kap. 12-14) 239-255; *ders.*, Prophecy – Yes, but Teaching – No: Paul's Consistent Advocacy of Women's Participation without Governing Authority, JETS 30 (1987) 11-23; *Hasitschka, M.*, »Die Frauen in den Gemeinden sollen schweigen« 1Kor 14,33b-36 – Anweisung des Paulus zur rechten Ordnung im Gottesdienst, in: SNTU.A 22, Linz 1997, 47-56; *Hasler, V.*, Die befreite Frau bei Paulus. Perspektiven und Bilanz, 1993 (ThSt 139); *Hauke, M.*, Die Problematik um das Frauenpriestertum vor dem Hintergrund der Schöpfungs- und Erlösungsordnung, 1982 (KKTS 46), 358-392; *Horrell*, Ethos 184-195; *House, H.W.*, The Speaking of Women and the Prohibition of the Law, BS 145 (1988) 301-318; *Hurley* (Lit. zu Kap. 7); *Jervis, L.A.*, 1. Corinthians 14.34-35: A Reconsideration of Paul's Limitation of the Free Speech of Some Corinthian Women, JSNT 58 (1995) 51-74; *Johansson* (Lit. zu Kap. 13); *Kähler* (Lit. zu Kap. 7) 70-87; *Klauck, H.-J.*, Vom Reden und Schweigen der Frauen in der Urkirche, in: *ders.*, Gemeinde – Amt – Sakrament, Würzburg 1989, 232-245; *Kroeger/Kroeger* (Lit. zu 11,2ff); *Leipoldt* (Lit. zu Kap. 7); *Liefeld* (Lit. zu 11,2ff); *Longenecker, R.N.*, Authority, Hierarchy & Leadership. Patterns in the Bible, in: Women, Authority & the Bible, hg. v. A. Mickelsen, Downers Grove/Ill. 1986, 66-85; *Maier, W.A.*, An Exegetical Study of 1Corinthians 14:33b-38, CTM 55 (1991) 81-104; *Manus, U.Ch.*, The Subordination of the Women in the Church. 1 Co 14:33b-36 Reconsidered, RAT 8 (1984) 183-195; *Martin, R.P.* (Lit. zu Kap. 12-14) 83-88; *Munro, W.*, Women, Text and the Canon: The Strange Case of 1 Corinthians 14:33-35, BTB 18 (1988) 26-31; *dies.*, Authority 67-69 u.ö.; *Murphy-O'Connor*, Interpolations; *Nuccum, C.*, The Voice of the Manuscripts on the Silence of Women: The External Evidence for 1 Cor 14.34-5, NTS 43 (1997) 242-255; *Odell-Scott, D.W.*, Let the Women Speak in Church. An Egalitarian Interpretation of 1 Cor 14:33b-36, BTB 13 (1983) 90-93; *ders.*, In Defense of an Egalitarian Interpretation of I Cor 14:34-36. A Reply to Murphy-O'Connor's Critique, BTB 17 (1987) 100-103; *Rowe, A.*, Silence and the Christian Women of Corinth, CV 33 (1990) 41-84; *Schmithals*, Gnosis 230-232; *Schottroff, L.*, Wie berechtigt ist die feministische Kritik an Paulus? Paulus und die Frauen in den ersten christlichen Gemeinden im Römischen Reich, in: *dies.*, Befreiungserfahrungen, 1990 (TB 82), 229-246; *Schüssler Fiorenza, E.*, Neutestamentlich-frühchristliche Argumente zum Thema Frau und Amt, ThQ 174 (1993) 173-185; *dies.*, Gedächtnis 287-291; *Seeberg, R.*, Über das Reden der Frauen in den apostolischen Gemeinden, in: *ders.*, Aus Religion und Geschichte I, Leipzig 1906, 123-144; *Sigountos, J.G. / Shank, M.*, Public Roles for Women in the Pauline Church. A Reappraisal of the Evidence, JETS 26 (1983) 283-295; *Stichele, C.V.*, Is Silence Golden? Paul and Women's Speech in Corinth, LouvSt 20 (1995) 241-253; *Tamez, E.*, Das Schweigen von Frauen und der Geist des Kanons, JK 56 (1995) 10-17; *Walker, W.O.*, The »Theology of Woman's Place« and the »Paulinist« Tradition, Semeia 28 (1983) 101-112; *Windisch, H.*, Sinn und Geltung des apostolischen *Mulier taceat in ecclesia*, ChW 44 (1930) 411-425.837-840; *Wire*, Women 149-158.229-232; *Witherington, B.*, Women in the Earliest Churches, 1988 (MSSNTS 59), 90-104.

34 **Die Frauen sollen in den Gemeindeversammlungen schweigen. Denn es ist ihnen nicht gestattet zu reden, sondern sie sollen sich unterordnen,**

wie auch das Gesetz sagt. 35 **Wenn sie etwas lernen wollen, sollen sie zu Hause ihre Männer fragen. Denn es ist für eine Frau eine Schande, in der Gemeindeversammlung zu reden.**

Analyse

Die beiden Verse gehören heute zu den umstrittensten des ganzen Briefes. Der sich nach langer Zeit, in der sie in ihrer Deutung und Authentizität ganz unproblematisch waren, seit Anfang des Jahrhunderts anbahnende Konsens über ihren sekundären Charakter ist nie Allgemeingut der Forschung geworden. Zudem ist bei den kritischen Stimmen offengeblieben, ob sich die Interpolation allein auf V 34f erstreckt[703] oder auf V 33b-35[704] bzw. 36[705] bzw. V 38[706] oder ob gar auch V 32[707] dazuzuzählen ist. In neuerer Zeit wird wieder zunehmend an der paulinischen Herkunft festgehalten, auffallenderweise nicht nur in eher konservativen[708], sondern auch in feministisch orientierten Beiträgen, die in der Bestreitung der paulinischen Verfasserschaft unangebrachte Apologetik vermuten oder mit dem apostolischen Charakter der Verse den Kanonsbegriff zu relativieren versuchen[709]. Die dabei bisweilen nur als »sogenannte« apostrophierte Objektivität wird sich jedenfalls auch hier von solchen Verdikten nicht ins Bockshorn jagen lassen und sich um eine möglichst plausible und unvoreingenommene Deutung bemühen, und solche Plausibilität kommt m.E. am ehesten der Annahme einer Interpolation für V 34-35 zu. Die oft wiederholten Argumente dafür sind folgende:

703 So Bousset 146f; Fitzer* 9 u.ö.; Murphy-O'Connor* 90-92; Fee 699-708 und ders.* passim; Horrell* 186. Sie wird auch hier vertreten.

704 Diese These (vgl. etwa Leipoldt* 190f und die Autoren in Anm. 706) ist wegen des problematischen Satzschlusses in V 33b nicht ganz von der Hand zu weisen, jedoch, wie oben S. 457 gezeigt, nicht zwingend, zumal sonst eines der Hauptargumente für die Interpolationsthese, nämlich das textkritische (vgl. oben S. 482, Punkt 1), ausfallen würde. Entsprechendes gilt auch gegenüber denen, die V 36 in die Interpolation einschließen.

705 Wo V 33b als unecht gilt, wird das meist auch auf V 36 ausgedehnt; vgl. Weiß 342; Schmiedel 181f; Conzelmann 298f; Sellin, Hauptprobleme 2984f; Scroggs (Lit. zu Kap. 7) 284; Senft 182f; Klauck* 240. Wer die V 33b-36 als eine in sich geschlossene einheitliche Größe versteht, so daß nur diese Verse insgesamt als sekundär anzusehen wären, wie auch Blum* 149, Wolff 143 u.a. erklären, die selbst für die Echtheit eintreten, übersieht, daß V 36 viel besser an V 33b als an V 35 anschließt und V 34 typische Einleitung ist (vgl. oben zu V 33); vgl. auch Murphy-O'Connor* 90.

706 So Dautzenberg* (Prophetie) 291-298 und (Stellung) 193; vgl. auch Giesriegl (Lit. zu Kap. 12-14) 314 Anm. 63.

707 Munro* (Authority) 68 plädiert auch für die Unechtheit von V 32 (»to provide a link with the key term ὑποτασσέσθωσαν in 14:34«; doch eher wird das Wort in V 32 das in V 34 an sich gezogen haben), ja 69 werden die V 32-38 als Einfügung verstanden. Ganz willkürlich ist es aber erst recht, mit Hasler* 39.43f allein V 32f einer späteren Hand zuzuschreiben, um dadurch »den unmittelbaren Anschluß des Schweigegebotes in V. 34 an die in V. 31 vorliegende Begründung der befohlenen Beschränkung der Prophetie« zu erreichen; auch die angenommene Abänderung in zwei Schritten (40) bleibt reines Postulat.

708 Vgl. z.B. Maier*; Hauke*; Baumert*, Kistemaker 513f.

709 Vgl. den kurzen Überblick bei Munro* (Women) 26f und die kritischen Fragen an die These von der angeblichen »›revisionist‹ apologetic« (29f); für paulinische Herkunft plädieren neuerdings z.B. Schüßler Fiorenza* (Gedächtnis) 287; Schottroff* 244; Wire*; Mitchell, Paul 281f; Witherington* 98 u.ö.; Rowe*; Blampied* 149; House*; Jervis* 51f u.ö.

1. Das erste Indiz ist textkritischer Art. Da der Ort der beiden Verse in der handschriftlichen Überlieferung wechselt, liegt die Vermutung nahe, daß es sich bei ihnen (und nur bei ihnen) um eine »Randbemerkung« handelt, die später an verschiedener Stelle eingefügt worden ist[710]. In den Handschriften D F G 88* a b vg^{ms} sowie bei Ambrosiaster (160-164) und Sedulius Scotus (157) werden V 34f nämlich auffallenderweise hinter V 40 gestellt, und solche Umstellung ist »nichts weniger als eine harmlose Variante«[711], da sie in den paulinischen Briefen sonst nirgendwo begegnet. Man sollte sie darum nicht mit dem Hinweis auf den ausschließlichen »Western«-Texttyp abqualifizieren, da dem Gewicht der Bezeugung in diesem Falle nur eine untergeordnete Bedeutung zukommt. Es geht hier allein darum, daß der von »westlichen« Handschriften gebotene Text als Anzeichen dafür zu werten ist, daß eine frühe Randglosse an verschiedenem Ort eingefügt worden ist, die zudem an keiner Stelle wirklich paßt[712]. Der Anlaß, diese Marginalie hier einzuschieben, ist unschwer zu erkennen: Die erkennbaren, allerdings vom Sinn bei Paulus abweichenden Stichwortverbindungen zum Kontext (Schweigen, Unterordnung) führten zur Einfügung einer weiteren Mahnung mit σιγᾶν und ὑποτάσσεσθαι.
Damit ist über den unpaulinischen Charakter der beiden Verse bis auf den letzten noch näher zu behandelnden Punkt (vgl. unter 3) zwar noch nicht mitentschieden, so daß manche damit rechnen, daß der Text zwar von Paulus stammt, aber von ihm selbst oder dem *amanuensis* am Autograph hinzugefügt worden ist[713]. Die unter Punkt 4 und 5 genannten Argumente schließen diese Möglichkeit jedoch aus.
2. Der zweite Grund für den Einschubcharakter ist literarkritischer Art: Geht man zunächst von der Reihenfolge der Hauptzeugen aus, unterbrechen V 34f den Gedankengang. Dabei stoßen die Wendungen ἐν πάσαις ταῖς ἐκκλησίαις am Schluß von V 33 und ἐν ταῖς ἐκκλησίαις am Anfang von V 34 unmittelbar zusammen, wobei beim ersten Mal die Gemeinde, beim zweiten die Versammlung der Gemeinde gemeint ist, ein übrigens singulärer

710 So schon Heinrici 435f u.a.

711 So Weiß 342; vgl. Fitzer* 5 Anm. 3; Fee 699f und ders.* 276 (»complete lack of precedent«) und 277 sowie 279: Es gibt keine plausible Erklärung für die Entstehung des »westlichen« Textes, wohl aber Parallelen für sekundäre Interpolationen (281 mit Hinweis auf Joh 5,3b-4 und 1Joh 5,7). Daß Fees Urteile primär auf »innerer Evidenz« und nicht auf handschriftlicher Bezeugung beruhen, ist gewiß richtig, doch eben darum verfehlen manche Kritiken daran (z.B. die von Nuccum*, der denn auch keine Erklärung für die Transposition bieten will [254]) ihr Ziel.

712 Vgl. gegenüber der Argumentation bei Baumert* 135f; Wire* 149-152; Carson* (Silent) 141-144 u.a. mit Recht Fitzer* 8; Witherington* 91; Rowe* 51f; Crüsemann* 202 Anm. 12 und vor allem Fee* 273-275, der mit Recht auch auf das hohe Alter des »Western«-Textes verweist, der von Hippolyt schon für das 2. Jh. bezeugt wird; zu den textkritischen Thesen von Wire* vgl. Horrell* 188-190.

713 Vgl. Ellis* 219f: Da der Brief nach 16,21 von einem *amanuensis* geschrieben worden ist und der Autor Grüße, Ergänzungen und Korrekturen anbringen konnte, habe dieser oder der *amanuensis* V 34f am Rand des Briefes hinzugesetzt; dem schließen sich an Wire* 149; Blampied* 148f; Jervis* 53; vgl. auch Baumert* 135 und schon Semler 384 und Heinrici 435f.

Plural in diesem Sinne (von 11,18; 14,19.28 her erwartet man zumal als Oppositum zu ἐν οἴκῳ in V 35 viel eher ἐν ἐκκλησίᾳ). Das ist zwar keine unüberwindliche Schwierigkeit[714], bleibt aber um so mehr ein Problem, als der Anschluß von V 36 an V 35 außerordentlich schwierig ist. Es ist schlechthin unerfindlich, was der Satz in V 35 (»Schändlich ist es für die Frau, in der Gemeinde zu reden«) und der darauffolgende Satz in V 36 (»Oder ist das Wort Gottes von euch ausgegangen?«) miteinander zu tun haben[715]. Umgekehrt aber schließt V 36 vorzüglich an V 33b an, d.h. ohne V 34f ist ὡς ἐν πάσαις ταῖς ἐκκλησίαις τῶν ἁγίων am Schluß von V 33 eine passende Bekräftigung der vorausgehenden apostolischen Anordnung, zumal ein ähnlicher Abschluß auch in 4,17; 7,17 und 11,16 vorliegt. Geht man dagegen von der Reihenfolge des »westlichen« Textes aus, wirken die beiden Verse wie ein nachgeschobener Appendix, so daß von einem passenden Anschluß an V 40 ebenfalls keine Rede sein kann[716].

3. Der Kontext der Stelle bestätigt die literarkritische Operation: Es geht Paulus im Zusammenhang um die οἰκοδομή der Gemeinde, wobei er gegenüber der korinthischen Hochschätzung der Glossolalie, die er zur privaten Religiosität rechnet, die Prophetie in den Vordergrund rückt. In V 34f dagegen ist weder von Prophetie und Glossolalie die Rede, noch wird der dabei beherrschende Gedanke der Verständlichkeit und οἰκοδομή in irgendeiner Weise erwähnt. Verschiedentlich ist zwar der Versuch unternommen worden, eine strukturelle Parallelität zum vorhergehenden Text zu konstruieren[717], doch daß sich an die Behandlung der Glossolalie in V 27f und an die der Prophetie in V 29-32 in V 33b-36 ein entsprechender Topos über die Prüfung der Prophetie anschließe, ist wenig überzeugend[718]. Gewiß soll auch der Glossolale »schweigen«, wenn keine Auslegung gegeben wird (V 28), und auch der prophetisch Redende soll es (beidemal der Singular), wenn ein anderer eine Offenbarung empfängt (V 30), doch statt solch konditionierter Regelungen mit ἐάν über ein *zeitweises* Schweigen und der Kontingentierungen (»zwei oder drei«) wird hier ein unkonditioniertes und absolutes Redeverbot verhängt (vgl. zu λαλεῖν). Auch das ὑποτάσσεσθαι ist ein anderes: in V 33 ein Indikativ zur Begründung des Schweigenkönnens der Propheten, hier ein Imperativ, der seinerseits begründet wird (zu μανθάνειν vgl. zu V 35). Gerade

714 Vgl. 12,23 und 28; 14,4 und 14,5.12.19.

715 Vgl. z.B. Fee* 279: »One has to perform some exegetical gymnastics to get the ›or‹ with which v. 36 begins to fit meaningfully as a response to v. 35«.

716 Vgl. Fitzer* 11; Kähler* 75f.

717 Vgl. Ellis* 215 (V 34f sei »essentially not different from the earlier instructions regulating prophecy and tongues«); Hurley* 188-191; Grudem* (Gift) 245-251; Schüssler Fiorenza* (Gedächtnis) 287f; Rowe* 57; Stichele* 247f.

718 Vgl. die Kritik von Munro* (Women) 29 an den angeblich ähnlich strukturierten Regeln; ferner Dautzenberg* (Prophetie) 263f; Blampied* 154; Allison* 38f (»thoroughgoing rhetorical and conceptual discontinuity« [39]); Wire* 153 (die Gründe für das Schweigen seien einmal Oikodome und Lernen, hier Gesetz und Scham bzw. Sitte) sowie Rowe* 46, nach dem V 33b-36 weitere Instruktionen über die Prophetengabe bringen, der aber auch selbst die Funktion dieser Verse darin sieht, »an authoritative role in judgment of prophecies« der Frauen zu verhindern.

die summierenden, aber formal bleibenden und eher assoziativen Bezüge zum Kontext nähren den Verdacht, daß hier eine gezielte Korrektur angebracht werden sollte[719]. Vor allem aber: Da es nach 12,1ff in der Gemeinde primär um das Wirken des Geistes geht, der jeden Christen unterschiedslos beschenkt (vgl. das ἕκαστος 12,7 und zuletzt 14,26), nicht um zu delegierende bzw. zu verwehrende Ämter oder gar deren geschlechtsspezifische Aufteilungen, liegt eine Differenzierung zwischen spezifischen Funktionen des Mannes und der Frau völlig fern. Nirgendwo vorher findet sich auch nur eine Andeutung davon, daß bestimmte Begabungen und Kriterien nur Männern zukommen.

4. Unpaulinische Wendungen kommen hinzu: καθὼς καὶ ὁ νόμος λέγει erinnert zwar an andere paulinische Zitateinleitungen wie καθὼς γέγραπται, ist aber in Wahrheit eine bei Paulus völlig singuläre Zitationsformel. Außerdem wird an jeder der ca. 75 übrigen Stellen, die eine *formula quotationis* bieten, auch tatsächlich ein Zitat aus dem Alten Testament angeführt[720] (vgl. als Beispiel V 27), was hier schon darum unmöglich ist, weil von einem Redeverbot für die Frau im Gesetz nirgendwo etwas steht[721]. Wird νόμος dagegen gar nicht auf das alttestamentliche Gesetz bezogen (vgl. z.St.), wäre der Gebrauch erst recht unpaulinisch. Ἐπερωτᾶν kommt sonst nur im LXX-Zitat von Jes 65,1 in Röm 10,20 vor, ἐπιτρέπειν sonst nur 16,7 positiv für die göttliche Zulassung. Αἰσχρόν endlich hat zwar eine gewisse Parallele in 11,6, bezieht sich dort aber auf eine Konvention als Kriterium bei der Betätigung eines Charismas, nicht auf ein Verbot seiner Ausübung selbst[722]. Daß dieselben Stichworte im Kontext auftauchen (vgl. Punkt 3), erweist noch keinen paulinischen Charakter[723].

5. Entscheidend für den sekundären Charakter der beiden umstrittenen Verse spricht aber 11,5. In 11,2-16 hätte sich Paulus die ganze Erörterung der Frage nach der rechten Haartracht der Frau bei ihrem Auftreten im Gottesdienst, bei der er sich ohnehin schwer genug tut, ersparen können, wäre er der Meinung gewesen, sie solle in der gottesdienstlichen Versammlung überhaupt nicht den Mund auftun[724]. Der offensichtliche Widerspruch zu 11,5, wo Paulus ganz selbstverständlich und unverklausuliert ein gottesdienstliches προσεύχεσθαι und προφητεύειν der Frau erwähnt, und zwar in völliger Parallelität zu denen des Mannes, ist denn auch von jeher mit gutem Grund als besondere Schwierigkeit empfunden worden. Allerdings ist immer wieder versucht worden, die Differenz zu 11,5 dadurch zu beseitigen, daß man

[719] Vgl. Crüsemann* 203 (»eine Art definitiver Collage einzelner Restriktionen aus den geschilderten Fällen der vorangehenden Erörterung«) und Allison* 38.

[720] Vgl. Fitzer* 11f mit Anm. 12; Dautzenberg* (Stellung) 199; Fee 707; Crüsemann* 203 Anm. 14.

[721] Vgl. unten Anm. 756.

[722] Vgl. Bousset 146; Windisch* 417; Fee* 279; anders Jervis* 58f; Rowe* 68 (»the same sort of appeal«).

[723] Anders Stichele* 246f u.a.

[724] Vgl. Fitzer* 15; Dautzenberg* (Prophetie) 265-270.

λαλεῖν nur auf einen bestimmten *abusus* dieses Redens beschränkt oder hier nur Ehefrauen angesprochen findet (vgl. z.St.). Auch die früher beliebte Auskunft, in Kap. 11 gehe es bloß um private Hausandachten, in Kap. 14 dagegen um öffentliche Gemeindeversammlungen[725], ist nichts als ein gewaltsamer Harmonisierungsversuch[726], und daß Paulus in 11,5 nur ungern eine Konzession mache, in 14,34f dagegen seine wahre Meinung hervortrete, ist eingetragen[727]. Endlich scheitert eine Verteilung beider Stellen auf verschiedene Briefe[728] an der Einheitlichkeit des Briefes, kann aber auch so die sachliche Schwierigkeit nicht ausräumen[729].

Bei der Frage nach der Herkunft der beiden Verse wird man wohl nur indirekt auf entsprechende androzentrisch-patriarchalische Parallelen und Verhaltensmuster aus der Umwelt zurückgehen dürfen, wie sie sich ebenso für das Schweigen als auch für die Unterordnung der Frau in der gesamten Antike in reicher Fülle finden[730], übrigens weniger ausgeprägt im rabbinischen[731] als im

725 So z.B. Bachmann 425 (»häusliche Gebetsgemeinschaft«); Schlatter 389f; fast umgekehrt Grosheide 341f: In 11,5 sei öffentliches Reden im Blick, hier das in der Gemeindeversammlung; zu anderen Differenzierungen zwischen verschiedenen Teilen des Gottesdienstes vgl. Rowe* 54 und Stichele* 249.

726 Vgl. z.B. schon Seeberg* 127 und Findlay 914: Es gibt nicht nur kein Anzeichen für diese Differenzierung, »moreover, at this early date, the distinction between public and private Christian meetings – in *church* or *house* – was very imperfectly developed«; ähnlich Windisch* 415.

727 Zu dieser These Lietzmanns 75 (vgl. auch Rückert 383) vgl. zu 11,5. Wire* 153f will eine Entwicklung bzw. rhetorische Strategie im Verfahren des Paulus von Kap. 11 hin zu Kap. 14 ausmachen; anders zu Recht Dautzenberg* (Prophetie) 268; Stichele* 248.

728 So Schmithals* 231f.

729 Vgl. Fitzer* 13 Anm. 15; Conzelmann 298f; Munro* (Authority) 195 Anm. 132.

730 Vgl. etwa Sophokles, Ai. 293: γύναι, γυναιξὶ κόσμον ἡ σιγὴ φέρει (ebs. Aristoteles, Pol. 1260a,30); Euripides, Herakl. 476f (γυναικὶ γὰρ σιγή τε καὶ τὸ σωφρονεῖν κάλλιστον) und Iph. Aul. 830; Thukydides 2,45,2; Demokrates 110.274 (Diels 105.115); Plautus, Aul. 124-126; Plutarch, Praec. Conj. 31,142C.D; Heliodor, Aeth. 1,21 (»Es zieme der Frau Schweigen«) oder Valerius Maximus 3,8,6 (*Quid femina cum concione? Si patrius mos servetur, nihil*) u.a. Das sind zwar meist keine apodiktischen und angesichts der Kulte mit aktiver Beteiligung der Frauen keine allgemein geltenden, aber auch nicht untypische Urteile. Zur Unterordnung vgl. Ps-Callisthenes 1,22,4 (πρέπον γάρ ἐστι τὴν γυναῖκα τῷ ἀνδρὶ ὑποτάσσεσθαι); Plutarch, Praec. Conj. 33,142E; vgl. weiter z.B. Fitzer* 21f und 35f Anm. 96; Dautzenberg* (Prophetie) 261; Neuer Wettstein 385-388 und unten Anm. 732.

731 Zum rabbinischen Judentum vgl. Billerbeck III 467: Die alte Synagoge habe »den Frauen das öffentliche Sprechen in den gottesdienstlichen Versammlungen nicht prinzipiell, aber doch tatsächlich verboten«; man berief sich auf Dtn 22,16 dafür, »daß die Frau nicht das Recht hat, am Ort des Mannes (oder: an Stelle des Mannes) zu reden«; tMeg 4,11 (226) heißt es z.B.: »Alle werden auf die Zahl der sieben Personen (die am Sabbat zum Verlesen der Toralektion aufgerufen werden) angerechnet, selbst ein Kind, selbst eine Frau. (Darin liegt, daß prinzipiell auch Frauen zugelassen seien; die folgenden Worte zeigen dann die wirkliche Praxis:) Man läßt eine Frau nicht (vor das Lesepult) kommen, um öffentlich vorzulesen« (vgl. ebd. auch bMeg 23a Bar); vgl. aber auch die positive Aussage tBer 2,12 über das laute Lesen und Studieren der schriftlichen und mündlichen Tora durch Frauen; zitiert bei Crüsemann* 211 Anm. 67 im Anschluß an v. Kellenbach, die daraus schließt, daß um die aktive Beteiligung von Frauen am Synagogengottesdienst in Theorie und Praxis gestritten wurde; vgl. auch Dautzenberg* (Stellung) 188. Zu beachten sind auch besondere Räume oder Emporen für Frauen; vgl. Philo, VitCont 32f.69 oder die baulichen Überreste von Synagogen und dazu Schrage, ThWNT VII 816 Anm. 115 und 817 Anm. 122 (mit Lit.); anders Dautzenberg* (Stellung) 188 und vor allem B.J. Brooten, Women Leaders in Ancient Synagogues, California 1982, 103-138. Im übrigen gehen

hellenistischen Judentum[732]. Gewiß haben diese gängigen Urteile mitgewirkt, doch liegt es näher, jemanden in der Nähe des unbekannten Verfassers der Pastoralbriefe verantwortlich zu machen. In 1Tim 2,11f stehen nämlich ebenfalls genau wie an unserer Stelle das dort allerdings genauer als Lehrverbot verstandene Schweigen (ἡσυχία) und das Unterordnungsgebot nebeneinander (nur dort und hier auch ἐπιτρέπεται). Es heißt dort: »Die Frau soll stillschweigend lernen in aller Unterordnung. Zu lehren erlaube ich der Frau nicht . . .«[733], wobei trotz gemeinsamer Topoi weder in der einen noch der anderen Richtung an eine literarische Abhängigkeit zu denken ist[734]. Kurzum: 1Kor 14,34f ist deutero- bzw. tritopaulinisch, was immer die Veranlassung seiner Entstehung gewesen sein mag[735]. Einzuräumen ist, daß man den Korintherinnen das Streben nach einer Demonstration ihrer prinzipiellen Gleichheit durchaus zutrauen kann[736], doch das erklärt noch nicht die rigorose »paulinische« Antwort darauf[737]. Erst recht freilich ist V 34f keine korin-

verschiedene Autoren (House* 307; Rowe* 63f) auch in der christlichen Gemeinde von getrennten Sitzen aus, was aber reine Hypothese bleibt.

732 Darum wäre m.E. am ehesten eine Beeinflussung durch die oben in Anm. 730 genannten Stimmen auf dem Umweg über das hellenistische Judentum möglich; vgl. Philo, Frgm. bei Euseb, Praep. Ev. 8,7,3 (γυναῖκας ἀνδράσι δουλεύειν) und 13f (z.B. ἀνὴρ γυναικὶ . . . τοὺς νόμους παραδιδόναι [GCS 43.1, 430.432]); SpecLeg 3,169 oder Josephus, Ap 2,201 (γυνὴ χείρων, φησίν, ἀνδρὸς εἰς ἅπαντα. τοιγαροῦν ὑπακουέτω), obschon hier vom Schweigen und auch von Unterordnung direkt keine Rede ist; vgl. Dautzenberg* (Prophetie) 261 Anm. 14 (mit Lit.); Longenecker* 70 (Philo sei »more chauvinistic than Judaism generally«); vgl. weiter allgemein die Diskussion bei Dautzenberg* (Stellung) 198-201; Rowe* 47f.63; Crüsemann* 204f.208-214.

733 Zum Vergleich beider Stellen vgl. Windisch* 420-422; Fitzer* 37f; Ellis* 214f. Dautzenberg* (Prophetie) 258-261 sieht unsere Stelle »durch größere Knappheit, geschlossenere Form und durch den ausgeprägteren Regelcharakter« gekennzeichnet (259), findet aber in beiden Texten eine Gottesdienstordnung »synagogalen Typs«, die nicht mehr mit charismatischer Prophetie, sondern mit »Lehrvortrag« und evtl. »Lehrgespräch« rechnet (260f; vgl. dazu aber unten Anm. 749); anders Jervis* 53-55; zum Vergleich mit Eph 5,21-24 vgl. Munro* (Authority) 67, die davon ausgeht (Women 29), daß die Entwicklung von den Haustafeln zu unserer Stelle und nicht umgekehrt verlaufen ist; zur Verbindung mit dem Haustafelschema und seiner Ordnungsvorstellung vgl. Dautzenberg* (Stellung) 203-205.

734 So z.B. Dautzenberg* (Prophetie) 260; anders P. Trummer, Die Paulustradition der Pastoralbriefe, 1978 (BET 8), 145.

735 Nach Diaz* 80f soll das Verbot in der Polemik gegen die Montanisten entstanden sein; Munro* (Authority) passim begreift es als Teil einer Schicht, die die griechisch-römische Welt von der Unterstützung ihrer Institutionen durch die patriarchale Form der kirchlichen Autorität zu überzeugen versucht; nach Dautzenberg* (Stellung) 196 sollen antike Ordnungsmodelle auch im Gottesdienst durchgesetzt werden, was mir am wahrscheinlichsten zu sein scheint (vgl. auch Klauck* 242).

736 Vgl. zu 11,2ff und weiter Schmithals* 232 mit Verweis auf die aktive Teilnahme von Frauen am Kult in der späteren Gnosis; Witherington* 97 erinnert im Anschluß an Oepke, ThWNT I 786f an die auch für Korinth bezeugten Kulte, in denen Frauen kultische Funktionen hatten (ähnlich Blampied* 147), Kroeger/Kroeger* 335 an Inschriften, die kultische Schreie von Dionysosanhängerinnen belegen (ähnlich Liefeld* 151); vgl. aber auch die Vorbehalte bei Munro* (Authority) 68 (die Interpolation sei wegen ihres universalen Anspruchs nicht von speziellen Gegebenheiten in Korinth her zu erklären) und Rowe* 48; ähnliche Vorbehalte sind auch gegenüber Allison* 29 angebracht, daß Paulus sich gegen eine Pneumatikergruppe in Korinth wenden soll, die »an exclusively male leadership« etablieren wolle.

737 Nach Schüssler Fiorenza* (Gedächtnis) 290 will Paulus dem Mißverständnis der Gemeinde als »einer der orgiastischen orientali-

thische Position sexistischer Männer, von der Paulus sich in V 36 emphatisch-sarkastisch absetzt, wie das verschiedentlich behauptet worden ist[738].

Gliederung: V 34 beginnt mit dem aus den Haustafeln bekannten Nominativ im Plur. mit Artikel und fügt nach einer Ortsangabe im Plur. den ersten Imp. in der 3. Pers. Plur. an. Das wird begründet (γάϱ) mit einer negierten pass. Formulierung + Inf., die im Dat. an die am Anfang genannten Adressaten gerichtet ist (αὐταῖς). Dem wird dann ein zweiter Imp. der 3. Pers. Plur. mit ἀλλά gegenübergestellt, den ein kurzer Satz mit καθὼς καί zusätzlich begründet. V 35 folgt ein Realis mit εἰ, dessen virtuelles Subj. wieder die Frauen sind: Die Protasis bietet die 3. Pers. Plur. im Präs. mit einem davon abhängigen τι μαθεῖν, die Apodosis einen weiteren Imp. der 3. Pers. Plur. mit einer zu V 34a und 35c in Opposition stehenden Lokalbestimmung und einem Akk.-Obj. Am Schluß steht noch einmal eine kurze Begründung, die das aus V 34 wiederholte λαλεῖν für die jetzt im Sing. genannte Frau αἰσχϱόν nennt, jetzt ebenfalls mit einer singularischen Ortsangabe.

Erklärung 24

Αἱ γυναῖκες bleibt hier ohne Spezifizierung. Von V 35b und den üblichen Anfängen der Haustafelmahnungen (Kol 3,18; Eph 5,22; 1Petr 3,1) her könnte man zwar an Ehefrauen denken[739], doch der allgemeine Satz in V 35c widerrät eher solcher Einschränkung[740], und ὑποτάσσεσθαι darf nicht ohne weite-

schen Geheimkulte« wehren (kritisch dazu Jervis* 66f Anm. 62); vgl. auch EKK VII 2, 493f und Rowe* 49f.63 zu Thesen von Barton/Horsley, Kee und Meeks. Gewiß will auch Paulus unnötige Provokationen vermeiden, doch angesichts seiner sonstigen Praxis und Theologie, wie sie sich in der großen Bedeutung der Frauen in seinen Gemeinden dokumentiert, hätte er eine unverkürzte charismatische Betätigung, auch wenn diese als Bedrohung der gesellschaftlichen Ordnung empfunden worden wäre, m.E. durchaus akzeptiert; vgl. die Vorbehalte bei Jervis* 68-71 gegenüber einer bloß konformistischen und unkritischen Akzeptanz gesellschaftlicher Normen bei Paulus (mit Verweis auf seine Sicht von Scheidung, Ehelosigkeit u.a.). Das gilt auch gegenüber dem angeblichen Rückgriff des Paulus auf die patriarchalische Oikosstruktur, wie ihn z.B. Stichele* 251 und Hasler* 36f annehmen.

738 So von Flanagan/Snyder* 218f; Odell-Scott* passim; Allison* 44-52; Manus* 190 (vgl. auch weitere bei Munro* [Women] 29), die vor allem das ἤ am Anfang von V 36 strapazieren und als weiteres Argument μόνους anführen, das eine Adressierung an die korinthischen Männer belegen soll. Das verblüffende Ergebnis: Der Text sei »one of the most emphatic statements *for* female participation in the worship« (Odell-Scott* [Women] 90; ähnlich Manus* 191). Nun kann disjunktives ἤ gewiß eine Alternative einleiten, doch die so eingeleitete rhetorische Frage ist keine emphatische Verneinung der vorangehenden sexistischen Verse, sondern paßt viel besser zu V 33a; aus μόνους sind erst recht keine derartigen Schlüsse zu ziehen (vgl. Witherington* 98 mit Verweis auf ἄλλοι in V 29, εἷς in V 27 u.ä.: »simply the gender-inclusive masculine«); zudem wäre solches Zitat das längste im ganzen Brief; vor allem aber entspricht die hier zum Ausdruck kommende Haltung (nach Odell-Scott* [Women] 92 angeblich judaistisch-legalistisch) in keiner Weise der sonstigen korinthischen Position mit ihrem Freiheitspathos und Enthusiasmus (vgl. Munro* [Women] 28, die vor allem die Nähe zu 1Tim 2 dadurch unerklärt findet, und weiter Jervis* 59f Anm. 31; Wire* 229f; Baumert* 130-132; Rowe* 45; Carson* [Silent] 148-151).

739 Vgl. z.B. Lietzmann 75; Kähler* 74; Ellis* 216f; Carrez* 63f (Paulus habe für Ehelose, Witwen und Geschiedene eigene Bezeichnungen); Rowe* 58f.

740 Solcher Schluß aus dem Zusammenhang zeigt nach Schmiedel 181 aber nur, »wie wenig der Vf. an die Sorgfalt seiner Ausleger dachte«; vgl. weiter z.B. Crüsemann* 202; Wire* 156, die das zugleich als Zeichen dafür wertet, daß »not a select few

res als Grund für diese Deutung in Anspruch genommen werden (vgl. unten), erst recht nicht das von (D F G) 𝔐 (a b) sy gebotene sekundäre ὑμῶν. Vereinzelt hat man zwar Unverheiratete vom Schweigegebot ausnehmen wollen[741], doch das Argument, daß Unverheiratete gar nicht ihre Männer fragen können, trifft ebenso für Frauen in Mischehen zu, und 7,32-35 ist kein Beleg, daß unverheirateten Frauen »eine besondere Heiligkeit« zukomme und ihnen darum eine aktive Teilnahme am Gottesdienst konzediert werde[742]. In den Gemeindeversammlungen wird vielmehr der Frau als Frau apodiktisch Schweigen geboten[743] und ein λαλεῖν ebenso kategorisch verweigert[744]. Über die Bedeutung dieses den Frauen nicht gestatteten λαλεῖν gehen die Meinungen allerdings weit auseinander.

Um einen Widerspruch zu 11,5, aber auch anderen Stellen (vgl. nur Röm 16,1ff) zu vermeiden, wird es von denen, die an der paulinischen Herkunft des Stückes festhalten, meist eingeschränkt und auf ein die Ordnung des Gottesdienstes störendes vorwitziges Unterbrechen, voreiliges Dazwischenfragen, eigenmächtiges Drauflosreden u.ä. reduziert, das für 11,5 unbestreitbare προφητεύειν u.ä. davon aber ausgenom-

who speak in the church but women in general« betroffen werden. Baumert* 125 hält selbst »ihre Männer« in V 35b »im weiteren Sinn« für denkbar (Väter, ältere Brüder).

741 So Schüssler Fiorenza* (Gedächtnis) 288f; weitere bei Stichele* 249 Anm. 37; vgl. die berechtigte Kritik bei Allison* 40-42 (7,34 mit 7,1 zu verbinden, sei künstlich und gewaltsam; Paulus kenne keine besonderen Grade von Heiligkeit u.a.), Dautzenberg* (Stellung) 194 und Horrell* 192f. Richtig schon Spener 473: *non solum uxores, sed etiam viduae & virgines.*

742 Damit ist unbestritten, daß ehelose Frauen mit besonderen geistlichen Gaben in hohem Ansehen stehen konnten (vgl. Lk 2,36-38; Apg 21,9; Wire* 158 und 286 Anm. 29 verweist auf Philo, VitCont 68.87-89; TestHi 46-52 u.a.), zugleich aber leicht Verdacht erregten (ebd. Anm. 30 mit Verweis auf Offb 2,20-24; Irenaeus, Haer. 1,13,1-4).

743 Aus dem Schweigen »eine Funktion« des urchristlichen Gottesdienstes zu machen (so Ch. v. Kirschbaum nach Kähler* 239 Anm. 338), ist natürlich pure Konstruktion. Auch die Verweise von Witherington* 102 auf Hab 2,20; Sach 2,13 u.ä. Stellen, wo von der Stille vor Gott im Tempel u.ä. die Rede ist, bringt für das spezielle Schweigen der Frauen keine Aufklärung, allenfalls Hi 29,21 für den Zusammenhang von Unterordnung und Schweigen (dort gegenüber den Lehrern). Von einer Übung im Schweigen (so Philo, Som 2,263) oder einer Stimme göttlichen Schweigens (so 4Q405 Frgm. 20-22, Z. 7) ist nirgendwo die Rede. Selbst die Frage von Jervis* 65, ob nicht das Schweigen im Anschluß an Philo-Belege (dort ist es »the necessary prelude to learning and wisdom«) auch in V 35 als »stillness, repose, peace and receptivity« zu verstehen sei, dürfte zu sehr von einer Deutung *ad bonam partem* geleitet sein. Und daß σιγᾶν an den anderen ntl. Stellen »never implies a total, unrestricted silence on all kinds of speech at all times« (Grudem* [Gift] 242; Rowe* 60), besagt wenig, zumal das Schweigen in den Gemeindeversammlungen und nirgends sonst geboten wird.

744 Das Passivum ἐπιτρέπεται weist nach Weiß 342 »auf eine bereits geltende Bestimmung zurück«, d.h. es gilt die zu erwartende Auslegung des Paulus. Nach Aalen* 521.523 soll es in rabbinischen Texten bei Zitaten und Anspielungen auf die Tora zur Autorisierung gebraucht werden (vgl. Josephus, Ant 20,216; Ap 2,204; tYeb 8,1; Mt 19,8), doch bedeutet das keine Vorentscheidung für das Verständnis von νόμος.

men[745]. Dem Geist selbst könne auch ein Apostel kaum wehren[746]. Aber nicht, weil die Frauen unordentlich, uncharismatisch oder gar unautorisiert reden, sondern weil sie als Frauen reden, wird ihnen das λαλεῖν verwehrt. Darum kann aber auch umgekehrt der Vorschlag, dem λαλεῖν hier vom Kontext her eine glossolalische Bedeutung zu geben[747], das Dilemma kaum beseitigen. In der Tat kommt λαλεῖν vorher mit Vorrang im Zusammenhang mit γλώσσῃ (V 2.4.13.27) bzw. γλώσσαις (V 5.6.18.23) vor, doch hätte Paulus tatsächlich die Glossolalie im Auge, sollte man einen entsprechenden Ausdruck erwarten, wie das denn auch sonst durchgängig der Fall ist. Zudem kann λαλεῖν auch für prophetisches Reden stehen (V 3.6.19.29). Andere wollen λαλεῖν speziell auf die Evaluierung der Prophetie beziehen[748], doch ist bei aller Würdigung dessen, daß auch bei diesem wie dem vorher referierten Vorschlag Frauen nicht von der Prophetie ausgeschlossen wären, schwerlich zu begründen, warum gerade V 29b im Visier sein und die Kompetenz zur Prophetie nicht auch die ihrer möglichen Beurteilung einschließen soll. Ähnlich kritisch ist endlich auch darüber zu urteilen, hier speziell an von Frauen usurpierte Lehrautorität zu denken[749]. Vor allem aber scheitern alle diese Deutungen an dem absoluten Verbot des λαλεῖν mit seinem Oppositum σιγᾶν.

745 Vgl. u.a. Heinrici, Sendschreiben 459 (»von einem unziemlichen öffentlichen Reden«); Moffat 233f; Windisch* 419 (»das ungehörige Reden der Frau . . ., die *sich einmischt in die Gespräche der Anderen*« (kursiv im Original gesperrt]); Delling, ThWNT VIII 44 (»das eigenwillige Reden«); Kümmel 190; Wendland 132; Kuß 183; Kähler* 76-78; Merk, Handeln 146; Wolff 142f; Orr/Walther 313; Blampied* 163 (»either disruptive questions or disruptive teaching«); Hasitschka* 51; Hasler* 40f (hier wird neben der »Exaltiertheit vieler geistberauschter Beterinnen« auch noch mit dem Dazwischenfragen von ungetauften Frauen gerechnet, »die ihre gläubigen Männer in die Gottesdienste begleiten«); Forbes (Lit. zu Kap. 12-14) 276 bemüht die begrenzte Zeit und schränkt das Verbot auf Themen ein, die die Frauen nicht verstehen oder worüber sie mehr wissen wollen; kritisch zur Bedeutung »schwatzen« u.ä. Carrez* 58; Fitzer* 11 fragt im übrigen mit Recht, ob denn »Männer als solche« davor geschützt seien; ähnlich Allison* 39; gegen eine »Identifikation von Frauenrede und Geschwätz« auch Crüsemann* 205f.

746 Vgl. Seeberg* 132.135; Schlatter 390. Deshalb kann z.B. nach Jervis* 61 das λαλεῖν kein geistgewirktes sein (»unspiritual and uninspired«); der Hinweis auf 13,11 besagt jedoch gegenüber dem Kontext von V 35 wenig.

747 Schon Heinrici 436 vermutete eine »Verbindung mit dem Missbrauch der Glossenrede«; vgl. vor allem Martin* (Spirit) 85-88; Carrez* 65.

748 So schon Seeberg* 131 (Paulus verbiete die Beteiligung der Frauen »in der Gemeinde an der kritischen Erörterung der Prophetensprüche«) und vor allem Grudem* (Prophecy) 21-23; Ellis* 218; House* 309; Carson* (Spirit) 129-131 und (Silent) 152f; Witherington* 101-103 in Aufnahme von Hurley* 188.190, der darin eine Ausübung kirchlicher Autorität sieht, die nur dem Mann zukommt (190); vgl. auch Baumert* 124 (Es werde vorausgesetzt, daß Frauen »*nicht mit entscheiden* dürfen«); kritisch dazu Blampied* 160f; Jervis* 60f. Auch die These, die Weisung gelte nur den Ehefrauen von Propheten, damit diese nicht in aller Öffentlichkeit der διάκρισις ihrer Frauen verfallen (vgl. Kistemaker 513) und damit blamiert werden (vgl. Ellis* 218) oder den ehelichen Frieden stören, ist eine Verlegenheitsauskunft.

749 So aber Martin* (Spirit) 87 (ähnlich schon Calvin 446); auch Dautzenberg* (Prophetie) 258 sieht »primär das lehrende Sprechen verboten«, Hauke* 374 gar anachronistisch »die amtliche und öffentliche Lehrtätigkeit«. Liefeld* 152 findet das durch Sigountos/Shank* (vgl. dort bes. 288-292: »Greek standards for women in public«) bestätigt, wonach Frauen in der damaligen Zeit als Prophetinnen, aber nicht als Lehrerinnen akzeptiert werden konnten. Aber sowenig λαλεῖν für διακρίνειν steht (so richtig Martin, a.a.O. 86), sowenig ist es trotz 1Tim 2,12 auf διδάσκειν zu beschränken, zumal die apostrophierten Frauen »fragen« und »lernen«, nicht lehren wollen.

Es kann darum kaum ein Zweifel daran bestehen, daß mit λαλεῖν jede Art charismatischen wie uncharismatischen Redens im Gottesdienst gemeint ist[750], denn von einem anderen ist vorher und nachher keine Rede. Als Oppositum zu λαλεῖν erscheint dann weiter ὑποτάσσεσθαι, das zwar paulinisch, aber hier wegen seines absoluten Gebrauchs nicht im paulinischen Sinn verwendet ist[751]. Ob es durch τοῖς ἀνδράσιν zu ergänzen ist wie in der sekundären Lesart von A, läßt sich trotz V 35b nicht sicher sagen, ja ist eher zweifelhaft[752]. Gewiß erinnert es unmittelbar an das aus den Haustafeln bekannte ὑποτάσσεσθαι der Ehefrauen (Kol 3,18; Eph 5,22), was manchen gerade in konservativ-patriarchalischer Interpretation als gut paulinisch gilt[753]. Da aber die Unterordnung hier für die Gemeindeversammlung und nicht für das Haus gilt, ist solche Ergänzung unangebracht[754]. Dann aber wird im λαλεῖν der Frau eine Selbständigkeit gesehen, die die gebotene Unterordnung vermissen läßt[755]. Beides wird auf den νόμος zurückgeführt, wozu seit der Alten Kirche meist Gen 3,16 (»Nach deinem Mann wirst du verlangen. Er soll dein Herr sein!«) als Beleg angeführt wird[756], obwohl dort weder vom Schweigen

[750] Richtig Lietzmann 75; Grosheide 342 (»an absolute prohibition against women's speaking in the services«); Blum* 150f; Maier* 84; Dautzenberg* (Prophetie) 258.263f; Stichele* 249f; Lang 199; Hauke* 368; Allison* 38, die für den absoluten und umfassenden Charakter auch V 35a anführt; Crüsemann* 201 (»ein umfassendes öffentliches Redeverbot«); vgl. schon v. Mosheim 655f.

[751] Delling, ThWNT VIII 44 erklärt, ὑποτάσσεσθαι habe »hier kein unmittelbares personales Gegenüber, es kennzeichnet zunächst einfach den Status der Frau als solcher«; gemeint sei der Verzicht auf selbständiges Auftreten (47). Liefeld* 150 hält eine Übertragung von der Unterordnung unter Ehemänner zur Bedeutung »be submissive in attitude« für möglich, 151 aber auch »general submission to the orderly principles of Christian ministry«; nach Dautzenberg* (Stellung) 194 ist es noch »prinzipieller« gemeint und auf »die Ordnung der Gesellschaft überhaupt« zu beziehen. Hasler* 41 bezieht es dagegen ausschließlich auf die Unterordnung unter die apostolischen Anweisungen. Ὑποτάσσεσθαι wie in V 32 auf die Selbstkontrolle zu deuten (so Blampied* 161), ist ein untauglicher Harmonisierungsversuch.

[752] Vgl. z.B. Maier* 92: Nichts im Kontext weise auf »a limitation to husbands«; gedacht sei an Familien mit Ehemännern, Vätern, Söhnen und anderen männlichen Verwandten; ähnlich Wire* 156 (»appropriate not only for wives, since daughters, widows, and women slaves are just as subordinate to the man of the house«).

[753] Nach Stauffer wird die Unterordnung nicht »überwunden«, sondern geradezu »sichergestellt«; man kann sich freilich nur wundern, wenn ohne jede Problematisierung als Meinung des Paulus hingestellt wird, daß »der Unterschied der Geschlechter nach ihrer biologischen Verfassung und praktischen Bestimmung ... gerade in der Kirche seinen letzten Ernst« gewinnen soll (ThWNT II 439). Der von (D F G) Ψ 0243 𝔐 lat(t) sy gebotene Inf., der geradezu »etwas Ironisches« haben könnte (»Es ist ihnen nicht erlaubt, zu reden, aber sich zu unterwerfen« [so Godet II 173; ähnlich Robertson/Plummer 325; Rowe* 52]), soll nach Godet sogar gut in den Zusammenhang passen.

[754] Baumert* 125f findet »nur mittelbar ... eine Unterordnung unter Männer« ausgesagt, »und zwar grundsätzlich in ihrer Führungs- und Entscheidungsfunktion im Gemeindeleben«; vgl. auch Hanitschka* 52: »Einwilligung in die Ordnung des Gottesdienstes«.

[755] Vgl. z.B. Godet II 147: »Das Nichtreden der Frauen im Gottesdienst ist ja nur eine Folge der allgemeinen Abhängigkeitsstellung, welche dem Weib gegenüber dem Mann zukommt«; ähnlich Schlatter 387: »Die Haltung der Gehorchenden ist das Schweigen, und die Frauen erklären sich zum Gehorsam dadurch bereit, daß sie schweigen«; vgl. auch Maier* 86, der das aber 88f von Dominanz und Inferiorität abgrenzen möchte.

[756] Vgl. die Auslegungs- und Wirkungsgeschichte unten Anm. 809 und weiter z.B. v. Mosheim 657; Olshausen 729; Meyer 404;

noch von der Unterordnung der Frau die Rede ist. Neben anderen angeblichen Bezugnahmen[757] wollen denn auch andere einen generellen Verweis auf das Alte Testament sehen[758], was die Sache aber kaum besser macht[759]. Die pauschale Redeweise ist aber möglicherweise ein Indiz dafür, daß der Vf. gar nicht sosehr an die alttestamentliche Tora denkt als an ein auch für den Gottesdienst geltendes allgemeines Sittengesetz wie 1Tim 1,8 (notabene die einzige Stelle in den Pastoralbriefen mit νόμος)[760] oder wie im hellenistischen Judentum an die mit dem Naturgesetz identifizierte Tora[761], allerdings kaum auf staatliche Gesetze anspielt, wie sie etwa Cicero (Leges 2,15,37) bezeugt[762].

35 Frauen, die Belehrung wünschen, sollen zu Hause ihre Männer fragen. Das μαθεῖν interpretiert nicht das λαλεῖν, wie oft unterstellt wird, sondern verschärft das Schweigegebot noch: Selbst dieses Lernenwollen darf nicht dazu führen, in der Gemeindeversammlung das Wort zu nehmen[763]. Dabei bleibt

Robertson/Plummer 325; Godet II 173; Ellis* 217; Orr/Walther 312; Kremer 312f (die Stelle sei vielleicht »in den Synagogen entsprechend ausgewertet worden« mit Verweis auf SifDev 22,16 § 235; vgl. Billerbeck III 467) u.a. Holsten, Evangelium 404 Anm. * hält das nicht für möglich, da sich καθὼς κτλ. auf die Beweisführung in Kap. 11,2ff zurückbeziehe; kritisch zur Bezugnahme auf Gen 3,16 (bei vorausgesetzter paulinischer Herkunft) z.B. Jervis* 56 mit Verweis auf Gal 3,28, wonach das neue Leben nicht mehr unter dem Fluch von Gen 3,16 stehe.

757 Nach Schlatter 388 soll Paulus »vor allem an die Frauen der Patriarchen denken, die nicht als Empfängerinnen oder Verkündigerinnen des göttlichen Worts beschrieben« seien. Andere wie Carson* (Silent) 152 bemühen die Schöpfungsgeschichte in Gen 2 u.a. Stellen (vgl. dazu Rowe* 66f). Liefeld* 149f, der von λαλεῖν im Sinne der Beurteilung ausgeht, konstruiert einen Bezug auf Num 12,1-15, wo zwar Miriam und Aaron, die beide prophetisch begabt sind, gegen Mose Vorwürfe erheben, aber nur Miriam mit Aussatz bestraft wird, weil sie als Frau die Worte nicht beurteilen dürfe (als Alternative wird ein genereller Bezug auf »Jewish and Gentile laws« vorgeschlagen).

758 So Hurley* 192; House* 303 (im Anschluß an Lenski: »the entire teaching of the Torah«); Brooten bei Stichele* 247; Maier* 87 (synekdochisch für den Pentateuch, aber nach 88 mit Vorrang die Schöpfungs- und Sündenfallgeschichte); Hasler* 42 (Heilswille und Gebot Gottes in der Tora) u.a.

759 Gewiß gibt es dort keine aktive Kultfähigkeit der Frau, keine Priesterinnen, keine Opfer durch Frauen usw.; vgl. Fitzer* 16-21, der immerhin auch Ex 38,8; 1Sam 2,22 und vor allem Debora (Ri 4-5) und Hulda (2Kön 22,14) anführt.

760 Vgl. M. Dibelius / H. Conzelmann, Die Pastoralbriefe, 1955 (HNT 13) 19: »eine Lebensordnung, die dem Anständigen selbstverständlich ist«; J. Roloff, Der erste Brief an Timotheus, 1988 (EKK XV) 73: Der Vf. habe »nicht primär die Tora Israels vor Augen, sondern ganz allgemein die das menschliche Zusammenleben normierenden und schützenden Gebote und Ordnungen, innerhalb derer ihm das atl. Gesetz allenfalls als ein markanter Sonderfall gilt«. Allerdings ist bei 2,11f an die Schöpfungs- und Sündenfallgeschichte zu denken (House* 317 u.a.). Das könnte auch für den Einschub gelten. Die Deutung von Martin* (Spirit) 87 (ebs. Blampied* 158) auf die von Paulus gesetzte Norm, die mit ἐντολὴ κυρίου in V 37 wieder aufgenommen werde, wäre allenfalls im Sinne des Redaktors, nicht des Paulus selbst möglich. Gerade von V 37 her wäre der Verweis auf den νόμος eher überflüssig, wenn das *Taceat* im Blick ist (so Allison* 43).

761 Vgl. Jervis* 66 Anm. 62 (mit Verweis auf Sir 24; Philo, Op 3; SpecLeg 2,13; vgl. dazu weiter EKK VII 2, 521f zu 11,14), die allerdings selbst von Paulus her an die Summe des mosaischen Gesetzes denkt, während Baumert* 127 pauschal die jüd. Tradition im Blick sieht.

762 So aber Kroeger/Kroeger* 336: »There was a number of Greek and Roman laws which sought to control the ecstatic excesses of women, especially as they related to nocturnal rites«; vgl. dazu und zu ähnlichen Vorschlägen Rowe* 49.67f.

763 Richtig Godet II 174; House* 307f; Allison* 38; Blum* 151, der das aber irrigerweise mit V 36 begründet; vgl. auch Wire* 154: »The concession of learning at home if they want

aber offen, was eigentlich Frauen mit heidnischen Männern (7,12ff) oder unverheiratete Frauen und Witwen tun sollen[764]. Ob man aus ἐπερωτᾶν schließen darf, daß der Verfasser darum wußte, daß im Gottesdienst auch Fragen gestellt wurden[765] oder nicht, für Frauen jedenfalls sind solche Fragen ebenso unangebracht wie Prophetie und Lehre. Selbst ihr Lernen wird verlagert. Während nach V 31 fraglos alle Gemeindeglieder im Blick sind, wenn es im Gottesdienst etwas zu lernen gibt, soll für Frauen selbst das μανθάνειν seinen Ort ἐν οἴκῳ haben. Dieser Oikos ist der ihnen zukommende Platz. Gewiß ist auch für diesen Einschub nicht das »Lernen-Wollen« als solches schimpflich, wie denn auch über »die Befähigung der Frauen zum Denken und Reden« nicht gesprochen wird[766], wohl aber wird ihr Reden verworfen und ihr Fragen und Lernen an die Männer gebunden. Noch einmal folgt eine Begründung, die eigentlich nur aus einem Wort besteht: αἰσχρόν, das nach allgemeinen Urteil moralisch Schimpfliche, Unziemliche, Skandalöse, Schockierende[767]. Dem allgemeinmenschlichen Ehr-, Anstands- und Gemeinschaftsgefühl gegenüber muß das die Öffentlichkeit betreffende charismatische Reden von Frauen in der gottesdienstlichen Gemeindeversammlung weichen.

Zusammenfassung

Es kann kaum ein Zweifel daran bestehen, daß der unbekannte Verfasser dieser beiden Verse, die in klarem Widerspruch zu den sonstigen Aussagen des Paulus stehen, der Frau nicht nur ein ungehöriges oder uncharismatisches Reden, sondern das Reden in der Gemeindeversammlung überhaupt absolut und schroff untersagt. Statt dessen sollen sie schweigen, sich unterordnen und Fragen zur Belehrung bei ihren Männern zu Hause stellen, wofür als Gründe das Gesetz und die Konvention benannt werden.

Auslegungs- und Wirkungsgeschichte

Wie schon bei 11,2-16 bleibt die Auslegung und Wirkung dieses Textes völlig in den androzentrischen und antifeministischen Bahnen der beiden Verse, ja geht z.T. noch verschärfend darüber hinaus. Statt zu fragen, ob der Text nicht

appears to diminish the harshness of the regulation, but it actually specifies their household subordination«.

764 So z.B. Holsten, Evangelium 404 Anm. **; Godet II 174 antwortet treuherzig, der Apostel werde annehmen, daß die letzten jederzeit im Haus der Eltern Fragen stellen können, für die anderen aber »in der Praxis ohne weiteres« eine Lösung gefunden werde; vgl. auch Robertson/Plummer 325 (»unmarried women could get a question asked through the married«); House* 309 denkt neben den Vätern an ältere Frauen als Ansprechpartner; Maier* 92: Paulus nenne ein Prinzip ohne Erwähnung von Ausnahmefällen.

765 Schlatter 388 erinnert daran, daß es »in der Synagoge üblich war, daß an den Rabbi Fragen, die sich auf die korrekte Handhabung der Satzung bezogen, gerichtet und von ihm beantwortet wurden«.

766 So ebd. 389.

767 Zu αἰσχρός vgl. EKK VII 2, 508 Anm. 122 zu 11,6. Allison* 38.45 plädiert wegen der großen Bedeutung der Scham als einem weiblichen Attribut in der damaligen Welt für »shame« (mit Verweis auf B. Malina, The New Testament World. Insights from Cultural Anthropology, Atlanta 1981, 25-50; jetzt deutsch: Die Welt des Neuen Testaments. Kulturanthropologische Einsichten, Stuttgart 1993, 40-66); anders z.B. Baumert* 123.

doch manches Unheil angerichtet hat, begnügen sich auch Exegeten oft mit der den Text sanktionierenden Erklärung, Überhebung und Anmaßung der Frau habe »in der Kirche viel Uebel angerichtet«[768]. Überblickt man die zahlreichen Zitate und Auslegungen, findet man bis in die Neuzeit hinein kaum kritische Stimmen. Vor allem das *mulier taceat in ecclesia* wird unzählige Male positiv zitiert, öfter auch in Kombination mit 1Tim 2,11-15[769]. Die neben dem Schweigen gebotene Unterordnung unter die Männer spielt in der Wirkung *dieses* Textes dagegen eine weniger große Rolle und kann darum hier beiseite bleiben.

1. Schon Tertullian interpretiert das Verbot zum *loqui* im Sinne des *docere, tinguere* (taufen), *offerre* und bezieht es auf jegliches *munus virilis* wie das *sacerdotale officium*[770]. Nach Chrysostomus (315) soll Paulus nicht nur Schweigen, sondern καὶ μετὰ φόβου σιγᾷν gebieten[771]. Hieronymus wendet sich sogar gegen die Meinung des Pelagius, daß auch Frauen eine *scientia legis* haben und Gott lobsingen sollen und schließt daran die bezeichnende Frage: »Wer weiß denn nicht, daß die Frauen in ihren Schlafgemächern lobsingen sollen, fern von den Zusammenkünften der Männer und den Versammlungen der Menge? Du aber erlaubst, was nicht gestattet ist«[772]. Das Verbot öffentlichen Redens geht so weit, daß Cyrill selbst mit Zusammenkünften von Jungfrauen Schwierigkeiten hat, weshalb diese die Psalmen zwar singen oder vorlesen dürfen, aber nur leise, so daß sich die Lippen bewegen, aber von fremden Ohren die Worte nicht gehört werden können[773]. Es ließen sich noch zahlreiche weitere Belege aus der Alten Kirche dafür erbringen, daß Frauen in der Kirche

768 Meyer 405; Heinrici 437; ähnlich schon Grotius 819; vgl. auch Godet II 174: »Die Heimat der Frau ist das Haus; daher würde schon eine einfache Frage, die sie in der Öffentlichkeit machen würde, dem Anstand zuwiderlaufen, denn indem sie dabei vor aller Augen handelnd auftreten würde, würde ihre Bestimmung verletzt, welche ihr Zurückhaltung gebietet«. Vgl. auch Findlay 915 (ὑποτάσσεσθαι »lies in the nature of the sexes and the plan of creation«); Robertson/Plummer 326.

769 Z.B. Basilius v. Cäsarea, Mor. Reg. 73,6 (PG 31, 853); Spener 473 u.a.

770 Virg. 9,1 (CChr 2, 1218f); er spricht von *petulantia* (Übermut, Frechheit) von Frauen, die sich zu lehren vermessen und sich wie die Häretiker das Recht zu taufen einräumen, was V 34f streng verbiete (Bapt. 17,4f [CChr 1, 291f]; vgl. auch Praescript. 41 [ebd. 221]); anders wohl Marc. 5,8,11 [CChr 1, 688]). Clemens Alexandrinus erwähnt im Anschluß an 1Kor 9,5 immerhin Frauen als συνδιάκονοι der Apostel bei den Hausfrauen, wodurch die Lehre des Herrn auch in die Frauengemächer kommen konnte (Strom. 3,53,3 [GCS 52, 220]). In Const. Ap. 8,2,9 werden atl. und ntl. Prophetinnen genannt (vgl. auch EKK VII 2, 537 Anm. 314), aber sofort hinzugefügt, daß diese sich nicht über die Männer erhoben haben; immerhin wird vorausgesetzt, daß Männer wie Frauen solche Gnadengaben besitzen.

771 Vgl. auch Theophylakt 749: Ἡ γὰρ ὑποταγὴ τὴν μετὰ φόβου σιωπὴν δηλοῖ, ὡς ἐπὶ τῶν δουλίδων (Sklavin) γίνεται.

772 Adv. Pelag. 25 (BKV 15, 378 bzw. CChr 80, 33f). Anders aber Ambrosius, nach dem die Frauen zwar in der Kirche zu schweigen haben, aber gut Psalmen singen, wozu jedes Alter und Geschlecht geeignet sei (In Ps 1 [PL 14, 925]).

773 Procatech. 14 (PG 33, 355); vgl. auch Estius 707. Auch nach Didascalia 318 haben Frauen »nicht zu reden, auch nicht leise, noch mitzusingen, noch mitzuantworten, sondern nur zu schweigen und zu Gott zu beten« (zitiert bei Quasten, a.a.O. [Anm. 153] 121).

nicht zu reden haben, nicht einmal über notwendige und für die Seele nützliche Dinge (so z.B. Theophylakt 749), doch sollen diese Beispiele genügen, zumal sich das auch im Mittelalter nicht ändert. Thomas zitiert das Konzil von Karthago, daß eine Frau sich nicht unterstehen darf, sie sei noch so gelehrt und heilig, Männer *in conventu* zu belehren oder jemanden zu taufen[774], ja Frauen sind nach ihm eigentlich nicht einmal adäquate Auferstehungszeugen, so daß es seiner Meinung nach unangebracht war, daß Frauen zuerst die Auferstehung offenbart wurde[775]. Seit dem Dekret Gratians (Mitte des 12. Jh.s) ist auch Ordination und Priesteramt in jeder Form ausgeschlossen, was freilich längst vorher Usus war[776]. Bei Thomas heißt es mit Verweis auf unseren Text, daß die Frau vom *sacerdotalis ordo* ausgeschlossen ist[777]. Immerhin merkt Cajetan (81r) später an, daß es den Frauen nicht verboten sei, *in templo dei patres spirituales* zu fragen, wenn bei ihren Männern ein *defectus* gegeben ist[778], und nach Cornelius a Lapide (332) dürfen Nonnen *in ecclesiis suis* singen, aber eben nur *inter mulieres*[779]. Nach offizieller katholischer Lehre sind bis heute »nur Personen männlichen Geschlechts« der Ordination fähig[780], was die Declaratio circa quaestionem admissionis mulierum ad sacerdotium ministrale von 1976 auch mit Verweis auf V 34 erneut einschärft[781] und nach der Ordinatio Sacerdotalis von 1994 Johannes Paul II. ein für allemal gültig sein soll[782].

Die Reformatoren sehen das ganz ähnlich[783], vor allem was das Schweigen und die Gemeindeleitung betrifft, die z.B. nach Calvin (446) zur Lehre hinzu-

774 Summa, Bd. 29, 209; vgl. Mirbt/Aland, Quellen 399; zur Ausnahme einer Zulassung von Frauen zur Nottaufe bei Urban II. vgl. Raming, a.a.O. (EKK VII 2, 539 Anm. 328) 25.

775 Summa, Bd. 28, 228.

776 Vgl. schon Tertullian oben Anm. 711 und Const. Ap. 3,6 (vgl. dazu Raming, a.a.O. [EKK VII 2, 539 Anm. 328] 24f), aber auch das grundsätzliche Gebot zur σιωπή Const. Ap. 2,57,4.

777 Mirbt/Aland, Quellen 435; vgl. 659 auch den Catechismus Romanus 23.

778 Vgl. auch Cornelius a Lapide 332; Estius 706 fragt, was bei ungläubigen Männern geschehen soll und antwortet kurz, daß es besser sei, von etwas nicht Notwendigem keine Kenntnis zu haben als *cum detrimento pudoris aut cum aliorum scandalo* zu reden, doch verbiete Paulus nicht, *alios viros pios ac prudentes* zu fragen, wobei aber jede Gefahr und jeder böse Verdacht zu vermeiden sei.

779 Ähnlich Estius 707; vgl. auch 706: Sie dürfen im Gottesdienst beten, aber nicht *ad docendum et aedificandum alios*.

780 Vgl. Diekamp, Dogmatik III 338 u.a.; ein anderes Beispiel von 1961 zitiert Raming, a.a.O. (EKK VII 2, 539 Anm. 328) 219 von H. Stadler: Danach hat Christus die Kirche »nicht auf leicht entzündliche Frauen gegründet, sondern auf zwölf Apostelmänner. Die Frauen sind vom Kirchenregiment (!) ausgeschlossen, und Sankt Paulus schreibt: ›Die Frauen müssen in der Kirche den Mund halten‹ (1Kor 14,34). Die göttlichen Gewalten der Sündenvergebung, der gottesdienstlichen Opferhandlung und der Gnadenvermittlung ruhen nur auf den Männerschultern der Apostel, des Papstes, der Bischöfe, der Priester. Sie ist auf harten, unzerstörbaren und sturmumtobten Fels gegründet – und Felsenart ist Männerart. Deshalb ist die Kirche von Anfang an und für alle Zeit Männersache«; vgl. auch das Zitat von Bichlmair ebd. Anm. 69 und die Zitate von Pohle bei Werbick, Kirche 205.

781 Vgl. dazu EKK VII 2, 538f mit Anm. 327f.

782 Vgl. Stichele* 252f; Crüsemann* 199 Anm. 2 (mit Lit.).

783 Vgl. z.B. Zwingli, CR 89, 58; EKO, Bd. 8, 52.180; 11, 549 u.ö.

gehört »und sich gerade darum nicht mit der Unterwerfung verträgt«[784]. In der Hessischen Kirchenordnung von 1566 wird erklärt, mit V 34 habe Paulus »on zweifel alle actiones des kirchendienstes und nicht allein das lehren und predigen, sondern auch die administration und verwaltung der heiligen sakramenten den weibern« verboten, da es kein Sakrament ohne Wort gebe[785]; schon Epiphanius schreibe, daß die Quintilianer und die Colliridianer des Irrtums geziehen werden, »daß sie den weibern die kirchenempter zu verrichten vergönnet haben«[786]. Allerdings soll ihnen nicht ganz der Mund verboten werden. Der Skopus fast aller Aussagen läßt sich mit Luther so formulieren, daß die Frauen in der Kirche zu schweigen haben, sonst aber »muͤgen sie wol mit beten, singen, loben und Amen sprechen und da heimen lesen und sich untereinander leren, vermanen, troͤsten, auch die schriefft auslegen, das beste sie ymmer koͤnnen«[787]. Im übrigen haben sie ihre Männer zu fragen.

Seit der Reformation, vor allem im Pietismus, begegnen aber auch Einschränkungen und Ausnahmen. Nach Luther und Maior (198v) ist es Frauen dann zu lehren erlaubt, wenn keine Männer da sind[788]. Auch Hubmaier zitiert zwar zunächst das Schweigegebot, fügt aber hinzu: »Wo aber die mann durch forcht erschreckt vnd zů wyberen worden, da söllend reden die wyber vnd mannen werden«[789]. Spener erklärt trotz der obigen Aussagen (vgl. Anm. 582), daß die Frauen zwar »von dem offentlichen und ordentlichen lehramt

784 Vgl. auch Calvin 446: »Es wäre unschicklich, wenn eine Frau, die dem Ehemann als einem Glied der Gemeinde unterworfen ist, die Leitung einer Gemeinde übernehmen wollte«.

785 EKO, Bd. 8, 282 mit Verweis auf Tertullian u.a.

786 Ebd. mit Verweis auf Epiphanius, Haer. 49,1f (GCS 31, 242f) und 79,1ff (GCS 37, 476ff). Zudem sei im 4. Konzil von Karthago von hundert Bischöfen einmütig beschlossen worden, »es solt sich ein weib des teufens nicht undernemen« (EKO, Bd. 8, 282f); nur wenn es »die hoͤchste not erfordern wolt«, sei eine Nottaufe gestattet (ähnlich 428f); vgl. auch Calvin, Inst. 4,15,21 und Bullinger, Haußbuch 349r.

787 WA 30.3, 524; ebs. Spener, Schriften, I 674; vgl. auch 689, wo darauf hingewiesen wird, daß wegen des Befehls des Paulus die deutschen Kaiser (Karl d. Gr., Ludwig und Lothar) »auff den *Synodis* diß wiederumb abgeschafft / und ernstlich verboten / daß sich die weibspersonen deß offentlichen predigens gaͤntzlich enthalten solten / wie die historien solches außweisen. Das aber ist ihnen ungewehrt / daß sie daheime in ihren haͤusern mit ihren kindern und gesinde / auch mit den maͤnnern aus Gottes wort reden / und mit ihnen geistliche lieder und gesaͤnge singen«. Francke wehrt die Beschuldigung, er gestatte Frauen zu reden, damit ab, daß er V 34f nie widersprochen habe, wohl aber betone, »daß sie sonsten seyn *gute Lehrerin*, Tit. II 3., zu Hause bey den Ihrigen von goͤttlichen Dingen zu reden« (Schriften, Bd. 9, 70f).

788 WA 10.3, 171; vgl. auch 633 (»ausgenomen die not«); ähnlich Spener, Schriften, I 653: »Wo aber nicht maͤnner da waͤren / sondern eitel weiber als in Nonnen-kloͤstern / da moͤchte man auch ein weib auffwerffen unter ihnen / daß da predigte«.

789 Schriften 94, wo er neben Debora, Hulda, Anna und den Philippustöchtern Argula v. Grumbach erwähnt, die nach 90 Anm. 7 »zur Verteidigung der evangelischen Lehre mehrere Schriften im Druck« herausgegeben hat. Vgl. aber auch den eher dem Humanismus zuzurechnenden Agrippa v. Nettesheim, Vom Adel vnd Fürtreffen Weibliches geschlechts (1540), hg. v. J. Jungmayr, in: Ob die Weiber Menschen seyn, oder nicht?, hg. v. E. Gössmann, 1988 (APTGF 4), 94, wonach das *Mulier taceat* »allein außwendig nach dem buchstaben / vnserem fürschreiben widerstrebendt. Dann das die männer nach der ordnung der kirchen / etwas höher geacht werden dann die weiber / das ist eben als da die Jüden inn der verheissung vor den Griechen den vorzug haben / Aber vor Got ist kein an-

außgeschlossen bleiben«, es aber Gott »frey stehe / ihnen auch vor den maͤnnern zuweilen gaben zu geben / und sie ausser der ordnung in gewissen faͤllen / dazu zu gebrauchen / daß auch maͤnner von ihnen lernen muͤssen«[790]. Auch Zinzendorf macht ähnliche Einschränkungen und beruft sich ausdrücklich auf 1Kor 11,5: »Daraus kan nicht behauptet werden, daß die Weiber in der Gemeine nicht koͤnnten gebraucht werden: denn das hat er ausdruͤcklich Cap. XI,5 vorher gesagt. Nur von dem ordentlichen und allgemeinen Lehren ist hier die Rede, wann die ganze Gemeine beysammen. Und doch moͤgten Umstaͤnde vorkommen, da ein Weib koͤnnte und muͤßte auch bey der Gelegenheit mit ihrer Gabe der Gemeine dienen«[791]. Auch in J.C. Ebertis Schrift von 1706 »Eröffnetes Cabinet des gelehrten Frauen-Zimmers« heißt es: »Eine Gottesfuͤrchtige Weibes-Person zu Bischoffsheim / in Francken umbs Jahr 746 war in der *Theologie* so erfahren / daß sie auf Anordnung *S. Bonifacii* in der Kirchen oͤffentlich predigte und die Gemeine im Glauben unterrichtete / da doch sonsten Paulus die Weiber in der Gemeine schweigen heissen«[792].
Auch separatistische Gruppen akzeptieren das Gebot nur mit Einschränkung: »Yet not simply from speaking: they may make profession of faith or confession of sin, say Amen to the Church's prayer, sing Psalms vocally, accuse a brother of sin, witness an accusation, or defend themselves being accused, yea in a case extraordinary, namely where no man will, I see not but a woman may reprove the Church«[793]. Es gibt aber auch deutlichere Gegenbeispiele und Proteste. So hat Dorothea Ch. Leporin 1742 auf Katharina v. Siena verwiesen, die »in Gegenwart des Pabstes und vieler Cardinäle offtmahls (hat) predigen müssen«, sowie auf Lioba und Thekla, die »auf Bonifacii Befehl öffentlich gelehret und geprediget« haben; sie selbst legt Wert darauf, daß aus den bekannten Schriftstellen nicht folgt, »daß Weibes Leute von dem Studio Theologico sollen abgeführet werden, maassen sonst auch viri eruditi &

nemung der person / er sieht auch die nit an / dann in Christo ist weder weibß noch manßbild / allein ein newe Creatur«.

790 Schriften III 1.1, 464.

791 Erg.-Bd. VII 1, 550; vgl. auch das Zitat bei Crüsemann* 200: »Seitdem die Schwestern nicht mehr reden . . . ist uns ein Kleinod verloren gegangen«. Coccejus 325 unterscheidet *ordinaria ab extraordinariis* und weist darauf hin, daß es *principes & reginae* im Staat geben kann, und zwar *jure natalium*, hält es freilich für eine Schande, wenn in einer Gemeinschaft freier Menschen Frauen zur *magistra & rectrix* bestellt werden.

792 Nachdruck München 1986, 220. Pater Ricordati ließ die Nonne Benedetta trotz des ausdrücklich zitierten *Mulier taceat* nur predigen, weil sie dabei immer in Trance war (J.C. Brown, Schändliche Leidenschaften. Das Leben einer lesbischen Nonne in Italien zur Zeit der Renaissance, Stuttgart 1988, 69).

793 J. Robinson, A Justification of Separation from the Church of England; zitiert bei Irwin, a.a.O. [EKK VII 2, 532 Anm. 281] 161; vgl. auch 164, wo das paulinische Verbot auf »ordinary not extraordinary prophecy« bezogen wird; vgl. auch 166.170.176f. Die führende Quäkerin M.A. Fell, Women's Speaking Justified, Proved and Allowed by the Scripture, London 1667 (zitiert bei Irvin, 180), wirft dem Klerus vor, »how far they wrong the Apostel's intentions«, und sie verweist darauf, daß auch den Männern in V 30 Schweigen geboten wird und meint, der Apostel rede zu Frauen unter dem Gesetz (185); 186 wird auf Apg 2,16f und 1Kor 11,5 verwiesen; vgl. weiter M.O. Thickstun, Writing the Spirit: Margaret Fell's Feminist Critique of Pauline Theology, JAAR 63 (1995) 269-279, hier 271f.

honoratiores, die eben auch in der Gemeinde schweigen, von studiis abstehen müsten; vielmehr I. Cor. 14,35, 1. Tim. 2,11. selbst das Gegenteil beweisen, auch andere viele dicta, z. E. Gal. 3,28, Joel 3,1.2«[794].

Die Oberhand behalten haben aber immer Stimmen wie die von Semler (387): *Omni tempore valet, non tantum seculo primo.* Nach Vilmar bezeugt die Kirchengeschichte sattsam, »wie oft der Satan sich des weiblichen Geschlechts als eines solchen Werkzeuges bedient, dadurch die größten Irrtümer und Ketzereien in der Kirche Gottes sind ausgebreitet worden«[795].
Auch außerhalb von Theologie und Kirche ist das *mulier taceat in ecclesia* rezipiert worden, wenn auch z.T. mit Ironie, z.B. bei Grobianus: »Wilt du jr nit mehr hören zů / Sag zů jr das sies maul zůthů / Vnd sprich / wer hat dich her gesant / Daß du solt sein ein predicant? Schweigt sie / so ists jrn lenden gůt / wo sie dann weiter kiffeln thůt / Von jhem / von dem / jetz diß / dann das / Vnd wie all ding ergangen was«[796]. Bei Goethe ist zu lesen: »Was waren das für schöne Zeiten! / In Ecclesia mulier taceat! / Jetzt, da eine jegliche Stimme hat / Was will Ecclesia bedeuten?«[797]. In einer der Komödien Holbergs übersetzt Espen der Marthe das *mulier taceat in ecclesia* folgendermaßen: »Auf deutsch heißt das ungefähr so: eine Sau wie du soll sich um Rocken und Spindel bekümmern und sich nicht mit Sachen bemengen, wofür die Natur mich und andere Mannsleute geschaffen hat«[798].

794 Gründliche Untersuchung der Ursachen, die das weibliche Geschlecht vom Studiren abhalten (zitiert von E. Gössmann [Hg.], Eva – Gottes Meisterwerk, München 1985, 236f [im Original alles kursiv]). Vgl. auch J. Vokins, From God's Mighty Power and Magnified von 1691, wo die Autorin über ihre Predigten erzählt und gemäß ihrem Verständnis von 1Kor 14,30 alle, jung oder alt, Mann oder Frau, zu einer ihnen vom Herrn gegebenen Botschaft einlädt; darauf wird vom Priester auf V 34 verwiesen, worauf die Autorin nur fragt: »What woman that was and what church that was, that she should not speak in«; der Priester aber will sie einsperren lassen (zitiert bei Graham, a.a.O. [Anm. 926 zu Kap. 11] 222f).

795 Collegium 218.

796 A.a.O. (EKK VII 2, 528 Anm. 253) 212; vgl. auch »Ein lustig Gespräch von der Frage: Ob die Weiber Menschen seyn?« von einem Anonymus (1618), wo der Benediktiner Endres meint, daß »die Weiber ohne rechte Vernunfft reden, wie daraus erscheinet, daß der Apostel Paulus 1. Cornth. 14 die Weiber heisset still schweigen, daß folgends ihr Reden nichts sey, und sie für keine Menschen zu achten«; dem widerspricht der Jesuitenpater Eugenius: »Heist der Apostel Paulus die Weiber stillschweigen nit um ihrer unvernüfftigen Rede willen, damit sie sich etwan übereilen, sondern gute Ordnung in der Kirchen zu Corintho anzurichetn und zu erhalten ... Sonsten halt ich dafür, daß man sich auch von den Weibern etwas gutes und heylsames zu lernen nicht schämen sollte« (in: Gössmann, a.a.O. [Anm. 789] 104f); vgl. auch O.L. Dick, Das Leben: ein Versuch. J. Aubrey und sein Jahrhundert, hg. v. R. Cackett, Berlin 1988, 151, der im folgenden Aubreys Sinn für Ironie findet: »Ein Bildnis der Jungfrau nickte dem heiligen Bernhard zu und sprach ›Guten Morgen, Vater Bernhard‹ (in Wirklichkeit rief der Meßknabe, der hinter der Statue versteckt war, durch eine Röhre). ›Ich danke Euer Gnaden‹, antwortete der Pater, ›aber Paulus hat es für ungesetzlich erklärt, daß Frauen in der Kirche sprechen‹«.

797 Zahme Xenien, J.W. Goethe, Gedenkausgabe der Werke, 2. Bd., Zürich 21962, 385.

798 L. Holberg, Komödien, übertragen von H. Holtorf und A. Holtorf, Bd. I, Wedel 1943, 108: Er erhält dort freilich die Antwort: »Sag‹ das nicht, Espen. Die Zeit ist nicht mehr weit, wo man mehr auf den Kopf als auf das Geschlecht, und mehr auf die Leistung als auf die Namen sieht. Wenn unser beider Verstand auf die Waagschale gelegt würde, und ich würde für geschickt befunden, Amtmann zu sein, so könntest du höchstens Apfelhökerin werden«.

Erst in neuerer Zeit mehren sich die kritischen Stimmen. Ragaz z.B. fragt, ob nicht diese und ähnliche Worte »der *Nährboden* für die Giftpflanze« geworden ist, »welche die Saat Christi fast zunichte gemacht hat: des christlichen *Servilismus* gegen die Mächte des Bestehenden«[799]. Auch einige Kommentatoren finden anders als die oben (Anm. 568) zitierten ein »merkwürdig kleinliches, kleinlich um des ehemannes autorität besorgtes gebot«[800]. Das setzt sich in modernen Veröffentlichungen fort[801], auch wenn einerseits, wie schon in der Exegese erwähnt, die beiden Verse öfter als typisch für eine misogyne Haltung des Paulus verstanden werden, ja für den männlichen Chauvinismus der Bibel überhaupt stehen sollen[802], andererseits aber auch immer noch als striktes Verbot für Frauen selbst für die Schriftlesung oder für die Assistenz bei Herrenmahlfeiern in Anspruch genommen werden[803]. Wo die Verse, gegen den Strich gebürstet und geradezu zu einem paulinischen Plädoyer gegen männlichen Chauvinismus und jede Marginalisierung von Frauen werden (vgl. oben Anm. 738), fällt eine moderne Aktualisierung im Sinne eines Durchbruchs durch alle oppressiven sozialen Konventionen natürlich leicht[804], doch wenn die hier vertretene Exegese zutrifft, ist das kaum möglich. Geht man von einer Adaption des Textes an die damalige Konvention aus, kann man, unabhängig von der Echheitsfrage, daraus schließen, daß sol-

[799] Bibel 88; 90 wird schon wegen des schroffen Widerspruchs zu 11,5 mit einem »Einschiebsel aus späterer Zeit« gerechnet und 121 kritisch gegen unsere Stelle auf Gal 3,28 und darauf verwiesen, »was für eine große und führende Rolle Frauen in den Gemeinden des Paulus spielen«.

[800] Holsten, Evangelium 404 Anm. **.

[801] Windisch* 412 ist schon 1930 für eine »Reduktion, Modifikation und Neuschöpfung« gerade bei den kirchlichen »Ämtern und Einrichtungen« eingetreten, weil »von richtigem Bibelverständnis aus . . . keine Bedenken gegen die Frau auf der Kanzel erhoben werden« können (424); sodann wird auf die schon damals in Holland geübte Praxis verwiesen (425). Auch Seeberg* 141 urteilt zwar, »wenn die Frauen wirklich etwas zu sagen haben«, werde »ihnen auf die Dauer niemand das Wort wehren können«, doch hält er es für »ein altweibermäßiges Gerede, wenn man vom Eingreifen der Frauen in das kirchliche Leben eine Wandlung und Besserung der Verhältnisse« erwarte, und er fügt hinzu: »Die Natur wird das Weib doch immer wieder auf seine weltgeschichtliche Mariabahn stellen – die Worte in ihrem Herzen zu bewegen und zu bewahren!«, wozu 143 die traditionelle Rollenerwartung tritt, »daß die weibliche Natur immer am ehesten auf den Gebieten der Liebestätigkeit den ihrer sonderlichen Begabung entsprechenden Boden finden wird«.

[802] Vgl. M. Daly (zitiert bei Munro* [Women] 27): »The women's critique is not of a few passages but of a universe of sexist propositions«; vgl. ebd. auch die Position von E.H. Pagels, nach der der paulinische Patriarchalismus nicht auf unsere Stelle beschränkt sein soll.

[803] So Maier* 93; vgl. auch 101: »By the grace of God there has never been a woman pastor in the Lutheran Church Missouri Synod. This situation will remain«; vgl. auch die Äußerung von W. Laible bei Windisch* 837, nach dem das *Mulier taceat* »unzweideutiges und die Kirche auch heute verpflichtendes apostolisches Wort, also Gotteswort« sein soll (in der Formulierung von Windisch); vgl. auch Reichele bei Pinl, a.a.O. (EKK VII 2, 533 Anm. 286) 132. Andere wollen Frauen wenigstens von der Evaluierung der Prophetie und von der Lehre ausschließen; so Grudem* (Prophecy) 23.

[804] Manus* 194 z.B. deutet die Stelle als Schützenhilfe für den Egalitarismus und »exuberant prophetism and ecstatic Christian worship«, die afrikanische Frauen befähigt habe, »to assert and display the wealth of their spiritual charismata and self-esteem«.

che Adaption heute gerade zu anderen Konsequenzen führen müßte als zu einer anachronistischen Wiederholung des *mulier taceat*[805].
Dürfte man tatsächlich die Bekämpfung egalitärer Tendenzen für die polemische Einfügung verantwortlich machen, wären immerhin unfreiwillig hinterlassene »Spuren einer Befreiungsgeschichte von Frauen« zu erschließen[806]. Jedenfalls ist von der »Unvereinbarkeit« unserer Verse mit Gal 3,28 und der sonstigen Theologie und Praxis des Paulus auszugehen[807] und damit innerkanonische Sachkritik geboten, die das reaktionär-androzentrische Modell dieser Verse an zentralen anthropologischen und ekklesiologischen Kriterien des Neuen Testamentes mißt und jede Diskriminierung und unterdrückende Restriktion von Frauen ausschließt[808].

2. Die *Begründungen* für das Schweigen der Frauen im Gottesdienst werden zunächst in den beiden Richtungen expliziert, die auch im Einschub selbst genannt werden. Der Verweis auf das Gesetz wird fast überall durch den Hinweis auf Gen 3,16 konkretisiert[809]. Oft wird hinzugefügt, daß Sara nach Gen 18,12 bzw. 1Petr 3,6 Abraham *dominus* genannt habe[810]. Andere versuchen, weitere biblische Begründungen nachzuschieben, etwa den Hinweis auf die Ersterschaffung Adams[811] oder die fehlende *imago dei* bei Eva[812]. Besonders beliebt ist der Verweis auf die Sünde Evas, wobei Eva als *auctrix primae transgressionis* gilt (so Atto 394)[813]. Als weiterer Grund für das Schweigen der Frau wird genannt, daß ihr Reden *contra ordinem naturae vel legis* ist[814], oder es wird gesagt, daß Paulus den zweiten Grund neben dem Gesetz ἀπὸ κοινοῦ λογισμοῦ καὶ τῆς συνηθείας gewinne[815]. Entsprechend heißt es oft, daß Frauen von Natur »schwächer, schwankend und leichtsinnig« sind[816] oder daß Frauen die *ratio* fehlt, *quae est maxime necessaria praesidenti*[817].

805 Vgl. etwa Sigountos/Shank* 294.

806 So L. Schottroff; zitiert bei Crüsemann* 201.

807 So mit Recht Tamez* 11; 17 wird Gal 3,28 als »normativ« und V 34f als »situationsbedingt« erklärt.

808 Vgl. z.B. Tamez* 16, die solche »Interpretationsprinzipien« nennt.

809 Chrysostomus 315; Origenes 40; Ambrosiaster 163; Theodoret 348; Theophylakt 749; Petrus Lombardus 1672; Cajetan 80v; Maior 198r; Bullinger 237; Grotius 819; Spener 473 u.a.

810 Hieronymus 762; Ambrosiaster 163; Pelagius 211; Primasius 542; Atto 394f.

811 Hieronymus 762; Pelagius 211f; Primasius 542; Atto 394 (*quia de costa viri formata est*).

812 So z.B. Ambrosiaster 163; Ambrosius 273; Hrabanus Maurus 136.

813 Vgl. auch Petrus Lombardus 1672 (*quia pro peccato quod induxit mulier, semper debet verecundari* = Scheu haben, schüchtern sein); vgl. auch Haymo 592; Thomas 402 zitiert Chrysostomus: *Semel est locuta mulier et totum mundum subvertit*; vgl. auch Ambrosiaster 164, der auch das Todesgeschick auf Eva zurückführt (ähnlich Hrabanus Maurus 137; Herveus 970).

814 Hieronymus 762; Pelagius 211; Primasius 542.

815 Chrysostomus 316; Johannes Damascenus 685.

816 Chrysostomus 316; vgl. auch ders., Über das Priestertum 9 (BKV 27.2, 150): »Zwar hat das göttliche Gesetz die Frauen von dem Kirchendienst ausgeschlossen, aber sie suchen sich gewaltsam einzudrängen, und da sie von sich selbst aus nichts auszurichten vermögen, so setzen sie alles durch andere ins Werk. Ja sie besitzen eine solche Macht, daß sie nach eigenem Gutdünken Priester aufnehmen und absetzen, so daß das Obere nach unten gekehrt wird und deutlich sich hier das Sprich-

Entsprechend äußern sich auch die Reformatoren: Da zur Predigt »eine gute Stimme, ein gut Aussprechen, ein gut Gedächtniß und andere natürliche Gaben« gehören, soll Paulus den Frauen Schweigen gebieten, »die weyl eynem man viel mehr zu reden eygent und gebůrt unnd auch dazu geschickter ist«[818]. Daß Frauen in der Gemeinde »nichts handeln noch reden« sollen, sei zwar von Gott freigelassen, »doch darneben so tieff in die natur gepflantzt, das yderman urtailt, es soll nicht sein«[819]. So wird ihnen bescheinigt, sie seien *contentiosae et loquaces,* die alles durcheinander bringen (Zwingli 181). Von dem angeblich von der »Natur« Vorgegebenen her ist es fast konsequent, wenn das Schweigegebot für Frauen nicht nur in der Kirche gilt[820]. Während das Reden als Schande[821] gilt, gilt das Schweigen der Frau als ihr Schmuck[822]. Ein anderer Versuch, dem Schweigen Positives abzugewinnen, begegnet z.B. bei Kierkegaard: »Und du, o Weib, ob du gleich gänzlich verstummest in anmutigem Schweigen – wofern dein Leben ausdrückt, was du vernommen: so ist deine Beredsamkeit machtvoller, wahrer, überzeugender denn aller Redner Kunst«[823]. Küng verweist auf 1Petr 3,1, wo die Frauen »an die ihnen eigene Form der Verkündigung gemahnt« werden, »ohne Worte zu gewinnen«[824]. Auch nach Barth hat das Neue Testament im Schweigen »nicht einen Mangel, sondern gerade die besondere Auszeichnung der Frau gesehen«, »diese stille, ruhige, sanfte, schweigende Botschaft des von Gott vollbrachten und hergestellten Werkes«[825].

Andere neutestamentliche Stellen, die heute eher als Einwand gegen V 34f vorgebracht werden sollten, werden durch entschärfende »Exegese« oft zu zusätzlichen Begründungen, vor allem die Hinweise auf alt- und neutestamentliche Frauen, die prophetisch gewirkt haben. Ambrosius z.B. will beachtet wissen, »wie wenig Worte Elisabeths Weissagung, wie viele die des Zacharias umfaßt«, so daß die Regel von V 34f gewahrt bleibe, »daß das Weib sich befleißigen solle, lieber das Göttliche zu lernen als zu lehren«[826]. Origenes versucht bei seinem Eingehen auf die montanistischen Prophetinnen den Hinweis auf Apg 21,9 und alttestamentliche Stellen dadurch zu entkräften, daß die vier Philippustöchter keine σημεῖα τῆς προφητείας vorweisen und

wort bewahrheitet: Die Untergebenen führen ihre Gebieter«. Bei Cassiodor 1338 heißt es, daß die Frauen *propter infirmitatem sexus sui* in der Kirche schweigen sollen.

817 Thomas 402; ähnlich Cajetan 81r; vgl. Cornelius a Lapide 332: *Mulier est passiva & concupiscentia, vir est ratio.*

818 Luther, WA 8, 497.

819 Osiander, Schriften, Bd. 2, 266.

820 Vgl. Ambrosius, De Virg. 3,3,9 (FlorPatr 31, 67) und später etwa Brenz, Frühschriften, Bd. 2, 326: »Dan nachdem Paulus den weybern in der kirchen zu leren verbewt, geschicht inen nit unbillich, das ir zeugknus zu einem entlichen urtail nit fur gnugsam erkent werden«.

821 Vgl. z.B. Theophylakt 749 (ἀδοξία ἐστὶν αὐταῖς καὶ αἰσχύνη) und Atto 395 (*turpe … non solum illis* [sc. *mulieribus*], *sed etiam viris*).

822 Vgl. z.B. Commodian, Instr. 15 (CChr 128, 54).

823 Erbauliche Reden, Werke, 27.-29. Abt., 47; vgl. auch ebd. 5.38 und ders., Noch eine Verteidigung der höheren Begabung der Frau, Werke, 30. Abt., 3-6.

824 Kirche 444f.

825 KD III 1, 374.

826 Lk-Komm 2,35 (BKV 21, 71). Vgl. auch Hus, Opera III 80: Elisabeth habe zwar als vom Geist erfüllte Prophetin geredet, *sed paucis et in domo,* während bei Zacharias die Sache anders liege.

nicht ἐν ταῖς ἐκκλησίαις reden (letzteres wird auch von Hanna gesagt), Debora keinen Zulauf gehabt und Hulda nicht zum Volk gesprochen habe[827]. Thomas (402) kontert den Hinweis auf die Samaritanerin in Joh 4, auf Hanna (Lk 2,36), Debora (Ri 4,4), Hulda (2Kön 22,14) und die Philippustöchter (Apg 21,9) damit, daß zur Prophetie zwei Dinge gehören, nämlich *revelatio* und deren *manifestatio*; von der ersten Qualifikation seien auch die Frauen nicht auszuschließen, während bei der zweiten den Frauen nur die *privata* und nicht die *publica annuntiatio* zukomme[828]. Auch später begegnen entsprechende Einschränkungen, so wenn Cornelius a Lapide (332) erklärt, Hanna habe *singulis privatim, non in ecclesia . . . nec in templo* bzw. nur *mulieribus singulis in atrio feminarum* geredet[829]. Entsprechend wird auch das διάκονος-Sein der Phöbe (Röm 16,1) ausgewertet und allein auf Diakonie bezogen[830]. Auch nach Wichern kommt der Frau statt des Redens »ein wesentlicher Teil der Diakonie im engeren Sinne, der freien Liebespflege« zu[831].
Es versteht sich von selbst, daß mit der oben S. 498f geübten Kritik am Schweigegebot für die Frauen auch dessen Begründungen großenteils mitbetroffen sind und nicht zu überzeugen vermögen, zumal auch im Neuen Testament selbst bei aller Abwehr von Gleichmacherei die Gleichbegnadung und Gleichverpflichtung von Frauen und Männern im Mittelpunkt stehen[832].

Anhangsweise sei erwähnt, daß der Satz »das ist schändlich« auch für vieles andere herhalten muß, hier aber nur durch ein Beispiel belegt werden soll: Praetorius berichtet von einem Küster, der während der Taufe das Taufwasser in einem Milchtopf mit der Aufschrift 1/2 l herbeibringt. Als der Verfasser das dem Küster als unangemessen zu erklären versucht, erhält er zur Antwort: »Das haben wir immer so gemacht«, was der Verfasser so kommentiert: »Der arme Mann und mit ihm der frühere Pfarrer und auch die Gemeinde wußten nicht, ›was sich ziemt‹. Oder will jemand ein Betragen, ›was uns übel ansteht‹ – 1Kor 14,35 – verteidigen, wenn der Küster hinter dem Altar die Weinflasche entkorkt, und die Gemeinde während der Mahlfeier das Knallen des Korkens hört?«[833]

[827] Labriolle, a.a.O. (EKK VII 2, 537 Anm. 316) 55f. Epiphanius läßt Lk 2,36 sowie Apg 2,17 und 21,9 zwar gelten, fügt aber an: ἀλλ' οὐχὶ εἰς τὸ ἱερατεύειν οὐδέ τι ἐπιχειρεῖν ἐπιτρέπεται (Haer. 37,3,5f [GCS 37, 478]).
[828] Vgl. auch Cajetan 80v; Coccejus 325.
[829] Es wird der Hinweis hinzugefügt, daß das Reden im Tempel Frauen verboten sei; vgl. auch Estius 707, der Entsprechendes für die Synagogen feststellt und erörtert, ob ein Widerspruch zu 11,5 vorliegt, und sogar die Anpassung eines Schreibers an den vorhergehenden V 4 für möglich hält!
[830] Vgl. z.B. Bullinger: Phöbe sei zwar berühmt gewesen, doch Paulus wolle nicht, »daß die weiber in der kirchen leren / vnd offentliche åmpter tragen: Wie oder worinn haben dann der weiber der kirchen gedienet? On zweifel hat sie den armen gedienet in dem daß weibern zustunde / nemlich / der krancken gewartet / vnd mit Marta der wirtin Christi / die glider Christi mit hốchster trew vnd allem fleiß verhalten« (Haußbuch 349r).
[831] Werke III 1, 112.
[832] Vgl. Schrage, a.a.O. (S. 146 Anm. 183) 187f u.ö. sowie ders., Skizze einer Auslegungs- und Wirkungsgeschichte von Gal 3,28, in: Der Dienst der ganzen Gemeinde Jesu Christi und das Problem der Herrschaft in der Kirche (Barmen IV). Vorträge aus dem Theologischen Ausschuß der EKU, Gütersloh 1999.
[833] W. Praetorius, Knigge für Pastoren, Düsseldorf 1963, 7.

Liste der Druckfehler und Versehen zu EKK VII/1-2

EKK VII/1:

S. 11, Z. 8: »1964« statt »o.J.«
S. 330, Z. 4 der Übersetzung: »das« statt »daß«
S. 429, Z. 11: »V 10« statt »V 11«

EKK VII/2:

S. 3, Z. 3: »Kreitzer« statt »Kleitzer«
S. 73 Anm. 124, Z. 3: »Versuche I 111« statt »Versuche I 160«
S. 95 Anm. 249: H.-U. Wili macht mich mit Recht darauf aufmerksam, daß ich ihn mißverstanden habe. Die Zitation nennt eine hypothetische Voraussetzung, wird aber gerade abgelehnt: 1Kor 7,15 läßt »nicht auf seinen Zivilstand schließen« (108)
S. 127 Anm. 440: Nach Hinweis von R. Löffler (Bonn) ist der Hinweis auf den Codex (nicht Corpus) Iuris Canonici, auf das sich das zitierte Werk von Mörsdorf bezieht, durch das neue Gesetzbuch von 1983 (Can. 1125 zur Mischehe) überholt. Nach dem katholischen Ehevorbereitunsprotokoll z.B. muß sich der katholische Christ dazu bereiterklären, seinen katholischen Glauben zu bezeugen und seine Kinder katholisch taufen zu lassen, soweit das in der Ehe möglich ist.
S. 294 Anm. 91: »Joh 7,5« statt »Joh 7,3«
S. 381, Z. 3 der Übersetzung: »Wolke« statt »Wüste«
S. 430, letzte Zeile: »V 14-22« statt »V 14-23«